U0101769

中华经典藏书

第四卷

儒学经典（四）

北京出版社

北京出版社

本 卷 目 录

儒学经典（四）

儒学经典

（四）

朱子语类

（选录）

〔宋〕黎靖德　编

朱子语类卷第六十四

一、《大学》纲领

学问须以《大学》为先，次《论语》、次《孟子》、次《中庸》。《中庸》工夫密，规模大。

读书，且从易晓易解处去读。如《大学》、《中庸》、《语》、《孟》四书，道理粲然，人只是不去看。若理会得此四书，何书不可读？何理不可究？何事不可处？

某要人先读《大学》，以定其规模。次读《论语》，以立其根本。次读《孟子》，以观其发越。次读《中庸》，以求古人之微妙处。《大学》一篇有等级次第，总作一处，易晓，宜先看。《论语》却实，但言语散见，初看亦难。《孟子》有感激兴发人心处。《中庸》亦难读，看三书后，方宜读之。

先看《大学》，次《语》、《孟》，次《中庸》。果然下工夫，句句字字，涵泳切己，看得透彻，一生受用不尽。只怕人不下工，虽多读古人书，无益。书只是明得道理，却要人做出书中所说圣贤工夫来。若果看此数书，他书可一见而决矣。

《论》、《孟》、《中庸》，待《大学》贯通浃洽[①]，无可得看后方看，乃佳。道学不明[②]，元来不是上面欠却工夫，乃是下面元无根脚。若信得及，脚踏实地，如此做去，良心自然不放，践履自然纯熟。非但读书一事也。

“人之为学，先读《大学》，次读《论语》。《大学》是个大坯模[③]。《大学》譬如买田契，《论语》如田亩阔狭去处，逐段子耕将去。”或曰：“亦在乎熟之而已。”曰：“然。”

问：“欲专看一书，以何为先？”曰：“先读《大学》，可见古人为学首末次第。且就实处理会却好，不消得专去无形影处理会。”

可将《大学》用数月工夫看去。此书前后相因，互相发明[④]，读之可见，不比他书。他书非一时所言，非一人所记。惟此书首尾具备，易以推寻也。

今且须熟究《大学》作间架，却以他书填补去。如此看得一两书，便是占得分数多，后却易为力。圣贤之言难精。难者既精，则后面粗者却易晓。

亚夫问《大学》大意，曰：“《大学》是修身治人底规模。如人起屋相似，须先打个地盘[⑤]。地盘既成，则可举而行之矣。”

或问：“《大学》之书，即是圣人做天下根本？”曰：“此譬如人起屋，是画一个大地盘在这里。理会得这个了，他日若有材料，却依此起将去，只此一个道理。明此以南面，尧之为君也；明此以北面，舜之为臣也。”

《大学》一书，如行程相似，自某处到某处几里，自某处到某处几里。识得行程，须便行始得。若只读得空壳子，亦无益也。

《大学》如一部行程历，皆有节次。今人看了，须是行去。今日行得到何处，明日行得到何处，方可渐到那田地。若只把在手里翻来覆去，欲望之燕，之越，岂有是理？

《大学》是一个腔子，而今却要去填教实著。如他说格物，自家是去格物后，填教实著；如他说诚意，自家须是去诚意后，亦填教实著。

《大学》重处都在前面。后面工夫渐渐轻了，只是揩磨在[6]。

看《大学》前面初起许多，且见安排在这里。如今食次册相似，都且如此呈说后，方是可吃处。初间也要识许多模样。

《大学》一字不胡乱下，亦是古人见得这道理熟。信口所说，便都是这里。

《大学》总说了，又逐段更说许多道理。圣贤怕有些子照管不到，节节觉察将去，到这里有恁地病，到那里有恁地病。

明德，如八窗玲珑，致知格物，各从其所明处去。今人不曾做得小学工夫，一旦学《大学》，是以无下手处。今且当自持敬始，使端慤纯一静专，然后能致知格物。

而今无法。尝欲作一说，教人只将《大学》一日去读一遍，看他如何是大人之学，如何是小学，如何是“明明德”[7]，如何是“新民”，如何是“止于至善”[8]。日日如是读，月去日来，自见所谓“温故而知新”。须是知新，日日看得新方得。却不是道理解新，但自家这个意思长长地新。

才仲问《大学》，曰：“人心有明处，于其间得一二分，即节节推上去。”又问：“小学、大学如何？”曰：“小学涵养此性，大学则所以实其理也。忠信孝弟之类，须于小学中出。然正心、诚意之类，小学如何知得？须其有识后，以此实之。大抵《大学》一节一节恢廓展布将去，然必到于此而后进。既到而不进，固不可。未到而求进，亦不可。且如国既治，又却洁矩[9]，则又欲其四方皆准之也。此一卷书甚分明，不是滚作一块物事。”

《大学》是为学纲目，先通《大学》，立定纲领，其他经皆杂说在里许。通得《大学》了，去看他经，方见得此是格物、致知事[10]，此是正心、诚意事，此是修身事，此是齐家、治国、平天下事。

问：“《大学》一书，皆以修身为本。正心、诚意、致知、格物，皆是修身内事。”曰：“此四者成就那修身。修身推出，做许多事。”

致知、格物，《大学》中所说，不过“为人君，止于仁；为人臣，止于敬”之类。古人小学时都曾理会来。不成小学全不曾知得。然而虽是“止于仁，止于敬”，其间却有多少事。如仁必有所以为仁者，敬必有所以为敬者，故又来《大学》致知、格物上穷究教尽。如入书院，只到书院门里，亦是到来，亦唤做格物、致知得。然却不曾到书院筑底处，终不是物格、知至。

人多教践履，皆是自立标置去教人。自有一般资质好底人，便不须穷理、格物、致知。此圣人作今《大学》，便要使人齐入于圣人之域。

《大学》所载，只是个题目如此。要须自用工夫做将去。

《大学》教人，先要理会得个道理，若不理会得，见圣人许多言语都是硬将人制缚，剩许多工夫。若见得了，见得许多道理，都是天生自然铁定底道理，更移易分毫不得。而今读《大学》，须是句句就自家身上看过。少间自理会得，不待解说。如《语》、《孟》、《六经》，亦须就自家身上看，便如自家与人对说一般，如何不长进？圣贤便可得而至也。

今人都是为人而学。某所以教诸公读《大学》，且看古人为学是如何，是理会甚事。诸公愿为古人之学乎？愿为今人之学乎？

读《大学》，且逐段捱。看这段时，似得无后面底。看第二段，却思量前段，令文意联属，却不妨。

看《大学》，固是著逐句看去。也须先统读传文教熟，方好从头仔细看。若全不识传文大意，便看前头亦难。

或问读《大学》，曰：“读后去，须更温前面，不可只恁地茫茫看，须‘温故而知新’。须是温故，方能知新；若不温故，便要求知新，则新不可得而知，亦不可得而求矣。”

读《大学》，初间也只如此读，后来也只如此读，只是初间读得，似不与自家相关。后来看熟，见许多说话须著如此做，不如此做自不得。

谓任道弟读《大学》，云：“须逐段读教透，默自记得，使心口相应。古时无多书，人只是专心暗诵。且以竹简写之，寻常人如何办得竹简如此多，所以人皆暗诵而后已。伏生亦只是口授《尚书》二十余篇。黄霸就狱，夏侯胜受《尚书》于狱中，又岂得本子！只被他读得透彻，后来著述，诸公皆以名闻，汉之经学所以有用。”

或问《大学》，曰：“大概是如此，只是更要熟读。熟时，滋味自别，且如吃果子，生时将来吃，也是吃这果子；熟时将来吃，也是吃这果子，只是滋味别。”

问贺孙：“读《大学》如何？”曰：“稍通，方要读《论语》。”曰：“且未要读论语。《大学》稍通，正好著心精读。前日读时，见得前未见得后面，见得后未接得前面。今识得大纲统体，正好熟看。如吃果实相似，初只恁地硬咬嚼。待嚼来嚼去，得滋味，如何便住却？读此书功深，则用博。昔和靖见伊川，半年方得《大学西铭》看。今人半年要读多少书，某且要人读此，是如何？缘此书却不多，而规模周备。凡读书，初一项须著十分工夫了，第二项只费得九分工夫，第三项便只费六七分工夫。少刻读渐多，自贯通他书，自不著得多工夫。”

诸生看《大学》未晓，而辄欲看《论语》者，责之曰：“公如吃饭一般，未曾有颗粒到口，如何又要吃这般，吃那般？这都是不曾好生去读书。某尝谓人看文字晓不得，只是未曾著心。文字在眼前，他心不曾著上面，只是恁地略绰将过，这心元不曾伏杀在这里。看他只自恁地豹跳，不肯在这里理会，又自思量做别处去。这事未了，又要寻一事做，这如何要理会得？今之学者看文字，且须压这心在文字上。逐字看了，又逐句看；逐句看了，又逐段看，未有晓不得者。”

子渊说《大学》，曰：“公看文字，不似味道只就本子上看，看来看去，久之浃洽，自应有得。公便要去上面生意，只讨头不见。某所成《章句或问》之书，已是伤多了，当初只怕人晓不得，故说许多。今人看，反晓不得。此一书之间，要紧只在‘格物’两字，认得这里看，则许多说自是闲了。初看须用这本子，认得要害处，本子自无可用。某说十句在里面，看得了，只做一句说了方好。某《或问》中已说多了，却不说到这般处。看这一书，又自与看《语孟》不同。《语孟》中只一项事是一个道理。如《孟子》说仁义处，只就仁义上说道理；孔子答颜渊以‘克己复礼’，只就‘克己复礼’上说道理。若《大学》却只统说。论其功用之极，至于平天下。然天下所以平，却先须治国；国之所以治，却先须齐家；家之所以齐，却先须修身；身之所以修，却先须正心；心之所以正，却先须诚意；意之所以诚，却先须致知；知之所以至，却先须格物。本领全只在这两字上。又须知如何是格物。许多道理，自家从来合有，不合有。定是合有。定是人人都有。人之心便具许多道理。见之于身，便见身上有许多道理；行之于家，便是一家之中有许多道理；施之于国，便是一国之中有许多道理；施之于天下，便是天下有许多道理。‘格物’两字，只是指个路头，须是自去格那物始得，只就纸上说千千万万，不济事。”

答林子渊说《大学》，曰：“圣人之书，做一样看不得。有只说一个下工夫规模，有首尾只说道理。如《中庸》之书，劈初头便说‘天命之谓性’[11]。若是这般书，全著得思量义理。如《大学》，只说个做工夫之节目，自不消得大段思量，才看过，便自晓得。只是做工夫全在自家身心上，却不在文字上。文字已不著得思量。说穷理，只就自家身上求之，都无别物事。只有个仁义礼智，看如何千变万化，也离这四个不得。公且自看，日用之间如何离得这四个。如信者，只是有此四者，故谓之‘信’。信，实也，实是有此。论其体，则实是有仁、义、礼、智；论其用，则实是有恻隐、羞恶、恭敬、是非，更假伪不得。试看天下岂有假做得仁，假做得义，假做得礼，假做得智？所以说信者，以言其实有而非伪也。更自一身推之于家，实是有父子，有夫妇，有兄弟；推之天地之间，实是有君臣，有朋友。都不是待后人旋安排，是合下元有此。又如一身之中，里面有五脏六腑，外面有耳目口鼻四肢，这是人人都如此。存之为仁义礼智，发出来为恻隐、羞恶、恭敬、是非。人人都有此。以至父子兄弟夫妇朋友君臣，亦莫不皆然。至于物，亦莫不然。但其拘于形，拘于气而不变。然亦就他一角子有发见处，看他也自有父子之亲。有牝牡，便是有夫妇；有大小，便是有兄弟。就他同类中各有群众，便是有朋友。亦有主脑，便是有君臣。只缘本来都是天地所生，共这根蒂，所以大率多同。圣贤出来抚临万物，各因其性而导之。如昆虫草木，未尝不顺其性，如取之以时，用之有节。当春生时'不殀夭，不覆巢，不杀胎；草木零落，然后入山林；獭祭鱼，然后虞人入泽梁；豺祭兽，然后田猎'。所以能使万物各得其所者，惟是先知得天地本来生生之意。”

问《大学》。曰："看圣贤说话，所谓坦然若大路然。缘后来人说得崎岖，所以圣贤意思难见。”

圣贤形之于言，所以发其意。后人多因言而失其意，又因注解而失其主。凡观书，且先求其意，有不可晓，然后以注通之。如看《大学》先看前后经亦自分明，然后看传。可学。

《大学》诸传，有解经处，有只引经传赞扬处。其意只是提起一事，使人读著常惺惺地。

伊川旧日教人先看《大学》，那时未有解说，想也看得鹘突[12]。而今看注解，觉大段分晓了，只在子细去看。

“看《大学》，且逐章理会，须先读本文，念得。次将《章句》来解本文，又将《或问》来参《章句》。须逐一令记得，反复寻究，待他浃洽。既逐段晓得，将来统看温寻过，这方始是。须是靠他这心，若一向靠写底，如何得？”又曰：“只要熟，不要贪多。”

圣人不令人悬空穷理，须要格物者，是要人就那上见得道理破，便实。只如《大学》一书，有正经，有注解，有《或问》。看来看去，不用《或问》，只看注解便了。久之，又只看正经便了。又久之，自有一部《大学》在我胸中，而正经亦不用矣。然不用某许多工夫，亦看某底不出；不用圣贤许多工夫，亦看圣贤底不出。

或问：“《大学解》已定否?”曰：“据某而今自谓稳矣，只恐数年后又见不稳。这个不由自家。”问《中庸解》。曰：“此书难看。《大学》本文未详者，某于《或问》则详之。此书在《章句》，其《或问》中皆是辨诸家说理未必是。有疑处，皆以'盖'言之。”

《大学章句》次第得皆明白易晓，不必《或问》，但致知、格物与诚意较难理会，不得不明辨之耳。

子渊问《大学或问》。曰：“且从头逐句理会，到不通处，却看《章句》。《或问》乃注脚之注脚，亦不必深理会。”

“学者且去熟读《大学》正文了，又子细看《章句》。《或问》未要看，俟有疑虑，方可去看。”又曰：“某解书不合太多。又先准备学者，为他设疑说了。他未曾疑到这上，先与说了，所以致得学者看得容易了。圣人云：'不愤不启，不悱不发。举一隅不以三隅反，则不复也。'须是教他疑三朝五日了，方始与说他，便通透。更与从前所疑虑，也会因此触发，工夫都在许多思虑不透处。而今却是看见成解底，都无疑了。吾儒与老、庄学皆无传，惟有释氏常有人。盖他一切办得不说，都待别人自去敲磕，自有个通透处。只是吾儒又无这不说底，若如此，少间差异了。”又曰：“解文字，下字最难。某解书所以未定，常常更改者，只为无那恰好底字子。把来看，又见不稳当，又著改几字。所以横渠说命辞为难。”

某作《或问》恐人有疑，所以设此，要他通晓。而今学者未有疑，却反被这个生出疑。

或问朱敬之："有异闻乎?"曰："平常只是在外面听朋友问答，或时里面亦只说某病痛处得。"一日，教看《大学》，曰："我平生精力尽在此书。先须通此，方可读书。"

某于《大学》用工甚多。温公作《通鉴》，言："臣平生精力，尽在此书。"某于大学亦然。《论》、《孟》、《中庸》，却不费力。

《大学》一日只看二三段时，便有许多修处[13]。若一向看去，便少。不是少，只是看得草草。

某解注书，不引后面说来证前说，却引前说去证后说。盖学者方看此，有未晓处，又引他处，只见难晓。《大学》都是如此。

说《大学启蒙》毕，因言："某一生只看得这两件文字透，见得前贤所未到处。若使天假之年[14]，庶几将许多书逐件看得恁地，煞有工夫。"

---

①浃洽：通彻而广博。

②道学：指宋明理学。自周敦颐、程灏、程颐至朱熹最后完成的以儒学为主、兼容佛道思想的一种思想体系。

③坯模：框架。

④发明：说明。

⑤地盘：地基。

⑥揩磨：痕迹。

⑦"明明德"：明，即显示；明德，即完美的德性。故称"显示完美的德性"。

⑧"止于至善"：达到完美的境界。

⑨洁矩：洁，度量；矩，法度。

⑩格物致知：格物，推究事物的原理；致知，获取知识。

⑪劈初头：一开头。

⑫鹘（hú音糊）突：糊涂。

⑬修处：精采之处。

⑭天假之年：假，授予。苍天授予的机会。

二、《语》《孟》纲领

《语》《孟》工夫少，得效多；《六经》工夫多，得效少。

《语》、《孟》用三二年工夫看，亦须兼看《大学》及《书》《诗》，所谓"兴于诗"。诸经诸史，大抵皆不可不读。

某《论语集注》已改，公读令《大学》十分熟了，却取去看。《论语》、《孟子》都是《大学》中肉菜，先后浅深，参差互见。若不把《大学》做个匡壳子，卒亦未易看得。

或云："《论语》不如《中庸》。"曰："只是一理，若看得透，方知无异。《论语》是每日零碎问，譬如大海也是水，一勺也是水，所说千言万语，皆是一理。须是透得，则推之其它，道理皆通。"又曰："圣贤所说只一般，只是一个'择善固执之'。《论语》则说'学而时习之'，《孟子》则说'明善诚身'，下得字各自精细，真实工夫只一般。须是知其所以不同，方知其所谓同也。而今须是穷究得一物事，透彻方知。如入个门，方知门里房舍间架；若不亲入其门户，在外遥望，说我皆知得，则门里事如何知得!"

《论语》只说"仁"，《中庸》只说"智"。圣人拈起来底便说，不可以例求。

《论语》易晓，《孟子》有难晓处。《语》、《孟》、《中庸》、《大学》是熟饭，看其它经，是打禾为饭。

古书多至后面便不分晓，《语》、《孟》亦然。

夫子教人，零零星星，说来说去，合来合去，合成一个大物事。

且如孔门教人，亦自有等。圣人教人，何不都教他做颜、曾底事业？而子贡、子路之徒所以止于子贡、子路者，是其才止于此。且如“克己复礼”，虽止是教颜子如此说，然所以教他人，亦未尝不是“克己复礼”底道理。

孔门教人甚宽，今日理会些子，明日又理会些子，久则自贯通。如耕荒田，今日耕些子，明日又耕些子，久则自周匝[①]。虽有不到处，亦不出这理。

问：“孔子教人就事上做工夫，孟子教人就心上做工夫，何故不同？”曰：“圣贤教人，立个门户，各自不同。”

孟子教人多言理义大体，孔子则就切实做工夫处教人。

孔子教人只从中间起，使人便做工夫去，久则自能知向上底道理，所谓“下学上达”也；孟子始终都举，先要人识心性著落，却下功夫做去。

《论语》不说心，只说实事；《孟子》说心，后来遂有求心之病。

孟子所谓“集义”，只是一个“是”字；孔子所谓“思无邪”，只是一个“正”字。不是便非，不正便邪。圣贤教人，只是求个是底道理。

孔子教人极直截，《孟子》较费力。《孟子》必要充广。孔子教人，合下便有下手处。问：“孔子何故不令人充广？”曰：“‘居处恭，执事敬’，非充广而何？”

孔子教人只言“居处恭，执事敬，与人忠”，含畜得意思在其中，使人自求之。到《孟子》便指出了性善，早不似圣人了。

孔子只说“忠信笃敬”，孟子便发出“性善”，直是漏泄。

孟子言存心、养性，便说得虚。至孔子教人“居处恭，执事敬，与人忠”等语，则就实行处做功夫。如此，则存心、养性自在。

孔子之言，多且是泛说做工夫，如“居处恭，执事敬”，“言忠信，行笃敬”之类，未说此是要理会什么物。待学者自做得工夫透彻，却就其中见得体段是如此。至孟子，则恐人不理会得，又趱进一著说[②]，如“恻隐之心”与“学问之道，求放心”之类，说得渐渐亲切。今人将孔孟之言都只恁地草率看过了。

问：“《论语》一书未尝说一‘心’字，至孟子，只管拈‘人心’字说来说去。曰‘推是心’，曰‘求放心’，曰‘尽心’，曰‘赤子之心’，曰‘存心’，莫是孔门学者自知理会个心，故不待圣人苦口。到孟子时，世变既远，人才渐渐不如古，故孟子极力与言，要他从个本原处理会否？”曰：“孔门虽不曾说心，然答弟子问仁处，非理会心而何！仁即心也，但当时不说个‘心’字耳。此处当自思之，亦未是大疑处。”

蜚卿问：“《论语》之言，无所不包，而其所以示人者，莫非操存涵养之要。《七篇》之指，无所不究，而其所以示人者，类多体验充广之端。”曰：“孔子体面大，不用恁地说，道理自在里面。孟子多是就发见处尽说与人，终不似夫子立得根本住，所以程子谓‘其才高，学之无可依据’。要之，夫子所说包得孟子，孟子所言却出不得圣人疆域。且如夫子都不说出，但教人恁地去做，则仁便在其中。如言‘居处恭，执事敬，与人忠’，果能此，则心便在。到孟子则不然，曰：‘恻隐之心，仁之端也。今人乍见孺子将入井，皆有怵惕、恻隐之心。’都教人就事上推究。”道夫问：“如孟子所谓‘求放心’，‘集义所生’，莫是立根本处否？”曰：“他有恁地处，终是说得来宽。”曰：“他莫是以其所以做工夫者告人否？”曰：“固是，也是他所见如此。自后世观之，孔颜便是汉文帝之躬修玄默[③]，而其效至于几致刑措。孟子便如唐太宗，天下之事无所不为，极力做去，而其效亦几致刑措。”

看文字，且须看其平易正当处。孔孟教人，句句是朴实头。“人能充无受尔汝之实”，“实”字将作“心”字看，须是我心中有不受尔汝之实处，如仁义是也。

孟子比孔子时说得高，然“孟子道性善，言必称尧舜”，又见孟子说得实。因论南轩奏议有过当处。

或问：“孟子说‘仁’字，义甚分明，孔子都不曾分晓说，是如何？”曰：“孔子未尝不说，只是公自不会看耳。譬如今沙糖，孟子但说糖味甜耳。孔子虽不如此说，却只将那糖与人吃。人若肯吃，则其味之甜，自不待说而知也。”

圣人说话，磨棱合缝，盛水不漏。如云“一言丧邦”，“以直报怨”，自是细密。孟子说得便粗，如云“今乐犹古乐”，“太王好色”，“公刘好货”之类。横渠说：“孟子比圣人自是粗，颜子所以未到圣人处，亦只是心粗。”

《孟子》要熟读，《论语》却费思索。《孟子》熟读易见，盖缘是它有许多答问发扬。

看《孟子》，与《论语》不同，《论语》要冷看，《孟子》要熟读，《论语》逐文逐意各是一义，故用子细静观。《孟子》成大段，首尾通贯，熟读文义自见，不可逐一句一字上理会也。

沉浸专一于《论》《孟》，必待其自得。

读《论语》，如无《孟子》，读前一段，如无后一段。不然，方读此，又思彼，扰扰于中。这般人不惟无得于书，胸中如此，做事全做不得。

大凡看经书，看《论语》，如无《孟子》，看上章，如无下章，看‘学而时习之’未得，不须看‘有朋自远方来’。且专精此一句，得之而后已。又如方理会此一句未得，不须杂以别说相似者，次第乱了，和此一句亦晓不得。

人有言，理会得《论语》，便是孔子，理会得《七篇》，便是孟子。子细看，亦是如此。盖《论语》中言语，真能穷究极其纤悉，无不透彻，如从孔子肚里穿过，孔子肝肺尽知了，岂不是孔子？《七篇》中言语，真能穷究透彻无一不尽，如从孟子肚里穿过，孟子肝肺尽知了，岂不是孟子？

讲习孔孟书。孔孟往矣，口不能言。须以此心比孔孟之心，将孔孟心作自己心。要须自家说时，孔孟点头道是，方得。不可谓孔孟不会说话，一向任己见说将去。若如此说孟子时，不成说孟子，只是说王子也。又若更不逐事细看，但以一个字包括，此又不可。此名“包子”，又不是孟子也！

《论语》多门弟子所集，故言语时有长长短短不类处。《孟子》疑自著之书，故首尾文字一体，无些子瑕疵。不是自下手，安得如此好？若是门弟子集，则其人亦甚高，不可谓“轲死不传”。

孔门问答，曾子闻得底话，颜子未必与闻；颜子闻得底话，子贡未必与闻。今却合在《论语》一书，后世学者岂不幸事？但患自家不去用心。

问：“《论语》近读得如何？昨日所读底，今日再读，见得如何？”干曰：“尚看未熟。”曰：“这也使急不得，也不可慢。所谓急不得者，功效不可急。所谓不可慢者，工夫不可慢。”

问叔器：“《论语》读多少？”曰：“两日只杂看。”曰：“恁地如何会长进？看此一书，且须专此一书。便待此边冷如冰，那边热如火，亦不可舍此而观彼。”

问林恭甫：“看《论语》至何处？”曰：“至《述而》。”曰：“莫要恁地快，这个使急不得。须是缓缓理会，须是逐一章去搜索。候这一章透彻后，却理会第二章，久后通贯，却事事会看。如吃饭样，吃了一口，又吃一口，吃得滋味后，方解生精血。若只恁地吞下去，则不济事。”

《论语》难读。日只可看一二段，不可只道理会文义，得了便了。须是子细玩味，以身体之，见前后晦明生熟不同，方是切实。

论读书之法，择之云："尝作课程，看《论语》日不得过一段。"曰："明者可读两段，或三段。如此，亦所以治躁心。近日学者病在好高，读《论语》，未问学而时习，便说一贯。《孟子》未言梁王问利，便说尽心。《易》，未看六十四卦，便先读《系辞》。"

人读书，不得搀前去，下梢必无所得。如理会《论语》，只得理会《论语》，不得存心在《孟子》。如理会《里仁》一篇，且逐章相挨理会了，然后从《公冶长》理会去，如此便是。

《论语》一日只看一段，大故明白底，则看两段。须是专一，自早至夜，虽不读，亦当涵泳常在胸次，如有一件事未了相似，到晚却把来商量。但一日积一段，日日如此，年岁间自是里面通贯，道理分明。

问："看《论语》了未?"广云："已看一遍了。"曰："太快。若如此看，只是理会文义，不见得他深长底意味。所谓深长意味，又他别无说话，只是涵泳久之自见得。"

《论语》，愈看愈见滋味出。若欲草草去看，尽说得通，恐未能有益。凡看文字，须看古人下字意思是如何，且如前辈作文，一篇中，须看它用意在那里。举杜子美诗云："更觉良工用心苦。"一般人看画，只见得是画一般。识底人看，便见得它精神妙处，知得它用心苦也。

王子充问学，曰："圣人教人，只是个《论语》。汉魏诸儒只是训诂，《论语》须是玩味。今人读书伤快，须是熟方得。"曰："《论语》莫也须拣个紧要底看否?"曰："不可。须从头看，无精无粗，无浅无深，且都玩味得熟，道理自然出。"曰："读书未见得切，须见之行事方切。"曰："不然。且如《论语》，第一便教人学，便是孝弟求仁，便戒人巧言令色，便三省，也可谓甚切。"

莫云《论语》中有紧要底，有泛说底，且要著力紧要底，便是拣别。若如此，则《孟子》一部，可删者多矣。圣贤言语，粗说细说，皆著理会教透彻。盖道理至广至大，故有说得易处，说得难处，说得大处，说得小处。若不尽见，必定有窒碍处。若谓只"言忠信，行笃敬"便可，则自汉唐以来，岂是无此等人，因甚道统之传却不曾得？亦可见矣。

先生问："《论语》如何看?"淳曰："见得圣人言行，极天理之实而无一毫之妄。学者之用工，尤当极其实而不容有一毫之妄。"曰："大纲也是如此，然就里面详细处，须要十分透彻，无一不尽。"

或讲《论语》，因曰："圣人说话，开口见心，必不只说半截，藏著半截。学者观书，且就本文上看取正意，不须立说别生枝蔓。唯能认得圣人句中之意，乃善。"

圣人之言，虽是平说，自然周遍，亭亭当当，都有许多四方八面，不少了些子意思。若门人弟子之言，便有不能无偏处。如夫子言"文质彬彬"，自然停当恰好。子贡"文犹质也，质犹文也。"便说得偏。夫子言"行有余力，则以学文"，自然有先后轻重。而子夏"虽曰未学，吾必谓之学"，便有废学之弊。

人之为学，也是难。若不从文字上做工夫，又茫然不知下手处，若是字字而求，句句而论，不于身心上著切体认，则又无所益。且如说"我欲仁，斯仁至矣"，何故孔门许多弟子，圣人竟不曾以仁许之？虽以颜子之贤，而尚不违于三月之后，圣人乃曰"我欲斯至"。盍亦于日用体验，我若欲仁，其心如何？仁之至不至，其意又如何？又如说非礼勿视、听、言、动，盍亦每事省察何者为非礼，而吾又何以能勿视勿听？若每日如此读书，庶几看得道理自我心而得，不为徒言也。

德先问《孟子》，曰："《孟子》说得段段痛切，如检死人相似，必有个致命痕。《孟子》段段有个致命处，看得这般处出，方有精神。须看其说与我如何，与今人如何，须得其切处。今一切看得都困了。"

"'学问之道无它，求其放心而已。'又曰：'有是四端于我者，知皆扩而充之。'《孟子》说得最好。人之一心，在外者又要收入来，在内者又要推出去。《孟子》一部书皆是此意。"又以手作推之状，曰："推，须是用力如此。"又曰："立天之道，曰阴与阳，立地之道，曰柔与刚。立人之道，曰仁与义。"又曰："世间只有个阖辟内外，人须自体察取。"

读《孟子》，非惟看它义理[4]，熟读之，便晓作文之法。首尾照应，血脉通贯，语意反复，明白峻洁，无一字闲。人若能如此作文，便是第一等文章。

《孟子》之书，明白亲切，无甚可疑者。只要日日熟读，须教它在吾肚中先千百转，便自然纯熟。某初看时，要逐句去看它，便觉得意思浅迫。至后来放宽看，却有条理。然此书不特是义理精明，又且是甚次第文章。某因读，亦知作文之法。

《孟子》，全读方见得意思贯。某因读《孟子》，见得古人作文法，亦有似今人间架。

"《孟子》文章妙不可言。"文蔚曰："他每段自有一二句纲领，其后只是解此一二句。"曰："此犹是浅者，其他自有妙处。惟老苏文深得其妙。"

《孟子》之文，恐一篇是一人作。又疑孟子亲作，不然，何其妙也？岂有如是人出孟子之门，而没世不闻耶？

《集注》且须熟读，记得。

语吴仁父曰："某《语孟集注》，添一字不得，减一字不得，公子细看。"又曰："不多一个字，不少一个字。"

《论语集注》如称上称来无异，不高些，不低些，自是学者不肯用工看。如看得透，存养熟[5]，可谓甚生气质。

"某于《论》《孟》，四十余年理会，中间逐字称等，不教偏些子。学者将注处，宜子细看。"又曰："解说圣贤之言，要义理相接去，如水相接去，则水流不碍。"后又云："《中庸解》每番看过，不甚有疑。《大学》则一面看，一面疑，未甚惬意，所以改削不已。"

读书别无法，只管看，便是法。正如呆人相似，捱来捱去。自家都未要先立意见，且虚心只管看。看来看去，自然晓得。某那《集注》都详备，只是要人看无一字闲。那个无紧要闲底字，越要看。自家意裹说是闲字，那个正是紧要字。上蔡云"人不可无根"，便是难。所谓"根"者，只管看，便是根，不是外面别讨个根来。

前辈解说，恐后学难晓，故《集注》尽撮其要，已说尽了，不须更去注脚外又添一段说话。只把这个熟看，自然晓得，莫枉费心去外面思量。

问："《集注》引前辈之说，而增损改易本文，其意如何？"曰："其说有病，不欲更就下面安注脚。"又问："解文义处，或用'者'字，或用'谓'字，或用'犹'字，或直言，其轻重之意如何？"曰："直言，直训如此。犹者，犹是如此。"又问"者"、"谓"如何。曰："是恁地。"

《集注》中有两说相似而少异者，亦要相资。有说全别者，是未定也。

或问："《集注》有两存者，何者为长？"曰："使某见得长底时，岂复存其短底？只为是二说皆通，故并存之。然必有一说合得圣人之本意，但不可知尔。"复曰："大率两说，前一说胜。"

问："《语解》胡氏为谁？"曰："胡明仲也。向见张钦夫殊不取其说，某以为不然。他虽有未至处，若是说得是者，岂可废？"

《集注》中曾氏是文清公，黄氏是黄祖舜，晁氏是晁以道，李氏是李光祖。

程先生《经解》，理在解语内。某集注《论语》，只是发明其辞，使人玩味《经》文，理皆在《经》文内。《易传》不看本文，亦是自成一书。杜预《左传解》，不看《经》文，亦自成一书。

郑《笺》不识经大旨，故多随句解。

《论语集注》盖某十年前本，为朋友间传去，乡人遂不告而刊。及知觉，则已分裂四出，而不可收矣。其间多所未稳，煞误看读。要之，圣贤言语，正大明白，本不须恁地传注。正所谓"记其一而遗其百，得其粗而遗其精"者也。

或述《孟子集注》意义以问，曰："大概如此，只是要熟，须是日日认过。"述《大学》以问。曰："也只如此，只是要日日认过。读新底了，反转看旧底，教十分熟后，自别有意思。"又曰："如鸡伏卵，只管日日伏，自会成。"

初解《孟子》时，见自不明。随著前辈说，反不自明，不得其要者多矣。

《集注》乃《集义》之精髓。

问："《孟子》比《论语》却易看，但其间数段极难晓。"曰："只《尽心篇》语简了，便难理会。且如'养气'一章，被它说长了，极分晓，只是人不熟读。"问："《论语》浩博，须作年岁间读，然中间切要处先理会，如何？"曰："某近来作《论语略解》，以《精义》太详，说得没紧要处，多似空费工夫，故作此书。而今看得，若不看《精义》，只看《略解》，终是不浃洽。"因举五峰旧见龟山，问为学之方。龟山曰："且看《论语》。"五峰问："《论语》中何者为要？"龟山不对。久之，曰："熟读。"先生因曰："如今且只得挨将去。"

诸朋友若先看《集义》，恐未易分别得，又费工夫。不如看《集注》，又恐太易了。这事难说。不奈何，且须看《集注》教熟了，可更看《集义》。《集义》多有好处，某却不编出者，这处却好商量，却好子细看所以去取之意如何。须是看得《集义》，方始无疑。某旧日只恐《集义》中有未晓得义理，费尽心力，看来看去，近日方始都无疑了。

因说"吾与回言"一章，曰："便是许多紧要底言语，都不曾说得出。且说《精义》是许多言语，而《集注》能有几何言语？一字是一字。其间有一字当百十字底，公都把做等闲看了。圣人言语本自明白，不须解说，只为学者看不见，所以做出注解与学者省一半力。若注解上更看不出，却如何看得圣人意出？"又曰："凡看文字，端坐熟读，久久于正文边自有细字注脚迸出来，方是自家见得亲切。若只于外面捉摸个影子说，终不济事。圣人言语只熟读玩味，道理自不难见。若果曾著心，而看他道理不出，则圣贤为欺我矣！如老苏辈，只读孟韩二子，便翻绎得许多文章出来。且如攻城，四面牢壮，若攻得一面破时，这城子已是自家底了，不待更攻得那三面，方入得去。初学固是要看《大学》《论》《孟》。若读得《大学》一书透彻，其他书都不费力，触处便见。"喟然叹者久之，曰："自有这个道理，说与人不信。"

问："近看《论语精义》，不知读之当有何法？"曰："别无方法，但虚心熟读而审择之耳。"

因论《集义论语》，曰："于学者难说。看众人所说七纵八横，如相战之类，于其中分别得甚妙。然精神短者，又难教如此。只教看《集注》，又皆平易了，兴起人不得。"

问："要看《精义》，不知如何看？"曰："只是逐段子细玩味。公记得书否？若记不得，亦玩味不得。横渠云：'读书须是成诵。'"又曰："某近看学者须是专一。譬如服药，须是专服一药，方见有效。"

问："《精义》有说得高远处，不知如何看。"曰："也须都子细看，取予却在自家。若以为高远而略之，便卤莽了。"

读书，且须熟读玩味，不必立说，且理会古人说教通透。如《语孟集义》中所载诸先生语，须是熟读，一一记放心下，时时将来玩味，久久自然理会得。今有一般学者，见人恁么说，不穷究它说是如何，也去立一说来搀说，何益于事？只赢得一个理会不得尔。

读书，须痛下工夫，须要细看。心粗性急，终不济事。如看论语精义，且只将诸说相比并看，自然比得正道理出来。如识高者，初见一条，便能判其是非。如未能，且细看，如看按疑相似。虽未能便断得它按，然已是经心尽知其情矣。只管如此，将来粗急之心亦磨砻得细密了。横渠云："文欲密察，心欲洪放。"若不痛做工夫，终是难入。

看《精义》，须宽著心，不可看杀了。二先生说，自有相关透处。如伊川云："有主则实。"又云："有主则虚"；如孟子云："生于其心，害于其政；发于其政，害于其事"；又云："作于其心，害于其事；作于其事，害于其政。"自当随文、随时、随事看，各有通彻处。

读《论语》，须将《精义》看，先看一段，次看第二段，将两段比较孰得孰失，孰是孰非。又将第三段比较如前。又总一章之说而尽比较之。其间须有一说合圣人之意，或有两说，有三说，有四五说皆是，又就其中比较疏密。如此，便是格物。及看得此一章透彻，则知便至。或自未有见识，只得就这里挨。一章之中，程子之说多是，门人之说多非。然初看时，不可先萌此心，门人所说亦多有好处。蜚卿曰："只将程子之说为主，如何?"曰："不可，只得以理为主，然后看它底。看得一章直是透彻了，然后看第二章，亦如此法。若看得三四篇，此心便熟，数篇之后，迎刃而解矣。某尝苦口与学者说得口破，少有依某去著力做工夫者。且如格物致知之章，程子与门人之说，某初读之，皆不敢疑。后来编出细看，见得程子诸说虽不同，意未尝不贯。其门人之说，与先生盖有大不同者矣。"

读书考义理，似是而非者难辨。且如《精义》中，惟程先生说得确当。至其门人，非惟不尽得夫子之意，虽程子之意，亦多失之。今读《语》《孟》，不可便道《精义》都不是，都废了。须借它做阶梯去寻求，将来自见道理。知得它是非，方是自己所得处。如张无垢文字浅近，却易见也。问："如何辨得似是而非?"曰："遗书所谓义理栽培者，是也。如此用工，久之自能辨得。"

《论语》中，程先生及和靖说："只于本文添一两字，甚平淡，然意味深长，须当子细看。要见得它意味，方好。"

问："《精义》中，尹氏说多与二程同，何也?"曰："二程说得已明，尹氏只说出。"问："谢氏之说多华掞[⑥]。"曰："胡侍郎尝教人看谢氏《论语》，以其文字上多有发越处。"

先生问："寻常《精义》，自二程外，孰得?"曰："自二程外，诸说恐不相上下。"又问蜚卿，答曰："自二程外，惟龟山胜。"曰："龟山好引证，未说本意，且将别说折过。人若看它本说未分明，并连所引失之。此亦是一病。"又问仲思，答曰："据某，恐自二程外，惟和靖之说为简当。"曰："以某观之，却是和靖说得的当。虽其言短浅，时说不尽，然却得这意思。"顷之，复曰："此亦大纲偶然说到此，不可以为定也。"

明道说道理，一看便好，愈看而愈好。伊川犹不无难明处，然愈看亦愈好。上蔡过高，多说人行不得底说话。杨氏援引十件，也要做十件引上来。范氏一个宽大气象，然说得走作，便不可晓。

上蔡《论语解》，言语极多，看得透时，它只有一两字是紧要。

问："谢氏说多过，不如杨氏说最实。"曰："尹氏语言最实，亦多是处。但看文字，亦不可如此先怀权断于胸中。如谢氏说，十分有九分过处，其间亦有一分说得恰好处，岂可先立定说?今且须虚心玩理。"大雅问："理如何玩?"曰："今当以小说明之：一人欲学相气色，其师与五色线一串，令人暗室中认之，云：'辨得此五色出，方能相气色。'看圣人意旨，亦要如此精专，方得之。到自得处，不从说来，虽人言亦不信。盖开导虽假人言，得处须是自得，人则无如之何也。孔子言语简，若欲得之，亦非用许多工夫不得。孟子之言多，若欲得之，亦合用许多工夫。孔子言简，故意广无失。孟子言多意长，前呼后唤，事理俱明，亦无失。若他人语多，则有失。某今接士大夫，答问多，转觉辞多无益。"

原父《论语解》，紧要处只是庄老。

先生问："曾文清有《论语解》，曾见否？"曰："尝见之，其言语简。"曰："其中极有好处，亦有先儒道不到处。某不及识之，想是一精确人，故解书言多简。"某曰："闻之，文清每日早，必正衣冠，读《论语》一篇。"曰："此所谓'学而时习之'，与今日学者读《论语》不同。"

建安吴才老作《论语十说》，世以为定夫作者，非也。其功浅，其害亦浅。又为《论语考异》，其功渐深，而有深害矣。至为《语解》，即以己意测度圣人，谓圣人为多诈轻薄人矣！徐蒇为刊其书越州以行。

学者解《论语》，多是硬说。须习熟，然后有个入头处。

《孟子疏》乃邵武士人假作。蔡季通识其人。当孔颖达时，未尚《孟子》，只尚《论语孝经》尔。其书全不似疏样，不曾解出名物制度，只绕缠赵岐之说耳！

问伊川说"读书当观圣人所以作经之意，与圣人所以用心"一条。曰："此条，程先生说读书，最为亲切。今人不会读书是如何？只缘不曾求圣人之意，才拈得些小，便把自意硬入放里面，胡说乱说。故教它就圣人意上求，看如何。"问："'易其气'是如何？"曰："只是放教宽慢。今人多要硬把捉教住，如有个难理会处，便要刻画百端讨出来，枉费心力。少刻只说得自底，那里见圣人意？"又曰："固是要思索，思索那曾恁地？"又举"阙其疑"一句，叹美之。

先生尝举程子读《论》《孟》切己之说，且如"学而时习之"，切己看时，曾时习与否？句句如此求之，则有益矣。余正甫云："看《中庸》《大学》，只得其纲而无目，如衣服只有领子。"过当时不曾应。后欲问："谓之纲者，以其目而得名；谓之领者，以其衣而得名。若无目，则不得谓之纲矣，故先生编《礼》，欲以《中庸》、《大学》、《学记》等篇置之卷端为《礼本》。"正甫未之从。

问："孔子言语，句句是自然；孟子言语，句句是事实。"曰："孔子言语一似没紧要说出来，自是包含无限道理，无些渗漏。如云'道之以政，齐之以刑；道之以德，齐之以礼'数句，孔子初不曾著气力，只似没紧要说出来，自是委曲详尽，说尽道理，更走它底不得。若孟子便用著气力，依文按本，据事实说无限言语，方说得出。此所以为圣贤之别也。孟子说话，初间定用两句说起个头，下面便分开两段说去，正如而今人做文字相似。"

《论语》之书，无非操存、涵养之要；七篇之书，莫非体验、扩充之端。盖孔子大概使人优游餍饫⑦，涵泳讽味；孟子大概是要人探索力讨，反己自求。故伊川曰："孔子句句是自然，孟子句句是事实。"亦此意也。如《论语》所言"居处恭，执事敬，与人忠"，"出门如见大宾，使民如承大祭"，"非礼勿视、听、言、动"之类，皆是存养底意思。孟子言"性善，存心，养性，孺子入井"之心，四端之发，若火始然，泉始达之类，皆是要体认得这心性下落，扩而充之。于此等类语玩味，便自可见。

问："齐景公欲封孔子以尼溪之田，晏婴不可。楚昭王欲封孔子以书社之地，子西不可。使无晏婴子西，则夫子还受之乎？"曰："既仕其国，则须有采地，受之可也。"

楚昭王招孔子，孔子过陈蔡被围。昭王之招无此事。邹鲁间陋儒尊孔子之意如此。设使是昭王招，陈蔡乃其下风耳，岂敢围？张无垢所谓者非。

①周匝：周密、周到。

②儹（zán 音盏）：积聚、聚敛。

③玄默：沉静无为。

④义理：道理。

⑤存养：积累揣摸。

⑥华掞：（yàn 音艳）：华丽。

⑦餍饫（yàn yù 音厌于）：饱。比喻治学深入。

三、《中庸》纲领

《中庸》一书，枝枝相对，叶叶相当，不知怎生做得一个文字齐整。

《中庸》，初学者未当理会。

《中庸》之书难看，中间说鬼说神，都无理会。学者须是见得个道理了，方可看此书，将来印证。

问《中庸》，曰："而今都难恁理会。某说个读书之序，须是且著力去看《大学》，又著力去看《论语》，又著力去看《孟子》。看得三书了，这《中庸》半截都了，不用问人，只略略恁看过。不可掉了易底，却先去攻那难底。《中庸》多说无形影，如鬼神，如'天地参'等类，说得高。说下学处少，说上达处多。若且理会文义，则可矣。"问："《中庸》精粗本末，无不兼备否?"曰："固是如此，然未到精粗本末无不备处。"

问《中庸》、《大学》之别，曰："如读《中庸》求义理，只是致知功夫；如慎独修省，亦只是诚意。"问："只是《中庸》直说到'圣而不可知'处。"曰："如《大学》里也有如'前王不忘'，便是'笃恭而天下平'底事。"

读书先须看大纲，又看几多间架。如"天命之谓性，率性之谓道，修道之谓教。"此是大纲。夫妇所知所能，与圣人不知不能处，此类是间架。譬人看屋，先看他大纲，次看几多间，间内又有小间，然后方得贯通。

问："《中庸》名篇之义，中者，不偏不倚、无过不及之名。兼此二义，包括方尽。就道理上看，固是有未发之中；就《经》文上看，亦先言'喜、怒、哀、乐未发之谓中'，又言'君子之中庸也，君子而时中'。"先生曰："他所以名篇者，本是取'时中'之'中'。然所以能时中者，盖有那未发之中在。所以先开说未发之中，然后又说'君子之时中'。"

至之问："'中'含二义，有未发之中，有随时之中。"曰："《中庸》一书，本只是说随时之中，然本其所以有此随时之中，缘是有那未发之中，后面方说'时中'去。"至之又问："'随时之中，犹日中之中'，何意?"曰："本意只是说昨日看得是中，今日看得又不是中。然譬喻不相似，亦未稳在。"

"'中庸'之'中'，本是无过无不及之中，大旨在时中上。若推其中，则自喜怒哀乐未发之中，而为'时中'之'中'。未发之中是体，'时中'之'中'是用，'中'字兼中和言之。"直卿云："如'仁义'二字，若兼义，则仁是体，义是用；若独说仁，则义、礼、智皆在其中，自兼体用言之。"

"'中庸'之'中'，是兼已发而中节、无过不及者得名。故周子曰：'惟中者，和也，中节也，天下之达道也。'若不识得此理，则周子之言更解不得。所以，伊川谓'中者，天下之正道'。中庸章句以'中庸'之'中'，实兼'中和'之义，《论语集注》以'中者，不偏不倚，无过不及之名'，皆此意也。"

"'中庸'之'中'，兼不倚之中?"曰："便是那不倚之中流从里出来。"

问："明道以'不易'为庸，先生以'常'为庸，二说不同?"曰："言常，则不易在其中矣。

惟其常也，所以不易。但‘不易’二字，则是事之已然者。自后观之，则见此理之不可易。若庸，则日用常行者便是。”

或问：“‘中庸’二字，伊川以庸为定理，先生易以为平常。据‘中’之一字大段精微，若以平常释‘庸’字，则两字大不相粘[①]。”曰：“若看得不相粘，便是相粘了。如今说这物白，这物黑，便是相粘了。”广因云：“若不相粘，则自不须相对言得。”曰：“便是此理难说。前日与季通说话终日，惜乎不来听。东之与西，上之与下，以至于寒暑昼夜生死，皆是相反而相对也。天地间物，未尝无相对者，故程先生尝曰：‘天地万物之理，无独必有对，皆自然而然，非有安排也。每中夜以思，不知手之舞之，足之蹈之也。’看得来真个好笑！”

“惟其平常，故不可易。若非常，则不得久矣。譬如饮食，如五谷是常，自不可易。若是珍羞异味不常得之物，则暂一食之可也，焉能久乎？庸，固是定理，若以为定理[②]，则却不见那平常底意思。今以平常言，则不易之定理自在其中矣。”广因举释子偈有云：“世间万事不如常，又不惊人又久长。”曰：“便是他那道理也有极相似处，只是说得来别。故某于《中庸章句序》中著语云：‘至老、佛之徒出，则弥近理而大乱真矣！’须是看得他那‘弥近理而大乱真’处，始得。”广云：“程子‘自私’二字恐得其要领，但人看得此二字浅近了。”曰：“便是向日王顺伯曾有书与陆子静辨此二字云：‘佛氏割截身体，犹自不顾，如何却谓之自私得？’”味道因举明道答横渠书云：“大抵人患在自私而用智。”曰：“此却是说大凡人之任私意耳！”因举下文“豁然而大公，物来而顺应”，曰：“此亦是对说。‘豁然而大公’，便是不自私；‘物来而顺应’，便是不用智。后面说治怒处曰：‘但于怒时遽忘其怒，反观理之是非，则于道思过半矣。’‘忘其怒’，便是大公；‘反观理之是非’，便是顺应，都是对说。盖其理自如此。”广因云：“太极一判[③]，便有阴阳相对。”曰：“然。”

“惟其平常，故不可易，如饮食之有五谷，衣服之有布帛。若是奇羞异味，锦绮组绣，不久便须厌了。庸固是定理，若直解为定理，却不见得平常意思。今以平常言，然定理自在其中矣。”公晦问：“‘中庸’二字，旧说依程子‘不偏不易’之语。今说得是不偏不倚、无过不及而平常之理。似以不偏不倚无过不及说‘中’，乃是精密切至之语。而以平常说庸，恰似不相粘著。”曰：“此其所以粘著。盖缘处得极精极密，只是如此平常。若有些子诧异[④]，便不是极精极密，便不是中庸。凡事无不相反以相成：东便与西对，南便与北对，无一事一物不然。明道所以云：‘天下之物，无独必有对，终夜思之，不知手之舞之，足之蹈之。’直是可观，事事如此。”

问：“中庸不是截然为二，庸只是中底常然而不易否？”曰：“是。”

问：“明道曰：‘惟中不足以尽之，故曰“中庸”。’庸乃中之常理，中自已尽矣。”曰：“中亦要得常，此是一经一纬，不可阙。”

蜚卿问：“‘中庸之为德。’程云：‘不偏之谓“中”，不易之谓“庸”。’”曰：“中则直上直下，庸是平常不差异；中如一物竖置之，常如一物横置之；唯中而后常，不中则不能常。”因问曰：“不惟不中则不能常，然不常亦不能为中。”曰：“亦是如此。中而后能常，此以自然之理而言；常而后能有中，此以人而言。”问：“龟山言：‘高明则中庸也。高明者，中庸之体；中庸者，高明之用。’不知将体用对说如何？”曰：“只就‘中庸’字上说，自分晓，不须如此说亦可。”又举荆公“高明处己，中庸处人”之语为非是。因言：“龟山有功于学者。然就他说，据他自有做工夫处。高明，释氏诚有之，只缘其无‘道中庸’一截。又一般人宗族称其孝，乡党称其弟，故十项事其八九可称。若一向拘挛，又做得甚事！要知中庸、高明二者皆不可废。”

或问：“中与诚意如何？”曰：“中是道理之模样，诚是道理之实处，中即诚矣。”又问：“智、仁、勇于诚如何？”曰：“智、仁、勇是做底事，诚是行此三者都要实。”又问“中、庸”。曰：

"中、庸只是一事，就那头看是中，就这头看是庸。譬如山与岭，只是一物。方其山，即是谓之山；行著岭路，则谓之岭，非二物也。"中、庸只是一个道理，以其不偏不倚，故谓之'中'；以其不差异可常行，故谓之'庸'。未有中而不庸者，亦未有庸而不中者。惟中，故平常。尧授舜，舜授禹，都是当其时合如此做，做得来恰好，所谓中也。中，即平常也，不如此，便非中，便不是平常。以至汤武之事亦然。又如当盛夏极暑时，须用饮冷，就凉处，衣葛，挥扇，此便是中，便是平常；当隆冬盛寒时，须用饮汤，就密室，重裘⑤，拥火，此便是中，便是平常。若极暑时重裘拥火，盛寒时衣葛挥扇，便是差异，便是失其中矣。"

问："'中庸'之'庸'，平常也。所谓平常者，事理当然而无诡异也。《或问》言：'既曰当然，则自君臣父子日用之常，以至尧舜之禅授⑥，汤武之放伐，无适而非平常矣。'窃谓尧舜禅授，汤武放伐，皆圣人非常之变，而谓之平常，何也？"曰："尧舜禅授，汤武放伐，虽事异常，然皆是合当如此，便只是常事。如伊川说'经、权'字，'合权处，即便是经'。"铢曰："程《易》说《大过》，以为'大过者，常事之大者耳，非有过于理也。圣人尽人道，非过于理'。是此意否？"曰："正是如此。"

问道之常变。举《中庸或问》说曰："守常底固是是，然到守不得处只着变，而硬守定则不得。至变得来合理，断然著如此做，依旧是常。"又问："前日说经权云：'常自是著还他一个常，变自是著还他一个变。'如《或问》举'尧舜之禅授，汤武之放伐，其变无穷，无适而非常'，却又皆以为平常，是如何？"曰："是他到不得已处，只得变。变得是，仍旧是平常，然依旧著存一个变。"

有中必有庸，有庸必有中，两个少不得。

中必有庸，庸必有中；能究此而后可以发诸运用。

中庸该得中和之义。庸是见于事，和是发于心，庸该得和。

问："'中庸'二字孰重？"曰："庸是定理，有中而后有庸。"问："《或问》中言：'中立而无依，则必至于倚。'如何是无依？"曰："中立最难。譬如一物植立于此，中间无所依著，久之必倒去。"问："若要植立得住，须用强矫？"曰："大故要强立。"

"向见刘致中说，今世传明道《中庸义》是与叔初本，后为博士演为讲义。"先生又云："尚恐今解是初著，后掇其要为解也。"

吕《中庸》，文滂沛⑦，意浃洽。

李先生说："陈几叟辈皆以杨氏《中庸》不如吕氏。"先生曰："吕氏饱满充实。"

龟山门人自言龟山《中庸》枯燥，不如与叔浃洽。先生曰："与叔却似行到，他人如登高望远。"

游、杨、吕、侯诸先生解《中庸》，只说他所见一面道理，却不将圣人言语折衷，所以多失。

游、杨诸公解《中庸》，引书语皆失本意。

"理学最难。可惜许多印行文字，其间无道理底甚多，虽伊洛门人亦不免如此。如解《中庸》，正说得数句好，下面便有几句走作无道理了，不知是如何。旧尝看《栾城集》，见他文势甚好。近日看，全无道理。如《与刘原父书》说藏巧若拙处，前面说得尽好，后面却说怕人来磨我，且恁地鹘突去，要他不来，便不成说话。又如苏东坡《忠厚之至论》说'举而归之于仁'，便是不奈他何，只恁地做个鹘突了。二苏说话，多是如此。此题目全在'疑'字上。谓如有人似有功，又似无功，不分晓，只是从其功处重之。有人似有罪，又似无罪，不分晓，只得从其罪处轻之。若是功罪分明，定是行赏罚不可毫发轻重。而今说'举而归之于仁'，更无理会。"或举老苏《五经论》，先生曰："说得圣人都是用术了！"

游丈开问："《中庸》编集得如何?"曰："便是难说。缘前辈诸公说得多了，其间尽有差舛处[8]，又不欲尽驳难他底，所以难下手，不比《大学》都未曾有人说。"

先生以《中庸或问》见授，云："亦有未满意处，如评论程子、诸子说处，尚多粗。"

问："赵书记欲以先生《中庸解》锓木，如何?"先生曰："公归时，烦说与，切不可。某为人迟钝，旋见得旋改，一年之内改了数遍不可知。"又自笑云："那得个人如此著述。"

①相粘：联系。

②定理：规律。

③"太极一判"：混沌的世界一分化。

④咤异：惊奇。

⑤重裘：穿厚皮衣。

⑥禅授：即尧、舜、禹时代更换部落首领的禅让制。

⑦滂沛：酣畅淋漓。

⑧差舛（chāi chuǎn 音拆喘）：差错。舛，错乱。

朱子语类卷第六十五

四、《易》纲领

纲 领 上

阴　阳

阴阳只是一气，阳之退，便是阴之生。不是阳退了，又别有个阴生。

阴阳做一个看亦得，做两个看亦得。做两个看，是"分阴分阳，两仪立焉[1]"。做一个看，只是一个消长。

阴阳各有清浊偏正。

阴阳之理，有会处，有分处，事皆如此。今浙中学者只说合处、混一处，都不理会分处。

天地间道理，有局定底[2]，有流行底。

阴阳有个流行底，有个定位底。"一动一静，互为其根"，更是流行底，寒暑往来是也；"分阴分阳，雨仪立焉"，便是定位底，天地上下四方是也。"易"有两义：一是变易，便是流行底；一是交易，便是对待底[3]。魂魄，以二气言，阳是魂，阴是魄，以一气言，则伸为魂，屈为魄。

阴阳，有相对而言者，如东阳西阴，南阳北阴是也；有错综而言者，如昼夜寒暑，一个横，一个直是也。伊川言："易，变易也。"只说得相对底阴阳流转而已，不说错综底阴阳交互之理。

言“易”，须兼此二意。

阳气只是六层，只管上去。上尽后，下面空缺处便是阴。

方其有阳，那里知道有阴？有《乾卦》，那里知道有《坤卦》？天地间只是一个气，自今年冬至到明年冬至，是他地气周匝[④]。把来折做两截时，前面底便是阳，后面底便是阴。又折做四截也如此，便是四时。天地间只有六层阳气，到地面上时，地下便冷了。只是这六位阳，长到那第六位时，极了无去处，上面只是渐次消了。上面消了些个时，下面便生了些个，那便是阴。这只是个嘘吸[⑤]。嘘是阳，吸是阴，唤做一气，固是如此。然看他日月男女牝牡处，方见得无一物无阴阳，如至微之物也有个背面。若说流行处，却只是一气。

徐元震问：“自十一月至正月，方三阳，是阳气自地上而升否？”曰：“然。只是阳气既升之后，看看欲绝，便有阴生。阴气将尽，便有阳生，其已升之气便散矣。所谓消息之理[⑥]，其来无穷。”又问：“雷出地奋，《豫》之后，六阳一半在地下，是天与地平分否？”曰：“若谓平分，则天却包着地在，此不必论。”因举康节《渔樵问对》之说甚好。

阴阳有以动静言者，有以善恶言者。如“乾元资始，坤元资生”，则独阳不生，独阴不成，造化周流，须是并用。如“履霜坚冰至”，则一阴之生，便如一贼。这道理在人如何看，直看是一般道理，横看是一般道理，所以谓之“易”。

天地间无两立之理，非阴胜阳，即阳胜阴，无物不然，无时不然。

阴阳不可分先后说，只要人去其中自主静。阴为主，阳为客。

都是阴阳。无物不是阴阳。

无一物不有阴阳、乾坤。至于至微至细，草木禽兽，亦有牝牡阴阳。康节云“坤无一，故无首；乾无十，故无后。”所以坤常是得一半。

天地之间，无往而非阴阳，一动一静，一语一默，皆是阴阳之理。至如摇扇便属阳，住扇便属阴，莫不有阴阳之理。“继之者善”，是阳；“成之者性”，是阴。阴阳只是此阴阳，但言之不同。如二气迭运，此两相为用，不能相无者也。至以阳为君子，阴为小人，则又自夫刚柔善恶而推之，以言其德之异耳。“继之者善”，是已发之理；“成之者性”，是未发之理。自其接续流行而言，故谓之“已发”；以赋受成性而言，则谓之“未发”。及其在人，则未发者固是性，而其所发亦只是善。凡此等处，皆须各随文义所在，变通而观之。才拘泥，便相梗，说不行。譬如观山，所谓“横看成岭侧成峰”也。

问：“自一阴一阳，见一阴一阳又各生一阴一阳之象。以图言之，‘两仪生四象，四象生八卦’[⑦]，节节推去，固容易见。就天地间着实处如何验得？”曰：“一物上又自各有阴阳，如人之男女，阴阳也。逐人身上，又各有这血气，血阴而气阳也。如昼夜之间，昼阳而夜阴也。而昼阳自午后又属阴，夜阴自子后又属阳，便是阴阳各生阴阳之象。”

“易”字义只是阴阳。

《易》，只消道“阴阳”二字括尽。

《易》只是个阴阳。庄生曰“《易》以道阴阳”，亦不为无见。如奇耦、刚柔，便只是阴阳做了《易》。等而下之，如医技养生家之说，皆不离阴阳二者。魏伯阳《参同契》，恐希夷之学，有些自其源流。

至之曰：“《正义》谓：‘“易”者，变化之总号，代换之殊称，乃阴阳二气生生不息之理。’窃见此数语亦说得好。”曰：“某以为‘易’字有二义：有变易，有交易。《先天图》一边本都是阳，一边本都是阴，阳中有阴，阴中有阳，便是阳往交易阴，阴来交易阳，两边各各相对。其实非此往彼来，只是其象如此。然圣人当初亦不恁地思量，只是画一个阳，一个阴，每个便生两个。就一个阳上，又生一个阳，一个阴；就一个阴上，又生一个阴，一个阳。只管恁地去。自一为二，二为四，四为八，八为十六，十六为三十二，三十二为六十四。既成个物事，便自然如此齐整。皆是天地本然之妙元如此，但略假圣人手画出来。如《乾》一索而得《震》，再索而得《坎》，三索而得《艮》，《坤》一索而得《巽》，再索而得《离》，三索而得《兑》。初间画卦时，也不是恁地，只是画成八个卦后，便见有此象耳。"

问："'易'有交易、变易之义如何？"曰："交易是阳交于阴，阴交于阳，是卦图上底。如'天地定位，山泽通气'云云者是也；变易是阳变阴，阴变阳，老阳变为少阴，老阴变为少阳，此是占筮之法。如昼夜寒暑，屈伸往来者是也。"又问："圣人仰观俯察，或说伏羲见天地奇耦自然之数，于是画一以为奇，所以象阳；画两以为耦，所以象阴。恐于方圆之形见得否？或说以天是浑沦圆底，只是一个物事；地则便有阙陷分裂处否？"曰："也不特如此。天自是一，地自是二，凡物皆然。盖天之形虽包乎地之外，而其气实透乎地之中。地虽是一块物事在天之中，然其中实虚，容得天许多气。"或引先生注《易》"阳一而实，阴二而虚"为证。曰："然。所以《易》中言：'夫乾，其静也专，其动也直，是以大生焉；夫坤，其静也翕[8]，其动也辟，是以广生焉。乾之静专动直，都是一底意思。他这物事虽大，然无间断，只是鹘沦一个大底物事[9]，故曰'大生'。地则静翕动辟，便是两个物事。其翕也，是两个物事之聚，其辟也，是两个物事之开。他这中间极阔，尽容得那天之气，故曰'广生'。"

龟山过黄亭詹季鲁家。季鲁问《易》。龟山取一张纸画个圈子，用墨涂其半，云："这便是《易》。"此说极好。《易》只是一阴一阳，做出许多般样。

"诸公且试看天地之间，别有甚事？只是'阴'与'阳'两个字，看是什么物事都离不得。只就身上体看，才开眼，不是阴，便是阳，密拶拶在这里，都不着得别物事。不是仁，便是义；不是刚，便是柔。只自家要做向前，便是阳；才收退，便是阴意思。才动便是阳，才静便是阴。未消别看，只是一动一静，便是阴阳。伏羲只因此画卦以示人。若只就一阴一阳，又不足以该众理[10]，于是错综为六十四卦，三百八十四爻。初只是许多卦爻，后来圣人又系许多辞在下。如他书则元有这事，方说出这个道理。《易》则未曾有此事，先假托都说在这里。如《书》，便有个尧舜，有个禹汤文武周公出来做许多事，便说许多事。今《易》则元未曾有。圣人预先说出，待人占考，大事小事无一能外于此。圣人大抵多是垂戒。"又云："虽是一阴一阳，《易》中之辞，大抵阳吉而阴凶。间亦有阳凶而阴吉者，何故？盖有当为，有不当为。若当为而不为，不当为而为之，虽阳亦凶。"又云："圣人因卦爻以垂戒，多是利于正，未有不正而利者。如云：'夕惕若厉，无咎。'若占得这爻，必是朝兢夕惕，戒慎恐惧，可以无咎。若自家不曾如此，便自有咎。"又云："'直方大，不习无不利。'若占得这爻，须是将自身已体看：是直，是方，是大，去做某事必得其利；若自家未是直，不曾方，不曾大，则无所往而得其利，此是本《爻辞》如此。到孔子又自添说了，如云：'敬以直内，义以方外。'本来只是卜筮，圣人为之辞以晓人，便说许多道理在上。今学《易》，非必待遇事而占，方有所戒。只平居玩味，看他所说道理，于自家所处地位合是如何。故云：'居则观其象而玩其辞，动则观其变而玩其占。'孔子所谓'学《易》'，正是平日常常学之。想见圣人之所谓'读'，异乎人之所谓'读'。想见胸中洞然，于《易》之理无纤毫蔽处，故云'可以无大过'。"又曰："圣人系许多辞，包尽天下之理。止缘万事不离乎阴阳，故因阴阳中而推说万事之理。今要占考，虽小小事都有。如占得'不利有攸往'，便是不可出路；'利涉大川'，便是可以乘舟。此类不一。"贺孙问："《乾卦文言》圣人所以重叠四截说在此，见圣人学《易》，只管体出许多意思。又恐人晓不得，故说以示教。"曰："大意只管怕人晓不得，故重叠说在里，大抵多一般，如云'阳在下也'，又云'下也'。"贺孙问："圣人所以因阴阳说出许多道理，而所说之理皆不离乎阴阳者，盖缘所以为阴阳者，元本于实然之理。”曰：“阴阳是气；才有此理，便有此气；才有此气，便有此理。天下万物万化，何者不出于此理？何者不出于阴阳？”贺孙问：“此程先生所以说道：‘天下无性外之物。’”曰：“如云：‘天地间只是个感应。’又如云：‘诚者，物之终始，不诚无物。’”

程子言：“《易》中只是言反复、往来、上下。”这只是一个道理。阴阳之道，一进一退，一长一消，反复、往来、上下，于此见之。

《易》中说到那阳处，便扶助推移他。到阴处，便抑遏壅绝他。

问：“阴何以比小人？”曰：“有时如此。平看之，则都好；以类言之，则有不好。然亦只是皮不好，骨子却好。大抵发生都则是一个阳气，只是有消长。阳消一分，下面阴生一分。又不是讨个阴来，即是阳消处便是阴。故阳来谓之复，复者是本来物事；阴来谓之姤[11]，姤是偶然相遇。”

天下之理，单便动，两便静。且如男必求女，女必求男，自然是动。若一男一女居室后，便定。

数

石子余问《易》数[12]，曰：“都不要说圣人之画数何以如此。譬之草木，皆是自然恁地生，不待安排。数亦是天地间自然底物事，才说道圣人要如何，便不是了。”

问理与数。曰：“有是理，便有是气，有是气，便有是数，盖数乃是分界限处。”又曰：“‘天一地二，天三地四，天五地六，天七地八，天九地十’，是自然如此，走不得。如水数六，雪花便六出，不是安排做底。”又曰：“古者用龟为卜，龟背上纹，中间有五个，两边有八个，后有二十四个，亦是自然如此。”

问：“理与数，其本也只是一。”曰：“气便是数。有是理，便有是气，有是气，便有是数，物物皆然。如水数六，雪片也六出，这又不是去做将出来，他是自恁地。如那龟，圣人所以独取他来用时，也是这个物事分外灵。尝有朋友将龟壳来看，背上中心有五条文，出去成八，外面又成二十四，皆是自然恁地[13]，这又未为巧。最是七八九六与一二三四极巧：一是太阳，余得个九在后面。二是少阴，后面便是八。三是少阳，后面便是七。四是太阴，后面便是六，无如此恰好。这皆是造化自然如此，都遏他不住。”

某尝问季通：“康节之数，伏羲也曾理会否？”曰：“伏羲须理会过。”某以为不然。伏羲只是据他见得一个道理，恁地便画出几画。他也那里知得叠出来恁地巧？此伏羲所以为圣。若他也恁地逐一推排，便不是伏羲天然意思。《史记》曰：“伏羲至淳厚，作《易》八卦。”那里恁地巧推排？

大凡《易》数皆六十：三十六对二十四，三十二对二十八，皆六十也。以十甲十二辰，亦凑到六十也。钟律以五声十二律，亦积为六十也。以此知天地之数，皆至六十为节。

数三百六十六。三百六十，天地之正数也。自余进退不过六，故阳进不过六分。

季通云：“天下之万声，出于一阖一辟；天下之万理，出于一动一静；天下之万数，出于一奇一耦；天下之万象，出于一方一圆，尽只起于《乾》、《坤》二画。”

天下道理，只是一个包两个。《易》便只说到八个处住。洪范说到十数住。五行五个，便有十个。甲乙便是两个木，丙丁便是两个火，戊己便是两个土，金、水亦然，所谓‘兼三才而两之’，便都是如此。《大学》中明德便包得格物、致知、诚意、正心、修身五个；新民便包得齐家、治国、平天下三个。自暗室屋漏处做得去，到得无所不周，无所不遍，都是这道理。自一心之微，以至于四方之远，天下之大，也都只是这个。

数只有二，只有《易》是。老氏言三，亦是二共生三，三其子也。三生万物，则自此无穷矣。后人破之者非。扬子云是三数，邵康节是四数，皆不及《易》也。

康节数四，孔子数八，料得孔子之数又大也。季通自谓略已见之。

有气有形便有数。物有衰旺，推其始终，便可知也。有人指一树问邵先生，先生云："推未得。"少顷一叶堕，便由此推起。盖其旺衰已见，方可推其始终。推，亦只是即今年月日时以起数也。

河图洛书

先生谓甘叔怀曰："曾看《河图》《洛书》数否？无事时好看。虽未是要切处，然玩此时，且得自家心流转得动。"

《河图》常数，《洛书》变数。

《河图》中宫，天五乘地十而得。七八九六，因五得数。积五奇五耦，而为五十有五。

中数五，衍之而各极其数以至于十者，一个衍成十个，五个便是五十。圣人说这数，不是只说得一路。他说出这个物事，自然有许多样通透去。如五奇五耦成五十五。又一说，六七八九十因五得数，是也。

《河图》五十五，是天地自然之数。大衍五十，是圣人去这《河图》里面，取那天五地十衍出这个数。不知他是如何？大概《河图》是自然底，大衍是用以揲蓍求卦者。

天地生数，到五便住。那一二三四遇着五，便成六七八九。五却只自对五成十。

或问："《河图》自五之外，如何一便成六七八九十？"曰："皆从五过，则一对五而成六，二对五而成七，三对五而成八，四对五而成九，到末梢五又撞着个五，便成十。"

一二三四九八七六最妙。一藏九，二藏八，三藏七，四藏六。

"二始"者，一为阳始，二为阴始；"二中"者，五六；"二终"者，九十。五便是十干所始，六便是十二律所生。圆者，星也。"圆者，《河图》之数"，言无那四角底，其形便圆。

"一与六共宗"，盖是那一在五下，便有那六底数。"二与七同位"，是那二在五边，便有七底数。

成数虽阳，固亦本。之阴也。如子者，父之阴；臣者，君之阴。

阴少于阳，气、理、数皆如此。用全用半，所以不同。

问："前日承教云：'老阳少阴，少阳老阴，即除了本身一二三四，便是九八七六之数。'今观《启蒙》阳退阴进之说，似亦如此。"曰："他进退亦是自然如此，不是人去攒教他进退。以十言之，即如前说，大故分晓。若以十五言之，九便对六，七便对八，晓得时也好则剧。"又问："河图，此数控定了。"先生曰："天地只是不会说，倩他圣人出来说。若天地自会说话，想更说得好在。如《河图》、《洛书》，便是天地画出底。"

所谓"得五成六"者，一才勾牵着五，便是个六。下面都恁地。

老阴老阳所以变者，无他，到极处了，无去处，便只得变。九上更去不得了，只得变回来做八。六下来，便是五生数了，也去不得，所以却去做七。

《河图》《洛书》于八卦九章无相着，不知如何。

伏羲卦画先天图

问："先生说：'伏羲画卦皆是自然，不曾用些子心思智虑，只是借伏羲手画出尔。'唯其出于自然，故以之占筮则灵验否？"曰："然。自'太极生两仪'，只管画去，到得后来，更画不迭。正如磨麦相似，四下都恁地，自然撒出来。"

伏羲当时画卦，只如掷珓相似[14]，无容心。《易》只是阴一阳一，其始一阴一阳而已。有阳中阳、阳中阴，有阴中阳、阴中阴。阳中阳⚌，看上面所得如何，再得阳，即是☰，故《乾》一。或得阴，即是☱，故《兑》二。阳中阴⚍，亦看上所得如何，或是阳，即是☲，所以《离》三。或得阴，即是☳，所以《震》四。阴中阳⚎，看上面所得如何，或得阳，即是☴，所以《巽》五。或得阴，即是☵，所以《坎》六。阴中阴⚏，看上所得如何，若得阳，即是☶，所以《艮》七。再得阴，即是☷，所以《坤》八。看他当时画卦之意，妙不可言。

问："《先天图》阴阳自两边生，若将《坤》为太极，与《太极图》不同，如何？"曰："他自据他意思说，即不曾契勘濂溪底。若论他太极，中间虚者便是。他亦自说'图从中起'，今不合被横图在中间塞却。待取出放外，他两边生者，即是阴根阳，阳根阴。这个有对，从中出即无对。"

"《先天图》如何移出方图在下？"曰："是某挑出。"

又说："康节方图子，自西北之东南，便是自《乾》以之《坤》；自东北以之西南，便是《泰》以至《否》。其间有《咸》、《恒》、《损》、《益》、《既济》、《未济》，所以又于此八卦见义。盖为是自两角尖射上与《乾》《坤》相对，不知得怎生恁地巧。某尝说伏羲初只是画出八卦，见不到这里。蔡季通以为不然，却说某与太史公一般。某问云：'太史公如何说？'他云：'太史公云："伏羲至淳厚，画八卦。"'便是某这说。看来也是圣人淳厚，只据见定见得底画出。如伊川说：'若不因时，则一个圣人出来，许多事便都做了。'"

所问《先天图》曲折，细详图意，若自《乾》一横排至《坤》八，此则全是自然。故《说卦》云："《易》，逆数也。"若如圆图，则须如此，方见阴阳消长次第。虽似稍涉安排，然亦莫非自然之理。自冬至至夏至为顺，盖与前逆数者相反。自夏至至冬至为逆，盖与前逆数者同。其左右与今天文家说左右不同，盖从中而分，其初若有左右之势尔。

四象不必说阳向上。更合一画为九，方成老阴，到《兑》便推不去了。《兑》下一画却是八卦，不是四象。

阴阳老少，以少者为主。如《震》是少阳，却奇一耦二。

老阴老阳交而生《艮》《兑》，少阴少阳交而生《震》《巽》。《离》《坎》不交，各得本画。《离》《坎》之交是第二画，在生四象时交了。老阳过去交阴，老阴过来交阳，便是《兑》《艮》第三画。少阴少阳交，便生《震》《巽》上第三画。所以知其如此时，他这位次相挨旁。兼山谓圣人不分别阴阳老少，卜史取动爻之后卦，故分别老少。若如此，则卦遂无动，占者何所用观变而玩占？

一卦又各生六十四卦，则本卦为内卦[15]，所生之卦为外卦[16]，是十二爻底卦。

问："昨日先生说：'程子谓其体则谓之易。体，犹形体也，乃形而下者。易中只说个阴阳交易而已。'然先生又尝曰：'在人言之，则其体谓之心。'又是如何？"曰："心只是个动静感应而已。所谓'寂然不动，感而遂通'者，是也。看那几个字，便见得。"因言："易是互相博易之义，观《先天图》便可见。东边一画阴，便对西边一画阳。盖东一边本皆是阳，西一边本皆是阴。东边阴画，皆是自西边来；西边阳画，都是自东边来。《姤》在西，是东边五画阳过；《复》在东，是西边五画阴过，互相博易而成。《易》之变虽多般，然此是第一变。”广云：“程子所谓‘《易》中只说反复往来上下’者，莫便是指此言之否？”曰：“看得来程子之意又别。邵子所谓《易》，程子多理会他底不得，盖他只据理而说，都不曾去问他。”

《乾》《坤》相为阴阳。《乾》后面一半，是阳中之阴；《坤》前面一半，是阴中之阳。

《乾》《巽》一边为上，《震》随《坤》为下。

阳上交于阴，阴下交于阳，而生四象，便是阴阳又各生两画了。阴交刚，阳交柔，便是阴阳又各生两画了。就《乾》两画边看，《乾》《兑》是老阳，《离》《震》是少阴；就《坤》两画边看，《坤》《艮》是老阴，《坎》《巽》是少阳。又各添一画，则八卦全了。

阴下交生阳，阳上交生阴。阴交阳，刚交柔，是博易之易。这多变，是变易之易。所谓“易”者，只此便是。那个是《易》之体，这是《易》之用。那是未有这卦底，这是有这卦了底。那个唤做体时，是这易从那里生；这个唤做用时，揲蓍取卦，便是用处。

问：“邵先生说‘无极之前’。无极如何说前？”曰：“邵子就图上说循环之意。自《姤》至《坤》，是阴含阳；自《复》至《乾》，是阳分阴。《复》《坤》之间乃无极，自《坤》反《姤》是无极之前。”

“无极之前”一段，问：“既有前后，须有有无？”曰：“本无前后。”

康节云“动静之间”，是指冬至夏至。

安卿问：“《先天图说》曰：‘阳在阴中，阳逆行；阴在阳中，阴逆行。阳在阳中，阴在阴中，皆顺行。’何谓也？曰：“图左一边属阳，右一边属阴。左自《震》一阳，《离》《兑》二阳，《乾》三阳，为阳在阳中，顺行。右自《巽》一阴，《坎》《艮》二阴，《坤》三阴，为阴在阴中，顺行。《坤》无阳，《艮》《坎》一阳，《巽》二阳，为阳在阴中，逆行；《乾》无阴，《兑》《离》一阴，《震》二阴，为阴在阳中，逆行。”又问：“‘《先天图》，心法也。图皆自中起，万化万事生乎心’，何也？”曰：“其中白处者，太极也；三十二阴、三十二阳者，两仪也；十六阴、十六阳者，四象也；八阴、八阳，八卦也。”问：“‘图虽无文，终日言之，不离乎是’，何也？”曰：“一日有一日之运，一月有一月之运，一岁有一岁之运。大而天地之终始，小而人物之生死，远而古今之世变，皆不外乎此，只是一个盈虚消息之理。本是个小底，变成大底；到那大处，又变成小底。如纳甲法，《乾》纳甲壬，《坤》纳乙癸，《艮》纳丙，《兑》纳丁，《震》纳庚，《巽》纳辛，《离》纳己，《坎》纳戊，亦是此。又如《火珠林》，若占一《屯卦》，则初九是庚子，六二是庚寅，六三是庚辰，六四是戊午，九五是戊申，上六是戊戌，亦是此。又如道家以《坎》《离》为真水火，为六卦之主，而六卦为《坎》《离》之用。自月初三为《震》，上弦为《兑》，望日为《乾》，望后为《巽》，下弦为《艮》，晦为《坤》，亦不外此。”又曰：“《乾》之一爻属戊，《坤》之一爻属己。留戊就己，方成《坎》《离》。盖《乾》《坤》旧大父母，《坎》《离》是小父母。”

《先天图》更不可易。自《复》至《乾》为阳，自《姤》至《坤》为阴。以《乾》《坤》定上下之位次，《坎》《离》列左右之门为正。以象言之，天居上，地居下，《艮》为山，故居西北；《兑》为泽，故居东南；《离》为日，故居于东；《坎》为月，故居于西；《震》为雷，居东北；《巽》为风，居西南。

康节“天地定位，《否》《泰》反类”诗八句，是说方图中两交股底。且如西北角《乾》，东南角《坤》，是“天地定位”，便对东北角《泰》，西南角《否》。次《乾》是《兑》，次《坤》是《艮》，便对次《否》之《咸》，次《泰》之《损》。后四卦亦如是。共十六卦。

康节“《乾》南《坤》北，《离》东《坎》西”之说，言人立时全见前面，全不见后面，东西只见一半，便似他这个意思。

《先天图》直是精微，不起于康节。希夷以前元有，只是秘而不传。次第是方士辈所相传授底。《参同契》中亦有些意思相似[17]，与历不相应。季通云：“扭捻将来，亦相应也。用六日七分。”某却不见康节说用六日七分处。文王卦序亦不相应。他只用义理排将去。如《复》只用一阳生处，此只是用物，而此也不用生底次第，也不应气候。扬雄《太玄》全模放《易》。他底用三数，《易》却用四数。他本是模《易》，故就他模底句上看《易》，也可略见得《易》意思。温公《集注》中可见也[18]。”康节云：“《先天图》心法，皆从中起。且说圆图。”又云：“文王八卦，应地之方。”这是见他不用卦生底次第，序四正卦出四角，似那方底意思。这个只且恁地，无大段分晓证左。

“《易》之精微，在那‘两仪生四象，四象生八卦，八卦生六十四卦。’万物万化皆从这里流出。紧要处在那《复》《姤》边。《复》是阳气发动之初。”因举康节诗“冬至子之半”。“六十四卦流布一岁之中，离《坎》《震》《艮》《兑》《巽》做得那二十四气，每卦当六十四分，《乾》《坤》不在四正，此以文王八卦言也。”

《先天图》，八卦为一节，不论月气先后。

《先天图》今所写者，是以一岁之运言之。若大而古今十二万九千六百年，亦只是这圈子；小而一日一时，亦只是这圈子。都从《复》上推起去。

《先天图》，一日有一个恁地道理，一月有一个恁地道理，以至合元、会、运、世，十二万九千六百岁，亦只是这个道理。且以月言之，自《坤》而《震》，月之始生；初三日也。至《兑》，则月之上弦，初八日也；至《乾》，则月之望，十五日也；至《巽》，则月之始亏，十八日也；至《艮》，则月之下弦，二十三日也；至《坤》，则月之晦，三十日也。

《先天图》与纳音相应，故季通言《与参同契》合。以图观之，《坤》《复》之间为晦，《震》为初三，一阳生；初八日为《兑》，月上弦。十五日为《乾》，十八日为《巽》，一阴生；二十三日为《艮》，月下弦。《坎》《离》为日月，故不用。《参同契》以《坎》《离》为药，余者以为火候。此图自陈希夷传来，如穆李，想只收得，未必能晓。康节自思量出来，故《墓志》云云。

问：“《先天图》卦位，自《乾》一《兑》二《离》三右行，至《震》四住。揭起《巽》五作左行，《坎》六《艮》七至《坤》八住，接《震》四。观卦气相接，皆是左旋。盖《乾》是老阳，接《巽》末《姤卦》，便是一阴生；《坤》是老阴，接《震》末《复卦》，便是一阳生。自《复卦》一阳生，尽《震》四《离》三，一十六卦，然后得《临卦》。又尽《兑》二，凡八卦，然后得《泰》卦。又隔四卦得《大壮》。又隔《大有》一卦，得《夬》。《夬卦》接《乾》，《乾》卦接《姤》。自《姤卦》一阴生，尽《巽》五《坎》六，一十六卦，然后得《遁卦》；又尽《艮》七，凡八卦，然后得《否》；又隔四卦得《观》；又隔《比》一卦得《剥》，《剥卦》接《坤》，《坤》接《复》。周而复始，循环无端。卦气左旋，而一岁十二月之卦皆有其序。但阴阳初生，各历十六卦而后为一月，又历八卦，再得一月。至阴阳将极处，只历四卦为一月，又历一卦，遂一并三卦相接。其初如此之疏，其末如此之密，此阴阳赢缩当然之理欤！然此图于《复卦》之下书曰：‘冬至子中。’于《姤卦》之下书曰：‘夏至午中。’此固无可疑者。独于《临卦》之下书曰：‘春分卯中。’则《临卦》本为十二月之卦，而春分合在《泰卦》之下。又于《遁卦》之下书曰：‘秋分酉中。’则《遁卦》本为六月之卦，而秋分合在《否卦》之下。昨侍坐复庵，闻王讲书所说卦气之论，皆世俗浅近之语，初无义理可推。窃意此图‘春分卯中’、‘秋分酉中’字，或恐后人误随世俗卦气之论，遂差其次，却与文王卦位相合矣。不然，则《离》《兑》之间所以为春，《坎》《艮》

之间所以为秋者，必当别有其说！”曰：“伏羲《易》自是伏羲说话，文王《易》自是文王说话，固不可以交互求合。所看先天卦气嬴缩极仔细，某亦尝如此理会来，尚未得其说。阴阳初生，其气固缓，然不应如此之疏，其后又却如此之密。大抵此图布置皆出乎自然，不应无说，当更共思之。”

问：“伏羲始画八卦，其六十四者，是文王后来重之耶？抑伏羲已自画了耶？看《先天图》则有八卦便有六十四，疑伏羲已有仿佛之画矣，如何？”曰：“《周礼》言《三易经》卦皆八，其别皆六十有四，便见不是文王渐画。”又问：“然则六十四卦名是伏羲元有[19]？抑文王所立？”曰：“此不可考。”子善问：“据十三卦所言，恐伏羲时已有。”曰：“十三卦所谓‘盖取诸《离》，盖取诸《益》’者，言结绳而为纲罟，有《离》之象，非观《离》而始有此也。”

问：“伏羲画卦，恐未是教人卜筮？”曰：“这都不可知。但他不教人卜筮，画作甚？”

卜　筮

《易》本为卜筮而作。古人淳质，初无文义，故画卦爻以“开物成务”，故曰：“夫《易》，何为而作也？夫《易》，开物成务，冒天下之道如斯而已。”此《易》之大意如此。

古人淳质，遇事无许多商量，既欲如此，又欲如彼，无所适从，故作《易》示人以卜筮之事，故能通志、定业、断疑，所谓“开物成务”者也。

上古民淳，未有如今士人识理义峣崎。蠢然而已，事事都晓不得。圣人因做《易》，教他占，吉则为，凶则否，所谓“通天下之志，定天下之业，断天下之疑”者，即此也。及后来理义明，有事则便断以理义。如舜传禹曰：“朕志先定，鬼神其必依，龟筮必协从。”已自吉了，更不用重去卜吉也。周公营都，意主在洛矣，所卜“涧水东，沥水西[20]”，只是对洛而言。其他事惟尽人谋，未可晓处，方卜。故迁国、立君，大事则卜。《洪范》“谋及乃心，谋及卿士”，尽人谋，然后卜筮以审之。

且如《易》之作，本只是为卜筮。如“极数知来之谓占”，“莫大乎蓍龟[21]”，“是兴神物，以前民用”，“动则观其变而玩其占”等语，皆见得是占筮之意。盖古人淳质，不似后世人心机巧，事事理会得。古人遇一事理会不下，便须去占。占得《乾》时，“元亨”便是大亨，“利贞”便是利在于正。古人便守此占。知其大亨，却守其正以俟之，只此便是“开物成务”。若不如此，何缘见得“开物成务”底道理？即此是《易》之用。人人皆决于此，便是圣人家至户到以教之也。若似后人事事理会得，亦不待占。盖“元亨”是示其所以为卦之意，“利贞”便因以为戒耳。又曰：“圣人恐人一向只把做占筮看，便以义理说出来。‘元亨利贞[22]’，在文王之辞，只作二事，止是大亨以正，至孔子方分作四件。然若是‘坤，元亨，利牝马之贞’，不成把‘利’字绝句。后云‘主利’，却当如此绝句。至于他卦，却只作‘大亨以正’。后人须要把《乾》《坤》说大于他卦。毕竟在占法，却只是‘大亨以正’而已。”

问：“《易》以卜筮设教。卜筮非日用，如何设教？”曰：“古人未知此理时，事事皆卜筮，故可以设教。后来知此者众，必大事方卜。”

魏丙材仲问“元亨利贞”，曰：“‘夫《易》，开物成务，冒天下之道。’盖上古之时，民淳俗朴，风气未开，于天下事全未知识，故圣人立龟以与之卜，作《易》以与之筮，便之趋利避害，以成天下之事，故曰‘开物成务’。然伏羲之卦，又也难理会，故文王从而为之辞于其间，无非教人之意。如曰‘元亨利贞’，则虽大亨，然亦利于正。如不贞，虽有大亨之卦，亦不可用。如曰‘潜龙勿用’，则阳气在下，故教人以勿用。‘童蒙’则又教人以须是如童蒙而求资益于人[23]，方吉。凡言吉，则不如是，便有个凶在那里；凡言不好，则莫如是，然后有个好在那里，他只是不曾说出耳！物只是人物，务只是事务，冒只是罩得天下许多道理在里。自今观之，也是如何出得他个。”

《易》本卜筮之书，后人以为止于卜筮。至王弼用老庄解，后人便只以为理，而不以为卜筮，亦非。想当初伏羲画卦之时，只是阳为吉，阴为凶，无文字。某不敢说，窃意如此。后文王见其不可晓，故为之作《彖辞》。或占得爻处不可晓，故周公为之作《爻辞》。又不可晓，故孔子为之作《十翼》，皆解当初之意。今人不看卦爻，而看《系辞》，是犹不看《刑统》，而看《刑统》之《序例》也，安能晓？今人须以卜筮之书看之，方得。不然，不可看《易》。尝见艾轩与南轩争，而南轩不然其说。南轩亦不晓。

八卦之画，本为占筮。方伏羲画卦时，止有奇偶之画，何尝有许多说话？文王重卦作《繇辞》，周公作《爻辞》，亦只是为占筮设。到孔子，方始说从义理去。如“乾，元亨利贞。坤，元亨，利牝马之贞”，与后面“元亨利贞”只一般。元亨，谓大亨也；利贞，谓利于正也。占得此卦者，则大亨而利于正耳。至孔子乃将《乾坤》分作四德说，此亦自是孔子意思。伊川云：“元亨利贞，在《乾》《坤》为四德，在他卦只作两事。”不知别有何证据。故学《易》者须将《易》各自看，伏羲《易》，自作伏羲《易》看，是时未有一辞也；文王《易》，自作文王《易》；周公《易》，自作周公《易》；孔子《易》，自作孔子《易》看。必欲牵合作一意看，不得。今学者讳言《易》本为占筮作，须要说做为义理作。若果为义理作时，何不直述一件文字，如《中庸》、《大学》之书，言义理以晓人！须得画八卦则甚？《周官》唯太卜掌《三易》之法，而司徒、司乐、师氏、保氏诸子之教国子、庶民，只是教以《诗》《书》，教以《礼》《乐》，未尝以《易》为教也。

或问：“《易》解，伊川之外谁说可取？”曰：“如《易》，某便说道圣人只是为卜筮而作，不解有许多说话。但是此说难向人道，人不肯信。向来诸公力来与某辨，某煞费气力与他分析。而今思之，只好不说。只做放那里，信也得，不信也得，无许多气力分疏。且圣人要说理，何不就理上直剖判说？何故恁地回互假托，教人不可晓？又何不别作一书？何故要假卜筮来说？又何故说许多‘吉凶悔吝’？此只是理会卜筮后，因其中有些子理，故从而推明之。所以《大象》中只是一句两句子解了。但有《文言》与《系辞》中数段说得较详，然也只是取可解底来解，如不可晓底也不曾说。而今人只是眼孔小，见他说得恁地，便道有那至理，只管要去推求。且孔子当时教人，只说‘《诗》、《书》、执礼’，只说‘学《诗》乎’与‘兴于《诗》，立于礼，成于乐’，只说‘人而不为《周南》《召南》’，‘诗三百，一言以蔽之曰：“思无邪。”’元不曾教人去读《易》。但有一处说：‘假我数年，五十以学《易》，可以无大过矣。’这也只是孔子自恁地说，不会将这个去教人。如周公做一部《周礼》，可谓纤悉毕备，而《周易》却只掌于太卜之官，却不似大司乐教成均之属样恁地重。缘这个只是理会卜筮，大概只是说个阴阳，因阴阳之消长，却有些子理在其中。伏羲当时偶然见得一便是阳，二便是阴，从而画放那里。当时人一也不识，二也不识。阴也不识，阳也不识。伏羲便与他剔开这一机，然才有个一二，后来便生出许多象数来。恁地时节，他也自遏他不住。然当初也只是理会罔罟等事，也不曾有许多峣崎[24]，如后世《经世书》之类，而今人便要说伏羲如神明样，无所不晓。伏羲也自纯朴，也不曾去理会许多事来。自他当时剔开这一个机，后世间生得许多事来，他也自不奈何，他也自不要得恁地。但而今所以难理会时，盖缘亡了那卜筮之法。如《周礼》太卜‘掌《三易》之法’，《连山》《归藏》《周易》，便是别前两足。五，头也。四，眼也。三与二，身也。初，后两足也。”其穿凿一至于此。某尝谓之曰：‘审如此，则此卦当为“虾蟆卦”方可，如何却谓之《井卦》?’

①两仪：天和地。

②局定：固定。

③对待底：对立的。

④周匝：区域。

⑤嘘吸：呼吸。

⑥消息之理：事物一消一长，互为更替的自然之理。

⑦四象：春、夏、秋、冬。

⑧翕（xī，音西）：收缩。

⑨鹘沦：即囫囵。

⑩该：包括所有。

⑪姤（gòu，音苟）：《易》卦名。六十四卦之一。姤，即相遇。

⑫数：即术数。古人推算天文历法、卜筮的学说。

⑬自然恁地：自然如此。恁，读音“rèn”，当“如此”用。

⑭掷珓（jiào，音较）：掷杯珓推测吉凶的方法之一。具体作法是：有蚌壳或形似蚌壳的竹、木两片，掷于地，观其俯仰，以占吉凶。

⑮内卦：八卦两两相叠，故称重卦；重卦下边的单卦，叫内卦。

⑯外卦：重卦上边的单卦，叫外卦。

⑰《参同契》：汉人魏伯扬撰写的《周易》研究专集。

⑱温公：指司马光。

⑲元有：即原有。

⑳瀍（chán，音缠）：河名。源出河南洛阳市西北，东南流经旧县城东入洛水。

㉑蓍龟：即蓍草和乌龟，都是卜筮用具。

㉒“元亨利贞”：全为乾之卦。它表示宏大、通畅、和宜、坚正之意。即孔子的四德之说。

㉓童蒙：蒙，即愚蠢蒙昧。是说儿童蒙昧少智。

㉔峣崎（yáo qī，音尧奇）：曲折。

纲 领 下

三 圣 《易》

上古之《易》，方是“利用厚生”，《周易》始有“正德”意，如“利贞”，是教人利于贞正；“贞吉”，是教人贞正则吉。至孔子则说得道理又多。

《乾》之“元亨利贞”，本是谓筮得此卦，则大亨而利于守正，而《彖辞》《文言》皆以为四德。某常疑如此等类，皆是别立说以发明一意。至如《坤》之“利牝马之贞”，则发得不甚相似矣①。

伏羲自是伏羲《易》，文王自是文王《易》，孔子自是孔子《易》。伏羲分卦，《乾》南《坤》北。文王卦又不同。故曰：《周易》“元亨利贞”，文王以前只是大亨而利于正，孔子方解作四德，《易》只是尚占之书。

须是将伏羲画底卦做一样看，文王卦做一样看，文王、周公说底《彖象》做一样看，孔子说底做一样看，王辅嗣、伊川说底各做一样看。伏羲是未有卦时画出来，文王是就那见成底卦边说。"画前有《易》"，真个是恁地。这个卦是画不迭底，那许多都在这里了，不是画了一画，又旋思量一画。才一画时，画画都有理会《周易》之法。而今却只有上下经两篇，皆不见许多法了，所以难理会。今人却道圣人言理，而其中因有卜筮之说。他说理后，说从那卜筮上来做什么？若有人来与某辨，某只是不答。"次日，义刚问："先生昨言《易》只是为卜筮而作，其说已自甚明白，然先生于先天后天、无极太极之说，却留意甚切，不知如何？"曰："卜筮之书，如《火珠林》之类，许多道理依旧在其间。"但是因他作这卜筮后，却去推出许多道理来。他当初做时，却只是为卜筮画在那里，不是晓尽许多道理后方始画。这个道理难说。向来张安国儿子来问，某与说云：'要晓时，便只似《灵棋课》模样。'有一朋友言：'恐只是以其人未能晓，而告之以此说。'某云：'是诚实恁地说。'良久，曰："通其变，遂成天下之文；极其数，遂定天下之象。"安卿问："《先天图》有自然之象数，伏羲当初亦知其然否？"曰："也不见得如何，但圆图是有些子造作模样，如方图只是据见在底画。"圆图便是就这中间拗做两截，淳录云："圆图作两段来拗曲。"恁地转来底是奇，恁地转去底是耦，便有些不甚依他当初画底。然伏羲当初，也只见太极下面有阴阳，便知是一生二，二又生四，四又生八，恁地推将去[②]，做成这物事。想见伏羲做得这个成时，也大故地喜欢。目前不曾见个物事恁地齐整。"因言："夜来有一说，说不曾尽。《通书》言：'圣人之精，画卦以示；圣人之蕴，因卦以发。'精是圣人本意，蕴是偏旁带来道理。如《春秋》，圣人本意只是载那事，要见世变，'礼乐征伐，自诸侯出'，'臣弑其君，子弑其父'，如此而已。就那事上见得是非美恶曲折，便是因以发底。如'《易》有太极，是生两仪，两仪生四象，四象生八卦。'这四象生八卦以上，便是圣人本意底。如《彖辞》《文言》《系辞》，皆是因而发底，不可一例看。今人只把做占去看，便活；若是的定把卦爻来作理看，恐死了。国初讲筵讲'飞龙在天，利见大人'，太祖遽云：'此书岂可令凡民见之？'某便道是解《易》者错了。这'大人'便是'飞龙'。言人若占得此爻，便利于见那大人。谓如人臣占得此爻，则利于见君而为吉也。如那'见龙在田，利见大人[③]'，有德者亦谓之大人。言人若寻师，若要见好人时，占得此爻则吉。然而此两个'利见大人'，皆言'君德'也者，亦是说有君德而居下者。今却说九二居下位而无应，又如何这个无头无面！又如何见得应与不应！如何恁地硬说得！若是把做占看时，士农工商，事事人用得。这般人占得，便把做这般用；那般人占得，便把做那般用。若似而今说时，便只是秀才用得，别人都用不得了。而今人便说道解明理，事来便看道理如何后作区处。古时人蠢蠢然，事事都不晓，做得是也不知，做得不是也不知。圣人便作《易》，教人去占，占得恁地便吉，恁地便凶。所谓'通天下之志，定天下之业，断天下之疑'者，即此是也。而今若把作占说时，吉凶悔吝便在我，看我把作什么用，皆用得。今若把作文字解，便是硬装了。"安卿问："如何恁地？"曰："而今把作理说时，吉凶悔吝皆断定在九二、六四等身上矣。如此则吉凶悔吝是硬装了，便只作得一般用了。"林择之云："伊川《易》，说得理也太多！"曰："伊川求之太深，尝说：'三百八十四爻，不可只作三百八十四爻解。'其说也好。而今似他解时，依旧只作得三百八十四般用。"安卿问："《彖象》莫也是因爻而推其理否？"曰："《彖象》《文言》《系辞》，皆是因而推明其理。"叔器问："吉凶是取定于揲蓍否？"曰："是。""然则《洪范》'龟从，筮从'，又要卿士、庶民从，如何？"曰："决大事也不敢不恁地竞谨[④]。如迁国、立君之类，不可不恁地。若是其他小事，则亦取必于下筮而已。然而圣人见得那道理定后，常不要卜。且如舜所谓'朕志先定，询谋佥同，鬼神其依，龟筮协从'。若恁地，便是自家所见已决，而卜亦不过如此。故曰：'卜不习吉。'且如周公卜宅云：'我卜河朔黎水，我乃卜涧水东，瀍水西，惟洛食。我又卜瀍水东，亦惟洛食。'瀍涧只在洛之旁，这便见得是周公先自要都洛，后但夹将瀍涧来卜，所以每与洛对说。而两卜所以皆言'惟洛食'，以此见得也是人谋先定后，方以卜来决之。"择之言："'筮短龟长，不如从长'，看来龟又较灵。"曰："揲蓍用手，又不似钻龟较自然。只是将火一钻，便自成文，却就这上面推测。"叔器问："龟卜之法如何?"曰："今无所传，看来只似而今《五兆卦》。此间人有《五兆卦》，将五茎茅自竹筒中写出来，直向上底为木，横底为土，向下底为水，斜向外者为火，斜向内者为金。便如文帝兆得大横。横，土也。所以道'予为天王，夏启以光'，盖是得土之象。"

《易》所以难读者，盖《易》本是卜筮之书，今却要就卜筮中推出讲学之道，故成两节工夫。

《易》乃是卜筮之书，古者则藏于太史、太卜，以占吉凶，亦未有许多说话。及孔子始取而敷绎为《文言》《杂卦》《彖象》之类，乃说出道理来。

《易》只是个卜筮之书，孔子却就这上依傍说些道理教人。虽孔子也只得随他那物事说，不敢别生说。

《易》为卜筮而作，皆因吉凶以示训戒，故其言虽约，而所包甚广。夫子作传，亦略举一端，以见凡例而已。

《易》本为卜筮作。孔子恐义理一向没卜筮中，故明其义。至如曰"义无咎也"，"义弗乘也"，只是一个义。

"民可使由之，不可使知之。"上古圣人不是著此垂教，只是见得天地阴阳变化之理，画而为卦，使因卜筮而知所修为避忌。至周公孔子，一人又说多了一人。某不敢教人看《易》，为这物阔大，且不切己。兼其间用字，与今人皆不同。如说田猎祭祀，侵伐疾病，皆是古人有此事去卜筮，故爻中出此。今无此事了，都晓不得。

"看《系辞》，须先看《易》，自'大衍之数'以下，皆是说卜筮。若不是说卜筮，却是说一无底物。今人诚不知《易》。"可学云："今人只见说《易》为卜筮作，便群起而争之，不知圣人乃是因此立教。"曰："圣人丁宁曲折极备。读《易》当如筮相似，上达鬼神，下达人道，所谓'冒天下之道'，只如此说出模样，不及作为，而天下之道不能出其中。"可学云："今人皆执画前《易》，皆一向乱说。"曰："画前《易》亦分明。居则玩其占，有不待占而占自显者。"

《易》书本原于卜筮。又说："邵子之学，只把元、会、运、世四字贯尽天地万物。"

《易》本是卜筮之书，若人卜得一爻，便要人玩此一爻之义。如利贞之类，只是正者便利，不正者便不利，不曾说道利不贞者。人若能见得道理已十分分明，则亦不须更卜。如舜之命禹曰："官占，惟先蔽志，昆命于元龟。朕志先定，询谋佥同，鬼神其依，龟筮协从，卜不习吉。"其，犹将也。言虽未卜，而吾志已是先定，询谋已是佥同，鬼神亦必将依之，龟筮亦必须协从之。所以，谓"卜不习吉"者，盖习重也。这个道理已是断然见得如此，必是吉了，便自不用卜。若卜，则是重矣。

刘用之问《坤卦》"直方大，不习无不利"。曰："《坤》是纯阴卦，诸爻皆不中正。五虽中，亦以阴居阳。惟六二居中得正，为《坤》之最盛者，故以象言之，则有三者之德，而不习无不利。占者得之，有是德则吉。《易》自有一个本意，直从中间过，都不著两边，须要认得这些子分晓，方始横三竖四说得。今人不曾识得他本意，便要横三竖四说，都无归著。"文蔚曰："《易》本意只是为占筮。"曰："便是如此。《易》当来只是为占筮而作。《文言》《彖象》却是推说做义理上去，观《乾》《坤》二卦便可见。孔子曰：'圣人设卦观象，系辞焉而明吉凶。'若不是占筮，如何说'明吉凶'？且如《需》九三：'需于泥，致寇至。'以其逼近坎险，有致寇之象。《象》曰：'需于泥，灾在外也。自我致寇，敬慎不败也。'孔子虽说推明义理，这般所在，又变例推明占筮之意。'需于泥，灾在外'，占得此象，虽若不吉，然能敬慎则不败，又能坚忍以需待，处之得其道，所以不凶。或失其刚健之德，又无坚忍之志，则不能不败矣。"文蔚曰："常爱先生《易本义》云：'伏羲不过验阴阳消息两端而已，只是一阴一阳，便分吉凶了。只管就上加去成八卦，以至六十四卦，无非是验这两端消息。'"曰："《易》不离阴阳，千变万化，只是这两个。庄子云：'《易》道阴阳。'他亦自看得。"

用之问："《坤》六二：'直方大，不习无不利[⑤]。'学须用习，然后至于不习。"曰："不是如此。圣人作《易》，只是说卦爻中有此象而已。如《坤》六二'直方大，不习无不利'，自是他这一爻中有此象。人若占得，便应此事有此用也，未说到学者须习至于不习。在学者之事，固当如此。然圣人作《易》，未有此意在。"用之曰："然。'不习无不利'，此成德之事也。"曰："亦非也。未说到成德之事，只是卦爻中有此象而已。若占得，便应此象，都未说成德之事也。某之说《易》，所以与先儒、世儒之说皆不同，正在于此。学者须晓某之正意，然后方可推说其他道理。某之意思极直，只是一条路径去。若才惹著今人，便说差错了，便非《易》之本意矣。"才卿云："先生解《易》之本意，只是为卜筮尔。"曰："然。据某解，一部《易》，只是作卜筮之书。今人说得来太精了，更入粗不得。如某之说虽粗，然却入得精，精义皆在其中。若晓得某一人说，则晓得伏羲文王之《易》，本是作如此用，元未有许多道理在，方不失《易》之本意。今未晓得圣人作《易》之本意，便先要说道理，纵饶说得好，只是与《易》元不相干。圣人分明说：'昔者圣人之作《易》，观象设卦，系辞焉以明吉凶。'几多分晓？某所以说《易》只是卜筮书者，此类可见。《易》只是说个卦象，以明吉凶而已，更无他说。如《乾》有《乾》之象，《坤》有《坤》之象，人占得此卦者，则有此用以断吉凶，那里说许多道理？今人读《易》，当分为三等：伏羲自是伏羲之《易》，文王自是文王之《易》，孔子自是孔子之《易》。读伏羲之《易》，如未有许多《彖象》《文言》说话，方见得《易》之本意，只是要作卜筮用。如伏羲画八卦，那里有许多文字言语，只是说八个卦有某象，《乾》有《乾》之象而已。其大要不出于阴阳刚柔、吉凶消长之理。然亦尝说破，只是使人知卜得此卦如此者吉，彼卦如此者凶。今人未曾明得《乾》《坤》之象，便先说《乾》《坤》之理，所以说得都无情理。及文王周公分为六十四卦，添入'《乾》元亨利贞'，'《坤》元亨利牝马之贞'，早不是伏羲之意，已是文王周公自说他一般道理了，然犹是就人占处说。如卜得《乾卦》，则大亨而利于正耳。及孔子系《易》，作《彖象》《文言》，则以'元亨利贞'为《乾》之四德，又非文王之《易》矣。到得孔子，尽是说道理。然犹就卜筮上发出许多道理，欲人晓得所以凶、所以吉。卦爻好则吉，卦爻不好则凶。若卦爻大好而己德相当，则吉；卦爻虽吉，而己德不足以胜之，则虽吉亦凶；卦爻虽凶，而己德足以胜之，则虽凶犹吉，反复都就占筮上发明诲人底道理。如云：'需于泥，致寇至。'此卦爻本自不好，而象却曰：'自我致寇，敬慎不败也。'盖卦爻虽不好，而占之者能敬慎畏防，则亦不至于败。盖需者，待也。需有可待之时，故得以就需之时思患预防，而不至于败也。此则圣人就占处发明诲人之理也。"又曰："文王之心，已自不如伏羲宽阔，急要说出来。孔子之心，不如文王之心宽大，又急要说出道理来，所以本意浸失，都不顾元初圣人画卦之意，只认各人自说一副当道理。及至伊川，又自说他一样，微似孔子之《易》，而又甚焉，故其说《易》，自伏羲至伊川，自成四样。某所以不敢从，而原《易》之所以作而为之说，为此也。"用之云："圣人作《易》，只是明个阴阳刚柔、吉凶消长之理而已。"曰："虽是如此，然伏羲作《易》，只画八卦如此，也何尝明说阴阳刚柔吉凶之理？然其中则具此道理。想得个古人教人，也不甚说，只是说个方法如此，使人依而行之。如此则吉，如此则凶，如此则善，如此则恶，未有许多言语。又如舜命夔教胄子，亦只是说个'宽而栗，柔而立'之法，教人不失其中和之德而已，初未有许多道理。所谓'民可使由之，不可使知之'，亦只要你不失其正而已，不必苦要你知也。"又曰："某此说，据某所见且如此说，不知后人以为如何！"因笑曰："东坡注《易》毕，谓人曰：'自有《易》以来，未有此书也。'"

《易》中言占者有其德，则其占如是。言无其德而得是占者，却是反说。如南蒯得“黄裳元吉”，疑吉矣，而蒯果败者，盖《卦辞》明言黄裳则元吉，无黄裳之德则不吉也。又如适所说“直方大，不习无不利”，占者有直、方、大之德，则不习而无不利；占者无此德，即虽习而不利也。如奢侈之人，而得共俭则吉之占。明不共俭者，是占为不吉也。他皆放此。如此看，自然意思活。

论《易》云：“其他经，先因其事，方有其文。如《书》言尧舜禹汤伊尹武王周公之事，因有许多事业，方说到这里；若无这事，亦不说到此。若《易》，只则是个空底物事，未有是事，预先说是理，故包括得尽许多道理，看人做甚事，皆撞着他。”又曰：“‘《易》无思也，无为也’，《易》是个无情底物事，故‘寂然不动’；占之者吉凶善恶随事著见，乃‘感而遂通’。”又云：“《易》中多言正，如‘利贞’，‘贞吉’，‘利永贞’之类，皆是要人守正。”又云：“人如占得一爻，须是反观诸身，果尽得这道理否？《坤》之六二：‘直方大，不习无不利。’须看自家能直，能方，能大，方能‘不习无不利’。凡皆类此。”又云：“所谓‘大过’，如当潜而不潜，当见而不见，当飞而不飞，皆是过。”又曰：“如《坤》之初六，须知‘履霜坚冰’之渐，要人恐惧修省。不知恐惧修省便是过。《易》大概欲人恐惧修省。”又曰：“文王系辞，本只是与人占底书，至孔子作《十翼》，方说‘君子居则观其象而玩其辞，动则观其变而玩其占’。”又曰：“夫子读《易》，与常人不同。是他胸中洞见阴阳刚柔、吉凶消长、进退存亡之理。其赞《易》，即就胸中写出这道理。”味道问：“圣人于《文言》，只把做道理说。”曰：“有此气，便有此理。”又问：“《文言》反复说，如何？”曰：“如言‘潜龙勿用，阳在下也’，又‘潜龙勿用，下也’，只是一意重叠说。伊川作两意，未稳。”

圣人作《易》，本为欲定天下之志，断天下之疑而已，不是要因此说道理也。如人占得这爻，便要人知得这爻之象是吉是凶，吉便为之，凶便不为。然如此，理却自在其中矣。如《剥》之上九：“硕果不食，君子得舆，小人剥庐⑥。”其象如此，谓一阳在上，如硕大之果，人不及食，而独留于其上；如君子在上，而小人皆载于下，则是君子之得舆也。然小人虽载君子，而乃欲自下而剥之，则是自剥其庐耳。盖唯君子乃能覆盖小人，小人必赖君子以保其身。今小人欲剥君子，则君子亡，而小人亦无所容其身，如自剥其庐也。且看自古小人欲害君子，到害得尽后，国破家亡，其小人曾有存活得者否？故圣人《象》曰：“‘君子得舆’，民所载也。‘小人剥庐’，终不可用也。”若人占得此爻，则为君子之所为者必吉，而为小人之所为者必凶矣。其象如此，而理在其中矣，却不是因欲说道理而后说象也。

先之问《易》。曰：“《坤卦》大抵灭《乾》之半。据某看来，《易》本是个卜筮之书，圣人因之以明教，因其疑以示训。如卜得《乾卦》云‘元亨利贞’，本意只说大亨利于正，若不正，便会凶。如卜得《爻辞》如‘潜龙勿用⑦’，便教人莫出做事。如卜得‘见龙在田’，便教人可以出做事。如说‘利见大人’，一个是五在上之人，一个是二在下之人，看是什么人卜得。天子自有天子‘利见大人’处，大臣自有大臣‘利见大人’处，群臣自有群臣‘利见大人’处，士庶人自有士庶人‘利见大人’处。当时又那曾有某爻与某爻相应？那自是说这道理如此，又何曾有什么人对什么人说？有甚张三李四？中间都是正吉，不曾有不正而吉。大率是为君子设，非小人盗贼所得窃取而用。如‘黄裳元吉’，须是居中在下，方会大吉；不然则大凶。此书初来只是如此。到后来圣人添许多说话，也只是怕人理会不得，故就上更说许多教分明，大抵只是因以明教。若能恁地看，都是教戒。恁地看来，见得圣人之心洞然如日星，更无些子屈曲遮蔽，故曰‘圣人以通天下之志，以定天下之业，以断天下之疑’。”又曰：“看他本来里面都无这许多事，后来人说不得，便去白撰个话。若做卜筮看，说这话极是分明。某如今看来，直是分明。若圣人有什么说话，要与人说，便分明说了。若不要与人说，便不说。不应恁地千般百样，藏头伉脑，无形无影，教后人自去多方推测。圣人一个光明盛大之心，必不如此。故曰‘君子居则观其象而玩其辞，动则观其变而玩其占。’看这般处自分晓。如今读书，恁地读一番过了，须是常常将心下温过，所以孔子说‘学而时习之’。若只看过便住，自是易得忘了，故须常常温习，方见滋味。”

《易》只是古人卜筮之书，如五虽主君位而言，然实不可泥。

《易》本为卜筮设，如曰“利涉大川”，是利于行舟也；“利有攸往”，是利于启行也。后世儒者鄙卜筮之说，以为不足言，而所见太卑者，又泥于此而不通。故曰：“《易》者，难读之书也。不若且从《大学》做工夫，然后循次读《论》、《孟》、《中庸》，庶几切己有益也。”

《易爻》只似而今发课底《卦影》相似。如云：“初九，潜龙勿用。”这只是戒占者之辞，解者遂去这上面生义理，以初九当“潜龙勿用”，九二当“利见大人”。初九是个什么？如何会潜？如何会勿用？试讨这个人来看。九二爻又是什么人？他又如何会“见龙在田，利见大人”？尝见林艾轩云：“世之发《六壬课》者，以丙配壬则吉。”盖火合水也。如《卦影》云：“朱鸟翾翾，归于海之湄，吉。”这个只是说水火合则吉尔。若使此语出自圣人之口，则解者必去上面说道理，以为朱鸟如何，海湄如何矣。

问：“《易》中也有偶然指定一两件实事言者，如‘亨于岐山’，‘利用征伐’，‘利迁国’之类是也。”曰：“是如此。亦有兼譬喻言者，‘利涉大川’，则行船之吉占，而济大难大事亦如之。”

古人凡事必占，如“田获三禽”，则田猎之事亦占也。

《说卦》中说许多卜筮，今人说《易》，却要扫去卜筮，如何理会得《易》？每恨不得古人活法，只说得个半死半活底。若更得他那个活法，却须更看得高妙在。古人必自有活法，且如筮得之卦爻，却与所占底事不相应时如何？他到这里，又须别有个活底例子括将去，不只恁死杀着。或是用支干相合配处，或是因他物象。揲蓍虽是占筮，只是后人巧去里面，见个小小底道理，旁门曲径，正理不只如此。

“今之说《易》者，先掊击了卜筮[8]。如《下系》说卜筮，是甚次第？某所恨者，不深晓古人卜筮之法，故今说处多是想象古人如此。若更晓得，须更有奥义可推。”或曰：“布蓍求卦，即其法也。”曰：“爻卦与事不相应，则推不去，古人于此须有变通。”

“熟读六十四卦，则觉得《系辞》之语直为精密，是《易》之括例。要之，《易》书是为卜筮而作。如云：‘定天下之吉凶，成天下之亹亹者[9]，莫大乎蓍龟。’又云：‘天生神物，圣人则之。’则专为卜筮也。”鲁可几曰：“古之卜筮，恐不如今日所谓《火珠林》之类否？”曰：“以某观之，恐亦自有这法。如《左氏》所载，则支干纳音配合之意，似亦不废。如云‘得《屯》之《比》’，既不用《屯》之辞，亦不用《比》之辞，却自别推一法，恐亦不废这理也。”

《易》以卜筮用，道理便在里面，但只未说到这处。如《楚辞》以神为君，祀之者为臣，以见其敬奉不可忘之义。固是说君臣，但假托事神而说。今也须与他说事神，然后及他事君之意。今解直去解作事君，也未为不是，但须先为他结了事神一重，方及那处，《易》便是如此。今人心性褊急，更不待先说他本意，便将理来衮说了[10]。

大凡人不曾着实理会，则说道理皆是悬空。如读《易》不曾理会揲法，则说《易》亦是悬空。如《周礼》所载抽田事云：“如其阵之法。”便是古人自识了阵法，所以更不载。今人不曾理会阵法，则谈兵亦皆是脱空。

问：“今之揲蓍，但见周公作《爻辞》以后之揲法，不知当初只有文王《彖辞》，又如何揲？”曰：“他又须别有法，只是今不可考耳。且如《周礼》所载，则当时煞有文字，如今所见占法，亦只是大概如此，其间亦自有无所据底，只是约度如此。大抵古人法度，今皆无复存者。只是这些道理，人尚胡乱说得去。尝爱陆机《文赋》有曰：‘意翻空而《易》奇，文质实而难工。’道理人却说得去，法度却杜撰不得。且如乐，今皆不可复考。今人只会说得‘凡音之生，由人心也；人心之动，物使之然也’。到得制度，便都说不去。”问：“《通书注》云：‘而其制作之妙，真有以得乎声气之元。’不知而今尚可寻究否?”曰：“今所争，只是黄钟一宫耳。这里高，则都高；这里低，则都低，盖难得其中耳。”问：“胡安定乐如何?”曰：“他亦是一家。”

“以四约之者”，“揲之以四”之义也。

“五四为奇”，各是一个四也；“九八为偶”，各是两个四也。

老阴老阳为《乾》《坤》，然而皆变；少阴少阳亦为《乾》《坤》，然而皆不变。

老阴老阳不专在《乾》《坤》上，亦有少阴少阳。如《乾》《坤》，六爻皆动底是老，六爻皆不动底是少。六卦上亦有老阴老阳。

所以到那三画变底第三十二卦以后，占变卦《彖》、《爻》之辞者，无他，到这里时，离他那本卦分数多了。到四画五画，则更多。

问：“卜卦，二爻变，则以二变爻占，仍以上爻为主。四爻变，则以之卦二不变爻占，仍以下爻为主。”曰：“凡变，须就其变之极处看，所以以上爻为主。不变者是其常，只顺其先后，所以以下爻为主。亦如阴阳老少之义，老者变之极处，少者便只是初。”

内卦为贞，外卦为悔。

贞悔，即“占用二”之谓。贞是在里面做主宰底，悔是做出了末后阑珊底。贞是头边。

问：“‘内卦为贞，外卦为悔。’贞悔何如?”曰：“此出于洪范。贞，看来是正。悔，是过意。凡‘悔’字，都是过了方悔，这‘悔’字是过底意思，亦是多底意思。下三爻便是正卦，上三爻似是过多了，恐是如此。这贞悔亦似今占卜，分甚主客。”问：“两爻变，则以两变爻占，仍以下爻为主，何也?”曰：“卦是从下生，占事都有一个先后首尾。”

陈日善问：“‘内卦为贞，外卦为悔’，是何义?”曰：“‘贞’训‘正’，事方正如此。‘悔’，是事已如此了。凡悔吝者，皆是事过后，方有悔吝。内卦之占，是事方如此；外卦之占，是事之已然者如此。二字又有始终之意。”

贞是事之始，悔是事之终；贞是事之主，悔是事之客；贞是在我底，悔是应人底。三爻变，则所主不一，以二卦《彖辞》占，而以本卦为贞，变卦为悔。六爻俱不变，则占本卦《彖辞》，而以内卦为贞，外卦为悔。凡三爻变者有二十卦，前十卦为贞，后十卦为悔。后十卦是变尽了，又反来。有图，见《启蒙》。

叔器问“内卦为贞，外卦为悔”。曰：“‘贞悔’出《洪范》。贞是正底，便是体；悔是过底，动则有悔。”又问“一贞八悔”。曰：“如《乾》《夬》《大有》《大壮》《小畜》《需》《大畜》《泰》内体皆《乾》，是一贞；外体八卦是八悔。余放此。”

问：“‘贞悔’不止一说，如六十四卦，则每卦内三画为贞，外三画为悔；如揲蓍成卦，则正卦为贞，之卦为悔；如八卦之变，则纯卦一为贞，变卦七为悔。”曰：“是如此。”

问：“卦爻，凡初者多吉，上者多凶。”曰：“时运之穷，自是如此。内卦为贞，外卦为悔。贞，是贞正底意；悔，是事过有追不及底意。”

占法：阳主贵，阴主富。

悔阳而吝阴。

《巽》、《离》、《兑》，《乾》之所索乎《坤》者；《震》、《坎》、《艮》，《坤》之所索乎《乾》者。《本义》揲蓍之说，恐不须恁地。

凡爻中言人者，必是其人尝占得此卦。如“大横庚庚”，必启未归时曾占得。《易》中言“帝乙归妹"，"箕子明夷"，"高宗伐鬼方"之类，疑皆当时帝乙高宗箕子曾占得此爻，故后人因而记之，而圣人以人爻也。如《汉书》"大横庚庚，余为天王，夏启以光。"亦是启曾占得此爻也。《火珠林》亦如此。

今人以三钱当揲蓍，不能极其变，此只是以纳甲附六爻。纳甲乃汉焦赣、京房之学。

《火珠林》犹是汉人遗法。

问："'筮短龟长[11]'，如何?"曰："筮已费手。"

"筮短龟长"，近得其说。是筮有筮病，才一画定，便只有三十二卦，永不到是那三十二卦。又二画，便只有十六卦。又三画，便只有八卦。又四画，便只有四卦。又五画，便只有二卦。这二卦，便可以着意揣度了。不似龟，才钻拆，便无救处，全不可容心。

因言筮卦，曰："卦虽出于自然，然一爻成，则止有三十二卦；二爻成，则止有十六卦；三爻成，则止有八卦；四爻成，则止有四卦；五爻成，则止有二卦，是人心渐可以测知。不若卜，龟文一兆，则吉凶便见，更无移改，所以古人言'筮短龟长'。"广因言："浙人多尚龟卜，虽盗贼亦取决于此。"曰："《左传》载臧会卜信与僭，'僭吉'，此其法所以不传。圣人作《易》，示人以吉凶，却无此弊。故言'利贞'，不言利不贞；'贞吉'，不言不贞吉；言'利御寇'，不言利为寇也。

《易》占不用龟，而每言蓍龟，皆具此理也。筮，即蓍也。"筮短龟长，不如从长"者，谓龟有钻灼之易，而筮有 扐揲之烦。龟之卦，一灼便成，亦有自然之意。《洪范》所谓"卜五占用二"者，卜五即龟，用二即蓍。"曰雨，曰霁，曰蒙，曰驿，曰克"，即是五行，雨即水，霁即火，蒙即土，驿即木，克即金。"曰贞，曰悔"，即是内、外卦也。

占龟，土兆大横，木兆直，金兆从右邪上，火兆从左邪上，水兆曲，以大小、长短、明暗为吉凶。或占凶事，又以短小为吉。又有旋者吉，大横吉。"大横庚庚"，庚庚，是豹起恁地庚庚然，不是金兆也。

程沙随说"大横庚庚"为金兆，取庚辛之义。他都无所据，只云"得之卜者"。不知大横只是土兆。盖横是土，言文帝将自诸侯而得天下，有大土之象也。庚庚，乃是龟文爆出也。

汉卿说钻龟法云："先定四向，欲求甚纹兆，顺则为吉，逆则为凶。"正淳云："先灼火，然后观火之纹，而定其吉凶。"曰："要须先定其四向，而后求其合，从逆则凶，如'亦惟洛食'。乃先以墨画定看食墨如何！'筮短龟长'，古人固重此。《洪范》谓'龟从筮逆'，若'龟筮共违于人'，则'用静吉，用作凶'。"汉卿云："今为贼者多卜龟，以三龟连卜，皆顺则往。"贺孙云："若'石祁子兆，卫人以龟为有知'，此却是无知也。"曰："所以古人以《易》而舍龟，往往以其难信。《易》则有'贞吉'，无不贞吉；'利御寇'，不利为寇。"

卜，必先以墨画龟，依此墨然后灼之，求其兆。顺食此墨画之处，谓之食。

南轩家有《真蓍》，云："破宿州时得之。"又曰："卜《易》卦以钱掷，以甲子起卦，始于京房。"

象[12]

尝谓伏羲画八卦，只此数画，该尽天下万物之理。阳在下为《震》[13]。震，动也；在上为《艮》[14]。艮，止也。阳在下自动，在上自止。欧公却说《系辞》不是孔子作，所谓"书不尽言，言不尽意"者非。盖他不会看"立象以尽意"一句。惟其"言不尽意"，故立象以尽之。学者于言上会得者浅，于象上会得者深。

伊川说象，只似譬喻样说。看得来须有个象如此，只是如今晓他不出。

某尝作《易象说》，大率以简治繁，不以繁御简。

前辈也会说《易》之取象，似《诗》之比兴。如此却是虚说，恐不然。如“田有禽”，须是此爻有此象，但今不可考。数，则只是“大衍之数五十”与“天数五，地数五”两段。“大衍之数”是说著，天地之数是说造化生生不穷之理。除此外，都是后来人推说出来的。

以上底推不得，只可从象下面说去。王辅嗣伊川皆不信象，如今却不敢如此说，只可说道不及见这个了。且从象以下说，免得穿凿。

问：“《易》之象似有三样，有本画自有之象，如奇画象阳，偶画象阴是也，有实取诸物之象，如《乾》《坤》六子，以天地雷风之类象之是也；有只是圣人以意自取那象来明是义者，如‘白马翰如’、‘载鬼一车’之类是也。实取诸物之象，决不可易。若圣人姑假是象以明义者，当初若别命一象，亦通得，不知是如此否?”曰：“圣人自取之象，也不见得如此，而今且只得因象看义。若恁地说，则成穿凿了。”

他所以有象底意思不可见，却只就他那象上推求道理。不可为求象不得，便唤做无。如潜龙，便须有那潜龙之象。

取象各不同，有就自己身上取底，有自己当不得这卦象，却就那人身上取。如“潜龙勿用”，是就占者身上言；到那“见龙”，自家便当不得，须把做在上之大人；九五“飞龙”便是人君，“大人”却是在下之大人。

《易》之象理会不得。如“《乾》为马”，而《乾》之卦却专说龙。如此之类，皆不通。

《易》中取象，不如卦德上命字较亲切。如《蒙》“险而止”，《复》“刚动而顺行”，此皆亲切。如“山下出泉”，“地中有雷”，恐是后来又就那上面添出，所以《易》中取象处，亦有难理会者。

“《易》毕竟是有象，只是今难推。如《既济》‘高宗伐鬼方’在九三，《未济》却在九四。损‘十朋之龟[15]’在六五，《益》却在六二，不知其象如何？又如《履卦》、《归妹卦》皆有‘跛能履’，皆是《兑》体，此可见。”问：“诸家《易》除《易传》外，谁为最近?”曰：“难得。其间有一二节合者却多，如‘涣其群’，伊川解却成‘涣而群’。却是东坡说得好”群谓小队，涣去小队，使合于大队。”问：“孔子专以义理说《易》，如何?”曰：“自上世传流至此，象数已分明，不须更说，故孔子只于义理上说。伊川亦从孔子。今人既不知象数，但依孔子说，只是说得半截，不见上面来历。大抵去古既远，书多散失。今且以占辞论之，如人占婚姻，却占得一病辞，如何用？似此处，圣人必有书以教之。如《周礼》中所载，今皆亡矣。”问：“《左氏传》卜易与今异?”曰：“亦须有所传。向见魏公在揆路，敬夫以《易》卜得《睽卦》，李寿翁为占曰：‘《离》为戈兵，《兑》为说。用兵者不成，讲和者亦不成。’其后魏公罢相，汤思退亦以和反致虏寇而罢。”问：“康节于《易》如何?”曰：“他又是一等说话。”问：“渠之学如何?”曰：“专在数上，却窥见理。”曰：“可用否?”曰：“未知其可用。但与圣人之学自不同。”曰：“今世学者言《易》，多要人玄妙。却是《遗书》中有数处，如‘不只是一部《易》书’之类。今人认此意不着，故多错了。”曰：“然。”

尝得郭子和书云，其先人说：“不独是天地、雷风、水火、山泽谓之象，只是卦画便是象。”亦说得好。

“川壅为泽”，《坎》为川，《兑》为泽。泽是水不流的。《坎》下一画闭合时，便成《兑卦》，便是川壅为泽之象。

《易》象自是一法。如“《离》为龟”，则《损》《益》二卦皆说龟。《易》象如此者甚多。

凡卦中说龟底，不是正得一个《离卦》，必是伏个《离卦》，如“观我朵颐”是也。“《兑》为羊”，《大壮卦》无《兑》，恐便是三四五爻有个《兑》象。这说取象底是不可晓处也多。如《乾》之六爻，《象》皆说龙；至说到《乾》，却不为龙。龙却是变化不测底物，须着用龙当之。如“夫征不复，妇孕不育”，此卦是取“《离》为大腹”之象。本卦虽无《离卦》，却是伏得这卦。

或说《易象》云：“‘果行育德’，育德有山之象，果行有水之象。‘振民育德’，则振民有风之象，育德有山之象。”先生云：“此说得好。如‘风雷，《益》’，则迁善当如风之速，改过当如雷之决。‘山下有泽，《损》’，则惩忿有摧高之象，窒欲有塞水之象。次第《易》之卦象都如此，不曾一一推究。”又云：“迁善工夫较轻，如己之有善，以为不足，而又迁于至善。若夫改过者，非有勇决不能，贵乎用力也。”

卦中要看得亲切，须是兼象看，但象不传了。郑东卿《易》专取象，如以《鼎》为鼎，《革》为炉，《小过》为飞鸟，亦有义理。其他更有好处，亦有杜撰处。

郑东卿、少梅说《易》象，亦有是者，如《鼎卦》分明是鼎之象。他说《革》是炉之象，亦恐有此理。“泽中有火，《革》。”䷰上画如炉之口，五四三是炉之腹，二是炉之下口，初是炉之底。然亦偶然此两卦如此耳。

郑东卿说《易》，亦有好处，如说《中孚》有卵之象，《小过》有飞鸟之象。“孚”字从“爪”从“子”，如鸟以爪抱卵也。盖《中孚》之象，以卦言之，四阳居外，二阴居内，外实中虚，有卵之象。又言《鼎》象鼎形，《革》象风炉，亦是此义。此等处说得有些意思。但《易》一书尽欲如此牵合附会，少闲便疏脱。学者须是先理会得正当道理了，然后于此等些小零碎处收拾以相资益，不为无补。若未得正路脉，先去理会这样处，便疏略。

程沙随以《井卦》有“井谷射鲋[16]”一句，鲋，虾蟆也，遂说《井》有虾蟆之象。“木上有水，《井》。”䷯云：“上，具。”

问《易》。曰：“圣人作《易》之初，盖是仰观俯察，见得盈乎天地之间，无非一阴一阳之理。有是理，则有是象；有是象，则其数便自在这里，非特《河图》《洛书》为然。盖所谓‘数’者，只是气之分限节度处，得阳必奇，得阴必偶，凡物皆然，而图、书为特巧而著耳。于是圣人因之而画卦，其始也只是画一奇以象阳，画一偶以象阴而已。但才有两，则便有四；才有四，则便有八；又从而再倍之，便是十六。盖自其无朕之中而无穷之数已具，不待安排而其势有不容已者。卦画既立，便有吉凶在里。盖是阴阳往来交错于其间，其时则有消长之不同，长者便为主，消者便为客；事则有当否之或异，当者便为善，否者便为恶。即其主客善恶之辨，而吉凶见矣。故曰：‘八卦定吉凶。’吉凶既决定而不差，则以之立事，而大业自此生矣。此圣人作《易》教民占筮，而以开天下之愚，以定天下之志，以成天下之事者如此。但自伏羲而上，但有此六画，而未有文字可传，到得文王周公乃系之以辞，故曰：‘圣人设卦观象，系辞焉而明吉凶。’盖是卦之未画也，因观天地自然之法象而画；及其既画也，一卦自有一卦之象，象谓有个形似也，故圣人即其象而命之名。以爻之进退而言，则如《剥复》之类。以其形之肖似而言，则如《鼎井》之类，此是伏义即卦体之全而立个名如此。及文王观卦体之象而为之《彖辞》，周公视卦爻之变而为之《爻辞》，而吉凶之象益著矣。大率天下之道，只是善恶而已，但所居之位不同，所处之时既异，而其几甚微。只为天下之人不能晓会，所以圣人因此占筮之法以晓人，使人居则观象玩辞，动则观变玩占，不迷于是非得失之途，所以是书夏、商、周皆用之。其所言虽不同，其辞虽不可尽见，然皆太卜之官掌之，以为占筮之用。有所谓‘繇辞’者，左氏所载，尤可见古人用《易》处。盖其所谓‘象’者，皆是假此众人共晓之物，以形容此事之理，使人知所取舍而已。故自伏羲而文王周公，虽自略而详，所谓占筮之用则一。盖即那占筮之中，而所以处置是事之理，便在那里了。故其法若粗浅，而随人贤愚，皆得其用。盖文王虽是有定象，有定辞，皆是虚说此个地头，合是如此处置，初不粘着物上，故一卦一爻，足以包无穷之事，不可只以一事指定说。他里面也有指一事说处，如‘利建侯’，‘利用祭祀’之类，其他皆不是指一事说。此所以见《易》之为用，无所不该，无所不遍，但看人如何用之耳。到得夫子，方始纯以理言，虽未必是羲文本意，而事上说理，亦是如此，但不可便以夫子之说为文王之说。”又曰：“《易》是个有道理底《卦影》。《易》以占筮作，许多理便也在里，但是未便说到这处。如《楚辞》以神为君，以祀之者为臣，以寓其敬事不可忘之意。固是说君臣，”但是先且为他说事神，然后及他事君，意趣始得。今人解说，便直去解作事君底意思，也不唤做不是他意。但须先与结了那一重了，方可及这里，方得本末周备。《易》便是如此。今人心性褊急，更不待先说他本意，便将道理来衮说了。《易》如一个镜相似，看甚物来，都能照得。如所谓‘潜龙’，只是有个潜龙之象，自天子至于庶人，看甚人来，都使得。孔子说作‘龙德而隐，不易乎世，不成乎名’，便是就事上指杀说来。然会看底，虽孔子说也活，也无不通；不会看底，虽文王周公说底，也死了。须知得他是假托说，是包含说。假托，谓不惹着那事；包含，是说个影象在这里，无所不包。”又曰：“卦虽八，而数须是十。八是阴阳数，十是五行数。一阴一阳，便是二；以二乘二，便是四；以四乘四，便是八。五行本只是五而有十者，盖是一个便包两个，如木，便包甲乙；火，便包丙丁；土，便包戊己；金，便包庚辛；水，便包壬癸，所以为十。《彖辞》，文王作；《爻辞》，周公作，是先儒从来恁地说，且得依他。谓《爻辞》为周公者，盖其中有说文王，不应是文王自说也。”

孔子之《易》，非文王之《易》；文王之《易》，非伏羲之《易》；伊川《易传》又自是程氏之《易》也。故学者且依古《易》次第，先读本爻，则自见本旨矣。

长孺问：“‘《乾》健《坤》顺’，如何得有过不及?”曰：“《乾》《坤》者，一气运于无心，不能无过不及之差。圣人有心以为之主，故无过不及之失。所以圣人能赞天地之化育，天地之功有待于圣人。”

邵子易

康节《易》数出于希夷。他在静中推见得天地万物之理如此，又与他数合，所以自乐。今《道藏》中有此卦数。

王天悦雪夜见康节于山中，犹见其俨然危坐。盖其心地虚明，所以推得天地万物之理。其数以阴、阳、刚、柔四者为准，四分为八，八分为十六，只管推之无穷。有太阳、太阴、少阳、少阴、太刚、太柔、少刚、少柔。今人推他数不行，所以无他胸中。

康节也则是一生二，二生四，四生八。

康节只说六卦：《乾》、《坤》、《坎》、《离》，《震》、《巽》含《艮》、《兑》。又说八卦：《乾》、《坤》、《坎》、《离》、《大过》、《颐》、《中孚》、《小过》，其余反对者二十八卦。

圣人说数说得疏，到康节，说得密了。他也从一阴一阳起头。他却做阴、阳、太、少《乾》之四象，刚、柔、太、少《坤》之四象，又是那八卦。他说这《易》，将那“元亨利贞”全靠着那数。三百八十四爻管定那许多数，说得太密了。《易》中只有个奇耦之数是自然底，“大衍之数”却是用以揲蓍底。康节尽归之数，所以二程不肯问他学。若是圣人用数，不过如“大衍之数”便是[17]。他须要先揲蓍以求那数，起那卦，数是恁地起，卦是恁地求，不似康节坐地默想推将去，便道某年某月某日，当有某事。圣人决不恁地。

“圣人说数，说得简略高远疏阔。《易》中只有个奇耦之数，天一地二，是自然底数也；‘大衍之数'，是揲著之数也，惟此二者而已。康节却尽归之数，窃恐圣人必不为也。"因言："或指一树问康节曰：'此树有数可推否？'康节曰：'亦可推也，但须待其动尔。'顷之，一叶落，便从此推去，此树甚年生，甚年当死。凡起数，静则推不得，须动方推得起。"

程子易传

有人云："草草看过《易传》一遍，后当详读。"曰："不可，此便是计功谋利之心。若劈头子细看，虽未知后面凡例，而前看工夫亦不落他处。"

已前解《易》，多只说象数，自程门以后，人方都作道理说了。

伊川晚年所见甚实，更无一句悬空说底话，今观《易传》可见，何尝有一句不着实。

伯恭谓："《易传》理到语精，平易的当，立言无毫发遗恨。"此乃名言，今作文字不能得如此，自是牵强处多。

"《易传》明白，无难看。但伊川以天下许多道理散入六十四卦中，若作《易》看，即无意味。唯将来作事看，即句句字字有用处。"问胡文定《春秋》。曰："他所说尽是正理，但不知圣人当初是恁地不是恁地，今皆见不得。所以，某于《春秋》不敢措一辞，正谓不敢臆度尔。"

《易传》，须先读他书，理会得义理了，方有个入路，见其精密处。盖其所言义理极妙，初学者未曾使着，不识其味，都无启发。如《遗书》之类，人看着却有启发处。非是《易传》不好，是不合使未当看者看。须是已知义理者，得此便可磨砻入细。此书于学者非是启发工夫，乃磨砻工夫。

《易传》难看，其用意精密，道理平正，更无抑扬。若能看得有味，则其人亦大段知义理[18]矣。盖《易》中说理，是豫先说下未曾有底事，故乍看甚难。不若《大学》、《中庸》有个准则，读著便令人识蹊径。《诗》又能兴起人意思，皆易看。如谢显道《论语》却有启发人处，虽其说或失之过，识得理后，却细密商量令平正也。

伯恭多劝人看《易传》，一禁禁定[19]，更不得疑著。局定学者，只得守此个义理，固是好。但缘此使学者不自长意智，何缘会有聪明？

看《易传》，若自无所得，纵看数家，反被其惑。伊川教人看《易》，只看王弼《注》，胡安定、王介甫《解》。今有伊川《传》，且只看此尤妙。

《易传》义理精，字数足，无一毫欠阙。他人着工夫补缀，亦安得如此自然？只是于本义不相合。《易》本是卜筮之书，《卦辞》《爻辞》无所不包，看人如何用。程先生只说得一理。

问："《易传》如何看？"曰："且只恁地看。"又问："程《易》于本义如何？"曰："程《易》不说《易》文义，只说道理极处，好看。"又问："《乾》《繇辞》下解云：'圣人始画八卦，三才之道备矣[20]，因而重之，以尽天下之变，故六画而成卦。'据此说，却是圣人始画八卦，每卦便是三画，圣人因而重之为六画。似与邵子一生两，两生四，四生八，八生十六，十六生三十二，三十二生六十四，为六画，不同。"曰："程子之意，只云三画上叠成六画，八卦上叠成六十四卦，与邵子说诚异。盖康节此意不曾说与程子，程子亦不曾问之，故一向只随他所见去。但他说'圣人始画八卦'，不知圣人画八卦时，先画甚卦？此处便晓他不得。"又问："《启蒙》所谓：'自太极而分两仪，则太极固太极，两仪固两仪。自两仪而分四象，则两仪又为太极，而四象又为两仪。'以至四象生八卦，节节推去，莫不皆然。可见一物各其一太极，是如此否？"曰："此只是一分为二，节节如此，以至于无穷，皆是一生两尔。"因问："《序》所谓'自本而干，，自干而支'，是此意否？"曰："是。"又问："'以功用谓之鬼神，以妙用谓之神'，二'神'字不同否？"

曰："'鬼神'之'神'，此'神'字说得粗。如《系辞》言'神也者，妙万物而为言'，此所谓'妙用谓之神'也。言'知鬼神之情状'，此所谓'功用谓之鬼神'也，只是推本《系辞》说。程《易》除去解《易》文义处，只单说道理处，则如此章说'天，专言之则道也'，以下数句皆极精。"

伊川只将一部《易》来作譬喻说了，恐圣人亦不肯作一部譬喻之书。朱震又多用伏卦互体说阴阳，说阳便及阴，说阴便及阳，《乾》可为《坤》，《坤》可为《乾》，太走作。近来林黄中又撰出一般翻筋斗互体，一卦可变作八卦，也是好笑。据某看得来，圣人作《易》，专为卜筮。后来儒者讳道是卜筮之书，全不要惹他卜筮之意，所以费力。今若要说，且可须用添一重卜筮意，自然通透。如《乾》初九"潜龙"两字，是初九之象，"勿用"两字，即是告占者之辞。如云占得初九是潜龙之体，只是隐藏不可用。作《小象》、《文言》，释其所以为潜龙者，以其在下也。诸爻皆如此推看，怕自分明，又不须作设戒也。

《易传》言理甚备，象数却欠在。又云："《易传》亦有未安处，如《无妄》六二'不耕获，不菑畬[21]。'只是说一个无所作为之意。《易传》却言：'不耕而获，不菑而畬，谓不首造其事。'殊非正意。"

《易》要分内外卦看，伊川却不甚理会。如《巽》而止，则《成蛊》；止而《巽》，便不同。盖先止后《巽》，却是有根株了，方《巽》将去，故为《渐》。

问："伊川《易》说理太多。"曰："伊川言：'圣人有圣人用，贤人有贤人用。若一《爻》止做一事，则三百八十四爻，止做得三百八十四事。'也说得极好。然他解依旧是三百八十四爻，止做得三百八十四事用也。"

问："程《传》大概将三百八十四爻做人说，恐通未尽否？"曰："也是。则是不可装定做人说，看占得如何。有就事言者，有以时节言者，有以位言者；以吉凶言之则为事，以初终言之则为时，以高下言之则为位，随所值而看皆通。《系辞》云：'不可为典要，惟变所适。'岂可装定做人说？"

伊川《易》煞有重叠处。

《易传》说文义处，犹有些小未尽处。

学者须读《诗》与《易》，《易》尤难看。伊川《易传》亦有未尽处。当时康节传得数甚佳，却轻之不问。天地必有倚靠处，如《复卦》先动而后顺，《豫卦》先顺而后动，故其《彖辞》极严。似此处，却闲过了。

《诗》《书》略看训诂，解释文义令通而已，却只玩味本文。其道理只在本文，下面小字尽说，如何会过得他？若《易传》，却可脱去本文。程子此书，平淡地慢慢委曲，说得更无余蕴。不是那敲磕逼拶出底，义理平铺地放在面前。只如此等行文，亦自难学。如其他峭拔雄健之文，却可做；若《易传》样淡底文字，如何可及？

问："先儒读书，都不如先生精密，如伊川解《易》亦甚疏。"曰："伊川见得个大道理，却将经来合他这道理，不是解《易》。"又问："伊川何因见道？"曰："他说求之《六经》而得，也是于濂溪处见得个大道理，占地位了。"

易，变易也。"随时变易以从道"，正谓伊川这般说话难说，盖他把这书硬定做人事之书。他说圣人做这书，只为世间人事本有许多变样，所以做这书出来。

"至微者，理也；至著者，象也。体用一原，显微无间。'观会通以行其典礼'，则辞无所不备。"此是一个理，一个象，一个辞。然欲理会理与象，又须辞上理会。辞上所载，皆"观会通以行其典礼"之事。凡于事物须就其聚处理会，寻得一个通路行去。若不寻得一个通路，只蓦地行去，则必有碍。典礼，只是常事。会，是事之合聚交加难分别处。如庖丁解牛，固是“奏刀騞然[22]，莫不中节。”若至那难处，便著些气力，方得通。故庄子又说：“虽然，每至于族，吾见其难为，怵然为戒，视为止，行为迟。”庄子说话虽无头当，然极精巧，说得到。今学者却于辞上看“观其会通以行典礼”也。

“体用一源”，体虽无迹，中已有用。“显微无间”者，显中便具微。天地未有，万物已具，此是体中有用；天地既立，此理亦存，此是显中有微。

刘用之问《易传序》“观会通以行典礼”。曰：“如尧舜揖逊，汤武征伐，皆是典礼处。典礼只是常事。”

“求言必自近，易于近者，非知言者也。”此伊川吃力为人处。

用龟山《易》参看《易传》数段，见其大小得失。

婺州《易传》，“圣”字亦误用王氏说。“圣”字从壬，不当从“王”。

朱子本义启蒙

看《易》，先看某《本义》了，却看伊川解，以相参考。如未看他《易》，先看某说，却易看也，盖未为他说所汩故也。

方叔问：“《本义》何专以卜筮为主?”曰：“且须熟读正文，莫看注解。盖古《易》，《彖象》《文言》各在一处，至王弼始合为一。后世诸儒遂不敢与移动。今难卒说，且须熟读正文，久当自悟。”

某之《易》简略者，当时只是略搭记，兼文义，伊川及诸儒皆已说了，某只就语脉中略牵过这意思。

圣人作《易》，有说得极疏处，甚散漫[23]。如《爻象》，盖是泛观天地万物取得来阔，往往只仿佛有这意思，故曰：“不可为典要。”又有说得极密处，无缝罅，盛水不漏，如说“吉凶悔吝”处是也。学者须是大著心胸，方看得。譬如天地生物，有生得极细巧者，又自有突兀粗拙者。近赵子钦有书来，云：“某说《语》《孟》极详，《易》说却太略。”譬之此烛笼，添得一条骨子，则障了一路明。若能尽去其障，使之体统光明，岂不更好？盖著不得详说故也。

《启蒙》，初间只因看《欧阳公集》内或问《易》“大衍”，遂将来考算得出，以此知诸公文集虽各自成一家文字，中间自有好处，缘是这道理人人同得。看如何，也自有人见得到底。

先生于《诗传》，自以为无复遗恨，曰：“后世若有扬子云，必好之矣。”而意不甚满于《易本义》，盖先生之意，只欲作卜筮用。而为先儒说道理太多，终是翻这窠臼未尽，故不能不致遗恨云。

先生问时举：“看《易》如何?”曰：“只看程《易》，见其只就人事上说，无非日用常行底道理。”曰：“《易》最难看，须要识圣人当初作《易》之意。且如《泰》之初九：‘拔茅茹，以其汇，征吉。’谓其引贤类进也。都不正说引贤类进，而云‘拔茅’，何耶？如此之类，要须思看。某之《启蒙》自说得分晓，且试去看。”因云：“某少时看文字时，凡见有说得合道理底，须旁搜远取，必要看得他透。今之学者多不如是，如何?”时举退看《启蒙》，晚往侍坐。时举曰：“向者看程《易》，只就注解上生议论，却不曾靠得《易》看，所以不见得圣人作《易》之本意。今日看《启蒙》，方见得圣人一部《易》，皆是假借虚设之辞，盖缘天下之理若正说出，便只作一件用。唯以象言，则当卜筮之时，看是甚事，都来应得。如《泰》之初九，若正作引贤类进说，则后便只作得引贤类进用。唯以‘拔茅茹’之象言之，则其他事类此者皆可应也。《启蒙警学篇》

云：‘理定既实，事来尚虚。用应始有，体该本无。’便见得《易》只是虚设之辞，看事如何应耳。”先生颔之。因云：“程《易》中有甚疑处，可更商量看。”时举问：“《坤》六二《爻传》云‘由直方而大’，窃意大是《坤》之本体，安得由直方而后大耶？”曰：“直、方、大，是《坤》有此三德。若就人事上说，则是‘敬义立而德不孤’，岂非由直方而后大耶！”

敬之问《启蒙》“理定既实，事来尚虚。用应始有，体该本无。稽实待虚，存体应用。执古御今，以静制动”。曰：“圣人作《易》，只是说一个理，都未曾有许多事，却待他甚么事来揍。所谓‘事来尚虚’，盖谓事之方来，尚虚而未有。若论其理，则先自定，固已实矣。‘用应始有’，谓理之用实，故有；‘体该本无，’谓理之体该万事万物，又初无形迹之可见，故无。下面云，稽考实理，以待事物之来；存此理之体，以应无穷之用。‘执古’，古便是《易》书里面文字言语；‘御今’，今便是今日之事。‘以静制动’，理便是静底，事便是动底。且如‘即鹿无虞，惟入于林中。君子几，不如舍，往吝’。其理谓将即鹿而无虞，入必陷于林中；若不舍而往，是取吝之道。这个道理，若后人做事，如求官爵者求之不已，便是取吝之道；求财利者求之不已，亦是取吝之道。又如‘潜龙勿用’，其理谓当此时只当潜晦，不当用。若占得此爻，凡事便未可做，所谓‘君子动则观其变而玩其占’。若是无事之时观其象而玩其辞，亦当知其理如此。某每见前辈说《易》，止把一事说。某之说《易》所以异于前辈者，正谓其理人人皆用之，不问君臣上下，大事小事，皆可用。前辈止缘不把做占说了，故此《易》竟无用处。圣人作《易》，盖谓当时之民，遇事都闭塞不知所为，故圣人示以此理，教他恁地做，便会吉；如此做，便会凶。必恁地，则吉而可为；如此，则凶而不可为。《大传》所谓‘通天下之志’是也。通，是开通之意，是以《易》中止说道善则吉，却未尝有一句说不善亦会吉。仁义忠信之事，占得其象则吉，却不曾说不仁、不义、不忠、不信底事，占得亦会吉。如南蒯得‘黄裳’之卦，自以为大吉，而不知黄中居下之义，方始会元吉，反之则凶。《大传》说‘上下无常，刚柔相易，不可为典要，惟变所适’，便见得《易》人人可用，不是死法。虽道是二五是中，却其间有位二五而不吉者；有当位而吉，亦有当位而不吉者。若扬雄《太玄》，皆排定了第几爻便吉，第几爻便凶。然其规模甚散，其辞又涩，学者骤去理会他文义，已自难晓。又且不曾尽经历许多事意，都去揍他意不著。所以孔子晚年方学《易》，到得平常教人，亦言‘兴于《诗》，立于礼，成于乐’，却未曾说到《易》。”又云：“《易》之卦爻，所以该尽天下之理。一爻不止于一事，而天下之理莫不具备，不要拘执著。今学者涉世未广，见理未尽，揍他底不著，所以未得他受用。”

读《易》之法

《易》，不可易读。

说及读《易》，曰：“《易》是个无形影底物，不如且先读《诗》、《书》、《礼》，却紧要。‘子所雅言：《诗》、《书》、执礼，皆雅言也。’”

问：“看《易》如何？”曰：“‘《诗》、《书》、执礼’，圣人以教学者，独不及于《易》。至于‘假我数年，五十以学《易》’，乃是圣人自说，非学者事。盖《易》是个极难理会底物事，非他书之比。如古者先王‘顺《诗》、《书》、《礼》、《乐》以造士’，亦只是以此四者，亦不及于《易》。盖《易》只是个卜筮书，藏于太史太卜，以占吉凶，亦未有许多说话。及孔子始取而敷绎为《十翼》、《彖》、《象》、《系辞》、《文言杂卦》之类，方说出道理来。”

《易》只是空说个道理，只就此理会，能见得如何？不如“《诗》、《书》、执礼，皆雅言也。”一句便是一句，一件事便是一件事。如《春秋》，亦不是难理会底，一年事自是一年事。且看礼乐征伐是自天子出？是自诸侯出？是自大夫出？今人只管去一字上理会褒贬。要求圣人之意，千百年后，如何知得他肚里事？圣人说出底，犹自理会不得；不曾说底，更如何理会得？

人自有合读底书，如《大学》、《语》、《孟》、《中庸》等书，岂可不读？读此四书，便知人之所以不可不学底道理，与其为学之次序，然后更看《诗》、《书》、《礼》、《乐》。某才见人说看《易》，便知他错了，未尝识那为学之序。《易》自是别是一个道理，不是教人底书。故《记》中只说先王“崇四术，顺《诗》、《书》、《礼》、《乐》以造士”，不说《易》也。《语》、《孟》中亦不说《易》。至《左传》、《国语》方说，然亦只是卜筮尔。盖《易》本为卜筮作，故夫子曰：“《易》有圣人之道四焉：以言者尚其辞，以动者尚其变，以制器者尚其象，以卜筮者尚其占。”文王周公之辞，皆是为卜筮。后来孔子见得有是书必有是理，故因那阴阳消长盈虚，说出个进退存亡之道理来。要之此皆是圣人事，非学者可及也。今人才说伏羲作《易》，示人以天地造化之理，便非是，自家又如何知得伏羲意思？兼之伏羲画《易》时亦无意思，他自见得个自然底道理了，因借他手画出来尔。故用以占筮，无不应。其中言语亦煞有不可晓者，然亦无用尽晓。盖当时事与人言语，自有与今日不同者，然其中有那事今尚存，言语有与今不异者，则尚可晓尔。某尝语学者，欲看《易》时，且将孔子所作《十翼》中分明易晓者看，如《文言》中“元者善之长”之类。如《中孚》九二‘鸣鹤在阴，其子和之’，亦不必理会鹤如何在阴？其子又如何和？且将那《系辞传》中所说言行处看，此虽浅，然却不到差了。盖为学只要理会自己胸中事尔。某尝谓上古之书莫尊于《易》，中古后书莫大于《春秋》，然此两书皆未易看。今人才理会二书，便入于凿。若要读此二书，且理会他大义，《易》则是尊阳抑阴，进君子而退小人，明消息盈虚之理；《春秋》则是尊王贱伯，内中国而外夷狄，明君臣上下之分。”

问：“读《易》未能浃洽，何也？”曰：“此须是此心虚明宁静，自然道理流通，方包罗得许多义理。盖《易》不比《诗》《书》，它是说尽天下后世无穷无尽底事理，只一两字便是一个道理。又人须是经历天下许多事变，读《易》方知各有一理，精审端正。今既未尽经历，非是此心大段虚明宁静，如何见得？此不可不自勉也。”

敬之问《易》。曰：“如今不曾经历得许多事过，都自揍他道理不著。若便去看，也卒未得他受用。孔子晚而好《易》，可见这书卒未可理会。如《春秋》、《易》，都是极难看底文字。圣人教人自《诗》《礼》起，如鲤趋过庭，曰：‘学《诗》乎？学《礼》乎？’诗是吟咏情性，感发人之善心；《礼》使人知得个定分，这都是切身工夫。如《书》亦易看，大纲亦似《诗》。”

《易》与《春秋》难看，非学者所当先，盖《春秋》所言，以为褒亦可，以为贬亦可。《易》如此说亦通，如彼说亦通。大抵不比《诗》《书》，的确难看。

问：“《易》如何读?”曰：“只要虚其心以求其义，不要执己见读。其他书亦然。”

看《易》，须是看他卦爻未画以前，是怎模样？却就这上见得他许多卦爻象数，是自然如此，不是杜撰。且《诗》则因风俗世变而作，《书》则因帝王政事而作。《易》初未有物，只是悬空说出。当其未有卦画，则浑然一太极，在人则是喜怒哀乐未发之中；一旦发出，则阴阳吉凶，事事都有在里面。人须是就至虚静中见得这道理周遮通珑，方好。若先靠定一事说，则滞泥不通了。此所谓“洁静精微，《易》之教也”。

《易》难看，不比他书。《易》说一个物，非真是一个物，如说龙非真龙。若他书，则真是事实，孝弟便是孝弟，仁便是仁。《易》中多有不可晓处，如“王用亨于西山”，此却是“享”字。只看“王用亨于帝，吉。”则知此是祭祀山川底意思。如“公用亨于天子”，亦是“享”字，盖朝觐燕飨之意。《易》中如此类甚多。后来诸公解，只是以己意牵强附合，终不是圣人意。《易》难看，盖如此。

《易》最难看。其为书也，广大悉备，包涵万理，无所不有。其实是古者卜筮书，不必只说理，象数皆可说。将去做道家、医家等说亦有，初不曾滞于一偏。某近看《易》，见得圣人本无许多劳攘[24]。自是后世一向乱说，妄意增减，硬要作一说以强通其义，所以圣人经旨愈见不明。且如解《易》，只是添虚字去迎过意来，便得。今人解《易》，乃去添他实字，却是借他做己意说了。又恐或者一说有以破之，其势不得不支离更为一说以护吝之。说千说万，与《易》全不相干。此书本是难看底物，不可将小巧去说，又不可将大话去说。又云："《易》难看，不惟道理难寻；其中或有用当时俗语，亦有他事后人不知者，且如'樽酒簋贰'，今人硬说作二簋，其实无二簋之实。陆德明自注断，人自不曾去看，如所谓'贰'，乃是《周礼》'大祭三贰'之'贰'，是'副贰'之'贰'，此不是某穿凿[25]，却有古本。若是强为一说，无来历，全不是圣贤言语。"

《易》不须说得深，只是轻轻地说过。

读《易》之法，先读正经。不晓，则将《彖象》《系辞》来解。又曰："《易》《爻辞》如签解。"

看《易》，且将《爻辞》看。理会得后，却看《彖辞》。若鹘突地看，便无理会处。又曰："文王《爻辞》做得极精严，孔子《传》条畅。要看上面一段，莫便将《传》拘了。"

《易》中《彖辞》最好玩味，说得卦中情状出。

八卦爻义最好玩味。

看《易》，须著四日看一卦。一日看《卦辞》《彖象》，两日看六爻，一日统看，方子细。

和靖学《易》，一日只看一爻。此物事成一片，动着便都成片，不知如何只看一爻得。

看《易》，若是靠定象去看，便滋味长；若只恁地悬空看，也没甚意思。

季通云："看《易》者，须识理象数辞，四者未尝相离。"盖有如是之理，便有如是之象；有如是之象，便有如是之数；有理与象数，便不能无辞。《易》六十四卦，三百八十四爻，有自然之象，不是安排出来。且如"潜龙勿用"，初便是潜，阳爻便是龙，不当事便是勿用。"见龙在田"，离潜便是见，阳便是龙，出地上便是田。"即鹿无虞，惟入于林中"，此爻在六二、六四之间，便是林中之象。鹿，阳物，指五；"无虞"，无应也。以此触类而长之，当自见得。

先就《乾》《坤》二卦上看得本意了，则后面皆有通路。

《系辞》中说"是故"字，都是唤那下文起，也有相连处，也有不相连处。

钦夫说《易》，谓只依孔子《系辞》说便了，如说："'公用射隼于高墉之上，获之，无不利。'子曰："隼者，禽也；弓矢者，器也；射之者，人也。君子藏器于身，待时而动，何不利之有？动而不括，是以出而有获，语成器而动者也。"'只如此说，便了。"固是如此，圣人之意只恁地说不得。缘在当时只理会象数，故圣人明之以理。

"洁静精微"谓之《易》。《易》自是不惹著事，只悬空说一种道理，不似它书便各著事上说。所以后来道家取之与老子为类，便是老子说话也不就事上说。

"洁静精微"是不犯手。又云："是各自开去，不相沾黏。"

问："读《易》，若只从伊川之说，恐太见成，无致力思索处。若用己意思索立说，又恐涉狂易。浩近学看《易》，主以伊川之说，参以横渠、温公、安定、荆公、东坡、汉上之解，择其长者抄之，或足以己意，可以如此否？"曰："吕伯恭教人只得看伊川《易》，也不得致疑。某谓若如此看文字，有甚精神？却要我做甚？"浩曰："伊川不应有错处。"曰："他说道理决不错，只恐于文义名物也有未尽。"又曰："公看得诸家如何？"浩曰："各有长处。"曰："东坡解《易》，大体最不好。然他却会作文，识句法。解文释义，必有长处。"

总论卦彖爻

古《易》十二篇，人多说王弼改今本，或又说费直初改。只如《乾卦》次序，后来王弼尽改《彖象》各从《爻》下。近日吕伯恭却去《后汉》中寻得一处，云是韩康伯改，都不说王弼。据某考之，其实是韩康伯初改，如《乾卦》次序。其他是王弼改。

卦，分明是将一片木画挂于壁上，所以为卦。爻，是两个交叉，是交变之义，所以为爻。

问："见朋友记先生说：'伏羲只画八卦，未有六十四卦。'今看《先天图》，则是那时都有了，不知如何?"曰："不曾恁地说。那时六十四卦都画了。"又问云："那时未有文字言语，恐也只是卦画，未有那卦名否?"曰："而今见不得。"

问："卦下之辞为《彖辞》，《左传》以为'繇辞'，何也?"曰："此只是《彖辞》，故孔子曰：'智者观其《彖辞》，则思过半矣。'如'元亨利贞'，乃文王所系卦下之辞，以断一卦之吉凶，此名'彖辞'。彖，断也。陆氏音中语所谓'彖之经'也。'大哉乾元'以下，孔子释经之辞，亦谓之'彖'，所谓'彖之传'也。爻下之辞，如'潜龙勿用'，乃周公所系之辞，以断一爻之吉凶也。'天行健，君子以自强不息'，所谓'大象之传'；'潜龙勿用，阳在下也'，所谓'小象之传'，皆孔子所作也。'天尊地卑'以下，孔子所述《系辞》之传，通论一经之大体、凡例，无经可附，而自分《上系》、《下系》也。左氏所谓'繇'，字从'系'，疑亦是言'系辞'。系辞者，于卦下系之以辞也。"

"八卦之性情"，谓之性者，言其性如此。又谓之"情"者，言其发用处亦如此，如《乾》之健，本性如此，用时亦如此。

卦体，如内健外顺，内阴外阳之类。卦德，如《乾》健《坤》顺之类。

有一例，成卦之主，皆说于《彖词》下，如《屯》之初九"利建侯"，《大有》之五，《同人》之二，皆如此。

或说，一是《乾》初画。某谓："那时只是阴阳，未有《乾》、《坤》，安得《乾》初画？初间只有一画者二，到有三画，方成《乾卦》。"

问："'《乾》一画，《坤》两画'，如何?"曰："观'《乾》一而实，与《坤》二而虚'之说，可见。《乾》只是一个物事，充实遍满。《坤》便有开阖。《乾》气上来时，《坤》便开从两边去，如两扇门相似，正如扇之运风，甑之蒸饭[26]，扇甑是《坤》，风与蒸，则《乾》之气也。"

凡《易》一爻皆具两义，如此吉者，不如此则凶；如此凶者，不如此则吉。如"出门同人"，须是自出去与人同，方吉；若以人从欲，则凶。亦有分晓说破底："妇人吉，夫子凶"。"咸其腓，虽凶居吉"。"君子得舆，小人剥庐[27]"。如"需于泥，致寇至"，更不决吉凶。夫子便《象辞》中说破云："若敬慎，则不败也。"此是一爻中具吉凶二义者。如小过"飞鸟以凶"，若占得此爻，则更无可避祸处，故《象》曰："不可如何也。"

六爻不必限定是说人君。且如"潜龙勿用"，若是庶人得之，自当不用；人君得之，也当退避。"见龙在田"，若是众人得，亦可用事；"利见大人"，如今人所谓宜见贵人之类。《易》不是限定底物。伊川亦自说"一爻当一事，则三百八十四爻只当得三百八十四事"，说得自好。不知如何到他解，却恁地说。

《易》中紧要底，只是四爻。

伊川云"卦爻有相应。"看来不相应者多，且如《乾卦》，如其说时，除了二与五之外，初何尝应四？三何尝应六？《坤卦》更都不见相应。此似不通。

伊川多说应，多不通。且如六三便夹些阳了，阴则浑是不发底。如六三之爻有阳，所以言“含章”，若无阳，何由有章？“含章”，为是有阳，半动半静之爻。若六四，则浑是柔了，所以“括囊”。

问：“王弼说‘初上无阴阳定位’，如何？”曰：“伊川说：‘阴阳奇偶，岂容无也？《乾》上九“贵而无位”，《需》上九“不当位”，乃爵位之位，非阴阳之位。’此说极好！”

程先生曰：“卦者，事也。爻者，事之时也。”先生曰：“卦或是时，爻或是事，都定不得。”

卦爻象，初无一定之例。

卦体卦变

伊川不取卦变之说，至“柔来而文刚”，“刚自外来而为主于内”，诸处皆牵强说了。王辅嗣卦变，又变得不自然。某之说却觉得有自然气象，只是换了一爻。非是圣人合下作卦如此，自是卦成了，自然有此象。

汉上《易》卦变，只变到三爻而止，于《卦辞》多有不通处。某更推尽去，方通。如《无妄》“刚自外来而为主于内”，只是初刚自《讼》二移下来。《晋》“柔进而上行”，只是五柔自《观》四挨上去。此等类，按汉上卦变则通不得。

卦有两样生：有从两仪四象加倍生来底，有卦中互换，自生一卦底。互换成卦，不过换两爻。这般变卦，伊川破之。及到那“刚来而得中”，却推不行。大率是就义理上看，不过如刚自外来而得中，“分刚上而文柔”等处看，其余多在占处用也。《贲》变《节》之象，这虽无紧要，然后面有数处《彖辞》不如此看，无来处，解不得。

《易》《上经》始《乾》《坤》而终《坎》《离》，《下经》始《艮》《兑》《震》《巽》而终《坎》《离》。杨至之云：“《上经》反对凡十八卦，《下经》反对亦十八卦。”先生曰：“林黄中算《上》《下经》阴阳爻适相等。某算来诚然。”

问：“近略考卦变，以《彖辞》考之，说卦变者凡十九卦，盖言成卦之由。凡《彖辞》不取成卦之由，则不言所变之爻。程子专以《乾》《坤》言变卦，然只是上下两体皆变者可通。若只一体变者，则不通。两体变者凡七卦：《随》、《蛊》、《贲》、《咸》、《恒》、《渐》、《涣》是也。一体变者两卦，《讼》《无妄》是也。七卦中取刚来下柔，刚上柔下之类者可通。至一体变者，则以来为自外来，故说得有碍。大凡卦变须看两体上下为变，方知其所由以成之卦。”曰：“便是此处说得有碍。且程《传》《贲卦》所云，岂有《乾》《坤》重而为《泰》，又自《泰》而变为《贲》之理？若其说果然，则所谓《乾》《坤》变而为六子，八卦重而为六十四，皆由《乾》《坤》而变者，其说不得而通矣。盖有则俱有，自一画而二，二而四，四而八，而八卦成。八而十六，十六而三十二，三十二而六十四，而重卦备。故有八卦，则有六十四矣。此康节所谓‘先天’者也。若‘《震》一索而得男’以下，乃是已有此卦了，就此卦生出此义，皆所谓‘后天’之学。今所谓‘卦变’者，亦是有卦之后，圣人见得有此象，故发于《彖辞》。安得谓之《乾》《坤》重而为是卦？则更不可变而为他卦耶？若论先天，一卦亦无。既画之后，《乾》一《兑》二，《离》三《震》四，至《坤》居末，又安有《乾》《坤》变而为六子之理？凡今《易》中所言，皆是后天之《易》。且以此见得康节先天后天之说，最为有功。”

问：“《乾》、《坤》、《大过》、《颐》、《坎》、《离》、《中孚》、《小过》八卦，番覆不成两卦，是如何？”曰：“八卦便只是六卦。《乾》《坤》《坎》《离》是四正卦，《兑》便是番转底《巽》，《震》便是番转底《艮》。六十四卦只八卦是正卦，余便只二十八卦，番转为五十六卦。《中孚》便是大底《离》[28]，《小过》是个大底《坎》。”又曰：“《中孚》是个双夹底《离》，《小过》是个双夹底《坎》。《大过》是个厚画底《坎》，《颐》是个厚画底《离》。”

卦有反，有对，《乾》、《坤》、《坎》、《离》是反，《艮》、《兑》、《震》、《巽》是对。《乾》、《坤》、《坎》、《离》，倒转也只是四卦；《艮》《兑》《震》《巽》，倒转则为《中孚》、《颐》、《小过》、《大过》。其余皆是对卦。

福州韩云：“能安其分则为《需》，不能安其分则为《讼》；能通其变则为《随》，不能通其变则为《蛊》。”此是说卦对。然只是此数卦对得好，其他底又不然。

“互体[29]”，自左氏已言，亦有道理，只是今推不合处多。

王弼破互体，朱子发用互体。

朱子发互体，一卦中自二至五，又自有两卦，这两卦又伏两卦。林黄中便倒转推成四卦，四卦里又伏四卦。此谓“互体”。这自那“风为天于土上”，有个《艮》之象来。

一卦互换是两卦，伏两卦是四卦，反看又是两卦，又伏两卦，共成八卦。

问：“《易》中‘互体’之说，共父以为‘杂物撰德，辨是与非，则非其中爻不备’，此是说互体。”先生曰：“今人言互体者，皆以此为说，但亦有取不得处也，如《颐卦》《大过》之类是也。王辅嗣又言‘纳甲飞伏’，尤更难理会。纳甲是《震》纳庚，《巽》纳辛之类，飞伏是《坎》伏《离》，《离》伏《坎》，《艮》伏《兑》，《兑》伏《艮》之类也。此等皆支蔓，不必深泥。”

辞　　义

《易》有象辞，有占辞，有象占相浑之辞。

“《彖辞》极精，分明是圣人所作。”鲁可几曰：“《彖》是总一卦之义。”曰：“也有别说底。如《乾》《彖》，却是专说天。”

凡《彖辞》《象辞》，皆押韵。

象数义多难明。

二卦有二中，二阴正，二阳正。言“《乾》之无中正”者，盖云不得兼言中正。二五同是中，如四上是阳，不得为正。盖卦中以阴居阳，以阳居阴，是位不当；阴阳各居本位，乃是正当。到那“正中、中正”，又不可晓。

林安卿问：“伊川云‘中无不正，正未必中’，如何？”曰：“如‘君子而时中’，则是‘中无不正’；若君子有时不中，即‘正未必中’。盖正是骨子好了，而所作事有未恰好处，故未必中也。”

“中重于正，正未必中。”盖事之斟酌得宜合理处便是中，则未有不正者。若事虽正，而处之不合时宜，于理无所当，则虽正而不合乎中。此中未有不正，而正未必中也。

“中重于正，正不必中。”一件物事自以为正，却有不中在。且如饥渴饮食是正；若过些子，便非中节。中节处乃中也。责善，正也，父子之间则不中。

晏亚夫问“中、正”二字之义，曰：“中须以正为先。凡人做事，须是剖决是非邪正，却就是与正处斟酌一个中底道理。若不能先见正处，又何中之可言？譬如欲行赏罚，须是先看当赏与不当赏，然后权量赏之轻重。若不当赏矣，又何轻重之云乎？”

“中重于正，正不必中。”中能度量，而正在其中。

凡事先理会得正，方到得中。若不正，更理会甚中。显仁陵寝时，要发掘旁近数百家墓，差御史往相度。有一人说：“且教得中。”曾文清说：“只是要理会个是与不是，不理会中。若还不合如此，虽一家不可发掘，何处理会中?”且如今赏赐人，与之百金为多，五十金为少，与七十金为中。若不合与，则一金不可与，更商量甚中?

《易》中只言“利贞”，未尝谓不利贞，亦未尝言利不贞。

厉，多是在阳爻里说。

“吉凶悔吝”，圣人说得极密。若是一向疏去，却不成道理。若一向密去，却又不是《易》底意思。

“吉凶悔吝”，吉过则悔，既悔必吝，吝又复吉。如“动而生阳，动极复静，静而生阴，静极复动。”悔属阳，吝属阴。悔是逞快做出事来了，有错失处，这便生悔，所以属阳。吝则是那限限衰衰，不分明底，所以属阴。亦犹骄是气盈，吝是气歉。

问：“时与位，古《易》无之。自孔子以来骄说出此义。”曰：“《易》虽说时与位，亦有无时义可说者。”

仁父问时与义。曰：“‘夏日、冬日’，时也；‘饮汤、饮水’，义也。许多名目，须也是逐一理会过，少间见得一个却有一个落着。不尔，都只恁地鹘突过。”

问：“读《易》贵知时。今观《爻辞》皆是随时取义。然非圣人见识卓绝，尽得义理之正，则所谓‘随时取义’，安得不差?”曰：“古人作《易》，只是为卜筮。今说《易》者，乃是硬去安排。圣人随时取义，只事到面前，审验个是非，难为如此安排下也。”

圣人说《易》，逐卦取义。如《泰》以三阳在内为吉，至《否》又以在上为吉，大概是要压他阴。六三所以不能害君子，亦是被阳压了，但“包羞”而已。“包羞”，是做得不好事，只得惭惶，更不堪对人说。

上下经上下系

《上经》犹可晓，易解。《下经》多有不可晓，难解处。不知是某看到末梢懒了，解不得?为复是难解?

六十四卦，只是《上经》说得齐整，《下经》便乱董董地。《系辞》也如此，只是《上系》好看，《下系》便没理会。《论语》后十篇亦然。《孟子》末后却划地好。然而如那般“以追蠡”样说话，也不可晓。

论易明人事

孔子之辞说向人事上者，正是要用得。

须是以身体之。且如六十四卦，须做六十四人身上看；三百八十四爻，又做三百八十四人身上小底事看。《易》之所说皆是假说，不必是有恁地事。假设如此，则如此；假设如彼，则如彼。假说有这般事来，人处这般地位，便当恁地应。

《易》中说卦爻，多只是说刚柔。这是半就人事上说去，连那阴阳上面，不全就阴阳上说。卦爻是有形质了，阴阳全是气。《彖辞》所说刚柔，亦半在人事上。此四件物事有个精粗显微分别。健顺，刚柔之精者；刚柔，健顺之粗者。

问：“横渠说：‘《易》为君子谋，不为小人谋。’盖自太极一判而来，便已如此了。”曰：“论其极是如此。然小人亦具此理，只是他自反悖了。君子治之，不过即其固有者以正之而已。《易》中亦有时而为小人谋，如‘包承，小人吉，大人否，亨’。言小人当否之时，能包承君子则吉。

但此虽为小人谋，乃所以为君子谋也。”

若论阴阳，则须二气交感，方成岁功。若论君子小人，则一分阴亦不可；须要去尽那小人，尽用那君子，方能成治。

《汉书》：“《易》本隐以之显，《春秋》推见至隐。《易》与《春秋》，天人之道也。”《易》以形而上者，说出在那形而下者上；《春秋》以形而下者，说上那形而上者去。

论后世易象

京房卦气用六日七分。季通云：“康节亦用六日七分。”但不见康节说处。

京房辈说数，捉他那影象才发见处，便算将去。且如今日一个人来相见，便就那相见底时节，算得这个是好人，不好人，用得极精密。他只是动时便算得，静便算不得。人问康节：“庭前树算得否?”康节云：“也算得，须是待他动时，方可。”须臾，一叶落，他便就这里算出这树是甚时生，当在甚时死。

京房便有“纳甲”之说。《参同契》取《易》而用之，不知天地造化，如何排得如此巧。所谓“初三《震》受庚，上弦《兑》受丁，十五《乾》体就，十八《巽》受辛，下弦《艮》受丙，三十《坤》受乙”，这都与月相应。初三昏月在西，上弦昏在南，十五昏在东，十八以后渐渐移来，至三十晦，光都不见了。又曰：“他以十二卦配十二月，也自齐整：《复卦》是《震》在《坤》下，《临》是《兑》在《坤》下，《泰》是《乾》在《坤》下，《大壮》是《震》在《乾》上，《夬》是《兑》在《乾》上，《乾》是《乾》在《乾》上，《姤》是《乾》在《巽》上，《遁》是《乾》在《艮》上，《否》是《乾》在《坤》上，《观》是《巽》在《坤》上，《剥》是《艮》在《坤》上，《坤》是《坤》在《坤》上。

仲默问：“《太玄》如何[30]?”曰：“圣人说‘天一地二，天三地四，天五地六，天七地八，天九地十’，甚简易。今《太玄》说得却支离。《太玄》如它立八十一首，却是分阴阳。中间一首，半是阴，半是阳。若看了《易》后，去看那《玄》，不成物事。”又问：“或云：‘《易》是阴阳不用五。’”曰：“它说‘天一地二，天三地四’时，便也是五了。”又言：“扬雄也是学焦延寿推卦气。”曰：“焦延寿《易》也不成物事。”又问：“关子明二十七象如何?”曰：“某尝说，二十七象最乱道。若是关子明有见识，必不做这个。若是它做时，便是无见识。今人说焦延寿卦气不好，是取《太玄》，不知《太玄》却是学它。”

问《太玄》。曰：“天地间只有阴阳二者而已，便会有消长。今《太玄》有三个了，如冬至是天元，到三月便是地元，十月便是人元。夏至却在地元之中，都不成物事。”

《太玄》甚拙。岁是方底物，他以三数乘之，皆算不着。

《太玄》纪日而不纪月，无弦望晦朔。

《太玄》中高处只是黄老，故其言曰：“老子之言道德，吾有取焉。”

《太玄》之说，只是老庄。康节深取之者，以其书亦挨旁阴阳消长来说道理。

《太玄》亦自庄老来，“惟寂惟寞”可见。

问：“《太玄》、《中首》：‘阳气潜藏于黄宫，性无不在于中。’《养首》：‘藏心于渊，美厥灵根。’程先生云云。”曰：“所谓‘藏心于渊’，但是指心之虚静言之也。如此，乃是无用之心，与孟子言仁义之心异。”

自晋以来，解经者却改变得不同，如王弼、郭象辈是也。汉儒解经，依经演绎，晋人则不然，舍经而自作文。

《潜虚》只是“吉凶臧否平，王相休囚死”。

日家“四废”之说，温公《潜虚》，只此而已。

《潜虚》后截是张行成续，不押韵，见得。

欧阳公所以疑《十翼》非孔子所作者，他《童子问》中说道，“仰以观于天文，俯以察于地理。”又说“河出《图》，洛出《书》，圣人则之”，只是说作《易》一事，如何有许多般样？又疑后面有许多“子曰”。既言“子曰”，则非圣人自作。这个自是它晓那前面道理不得了，却只去这上面疑。他所谓“子曰”者，往往是弟子后来旋添入，亦不可知。近来胡五峰将周子《通书》尽除去了篇名，却去上面各添一个“周子曰”，此亦可见其比。

廖氏论《洪范篇》，大段辟《河图》《洛书》之事，以此见知于欧阳公。盖欧公有无祥瑞之论。欧公只见五代有伪作祥瑞，故并与古而不信。如《河图》《洛书》之事，《论语》自有此说，而欧公不信祥瑞，并不信此，而云《系辞》亦不足信。且如今世间有石头上出日月者，人取为石屏。又有一等石上，分明有如枯树者，亦不足怪也。《河图》《洛书》亦何足怪！

老苏说《易》，专得于“爱恶相攻而吉凶生”以下三句。他把这六爻似那累世相仇相杀底人相似，看这一爻攻那一爻，这一画克那一画，全不近人情！东坡见他恁地太觕疏，却添得些佛老在里面。其书自做两样。亦间有取王辅嗣之说，以补老苏之说。亦有不晓他说了，乱填补处。老苏说底，亦有去那物理上看得着处。

东坡《易》说“六个物事，若相咬然”，此恐是老苏意。其他若佛说者，恐是东坡。

《易举正》，乱道。

朱震说卦画七八爻称九六，他是不理会得老阴、老阳之变。且如占得《乾》之初爻是少阳，便是初七，七是少，不会变，便不用了。若占得九时，九是老，老便会变，便占这变爻。此言用九。用六亦如此。

“朱子发解《易》如百衲袄[31]，不知是说甚么。以此进读，教人主如何晓？便晓得，亦如何用？”必大曰：“致堂文字决烈明白，却可开悟人主。”曰：“明仲说得开，一件义理，他便说成一片。如善画者，只一点墨，便斡淡得开。如尹和靖，则更说不出。范氏《讲义》于浅处亦说得出，只不会深，不会密，又伤要说义理多。如解《孟子》首章，总括古今言利之说成一大片，却于本章之义不曾得分晓。想当时在讲筵进读，人主未必曾理会得。大抵范氏不会辩，如《孟子》便长于辩。亦不是对他人说话时方辩，但于紧要处反覆论难，自是照管得紧。范氏之说，闩锁不牢处多，极有疏漏者。”

问：“籍溪见谯天授问《易》，天授令先看‘见乃谓之象’一句。籍溪未悟，他日又问。天授曰：‘公岂不思象之在道，犹《易》之有太极耶?’此意如何?”曰：“如此教人，只好听耳。使某答之，必先教他将六十四卦，自《乾》《坤》起，至《杂卦》，且熟读。晓得源流，方可及此。”

问：“籍溪见谯天授问《易》，天授曰：‘且看“见乃谓之象”一句。通此一句，则六十四卦，三百八十四爻皆通。’籍溪思之不得。天授曰：‘岂不知“《易》有太极”者乎?’”先生曰：“若做个说话，乍看似好，但学《易》工夫，不是如此。不过熟读精思，自首至尾，章章推究，字字玩索，以求圣人作《易》之意，庶几其可。一言半句，如何便了得他?”

谯先生说“见乃谓之象”，有云：“象之在道，乃《易》之在太极。”其意想是说道，念虑才动处，便有个做主宰底。然看得《系辞》本意，只是说那“动而未形有无之间者几”底意思。几虽是未形，然毕竟是有个物了。

涪人谯定受学于二郭为象学。其说云：“《易》有象学、数学。象学非自有所见不可得，非师所能传也。”谯与原仲书云：“如公所言，推为文辞则可，若见处则未。公岂不思象之在道，乃

《易》之有太极耶？”后云：“语直伤交，幸冀亮察！”○“见”字本当音现，谯作如字意。○谯作《牧牛图》，其序略云：“学所以明心，礼所以行敬；明心则性斯见，行敬则诚斯至。”草堂刘致中为作传，甚详。

先生因说郭子和《易》，谓诸友曰：“且如揲蓍一事，可谓小小。只所见不明，便错了。子和有《蓍卦辩疑》，说前人不是。不知《疏》中说得最备，只是有一二字错。更有一段在《乾卦疏》中。刘禹锡说得亦近。柳子厚曾有书与之辩。”

向在南康见四家《易》，如刘居士变卦，每卦变为六十四，却是按古。如周三教及刘虚谷，皆乱道。外更有戴主簿传得《麻衣易》，乃是戴公伪为之。盖尝到其家，见其所作底文，其体皆相同。南轩及李侍郎被他瞒，遂为之跋。某尝作一文字辩之矣。

或言某人近注《易》。曰：“缘《易》是一件无头面底物，故人人各以其意思去解说得。近见一两人所注，说得一片道理，也都好。但不知圣人元初之意果是如何？《春秋》亦然。”

因说赵子钦。《易说》，曰：“以某看来，都不是如此。若有此意思，圣人当初解《彖》、解《象》、《系辞》、《文言》之类，必须自说了，何待后人如此穿凿？今将卦爻来用线牵，或移上在下，或挈下在上，辛辛苦苦说得出来，恐都非圣人作《易》之本意。须知道圣人作《易》，还要做甚用。若如此穿凿，则甚非‘易简而天下之理得矣’。”又云：“今人凡事所以说得恁地支离者，只是见得不透。如释氏说空，空亦未是不是，但空里面须有道理始得。若只说道我见得个空，而不知他有个实底道理，却做甚用得？譬如一渊清水，清泠彻底，看来一如无水相似。他便道此渊只是空底，却不曾将手去探看，自冷而湿，终不知道有水在里面。此释氏之见正如此。今学者须贵于格物。格，至也，须要见得到底。今人只是知得一斑半点，见得些子，所以不到极处也。”又云：“某病后，自知日月已不多，故欲力勉。诸公不可悠悠。天下只是一个道理，更无三般两样。若得诸公见得道理透，使诸公之心便是某心，某之心便是诸公之心，见得不差不错，岂不济事耶？”

因看赵子钦《易说》，云：“读古人书，看古人意，须是不出他本来格当。须看古人所以为此书者何如？初间是如何？若是屈曲之说，却是圣人做一个谜与后人猜搏，决不是如此。圣人之意，简易条畅通达，那尚恁地屈曲缠绕，费尽心力以求之？《易》之为书，不待自家意起于此，而其安排已一一有定位。”

赵善誉说《易》云：“《乾》主刚，《坤》主柔，刚柔便自偏了。”某云，若如此，则圣人作《易》，须得用那偏底在头上则甚？既是《乾》《坤》皆是偏底道理，圣人必须作一个中卦始得。今二卦经传，又却都不说那偏底意思是如何。刚，天德也。如生长处，便是刚；消退处，便是柔。如万物自一阳生后，生长将去，便是刚。长极而消，便是柔。以天地之气言之，则刚是阳，柔是阴；以君子小人言之，则君子是刚，小人是柔；以理言之，则有合当用刚时，合当用柔时。

林黄中以互体为四象八卦。

林黄中来见，论：“‘《易》有太极，是生两仪，两仪生四象，四象生八卦。’就一卦言之，全体为太极，内外为两仪，内外及互体为四象，又颠倒取为八卦。”先生曰：“如此则不是生，却是包也。始画卦时，只是个阴阳奇耦，一生两，两生四，四生八而已。方其为太极，未有两仪也，由太极而后生两仪；方其为两仪，未有四象也，由两仪而后生四象；方其为四象，未有八卦也，由四象而后生八卦。此之谓生。若以为包，则是未有太极，已先有两仪。未有两仪，已先有四象。未有四象，已先有八卦矣。”林又曰：“太极有象。且既曰‘《易》有太极’，则不可谓之无。濂溪乃有‘无极’之说，何也？”曰：“有太极，是有此理；无极，是无形器方体可求。两仪有象，太极则无象。”林又言：“三画以象三才。”曰：“有三画方看见似个三才模样，非故画以象之也。”

问：“‘《易》，圣人所以立道，穷神则无《易》矣。’此是指《易》书？”曰：“然。《易》中多是说《易》书，又有一两处说易理。神，如今人所谓精神发挥，乃是变易之不可测处。《易》书乃为易之理写真。”

关子明《易》、《麻衣易》皆是伪书。《麻衣易》是南康士人作，今不必问其理，但看其言语，自非希夷作。其中有云：“学《易》者当于羲 皇心地上驰骋。”不知心地如何驰骋？

《麻衣易》是南康戴某所作。太平州刊本第二跋，即其人也。

问：“《麻衣易》是伪书。其论《师卦》‘地中有水，师’，容民蓄众之象，此一义也；若水行地中，随势曲折，如师行而随地之利，亦一义也。”曰：“《易》有精有蕴，如‘《师》贞，丈人吉’，此圣人之精，画前之《易》，不可易之妙理。至于容民蓄众等处，因卦以发，皆其蕴也。既谓之蕴，则包含众义，有甚穷尽！尽推去，尽有也。”

《麻衣易》，南康戴主簿撰。麻衣，五代时人。五代时文字多繁絮。此《易说》，只是今人文字，南轩《跋》不曾辩得，其书甚谬！李寿翁甚喜之，开板于太平州。周子中又开板于舒州。此文乃不唧噌底禅[32]，不唧噌底修养法，不唧噌底日时法。

《麻衣易》，南康戴主簿作。某亲见其人，甚称此《易》得之隐者，问之，不肯言其人。某适到其家，见有一册杂录，乃戴公自作，其言皆与《麻衣易》说大略相类。及戴主簿死，子弟将所作《易图》来看，乃知真戴公所作也。

浩问：“李寿翁最好《麻衣易》，与关子明《易》如何？”先生笑曰：“偶然两书皆是伪书。关子明《易》是阮逸作，陈无已集中说得分明。《麻衣易》乃是南康戴主簿作。某知南康时，尚见此人，已垂老，却也读书博记。一日访之，见他案上有册子，问是甚文字，渠云：‘是某有见抄录。’因借归看，内中言语文势，大率与《麻衣易》相似，已自捉破。又因问彼处人，《麻衣易》从何处传来。皆云：‘从前不曾见，只见戴主簿传与人。’又可知矣。仍是浅陋，内有‘山是天上物落在地上’之说，此是何等语？他只见南康有落星寺，便为此说。若时复落一两个，世间人都被压作粉碎！”先生遂大笑。“后来戴主簿死了，某又就渠家借所作《易图》看，皆与《麻衣易》言语相应。逐卦将来牵合取象，画取图子：《需卦》画共食之象，以《坎卦》中一画作桌，两阴爻作饮食，《乾》三爻作三个人，向而食之；《讼卦》则三人背饮食而坐；《蒙卦》以笔牵合六爻作小儿之象。大率可笑如此。某遂写与伯恭，伯恭转闻寿翁。时寿翁知太平，谓如此，戴簿亦是明《易》人，却作书托某津遣来太平相见。时戴已死。”又曰：“李寿翁看杜撰《易》，渠亦自得杜撰受用。”

晁说之谓：“《易》占随日随时变，但守见辞者，死法也。”

“沙随云：‘《易》三百八十四爻，惟闰岁恰三百八十四日，正应爻数。’余曰：‘圣人作《易》如此，则惟三年方一度可用，余年皆用不得矣。且闰月必小尽，审如公言，则闰年止有三百八十三日，更剩一爻无用处矣。’”或问：“沙随何以答？”曰：“它执拗不回，岂肯服也？”

《龙图》是假书[33]，无所用。康节之《易》，自两仪、四象、八卦，以至六十四卦，皆有用处。

---

①“利牝马之贞”：为母马占卜有利，可引伸为利女性占卜。

②恁地：如此。

③“见龙在田，利见大人”：看见龙出现在地面，此爻有利于才德者出头。

④竞谨：小心。

⑤“直方大，不习无不利”：此爻辞说，倘若做到正直、方正、宏大，即使不娴习某事，因其本性端固，做起来也无什么妨害。

⑥“硕果不食，君子得舆，小人剥庐”：有硕大之果，人来不及食而独留其上。如同君子得到车舆，小人把庐舍折毁，吉凶因人而异。

⑦“潜龙勿用”：要占卜者应当象潜龙那样隐伏，以伺时机，不宜过早地有所作用。

⑧掊（pǔu，音瓿）击：打击。

⑨亹亹（wěi，音伟）：勤勉的样子。

⑩衮说：帝王之说。

⑪“筮短龟长”：卜筮不方便，钻灼龟壳占卜方便。

⑫象：象征。《周易》用卦爻等符号象征自然变化和人事休咎。

⑬震：象征雷。

⑭艮（gèn，音亘）：象征山。

⑮十朋：古代以贝壳为货币，五贝为一串，两串为一朋，十朋即二十串。

⑯“井谷射鲋”：井中射虾蟆。鲋（fù音付），一般指鲫鱼，有时也指虾蟆。

⑰大衍：大，指大数；衍，即演。大衍，指用大数来演卦。

⑱大段：很、重要。

⑲“一禁禁定”：一旦被圈定。

⑳三才：天、地、人合称为“三才”。

㉑菑畲（zī yú，音芝余）：耕田。菑，为耕种一年的土地；畲，为耕种三年的土地。

㉒砉（huō，音伙）然：刀子割裂物体的形态。

㉓散漫：大气。

㉔劳攘：令人费解。

㉕穿凿：对于讲不通的道理，牵强附会，硬作诠释。

㉖甑（zèng，音赠）：古代蒸制食物的炊器。

㉗剥庐：拆房子。

㉘中孚：本卦之名。有诚信在心中，谓之中孚。

㉙互体：《易卦》凡卦爻二至四、三至五，两体交互，各成一卦，叫互体。

㉚太玄：即《太玄经》。汉朝扬雄撰，也称《扬子太玄经》。扬雄模仿《周易》，将此书分为八十一首，以拟六十四卦。

㉛百衲袄：和尚用各家送得小块布缝接成的法衣。这里形容朱子发的论点琐碎凌乱。

㉜唧溜（jī liu，音即溜）：机灵、秀丽。

㉝龙图：即河图。传说有龙马从黄河中负出，故称。这是一部关于《周易》一书来源的传说。

朱子语类卷第七十八

五、《尚书》纲领

至之问："《书》断自唐、虞以下，须是孔子意。"曰："也不可知。且如三皇之书言大道，有何不可？便删去；五帝之书言常道，有何不可？便删去。皆未可晓。"

陈仲蔚问："'三皇'所说甚多，当以何者为是？"曰："无理会，且依孔安国之说。五峰以为天皇、地皇、人皇，而伏羲、神农、黄帝、尧、舜为五帝，却无高辛、颛顼。要之，也不可便如此说。且如欧阳公说'文王未尝称王'。不知'九年大统未集'，是自甚年数起。且如武王初伐纣之时，曰'惟有道曾孙周王发'，又未知如何便称'王'？假谓史笔之记，何为未即位之前便书为'王'？且如太祖未即位之前，史官只书'殿前都点检'，安得便称'帝'耶？是皆不可晓。"又问："欧公所作《帝王世次》序，辟《史记》之误，果是否？"曰："是皆不可晓。昨日得巩仲至书，潘叔昌托讨《世本》。向时大人亦有此书，后因兵火失了，今亦少有人收得。《史记》又皆本此为之，且如《孟子》有滕定公，及《世本》所载，则有滕成公、滕考公，又与《孟子》异，皆不可得而考。前人之误既不可考，则后人之论又以何为据耶？此事已鳌革了[1]，亦无理会处。"

孔壁所出《尚书》[2]，如《禹谟》、《五子之歌》、《胤征》、《泰誓》、《武成冏命》、《微子之命》、《蔡仲之命》、《君牙》等篇皆平易，伏生所传皆难读。如何伏生偏记得难底，至于易底全记不得？此不可晓。如当时诰命出于史官，属辞须说得平易。若《盘庚》之类再三告戒者，或是方言，或是当时曲折说话，所以难晓。

伏生《书》多艰涩难晓，孔安国壁中《书》却平易易晓。或者谓伏生口授女子，故多错误，此不然。今古书传中所引《书》语，已皆如此，不可晓。"僩问："如《史记》引《周书》'将欲取之，必固与之'之类，此必非圣贤语。"曰："此出于《老子》。疑当时自有一般书如此，故老子五千言皆缉缀其言，取其与己意合者则入之耳。"

问："林少颖说，《盘诰》之类皆出伏生，如何？"曰："此亦可疑。盖《书》有古文，有今文。今文乃伏生口传，古文乃壁中之《书》。《禹谟》、《说命》、《高宗肜日》、《西伯戡黎》、《泰誓等篇》，凡易读者皆古文。况又是科斗书，以伏生《书》字文考之，方读得。岂有数百年壁中之物，安得不讹损一字？又却是伏生记得者难读，此尤可疑。今人作全书解，必不是。"

伯丰再问："《尚书》古文、今文有优劣否？"曰："孔壁之传，汉时却不传，只是司马迁曾师授。如伏生《尚书》，汉世却多传者。晁错以伏生不曾出[3]，其女口授，有齐音不可晓者，以意属成，此载于史者。及观经传，及《孟子》引'享多仪'出自《洛诰》，却无差。只疑伏生偏记得难底，却不记得易底。然有一说可论难易：古人文字，有一般如今人书简说话，杂以方言，一时记录者，有一般是做出告戒之命者。疑《盘诰》之类是一时告语百姓。盘庚劝论百姓迁都之类，是出于记录。至于《蔡仲之命》、《微子之命》、《冏命》之属，或出当时做成底诏告文字，如后世朝廷词臣所为者。然更有脱简可疑处。苏氏传中于'乃洪大诰治'之下，略考得些小。胡氏《皇王大纪》考究得《康诰》非周公成王时，乃武王时。盖有'孟侯，朕其弟，小子封'之语，若成王，则康叔为叔父矣。又其中首尾只称‘文考’，成王、周公必不只称‘文王’。又有‘寡兄’之语，亦是武王与康叔无疑，如今人称‘劣兄’之类。又唐叔得禾，传记所载，成王先封唐叔，后封康叔，决无侄先叔之理。吴才老又考究《梓材》只前面是告戒，其后都称‘王’，恐自是一篇。不应王告臣下，不称‘朕’而自称‘王’耳。兼《酒诰》亦是武王之时。如此，则是断简残编，不无遗漏。今亦无从考正，只得于言语句读中有不可晓者阙之。”又问：“壁中之《书》，不及伏生《书》否?”曰：“如《大禹谟》，又却明白条畅。虽然如此，其间大体义理固可推索，但于不可晓处阙之，而意义深远处，自当推究玩索之也。然亦疑孔壁中或只是畏秦焚坑之祸，故藏之壁间。大概皆不可考矣。”

伯丰问“《尚书》未有解”。曰：“便是有费力处。其间用字亦有不可晓处。当时为伏生是济南人，晁错却颖川人，止得于其女口授，有不晓其言，以意属读。然而传记所引，却与《尚书》所载又无不同，只是孔壁所藏者皆易晓，伏生所记者皆难晓。如《尧典》、《舜典》、《皐陶谟》、《益稷》出于伏生，便有难晓处，如‘载采采’之类。《大禹谟》便易晓。如《五子之歌》、《胤征》，有甚难记？却记不得。至如《泰誓》、《武成》皆易晓。只《牧誓》中便难晓，如‘五步、六步’之类。如《大诰》、《康诰》，夹著《微子之命》。穆王之时，《冏命》《君牙》易晓，到《吕刑》亦难晓。因甚只记得难底，却不记得易底？便是未易理会。

包显道举所看《尚书》数条，先生曰：“诸《诰》多是长句。如《君奭》‘弗永远念天威，越我民，罔尤违’，只是一句。‘越’只是‘及’，‘罔尤违’是总说上天与民之意。《汉艺文志》注谓《诰》是晓谕民，若不速晓，则约束不行，便是《诰》辞如此，只是欲民易晓。”显道曰：“《商书》又却较分明。”曰：“《商书》亦只有数篇如此，《盘》依旧难晓。”曰：“《盘》却好。”曰：“不知怎生地，盘庚抵死要恁地迁那都。若曰有水患，也不曾见大故为害。”曰：“他不复更说那事头。只是当时小民被害，而大姓之属安于土而不肯迁，故说得如此。”曰：“大概伏生所传许多，皆聱牙难晓[④]，分明底他又却不曾记得，不知怎生地。”显道问：“先儒将‘十一年’、‘十三年’等合‘九年’说，以为文王称王，不知有何据。”曰：“自太史公以来皆如此说了，但欧公力以为非，东坡亦有一说。但《书》说‘惟九年大统未集，予小子其承厥志’，却有这一个痕瑕。或推《泰誓》诸篇皆只称‘文考’，至《武成》方称‘王’，只是当初‘三分天下有其二，以服事殷’，也只是羁縻，那事体自是不同了。”

《书》有两体：有极分晓者，有极难晓者。某恐如《盘庚》《周诰》《多方》《多士》之类，是当时召之来而面命之，而教告之，自是当时一类说话。至于《旅獒毕命》《微子之命》《君陈君牙》《冏命》之属，则是当时修其词命，所以当时百姓都晓得者，有今时老师宿儒之所不晓。今人之所不晓者，未必不当时之人却识其词义也。

《书》有易晓者，恐是当时做底文字，或是曾经修饰润色来。其难晓者，恐只是当时说话，盖当时人说话自是如此，当时人自晓得，后人乃以为难晓尔。若使古人见今之俗语，却理会不得也。以其间头绪多，若去做文字时，说不尽，故只直记其言语而已。

《尚书》诸《命》皆分晓，盖如今制诰，是朝廷做底文字。诸《诰》皆难晓，盖是时与民下说话，后来追录而成之。

《典谟》之书，恐是曾经史官润色来。如《周诰》等篇，恐只似如今榜文晓谕俗人者，方言俚语，随地随时各自不同。林少颖尝曰：“如今人‘即日伏惟尊候万福’，使古人闻之，亦不知是何等说话。”

《尚书》中《盘庚五诰》之类，实是难晓。若要添减字硬说将去，尽得。然只是穿凿，终恐无益耳。

安卿问："何缘无宣王书?"曰："是当时偶然不曾载得。"又问："康王何缘无诗?"曰："某窃以'昊天有成命'之类，便是康王诗。而今人只是要解那成王做王业后，便不可晓。且如《左传》不明说作成王诗。后韦昭又且费尽气力，要解从那王业上去，不知怎生地。"

道夫请先生点《尚书》以幸后学，曰："某今无工夫。"曰："先生于《书》既无解，若更不点，则句读不分，后人承舛听讹，卒不足以见帝王之渊懿⑤。"曰："公岂可如此说！焉知后来无人?"道夫再三请之，曰："《书》亦难点。如《大诰》语句甚长，今人却都碎读了，所以晓不得。某尝欲作《书说》，竟不曾成。如制度之属，只以《疏》文为本。若其他未稳处，更与挑剔令分明，便得。"又曰："《书疏》载'在璇玑玉衡⑥'处，先说个天。今人读着，亦无甚紧要。以某观之，若看得此，则亦可以粗想象天之与日月星辰之运，进退疾迟之度皆有分数，而历数大概亦可知矣。"

或问读《尚书》，曰："不如且读《大学》。若《尚书》，却只说治国平天下许多事较详。如《尧典》'克明俊德，以亲九族'，至'黎民于变'，这展开是多少?《舜典》又详。"。

问致知、读书之序，曰："须先看《大学》，然《六经》亦皆难看，所谓'圣人有郢书，后世多燕说'是也。知《尚书》收拾于残阙之余，却必要句句义理相通，必至穿凿⑦。不若且看他分明处，其他难晓者姑阙之可也。程先生谓读书之法'当平其心，易其气，阙其疑'是也。且先看圣人大意，未须便以己意参之。如伊尹告太甲，便与传说告高宗不同。伊尹之言谆切恳到，盖太甲资质低，不得不然。若高宗则无许多病痛，所谓'黩于祭祀，时谓弗钦'之类，不过此等小事尔。学者亦然。看得自家病痛大，则如伊尹之言正用得着。盖有这般病，须是这般药。读圣贤书，皆要体之于己，每如此。"

问："'《尚书》难读，盖无许大心胸。'他书亦须大心胸，方读得。如何程子只说《尚书》?"曰："他书却有次第。且如《大学》自'格物、致知'以至'平天下'，有多少节次?《尚书》只合下便大，如《尧典》自'克明俊德，以亲九族'，至'黎民于变时雍'，展开是大小大?分命四时成岁，便是心中包一个三百六十五度四分度之一底天，方见得恁地。若不得一个大底心胸，如何了得!"

某尝患《尚书》难读，后来先将文义分明者读之，聱讹者且未读。如《二典》、《三谟》等篇，义理明白，句句是实理。尧之所以为君，舜之所以为臣，皋陶、稷、契、伊、傅、辈所言所行，最好紬绎玩味⑧，体贴向自家身上来，其味自别。。

读《尚书》，只拣其中易晓底读，如"期三百有六旬有六日，以闰月定四时成岁"，此样虽未晓，亦不紧要。

"《二典》《三谟》其言奥雅，学者未遽晓会，后面《盘诰》等篇又难看。且如《商书》中伊尹告太甲五篇，说得极切。其所以治心修身处，虽为人主言，然初无贵贱之别，宜取细读，极好！今人不于此等处理会，却只理会《小序》。某看得《书小序》不是孔子自作，只是周秦间低手人作。然后人亦自理会他本义未得。且如'皋陶矢厥谟，禹成厥功，帝舜申之'。申，重也。序者本意先说皋陶，后说禹，谓舜欲令禹重说，故将'申'字系'禹'字。盖伏生《书》以《益稷》合于《皋陶谟》，而'思曰赞赞襄哉'与'帝曰："来，禹，汝亦昌言!"禹拜曰："都，帝，予何言？予思日孜孜"'相连。'申之'二字，便见是舜令禹重言之意。此是序者本意。今人都不如此说，说得虽多，皆非其本意也。"又曰："'以义制事，以礼制心'，此是内外交相养法。事在外，义由内制；心在内，礼由外作。"铢问："礼莫是扰心之规矩否?"曰："礼只是这个礼，如颜子非礼勿视、听、言、动之类，皆是也。"又曰："今学者别无事，只要以心观众理。理是心中所有，常存此心以观众理，只是此两事耳。"

问可学："近读何书？"曰："读《尚书》。"曰："《尚书》如何看？"曰："须要考历代之变。"曰："世变难看，唐虞三代事，浩大阔远，何处测度？不若求圣人之心。如尧，则考其所以治民；舜，则考其所以事君。且如《汤誓》，汤曰：'予畏上帝，不敢不正。'熟读岂不见汤之心？大抵《尚书》有不必解者，有须著意解者。不必解者，如《仲虺之诰》《太甲》诸篇，只是熟读，义理自分明，何俟于解？如《洪范》则须著意解。如《典谟》诸篇，辞稍雅奥，亦须略解。若如《盘庚》诸篇已难解，而《康诰》之属，则已不可解矣。昔日伯恭相见，语之以此。渠云：'亦无可关处。'因语之云：'若如此，则是读之未熟。'后二年相见，云：'诚如所说。'"

问："读《尚书》，欲裒诸家说观之[9]，如何？"先生历举王苏程陈林少颖李叔易十余家解讫，却云："便将众说看未得。且读正文，见个意思了，方可如此将众说看。书中易晓处直易晓，其不可晓处，且阙之。如《盘庚》之类，非特不可晓，便晓了，亦要何用？如《周诰》诸篇，周公不过是说周所以合代商之意。是他当时说话，其间多有不可解者，亦且观其大意所在而已。"又曰："有功夫时，更宜观史。"

语德粹云："《尚书》亦有难看者。如《微子》等篇，读至此，且认微子与父师、少师哀商之沦丧，已将如何。其他皆然。若其文义，知他当时言语如何，自有不能晓矣。"

《书序》恐不是孔安国做。汉文粗枝大叶，今《书序》细腻，只似六朝时文字。《小序》断不是孔子做。

汉人文字也不唤做好，却是粗枝大叶。《书序》细弱，只是魏晋人文字。陈同父亦如此说。

"《尚书注》并《序》，某疑非孔安国所作。盖文字善困，不类西汉人文章，亦非后汉之文。"或言："赵岐《孟子序》却自好。"曰："文字絮，气闷人。东汉文章皆然。"

《尚书》决非孔安国所注，盖文字困善，不是西汉人文章。安国，汉武帝时，文章岂如此？但有太粗处，决不如此困善也。如《书序》做得善弱，亦非西汉人文章也。

《尚书》孔安国传，此恐是魏晋间人所作，托安国为名，与毛公《诗传》大段不同。今观《序》文亦不类汉文章。如《孔丛子》亦然，皆是那一时人所为。

孔安国《尚书序》，只是唐人文字，前汉文字甚次第。司马迁亦不曾从安国受《尚书》，不应有一文字软郎当地。后汉人作《孔丛子》者，好作伪书。然此《序》亦非后汉时文字，后汉文字亦好。

"孔氏《书序》不类汉文，似李陵《答苏武书》。"因问："董仲舒《三策》文气亦弱，与鼂贾诸人文章殊不同，何也？"曰："仲舒为人宽缓，其文亦如其人。大抵汉自武帝后，文字要人细，皆与汉初不同。"

"传之子孙，以贻后代。"汉时无这般文章。

孔安国解经，最乱道，看得只是《孔丛子》等做出来。

某尝疑孔安国《书》是假书。比毛公《诗》如此高简，大段争事。汉儒训释文字，多是如此，有疑则阙。今此却尽释之，岂有千百年前人说底话，收拾于灰烬屋壁中与口传之余，更无一字讹舛。理会不得。兼《小序》皆可疑。《尧典》一篇自说尧一代为治之次序，至让于舜方止。今却说是让于舜后方作。《舜典》亦是见一代政事之终始，却说"历试诸艰"，是为要受让时作也。至后诸篇皆然。况先汉文章，重厚有力量。今《大序》格致极轻，疑是晋宋间文章。况孔《书》至东晋方出，前此诸儒皆不曾见，可疑之甚！

《尚书小序》不知何人作。《大序》亦不是孔安国作，怕只是撰《孔丛子》底人作。文字软善，西汉文字则粗大。

《书小序》亦非孔子作，与《诗小序》同。

《书序》是得《书》于屋壁，已有了，想是孔家人自做底。如《孝经序》乱道，那时也有了。

《书序》不可信，伏生时无之。其文甚弱，亦不是前汉人文字，只似后汉末人。又《书》亦多可疑者，如《康诰》、《酒诰》二篇，必是武王时书，人只被作洛事在前惑之。如武王称“寡兄”、“朕其弟”，却甚正。《梓材》一篇又不知何处录得来，此与他人言皆不领。尝与陈同甫言，陈曰：“每常读，亦不觉。今思之诚然。”

徐彦章问：“先生却除《书序》，不以冠篇首者，岂非有所疑于其间耶?”曰：“诚有可疑。且如《康诰》第述文王，不曾说及武王，只有‘乃寡兄’是说武王，又是自称之词。然则《康诰》是武王诰康叔明矣。但缘其中有错说‘周公初基’处，遂使序者以为成王时事，此岂可信?”徐曰：“然则殷地，武王既以封武庚，而使三叔监之矣，又以何处封康叔?”曰：“既言‘以殷余民封康叔’，岂非封武庚之外，将以封之乎？又曾见吴才老辨《梓材》一篇云，后半截不是《梓材》，缘其中多是勉君，乃臣告君之词，未尝如前一截称‘王曰’，又称‘汝’，为上告下之词。亦自有理。”

或问：“《书解》谁者最好？莫是东坡书为上否?”曰：“然。”又问：“但若失之简。”曰：“亦有只消如此解者。”

东坡《书解》却好，他看得文势好。

东坡《书解》文义得处较多，尚有粘滞，是未尽透彻。

诸家注解，其说虽有乱道，若内只有一说是时，亦须还它底是。《尚书》句读，王介甫、苏子瞻整顿得数处甚是，见得古注全然错。然旧看郭象解《庄子》，有不可晓处。后得吕吉甫解看，却有说得文义的当者。

因论《书解》，必大曰：“旧闻一士人说，注疏外，当看苏氏陈氏解。”曰：“介甫解亦不可不看。《书》中不可晓处，先儒既如此解，且只得从他说。但一段训诂如此说得通，至别一段如此训诂，便说不通，不知如何。”

“荆公不解《洛诰》，但云：‘其间煞有不可强通处，今姑择其可晓者释之。’今人多说荆公穿凿，他却有如此处，若后来人解《书》，又却须要解尽。”

“《易》是荆公旧作，却自好。《三经义》，是后来作底，却不好。如《书》说‘聪明文思’，便要牵就五事上说，此类不同。”铢因问：“世所传张纲《书解》，只是祖述荆公所说，或云是闽中林子和作，果否?”曰：“或者说如此，但其家子孙自认是它作。张纲后来作参政，不知自认与否?”

先生因说，古人说话皆有源流，不是胡乱。荆公解“聪明文思”处，牵合《洪范》之五事，此却是穿凿。如《小旻诗》云“国虽靡止，或圣或否；民虽靡朊，或哲或谋，或肃或艾”，却合《洪范》五事。此人往往曾传箕子之学。刘文公云“人受天地之中以生”等语，亦是有所师承。不然，亦必曾见上世圣人之遗书。大抵成周时于王都建学，尽收得上世许多遗书，故其时人得以观览而剽闻其议论。当时诸国，想亦有书。若韩宣子适鲁，见《易象》与鲁《春秋》，但比王都差少耳。故孔子看了鲁国书，犹有不足。得孟僖子以车马送至周，入王城，见老子，因得遍观上世帝王之书。

胡安定《书解》未必是安定所注，《行实》之类不载。但《言行录》上有少许，不多，不见有全部。专破古说，似不是胡平日意。又问引东坡说，东坡不及见安定，必是伪书。

曾彦和，熙丰后人，解《禹贡》。林少颖吴才老甚取之。

林《书》尽有好处。但自《洛诰》已后，非他所解。

胡氏辟得吴才老解经，亦过当。才老于考究上极有功夫，只是义理上自是看得有不子细。其

《书解》，徽州刻之。

李经叔易，伯纪丞相弟，解《书》甚好，亦善考证。

吕伯恭解《书》自《洛诰》始。某问之曰："有解不去处否?"曰："也无。"及数日后，谓某曰："《书》也是有难说处，今只是强解将去尔。"要之，伯恭却是伤于巧。

向在鹅湖，见伯恭欲解《书》，云："且自后面解起，今解至《洛诰》。"有印本，是也。其文甚闹热。某尝问伯恭："《书》有难通处否?"伯恭初云："亦无甚难通处。"数日问，却云："果是有难通处。"

问："《书》当如何看?"曰："且看易晓处。其他不可晓者，不要强说；纵说得出，恐未必是当时本意。近世解《书》者甚众，往往皆是穿凿。如吕伯恭，亦未免此也。"

先生云："曾见史丞相《书》否?"刘云："见了。看他说'昔在'二字，其说甚乖!"曰："亦有好处。"刘问："好在甚处?"曰："如'命公后'，众说皆云，命伯禽为周公之后。史云，成王既归，命周公在后。看'公定，予往矣'一言，便见得是周公且在后之意。"

薛士龙《书解》，其学问多于地名上有功夫。

尧　　典

问："《序》云'聪明文思'，经作'钦明文思'，如何?"曰："《小序》不可信。"问："恐是作序者见经中有'钦明文思'，遂改换'钦'字作'聪'字否?"曰："然。"

"若稽古帝尧"，作《书》者叙起。

林少颖解"放动"之"放"，作"推而放之四海"之"放"，比之程氏说为优。

"安安"，只是个重叠字，言尧之"聪明文思"，皆本于自然，不出于勉强也。"允"，则是信实；"克"，则是能。

"安安"，若云止其所当止。上"安"字是用，下"安"字是体。"成性存存"亦然。又恐只是重字，若"小心翼翼"。"安安"、"存存"亦然，皆得。

"允恭克让"，从张纲说，谓"信恭能让"。作《书》者赞咏尧德如此。

"允恭克让"，程先生说得义理亦好，只恐《书》意不如此。程先生说多如此，《诗》尤甚，然却得许多义理在其中。

"格"，至也。"格于上下"，上至天，下至地也。

"克明俊德"，是"明明德"之意。

---

①釐（lí，音厘）革：变化。

②孔壁：孔府的墙壁。《古文尚书》便是发现于孔壁。

③晁错：西汉政论家。颍川（今河南省禹县）人。起初师从张恢学申不害、商鞅之法学。文帝时，任太常掌故，曾奉命从秦朝博士伏生受《尚书》。

④聱（áo，音熬）牙：原指老树枝干杈枒，这里形容语言不平易。

⑤渊懿（yì，音义）：博大的美德。

⑥璇玑玉衡：古代的天文仪器

⑦穿凿：不懂文理，强行曲解其意。

⑧紬（chóu，音仇）绎：理出头绪。

⑨裒（póu，音抔）：聚集。

朱子语类卷第八十

六、《诗》纲领

只是“思无邪”一句好，不是一部《诗》皆“思无邪”。

“温柔敦厚”，《诗》之教也。使篇篇皆是讥刺人，安得“温柔敦厚”？

因论《诗》，曰：“孔子取《诗》，只取大意。三百篇，也有会做底，有不会做底。如《君子偕老》：‘子之不淑，云如之何？’此是显然讥刺他。到第二章已下，又全然放宽，岂不是乱道？如《载驰》诗煞有首尾，委曲详尽，非大段会底说不得。又如《鹤鸣》做得极巧，更含蓄意思，全然不露。如《清庙》一倡三叹者，人多理会不得。注下分明说：‘一人倡之，三人和之。’譬如今人挽歌之类，今人解者又须要胡说乱说。”

问删《诗》。曰：“那曾见得圣人执笔删那个，存这个？也只得就相传上说去。”

问：“《诗》次序是当如此否？”曰：“不见得。只是《楚茨》《信南山》《甫田》《大田》诸诗，元初却当作一片。”又曰：“如《卷阿》说‘岂弟君子’，自作贤者。如《泂酌》说‘岂弟君子’，自作人君。大抵《诗》中有可以比并看底，有不可如此看，自有这般样子。”

“《诗》，人只见他恁地重三叠四说，将谓是无伦理次序，不知他一句不胡乱下。”文蔚曰：“今日偶看《棫朴》，一篇凡有五章。前三章是说人归附文王之德，后二章乃言文王有作人之功，及纪纲四方之德，致得人归附者在此。一篇之意，次第甚明。”曰：“然。‘遐不作人’，却是说他鼓舞作兴底事。功夫细密处，又在后一章。如曰‘勉勉我王，纲纪四方’，四方便都在他线索内，牵着都动。”文蔚曰：“‘勉勉’，即是‘纯亦不已’否？”曰：“然。‘追琢其章，金玉其相’，是那工夫到后，文章真个是盛美，资质真个是坚实。”

恭父问：“《诗》章起于谁？”曰：“有‘故言’者，是指毛公；无‘故言’者，皆是郑康成。有全章换一韵处，有全押韵处。如《颂》中有全篇句句是韵。如《殷武》之类无两句不是韵，到‘稼穑匪解’，自欠了一句。前辈分章都晓不得，某细读，方知是欠了一句。”

李善注《文选》，其中多有《韩诗》章句，常欲写出。“易直子谅”，《韩诗》作“慈良”。

问：“《王风》是他风如此，不是降为《国风》。”曰：“其辞语可见。《风》多出于在下之人，《雅》乃士夫所作。《雅》虽有刺，而其辞庄重，与《风》异。”

“《大序》言：‘一国之事，系一人之本，谓之《风》。’所以析《卫》为《邶》、《鄘》、《卫》。”曰：“《诗》，古之乐也，亦如今之歌曲，音各不同：卫有卫音，鄘有鄘[①]音，邶有邶音。故诗有鄘音者系之《鄘》，有邶音者系之《邶》。若《大雅》《小雅》，则亦如今之商调、宫调，作歌曲者，亦按其腔调而作尔。《大雅》《小雅》亦古作乐之体格，按《大雅》体格作《大雅》，按《小雅》体格作《小雅》；非是做成诗后，旋相度其辞目为《大雅》《小雅》也。大抵《国风》是民庶所作，《雅》是朝廷之诗，《颂》是宗庙之诗。”又云：“《小序》汉儒所作，有可信处绝少。《大序》好处多，然亦有不满人意处。”

器之问“《风》、《雅》”与无天子之《风》之义。先生举郑渔仲之说言：“出于朝廷者为

《雅》，出于民俗者为《风》。文武之时，周召之作者谓之周召之《风》。东迁之后，王畿之民作者谓之《王风》。似乎大约是如此，亦不敢为断然之说。但古人作诗，体自不同，《雅》自是《雅》之体，《风》自是《风》之体。如今人做诗曲，亦自有体制不同者，自不可乱，不必说《雅》之降为《风》。今且就《诗》上理会意义，其不可晓处，不必反倒。”因说：“尝见蔡行之举陈君举说《春秋》云：‘须先看圣人所不书处，方见所书之义。’见成所书者更自理会不得，却又取不书者来理会，少间只是说得奇巧。”

“《诗》，有是当时朝廷作者，《雅》、《颂》是也。若《国风》乃采诗有采之民间，以见四方民情之美恶，《二南》亦是采民言而被乐章尔。程先生必要说是周公作以教人，不知是如何？某不敢从。若变风，又多是淫乱之诗，故班固言‘男女相与歌咏以言其伤’，是也。圣人存此，亦以见上失其教，则民欲动情胜，其弊至此，故曰‘《诗》可以观’也。且‘《诗》有六义’，先儒更不曾说得明。却因《周礼》说《豳诗》有《豳雅》《豳颂》，即于一诗之中要见六义，思之皆不然。盖所谓‘六义’者，《风》、《雅》、《颂》乃是乐章之腔调，如言仲吕调，大石调，越调之类；至比、兴、赋，又别：直指其名，直叙其事者，赋也；本要言其事，而虚用两句钓起，因而接续去者，兴也；引物为况者，比也。立此六义，非特使人知其声音之所当，又欲使歌者知作诗之法度也。”问：“《豳》之所以为《雅》为《颂》者，恐是可以用《雅》底腔调，又可用《颂》底腔调否？”曰：“恐是如此，某亦不敢如此断，今只说恐是亡其二。”

问《二雅》所以分，曰：“《小雅》是所系者小，《大雅》是所系者大。‘呦呦鹿鸣’，其义小；‘文王在上，於昭于天’，其义大。”问变《雅》。曰：“亦是变用他腔调尔。大抵今人说《诗》，多去辨他《序》文，要求着落，至其正文‘关关雎鸠’之义，却不与理会。”王德修云：“《诗序》只是‘国史’一句可信，如‘《关雎》，后妃之德也’。此下即讲师说，如《荡》诗自是说‘荡荡上帝’，《序》却言是‘天下荡荡’；《赉》诗自是说‘文王既勤止，我应受之’，是说后世子孙赖其祖宗基业之意，他《序》却说‘赉②，予也’，岂不是后人多被讲师瞒耶？”曰：“此是苏子由曾说来，然亦有不通处。如《汉广》，‘德广所及也’，有何义理！却是下面‘无思犯礼，求而不可得’几句却有理。若某，只上一句亦不敢信他。旧曾有一老儒郑渔仲更不信《小序》，只依古本与叠在后面。某今亦只如此，令人虚心看正文，久之其义自见。盖所谓《序》者，类多世儒之误，不解诗人本意处甚多。且如‘止乎礼义’，果能止礼义否？《桑中》之诗，礼义在何处？”王曰：“他要存戒。”曰：“此正文中无戒意，只是直述他淫乱事尔。若《鹑之》《奔奔》、《相鼠》等时，却是讥骂可以为戒，此则不然。某今看得《郑诗》自《叔于田》等诗之外，如《狡童》《子衿》等篇，皆淫乱之诗，而说《诗》者误以为刺昭公，刺学校废耳。《卫诗》尚可，犹是男子戏妇人。《郑诗》则不然，多是妇人戏男子，所以圣人尤恶郑声也。《出其东门》却是个识道理底人做。”

林子武问“《诗》者，中声之所止”。曰：“这只是正《风》、《雅》、《颂》是中声，那变《风》不是。伯恭坚要牵合说是，然恐无此理。今但去读看，便自有那轻薄底意思在了。如韩愈说数句，‘其声浮且淫’之类，这正是如此。”

问“比、兴”，曰：“说出那物事来是兴，不说出那物事是比。如‘南有乔木’，只是说个‘汉有游女’；‘奕奕寝庙，君子作之’，只说个‘他人有心，予忖度之’；《关雎》亦然，皆是兴礼。比底只是从头比下来，不说破。兴、比相近，却不同。《周礼》说‘以六诗教国子’，其实只是这赋、比、兴三个物事。《风》、《雅》、《颂》，诗之标名。理会得那兴、比、赋时，里面全不大段费解。今人要细解，不道此说为是。如‘奕奕寝庙’，不认得意在那‘他人有心’处，只管解那‘奕奕寝庙’。”

问:“《诗》中说兴处,多近比。”曰:“然。如《关雎》、《麟趾》相似,皆是兴而兼比。然虽近比,其体却只是兴。且如‘关关雎鸠’本是兴起,到得下面说‘窈窕淑女’,此方是入题说那实事。盖兴是以一个物事贴一个物事说,上文兴而起,下文便接说实事。如‘麟之趾’,下文便接‘振振公子’,一个对一个说。盖公本是个好底人,子也好,孙也好,族人也好。譬如麟趾也好,定也好,角也好。及比,则却不入题了。如比那一物说,便是说实事。如‘螽斯羽诜诜兮,宜尔子孙振振兮。’‘螽斯羽’一句,便是说那人了,下面‘宜尔子孙’,依旧是就‘螽斯羽’上说,更不用说实事,此所以谓之比。大率《诗》中比、兴皆类此。”

比虽是较切,然兴却意较深远。也有兴而不甚深远者,比而深远者,又系人之高下,有做得好底,有拙底。常看后世如魏文帝之徒作诗,皆只是说风景。独曹操爱说周公,其诗中屡说。便是那曹操意思也是较别,也是乖。

比是以一物比一物,而所指之事常在言外。兴是借彼一物以引起此事,而其事常在下句。但比意虽切而却浅,兴意虽阔而味长。

《诗》之兴,全无巴鼻,后人诗犹有此礼。如“青青陵上柏,磊磊涧中石,人生天地间,忽如远行客。”又如“高山有涯,林木有枝,忧来无端,人莫之知。”“青青河畔草,绵绵思远道。”皆是此礼。

六义自郑氏以来失之,后妃自程先生以来失之,后妃安知当时之称如何?

或问《诗》六义,注“三经、三纬”之说。曰:“‘三经’是赋、比、兴,是做诗底骨子,无诗不有,才无,则不成诗。盖不是赋,便是比;不是比,便是兴。如《风》、《雅》、《颂》却是里面横弗底,都有赋、比、兴,故谓之‘三纬’。”

器之问:“《诗传》分别六义,有未备处。”曰:“不必又只管滞却许多,且看诗意义如何。古人一篇诗,必有一篇意思,且要理会得这个。如《柏舟》之诗,只说到‘静言思之,不能奋飞。’《绿衣》之诗说‘我思古人,实获我心。’此可谓‘止乎礼义’。所谓‘可以怨’,便是‘喜怒哀乐发而皆中节’处。推此以观,则子之不得于父,臣之不得于君,朋友之不相信,皆当以此意处之。如屈原之怀沙赴水,贾谊言:‘历九州而相其君,何必怀此都也?’便都过常了。古人胸中发出意思自好,看着三百篇《诗》,则后世之诗多不足观矣。”

问:“《诗传》说六义,以‘托物兴辞’为兴,与旧说不同。”曰:“觉旧说费力,失本指。如兴礼不一,或借眼前物事说将起,或别自将一物说起,大抵只是将三四句引起,如唐时尚有此等诗体。如‘青青河畔草’,‘青青水中蒲’,皆是别借此物,兴起其辞,非必有感有见于此物也。有将物之无,兴起自家之所有;将物之有,兴起自家之所无。前辈都理会这个不分明,如何说得《诗》本指?只伊川也自未见得。看所说有甚广大处,子细看,本指却不如此。若上蔡怕晓得《诗》,如云‘读《诗》,须先要识得六义体面’,这是他识得要领处。”问:“《诗》虽是吟咏,使人自有兴起,固不专在文辞,然亦须是篇篇句句理会着实,见得古人所以作此诗之意,方始于吟咏上有得。”曰:“固是。若不得其真实,吟咏个什么?然古人已多不晓其意,如《左传》所载歌诗,多与本意元不相关。”问:“《我将》‘维天其右之’,‘既右享之’,今所解都作左右之‘右’,与旧不同。”曰:“《周礼》有‘享右祭祀’之文。如《诗》中此例亦多,如‘既右烈考,亦右文母’之类。如《我将》所云,作保佑说,更难。方说‘维羊维牛’,如何便说保佑?到‘伊嘏文王[3],既右享之。’也说未得右助之‘右’。”问:“《振鹭》诗不是正祭之乐歌,乃献助祭之臣,未审如何?”曰:“看此文意,都无告神之语,恐是献助祭之臣。古者祭祀每一受胙[4],主与宾尸皆有献酬之礼[5]。既毕,然后亚献;至献毕,复受胙。如此,礼意甚好,有接续意思。到唐时尚然。今并受胙于诸献既毕之后,主与宾尸意思皆隔了。古者一祭之中所以多事,如‘季氏祭,逮暗而祭，日不足，继之以烛。虽有强力之容，肃敬之心，皆倦怠矣。有司跛倚以临祭，其为不敬大矣！他日祭，子路与，室事交乎户，堂事交乎阶，质明而始行事，晏朝而退，孔子闻之曰：“谁谓由也而不知礼乎！”’古人祭礼，是大段有节奏。”

《诗序》起“《关雎》，后妃之德也”，止“教以化之”。《大序》起“诗者，志之所之也”，止“诗之至也”。

声发出于口，成文而节宣和畅，谓之音，乃合于音调。如今之唱曲，合宫调、商调之类。

《诗大序》亦只是后人作，其间有病句。

《诗》，才说得密，便说他不着。“国史明乎得失之迹”这一句也有病。《周礼》《礼记》中，史并不掌诗，《左传》说自分晓。以此见得《大序》亦未必是圣人做。《小序》更不须说。他做《小序》，不会宽说，每篇便求一个实事填塞了。他有寻得着底，犹自可通；不然，便与诗相碍。那解底，要就《诗》，却碍《序》；要就《序》，却碍《诗》。《诗》之兴，是劈头说那没来由底两句，下面方说那事，这个如何通解？“郑声淫”，所以《郑诗》多是淫佚之辞，《狡童》《将仲子》之类是也。今唤做忽与祭仲，与《诗》辞全不相似。这个只似而今闲泼曲子。《南山有台》等数篇，是燕享时常用底，叙宾主相好之意，一似今人致语。又曰：“《诗小序》不可信。而今看《诗》，有《诗》中分明说是某人某事者，则可知。其他不曾说者，而今但可知其说此等事而已。韩退之诗曰：‘《春秋》书王法，不诛其人身。’”

《大序》亦有未尽。如“发乎情，止乎礼义”，又只是说正诗，变《风》何尝止乎礼义？

问“止乎礼义”。曰：“如变《风》《柏舟》等诗，谓之‘止乎礼义’，可也。《桑中》诸篇曰‘止乎礼义’，则不可。盖大纲有‘止乎礼义’者。”

“止乎礼义”，如《泉水》、《载驰》固“止乎礼义”；如《桑中》有甚礼义？《大序》只是拣好底说，亦未尽。

《诗大序》只有“六义”之说是，而程先生不知如何，又却说从别处去。如《小序》亦间有说得好处，只是杜撰处多。不知先儒何故不虚心子细看这道理，便只恁说却。后人又只依他那个说出，亦不看《诗》是有此意无。若说不去处，又须穿凿说将去。又，诗人当时多有唱和之词，如是者有十数篇，《序》中都说从别处去。且如《蟋蟀》一篇，本其风俗勤俭，其民终岁勤劳，不得少休，及岁之暮，方且相与燕乐。而又遽相戒曰：“日月其除，无已太康。”盖谓今虽不可以不为乐，然不已过于乐乎？其忧深思远固如此。至《山有枢》一诗，特以和答其意而解其忧尔，故说山则有枢矣，隰则有榆矣⑥。子有衣裳，弗曳弗娄。子有车马，弗驰弗驱。一旦宛然以死，则他人藉之以为乐尔，所以解劝他及时而乐也。而序《蟋蟀》者则曰：“刺晋僖公俭不中礼。”盖风俗之变，必由上以及下。今谓君之俭反过于礼，而民之俗犹知用礼，则必无是理也。至《山有枢》则以为“刺晋昭公”，又大不然矣！若《鱼藻》，则天子燕诸侯，而诸侯美天子之诗也。《采菽》，则天子所以答《鱼藻》矣。至《鹿鸣》，则燕享宾客也，《序》颇得其意。《四牡》，则劳使臣也，而《诗序》下文则妄矣。《皇皇者华》，则遣使臣之诗也；《棠棣》，则燕兄弟之诗也，《序》固得其意。《伐木》，则燕朋友故旧之诗也。人君以《鹿鸣》而下五诗燕其臣，故臣受君之赐者，则歌《天保》之诗以答其上。《天保》之序虽略得此意，而古注言《鹿鸣》至《伐木》“皆君所以下其臣，臣亦归美于上，崇君之尊，而福禄之，以答其歌”，却说得尤分明。又如《行苇》，自是祭毕而燕父兄耆老之诗。首章言开燕设席之初，而殷勤笃厚之意，已见于言语之外。二章言侍御献酬饮食歌乐之盛，三章言既燕而射以为欢乐，末章祝颂其既饮此酒，皆得享夫长寿。今序者不知本旨，见有“勿践履”之说，则便谓“仁及草木”；见“戚戚兄弟”，便谓“亲睦九族”；见“黄耇台背”，便谓“养老”；见“以祈黄耇”，便谓“乞言”。见“介尔景福”，便谓“成其福禄”。

细细碎碎，殊无伦理，其失为尤甚。《既醉》，则父兄所以答《行苇》之诗也。《凫鹥》，则祭之明日绎而宾尸之诗也。古者宗庙之祭皆有尸，既祭之明日，则煖其祭食，以燕为尸之人，故有此诗。《假乐》则公尸之所以答《凫鹥》也。今《序》篇皆失之。又曰："诗，即所谓乐章。虽有唱和之意，只是乐工代歌，亦非是君臣自歌也。"

《诗》、《书序》，当开在后面。

敬之问《诗》、《书序》。曰："古本自是别作一处。如《易大传》、班固《序传》并在后。京师旧本《扬子》注，其《序》亦缌在后。"

王德修曰："《六经》惟《诗》最分明。"曰："《诗》本易明，只被前面《序》作梗。《序》出于汉儒，反乱《诗》本意。且只将四字成句底诗读，却自分晓。见作《诗集传》，待取《诗》令编排放前面，驱逐过后面，自作一处。"

《诗序》作，而观《诗》者不知诗意。

《诗序》，东汉《儒林传》分明说道是卫宏作。后来《经》意不明，都是被他坏了。某又看得亦不是卫宏一手作，多是两三手合成一序，愈说愈疏。"浩云："苏子由却不取《小序》。"曰："他虽不取下面言语，留了上一句，便是病根。伯恭专信《序》，又不免牵合。伯恭凡百长厚，不肯非毁前辈，要出脱回护。不知道只为得个解经人，却不曾为得圣人本意。是便道是，不是便道不是，方得。"

《诗小序》全不可信。如何定知是美刺那人？诗人亦有意思偶然而作者。又，其《序》与《诗》全不相合。《诗》词理其顺，平易易看，不如序如云。且如《葛覃》一篇，只是见葛而思归宁，序得却如此！毛公全无序解，郑间见之。《序》是卫宏作。

《小序》极有难晓处，多是附会。如《鱼藻》诗见有"王在镐"之言，便以为君子思古之武王。似此类甚多。

因论《诗》，历言《小序》大无义理，皆是后人杜撰，先后增益凑合而成。多就《诗》中采摭言语⑦，更不能发明《诗》之大旨。才见有"汉之广矣"之句，便以为德广所及，才见有"命彼后车"之言，便以为不能饮食教载。《行苇》之《序》，但见"牛羊勿践"，便谓"仁及草木"；但见"戚戚兄弟"，便为"亲睦九族"；见"黄耇台背"，便谓"养老"；见"以祈黄耇"，便谓"乞言"；见"介尔景福"，便谓"成其福禄"；随文生义，无复理论。《卷耳》之《序》以"求贤审官，知臣下之勤劳"，为后妃之志事，固不伦矣！况《诗》中所谓"嗟我怀人"，其言亲昵太甚，宁后妃所得施于使臣者哉！《桃夭》之诗谓"婚姻以时，国无鳏民"为"后妃之所致"，而不知其为文王刑家及国，其化固如此，岂专后妃所能致耶？其他变《风》诸诗，未必是刺者皆以为刺；未必是言此人，必傅会以为此人。《桑中》之诗，放荡留连，止是淫者相戏之辞，岂有刺人之恶。而反自陷于流荡之中？《子衿》词意轻儇，亦岂刺学校之辞？《有女同车》等，皆以为刺忽而作。郑忽不娶齐女，其初亦是好底意思，但见后来失国，便将许多诗尽为刺忽而作。考之于忽，所谓淫昏暴虐之类，皆无其实。至遂目为"狡童"，岂诗人爱君之意？况其所以失国，正坐柔懦阔疏，亦何狡之有？幽厉之刺，亦有不然。《甫田》诸篇，凡诗中无诋讥之意者，皆以为伤今思古而作。其他谬误，不可胜说。后世但见《诗序》巍然冠于篇首，不敢复议其非，至有解说不通，多为饰辞以曲护之者，其误后学多矣！《大序》却好，或者谓补凑而成，亦有此理。《书小序》亦未是。只如《尧典》《舜典》便不能通贯一篇之意。《尧典》不独为逊舜一事。《舜典》到"历试诸艰"之外，便不该通了，其他《书序》亦然。至如《书大序》亦疑不是孔安国文字。大抵西汉文章浑厚近古，虽董仲舒刘向之徒，言语自别。读《书大序》，便觉软慢无气，未必不是后人所作也。

《诗序》实不足信。向见郑渔仲有《诗辨妄》，力诋《诗序》，其间言语太甚，以为皆是村野妄人所作。始亦疑之，后来子细看一两篇，因质之《史记》、《国语》，然后知《诗序》之果不足信。因是看《行苇》《宾之》《初筵》《抑》数篇，《序》与《诗》全不相似。以此看其他《诗序》，其不足信者煞多。以此知人不可乱说话，便都被人看破了。诗人假物兴辞，大率将上句引下句。如“行苇勿践履”，“戚戚兄弟，莫远具尔”，《行苇》是比兄弟，“勿”字乃兴“莫”字。此诗自是饮酒会宾之意，序者却牵合作周家忠厚之诗，遂以行苇为“仁及草木”。如云“酌以大斗，以祈黄耇”，亦是欢合之时祝寿之意，序者遂以为“养老乞言”，岂知“祈”字本只是祝颂其高寿，无乞言意也。《抑》诗中间煞有好语，亦非刺厉王。如“于乎小子”，岂是以此指其君？兼厉王是暴虐大恶之主，诗人不应不述其事实，只说谨言节语。况厉王无道，谤讪者必不容，武公如何恁地[8]指斥曰“小子”？《国语》以为武公自警之诗，却是可信。大率古人作诗，与今人作诗一般，其间亦自有感物道情，吟咏情性，几时尽是讥刺他人？只缘序者立例，篇篇要作美刺说，将诗人意思尽穿凿坏了。且如今人见人才做事，便作一诗歌美之，或讥刺之，是什么道理！如此，亦似里巷无知之人，胡乱称颂谀说，把持放雕，何以见先王之泽？何以为情性之正？《诗》中数处皆应答之诗，如《天保》乃与《鹿鸣》为唱答，《行苇》与《既醉》为唱答，《蟋蟀》与《山有枢》为唱答。唐自是晋未改号时国名，自序者以为刺僖公，便牵合谓此晋也，而谓之唐，乃有尧之遗风。本意岂因此而谓之唐？是皆凿说。但唐风自是尚有勤俭之意，作诗者是一个不敢放怀底人，说“今我不乐，日月其除”，便又说“无已太康，职思其居”。到《山有枢》是答者，便谓“子有衣裳，弗曳弗娄，宛其死矣，他人是愉。”“子有钟鼓，弗鼓弗考，宛其死矣，他人是保。”这是答他不能享些快活，徒恁地苦涩。《诗序》亦有一二有凭据，如《清人》《硕人》《载驰》诸诗是也。《昊天有成命》中说“成王不敢康”，成王只是成王，何须牵合作成王业之王？自序者恁地附会，便谓周公作此以告成功。他既作周公告成功，便将“成王”字穿凿说了，又几曾是郊祀天地！被序者如此说，后来遂生一场事端，有南北郊之事。此诗自说“昊天有成命”，又不曾说着地，如何说道祭天地之诗？设使合祭，亦须几句说及后土。如汉诸郊祀诗，祭某神便说某事。若用以祭地，不应只说天，不说地。东莱《诗记》却编得子细，只是大本已失了，更说什么？向尝与之论此，如《清人》《载驰》一二诗可信。渠却云：“安得许多文字证据?”某云：“无证而可疑者，只当阙之，不可据《序》作证。”渠又云：“只此《序》便是证。”某因云：“今人不以《诗》说《诗》，却以《序》解《诗》，是以委曲牵合，必欲如序者之意，宁失诗人之本意不恤也。此是序者大害处!”

《诗序》多是后人妄意推想诗人之美刺，非古人之所作也。古人之诗虽存，而意不可得。序诗者妄诞其说，但疑见其人如此，便以为是诗之美刺者，必若人也。如庄姜之诗，却以为刺卫顷公。今观《史记》所述，顷公竟无一事可纪，但言某公卒，子某公立而已，都无其事。顷公固亦是卫一不美之君。序诗者但见其诗有不美之迹，便指为刺顷公之诗。此类甚多，皆是妄生美刺，初无其实。至有不能考者，则但言“刺诗也”，“思贤妃也”。然此是泛泛而言。如《汉广》之《序》言“德广所及”，此语最乱道！诗人言“汉之广矣”，其言已分晓。至如下面《小序》却说得是谓“文王之化被于南国，美化行乎江汉之域，无思犯礼，求而不可得也”，此数语却好。又云：“看来《诗序》当时只是个山东学究等人做，不是个老师宿儒之言，故所言都无一事是当。如《行苇》之《序》，虽皆是诗人之言，但却不得诗人之意。不知而今做义人到这处将如何做，于理决不顺。某谓此诗本是四章，章八句；他不知，作八章、章四句读了。如‘敦彼行苇，牛羊勿践履。方苞方体，惟叶泥泥。戚戚兄弟，莫远具尔，或肆之筵，或授之几’。此诗本是兴诗，即是兴起下四句言。以‘行苇’与兄弟，‘勿践履’是莫远意也。”又云：“《郑》、《卫诗》多是淫奔之诗。《郑诗》如《将仲子》以下，皆鄙俚之言，只是一时男女淫奔相诱之语。如《桑中》之诗云：'众散民流，而不可止。'故《乐记》云：'桑间濮上之音，亡国之音也！其众散，其民流，诬上行私而不可止也。'《郑诗》自《缁衣》之外，亦皆鄙俚，如'采萧''采艾''青衿'之类是也。故夫子'放郑声'。如《抑》之诗，非诗人作以刺君，乃武公为之以自警。又有称'小子'之言，此必非臣下告君之语，乃自谓之言，无疑也。"

问："《诗传》尽撤去《小序》，何也？"曰："《小序》如《硕人定之方中》等，见于《左传》者，自可无疑。若其他刺诗无所据，多是世儒将他谥号不美者，挨就立名尔。今只考一篇见是如此，故其他皆不敢信。且如苏公刺暴公，固是姓暴者多；万一不见得是暴公则'惟暴之云'者，只作一个狂暴底人说，亦可。又如《将仲子》，如何便见得是祭仲？某由此见得《小序》大故是后世陋儒所作。但既是千百年已往之诗，今只见得大意便了，又何必要指实得其人姓名？于看《诗》有何益也？"

问："《诗传》多不解《诗序》，何也？"曰："某自二十岁时读《诗》，便觉《小序》无意义。及去了《小序》，只玩味《诗》词，却又觉得道理贯彻。当初亦尝质问诸乡先生，皆云，《序》不可废，而某之疑终不能释。后到三十岁，断然知《小序》之出于汉儒所作，其为缪戾，有不可胜言。东莱不合只因《序》讲解，便有许多牵强处。某尝与言之，终不肯信。《读诗记》中虽多说《序》，然亦有说不行处，亦废之。某因作《诗传》，遂成《诗序辨说》一册，其他缪戾，辨之颇详。"

郑渔仲谓《诗小序》只是后人将史传去拣，并看谥，却附会作《小序》美刺。

伯恭党得《小序》不好，使人看着转可恶。

器之问《诗》叶韵之义。曰："只要音韵相叶，好吟哦讽诵，易见道理，亦无甚要紧。今且要将七分工夫理会义理，三二分工夫理会这般去处。若只管留心此处，而于《诗》之义却见不得，亦何益也！"又曰："叶韵多用吴才老本，或自以意补入。"

问："《诗》叶韵，是当时如此作？是乐歌当如此？"曰："当时如此作。古人文字多有如此者，如正考父《鼎铭》之类。"

问："先生说《诗》，率皆叶韵，得非《诗》本乐章，播诸声诗，自然叶韵，方谐律吕，其音节本如是耶？"曰："固是如此。然古人文章亦多是叶韵。"因举《王制》及《老子》叶韵处数段。又曰："《周颂》多不叶韵，疑自有和底篇相叶。'《清庙》之瑟，朱弦而疏越，一唱而三叹'，叹，即和声也。"

《诗》之音韵，是自然如此，这个与天通。古人音韵宽，后人分得密后，隔开了。《离骚注》中发两个例在前："朕皇考曰伯庸。""庚寅吾以降。""又重之以脩能。""纫秋兰以为佩。"后人不晓，却谓只此两韵如此。某有《楚辞》《叶韵》，作"子厚"名字，刻在漳州。

叶韵⑨，恐当以头一韵为准。且如"华"字叶音"敷"，如"有女同车"是第一句，则第二句"颜如舜华"，当读作"敷"字，然后与下文"佩玉琼琚"，"洵美且都"，皆叶。至如"何彼襛矣，唐棣之华"，是第一韵，则当依本音读，而下文"王姬之车"却当作尺奢反，如此方是。今只从吴才老旧说，不能又创得此例。然《楚辞》"纷余既有此内美兮，又重之以修能"，"能"音"耐"，然后下文"纫秋兰以为佩"叶。若"能"字只从本音，则"佩"字遂无音。如此，则又未可以头一韵为定也。

吴才老《补韵》甚详，然亦有推不去者。某煞寻得，当时不曾记，今皆忘之矣。如"外御其务"叶"烝也无戎"，才老无寻处，却云"务"字古人读做"蒙"，不知"戎"，汝也；"汝、戎"二字，古人通用，是协音汝也。如"南仲太祖，太师皇父，整我六师，以修我戎"，亦是协音汝也。“下民有严”，叶“不敢怠遑”。才老欲音“严”为“庄”，云避汉讳，却无道理。某后来读《楚辞》《天问》见一“严”字乃押从“庄”字，乃知是叶韵，“严”读作“昂”也。《天问》，才老岂不读？往往无甚意义，只恁打过去也。

或问：“吴氏《叶韵》何据?”曰：“他皆有据。泉州有其书，每一字多者引十余证，少者亦两三证。他说，元初更多，后删去，姑存此耳。然犹有未尽。”因言：“《商颂》‘天命降监，下民有严；不僭不滥，不敢怠遑’。吴氏云：‘“严”字，恐是“庄”字，汉人避讳，改作“严”字。’某后来因读《楚辞》《天问》，见‘严’字都押入‘刚’字、‘方’字去。又此间乡音‘严’作户刚反，乃知‘严’字自与‘皇’字叶。然吴氏岂不曾看《楚辞》？想是偶然失之。又如‘兄弟阋于墙，外御其务；每有良朋，烝也无戎’。吴氏复疑‘务’当作‘蒙’，以叶‘戎’字。某却疑古人训‘戎’为汝，如‘以佐戎辟’，‘戎虽小子’，则‘戎、女’音或通。后来读《常武》诗有云：‘南仲太祖，太师皇父，整我六师，以修我戎’，则与‘汝’叶，明矣。”因言：“古之谣谚皆押韵，如《夏谚》之类。散文亦有押韵者，如《曲礼》‘安民哉’叶音‘兹’，则与上面‘思、辞’二字叶矣。又如‘将上堂，声必扬；将入户，视必下’，下，叶音护。《礼运孔子闲居》亦多押韵。《庄子》中尤多。至于《易象辞》，皆韵语也。”又云：“《礼记》‘五至’、‘三无’处皆协。”

“知子之来。之，亲佩以赠人。之”，此例甚多。“作”字作“做”，“保”字作“补”。“往近王舅”，近，音“既”，《说文》作䢍，误写作“近”。

问：“《诗叶韵》，有何所据而言?”曰：“《叶韵》乃吴才老所作，某又续添减之。盖古人作诗皆押韵，与今人歌曲一般。今人信口读之，全失古人咏歌之意。”

“《诗》音韵间有不可晓处。”因说：“如今所在方言，亦自有音韵与古合处。”子升因问：“今‘阳’字却与‘唐’字通，‘清’字却与‘青’字分之类，亦自不可晓。”曰：“古人韵疏，后世韵方严密。见某人好考古字，却说‘青’字音自是‘亲’，如此类极多。”

器之问《诗》。曰：“古人情意温厚宽和，道得言语自恁地好。当时叶韵，只是要便于讽咏而已。到得后来，一向于字韵上严切，却无意思。汉不如周，魏晋不如汉，唐不如魏晋，本朝又不如唐。如元微之刘禹锡之徒，和诗犹自有韵相重密。本朝和诗便定不要一字相同，不知却愈坏了诗。”

---

①鄘（yōng，音庸）：古国名。周武王灭商后，使其弟管叔、蔡叔、霍叔为三监，蔡叔居于鄘。鄘，即今河南省新乡市西北。

②赍（jī，音吉）：以物送人。

③嘏（gǔ，音古）：郑玄认为：“受福曰嘏”。即接受福运。

④胙（zuò，音作）：古代祭祀时供的肉。

⑤酬：劝酒。

⑥隰（xí，音席）：低下的湿地。

⑦摭（zhí 音直）：拾取、摘取。

⑧恁地：如此。

⑨叶韵：也叫协句。今天的音韵与古韵不同，所以用今韵读古韵多不和谐。南北朝时有“叶韵”之说，如南梁沈重《毛诗音》，开始探讨古韵和今韵的协调，有的甚至擅改原文，强古韵以就今韵。至宋朝，宋人提出古韵通转、不烦改字之说。清代对古音研究逐渐精确，叶韵之说遂被废除。

朱子语类卷第八十三

七、《春秋》纲领

《春秋》煞有不可晓处[1]。

人道《春秋》难晓，据某理会来，无难晓处。只是据他有这个事在，据他载得恁地。但是看今年有什么事，明年有什么事，礼、乐、征、伐不知是自天子出？自诸侯出？自大夫出？只是恁地。而今却要去一字半字上理会褒贬，却要去求圣人之意，你如何知得他肚里事？

《春秋》大旨，其可见者：诛乱臣，讨贼子，内中国，外夷狄，贵王贱伯而已。未必如先儒所言，字字有义也。想孔子当时只是要备二三百年之事，故取史文写在这里，何尝云某事用某法？某事用某例邪？且如书会盟侵伐，大意不过见诸侯擅兴自肆耳。书郊禘[2]，大意不过见鲁僭礼耳。至如三卜四卜，牛伤牛死，是失礼之中又失礼也。如"不郊，犹三望"，是不必望而犹望也。如书"仲遂卒，犹绎[3]。"是不必绎而犹绎也。如此等义，却自分明。近世如苏子由吕居仁，却看得平。

《春秋》只是直载当时之事，要见当时治乱兴衰，非是于一字上定褒贬。初间王政不行，天下都无统属。及五伯出来扶持，方有统属，"礼乐征伐，自诸侯出"。到后来五伯又衰，政自大夫出。到孔子时，皇、帝、王、伯之道埽地，故孔子作《春秋》，据他事实写在那里，教人见得当时事是如此，安知用旧史与不用旧史？今硬说那个字是孔子文，那个字是旧史文，如何验得？更圣人所书，好恶自易见。如葵丘之会，召陵之师，践土之盟，自是好，本末自是别。及后来五伯既衰，溴梁之盟，大夫亦出与诸侯之会，这个自是差异不好。今要去一字两字上讨意思，甚至以日月、爵氏、名字上皆寓褒贬。如"王人子突救卫"，自是卫当救。当时是有个子突，孔子因存他名字。今诸公解却道王人本不书字，缘其救卫，故书字。《孟子》说："臣弑其君者有之，子弑其父者有之。孔子惧，作《春秋》。"说得极是了。又曰："《春秋》无义战，彼善于此，则有之矣。"此等皆看得地步阔。圣人之意只是如此，不解恁地细碎。

问《春秋》，曰："此是圣人据鲁史以书其事，使人自观之以为鉴戒尔。其事则齐威、晋文有足称，其义则诛乱臣贼子。若欲推求一字之间，以为圣人褒善贬恶专在于是，窃恐不是圣人之意。如书即位者，是鲁君行即位之礼；继故不书即位者，是不行即位之礼。若威公之书即位，则是威公自正其即位之礼耳。其他崩、薨、卒、葬，亦无意义[4]。"

《春秋》有书"天王"者，有书"王"者，此皆难晓。或以为王不称"天"，贬之。某谓，若书"天王"，其罪自见。宰咺以为冢宰，亦未敢信。其他如"莒去疾、莒展舆齐阳生"，恐只据旧史文。若谓添一个字，减一个字，便是褒贬，某不敢信。威公不书秋冬，史阙文也。或谓贬天王之失刑，不成议论，可谓乱道。夫子平时称颜子"不迁怒，不贰过"，至作《春秋》，却因恶鲁威而及天子，可谓"桑树著刀，谷树汁出"者。鲁威之弑，天王之不能讨，罪恶自著，何待于去秋冬而后见乎？又如贬滕称"子"，而滕遂至于终《春秋》称"子"，岂有此理？今朝廷立法，降官者犹经赦叙复，岂有因滕子之朝威，遂并其子孙而降爵乎？

《春秋》所书，如某人为某事，本据鲁史旧文笔削而成。今人看《春秋》，必要谓某字讥某人。如此，则是孔子专任私意，妄为褒贬？孔子但据直书而善恶自著。今若必要如此推说，须是得鲁史旧文，参校笔削异同，然后为可见，而亦岂复可得也？

书“人”，恐只是微者。然朝非微者之礼，而有书“人”者，此类亦不可晓。

或有解《春秋》者，专以日月为褒贬，书时月则以为贬，书日则以为褒，穿凿得全无义理！若胡文定公所解，乃是以义理穿凿，故可观。

“世间人解经，多是杜撰。且如《春秋》只据赴告而书之，孔子只因旧史而作《春秋》，非有许多曲折。且如书郑忽与突事，才书‘忽’，又书‘郑忽’，又书‘郑伯突’，胡文定便要说突有君国之德，须要因‘郑伯’两字上求他是处，似此皆是杜撰。大概自成、襄已前，旧史不全，有舛逸，故所记各有不同。若昭哀已后，皆圣人亲见其事，故记得其实，不至于有遗处。如何却说圣人予其爵，削其爵，赏其功，罚其罪？是甚说话？”祖道问：“《孟子》说‘《春秋》，天子之事’，如何？”曰：“只是被孔子写取在此，人见者自有所畏惧耳。若要说孔子去褒贬他，去其爵，与其爵，赏其功，罚其罪，岂不是谬也？其爵之有无与人之有功有罪，孔子也予夺他不得。”

或说：“沈卿说《春秋》，云：‘不当以褒贬看。圣人只备录是非，使人自见。如“克段”之书，而兄弟之义自见；如蔑之书，而私盟之罪自见；来赗仲子[5]，便自见得以天王之尊下赗诸侯之妾。圣人以公平正大之心，何尝规规于褒贬！’”曰：“只是中间不可以一例说，自有晓不得处。公且道如‘翬帅师’之类，是如何？”曰：“未赐族，如挟、柔、无骇之类。无骇，鲁卿，隐二年书‘无骇’，九年书‘挟卒’，庄十一年书‘柔’，皆未命也。到庄以后，却不待赐，而诸侯自予之。”曰：“便是这般所在，那里见得这个是赐？那个是未赐？《三传》唯《左氏》近之。或云左氏是楚左史倚相之后，故载楚史较详。《国语》与《左传》似出一手，然《国语》使人厌看，如齐、楚、吴越诸处又精采。如纪周、鲁自是无可说，将虚文敷衍，如说籍田等处，令人厌看。左氏必不解是丘明，如圣人所称，煞是正直底人。如《左传》之文，自有纵横意思。《史记》却说：‘左丘失明，厥有《国语》。’或云，左丘明，《左丘》其姓也。《左传》自是左姓人作。又如秦始有腊祭，而《左氏》谓‘虞不腊矣。’是秦时文字分明。”

《春秋传》例多不可信。圣人记事，安有许多义例？如书伐国，恶诸侯之擅兴。书山崩、地震、螽、蝗之类，知灾异有所自致也。

或论及《春秋》之凡例，先生曰：“《春秋》之有例固矣，奈何非夫子之为也！昔尝有人言及命格，予曰：‘命格，谁之所为乎？’曰：‘善谈五行者为之也。’予曰：‘然则何贵？设若自天而降，具言其为美为恶，则诚可信矣。今特出于人为，乌可信也！’知此，则知《春秋》之例矣。”又曰：“‘季子来归’，以为季子之在鲁，不过有立僖之私恩耳，初何有大功于鲁！又况通于成风，与庆父之徒何异？然则其归也，何足喜？盖以启季氏之事而书之乎？”

或人论《春秋》，以为多有变例，所以前后所书之法多有不同。曰：“此乌可信。圣人作《春秋》，正欲褒善贬恶，示万世不易之法。今乃忽用此说以诛人，未几又用此说以赏人，使天下后世皆求之而莫识其意，是乃后世弄法舞文之吏之所为也，曾谓大中至正之道而如此乎？”

张元德问《春秋周礼》疑难，曰：“此等皆无佐证，强说不得。若穿凿说出来，便是侮圣言。不如且研穷义理，义理明，则皆可遍通矣。”因曰：“看文字且先看明白易晓者。此语是某发出来，诸公可记取。”

问：“《春秋》当如何看？”曰：“只如看史样看。”曰：“程子所谓‘以传考经之事迹，以经别传之真伪’，如何？”曰：“便是亦有不可考处。”曰：“其间不知是圣人果有褒贬否？”曰：“也见不得。”“如许世子止尝药之类如何？”曰：“圣人亦只因国史所载而立之耳。圣人光明正大，不应以一二字加褒贬于人。若如此屑屑求之，恐非圣人之本意。”

看《春秋》，且须看得一部《左传》首尾意思通贯，方能略见圣人笔削，与当时事之大意。

叔器问读《左传》法，曰：“也只是平心看那事理、事情、事势。《春秋》十二公时各不同，如隐威之时，王室新东迁，号令不行，天下都星散无主；庄僖之时，威文迭伯，政自诸侯出，天下始有统一；宣公之时，楚庄王盛强，夷狄主盟，中国诸侯服齐者亦皆朝楚，服晋者亦皆朝楚；及成公之世，悼公出来整顿一番，楚始退去；继而吴越又强入来争伯；定、哀之时，政皆自大夫出，鲁有三家，晋有六卿，齐有田氏，宋有华向，被他肆意做，终春秋之世，更没奈何。但是，某尝说春秋之末，与初年大不同。然是时诸侯征战，只如戏样，亦无甚大杀戮。及战国七国争雄，那时便多是胡相杀，如雁门斩首四万，不知怎生杀了许多。长平之战，四十万人坑死，不知如何有许多人。后来项羽也坑十五万，不知他如何地掘那坑后，那死底都不知，当时不知如何地对副许多人。”安卿曰：“恐非掘坑。”曰：“是掘坑。尝见邓艾伐蜀，坑许多人，载说是掘坑。”

《春秋》之书，且据《左氏》。当时天下大乱，圣人且据实而书之，其是非得失，付诸后世公论，盖有言外之意。若必于一字一辞之间求褒贬所在，窃恐不然。齐桓、晋文所以有功于王室者，盖当时楚最强大，时复加兵于郑，郑则在王畿之内；又伐陆浑之戎，观兵周疆，其势与六国不同。盖六国势均力敌，不敢先动。楚在春秋时，他国皆不及其强，向非威文有以遏之，则周室为其所并矣。又，诸侯不朝聘于周，而周反下聘于列国，是甚道理？”

《左氏》之病，是以成败论是非，而不本于义理之正。尝谓左氏是个猾头熟事，趋炎附势之人。

元城说，左氏不识大体，只是时时见得小可底事，便以为是。

因举陈君举说《左传》，曰：“左氏是一个审利害之几，善避就底人，所以其书有贬死节等事。其间议论有极不是处：如周郑交质之类，是何议论？其曰：‘宋宣公可谓知人矣，立穆公，其子飨之，命以义夫。’只知有利害，不知有义理。此段不如公羊说‘君子大居正’，却是儒者议论。某平生不敢说《春秋》。若说时，只是将胡文定说扶持说去。毕竟去圣人千百年后，如何知得圣人之心？且如先蔑奔秦，书，则是贬先蔑；不书时，又不见得此事。若如今人说，教圣人如何书则是？吕伯恭爱教人看《左传》，某谓不如教人看《论》《孟》。伯恭云，恐人去外面走。某谓：“看《论》《孟》未走得三步，看《左传》底已走十百步了。人若读得《左传》熟，直是会趋利避害。然世间利害，如何被人趋避了？君子只看道理合如何，可则行，不可则止，祸福自有天命。且如一个善择利害底人，有一事，自谓择得十分利处了，毕竟也须带二三分害来，自没奈何。”仲舒云：‘仁人正其谊不谋其利，明其道不计其功。’一部《左传》无此一句。若人人择利害后，到得临难死节底事，更有谁做？其间有为国杀身底人，只是枉死了，始得！”因举“可怜石头城，宁为袁粲死，不作褚渊生。”“盖‘民之秉彝[⑥]’，又自有不可埋没，自然发出来处。”

林黄中谓：“《左传》‘君子曰’，是刘歆之辞。胡先生谓《周礼》是刘歆所作，不知是如何？”“《左传》‘君子曰’，最无意思。”因举“芟夷蕴崇之”一段，是关上文甚事？

左氏见识甚卑。如言赵盾弑君之事，却云：“孔子闻之，曰：‘惜哉！越境乃免。’”如此，则专是回避占便宜者得计，圣人岂有是意？圣人“作《春秋》而乱臣贼子惧”，岂反为之解免耶？

问：“《左传》载卜筮，有能先知数世后事，有此理否？”曰：“此恐不然。只当时子孙欲僭窃，故为此以欺上罔下尔。如汉高帝蛇，也只是脱空。陈胜王凡六月，便只是他做不成，故人以为非；高帝做得成，故人以为符瑞。”

《左传》《国语》惟是周室一种士大夫说得道理，大故细密。这便是文、武、周、召在王国立学校，教得人恁地。惟是周室人会恁地说。且如《烝民诗》大故说得好，“人受天地之中以生”

之类，大故说得细密。

左氏所传春秋事，恐八九分是。公、谷专解经，事则多出揣度。

《春秋》制度大纲，《左传》较可据，《公》、《谷》较难凭。胡文定义理正当，然此样处，多是臆度说。

李丈问："《左传》如何？"曰："《左传》一部载许多事，未知是与不是。但道理亦是如此，今且把来参考。"问："《公》、《谷》如何？"曰："据他说亦是有那道理，但恐圣人当初无此等意。如孙明复、赵啖、陆淳、胡文定，皆说得好，道理皆是如此。但后世因《春秋》去考时，当如此区处。若论圣人当初作《春秋》时，其意不解有许多说话。"择之说："文定说得理太多，尽堆在里面。"曰："不是如此底，亦压从这理上来。"

《左氏传》是个博记人做，只是以世俗见识断当它事，皆功利之说。《公》、《谷》虽陋，亦有是处，但皆得于传闻，多讹谬。

国秀问《三传》优劣。曰："左氏曾见国史，考事颇精，只是不知大义，专去小处理会，往往不曾讲学。公、谷考事甚疏，然义理却精。二人乃是经生，传得许多说话，往往都不曾见国史。"

《左传》是后来人做，为见陈氏有齐，所以言"八世之后，莫之与京"！见三家分晋，所以言"公侯子孙，必复其始"。以《三传》言之，左氏是史学，《公》、《谷》是经学。史学者，记得事却详，于道理上便差；经学者，于义理上有功，然记事多误。如迁固之史，大概只是计较利害。范晔更低，只主张做贼底，后来他自做却败。温公《通鉴》，凡涉智数险诈底事，往往不载，却不见得当时风俗。如陈平说高祖间楚事，亦不载上一段；不若全载了，可以见当时事情，却于其下论破，乃佳。又如亚夫得剧孟事，《通鉴》亦节去，意谓得剧孟不足道；不知当时风俗事势，剧孟辈亦系轻重。知周休且能一夜得三万人，只缘吴王败后各自散去，其事无成。温公于此事却不知不觉载之，盖以周休名不甚显，不若剧孟耳。想温公平日叵耐剧孟。不知温公为将，设遇此人，柰得它何否？又如论唐太宗事，亦殊未是。吕氏《大事记》周赧后便系秦，亦未当。当如记楚汉事，并书之。项籍死后，方可专书汉也。

"孔子作《春秋》，当时亦须与门人讲说，所以公谷左氏得一个源流，只是渐渐讹舛[7]。当初若是全无传授，如何凿空撰得？"问："今欲看《春秋》，且将胡文定说为正，如何？"曰："便是他亦有太过处。苏子由教人只读《左传》，只是他《春秋》亦自分晓。且如'公与夫人如齐'，必竟是理会甚事，自可见。又如季氏逐昭公，毕竟因甚如此？今理会得一个义理后，将他事来处置，合于义理者为是，不合于义理者为非。亦有唤做是而未尽善者，亦有谓之不是而彼善于此者。且如读《史记》，便见得秦之所以亡，汉之所以兴。及至后来刘项事，又知刘之所以得，项之所以失，不难判断。只是《春秋》却精细，也都不说破，教后人自将义理去折衷。"

问："《公》、《谷传》大概皆同？"曰："所以林黄中说，只是一人，只是看他文字疑若非一手者。"或曰："疑当时皆有所传授，其后门人弟子始笔之于书尔。"曰："想得皆是齐、鲁间儒，其所著之书，恐有所传授，但皆杂以已意，所以多差舛。其有合道理者，疑是圣人之旧。"

《春秋》难理会。《公》、《谷》甚不好，然又有甚好处。如序隐公逊国，宣公逊其侄处，甚好。何休注甚谬。

《公羊》说得宏大，如"君子大居正"之类；《谷梁》虽精细，但有些邹搜狭窄。

公羊是个村朴秀才，谷梁又较黠得些。

"《春秋》难看，三家皆非亲见孔子。或以'左丘明耻之'，是姓左丘；左氏乃楚左史倚相之后，故载楚事极详。吕舍人《春秋》不甚主张胡氏，要是此书难看。如刘原父《春秋》亦好。"

可学云："文定解'宋灾故'一段，乃是原父说。"曰："林黄中《春秋》又怪异，云：隐公篡威公。"可学云："黄中说，'归仲子之赗'，乃是周王以此为正其分。"曰："要正分，更有多少般，却如此不契勘[8]。"可学云："杜预每到不通处。（杜预）〔多云〕告辞略。《经》《传》互异，不云传误，云经误。"曰："可怪！是何识见？"

问："《春秋传序》引夫子答颜子为邦之语，为颜子尝闻《春秋》大法，何也？"曰："此不是孔子将《春秋》大法向颜子说。盖三代制作极备矣，孔子更不可复作，故告以四代礼乐，只是集百王不易之大法。其作《春秋》，善者则取之，恶者则诛之，意亦只是如此，故伊川引以为据耳。"

程子所谓"《春秋》大义数十，炳如日星"者，如"成宋乱"，"宋灾故"之类，乃是圣人直著诛贬，自是分明。如胡氏谓书"晋侯"为以常情待晋襄，书"秦人"为以王事责秦穆处，却恐未必如此。须是己之心果与圣人之心神交心契，始可断他所书之旨。不然，则未易言也。程子所谓"微辞隐义，时措从宜者为难知"耳。

或问伊川《春秋序》后条，曰："四代之礼乐，此是经世之大法也。《春秋》之书，亦经世之大法也。然四代之礼乐是以善者为法，《春秋》是以不善者为戒。"又问："孔子有取乎五霸，岂非时措从宜？"曰："是。"又曰："观其予五霸，其中便有一个夺底意思。"

《春秋序》云："虽德非汤武，亦可以法三王之治。"如是，则无本者亦可以措之治乎？语有欠。因云："伊川什么样子细，尚如此。难！难！"

今日得程《春秋解》，中间有说好处，如难理会处，他亦不为决然之论。向见沙随《春秋解》，只有说滕子来朝一处最好。隐十一年方书"滕侯薛侯"来朝，如何桓二年便书"滕子来朝"？先辈为说甚多，或以为时王所黜，故降而书"子"，不知是时时王已不能行黜陟之典；就使能黜陟诸侯，当时亦不止一滕之可黜。或以《春秋》恶其朝桓，特削而书"子"。自此之后，滕一向书"子"，岂《春秋》恶其朝桓，而并后代子孙削之乎！或以为当丧未君；前又不见滕侯卒。皆不通之论。沙随谓此见得《春秋》时小国事大国，其朝聘贡赋之多寡，随其爵之崇卑。滕子之事鲁，以侯礼见，则所供者多，故自贬降而以子礼见，庶得贡赋省少易供。此说却恐是。何故？缘后面郑朝晋云："郑伯男也，而使从公侯之赋。"见得郑本是男爵，后袭用侯伯之礼，以交于大国，初焉不觉其贡赋之难办，后来益困于此，方说出此等话。非独是郑伯，当时小国多是如此。今程公《春秋》亦如此说滕子。程是绍兴以前文字。不知沙随见此而为之说，还是自见得此意？

问："诸家《春秋》解如何？"曰："某尽信不及。如胡文定《春秋》，某也信不及，知得圣人意里是如此说否？今只眼前朝报差除，尚未知朝廷意思如何，况生乎千百载之下，欲逆推乎千百载上圣人之心？况自家之心，又未如得圣人，如何知得圣人肚里事？某所以都不敢信诸家解，除非是得孔子还魂亲说出，不知如何。"

胡文定《春秋》非不好，却不合这件事圣人意是如何下字，那件事圣人意又如何下字。要之，圣人只是直笔据见在而书，岂有许多忉怛[9]？

问："胡《春秋》如何？"曰："胡《春秋》大义正，但《春秋》自难理会。如《左氏》尤有浅陋处，如'君子曰'之类，病处甚多。林黄中尝疑之，却见得是。"

胡《春秋传》有牵强处，然议论有开合精神。

问胡《春秋》，曰："亦有过当处。"

问："胡文定据《孟子》'《春秋》天子之事'，一句作骨。如此，则是圣人有意诛赏。"曰："文定是如此说，道理也是恁地。但圣人只是书放那里，使后世因此去考见道理如何便为是，如何便为不是。若说道圣人当时之意，说他当如此，我便书这一字；他当如彼，我便书那一字，则恐圣人不解恁地。圣人当初只直写那事在上面，如说张三打李四，李四打张三，未尝断他罪，某人杖六十，某人杖八十。如孟子便是说得那地步阔。圣人之意，只是如此，不解恁地细碎[10]。且如‘季子来归’，诸公说得恁地好。据某看来，季友之罪与庆父也不争多。但是他归来后，会平了难，鲁人归之，故如此说。况他世执鲁之大权，人自是怕他。史官书得恁地，孔子因而存此，盖以见他执权之渐耳。”

《春秋》今来大纲是从胡文定说，但中间亦自有难稳处。如叔孙婼祈死事，把他做死节[11]，本自无据，后却将“至自晋”一项说。又因《谷梁》“公孙舍”云云。他若是到归来，也须问我屋里人，如何同去弑君？也须诛讨斯得。自死是如何？《春秋》难说。若只消轻看过，不知是如何。如孟子说道“春秋无义战，彼善于此”，只将这意看如何。左氏是三晋之后，不知是什么人。看他说魏毕万之后必大，如说陈氏代齐之类，皆是后来设为豫定之言。《春秋》分明处，只是如“晋士匄侵齐[12]，至闻齐侯卒，乃还”，这分明是与他。

问：“胡氏传《春秋》盟誓处，以为《春秋》皆恶之，杨龟山亦尝议之矣。自今观之，岂不可因其言盟之能守与否而褒贬之乎？今民‘泯泯棼棼[13]，罔中于信，以覆诅盟’之时，而遽责以未施信而民信之事，恐非化俗以渐之意。”曰：“不然。盟诅，毕竟非君之所为，故曰：‘君子屡盟，乱是用长。’将欲变之，非去盟崇信，俗不可得而善也。故伊川有言：‘凡委靡随俗者不能随时，惟刚毅特立乃所以随时。’斯言可见矣。”问洽：“寻常如何理会是‘自命’?”曰：“尝考之矣。当从刘侍读之说。自王命不行，则诸侯上僭之事，由阶而升。然必与势力之不相上下者。”共为之，所以布于众而成其僭也。齐卫当时势敌，故齐僖自以为小伯，而黎人责卫以方伯之事。当时王不敢命伯，而欲自为伯，故于此彼此相命以成其私也。及其久也，则力之能为者专之矣，故威公遂自称伯。以至战国诸侯各有称王之意，不敢独称于国，必与势力之相侔者共约而为之，魏齐会于苴泽以相王，是也。其后七国皆王，秦人思有以胜之，于是使人致帝于齐，约共称帝，岂非相帝？自相命而至于相王，自相王而至于相帝，僭窃之渐，势必至此，岂非其明证乎？”曰：“然则《左传》所谓‘胥命于弭[14]’，何也?”曰：“此以纳王之事相逊相先也。”曰：“说亦有理。”

问：“《春秋》，胡文定之说如何?”曰：“寻常亦不满于胡说。且如解经不使道理明白，却就其中多使故事，大与做时文答策相似。近见一相知说，傅守见某说云，固是好，但其中无一故事可用。某作此书，又岂欲多使事也?”问：“先生既不解《春秋》，合亦作一篇文字，略说大意，使后学知所指归。”曰：“也不消如此。但圣人作经，直述其事，固是有所抑扬；然亦非故意增减一二字，使后人就一二字上推寻，以为吾意旨之所在也。”问：“胡文定说‘元’字，某不能无疑。元者，始也，正所谓‘辞之所谓“太”也’。今胡乃训‘元’为‘仁’，训‘仁’为‘心’，得无太支离乎?”曰：“杨龟山亦尝以此议之。胡氏说经，大抵有此病。”

胡文定说《春秋》，高而不晓事情。说“元年”不要年号。且如今中兴以来更七个元年，若无号，则契券能无欺弊者乎？

吕居仁《春秋》亦甚明白，正如某《诗传》相似。

---

①煞：同很、极。

②禘（dì，音帝）：古代祭名。每五年举行一次，规模极大。

③绎：周代称祭之次日又祭为“绎”。

④薨（hōng，音轰）：在周代，天子死曰崩，诸侯死曰薨。唐代只对二品以上的高官这样尊称。

⑤赗（fèng，音丰）：送给丧家的送葬之礼。

⑥秉彝：本性。

⑦讹舛（chuǎn，音串）：因谬误而错乱。

⑧契勘：宋代公文专门用语，相当于今天的“审核、查考”。

⑨忉怛（dāo dá，音刀达）：有悲痛、啰嗦二种含义。这里是“啰嗦”之意。

⑩恁地：如此。

⑪死节：为了维护节义而死。

⑫士匄（gài，音丐）：人名。

⑬“泯泯棼棼”：混乱的样子。

⑭弭（mǐ，音米）：古地名，《春秋》时期郑国领地。在今河南省密县境内。

朱子语类卷第八十四

八、《礼》纲领

论考礼纲领

礼乐废坏二千余年，若以大数观之，亦未为远，然已都无稽考处。后来须有一个大大底人出来，尽数拆洗一番，但未知远近在几时。今世变日下，恐必有个“硕果不食”之理。

礼学多不可考，盖其为书不全，考来考去，考得更没下梢，故学礼者多迂阔。一缘读书不广，兼亦无书可读。如《周礼》“仲春教振旅，如战之陈”，只此一句，其间有多少事。其陈是如何安排，皆无处可考究。其他礼制皆然。大抵存于今者，只是个题目在尔。

古礼繁缛，后人于礼日益疏略，然居今而欲行古礼，亦恐情文不相称，不若只就今人所行礼中删修，令有节文[①]、制数、等威足矣[②]。古乐亦难遽复，且于今乐中去其噍杀促数之音，并考其律吕，令得其正。更令掌词命之官制撰乐章，其间略述教化训戒及宾主相与之情，及如人主待臣下恩意之类，令人歌之，亦足以养人心之和平。《周礼》岁时属民读法，其当时所读者，不知云何。今若将孝弟忠信等事撰一文字，或半岁，或三月一次，或于城市，或于乡村聚民而读之，就为解说，令其通晓，及所在立粉壁书写，亦须有益。

古礼于今实难行。尝谓后世有大圣人者作，与他整理一番，令人苏醒，必不一一尽如古人之繁，但放古之大意。

古礼难行，后世苟有作者，必须酌古今之宜。若是古人如此繁缛，如何教今人要行得？古人上下习熟，不待家至户晓，皆如饥食而渴饮，略不见其为难。本朝陆农师之徒，大抵说礼都要先求其义。岂知古人所以讲明其义者，盖缘其仪皆在，其具并存，耳闻目见，无非是礼，所谓“三千三百”者，较然可知，故于此论说其义，皆有据依。若是如今古礼散失，百无一二存者，如何悬空于上面说义？是说得什么义！须是且将散失诸礼错综参考，令节文度数一一著实，方可推明其义。若错综得实，其义亦不待说而自明矣。

胡兄问礼，曰：“‘礼，时为大。’有圣人者作，必将因今之礼而裁酌其中，取其简易易晓而可行，必不至复取古人繁缛之礼而施之于今也。古礼如此零碎繁冗，今岂可行？亦且得随时裁损尔。孔子从先进，恐已有此意。”或曰：“礼之所以亡，正以其太繁而难行耳。”曰：“然。苏子由《古史》说‘忠、质、文’处，亦有此意，只是发挥不出，首尾不相照应，不知文字何故如此。其说云：‘自夏商周以来，人情日趋于文’；其终却云‘今须复行夏商之质，乃可’。夫人情日趋于文矣，安能复行夏商之质乎？其意本欲如‘先进’之说，但辞不足以达之耳！”

凶服古而吉服今，不相抵接。释尊惟三献法服，其余皆今服。百世以下有圣贤出，必不踏旧本子，必须斩新别做。如周礼如此繁密，必不可行。且以《明堂位》观之，周人每事皆添四重虞黻[③]，不过是一水担相似。夏火，殷藻，周龙章，皆重添去。若圣贤有作，必须简易疏通，使见之而易知，推之而易行。盖文、质相生，秦汉初已自趣于质了。太史公董仲舒每欲改用夏之忠，不知其初盖已是质也。国朝文德殿正衙常朝，升朝官已上皆排班，宰相押班，再拜而出。时归班官甚苦之，其后遂废，致王乐道以此攻魏公，盖以人情趋于简便故也。

“圣人有作，古礼未必尽用。须别有个措置，视许多琐细制度，皆若具文，且是要理会大本大原。曾子临死丁宁说：‘君子所贵乎道者三：动容貌，斯远暴慢矣；正颜色，斯近信矣；出辞气，斯远鄙倍矣。笾豆之事[④]，则有司存。’上许多正是大本大原。如今所理会许多，正是笾豆之事。曾子临死，教人不要去理会这个。‘夫子焉不学，而亦何常师之有？’非是孔子，如何尽做这事？到孟子已是不说到细碎上，只说‘诸侯之礼，吾未之学也。吾尝闻之矣，三年之丧，齐疏之服，饘粥之食，自天子达于庶人’。这三项便是大原大本。又如说井田，也不曾见《周礼》，只据《诗》里说‘雨我公田，遂及我私’；‘由此观之，虽周亦助也’。只用《诗》意带将去。后面却说‘乡田同井，出入相友，守望相助，疾病相扶持’，‘八家皆私百亩，同养公田’。只说这几句，是多少好？这也是大原大本处。看孟子不去理会许多细碎，只理会许多大原大本。”又曰：“理会周礼，非位至宰相，不能行其事。自一介论之，更自远在，且要就切实理会受用处。若做到宰相，亦须上遇文武之君，始可得行其志。”又曰：“且如孙吴专说用兵，如他说也有个本原。如说‘一曰道：道者，与上同意，可与之死，可与之生。有道之主，将用其民，先和而后造大事’。若使不合于道理，不和于人神，虽有必胜之法，无所用之。”问器远：“昨日又得书，说得大纲也是如此。只是某看仙乡为学，一言以蔽之，只是说得都似。须是理会到十分是，始得。如人射一般，须是要中红心。如今直要中的，少间犹且不会中的；若只要中帖，只会中垛，少间都是胡乱发，枉了气力。三百步外，若不曾中的，只是枉矢。知今且要分别是非，是底直是是，非底直是非，少间做出便会是。若依稀底也唤作是便了，下梢只是非，须是要做第一等人。若决是要做第一等人，若才力不逮，也只做得第四五等人。今合下便要做第四五等人，说道就他才地如此，下梢成什么物事？”又曰：“须是先理会本领端正，其余事物渐渐理会到上面。若不理会本领了，假饶你百灵百会，若有些子私意，便粉碎了。只是这私意如何卒急除得？如颜子天资如此，孔子也只教他‘克己复礼’。其余弟子，告之虽不同，莫不以此意望之。公书所说冉求仲由，当初他是只要做到如此。圣人教由求之徒，莫不以曾颜望之，无奈何他才质只做到这里。如‘可使治其赋’，‘可使为之宰’，他当初也不止是要恁地。”又曰：“胡氏开治道斋，亦非独只理会这些。如所谓‘头容直，足容重，手容恭’，许多说话都是本原。”又曰：“君举所说，某非谓其理会不是，只不是次序。如庄子云‘语道非其序，则非道也’，自说得好。如今人须是理会身心。如一片地相似，须是用力仔细开垦。未能如此，只管说种东种西，其实种得什么物事。”又曰：“某尝说佛老也自有快活得人处，是那里？只缘他打并得心下净洁。所以本朝如李文靖、王文正、杨文公、刘元城、吕申公都是恁么地人，也都去学他。”又曰：“论来那样事不著理会？若本领是了，少间如两汉之所以盛是如何，所以衰是如何，三国分并是如何，唐初间如何兴起，后来如何衰，以至于本朝大纲，自可理会。若有工夫，更就里面看。若更有工夫，就里面讨些光采，更好。某之诸生，度得他脚手，也未可与拈尽许多，只是且教他就切身处理会，如读虞夏商周之书，许多圣人亦有说赏罚，亦有说兵刑，只是这个不是本领。”问：“封建，《周礼》说公五百里，《孟子》说百里，如何不同?”曰：“看汉儒注书，于不通处，即说道这是夏商之制，大抵且要赖将去。若将这说来看二项，却怕孟子说是。夏商之制，孟子不详考，亦只说‘尝闻其略也’。若夏商时诸处广阔，人各自聚为一国，其大者止百里，故禹合诸侯，执玉帛者万国。到周时，渐渐吞并，地里只管添，国数只管少。到周时只千八百国，较之万国，五分已灭了四分已上，此时诸国已自大了。到得封诸公，非五百里不得，如周公封鲁七百里，盖欲优于其他诸公。如左氏说云，大国多兼数圻，也是如此。后来只管并来并去，到周衰，便制他不得，也是尾大了[5]。到孟子时，只有七国，这是事势必到这里，虽有大圣大智，亦不能遏其冲。今人只说汉封诸侯王土地太过，看来不如此不得。初间高祖定天下，不能得韩彭英卢许多人来使，所得地又未定是我底。当时要杀项羽，若有人说道：‘中分天下与我，我便与你杀项羽。’也没奈何与他。到少间封自子弟，也自要狭小不得，须是教当得许多异姓过。”又曰：“公今且收拾这心下，勿为事物所胜。且如一日全不得去讲明道理，不得读书，只去应事，也须使这心常常在这里。若不先去理会得这本领，只要去就事上理会，虽是理会得许多骨董，只是添得许多杂乱，只是添得许多骄吝。某这说的，定是恁地，虽孔子复生，不能易其说，这道理只一而已。”

今日百事无人理会。姑以礼言之，古礼既莫之考，至于后世之沿革因袭者，亦浸失其意而莫之知矣。非止浸失其意，以至名物度数，亦莫有晓者。差舛讹谬，不堪著眼！三代之礼，今固难以尽见。其略幸散见于他书，如《仪礼》十七篇多是士礼，邦国人君者仅存一二。遭秦人焚灭之后，至河间献王始得邦国礼五十八篇献之，惜乎不行。至唐，此书尚在，诸儒注疏犹时有引为说者。及后来无人说著，则书亡矣，岂不大可惜！叔孙通所制汉仪，及曹褒所修，固已非古，然今亦不存。唐有《开元》《显庆》二《礼》，《显庆》已亡，《开元》袭隋旧为之。本朝修《开宝礼》，多本开元，而颇加详备。及政和间修《五礼》，一时奸邪以私智损益，疏略牴牾，更没理会，又不如《开宝礼》。

汉儒说礼制，有不合者，皆推之以为商礼，此便是没理会处。

南北朝是甚时节，而士大夫间礼学不废。有考礼者，说得亦自好。

《通典》，好一般书。向来朝廷理会制度，某道却是一件事，后来只恁休了。又曰：“《通典》亦自好设一科。”又曰：“《通典》中间数卷，议亦好。”

尝见刘昭信云：“礼之趋翔、登降、揖逊，皆须习。”也是如此。汉时如甚大射等礼，虽不行，却依旧令人习，人自传得一般。今虽是不能行，亦须是立科，令人习得，也是一事。

---

①节文：节制修饰。

②等威：与不同身份相称的威仪。

③虞黻（fú，音弗）：虞，古代葬后的拜祭为虞。黻，通“韨”，是古代祭服的蔽膝，用皮革制成。

④笾豆：古代祭祀的礼器，笾豆之事则是指祭祀。

⑤尾大：表示诸侯的势力增长远远超过居于正统地位的周天子。

陆九渊集

(选录)

〔宋〕陆九渊　撰

一、易说

此理塞宇宙[①]，谁能逃之？顺之则吉，逆之则凶；其蒙蔽则为昏愚，通彻则为明智。昏愚者不见是理，故多逆以致凶；明智者见是理，故能顺以致吉。

说《易》者谓阳贵而阴贱，刚明而柔暗，是固然矣。今《晋》之为卦，上离[②]，六五一阴，为明之主。下坤，以三阴顺从于离明，是以致吉，二阳爻反皆不善[③]。盖离之所以为明者，明是理也[④]。坤之三阴能顺从其明，宜其吉无不利，此以明理顺理而善，则其不尽然者，亦宜其不尽善也。不明此理，而泥于爻画名言之末，岂可与言《易》哉？阳贵、阴贱、刚明、柔暗之说，有时而不可泥也。

雷在天上《大壮》，君子以非礼弗履。非礼弗履，人孰不以为美？亦孰不欲其然？然善意之微，正气之弱，虽或欲之而未必能也。今四阳方长，雷在天上，正大之壮如此，以是而从事于非礼弗履，优为之矣。此颜子请事斯语时也。

《泰》之九二言包荒，包荒者，包含荒秽也。当泰之时，宜无荒秽。盖物极则反，上极则下，盈极则亏，人情安肆，则怠忽随之，故荒秽之事，常在于积安之后也。

"《易》之为书也不可远，其为道也屡迁。变动不居，周流六虚，上下无常，刚柔相易，不可为典要，唯变所适。"临深履冰，参前倚衡，儆戒无虞，小心翼翼，道不可须臾离也。五典天叙[⑤]，五礼天秩，《洪范》九畴[⑥]，帝用锡禹，传在箕子，武王访之，三伐攸兴，罔不克敬典。不有斯人，孰足以语不可远之书，而论屡迁之道也。

易　数　张权叔书

一得五，合而为六[⑦]，天一生水，地六成之，故一得六合而成水。二得五，合而为七，地二生火，天七成之，故二得七合而成火。三得五，合而为八，天三生木，地八成之，故三得八合而成木。四得五，合而为九，地四生金，天九成之，故四得九合而成金。五得五合而成十，天五生土，地十成之，故五得十合而成土。论五行生成，水合在一六，火合在二七，木合在三八，金合在四九，土合在五十。

数至四而五在其中矣。一与四自为五，二与三自为五。二与三，少阴、少阳之里也。一与四，老阳、老阴之表也。五数既见，二得五为七，三得五为八，故七为少阳，八为少阴。一得五为六，四得五为九，故六为老阴、九为老阳。故七与八合，其数十五，六与九合，其数亦十五。少阴、少阳、老阴、老阳，是谓四象。论四象，则阴阳之少合在七八，阴阳之老合在九六。四象成列，七八在里，九六在表。阴阳之分，先里后表，故七八为少，九六为老。四七二十八，故二十八者，少阳之策；四八三十二，故三十二者，少阴之策也。

"《易》之为书也不可远，其为道也屡迁。变动不居，周流六虚，上下无常，刚柔相易，不可为典要，惟变所适。"吾尝言天下有不易之理，是理有不穷之变。诚得其理，则变之不穷者，皆理之不易者也。

水生数一，成数六，其卦为坎[⑧]，坎阳里而阴表。水形柔弱，盖阴表也，然本生于阳，故道家谓水阴根阳。火生数二，成数七，其卦为离，离阴里而阳表。火形刚烈，盖阳表也，然本生于阴，故道家谓火阳根阴。自水火之成数而言，则水六也，火七也，水则为阴，火则为阳。自水火之卦而言之，水、坎也，火、离也，坎则阳卦，离则阴卦。自坎离之卦而言之，则坎月也，离日也。拘儒于此将如何而言阴阳哉？五行相得而各有合，盖不止乎前二合而已。

又 为连叔广书

三奇者、四四四也；三偶者、八八八也，此老阴、老阳也，即乾坤之象，故不容有二。若少阴、少阳，则各有三变，此六子之象也。两偶一奇，则四八八为震之象，八四八为坎之象，八八四为艮之象[9]。两奇一偶则八四四为巽之象，四八四为离之象，四四八为兑之象[10]。四象生八卦，亦可见于此。

三奇四　为老阳

三偶八　为老阴

两偶八　一奇四　为少阳

两奇四　一偶八　为少阴

一二三四五，五行生数；六七八九十，五行成数。

天一生水，地六成之。地二生火，天七成之。天三生木，地八成之。地四生金，天九成之。天五生土，地十成之。生而未成不可用，故用其成数[11]。

三者、变之始，五者、变之终。故数至于五，而变化具矣。天地之数，五十有五，莫非五也。天数五，一、三、五、七、九也；地数五，二、四、六、八、十也；生数五，一、二、三、四、五也；成数五，六、七、八、九、十也。三象著于三才。五象上著五星，下著五岳，总为五方。

五方之形，正分之亦四，隅分之亦四，五无分界，故天有四时，春木、夏火、秋金、冬水，而土寄旺四季。孟子言四端，不言信，孔子尝独言信，曰：“自古皆有死，民无信不立。”又曰：“人而无信，不知其可也。”又屡言“主忠信。”医家言六脉，皆有胃脉，人无胃脉则死，亦此理也。故四为数之大纪，五在其中矣。四营成易，亦此义也。

《易》有太极，是生两仪[12]，两仪生四象，四象生八卦[13]。四象者，阴阳有老少，谓老阳、少阳、老阴、少阴也。或曰：“六、七、八、九为四象，”即是老阳、少阳、老阴、少阴也。四者一体，七八为里。阴阳之分自里始，故七为少阳，八为少阴。六九为表，里常少，表常老，故六为老阴，九为老阳。

四者其本数也。以四积之，则乾坤之策见矣。四六二十四，每爻二十四策，六爻积之，则百四十有四，故坤之策百四十有四。四九三十六，每爻为三十六策，六爻积之，则二百一十有六，故乾之策二百一十有六。

一、三、五、七、九，则天之五奇也，而其中为五，故五为天中数；二、四、六、八、十，此则地之五偶也，而其中为六，故六为地中数。十日者，阳也，乃二五之数；十二辰者，阴也，乃二六之数。天中数为十日，地中数为十二辰。五音六律，亦由是也。十日十二辰相配，至六十而周，故甲子六十。四六二十四，四九三十六，二十四是老阴之策，三十六是老阳之策，老阴、老阳相配而为六十。四七二十八，是少阳之策，四八三十二，是少阴之策，二十八与三十二相配，亦得六十者，阴阳相配之数也。

三五以变，错综其数

数偶则齐[14]，数奇则不齐，唯不齐而后有变。故主变者奇也，一、三、五、七、九，数之奇也。一者数之始，未可以言变。自一而三，自三而五，而其变不可胜穷矣。故三五者，数之所以为变者也。

有一物，必有上下，有左右，有前后，有首尾，有背面，有内外，有表里，故有一必有二，故曰："一生二。"有上下、左右、首尾、前后、表里，则必有中，中与两端则为三矣，故曰："二生三"，故太极不得不判为两仪。两仪之分，天地既位，则人在其中矣。三极之道，岂作《易》者所能自为之哉？错之则一、二、三、四、五，总之则为数十五。三居其中，以三纪之，则三五十五。三其十五，则为《洛书》九章四十有五之数。九章奠位，纵横数之，皆十五。此可见三五者，数之所以为变者也。

九章自一至九而无十，然一与九为十，三与七为十，二与八为十，四与六为十，则所谓十者，固在一、二、三、四、五、六、七、八、九之间矣。虽无十，而十固在其间。所谓十五者，五即土之生数，十即土之成数。然则九章之数，虽四十有五，而其天地五十有五之数，已在其中矣。由是观之，三五之变，可胜穷哉！

天、地、人为三才，日月星为三辰，卦三画而成，鼎三足而立。为老氏之说者，亦曰："一生二，二生三，三生万物。"盖三者，变之始也。天有五行，地有五方[15]，一、二、三、四、五则五行生数，六、七、八、九、十则五行成数，一、三、五、七、九为天数，二、四、六、八、十为地数。《易大传》曰："天数五，地数五。"五位相得而各有合，一与六为合，盖一与五为六，故一六为合。二与七为合，盖二与五为七，故二七为合。三与八，四与九，五与十皆然，故天地之数五十有五，而五为小衍[16]，五十为大衍。盖五者，变之终也。参五以变，而天下之数不能外乎此矣。

天地既位，人居其中，乡明而立，则左右前后为四方。天以气运而为春夏秋冬[17]，地以形处而为东西南北[18]，四数于是乎见矣，然后有四方。中与四方，于是为五。故一生水而水居北，二生火而火居南，三生木而木居东，四生金而金居西，而五生土而土居中央。

---

①宇宙：上下左右为宇，古今中外为宙。

②离：表示火。

③爻（yáo，音摇）：组成八卦的长短横道，'—'为阳爻，'--'为阴爻。

④理：哲学概念，通常指条理、准则。

⑤五典：即五常。仁、义、礼、智、信是也。

⑥九畴：禹治理天下的九种方法。

⑦六：阴爻的名称。在筮法中，六为老阴之数，阴退于六，达到极点。物极必反，因而要转变为阳，所以凡阴爻皆称为六。

⑧坎：表示水。

⑨艮（gèn，音亘）：表示山。

⑩兑：表示泽。

⑪数：这里指术数。

⑫两仪：阴与阳。

⑬八卦：指乾、坤、坎、离、震、艮、巽、兑。

⑭齐：相同。

⑮五方：上、下、左、右、中五个方位。

⑯小衍：小规模的展延。

⑰气运：气候变化。有时也指命运。

⑱形处：方位。

二、论语说

“苟志于仁矣[①]，无恶也。”恶与过不同，恶可以遽免[②]，过不可以遽免。贤如遽伯玉，欲寡其过而未能。圣如夫子，犹曰：“加我数年，五十而学《易》，可以无大过矣。”况于学者岂可遽责其无过哉？至于邪恶所在，则君子之所甚疾，是不可毫发存而斯须犯者也。苟一旦而志于仁，斯无是矣！

“志于道，据于德，依于仁，游于艺。”

道者[③]，天下万世之公理，而斯人之所共由者也。君有君道，臣有臣道，父有父道，子有子道，莫不有道。惟圣人惟能备道，故为君尽君道，为臣尽臣道，为父尽父道，为子尽子道，无所处而不尽其道。常人固不能备道，亦岂能尽亡其道？夫子曰：“谁能出不由户，何莫由斯道也。”田野陇亩之人，未尝无尊君爱亲之心，亦未尝无尊君爱亲之事，臣子之道，其端在是矣。然上无教，下无学，非独不能推其所为，以至于全备，物蔽欲汩，推移之极，则所谓不能尽亡者，殆有时而亡矣。弑父与君，乃尽亡之时也。民之于道，系乎上之教；士之于道，由乎己之学。然无志则不能学，不学则不知道。故所以致道者在乎学，所以为学者在乎志。夫子曰：“吾十有五，而志于学。”又曰：“士志于道，而耻恶衣恶食者，未足与议也。”孟子曰：“士尚志，与志于道一也。”

小德川流，大德敦化，此圣人之全德也。皋陶谟之九德[④]，日严祗敬六德，则可以有邦。日宣三德，则可以有家。德之在人，固不可皆责其全，下焉又不必其三，苟有一焉，即德也。一德之中，亦不必其全，苟其性质之中有微善小美之可取而近于一者，亦其德也。苟能据之而不失，亦必日积日进，日著日盛，日广日大矣。惟其不能据也，故其所有者亦且日失日丧矣。尚何望其日积日进，日著日盛，日广日大哉？士志于道，岂能无其德？故夫子诲之以“据于德”。

仁，人心也，从心所欲不逾矩，此圣人之尽仁。孔门高弟如子路、冉有之徒，夫子皆曰“不知其仁”，必如颜渊、仲弓，然后许之以仁。常人固未可望之以仁，然亦岂皆顽然而不仁！圣人之所为，常人固不能尽为，然亦有为之者。圣人之所不为，常人固不能皆不为，然亦有不为者。于其为圣人之所为与不为圣人之所不为者观之，则皆受天地之中，根一心之灵，而不能泯灭者也。使能于其所不能泯灭者而充之，则仁岂远乎哉？仁之在人，固不能泯然而尽亡，惟其不能依乎此以进于仁，而常违乎此而没于不仁之地，故亦有顽然而不仁者耳。士志于道，岂能无其仁！故夫子诲之以“依于仁”。

艺者，天下之所用，人之所不能不习者也。游于其间，固无害其志道、据德、依仁，而其道、其德、其仁，亦于是而有可见者矣，故曰：“游于艺。”

①苟：如果。

②遽免：马上避免。

③道：自然规律。

④皋陶谟：传说是东夷族的首领。

三、孟子说

“志一动气”，此不待论，独“气一动志”，未能使人无疑。孟子复以蹶趋动心明之[1]，则可以无疑矣！一者，专一也。志固为气之帅，然至于气之专一，则亦能动志。故不但言“持其志”，又戒之以“无暴其气”也。居、处、饮、食，适节宣之宜；视、听、言、动，严邪正之辨，皆无暴其气之工也[2]。“必有事焉而勿正心”是一句，“勿忘，勿助长也”是一句，下句是解上句。《孟子》中有两正字同义：“必有事焉而勿正心”，一也。“言语必信，非以正行也”，二也。“勿正”字下有“心”字，则辞不亏，“勿忘”字上无“心”字，则辞不赘，此但工于文者亦能知之。“必有事焉”，字义与“小心翼翼，昭事上帝”“事”字义同。

《孟子》“知言”一段，后人既不明其道，因不晓其文，强将诐、淫、邪、遁于杨、墨、佛、老上差排，曰：“何者是诐辞[3]，何者是淫辞，何者是邪辞，何者是遁辞[4]。”不知此四字不可分。诸子百家，所字乃是分诸子百家处。蔽、陷、离、穷是其实。诐、淫、邪、遁是其名。有其实而后有其名。若欲晓诐、淫、邪、遁之名，须先晓蔽、陷、离、穷之实。蔽、陷、离、穷是终始，浅深之辨，非是四家。学有所蔽，则非其正，故曰“诐辞”。蔽而不解，必深陷其中，其说必淫，故曰“淫辞”。受蔽之初，其言犹附著于正，其实非正，故深陷之后，其言不能不离于其所附著，故曰“邪辞”。离则必穷，穷则必宛转逃遁而为言，故曰“遁辞”。故蔽而不解必陷，陷而不已必离，离则必穷，穷而不反于正，则不复可救药矣。孟子之辟杨、墨，但泛言“息邪说，距诐行，放淫辞”，初不向杨、墨上分孰为诐，孰为淫，孰为邪，所以《论语》有六言六蔽，论后世学者之蔽，岂止六而已哉！所以贵于知其所蔽也。总而论之，一蔽可尽之矣。《荀子解蔽篇》却通蔽字之义。观《论语》六言六蔽与《荀子解蔽篇》，便可见当于所字上分诸子百家。

皜皜，洁白也。濯以江汉，暴以秋阳，其洁白不复可加矣。言夫子之道如此，非有若私智杜撰者所可糊涂也。

①蹶趋：热心。

②工：技巧。

③诐（bì，音币）：偏颇、邪辟。

④遁（dùn，音顿）：回避。

四、武帝谓汲黯无学

汲黯进积薪之言[①]，武帝为之默然，是必有所中矣。已而曰："人果不可以无学，观黯之言也，日益甚。"人将求胜乎人以自信，何患无辞？谓黯无学未必不可，武帝亦安取学而议人哉？

太史氏推原其故，谓"黯褊心不能无少望"，果足以知黯之心乎？如迁荥阳令，病归田里。后拜淮阳太守，伏谢不受印。及召见，则曰："臣愿为中郎，出入禁闼，补过拾遗。"卒不得请，过李息曰："黯弃居郡，不得与朝廷议。"勉息早言张汤[②]。后之人谁实为知黯者，必信褊心之言，此与儿童之见何异？

使视东越相攻，不至而还，曰；"不足以辱天子之使。"使视河内失火，曰；"家人失火，比屋延烧，不足忧。河南贫民伤水旱，便宜持节发粟以赈之。请归节，伏矫制之罪。"天子招文学儒者，告廷臣以所欲为，则对曰："陛下内多欲而外施仁义，奈何欲效唐虞之治乎？"[③]上默然怒，变色而罢朝。群臣或数黯[④]，黯曰："天子置公卿辅弼之臣[⑤]，宁令从谀承意，陷主于不义乎？且已在其位，纵爱身，奈辱朝廷何！"浑邪降汉，汉发车二千乘，从民贳马[⑥]，民匿马，马不具，欲斩长安令，则争之。浑邪至，贾人与市者坐当死五百人，则争之。"弊中国以事夷狄，庇其叶而伤其枝"之言，谁能易之！谓公孙弘徒怀诈饰智，以阿人主取容。谓张汤深文巧诋，陷人于罪，使不得反其真，以胜为功。淮南谋反[⑦]，说公孙弘等如发蒙振落耳，独惮黯好直谏，守节死义，难惑以非，卒以不敢。若黯虽曰未学，吾必谓之学矣。

虽然，张汤更定律令，可斥也，何必曰"高皇帝约束为哉?"武帝之事四夷，非也，何必曰与胡和亲为哉？此等皆黄老言误之也。学绝道丧，老氏之说盛行于汉，黯不幸生乎其时，亦没于是。虽然，学老氏者多矣，如黯之质，固自有老氏所不能没者，惜哉！其生弗逢时也。放饭流啜，而问无齿决，是之谓不知务。末哉。

武帝之所以求胜于黯者乎？帝自为太子时，固已惮其严矣！即位既久，大将军青侍中，帝踞厕而视之。丞相弘燕见，或时不冠。至黯见，不冠不见也。尝坐武帐不冠，黯奏事，避而使人可之。庄助为黯请告，论黯之长，帝然之，且曰："古有社稷臣，黯近之矣。"为中大夫，固以切谏不得久留，出守东海，大治，帝闻而召之，列于九卿。汤败，帝闻黯与息言，则抵息罪，令以诸侯相秩居淮阳。其卒也，官其弟至九卿，官其子至诸侯相。武帝之不能自克[⑧]，不乐于黯之切直[⑨]，固也，然其心之灵不能掩没，有以知黯者未必不愈于后世吠声之人也！及其遂非而求胜，则是心之灵或几乎熄矣，此孟子所谓终亦必亡而已者也。然则生弗逢时者，岂不大可惜！过而求胜者，岂不大可畏哉！

---

①积薪之言：《史记·汲黯传》卷 120："陛下用群臣如积薪耳，后来者居上。"所谓积薪之言，就是指这句话。

②张汤：西汉汉武帝时期的酷吏，曾建议铸造银币及五铢钱，实行盐铁官营，制订"告缗令"。

③唐虞：指尧、舜。

④数：埋怨。

⑤辅弼：辅佐。弼，是矫正弓弩的器具，可引申为纠正。

⑥贳（shi，音世）：租借。

⑦淮南：指淮南王刘安。
⑧自克：自我克制。
⑨切直：痛切耿直。

五、学说

古者十五入大学。《大学》曰："大学之道，在明明德，在新民，在止于至善。"此言大学指归，欲明明德于天下，是入大学标的[①]。格物致知是下手处[②]。《中庸》言博学、审问、慎思、明辨，是格物之方。读书亲师友是学，思则在己，问与辨皆须在人。

自古圣人亦因往哲之言、师友之言，乃能有进。况非圣人，岂有自任私知而能进学者？然往哲之言，因时乘理，其指不一。方册所载，又有正伪、纯疵，若不能择，则是泛观。欲取决于师友，师友之言亦不一，又有是非、当否，若不能择，则是泛从。泛观泛从，何所至止？如彼作室于道，是用不溃于成。欲取其一而从之，则又安知非私意偏说？子莫执中，孟子尚以为执一废百。执一废百，岂为善学？后之学者顾何以处此！

①标的：目的。
②格物致知：推究事物的道理而获取知识。

六、张释之谓今法如是[①]

张廷尉当渭桥下惊乘舆马者以罚金，文帝怒，张廷尉争以为不可更重，是也。然谓"法者，天子所与天下公共也，今法如是，而更重之，是法不信于民也。方其时，上使立诛之则已。今既下廷尉，廷尉，天下平也，一倾，天下用法皆为轻重"，则非也。

廷尉固天下平也，天子独可不平乎？法固所与天下公共也，苟法有不当，为廷尉者，岂可不请之天子而修之，而独曰今法如是，可乎？《虞书》曰："宥过无大。"《周书》曰："乃有大罪，非终，乃为眚灾，适尔，既道极厥辜，时乃不可杀。"县人闻跸匿桥下久，谓乘舆已过而出，至于惊马，假令有败伤，亦所谓有大罪非终，乃为眚灾适尔[②]，是固不可杀。释之不能推明此义，以袪文帝之惑，乃徒曰法如是。此后世所以有任法之弊，而三代政刑所从而亡也。

①张释之：西汉南阳人，汉文帝时任公车令、中郎将、廷尉，主张依法办事。汉景帝时，担任淮南相。
②眚（shěng，音省）：原指眼睛上长得白翳，这里表示灾异。

七、杂说

皇极之建[①]，彝伦之叙[②]，反是则非，终古不易。是极是彝，根乎人心，而塞乎天地。居其室，出其言善，则千里之外应之；出其言不善，则千里之外违之。是非之致，其可诬哉？

虽然，苗民之弗用灵，当尧之时则然矣。逮舜受终，而未有格心，乃窜之于三危[③]。又数十载，而禹始受命，爰有徂征之师。夫以尧、舜之圣，相继而临天下，可谓盛矣！《箫韶》九成[④]，凤凰来仪，而蠢兹有苗[⑤]，侮慢自若。不要诸舞干七旬之后，而论于其不恭自贤之日，则违应之理，殆无证于此矣！周自后稷积仁修德，其来远矣。武王缵太王、王季、文王之绪以有天下，而商之顽民，乃至三世而弗化。天之所以与人者，岂独缺于是乎？苗顽之于唐、虞，商顽之于成、周，可诿曰寡。乡原[⑥]，夫子所恶也，而人皆悦之；杨墨，孟子所辟也，而言者归之。夫子受徒久矣，而颜渊独为好学。其后无疑于夫子之道者，仅有曾子。夫子没，而子夏、子游、子张乃欲强之以事有若[⑦]。自夫子不能喻之于其徒，曾子不能喻之于其友，则道之所存亦孤矣。呜乎！是非之决，于其明，不于其暗，众寡非所决也。苗民之未格，商民之未化，乡原之未知其非，杨墨之未归于儒，子夏、子游、子张之徒，未能克己而复礼，彼其私说诐论可胜听哉？揆之至理[⑧]，则是所谓不善者也，是所谓不明者也，是其所以为非者也。苗民之格，商民之化，乡原而知其非，杨墨而归于儒，子夏、子游、子张之徒，一日克己而复礼，则是非之辨判然明矣。是理之在天下无间然也。然非先知先觉为之开导，则人固未免于暗。故惟至明而后可以言理，学未至于明而臆决天下之是非，多见其不知量也。纯乎其善，纯乎其不善，夫人而能知之也。人非至圣至愚，时非至泰至否，固有所不纯；有所不纯，则其大小、本末、轻重、多寡、表里、隐显、始卒、久近、剧易、幸不幸之变，非至明谁能辨之？有善于此，至大至重，宜在所师，宜在所尊，而以其有不善焉，而其善不遂，其事不济，举世莫辨，而反以为非，反以为惩，岂不甚可叹哉！

念虑之正不正，在顷刻之间。念虑之不正者，顷刻而知之，即可以正；念虑之正者，顷刻而失之，即是不正。此事皆在其心。《书》曰："惟圣罔念作狂，惟狂克念作圣。"然心念之过，有可以形迹指者，有不可以形迹指者。今人有慢侮人之心，则有慢侮之容、慢侮之色、慢侮之言，此可以形迹指者也；又有慢侮人之心，而伪为恭敬，容色言语反若庄重，此则不可以形迹指者也；深情厚貌，色厉而内荏者是也；可以形迹指者，其浅者也；不可以形迹指者，其深者也。必以形迹观人，则不足以知人；必以形迹绳人，则不足以救人。非惟念虑之不正者，有著于形迹，有不著于形迹，虽念虑之正者，亦有著有不著，亦有事理之变而不可以形迹观者，亦有善不善杂出者。如比干之忠则可见，如箕子佯狂，微子适周，不可谓之不忠。如曾子之孝则可见，如舜不告而娶，不可谓之不孝。此是事理之变，而不可以形迹观者。如匡章之得罪于其父，乃在于责善，此是善不善杂出者。通国皆称不孝，则便见匡章不得。孟子乃见得他善不善处分明，故与之游，又从而礼貌之。常人不能知此等处，又未足论。世固有两贤相值而不相知者，亦是此处，如老泉之于王临川，东坡之于伊川先生是也。

尧、舜、文王、孔子四圣人，圣之盛者也。二《典》之形容尧、舜，《诗》、《书》之形容文王，《论语》、《中庸》之形容孔子，辞各不同。诚使圣人者，并时而生，同堂而学，同朝而用，其气禀德性，所造所养，亦岂能尽同？至其同者，则禹、益、汤、武亦同也。夫子之门，惟颜、曾得其传。以颜子之贤，夫子犹曰："未见其止"，孟子曰："具体而微。"曾子则又不敢望颜子。然颜、曾之道固与圣人同也。非特颜、曾与圣人同，虽其他门弟子亦固有与圣人同者。不独当时之门弟子，虽后世之贤固有与圣人同者。非独士大夫之明有与圣人同者，虽田亩之人，良心之不泯，发见于事亲从兄，应事接物之际，亦固有与圣人同者。指其同者而言之，则不容强异。然道之广大悉备，悠久不息，而人之得于道者，有多寡久暂之殊，而长短之代胜，得失之互居，此小大、广狭、浅深、高卑、优劣之所从分，而流辈等级之所由辨也。

《书》《疏》云："周天三百六十五度四分度之一。"天体圆如弹丸，北高南下，北极出地上三十六度，南极入地下三十六度，南极去北极直径一百八十二度强。天体隆曲，正当天之中央，南北二极中等之处，谓之赤道，去南北极各九十一度。春分日行赤道，从此渐北。夏至行赤道之北二十四度，去北极六十七度，去南极一百一十五度。从夏至以后，日渐南至。秋分还行赤道与春分同。冬至行赤道之南二十四度，去南极六十七度，去北极一百一十五度。其日之行处，谓之黄道。又有月行之道，与日相近，交路而过，半在日道之里，半在日道之表，其当交则两道相合，去极远处两道相去六度，此其日月行道之大略也。

黄道者[9]，日所行也。冬至在斗，出赤道南二十四度；夏至在井，出赤道北二十四度；秋分交于角，春分交于奎。月有九道，其出入黄道不过六度，当交则合，故曰"交蚀"。交蚀者，月道与黄道交也。

苟无所蔽，必无所穷；苟有所蔽，必有所穷。学必无所蔽而后可。

学不亲师友，则《太玄》可使胜《易》。

主于道则欲消，而艺亦可进。主于艺则欲炽而道亡，艺亦不进。

以道制欲，则乐而不厌；以欲忘道，则惑而不乐。

有有志，有无志，有同志，有异志。观鸡与彘，可以辨志；系猿槛虎，可以论志。谨微不务小，志大坚强有力，沉重善思。

四方上下曰宇，往古来今曰宙。宇宙便是吾心，吾心即是宇宙。千万世之前，有圣人出焉，同此心同此理也。千万世之后，有圣人出焉，同此心同此理也。东南西北海有圣人出焉，同此心同此理也。近世尚同之说甚非。理之所在，安得不同？古之圣贤，道同志合，咸有一德，乃可共事，然所不同者，以理之所在，有不能尽见。虽夫子之圣，而曰："回非助我"，"启予者商"。又曰："我学不厌。"舜曰："予违汝弼"。其称尧曰："舍己从人，惟帝时克。"故不惟都俞，而有吁咈[10]。诚君子也，不能，不害为君子；诚小人也，虽能，不失为小人。

宇宙内事，是己分内事。己分内事，是宇宙内事。

人心至灵，此理至明，人皆有是心，心皆具是理。

圣人固言仁矣，天下之言仁者，每不类圣人之言仁；圣人固言义矣，天下之言义者，每不类圣人之言义。圣人之言，知道之言也。天下之言，不知道之言也。知道之言，无所陷溺。不知道之言，斯陷溺矣。

右贤而左能，德成而上，艺成而下。

道行道明，则耻尚得所，不行不明，则耻尚失所。耻得所者，本心也，耻失所者，非本心也。圣贤所贵乎耻者，得所耻者也。耻存则心存，耻忘则心忘。

求处情，求处厚，求下贤，欲行浮于名，耻名浮于行。

邪正纯杂系念虑，清浊强弱系血气。

朱、均、管、蔡，志不变也，非质不可变也。苗格、崇降[11]，圣人有以变其志也。

后世知有事而不知有政，知责详于法而不知责详于人。

学者规模多系其闻见，孩提之童，未有传习，岂能有是规模[12]？是故所习不可不谨。处乎其中而能自拔者，非豪杰不能。劫于事势而为之趋向者，多不得其正[13]，亦理之常也。

道譬则水，人之于道，譬则蹄涔、污沱、百川、江海也[14]。海至大矣，而四海之广狭深浅，不必齐也。至其为水，则蹄涔亦水也。

常人所欲在富，君子所贵在德。士庶人有德，能保其身；卿大夫有德，能保其家；诸侯有德，能保其国；天子有德，能保其天下。无德而富，徒增其过恶，重后日之祸患，今日虽富，岂能长保？又况天生民而立之君，使司牧之。故君者，所以为民也。《书》曰："德惟善政，政在养民。"行仁政者，所以养民。君不行仁政，而反为之聚敛以富之，是助君虐民也，宜为君子之所弃绝。当战国之时，皆矜富国强兵以相侵伐，争城以战，杀人盈城；争地以战，杀人盈野。故孟子推明孔子之言，以为率土地而食人肉，罪不容于死。推论既明，又断之曰："人臣善战者服上刑，连诸侯者次之，辟草莱任土地者次之。"孟子在当时所陈者皆尧舜之道，勉其君修德行仁，劝之以闲暇之时明其政刑。自谓以齐王犹反手耳。使孟子得用，必能使天下仕者皆欲立于其朝，耕者皆欲耕于其野，商贾皆欲藏于其市，行旅皆欲出于其涂，天下之民尽归之，则无敌于天下矣。此理甚明，效可必至。当时之君，徇俗自安，不能听用其说，乃反谓之迂阔，可谓不明之甚也！

①皇极：帝王统治国家和人民的标准。

②彝伦：自然及人类发展的普遍规律。

③三危：神话传说中的仙山。

④《箫韶》：相传是舜的乐名。

⑤有苗：古代部落的名称。

⑥乡原：与流俗合污的伪善者。

⑦有若：鲁国人，孔子的弟子，长相酷似孔子。孔子死后，他一度秉承孔子的遗业。

⑧揆（kuí，音葵）：度量，揣摸。

⑨黄道：古人认为太阳绕地球运转，黄道则是太阳绕行的轨道。

⑩吁咈：象声词。表示不满或不同意。

⑪苗格：三苗归化。　　崇降：崇部落降附。

⑫规模：思想。

⑬正：要领。

⑭蹄涔：路上牛马蹄迹里面的积水，比喻容量微小。

八、白鹿洞书院论语讲义

某虽少服父兄师友之训，不敢自弃，而顽钝疏拙，学不加进，每怀愧惕，恐卒负其初心。方将求针砭镌磨于四方师友，冀获开发以免罪戾。比来得从郡侯秘书至白鹿书堂，群贤毕集，瞻睹盛观，窃自庆幸。秘书先生教授先生不察其愚，令登讲席，以吐所闻。顾惟庸虚，何敢当此！辞避再三，不得所请，取《论语》中一章，陈平日之所感，以应嘉命，亦幸有以教之。

子曰："君子喻于义，小人喻于利。"

此章以义利判君子小人，辞旨晓白，然读之者苟不切己观省，亦恐未能有益也。某平日读此，不无所感，窃谓学者于此，当辨其志。人之所喻由其所习，所习由其所志。志乎义，则所习者必在于义，所习在义，斯喻于义矣。志乎利，则所习者必在于利，所习在利，斯喻于利矣。故学者之志，不可不辨也。

科举取士久矣，名儒钜公皆由此出，今为士者固不能免此。然场屋之得失，顾其技与有司好恶如何耳，非所以为君子小人之辨也。而今世以此相尚，使汩没于此而不能自拔，则终日从事者，虽曰圣贤之书，而要其志之所乡，则有与圣贤背而驰者矣。推而上之，则又惟官资崇卑、禄廪厚薄是计，岂能悉心力于国事民隐，以无负于任使之者哉？从事其间，更历之多，讲习之熟，安得不有所喻？顾恐不在于义耳！诚能深思是身，不可使之为小人之归，其于利欲之习，怛焉为之痛心疾首，专志乎义而日勉焉，博学审问，慎思明辨而笃行之。由是而进于场屋，其文必皆道其平日之学、胸中之蕴，而不诡于圣人。由是而仕，必皆共其职，勤其事，心乎国，心乎民，而不为身计，其得不谓之君子乎？

秘书先生起废以新斯堂，其意笃矣！凡至斯堂者，必不殊志，愿与诸君勉之，以毋负其志。

淳熙辛丑春二月，陆兄子静来自金谿，其徒朱克家、陆麟之、周清叟、熊鉴、路谦亨、胥训实从。十日丁亥，熹率寮友诸生，与俱至于白鹿书院，请得一言以警学者。子静既不鄙而惠许之。至其所以发明敷畅，则又恳到明白，而皆有以切中学者隐微深痼之病，盖听者莫不悚然动心焉。熹犹惧其久而或忘之也，复请子静笔之于简，而受藏之。凡我同志，于此反身而深察之，则庶乎其可不迷于入德之方矣。新安朱熹识。

九、大学、春秋讲义 九年八月十七日

楚人灭舒蓼。

圣人贵中国，贱夷狄，非私中国也。中国得天地中和之气，固礼义之所在。贵中国者，非贵中国也，贵礼义也。虽更衰乱，先王之典刑犹存，流风遗俗，未尽泯然也。夷狄盛强，吞并小国，将乘其气力以凭陵诸夏[①]，是礼义将无所措矣，此圣人之大忧也。楚人灭弦、灭黄、灭江、灭六、灭庸，至是又灭舒蓼[②]，圣人悉书不置，其所以望中国者切矣。

秋七月甲子，日有食之，既。

春秋日食三十六，而食之既者二。日之食与食之深浅，皆历家所能知。有盖有数，疑若不为变也。然天人之际[③]，实相感通，虽有其数，亦有其道。昔之圣人未尝不因天变以自治。洊雷震[④]，君子以恐惧修省。君子无终食之间违仁，造次必于是[⑤]，颠沛必于是，所以修其身者，素矣。然洊震之时，必因以恐惧修省，此君子之所以无失德而尽事天之道也。况日月之眚见于上乎[⑥]！遇灾而惧，侧身修行，欲销去之，此宣王之所以中兴也[⑦]。知天灾有可销去之理，则无疑于天人之际，而知所以自求多福矣！日者，阳也。阳为君、为父、为夫、为中国，苟有食之，斯为变矣。食至于既，变又大矣。言日不言朔，食不在朔也。日之食必在朔，食不在朔，历差也。

冬十月己丑，葬我小君敬嬴。

襄仲杀太子恶，敬嬴为之也。敬嬴非嫡，而薨以夫人，葬以小君[⑧]，鲁君臣之责深矣。《春秋》作而乱臣贼子惧，盖为是也。

雨不克葬，庚寅日中而克葬。

葬不为雨止，以其有雨备也[9]。雨不克葬，是无雨备。潦车载蓑笠，士丧礼也。诸侯葬其母，而无雨备，岂礼也哉？

城平阳。

平阳，鲁邑也。冬，使民时也。然宣公葬母，不能为雨备，不易时而遽兴土工，罪不可逃矣。

楚师伐陈。

前年晋、卫侵陈，以其即楚之故。至是楚始伐之，是楚未能尽得志于陈也。楚子陆浑之役，观兵周疆，问鼎轻重。是年疆舒蓼及于滑、汭，盟吴、越而还，其疆至矣，然犹未尽得志于陈、郑之间。当是时，使中国之君臣，能恐惧自治，明其政令，何遽不能遏其锋哉？

又　十年二月七日

九年春王正月，公如齐。公至自齐。夏，仲孙蔑如京师。

古者，诸侯之于天子，比年一小聘[10]，三年一大聘，五年一朝。天子五年一巡狩。周制，六年五服一朝，又六年王乃时巡。考制度于四岳，诸侯各朝于方岳，所以考制度，尊天子也。故曰天子无事与诸侯相见曰朝，考礼、正刑、一德，以尊天子。谷梁子以为天子无事，诸侯相朝，误矣。《礼》所谓两君相见者，不能无是事耳，非定制也。比年小聘，三年大聘，诸侯交相聘问，则有定制矣。故曰："朝觐之礼，所以明君臣之义也。聘问之礼，所以使诸侯相尊敬也。"是故一不朝则贬其爵，再不朝则削其地，三不朝则六师移之，三王之通制也。义之所在，非由外铄[11]，根诸人心，达之天下，先王为之节文，著为典训，苟不狂惑，其谁能渝之！宣公即位九年，两朝于齐，乃一使其大夫聘于周室。王迹既熄，纲常沦斁[12]，逆施倒置，恬不为异。《春秋》之作，其得已哉！直书于策，比而读之而无惧心者，吾不知矣。

齐侯伐莱。

莱，微国也。三年之间，两勤兵于莱，齐侯之志，可见于此矣。

秋，取根牟。

鲁侯之志，犹齐侯也。

八月，滕子卒。

名不登载书简牍，则不名。

九月，晋侯、宋公、卫侯、郑伯、曹伯会于扈，晋、荀林父帅师伐陈。

晋自灵公不君之后，浸不竞于楚。楚之政令日修，兵力日强。然圣人之情，常拳拳有望于晋，非私之也，华夷之辨当如是也。前年陈受楚伐，势必向楚。扈之会，乃为陈也。陈不即晋，荀林父能并将诸侯之 师以伐陈，《春秋》盖善之。

辛酉，晋侯、黑臀卒于扈，冬十月癸酉，卫侯郑卒。

书地，不卒于国都也。不书葬，鲁不会也。

宋人围滕。

滕虽小国，围之则非，将卑师少也。滕子卒未数月兴兵围之，书人之为贬，明矣。

楚子伐郑，晋郤缺帅师救郑。

伐陈救郑，晋之诸臣犹未忘文公之霸业，《春秋》盖善之。

陈杀其大夫泄冶。

称国以杀，罪累上也。泄冶以直谏见杀，名之，陈罪著矣。

又 七月十七日

六月，宋师伐滕。

宋，大国也。滕，小国也。滕安能害宋？宋之伐滕，陵蔑小弱，以逞所欲耳。左氏谓滕人恃晋而不事宋，然晋之伯业方不竞，滕固微国，何恃之有？或者事晋之故，而有阙于宋故欤？宋亦何义而责滕之事己？大当字小，恤其不及焉可也。去年因其丧而围之，今年又兴师而伐之，其为陵蔑小弱，以逞所欲，明矣。陈常弑其君，孔子朝鲁侯而请讨之。前月，陈方以弑君告，宋为邻邦，不知此何时耶？而牟牟焉兴师伐滕，以逞所欲，尚得为有人心者乎？

公孙归父如齐，葬齐惠公。

宣公为弑君者所立，惧齐见讨，故事齐以求免。齐悦其事己，而定其位。自是齐、鲁之交厚，而鲁之事齐甚谨。齐侯之卒，宣公既身奔其丧，及其葬也，又使其贵卿往会。直书于策，乱臣贼子，得无惧乎？归父，仲遂之子，贵而有宠。弑君者，仲遂也。

晋人、宋人、卫人、曹人伐郑。

左氏谓郑及楚平，诸侯伐郑，取成而还。诸侯伐郑而称人，贬也。晋楚争郑，为日久矣。《春秋》常欲晋之得郑，而不欲楚之得郑；与郑之从晋，而不与郑之从楚，是贵晋而贱楚也。晋之所以可贵者，以其为中国也。中国之所以可贵者，以其有礼义也。郑介居二大国之间，而从于强令，亦其势然也。今晋不能庇郑，致其从楚。陈又有弑君之贼，晋不能告之天王，声罪致讨，而乃汲汲于争郑[13]，是所谓礼义者灭矣，其罪可胜诛哉？书人以贬，圣人于是绝晋望矣。

秋，天王使王季子来聘。

宣公即位十年，屡朝于齐，而未尝一朝于周。能奔诸侯之丧，而不能奔天王之丧。能使其贵卿会齐侯之葬，而不能使人会天王之葬。如是而天王犹使王季子来聘，则冠履倒置，君臣之伦汩丧殆尽矣。

公孙归父帅师伐邾，取绎。

鲁之伐邾，无以异于宋之伐滕，特书取绎，罪益重矣。

又 十一月二十二日

大水。

太极判而为阴阳，阴阳播而为五行。天一生水，地六成之。地二生火，天七成之。天三生木，地八成之。地四生金，天九成之。天五生土，地十成之。五奇天数，阳也，五偶地数，阴也。阴阳奇偶相与配合，而五行生成备矣。故太极判而为阴阳，阴阳即太极也。阴阳播而为五行，五行即阴阳也。塞宇宙之间，何往而非五行？水火金木土谷，谓之“六府”。土爰稼穑，谷即土也，以其民命所系，别为一府。总之则五行也。《洪范》九章：初一曰五行，此其在天之本也。次二曰敬用五事，次三曰农用“八政”[14]，次四曰协用五纪，次五曰建用皇极，次六曰乂用三德，次七曰明用稽疑，次八曰念用庶徵，次九曰响用五福，威用六极者，此其在人之用，而所以燮理阴阳者也。日月五纬，谓之七政，四时行焉，历数兴焉。人君代天理物，历数在躬，财成辅相参赞燮理之任，于是乎在。故尧命羲和，舜在璿玑，皆二典大政。

天金穰、水毁、木饥、火旱，天之行也。尧有九年之水，则曰洚水警予，盖以为己责也。昔之圣人，小心翼翼，临深履冰，参前倚衡，畴昔之所以事天敬天畏天者，盖无所不用其极，而灾变之来，亦未尝不以为己之责。周道之衰，王迹既熄，诸侯放肆，代天之 任，其谁尸之？《春秋》之书灾异，非明乎《易》之太极，《书》之《洪范》者，孰足以知夫子之心哉！汉儒专门之学流为术数，推类求验，旁引曲取，狥流忘源，古道榛塞。后人觉其附会之失，反滋怠忽之过。董仲舒刘向犹不能免，吁！可叹哉！是年之水，仲舒以为伐邾之故，而向则以为杀子赤之咎，是奚足以知天道而见圣人之心哉？

季孙行父如齐，冬，公孙归父如齐，齐侯使国佐来聘。宣公是年，身如齐者二，使其臣如齐者三。闻天王使王季子来聘矣，未闻身如京师与使其臣如京师也。不待详考其事，而罪已著矣。

左氏载行父出莒仆之事，陈谊甚高。且曰："先大夫臧文仲教行父事君之礼，行父奉以周旋，弗敢失坠。"齐惠公之卒，公既亲奔其丧矣。王季子之聘鲁未易时，而行父仆仆往聘于齐，知事君之礼而奉以周旋者，果如是乎？

归父之往，则以取绎之故。齐惠公卒未逾年，而国佐实来，徇私弃礼，见利而不顾义，安然行之，不畏于饥。

作之君师，所以助上帝宠绥四方。故君者所以为民也。书曰："天视自我民视，天听自我民听。"孟子曰："民为贵，社稷次之，君为轻。"岁之饥穰，百姓之命系焉，天下之事孰重于此。《春秋》书饥盖始于是。圣人之意，岂特以责鲁之君哉！

楚子代郑。

当是时，晋伯既不复可望，齐鲁之间，熟烂如此，楚子之肆行，其谁遏之？伐郑之书，圣人所伤深矣。左氏所载士会逐楚师于颍北，不见于经。纵或有之，亦不足为轻重也。

---

①凭陵：凌辱、进逼。

②舒蓼：古国名，位于楚国东部，春秋时被楚人所灭。

③天人之际：自然与人的关系。

④洊（jiàn，音荐）雷：相继而至的雷电声。

⑤造次：仓卒、轻易。

⑥眚（shěng，音省）：眼睛生病。

⑦中兴：再次强盛。

⑧小君：诸侯的妻子。

⑨雨备：防备下雨。

⑩小聘：小规模的拜访活动。

⑪铄：削弱。

⑫沦斁（yì，音译）：沦落而被遗弃。

⑬汲汲：急切的样子。

⑭八政：《尚书》云：食、货、祀、司空、司徒、司寇、宾、师为八政。

十、象山语录

语 录 上

“道外无事，事外无道。”先生常言之。

道在宇宙间，何尝有病，但人自有病。千古圣贤，只去人病，如何增损得道！

道理只是眼前道理，虽见到圣人田地，亦只是眼前道理。

唐虞之际，道在皋陶。商周之际，道在箕子。天之生人，必有能尸明道之责者[①]，皋陶、箕子是也。箕子所以佯狂不死者，正为欲传其道。既为武王陈《洪范》，则居于夷狄，不食周粟。

《论语》中多有无头柄的说话，如“知及之，仁不能守之”之类，不知所及、所守者何事。如：“学而时习之”，不知时习者何事。非学有本领，未易读也。苟学有本领，则知之所及者，及此也。仁之所守者，守此也。时习之，习此也。说者说此，乐者乐此，如高屋之上建瓴水矣。学苟知本，《六经》皆我注脚[②]。

天理人欲之言，亦自不是至论[③]。若天是理，人是欲，则是天人不同矣，此其原盖出于老氏。《乐记》曰：“人生而静，天之性也；感于物而动，性之欲也。物至知知，而后好恶形焉。不能反躬，天理灭矣！”天理人欲之言盖出于此。《乐记》之言亦根于老氏，且如专言静是天性，则动独不是天性耶？书云：“人心惟危，道心惟微。”解者多指人心为人欲，道心为天理，此说非是。心一也，人安有二心？自人而言，则曰“惟危”；自道而言，则曰“惟微”。罔念作狂，克念作圣，非危乎！无声无臭，无形无体，非微乎！因言庄子云：“眇乎小哉！以属诸人；謷乎大哉！独游于天。”又曰：“天道之与人道也相远矣！”是分明裂天人而为二也。

动容周旋中礼，此盛德之至，所以常有先后。

言语必信，非以正行。才有正其行之心，已自不是了。

古人皆是明实理，做实事。近来论学者言：“扩而充之，须于四端上逐一充。”焉有此理！孟子当来，只是发出人有是四端，以明人性之善，不可自暴自弃。苟此心之存，则此理自明，当恻隐处自恻隐，当羞恶，当辞逊，是非在前，自能辨之。又云：“当宽裕温柔，自宽裕温柔；当发强刚毅，自发强刚毅。”所谓“溥博渊泉，而时出之。”

夫子问子贡曰：“汝与回也孰愈[④]？”子贡曰：“赐也，何敢望回。回也闻一以知十，赐也闻一以知二。”此又是白著了夫子气力，故夫子复语之曰：“弗如也。”时有姓吴者在坐，遽曰：“为是尚嫌少在。”先生因语坐间有志者曰：“此说与天下士人语，未必能通晓，而吴君通敏如此。虽诸君有志，然于此不能及也。”吴逊谢，谓偶然。

子贡在夫子之门，其才最高，夫子所以属望，磨砻之者甚至[⑤]。如“予一以贯之”，独以语子贡与曾子二人。夫子既没三年，门人归，子贡反筑室于场，独居三年然后归。盖夫子所以磨砻子贡者，极其力，故子贡独留三年，报夫子深恩也。当时若磨砻得子贡就，则其材岂曾子之比？颜子既亡，而曾子以鲁得之，盖子贡反为聪明所累，卒不能知德也。

子贡言：“性与天道，不可得而闻。”此是子贡后来有所见处，然谓之“不可得而闻”，非实见也，如曰“予欲无言”，即是言了。

天下之理无穷，若以吾平生所经历者言之，真所谓“伐南山之竹，不足以受我辞。”然其会归，总在于此。颜子为人最有精神，然用力甚难。仲弓精神不及颜子，然用力却易。颜子当初仰高钻坚，瞻前忽后，博文约礼，遍求力索，既竭其才，方如有所立卓尔。逮至问仁之时，夫子语之，犹下“克己”二字，曰“克己复礼为仁。”又发露其旨，曰：“一日克己复礼，天下归仁焉。”既又复告之曰：“为仁由己，而由人乎哉！”吾尝谓此三节，乃三鞭也。至于仲弓之为人，则或人尝谓“雍也仁而不佞”。仁者静，不佞、无口才也。想其为人，冲静寡思，日用之间，自然合道。至其问仁，夫子但答以：“出门如见大宾，使民如承大祭，己所不欲，勿施于人。”只此便是也。然颜子精神高，既磨砻得就，实则非仲弓所能及也！

颜子问仁之后，夫子许多事业，皆分付颜子了，故曰：“用之则行，舍之则藏，惟我与尔有是。”颜子没，夫子哭之曰：“天丧予！”盖夫子事业自是无传矣。曾子虽能传其脉，然参也鲁，岂能望颜子之素蓄[6]！幸曾子传之子思，子思传之孟子，夫子之道，至孟子而一光。然夫子所分付颜子事业，亦竟不复传也。

学有本末，颜子闻夫子三转语，其纲既明，然后请问其目。夫子对以“非礼勿视、勿听、勿言、勿动。”颜子于此洞然无疑，故曰：“回虽不敏，请事斯语矣。”本末之序盖如此。今世论学者，本末先后，一时颠倒错乱，曾不知详细处，未可遽责于人。如“非礼勿视、听、言、动”，颜子已知道，夫子乃语之以此。今先以此责人，正是躐等。视、听、言、动勿非礼，不可于这上面看颜子，须看“请事斯语”，直是承当得过。

天之一字，是皋陶说起。夫子以仁发明斯道，其言浑无罅缝[7]。孟子十字打开，更无隐遁，盖时不同也。

自古圣贤发明此理，不必尽同。如箕子所言，有皋陶之所未言；夫子所言，有文王周公之所未言；孟子所言，有吾夫子之所未言，理之无穷如此。然譬之弈然，先是这般等第国手下棋，后来又是这般国手下棋，虽所下子不同，然均是这般手段始得。故曰：“其或继周者，虽百世可知也。”古人视道，只如家常茶饭，故漆雕开曰：“吾斯之未能信。”斯，此也。

此道与溺于利欲之人言犹易，与溺于意见之人言却难。涓涓之流，积成江河。泉源方动，虽只有涓涓之微，去江河尚远，却有成江河之理。若能混混[8]，不舍昼夜，如今虽未盈科，将来自盈科[9]；如今虽未放乎四海，将来自放乎四海；如今虽未会其有极[10]，归其有极，将来自会其有极，归其有极。然学者不能自信，见夫标末之盛者便自荒忙，舍其涓涓而趋之，却自坏了。曾不知我之涓涓虽微却是真，彼之标末虽多却是伪，恰似担水来相似，其涸可立而待也。故吾尝举俗谚教学者云：“一钱做单客，两钱做双客。”

傅子渊自此归其家，陈正己问之曰：“陆先生教人，何先？”对曰：“辨志。”正己复问曰：“何辨？对曰：“义利之辨。”若子渊之对，可谓切要。

此道非争竞务进者能知，惟静退者可入。又云：“学者不可用心太紧，今之学者，大抵多是好事，未必有切己之志。”夫子曰：“古之学者为己，今之学者为人。”须自省察。

夫民合而听之则神，离而听之则愚，故天下万世自有公论。

先生与晦翁辩论，或谏其不必辩者，先生曰：“女曾知否[11]？建安亦无朱晦翁，青田亦无陆子静。”

不曾过得私意一关，终难入德。未能入德，则典则法度何以知之？

居象山多告学者云：“女耳自聪，目自明，事父自能孝，事兄自能弟[12]，本无欠缺，不必他求，在自立而已。”

生于末世，故与学者言费许多气力，盖为他有许多病痛。若在上世，只是与他说："入则孝，出则弟"，初无许多事。

千虚不博一实，吾平生学问无他，只是一实。或问先生何不著书？对曰："六经注我，我注六经。"韩退之是倒做[13]，盖欲因学文而学道。欧公极似韩[14]，其聪明皆过人，然不合初头俗了。或问如何俗了？曰："符读书城南三上宰相书是已。"至二程方不俗，然聪明却有所不及。

正人之本难，正其末则易。今有人在此，与之言汝适某言未是，某处坐立举动未是，其人必乐从。若去动他根本所在，他便不肯。

释氏立教[15]，本欲脱离生死，惟主于成其私耳，此其病根也。且如世界如此，忽然生一个谓之禅，已自是无风起浪，平地起土堆了。

"无它，利与善之间也。"此是孟子见得透，故如此说。或问"先生之学，当来自何处入？"曰："不过切己自反[16]，改过迁善。"

有善必有恶，真如反覆手。然善却自本然，恶却是反了方有。

人品在宇宙间迥然不同。诸处方哓哓然谈学问时[17]，吾在此多与后生说人品。

此道之明，如太阳当空，群阴毕伏。

典宪二字甚大，惟知道者能明之。后世乃指其所撰苛法，名之曰典宪，此正所谓无忌惮。

朱元晦曾作书与学者云："陆子静专以尊德性诲人，故游其门者多践履之士，然于道问学处欠了。某教人岂不是道问学处多了些子？故游某之门者践履多不及之。"观此，则是元晦欲去两短，合两长。然吾以为不可，既不知尊德性，焉有所谓道问学？

吾之学问与诸处异者，只是在我全无杜撰，虽千言万语，只是觉得他底在我不曾添一些。近有议吾者云："除了'先立乎其大者'一句，全无伎俩。"吾闻之曰："诚然"。

复齐家兄一日见问云："吾弟今在何处做工夫？"某答云："在人情、事势、物理上做些工夫。"复齐应而已。若知物价之低昂，与夫辨物之美恶真伪，则吾不可不谓之能。然吾之所谓做工夫，非此之谓也。

后世言学者须要立个门户。此理所在，安有门户可立？学者又要各护门户，此尤鄙陋。

人共生乎天地之间，无非同气。扶其善而沮其恶，义所当然，安得有彼我之意？又安得有自为之意？

二程见周茂叔后，吟风弄月而归，有"吾与点也"之意。后来明道此意却存，伊川已失此意。

吾与常人言，无不感动，与谈学问者，或至为仇。举世人大抵就私意建立做事，专以做得多者为先，吾却欲殄其私而会于理，此所以为仇。

吾与人言，多就血脉上感移他，故人之听之者易，非若法令者之为也。如孟子与齐君言，只就与民同处转移他，其余自正。

今之论学者只务添人底，自家只是减他底，此所以不同。

宇宙不曾限隔人，人自限隔宇宙。

"乾以易知，坤以简能。"先生常言之云："吾知此理即《乾》，行此理即《坤》。知之在先，故曰《乾》知太始。行之在后，故曰《坤》作成物。"

夫子平生所言，岂止如《论语》所载，特当时弟子所载止此尔。今观有子曾子独称子，或多是有若曾子门人。然吾读《论语》，至夫子、曾子之言便无疑，至有子之言便不喜。

先生问学者云："夫子自言：'我学不厌'，及子贡言：'多学而识之'，又却以为非，何也？"因自代对云："夫子只言：'我学不厌'，若子贡言：'多学而识之'，便是蔽说。"

学者须先立志，志既立，却要遇明师。

“攻乎异端，斯害也已。”今世类指佛、老为异端。孔子时佛教未入中国，虽有老子，其说未著，却指那个为异端？盖异与同对，虽同师尧舜，而所学之端绪与尧舜不同，即是异端，何止佛老哉！有人问吾异端者，吾对曰：“子先理会得同底一端，则凡异此者，皆异端。”

“子不语怪力乱神。”夫子只是不语，非谓无也。若力与乱，分明是有，神怪岂独无之！人以双瞳之微，所瞩甚远，亦怪矣。苟不明道，则一身之间无非怪，但玩而不察耳！

“可与适道，未可与立，可与立，未可与权。“棠棣之华，偏其反而，岂不尔思，室是远而。”子曰：‘未之思也，夫何远之有？’”上面是说阶级不同，夫子因举诗中“室是远而”之语，因以扫上面阶级，盖虽有阶级，未有远而不可进者也。因言李清臣云：“夫子删诗，固有删去一二语者，如《棠棣》之诗，今逸此两句，乃夫子删去也。”清臣又言：“《硕人》之诗[18]，无‘素以为绚兮’一语，亦是夫子删去。”其说皆是。当时子夏之言，谓绘事以素为后，乃是以礼为后乎？言不可也。夫子盖因子夏之言而删之，子夏当时亦有见乎本末无间之理，然后来却有所泥，故其学传之后世尤有害。“绘事后素”，若《周礼》言“绘画之事后素功”，谓既画之后，以素间别之[19]，盖以记其目之黑白分也，谓先以素为地非。

柴愚参鲁，夫子所爱。故子路使子羔为费宰，子曰：“贼夫人之子。”以此见夫子欲子羔来磨砻就其远者大者。后来子羔早卒，故属意于曾子。

“叩其两端而竭焉。”言极其初终始末，竭尽无留藏也。“江汉以濯之，秋阳以暴之，皓皓乎不可尚已[20]”。此数语自曾子胸中流出。

《咸有一德》之《书》，言“惟尹躬暨汤，咸有一德。”以此见当时只有尹、汤二人[21]，可当一德。

皋陶论知人之道曰：“亦行有九德，亦言其人有德，乃言曰‘载采采’。”乃是谓必先言其人之有是德，然后乃言曰：“某人有某事，有某事。”盖德则根乎其中，达乎其气，不可伪为。若事，则有才智之小人可伪为之。故行有九德，必言其人有德，乃言曰：“载采采”，然后人不可得而廋也[22]。

后世言“伏羲画八卦，文王始重之，为六十四卦。”其说不然。且如《周礼》虽未可尽信，如《筮人》言三《易》，其经卦皆八，其别皆六十有四。“龟筮协从[23]”，亦见于《虞书》，必非伪说。如此，则卦之重久矣。盖伏羲既画八卦，即从而重之，然后能通神明之德，类万物之情，而扶持天下之理。文王盖因其《繇辞》而加详[24]，以尽其变尔。

《系辞》首篇二句可疑[25]，盖近与推测之辞。吾之深信者《书》，然《易系》言：“默而成之，不言而信，存乎德行。”此等处深可信。

伊川解《比卦》“原筮”作“占决卜度”，非也。一阳当世之大人，其“不宁方来”，乃自然之理势，岂在它占决卜度之中！“原筮”乃《蒙》“初筮”之义。原，初也，古人字多通用。因云：“伊川学问，未免占决卜度之失。”富贵不能淫，贫贱不能移，威武不能屈，非知道者不能。扬子谓“文王久幽而不改其操[26]”。文王居羑里而赞《易》，夫子厄于陈蔡而弦歌，岂久幽而不改其操之谓耶！

自周衰以来，人主之职分不明。《尧典》命义和敬授人时，是为政首。后世乃付之星官、历翁，盖缘人主职分不明所致。孟子曰：“民为贵，社稷次之，君为轻。”此却知人主职分。

《诗大雅》多是言道，《小雅》多是言事。《大雅》虽是言小事，亦主于道，《小雅》虽是言大事，亦主于事。此所以为《大雅》、《小雅》之辨。

秦不曾坏了道脉[27]，至汉而大坏，盖秦之失甚明，至汉则迹似情非，故正理愈坏。

汉文帝蔼然善意，然不可与人尧舜之道，仅似乡原。

诸公上殿，多好说格物，且如人主在上，便可就他身上理会，何必别言格物。

杨子默而好深沉之思，他平生为此深沉之思所误。韩退之原性，却将气质做性说了。近日举及荀子《解蔽篇》，说得人之蔽处好。梭山兄云："后世之人，病正在此，都被荀子、庄子辈坏了。"答云："今世人之通病恐不在此，大概人之通病，在于居茅茨则慕栋宇[28]，衣敝衣则慕华好，食麄粝则慕甘肥，此乃是世人之通病。"

《春秋》北杏之会[29]，独于齐桓公称爵，盖当时倡斯义者，惟桓公、管仲二人。《春秋》于诸国称人"，责之也。

古者风俗醇厚，人虽有虚底精神，自然消了。后世风俗不如古，故被此一段精神为害，难与语道。

因叹学者之难得云："我与学者说话，精神稍高者，或走了；低者，至塌了，吾只是如此。吾初不知手势如此之甚，然吾亦只有此一路。"人方奋立，已有消蚀，则议者不罪其消蚀，而尤其奋立之太过，举"其进锐者其退速"以为证，于是并惩其初，曾不知孟子之意自不在此。

圣人作《春秋》，初非有意于二百四十二年行事。又云："《春秋》大概是存此理。"又云："《春秋》之亡久矣，说《春秋》之缪，尤甚于诸经也。"尝阅《春秋纂例》，谓学者曰："啖赵说得有好处，故人谓啖赵有功于《春秋》。"又云："人谓唐无理学，然反有不可厚诬者。"

后世之论《春秋》者，多如法令，非圣人之旨也。千古圣贤若同堂合席，必无尽合之理。然此心此理，万世一揆也。

铢铢而称之，至石必缪；寸寸而度之，至丈必差，石称丈量，径而寡失，此可为论人之法。且如其人，大概论之，在于为国、为民、为道义，此则君子人矣！大概论之，在于为私己、为权势、而非忠于国、徇于义者，则是小人矣。若铢称寸量，校其一二节目而违其大纲，则小人或得为欺，君子反被猜疑，邪正贤否，未免倒置矣。

有学者听言有省，以书来云："自听先生之言，越千里如历块。"因云："吾所发明为学端绪，乃是第一步，所谓升高自下，陟遐自迩。却不知指何处为千里！若以为今日舍私小而就广大为千里，非也，此只可谓之第一步，不可遽谓千里。"

吾于人情研究得到，或曰："察见渊中鱼不祥。"然吾非苛察之谓，研究得到，有扶持之方耳。

后世将让职作一礼数。古人推让皆是实情。唐虞之朝可见，非尚虚文，以让为美名也。

尝闻王顺伯云："本朝百事不及唐，然人物议论远过之。"此议论甚阔，可取。

尝问王顺伯曰："闻尊兄精于论字画，敢问字果有定论否?"顺伯曰："有定论。"曰："何以信此说?"顺伯曰："有一画一拐于此，便天下有两三人晓书，问之，此人曰是此等第，则彼二人之言亦同，如此知其有定。"因问："字画孰为贵?"顺伯曰："本朝不及唐，唐不及汉，汉不及先秦古书。"曰："如此则大抵是古得些子者为贵?"顺伯曰："大抵古人作事不苟简，尊兄试观古器，与后来者异矣。"此论极是。

傅子渊请教，乞简省一语，答曰："艮其背，不获其身；行其庭，不见其人。"后见其与陈君举书中云："是则全掩其非，非则全掩其是。"此是语病。中又云："阔节而疏目，旨高而趣深。"旨高而趣深甚佳，阔节而疏目，子渊好处在此，病亦在此。又云："子渊弘大，文范细密。子渊能兼文范之细密，文范能兼子渊之弘大，则非细也。

朱济道力称赞文王。谓曰："文王不可轻赞，须是识得文王，方可称赞。"济道云："文王圣人，诚非某所能识。"曰："识得朱济道，便是文王。"

一学者自晦翁处来，其拜跪语言颇怪。每日出齐，此学者必有陈论，应之亦无他语。至四日，此学者所言已罄，力请诲语。答曰："吾亦未暇详论。然此间大纲，有一个规模说与人。今世人浅之为声色臭味，进之为富贵利达，又进之为文章技艺。又有一般人都不理会，却谈学问。吾总以一言断之曰：胜心。"此学者默然，后数日，其举动言语颇复常。

一学者从游阅数月，一日问之云："听说话如何？"曰："初来时疑先生之颠倒，既如此说了，后又如彼说。及至听得两月后，方始贯通，无颠倒之疑。"

三百篇之诗，《周南》为首；《周南》之诗，《关雎》为首；《关雎》之诗，好善而已。

兴于《诗》，人之为学，贵于有所兴起。

洙泗门人，其间自有与老氏之徒相通者，故《记》《礼》之书，其言多原老氏之意。

先生在敕局日，或问曰："先生如见用，以何药方医国？"先生曰："吾有四物汤，亦谓之四君子汤。"或问："如何？"曰："任贤，使能，赏功，罚罪。"

先生云："后世言道理者，终是粘牙嚼舌。吾之言道，坦然明白，全无粘牙嚼舌处，此所以易知易行。"或问先生："如此谈道，恐人将意见来会，不及释子谈禅，使人无所措其意见。"先生云："吾虽如此谈道，然凡有虚见虚说，皆来这里使不得。所谓德行常易以知险，恒简以知阻也。今之谈禅者，虽为艰难之说，其实反可寄托其意见。吾于百众人前，开口见胆。"

先生云："凡物必有本末，且如就树木观之，则其根本必差大。吾之教人，大概使其本常重，不为末所累。然今世论学者，却不悦此。"

有一士大夫云："陆丈与他人不同，却许人改过。"

先生尝问一学者："若事多放过，有宽大气象，若动辄别白，似若褊隘，不知孰是？"学者云："若不别白，则无长进处。"先生曰："然！"

先生云："学者读书，先于易晓处沉涵熟复，切已致思，则他难晓者，涣然冰释矣。若先看难晓处，终不能达。"举一学者诗云："读书切戒在荒忙，涵泳工夫兴味长。未晓莫妨权放过，切身须要急思量。自家主宰常精健，逐外精神徒损伤。寄语同游二三子，莫将言语坏天常。"

先生归自临安，子云问近来学者。先生云："有一人近来有省，云一蔽既彻，群疑尽亡。"

先生云："欧公《本论》固好，然亦只说得皮肤。"看《唐鉴》，令读一段，子云因请曰："终是说骨髓不出。"先生云："后世亦无人知得骨髓去处。"

刘淳叟参禅，其友周姓者问之曰："淳叟何故舍吾儒之道而参禅？"淳叟答曰："譬之于手，释氏是把锄头，儒者把斧头。所把虽不同，然却皆是这手。我而今只要就他明此手。"友答云："若如淳叟所言，我只就把斧头处明此手，不愿就他把锄头处明此手。"先生云："淳叟亦善喻[30]，周亦可谓善对。"

先生云："子夏之学，传之后世尤有害。"

先生居象山[31]，多告学者云："汝耳自聪，目自明，事父自能孝，事兄自能弟。本无少缺，不必他求，在乎自立而已。"学者于此亦多兴起。有立议论者，先生云："此是虚说。"或云："此是时文之见。"学者遂云："孟子辟杨墨，韩子辟佛老，陆先生辟时文。"先生云："此说也好。然辟杨墨佛老者，犹有些气道[32]。吾却只辟得时文。"因一笑。

先生作《贵溪学记》云："尧舜之道，不过如此，此亦非有甚高难行之事。"尝举以语学者云："吾之道，真所谓夫妇之愚，可以与知。"

或问读《六经》当先看何人解注？先生云："须先精看古注，如读《左传》则杜预注不可不精看。大概先须理会文义分明，则读之其理自明白。然古注惟赵岐解《孟子》，文义多略。"

有一后生欲处郡庠，先生训之曰："一择交，二随身规矩，三读古书《论语》之属。"

程先生解《易》爻辞，多得之彖辞，却有鹘突处[33]。

人之文章，多似其气质。杜子美诗乃其气质如此。

三代之时，远近上下，皆讲明扶持此理，其有不然者，众从而斥之。后世远近上下，皆无有及此者，有一人务此，众反以为怪，故古之时比屋至于可封。后世虽能自立，然寡固不可以敌众，非英才不能奋兴。

有学者因事上一官员书云："遏恶扬善，沮奸佑良，此天地之正理也。此理明则治，不明则乱。存之则为仁，不存则为不仁。"先生击节称赏。

先生云："吾自应举，未尝以得失为念。场屋之文，只是直写胸襟。"故作《贵溪县学记》云："不徇流俗而正学以言者，岂皆有司之所弃，天命之所遗！"

有学者曾看南轩文字，继从先生游，自谓有省。及作书陈所见，有一语云："与太极同体。"先生复书云："此语极似南轩。"

学者不可用心太紧。深山有宝，无心于宝者得之。有学者上执政书，中间有云："阁下作而待漏于金门，朝而议政于黼座[34]，退而平章于中书[35]，归而咨访于府第，不识是心能如昼日之昭晰，而无薄蚀之者乎？能如砥柱之屹立[36]，而无沦胥之者乎[37]？"先生云："此亦可以警学者。"

曹立之有书于先生曰："愿先生且将孝弟忠信诲人。"先生云；"立之之谬如此，孝弟忠信如何说且将。"

惟温故而后能知新，惟敦厚而后能崇礼。

《易系》上下篇，总是赞《易》。只将赞《易》看，便自分明。凡吾论世事皆如此。必要挈其总要去处。后世言易数者，多只是眩惑人之说。

"夫人幼而学之，壮而欲行之。"今之论学者，所用非所学，所学非所用。

或有讥先生之教人，专欲管归一路者。先生曰："吾亦只有此一路。"

孟子曰："言人之不善，当如后患何？"今人多失其旨。盖孟子道性善，故言人无有不善。今若言人之不善，彼将甘为不善，而以不善向汝，汝将何以待之？故曰："当如后患何？"

见到《孟子》道性善处，方是见得尽。

退之言："轲死不得其传。""荀与杨，择焉而不精，语焉而不详。"何其说得如此端的。

程先生解"频复厉"，言过在失，不在复，极好！

先生在敕局日，或劝以小人闯伺，宜乞退省。先生曰："吾之未去，以君也。不遇则去，岂可以彼为去就耶？"

李白、杜甫、陶渊明皆有志于吾道。

资禀之高者，义之所在，顺而行之，初无留难。其次义利交战，而利终不胜义，故自立。

吾自幼时，听人议论似好，而其实不如此者，心不肯安，必要求其实而后已。

吾于践履未能纯一，然才自警策，便与天地相似。

后世言宽仁者类出于姑息。殊不知苟不出于文致，而当其情，是乃宽仁也。故吾尝曰："虞舜孔子之宽仁，吾于四裔两观之间见之。"

有士人上诗云："手抉浮翳开东明。"先生颇取其语，因云："吾与学者言，真所谓取日虞渊，洗光咸池。

冉子退朝，子曰："何晏也？"对曰："有政。"子曰："其事也。"鲁国无政，所行者亦其事而已。政者，正也。

"志一动气"，此不待论，独"气一动志"，未能使人无疑。孟子复以蹶、趋、动心明之，则可以无疑矣。一者，专一也。志固为气之帅，然至于气之专一，则亦能动志。故不但言"持其志”，又戒之以“无暴其气”也。居处饮食，适节宣之宜，视听言动，严邪正之辨，皆“无暴其气”之工也。

古者十五而入大学，“大学之道，在明明德，在亲民，在止于至善”，此言大学指归。欲明明德于天下是入大学标的。格物致知，是下手处。《中庸》言博学、审问、慎思、明辨，是格物之方。读书亲师友是学，思则在己。问与辨，皆须即人。自古圣人亦因往哲之言，师友之言，乃能有进，况非圣人，岂有任私智而能进学者？然往哲之言，因时乘理，其指不一。方册所载，又有正伪、纯疵，若不能择，则是泛观。欲取决于师友，师友之言亦不一，又有是非、当否，若不能择，则是泛从。泛观泛从，何所至止？如彼作室，于道谋，是用不溃于成。欲取其一而从之，则又安知非私意偏说！子莫执中，孟子尚以为执一废百，岂为善学？后之学者，顾何以处此！

学者规模，多系其闻见。孩提之童，未有传习，岂能有是规模？是故所习不可不谨。处乎其中而能自拔者，非豪杰不能。劫于事势而为之趋向者，多不得其正，亦理之常也。

古者势与道合，后世势与道离。何谓势与道合？盖德之宜为诸侯者为诸侯，宜为大夫者为大夫，宜为士者为士，此之谓势与道合。后世反此，贤者居下，不肖者居上，夫是之谓势与道离。势与道合则是治世，势与道离则是乱世。

“如切如磋者，道学也；如琢如磨者，自修也。”骨象脆，切磋之工精细；玉石坚，琢磨之工觕大。学问贵细密，自修贵勇猛。

世人只管理会利害，皆自谓惺惺[38]，及他己分上事，又却只是放过。争知道名利如锦覆陷阱，使人贪而堕其中，到头只赢得一个大不惺惺去。

“阳，一君而二民，君子之道也；阴，二君而一民，小人之道也。”阳奇阴偶。阳，以奇为君，一也。阴，以偶为君，二也。有一则有二，第所主在一。彼小人之事岂遽绝其一哉？所主非是耳！故君子以理制事，以理观象。故曰“变动不居，周流六虚，上下无常，刚柔相易，不可为典要，唯变所适。”

《书疏》云：“周天三百六十五度四分度之一。”天体圆如弹丸，北高南下。北极出地上三十六度，南极入地下三十六度，南极去北极直径一百八十二度强。天体隆曲，正当天之中央，南北二极中等之处，谓之赤道，去南北极各九十一度。春分日行赤道，从此渐北。夏至行赤道之北二十四度，去北极六十七度，去南极一百一十五度。从夏至以后，日渐南至。秋分还行赤道与春分同。冬至行赤道之南，去南极六十七度，去北极一百一十五度。其日之行处，谓之“黄道”。又有月行之道，与日相近，交路而过，半在日道之里，半在日道之表。

其当交则两道相合，去极远处，两道相去六度。此其日月行道之大略也。

黄道者，日所行也。冬至在斗，出赤道南二十四度。夏至在井，出赤道北二十四度。秋分交于角。春分交于奎。月有九道，其出入黄道不过六度。当交则合，故曰交蚀。交蚀者，月道与黄道交也。

《孟子》“登东山而小鲁”一章，紬绎诵咏五六过[39]，始云：“皆是言学之充广，如水之有澜，日月之有光，皆是本原上发得如此。”

“牛山之木尝美矣”以下，常宜讽诵。

[illegible]似伊川，钦夫似明道。伊川蔽固深，明道却通疏。

[illegible]数[40]：“一、六在北，水得其正。三、八在东，木得其正。唯金火易位，而木生火，[illegible]，自一数至于九，正得二数，故火在南。自四数至七，亦得四数，故金在西。一变[illegible]为九，九复变而为一者。一与一为二，一与二为三，一与三为四，一与四为五，[illegible]数之祖，故至七则为二与五矣，是一变也。至九而极，故曰七变而为九。数

至九则必变，故至十则变为一十，百为一百，千为一千，万为一万，是九复变而为一也。

或问贾谊、陆贽言论如何？曰："贾谊是就事上说仁义，陆贽是就仁义上说事。"

临安四圣观，六月间倾城士女咸出祷祠，或问"何以致人归乡如此？"答曰："只是赏罚不明。"

一夕步月，喟然而叹。包敏道侍，问曰："先生何叹？"曰："朱元晦泰山乔岳，可惜学不见道，枉费精神，遂自担阁，奈何？"包曰："势既如此，莫若各自著书，以待天下后世之自择。"忽正色厉声曰："敏道！敏道！恁地没长进，乃作这般见解。且道天地间有个朱元晦、陆子静，便添得些子！无了后，便减得些子！"

归自临安，汤仓因言风俗不美，曰："乍归，方欲与后生说些好话，然此事亦由天，亦由人。"汤云："如何由天？"曰："且如三年一次科举，万一中者笃厚之人多，浮薄之人少，则风俗自此而厚。不然，只得一半笃厚之人，或三四个笃厚之人，风俗犹自庶几。不幸笃厚之人无几，或全是浮薄之人，则后生从而视效，风俗日以败坏。"汤云："如何亦由人？"曰："监司、守令，便是风俗之宗主。只如院判在此，毋只惟位高爵重，旗旌导前，骑卒拥后者，是崇是敬，陋巷茅茨之间，有笃敬忠信好学之士，不以其微贱而知崇敬之，则风俗庶几可回矣[41]。"汤再三称善。次日谓幕僚曰："陆丈近至城，何不去听说话？"幕僚云："恐陆丈门户高峻，议论非某辈所能喻。"汤云："陆丈说话甚平正，试往听看。某于张吕诸公皆相识然陆丈说话，自是不同"。

须知人情之无常，方料理得人。

《孝经》十八章，孔子于践履实地上说出[42]，非虚言也。

莫知其苗之硕，谓叶干鬈松而亡实者也。

"天下之言性也，则故而已矣。"此段人多不明首尾文义。中间"所恶于智者"至"智亦大矣"，文义亦自明，不失《孟子》本旨。据某所见，当以《庄子》"去故与智"解之。观《庄子》中有此"故"字，则知古人言语文字必常有此字。《易杂卦》中"《随》无故也"，即是此"故"字。当孟子时，天下无能知其性者。其言性者，大抵据陈迹言之，实非知性之本，往往以利害推说耳，是反以利为本也。夫子赞《易》"治历明时，在《革》之象。"盖历本测候，常须改法。观《革》之义，则千岁之日至，无可坐致之理明矣。孟子言："千岁之日至，可坐而致也"，正是言不可坐而致，以此明不可求其故也。

"帝出乎《震》"，帝者，天也。《震》居东，春也。《震》，雷也，万物得雷而萌动焉，故曰："出乎《震》"。"齐乎《巽》"，《巽》是东南，春夏之交也。《巽》，风也，万物得风而滋长焉，新生之物，齐洁精明，故曰"万物之洁齐也。""相见乎《离》"，《离》，南方之卦也，夏也。生物之形至是毕露，文物粲然，故曰"相见"。"致役乎《坤》"，万物皆得地之养，将遂妊实，六七月之交也。万物于是而胎实焉，故曰"致役乎《坤》"。"说言乎《兑》"，《兑》，正秋也。八月之时，万物既已成实，得雨泽而说怿，故曰"万物之所说也。""战乎《乾》"，《乾》是西北方之卦也。旧穀之事将始，《乾》不得不君乎此也。十月之时，阴极阳生，阴阳交战之时也，龙战乎野是也。"劳乎《坎》"，《坎》者，水也，至劳者也。阴退阳生之时，万物之所归也。阴阳未定之时，万物归藏之始，其事独劳，故曰"劳乎《坎》"。"成言乎《艮》"，阴阳至是而定矣。旧穀之事于是而终，新穀之事于是而始，故曰"万物之所成终成始也。"

"《易》之为书也，不可远，为道也屡迁。变动不居，周流六虚，上下无常，刚柔相易，不可为典要，唯变所适。"临深履薄，参前倚衡，儆戒无虞，小心翼翼，道不可须臾离也。五典天叙，五礼天秩，《洪范》九畴，帝用锡禹，传在箕子，武王访之，三代攸兴，罔不克敬典。不有斯人，孰足以语不可远之书，而论屡迁之道也？"其为道也屡迁"，不迁处；"变动不居"，居处；"周流六虚”，实处；“上下无常”，常处；“刚柔相易”，不易处；“不可为典要”，要处；“惟变所适”，不变处。

“《履》，德之基也；《谦》，德之柄也；《复》，德之本也；《恒》，德之固也；《损》，德之修也；《益》，德之裕也；《困》，德之辨也；《井》，德之地也；《巽》，德之制也。”“《易》之兴也，其于中古乎？作《易》者其有忧患乎？”上古淳朴，人情物态，未至多变，《易》虽不作，未有阙也；逮乎中古，情态日开，诈伪日萌，非明《易》道以示之，则质之美者无以成其德，天下之众无以感而化，生民之祸，有不可胜言者。圣人之忧患如此，不得不因时而作《易》也。《易》道既著，则使君子身修而天下治矣。“是故《履》，德之基也。”《杂卦》曰；“《履》，不处也”，不处者，行也。上天下泽，尊卑之义，礼之本也。经礼三百，曲礼三千，皆本诸此常行之道。“《履》，德之基”，谓以行为德之基也。基、始也，德自行而进也。不行则德何由而积？“谦，德之柄也”，有而不居为谦，谦者，不盈也，盈则其德丧矣。常执不盈之心，则德乃日积，故曰“德之柄”。既能谦然后能复，复者阳复，为复善之义。人性本善，其不善者，迁于物也。知物之为害，而能自反，则知善者，乃吾性之固有。循吾固有而进德，则沛然无他适矣。故曰“《复》，德之本也。”知复则内外合矣，然而不常，则其德不固，所谓虽得之，必失之，故曰“《恒》，德之固也。”君子之修德，必去其害德者，则德日进矣，故曰“《损》，德之修也。”善日积则宽裕，故曰“《益》，德之裕也。”不临患难难处之地，未足以见其德，故曰“《困》，德之辨也”。井以养人利物为事，君子之德亦犹是也，故曰“《井》，德之地也。”夫然可以有为，有为者，常顺时制宜。不顺时制宜者，一方一曲之士，非盛德之事也。顺时制宜，非随俗合污，如禹、稷、颜子是已，故曰“《巽》，德之制也。”

“《履》，和而至”，兑以柔悦承乾之刚健，故和。天在上，泽处下，理之极至不可易，故至。君子所行，体《履》之义，故和而至。“《谦》，尊而光”，不谦则必自尊自耀，自尊则人必贱之，自耀则德丧，能谦则自卑自晦，自卑则人尊之，自晦则德益光显。“《复》小而辨于物”，复贵不远，言动之微，念虑之隐，必察其为物所诱与否。不辨于小，则将致悔咎矣。“《恒》，杂而不厌”，人之生，动用酢酧，事变非一，人情于此多至厌倦，是不恒其德者也。能恒者，虽杂而不厌。“《损》，先难而后易”，人情逆之则难，顺之则易，凡损抑其过，必逆乎情，故先难。既损抑以归于善，则顺乎本心，故后易。“《益》，长裕而不设”，益者，迁善以益己之德，故其德长进而宽裕。设者，侈张也，有侈大不诚实之意，如是则非所以为益也。“《困》，穷而通”，不修德者，遇穷困则陨获丧亡而已。君子遇穷困，则德益进，道益通。“《井》，居其所而迁”，如君子不以道徇人，故曰居其所，而博施济众，无有不及，故曰迁。“《巽》，称而隐”，巽顺于理，故动称宜，其所以称宜者，非有形迹可见，故隐。

“《履》以和行”，行有不和，以不由礼故也，能由礼则和矣。“《谦》以制礼”，自尊大，则不能由礼，卑以自牧，乃能自节制以礼。“《复》以自知”，自克乃能复善，他人无与焉。“《恒》以一德”，不常则二三，常则一。终始惟一，时乃日新。“《损》以远害”，如忿欲之类，为德之害。损者，损其害德而已。能损其害德者，则吾身之害，固有可远之道，特君子不取必乎此也。“《益》以兴利”，有益于己者为利，天下之有益于己者莫如善，君子观《易》之象而迁善，故曰“兴利”。能迁善，则福庆之利，固有自致之理。在君子无加损焉，有不足言者。“《困》以寡怨”，君子于困厄之时，必推致其命。吾遂吾之志，何怨之有？推困之义，不必穷厄患难及己也，凡有道而有所不可行，皆困也。君子于此自反而已，未尝有所怨也。“《井》以辨义”，君子之义在于济物。于井之义，人可以明君子之义。“《巽》以行权”，巽，顺于理，如权之于物，随轻重而应，则动静称宜，不以一定而悖理也。九卦之列，君子修身之要，其序如此，缺一不可也。故详复赞之。

"所谓诚其意者，无自欺也"一段，总是修身、齐家、治国、平天下之要，故反覆言之。如恶恶臭，如好好色，乃是性所好恶，非出于勉强也。自欺是欺其心，慎独即不自欺。诚者自成，而道自道也，自欺不可谓无人知。十目所视，十手所指，其严若此。

"惟器与名[43]，不可以假人"，只当说繁缨非诸侯所当用[44]，不可以与此人，左氏也说差却名了，是非孔子之言。如孟子谓"闻诛一夫，纣矣"，乃是正名。孔子于蒯聩辄之事，乃是正名。至于温公谓[45]："名者何，诸侯卿大夫是也"，则失之矣。

事不可以逆料，圣贤未尝预料。"由也，不得其死然。""死矣，盆成括。"其微言如此。

此理塞宇宙，谁能逃之？顺之则吉，违之则凶，其蒙蔽则为昏愚，通彻则为明知。昏愚者不见是理，故多逆以致凶；明知者见是理，故能顺以致吉。说《易》者谓阳贵而阴贱，刚明而柔暗，是固然矣。今《晋》之卦，上离以六五一阴为明之主；下坤以三阴顺从于离明，是以致吉。二阳爻反皆不善。盖离之所以为明者，明是理也。坤之三阴能顺从其明，宜其吉无不利。此以明理顺理而善，则其不尽然者亦宜其不尽善也。不明此理，而泥于爻画名言之末，岂可以言《易》哉！阳贵阴贱、刚明柔暗之说，有时而不可泥也。

《屯》阴阳始交，一索而得长男，再索而得中男。六三"即鹿无虞，惟入于林中"，指下卦之渐入上卦坎险之地。上六"乘马班如，泣血涟如"，正孔子曰"吾末如之何也已矣。"虽然，人当止邪于未形，绝恶于未萌，致治于未乱，保邦于未危。

《蒙》九二一爻为发蒙之主，不应更论与六五相得与否，"包蒙""纳妇"，即"克家"之事。

束书不观，游谈无根。

染习深者，难得净洁。

自明然后能明人。

复斋看伊川《易传》解"艮其背"，问某："伊川说得如何？"某云："说得鹘突。"遂命某说，某云："'艮其背，不获其身'，无我。'行其庭，不见其人'，无物。"

或谓先生之学，是道德、性命，形而上者[46]；晦翁之学，是名物、度数，形而下者[47]。学者当兼二先生之学。先生云："足下如此说晦翁，晦翁未伏。晦翁之学，自谓一贯，但其见道不明，终不足以一贯耳！吾尝与晦翁书云：'揣量模写之工，依放假借之似，其条画足以自信，其节目足以自安。'此言切中晦翁之膏肓。"

学者答堂试策，先生云："诸公答策，皆是随问走，答策当如堂上人部勒堂下吏卒[48]，乃不为策题所缠。"

先生于门人，最属意者唯傅子渊，初子渊请教先生，有艮背、行庭、无我、无物之说[49]。后子渊谓："某旧登南轩晦翁之门，为二说所碍，十年不可先生之说。及分教衡阳三年，乃始信。"先生屡称子渊之贤，因言："比陈君举自湖南漕台遣书币下问，来书云：'某老矣，不复见诸事功，但欲结果身分耳。'"先生略举答书，因说："近得子渊与君举书煞好，若子渊切磋不已，君举当有可望也。但子渊书中有两句云：'是则全掩其非，非则全掩其是'，亦为抹出。"后闻先生临终前数日，有自衡阳来呈子渊与周益公论道五书，先生手不释，叹曰："子渊擒龙打凤底手段。"

邵武、丘元寿听话累日，自言少时独喜看伊川语录。先生曰："一见足下，知留意学问，且从事伊川学者。既好古如此，居乡与谁游处？"元寿对以赋性冷淡，与人寡合。先生云："莫有令嗣延师否？"元寿对以延师亦不相契，止是托之二子耳。先生云："既是如此，平生怀抱欲说底话，分付与谁？"元寿对以无分付处，有时按视田园，老农老圃，虽不识字，喜其真情，四时之间，与之相忘，酬酢居多耳[50]。先生顾学者笑曰："以邵武许多士人，而不能有以契元寿之心，契心者乃出于农圃之人。如此，是士大夫儒者，视农圃间人不能无愧矣！"先生因言："世间一种恣情纵欲之人，虽大狼狈，其过易于拯救，却是好人划地难理会。"松云："如丘丈之贤，先生还有力及之否？"先生云："元寿甚佳，但恐其不大耳！'人皆可以为尧、舜'，'尧、舜与人同耳'，但恐不能为尧、舜之大也。"元寿连日听教，方自庆快，且云"天下之乐，无以加于此。"至是忽局蹴变色而答曰[51]："荷先生教爱之笃，但某自度无此力量，诚不敢僭易。"先生云："元寿道无此力量，错说了。元寿平日之力量，乃尧、舜之力量，元寿自不知耳！"元寿默然愈惑。退，松别之，元寿自述："自听教于先生甚乐，今胸中忽如有物梗之者，姑抄先生文集，归而求之，再来承教。"

先生与学者说及智圣始终条理一章，忽问松云："智、圣是如何？"松曰："知此之谓'智'，尽此之谓'圣'"。先生曰："智、圣有优劣否？"松曰："无优劣。"先生曰："好！无优劣，然孟子云：'其至尔力也，其中非力。'如此说似归重于智？"松曰："其至尔力也，其中非尔力也，巧也，行文自当如此。孟子不成道其至尔力也，其中尔巧也。"先生曰："是。"松又曰："智、圣虽无优劣，却有先后，毕竟致知在先，力行在后，故日始终。"先生曰："是。"

先生因为子持之 改所吟莺诗云："百喙吟春不暂停，长疑春意未丁宁。数声绿树黄鹂晓，始笑从来着意听。""绕梁余韵散南柯，争奈无知春色何。剩化玉巢金绰约，深春到处为人歌。"先生言莺巢以他羽成之，至贴近金羽处，以白鹏羽藉之，所以养其金羽也。

有客论诗，先生诵昌黎调张籍一篇云："李杜文章在，光焰万丈长。不知群儿愚，那用故讥伤！蚍蜉撼大树，可笑不自量。乞君飞霞佩，与我高颉颃。"且曰："读书不到此，不必言诗。"

中心斯须不和不乐，而鄙诈之心入之；外貌斯须不庄不敬，而慢易之心入之与；告子不动心，是操持坚执做，孟子不动心，是明道之力。

有行古礼于其家，而其父不悦，乃至父子相非不已。遂来请教，先生云："以礼言之，吾子于行古礼，其名甚正；以实言之，则去古既远，礼文不远，吾子所行，未必尽契古礼，而且先得罪于尊君矣。丧礼与其哀不足而礼有余也，不若礼不足而哀有余也。如世俗甚不经，裁之可也，其余且可从旧。"

有县丞问无生赴任尚何时，先生曰："此来为得疾速之任之命，方欲单骑即行。"县丞因言及虏人有南牧之意[52]，先生遽云："如此则荆门乃次边之地，某当挈家以行，未免少迟。若以单骑，却似某有所畏避也。"

临川张次房于历子赋《归去来辞》，弃官而归。杜门经岁，来见先生，先生云："近闻诸公以王谦仲故，推轮次房一出，是否？"次房云："极荷诸公此意，愧无以当之。"先生曰："何荷之云？君子之爱人也以德，细人之爱人也以姑息。凡诸公欲相推轮者，姑息之爱也。次房初归时，一二年间，正气甚盛，后来寖弱，先生教授极力推轮，是后正气复振，比年又寖衰。次房莫未至无饭吃否！若今诸公此举，事势恐亦难行，反自取辱耳。某今有一官，不能脱去得，今又令去荆门，某只得去，若窜去南海，某便着去。次房幸而无官了，而今更要出来做甚么？"次房云："恨闻言之晚，不能早谢绝之也。"

松问先生，今之学者为谁？先生屈指数之，以傅子渊居其首，邓文范居次，傅季鲁黄元吉又次之。且云："浙间煞有人，有得之深者，有得之浅者，有一见而得之者，有久而后得之者。广中陈去华省发伟特，惜乎此人亡矣。"

有传黄元吉别长沙陈君举，有诗送行云："荷君来意固非轻，曾未深交意便倾。说到七篇无欠少，学从三画已分明。每嗟自昔伤标致，颇欲从今近老成。为谢荆门三益友，何时尊酒话平生？”先生切闻子渊与君举切磋，又起君举之疑，得黄元吉，君举方信子渊之学。松曰：“元吉之学，却在子渊之上。”先生曰：“元吉得老夫锻炼之力。元吉从老夫十五年，前数年病在逐外，中间数年，换入一意见窠窟去。又数年，换入一安乐窠窟去。这一二年，老夫痛加锻炼，似觉壁立无由近傍。元吉善学，不敢发问，遂诱致诸处后生来授学，却教诸生致问，老夫一一为之问剥，元吉一旦从傍忽有所省。此元吉之善学。”

先生云：“今世儒者类指佛老为异端。孔子曰：‘攻乎异端。’孔子时，佛教未入中国，虽有老子，其说未著，却指那个为异端？盖异字与同字为对。虽同师尧、舜，而所学异绪，与尧舜不同，此所以为异端也。”先生因儆学者攻异端曰：“天下之理，将从其简且者而学之乎？将欲其繁且难者而学之乎？若繁且难者果足以为道，劳苦而为之可也，其实本不足以为道，学者何苦于繁难之说？简且易者，又易知易从，又信足以为道，学者何惮而不为简易之从乎！”

先生言：“万物森然于方寸之间，满心而发，充塞宇宙，无非此理。孟子就四端上指示人，岂是人心只有这四端而已！又就乍见孺子入井皆有怵惕恻隐之心一端指示人，又得此心昭然，但能充此心足矣。”乃诵：“诚者自成也，而道自道也。诚者物之终始，天地之道，可一言而尽也。”

先生言：胡季随从学晦翁，晦翁使读《孟子》。他日问季随如何解“至于心独无所同然乎”一句，季随以所见解，晦翁以为非，且谓季随读书卤莽不思。后季随思之既苦，因以致疾。晦翁乃言之曰：“然读如‘雍之言然’之然，对上同听、同美、同嗜说。”先生因笑曰：“只是如此，何不早说与他？”

先生言：“吾家治田，每用长大镬头，两次锄至二尺许，深一尺半许外，方容秧一头。久旱时，田肉深，独得不旱。以他处禾穗数之，每穗谷多不过八九十粒，少者三五十粒而已；以此中禾穗数之，每穗少者尚百二十粒，多者至二百余粒。每一亩所收，比他处一亩不啻数倍。盖深耕易耨之法如此，凡事独不然乎？”时因论及士人专事速化不根之文，故及之。

答曾宅之一书甚详。梭山一日对学者言曰：“文所以明道，辞达足矣。”意有所属也。先生正色而言曰：“道有变动，故曰爻。爻有等，故曰物。物相杂，故曰文。文不当，故吉兇生焉。昔者圣人之作《易》也，幽赞于神明而生蓍，参天两地而倚数，观变于阴阳而立卦，发挥于刚柔而生爻，和顺于道德而理于义，穷理尽性以至于命，这方是文。文不到这里，说甚文？”

松尝问梭山云：“有问松：‘孟子说诸侯以王道，是行王道以尊周室？行王道以得天位？’当如何对。”梭山云：“得天位。”松曰：“却如何解后世疑孟子教诸侯篡夺之罪？”梭山云：“民为贵，社稷次之，君为轻。”先生再三称叹曰：“家兄平日无此议论。”良久曰：“旷古以来，无此议论。”松曰：“伯夷不见此理，先生亦云。”松又云：“武王见得此理。”先生曰：“伏羲以来皆见此理。”

或劝先生之荆门，为委曲行道之计，答云：“《仲虺》言汤之德曰：‘以义制事，以礼制心。’古人通体纯是道义，后世贤者处心处事，亦非尽无礼义，特其心先主乎利害，而以礼义行之耳。后世所以大异于古人者，正在于此。古人理会利害，便是礼义，后世理会礼义，却只是利害。”

先生言：“吴君玉自负明敏，至槐堂处五日，每举书句为问。随其所问，解释其疑，然后从其所晓，敷广其说，每每如此。其人再三称叹云：‘天下皆说先生是禅学，独某见得先生是圣学。’然退省其私，又却都无事了。此人明敏，只是不得久与之切磋。”

先生言：“重华论：‘庄子不及老子者三，孟子不及孔子三。其一，不合以人比禽兽。’晦翁亦有此论。”松曰：“孟子言：‘人之所以异于禽兽者几希’，惟恐人之入于禽兽。‘是禽兽也’，为其无君父也。‘则其违禽兽不远矣’，为其夜气不足以存也。晦翁但在气象上理会，此其所以锱铢圣人之言[53]，往往皆不可得而同也。”先生曰：“使尧、舜、禹、汤、文、武、周公、孔子，七八圣人，合堂同席而居，其气象岂能尽同？我这里也说气象，但不是就外面说，乃曰：阴阳一大气，乾坤一大象。”因说：“孟子之言，如‘孟施舍之守气，不如曾子之守约也’，此两句却赘了。”

人生而静，天之性也；感物而动，性之欲也。是为不识艮背、行庭之旨。

舜“隐恶而扬善”，说者曰：“隐，藏也”，此说非是。隐，伏也，伏绝其恶，而善自扬耳。在己在人一也。“为国家者，见恶如农夫之务去草焉，芟夷蕴崇之[54]，绝其本根，勿使能植，则善者信矣”。故君子以遏恶扬善，顺天休命也。

成汤放桀于南巢，惟有惭德。汤到这里却生一疑；此是汤之过也。故仲虺作诰曰[55]：“惟天生民有欲，无主乃乱。惟天生聪明时乂。呜呼！谨厥终，惟其始，殖有礼，覆昏暴，钦崇天道，永保天命。”

学者问：“荆门之政何先？”对曰：“必也正人心乎。”

“人之其所亲爱而辟焉，之其所贱恶而辟焉，之其所畏敬而辟焉，之其所哀矜而辟焉，之其所敖惰而辟焉。”辟，比量也。家中以次之人，以我亲爱、贱恶，而比量之，或效之，或议之，其弊无穷，不可悉究，要其终，实不足以齐其家。

告子与孟子并驾其说于天下。孟子将破其说，不得不就他所见处细与他研磨。一次将杞柳来论，便就他杞柳上破其说；一次将湍水来论，便就他湍水上破其说；一次将生之谓性来论，又就他生之谓性上破其说；一次将仁内义外来论，又就他义外上破其说。穷究异端，要得恁地，使他无语始得。

枚卜功臣之逊，逊出于诚，汉文帝即位之逊，逊出于伪云云。及修代来功诏，称朕狐疑，唯宋昌劝朕，朕已得保宗庙，尊昌为卫将军云云。后世人主不知学，人欲横流，安知天位非人君所可得而私！

夫子没，老氏之说出，至汉而其术益行。曹参相齐，尽召长老诸先生，问所以安集百姓。而齐故儒以百数，言人人殊，参未知所定。闻胶西有盖公，善治黄老言，使人厚币请之。既见盖公，公为言治道贵清静而民自定，推此类具言之。参于是避正堂舍盖公焉。其治要用黄老术，故相齐九年，齐国安集，大称贤相。此见老氏之脉在此也。萧何死，参入相，壹遵何为之约束。择郡县吏长，木讷于文辞，谨厚长者，即召除为丞相史。吏言文刻深，欲声名，辄斥去之。日夜饮酒不事事，见人有细过，掩匿覆盖之，府中无事。汉家之治，血脉在此。

邵尧夫诗：“一物其来有一身，一身还有一乾坤。”不如圣人说“乾知太始”。因曰：“尧夫只是个闲道人。圣人之道有用，无用便非圣人之道。”

先生一日自歌，与侄孙濬书云：“道之将废，自孔孟之生，不能回天而易命。”又歌《柏舟》诗，松为之涕泗沾襟。少间，又歌《东皇太一云中君》，见松悲泣不堪。又歌曰：“萧萧马鸣，悠悠旆旌。”乃曰：“萧萧马鸣，静中有动矣；悠悠旆旌，动中有静也。”

“诚者自诚也，而道自道也。”“君子以自昭明德。”“人之有是四端，而自谓不能者，自贼者也。”暴谓“自暴”，弃谓“自弃”，侮谓“自侮”，反谓“自反”，得谓“自得”，“祸福无不自己求之者”，圣贤道一个“自”字煞好。尝言：“年十三时，复斋因看《论语》，命某近前，问云：‘看有子一章如何？’某云：‘此有子之言，非夫子之言。’先兄云：‘孔门除却曾子，便到有子，未可轻议，更思之如何？’某曰：‘夫子之言简易，有子之言支离。’”

吕伯恭为鹅湖之集[56]，先兄复齐谓某曰：“伯恭约元晦为此集，正为学术异同，某兄弟先自不同，何以望鹅湖之同。”先兄遂与某议论致辩，又令某自说，至晚罢。先兄云：“子静之说是。”次早，某请先兄说，先兄云：“某无说，夜来思之，子静之说极是。方得一诗云：‘孩提知爱长知钦，古圣相传只此心。大抵有基方筑室，未闻无址忽成岑。留情传注翻蓁塞，着意精微转陆沉。珍重友朋相切琢，须知至乐在于今。'”某云：“诗甚佳，但第二句微有未安。”先兄云：“说得恁地，又道未安，更要如何？”某云：“不妨一面起行，某沿途却和此诗。”及至鹅湖，伯恭首问先兄别后新功。先兄举诗，才四句，元晦顾伯恭曰：“子寿早已上子静舡了也。”举诗罢，遂致辩于先兄。某云：“途中某和得家兄此诗云：'墟墓兴哀宗庙钦，斯人千古不磨心。涓流滴到沧溟水，拳石崇成泰华岑。易简工夫终久大，支离事业竟浮沉。'”举诗至此，元晦失色。至“欲知自下升高处，真伪先须辨只今。”元晦大不怿，于是各休息。翌日二公商量数十折议论来，莫不悉破其说，继日凡致辩，其说随屈。伯恭甚有虚心相听之意，竟为元晦所尼。后往南康，元晦延入白鹿讲说，因讲“君子喻于义”一章。元晦再三云：“某在此不曾说到这里，负愧何言！”

先兄复齐临终云：“比来见得子静之学甚明，恨不得相与切磋，见此道之大明耳。”

吾家合族而食，每轮差子弟掌库三年，某适当其职，所学大进，这方是“执事敬。”

徐仲诚请教，使思《孟子》“万物皆备于我矣，反身而诚，乐莫大焉”一章，仲诚处槐堂一月，一日问之云：“仲诚思得《孟子》如何？”仲诚答曰：“如镜中观花。”答云：“见得仲诚也是如此。”顾左右曰：“仲诚真善自述者。”因说与云：“此事不在他求，只在仲诚身上。”既又微笑而言曰：“已是分明说了也。”少间，仲诚因问《中庸》以何为要语。答曰：“我与汝说内，汝只管说外。”良久曰：“句句是要语。”梭山曰：“博学之，审问之，慎思之，明辩之，笃行之，此是要语。”答曰：“未知学，博学个甚么？审问个甚么？明辨个甚么？笃行个甚么？”

有学者终日听话，忽请问曰：“如何是穷理尽性以至于命？”答曰：“吾友是泛然问，老夫却不是泛然答。老夫凡今所与吾友说，皆是理也。穷理是穷这个理，尽性是尽这个性，至命是至这个命。”

称叹赵子新美质，谓：“人莫不有夸示己能之心，子新为人称扬，反生羞愧。人莫不有好进之心，子新恬淡，虽推之不前。人皆恶人言己之短，子新惟恐人不以其失为告。群居终日，默然端坐，阴有以律夫气习之浇薄者多矣，可谓人中之一瑞，但不能进学可忧耳。”或云：“年亦未壮。”答云：“莫道未也，二十岁来。”一日，子新至，语之曰：“莫堆堆地，须发扬。车前不能令人轩，车后不能令人轾，何不发扬？”

广中一学者陈去华，省发伟特。某因问：“吾与点也一段，寻常如何理会？”屡问之，去华终以为理会不得。一日，又问之，去华又谓理会未得。某云：“且以去华所见言之，莫也未至全然晓不得。”去华遂谓据某所见，三子只是事上着到，曾点却在这里着到。某诘之曰：“向道理会不得，今又却理会得。”去华顿有省，自叙听话一月，前十日听得所言皆同，后十日所言大异，又后十日与前所言皆同，因有十诗。别后谓人曰：“某方是一学者在。待归后，率南方之士，师北方之学。”盖广中蒙钦夫之教，故以此为北方耳。

临川一学者初见，问曰：“每日如何观书？”学者曰：“守规矩”。欢然问曰：“如何守规矩？”学者曰：“伊川《易传》，胡氏《春秋》，上蔡《论语》，范氏《唐鉴》。”忽呵之曰：“陋说！”良久复问曰：“何者为规？”又顷问曰：“何者为矩？”学者但唯唯。次日复来，方对学者诵“《乾》知太始，《坤》作成物，《乾》以易知，《坤》以简能”一章，毕，乃言曰：“《乾》《文言》云：'大哉乾元'，《坤》《文言》云：'至哉坤元。'圣人赞《易》，却只是个'简易'字道了。”遍目学者曰：“又却不是道难知也。”又曰：“道在迩而求诸远，事在易而求诸难。”顾学者曰：“这方唤作规矩，公昨日来道甚规矩。”

一学者听言后，更七夜不寝。或问曰：“如此莫是助长否？”答曰：“非也。彼盖乍有所闻，一旦悼平昔之非，正与血气争寨作主。”又顾谓学者：“天下之理但患不知其非，既知其非，便即不为君子以响晦入宴息也[57]。"

或问："吾十有五而志于学，三十而立，既有所立矣，缘何未到四十尚有惑在?"曰："志于学矣，不为富贵贫贱患难动心，不为异端邪说摇夺，是下工夫。至三十，然后能立。既立矣，然天下学术之异同，人心趋向之差别，其声讹相似，似是而非之处，到这里多少疑在？是又下工夫十年，然后能不惑矣。又下工夫十年，方浑然一片，故曰'五十而知天命。'"

说君子之道孰先传一段，子游子夏皆非。

先生感叹时俗汩没，未有能自拔者，因歌学者刘定夫《象山诗》云："三日观山山愈妍，锦囊收拾不胜编。万山扰扰何为者？惟有云台山岿然。"又诵少时自作《大人》诗云："从来胆大胸膈宽，虎豹亿万虬龙千，从头收拾一口吞。有时此辈未妥帖，哮吼大嚼无毫全。朝饮渤澥水，暮宿昆仑巅，连山以为琴，长河为之弦，万古不传音，吾当为君宣。"又举欧阳公赠梅圣俞诗云："黄鹄刷金衣，自言能远飞，择侣异栖息，终年修羽仪，朝下玉池饮，墓宿霜桐枝，徘徊且垂翼，会有秋风时。"

有学子阅乱先生几案间文字，先生曰："有先生长者在，却不肃容正坐，收敛精神，谓不敬之甚。"

光武谓吴汉"差强人意"，"强"训"起"。

右门人严松松年所录

---

①尸明：陈述说明。

②注脚：注解。

③至论：最好的说法。

④愈：较好，胜过。

⑤磨砒：经受磨难。

⑥素蓄：原有的精神积淀。

⑦罅（xià，音夏）：裂缝。

⑧混混：奔流不息。

⑨盈科：用水灌满坑洼，后人引申为心满意足。

⑩有极：达到顶点。

⑪女：等同于"汝"。

⑫弟：通"悌"，即孝悌。

⑬韩退之：即唐朝著名诗人韩愈。

⑭欧公：即欧阳修。

⑮释氏：即释迦牟尼。

⑯切己自反：从自己的切身感受开始反思问题。

⑰哓哓然：争论不休的样子。

⑱硕人：《诗经》中《卫风》的名篇。硕人指卫侯的妻子庄姜，她美而无子，卫人给她写一首《硕人》赋。

⑲以素间别之：用浅色背景来区分景物的层次。

⑳皓皓：洁白的样子。

㉑尹、汤：指伊尹和商汤。伊尹原为莘氏女的陪嫁之臣，因才高而后参预国政。名伊，尹是官名。

㉒廋（sōu，音搜）：寻找。

㉓龟筮：用火烧龟甲，推断吉凶。

㉔《繇辞》：占卜用书，传说为周文王所撰。

㉕《系辞》：易篇名，本名为《系辞传》。传说孔子作十分之一，分上下两篇。

㉖幽：指幽禁。

㉗道脉：指国家气运的真谛。

㉘茅茨：茅草棚子。　　栋宇：指高阁楼宇。

㉙北杏：春秋时期齐国的地名。齐桓公曾以霸主的身份在此主持诸侯会盟，史称“北杏之会”。

㉚善喻：善于比喻。

㉛象山：在江西省贵溪县西南，因山形像大象，故曰象山。陆九渊曾在此讲过学，因而称其为陆象山。

㉜气道：意气用事。

㉝黾突：勉强。

㉞黼（fǔ，音府）：花纹、文采。黼座，特指官府里面的座具。

㉟“平章于中书”：以“中书门下平章事”的身份，在中书省参与机要。

㊱砥柱：指屹立在黄河三门峡谷中的巨石柱。

㊲沦胥：相互牵连而遭受磨难。

㊳惺惺：聪明、机警。

㊴䌷绎（chōu yì，音抽译）：整理出头绪。

㊵九畴：大禹治理天下的九种大法。

㊶庶几：过不了多久。

㊷践履：身体力行。

㊸器与名：指帝王的权柄和名义。

㊹繁缨：诸侯用的马腹带饰。

㊺温公：指司马光。

㊻形而上：无形之物，一般指理论形态。

㊼形而下：有形之物，一般指事物的具体形态。

㊽部勒：安排、指挥。

㊾艮（gèn，音亘）背，艮，卦名，八卦之一。这里指陆九渊的一种哲学思想。

㊿酬酢：原指朝聘所应享受的礼节，主客相互敬酒。主人敬宾客的酒曰“献”，客人还主人的酒曰“酢”，主人再次答敬的酒便是“酬”。也用于朋友交往应酬。

51局蹴（cù，音促）：紧张。

52南牧：南下放牧。这里指率兵南下。

53锱铢（zī zhū，音滋珠）：古代重量单位，六铢等于一锱，四锱等于一两。这里指琐碎。

54芟（shān，音删）：夷：割除。

55仲虺（huǐ，音悔）：商汤的左相。虺，是古书上说的一种毒蛇，常用作人名。

56鹅湖：山名，在江西省铅山县北。山青水秀，多荷花，百姓在此畜鸭养鹅，故称“鹅湖”。朱熹、吕祖谦、陆九渊兄弟曾在此讲过学。

57宴息：宴饮作乐。“息”等同于“嬉”。

语　录　下

历家所谓朔虚、气盈者，盖以三十日为准。朔虚者，自前合朔至后合朔，不满三十日，其不满之分，曰“朔虚”；气盈者，一节一气，共三十日有余分为中分，中即气也。

《尧典》所载惟“命羲和”一事，盖人君代天理物，不敢不重。后世乃委之星翁、历官，至于推步[①]、迎策，又各执已见以为定法，其他未暇举。如唐一行所造《大衍历》，亦可取，疑若可以久用无差，然未十年而已变，是知不可不明其理也。夫天左旋，日月星纬右转，日夜不止，岂可执一？故汉唐之历屡变，本朝二百余年，历亦十二三变。圣人作《易》，于《革卦》言：“治历明时”，观《革》之义，其不可执一，明矣！

四岳举鲧[②]，九载绩用弗成，而逊位之咨，首及四岳。尧不以举鲧之非，而疑其党奸也。比之后世罪举主之义甚异。

后生看《经》书，须着看《注疏》及先儒解释，不然，执己见议论，恐入自是之域，便轻视古人。至汉唐间名臣议论，反之吾心，有甚悖道处，亦须自家有“徵诸庶民而不谬”底道理，然后别白言之。

《尚书》一部，只是说德，而知德者实难。

逊志、小心，是两般。

读书固不可不晓文义，然只以晓文义为是，只是儿童之学，须看意旨所在。

《孝经》十八章，孔子于曾子践履实地中说出来，非虚言也。

惟天下之至一，为能处天下之至变；惟天下之至安，为能处天下之至危。

《大禹谟》一篇要领，只在“克艰”两字上。

学者须是有志读书，只理会文义，便是无志。

善学者如关津，不可胡乱放人过。

圣人教人，只是就人日用处开端，如孟子言徐行后长，可为尧舜。不成在长者后行，便是尧舜？怎生做得尧舜样事，须是就上面着工夫。圣人所谓吾无隐乎尔，谁能出不由户，直截是如此。

士不可不弘毅，譬如一个担子，尽力担去，前面不奈何，却住无怪。今自不近前，却说道担不起，岂有此理！故曰：“力不足者，中道而废，今女画”。

读书之法，须是平平淡淡去看，子细玩味[3]，不可草草。所谓优而柔之，厌而饫之，自然有涣然冰释，怡然理顺底道理。

处家遇事，须着去做，若是褪头便不是。子弟之职已缺，何以谓学？

燕昭王之于乐毅，汉高帝之于萧何，蜀先主之于孔明，苻秦之于王猛，相知之深，相信之笃，这般处所不可不理会。读其书，不知其人，可乎？

燕昭之封乐毅，汉高之械系萧何，当大利害处，未免摇动此心，但有深浅。

人品之说，直截是有。只如皋陶九德[4]，便有数等。就中即一德论之，如“刚而塞”者，便自有几般。

古今人物，同处直截是同，异处直截是异，然论异处极多，同处却约。作德便心逸日休，作伪便心劳日拙，作善便降之百祥，作不善便降之百殃。孟子言：“道二，仁与不仁而已。”同处甚约。

人莫先于自知，不在大纲上，须是细腻求。

学者不长进，只是好已胜。出一言，做一事，便道全是，岂有此理！古人惟贵知过则改，见善则迁。今各自执己是，被人点破，便愕然，所以不如古人。

主于道，则欲消而艺亦可进；主于艺，则欲炽而道亡，艺亦不进。

仁自夫子发之。

不可自暴、自弃、自屈。

志小不可以语大人事。

千古圣贤，只是办一件事，无两件事。

言必信，行必果，硁硁然[5]，小人哉，宜自考察。

退步思量，不要骛外。

“共工方鸠僝功[6]”与“如川之方至”，此“方”字不可作“且”字看。

尧之知共工、丹朱，不是於形迹间见之，直是见他心术。

吕正字馆职策，直是失了眼目，只是术。然孟子亦激作，却不离正道。

扬子云好论中，实不知中。

《大稚》是纲，《小稚》是目，《尚书》纲目皆具。

观《书》到《文侯之命》，道已湮没，《春秋》所以作。

有所忿懥[7]，则不足以服人。有所恐惧，则不足以自立。

志道、据德、依仁，学者之大端。须是信得及乃可。

王文中《中说》与扬子云相若，虽有不同，其归一也。

道在天下，加之不可，损之不可，取之不可，舍之不可，要人自理会。

大纲提掇来，细细理会去，如鱼龙游于江海之中，沛然无碍。

据要会以观方来。观《春秋》、《易》、《诗书》经圣人手，则知编《论语》者亦有病。

《中庸》言："鬼神之为德也，其盛矣乎?"夫子发明，判然甚白。

俗谚云："心坚石穿，"既是一个人，如何不打叠教灵利！

今之学者譬如行路，偶然撞着一好处便且止，觉时已不如前人。所以，乍出乍入，乍明乍昏。

学者不自着实理会，只管看人口头言语，所以不能进。且如做一文字，须是反覆穷究去，不得又换思量，皆要穷到穷处，项项分明。他日或问人，或听人言，或观一物，自有触长底道理。

失了头绪，不是助长，便是忘了，所以做主不得。

《记》言后稷，其辞恭，其欲俭，只是说末。《论语》言伯夷叔齐求仁得仁，泰伯三以天下让，殷有三仁，却从血脉上说来。

利、害、毁、誉、称、讥、苦、乐，能动摇人，释氏谓之"八风"。

七重铁城，私心也。私心所隔，虽思非正。小儿亦有私思。

心官不可旷职。

太阳当天，太阴五纬，犹自放光芒不得，那有魑魅魍魉来[8]。

"小德川流，大德敦化"：小德即大德，大德即小德。发强，刚毅、齐庄、中正，皆川流也。敦，厚。化，变化。

"皇极之君[9]，敛时五福，锡厥庶民[10]。"福如何锡得？只是此理充塞乎宇宙。

溺于俗见，则听正言不入。

知道则末即是本，枝即是叶。又曰：有根则自有枝叶。

上达下达，即是喻义喻利。

人情物理上做工夫[11]。

老子曰："大道甚夷而民好径"。

辩便有进。

须是下及物工夫，则随大随小有济。

天下若无着实师友，不是各执己见，便是恣情纵欲。

三百篇之诗，有出于妇人女子，而后世老师宿儒，且不能注解得分明，岂其智有所不若！只为当时道行、道明。

韩退之[12]言："轲死不得其传。"固不敢诬后世无贤者，然直是至伊洛诸公，得千载不传之学。但草创未为光明，到今日若不大段光明，更干当甚事？

"大衍之数五十，其用四十有九。分而为二以象两，挂一以象三，揲之以四以象四时，归奇於扐以象闰。五岁再闰，故再扐而后挂。"即分为二，乃挂其一于前。挂，别也，非置之指间也。既别其一，却以四揲之，余者谓之奇，然后归之扐[13]。扐，指间也。故一揲之余，不四则八，再揲三揲之余，亦不四则八。四，奇也；八，偶也。故三揲而皆奇，则四四四，有《乾》之象。三揲而皆偶，则八八八，有《坤》之象。三揲而得两偶一奇，则四八八，有《艮》之象。八四八，有《坎》之象。八八四，有《震》之象。三揲而得两奇一偶，则八四四，有《兑》之象。四八四，有《离》之象。四四八，有《巽》之象。故三奇为老阳，三偶为老阴，两偶一奇为少阳，两奇一偶为少阴。老阴老阳变，少阴少阳不变。分、挂、揲、归奇是四节，故曰："四营而成《易》。"挂有六爻，每爻三揲，三六十八，故曰"十有八变而成卦"。

先生语伯敏云："近日向学者多，一则以喜，一则以惧。夫人勇于为学，岂不可喜？然此道本日用常行，近日学者却把作一事，张大虚声，名过于实，起人不平之心，是以为道学之说者，必为人深排力诋，此风一长，岂不可惧？"

某之取人，喜其忠信诚悫，言似不能出口者。谈论风生，他人所取者，某深恶之。

因论补试得失，先生云："今之人易为利害所动，只为利害之心重。且如应举，视得失为分定者能几人？往往得之则喜，失之则悲。惟曹立之、万正淳、郑学古庶几可不为利害所动，故学者须当有所立，免得临时为利害所动。"朱季绎云："如敬肆义利之说，乃学者持己处事所不可无者。"先生云："不曾行得，说这般闲言长语则甚？如此不已，恐将来客胜主[14]，以辞为胜。然使至此，非学者之过，乃师承之过也。"朱云："近日异端邪说害道，使人不知本。"先生云："如何？"朱云："如禅家之学，人皆以为不可无者，又以谓形而上者所以害道，使人不知本。"先生云："吾友且道甚底是本？又害了吾友甚底来？自不知已之害，又乌知人之害？包显道常云：'人皆谓禅是人不可无者'，今吾友又云'害道'，两个却好缚作一束。今之所以害道者，即是这闲言语。曹立之天资甚高，因读书用心之过成疾，其后疾与学相为消长。初来见某时，亦是有许多闲言语，某与之荡涤，则胸中快活明白，病亦随减。迨一闻人言语，又复昏蔽。所以昏蔽者，缘与某相聚日浅。然其人能自知，每昏蔽则复相过。某又与之荡涤，其心下又复明白。与讲解，随听即解。某问：'比或有疑否？'立之云：'无疑。每常自读书，亦见得到这般田地，只是不能无疑，往往自变其说。'某云：'读书不可晓处，何须苦思力索？如立之天资，思之至，固有一个安排处，但恐心下昏蔽，不得其正。不若且放下，时复涵泳，似不去理会而理会。所谓优而柔之，使自求之，厌而饫之，使自趋之，若江海之浸，膏泽之润，涣然冰释，怡然理顺，然后为得也。'如此相聚一两旬而归，其病顿减。其后因秋试，闻人闲言语，又复昏惑。又适有告之以某乃释氏之学，渠平生恶释老如仇雠，于是尽叛某之说，却凑合得元晦说话。后不相见，以至於死。"因问伯敏云："曾闻此等语否？"伯敏云："未之"。先生语朱云："他却未有许多闲言语，且莫要坏了李敏求，且听某与他说。大凡为学须要有所立，《语》云：'己欲立而立人。'卓然不为流俗所移，乃为有立。须思量天之所以与我者是甚底？为复是要做人否？理会得这个明白，然后方可谓之'学问'。故孟子云：'学问之道，求其放心而已矣！'如博学、审问、明辩、慎思、笃行，亦谓此也。此须是有志方可。孔子曰：'吾十有五而志于学'，是这个志。"伯敏云："伯敏于此心，能刚制其非，只是持之不久耳。"先生云："只刚制于外，而不内思其本，涵养之功不至。若得心下明白正当，何须刚制？且如在此说话，使忽有美色在前，老兄必无悦色之心。若心常似如今，何须刚制？"

先生语缪文子云："近日学者无师法，往往被邪说所惑。异端能惑人，自吾儒败绩，故能入。使在唐虞之时，道在天下，愚夫愚妇，亦皆有浑厚气象，是时便使活佛、活老子、庄、列出来，也开口不得。惟陋儒不能行道，如人家子孙，败坏父祖家风，故释老却倒来点检你。如庄子云：'以智治国国之贼。'惟是陋儒，不能行所无事，故被他如此说。若知者行其所无事，如何是国之贼？今之攻异端者，但以其名攻之，初不知自家自被他点检，在他下面，如何得他服！你须是先理会了我底是，得有以使之服，方可。”

学者先须不可陷溺其心，又不当以学问誇人。誇人者，必为人所攻。只当如常人，见人不是，必推恻隐之心，委曲劝论之，不可则止。若说道我底学问如此，你底不是，必为人所攻。兼且所谓学问者，自承当不住。某见几个自主张学问，某问他：“你了得也未？”他心下不稳，如此则是学乱说，实无所知。如此之人，谓之痼疾不可治。宁是纵情肆欲之人，犹容易与他说话，最是学一副乱说底，没奈他何！此只有两路，利欲，道义。不之此，则之彼。

人须是闲时大纲思量，宇宙之间，如此广阔，吾身立于其中，须大做一个人。文子云：“某尝思量我是一个人，岂可不为人？却为草木禽兽。”先生云：“如此便又细了，只要大纲思。且如‘天命之谓性’，天之所以命我者，不殊乎天，须是放教规模广大。若寻常思量得，临事时自省力，不到得被陷溺了。”文子云：“某始初来见先生，若发蒙然。再见先生，觉心不快活，凡事亦自持，只恐到昏时自理会不得。”先生云：“见得明时，何持之有？人之于耳，要听即听，不要听则否，于目亦然。何独于心而不由我乎？”

先生语伯敏云：“人惟患无志，有志无有不成者。然资禀厚者，必竟有志。吾友每听某之言如何？”伯敏曰：“每闻先生之言，茫然不知所入。幼者听而弗问，又不敢躐等。”先生云：“若果有志，且须分别势利道义两途。某之所言，皆吾友所固有，且如圣贤垂教，亦是人固有。岂是外面把一件物事来赠吾友？但能悉为发明，天之所以予我者，如此其厚，如此其贵，不失其所以为人者耳！”伯敏问云：“日用常行，去甚处下工夫？”先生云：“能知天之所以予我者至贵至厚，自然远非僻，惟正是守。且要知我之所固有者。”伯敏云：“非僻未尝敢为。”先生云：“不过是硬制在这里，其间有不可制者，如此将来亦费力，所以要得知天之予我者。看吾友似可进，缘未曾被人闲言语所惑，从头理会，故易入。盖先入者为主，如一器皿，虚则能受物，若垢污先入，后虽欲加以好水亦费力。如季绎之学驳杂，自主张学问，却无奈何。”

伯敏问云：“以今年校之去年，殊无寸进。”先生云；“如何要长进？若当为者有时而不能为，不当为者有时乎为之，这个却是不长进。不恁地理会，泛然求长进，不过欲以己先人，此是胜心。”伯敏云：“无个下手处。”先生云：“古之欲明明德于天下者，先治其国；欲治其国者，先齐其家；欲齐其家者，先修其身；欲修其身者，先正其心；欲正其心者，先诚其意；欲诚其意者，先致其知；致知在格物。格物是下手处。”伯敏云：“如何样格物？”先生云：“研究物理。”伯敏云：“天下万物不胜其繁，如何尽研究得？”先生云：“万物皆备于我，只要明理。然理不解自明，须是隆师亲友。”伯敏云：“此间赖有季绎，时相勉励。”先生云：“季绎与显道一般，所至皆勉励人，但无根者多，其意似欲私立门户，其学为外不为己。世之人所以攻道学者，亦未可全责他。盖自家骄其声色，立门户与之为敌，哓哓腾口实⑮，有所未孚，自然起人不平之心。某平日未尝为流俗所攻，攻者却是读语录精义者。程士南最攻道学，人或语之以某，程云：‘道学如陆某，无可攻者。’又如学中诸公，义均骨肉，盖某初无胜心，日用常行，自有使他一个敬信处。某旧日伊洛文字不曾看，近日方看，见其间多有不是。今人读书，平易处不理会，有可以起人羡慕者，则着力研究。古先圣人，何尝有起人羡慕者？只是此道不行，见有奇特处，便生羡慕。自周末文弊，便有此风。如唐虞之时，人人如此，又何羡慕？所以庄周云：‘臧与谷共牧羊，而俱亡其羊。问臧奚事？曰：博塞以游。问谷奚事？曰：挟策读书。其为亡羊一也。’某读书只看古注，圣人之言自明白。且如‘弟子入则孝，出则弟。’是分明说与你入便孝，出便弟，何须得《传》《注》！学者疲精神于此，是以担子越重。到某这里，只是与他减担，只此便是格物。”伯敏云：“每读书，始者心甚专，三五遍后，往往心不在此。知其如此，必欲使心在书上，则又别生一心。卒之方寸扰扰。”先生云：“此是听某言不入，若听得入，自无此患。某之言打做一处，吾友二三其心了。如今读书，且平平读，未晓处且放过，不必太𥥍。”

缪文子资质亦费力，慕外尤𥥍[16]，每见他退去，一似不能脱罗网者。天之所以予我者，至大、至刚、至直、至平、至公。如此私小，做甚底人！须是放教此心，公平正直。无偏无党，王道荡荡；无党无偏；王道平平，无反无侧，王道正直。某今日作包显道书云：“古人之学，不求声名，不较胜负，不恃才智，不矜功能。今人之学，正坐反此耳。”

读介甫书，见其凡事归之法度[17]，此是介甫败坏天下处。尧舜三代虽有法度，亦何尝专恃此！又未知户马、青苗等法果合尧舜三代否[18]？当时辟介甫者无一人就介甫法度中言其失，但云“喜人同己”，“祖宗之法不可变。”夫尧之法，舜尝变之；舜之法，禹尝变之。祖宗法自有当变者，使其所变果善，何嫌于同？古者道德一，风俗同，至当归一，精义无二，同古者适所以为美。惜乎无以此辟之，但云“祖宗法不可变”，介甫才高[19]，如何便伏？惟韩魏公论青苗法云：“将欲利民，反以害民”，甚切当。或言介甫不当言利。夫《周官》一书，理财者居半，冢宰制国用，理财正辞，古人何尝不理会利，但恐三司等事，非古人所谓利耳。不论此，而以言利遏之，彼岂无辞？所以率至于无奈他何处。或问：“介甫比商鞅何如？”先生云：“商鞅是脚踏实地，他亦不问王霸，只要事成，却是先定规模；介甫慕尧舜三代之名，不曾踏得实处，故所成就者，王不成，霸不就。本原皆因不能格物，模索形似，便以为尧舜三代如此而已，所以学者先要穷理。”

后生自立最难，一人力抵当流俗不去，须是高着眼看破流俗方可。要之，此岂小廉曲谨所能为哉？必也豪杰之士。胡丈因举晦翁语云：“豪杰而不圣人者有之，未有圣人而不豪杰者也。”先生云：“是”。

问作文法，先生云：“读《汉》、《史》、韩、柳、欧、苏、尹师鲁、李淇水文不误。后生惟读书一路，所谓读书，须当明物理，揣事情，论事势。且如读史，须看他所以成，所以败，所以是，所以非处。优游涵泳，久自得力。若如此读得三五卷，胜看三万卷。”

问伯敏云：“作文如何？”伯敏云：“近日读得《原道》等书，犹未成诵，但茫然无入处。”先生云：“《左传》深于韩柳，未易入，且读苏文可也。此外别有进否？吾友之志要如何？”伯敏云：“所望成人，且今未尝敢废防闲。”先生云；“如何样防闲？”伯敏云：“为其所当为。”先生云：“虽圣人不过如是。但吾友近来精神都死，却无向来亹亹之意[20]，不是懈怠，便是被异说坏了。夫人学问，当有日新之功，死却便不是。邵尧夫诗云：‘当锻炼时分劲挺，到磨砻处发光辉。’磨砻锻炼，方得此理明，如川之增，如木之茂，自然日进无已。今吾友死守定，如何会为所当为。博学、审问、慎思、明辨、笃行，博学在先，力行在后。吾友学未博，焉知所行者是当为？是不当为？防闲，古人亦有之，但他底防闲与吾友别。吾友是硬把捉。告子硬把捉，直到不动心处，岂非难事，只是依旧不是。某平日与兄说话，从天而下，从肝肺中流出，是自家有底物事，何常硬把捉。吾兄中间亦云有快活时，如今何故如此？”伯敏云：“固有适意时，亦知自家固有根本，元不待把捉，只是不能久。防闲稍宽，便为物欲所害。”先生云：“此则罪在不常久上，却如何硬把捉？种种费力，便是有时得意，亦是偶然。”伯敏云：“却常思量不把捉，无下手处。”先生云：“何不早问？只此一事是当为不当为。当为底一件大事不肯做，更说甚底？某平日与老兄说底话，想都忘了。”伯敏云：“先生常语以求放心、立志，皆历历可记。”先生云：“如今正是放其心而不知求也，若果能立，如何到这般田地。”伯敏云：“如何立？”先生云：“立是你立，却问我如何立？若立得住，何须把捉。吾友分明是先曾知此理来，后更异端坏了。异端非佛老之谓，异乎此理，如季绎之徒，便是异端。孔门惟颜曾传道，他未有闻。盖颜曾从里面出来，他人外面入去。今所传者，乃子夏子张之徒，外入之学。曾子所传，至孟子不复传矣。吾友却不理会根本，只理会文字。实大声宏，若根本壮，怕不会做文字？今吾友文字自文字，学问自学问，若此不已，岂止两段？将百碎。”问：“近日日用常行觉精健否？胸中快活否？”伯敏云：“近日别事不管，只理会我亦有适意时。”先生云：“此便是学问根源也。若能无懈怠，暗室屋漏亦如此，造次必于是，颠沛必于是，何患不成！故云‘君子以自昭明德。’古之欲明明德于天下者，在致其知，致知在格物。古之学者为己，所以自昭其明德。己之德已明，然后推其明以及天下。“鼓钟于宫，声闻于外。鹤鸣于九皋[21]，声闻于天。”在我者既尽，亦自不能掩。今之学者，只用心于枝叶，不求实处。孟子云：‘尽其心者知其性，知其性则知天矣。’心只是一个心，某之心，吾友之心，上而千百载圣贤之心，下而千百载复有一圣贤，其心亦只如此。心之体甚大，若能尽我之心，便与天同。为学只是理会此‘诚者自成也，而道自道也’，何尝腾口说！”伯敏云：“如何是尽心？性、才、心、情如何分别？”先生云：“如吾友此言，又是枝叶。虽然，此非吾友之过，盖举世之弊。今之学者读书，只是解字，更不求血脉。且如情、性、心、才，都只是一般物事，言偶不同耳。”伯敏云：“莫是同出而异名否？”先生曰：“不须得说，说着便不是，将来只是腾口说，为人不为己。若理会得自家实处，他日自明。若必欲说时，则在天者为性，在人者为心。此盖随吾友而言，其实不须如此。只是要尽去为心之累者，如吾友适意时，即今便是。‘牛山之木’一段，血脉只在仁义上。‘以为未尝有材焉’，‘此岂山之性也哉？’‘此岂人之情也哉？’是偶然说及，初不须分别。所以，令吾友读此者，盖欲吾友知斧斤之害其材，有以警戒其心。‘日夜之所息’，息者，歇也，又曰‘生息’。盖人之良心为斧斤所害，夜间方得歇息。若夜间得息时，则平旦好恶与常人甚相远。惟旦昼所为，梏亡不止，到后来夜间亦不能得息，梦寐颠倒，思虑纷乱，以致沦为禽兽。人见其如此，以为未尝有才焉，此岂人之情也哉？只与理会实处，就心上理会。俗谚云：‘痴人面前不得说梦。’又曰：‘狮子咬人，狂狗逐块。’以土打狮子，便径来咬人，若打狗，狗狂，只去理会土。圣贤急于教人，故以情、以性、以心、以才说与人，如何泥得[22]？若老兄与别人说，定是说如何样是心，如何样是性、情与才。如此分明说得好，划地不干我事，须是血脉骨髓理会实处始得。凡读书皆如此。”又问养气一段[23]，先生云：“此尤当求血脉，只要理会‘我善养吾浩然之气’。当吾友适意时，别事不理会时，便是‘浩然’。‘养而无害，则塞乎天地之间。’‘是集义所生者，非义袭而取之也’。盖孟子当时与告子说。告子之意：‘不得于言，勿求于心’，是外面硬把捉的。要之亦是孔门别派，将来也会成，只是终不自然。孟子出于子思，则是函养成就者，故曰‘是集义所生者’。集义只是积善。‘行有不慊于心则馁矣’，若行事不当于心，如何得浩然？此言皆所以辟告子。”又问养勇异同，先生云：“此只是比并。北宫用心在外，正如告子‘不得于言勿求于心’；施舍用心在内，正如孟子‘行有不慊于心则馁矣’。而施舍又似曾子，北宫又似子夏。谓之似者，盖用心内外相似，非真可及也。孟子之言，大抵皆因当时之人处己太卑，而视圣人太高。不惟处己太卑，而亦以此处人，如‘是何足与言仁义也’之语可见。不知天之予我者，其初未尝不同。如‘未尝有才焉’之类，皆以谓才乃圣贤所有，我之所无，不敢承当着。故孟子说此乃人人都有，自为斧斤所害，所以沦胥为禽兽。若能涵养此心，便是圣贤。读《孟子》须当理会他所以立言之意，血脉不明，沉溺章句何益？”

伯敏尝有诗云：“纷纷枝叶谩推寻，到底根株只此心。莫笑无弦陶靖节，个中三叹有遗音。”先生首肯之。呈所编《语录》，先生云：“编得也是，但言语微有病，不可以示人，自存之可也。兼一时说话有不必录者，盖急于晓人，或未能一一无病。”时朱季绎、杨子直、程敦蒙先在坐，先生问子直学问何所据？云：“信圣人之言。”先生云：“且如一部《礼记》，凡‘子曰’皆圣人言也，子直将尽信乎？抑其间有拣择。”子直无语。先生云：“若使其都信，如何都信得？若使其拣择[24]，却非信圣人之言也。人谓某不教人读书，如敏求前日来问某下手处，某教他读《旅獒》、《太甲》、《告子》‘牛山之木以下’，何尝不读书来？只是比他人读得别些子。”

右门人李伯敏、敏求所录

学者须是弘毅，小家相底得人憎。小者，他起你亦起，他看你亦看，安得宽弘沉静者一切包容！因论争名之流，皆不济事。

因论傅圣谟无志，甘与草木俱腐，曰："他甘得如此，你还能否？"因言居士极不喜狂者，云："最败风俗，只喜狷者[25]，故自号又次居士。"先生云："此言亦有味。"

因论子才不才事，曰："居移气，养移体。今之学者出世俗笼络亦不得，况能居天下之广居？"

寻常懈怠起时，或读书史，或诵诗歌，或理会一事，或整肃几案笔砚，借此以助精彩。然此是凭物，须要识破。因问去懈怠，曰："要须知道'不可须臾离'乃可。"

此是大丈夫事，么么小家相者，不足以承当。

问杨云："多时有退步之说，不知曾果退否？若不退，丝毫许牵得住。前辈大量的人，看有甚大小？大事他见如不见，闻如不闻。今人略有些气焰者，多只是附物，元非自立也[26]。若某则不识一个字，亦须还我堂堂地做个人。"

诸处论学者次第，只是责人，不能行去。

老夫无所能，只是识病。

天民如伊尹之类[27]。

问："作书攻王顺伯，也不是言释[28]，也不是言儒，惟理是从否？"曰："然。"

杨敬仲不可说他有禅，只是尚有气习未尽。

因说薛象先，不可令于外面观人，能知其底里了，外面略可观验。

"唐虞之间，不如洙泗"，此语不是。

轮对第一劄[29]，读"太宗"起头处，上曰："君臣之间，须当如此。"答："陛下云云，天下幸甚。"读"不存形迹"处，上曰："赖得有所悔。"连说："不患无过，贵改过之意甚多。"答："此为尧、为舜、为禹汤、为文武血脉骨髓，仰见圣学。"读入本日处，先乞奏云："臣愚蠢如此"，便读"疆土未复""生聚教训"处，上曰："此有时"，辞色甚壮。答："如十年生聚，十年教训，此有甚时？今日天下贫甚，州贫、县贫、民贫。"其说甚详，上无说。读第二劄论道，上曰："自秦汉而下，无人主知道，甚有自负之意，其说甚多说禅。"答："臣不敢奉诏，臣之道不如此，生聚教训处便是道。"读第三劄论知人，上曰："人才用后见。"答："要见之于前意思。"上又曰："人才用后见。"后又说："此中有人。"答：天下未知，天下无人才，执政大臣未称陛下使令。"上默然。读第四劄，上赞叹甚多。第五劄所陈甚多。下殿五六步，上曰："朕不在详处做工夫，只在要处秉笏立听。"不容更转对。后王谦仲云："渠每常转对，恐小官不比渠侍从也。"

事有难易。定夫初来，恐难说话，后却听得入，觉得显道昆仲说话难，予力辩之。先生曰："显道隐藏在。"然予于此一路亦时起疑，以为人在一处，理在一处。后又解云："只是未相合"，然终是疑。才闻先生说，即悟得大意，曰："道遍满天下，无些小空阙。四端万善，皆天之所予，不劳人妆点。但是人自有病，与他间隔了。"又云："只一些子重便是病。"又云："只一些轻亦是病。"予于此深有省。

见道后，须见得前时小陋。君子所贵乎道者三，说得道字好，动容貌，出辞气，正颜色。其道如此，须是暴慢自远，鄙倍自远。

人之所以病道者，一资禀，二渐习。

道大，人自小之；道公，人自私之；道广，人自狭之。

予因说道难学，今人才来理会此，便是也不是，何故？以其便以此在胸中作病了。予却能知得这些子，见识议论作病，亦能自说。先生曰："又添得一场闲说话。一实了，万虚皆碎。"

尚追惟论量前此所见，便是此见未去。

予举荀子《解蔽》"远为蔽，近为蔽，轻为蔽，重为蔽"之类，说好。先生曰："是好，只是他无主人。有主人时，近亦不蔽，远亦不蔽，轻重皆然。"

其他体尽有形，惟心无形，然何故能摄制人如此之甚？

若是圣人，亦逞一些子精彩不得。

平生所说，未尝有一说。

廓然、昭然、坦然、广居、正位、大道、安宅、正路，是甚次第？却反旷而弗居，舍而弗由，哀哉。

旧罪不妨诛责，愈见得不好；新得不妨发扬，愈见得牢固。

因说定夫旧习未易消，若一处消了，百处尽可消。予谓晦庵逐事为他消不得。先生曰："不可将此相比，他是添。"

大世界不享，却要占个小蹊小径子；大人不做，却要为小儿态，可惜！

小心翼翼，昭事上帝。上帝临汝，无贰尔心，战战兢兢，那有闲管时候。

典，常也。宪，法也，皆天也。

要常践道，践道则精明。一不践道，便不精明，便失枝落节。

如何容人力做。乐循理，谓之君子。

小心翼翼，心小而道大。大人者，与天地合其德，与日月合其明，与四时合其序，与鬼神合其吉凶。

吾有知乎哉？晦庵言谦辞，又来这里做个道理。

今一切去了许多缪妄劳攘，磨砻去圭角，浸润著光精，与天地合其德云云，岂不乐哉？

成孝敬，厚人伦，美教化，移风俗。

存养是主人，检敛是奴仆。

如今人只是去些子凡情不得，相识还如不相识云云，始是道人心。

详道书好，文字亦好。纯人专，不中不远。

汲黯秉彝厚[30]，黄老学不能汩。

上是天，下是地，人居其间。须是做得人，方不枉。

道大岂是浅丈夫所能胜任！敏道言资禀，因举"君子不谓命也"一段。

今且未须去理会其他，且分别小大轻重。

行状贬剥赞叹人，须要有道，班固不如马迁。

人为学甚难，天覆地载，春生夏长，秋敛冬肃，俱此理。人居其间要灵，识此理如何解得。

人不辨个小大轻重，无鉴识，些小事便引得动心，至于天来大事却放下着。

不爱教小人以艺，常教君子以艺。盖君子得之，不以为骄，不得不以为歉。小人得以为吝，败常乱教。

"吾十有五而志于学"，今千百年无一人有志也。是怪他不得，志个甚底？须是有智识，然后有志愿。

人要有大志。常人汩没于声色富贵间，良心善性都蒙蔽了。今人如何便解有志，须先有智识始得。

有一段血气，便有一段精神。有此精神，却不能用，反以害之。非是精神能害之，但以此精神，居广居，立正位，行大道。

见一文字，未可轻易问是如何，何患不晓。

守规矩，孜孜持守，规行矩步，不妄言语。

铁剑利，则倡优拙。

有理会不得处，沉思痛省。一时间如此，后来思得明时，便有亨泰处。

今人欠个精专不得。人精神千种万般，夫道一而已矣。

有懒病，也是其道有以致之。我治其大而不治其小，一正则百正。恰如坐得不是，我不责他坐得不是，便是心不在道。若心在道时，颠沛必于是，造次必于是，岂解坐得不是？只在勤与惰、为与不为之间。

人之资质不同，有沉滞者，有轻扬者。古人有韦弦之义[31]，固当自觉，不待人言。但有恣纵而不能自克者，有能自克而用功不深者。

人当先理会所以为人，深思痛省，枉自汩没虚过日月。朋友讲学，未说到这里。若不知人之所以为人，而与之讲学，遗其大而言其细，便是放饭流歠而问无齿决[32]。若能知其大，虽轻，自然反轻归厚。因举一人恣情纵欲，一知尊德乐道，便明洁白直。

商君所说帝王，皆是破说。

因循亦好，因其事，循其理。

见理未明，宁是放过去，不要起炉作灶。

正言正论，要使长明于天下。

古之君子，知固贵于博，然知尽天下事，只是此理。所以博览者，但是贵精熟。知与不知，元无加损于此理。若以不知为慊，便是鄙陋。以不知为歉，则以知为泰，今日之歉，乃他日之泰。

君子虽多闻博识，不以此自负。

要当轩昂奋发，莫凭他沉埋在卑陋凡下处。

此理在宇宙间，何尝有所碍？是你自沉埋，自蒙蔽，阴阴地在个陷阱中，更不知所谓高远底。要决裂破陷阱，窥测破个罗网。

诛锄荡涤，慨然兴发。

激厉奋迅，决破罗网，焚烧荆棘，荡夷污泽。

世不辨个小大轻重，既是埋没在小处，于大处如何理会得？

志于声色利达者，固是小；剿摸人言语的，与他一般是小。

若能自立后，论汲黯便是如此论，论董仲舒便是如此论。

自得，自成，自道，不倚师友载籍。

理只在眼前，只是被人自蔽了。因一向悮证他，日逐只是教他做工夫，云不得只如此。见在无事，须是事事物物不放过，磨考其理。且天下事事物物只有一理，无有二理，须要到其至一处。

傅圣谟说："一人启事有云：'见室而高下异，共天而寒暑殊。'"先生称意思好。圣谟言："文字体面大，不小家。"先生云："某只是见此好，圣谟有许多说话。"

问："子路死之非，只合责当时不合事辄。"曰："此是去册子上看得来底。乱道之书成屋，今都滞在其间。"后云："子路死是甚次第。"

你既乱道了，如何更为你解说。泥里洗土块，须是江汉以濯之。

居移气，养移体，今其气一切不好云云。

这里是刀锯鼎鑊底学问。

人须是力量宽洪，作主宰。

习气、识见凡下、奔名逐利、造次[33]、尽欢、乐在其中、咏归、履冰。

问："颜鲁公又不曾学，如何死节如此好？"曰："便是今人将学，将道，看得太过了，人皆有秉彝。"

包犧氏至黄帝，方有人文，以至尧舜三代，今自秦一切坏了，至今吾辈，盍当整理。

先生与李尉曼卿言："今人多被科举之习坏"，又举与汤监言："风俗成败，系君子小人穷达，亦系幸不幸，皆天也。然亦由在上之人。"

人无不知爱亲敬兄，及为利欲所昏便不然。欲发明其事，止就彼利欲昏处指出，便爱敬自在。此是唐虞三代实学，与后世异处在此。

人精神在外，至死也劳攘，须收拾作主宰。收得精神在内时，当恻隐即恻隐，当羞恶即羞恶。谁欺得你！谁瞒得你！见得端的后，常涵养，是甚次第。

勿无事生事。

儆戒无虞，罔失法度，罔游于逸，罔淫于乐，至哉！真圣人学也。

"把捉"二字不佳，不如说"固执"。

克己，三年克之，颜子又不是如今人之病要克，只是一些子未释然处。

要知尊德乐道，若某不知尊德乐道，亦被驱将去。

诸子百家，说得世人之病好，只是他立处未是。佛老亦然。

邑中讲说，闻者无不感发，独朱益伯鹘突来问。答曰："益伯过求，以利心听，故所求在新奇玄妙。"

积思勉之功，旧习自除。

择善固执，人旧习多少，如何不固执得？

知非则本心即复。人心只爱去泊着事，教他弃事时，如鹘孙失了树，更无住处。

既知自立，此心无事时，须要涵养，不可便去理会事。如子路使子羔为费宰，圣人谓"贼夫人之子。"学而优则仕，盖未可也。初学者能完聚得几多精神，才一霍便散了。某平日如何样完养，故有许多精神难散。

予因随众略说些子闲话，先生少顷曰："显道今知非否？"某答曰："略知。"先生曰："须要深知，略知不得。显道每常爱说闲话。"

学者要知所好。此道甚淡，人多不知好之，只爱事骨董。君子之道，淡而不厌。朋友之相资，须助其知所好者，若引其逐外，即非也。

人皆可以为尧舜。此性此道，与尧舜元不异，若其才则有不同。学者当量力度德。

初教董元息自立，收拾精神，不得闲说话，渐渐好，后被教授教解《论语》，却反坏了。

人不肯心闲无事，居天下之广居，须要去逐外，着一事，印一说，方有精神。

惟精惟一，须要如此涵养。

无事时，不可忘小心翼翼，昭事上帝。

老子为学、为道之说，非是。如某说，只云："著是而去非，舍邪而适正。"

有道无道之人，有才无才与才之高下，为道之幸不幸，皆天也。

我无事时，只似一个全无知无能底人。及事至方出来，又却似个无所不知，无所不能之人。

朱济道说："前尚勇决，无迟疑，做得事。后因见先生了，临事即疑恐不是，做事不得。今日中只管悔过惩艾，皆无好处。"先生曰："请尊兄即今自立，正坐拱手，收拾精神，自作主宰。万物皆备于我，有何欠阙。当恻隐时，自然恻隐；当羞恶时，自然羞恶；当宽裕温柔时，自然宽裕温柔；当发强刚毅时，自然发强刚毅。”

无思无为，寂然不动，感而遂通天下之故。

恶能害心，善亦能害心。如济道是为善所害。

心不可汩一事，只自立心。人心本来无事，胡乱被事物牵将去。若是有精神，即时便出便好。若一向去，便坏了。

人不肯只如此，须要有个说话，今时朋友尽须要个说话去讲。

后生有甚事，但遇读书不晓便问，遇事物理会不得时便问，并与人商量，其他有甚事！

自家表里内外如一。

因说金谿苏知县，资质好，亦甚知尊敬。然只是与他说得大网话，大紧要处说不得，何故？盖为他三四十年父兄师友之教，履历之事几多，今胸中自有主张了，如何掇动得他？须是一切掇动划除了，方得如格。君亦须如此。然如吏部格法[34]，如何动得他！

朱济道说：“临川从学之盛，亦可喜”。先生曰：“某岂不爱人人能自立，人人居天下之广居，立天下之正位？立乎其大者，而小者费能夺。然岂能保任得朝日许多人在此相处？一日新教授堂试，许多人皆往，只是被势驱得如此。若如今去了科举，用乡举里选法，便不如此。如某却爱人试也好，不试也好，得也好，不得也好。今如何得人尽如此？某所以忧之，过于济道。所悯小民被官吏苦者，以彼所病者在形，某之所忧人之所病者在心。”

与济道言：“风俗驱人之甚，如人心不明，如何作得主宰？吾人正当障百川而东之。”

先生曰：“某闲说话皆有落着处，若无谓闲说话，是谓不敬。”

某与济道同事，济道亦有不喜某处，以某见众人说好，某说不好，众人说不好，某解取之。

某与人理会事，便是格君心之非事。

举徐子宜云：“与晦庵月余说话，都不讨落着，与先生说话，一句即讨落着。”

说济道滞形泥迹，不能识人，被人瞒。

济道问：“智者术之原，是否？”曰：“不是，伏羲画卦，文王重之，孔子系之。天下之理，无一违者，圣人无不照烛，此智也，岂是术？”因说：“旧曾与一人处事，后皆效。”彼云：“察见渊鱼不祥，如何？”曰：“我这里制于未乱，保于未危，反祸为福，而彼为之者，不知如何为不祥。”

因举许昌朝集朱吕《学规》，在金谿教学，一册，月令人一观，固好，然亦未是。某平时未尝立学规，但常就本上理会，有本自然有末。若全去末上理会，非惟无益。今既于本上有所知，可略略地顺风吹火，随时建立，但莫去起炉作灶。

做得工夫实，则所说即实事，不话闲话，所指人病即实病。因举午间一人问虏使善两国讲和。先生因赞叹不用兵全得几多生灵，是好。然吾人皆士人，曾读《春秋》，知中国夷狄之辨。二圣之仇，岂可不复？所欲有甚于生，所恶有甚于死。今吾人高居无事，优游以食，亦可为耻，乃怀安非怀义也。此皆是实理实说。

事外无道，道外无事。皋陶求禹言[35]，禹只举治水所行之事，外此无事。禹优入圣域，不是不能言，然须以归之皋陶。如疑知人之类，必假皋陶言之。

显仲问云：“某何故多昏？”先生曰：“人气禀清浊不同，只自完养，不逐物，即随清明，才一逐物，便昏眩了。显仲好悬断，都是妄意。人心有病，须是剥落。剥落得一番，即一番清明，后随起来，又剥落，又清明，须是剥落得净尽方是。”

人心有消杀不得处，便是私意，便去引文牵义，牵枝引蔓，牵今引古，为证为靠。

既无病时好读书，但莫去引起来。

愷姪问："乍宽乍紧，乍明乍昏，如何?"曰："不要紧，但莫懈怠。紧便不是，宽便是；昏便不是，明便是。今日十件昏，明日九件，后日又只八件，便是进。"

语显仲云："风恬浪静中，滋味深长。人资性长短虽不同，然同进一步则皆失，同退一步则皆得。"问傅季鲁"如何而通？如何而塞?"因曰："某明时直是明，只是懈怠时即塞。若长鞭策，不懈怠，岂解有塞？然某才遇塞时，即不少安，即求出。若更藉朋友切磋求出，亦钝甚矣！所以淹没人，只朋友说闲话之类，亦能淹人。某适被显仲说闲话，某亦随流，不长进亦甚。然通时说事亦通，塞时皆塞。"

写字须一点是一点，一画是一画，不可苟。

彘鸡终日萦萦[36]，无超然之意。须是一刀两断，何故萦萦如此？萦萦底讨个甚么？

仰首攀南斗，翻身倚北辰。举头天外望，无我这般人。

今有难说处，不近前来底又有病，近前来底又有病。世俗情欲底人病却不妨，只指教他去彼就此。最是于道理中鹘突不分明人难理会。某平生怕此等人，世俗之过却不怕。

旧横截人太甚，如截周成之后，当不得无成。今皆不然，以次第进之。有大力量者，然后足以当其横截，即有出路。

教小儿，须发其自重之意。

予问能辩朱事，曰："如何辩?"予曰："不得受用。"曰："如此说便不得，彼亦可受用，只是信此心未及。"又曰："只今明白时，便不须更推如何如何"。又曰："凡事只过了，更不须滞滞泥泥。子渊却不如此，过了便了，无凝滞。"

区处得多少事，并应对人，手中亦读得书。

问："二兄恐不知先生学问旨脉?"曰："固是前日亦尝与朱济道说，须是自克却，方见得自家旧相信时亦只是虚信，不是实得见。"

我只是不说一，若说一，公便爱。平常看人说甚事，只是随他说，却只似个东说西说底人。我不说一，杨敬仲说一，尝与敬仲说箴他。

凡事莫如此滞滞泥泥，某平生于此有长，都不去着他事，凡事累自家一毫不得。每理会一事时，血脉骨髓都在自家手中。然我此中却似个闲闲散散、全不理会事底人，不陷事中。

详道如昨日言定夫时，宏大磊落。常常如此时好，但莫被枝叶累倒了，须是工夫孜孜不懈乃得。若稍懈，旧习又来。

君子之道，淡而不厌。淡味长，有滋味便是欲。人不爱淡，却只爱闹热。人须要用不肯不用，须要为不肯不为，盖器有大小，有大大器底人自别。

算稳底人好，然又无病生病。勇往底人好，然又一概去了。然勇往底人较好，算稳底人有难救者。

定夫举禅说："正人说邪说，邪说亦是正；邪人说正说，正说亦是邪。"先生曰："此邪说也！正则皆正，邪则皆邪，正人岂有邪说？邪人岂有正说？此儒释之分也。"

古人朴实头，明播种者主播种，明乐者主乐，欲学者却学他，然长者为主。又其为主者自为主，其为副者自为副，一切皆有一定，不易不争。

宿无灵骨，在师友处有所闻，又不践履去[37]，是谓无灵骨。又云："人皆可以为尧舜，谓无灵骨，是谓厚诬。"

后生随身规矩不可失。

道可谓尊，可谓重，可谓明，可谓高，可谓大。人却不自重，才有毫发恣纵，便是私欲，与此全不相似。

法语正如雷阳，巽语正如风阴。人能于法语有省时好，于巽语有省，未得其正，须思绎。《诗雅》、《正》、《变风》，便是巽意，《离骚》又其次也。《变风》无《骚》意，此又是屈原立此，出于有所碍，不得已。后世作《诗》、《雅》，不得只学《骚》。

兵书邪说。道塞乎天地，以正伐邪，何用此？须别邪正。

小心翼翼，昭事上帝，上帝临汝，无贰尔心。此理塞宇宙，如何由人杜撰得！文王敬忌，若不知此，敬忌个甚么？

见季尉，因说："大率人多为举业所坏。取人当先行义，考试当先理教，毋以举业之靡者为上。"

大丈夫事，岂当儿戏！

自立自重，不可随人脚跟，学人言语。

四端皆我固有，全无增添。

说本朝官制，蔡元通所论乱道。

江泰之问："某每惩忿窒欲，求其放心，然能暂而不能久。请教。"答曰："但惩忿窒欲，未是学问事。便惩窒得全无后，也未是学。学者须是明理，须是知学，然后说得惩窒。知学后惩窒，与常人惩窒不同。常人惩窒只是就事就末。"

孟子言学问之道求放心，是发明当时人。当时未有此说，便说得。孟子既说了，下面更注脚，便不得。

今上重明节早，先生就精舍庭前，朱衣象笏，向北四拜，归精舍坐，四拜。问之，答曰："必有所尊，非有已也。太守上任拜厅。"

学者大率有四样："一、虽知学路，而恣情纵欲，不肯为；一、畏其事大且难而不为；一、求而不得其路；一、未知路而自谓能知。"

学能变化气质。

大人凝然不动，不如此，小家相。

先生云："某每见人，一见即知其是不是，后又疑其恐不然，最后终不出初一见。"

道塞天地，人以自私之身与道不相入。人能退步自省，自然相入。唐虞三代教化行，习俗美，人无由自私得。后以裁成天地之道，辅相天地之宜，以左右民。今都相背了，说不得。

高底人不取物，下人取物，粘于物。

资禀好底人阔大，不小家相，不造作，闲引惹他都不起不动，自然与道相近。资禀好底人，须见一面，自然识取，资禀与道相近。资禀不好底人，自与道相远，却去锻炼。

东坡论《嗣征》甚好，自《五子之歌》推来。顾命陈设，是因成王即位，流言所致，此召公之非不任道，流俗之情也。周之道微，此其一也。又"尔有嘉谋嘉猷，则入告尔后于内，尔乃顺之于外曰：斯谋斯猷，惟我后之德。"此二也。

旧尝通张于湖书于建康，误解了《中庸》，谓"魏公能致广大而不能尽精微，极高明而不能道中庸"，乃成两截去了。又尝作《高祖无可无不可论》，误解了《书》，谓"人心，人伪也；道心，天理也"，非是。人心，只是说大凡人之心。惟微，是精微，才粗便不精微，谓人欲天理，非是。人亦有善有恶，天亦有善有恶，岂可以善皆归之天？恶皆归之人？此说出于《乐记》，此说不是圣人之言。

与小后生说话，虽极高极微，无不听得，与一辈老成说便不然。以此见道无巧，只是那心不平底人揣度便失了。

学者须是打叠田地净洁，然后令他奋发植立。若田地不净洁，则奋发植立不得。古人为学即

"读书然后为学"可见。然田地不净洁，亦读书不得。若读书，则是假寇兵，资盗粮。

凡所谓不识不知，顺帝之则，晏然太平，殊无一事。然却有说擒搦人不下，不能立事，却要有理会处。某于显道，恐不能久处此间。且令涵养大处，如此样处未敢发。然某皆是逐事逐物考穷练磨，积日累月，以至如今，不是自会，亦不是别有一窍子，亦不是等闲理会，一理会便会。但是理会与他人别。某从来勤理会，长兄每四更一点起时，只见某在看书，或检书，或默坐。常说与子侄，以为勤，他人莫及。今人却言某懒，不曾去理会，好笑！

侍登鬼谷山，先生行泥途二三十里，云："平日极惜精力，不轻用，以留有用处，所以如今如是健。"诸人皆困不堪。

观山，云："佳处草木皆异，无俗物。观此亦可知学。"

天地人之才等耳，人岂可轻！人字又岂可轻！有中说无，无中说有之类，非儒说。

因提公昨晚所论事，只是胜心。风平浪静时，都不如此。

先生说数、说揲蓍，云："蓍法后人皆误了，吾得之矣。"

一行数妙甚，聪明之极，吾甚服之，却自僧中出。僧持世有《历法》八卷。

君子役物，小人役于物。夫权皆在我，若在物，即为物役矣。

举柳文乎、欤、邪之类，说乎、欤是疑，又是赞叹。"不亦说乎"是赞叹，"其诸异乎人之求之欤"是赞叹，《孟子》《杞柳章》一欤、一也，皆疑。

我说一贯，彼亦说一贯，只是不然。天秩、天叙、天命、天讨，皆是实理，彼岂有此？

后生全无所知底，似全无知，一与说却透得。为他中虚无事。彼有这般意思底，一切被这些子隔了，全透不得，此虚妄最害人。

过、不及，有两种人。胸中无他，只一味懈怠沉埋底人，一向昏俗去，若起得他却好，只是难起，此属不及。若好妄作人，一切隔了，此校不好，此属过。人凝重阔大底好，轻薄小相底不好。

槐云："着意重便惊疑。"答："有所重便不得。"举《孟子》勿忘勿助长。

优裕宽平，即所存多，思虑亦正；求索太过，即存少，思虑亦不正。

重滞者难得轻清，刊了又重。须是久在师侧，久久教他轻清去。若自重滞，如何轻清得人。

黄百七哥，今甚平夷闲雅，无营求，无造作，甚好！其资与其所习似不然，今却如此，非学力而何？

人之精爽，负于血气，其发露于五官者安得皆正？不得明师良友剖剥，如何得去其浮伪，而归于真实？又如何得能自省、自觉、自剥落？

数即理也，人不明理，如何明数？

"神以知来，智以藏往。"神，蓍也。智，卦也。此是人一身之蓍。

某自来非由乎学，自然与一种人气相忤。才见一造作营求底人，便不喜，有一种冲然淡然底人，便使人喜，以至一样衰底人，心亦喜之。年来为不了事底，方习得稍不喜，见退淡底人，只一向起发他。

某从来不尚人起炉作灶，多尚平。

因见众人所为，亦多因他。然亦有心知其为非，不以为是，有二三年不说破者。如此不为则已，一为必中。此虽非中，然与彼好生事不中底人相去悬绝。于事则如此多不为，至于文章，必某自为之。文章岂有太过人？只是得个恰好。他人未有偷叙，便做得好，只是偶然。又云文章要锻炼。

《诗小序》，解诗者所为。"天下荡荡"，乃因"荡荡上帝"，序此尤谬可见者。

曾参高柴漆雕开之徒是不及之好者，曾哲是过之好者，师过商 不及是过不及之不好者。

“人而不为《周南》、《召南》，其犹正墙面而立也，学者第一义。“古之欲明明德于天下者”，此是第二。孔子志学便是志此，然须要有入处。《周南》、《召南》便是入处。后生无志难说，此与秦誓其心休休一章相应。《周南》、《召南》好善不厌，《关雎》、《鹊巢》皆然。人无好善之心便皆自私，有好善之心便无私，便人之有技若己有之。今人未必有他心，只是无志，便不好善。乐正子好善，孟子喜而不寐，又不是私于乐正子？

因曾见一大鸡，凝然自重，不与小鸡同，因得《关雎》之意。雎鸠在河之洲，幽闲自重，以比兴君子美人如此之美。

文以理为主，荀子于理有蔽，所以文不雅驯。

“风以动之，教以化之。”风是血脉，教是条目。

夫子曰：“由。知德者鲜矣。”要知德。皋陶言：“亦行有九德”，然后乃言曰：“载采采”。事固不可不观，然毕竟是末。自养者亦须养德，养人亦然。自知者亦须知德，知人亦然。不于其德而徒绳检于其外，行与事之间，将使人作伪。

韩文有作文蹊径，《尚书》亦成篇，不如此。

后生精读古书文。

《汉书食货志》后生可先读，又着读《周官考工记》。又云：“后生好看《系辞》，皆赞叹圣人作《易》。”

后生好看《子虚上林赋》，皆以字数多，后来好工夫不及此。

文才上二字一句，便要有出处。使六经句，不谓之偷使。

学者不可翻然即改，是私意，此不长进。

五日画一水，十日画一松，若不如此，胡乱做。

某观人不在言行上，不在功过上，直截是雕出心肝。

人生天地间，如何不植立？

穷究磨炼，一朝自省。

因问：“黎师侯诗，不是理明义精，只是揩磨得之，所以不能言与人。”曰：“此便是平生爱图度样子，只是他不能言，你又岂知得他是如此？”

定夫挟一物不放，胡做！

荆公求必，他人不必求。

佛老高一世人，只是道偏，不是。

周康叔来问学，先生曰：“公且说扶渡子讼事来。”曾充之来问学，先生曰；“公且说为谁打关节来。”只此是学。

又无事尚解忘，今当机对境，乃不能明。

小人儒，为善之小人，士诫小人哉。

谨致念，大凡多随资禀，一致思便能出。

因说祥道旧问云：“心都起了，不知如何在求道。德成而上，艺成而下，行成而先，事成而后，今人之性命只在事艺末上。”彭世昌云：“只是不识轻重大小。”先生笑曰：“打入廖家牛队里去了，因吴显道与诸公说风水。”

禅家话头不说破之类，后世之谬。

“继之者善也”，谓一阴一阳相继。

精读书，著精采警语处，凡事皆然。

某今亦教人做时文，亦教人去试，亦爱好人发解之类，要晓此意是为公，不是私。

凡事只看其理如何，不要看其人是谁。

说晦翁云："莫教心病最难医。"

内无所累，外无所累，自然自在，才有一些子意便沉重了。彻骨彻髓，见得超然，于一身自然轻清，自然灵。

大凡文字，才高超然底，多须要逐字逐句检点他。才稳文整底，议论见识低，却以古人高文拔之。

本分事熟后，日用中事全不离。此后生只管令就本分事用工，犹自救不暇，难！难！教他只就本分事，便就日用中事，又一切忘了本分事，难！难！精神全要在内，不要在外，若在外，一生无是处。但如奖一小人，亦不可谓今要将些子意思奖他。怒一小人，亦不可谓今要将些子意思怒他，都无事此。只要当奖即奖，当怒即怒，吾亦不自知。若有意为之，便是私，感畏人都不得。

我这里有扶持，有保养，有摧抑，有摈挫。

韩文章多见于墓志、祭文，洞庭汗漫，粘天无壁。柳祭吕化光文章妙。

古人精神不闲用，不做则已，一做便不徒然，所以做得事成。须要一切荡涤，莫留一些方得。

某平生有一节过人，他人要会某不会，他人要做某不做。

莫厌辛苦，此学脉也。

不是见理明，信得及，便安不得。

因阴晴不常，言人之开塞。若无事时有塞，亦未害，忽有故而塞，须理会方得。

不可戏谑[38]，不可作乡谈[39]。人欲起不肖破败意，必先借此二者发之。某七八岁时常得乡誉，只是庄敬自持，心不爱戏。故小年时皆无侣，鞋不破，指爪长。后年十五六，觉与人无徒，遂稍放开。及读三国六朝史，见夷狄乱华，乃一切剪了指爪，学弓马，然胸中与人异，未尝失了。后见人收拾者，又一切古执去了，又不免教他稍放开。此处难，不收拾又不得，收拾又执。这般要处，要人自理会得。

截然无议论词说蹊径，一说又一就说，即不是。此事极分明，若迟疑，即犹未。

大凡文字，宁得人恶、得人怒，不可得人羞、得人耻，与晦庵书不是，须是直凑。

道在迩而求诸远，事在易而求诸难。只就近易处，着着就实，无尚虚见，无贪高务远。

随身规矩，是后生切要，莫看先生长者，他老练，但只他人看，你莫看，他人笑，你莫笑。所谓非礼勿视，非礼勿听。

管仲学老子亦然。

老衰而后，佛入。

不专论事论末，专就心上说。

论严泰伯云："只是一个好胜。见一好事做近前，便做得亦不是，事好心却不好。"

老氏见周衰名胜，故专攻此处而申其说，亡羊一也。

一是即皆是，一明即皆明。

指显仲剩语多，曰："须斩钉截铁。"

因看诸人下象棋，曰："凡事不得胡乱轻易了，又不得与低底下，后遇敌手便惯了，即败。狮子捉象捉兔，皆用全力。"

其发若机括[40]，其司是非之谓也。其留如诅盟[41]，其守胜之谓也。庄子势阻则谋，计得则断。

先生旧尝作小经云意似庄子。

王遇子合问学问之道何先？曰："亲师友，去己之不美也。人资质有美恶，得师友琢磨，知己之不美而改之。"子合曰："是，请益。"不答。先生曰："子合要某说性善性恶，伊洛释老，此等话不副其求，故曰是而已。吾欲其理会此说，所以不答。"

右包扬显道所录

阜民癸卯十二月初见先生，不能尽记所言，大旨云："凡欲为学，当先识义利公私之辨。今所学果为何事？人生天地间，为人自当尽人道。学者所以为学，学为人而已，非有为也。"又云："孔门弟子如子夏子游宰我子贡，虽不遇圣人，亦足号名学者，为万世师。然卒得圣人之传者，柴之愚，参之鲁，盖病后世学者溺于文义，知见缴绕，蔽惑愈甚，不可入道耳。"阜民既远邸，遂尽屏诸书。及后来疑其不可，又问。先生曰："某何尝不教人读书，不知此后煞有甚事。"

某方侍坐，先生遽起，某亦起。先生曰："还用安排否？"

先生举"公都子问钧是人也"一章云："人有五官，官有其职，某因思是便收此心，然惟有照物而已。"他日侍坐无所问，先生谓曰："学者能常闭目亦佳。"某因此无事则安坐瞑目，用力操存，夜以继日，如此者半月。一日下楼，忽觉此心已复澄莹。中立窃异之，遂见先生。先生目逆而视之曰："此理已显也。"某问先生："何以知之？"曰："占之眸子而已[42]。"因谓某："道果在迩乎？"某曰："然。昔者尝以南轩张先生所类洙泗言仁书考察之，终不知仁，今始解矣。"先生曰："是即知也，勇也。"某因言而通，对曰："不惟知勇，万善皆是物也。"先生曰："然。更当为说存养一节。"

先生曰："读书不必穷索，平易读之，识其可识者，久将自明，毋耻不知。子亦见今之读书谈经者乎？历叙数十家之旨而以己见终之。开辟反覆，自谓究竟精微，然试探其实，固未之得也，则何益哉！"

乙巳十二月，再入都见先生。坐定，曰："子何以束缚如此？"因自吟曰："翼乎如鸿毛遇顺风，沛乎若巨鱼纵大壑，岂不快哉！"既而以所记管窥诸语请益。一二日，再造，先生曰："夜来与朋友同看来，却不是无根据说得出来。自此幸勿辍录，他日亦可自验。"

某尝问："先生之学亦有所受乎？"曰："因读《孟子》而自得之。"

右门人詹阜民子南所录

昔者先生来自金邑，率僚友讲道于白鹿洞，发明"君子喻于义，小人喻于利"一章之旨，且喻人之所喻由其所习，所习由其所志，甚中学者之病。义利之说一明，君子小人相去一间，岂不严乎！苟不切己观省，与圣贤之书背驰，则虽有此文，特纸上之陈言耳。括苍高先生有言曰："先生之文如黄钟大吕[43]，发达九地，真启洙泗邹鲁之秘，其可不传耶？"

荆州日录

为学患无疑，疑则有进。孔门如子贡即无所疑，所以不至于道。孔子曰："女以予为多学而识之者欤[44]？"子贡曰："然。"往往孔子未然之，孔子复有非与之问。颜子仰之弥高，末由也已，其疑非细，甚不自安，所以其殆庶几乎。

学问须论是非，不论效验[45]。如告子先孟子不动心，其效先于孟子，然毕竟告子不是。

君子贤其贤而亲其亲，小人乐其乐而利其利，俱是一义。皆主"不忘而言"，"仁者见之谓之仁，智者见之谓之智"之义。

"人道敏政"，言果能尽人道，则政必敏矣。

《洪范》“有猷”是知道者，“有为”是力行者，“有守”是守而不去者。曰：“予攸好德”，是大有感发者。

三德、六德、九德，是通计其德多少。三德可以为大夫，六德可以为诸侯，九德可以王天下。翕受即是九德咸事，敷施乃大施于天下。

“《履》，德之基”，是人心贪欲恣纵，《履卦》之君子，以辩上下，定民志，其志既定，则各安其分，方得尊德乐道。“《谦》，德之柄”，谓染习深重，则物我之心炽，然谦始能受人以虚，而有入德之道矣。

九畴之数，一六在北，水得其正。三八在东，木得其正。惟金火易位，谓金在火乡，火在金乡，而木生火。自三上生至九，自二会生于九，正得二数，故火在南。自四至七，亦得四数，故金在西。

一变而为七，七变而为九，谓一与一为二、一与二为三、一与三为四、一与四为五、一与五为六，五者数之祖，既是五则变矣。二与五为七，三与五为八，四与五为九，九复变而为一。卦阴蓍阳，八八六十四，七七四十九，终万物始万物而不与，乃是阴事将终，阳事复始。《艮》，鼓万物而不与圣人同忧，道何尝有忧，既是人，则必有忧乐矣。精神不运则愚，血气不运则病。

孟氏没，吾道不得其传。而老氏之学始于周末，盛于汉，迨晋而衰矣[46]。老氏衰而佛氏之学出焉。佛氏始于梁达磨，盛于唐，至今而衰矣。有大贤者出，吾道其兴矣夫。

独汉武帝不用黄老，于用人尚可与。

汤放桀，武王伐纣，即“民为贵，社稷次之，君为轻”之义。孔子作《春秋》之言亦如此。

王沂公曾论丁谓，似出私意，然志在退小人，其脉则正矣。迹虽如此，于心何愧焉？

学问不得其纲，则是二君一民。等是恭敬，若不得其纲，则恭敬是君，此心是民。若得其纲，则恭敬者乃保养此心也。

蓍用七七，少阳也。卦用八八，少阴也。少阳少阴，变而用之。

棋所以长吾之精神，瑟所以养吾之德性。艺即是道，道即是艺，岂惟二物于此可见矣！

有己则忘理，明理则忘己。“《艮》其背，不见其身，行其庭不见其人”，则是任理而不以己与人参也

“事父孝，故事天明；事母孝，故事地察。”是学已到田地，自然如此，非是欲去明此而察此也。“明于庶物，察于人伦”亦然。

“《复》，小而辨于物。”“小”，谓心不粗也。

“在明明德，在亲民。”皆主于“在止于至善。”

《皋陶谟》、《洪范》、《吕刑》，乃传道之书。

四岳举丹朱举鲧等[47]，于知人之明，虽有不足，毕竟有德。故尧欲逊位之时，必首曰：“汝能庸命逊朕位?”

皋陶明道，故历述知人之事。孟子曰：“我知言。”夫子曰：“不知言，无以知人也。”

“诚则明，明则诚”，此非有次第也，其理自如此。“可欲之谓善”，“知至而意诚”亦同。有志于道者，当造次必于是，颠沛必于是。凡动容周旋，应事接物，读书考古，或动或静，莫不在时。此理塞宇宙，所谓道外无事，事外无道。舍此而别有商量，别有趋向，别有规模，别有形迹，别有行业，别有事功，则与道不相干，则是异端，则是利欲为之陷溺，为之窠臼。说即是邪说，见即是邪见。

“君子之道费而隐”，费，散也。

释氏谓此一物，非他物故也，然与吾儒不同。吾儒无不该备，无不管摄，释氏了此一身，皆

无余事。公私义利于此而分矣。

《系辞》卦有大小，阴小阳大。

“言天下之至赜而不可恶也”，虽诡怪阖辟，然实有此理，且亦不可恶也。

“言天下之至动而不可乱也”，天下有不可易之理故也。“吉凶者，正胜者也。”《易》使人趋吉避凶，人之所为，当正而胜凶也。

“必也使无讼乎？”至明然后知人情物理，使民无讼之义如此。

天理人欲之分论，极有病。自《礼记》有此言，而后人袭之。《记》曰：“人生而静，天之性也。感于物而动，性之欲也。”若是，则动亦是，静亦是，岂有天理物欲之分？若不是，则静亦不是，岂有动静之间哉？

矶、钧，矶也，“不可矶”，谓无所措足之地也，无所措手足之义。

“可坐而致也”是疑辞，与“邪”字同义。

人各有所长，就其所长而成就之，亦是一事。此非拘儒曲士之所能知，惟明道君子无所陷溺者，能达此耳。

斩之类如学为士者必能作文，随其才，虽有工拙，然亦各极其至而已。

与朋友切磋，贵乎中的[48]，不贵泛说，亦须有手势。必使其人去灾病，解大病，洒然豁然，若沉疴之去体[49]，而濯清风也。若我泛而言之，彼泛而听之，其犹前所谓杜撰名目，使之持循是也。

“鸢飞戾天，鱼跃于渊，言其上下察 也。”只缘理明义精，所以于天地之间，一事一物，无不著察。“仰以观象于天，及万物之宜”，惟圣者然后察之如此，其精也。

孔门高弟，颜渊、闵子骞、冉伯牛、仲弓、曾参之外，惟南宫适、宓子贱、漆雕开近之，以敏达、捷给、才智、慧巧论之，安能望宰我、子贡、冉有、季路、子游、子夏也哉？惟其质实诚朴，所以去道不远。如南宫适问禹稷躬稼而有天下，最是朴实。孔子不答，以其默当于此心，可外无言耳。所以括出赞之云。

“语大，天下莫能载焉。”道大无外，若能载，则有分限矣。“语小天下莫能破焉”。一事一物，纤悉微末，未尝与道相离。天地之大也，人犹有所憾，盖天之不能尽地所以为，地不能尽天之所职。

自形而上者言之谓之“道”，自形而下者言之谓之“器”。天地亦是器，其生覆形载必有理。

“六十而耳顺”，知见到矣。“七十而从心所欲不逾矩”，践行到矣。颜子未见其止，乃未能臻此也。

生知，盖谓有生以来，浑无陷溺，无伤害，良知具存，非天降之才尔殊也。

汉唐近道者：赵充国、黄宪、杨绾、段秀实、颜真卿。

王肃、郑康成谓《论语》乃子贡、子游所编，亦有可考者。如《学而篇》子曰次章，便载有若一章，又子曰而下，载曾子一章，皆不名而以子称之。盖子夏辈平昔所尊者，此二人耳。

不践迹，谓已知血脉之人，不拘形着迹，然亦未造阃奥[50]。乐正子在此地位，人能明矣，然乍纵乍警，骤明忽暗，必至于有诸己然后为得也。

孔子十五而志于学，是已知道时矣。虽有所知，未免乍出乍人，乍明乍晦，或警或纵，或作或辍。至三十而立，则无出人、明晦、警纵、作辍 之分矣。然于事物之间，未能灼然分明见得。至四十始不惑，不惑矣，未必能洞然融通乎天理矣，然未必纯熟。至六十而所知已到，七十而所行已到。事不师古，率由旧章，学于古训，古训是式。所法者，皆此理之，非徇其迹，倣其事。

博学、审问、慎思、明辨，始条理也。如金声而高下、隆杀、疾徐、疏数；自有许多节奏。

到力行处，则无说矣。如玉振，然纯一而已。知至知终，皆必由学，然后能至之终之。所以，孔子学不厌，发愤忘食，“《易》与天地准”，“至神无方而易无体”，皆是赞《易》之妙用如此。“一阴一阳之谓道”，乃泛言天地万物皆具此阴阳也。“继之者善也”，乃独归之于人。“成之者性也”，又复归之于天，天命之谓性也。

切磋之道，有受得尽言者，有受不得者。彼有显过大恶，苟非能受尽言之人，不必件件指摘他，反无生意。

王道荡荡平平，无偏无倚。伯夷、伊尹、柳下惠圣则圣矣，终未底于荡荡平平之域。

重卦而为六十四，分三才。初，二地也，初地下，二地上。三、四人也，三人下，四人上。五、六天也，五天下，六天上。一生二，二生三，三生万物。

先儒谓《屯》之初九，如高贵乡公，得之矣。

“《蒙》再三渎，渎则不告。”非发之人，不以告于蒙者也。为蒙者，未能专意相向，乃至再三以相试探，如禅家云“盗法之人，终不成器”。一有此意，则志不相应，是自渎乱，虽与之言，终不通解，与不告同也。

八卦之中，惟《乾》、《坤》、《坎》、《离》不变，倒而观之，亦是此卦。外四卦则不然。

学问若有一毫夹带，便属私小而不正大，与道不相似矣。仁之于父子固也，然以舜而有瞽叟[51]，命安在哉？故舜不委之于命，必使底豫允若，则有性焉，岂不于此而验！

元吉自谓智昧而心粗，先生曰：“病固在此，本是骨凡。学问不实，与朋友切磋不能中的，每发一论，无非泛说，内无益于己，外无益于人，此皆己之不实，不知要领所在。遇一精识，便被他胡言乱语压倒，皆是不实。吾人可不自勉哉！”

格物者，格此者也，伏羲仰象俯法，亦先于此尽力焉耳。不然，所谓格物，末而已矣。

颜子仰高钻坚之时，乃知枝叶之坚高者也，毕竟只是枝叶。学问于大本既正，而万微不可不察。

规矩严整，为助不少。

---

①推步：推算天文历法的专门学说。

②鲧（gǔn，音滚）：大禹的父亲，封崇伯。治水九载无功，被舜斩之于羽山。古史传说为四凶之一。

③子：同“仔”。

④九德：《逸周书》云：“九德：忠、信、敬、刚、柔、和、固、贞、顺。”

⑤硁硁（kēng kēng，音坑坑）：肤浅而固执的样子。

⑥“共工方鸠僝（zhuàn，音篆）功”：共工于他所在的地方，能建立事业，聚现其功。僝，当“表现”讲。

⑦忿懥（zhì，音至）：愤怒。

⑧魑魅魍魉（chī mèi wǎng liǎng，音吃妹网两）：指各种鬼怪。

⑨皇极：帝王统治国家和人民的准则。

⑩锡：等同于“赐”。

⑪物理：事物的常理。

⑫韩退之：指唐代文学家韩愈。

⑬扐（lè，音勒）：手指之间。古代筮法以所数的蓍草的零余夹在手法之间，故亦指奇零之数。

⑭客胜主：指喧宾夺主。

⑮哓哓（xiāo xiāo，音肖肖）：争辩声。

⑯殢（tì，音替）：困扰。

⑰法度：法律制度。

⑱户马：即户马法，是北宋王朝加强马政，振兴军事的重要举措。

⑲介甫：指王安石，江西临川人，著名的改革家。

⑳亹亹（wěi wěi，音伟伟）：勤勉。

㉑九皋：深远的水泽淤地。

㉒泥：粉饰、卖弄。

㉓养气：养生学的一个分支。古人认为：精、气、神为人类生命的关键，所以，养生主要是为了养精、养气、养神。

㉔拣择：选择。

㉕狷（juàn，音倦）：洁身自好。

㉖元非：原本就不是。

㉗伊尹：商汤的左相。奴隶出身，善烹调美味，有治国安民之术。

㉘释：指佛教。

㉙轮对：即轮对制，宋太祖建隆三年，初定百官轮对制。每五日内殿起居，让一官员上殿，指陈时政的成败得失，自侍从以下，称"轮当面对"；如果是谏官，则称为"本职公事"；若是三衙大帅，则称为"杖子奏事"。

㉚汲黯（àn，音暗）：人名。西汉名臣，善于直言纳谏。

㉛韦弦之义：《韩非子》说："西门豹的性格急，故佩韦以自缓；董安于的性格慢，故佩弦以自急。"韦，柔而韧；弦，紧而急。佩带韦弦，可以随时自警自己的不足。

㉜放饭流歠（chuò，音辍）：大口吃饭喝汤，饮食入口如流水，人就无法品味出食物和饮料的滋味。此语出自《孟子》。

㉝造次：仓卒。

㉞格法：法律的一种。唐宋的法律有律、令、格、式四种。

㉟皋陶：传说是舜的大臣，掌管刑律之事。

㊱萦萦（yíng yíng，音营营）：牵挂、缠绕。

㊲践履：亲身去做。

㊳戏谑：开玩笑。

㊴乡谈：粗俗的俚语。

㊵机括：弩上发箭的机件。

㊶诅盟：誓约。

㊷占之眸子而已：从眼睛中推断罢了。

㊸黄钟：古乐十二律之一。声调最为洪大响亮。

㊹女：等同于"汝"。　欤（yú，音于）：表示疑问语气。

㊺效验：效果和作用。

㊻迨（dài，音代）：等到。

㊼丹朱：尧的儿子。尧因丹朱不肖，把王位禅让给舜。

㊽中的　切中问题的要害。

㊾沉疴（kē，音科）：老毛病。

㊿阃（kǔn，音捆）奥：内室。

51瞽叟：舜的父亲。

传习录

〔明〕王守仁　撰

传习录上

语 录 一

徐 爱 叙

先生于《大学》、格物诸说，悉以旧本为正[①]，盖先儒所谓误本者也。爱始闻而骇，既而疑，已而殚精竭思，参互错纵，以质于先生[②]。然后知先生之说，若水之寒，若火之热，断断乎百世以俟圣人而不惑者也。先生明睿天授，然和乐坦易，不事边幅。人见其少时，豪迈不羁，又尝泛滥于词章，出入二氏之学[③]。骤闻是说，皆目以为立异好奇，漫不省究。不知先王居夷三载，处困养静，精一之功固已超入圣域[④]，粹然大中至正之归矣。爱朝夕炙门下[⑤]，但见先生之道，即之若易，而仰之愈高；见之若粗，而探之愈精；就之若近，而造之愈益无穷[⑥]。十余年来，竟未能窥其藩篱[⑦]。世之君子，或与先生仅交一面，或犹未闻其謦欬，或先怀忽易愤激之心，而遽欲于立谈之间，传闻之说，臆断悬度，如之何其可得也？从游之士，闻先生之教，往往得一而遗二，见其牝牡、骊黄[⑧]，而弃其所谓千里者。故爱备录平日之所闻，私以示夫同志，相与考而正之，庶无负先生之教云。门人徐爱书。

语 录

爱问："在亲民"[⑨]，朱子谓：当作"新民"。后章"作新民"之文似亦有据，先生以为宜从旧本"作新民"，亦有所据否？

先生曰："作新民"之"新"是自新之民，与"在新民"之"新"不同，此岂足为据？"作"字却与"亲"字相对，然非"亲"字义。下面"治国平天下"处，皆于"新"字无发明[⑩]。如云"君子贤其贤而亲其亲，小人乐其乐而利其利"，"如保赤子"，"民之所好好之，民之所恶恶之"，此之谓民之父母之类，皆是"亲"字意。亲民，犹孟子"亲亲仁民"之谓，亲之即仁之也。百姓不亲，舜使契为司徒[⑪]，敬敷五教[⑫]，所以亲之也。《尧典》"克明峻德"，便是"明明德"，以亲九族至平章、协和[⑬]，便是亲民，便是明明德于天下。又如孔子言"修己以安百姓"，"修己"便是"明明德"，"安百姓"便是"亲民"。说"亲民"便是兼教养意，说"新民"便觉偏了。

爱问："知止而后有定"[⑭]，朱子以为，事事物物皆有定理，似与先生之说相戾[⑮]。

先生曰：于事事物物上求至善，却是义外也[⑯]。至善是心之本体，只是明明德到至精至一处便是，然亦未尝离却事物。本注所谓"尽夫天理之极，而无一毫人欲之私"者，得之。

爱问：至善只求诸心，恐于天下事理有不能尽？

先生曰：心即理也，天下又有心外之事，心外之理乎？

爱曰：如事父之孝，事君之忠，交友之信，治民之仁，其间有许多理在，恐亦不可不察。

先生叹曰：此说之蔽久矣，岂一语所能悟？今姑就所问者言之。且如事父，不成去父上求个孝的理；事君，不成去君上求个忠的理；交友、治民，不成去友上、民上求个信与仁的理。都只在此心，心即理也！此心无私欲之蔽，即是天理，不须外面添一分。以此纯乎天理之心，发之事父便是孝，发之事君便是忠，发之交友、治民便是信与仁。只在此心去人欲、存天理上用功便是！

爱曰：闻先生如此说，爱已觉有省悟处。但旧说缠于胸中，尚有未脱然者。如事父一事，其间温清、定省之类有许多节目⑰，不亦须讲求否？

先生曰：如何不讲求。只是有个头脑，只是就此心去人欲、存天理上讲求。就如讲求冬温也，只是要尽此心之孝，恐怕有一毫人欲间杂；讲求夏清也，只是要尽此心之孝，恐怕有一毫人欲间杂。只是讲求得此心，此心若无人欲，纯是天理，是个诚于孝亲的心，冬时自然思量父母的寒，便自要去求个温的道理；夏时自然思量父的热，便自要去求个清的道理。这都是那诚孝的心发出来的条件，却是须有这诚孝的心，然后有这条件发出来。譬之树木，这诚孝的心便是根，许多条件便是枝叶。须先有根，然后有枝叶。不是先寻了枝叶，然后去种根。礼记言，“孝子之有深爱者，必有和气。有和气者，必有愉色。有愉色者，必有婉容”。须是有个深爱做根，便自然如此。

郑朝朔问：至善亦须有从事物上求者？

先生曰：至善只是此心纯乎天理之极便是，更于事物上怎生求？且试说几件看。

朝朔曰：且如事亲，如何而为温清之节？如何而为奉养之宜？须求个是当，方是至善。所以有学问思辩之功。

先生曰：若只是温清之节，奉养之宜，可一日二日讲之而尽，用得甚学问思辩？惟于温清时也，只要此心纯乎天理之极；奉养时也，只要此心纯乎天理之极。此则非有学问思辩之功，将不免于毫厘千里之缪。所以虽在圣人，犹加“精一”之训。若只是那些仪节求得是当，便谓至善，即如今扮戏子扮得许多温清奉养的仪节是当，亦可谓之至善矣？

爱于是日又有省。

爱因未会先生知行合一之训，与宗贤、惟贤往复辩论，未能决，以问于先生。

先生曰：试举看。

爱曰：如今人仅有知得父当孝，兄当弟者⑱，却不能孝、不能弟。便是知与行分明是两件。

先生曰：此已被私欲隔断，不是知行的本体了。未有知而不行者，知而不行，只是未知。圣贤教人知行，正是要复那本体，不是着你只恁的便罢。故《大学》指个真知行与人看，说“如好好色”，“如恶恶臭”⑲。见好色属知，好好色属行。只见那好色时已自好了，不是见了后又立个心去好。闻恶臭属知，恶恶臭属行。只闻那恶臭时已自恶了，不是闻了后别立个心去恶。如鼻塞人，虽见恶臭在前，鼻中不曾闻得，便亦不甚恶，亦只是不曾知臭。就如称某人知孝，某人知弟，必是其人已曾行孝行弟，方可称他知孝知弟。不成只是晓得说些孝弟的话，便可称为知孝弟。又如知痛必已自痛了方知痛，知寒必已自寒了，知饥必已自饥了。知行如何分得开？此便是知行的本体，不曾有私意隔断的。圣人教人必要是如此，方可谓之知。不然，只是不曾知。此却是何等紧切着实的工夫！如今苦苦定要说知行做两个，是什么意？某要说做一个是什么意？若不知立言宗旨⑳，只管说一个、两个，亦有甚用？

爱曰：古人说知行做两个，亦是要人见个分晓。一行做知的功夫，一行做行的功夫，即功夫始有下落。

先生曰：此却失了古人宗旨也。某尝说知是行的主意㉑，行是知的功夫。知是行之始，行是知之成。若会得时，只说一个知，已自有行在。只说一个行，已自有知在。古人所以既说一个知，又说一个行者，只为世间有一种人，懵懵懂懂的任意去做，全不解思惟省察也。只是个冥行妄作[22]，所以必说个知，方才行得是。又有一种人，茫茫荡荡悬空去思索，全不肯着实躬行也。只是个揣摸影响[23]，所以必说一个行，方才知得真。此是古人不得已补偏救弊的说话。若见得这个意时，即一言而足。今人却就将知行分作两件去做，以为必先知了，然后能行。我如今且去讲习讨论做知的工夫，待知得真了方去做行的工夫。故遂终身不行，亦遂终身不知。此不是小病痛，其来已非一日矣！某今说个知行合一，正是对病的药 ，又不是某凿空杜撰。知行本体，原是如此。今若知得宗旨时，即说两个亦不妨，亦只是一个。若不会宗旨，便说一个，亦济得甚事？只是闲说话。

爱问：昨闻先生"止至善"之教[24]，已觉功夫有用力处，但与朱子"格物"之训，思之终不能合。

先生曰："格物"是"止至善"之功，既知"至善"，即知"格物"矣。

爱曰：昨以先生之教，推之"格物"之说，似亦见得大略。但朱子之训，其于《书》之"精一"，《论语》之"博约"，《孟子》之"尽心知性"，皆有所证据，以是未能释然。

先生曰：子夏笃信圣人，曾子反求诸己。笃信固亦是，然不如反求之切[25]。今既不得于心，安可狃于旧闻[26]，不求是当？就如朱子，亦尊信程子，至其不得于心处，亦何尝苟从？精一、博约、尽心本自与吾说吻合，但未之思耳。朱子"格物"之训，未免牵合附会，非其本旨。精是一之功，博是约之功。曰仁既明知行合一之说[27]，此可一言而喻。"尽心知性知天"是"生知安行"事，"存心养性事天"是"学知利行"事，"夭寿不贰，修身以俟"是"困知勉行"事。朱子错训"格物"，只为倒看了此意。以"尽心知性"为"物格知至"。要初学便去做"生知安行"事，如何做得！

爱问："尽心知性"何以为"生知安行"？

先生曰：性是心之体，天是性之原，尽心即是尽性。惟天下至诚，为能尽其性。知天地之化育，存心者心有未尽也。知天如知州、知县之知，是自己分上事，已与天为一。事天如子之事父、臣之事君，须是恭敬奉承，然后能无失。尚与天为二，此便是圣贤之别。至于"夭寿不贰"其心，乃是教学者一心为善，不可以穷通、夭寿之故[28]，便把为善的心变动了。只去修身以俟命，见得穷通、寿夭，有个命在，我亦不必以此动心。事天虽与天为二，已自见得个天在面前。"俟命"便是未曾见面，在此等候相似。此便是初学立心之始，有个困勉的意在[29]。今却倒做了，所以使学者无下手处。

爱曰：昨闻先生之教，亦影影见得功夫须是如此。今闻此说，益无可疑。爱昨晓思"格物"的"物"字即是"事"字，皆从心上说。

先生曰：然。身之主宰便是心，心之所发便是意，意之本体便是知，意之所在便是物。如意在于事亲，即事亲便是一物。意在于事君，即事君便是一物。意在于仁民、爱物，即仁民、爱物便是一物。意在于视职言动，即视职言动便是一物。所以某说无心外之理，无心外之物。《中庸》言"不诚无物"，《大学》"明明德"之功，只是个诚意。诚意之功，只是个格物。

先生又曰："格物"如《孟子》"大人格君心"之"格"，是去其心之不正，以全其本体之正。但意念所在，即要去其不正以全其正，即无时无处不是存天理，即是穷理。天理即是明德，穷理即是明明德。

又曰：知是心之本体，心自然会知。见父自然知孝，见兄自然知弟，见孺子入井，自然知恻隐，此便是良知，不假外求。若良知之发，更无私意障碍，即所谓"充其恻隐之心，而仁不可胜用矣”。然在常人，不能无私意障碍，所以须用致知格物之功，胜私复理[30]，即心之良知更无障碍，得以充塞流行，便是致其知。知致则意诚。

爱问：先生以博文为约礼功夫，深思之未能得，略请开示。

先生曰：“礼”字即是“理”字。理之发见可见者谓之文[31]，文之隐微不可见者谓之理，只是一物。约礼只是要此心纯是一个天理，要此心纯是天理，须就理之发见处用功。如发见于事亲时，就在事亲上学存此天理。发见于事君时，就在事君上学存此天理。发见于处富贵贫贱时，就在处富贵贫贱上学存此天理。发见于处患难夷狄时，就在处患难夷狄上学存此天理。至于作止语默[32]，无处不然，随他发见处，即就那上面学个存天理。这便是博学之于文，便是约礼的功夫。博文即是惟精，约礼即是惟一。

爱问：“道心常为一身之主，而人心每听命”，以先生“精一”之训推之，此语似有弊。

先生曰：然。心一也。未杂于人谓之道心，杂以人伪谓之人心。人心之得其正者即道心，道心之失其正者即人心，初非有二心也。程子谓“人心即人欲，道心即天理”，语若分析而意实得之[33]。今曰“道心为主，而人心听命”，是二心也。天理人欲不并立，安有天理为主，人欲又从而听命者？

爱问：文中子、韩退之[34]。

先生曰：退之文人之雄耳，文中子贤儒也。后人徒以文词之故，推尊退之，其实退之去文中子远甚。

爱问：何以有拟经之失[35]？

先生曰：拟经恐未可尽非。且说后世儒者著述之意，与拟经如何？

爱曰：世儒著述，近名之意不无然[36]，期以明道。拟经纯若为名。

先生曰：著述以明道，亦何所效法？

曰：孔子删述六经以明道也。

先生曰：然则拟经独非效法孔子乎？

爱曰：著述即于道有所发明，拟经似徒拟其迹，恐于道无补。

先生曰：子以明道者，使其反朴还淳而见诸行事之实乎？抑将美其言辞而徒以䜈䜈于世也[37]？天下之大乱，由虚文胜而实行衰也。使道明于天下，则六经不必述。删述六经，孔子不得已也。自伏羲画卦，至于文王、周公，其间言《易》如《连山》、《归藏》之属，纷纷籍籍，不知其几，《易》道大乱。孔子以天下好文之风日盛，知其说之将无纪极，于是取文王、周公之说而赞之，以为惟此为得其宗。于是纷纷之说尽废，而天下之言《易》者始一。《书》、《诗》、《礼》、《乐》、《春秋》皆然。《书》自《典》、《谟》以后，《诗》自二南以降，如《九丘》、《八索》，一切淫哇逸荡之词，盖不知其几千百篇。《礼》《乐》之名物度数[38]，至是亦不可胜穷。孔子皆删削而述正之，然后其说始废。如《书》、《诗》、《礼》、《乐》中，孔子何尝加一语。今之《礼记》诸说，皆后儒附会而成，已非孔子之旧。至于《春秋》，虽称孔子作之，其实皆鲁史旧文。所谓“笔”者，笔其旧；所谓“削”者，削 其繁，是有减无增。孔子述六经，惧繁文之乱天下，惟简之而不得，使天下务去其文以求其实，非以文教之也。《春秋》以后，繁文益盛，天下益乱。始皇焚书得罪，是出于私意，又不合焚六经。若当时志在明道，其诸反经叛理之说，悉取而焚之，亦正暗合删述之意。自秦汉以降，文又日盛，若欲尽去之，断不能去。只宜取法孔子，录其近是者而表章之[39]，则其诸怪悖之说，亦宜渐渐自废。不知文中子当时拟经之意如何？某切深有取于其事[40]，以为圣人复起，不能易也。天下所以不治，只因文盛实衰。人出己见，新奇相高，以眩俗取誉，徒以乱天下之聪明，涂天下之耳目，使天下靡然，争务修饰文词，以求知于世，而不复知有敦本尚实、反朴还淳之行。是皆著述者有以启之。

爱曰：著述亦有不可缺者，如《春秋》一经，若无《左传》，恐亦难晓。

先生曰：《春秋》必待《传》而后明，是歇后谜语矣。圣人何苦为此艰深隐晦之词？《左传》多是《鲁史》旧文，若《春秋》须此而后明，孔子何必削之？

爱曰：伊川亦云[41]，“《传》是案，《经》是断[42]”。如书弑某君，伐某国，若不明其事，恐亦难断。

先生曰：伊川此言，恐亦是相沿世儒之说，未得圣人作经之意。如书弑君，即弑君便是罪，何必更问其弑君之详。征伐当自天子出，书伐国，即伐国便是罪，何必更问其伐国之详。圣人述六经，只是要正人心，只是要存天理、去人欲。于存天理、去人欲之事，则尝言之。或因人请问，各随分量而说[43]，亦不肯多道，恐人专求之言语。故曰：“予欲无言”。若是一切纵人欲、灭天理的事，又安肯详以示人？是长乱导奸也。故孟子云“仲尼之门无道桓、文之事者[44]，是以后世无传焉”，此便是孔门家法。世儒只讲得一个伯者的学问[45]，所以要知得许多阴谋诡计，纯是一片功利的心，与圣人作经的意思正相反，如何思量得通？

因叹曰：“此非达天德者，未易与言此也！”

又曰：孔子云，“吾犹及史之缺文也”，孟子云，“尽信书，不如无书，吾于《武成》取二三策而已”。孔子删《书》于唐、虞、夏四五百年间，不过数篇，岂更无一事？而所述止此，圣人之意可知矣！圣人只是要删去繁文，后儒却只要添上。

爱曰：圣人作经，只是要去人欲、存天理。如五伯以下事，圣人不欲详以示人，则诚然矣。至如尧舜以前事，如何略不少见？

先生曰：羲黄之世，其事阔疏，传之者鲜矣。此亦可以想见，其时全是淳庞朴素，略无文采的气象。此便是太古之治，非后世可及。

爱曰：如《三坟》之类[46]，亦有传者，孔子何以删之？

先生曰：“纵有传者，亦于世变渐非所宜。风气益开，文采日胜，至于周末，虽欲变以夏、商之俗，已不可挽，况唐、虞乎？又况羲、黄之世乎？[47]然其治不同，其道则一。孔子于尧、舜则祖述之，于文、武则宪章之[48]。文、武之法，即是尧、舜之道。但因时致治，其设施政令已自不同。即夏商事业，施之于周，已有不合。故周公思兼三王[49]，其有不合，仰而思之，夜以继日。况太古之治，岂复能行？斯固圣人之所可略也。

又曰：专事无为，不能如三王之因时致治，而必欲行以太古之俗，即是佛、老的学术。因时致治，不能如三王之一本于道，而以功利之心行之，即是伯者以下事业。后世儒者许多讲来讲去，只是讲得个伯术。

又曰：唐、虞以上之治，后世不可复也，略之可也。三代以下之治，后世不可法也，削之可也。惟三代之治可行。然而世之论三代者，不明其本，而徒事其末，则亦不可复矣。

爱曰：先儒论六经，以《春秋》为史，史专记事，恐与五经事体终或稍异。

先生曰：以事言谓之史，以道言谓之经。事即道，道即事。《春秋》亦经，五经亦史。《易》是包牺氏之史[50]，《书》是尧、舜以下史，《礼》、《乐》是三代史。其事同，其道同，安有所谓异？

又曰：五经亦只是史，史以明善恶、示训戒。善可为训者，特存其迹以示法；恶可为戒者，存其戒而削其事以杜奸。

爱曰：存其迹以示法，亦是存天理之本然。削其事以杜奸，亦是遏人欲于将萌否？

先生曰：圣人作经，固无非是此意，然又不必泥着文句。

爱又问：恶可为戒者，存其戒而削其事以杜奸。何独于《诗》而不删《郑》、《卫》？先儒谓“恶者，可以惩创人之逸志”，然否？

先生曰：《诗》非孔门之旧本矣。孔子云“放郑声，郑声淫”，又曰“恶郑声之乱雅乐也”，“郑、卫之音，亡国之音也”，此是孔门家法。孔子所定三百篇，皆所谓雅乐，皆可奏之郊庙，奏之乡党。皆所以宣畅和平，涵泳德性，移风易俗，安得有此？是长淫导奸矣。此必秦火之后，世儒附会，以足三百篇之数。盖淫泆之词，世俗多所喜传，如今闾巷皆然。“恶者可以惩创人之逸志”，是求其说而不得，从而为之辞。

爱因旧说汩没[51]，始闻先生之教，实是骇愕不定，无入头处。其后闻之既久，渐知反身实践。然后始信先生之学，为孔门嫡传。舍是皆傍蹊小径，断港绝河矣。如说格物是诚意的工夫，明善是诚身的工夫，穷理是尽性的工夫，道问学是尊德性的工夫，博文是约礼的工夫，惟精是惟一的工夫，诸如此类。始皆落落难合[52]，其后思之既久，不觉手舞足蹈。

陆澄问：主一之功如读书则一心在读书上[53]，接客则一心在接客上，可以为主一乎？

先生曰：好色则一心在好色上，好货则一心在好货上[54]，可以为主一乎？是所谓逐物，非主一也。主一是专主一个天理。

问：立志？

先生曰：只念念要存天理，即是立志！能不忘乎此，久则自然心中疑聚，犹道家所谓“结圣胎”也。天理之念常存，驯至于美大圣神[55]，亦只从此一念存养扩充去耳[56]。

日间工夫觉纷扰则静坐，觉懒看书则且看书，是亦因病而药。

处朋友，务相下则得益，相上则损[57]。

孟源有自是好名之病，先生屡责之。一日警责方已，一友自陈日来工夫请正[58]。源从旁曰：“此方是寻着源旧时家当”。

先生曰：“尔病又发。”源色变，议拟欲有所辨。

先生曰：“尔病又发”。因喻之曰：此是汝一生大病根。譬如方丈 地内种此一大树，雨露之滋，土脉之力，只滋养得这个大根。四旁纵要种些嘉谷，上面被此树叶遮覆，下面被此树根盘结，如何生长得成？须用伐去此树，纤根勿留，方可种植嘉种。不然，任汝耕耘培壅，只是滋养得此根。

问：后世著述之多，恐亦有乱正学？

先生曰：人心天理浑然。圣贤笔之书，如写真传神，不过示人以形状大略，使之因此而讨求其真耳。其精神意气，言笑动止，固有所不能传也。后世著述，是又将圣人所画摹仿誊写，而妄自分析加增以逞其技，其失真逾远矣。

问：圣人应变不穷，莫亦是预先讲求否？

先生曰：如何讲求得许多！圣人之心如明镜，只是一个明则随感而应，无物不照。未有已往之形尚在，未照之形先具者[59]。若后世所讲，却是如此，是以与圣人之学大背。周公制礼作乐以文天下[60]，皆圣人所能为，尧舜何不尽为之而待于周公？孔子删述六经以诏万世，亦圣人所能为，周公何不先为之而有待于孔子？是知圣人遇此时方有此事。只怕镜不明，不怕物来不能照。讲求事变亦是照时事，然学者却须先有个明的工夫，学者惟患此心之未能明，不患事变之不能尽。

曰：然则所谓“冲漠无朕，而万象森然已具者”，其言何如？

曰：是说本自好，只不善看，亦便有病痛。义理无定在，无穷尽。吾与子言，不可以少有所得而遂谓止此也。再言之，十年、二十年、五十年未有止也。

他日又曰：圣如尧舜，然尧舜之上善无尽。恶如桀纣，然桀纣之下恶无尽。使桀纣未死，恶宁止此乎？使善有尽时，文王何以“望道而未之见?”

问：静时亦觉意思好，才遇事便不同，如何？

先生曰：是徒知静养而不用克已工夫也。如此临事，便要倾倒。人须在事上磨，方立得住。方能静亦定，动亦定。

问：上达工夫[61]？

先生曰：后儒教人才涉精微，便谓上达未当学，且说下学，是分下学上达为二也。夫目可得见，耳可得闻，口可得言，心可得思者，皆下学也。目不可得见，耳不可得闻，口不可得言，心不可得思者，上达也。如木之栽培灌溉，是下学也。至于日夜之所息，条达畅茂，乃是上达。人安能预其力哉？故凡可用功可告语者皆下学，上达只在下学里。凡圣人所说，虽极精微，俱是下学。学者只从下学里用功，自然上达去，不必别寻个上达的工夫！

持志如心痛，一心在痛上，岂有工夫说闲话、管闲事？

问：惟精、惟一是如何用功？

先生曰：惟一是惟精主意，惟精是惟一功夫，非惟精之外复有惟一也？“精”字从“米”，姑以米譬之。要得此米纯然洁白，便是惟一意。然非加舂簸筛拣是惟精之工，则不能纯然洁白也。舂簸筛拣是惟精之功，然亦不过要此米到纯然洁白而已。博学、审问、慎思、明辨、笃行者，皆所以为惟精而求惟一也。他如博文者即约礼之功，格物致知者即诚意之功，道问学即尊德性之功，明善即诚身之功，无二说也。

知者行之始，行者知之成。圣学只一个功夫，知行不可分作两事。

漆雕开曰：“吾斯之未能信”，夫子说之。子路使子羔为费宰，子曰“贼夫人之子”。曾点言志，夫子许之，圣人之意可见矣。

问：宁静存心时，可为未发之中否[62]？

先生曰：今人存心，只定得气。当其宁静时，亦只是气宁静，不可以为未发之中。

曰：未便是中，莫亦是求中功夫[63]？

曰：只要去人欲、存天理，方是功夫。静时念念去人欲、存天理，动时念念去人欲、存天理，不管宁静不宁静。若靠那宁静，不惟渐有喜静厌动之弊，中间许多病痛只是潜伏在，终不能绝去，遇事依旧滋长。以循理为主，何尝不宁静。以宁静为主，未必能循理。

问：孔门言志，由、求任政事[64]，公西赤任礼乐，多少实用。及曾皙说来，却似要的事，圣人却许他，是意何如？

曰：三子是有意必[65]，有意必便偏着一边，能此未必能彼。曾点这意思却无意必，便是“素其位而行[66]，不愿乎其外。素夷狄行乎夷狄，素患难行乎患难，无入而不自得矣”。三子所谓“汝器也[67]”，曾点便有“不器”意[68]。然三子之才各卓然成章，非若世之空言无实者，故夫子亦皆许之。

问：知识不长进，如何？

先生曰：为学须有本原，须从本原上用力，渐渐盈科而进。仙家说婴儿亦善譬。婴儿在母腹时，只是纯气，有何知识？出胎后方始能啼，既而后能笑，又既而后能认识其父母兄弟，又既而后能立、能行、能持、能负，卒乃天下之事无不可能。皆是精气日足，则筋力日强，聪明日开。不是出胎日，便讲求推寻得来，故须有个本原。圣人到位天地、育万物[69]，也只从喜怒哀乐未发之中上养来。后儒不明格物之说，见圣人无不知、无不能，便欲于初下手时讲求得尽，岂有此理？

又曰：立志用功如种树然，方其根芽，犹未有干；及其有干，尚未有枝；枝而后叶，叶而后花、实。初种根时，只管栽培灌溉，勿作枝想，勿作叶想，勿作花想，勿作实想，悬想何益？但不忘栽培之功，怕没有枝叶花实！

问：看书不能明，如何？

先生曰：只是在文义上穿求，故不明。如此，又不如为旧时学问，他到看得多、解得去。只是他为学虽极解得明晓，亦终身无得，须于心体上用功。凡明不得、行不去，须反在自心上体当[70]，即可通。盖《四书》、《五经》不过说这心体，这心体即所谓道，心体明即是道明，更无二。此是为学头脑处[71]。

虚灵不昧，众理具而万事出。心外无理，心外无事。

或问：晦庵先生曰[72]："人之所以为学者，心与理而已"，此语如何？

曰：心即性，性即理。下一"与"字，恐未免为二。此在学者善观之。

或曰：人皆有是心，心即理。何以有为善，有为不善？

先生曰：恶人之心，失其本体。

问："析之有以极其精而不乱，然后合之有以尽其大而无余[73]"，此言如何？

先生曰：恐亦未尽此。理岂容分析？又何须凑合得？圣人说精一，自是尽。

省察是有事时存养，存养是无事时省察。

澄尝问象山"在人情事变上做工夫"之说。

先生曰：除了人情事变，则无事矣。喜怒哀乐，非人情乎？自视听、言动，以至富贵、贫贱，患难、死生，皆事变也。事变亦只在人情里，其要只在致中和[74]。致中和只在谨独[75]。

澄问：仁义礼智之名，因已发而有[76]？

曰：然。

他日澄曰：恻隐、羞恶、辞让、是非，是性之表德邪？

曰："仁义礼智，也是表德，性一而已。自其形体也谓之天，主宰也谓之帝，流行也谓之命，赋于人也谓之性，主于身也谓之心。心之发也，遇父便谓之孝，遇君便谓之忠。自此以往，名至于无穷，只一性而已。犹人一而已，对父谓之子，对子谓之父，自此以往，至于无穷，只一人而已。人只要在性上用功，看得一"性"字分明，即万理灿然。

一日论为学工夫。

先生曰：教人为学，不可执一偏。初学时心猿意马，拴缚不定，其所思虑多是人欲一边，故且教之静坐息思虑。久之，俟其心意稍定。只悬空静守，如槁木死灰，亦无用。须教他省察克治，省察克治之功则无时而可间。如去盗贼，须有个扫除廓清之意。无事时将好色、好货、好名等私，逐一追究，搜寻出来。定要拔去病根，永不复起，方始为快。常如猫之捕鼠，一眼看着，一耳听着，才有一念萌动，即与克去。斩钉截铁，不可姑容，与他方便。不可窝藏，不可放他出路，方是真实用功，方能扫除廓清。到得无私可克，自有端拱时在[77]。虽曰"何思何虑"，非初学时事，初学必须思省察克治，即是思诚，只思一个天理。到得天理纯全，便是"何思何虑"矣。

澄问：有人夜怕鬼者，奈何？

先生曰：只是平日不能集义而心有所慊[78]，故怕。若素行合于神明，何怕之有？

子莘曰：正直之鬼不须怕，恐邪鬼不管人善恶，故未免怕。

先生曰：岂有邪鬼能迷正人乎？只此一怕，即是心邪。故有迷之者，非鬼迷也，心自迷耳。如人好色，即是色鬼迷。好货，即是货鬼迷。怒所不当怒，是怒鬼迷。惧所不当惧，是惧鬼迷也。

定者，心之本体，天理也。动静，所遇之时也。

澄问：《学》、《庸》同异。

先生曰：子思括《大学》一书之义，为《中庸》首章。

问：孔子正名，先儒说上告天子，下告方伯。废辄立郢，此意如何？

先生曰："恐难如此。岂有一人致敬尽礼待我而为政，我就先去废他，岂人情天理？孔子既肯与辄为政，必已是他能倾心委国而听。圣人盛德至诚，必已感化卫辄，使知无父之不可以为人。必将痛哭奔走，往迎其父。父子之爱，本于天性。辄能悔痛真切如此，蒯聩岂不感动底豫？蒯聩既还，辄乃致国请戮[79]。聩已见化于子，又有夫子至诚调和其间，当亦决不肯受，仍以命辄。群臣百姓又必欲得辄为君。辄乃自暴其罪恶，请于天子，告于方伯诸侯，而必欲致国于父。聩与群臣百姓亦皆表辄悔悟仁孝之美，请于天子，告于方伯诸侯，必欲得辄而为之君。于是集命于辄，使之复君卫国。辄不得已，乃如后世上皇故事[80]，率群臣百姓尊聩为太公，备物致养，而始退复其位焉。则君君、臣臣、父父、子子，名正言顺，一举而可为政于天下矣。孔子正名，或是如此。

澄在鸿胪寺仓居，忽家信至，言儿病危。澄心甚忧闷，不能堪。

先生曰：此时正宜用功，若此时放过，闲时讲学何用？人正要在此等时磨炼。父之爱子，自是至情，然天理亦自有个中和处，过即是私意。人于此处多认做天理当忧，则一向忧苦，不知已是"有所忧患，不得其正"。大抵七情所感，多只是过，少不及者。才过便非，心之本体必须调停适中始得。就如父母之丧，人子岂不欲一哭便死，方快于心？然却曰"毁不灭性"，非圣人强制之也。天理本体自有分限，不可过也。人但要识得心体，自然增减分毫不得。

不可谓未发之中常人俱有。盖体用一源，有是体即有是用。有未发之中，即有发而皆中节之和。今人未能有发而皆中节之和，须知是他未发之中，亦未能全得。

《易》之辞是"初九，潜龙勿用"六字，《易》之象是初画，《易》之变是值其画，《易》之占是用其辞[81]。

"夜气"是就常人说[82]。学者能用功，则日间有事无事，皆是此气翕聚发生处。圣人则不消说"夜气"。

澄问《操存舍亡》章。

曰："出入无时，莫知其乡"，此虽就常人心说，学者亦须是。知得心之本体亦元是如此，则操存功夫，始没病痛。不可便谓出为亡，入为存。若论本体，元是无出无入的。若论出入，则其思虑运用是出。然主宰常昭昭在此，何出之有？既无所出，何入之有？程子所谓"腔子"，亦只是天理而已。虽终日应酬而不出天理，即是在腔子里。若出天理，斯谓之放，斯谓之亡。

又曰：出入亦只是动静，动静无端，岂有乡邪？

王嘉秀问：佛以出离生死，诱人入道；仙以长生久视，诱人入道。其心亦不是要人做不好，究其极至，亦是见得圣人上一截。然非入道正路。如今仕者，有由科，有由贡，有由传奉[83]。一般做到大官，毕竟非入仕正路，君子不由也。仙佛到极处与儒者略同。但有了上一截，遗了下一截，终不似圣人之全。然其上一截同者，不可诬也。后世儒者，又只得圣人下一截，分裂失真。流而为记诵、词章、功利、训诂，亦卒不免为异端。是四家者终身劳苦，于身心无分毫益。视彼仙佛之徒，清心寡欲，超然于世累之外者，反若有所不及矣。今学者不必先排仙佛，且当笃志为圣人之学。圣人之学明，则仙佛自泯。不然则此之所学，恐彼或有不屑，而反欲其俯就，不亦难乎？鄙见如此，先生以为何如？

先生曰：所论大略亦是。但谓上一截、下一截，亦是人见偏了如此。若论圣人大中至正之道，彻上彻下，只是一贯，更有甚上一截、下一截？“一阴一阳之谓道”，但“仁者见之便谓之仁，知者见之便谓之智，百姓又日用而不知，故君子之道鲜矣”。仁、智岂可不谓之道，但见得偏了，便有弊病。

蓍固是《易》，龟亦是《易》[84]。

问：孔子谓武王未尽善，恐亦有不满意？

先生曰：在武王自合如此。

曰：使文王未没，毕竟如何？

曰：文王在时，天下三分已有其二。若到武王伐商之时，文王若在，或者不致兴兵，必然这一分亦来归了。文王只善处纣，使不得纵恶而已。

问：孟子言“执中无权犹执一”？

先生曰：中只是天理，只是易随时变易，如何执得？须是因时制宜，难预先定一个规矩。在如后世儒者，要将道理一一说得无罅漏，立定个格式，此正是执一。

唐诩问：立志是常存个善念，要为善去恶否？

曰：善念存时，即是天理。此念即善，更思何善？此念非恶，更去何恶？此念如树之根芽，立志者长立此善念而已。“从心所欲不逾矩”，只是志到熟处。

精神、道德、言动，大率收敛为主，发散是不得已。天地人物皆然。

问：文中子是如何人？

先生曰：文中子庶几具体而微，惜其早死。

问：如何却有续经之非？

曰：续经亦未可尽非。

请问。

良久曰：更觉良工心独苦。

许鲁斋谓“儒者以治生为先”之说亦误人[85]。

问：仙家元气、元神、元精？

先生曰：只是一件，流行为气，凝聚为精，妙用为神。

喜怒哀乐，本体自是中和的。才自家着些意思，便过不及，便是私。

问：哭则不歌？

先生曰：圣人心体自然如此。

克己须要扫除廓清，一毫不存方是。有一毫在，则众恶相引而来。

问：《律吕新书》[86]？

先生曰：学者当务为急，算得此数熟，亦恐未有用。必须心中先具礼乐之本方可。且如其书说，多用管以候气[87]，然至冬至那一刻时，管灰之飞，或有先后、须臾之间，焉知那管正值冬至之刻？须自心中先晓得冬至之刻始得。此便有不通处，学者须先从礼乐本原上用功。

曰仁云“心犹镜也。”圣人心如明镜，常人心如昏镜。近世格物之说，如以镜照物。照上用功，不知镜尚昏，在何能照？先生之格物，如磨镜而使之明，磨上用功，明了后亦未尝废照。

问：道之精粗？

先生曰：道无精粗，人之所见有精粗。如这一间房，人初进来，只见一个大规模如此；处久便柱壁之类，一一看得明白；再久如柱上有些文藻，细细都看出来。然只是一间房。

先生曰：诸公近见时少疑问，何也？人不用功，莫不自以为已知为学，只循而行之是矣。殊不知私欲日生如地上尘，一日不扫，便又有一层。着实用功，便见道无终穷，愈探愈深，必使精白无一毫不彻方可！

问：知至然后可以言诚意，今天理、人欲知之未尽，如何用得克已工夫？

先生曰：人若真实切已用功不已，则于此心天理之精微日见一日，私欲之细微亦日见一日。若不用克已工夫，终日只是说话而已，天理终不自见，私欲亦终不自见。如人走路一般，走得一段，方认得一段。走到岐路处，有疑便问。问了又走，方渐能到得欲到之处。今人于已知之天理不肯存，已知之人欲不肯去，且只管愁不能尽知，只管闲讲，何益之有？且待克得自己无私可克，方愁不能尽知，亦未迟在。

问：道一而已。古人论道往往不同，求之亦有要乎？

先生曰：道无方体[88]，不可执着，却拘滞于文义上求道，远矣！如今人只说天，其实何尝见天？谓日月风雷即天，不可；谓人物草木不是天，亦不可。道即是天。若识得时，何莫而非道！人但各以其一隅之见，认定以为道止如此，所以不同。若解向里寻求[89]，见得自己心体，即无时无处不是此道。亘古亘今，无终无始，更有甚同异？心即道，道即天。知心则知道、知天。

又曰：诸君要实见此道，须从自己心上体认，不假外求，始得。

问：名物度数，亦须先讲求否？

先生曰：人只要成就自家心体，则用在其中。如养得心体，果有未发之中，自然有发而中节之和，自然无施不可。苟无是心，虽预先讲得世上许多名物度数，与已原不相干，只是装缀，临时自行不去。亦不是将名物度数全然不理，只要知所先后则近道。

又曰：人要随才成就，才是其所能为。如夔之乐，稷之种[90]，是他资性合下便如此。成就之者，亦只是要他心体纯乎天理。其运用处，皆从天理上发来，然后谓之才。到得纯乎天理处，亦能“不器”。使夔、稷易艺而为，当亦能之。

又曰：如“素富贵，行乎富贵。素患难，行乎患难”，皆是“不器”。此惟养得心体正者能之。

与其为数顷无源之塘水，不若为数尺有源之井水，生意不穷。时先生在塘边坐，旁有井，故以之喻学云。

问：世道日降，太古时气象如何复见得？

先生曰：一日便是一元，人平旦时起坐，未与物接，此心清明景象，便如在伏羲时游一般。

问：心要逐物，如何则可？

先生曰：人君端拱清穆，六卿分职，天下乃治。心统五官，亦要如此。今眼要视时，心便逐在色上；耳要听时，心便逐在声上。如人君要选官时，便自去坐在吏部；要调军时，便自去坐在兵部。如此岂惟失却君体，六卿亦皆不得其职！

善念发而知之而充之，恶念发而知之而遏之。知与充、与遏者，志也！天聪明也！圣人只有此，学者当存此。

澄曰：好色、好利、好名等心，固是私欲。如闲思杂虑，如何亦谓之私欲？

先生曰：毕竟从好色、好利、好名等根上起，自寻其根便见。如汝心中决知是无有做劫盗的思虑，何也？以汝元无是心也。汝若于货色名利等心，一切皆如不做劫盗之心一般，都消灭了，光光只是心之本体，看有甚闲思虑。此便是寂然不动，便是未发之中，便是廓然太公。自然感而遂通，自然发而中节，自然物来顺应。

问：志至气次？

先生曰：志之所至，气亦至焉之谓，非极至、次贰之谓。持其志，则养气在其中。无暴其气，则亦持其志矣。孟子救告子之偏，故如此夹持说[91]。

问：先儒曰“圣人之道，必降而自卑。贤人之言，则引而自高”，如何？

先生曰：不然。如此却乃伪也。圣人如天，无往而非天。三光之上，天也。九地之下，亦天也。天何尝有降而自卑？此所谓“大而化之”也。贤人如山岳，守其高而已。然百仞者不能引而为千仞，千仞者不能引而为万仞。是贤人未尝引而自高也，引而自高则伪矣。

问：伊川谓“不当于喜怒哀乐未发之前求中”，延平却教学者看未发之前气象[92]，何如？

先生曰：皆是也。伊川恐人于未发前讨个中，把中做一物看。如吾向所谓认气定时做中，故令只于涵养省察上用功。延平恐人未便有下手处，故令人时时刻刻求未发前气象，使人正目而视。惟此倾耳而听，惟此，即是“戒慎不睹、恐惧不闻”的工夫。皆古人不得已诱人之言也。

澄问：喜怒哀乐之中和，其全体常人固不能有，如一件小事，当喜怒者，平时无有喜怒之心，至其临时亦能中节，亦可谓之中和乎？

先生曰：在一时一事，固亦可谓之中和，然未可谓之大本达道。人性皆善，中和是人人原有的，岂可谓无？但常人之心，既有所昏蔽，则其本体虽亦时时发见，终是暂明暂灭，非其全体大用矣。无所不中，然后谓之大本。无所不和，然后谓之达道。惟天下之至诚，然后能立天下之大本。

曰：澄于“中”字之义尚未明。

曰：此须自心体认出来，非言语所能喻。“中”只是天理。

曰：何者为天理？

曰：去得人欲，便识天理。

曰：天理何以谓之中？

曰：无所偏倚。

曰：无所偏倚是何等气象？

曰：如明镜然，全体莹彻，略无纤尘染着。

曰：偏倚是有所染着。如着在好色、好利、好名等项上，方见得偏倚。若未发时，美色、名利皆未相着，何以便知其有所偏倚？

曰：虽未相着，然平日好色、好利、好名之心原未尝无。既未尝无，即谓之有。既谓之有，则亦不可谓无偏倚。譬之病痛之人，虽有时不发，而病根原不曾除，则亦不得谓之无病之人矣。须是平日好色、好利、好名等项一应私心，扫除荡涤，无复纤毫留滞，而此心全体廓然，纯是天理，方可谓之喜怒哀乐未发之中，方是天下之大本。

问：“颜子没而圣学亡”，此语不能无疑？

先生曰：见圣道之全者惟颜子。观喟然一叹。可见其谓“夫子循循然善诱人，博我以文，约我以礼”，是见破后如此说。博文、约礼，如何是善诱人？学者须思之。道之全体，圣人亦难以语人，须是学者自修自悟。颜子“虽欲从之，末由也已”，即文王“望道未见”意。望道未见，乃是真见。颜子没而圣学之正派遂不尽传矣。

问：身之主为心，心之灵明是知，知之发动是意，意之所着为物，是如此否？

先生曰：亦是。

只存得此心常见在，便是学。过去未来事，思之何益？徒放心耳[93]。

言语无序，亦足以见心之不存。

尚谦问：孟子之“不动心”与告子异？

先生曰：告子是硬把捉着此心，要他不动。孟子却是集义到自然不动。

又曰：心之本体，原自不动。心之本体即是性，性即是理。性元不动，理元不动。集义是复其心之本体。

万象森然时，亦冲漠无朕。冲漠无朕，即万象森然。冲漠无朕者，一之父。万象森然者，精之母。一中有精，精中有一。

心外无物，如吾心发一念孝亲，即孝亲便是物。

先生曰：今为吾所谓格物之学者，尚多流于口耳。况为口耳之学者，能反于此乎？天理人欲，其精微必时时用力省察克治，方日渐有见。如今一说话之间，虽只讲天理，不知心中倏忽之间，已有多少私欲。盖有窃发而不知者，虽用力察之，尚不易见，况徒口讲而可得尽知乎？今只管讲，天理来顿放着不循，讲人欲来顿放着不去，岂格物致知之学？后世之学，其极至只做得个"义袭而取"的工夫！

问：格物？

先生曰：格者正也。正其不正，以归于正也。

问：知止者，知至善只在吾心，元不在外也，而后志定？

曰：然。

问：格物于动处用功否？

先生曰：格物无间动静，静亦物也。孟子谓"必有事焉"，是动静皆有事。

工夫难处，全在格物致知上，此即诚意之事。意既诚，大段心亦自正，身亦自修。但正心修身工夫，亦各有用力处。修身是已发边，正心是未发边。心正则中，身修则和。

自格物、致知至平天下，只是一个明明德，虽亲民亦明德事也。明德是此心之德，即是仁。仁者以天地万物为一体。使有一物失所，便是吾仁有未尽处。

只说明明德，而不说亲民，便似老佛。

至善者，性也。性元无一毫之恶，故曰至善。止之，是复其本然而已。

问：知至即吾性，吾性具吾心，吾心乃至善所止之地，则不为向时之纷然外求而志定矣。定则不扰扰而静，静而不妄动则安，安则一心一意只在此处。千思万想，务求必得此至善，是能虑而得矣。如此说，是否？

先生曰：大略亦是。

问：程子云"仁者以天地万物为一体"，何墨氏兼爱，反不得谓之仁？

先生曰：此亦甚难言，须是诸君自体认出来始得。仁是造化生生不息之理，虽弥漫周遍，无处不是。然其流行发生，亦只有个渐，所以生生不息。如冬至一阳生，必自一阳生，而后渐渐至于六阳。若无一阳之生，岂有六阳？阴亦然。惟其渐，所以便有个发端处。惟其有个发端处，所以生。惟其生，所以不息。譬之木，其始抽芽，便是木之生意发端处。抽芽然后发干，发干然后生枝生叶，然后是生生不息。若无芽，何以有干、有枝叶、能抽芽？必是下面有个根在！有根方生，无根便死。无根何从抽芽？父子、兄弟之爱，便是人心生意发端处。如木之抽芽，自此而仁民、而爱物，便是发干、生枝、生叶。墨氏兼爱无差等，将自家父子、兄弟与途人一般看，便自没了发端处。不抽芽，便知得他无根，便不是生生不息，安得谓之仁？孝弟为仁之本，却是仁理从里面发生出来。

问：延平云"当理而无私心"。当理与无私心，如何分别？

先生曰：心即理也。无私心即是当理，未当理便是私心。若析心与理言之，恐亦未善。

又问：释氏于世间一切情欲之私，都不染着，似无私心，但外弃人伦，却似未当理。

曰：亦只是一统事，都只是成就他一个私己的心。

侃问：持志如心痛，一心在痛上，安有工夫说闲语、管闲事？

先生曰：初学，工夫如此用亦好。但要使知“出入无时，莫知其乡”。心之神明原是如此，工夫方有看落。若只死死守着，恐于工夫上又发病。

侃问：专涵养而不务讲求，将认欲作理则，如之何？先生曰：人须是知学，讲求亦只是涵养，不讲求只是涵养之志不切。

曰：何谓知学？

曰：且道为何而学？学个甚？

曰：尝闻先生教，学是学存天理。心之本体，即是天理。体认天理，只要自心地无私意。

曰：如此则只须克去私意便是，又愁甚理、欲不明？

曰：正恐这些私意认不真。

曰：总是志未切！志切，目视耳听皆在此，安有认不真的道理？是非之心，人皆有之，不假外求。讲求亦只是体当自心所见，不成去心外别有个见。

先生问在坐之友：比来工夫何似？

一友举虚、明意思。

先生曰：此是说光景[94]。

一友叙今、昔异同。

先生曰：此是说效验。

二友惘然请是。

先生曰：吾辈今日用功，只是要为善之心真切。此心真切，见善即迁，有过即改，方是真切工夫。如此则人欲日消，天理日明。若只管求光景、说效验，却是助长外驰病痛，不是工夫。

朋友观书，多有摘议晦庵者[95]。

先生曰：是有心求异即不是。吾说与晦庵时有不同者，为入门下手处有毫厘千里之分，不得不辩。然吾之心与晦庵之心，未尝异也！若其余文义解得明当处[96]，如何动得一字？

希渊问：圣人可学而至，然伯夷、伊尹于孔子才力终不同，其同谓之圣者安在？

先生曰：圣人之所以为圣，只是其心纯乎天理，而无人欲之杂。犹精金之所以为精，但以其成色足，而无铜铅之杂也。人到纯乎天理方是圣，金到足色方是精。然圣人之才力，亦有大小不同，犹金之分两有轻重。尧舜犹万镒，文王、孔子有九千镒，禹、汤、武王犹七八千镒，伯夷、伊尹犹四五千镒。才力不同而纯乎天理则同，皆可谓之圣人。犹分两虽不同而足色则同，皆可谓之精金。以五千镒者而入于万镒之中，其足色同也。以夷、尹而厕之尧、孔之间，其纯乎天理同也。盖所以为精金者，在足色而不在分两。所以为圣者在纯乎天理，而不在才力也。故虽凡人而肯为学，使此心纯乎天理，则亦可为圣人。犹一两之金比之万镒，分两虽悬绝，而其到足色处，可以无愧。故曰：“人皆可以为尧舜者”，以此。学者学圣人，不过是去人欲而存大理耳。犹炼金而求其足色，金之成色所争不多，则锻炼之工省而功易成。成色愈下，则锻炼愈难。人之气质清浊粹驳，有中人以上，中人以下。其于道有生知安行，学知利行。其下者，必须人一己百，人十己千，及其成功则一。后世不知作圣之本是纯乎天理，却专去知识。才能上求圣人，以为圣人无所不知，无所不能，我须是将圣人许多知识、才能逐一理会始得。故不务去天理上着工夫，徒弊精竭力从册子上钻研，名物上考索，形迹上比拟。知识愈广而人欲愈滋，才力愈多而天理愈蔽。正如见人有万镒精金，不务锻炼成色，求无愧于彼之精纯，而乃妄希分两，务同彼之万镒。锡铅铜铁，杂然而投，分两愈增而成色愈下。既其梢末，无复有金矣！

时曰仁在旁，曰：先生此喻，足以破世儒支离之惑，大有功于后学！

先生又曰：吾辈用功，只求日减，不求日增。减得一分人欲，便是复得一分天理。何等轻快脱洒，何等简易！

士德问曰：格物之说如先生所教，明白简易，人人见得。文公聪明绝世[97]，于此反有未审，何也？

先生曰：文公精神气魄大，是他早年合下便要继往开来[98]，故一向只就考索著述上用功。若先切己自修，自然不暇及此。到得德盛后，果忧道之不明，如孔子退修六籍，删繁就简，开示来学，亦大段不费甚考索。文公早岁便著许多书，晚年方悔是倒做了。

士德曰：晚年之悔[99]，如谓"向来定本之悟"，又谓"虽读得书，何益于吾事"，又谓"此与守书籍，泥言语，全无交涉"，是他到此方悔从前用功之错，方去切己自修矣。

曰：然。此是文公不可及处。他力量大，一悔便转。可惜不久即去世，平日许多错处，皆不及改正。

侃去花间草，因曰：天地间何善难培，恶难去？

先生曰：未培未去耳。

少间，曰：此等看善恶，皆从躯壳起念，便会错。

侃未达。

曰：天地生意，花草一般，何曾有善恶之分？子欲观花，则以花为善，以草为恶。如欲用草时，复以草为善矣。此等善恶，皆由汝心好恶所生，故知是错。

曰：然则无善无恶乎？

曰：无善无恶者理之静，有善有恶者气之动。不动于气，即无善无恶，是谓至善。

曰：佛氏亦无善无恶，何以异？

曰：佛氏着在无善无恶上，便一切都不管，不可以治天下。圣人无善无恶，只是无有作好，无有作恶[100]，不动于气。然遵王之道，会其有极，便自一循天理，便有个裁成辅相[101]。

曰：草既非恶，即草不宜去矣。

曰：如此却是佛老意见，草若有碍，何妨汝去！

曰：如此又是作好、作恶。

曰：不作好、恶，非是全无好恶，却是无知觉的人。谓之不作者，只是好、恶一循于理。不去，又着一分意思。如此，即是不曾好恶一般。

曰：去草如何是一循于理，不着意思。

曰：草有妨碍，理亦宜去，去之而已。偶未即去，亦不累心。若着了一分意思，即心体便有贻累，便有许多动气处。

曰：然则善恶全不在物。

曰：只在汝心！循理便是善，动气便是恶。

曰：毕竟物无善恶。

曰：在心如此，在物亦然。世儒惟不知此，舍心逐物，将格物之学错看了。终日驰求于外，只做得个"义袭而取"，终身行不着，习不察。

曰：如好好色，如恶恶臭，则如何？

曰：此正是一循于理，是天理合如此，本无私意作好、作恶。

曰：如好好色，如恶恶臭，安得非意？

曰：却是诚意，不是私意。诚意只是循天理，虽是循天理，亦着不得一分意。故有所忿懥、好乐，则不得其正。须是廓然太公，方是心之本体。知此即知未发之中。

伯生曰：先生云“草有妨碍，理亦宜去”，缘何又是躯壳起念？

曰：此须汝心自体当，汝要去草是什么心，周茂叔窗前草不除是什么心？

先生谓学者曰：为学，须得个头脑，工夫方有着落。纵未能无间，如舟之有舵，一提便醒。不然，虽从事于学，只做个“义袭而取”，只是行不着、习不察，非大本达道也！

又曰：见得时，横说竖说皆是。若于此处通，彼处不通，只是未见得。

或问：为学以亲，故不免业举之累[102]。

先生曰：以亲之故而业举，为累于学，则治田以养其亲者，亦有累于学乎？先正云“惟患夺志”，但恐为学之志不真切耳。

崇一问：寻常意思多忙，有事固忙，无事亦忙，何也？

先生曰：天地气机，元无一息之停，然有个主宰。故不先不后，不急不缓，虽千变万化，而主宰常定。人得此而生，若主宰定时，与天运一般不息。虽酬酢万变[103]，常是从容自在。所谓“天君泰然，百体从令”。若无主宰，便只是这气奔放，如何不忙？

先生曰：为学大病在好名。

侃曰：从前岁自谓此病已轻，比来精察，乃知全未。岂必务外[104]？为人只闻誉而喜，闻毁而闷，即是此病发来。

曰：最是！名与实对，务实之心重一分，则务名之心轻一分。全是务实之心，即全无务名之心。若务实之心如饥之求食，渴之求饮，安得更有工夫好名。

又曰：“疾没世而名不称”，“称”字去声读，亦“声闻过情，君子耻之”之意。实不称名，生犹可补，没则无及矣。“四十、五十而无闻”，是不闻道，非无声闻也。孔子云“是闻也，非达也”，安肯以此望人。

侃多悔。

先生曰：悔悟是去病之药，然以改之为贵。若留滞于中，则又因药发病。

德章曰：闻先生以精金喻圣，以分两喻圣人之分量，以锻炼喻学者之工夫，最为深切！惟谓尧舜为万镒，孔子为九千镒，疑未安[105]。

先生曰：此又是躯壳上起念，故替圣人争分两。若不从躯壳上起念，即尧舜万镒不为多，孔子九千镒不为少。尧舜万镒只是孔子的，孔子九千镒只是尧舜的，原无彼我，所以谓之圣。只论精一，不论多寡。只要此心纯乎天理处同，便同谓之圣。若是力量气魄，如何尽同得？后儒只在分两上较量，所以流入功利。若除去了比较分两的心，各人尽着自己力量精神，只在此心纯天理上用功，即人人自有，个个圆成。便能大以成大，小以成小，不假外慕，无不具足。此便是实实落落，明善诚身的事。后儒不明圣学，不知就自己心地、良知、良能上体认扩充，却去求知其所不知，求能其所不能，一味只是希高慕大。不知自己是桀纣心地，动辄要做尧舜事业，如何做得？终年碌碌，至于老死，竟不知成就了个什么，可哀也已！

侃问：先儒以心之静为体，心之动为用，如何？

先生曰：心不可以动静为体用。动静，时也。即体而言用在体，即用而言体在用，是谓体用一源。若说静可以见其体，动可以见其用，却不妨。

问：上智下愚，如何不可移？

先生曰：不是不可移，只是不肯移。

问：子夏门人问交章。

先生曰：子夏是言小子之交，子张是言成人之交，若善用之，亦俱是。

子仁问：“学而时习之，不亦说乎”，先儒以学为效先觉之所为，如何？

先生曰：学是学去人欲、存天理。从事于去人欲、存天理，则自正诸先觉，考诸古训，自下许多问辨、思索、存省、克治工夫。然不遇欲去此心之人欲，存吾心之天理耳。若曰效先觉之所为，则只说得学中一件事，亦似专求诸外了。时习者，坐如尸，非专习坐也，坐时习此心也。立如斋，非专习立也，立时习此心也。说是理义之说，我心之说。人心本自说理义，如目本说色，耳本说声。惟为人欲所蔽所累，始有不说。今人欲日去，则理义日洽浃[106]，安得不说？

国英问：曾子“三省”虽切，恐是未闻一贯时工夫？

先生曰：一贯是夫子见曾子未得用功之要，故告之。学者果能忠恕上用功，岂不是一贯？一如树之根本，贯如树之枝叶，未种根，何枝叶之可得？体用一源，体未立，用安从生？谓“曾子于其用处，盖已随事精察而力行之，但未知其体之一”。此恐未尽。

黄诚甫问：“汝与回也，孰愈”章。

先生曰：子贡多学而识，在闻见上用功。颜子在心地上用功，故圣人问以启之。而子贡所对又只在知见上，故圣人叹惜之，非许之也。

颜子不迁怒，不贰过？亦是有未发之中，始能。

种树者必培其根，种德者必养其心。欲树之长，必于始生时删其繁枝。欲德之盛，必于始学时去夫外好。如外好诗文，则精神日渐漏泄在诗文上去。凡百外好皆然。

又曰：我此论学是无中生有的工夫。诸公须要信得及，只是立志。学者一念为善之志，如树之种。但勿助勿忘，只管培植将去，自然日夜滋长，生气日完，枝叶日茂。树初生时，便抽繁枝，亦须刊落，然后根干能大，初学时亦然。故立志贵专一。

因论先生之门，某人在涵养上用功，某人在识见上用功。

先生曰：专涵养者日见其不足，专识见者日见其有余。日不足者，日有余矣。日有余者，日不足矣[107]。

梁日孚问：居敬穷理是两事，先生以为一事，何如？

先生曰：天地间只有此一事，安有两事？若论万殊，礼仪三百，威仪三千，又何止两？公且道居敬是如何？穷理是如何？

曰：居敬是存养工夫，穷理是穷事物之理。

曰：存养个甚？

曰：是存养此心之天理。

曰：如此，亦只是穷理矣。

曰：且道如何穷事物之理？

曰：如事亲便要穷孝之理，事君便要穷忠之理。

曰：忠与孝之理在君亲身上，在自己心上？若在自己心上，亦只是穷此心之理矣。且道如何是敬？

曰：只是主一。

如何是主一？

曰：如读书便一心在读书上，接事便一心在接事上。

曰：如此则饮酒便一心在饮酒上，好色便一心在好色上，却是逐物，成甚居敬功夫？

日孚请问。

曰：一者天理，主一是一心在天理上。若只知主一，不知一即是理，有事时便是逐物，无事时便是着空。惟其有事无事，一心皆在天理上用功，所以居敬亦即是穷理。就穷理专一处说，便谓之居敬。就居敬精密处说，便谓之穷理。却不是居敬了别有个心穷理，穷理时别有个心居敬。

名虽不同，功夫只是一事。就如《易》言“敬以直内，义以方外”，敬即是无事时义，义即是有事时敬，两句合说一件。如孔子言“修己以敬”，即不须言义。孟子言“集义”，即不须言敬。会得时横说竖说，工夫总是一般。若泥文逐句，不识本领，即支离决裂，工夫都无下落。

问：穷理何以即是尽性?

曰：心之体，性也。性即理也。穷仁之理真，要仁极仁。穷义之理真，要义极义。仁义只是吾性，故穷理即是尽性。如孟子说“充其恻隐之心，至仁不可胜用”，这便是穷理工夫。

日孚曰：先儒谓“一草一木亦皆有理，不可不察”，如何?

先生曰：夫我则不暇。公且先去理会自己性情，须能尽人之性，然后能尽物之性。

日孚悚然有悟。

惟乾问：知，如何是心之本体?

先生曰：知是理之灵处。就其主宰处说，便谓之心；就其禀赋处说，便谓之性。孩提之童，无不知爱其亲，无不知敬其兄，只是这个灵能不为私欲遮隔，充拓得尽，便完完是他本体，便与天地合德。自圣人以下，不能无蔽，故须格物以致其知。

守衡问：《大学》工夫只是诚意，诚意工夫只是格物，修、齐、治、平[88]，只诚意尽矣。又有正心之功，有所忿懥好乐，则不得其正，何也?

先生曰：此要自思得之，知此则知未发之中矣!

守衡再三请。

曰：为学工夫有浅深，初时若不着实用意去好善恶恶，如何能为善去恶?这着实用意便是诚意。然不知心之本体原无一物，一向着意去好善恶恶，便又多了这分意思，便不是廓然大公。书所谓“无有作好、作恶”，方是本体。所以说有所忿懥好乐，则不得其正，正心只是诚意工夫。里面体当，自家心体常要鉴空衡平，这便是未发之中。

正之问：戒惧是己所不知时工夫，慎独是己所独知时工夫，此说如何?

先生曰：只是一个工夫!无事时固是独知，有事时亦是独知。人若不知于此独知之地用力，只在人所共知处用功，便是作伪，便是见君子而后厌然。此独知处，便是诚的萌芽。此处不论善念恶念，更无虚假。一是百是，一错百错。正是王霸、义利、诚伪、善恶界头。于此一立立定，便是端本澄源，便是立诚。古人许多诚身的工夫，精神命脉全体只在此处。真是莫见莫显，无时无处，无终无始，只是此个工夫。今若又分戒惧为己所不知，即工夫便支离，亦有间断。既戒惧即是知，己若不知，是谁戒惧?如此见解，便要流入断灭禅定。

曰：不论善念恶念，更无虚假，则独知之地更无无念时邪?

曰：戒惧亦是念。戒惧之念，无时可息。若戒惧之心稍有不存，不是昏聩，便已流入恶念。自朝至暮，自少至老，若要无念，即是己不知，此除是昏睡，除是槁木死灰。

志道问：荀子云“养心莫善于诚”，先儒非之，何也?

先生曰：此亦未可便以为非。诚字有以工夫说者。诚是心之本体，求复其本体，便是思诚的工夫。明道说“以诚敬存之”，亦是此意。《大学》“欲正其心，先诚其意”。荀子之言固多病，然不可一例吹毛求疵。大凡看人言语，若先有个意见，便有过当处。“为富不仁”之言，孟子有取于阳虎，此便见圣贤大公之心。

萧惠问：己私难克，奈何?

先生曰：将汝己私来替汝克。

先生曰：人须有为己之心，方能克己。能克己，方能成己。

萧惠曰：惠亦颇有为己之心，不知缘何不能克己?

先生曰：且说汝有为己之心，是如何？

惠良久曰：惠亦一心要做好人，便自谓颇有为己之心。今思之，看来亦只是为得个躯壳的己，不曾为个真己。

先生曰：真己何曾离着躯壳？恐汝连那躯壳的己也不曾为。且道汝所谓躯壳的己，岂不是耳、目、口、鼻、四肢？

惠曰：正是为此。目便要色，耳便要声，口便要味，四肢，便要逸乐，所以不能克。

先生曰：美色令人目盲，美声令人耳聋，美味令人口爽，驰骋田猎令人发狂，这都是害汝耳、目、口、鼻、四肢的，岂得是为汝耳、目、口、鼻、四肢？若为着耳、目、口、鼻、四肢时，便须思量耳如何听？目如何视？口如何言？四肢如何动？必须非礼勿视、听、言、动，方才成得个耳、目、口、鼻、四肢，这个才是为着耳、目、口、鼻、四肢。汝今终日向外驰求，为名为利，这都是为着躯壳外面的物事。汝若为着耳、目、口、鼻、四肢，要非礼勿视、听、言、动时，岂是汝之耳、目、口、鼻、四肢自能勿视、听、言、动？须由汝心。这视、听、言、动，皆是汝心。汝心之视，发窍于目；汝心之听，发窍于耳；汝心之言，发窍于口；汝心之动，发窍于四肢。若无汝心，便无耳、目、口、鼻。所谓汝心，亦不专是那一团血肉。若是那一团血肉，如今已死的人，那一团血肉还在，缘何不能视、听、言、动？所谓汝心，却是那能视、听、言、动的，这个便是性，便是天理。有这个性才能生，这性之生理便谓之仁。这性之生理发在目，便会视；发在耳，便会听；发在口，便会言；发在四肢，便会动。都只是那天理发生，以其主宰一身，故谓之心。这心之本体，原只是个天理。原无非礼，这个便是汝之真己。这个真己是躯壳的主宰。若无真己，便无躯壳。真是有之即生，无之即死。汝若真为那个躯壳的己，必须用着这个真己，便须常常保守着这个真己的本体。戒慎不睹，恐惧不闻，惟恐亏损了他一些，才有一毫非礼萌动，便如刀割、如针刺，忍耐不过，必须去了刀、拔了针，这才是有为己之心，方能克己。汝今正是认贼作子，缘何却说有为己之心，不能克己？

有一学者病目，戚戚甚忧。

先生曰：尔乃贵目贱心。

萧惠好仙释。

先生警之曰：吾亦自幼笃志二氏，自谓既有所得，谓儒者为不足学。其后居夷三载，见得圣人之学，若是其简易广大，始自叹悔错用了三十年气力。大抵二氏之学，其妙与圣人只有毫厘之间。汝今所学乃其土苴[⑩]，辄自信自好若此，真鸱鸮窃腐鼠耳。

惠请问：二氏之妙？

先生曰：向汝说圣人之学简易广大。汝却不问我悟的，只问我悔的。

惠惭谢。请问圣人之学。

先生曰：汝今只是了人事问，待汝办个真要求为圣人的心，来与汝说。

惠再三请。

先生曰：已与汝一句道尽，汝尚自不会。

刘观时问：未发之中是如何？

先生曰：汝但戒慎不睹，恐惧不闻，养得此心纯是天理，便自然见。

观时请略示气象。

先生曰：哑子吃苦瓜，与你说不得，你要知此苦，还须你自吃。

时曰仁在旁曰：如此才是真知，即是行矣。

一时在座诸友皆有省。

萧惠问：死生之道？

先生曰：知昼夜即知死生。

问：昼夜之道？

曰：知昼则知夜。

曰：昼亦有所不知乎？

先生曰：汝能知昼，懵懵而兴，蠢蠢而食，行不着、习不察，终日昏昏，只是梦昼。惟息有养、瞬有存，此心惺惺明明，天理无一息间断，才是能知昼。这便是天德，便是通乎昼夜之道。而知，更有什么死生？

马子莘问："修道之教"，旧说谓圣人品节吾性之固有[10]，以为法于天下，若礼、乐、刑、政之属，此意如何？

先生曰：道，即性即命。本是完完全全，增减不得，不假修饰的。何须要圣人品节？却是不完全的物件。礼、乐、刑、政是治天下之法，固亦可谓之教，但不是子思本旨。若如先儒之说，下面由教入道的，缘何舍了圣人礼、乐、刑、政之教，别说出一段戒慎恐惧工夫？却是圣人之教为虚设矣。

子莘请问。

先生曰：子思性、道、教，皆从本原上说。天命于人，则命便谓之性。率性而行，则性便谓之道。修道而学，则道便谓之教。率性是诚者事，所谓"自诚明，道之性也。"修道是诚之者事，所谓"自明诚，谓之教也"。圣人率性而行，即是道。圣人以下，未能率性于道，未免有过不及，故须修道。修道，则贤知者不得而过，愚不肖者不得而不及。都要循着这个道，则道便是个教。此"教"字与"天道至教"、"风雨霜露，无非教也"之"教"同。"修道"字与"修道以仁"同。人能修道，然后能不违于道，以复其性之本体，则亦是圣人率性之道矣！下面"戒慎恐惧"，便是修道的工夫。"中和"便是复其性之本体。如《易》所谓"穷理尽性以至于命"，"中和"、"位育"便是尽性至命。

黄城甫问：先儒以孔子告颜渊为邦之问，是立万世常行之道，如何？

先生曰：颜子具体圣人，其于为邦的大本大原都已完备。夫子平日知之已深，到此都不必言，只就制度文为上说。此等处亦不可忽略，须要是如此方尽善。又不可因自己本领是当了，便于防范上疏阔，须是要"放郑声，远佞人"。盖颜子是个克己向里德上用心的人，孔子恐其外面末节或有疏略，故就他不足处帮补说。若在他人，须告以"为政在人，取人以身，修身以道，修道以仁"，达道、九经及诚身许多工夫，方始做得，这个方是万世常行之道。不然，只去行了夏时，乘了殷辂，服了周冕，作了韶舞，天下便治得！后人但见颜子是孔门第一人，又问个为邦，便把做天大事看了。

蔡希渊问：文公《大学》新本先格致而后诚意工夫，似与首章次第相合。若如先生从旧本之说，即诚意反在格致之前，于此尚未释然。

先生曰：《大学》工夫即是明明德，明明德只是个诚意，诚意的工夫只是格物致知。若以诚意为主，去用格物致知的工夫，即工夫始有下落。即为善去恶，无非是诚意的事。如新本先去穷格事物之理，即茫茫荡荡，都无着落处。须用添个"敬"字，方才牵扯得向身心上来，然终是没根源。若须用添个"敬"字，缘何孔门倒将一个最紧要的字落了，直待千余年后要人来补出？正谓以诚意为主，即不须添"敬"字。所以提出个诚意来说，正是学问的大头脑处。于此不察，真所谓"毫厘之差，千里之谬"。大抵《中庸》工夫只是诚身，诚身之极便是至诚。《大学》工夫只是诚意，诚意之极便是至善，工夫总是一般。今说这里补个"敬"字，那里补个"诚"字，未免画蛇添足！

---

①正：正本，作为正式依据的文本。

②质：询问，质正。

③二氏之学：佛教、道教的学问。

④精一之功：惟精惟一功夫，精心一意的功夫。

⑤炙：受熏陶。

⑥造：造就，探求。

⑦藩篱：比喻门户。

⑧牝牡骊黄：马的公母和颜色。

⑨“在亲民”：语出《大学》。

⑩发明：发现阐明。

⑪契（xiè，音屑）：又作“偰”、“卨”。传说中商的始祖，曾助大禹治水，被舜任命为司徒，掌管教化。

⑫敬敷五教：尽心竭力地实施五常之教。　　五教：君臣、父子、夫妻、兄弟、朋友五常的伦理道德。

⑬平（pián，音骈）章：辨别章明。　　协和：亲睦协调。

⑭“知止而后有定”：语出《大学》。

⑮戾：违反；不一致。

⑯义外：把义当作人心之外的东西。

⑰温凊：即下文所言冬温、夏凊，意即嘘寒问暖。　　定省：定时探望、问候。　　节目：事情的条目，细节。

⑱弟（tì，音替）：通“悌”，意为敬爱兄长。

⑲好好色：喜好美丽的颜色。　　恶恶臭：厌恶难闻的气味。

⑳立言：立论；著书立说。

㉑某：我。　　主意：主体要素，主导。

㉒冥行妄作：如同在黑暗中走路找不着门路而肆意妄为。

㉓影响：不真实的、无根据的东西。

㉔止至善：扫除妄念，专心一致达到顶点。

㉕切：切合，真切。

㉖狃：习以为常，不复措意。

㉗曰仁：即徐爱。徐爱字曰仁。

㉘穷通：处境困窘与顺利。　　寿夭：寿命长与短。

㉙困勉：遇到困难后努力学习。

㉚胜私复理：战胜私欲，恢复天理。

㉛发见：即发现，“见”通“现”。

㉜作止语默：行动停止，沉默不语。

㉝分析：分割，离析。

㉞文中子：即王通，字仲淹。文中子是其门人的私谥。隋代哲学家。　　韩退之：即韩愈，字退之。唐代文学家、哲学家。

㉟拟经：模拟经文。

㊱近名：求取名声。

㊲说说：喧闹嘈杂。

㊳名物度数：旧时祭祀等大的礼仪时用的物品和奏乐的制度。

㊴表章：亦作“表彰”，表扬，显扬。

㊵某切深有取于其事：我对他做的事非常赞同。

㊶伊川：即程颐，字正叔。出生洛阳，学者称之为伊川先生，北宋哲学家。

㊷《传》是案，《经》是断：《左传》是事实根据，《春秋》是判断标准。

㊸分量：性质与程度。

㊹桓、文之事：春秋时齐桓公、晋文公称霸的历史。

㊺伯者的学问：称王称霸的学问。

㊻《三坟》：古书名。说法不一，一说是三皇所作之书，也有人认为是指天、地、人三礼或天、地、人三气的。上文《九丘》、《八索》也是古书名。

㊼唐、虞：唐尧、虞舜。　羲、黄：伏羲、黄帝。

㊽文、武：周文王、周武王。

㊾三王：尧舜、商汤、周文王。

㊿包犧氏：伏羲。

51汩（gǔ，音骨）没：沉沦，埋没。

52落落：形容孤独，不遇合。

53主一之功：专主于一件事的功夫。

54好货：喜爱财物。

55驯：渐进之意。

56存养：存心养性，古代儒家的一种修养方法。

57相下则得益，相上则损：相互谦让就会受益，相互骄傲就会受损。

58自陈日来工夫请正：自己陈述近来的功夫，请先生指正。

59未有已往之形尚在，未照之形先具者：不会有已经过去的物体形象还存在，而人心感觉不到的物体形象已经具备的情况。

60文：教化。

61上达：勤奋精进，获得天理。

62未发之中：语出《礼记·中庸》："喜怒哀乐之未发谓之中，发而皆中节谓之和"。中，不偏不倚，无过不及。

63未便是中，莫亦是求中功夫：喜怒哀乐之未发就是中，静存心也是达到中的功夫吧？

64由：子路。　求：冉求。子路、冉求、公西赤、曾皙都是孔子的学生。

65意必：执着。

66素：不加修饰做作地。

67汝器也：像器物一样只具有某方面的才能。

68不器：不像器物一样只具有某方面的才能。如大道不器、君子不器等。

69位天地：自由自在地处于天地之间。意即圣人掌握了天地万物的规律，达到随心所欲的地步。

70体当：体会。

71头脑处：关键的地方。

72晦庵先生：朱熹字元晦，号晦庵。南宋哲学家。

73"析之有以极其精而不乱，然后合之有以尽极大而无余"：朱熹在《大学或问》中说：分离理以此达到它的最精细微妙的地方而不会紊乱，然后综合起来达到它最宏大无垠的程度而不会有遗漏。

74中和：不偏不倚，无过不及的理想状态。

75谨独：即"慎独"，意为在独处无人注意时，自己的行为也要谨慎不苟。

76已发：已经发出的喜怒哀乐。

77端拱：端坐拱手。喻为从容自在。

78集义：行善积德。　慊：不足。

79请戮：请罪。

80上皇：太上皇。

81象：象征。《易》用卦爻等符号象征自然变化和人事休咎。　画：横笔。　值：逢着。　占：卜问，预测。

82夜气：黎明前的新鲜空气。比喻纯洁清明的心境。

83科：科举。　贡：荐举。　传奉：征召。

84蓍（shī，音诗）：指古人卜筮用的蓍草茎，因亦以为占卦的代称。　龟：指古人占卜用龟甲。

85许鲁斋：即许衡，字仲平，号鲁斋。宋元之际学者。

86《律吕新书》：南宋蔡元定撰写的音乐论著。律吕："六律"和"六吕"的合称，即十二律。也泛指乐律或音律。

87用管以候气：用律管来看节气的变化。

⑱方体：方向和形体。

⑲解：明白知晓。

⑳夔：尧舜时的乐官。　　稷：古代主管农事的官。

㉑夹持：兼顾。

㉒延平：李侗，字愿中，学者称延平先生。南宋学者，朱熹曾从游为其门下。

㉓放心：放纵自己的心性。

㉔光景（yǐng，音影）：日月。指表面情况。

㉕摘议：指责议论。

㉖明当：清晰确切。

㉗文公：朱熹。

㉘合下：本来，原来。

㉙晚年之悔：朱熹晚年的后悔。见本书《朱子晚年定论》。

⑩无有作好，无有作恶：不要有意　善，不要有意作恶。

⑪裁成：亦作“财成”。筹谋而成就之。　　辅相：辅助。

⑫为学以亲，故不免业举之累：为了父母而做学问，所以不免有科举之累。

⑬酬酢：应对。

⑭务外：追求外在的名声。

⑮安：恰当。

⑯治浃：深入沾润。一般用为融洽、和洽的意思。

⑰日不足者，日有余矣。日有余者，日不足矣：每天发现自己修养上的不足，其德行就会每天增长。每天发现自己在识见上增长的人，其德行就会每天衰微。

⑱修、齐、治、平：修身、齐家、治国、平天下。

⑲土苴（zhā，音渣）：土渣。比喻极轻贱的事物。

⑳品节：人的品格节操。

传习录中

语录二

钱德洪叙

德洪曰，昔南元善刻《传习录》于越，凡二册。下册摘录先师手书，凡八篇。

其答徐成之二书，吾师自谓天下是朱非陆，论定既久，一旦反之为难。二书姑为调停两可之说，使人自思得之。故元善录为下册之首者，意亦以是欤！今朱陆之辨明于天下久矣，洪刻先师文录，置二书于外集者，示未全也。故今不复录。其余指知行之本体，莫详于答人论学与答周道通、陆清伯、欧阳崇一四书。而谓格物为学者用力日可见之地，莫详于答罗整庵一书。平生冒天下之非诋推陷，万死一生，遑遑然不忘讲学。惟恐吾人不闻斯道，流于功利机智，以日堕于夷狄禽兽而不觉。其一体同物之心，譊譊终身，至于毙而后已！此孔孟已来圣贤苦心，虽门人子弟未足以慰其情也！是情也，莫详于答聂文蔚之第一书。此皆仍元善所录之旧。而揭“必有事焉”即致良知功夫，明白简切，使人言下即得入手，此又莫详于答文蔚之第二书，故增录之。元善当时汹汹，乃能以身明斯道，卒至遭奸被斥，油油然惟以此生得闻斯学为庆，而绝无有纤芥愤郁不平之气！斯录之刻，人见其有功于同志甚大，而不知其处时之甚艰也。今所去取、裁之，时义则然，非忍有所加损于其间也。

答顾东桥书

来书云：近时学者务外遗内，博而寡要，故先生持倡诚意一义，针砭膏肓，诚大惠也！

吾子洞见时弊如此矣，亦将何以救之乎？然则鄙人之心，吾子固已一句道尽，复何言哉？复何言哉？若诚意之说，自是圣门教人用功第一义，但近世学者乃作第二义看，故稍与提掇紧要出来，非鄙人所能持倡也。

来书云：但恐立说太高，用功太捷，后生师传，影响谬误，未免坠于佛氏明心见性、定慧顿悟之机，无怪闻者见疑。

区区格致、诚正之说，是就学者本心日用事为间，体究践履，实地用功，是多少次第，多少积累在！正与空虚顿悟之说相反。闻者本无求为圣人之志，又未尝讲究其详，遂以见疑，亦无足怪。若吾子之高明，自当一语之下便了然矣。乃亦谓立说太高，用功太捷，何邪？

来书云：所喻知行并进，不宜分别前后。即《中庸》“尊德性而道问学”之功，交养互发，内外本末，一以贯之之道，然工夫次第不能无先后之差。如知食乃食，知汤乃饮，知衣乃服，知路乃行，未有不见是物，先有是事。此亦毫厘倏忽之间，非谓有等今日知之，而明日乃行也。

既云“交养互发，内外本末，一以贯之”，则知行并进之说无复可疑矣！又云“工夫次第不能不无先后之差”，无乃自相矛盾已乎？“知食乃食”等说，此尤明白易见，但吾子为近闻障蔽，自不察耳。夫人必有欲食之心然后知食，欲食之心即是意，即是行之始矣。食味之美恶，必待入口而后知，岂有不待入口，而已先知食味之美恶者邪？必有欲行之心，然后知路，欲行之心即是意，即是行之始矣。路岐之险夷，必待身亲履 历而后知，岂有不待身亲履历，而已先知路岐之险夷者邪？知汤乃饮，知衣乃服，以此例之，皆无可疑。若如吾子之喻，是乃所谓不见是物，而先有是事者矣。吾子又谓“此亦毫厘倏忽之间，非谓截然有等今日知之，而明日 行也”，是亦察之尚有未精。然就如吾子之说，则知行之为合一并进，亦自断无可疑矣！

来书云：真知即所以为行，不行不足谓之知。此为学者吃紧立教，俾务躬行则可。若真谓行即是知，恐其专求本心，遂遗物理，必有暗而不达之处，抑岂圣门知行并进之成法哉？

知之真切笃实处，即是行。行之明觉精察处，即是知。知行工夫本不可离。只为后世学者分作两截用功，失却知行本体，故有合一并进之说。真知即所以为行，不行不足谓之知。即如来书所云“知食乃食”等说可见，前已略言之矣。此虽吃紧救弊而发，然知行之体本来如是，非以己意抑扬其间，姑为是说，以苟一时之效者也。专求本心，遂遗物理，此盖失其本心者也。夫物理不外于吾心，外吾心而求物理，无物理矣。遗物理而求吾心，吾心又何物邪？心之体，性也。性即理也。故有孝亲之心，即有孝之理。无孝亲之心，即无孝之理矣。有忠君之心，即有忠之理。无忠君之心，即无忠之理矣。理岂外于吾心邪？晦庵谓“人之所以为学者，心与理而已。心虽主乎一身，而实管乎天下之理。理虽散在万事，而实不外乎一人之心”。是其一分一合之间，而未免已启学者心、理为二之弊。此后世所以有专求本心，遂遗物理之患，正由不知心即理耳！夫外心以求物理，是以有暗而不达之处。此告子义外之说，孟子所以谓之不知义也。心一而已，以其全体恻怛而言谓之仁，以其得宜而言谓之义，以其条理而言谓之理。不可外心以求仁，不可外心以求义，独可外心以求理乎？外心以求理，此知、行之所以二也。求理于吾心，此圣门知行合一之教，吾子又何疑乎？

来书云：所释《大学》古本，谓致其本体之知，此固孟子尽心之旨，朱子亦以虚灵知觉为此心之量。然尽心由于知性，致知在于格物。

尽心由于知性，致知在于格物，此语然矣！然而推本吾子之意，则其所以为是语者，尚有未明也。朱子以尽心、知性、知天为物格、知致，以存心、养性、事天为诚意、正心、脩身，以殀寿不贰、脩身以俟为知至、仁尽，圣人之事。若鄙人之见，则与朱子正相反矣！夫尽心、知性、知天者，生知安行，圣人之事也。存心、养性、事天者，学知利行，贤人之事也。殀寿不贰、脩身以俟者，困知勉行，学者之事也。岂可专以尽心、知性为知，存心、养性为行乎？吾子骤闻此言，必又以为大骇矣！然其间实无可疑者，一为吾子言之。夫心之体，性也。性之原，天也。能尽其心，是能尽其性矣。《中庸》云"惟天下至诚为能尽其性"，又云"知天地之化育。质诸鬼神而无疑，知天也"。此惟圣人而后能然。故曰：此生知安行，圣人之事也。存其心者，未能尽其心者也。故须加存之之功，必存之既久，不待于存而自无不存，然后可以进而言尽。盖知天之"知"，如知州、知县之"知"，知州则一州之事皆己事也，知县则一县之事皆己事也，是与天为一者也。事天则如子之事父，臣之事君，犹与天为二也。天之所以命于我者，心也、性也。吾但存之而不敢失，养之而不敢害。如父母全而生之，子全而归之者也。故曰：此学知利行，贤人之事也。至于夭寿不贰，则与存其心者又有间矣。存其心者虽未能尽其心，固已一心于为善，时有不存，则存之而已，今使之夭寿不贰，是犹以夭寿贰其心者也。犹以夭寿贰其心，是其为善之心犹未能一也。存之尚有所未可，而何尽之可云乎？今且使之不以夭寿贰其为善之心，若曰"死生夭寿，皆有定命"，吾但一心于为善，修吾之身，以俟天命而已，是其平日尚未知有天命也。事天虽与天为二，然已真知天命之所在，但惟恭敬奉承之而已耳。若"俟之"云者，则尚未能真知天命之所在，犹有所俟者也。故曰"所以立命"，"立"者"创立"之"立"，如立德、立言、立功、立名之类。凡言立者，皆是昔未尝有而本始建立之谓，孔子所谓"不知命，无以为君子"者也。故曰：此困知勉行，学者之事也。今以尽心、知性、知天为格物、致知，使初学之士，尚未能不贰其心者，而遽责之以圣人生知安行之事，如捕风捉影，茫然莫知所措其心，几何而不至于率天下而路也？今世致知格物之弊，亦居然可见矣！吾子所谓"务外遗内，博而寡要"者，无乃亦是过欤？此学问最紧要处，于此而差，将无往而不差矣。此鄙人之所以冒天下之非笑，忘其身之陷于罪戮，呶呶其言[1]，其不容已者也。

来书云：闻语学者，乃谓即物穷理之说，亦是玩物丧志，又取其厌繁就约，涵养本原数说，标示学者，指为晚年定论，此亦恐非。

朱子所谓"格物"云者，在即物而穷其理也。即物穷理，是就事事物物上求其所谓定理者也，是以吾心而求理于事事物物之中，析心与理而为二矣。夫求理于事事物物者，如求孝之理于其亲之谓也。求孝之理于其亲，则孝之理其果在于吾之心邪？抑果在于亲之身邪？假而果在于亲之身，则亲没之后，吾心遂无孝之理欤？见孺子之入井，必有恻隐之理，是恻隐之理果在于孺子之身欤？抑在于吾心之良知欤？其或不可以从之于井欤？其或可以手而援之欤？是皆所谓理也。是果在于孺子之身欤？抑果出于吾心之良知欤？以是例之，万事万物之理，莫不皆然，是可以知析心与理为二之非矣！夫析心与理而为二，此告子"义外"之说，孟子之所深辟也[2]。务外遗内，博而寡要，吾子既已知之矣，是果何谓而然哉？谓之玩物丧志，尚犹以为不可欤？若鄙人所谓致知格物者，致吾心之良知于事事物物也。吾心之良知，即所谓天理也。致吾心良知之天理于事事物物，则事事物物皆得其理矣。致吾心之良知者，致知也；事事物物皆得其理者，格物也。

是合心与理而为一者也。合心与理而为一，则凡区区前之所云，与朱子晚年之论，皆可以不言而喻矣。

来书云：人之心体本无不明，而气拘物蔽，鲜有不昏。非学、问、思、辨以明天下之理，则善恶之机，真妄之辨，不能自觉，任情恣意，其害有不可胜言者矣。

此段大略似是而非，盖承沿旧说之弊，不可以不辨也。夫学、问、思、辨、行皆所以为学，未有学而不行者也。如言学孝，则必服劳奉养，躬行孝道，则后谓之学。岂徒悬空口耳讲说，而遂可以谓之学孝乎？学射则必张弓挟矢，引满中的。学书则必伸纸执笔，操觚染翰。尽天下之学，无有不行而可以言学者！则学之始，固已即是行矣。笃者，敦实笃厚之意，已行矣，而敦笃其行、不息其功之谓尔。盖学之不能以无疑，则有问，问即学也，即行也；又不能无疑，则有思，思即学也，即行也；又不能无疑，则有辨，辨即学也，即行也；辨即明矣，思既慎矣，问既审矣，学既能矣。又从而不息其功焉，斯之谓笃行。非谓学问思辨之后，而始措之于行也。是故以求能其事而言谓之学，以求解其惑而言谓之问，以求通其说而言谓之思，以求精其察而言谓之辨，以求履其实而言谓之行。盖析其功而言，则有五；合其事而言，则一而已。此区区心理合一之体，知行并进之功，所以异于后世之说者，正在于是。今吾子特举学、问、思、辨，以穷天下之理，而不及笃行，是专以学、问、思、辨为知，而谓穷理为无行也已。天下岂有不行而学者邪？岂有不行而遂可谓之穷理者邪？明道云③："只穷理，便尽性至命"。故必仁极仁而后谓之能穷仁之理，义极义而后谓之能穷义之理。仁极仁则尽仁之性矣，义极义则尽义之性矣。学至于穷理至矣，而尚未措之于行，天下宁有是邪？是故知不行之不可以为学，则知不行之不可以为穷理矣。知不行之不可以为穷理，则知知行之合一并进，而不可以分为两节事矣！夫万事万物之理，不外于吾心。而必曰穷天下之理，是殆以吾心之良知为未足，而必外求于天下之广，以俾补增益之，是犹析心与理而为二也。夫学、问、思、辨、笃行之功，虽其困勉至于人一己百，而扩充之极，至于尽性知天，亦不过致吾心之良知而已。良知之外，岂复有加于毫末乎？今必曰穷天下之理，而不知反求诸其心，则凡所谓善恶之机，真妄之辨者，舍吾心之良知，亦将何所致其体察乎？吾子所谓"气拘物蔽"者，拘此蔽此而已。今欲去此之蔽，不知致力于此，而欲以外求，是犹目之不明者。不务服药调理以治其目，而徒伥伥然求明于其外，明岂可以自外而得哉？任情恣意之害，亦以不能精察天理于此心之良知而已。此诚毫厘千里之谬者，不容于不辨，吾子毋谓其论之太刻也。

来书云：教人以致知明德，而戒其即物穷理，诚使昏暗之士深居端坐，不闻教告，遂能至于知致而德明乎？纵令静而有觉，稍悟本性，则亦定慧无用之见。果能知古今、达事变，而致用于天下、国家之实否乎？其曰"知者意之体，物者意之用"，"格物如格君心之非之格"，语虽超悟独得，不踵陈见，抑恐于道未相吻合？

区区论致知格物，正所以穷理，未尝戒人穷理，使之深居端坐而一无所事也。若谓即物穷理，如前所云"务外而遗内"者，则有所不可耳。昏暗之士，果能随事随物精察此心之天理，以致其本然之良知，则虽愚必明，虽柔必强。大本立而达道行，九经之属可一以贯之而无遗矣。尚何患其无致用之实乎？彼顽空虚静之徒，正惟不能随事随物精察此心之天理，以致其本然之良知，而遗弃伦理，寂灭虚无以为常，是以要之不可以治家国天下。孰谓圣人穷理尽性之学，而亦有是弊哉？心者身之主也。而心之虚灵明觉，即所谓本然之良知也。其虚灵明觉之良知，应感而动者谓之意。有知而后有意，无知则无意矣。知非意之体乎？意之所用必有其物，物即事也。如意用于事亲，即事亲为一物；意用于治民，即治民为一物；意用于读书，即读书为一物；意用于听讼，即听讼为一物。凡意之所用，无有无物者。有是意即有是物，无是意即无是物矣！物非意之用乎？“格”字之义，有以“至”字训者，如“格于文祖”、“有苗来格”，是以“至”训者也。然“格于文祖”，必纯孝诚敬，幽明之间，无一不得其理，而后谓之格。有苗之顽，实以文德诞敷而后格，则亦兼有“正”字之义在其间，未可专以“至”字尽之也。如“格其非心”，“大臣格君心之非”之类，是则一皆正其不正，以归于正之义，而不可以“至”字为训矣。且《大学》格物之训，又安知其不以“正”字为训，而必以“至”字为义乎？如以“至”字为义者，必曰“穷至事物之理”，而后其说始通，是其用功之要，全在一“穷”字，用力之地，全在一“理”字也。若上去一“穷”下去一“理”字，而直曰“致知在至物”，其可通乎？夫穷理尽性，圣人之成训，见于《系辞》者也。苟格物之说而果即穷理之义，则圣人何不直曰“致知在穷理”，而必为此转折不完之语，以启后世之弊邪？盖《大学》格物之说，自与《系辞》穷理大旨虽同，而微有分辨。穷理者，兼格、致、诚、正而为功也。故言穷理，则格、致、诚、正之功，皆在其中。言格物，则必兼举致知、诚意、正心，而后其功始备而密。今偏举格物而遂谓之穷理，此所以专以穷理属知，而谓格物未常有行。非惟不得格物之旨，并穷理之义而失之矣。此后世之学所以析知、行为先后两截，日以支离决裂，而圣学益以残晦者④，其端实始于此。吾子盖亦未免承沿积习见，则以为于道未相吻合，不为过矣。

来书云：谓致知之功，将如何为温凊，如何为奉养，即是诚意，非别有所谓格物，此亦恐非。

此乃吾子自以己意揣度鄙见而为是说，非鄙人之所以告吾子者矣。若果如吾子之言，宁复有可通乎？盖鄙人之见，则谓意欲温凊，意欲奉养者，所谓意也，而未可谓之诚意。必实行其温凊、奉养之意，务求自慊而无自欺，然后谓之诚意。知如何而为温凊之节，知如何而为奉养之宜者，所谓知也，而未可谓之致知。必致其知如何为温凊之节者之知，而实以之温凊；致其知如何为奉养之宜者之知，而实以之奉养，然后谓之致知。温凊之事，奉养之事，所谓物也，而未可谓之格物。必其于温凊之事也，一如其良知之所知，当如何为温凊之节者而为之，无一毫之不尽；于奉养之事也，一如其良知之所知，当如何为奉养之宜者而为之，无一毫之不尽，然后谓之格物。温凊之物格，然后知温凊之良知始致；奉养之物格，然后知奉养之良知始致。故曰“物格而后知至”。致其知温凊之良知，而后温凊之意始诚；致其知奉养之良知，而后奉养之意始诚。故曰“知至而后意诚”。此区区诚意、致知、格物之说盖如此。吾子更熟思之，将亦无可疑者矣。

来书云：道之大端，易于明白，所谓良知良能，愚夫愚妇可与及者。至于节目时变之详，毫厘千里之谬，必待学而后知。今语孝于温凊定省，孰不知之？至于舜之不告而娶，武之不葬而兴师，养志、养口，小杖、大杖，割股、庐墓等事⑤，处常处变，过与不及之间，必须讨论是非，以为制事之本。然后心体无蔽，临事无失。

“道之大端，易于明白”，此语诚然。顾后之学者，忽其易于明白者而弗由，而求其难于明白者以为学，此其所以“道在迩而求诸远，事在易而求诸难也”。孟子云“夫道若大路然，岂难知哉？人病不由耳。”良知良能、愚夫遇妇与圣人同。但惟圣人能致其良知，而愚夫愚妇不能致，此圣愚之所由分也。节目时变，圣人夫岂不知？但不专以此为学。而其所谓学者，正惟致其良知，以精察此心之天理，而与后世之学不同耳。吾子未暇良知之致，而汲汲焉顾是之忧，此正“求其难于明白者以为学”之弊也。夫良知之于节目时变，犹规矩尺度之于方圆长短也。节目时变之不可预定，犹方圆长短之不可胜穷也；故规矩诚立，则不可欺以方圆，而天下之方圆不可胜用矣；尺度诚陈，则不可欺以长短，而天下之长短不可胜用矣；良知诚致，则不可欺以节目时变，而天下之节目时变，不可胜应矣。毫厘千里之谬，不于吾心良知一念之微而察之，亦将何所用其学乎？是不以规矩，而欲定天下之方圆；不以尺度，而欲尽天下之长短。吾见其乖张谬戾，日劳而无成也已。吾子谓"语孝于温凊定省，孰不知之?"然而能致其知者，鲜矣！若谓粗知温凊定省之仪节，而遂谓之能致其知，则凡知君之当仁者，皆可谓之能致其仁之知，知臣之当忠者，皆可谓之能致其忠之知，则天下孰非致知者邪？以是而言，可以知致知之必在于行，而不行之不可以为致知也，明矣！知行合一之体，不益较然矣乎？夫舜之不告而娶，岂舜之前已有不告而娶者为之准，则故舜得以考之何典，问诸何人，而为此邪？抑亦求诸其心一念之良知，权轻重之宜，不得已而为此邪？武之不葬而兴师，岂武之前已有不葬而兴师者为之准，则故武得以考之何典，问诸何人，而为此邪？使舜之心而非诚于为无后，武之心而非诚于为救民，则其不告而娶与不葬而兴师，乃不孝不忠之大者。而后之人不务致其良知，以精察义理于此心感应酬酢之间，顾欲悬空讨论此等变常之事，执之以为制事之本，以求临事之无失，其亦远矣。其余数端，皆可类推，则古人致知之学，从可知矣。

来书云：谓《大学》格物之说，专求本心，犹可牵合。至于《六经》、《四书》所载，多闻多见，前言往行，好古敏求，博学审问，温故知新，博学详说，好问好察，是皆明白求于事为之际，资于论说之间者。用功节目固不容紊矣。

格物之义，前已详悉，牵合之疑，想已不俟复解矣。至于多闻多见，乃孔子因子张之务外好高，徒欲以多闻多见为学，而不能求诸其心，以缺疑殆[6]，此其言行所以不免于尤悔，而所谓见闻者，适以资其务外好高而已。盖所以救子张多闻多见之病，而非以是教之为学也。夫子尝曰"盖有不知而作之者，我无是也"。是犹孟子"是非之心，人皆有之"之义也。此言正所以明德性之良知，非由于闻见耳。若曰"多闻择其善者而从之，多见而识之"，则是专求诸见闻之末，而已落在第二义矣，故曰"知之次也"。夫以见闻之知为次，则所谓知之上者，果安所指乎？是可以窥圣门致知用力之地矣。夫子谓子贡曰："赐也，汝以予为多学而识之者欤？非也，予一以贯之"。使诚在于多学而识，则夫子胡乃谬为是说，以欺子贡者邪？一以贯之，非致其良知而何？《易》曰："君子多识前言往行，以畜其德"。夫以畜其德为心，则凡多识前言往行者，孰非畜德之事，此正知行合一之功矣。好古敏求者，好古人之学而敏求此心之理耳。心即理也。学者，学此心也！求者，求此心也！孟子云："学问之道无他，求其放心而已矣"。非若后世广记博诵古人之言词，以为好古，而汲汲然惟以求功名利达之具于其外者也。博学审问，前言已尽。温故知新，朱子亦以温故属之尊德性矣。德性岂可以外求哉？惟夫知新必由于温故，而温故乃所以知新，则亦可以验知行之非两节矣。"博学而详说"之者，将以反说约也。若无反约之云，则博学详说者果何事邪？舜之好问好察，惟以用中而致其精一于道心耳。道心者，良知之谓也。君子之学，何尝离去事为而废论说。但其从事于事为论说者，要皆知行合一之功，正所以致其本心之良知，而非若世之徒事口耳谈说以为知者。分知行为两事，而果有节目先后之可言也。

来书云：杨、墨之为仁义，乡愿之辞忠信[7]，尧、舜、子之之禅让，汤、武、楚项之放伐，周公、莽、操之摄辅，谩无印正，又焉适从？且于古今事变、礼乐名物，未尝考识。使国家欲兴明堂、建辟雍[8]、制历律、草封禅，又将何所致其用乎？故《论语》曰："生而知之者，义理耳。若夫礼乐名物，古今事变，亦必待学而后有以验其行事之实"。此则可谓定论矣。

所喻杨、墨、乡愿、尧、舜、子之、汤、武、楚项、周公、莽、操之辨，与前舜、武之论，大略可以类推。古今事变之疑，前于良知之说，已有规矩尺度之喻，当亦无俟多赘矣。至于明堂、辟雍诸事，似尚未容于无言者。然其说甚长，始就吾子之言而取正焉，则吾子之惑将亦可以少释矣。

夫明堂、辟雍之制，始见于吕氏之《月令》，汉儒之训疏。《六经》、《四书》之中，未尝详及也。岂吕氏、汉儒之知，乃贤于三代之贤圣乎？齐宣之时，明堂尚有未毁，则幽、厉之世[9]，周之明堂皆无恙也。尧舜茅茨土阶，明堂之制未必备，而不害其为治[10]。幽、厉之明堂，固犹文武成康之旧，而无救于其乱，何邪？岂能以不忍人之心，而行不忍人之政，则虽茅茨土阶，固亦明堂也。以幽、厉之心，而行幽、厉之政，则虽明堂，亦暴政所自出之地邪？武帝肇讲于汉，而武后盛作于唐，其治乱何如邪？天子之学曰“辟雍”，诸侯之学曰“泮宫”，皆象地形而为之名耳。然三代之学，其要皆所以明人伦，非以辟不辟、泮不泮为重轻也。孔子云：“人而不仁，如礼何？人而不仁，如乐何？”制礼作乐，必具中和之德，声为律而身为度者，然后可以语此。若夫器数之末，乐工之事，祝史之守[11]。故曾子曰：“君子所贵乎道者三，笾豆之事则有司存也[12]。”尧“命羲和钦若昊天[13]，历象日月星辰”，其重在于“敬授人时”也。舜在“璇玑玉衡[14]”，其重在于以“齐七政”也。是皆汲汲然以仁民之心而行其养民之政。治历，明时之本，固在于此也。羲和历数之学，皋、契未必能之也[15]，禹、稷未必能之也，尧、舜之知而不遍物，虽尧、舜亦未必能之也。然至于今循羲和之法而世修之，虽曲知小慧之人，星术浅陋之士，亦能推步占侯而无所忒[16]。则是后世曲知小慧之人，反贤于禹、稷、尧、舜者邪？

封禅之说，尤为不经。是乃后世佞人谀士所以求媚于其上，倡为诗侈，以荡君心而靡国费。盖欺天罔人无耻之大者，君子之所不道，司马相如之所以见讥于天下后世也。吾子乃以是为儒者所宜学，殆亦未之思邪？夫圣人之所以为圣者，以其生而知之也。而释《论语》者曰：“生而知之者，义理耳。若夫礼乐名物、古今事变，亦必待学而后有以验其行事之实”。夫礼乐名物之类，果有关于作圣之功也，而圣人亦必待学而后能知焉，则是圣人亦不可以谓之生知矣。谓圣人为生知者，专指义理而言。而不以礼乐名物之类。则是礼乐名物之类无关于作圣之功矣。圣人之所以谓之生知者，专指义理，而不以礼乐名物之类。则是学而知之者，亦惟当学知此义理而已。困而知之者，亦惟当困知此义理而已。今学者之学圣人，于圣人之所能知者，未能学而知之，而顾汲汲焉求知圣人之所不能知者以为学，无乃失其所以希圣之方欤？凡此皆就吾子之所惑者而稍为之分释，未及乎拔本塞源之论也。

夫拔本塞源之论不明于天下，则天下之学圣人者将日繁日难，斯人沦于禽兽夷狄而犹自以为圣人之学。吾之说虽或暂明于一时，终将冻解于西而水坚于东，雾释于前而云滃于后[17]，呶呶焉危困以死，而卒无救于天下之分毫也已。夫圣人之心，以天地万物为一体，其视天下之人无外内远近。凡有血气，皆其昆弟赤子之亲，莫不欲安全而教养之，以遂其万物一体之念。天下之人心，其始亦非有异于圣人也，特其间于有我之私，隔于物欲之蔽，大者以小，通者以塞。人各有心，至有视其父子、兄弟如仇雠者。圣人有尤之，是以推其天地万物一体之仁，以教天下，使之皆有以克其私、去其蔽，以复其心体之同然。其教之大端，则尧、舜、禹之相授受。所谓“道心惟微，惟精惟一，允执厥中”。而其节目，则舜之命契，所谓“父子有亲，君臣有义，夫妇有别，长幼有序，朋友有信”五者而已。唐、虞、三代之世，教者惟以此为教，而学者惟以此为学。当是之时，人无异见，家无异习，安此者谓之圣，勉此者谓之贤。而背此者，虽其启明如朱，亦谓之不肖。下至闾井田野，农工商贾之贱，莫不皆有是学，而惟以成其德行为务。何者？无有闻见之杂，记诵之烦，辞章之靡滥，功利之驰逐。而但使之孝其亲、弟其长、信其朋友，以复其心体之同然。是盖性分之所固有，而非有假于外者，则人亦孰不能之乎？学校之中，惟以成德为事。而才能之异，或有长于礼乐，长于政教，长于水土播植者，则就其成德，而因使益精其能于学校之中。迨夫举德而任，则使之终身居其职而不易。用之者惟知同心一德，以共安天下之民。视才之称否，而不以崇卑为轻重，劳逸为美恶。效用者亦惟知同心一德，以共安天下之民。苟当其能，则终身处于烦剧而不以为劳，安于卑琐而不以为贱。当是之时，天下之人，熙熙皞皞[18]，皆相视如一家之亲。其才质之下者，则安其农工商贾之分，各勤其业以相生相养，而无有乎希高慕外之心。其才能之异，若皋、夔、稷 、契者，则出而各效其能。若一家之务，或营其衣食，或通其有无，或备其器用。集谋并力，以求遂其仰事俯育之愿，惟恐当其事者之或怠而重已之累也。故稷勤其稼而不耻其不知教，视契之善教，即己之善教也。夔司其乐而不耻于不明礼，视夷之通礼，即己之通礼也。盖其心学纯明而有以全其万物一体之仁。故其精神流贯，志气通达，而无有乎人己之分，物我之间。譬之一人之身，目视、耳听、手持、足行，以济一身之用，目不耻其无聪，而耳之所涉，目必营焉。足不耻其无执，而手之所探，足必前焉。盖其元气充周，血脉条畅，是以痒疴呼吸，感触神应有不言而喻之妙。此圣人之学，所以至易至简、易知易从，学易能而才易成者，正以大端惟在复心体之同然，而知识技能，非所与论也。

三代之衰，王道熄而霸术倡。孔孟既没，圣学晦而邪说横。教者不复以此为教，而学者不复以此为学。霸者之徒，窃取先王之近似者，假之于外，以内济其私己之欲，天下靡然而宗之，圣人之道遂以芜塞[19]。相仿相效，日求所以富强之说，倾诈之谋，攻伐之计，一切欺天罔人，苟一时之得，以猎取声利之术。若管、商、苏、张之属者[20]，至不可名数。既其久也，阙争劫夺，不胜其祸，斯人沦于禽兽夷狄，而霸术亦有所不能行矣。世之儒者，慨然悲伤，蒐猎先圣王之典章法制[21]，而掇拾修补于煨烬之余[22]，盖其为心良亦欲以挽回先王之道，圣学既远，霸术之传积渍已深，虽在贤知，皆不免于习染，其所以讲明修饰，以求宣畅光复于世者，仅足以增霸者之藩篱，而圣学之门墙遂不复可睹。于是乎有训诂之学，而传之以为名；有记诵之学，而言之以为博；有词章之学，而侈之以为丽。若是者纷纷籍籍，群起角立于天下，又不知其几家。万径千蹊，莫知所适，世之学者如入百戏之场，欢谑跳踉、骋奇斗巧、献笑争妍者，四面而竞出。前瞻后盼，应接不遑，而耳目眩瞀，精神恍惑，日夜遨游，淹息其间，如病狂丧心之人，莫自知其家业之所归。时君世主，亦皆昏迷颠倒于其说，而终身从事于无用之虚文，莫自知其所谓。间有觉其空疏谬妄，支离牵滞，而卓然自奋，欲以见诸行事之实者，极其所抵，亦不过为富强功利、五霸之事业而止。圣人之学，日远日晦，而功利之习愈趋愈下。其间虽尝瞽惑于佛老[23]，而佛老之说，卒亦未能有以胜其功利之心。虽又尝折衷于群儒，而群儒之论，终亦未能有以破其功利之见。盖至于今，功利之毒，沦浃于人之心髓，而习以成性也，几千年矣。相矜以知，相轧以势，相争以利，相高以技能，相取以声誉。其出而仕也，理钱谷者则欲兼夫兵刑，典礼乐者又欲与于铨轴[24]，处郡县则思藩臬之高，居台谏则望宰执之要。故不能其事，则不得以兼其官；不通其说，则不可以要其誉。记诵之广，适以长其教也；知识之多，适以行其恶也；闻见之博，适以肆其辨也；辞章之富，适以饰其伪也。是以皋、夔、稷、契所不能兼之事，而今之初学小生皆欲通其说、究其术。其称名借号，未尝不曰吾欲以共成天下之务，而其诚心实意之所在，以为不如是则无以济其私而满其欲也。呜呼！以若是之积染，以若是之心志，而又讲之以若是之学术，宜其闻吾圣人之教，而视之以为赘疣枘凿[25]。则其以良知为未足，而谓圣人之学为无所用，亦其势有所必至矣。呜呼！士生斯世而尚何以求圣人之学乎？尚何以论圣人之学乎？士生斯世而欲以为学者，不亦劳苦而繁难乎？不亦拘滞而险艰乎？呜呼！可悲也已。所幸天理之在人心，终有所不可泯。而良知之明，万古一日。则其闻吾拔本塞源之论，必有恻然而悲，戚然而痛，愤然而起，沛然若决江河[26]，而有所不可御者矣。非夫豪杰之士无所待而兴起者，吾谁与望乎？

---

①呶呶：多言；说话唠叨，使人讨厌。

②辟：屏除、排除。

③明道：程颢，字伯淳，学者称明道先生。北宋哲学家、教育家。

④残晦：残缺不明。

⑤至于舜之不告而娶，武之不葬而兴师，养志、养口，小杖、大杖，割股、庐墓等：至于舜不向父母禀告就娶妻，周武王未葬文王就兴师伐纣，曾子养志而曾元养家，小杖承受而大杖逃跑，割股疗亲与为亲人守孝三年等等。

⑥疑殆：疑惑懈怠。

⑦乡愿：乡里中言行不符，伪善欺世的人。引申指识见简陋，胆小无能的人。

⑧明堂：古代天子宣明政教的地方，凡朝会、祭祀、庆赏、选士、养老、教学等大典，都在其中进行。辟雍：本为西周天子所设立的大学。东汉以后，历代皆有。

⑨幽、厉：周幽王、周厉王。

⑩不害：不妨碍损坏。

⑪祝史：祭祀时司告鬼神的人。

⑫笾豆：古代的礼器。笾用竹制，盛果脯等；豆用木制，盛酱等，供祭祀和宴会之用。

⑬钦：敬；钦佩。

⑭璇玑玉衡：我国古时测量天体坐标的仪器。

⑮皋：皋陶，又作“咎繇”。传说中东夷族的首领，相传曾被舜任命为掌管刑法的官。

⑯忒：差误。

⑰滃（wěng，音蓊）：云气四起。

⑱熙熙皞皞：和乐，心情舒畅的样子。

⑲芜塞：杂乱而不通。

⑳管、商、苏、张：管仲、商鞅、苏秦、张仪。

㉑蒐（sōu，音搜）猎：聚集搜寻。

㉒煨烬：燃烧后的残余。

㉓瞽（gǔ，音古）：瞎眼。比喻人没有观察能力。

㉔铨（quán，音全）轴：考核、选拔官员的权力。

㉕枘（ruì，音锐）凿：方枘圆凿的简语。比喻两不相合或两不相容。

㉖沛然：水势湍急。

启问道通书

吴、鲁两生至，备道道通恳切为道之意，殊慰相念。若道通真可谓笃信好学者矣。忧病中会不能与两生细论，然两生亦自有志向肯用功者，每见辄觉有进。在区区诚不能无负于两生之远来，在两生则亦庶几无负其远来之意矣。临别，以此册致道通意，请书数语。荒愦无可言者，辄以道通来书中所问数节，略于转语。奉酬草草，殊不详细。两生当亦自能口悉也。

来书云：日用工夫只是立志，近来于先生诲言时时体验，愈益明白。然于朋友不能一时相离，若得朋友讲习，则此志才精健阔大，才有生意[①]。若三五日不得朋友相讲，便觉微弱，遇事便会困，亦时会忘。乃今无朋友相讲之日，还只静坐，或看书，或游衍经行[②]。凡寓目措身，悉取以培养此志，颇觉意思和适。然终不如朋友讲聚，精神流动，生意更多也。离群索居之人，当更有何法以处之。

此段足验道通日用工夫所得。工夫大略亦只是如此用，只要无间断，到得纯熟后，意思又自不同矣。大抵吾人为学，紧要大头脑，只是立志。所谓困、忘之病，亦只是志欠真切。今好色之人未尝病于困忘，只是一真切耳。自家痛痒，自家须会知得，自家须会搔摩得。既自知得痛痒，自家须不能不搔摩得。佛家谓之“方便法门”，须是自家调停斟酌，他人总难与力，亦更无别法可设也。

来书云：上蔡尝问“天下何思何虑”[③]，伊川云“有此理，只是发得太早”。在学者工夫，固是“必有事焉而勿忘”，然亦须识得“何思何虑”底气象，一并看为是。若不识得这气象，便有正与助长之病。若认得“何思何虑”，而忘“必有事焉”工夫，恐又堕于无也。须是不滞于有，不堕于无，然乎否也？

所论亦相去不远矣，只是契悟未尽。上蔡之问与伊川之答，亦只是上蔡、伊川之意，与孔子《系辞》原旨稍有不同。《系》言“何思何虑”是言所思所虑，只是一个天理，更无别思别虑耳，非谓无思无虑也。故曰：“同归而殊途，一致而百虑，天下何思何虑”。云殊途，云百虑，则岂谓无思无虑邪？心之本体即是天理。天理只是一个，更有何可思虑得？天理原自寂然不动，原自感而遂通。学者用功，虽千思万虑，只是要复他本来体用而已，不是以私意去安排思索出来。故明道云：“君子之学，莫若廓然而太公，物来而顺应”。若以私意去安排思索，便是用智自私矣。“何思何虑”正是工夫，在圣人分上便是自然的，在学者分上便是勉然的。伊川却是把作效验看了，所以有“发得太早”之说。既而云：“却好用功”，则已自觉其前言之有未尽矣。濂溪主静之论④，亦是此意。今道通之言虽已不为无见，然亦未免尚有两事也。

来书云：“凡学者才晓得做工夫，便要识认得圣人气象，盖认得圣人气象，把做准的，乃就实地做工夫去，才不会差，才是作圣工夫。未知是否？

先认圣人气象，昔人尝有是言矣，然亦欠有头脑。圣人气象自是圣人的，我从何处识认？若不就自己良知上真切体认，如以无星之称而权轻重，未开之镜而照妍媸⑤，真所谓以小人之腹而度君子之心矣。圣人气象何由认得？自己良知原与圣人一般，若体认得自己良知明白，即圣人气象不在圣人而在我矣。程子尝云：“觑著尧，学他行事，无他许多聪明睿智，安能如彼之动容周旋中礼？”又云：“心通于道，然后能辨是非”。今且说通于道在何处？聪明睿智从何处出来？

来书云：事上磨炼，一日之内不管有事无事，只一意培养本原。若遇事来感，或自己有感，心上既有觉，安可谓无事？但因事凝心一会，大段觉得事理当如此，只如无事处之，尽吾心而已。然乃有处得善与未善，何也？又或事来得多，须要次第与处，每因才力不足，辄为所困。虽极力扶起，而精神已觉衰弱。遇此未免要十分退省。宁不了事，不可不加培养。如何？

所说工夫，就道通分上，也只是如此用，然未免有出入。在凡人为学，终身只为这一事，自少至老，自朝至暮，不论有事无事，只是做得这一件，所谓必有事焉者也。若说宁不了事，不可不加培养，却是尚为两事也。“必有事焉而勿忘勿助”，事物之来，但尽吾心之良知以应之，所谓“忠恕违道不远”矣。凡处得有善、有未善，及有困顿失次之患者，皆是牵于毁誉得丧，不能实致其良知耳。若能实致其良知，然后见得平日所谓善者未必是善，所谓未善者却恐正是牵于毁誉得丧，自贼其良知者也。

来书云：致知之说，春间再承诲益，已颇知用力，觉得比旧尤为简易。但鄙心则谓与初学言之，还须带格物意思，使之知下手处。本来致知格物一并下，但在初学，未知下手用功，还说与格物，方晓得致知云云。

格物是致知工夫。知得致知，便已知得格物。若是未知格物，则是致知工夫亦未尝知也。近有一书与友人论此颇悉，今往一通，细观之当自见矣。

来书云：今之为朱、陆之辨者尚未已，每对朋友言正学不明已久，且不须枉费心力为朱、陆争是非，只依先生立志二字点化人。若其人果能辨得此志来，决意要知此学，已是大段明白了。朱、陆虽不辨，彼自能觉得。又尝见朋友中见有人议先生之言者，辄为动气。昔在朱、陆二先生所以遗后世纷纷之议者，亦见二先生工夫有未纯熟，分明亦有动气之病，若明道则无此矣。观其与吴涉礼论介甫之学云⑥：“为我尽达诸介甫，不有益于他，必有益于我也”。气象何等从容！尝见先生与人书中亦引此言，愿朋友皆如此，如何？

此节议论得极是极是！愿道通遍以告于同志，各自且论自己是非，莫论朱、陆是非也。以言语谤人，其谤浅，若自己不能身体实践，而徒入耳出口，呶呶度日，是以身谤也，其谤深矣。凡今天下之论议我者，苟能取以为善，皆是砥砺切磋我也。则在我无非警惕修省进德之地矣。昔人谓“攻吾之短者，是吾师”，师又可恶乎？

来书云：有引程子“人生而静，以上不容说，才说性便已不是性”。何故不容说？何故不是性？晦庵答云：“不容说者，未有性之可言。不是性者，已不能无气质之杂矣”。二先生之言皆未能晓，每看书至此，辄为一惑，请问。

“生之谓性”，“生”字即是“气”字，犹言气即是性也。气即是性。人生而静，以上不容说，才说气即是性，即已落在一边，不是性之本原矣。孟子性善，是从本原上说。然性善之端，须在气上始见得，若无气亦无可见矣。恻隐、羞恶、辞让、是非，即是气。程子谓“论性不论气，不备。论气不论性，不明”。亦是为学者各认一边，只得如此说。若见得自性明白时，气即是性，性即是气，原无性气之可分也。

---

①生意：生机，生命力。

②游衍经行：旅行来往。

③上蔡：谢良佐，字显道。河南上蔡人。学者称上蔡先生。程门四大弟子之一，北宋学者。

④濂溪：周敦颐，字茂叔。世人称之为濂溪先生。北宋哲学家。

⑤妍媸（chī，音痴）：同“妍蚩”，相貌的美丑。

⑥介甫：王安石，字介甫。北宋政治家、文学家、思想家。

答陆原静书

来书云：下手工夫，觉此心无时宁静，妄心固动也，照心亦动也①。心既恒动，则无刻暂停也。

是有意于求宁静，是以愈不宁静耳。夫妄心则动也，照心非动也。恒照则恒动恒静，天地之所以恒久而不已也。照心固照也，妄心亦照也②。“其为物不贰，则其生物不息”。有刻暂停，则息矣，非至诚无息之学矣。

来书云：良知亦有起处云云。

此或听之未审。良知者，心之本体，即前所谓恒照者也。心之本体，无起无不起。虽妄念之发，而良知未尝不在。但人不知存，则有时而或放耳③。虽昏塞之极，而良知未尝不明，但人不知察，则有时而或蔽耳。虽有时而或放，其体实未尝不在也，存之而已耳。虽有时而或蔽，其体实未尝不明也，察之而已耳。若谓良知亦有起处，则是有时而不在也，非其本体之谓矣。

来书云：前日精一之说，即作圣之功否？

“精一”之“精”以理言，“精神”之“精”以气言。理者气之条理，气者理之运用。无条理则不能运用，无运用则亦无以见其所谓条理者矣。精则精，精则明，精则一，精则神，精则诚。一则精，一则明，一则神，一则诚。原非有二事也。但后世儒者之说与养生之说，各滞于一偏，是以不相为用。前日精一之论，虽为原静爱养精神而发，然而作圣之功，实亦不外是矣。

来书云：元神、元气、元精，必各有寄藏发生之处。又有真阴之精，真阳之气云云。

夫良知一也。以其妙用而言谓之神，以其流行而言谓之气，以其凝聚而言谓之精，安可以形象方所求哉？真阴之精即真阳之气之母，真阳之气即真阴之精之父。阴根阳，阳根阴，亦非有二也。苟吾良知之说，明则凡若此类，皆可以不言而喻。不然，则如来书所云，三关、七返九还之属，尚有无穷可疑者也。

又

来书云：良知心之本体。即所谓性善也，未发之中也，寂然不动之体也，廓然大公也。何常人皆不能而必待于学邪？中也、寂也、公也，既以属心之体，则良知是矣。今验之于心，知无不良，而中、寂、大公实未有也，岂良知复超然于体用之外乎？

性无不善，故知无不良。良知即是未发之中，即是廓然大公，寂然不动之本体，人人之所同具者也。但不能不昏蔽于物欲，故须学以去其昏蔽。然于良知之本体，初不能有加损于毫末也。知无不良，而中、寂、大公未能全者，是昏蔽之未尽去，而存之未纯耳。体即良知之体，用即良知之用，宁复有超然于体用之外者乎？

来书云：周子曰"主静"，程子曰"动亦定，静亦定"，先生曰"定者，心之本体"，是静定也，决非不睹不闻、无思无为之谓，必常知、常存、常主于理之谓也。夫常知、常存、常主于理，明是动也，已发也，何以谓之静？何以谓之本体？岂是静定也，又有以贯乎心之动静者邪？

理无动者也。常知、常存、常主于理，即不睹不闻、无思无为之谓也。不睹不闻、无思无为，非槁木死灰之谓也。睹、闻、思、为一于理，而未尝有所睹、闻、思、为。即是动而未尝动也。所谓动亦定，静亦定，体用一原者也。

来书云：此心未发之体，其在已发之前乎？其在已发之中而为之主乎？其无前后内外而浑然一体者乎？今谓心之动静者，其主有事无事而言乎？其主寂然、感通而言乎？其主循理、从欲而言乎？若以循理为静，从欲为动，则于所谓"动中有静，静中有动"，"动极而静，静极而动者"，不可通矣。若以有事而感通为动，无事而寂然为静，则于所谓动而无动，静而无静者，不可通矣。若谓未发在已发之先，静而生动，是至诚有息也，圣人有复也，又不可矣。若谓未发在已发之中，则不知未发已发俱当主静乎？抑未发、为静而已发为动乎？抑未发、已发俱无动无静乎？俱有动有静乎？幸教。

未发之中，即良知也，无前后、内外而浑然一体者也。有事、无事可以言动静，而良知无分于有事无事也。寂然、感通可以言动静，而良知无分于寂然感通也。动静者所遇之时，心之本体固无分于动静也。理无动者也，动即为欲，循理则虽酬酢万变而未尝动也，从欲则虽槁心一念而未尝静也。"动中有静，静中有动"，又何疑乎？有事而感通固可以言动，然而寂然者未尝有增也。无事而寂然固可以言静，然而感通者未尝有减也。"动而无动，静而无静"，又何疑乎？无前后内外而浑然一体，则至诚有息之疑，不待解矣。未发在已发之中，而已发之中未尝别有未发者在。已发在未发之中，而未发之中未尝别有已发者存。是未尝无动静，而不可以动静分者也。凡观古人言语，在以意逆志而得其大旨，若必拘滞于文义，则靡有孑遗者。是周果无遗民也。周子"静极而动"之说，苟不善观，亦未免有病。盖其意从太极动而生阳，静而生阴说来。太极生生之理，妙用无息，而常体不易。太极之生生，即阴阳之生生。就其生生之中，指其妙用无息者而谓之动，谓之阳之生，非谓动而后生阳也。就其生生之中，指其常体不易者而谓之静，谓之阴之生，非谓静而后生阴也。若果静而后生阴，动而后生阳，则是阴阳动静截然各自为一物矣。阴阳一气也，一气屈伸而为阴阳。动静一理也，一理隐显而为动静。春夏可以为阳为动，而未尝无阴与静也；秋冬可以为阴为静，而未尝无阳与动也。春夏此不息，秋冬此不息，皆可谓之阳谓之动也。春夏此常体，秋冬此常体，皆可谓之阴谓之静也。自元、会、运、世、岁、月、日、时以至刻、抄、忽、微[④]，莫不皆然。所谓动静无端，阴阳无始，在知道者默而识之，非可以言语穷也。若只牵文泥句，比拟仿像，则所谓心从法华转，非是转法华矣。

来书云：尝试于心，喜怒忧惧之感发也，虽动气之极，而吾心良知一觉，即罔然消阻。或遏于初，或制于中，或悔于后。然则良知常若居优闲无事之地而为之主，于喜怒忧惧若不与焉者，何欤？

知此则知未发之中，寂然不动之体，而有发而中节之和，感而遂通之妙矣。然谓良知常若居于优闲无事之地，语尚有病。盖良知虽不滞于喜怒忧惧，而喜怒忧惧亦不外于良知也。

来书云：夫子昨以良知为照心。窃谓良知，心之本体也。照心人所用功，乃戒慎恐惧之心也，犹思也。而遂以戒慎恐惧为良知，何欤？

能戒慎恐惧者，是良知也。

来书云：先生又曰"照心非动也"。岂以其循理而谓之静欤？"妄心亦照也"，岂以其良知未尝不在于其中，未尝不明于其中，而视听言动之不过则者皆天理欤？且既曰妄心，则在妄心可谓之照，而在照心则谓之妄矣。妄与息何异？今假妄之照以续至诚之无息，窃所未明，幸再启蒙。

"照心非动"者，以其发于本体明觉之自然，而未尝有所动也。有所动即妄矣。"妄心亦照"者，以其本体明觉之自然者，未尝不在于其中，但有所动耳。无所动即照矣。无妄、无照，非以妄为照，以照为妄也。照心为照，妄心为妄，是犹有妄、有照也。有妄、有照，则犹贰也，贰则息矣。无妄、无照，则不贰，不贰则不息矣。

来书云：养生以清心寡欲为要。夫清心寡欲，作圣之功毕矣。然欲寡则心自清，清心非舍弃人事而独居求静之谓也。盖欲使此心纯乎天理，而无一毫人欲之私耳。今欲为此之功，而随人欲生而克之，则病根常在，未免灭于东而生于西。若欲刊剥洗荡于众欲未萌之先，则又无所用其力，徒使此心之不清。且欲未萌而搜剔以求去之，是犹引犬上堂而逐之也，愈不可矣。

必欲此心纯乎天理，而无一毫人欲之私，此作圣之功也。必欲此心纯乎天理，而无一毫人欲之私，非防于未萌之先，而克于方萌之际不能也。防于未萌之先，而克于方萌之际，此正《中庸》"戒慎恐惧"，《大学》"致知格物"之功。舍此之外，无别功矣。夫谓"灭于东而生于西"，"引犬上堂而逐之"者，是自私自利，将迎意必之为累，而非克治洗荡之为患也。今曰"养生以清心寡欲为要"，只"养生"二字，便是自私自利、将迎意必之根。有此病根潜伏于中，宜其有灭于东而生于西，引犬上堂而逐之之患也。

来书云：佛氏于"不思善不思恶时，认本来面目"，于吾儒随物而格之功不同。吾若于不思善不思恶时用致知之功，则已涉于思善矣。欲善恶不思，而心之良知清静自在，惟有寐而方醒之时耳。斯正孟子"夜气"之说。但于斯光景不能久，倏忽之际，思虑已生。不知用功久者，其常寐初醒而思未起之时否乎？今澄欲求宁静，愈不宁静。欲念无生，则念愈生。如之何而能使此心前念易灭，后念不生，良知独显，而与造物者游乎？

"不思善不思恶时，认本来面目"，此佛氏为未识本来面目者设此方便。本来面目即吾圣门所谓良知。今既认得良知明白，即已不消如此说矣。随物而格，是致知之功，即佛氏之"常惺惺⑤"，亦是常存他本来面目耳。体段工夫，大略相似。但佛氏有个自私自利之心，所以便有不同耳。今欲善恶不思，而心之良知清静自在，此便有自私自利、将迎意必之心，所以有"不思善、不思恶时，用致知之功，则已涉于思善"之患。孟子说"夜气"，亦只是为失其良心之人指出个良心萌动处，使他从此培养将去。今已知得良知明白，常用致知之功，即已不消说"夜气"。却是得兔后不知守兔，而仍去守株，兔将复失之矣。欲求宁静；欲念无生，此正是自私自利、将迎意必之病，是以念愈生而愈不宁静。良知只是一个，良知而善恶自辨，更有何善何恶可思？良知之体本自宁静，今却又添一个求宁静；本自生生，今却又添一个欲无生⑥，非独圣门致知之功不如此，虽佛氏之学亦未如此将迎意必也。只是一念良知，彻头彻尾，无始无终，即是前念不灭，后念不生。今却欲前念易灭，而后念不生，是佛氏所谓"断灭种性，入于槁木死灰"之谓矣。

来书云：佛氏又有“常提念头”之说，其犹孟子所谓“必有事”，夫子所谓“致良知”之说乎？其即“常惺惺、常记得、常知得、常存得”者乎？于此念头提在之时，而事至物来，应之必有其道。但恐此念头提起时少，放下时多，则工夫间断耳。且念头放失，多因私欲客气之动而始，忽然惊醒而后提，其放而未提之间，心之昏杂多不自觉。今欲日精日明，常提不放，以何道乎？只此常提不放，即全功乎？抑于常提不放之中，更宜加省克之功乎？虽曰常提不放，而不加戒惧克治之功，恐私欲不去。若加戒惧克治之功焉，又为思善之事，而于本来面目又未达一间也[7]。如之何则可？

戒惧克治即是常提不放之功，即是“必有事”焉，岂有两事邪？此节所问，前一段已自说得分晓，末后却是自生迷惑，说得支离，及有“本来面目未达一间”之疑，都是自私自利、将迎意必之为病。去此病，自无此疑矣。

来书云：“质美者明得尽，渣滓便浑化”，如何谓明得尽？如何而能更浑化？

良知本来自明。气质不美者，渣滓多，障蔽厚，不易开明。质美者渣滓原少，无多障蔽，略加致知之功，此良知便自莹彻。些少渣滓如汤中浮雪，如何能作障蔽，此本不甚难晓。原静所以致疑于此，想是因一“明”字不明白，亦是稍有欲速之心。向曾面论明善之义，“明则诚矣”，非若后儒所谓明善之浅也。

来书云：聪明睿知果质乎？仁义礼智果性乎？喜怒哀乐果情乎？私欲客气果一物乎？二物乎？古之英才若子房、仲舒、叔度、孔明、文仲、韩、范诸公[8]，德业表著，皆良知中所发也。而不得谓之闻道者，果何在乎？苟曰此特生质之美耳，则生知安行者，不愈于学知困勉者乎？愚意窃云，谓诸公见道偏则可，谓全无闻则恐，后儒崇尚记诵训诂之过也。然乎否乎？

性一而已。仁义礼知，性之性也。聪明睿知，性之质也。喜怒哀乐，性之情也。私欲、客气[9]，性之蔽也。质有清浊，故情有过不及，而蔽有浅深也。私欲、客气，一病两痛，非二物也。张、黄、诸葛及韩、范诸公，皆天质之美，自多暗合道妙，虽未可尽谓之知学，尽谓之闻道，然亦自其有学，违道不远者也。使其闻学知道，即伊、传、周、召矣。若文子则又不可谓之不知学者，其书虽多出于其徒，亦多有未是处，然其大略则亦居然可见。但今相去辽远，无有的然凭证，不可悬断其所至矣。夫良知即是道。良知之在人心，不但圣贤，虽常人亦无不如此。若无有物欲牵蔽，但循着良知，发用流行将去，即无不是道。但在常人，多为物欲牵蔽，不能循得良知。如数公者，天质既自清明，自少物欲为之牵蔽，则其良知之发用流行处，自然是多，自然违道不远。学者学循此良知而已。谓之知学，只是知得专在学循良知。数公虽未知专在良知上用功，而或泛滥于多岐，疑迷于影响，是以或离或合而未纯。若知得时，便是圣人矣。后儒尝以数子者尚皆是气质用事，未免于行不著、习不察，此亦未为过论。但后儒之所谓著、察者，亦是狃于闻见之狭，蔽于沿习之非，而依拟仿象于影响形迹之间，尚非圣门之所谓著、察者也。则亦安得以己之昏昏而求人之昭昭也乎？所谓生知安行，知、行二字亦是就用功上说。若是知行本体，即是良知、良能。虽在困勉之人，亦皆可谓之生知安行矣。知、行二字，更宜精察。

来书云：昔周茂叔每令伯淳寻仲尼、颜子乐处。敢问是乐也，与七情之乐同乎否乎？若同则常人之一遂所欲，皆能乐矣，何必圣贤？若别有真乐，则圣贤之遇大忧、大怒、大惊、大惧之事，此乐亦在否乎？且君子之心常存戒惧，是盖终身之忧也，恶得乐？澄平生多闷，未尝见真乐之趣，今切愿寻之。

乐是心之本体，虽不同于七情之乐，而亦不外于七情之乐。虽则圣贤别有真乐，而亦常人之所同有，但常人有之而不自知，反自求许多忧苦、自加迷弃。虽在忧苦迷弃之中，而此乐又未尝不存。但一念开明，反身而诚，则即此而在矣。每与原静论，无非此意，而原静尚有何道可得之问，是犹未免于骑驴觅驴之蔽也。

来书云：《大学》以心有好乐、忿懥、忧患、恐惧为不得其正，而程子亦谓“圣人情顺万事而无情”。所谓有者，《传习录》中以病疟譬之，极精切矣。若程子之言，则是圣人之情不生于心而生于物也，何谓耶？且事感而情应，则是是非非可以就格。事或未感时，谓之有，则未形也；谓之无，则病根在有无之间。何以致吾知乎？学务无。情累虽轻，而出儒入佛矣，可乎？

圣人致知之功，至诚无息。其良知之体，皦如明镜，略无纤翳。妍媸之来，随物见形，而明镜曾无留染，所谓情顺万事而无情也。“无所住而生其心”，佛氏曾有是言，未为非也。明镜之应物，妍者妍，媸者媸。一照而皆真，即是生其心处。妍者妍，媸者媸，一过而不留，即是无所住处。病疟之喻，既已见其精切，则此节所问可以释然。病疟之人，疟虽未发，而病根自在。则亦安可以其疟之未发，而遂忘其服药调理之功乎？若必待疟发而后服药调理，则既晚矣。致知之功无间于有事无事，而岂论于病之已发未发邪？大抵原静所疑，前后虽若不一，然皆起于自私自利、将迎意必之为祟。此根一去，则前后所疑自将冰消雾释，有不待于问辨者矣。

答原静书出，读者皆喜。澄善问，师善答，皆得闻所未闻。师曰：“原静所问，只是知解上转，不得已与之逐节分疏。若信则良知，只在良知上用功，虽千经万典，无不昭合，异端曲学，一勘尽破矣，何必如此节节分解？佛家有仆人逐块之喻，见块仆人，则得人矣，见块逐块，于块奚得哉？”在坐诸友闻知，惕然皆有醒悟。此学贵反求，非知解可入也。

---

①妄心固动也，照心亦动也：虚妄不实的心固然是在动，明察知晓的心也在动。

②照心固照也，妄心亦照也：明察知晓的心固然是明亮的，虚妄不实的心也是明亮的。

③放：放纵。

④元、会、运、世、岁、月、日、时、刻、抄、忽、微：均表示时间，由长至短。

⑤惺惺：机警，警觉。

⑥本自生生，今却又添一个欲无生：良知本体本来就是生生不息的，现在却又添加一个欲念不生。

⑦一间：很小的间隔，极言其近。

⑧子房：张良，字子房。汉初大臣。 仲舒：董仲舒，西汉哲学家，今文经学大师。 叔度：黄宪。

⑨客气：虚骄之气。

答欧阳崇一

崇一来书云：师云“德性之良知，非由于闻见，若由多闻择其善者而从之，多见而识之，则是专求之见闻之末，而已落在第二义”。窃意良知虽不由见闻而有，然学者之知，未尝不由见闻而发。滞于见闻固非，而见闻亦良知之用也。今曰落在第二义，恐为专以见闻为学者而言，若致其良知而求知见闻，亦知行合一之功似矣。如何？

良知不由见闻而有，而见闻莫非良知之用。故良知不滞于见闻，而亦不杂于见闻。孔子云：“吾有知乎哉？无知也”。良知之外别无知矣。故致良知是学问大头脑是圣人教人第一义。今云专求之见闻之末，则是失却头脑而已，落在第二义矣。近时同志中，盖已莫不知有志良知之说，言其工夫尚多鹘突者[①]，正是欠此一问。大抵学问工夫，只要主意头脑是当。若主意头脑专以致良知为事，则凡多闻多见，莫非致良知之功。盖日月之间，见闻酬酢，虽千头万绪，莫非良知之发用流行。除却见闻酬酢，亦无良知可致矣。故只是一事。若曰致其良知，而求之见闻，则语意之间，未免为二。此与专求之见闻之末者，虽稍不同，其为未得精一之旨则一而已。多闻择其善者而从之，多见而识之。既云“择”，又云“识”，其良知亦未尝不行于其间。但其用意乃专在多闻多见上去择、识，则已失却头脑矣。崇一于此等处见得，当已分晓。今日之问，正为发明此学，于同志中极有益。但语意未莹，则毫厘千里，亦不容不精察之也。

来书云：师云“《系》言何思何虑，是言所思所虑只是天理，更无别思别虑耳，非谓无思无虑也。心之本体即是天理，有何可思虑得？学者用功，虽千思万虑，只是要复他本体，不是以私意去安排思索出来。若安排思索，便是自私用智矣。”学者之弊，大率非沉空守寂[2]，则安排思索。德辛壬之岁着前一病[3]，近又着后一病。但思索亦是良知发用，其与私意安排者何所取别？恐认贼作子，惑而不知也。

“思曰睿，睿作圣”。“心之官则思，思则得之”。思其可少乎？沉空守寂，与安排思索，正是自私用智，其为丧失良知一也。良知是天理之昭明灵觉处，故良知即是天理，思是良知之发用，若是良知发用之思，则所思莫非天理矣。良知发用之思自然明白简易，良知亦自能知得。若是私意安排之思，自是纷纭劳扰，良知亦自会分别得。盖思之是非邪正，良知无有不自知者。所以认贼作子，正为致知之学不明，不知在良知上体认之耳。

来书又云：师云“为学终身只是一事，不论有事无事，只是这一件。若说宁不了事，不可不加培养，却是分为两事也”。窃意觉精力衰弱，不足以终事者，良知也。宁不了事，且加休养，致知也。如何却为两事？若事变之来，有事势不容不了，而精力虽衰，稍鼓舞亦能支持。则持志以帅气可矣[4]。然言 动终无气力，毕事则困惫已甚，不几于暴其气已乎？此其轻重缓急，良知固未尝不知，然或迫于事势，安能顾精力？或困于精力，安能顾事势？如之何则可？

“宁不了事，不可不加培养”之意，且与初学如此说，亦不为无益。但作两事看了，便有病痛。在孟子言“必有事焉”，则君子之学，终身只是“集义”一事。义者，宜也，心得其宜之谓“义”，能致良知则心得其宜矣。故集义亦只是致良知，君子之酬酢万变，当行则行，当止则止，当生则生，当死则死，斟酌调停，无非是致其良知，以求自慊而已。故“君子素其位而行”，“思不出其位”。凡谋其力之所不及，而强其知之所不能者，皆不得为致良知。而凡“劳其筋骨，饿其体肤，空乏其身，行拂乱其所为，动心忍性以增益其所不能”者，皆所以致其良知也。若云“宁不了事”，不可不加培养者，亦是先有功利之心。较计成败利钝而爱憎取舍于其间，是以将了事自作一事，而培养又别作一事，此便有是内非外之意，便是自私用智，便是义外，便有“不得于心，勿求于气”之病，便不是致良知以求自谦之功矣。所云“鼓舞支持，毕事则困惫已甚”，又云“迫于事势，困于精力”，皆是把作两事做了，所以有此。凡学问之功，一则诚，二则伪。凡此皆是致良知之意，欠诚一真切之故。《大学》言“诚其意者，如恶恶臭、如好好色，此之谓自慊”。曾见有恶恶臭、好好色，而须鼓舞支持者乎？曾见毕事则困惫已甚者乎？曾有迫于事势，困于精力者乎？此可以知其受病之所从来矣。

来书又有云：人情机诈百出，御之以不疑，往往为所欺。觉则自入于逆亿[5]。夫逆诈即诈也[6]，亿不信即非信也。为人欺，又非觉也。不逆不億，而常先觉，其惟良知莹彻乎？然而出入毫忽之间，背觉合诈者多矣。

不逆不亿而先觉，此孔子因当时人专以逆诈、亿不信为心，而自陷于诈与不信。又有不逆、不亿者，然不知致良知之功，而往往又为人所欺诈，故有是言。非教人以是存心，而专欲先觉人之诈与不信也。以是存心，即是后世猜忌险薄者之事。而只此一念，已不可与入尧舜之道矣。不逆、不亿而为人所欺者，尚亦不失为善，但不如能致其良知，而自然先觉者之尤为贤耳。崇一谓其惟良知莹彻者，盖已得其旨矣。然亦颖悟所及，恐未实际也。盖良知之在人心，亘万古，塞宇宙，而无不同。不虑而知，恒易以知险；不学而能，恒简以知阻。先天而天不违，天且不违，而况于人乎？况于鬼神乎？夫谓背觉合诈者，是虽不逆人而或未能无自欺也，虽不亿人而或未能果自信也。是或常有求先觉之心，而未能常自觉也。常有求先觉之心，即已流于逆亿，而足以自蔽其良知矣。此背觉合诈之所以未免也。君子学以为己，未尝虞人之欺己也，恒不自欺其良知而已；未尝虞人之不信己也，恒自信其良知而已；未尝求先觉人之诈与不信也，恒务自觉其良知而已。是故不欺则良知无所伪而诚，诚则明矣。自信则良知无所惑而明，明则诚矣。明、诚相生，是故良知常觉常照。常觉常照，则如明镜之悬，而物之来者自不能遁其妍媸矣，何者？不欺而诚，则无所容其欺，苟有欺焉，而觉矣。自信而明，则无所容其不信，苟不信焉，而觉矣。是谓"易以知险"，"简以知阻"，子思所谓"至诚如神，可以前知"者也。然子思谓"如神"，谓"可以前知"，犹二而言之，是盖推言思诚者之功效，是犹为不能先觉者说也。若就至诚而言，则至诚之妙用即谓之"神"，不必言"如神"。至诚则无知而无不知，不必言"可以前知"矣。

---

①鹘（hú，音胡）突：糊涂。

②沉空守寂：执着于空寂。

③德：欧阳崇一，字德。　　辛壬之岁：辛巳到壬午年间（明正德十六年至嘉靖元年，即1521—1522年）。

④帅：作为主导的人或事物。

⑤逆：预先猜度。　　亿：预料，猜度。

⑥逆诈：意为事情还没有发生就先存了疑人欺己之心。

答罗整庵少宰书[①]

其顿首启，昨承教及《大学》，发舟匆匆，未能奉答。晓来江行稍暇，复取手教而读之。恐至赣后人事复纷沓，先具其略以请。

来教云："见道固难，而体道尤难。道诚未易明，而学诚不可不讲，恐未可安于所见，而遂以为极则也。

幸甚幸甚！何以得闻斯言乎？其敢自以为极则而安之乎？正思就天下之有道以讲明之耳。而数年以来，闻其说而非笑之者有矣，诟訾之者有矣，置之不足较量辨议之者有矣，其肯遂以教我乎？其肯遂以教我，而反覆晓谕，恻然惟恐不及救正之乎？然则天下之爱我者，固莫有如执事之心[②]，深且至矣，感激当何如哉！夫"德之不修，学之不讲"，孔子以为忧。而世之学者稍能传习训诂，即皆自以为知学，不复有所谓讲学之求，可悲矣！夫道必体而后见，非已见道而后加体道之功也。道必学而后明，非外讲学而复有所谓明道之事也。然世之讲学者有二，有讲之以身心者，有讲之以口耳者。讲之以口耳，揣摸测度，求之影响者也。讲之以身心，行著习察，实有诸己者也。知此则知孔门之学矣。

来教谓某《大学》古本之复，以人之为学但当求之于内，而程、朱格物之说，不免求之于外，遂去朱子之分章，而削其所补之传。非敢然也，学岂有内外乎？

《大学》古本乃孔门相传旧本耳，朱子疑其有所脱误而改正补缉之，在某则谓其本无脱误，悉从其旧而已矣。失在于过信孔子，则有之，非故去朱子之分章而削其传也。夫学贵得之心，求之于心，而非也，虽其言之出于孔子，不敢以为是也。而况其未及孔子者乎？求之于心而是也，虽其言之出于庸常，不敢以为非也。而况其出于孔子者乎？且旧本之传数千载矣，今读其文词，即明白而可通，论其工夫，又易简而可入。亦何所按据而断其此段之必在于彼，彼段之必在于此，与此之如何而缺，彼之如何而补，而遂改正补缉之，无乃重于背朱而轻于叛孔已乎？

来教谓如必以学不资于外求，但当反观内省以为务，则“正心诚意”四字，亦何不尽之有？何必于入门之际，便困以格物一段工夫也？

诚然诚然！若语其要，则“修身”二字亦足矣，何必又言“正心”。“正心”二字亦足矣，何必又言“诚意”。“诚意”二字亦足矣，何必又言“致知”，又言“格物”。惟其工夫之详密，而要之只是一事，此所以为精一之学，此正不可不思者也。夫理无内外，性无内外，故学无内外。讲习讨论，未尝非内也。反观内省，未尝遗外也。夫谓学必资于外求，是以己性为有外也，是义外也，用智者也。谓反观内省为求之于内，是以己性为有内也，是有我也，自私者也。是皆不知性之无内外也，故曰“精义入神，以致用也。利用安身，以崇德也”，“性之德也”，“合内外之道也”。此可以知格物之学矣。“格物者”，《大学》之实，下手处彻首彻尾，自始学至圣人，只此工夫而已。非但入门之际有此一段也，夫正心、诚意、致知、格物，皆所以修身而格物者，其所用力日可见之地。故格物者，格其心之物也，格其意之物也，格其知之物也。正心者，正其物之心也。诚意者，诚其物之意也。致知者，致其物之知也。此岂有内外、彼此之分哉？理一而已。以其理之凝聚而言，则谓之性。以其凝聚之主宰而言，则谓之心。以其主宰之发动而言，则谓之意。以其发动之明觉而言，则谓之知。以其明觉之感应而言，则谓之物。故就物而言，谓之格。就知而言，谓之致。就意而言，谓之诚。就心而言，谓之正。正者正此也，诚者诚此也，致者致此也，格者格此也，皆所谓穷理以尽性也。天下无性外之理，无性外之物。学之不明，皆由世之儒者认理为外，认物为外，而不知义外之说，孟子盖尝辟之。乃至袭陷其内而不觉，岂非亦有似是而难明者欤？不可以不察也！凡执事所以致疑于格物之说者，必谓其是内而非外也；必谓其专事于反观内省之为，而遗弃其讲习讨论之功也；必谓其一意于纲领本原之约，而脱略于支条节目之详也；必谓其沉溺于枯槁虚寂之偏，而不尽于物理人事之变也。审如是，岂但获罪于圣门，获罪于朱子，是邪说诬民，叛道乱正，人得而诛之也。而况于执事之正直哉？审如是，世之稍明训诂，闻先哲之绪论者，皆知其非也。而况执事之高明哉？凡某之所谓格物，其于朱子九条之说，皆包罗统括于其中。但为之有要，作用不同，正所谓毫厘之差耳。然毫厘之差，而千里之谬实起于此，不可不辨。孟子辟杨、墨至于无父无君，二子亦当时之贤者，使与孟子并世而生，未必不以之为贤。墨子兼爱，行仁而过耳，杨子为我，行义而过耳。此其为说，亦岂灭理乱常之甚，而足以眩天下哉？而其流之弊，孟子至比于禽兽夷狄，所谓以学术杀天下后世也。今世学术之弊，其谓之学仁而过者乎？谓之学义而过者乎？抑谓之学不仁不义而过者乎？吾不知其于洪水猛兽何如也？孟子云：“子岂好辨哉，予不得已也”。杨、墨之道塞天下。孟子之时，天下之尊信杨、墨，当不下于今日之崇尚朱说。而孟子独以一人呶呶于其间。噫，可哀矣！韩氏云：“佛、老之害，甚于杨墨”。韩愈之贤，不及孟子。孟子不能救之于未坏之先，而韩愈乃欲全之于已坏之后，其亦不量其力，且见其身之危，莫之救以死也。呜呼！若某者，其尤不量其力，果见其身之危，莫之救以死也矣。夫众方嘻嘻之中，而独出涕嗟。若举世恬然以趋，而独疾首蹙额以为忧。此其非病狂丧心，殆必诚有大苦者隐于其中。而非天下之至仁，其孰能察之。其为《朱子晚年定论》，盖亦不得已而然。中间年岁早晚，诚有所未考，虽不必尽出于晚年，固多出于晚年者矣。然大意在委曲调停，以明此学为重。平生于朱子之说，如神明蓍龟，一旦与之背驰，心诚有所未忍，故不得已而为此。“知我者谓我心忧，不知我者谓我何求”。盖不忍牴牾朱子者[③]，其本心也。不得已而与之牴牾者，道固如是，不直则道不见也。执事所谓决与朱子异者，仆敢自欺其心哉[④]？夫道，天下之公道也。学，天下之公学也。非朱子可得而私也，非孔子可得而私也。天下之公也，公言之而已矣。故言之而是，虽异于己，乃益于己也；言之而非，虽同于己，适损于己也。盖于己者，己必喜之；损于己者，己必恶之。然则某今日之论，虽或于朱子异，未必非其所喜也。“君子之过，如日月之食，其更也，人皆仰之”。而“小人之过也，必文”。某虽不肖，固不敢以小人之心事朱子也。执事所以教，反覆数百言，皆以未悉鄙人格物之说。若鄙说一明，则此数百言，皆可以不待辨说而释然无滞。故今不敢缕缕以滋琐屑之渎，然鄙说非面陈口析，断亦未能了了于纸笔间也。

嗟乎！执事所以开导启迪于我者，可谓恳到详切矣。人之爱我，宁有如执事者乎！仆虽甚愚下，宁不知所感刻佩服！然而不敢遽舍其中心之诚，然而姑以听受云者，正不敢有负于深爱，亦思有以报之耳。秋尽东还，必求一面，以卒所请，千万终教。

---

①少宰：明清吏部侍郎的别称。

②执事：古时指侍从左右供使令的人。在书信中用以称对方，谓不敢直陈，故向执事者陈述，表示对对方的尊敬。

③牴牾：亦作抵杵。意为抵触。

④仆：我的谦称。

答聂文蔚

一

春间远劳迂途，枉顾问证，惓惓此情，何可当也！已期二三同志，更处静地，扳留旬日[①]，少效其鄙见，以求切劘之益。而公期俗绊，势有不能，别去极怏怏，如有所失。忽承笺惠，反覆千余言，读之无甚浣慰。中间推许太过，盖亦奖掖之盛心，而规砺真切，思欲纳之于贤圣之域。又托诸崇一以致其勤勤恳恳之怀，此非深交笃爱，何以及是？知感知愧，且惧其无以堪之也。虽然，仆亦何敢不自鞭勉，而徒以感愧辞让为乎哉？

其谓“思、孟、周、程无意相遭于千载之下，与其尽信于天下，不若真信于一人。道固自在，学亦自在，天下信之不为多，一人信之不为少”者，斯固君子“不见是而无闷”之心。岂世之谫谫屑屑者[②]，知足以及之乎？乃仆之情，则有大不得已者存乎其间，而非以计人之信与不信也。

夫人者，天地之心。天地万物，本吾一体者也。生民之困苦荼毒，孰非疾痛之切于吾身者乎？不知吾身之疾痛，无是非之心者也。是非之心，不虑而知，不学而能，所谓良知也。良知之在人心，无间于圣愚，天下古今之所同也。世之君子，惟务致其良知，则自能公是非、同好恶，视人犹己，视国犹家，而以天地万物为一体，求天下无治不可得矣。古之人，所以能见善不啻若己出，见恶不啻若己入，视民之饥溺犹己之饥溺，而一夫不获若己推而纳诸沟中者，非故为是而以蕲天下之信己也[③]，务致其良知，求自慊而已矣。尧、舜、三王之圣，言而民莫不信者，致其良知而言之也；行而民莫不说者，致其良知而行之也。是以其民熙熙皞皞，杀之不怨，利之不庸，施及蛮貊[④]，而凡有血气者莫不尊亲，为其良知之同也。呜呼！圣人之治天下，何其简且易哉！后世良知之学不明，天下之人用其私智以相比轧，是以人各有心，而偏琐僻陋之见，狡伪阴邪之术，至于不可胜说。外假仁义之名，而内以行其自私自利之实。诡辞以阿俗，矫行以干誉，揜人之善而袭以为己长，讦人之私而窃以为己直，忿以相胜而犹谓之徇义，险以相倾而犹谓之疾恶，妒贤忌能而犹自以为公是非，恣情纵欲而犹自以为同好恶。相陵相贼，自其一家骨肉之亲，已不能无尔我胜负之意，彼此藩篱之形。而况于天下之大，民物之众，又何能一体而视之？则无怪于纷纷籍籍，而祸乱相寻于无穷矣。仆诚赖天之灵，偶有见于良知之学，以为必由此而后天下可得而治。是以每念斯民之陷溺，则为之戚然痛心，忘其身之不肖，而思以此救之，亦不自知其量者。天下之人见其若是，遂相与非笑而诋斥之，以为是病狂丧心之人耳。呜呼！是奚足恤哉？吾方疾痛之切体，而暇计人之非笑乎？人固有见其父子兄弟之坠溺于深渊者，呼号匍匐，裸跣颠顿，扳悬崖壁而下拯之。士之见者，方相与揖让谈笑于其傍，以为是弃其礼貌衣冠，而呼号颠顿若此，是病狂丧心者也。故夫揖让谈笑于溺人之傍而不知救，此惟行路之人，无亲戚骨肉之情者能之。然已谓之无恻隐之心，非人矣。若夫在父子兄弟之爱者，则固未有不痛心疾首，狂奔尽气，匍匐而拯之，彼将陷溺之祸有不顾，而况于病丧心之讥乎？而又况于蕲人之信与不信乎？呜呼！今之人虽谓仆为病狂丧心之人，亦无不可矣！天下之人心，皆吾之心也。天下之人犹有病狂者矣，吾安得而非病狂乎？犹有丧心者矣，吾安得而非丧心乎？昔者孔子之在当时，有议其为谄者，有议其为佞者，有毁其未贤，诋其为不知礼，而侮之以为东家丘者，有嫉而沮之者，有恶而欲杀之者。晨门、荷蒉之徒，皆当时之贤士，且曰“是知其不可而为之者欤”，“鄙哉！硁硁乎！莫己知也，斯已而已矣”。虽子路在升堂之列，尚不能无疑于其所见，不悦于其所欲往，而且以之为迂，则当时之不信夫子者，岂特十之二三而已乎？然而夫子汲汲遑遑，若求亡子于道路，而不暇于暖席者，宁以蕲人之知我信我而已哉？盖其天地万物一体之仁，疾痛迫切，虽欲已之而自有所不容已，故其言曰：“吾非斯人之徒与而谁与”，“欲洁其身而乱大伦”，“果哉，末之难矣！”呜呼！此非诚以天地万物为一体者，孰能以知夫子之心乎？若其“遁世无闷”、“乐天知命”者，则固“无入而不自得”，“道并行而不相悖”也。仆之不肖，何敢以夫子之道为己任！顾其心亦已稍知疾痛之在身，是以傍徨四顾，将求其有助于我者，相与讲去其病耳。今诚得豪杰同志之士，扶持匡翼，共明良知之学于天下。使天下之人，皆知自致其良知，以相安相养，去其自私自利之蔽，一洗谗妒、胜忿之习，以济于大同。则仆之狂病，固将脱然以愈，而终免于丧心之患矣。岂不快哉！嗟乎，今诚欲求豪杰同志之士于天下，非如吾文蔚者而谁望之乎？如吾文蔚之才与志，诚足以援天下之溺者，今又既知其具之在我，而无假于外求矣。循是而充，若决河注海，孰得而御哉？文蔚所谓“一人信之不为少”，其又能逊以委之何人乎？会稽素号山水之区，深林长谷，信步皆是，寒暑晦明，无时不宜，安居饱食，尘嚣无扰，良朋四集，道义日新，优哉游哉，天地之间，宁复有乐于是者？孔子云：“不怨天，不尤人”，“下学而上达”。仆与二三同志，方将请事斯语，奚暇外慕？独其切肤之痛，乃有未能恝然者，辄复云云尔。咳疾暑毒，书扎绝懒，威使远来，迟留经月。临岐执笔，又不觉累纸，盖于相知之深，虽已缕缕至此，殊觉有所未能尽也。

二

得书见近来所学之骤进，喜慰不可言。谛视数过，其间虽亦有一二未莹彻处，却是致良知之功尚未纯熟。到纯熟时，自无此矣。譬之驱车，既已由于康庄大道之中，或时横斜迂曲者，乃马性未调，御勒不齐之故。然已只在康庄大道中，决不兼入旁蹊曲径矣。近时海内同志到此地位者曾未多见，喜慰不可言，斯道之幸也！贱躯旧有咳嗽畏热之病，近入炎方，辙复大作。主上圣明洞察，责付甚重，不敢遽辞。地方军务冗沓，皆与疾从事。今却幸已平定，已具本乞回养病，得在林下稍就清凉，或可瘳耳[⑤]。人还伏枕草草，不尽倾企，外惟浚一简，幸达致之。

来书所询，草草奉复一二。近岁来山中讲学者，往往多说勿忘勿助工夫甚难。问之，则云才著意便是助，才不著意便是忘，所以甚难。区区因问之云：“忘是忘个什么，助是助个什么”？其人默然无对，始请问。区区因与说我此间讲学，却只说个“必有事焉”，不说勿忘勿助。“必有事焉”者，只是时时去“集义”。若时时去用“必有事”的工夫，而或有时间断，此便是忘了，即须“勿忘”。时时去用“必有事”的工夫，而或有时欲速求效，此便是助了，即须“勿助”。其工夫全在“必有事焉”上用，勿忘、勿助只就其间提撕警觉而已。若是工夫原不间断，即不须更说“勿忘”。原不欲速求效，即不须更说“勿助”。此其工夫何等明白简易，何等洒脱自在。今却不去“必有事”上用工，而乃悬空守着一个勿忘、勿助，此正如烧锅煮饭，锅内不曾渍水下米，而乃专去添柴放火，不知毕竟煮出个什么物来？吾恐火候未及调停，而锅已先破裂矣！近日一种专在勿忘、勿助上用工者，其病正是如此。终日悬空去做个勿忘，又悬空去做个勿助，漭漭荡荡[⑥]，全无实落下手处。究竟工夫只做得个沉空守寂，学成一个痴呆汉。才遇些子事来，即便牵滞纷扰，不复能经纶宰制。此皆有志之士，而乃使之劳苦缠缚，担搁一生，皆由学术误人之故，甚可悯矣！

夫“必有事焉”，只是“集义”。“集义”只是致良知。说“集义”则一时未见头脑，说致良知即当下便有实地步可用工。故区区专说致良知，随时就事上致其良知，便是格物。著实去致良知，便是诚意。著实致其良知而无一毫意必固我，便是正心。著实致良知则自无忘之病，无一毫意必固我则自无助之病，故说格、致、诚、正则不必更说个忘助。孟子说“忘、助”，亦就告子得病处立方。告子强制其心，是助的病痛，故孟子专说助长之害。告子助长，亦是他以义为外，不知就自心上“集义”，在“必有事焉”上用功，是以如此。若时时刻刻就自心上“集义”，则良知之体洞然明白，自然是是非非纤毫莫遁，又焉有“不得于言，勿求于心；不得于心，勿求于气”之弊乎？孟子集义、养气之说，固大有功于后学，然亦是因病立方，说得大段，不若《大学》格、致、诚、正之功，尤极精一简易，为彻上彻下，万世无弊者也！

圣贤论学，多是随时就事，虽言若人殊，而要其工夫头脑，若合符节。缘天地之间，原只有此性，只有此理，只有此良知，只有此一件事耳。故凡就古人论学处说工夫，更不必搀和兼搭而说，自然无不吻合贯通者。才须搀和兼搭而说，即是自己工夫未明彻也。近时有谓“集义”之功，必须兼搭个致良知而后备者，则是“集义”之功尚未了彻也。“集义”之功尚未了彻，适足以为致良知之累而已矣。谓致良知之功必须兼搭一个勿忘、勿助而后明者，则是致良知之功尚未了彻也。致良知之功尚未了彻，适足以为勿忘、勿助之累而已矣。若此者皆是就文义上解释、牵附，以求混融凑泊[⑦]，而不曾就自己实工夫上体验。是以论之愈精，而去之愈远。文蔚之论，其于大本达道既已沛然无疑。至于致知穷理及忘助等说，时亦有搀和兼搭处，却是区区所谓康庄大道之中，或时横斜迂曲者，到得工夫熟后，自将释然矣。

文蔚谓“致知之说，求之事亲、从兄之间，便觉有所持循”者，此段最见近来真切笃实之功。但以此自为，不妨自有得力处。以此遂为定说教人，却未免又有因药发病之患，亦不可不一讲也。盖良知只是一个天理，自然明觉发见处，只是一个真诚恻怛，便是他本体。故致此良知之真诚恻怛，以事亲便是孝；致此良知之真诚恻怛，以从兄便是弟；致此良知之真诚恻怛，以事君便是忠。只是一个良知，一个真诚恻怛。若是从兄的良知不能致其真诚恻怛，即是事亲的良知不能致其真诚恻怛矣；事君的良知不能致其真诚恻怛，即是从兄的良知不能致其真诚恻怛矣。故致得事君的良知，便是致却从兄的良知；致得从兄的良知，便是致却事亲的良知。不是事君的良知不能致，却须又从事亲的良知上去扩充将来。如此，又是脱却本原，着在支节上求了。良知只是一个，随他发见流行处，当下具足，更无去来，不须假借。然其发见流行处，却自有轻重厚薄，毫发不容增减者，所谓天然自有之中也。虽则轻重厚薄毫发不容增减，而原又只是一个。虽则只是一个，而其间轻重厚薄又毫发不容增减。若可得增减，若须假借，即已非其真诚恻怛之本体矣。此良知之妙用，所以无方体、无穷尽，“语大天下莫能载，语小天下莫能破”者也。

孟氏“尧舜之道，孝弟而已”者，是就人之良知发见得最真切笃厚，不容蔽昧处提省人，使人于事君、处友、仁民、爱物，与凡动静语默间，皆只是致他那一念事亲从兄真诚恻怛的良知，即自然无不是道。盖天下之事，虽千变万化，至于不可穷诘，而但惟致此事亲从兄，一念真诚恻怛之良知以应之。则更无有遗缺渗漏者，正谓其只有此一个良知故也。事亲从兄一念良知之外，更无有良知可致得者。故曰：“尧舜之道，孝弟而已”矣。此所以为惟精惟一之学，放之四海而皆准，施诸后世而无朝夕者也！文蔚云：“欲于事亲从兄之间，而求所谓良知之学”，就自己用工得力处如此说，亦无不可。若曰致其良知之真诚恻怛，以求尽天事亲从兄之道焉，亦无不可也。明道云：“行仁自孝弟始，孝弟是仁之一事，谓之行仁之本则可，谓是仁之本则不可。其说是矣！

亿、逆、先觉之说，文蔚谓“诚则旁行曲防，皆良知之用”，甚善甚善！间有搀搭处，则前已言之矣。惟浚之言，亦未为不是。在文蔚须有取于惟浚之言而后尽，在惟浚又须有取于文蔚之言而后明，不然，则亦未免各有倚着之病也。舜察迩言而询刍荛[8]，非是以迩言当察，刍荛当询，而后如此。乃良知之发见流行，光明圆莹，更无卦碍遮隔处，此所以谓之大知。才有执着意必，其知便小矣。讲学中自有去取分辨，然就心地上着实用工夫，却须如此方是。

“尽心”三节，区区曾有生知、学知、困知之说，颇已明白，无可疑者。盖尽心、知性、知天者，不必说存心养性事天，不必说“夭寿不贰，修身以俟”。而存心、养性与“修身以俟”之功，已在其中矣。存心、养性、事天者，虽未到得尽心、知天的地位，然已是在那里做个求到尽心、知天的工夫，更不必说“夭寿不贰，修身以俟”，而“夭寿不贰，修身以俟”之功，已在其中矣。譬之行路，尽心、知天者，如年力壮健之人，既能奔走往来于数千百里之间者也。存心、事天者，如童稚之年，使之学习步趋于庭除之间者也。“夭寿不贰，修身以俟”者，如襁抱之孩，方使之扶墙傍壁而渐学起立移步者也。既已能奔走往来于数千里之间者，则不必更使之于庭除之间而学步趋，而步趋于庭除之间自无弗能矣。既已能步趋于庭除之间，则不必更使之扶墙傍壁而学起立移步，而起立移步自无弗能矣。然学起立移步，便是学步趋庭除之始；学步趋庭除，便是学奔走往来于数千里之基。固非有二事，但其工夫之难易，则相去悬绝矣。心也、性也，天也，一也。故及其知之成功则一。然而三者人品力量自有阶级，不可躐等而能也[9]。细观文蔚之论，其意似恐尽心、知天者，废却存心修身之功，而反为尽心、知天之病。是盖为圣人忧工夫之或间断，而不知为自己忧工夫之未真切也。吾侪用工，却须专心致志在“夭寿不贰，修身以俟”上做，只此便是做尽心、知天功夫之始。正如学起立移步，便是学奔走千里之始。吾方自虑其不能起立移步，而岂遽虑其不能奔走千里，又况为奔走千里者，而虑其或遗忘于起立移步之习哉？文蔚识见，本自超绝迈往，而所论云然者，亦是未能脱去旧时解说文义之习，是为此三段书分疏比合以求融会贯通，而自添许多意见缠绕，反使用工不专一也。近时悬空去做勿忘、勿助者，其意见正有此病，最能耽误人，不可不涤除耳。

所谓“尊德性而道问学”一节，至当归一，更无可疑。此便是文蔚曾著实用工，然后能为此言。此本不是阴僻难见的道理，人或意见不同者，还是良知尚有纤翳潜伏，若除去此纤翳，即自无不洞然矣。

已作书后，移卧檐间，偶遇无事，遂复答此。文蔚之学既已得其大者，此等处久当释然自解，本不必屑屑如此分疏。但承相爱之厚，千里差人远及，谆谆下问，而竟虚来意，又自不能已于言也。然直戆烦缕已甚，恃在信爱，当不为罪。惟浚处及谦之、崇一处各得转录一通，寄视之，尤承一体之好也。

①扳留：停留。
②谫谫：浅薄。　　屑屑：烦细，忙碌不安的样子。
③蕲：通“祈”。祈求。
④蛮貊（mò，音陌）：野蛮不开化的人。
⑤瘳（chōu，音抽）：病愈。
⑥浒浒荡荡：无边无际。
⑦混融凑泊：融会贯通。
⑧迩言：浅近的话。　　刍荛：割草打柴的人。指草野鄙陋的人。
⑨躐等：不按次序；逾越等级。

训蒙大意示教读刘伯颂等[①]

古之教者，教以人伦。后世记诵词章之习起，而先王之教亡。今教童子，惟当以孝、弟、忠、信、礼、义、廉、耻为专务。其栽培涵养之方，则宜诱之歌诗以发其志意，导之习礼以肃其威仪，讽之读书以开其知觉[②]。今人往往以歌诗习礼为不切时务，此皆末俗庸鄙之见，乌足以知古人立教之意哉？大抵童子之情，乐嬉游而惮拘检，如草木之始萌芽，舒畅之则条达，摧挠之则衰痿。今教童子，必使其趋向鼓舞、中心喜悦，则其进自不能已。譬之时雨春风，霑被卉木，莫不萌动发越，自然日长月化。若冰霜剥落则生意萧索，日就枯槁矣。故凡诱之歌诗者，非但发其志意而已，亦所以洩其跳号呼啸于咏歌，宣其幽抑结滞于音节也。导之习礼者，非但肃其威仪而已，亦所以周旋揖让，而动荡其血脉；拜起屈伸，而固束其筋骸也。讽之读书者，非但开其知觉而已，亦所以沈潜反复而存其心，抑扬讽诵以宣其志也。凡此皆所以顺导其志意，调理其性情，潜消其鄙吝，默化其麤顽[③]，日使之渐于礼义而不苦其难，入于中和而不知其故。是盖先王立教之微意也。若近世之训蒙稚者，日惟督以句读课仿，责其检束而不知导之以礼，求其聪明而不知养之以善，鞭挞绳缚，若待拘囚。彼视学舍如囹狱，而不肯入，视师长如寇仇而不欲见，窥避掩覆以遂其嬉游。设诈饰诡以肆其顽鄙，偷薄庸劣日趋下流。是盖驱之于恶，而求其为善也，何可得乎？凡吾所以教，其意实在于此。恐时俗不察，视以为迂，且吾亦将去，故特叮咛以告。尔诸教读其务体吾意，永以为训，毋辄因时俗之言，改废其绳墨，庶成“蒙以养正”之功矣。念之念之！

教　约

每日清晨，诸生参揖毕，教读以次遍询诸生：在家所以爱亲敬长之心，得无懈忽，未能真切否？温凊定省之仪，得无亏缺，未能实践否？往来街衢，步趋礼节，得无放荡，未能谨饬否？一应言行心术，得无欺妄非僻，未能忠信笃敬否？诸童子务要各以实对，有则改之，无则加勉。教读复随时就事，曲加诲谕、开发，然后各退就席肄业。

凡歌诗须要整容定气，清朗其声音，均审其节调，毋躁而急，毋荡而嚣，毋馁而慑。久则精神宣畅，心气和平矣。每学量童生多寡，分为四班，每日轮一班歌诗，其余皆就席敛容肃听。每五日则总四班递歌于本学，每朔望集各学会歌于书院。

凡习礼须要澄心肃虑，审其仪节，度其容止，毋忽而惰，毋沮而怍，毋径而野。从容而不失之迂缓，修谨而不失之拘局，久则体貌习熟，德性坚定矣。童生班次，皆如歌诗，每间一日，则轮一班习礼，其余皆就席敛容肃观。习礼之日，免其课仿。每十日则总四班递习于本学，每朔望则集各学会习于书院。

凡授书不在徒多，但贵精熟。量其资禀能二百字者，止可授以一百字。常使精神力量有余，则无厌苦之患，而有自得之美。讽诵之际，务令专心一志，口诵心惟，字字句句䌷绎反覆[4]，抑扬其音节，宽虚其心意。久则义礼浃洽，聪明日开矣。

每日工夫，先考德，次背书诵书，次习礼，或作课仿，次复诵书讲书，次歌诗。凡习礼、歌诗之类，皆所以常存童子之心，使其乐习不倦，而无暇及于邪僻。教者知此，则知所施矣。虽然，此其大略也，"神而明之，则存乎其人。"

---

①训蒙：教育儿童。 大意：远大的志向。

②讽：劝告。

③麤（cū，音粗）顽：粗疏顽劣。

④䌷（chōu，音抽）绎：引端伸义；阐述。

传习录下

语录三

语录

正德乙亥，九川初见先生于龙江。先生与甘泉先生论格物之说[1]，甘泉持旧说。先生曰："是求之于外了。"甘泉曰："若以格物理为外，是自小其心也。"九川甚喜旧说之是。先生又论《尽心》一章，九川一闻，却遂无疑。后家居，复以格物遗质先生。答云："但能实地用功，久当自释。"山间乃自录《大学》旧本读之，觉朱子格物之说非是。然亦疑先生以意之所在为物，"物"字未明。

己卯归自京师，再见先生于洪都。先生兵务倥偬，乘隙讲授，首问近年用功何如?

九川曰："近年体验得明明德功夫，只是诚意。自明明德于天下，步步推入根源，到诚意上再去不得，如何以前又有格致工夫？后又体验，觉得意之诚伪，必先知觉乃可。以颜子"有不善未尝知之，知之未尝复行"为证，豁然若无疑。却又多了格物功夫，又思来吾心之灵，何有不知意之善恶？只是物欲蔽了，须格去物欲，始能如颜子"未尝不知"耳。又自疑功夫颠倒，与诚意不成片段后问希颜，希颜曰："先生谓格物致知是诚意功夫，极好。"九川曰："如何是诚意功夫?"希颜令再思体看，九川终不悟，请问。

先生曰：惜哉！此可一言而悟，临浚所举颜子事便是了，只要知身心意知物是一件。

九川疑曰：物在外，如何与身心意知是一件?

先生曰：耳、目、口、鼻、四肢，身也，非心安能视、听、言、动。心欲视、听、言、动，无耳、目、口、鼻、四肢亦不能。故无心则无身，无身则无心。但指其充塞处言之谓之身，指其主宰处言之谓之心。指心之发动处谓之意，指意之灵明处谓之知，指意之涉着处谓之物，只是一件。意未有悬空的，必着事物。故欲诚意，则随意所在，某事而格之。去其人欲而归于天理，则良知之在此事者，无蔽而得致矣。此便是诚意的功夫。

九川乃释然，破数年之疑。又问甘泉近亦信用《大学》古本，谓“格物犹言造道[②]，”又谓“穷理如穷其巢穴之穷，以身至之也，故格物亦只是随处体认天理”，似与先生之说渐同。

先生曰：甘泉用功，所以转得来。当时与说“亲民”字不须改，他亦不信。今论“格物”亦近，但不须换“物”字作“理”字，只还他一“物”字便是。

后有人问九川曰：今何不疑物字?”

曰：《中庸》曰，“不诚无物”，程子曰“物来顺应”，又如“物各付物，胸中无物”之类，皆古人常用字也。他日先生亦云然。

九川问：近年因厌泛滥之学，每要静坐，求屏息念虑，非惟不能，愈觉扰扰，如何?

先生曰：念如何可息，只是要正[③]。

曰：当自有无念时否?

先生曰：实无无念时。

曰：如此却如何言静?

曰：静未尝不动，动未尝不静。戒谨恐惧即是念，何分动静。

曰：周子何以言“定之以中正仁义而主静”?

曰：无欲故静，是“静亦定，动亦定”的“定”字，主其本体也。戒惧之念，是活泼地，此是天机不息处，所谓“维天之命，于穆不已[④]。”一息便是死，非本体之念，即是私念。

又问：用功收心时，有声色在前，如常闻见，恐不是专一。

曰：如何欲不闻见？除是槁木死灰，耳聋目盲则可。只是虽闻见而不流去，便是。

曰：昔有人静坐，其子隔壁读书，不知其勤惰。程子称其甚敬，何如?

曰：伊川恐亦是讥他。

又问：静坐用功，颇觉此心收敛。遇事又断了，旋起个念头，去事上省察。事过又寻旧功，还觉有内外，打不作一片。

先生曰：此格物之说未透。心何尝有内外？即如惟浚今在此讲论，又岂有一心在内照管？这听讲说时专敬，即是那静坐时心，功夫一贯，何须更起念头？人须在事上磨炼做功夫乃有益，若只好静，遇事便乱，终无长进。那静时功夫，亦差似收敛，而实放溺也。

后在洪都，复与于中、国裳论内外之说。渠皆云“物自有内外，但要内外并着功夫，不可有间耳。”以质先生。

曰：功夫不离本体。本体原无内外，只为后来做功夫的分了内外，失其本体了。如今正要讲明功夫不要有内外，乃是本体功夫。

是日俱有省。又问：陆子之学何如?

先生曰：濂溪、明道之后，还是象山，只还粗些。

九川曰：看他论学，篇篇说出骨髓，句句似针膏肓，却不见他粗。

先生曰：然！他心上用过功夫，与揣摹依仿，求之文义自不同，但细看有粗处。用功久，当见之。

庚辰往虔州再见先生[⑤]，问：近来功夫虽若稍知头脑，然难寻个稳当快乐处。

先生曰：尔却去心上寻个天理，此正所谓理障。此间有个诀窍。

曰：请问如何。

曰：只是致知。

曰：如何致？

曰：尔那一点良知，是尔自家底准则。尔意念着处，他是便知是，非便知非，更瞒他一些不得，尔只不要欺他，实实落落依着他做去，善便存，恶便去，他这里何等稳当快乐。此便是格物的真诀，致知的实功。若不靠着这些真机，如何去格物？我亦近年体贴出来，如此分明？初犹疑只依他恐有不足，精细看无些小欠缺。

在虔与于中、谦之同侍。先生曰：人胸中各有个圣人，只自信不及，都自埋倒了。

因顾于中曰：尔胸中原是圣人。于中起不敢当。

先生曰：此是尔自家有的，如何要推？

于中又曰：不敢。

先生曰：众人皆有之，况在于中，却何故谦起来？谦亦不得。

于中乃笑受。

又论：良知在人，随你如何不能泯灭，虽盗贼亦自知不当为盗，唤他做贼，他还忸怩。

于中曰：只是物欲遮蔽，良心在内，自不会失。如云自蔽日，日何尝失了。

先生曰：于中如此聪明，他人见不及此。

先生曰：这些子看得透彻，随他千言万语，是非诚伪，到前便明。合得的便是，合不得的便非。如佛家说“心印相似”。真是个试金石、指南针。

先生曰：人若知这良知诀窍，随他多少邪思枉念，这里一觉，都自消融。真个是灵丹一粒，点铁成金。

崇一曰：先生致知之旨，发尽精蕴，看来这里再去不得。

先生曰：何言之易也？再用功半年看如何，又用功一年看如何。功夫愈久，愈觉不同。此难口说。

先生问：九川于致知之说，体验如何。

九川曰：自觉不同。往时操持常不得个恰好处，此乃是恰好处。

先生曰：可知是体来与听讲不同。我初与讲时，知尔只是忽易[⑥]，未有滋味。只这个要妙，再体到深处，日见不同，是无穷尽的。

又曰：此“致知”二字，真是个千古圣传之秘。见到这里，百世以俟圣人而不惑。

九川问曰：伊川说到体用一原，显微无间处，门人已说是泄天机。先生致知之说，莫亦泄天机太甚否？

先生曰：圣人已指以示人，只为后人揜匿我发明耳，何故说泄？此是人人自有的，觉来甚不打紧一般。然与不用实功人说，亦甚轻忽，可惜彼此无益。与实用功而不得其要者提撕之[⑦]，甚沛然得力。

又曰：知来本无知，觉来本无觉。然不知则遂沦埋。

先生曰：大凡朋友，须箴规指摘处少，诱掖奖劝意多，方是。

后又戒九川云：与朋友论学，须委曲谦下，宽以居之。

九川卧病虔州。先生云：病物亦难格，觉得如何？

对曰：功夫甚难。

先生曰：常快活便是功夫。

九川问：自省念虑，或涉邪妄，或预料理天下事。思到极处，井井有味，便缱绻难屏。觉得早则易，觉迟则难。用力克治，愈觉扞格[8]。惟稍迁念他事，则随两忘。如此廓清，亦似无害。

先生曰：何须如此，只要在良知上着功夫。

九川曰：正谓那一时不知。

先生曰：我这里自有功夫，何缘得他来？只为尔功夫断了，便蔽其知。既断了则继续旧功便是，何必如此？

九川曰：直是难鏖[9]，虽知，丢他不去。

先生曰：须是勇。用功久，自有勇。故曰“是集义所生者”，胜得容易，便是大贤。

九川问：此功夫却于心上体验明白，只解书不通。

先生曰：只要解心。心明白，书自然融会。若心上不通，只要书上文义通，却自生意见。

有一属官因久听讲先生之学，曰：此学甚好，只是簿书、讼狱繁难，不得为学。

先生闻之曰：我何尝教尔离了簿书、讼狱，悬空去讲学。尔既有官司之事，便从官司的事上为学，才是真格物。如问一词讼，不可因其应对无状，起个怒心；不可因他言语圆转，生个喜心；不可恶其嘱托，加意治之；不可因其请求，屈意从之；不可因自己事务烦冗，随意苟且断之；不可因旁人谮毁罗织，随人意思处之。这许多意思皆私，只尔自知，须精细省察克治，惟恐此心有一毫偏倚。杜人是非，这便是格物致知。簿书、讼狱之间，无非实学。若离了事物为学，却是着空。

虔州将归，有诗别先生云：良知何事系多闻，妙合当时已种根，好恶从之为圣学，将迎无处是乾元[10]。

先生曰：若未来讲此学，不知说“好恶从之”从个甚么？

敷英在座曰：诚然，尝读先生《大学古本序》，不知所说何事。及来听讲许时，乃稍知大意。

于中、国裳辈同侍食。先生曰：凡饮食只是要养我身，食了要消化，若徒蓄积在肚里，便成痞了[11]，如何长得肌肤？后世学者，博闻多识，留滞胸中，皆伤食之病也。

先生曰：圣人亦是学知，众人亦是生知。

问曰：何如？

曰：这良知人人皆有。圣人只是保全，无些障蔽，兢兢业业，亹亹翼翼[12]，自然不息，便也是学。只是生的分数多，所以谓之“生知安行”。众人自孩提之童，莫不完具此知，只是障蔽多。然本体之知，自难泯息，虽问学克治，也只凭他。只是学的分数多，所以谓之“学知利行”。

黄以方问：先生格致之说，随时格物以致其知，则知是一节之知，非全体之知也。何以到得溥博如天，渊泉如渊地位[13]？

先生曰：人心是天、渊。心之本体，无所不该，原是一个天，只为私欲障碍，则天之本体失了。心之理无穷尽。原是一个渊，只为私欲窒塞，则渊之本体失了。如今念念致良知，将此障碍窒塞一齐去尽，则本体已复，便是天、渊了。

乃指天以示之曰：比如面前见天，是昭昭之天、四外见天，也只是昭昭之天，只为许多房子墙壁遮蔽，便不见天之全体，若撤去房子墙壁，总是一个天矣。不可道眼前天是昭昭之天，外面又不是昭昭之天也。于此便见一节之知，即全体之知。全体之知，即一节之知。总是一个本体。

先生曰：圣贤非无功业节气，但其循着这天理，则便是道，不可以事功气节名矣。

发愤忘食，是圣人之志，如此真无有已时。乐以忘忧，是圣人之道，如此真无有戚时。恐不必云得不得也。

先生曰：我辈致知，只是各随分限所及[14]。今日良知见在如此，只随今日所知，扩充到底。

明日良知又有开悟，便从明日所知，扩充到底。如此方是精一功夫。与人论学，亦须随人分限所及。如树有这些萌芽，只把这些水去灌溉，萌芽再长，便又加水，自拱把以至合抱，灌溉之功，皆是随其分限所及。若些小萌芽，有一桶水在，尽要倾上，便浸坏他了。

问：知行合一。

先生曰：此须识我立言宗旨。今人学问，只因知行分作两件。故有一念发动，虽是不善，然却未曾行，便不去禁止。我今说个知行合一，正要人晓得一念发动处，便即是行了。发动处有不善，就将这不善的念克倒了。须要彻根彻底，不使那一念不善潜伏在胸中，此是我立言宗旨。

圣人无所不知，只是知个天理。无所不能，只是能个天理。圣人本体明白，故事事知个天理所在，便去尽个天理。不是本体明后，却于天下事物都便知得，便做得来也。天下事物，如名物度数、草木鸟兽之类，不胜其烦。圣人须是本体明了，亦何缘能尽知得？但不必知的，圣人自不消求知；其所当知的，圣人自能问人。如“子入太庙，每事问”之类。先儒谓“虽知亦问，敬谨之至”，此说不可通。圣人于礼乐名物，不必尽知。然他知得一个天理，便自有许多节文度数出来[15]。不知能问，亦即是天理节文所在。

问：先生当谓善恶只是一物。善恶两端，如水炭相反，如何谓只一物？

先生曰：至善者，心之本体。本体上才过当些子，便是恶了。不是有一个善，却又有一个恶来相对也。故善、恶只是一物。

直因闻先生之说，则知程子所谓“善固性也，恶亦不可不谓之性。”又曰：“善恶皆天理，谓之恶者本非恶，但于本性上过与不及之间耳。”其说皆无可疑。

先生尝谓人但得好善如好好色，恶恶如恶恶臭，便是圣人。

直初时闻之，觉甚易，后体验得来，此个功夫着实是难。如一念虽知好善恶恶，然不知不觉，又夹杂去了。才有夹杂，便不是好善如好好色，恶恶如恶恶臭的心。善能实实的好，是无念不善矣。恶能实实的恶，是无念及恶矣。如何不是圣人？故圣人之学，只是一诚而已。

问：修道说：“言率性之谓道，属圣人分上事。修道之谓教，属贤人分上事。”

先生曰：众人亦率性也。但率性在圣人分上较多，故“率性之谓道”属圣人事，圣人亦修道也。但修道在贤人分上多，故“修道之谓教”属贤人事。

又曰：《中庸》一书，大抵皆是说修道的事。故后面凡说君子，说颜渊，说子路，皆是能修道的。说小人，说贤知愚不肖，说庶民，皆是不能修道的。其他言舜、文、周公、仲尼，至诚、至圣之类，则又圣人之自能修道者也。

问：儒者到三更时分，扫荡胸中思虑，空空静静，与释氏之静只一般，两下皆不用，此时何所分别？

先生曰：动静只是一个。那三更时分空空静静的，只是存天理，即是如今应事接物的心。如今应事接物的心，亦是循此天理，便是那三更时分空空静静的心。故动静只是一个，分别不得。知得动静合一，释氏毫厘差处亦自莫揜矣。

门人在座，有动止甚矜持者。

先生曰：人若矜持太过，终是有弊。

曰：矜持太过，何如有弊？

曰：人只有许多精神，若专在容貌上用功，则于中心照管不及者多矣。

有太直率者。先生曰：如今讲此学，却外面全不检束，又分心与事为二矣。

门人作文送友行，问先生曰：作文字不免费思，作了后又一二日，常记在怀。

曰：文字思索亦无害，但作了常记在怀，则为文所累，心中有一物矣。此则未可也。

又作诗送人。先生看诗毕，谓曰：凡作文字，要随我分限所及，若说得太过了，亦非“修辞立诚”矣。

文公格物之说，只是少头脑。如所谓“察之于念虑之微”，此一句不该与“求之文字之中，”“验之于事为之著”，“索之讲论之际”，混作一例看，是无轻重也。

问“有所忿懥”一条[16]。

先生曰：忿懥几件，人心怎能无得，只是不可有耳。凡人忿懥，着了一分意思，便怒得过当，非廓然大公之体了。故有所忿懥，便不得其正也。如今于凡忿懥等件，只是个物来顺应，不要着一分意思，便心体廓然大公，得其本体之正了。且如出外见人相斗，其不是的，我心亦怒。然虽怒，却此心廓然不曾动些子气。如今怒人，亦得如此，方才是正。

先生尝言：佛氏不着相[17]，其实着了相。吾儒着相，其实不着相。请问。

曰：佛怕父子累，却逃了父子；怕君臣累，却逃了君臣；怕夫妇累，却逃了夫妇。都是为个君臣、父子、夫妇着了相，便须逃避。如吾儒有个父子，还他以仁；有个君臣，还他以义；有个夫妇，还他以别。何曾着父子君臣夫妇的相？

黄勉叔问：心无恶念时，此心空空荡荡的，不知亦须存个善念否？

先生曰：既去恶念，便是善念，便复心之本体矣。譬如日光，被云来遮蔽，云去光已复矣。若恶念既去，又要存个善念，即是日光之中，添燃一灯。

问：近来用功，亦颇觉妄念不生，但腔子里黑窣窣的[18]，不知如何打得光明？

先生曰：初下手用功，如何腔子里便得光明？譬如奔流浊水，才贮在缸里，初然虽定，也只是昏浊的，须俟澄定既久，自然渣滓尽去，复得清来。汝只要在良知上用功，良知存久，黑窣窣自能光明矣。今便要责效，却是助长，不成功夫。

先生曰：吾教人致良知，在格物上用功，却是有根本的学问。日长进一日，愈久愈觉精明。世儒教人事事物物上去寻讨，却是无根本的学问。方其壮时，虽暂能外面修饰，不见有过，老则精神衰迈，终须放倒。譬如无根之树，移栽水边，虽暂时鲜好，终久要憔悴。

问：“志于道”一章。

先生曰：只“志道”一句，便含下面数句功夫，自住不得[19]。譬如做此屋“志于道”是念念要去择地鸠材，经营成个区宅。“据德”却是经画已成，有可据矣。“依仁”却是常常住在区宅内，更不离去。“游艺”却是加些画采，美此区宅。艺者，义也，理之所宜者也。如诵诗、读书、弹琴、习射之类，皆所以调习此心，使之热于道也。苟不“志道”而“游艺”，却如无状小子。不先去置造区宅，只管要去买画挂做门面，不知将挂在何处？

问：读书所以调摄此心，不可缺的，但读之之时，一种科目意思牵引而来，不知何以免此？

先生曰：只要良知真切，虽做举业，不为心累，总有累亦易觉克之而已。且如读书时，良知知得强记之心不是，即克去之；有欲速之心不是，即克去之；有夸多斗靡之心不是，即克去之。如此亦只是终日与圣贤印对[20]，是个纯乎天理之心。任他读书，亦只是调摄此心而已。何累之有？

曰：虽蒙开示，奈资质庸下，实难免累。窃闻穷通有命，上智之人，恐不屑此。不肖为声利牵缠[21]，甘心为此，徒自苦耳。欲屏弃之，又制于亲，不能舍去，奈何？

先生曰：此事归辞于亲者多矣，其实只是无志。志立得时，良知千事万为，只是一事。读书作文，安能累人？人自累于得失耳！因叹曰：此学不明，不知此处担搁了几多英雄汉！

问：“生之谓性”，告子亦说得是。孟子如何非之？

先生曰：固是性，但告子认得一边去了，不晓得头脑，若晓得头脑，如此说亦是。孟子亦曰“形色，天性也”，这也是指气说。

又曰：凡人信口说，任意行，皆说此是依我心性出来，此是所谓生之谓性。然却要有过差。若晓得头脑，依吾良知上说出来，行将去，便自是停当。然良知亦只是这口说，这身行，岂能外得气，别有个去行去说？故曰“论性不论气，不备；论气不论性，不明。”气亦性也，性亦气也。但须认得头脑是当。

又曰：诸君功夫，最不可助长。上智绝少，学者无超入圣人之理。一起一伏，一进一退，自是功夫节次。不可以我前日用得功夫了，今却不济，便要矫强，做出一个没破绽的模样，这便是助长，连前些子功夫都坏了，此非小过。譬如行路的人，遭一蹶跌，起来便走，不要欺人，做那不曾跌倒的样子出来。诸君只要常常怀个“遁世无闷，不见是而无闷”之心，依此良知，忍耐做去，不管人非笑，不管人毁谤，不管人荣辱，任他功夫有进有退，我只是这致良知的主宰不息，久久自然有得力处。一切外事，亦自能不动。又曰：人若着实用功，随人毁谤，随人欺慢，处处得益，处处是进德之资。若不用功，只是魔也，终被累倒。

先生一日出游禹穴，顾田间禾曰：能几何时，又如此长了。

范兆期在旁曰：此只是有根，学问能自植根，亦不患无长。

先生曰：人孰无根，良知即是天植灵根，自生生不息。但着了私累，把此根戕贼蔽塞，不得发生耳！

一友常易动气责人。

先生警之曰：学须反己，若徒责人，只见得人不是，不见自己非。若能反己，方见自己有许多未尽处，奚暇责人。舜能化得象的傲[22]，其机括只是不见象的不是[23]。若舜只要正他的奸恶，就见得象的不是矣。象是傲人，必不肯相下。如何感化得他？

是友感悔。

曰：你今后只不要去论人之是非，凡当责辩人时，就把做一件大己私克去，方可。

先生曰：凡朋友问难，纵有浅近粗疏，或露才扬己，皆是病发，当因其病而乐之可也。不可便怀鄙薄之心，非君子与人为善之心矣。

问：《易》，朱子主卜筮，程传主理，何如？

先生曰：卜筮是理，理亦是卜筮。天下之理，孰有大于卜筮者乎？只为后世将卜筮专主在占卦上看了，所以看得卜筮似小艺。不知今之师友问答、传学、审问、慎思、明辩、笃行之类，皆是卜筮。卜筮者，不过求决狐疑，神明吾心而已。《易》是问诸天人，有疑自信不及，故以《易》问天。谓人心尚有所涉，惟天不容伪耳。

黄勉之问：“无适也，无莫也，义之与比[24]”，事事要如此否？

先生曰：固是事事要如此，须是识得个头脑乃可。义即是良知，晓得良知是个头脑，方无执着。且如受人馈送，也有今日当受的，他日不当受的；也有今日不当受的，他日当受的。你若执着了今日当受的，便一切受去；执着了今日不当受的，便一切不受去。便是“适”、“莫”，便不是良知的本体，如何唤得做义？

问：“思无邪”一言，如何便盖得三百篇之义？

先生曰：岂特三百篇，《六经》只此一言，便可该贯，以至穷古今天下圣贤的话，“思无邪”一言，也可该贯。此外更有何说？此是一了百当的功夫。

问：道心人心？

先生曰：率性之谓道，便是道心。但着些人的意思在，便是人心。道心本是无声无臭，故曰“微”，依着人心行去，便有许多不安稳处，故曰“惟危㉕”。

问：“中人以下，不可以语上”，愚的人与之语上，尚且不进，况不与之语，可乎？

先生曰：不是圣人终不与语，圣人的心，忧不得人人都做圣人。只是人的资质不同，施教不可躐等。中人以下的人，便与他说性、说命，他也不省得，也须谩谩琢磨他起来。

一友问：读书不记得，如何？

先生曰：只要晓得，如何要记得？要晓得已是落第二义了，只要明得自家本体。若徒要记得，便不晓得；若徒要晓得，便明不得自家的本体。

问：“逝者如斯”，是说自家心性活泼泼地否？

先生曰：然。须要时时用致良知的功夫，方才活泼泼地，方才与他川水一般。若须臾间断，便与天地不相似。此是学问极至处，圣人也只如此。

问：“志士仁人”章。

先生曰：只为世上人，都把生身命子看得来太重，不问当死不当死，定要宛转委曲保全，以此把天理却丢去了。忍心害理，何者不为！若违了天理，便与禽兽无异，便偷生在世上百千年，也不过做了千百年的禽兽，学者要于此等处看得明白。比干、龙逢，只为他看得分明㉖，所以能成就得他的人。

问：“叔孙武叔毁仲尼”，大圣人如何犹不免于毁谤？

先生曰：毁谤自外来的，虽圣人如何免得？人只贵于自修，若自已实实落落是个圣贤，纵然人都毁他，也说他不着。却若浮云揜日，如何损得日的光明。若自已是个象恭色庄，不坚不介的㉗，纵然没一个人说他，他的恶慝终须一日发露㉘。所以孟子说“有求全之毁，有不虞之誉”。毁誉在外的，安能避得？只要自修何如尔。

刘君亮要在山中静坐。

先生曰：汝若以厌外物之心去求之静，是反养成一个骄惰之气了。汝若不厌外物，复于静处涵养，却好。

王汝中、省曾侍坐。先生握扇命曰：你们用扇。

省曾起对曰：不敢。

先生曰：圣人之学，不是这等捆缚、苦楚的，不是装做道学的模样。

汝中曰：观“仲尼与曾点言志”一章略见。

先生曰：然。以此章观之，圣人何等宽洪包含气象！且为师者问志于群弟子，三子皆整顿以对。至于曾点，飘飘然不看那三子在眼，自去鼓起瑟来，何等狂态。及至言志，又不对师之问目，都是狂言。设在伊川，或斥骂起来了。圣人乃复称许他，何等气象！圣人教人，不是个束缚他通做一般。只如狂者便从狂处成就他，狷者便从狷处成就他㉙。人之才气，如何同得？

先生语陆元静曰：元静少年，亦要解五经，志亦好博。但圣人教人，只怕人不简易，他说的皆是简易之规。以今人好博之心观之，却似圣人教人差了。

先生曰：孔子无不知而作，颜子有不善未尝不知，此是圣学真血脉路。

何廷仁、黄正之、李侯璧、汝中、德洪侍坐。先生顾而言曰：汝辈学问不得长进，只是未立志。

侯璧起而对曰：洪亦愿立志。

先生曰：难说不立未是，必为圣人之志耳。

对曰：愿立必为圣人之志。

先生曰：你真有圣人之志，良知上更无不尽。良知上留得些子别念挂带，便非必为圣人之志矣。

洪初闻时，心若未服；听说到，不觉悚汗。

先生曰：良知是造化的精灵。这些精灵，生天生地，成鬼成帝，皆从此出，真是与物无对。人若复得他完完全全，无少亏欠，自不觉手舞足蹈，不知天地间更有何乐可代？

一友静坐有见，驰问先生。

答曰：吾昔居滁时，见诸生多务知解，口耳异同，无益于得，姑教之静坐。一时窥见光景，颇收近效，久之渐有喜静厌动、流入枯槁之病，或务为玄解妙觉，动人听闻。故迩来只说致良知。良知明白，随你去静处体悟也好，随你去事上磨炼也好，良知本体原是无动无静的。此便是学问头脑。我这个话头，自滁州到今，亦较过几番，只是"致良知"三字无病。医经折肱，方能察人病理。

一友问：功夫欲得此知时时接续，一切应感处，反觉照管不及，若去事上周旋，又觉不见了。如何则可？

先生曰：此只认良知未真，尚有内外之间。我这里功夫，不由人急心[30]，认得良知头脑是当，去朴实用功，自会透彻。到此便是内外两忘，又何心事不合一？

又曰：功夫不是透得这个真机，如何得他充实光辉？若能透得时，不由你聪明知解接得来。须胸中渣滓浑化，不使有毫发沾带，始得。

先生曰："天命之谓性"，命即是性。"率性之谓道"，性即是道。"修道之谓教"，道即是教。

问：如何道即是教？

曰：道即是良知。良知原是完完全全，是的还他是，非的还他非，是非只依着他，更无有不是处。这良知还是你的明师。

问："不睹不闻"是说本体，"戒慎恐惧"是说功夫否？

先生曰：此处须信得本体原是"不睹不闻"的，亦原是"戒慎恐惧"的。"戒慎恐惧"不曾在"不睹不闻"上加得些子。见得真时，便谓"戒慎恐惧"是本体，"不睹不闻"是功夫，亦得。

问："通乎昼夜之道而知。"

先生曰：良知原是知昼知夜的。

又问：人睡熟时良知亦不知了。

曰：不知，何以一叫便应？

曰：良知常知，如何有睡熟时？

曰：向晦宴息，此亦造化常理。夜来天地混沌，形色俱泯，人亦耳目无所睹闻，众窍俱翕，此即良知收敛凝一时。天地既开，庶物露生，人亦耳目有所睹闻，众窍俱辟，此即良知妙用发生时。可见人心与天地一体，故"上下与天地同流。"今人不会宴息，夜来不是昏睡，即是妄思魇寐。

曰："睡时功夫如何用？

先生曰：知昼即知夜矣。日间良知是顺应无滞的，夜间良知即是收敛凝一的。有梦即先兆。

又曰：良知在夜气发的，方是本体，以其无物欲之杂也。学者要使事物纷扰之时，常如夜气一般，就是"通乎昼夜之道而知。"

先生曰：仙家说到虚，圣人岂能虚上加得一毫实？佛氏说到无，圣人岂能无上加得一毫有？但仙家说虚从养生上来，佛氏说无从出离生死苦海上来，却于本体上加却这些子意思在，便不是他虚无的本色了，便于本体有障碍。圣人只是还他良知的本色，更不着些子意在。良知之虚，便是天之太虚；良知之无，便是太虚之无形。日、月、风、雷、山、川、民、物，凡有貌象形色，皆在太虚无形中发用流行，未尝作得天的障碍。圣人只是顺其良知之发用。天地万物，俱在我良知的发用流行中，何尝又有一物，超于良知之外，能作得障碍？

或问：释氏亦务养心，然要之不可以治天下，何也？先生曰：吾儒养心，未尝离却事物，只顺其天则自然，就是功夫。释氏却要尽绝事物，把心看做幻相，渐入虚寂去了。与世间若无些子交涉，所以不可治天下。

或问：异端。

先生曰：与愚夫愚妇同的，是谓同德。与愚夫愚妇异的，是谓异端。

先生曰：孟子不动心与告子不动心，所异只在毫厘间。告子只在不动心上着功，孟子便直从此心原不动处分晓。心之本体，原是不动的，只为所行有不合义，便动了。孟子不论心之动与不动，只是"集义"，所行无不是义，此心自然无可动处。若告子只要此心不动，便是把捉此心，将他生生不息之根反阻挠了，此非徒无益，而又害之。孟子"集义"工夫，自是养得充满，并无馁歉，自是纵横自在、活泼泼地，此便是浩然之气。

又曰：告子病源，从性无善无不善上见来。性无善无不善，虽如此说，亦无大差。但告子执定看了，便有个无善无不善的性在内。有善有恶，又在物感上看[31]，便有个物在外，却做两边看了，便会差。无善无不善，性原是如此。悟得及时，只此一句便尽了，更无有内外之间。告子见一个性在内，见一个物在外，便见他于性有未透彻处。

朱本思问：人有虚灵，方有良知，若草木瓦石之类，亦有良知否？

先生曰：人的良知，就是草木瓦石的良知。若草木瓦石无人的良知，不可以为草木瓦石矣。岂惟草木瓦石为然？天地无人的良知，亦不可为天地矣。盖天地万物，与人原是一体，其发窍之最精处，是人心一点灵明。风雨露雷、日月星辰、禽兽草木、山川土石，与人原只一体。故五谷禽兽之类，皆可以养人；药石之类，皆可以疗疾。只为同此一气，故能相通耳。

先生游南镇，一友指岩中花树问曰：天下无心外之物，如此花树，在深山中自开自落，于我心亦何相关？

先生曰：你未看此花时，此花与汝心同归于寂。你来看此花时，则此花颜色一时明白起来，便知此花不在你的心外。

问：大人与物同体，如何《大学》又说个厚薄？

先生曰：惟是道理，自有厚薄。比如身是一体，把手足捍头目，岂是偏要薄手足？其道理合如此。禽兽与草木同是爱的，把草木支养禽兽，又忍得？人与禽兽同是爱的，宰禽兽以养亲，与供祭祀，燕宾客[32]，心又忍得？至亲与路人同是爱的，如箪食豆羹，得则生，不得则死，不能两全，宁救至亲，不救路人，心又忍得？这是道理合该如此。及至吾身与至亲，更不得分别彼此厚薄。盖以仁民爱物，皆从此出。此处可忍，更无所不忍矣！《大学》所谓厚薄，是良知上自然的条理，不可逾越，此便谓之"义"。顺这个条理，便谓之"礼"。知此条理，便谓之"智"。终始是这条理，便谓之"信"。

又曰：目无体，以万物之色为体；耳无体，以万物之声为体，鼻无体，以万物之臭为体；口无体，以万物之味为体；心无体，以天地万物感应之是非为体。

问：夭寿不贰。

先生曰：学问功夫于一切声利嗜好，俱能脱落殆尽，尚有一种生死念头，毫发挂带，便于全体有未融释处。人于生死念头，本从生身命根上带来，故不易去。若于此处见得破，透得过，此心全体方是流行无碍，方是尽性至命之学。

一友问：欲于静坐时，将好名、好色、好货等根，逐一搜寻，扫除廓清，恐是剜肉做疮否？

先生正色曰：这是我医人的方子，真是去得人病根。更有大本事人，过了十数年，亦还用得着。你如不用，且放起，不要作坏我的方子。是友愧谢。

少间曰：此量非你事，必吾门稍知意思者为此说以误汝，在坐者皆悚然。

一友问：功夫不切。

先生曰：学问功夫，我已曾一句道尽。如何今日转说转远，都不着根？

对曰：致良知盖闻教矣，然亦须讲明。

先生曰：既知致良知，又何可讲明？良知本是明白实落，用功便是。不肯用功，只在语言上转说转糊涂。

曰：正求讲明致之之功。

先生曰：此亦须你自家求，我亦无别法可道。昔有禅师，人来问法，只把麈尾提起。一日，其徒将麈尾藏过，试他如何设法。禅师寻麈尾不见，又只空手提起。我这个良知，就是设法的麈尾，舍了这个，有何可提得？

少间，又一友请问功夫切要。

先生旁顾曰：我麈尾安在？一时在坐者皆跃然。

或问：至诚前知。

先曰：诚是实理，只是一个良知。实理之妙用流行就是神，其萌动处就是几，诚神几曰“圣人”。圣人不贵前知，祸福之来，虽圣人有所不免。圣人只是知几，遇变而通耳。良知无前后，只知得见在的几，便是一了百了。若有个前知的心，就是私心，就有趋避利害的意。邵子必于前知，终是利害心未尽处。

先生曰：无知无不知，本体原是如此。譬如日未尝有心照物，而自无物不照。无照无不照，原是日的本体。良知本无知，今却要有知；本无不知，今却疑有不知，只是信不及耳。

先生曰：惟天下至圣，为能聪明睿知。旧看何等玄妙，今看来原是人人自有的。耳原是聪，目原是明，心思原是睿知。圣人只是一能之尔，能处正是良知。众人不能，只是个不致知。何等明白简易！

问：孔子所谓“远虑”，周公“夜以继日”，与将迎不同，何如？

先生曰：“远虑”不是茫茫荡荡去思虑，只是要存这天理。天理在人心，亘古亘今，无有终始。天理即是良知，千思万虑，只是要致良知。良知愈思愈精明，若不精思，漫然随事应去，良知便粗了。若只着在事上，茫茫荡荡去思，教做“远虑”，便不免有毁誉得丧。人欲搀入其中，就是将迎了。周公终夜以思，只是“戒慎不睹，恐惧不闻”的功夫。见得时，其气象与将迎自别。

问：“一日克己复礼，天下归仁”，朱子作效验说，如何？

先生曰：圣贤只是为己之学，重功夫不重效验。仁者以万物为体，不能一体，只是己私未忘。全得仁体，则天下皆归于吾。仁就是“八荒皆在我闼”意[33]。天下皆与，其仁亦在其中。如“在邦无怨，在家无怨”，亦只是自家不怨。如“不怨天、不尤人”之意。然家邦无怨，于我亦在其中，但所重不在此。

问：孟子巧、力、圣、智之说，朱子云：“三子力有余而巧不足[34]”，何如？

先生曰：三子固有力，亦有巧。巧、力实非两事。巧亦只在用力处，力而不巧，亦是徒力。三子譬如射，一能步箭，一能马箭，一能远箭，他射得到，俱谓之力，中处俱可谓之巧。但步不能马，马不能远，各有所长，便是才力分限有不同处。孔子则三者皆长，然孔子之和只到得柳下惠而极，清只到得伯夷而极，任只到得伊尹而极，何曾加得些子？若谓三子力有余而巧不足，则其力反过孔子了。巧、力只是发明圣、知之义，若识得圣、知本体是何物，便自然了。

先生曰："先天而天弗违"，天即良知也。"后天而奉天时"，良知即天也。

良知只是个是非之心，是非只是个好恶；只好恶就尽了是非，只是非就尽了万事万变。

又曰：是非两字是个大规矩，巧处则存乎其人。

圣人之知如青天之日，贤人如浮云天日，愚人如阴霾天日，虽有昏明不同，其能辨黑白则一。虽昏黑夜里，亦影影见得黑白，就是日之余光未尽处。困学功夫，亦只从这点明处精察去耳。

问：知譬日，欲譬云。云虽能蔽日，亦是天之一气合有的。欲亦莫非人心合有否？

先生曰：喜怒哀惧爱恶欲，谓之七情，七者俱是人心合有的。但要认得良知明白。比如日光，亦不可指着方所。一隙通明，皆是日光所在。虽云雾四塞，太虚中色象可辨，亦是日光不灭处。不可以云能蔽日，教天不要生云。七情顺其自然之流行，皆是良知之用，不可分别善恶。但不可有所着。七情有着，俱谓之欲，俱为良知之蔽。然才有着时，良知亦自会觉，觉即蔽去复其体矣。此处能勘得破，方是简易透彻功夫。

问：圣人生知安行，是自然的。如何有甚功夫？

先生曰："知行"二字，即是功夫，但有浅深难易之殊耳。良知原是精精明明的。如欲孝亲，生知安行的，只是依此良知，实落尽孝而已。学知利行者，只是时时省觉，务要依此良知尽孝而已。至于困知勉行者，蔽锢已深，虽要依此良知去孝，又为私欲所阻，是以不能。必须加人一己百，人十己千之功，方能依此良知以尽其孝。圣人虽是生知安行，然其心不敢自是，肯做困知勉行的功夫。困知勉行的，却要思量做生知安行的事，怎生成得？

问：乐是心之本体，不知遇大故于哀哭时，此乐还在否？

先生曰：须是大哭一番了方乐，不哭便不乐矣。虽哭，此心安处，即是乐也。本体未尝有动。

问：良知一而已。文王作彖，周公系爻，孔子赞《易》，何以各自看理不同？

先生曰：圣人何能拘得死格，大要出于良知同，便各为说，何害？且如一园竹，只要同此枝节，便是大同。若拘定枝枝节节，都要高下大小一样，便非造化妙手矣。汝辈只要去培养良知，良知同，更不妨有异处。汝辈若不肯用功，连笋也不曾抽得，何处去论枝节？

乡人有父子讼狱，请诉于先生，侍者欲阻之。先生听之，言不终辞，其父子相抱恸哭而去。柴鸣治入问曰：先生何言致伊感悔之速？

先生曰：我言舜是世间大不孝的子，瞽瞍是世间大慈的父。

鸣治愕然请问。

先生曰：舜常自以为大不孝，所以能孝。瞽瞍常自以为大慈，所以不能慈。瞽瞍只记得舜是我提孩长的，今何不曾豫悦我？不知自心已为后妻所移了，尚谓自家能慈，所以愈不能慈。舜只思父提孩我时如何爱我，今日不爱，只是我不能尽孝，日思所以不能尽孝处，所以愈能孝。及至瞽瞍底豫时，又不过复得此心原慈的本体。所以后世称舜是个古今大孝的子，瞽瞍亦做成个慈父。

先生曰：孔子有鄙夫来问，未尝先有知识以应之。其心只空空而已。但叩他自知的，是非两端与之一剖决，鄙夫之心便已了然。鄙夫自知的，是非便是他本来天则。虽圣人聪明，如何可与增减得一毫？他只不能自信，夫子与之一剖决，便已竭尽无余了。若夫子与鄙夫言时，留得些子知识在，便是不能竭他的良知，道体即有二了。

先生曰："烝烝乂，不格奸"[35]，本注说"象已进进于义，不至大为奸恶"。舜征庸后，象犹日以杀舜为事，何大奸恶如之？舜只是自进于乂。以乂薰烝，不去正他奸恶。凡文过揜慝，此是恶人常态，若要指摘他是非，反去激他恶性。舜初时致得象要杀己，亦是要象好的心太急，此就是舜之过处。经过来，乃知功夫只在自己，不去责人，所以致得克谐。此是舜动心忍性，增益不能处。古人言语，俱是自家经历过来，所以说得亲切，遗之后世，曲当人情。若非自家经过，如何得他许多苦心处？

先生曰：古乐不作久矣，今之戏子，尚与古乐意思相近。

未达，请问。

先生曰："韶"之九成，便是舜的一本戏子。"武"之九变，便是武王的一本戏子。圣人一生实事，俱播在乐中。所以有德者闻之，便知他尽善尽美与尽美未尽善处。若后世作乐，只是做些词调，于民俗风化绝无关涉，何以化民善俗？今要民俗反朴还淳，取今之戏子，将妖淫词调俱去了，只取忠臣孝子故事，使愚俗百姓，人人易晓，无意中感激他良知起来，却于风化有益，然后古乐渐次可复矣。

曰：洪要求元声不可得[36]，恐于古乐亦难复。

先生曰：你说元声在何处求？

对曰：古人制管候气，恐是求元声之法。

先生曰：若要去葭灰黍粒中求元声，却如水底捞月，如何可得？元声只在你心上求。

曰：心如何求？

先生曰：古人为治，先养得人心和平，然后作乐。比如在此歌诗，你的心气和平，听者自然悦怿兴起，只此便是元声之始。《书》云"诗言志"，志便是乐的本。"歌永言"，歌便是作乐的本。"声依永，律和声"，律只要和声，和声便是制律的本。何尝求之于外？

曰：古人制候气法，是意何取？

先生曰：古人具中和之体以作乐。我的中和，原与天地之气相应。候天地之气，协凤凰之音，不过去验我的气果和否。此是成律已后事，非必待此以成律也。今要候灰管，先须定至日，然至日子时，恐又不准，又何处取得准来？

先生曰：学问也要点化，但不如自家解化者，自一了百当。不然，亦点化许多不得。

孔子气魄极大，凡帝王事业，无不一一理会，也只从那心上来。譬如大树有多少枝叶，也只是根本上。用得培养功夫，故自然能如此，非是从枝叶上用力做得根本也。学者学孔子，不在心上用功，汲汲然去学那气魄[37]，却倒做了。

人有过，多于过上用功，就是补甑[38]，其流必归于文过[39]。

今人于吃饭时，虽无一事在前，其心常役役不宁，只缘此心忙惯了，所以收摄不住。

琴瑟简编[40]，学者不可无，盖有业以居之，心就不放。先生叹曰：世间知学的人，只有这些病痛打不破，就不是善与人同。

崇一曰：这一病痛只是个好高不能忘己尔。

问：良知原是中和的，如何却有过不及？

先生曰：知得过不及处，就是中和。

"所恶于上"，是良知。"毋以使下"，即是致知。

先生曰：苏秦、张仪之智也，是圣人之资。后世事业文章，许多豪杰、名家，只是学得仪、秦故智。仪、秦学术善揣摸人情，无一些不中人肯綮[41]，故其说不能穷。仪、秦亦是窥见得良知妙用处，但用之于不善尔。

或问：未发已发。

先生曰：只缘后儒将未发已发分说了，只得劈头说个无未发已发，使人自思得之。若说有个已发未发，听者依旧落在后儒见解。若真见得无未发已发，说个有未发已发，原不妨原有个未发已发在。

问曰：未发未尝不和，已发未尝不中。譬如钟声，未扣不可谓无，既扣不可谓有，毕竟有个扣与不扣。何如？

先生曰：未扣时原是惊天动地，既扣时也只是寂天寞地。

问：古人论性，各有异同，何者乃为定论？

先生曰：性无定体，论亦无定体。有自本体上说者，有自发用上说者，有自源头上说者，有自流弊处说者。总而言之，只是这个性。但所见有浅深尔，若执定一边，便不是了。性之本体原是无善无恶的，发用上也原是可以为善，可以为不善的。其流也原是一定善一定恶的。譬如眼有喜时的眼，有怒时的眼，直视就是看的眼，微视就是觑的眼，总而言之，只是这个眼。若见得怒时眼，就说未尝有喜的眼；见得看时眼，就说未尝有觑的眼，皆是执定，就知是错。孟子说性，直从源头上说来，亦是说个大概如此。荀子“性恶”之说，是流弊上说来，也未可尽说他不是，只是见得未精耳。众人则失了心之本体。

问：孟子从源头上说性，要人用功在源头上明彻。荀子从流弊说性，功夫只在末流上救正，便费力了。

先生曰：然。

先生曰：用功到精处，愈着不得言语，说理愈难。若着意在精微上，全体功夫反蔽泥了。

杨慈湖不为无见，又着在无声无臭上见了。

人一日间，古今世界都经过一番，只是人不见耳。夜气清明时，无视无听，无思无作，淡然平怀，就是羲皇世界。平旦时，神清气朗，雍雍穆穆，就是尧舜世界。日中以前，礼仪交会，气象秩然，就是三代世界。日中以后，神气渐昏，往来杂扰，就是春秋战国世界。渐渐昏夜，万物寝息，景象寂寥，就是人消物尽世界。学者信得良知过，不为气所乱，便常做个羲皇已上人。

薛尚谦、邹谦之、马子莘、王汝止侍坐，因叹先生自征宁藩已来，天下谤议益众，请各言其故。有言先生功业势位日隆，天下忌之者日众；有言先生之学日明，故为宋儒争是非者亦日博；有言先生自南都以后，同志信从者日众，而四方排阻者日益力。

先生曰：诸君之言，信皆有之。但吾一段自知处，诸君俱未道及耳。

诸友请问。

先生曰：我在南都已前，尚有些子乡愿的意思在，我今信得这良知真是真非，信手行去，更不著些覆藏。我今才做得个狂者的胸次，使天下之人，都说我行不掩言也罢。

尚谦出曰：信得此过，方是圣人的真血脉。

先生锻炼人处，一言之下，感人最深。一日，王汝止出游归。先生问曰：游何见？

对曰：见满街人都是圣人。

先生曰：你看满街人是圣人，满街人到看你是圣人在。

又一日，董萝石出游而归，见先生曰：今日见一异事。

先生曰：何异？

对曰：见满街人都是圣人。

先生曰：此亦常事耳，何足为异？

盖汝止圭角未融[42]，萝石恍见有悟。故问同答异，皆反其言而进之。

洪与黄正之、张叔谦、汝中丙戌会试归，为先生道途中讲学，有信有不信。

先生曰：你们拿一个圣人去与人讲学，人见圣人来，都怕走了，如何讲得行？须做得个愚夫愚妇，方可与人讲学。

洪又言：今日要见人品高下最易。

先生曰：何以见之?

对曰：先生譬如泰山在前，有不知仰者，须是无目人。

先生曰：泰山不如平地大，平地有何可见?

先生一言，翦裁剖破终年为外好高之病。在座者莫不悚惧!

癸未春，邹谦之来越问学，居数日，先生送别于浮峰。是夕与希渊诸友，移舟宿延寿寺，秉烛夜坐，先生慨怅不已曰：江涛烟柳，故人倏在百里外矣!

一友问曰：先生何念谦之之深也?

先生曰：曾子所谓"以能问于不能，以多问于寡，有若无，实若虚，犯而不较"，若谦之者，良近之矣。

丁亥年九月，先生起，复征思田。将命行时，德洪与汝中论学，汝中举先生教言曰："无善无恶是心之体，有善有恶是意之动，知善知恶是良知，为善去恶是格物。"德洪曰："此意如何?"汝中曰："此恐未是究竟话头。若说心体是无善无恶，意亦是无善无恶的意，知亦是无善无恶的知，物是无善无恶的物矣。若说意有善恶，毕竟心体还有善恶在。"德洪曰："心体是天命之性，原是无善无恶的。但人有习心，意念上见有善恶在。格、致、诚、正、修，此正是复那性体功夫。若原无善恶，功夫亦不消说矣。"是夕侍坐天泉桥，各举请正。

先生曰：我今将行，正要你们来讲破此意。二君之见，正好相资为用，不可各执一边。我这里接人原有此二种，利根之人，直在本源上悟入。人心本体，原是明莹无滞的，原是个未发之中，利根之人一悟本体，即是功夫。人已内外，一齐俱透了。其次不免有习心在，本体受蔽，故且教在意念上实落为善去恶。功夫熟后，渣滓去得尽时，本体亦明尽了。汝中之见，是我这里接利根人的。德洪之见，是我这里为其次立法的。二君相取为用，则中人上下皆可引入于道。若各执一边，眼前便有失人，便于道体各有未尽。

既而曰：已后与朋友讲学，切不可失了我的宗旨。无善无恶是心之体，有善有恶是意之动，知善知恶的是良知，为善去恶是格物。只依我这话头随人指点，自没病痛。此原是彻上彻下功夫。利根之人，世亦难遇。本体功夫，一悟尽透，此颜子、明道所不敢承当，岂可轻易望人?人有习心，不教他在良知上实用为善去恶功夫，只去悬空想个本体，一切事为俱不着实，不过养成一个虚寂。此个病痛不是小小，不可不早说破。

是日德洪、汝中俱有省。

先生初归越时，朋友踪迹尚寥落，既后四方来游者日进。癸未年已后，环先生而居者比屋。如天妃、光相诸刹，每当一室，常合食者数十人，夜无卧处，更相就席，歌声彻昏旦。南镇禹穴阳明洞诸山，远近寺刹，徙足所到，无非同志游寓所在。先生每临讲座，前后左右环坐而听者，常不下数百人。送往迎来，月无虚日。至有在侍更岁，不能遍记其姓名者。每临别，先生常叹曰：君等虽别，不出在天地间，苟同此志，吾亦可以忘形似矣!

诸生每听讲出门，未尝不跳跃称快。尝闻之同门先辈曰：南都以前，朋友从游者虽众，未有如在越之盛者。此虽讲学日久，孚信渐博。要亦先生之学日进。感召之机，申变无方[43]，亦自有不同也。

黄以方问："博学于文"，为随事学存此天理。然则谓"行有余力、则以学文"，其说似不相合。

先生曰：《诗》、《书》六艺，皆是天理之发见，文字都包在其中。考之《诗》、《书》六艺，皆所以学存此天理也，不特发见于事为者方为文耳。"余力学文"亦只"博学于文"中事。

或问："学而不思"二句[44]。

曰：此亦有为而言，其实思即学也。学有所疑，便须思之。思而不学者，盖有此等人只悬空去思，要想出一个道理，却不在身心上实用其力，以学存此天理。思与学作两事做，故有"罔"与"殆"之病。其实思只是思其所学，原非两事也。

先生曰：先儒解格物为格天下之物，天下之物如何格得？且谓一草一木亦皆有理，今如何去格？纵格得草木来，如何反来诚得自家意？我解"格"作"正"字义，"物"作"事"字义。《大学》之所谓身，即耳、目、口、鼻、四肢是也。欲修身，便是要目非礼勿视，耳非礼勿听，口非礼勿言，四肢非礼勿动。要修这个身，身上如何用得功夫？心者，身之主宰。目虽视而所以视者心也，耳虽听而所以听者心也，口与四肢虽言动而所以言动者心也。故欲修身在于体当，自家心体常令廓然大公，无有些子不正处。主宰一正，则发窍于目，自无非礼之视；发窍于耳，自无非礼之听；发窍于口与四肢，自无非礼之言动。此便是修身在正其心。然至善者，心之本体也。心之本体，那有不善？如今要正心，本体上何处用得工？必就心之发动处才可着力也。心之发动不能无不善，故须就此处着力，便是在诚意。如一念发在好善上，便实实落落去好善；一念发在恶恶上，便实实落落去恶恶。意之所发，既无不诚，则其本体如何有不正的？故欲正其心在诚意。工夫到诚意，始有着落处。然诚意之本，又在于致知也。所谓"人虽不知，而己所独知"者，此正是吾心良知处。然知得善，却不依这个良知便做去；知得不善，却不依这个良知便不去做，则这个良知便遮蔽了，是不能致知也。吾心良知既不能扩充到底，则善虽知好，不能着实好了；恶虽知恶，不能着实恶了，如何得意诚？故致知者，意诚之本也。然亦不是悬空的致知，致知在实事上格。如意在于为善，便就这件事上去为；意在于去恶，便就这件事上去不为。去恶固是格不正以归于正，为善则不善正了，亦是格不正以归於正也。如此，则吾心良知无私欲蔽了，得以致其极，而意之所发，好善去恶，无有不诚矣。诚意工夫，实下手处在格物也。若如此格物，人人便做得，人皆可以为尧舜，正在此也！

先生曰：众人只说格物要依晦翁[45]，何曾把他的说去用？我着实曾用来。初年与钱友同论做圣贤[46]，要格天下之物，如今安得这等大的力量？因指亭前竹子，令去格看，钱子早夜去穷格竹子的道理，竭其心思，至于三日，便致劳神成疾。当初说他这是精力不足。某因自去穷格，早夜不得其理，到七日亦以劳思致疾。遂相与叹圣贤是做不得的，无他大力量去格物了。及在夷中三年，颇见得此意思。乃知天下之物，本无可格者。其格物之功，只在身心上做。决然以圣人为人人可到，便自有担当了[47]。这里意思，却要说与诸公知道。

门人有言，邵端峰论童子不能格物，只教以洒扫应对之说。

先生曰：洒扫应对，就是一件物。童子良知只到此，便教去洒扫应对，就是致他这一点良知了。又如童子知畏先生长者，此亦是他良知处，故虽嬉戏中见了先生长者，便去作揖恭敬，是他能格物以致敬师长之良知了。童子自有童子的格物致知。

又曰：我这里言格物，自童子以至圣人，皆是此等工夫。但圣人格物，便更熟得些子不消费力。如此格物，虽卖柴人亦是做得。虽公卿大夫以至天子，皆是如此做。

或疑知行不合一，以"知之匪艰"二句为问[48]。

先生曰：良知自知原是容易的，只是不能致那良知，便是"知之匪艰，行之惟艰"。

门人问曰：知行如何得合一？且如《中庸》言博学之，又说个笃行之，分明知行是两件。

先生曰：博学只是事事学存此天理，笃行只是学之不已之意。

又问：《易》“学以聚之”，又言“仁以行之”，此是如何？

先生曰：也是如此。事事去学存此天理，则此心更无放失时。故曰“学以聚之。”然常常学存此天理，更无私欲间断，此即是此心不息处，故曰“仁以行之”。

又问：孔子言“知及之，仁不能守之”。知行却是两个了？

先生曰：说“及之”，已是行了，但不能常常行，已为私欲间断，便是“仁不能守”。

又问：心即理之说，程子云“在物为理”，如何谓心即理？

先生曰：“在物为理”，“在”字上当添一“心”字。此心在物则为理，如此心在事父则为孝，在事君则为忠之类。

先生因谓之曰：诸君要识得我立言宗旨。我如今说个心即理是如何？只为世人分心与理为二故，便有许多病痛。如五伯攘夷狄，尊周室，都是一个私心，便不当理。人却说他做得当理，只心有未纯，往往悦慕其所为，要来外面做得好看，却与心全不相干。分心与理为二，其流至于伯道之伪而不自知。故我说个心即理，要使知心理是一个，便来心上做工夫，不去袭义于义外，便是王道之真。此我立言宗旨。

又问圣贤言语许多，如何却要打做一个？

曰：我不是要打做一个，如曰“夫道，一而已矣”，又曰“其为物不二，则其生物不测”，天地圣人，皆是一个，如何二得？

心不是一块血肉，凡知觉处便是心。如耳目之知视听，手足之知痛痒，此知觉便是心也。

以方问曰：先生之说格物，凡《中庸》之“慎独”及“集义”、“博约”等说，皆为格物之事。

先生曰：非也。格物即慎独，即戒惧。至于集义、博约工夫只一般，不是以那数件都做格物底事。

以方问：“尊德性”一条？

先生曰：道问学即所以尊德性也。晦翁言“子静以尊德性诲人，某教人岂不是道问学处多了些子”，是分尊德性、道问学作两件。且如今讲习讨论，下许多工夫，无非只是存此心，不失其德性而已。岂有尊德性，只空空去尊，更不去问学？问学只是空空去问学，更与德性无关涉？如此，则不知今之所以讲习讨论者，更学何事？

问：“致广大”二句？

曰：“尽精微”即所以“致广大”也，“道中庸”即所以“极高明”也。盖心之本体，自是广大底，人不能尽精微，则便为私欲所蔽，有不胜其小者矣。故能细微曲折无所不尽，则私意不足以蔽之，自无许多障碍遮隔处，如何广大不致？

又问：精微还是念虑之精微，是事理之精微？

曰：念虑之精微，即事理之精微也。

先生曰：今之论性者，纷纷异同，皆是说性，非见性也。见性者，无异同之可言矣。

问：声色货利，恐良知亦不能无？

先生曰：固然。但初学用功，却须扫除荡涤，勿使留积，则适然来遇[49]，始不为累。自然顺而应之，良知只在声色货利上用工，能致得良知。精精明明，毫发无蔽，则声色货利之交，无非天则流行矣。

先生曰：吾与诸公讲致知格物，日日是此，讲一二十年俱是如此，诸君听吾言，实去用功，见吾讲一番，自觉长进一番。否则只作一场话说，虽听之亦何用?

先生曰：人之本体，常常是寂然不动的，常常是感而遂通的。未应不是先，已应不是后。

一友举佛家以手指显出。

问曰：众曾见否?众曰：见之。

复以手指入袖问曰：众还见否?众曰：不见。佛说还未见性，此义未明。

先生曰：手指有见有不见，尔之见性常在。人之心神只在有睹有闻上驰惊骛，不在不睹不闻上着实用功。盖不睹不闻是良知本体，戒慎恐惧是致良知的工夫。学者时时刻刻常睹其所不睹，常闻其所不闻，工夫方有个实落处。久久成熟后，则不须着力，不待防检，而真性自不息矣。岂以在外者之闻见为累哉?

问：先儒谓“鸢飞鱼跃”，与“必有事焉”，同一活泼泼地。

先生曰：亦是。天地间活泼泼地，无非此理，便是吾良知的流行不息。致良知便是必有事的工夫。此理非惟不可离，实亦不得而离也。无往而非道，无往而非工夫。

先生曰：诸公在此，务要立个必为圣人之心。时时刻刻须是一棒一条痕，一掴一掌血，方能听吾说话句句得力。若茫茫荡荡度日，譬如一块死肉，打也不知得痛痒，恐终不济事，回家只寻得旧时伎俩而已。岂不惜哉?

问：近来妄念也觉少，亦觉不曾着想，定要如何用功，不知此是工夫否?

先生曰：汝且去着实用工，便多这些着想也不妨，久久自会妥帖。若才下得些功，便说效验，何足为恃?

一友自叹私意萌时，分明自心知得，只是不能使他即去。

先生曰：你萌时这一知处，便是你的命根，当下即去消磨，便是立命功夫。

夫子说“性相近”，即孟子说“性善”，不可专在气质上说。若说气质，如刚与柔对，如何相近得?惟性善则同耳！人生初时，善原是同的。但刚的习于善，则为刚善，习于恶，则为刚恶，柔的习于善，则为柔善，习于恶，则为柔恶。便日相远了。

先生尝语学者曰：心体上着不得一念留滞，就如眼着不得些子尘沙。些子能得几多?满眼便昏天黑地了。

又曰：这一念不但是私念，便好的念头，亦着不得些子。如眼中放些金玉屑，眼亦开不得了。

问：人心与物同体。如吾身原是血气流通的，所以谓之同体。若于人便异体了，禽兽草木益远矣。而何谓之同体?

先生曰：你只在感应之几上看，岂但禽兽草木，虽天地也与我同体的！鬼神也与我同体的！

请问。

先生曰：你看这个天地中间，什么是天地的心?

对曰：尝闻人是天地的心。

曰：人又什么教做心?

对曰：只是一个灵明。

可知充天塞地中间，只有这个灵明。人只为形体自间隔了。我的灵明，便是天地鬼神的主宰。天没有我的灵明，谁去仰他高；地没有我的灵明，谁去俯他深；鬼神没有我的灵明，谁去辩他吉凶灾祥。天地鬼神万物离却我的灵明，便没有天地鬼神万物了。我的灵明离却天地鬼神万物，亦没有我的灵明。如此便是一气流通的。如何与他间隔得?

人问：天地鬼神万物，千古见在，何没了我的灵明，便俱无了?

曰：今看死的人，他这些精灵游散了，他的天地万物尚在何处？

先生起行征思田，德洪、与汝中追送严滩。汝中举佛家实相幻相之说[50]。

先生曰：有心俱是实，无心俱是幻。无心俱是实，有心俱是幻。

汝中曰：有心俱是实，无心俱是幻，是本体上说功夫。无心俱是实，有心俱是幻，是功夫上说本体。

先生然其言。

洪于是时尚未了达，数年用功，始信本体功夫合一。但先生是时因问偶谈，若吾儒指点人处，不必借此立言耳。

尝见先生送二三耆宿出门，退坐于中轩，若有忧色。德洪趋进请问。

先生曰：顷与诸老论及此学，真圆凿方枘，此道坦如道路。世儒往往自加荒塞，终身陷荆棘之场而不悔。吾不知其何说也？

德洪退谓朋友曰：先生诲人，不择衰朽，仁人悯物之心也。

先生曰：人生大病，只是一"傲"字。为子而傲必不孝，为臣而傲必不忠，为父而傲必不慈，为友而傲必不信。故象与丹朱俱不肖，亦只一"傲"字，便结果了此生。诸君常要体此。人心本是天然之理，精精明明，无纤介染着，只是一无我而已，胸中切不可有。有即傲也。古先圣人许多好处，也只是无我而已，无我自能谦。谦者众善之基，傲者众恶之魁。

又曰：此道至简至易的，亦至粗至微的。孔子曰"其如示诸掌乎。"且人于掌，何日不见，及至问他掌中多少文理，却便不知。即如我良知二字，一讲便明，谁不知得？若欲的见良知，却谁能见得？

问曰：此知恐是无方体的[51]，最难捉摸。

先生曰：良知即是《易》，"其为道也屡迁，变动不居，周流六虚[52]，上下无常，刚柔相易，不可为典要[53]，惟变所适。"此知如何捉摸得？见得透时，便是圣人。

问：孔子曰："回也，非助我者也。"是圣人果以相助望门弟子否？

先生曰：亦是实话。此道本无穷尽，问难愈多，则精微愈显。圣人之言，本自周遍。但有问难的人，胸中窒碍，圣人被他一难，发挥得逾加精神。若颜子闻一知十，胸中了然，如何得问难？故圣人亦寂然不动，无所发挥，故曰非助。

邹谦之尝语德洪曰：舒国裳曾持一张纸，请先生写"拱把之桐梓"一章[54]。先生悬笔为书，到"至于身而不知所以养之"者，顾而笑曰：国裳读书，中过状元来，岂诚不知身之所以当养？还须诵此以求警。一时在侍诸友皆惕然。

钱德洪叙

嘉靖戊子冬[55]，德洪与王汝中奔师丧至广信。讣告同门，约三年收录遗言。继后同门各以所记见遗。洪择其切于问正者，合所私录，得若干条。居吴时，将与《文录》并刻矣。适以忧去[56]，未遂。当是时也，四方讲学日众，师门宗旨既明，若无事于赘刻者，故不复营念。去年同门曾子才汉得洪手抄，复傍为采辑，名曰《遗言》，以刻行于荆。洪读之，觉当时采录未精，乃为删其重复，削去芜蔓，存其三之一，名曰《传习续录》，复刻于宁国之水西精舍。今年夏，洪来游蕲，沈君思畏曰："师门之教久行于四方，而独未及于蕲。蕲之士得读《遗言》，若亲炙去夫子之教。指见良知，若重睹日月之光。惟恐传习之不博，而未以重复之为繁也。请裒其所逸者增刻之[57]，若何？"洪曰："然。"师门致知格物之旨，开示来学，学者躬修默悟，不敢以知解承，而惟以实体得。故吾师终日言是而不惮其烦，学者终日听是而不厌其数。盖指示专一，则体悟日精，几迎于言前，神发于言外，感遇之诚也。今吾师之没，未及三纪[58]，而格言微旨，渐觉沦晦，岂非吾党身践之不力，多言有以病之耶？学者之趋不一，师门之教不宣也。乃复取逸稿，采其语之不背者，得一卷。其余影响不真，与文录既载者皆削之。并易中卷为问答语，以付黄梅尹张君增刻之。庶几读者不以知解承，而惟以实体得，则无疑于是录矣。

嘉靖丙辰夏四月[59]，门人钱德洪拜书于蕲之崇正书院。

---

①甘泉先生：湛若水，字元明，号甘泉。与王阳明同时讲学，各立门户。主张“随处体认天理”。

②造道：获取天理。

③念如何可息，只是要正：思虑念头如何能够停止呢？只是要让它进入正道。

④维天之命，于穆不已：考虑天理，在静思默想中一刻也不停止。

⑤庚辰：明正德十五年，公元1520年。

⑥忽易：不注意，不重视。

⑦提撕：拉耳朵，引申为提醒。

⑧扞格：互相抵触，格格不入。

⑨鏖：通“熬”。战斗激烈。

⑩乾元：《周易》用语。“坤元”的对称。《易·乾》：彖曰：“大哉乾元！万物之始，乃统天。”此处指天理。

⑪痞：病症名。腹内结病。

⑫亹亹翼翼：勤勉不倦，谨慎恭敬。

⑬溥博如天，渊泉如渊：像天一样广阔，像深渊一样精深。

⑭分限：程度。

⑮节文：节度、法度。

⑯忿懥（zhì，音至）：愤怒。

⑰相：佛教名词。对“性”而言。佛教将一切事物外现的形象状态，称之为相。

⑱黑窣窣（sū sū，音苏苏）：黑暗无光。

⑲自住不得：自然不能停留（在志道上）。

⑳印对：彼此印证。

㉑不肖：我的谦称。

㉒象：古代通译南方语言的官。一说象为舜的弟弟。

㉓机括：治事的权柄。

㉔无适也，无莫也，义之与比：既不过，又不要不及，这就是义。

㉕惟危：危险。

㉖比干：商代贵族。纣王的叔父，因屡次劝谏纣王，被剖心而死。

㉗象恭色庄，不坚不介：外表恭敬庄重，内心空虚无德。

㉘恶慝：恶念，邪恶。

㉙狷：洁身自好。

㉚急心：急于求成。

㉛物感：物的外在形象。

㉜燕：通“宴”。

㉝闼（tà，音踏）：门内。

㉞三子：即下文所说柳下惠、伯夷、伊尹。

㉟烝烝乂，不格奸：王阳明在此处的解释为舜只是增进自己道德修养，用自己的行为去感化象，并不直接去纠正象的奸恶。

㊱元声：基本的声律。

㊲汲汲然：心情急切的样子。

㊳甑（zhēn，音真）：通“甄”。瓦罐。

㊴文过：文过饰非。

㊵简编：书籍。

㊶肯綮（qìng，音庆）：筋骨结合的地方。比喻要害、最重要的地方。

㊷圭角：圭玉的楞角。比喻锋芒。

㊸申变无方：不拘一格向学生讲述天理。

㊹“学而不思”二句：“学而不思则罔，思而不学则殆”两句话。

㊺晦翁：朱熹，字元晦。

㊻钱友：姓钱的朋友。

㊼担当：担负；承当。常用于艰巨的任务。

㊽“知之匪艰”二句：“知之匪艰，行之惟艰”两句话。

㊾适然：事理当然。

㊿实相：佛教用语。“诸法实相”的简称。指宇宙事物的真相或本然状态。是不可言说，不可思议的。　　幼相：与实相相对。

51方体：具体的位置和形象。

52六虚：《周易》六十四卦每卦六爻的位置。因为爻有阴有阳，往来变动无定，所以爻位称虚。

53典要：经常不变的法则；准则。

54拱把：拱，两手合围；把，一手所握。常用来比喻树木枝干的大小。

55嘉靖戊子：嘉靖七年，公元1528年。

56忧：丁忧。旧称遭父母之丧。

57裒（póu，音抔）：聚集。

58三纪：一纪为十二年，三纪即为三十六年。

59嘉靖丙辰：嘉靖三十五年，公元1556年。

附录　《朱子晚年定论》

《定论》首刻于南赣。朱子病目静久，忽悟圣学之渊微[①]，乃大悔中年注述，误己误人，遍告同志。师阅之，喜己学与晦翁同。手录一卷，门人刻行之。自是为朱子论异同者寡矣。师曰：“无意中得此一助。”隆庆壬申，虬峰谢君廷杰刻师全书，命刻《定论》附《语录》后，见师之学与朱子无相谬戾，则千古正学同一源矣。并师首叙与袁庆麟跋，凡若干条，洪僭引其说。

序

阳明子序曰：洙泗之传[②]，至孟氏而息，千五百余年。濂溪、明道始复追寻其绪，自后辨析日详。然亦日就支离决裂，旋复湮晦。吾常深求其故，大抵皆世儒之多言有以乱之。守仁早岁业举，溺志词章之习，既乃稍知从事正学，而苦于众说之纷扰疲痛，茫无可入。因求诸老、释，欣然有会于心，以为圣人之学在此矣。然于孔子之教，间相出入，而措之日用，往往缺漏无归，依违往返，且信且疑。其后谪官龙场，居夷处困，动心忍性之余，恍若有悟。体念探求，再更寒暑，证诸五经四子，沛然若决江河而放诸海也！然后叹圣人之道，坦如大路！而世之儒者，妄开窦迳[③]，蹈荆棘。堕坑堑。究其为说，反出二氏之下。宜乎世之高明之士，厌此而趋彼也，此岂二氏之罪哉？间尝以语同志，而闻者竞相非议，目以为立异好奇。虽每痛反深抑，务自搜剔斑瑕[④]，而愈益精明的确，洞然无复可疑。独于朱子之说，有相牴牾，恒疚于心。切疑朱子之贤，而岂其于此尚有未察？及官留都，复取朱子之书而检求之，然后知其晚岁，固已大悟旧说之非，痛悔极艾[5]，至以为自诳诳人之罪，不可胜赎。世之所传《集注》、《或问》之类，乃其中年未定之说，自咎以为旧本之误，思改正而未及。而其诸《语类》之属，又其门人挟胜心以附已见，固于朱子平日之说，犹有大相缪戾者。而世之学者，局于见闻，不过持循讲习于此。其于悟后之论，概乎其未有闻，则亦何怪乎予言之不信，而朱子之心无以自暴于后世也乎？予既自幸其说之不缪于朱子，又喜朱子之先得我心之同然。且慨夫世之学者，徒守朱子中年未定之说，而不复知求其晚岁既悟之论，竞相呶呶，以乱正学，不自知其已入于异端。辄采录而裒集之，私以示夫同志，庶几无疑于吾说，而圣学之明可冀矣。正德乙亥冬十一月朔，后学余姚王守仁序。

答黄直卿书

为学直是先要立本，文义却可且与说出正意，令其宽心玩味，未可便令考校同异。研究纤密，恐其意思促迫，难得长进。将来见得大意，略举一二节目，渐次理会，盖未晚也。此是向来定本之误，今幸见得。却烦勇革，不可苟避讥笑，却误人也。

答吕子约

日用工夫比复何如？文字虽不可废，然涵养本原，而察于天理、人欲之判，此是日用动静之间，不可顷刻间断底事。若于此处见得分明，自然不到得流入世俗、功利、权谋里去矣。熹亦近日方实见得向日支离之病，虽与彼中证候不同，然忘已逐物，贪外虚内之失，则一而已。程子说："不得以天下万物挠己，己立后，自能了得天下万物。"今自家一个身心，不知安顿去处，而谈王说伯，将经世事业别作一个伎俩商量讲究，不亦误乎？相去远，不得面论，书问终说不尽，临风叹息而已。

答何叔京

前此僭易拜禀，博观之敝，诚不自揆[6]。乃蒙见是，何幸如此！然观来喻，似有未能遽舍之意，何邪？此理甚明，何疑之有？若使道可以多闻博观而得，则世之知道者，为不少矣。熹近日因事方有少省发处，如"鸢飞鱼跃，明道以为"与"必有事焉，勿正"之意同者，乃今晓然无疑。日用之间，观此流行之体，初无间断处，有下工夫处。乃知日前自诳诳人之罪，盖不可胜赎也。此与守书册，泥言语，全无交涉。幸于日用间察之，知此则知仁矣。

答潘叔昌

示喻，天上无不识字底神仙，此论甚中一偏之弊 。然亦恐只学得"识"字，却不曾学得上天，即不如且学上天耳。上得天了，却旋学上天人，亦不妨也。中年以后，气血精神能有几何？不是记故事时节。熹以目昏，不敢着力读书。闲中静坐，收敛身心，颇觉得力。间起看书，聊复遮眼，遇有会心处，时一喟然耳。

答潘叔度

熹衰病，今岁幸不至剧，但精力益衰，目力全短，看文字不得。冥目静坐，却得收拾放心，觉得日前外面走作不少，颇恨盲废之不早也。看书鲜识之喻，诚然。然严霜大冻之中，岂无些小风和日暖意思？要是多者胜耳。

与吕子约

孟子言“学问之道，惟在求其放心”，而程子亦言“心要在腔子里”。今一向耽看文字，令此心全体，都奔在册子上，更不知有己。便是个无知觉，不识痛痒之人。虽读得书，亦何益于吾事邪？

与周叔谨

应之甚恨未得相见，其为学规模次第如何？近来吕、陆门人，互相排斥，此由各徇所见之偏，而不能公天下之心，以观天下之理，甚觉不满人意。应之盖尝学于两家，未知其于此看得果如何？因话扣之，因书论及为幸也。熹近日亦觉，向来说话有大支离处，反身以求，正坐自己用功亦未切耳。因此减去文字功夫，觉得闲中气象甚适。每劝学者，亦且看孟子“道性善，求放心”两章，着实体察收拾为要。其余文字，且大概讽诵涵养，未须大段着力考索也。

答陆象山

熹衰病日侵，去年灾患亦不少。比来病躯，方似略可支吾，然精神耗减，日甚一日，恐终非能久于世者。所幸迩来，日用功夫颇觉有力，无复向来支离之病。甚恨未得从容面论，未知异时相见，尚复有异同否耳？

答符复仲

闻向道之意甚勤，向所喻义利之间，诚有难择者。但意所疑以为近利者，即便舍去可也。向后见得亲切，却看旧事，又有见未尽舍未尽者，不解有过当也。见陆丈回书，其言明当，且就此持守，自见功效，不须多疑多问，却转迷惑也。

答吕子约

日用功夫，不敢以老病而自懈。觉得此心操存舍亡，只在反掌之间。向来诚是太涉支离，盖无本以自立，则事事皆病耳。又闻讲授亦颇勤劳，此恐或有未便。今日正要清源正本，以察事变之几微，岂可一向汩溺于故纸堆中，使精神昏弊，失后忘前，而可以谓之学乎？

与吴茂实

近来自觉向时工夫，止是讲论文义，以为积集义理，久当自有得力处，却于日用工夫，全少检点。诸朋友往往亦只如此做工夫，所以多不得力。今方深省而痛惩之，亦欲与诸同志勉焉，幸老兄遍以告之也。

答张敬夫

熹穷居如昨，无足言者。自远去师友之益，兀兀度日。读书反己，固不无警省处，终是旁无疆辅，因循汨没，寻复失之。近日一种向外走作，心悦之而不能自已者，皆准止酒例戒而绝之，似觉省事。此前辈所谓“下士晚闻道，聊以拙自修”者。若扩充不已，补复前非，庶其有日。旧读《中庸》“慎独”,《大学》“诚意毋自欺”处，常苦求之太过，措词烦猥，近日乃觉其非。此正是最切近处，最分明处，乃舍之而谈空于冥漠之间，其亦误矣。方窃以此意痛自检勒，懔然度日，惟恐有怠而失之也。至于文字之间，亦觉向来病痛不少。盖平日解经最为守章句者，然亦多是推衍文义，自做一片文字。非惟屋下架屋，说得意味淡薄，且是使人看者，将注与经作两项工夫。做下了稍，看得支离，至于本旨，全不相照。以此方知汉儒可谓善说经者，不过只说训诂，使人以此训诂玩索经文。训诂、经文不相离异，只做一道看了，直是意味深长也。

答吕伯恭

道间与季通讲论，因悟向来涵养功夫全少，而讲说又多。强探必取，寻流逐末之弊，推类以求，众病非一，而其源皆在此。恍然自失，似有顿进之功。若保此不懈，庶有望于将来。然非如近日诸贤所谓“顿悟之机”也。向来所闻诲谕诸说之未契者，今日细思，吻合无疑。大抵前日之病，皆是气质躁妄之偏，不曾涵养克治，任意直前之弊耳。

答周纯仁

闲中无事，固宜谨出，然想亦不能一并读得许多。似此专人来往劳费，亦是未能省事随寓而安之病。又如多服燥热药，亦使人血气偏胜，不得知平。不但非所以卫生，亦非所以养心。窃恐更须深自思省，收拾身心，渐令向里，令宁静闲退之。意胜而飞扬燥扰之气消，则治心养气，处世接物，自然安稳。一时长进，无复前日内外之患矣。

答窦文卿

为学之要，只在着实操存，密切体认，自己身心上理会。切忌轻自表襮[7]，引惹外人辩论，枉费酬应，分却向里工夫。

答吕子约

闻欲与二友俱来而复不果，深以为恨！年来觉得日前为学不得要领。自做身主不起，反为文字夺却精神，不是小病。每一念之，惕然自惧，且为朋友忧之。而每得子约书，辄复恍然，尤不知所以为贤者谋也。且如临事迟回，瞻前顾后，只此亦可见得心术影子。当时若得相聚一番，彼此极论，庶几或有剖决之助。今又失此机会，极令人怅恨也！训导后生，若说得是当，极有可自警省处，不会减人气力。若只如此支离，漫无统纪，则虽不教后生，亦只见得展转迷惑，无出头处也。

答林择之

熹哀苦之余，无他外诱，日用之间，痛自敛饬。乃知"敬"字之功，亲切要妙乃如此。而前日不知于此用力，徒以口耳浪费光阴，人欲横流，天理几灭。今而思之，怛然震悚，盖不知所以措其躬也。

又

此中见有朋友数人讲学，其间亦难得朴实头负荷得者。因思日前讲论，只是口说，不曾实体于身，故在己在人都不得力。今方欲与朋友说日用之间，常切点捡气习偏处意欲萌处，与平日所讲相似与不相似，就此痛着工夫，庶几有益。陆子寿兄弟近日议论，却肯向讲学上理会，其门人有相访者，气象皆好，但其间亦有旧病。此间学者却是与渠相反，初谓只如此讲学，渐涵自能入德。不谓末流之弊，只成说话；至于人伦日用，最切近处，亦都不得毫毛气力。此不可不深惩而痛警也！

答梁文叔

近看孟子"见人即道性善，称尧舜"，此是第一义。若于此看得透，信得及，直下便是圣贤，便无一毫人欲之私做得病痛。若信不及孟子，又说个第二节工夫，又只引成覸、颜渊、公明仪三段说话，教人如此发愤勇猛向前，日用之间，不得存留一毫人欲之私在这里，此外更无别法。若于此有个奋迅兴起处，方有田地可下功夫。不然，即是画脂镂冰，无真实得力处也。近日见得如此，自觉颇得力，与前日不同。故此奉报。

答潘叔恭

学问根本在日用间。"持敬、集义"工夫，直是要得念念省察。读书求义，乃其间之一事耳。旧来虽知此意，然于缓急之间，终是不觉有倒置处，误人不少，今方自悔耳。

答林充之

充之近读何书。恐更当于日用之间，为仁之本者。深加省察，而去其有害于此者为佳。不然，诵说虽精，而不践其实，君子盖深耻之。此固充之平日所讲闻也。

答何叔景

李先生教人，大抵令于静中体认大本未发时气象分明，即处事应物，自然中节。此乃龟山门下相传指诀。然当时亲炙之时，贪听讲论，又方窃好章句训诂之习，不得尽心于此。至今若存若亡，无一的实见处，辜负教育之意。每一念此，未尝不愧汗沾衣也。

又

熹近来尤觉昏愦无进步处，盖缘日前偷堕苟简，无深探力行之志。凡所论说，皆出入口耳之余，以故全不得力。今方觉悟，欲勇革旧习，而血气已衰，心志亦不复强，不知终能有所济否？

又

向来妄论“持敬”之说，亦不自记其云何。但因其良心发见之微，猛省提撕，使心不昧，则是做工夫底本领。本领既立，自然下学而上达矣。若不察良心发见处，即渺渺茫茫，恐无下手处也。中间一书论“必有事焉”之说，却尽有病，殊不蒙辨诘，何邪？所喻多识前言往行，固君子之所急，熹向来所见，亦是如此。近因反求未得个安稳处，却始知此未免支离。如所谓“因诸公以求程氏，因程氏以求圣人”，是隔几重公案。曷若默会诸心，以立其本，而其言之得失，自不能逃吾之鉴邪！钦夫之学所以超脱自在，见得分明，不为言句所桎梏，只为合下入处亲切。今日说话，虽未能绝无渗漏，终是本领。是当非吾辈所及，但详观所论，自可见矣。

答林择之

所论颜、孟不同处，极善极善！正要见此曲折，始无窒碍耳。比来想亦只如此用功，熹近只就此处见得。向来未见底意思，乃知存久自明，何待穷索之语，是真实不诳语。今未能久，已有此验，况真能久邪？但当益加勉励，不敢少弛其劳耳。

答杨子直

学者堕在语言，心实无得，固为大病。然于语言中，罕见有究竟得彻头彻尾者，盖资质已是不及古人，而功夫又草草，所以终身于此，若存若亡，未有卓然可恃之实。近因病后，不敢极力读书，闲中却觉有进步处。大抵孟子所论“求其放心”，是要诀尔。

与田侍郎子真

吾辈今日事事做不得，只有向里存心穷理，外人无交涉，然亦不免违条碍贯。看来无着力处，只有更攒近里面安身立命尔，不审比日何所用心。因书及之，深所欲闻也。

答陈才卿

详来示，知日用工夫精进如此，尤以为喜！若知此心此理端的在我，则参前倚衡，自有不容舍者，亦不待求而得，不待操而存矣。格物致知，亦是因其所已知者推之，以及其所未知，只是一本，原无两样工夫也。

与刘子澄

居官无修业之益，若以俗学言之，诚是如此。若论圣门所谓德业者，却初不在日用之外。只押文字，便是进德修业地头，不必编缀异闻，乃为修业也。近觉向来为学，实有向外浮泛之弊，不惟自误，而误人亦不少。方别寻得一头绪，似差简约端的。始知文字言语之外，真别有用心处，恨未得面论也。浙中后来事体，大段支离乖僻，恐不止似正似邪而已。极令人难说，只得惶恐痛自警省，恐未可专执旧说以为取舍也。

与林择之

熹近觉向来乖缪处，不可缕数，方惕然思所以自新者。而日用之间，悔吝潜积，又已甚多。朝夕惴惧，不知所以为计。若择之能一来辅此不逮，幸甚！然讲学之功，比旧却觉稍有寸进。以此知初学得些静中功夫，亦为助不小。

答吕子约

示喻日用工夫如此，甚善！然亦且要见一大头脑分明，便于操舍之间有用力处。如实有一物，把住放行在自家手里，不是漫说求其放心，实却茫茫无把捉处也。

子约复书云：“某盖尝深体之。此个大头脑本非外面物事，是我元初本有底。其曰‘人生而静’，其曰‘喜怒哀乐之未发’，其曰‘寂然不动。’人汩汩地过了日月，不曾存息，不曾实见此体段，如何会有用力处？程子谓‘这个义理，仁者又看做仁了，智者又看做智了。百姓日用而不知，此所以君子之道鲜。此个亦不少，亦不剩，只是人看他不见。’不大段信得此话，及其言于勿忘、勿助长间认取者，认乎此也。认得此，则一动一静皆不昧矣。恻隐、羞恶、辞让、是非，四端之著也，操存久则发见多。忿懥、忧患、好乐、恐惧，不得其正也，放舍甚则日滋长。记得南轩先生谓‘验厥操舍，乃知出入’，乃是见得主脑于操舍间有用力处之实话。盖苟知主脑不放下，虽是未能常常操存，然语默应酬间，历历能自省验。虽其实有一物在我手里，然可欲者是我底物，不可放失。不可欲者非是我物，不可留藏。虽谓之实有一物在我手里，亦可也。若是漫说，既无归宿，亦无依据，纵使强把捉得住，亦止是袭取。夫岂是我元有底邪？愚见如此，敢望指教。”

朱子答书云，此段大概甚正当亲切。

答吴德夫

承喻“仁”字之说，足见用力之深。熹意不欲如此坐谈，但直以孔子、程子所示求仁之方，择其一二切于吾身者，笃志而力行之于动静语默间，勿令间断，则久久自当知味矣。去人欲、存天理，且据所见去之、存之。功夫既深，则所谓似天理而实人欲者，次第可见。今大体未正，而便察及细微，恐有放饭流啜，而问无齿决之讥也。如何如何?

答或人

“中和”二字，皆道之体用。旧闻李先生论此最详。后来所见不同，遂不复致思。今乃知其为人深切，然恨已不能尽记其曲折矣。如云“人固有无所喜怒哀乐之时”，然谓之“未发则不可，言无主也”，又如“先言慎独，然后及中和”，此亦尝言之。但当时既不领略，后来又不深思，遂成蹉过，辜负此翁耳。

答刘子澄

日前为学，缓于反已追思，凡百多可悔者。所论注文字，亦坐此病，多无着实处。回首茫然，计非岁月功夫所能救治，以此愈不自快。前时犹得敬夫、伯恭、时惠规益，得以自警省。二友云亡，耳中绝不闻此等语。今乃深有望于吾子澄，自此惠书，痛加镌诲，乃君子爱人之意也。

附 吴澄说

朱子之后，如真西山、许鲁斋、吴草庐，亦皆有见于此。而草庐见之尤真，悔之尤切，今不能备录，取草庐一说附于后。

临川吴氏曰：天之所以生人，人之所以为人，以此德性也。然自圣传不嗣，士学靡宗，汉唐千余年间，董、韩二子依稀数语近之，而原本竟昧昧也。逮夫周、程、张、邵兴，始能上通孟氏而为一。程氏《四传》，而至朱，文义之精密，又孟氏以来所未有者。其学徒往往滞于此而溺其心。夫既以世儒记诵词章为俗学矣。而其为学亦未离乎言语文字之末，此则嘉定以后朱门末学之敝，而未有能救之者也。夫所贵乎，圣人之学，以能全天之所以与我者尔。天之与我，德性是也。是为仁义、礼智之根株，是为形质、血气之主宰。舍此而他求所学，何学哉？假而行如司马文正公，才如诸葛忠武侯，亦不免为习不着、行不察，亦不过为资器之超于人。而谓有得于圣学，则未也。况止于训诂之精、讲说之密，如北溪之陈双峰之饶，则与彼记诵词章之俗学，相去何能以寸哉！圣学大明于宋代，而踵其后者如此，可叹已！澄也钻研于文义，毫分缕析，每以陈为未精，饶为未密也。堕此科臼中垂四十年，而始觉其非。自今以往，一日之内子而亥，一月之内朔而晦，一岁之内春而冬，常见吾德性之昭昭。如天之运转，如日月之往来，不使有须臾之间断。则于尊之之道，殆庶几乎！于此有未能则问于人，学于己，而必欲其至。若其用力之方，非言之可喻，亦味于《中庸》首章，订顽终篇，而自悟可也。

袁庆麟跋

《朱子晚年定论》我阳明先生在留都时所采集者也，揭阳薛君尚谦旧录一本。同志见之，至有不及抄写，袖之而去者，众皆惮于翻录，乃谋而寿诸梓。谓子以齿当志一言。惟朱子一生勤苦，以惠来学，凡一言一字，皆所当守，而独表章是尊崇乎？此者，盖以为朱子之定见也。今学者不求诸此，而犹踵其所悔，是蹈舛也，岂善学朱子者哉？麟无似从事于朱子之训余三十年，非不专且笃，而竟亦未有居安资深之地，则犹以为知之未详，而览之未博也。戊寅夏，持所著论若干卷，来见先生。闻其言，如日中天，睹之即见，如五谷之艺地，种之即生，不假外求，而真切简易，恍然有悟。退求其故而不合，则又不免迟疑于其间。及读是编，始释然尽投其所业，假馆而受学。盖三月而若将有闻焉，然后知向之所学，乃朱子中年未定之论，是故三十年而无获。今赖天之灵，始克从事于其所谓定见者，故能三月而若将有闻也。非吾先生，几乎已矣，敢以告夫同志，使无若麟之晚而后悔也。若夫直求本原于言语之外，真有以验其必然而无疑者，则存乎其人之自力，是编特为之指迷耳。

正德戊寅六月望，门人雩都袁庆麟谨识。

---

①渊微：精深微妙。

②洙泗：洙水和泗水。古时二水自今山东泗水县合流西下，至鲁国国都曲阜北，又分为二水，洙水在北，泗水在南。洙水、泗水流经地区，是孔子聚徒讲学的地方，所以后世用洙泗代称孔子及其思想。

③窦迳：即“窦径”，意为使人疑窦的岐路。

④斑瑕：缺点，毛病。

⑤艾：止，尽。

⑥揆：度量，揣度。

⑦表襮（bó，音博）：暴露。

明夷待访录

〔清〕黄宗羲　撰

原　序

余常疑孟子“一治一乱”之言，何三代而下之有乱无治也[①]？乃观胡翰所谓十二运者[②]，起周敬王甲子以至于今，皆在一乱之运。向后二十年交入“大壮”[③]，始得一治，则三代之盛，犹未绝望也。前年壬寅夏[④]，条具为治大法，未卒数章，遇火而止。今年自蓝水返于故居，整理残帙，此卷犹未失落于担头舱底，儿子某某请完之[⑤]。冬十月，雨窗削笔[⑥]，喟然而叹曰：昔王冕仿《周礼》著书一卷[⑦]，自谓“吾未即死，持此以遇明主，伊、吕事业不难致也”[⑧]，终不得少试以死。冕之书未得见，其可致治与否，固未可知。然乱运未终，亦何能为“大壮”之交。吾虽老矣，如箕子之见访[⑨]，或庶几焉。岂因夷之初旦，明而未融[⑩]，遂祕其言也[⑪]！癸卯，梨洲老人识。

---

①三代：夏、商、周三朝。后人常将其作为理想社会的象征。

②胡翰：字仲申，今浙江金华人，明初经学家。　　十二运：胡翰的一种具有神秘色彩的社会发展学说，他论述了十二运所统的年数。

③大壮：《易》卦名。䷡乾下震上，阳刚盛长之象。作者在此处代指繁荣昌盛、和平安宁的治世。

④壬寅：指清康熙元年，公元 1662 年。

⑤儿子某某：指黄宗羲自己的儿子黄百家。

⑥削笔：指修改文章，又作笔削。

⑦王冕：字元章，元代画家、诗人。

⑧伊、吕：伊，伊尹，商初大臣。吕，吕尚，姓姜，吕氏，名望，一说字子牙。伊尹、吕尚分别辅佐商汤和周武王，为商、周的建立立下了不朽的功绩。

⑨箕子：殷纣王的叔父，曾劝谏纣王，反遭囚禁。后周武王伐纣后，箕子将其治国平天下的方略献给了周武王。

⑩夷之初旦，明而未融：语出《左传·昭公五年》“明夷之谦，明而未融，其当旦乎?”意为太阳还没有升起，光明尚未照耀大地。此处指所谓的太平盛世还没有到来。

⑪祕：“秘”的异体字。意为秘而不宣。

原　君

有生之初，人各自私也，人各自利也。天下有公利而莫或兴之[①]，有公害而莫或除之。有人者出，不以一己之利为利，而使天下受其利；不以一己之害为害，而使天下释其害。此其人之勤劳，必千万于天下之人。夫以千万倍之勤劳，而己又不享其利，必非天下之人情所欲居也。故古之人君，去之而不欲入者，许由、务光是也[②]；入而又去之者，尧、舜是也；初不欲入而不得去者，禹是也。岂古之人有所异哉？好逸恶劳，亦犹夫人之情也。

后之为人君者不然，以为天下利害之权皆出于我，我以天下之利尽归于己，以天下之害尽归于人，亦无不可。使天下之人不敢自私，不敢自利，以我之大私为天下之大公。始而惭焉，久而安焉，视天下为莫大之产业，传之子孙，受享无穷。汉高帝所谓“某业所就，孰与仲多”者[3]，其逐利之情不觉溢之于辞矣。此无他，古者以天下为主，君为客，凡君子之所毕世而经营者，为天下也；今也以君为主，天下为客，凡天下之无地而得安宁者，为君也。是以其未得之也，屠毒天下之肝脑，离散天下之子女，以博我一人之产业，曾不惨然[4]，曰：“我固为子孙创业也”。其既得之也，敲剥天下之骨髓，离散天下之子女，以奉我一人之淫乐，视为当然，曰：“此我产业之花息也”。然则为天下之大害者，君而已矣。向使无君，人各得自私也，人各得自利也。呜呼，岂设君之道固如是乎？

古者天下之人爱戴其君，比之如父，拟之如天，诚不为过也。今也天下之人怨恶其君，视之如寇雠，名之为独夫，固其所也。而小儒规规焉以君臣之义无所逃于天地之间[5]，至桀、纣之暴，犹谓汤、武不当诛之[6]，而妄传伯夷、叔齐无稽之事[7]，使兆人万姓崩溃之血肉，曾不异夫腐鼠。岂天地之大，于兆人万姓之中，独私其一人一姓乎！是故武王圣人也，孟子之言圣人之言也[8]。后世之君，欲以如父如天之空名禁人之窥伺者，皆不便于其言[9]，至废孟子而不立[10]，非导源于小儒乎？

虽然，使后之为君者果能保此产业，传之无穷，亦无怪乎其私之也。既以产业视之，人之欲得产业，谁不如我。摄缄滕，固扃鐍[11]，一人之智力不能胜天下欲得之者之众，远者数世，近者及身，其血肉之崩溃在其子孙矣。昔人愿世世无生帝王家，而毅宗之语公主[12]，亦曰“若何为生我家！”痛哉斯言！回思创业时，其欲得天下之心，有不废然摧沮者乎[13]！是故明乎为君之职分，则唐、虞之世，人人能让，许由、务光非绝尘也[14]；不明乎为君之职分，则市井之间，人人可欲，许由、务光所以旷后世而不闻也。然君之职分难明，以俄顷淫乐不易无穷之悲，虽愚者亦明之矣。

---

①莫或：没有人。

②许由：字武仲，又叫许繇，古代高人。传说尧帝禅让帝位给他，他逃到箕山下隐居起来而不接受帝位。　务光：又叫瞀光、弁光，商汤时的隐士。传说商汤准备把天上传给他，务光得知后，竟背着石头投水自杀。

③汉高帝：指汉高祖刘邦。“某业所就，孰与仲多”为汉高祖刘邦取得天下后对其父亲所说，意为我所拥有的产业，与二弟相比，谁多？因为刘邦父亲先前曾说过刘邦在治理产业方面不如他二弟，所以刘邦有此一说。语见《史记·高祖本记》。

④曾不惨然：竟然一点儿也不觉得难受。

⑤规规：也作瞡瞡。浅陋拘泥的样子。

⑥桀、纣：分别为夏朝、商朝最后一位统治者，在历史上以残暴著称。　汤、武：分别是商、周的建立者，在历史上以仁义著称。前两者为暴君的代表，后两者为仁君的代表。

⑦伯夷、叔齐：传说为商朝贵族后裔，忠于商朝，他们反对周武王讨伐商纣王，认为那是以臣杀君、犯上作乱。周建立后，他们为保持气节，不吃周朝出产的粮食，逃亡到首阳山中以野草裹腹，最后饿死在山中。他们在封建社会中被当作高尚守节的典型。

⑧孟子之言：此处指《孟子·梁惠王下》中孟子回答齐宣王关于汤、武伐桀、纣是不是“臣弑君”时说的一段话：“贼仁者谓之贼，残义者谓之残，残贼之人谓之一夫。闻诛一夫纣矣，未闻弑君也。”

⑨皆不便于其言：都认为孟子的话对于他们不利。

⑩废孟子而不立：此句指明太祖朱元璋对孟子的话不满，下诏废除对孟子的祭祀，在孔庙中不允许立孟子的牌位。

⑪摄缄滕（téng，音腾），固扃（jiǒng，音窘）鐍（jué，音爵）：用绳子捆、用锁加固使箱子变得牢不可破。

⑫毅宗：明朝崇祯皇帝。　公主：崇祯之女长平公主。

⑬废然摧沮：衰败颓丧的样子。

⑭绝尘：超越尘世的人。

原臣

有人焉，“视于无形，听于无声①”，以事其君，可谓之臣乎？曰：否。杀其身以事其君②，可谓之臣乎？曰：否。夫视于无形，听于无声，资于事父也；杀其身者，无私之极则也。而犹不足以当之，则臣道如何而后可？曰：缘夫天下之大，非一人之所能治，而分治之以群工。故我之出而仕也，为天下，非为君也；为万民，非为一姓也。吾以天下万民起见，非其道③，即君以形声强我，未之敢从也，况于无形无声乎！非其道，即立身于其朝，未之敢许也，况于杀其身乎！不然，而以君之一身一姓起见，君有无形无声之嗜欲，吾从而视之听之，此宦官、宫妾之心也；君为己死而为己亡，吾从而死之亡之，此其私暱者之事也④。是乃臣、不臣之辨也。

世之为臣者昧于此义，以谓臣为君而设者也。君分吾以天下而后治之，君授吾以人民而后牧之⑤，视天下人民为人君橐中之私物⑥。今以四方之劳扰，民生之憔悴，足以危吾君也，不得不讲治之牧之之术。苟无系于社稷之存亡，则四方之劳扰，民生之憔悴，虽有诚臣⑦，亦以为纤芥之疾也。夫古之为臣者，于此乎，于彼乎⑧？

盖天下之治乱，不在一姓之兴亡，而在万民之忧乐。是故桀、纣之亡，乃所以为治也；秦政、蒙古之兴⑨，乃所以为乱也；晋、宋、齐、梁之兴亡，无与于治乱者也。为臣者，轻视斯民之水火，即能辅君而兴，从君而亡，其于臣道固未尝不背也。夫治天下犹曳大木然，前者唱邪，后者唱许⑩。君与臣，共曳木之人也。若手不执绋⑪，足不履地，曳木者唯娱笑于曳木者之前⑫，从曳木者以为良⑬，而曳木之职荒矣。

嗟乎！后世骄君自恣，不以天下万民为事，其所求乎草野者，不过欲得奔走服役之人。乃使草野之应于上者，亦不出夫奔走服役。一时免于寒饿，遂感在上之知遇，不复计其礼之备与不备，跻之仆妾之间而以为当然。万历初⑭，神宗之待张居正，其礼稍优，此于古之师传未能百一，当时论者骇然居正之受无人臣礼。夫居正之罪，正坐不能以师傅自待⑮，听指使于仆妾⑯，而责之反是，何也？是则耳目浸淫于流俗之所谓臣者以为鹄矣⑰，又岂知臣之与君，名异而实同耶？

或曰：臣不与子并称乎？曰：非也。父子一气，子分父之身而为身。故孝子虽异身，而能日近其气，久之无不通矣；不孝之子，分身而后，日远日疏，久之而气不相似矣。君臣之名，从天下而有之者也。吾无天下之责，则吾在君为路人。出而仕于君也，不以天下为事，则君之仆妾也；以天下为事，则君之师友也。夫然，谓之臣。其名累变⑱，夫父子固不可变者也。

---

①视于无形，听于无声：意为儿子没有看到父亲的形象，听到父亲的声音，也应当知道父亲的心意。此语出自《礼记·曲礼上》。

②杀其身：即杀身成仁。

③非其道：不合为君之道。

④私暱（nì，音泥）：暱为昵的异体字，私昵指亲幸、宠爱的人。

⑤牧：统治。

⑥橐（tuó，音沱）：袋子。

⑦诚臣：诚实公正、忠于职守的大臣。

⑧夫古之为臣者，于此乎，于彼乎：那么过去那些做臣子的，是为了天下百姓呢，还是为了君主一人呢？

⑨秦政、蒙古之兴：秦朝、元朝的兴起。

⑩邪（yé，音爷）、许（hǔ，音虎）：象声词。劳动时众人一齐用力所发出的呼声，即劳动号子。

⑪执绋（fú，音弗）：拉绳子。

⑫曳木者：拖木头的人。前一个“曳木者”指君；后一个“曳木者”指臣。

⑬从：通“纵”，即使。

⑭万历：明神宗朱翊钧年号（公元1573—1619年）。

⑮坐：由于、为着。

⑯听指使于仆妾：指张居正听从太监冯保的指使。

⑰鹄（gǔ，音谷）：箭靶的中心。

⑱累变：多次变化。

原　法

三代以上有法，三代以下无法。何以言之？二帝、三王知天下之不可无养也[①]，为之授田以耕之[②]；知天下之不可无衣也，为之授地以桑麻之；知天下之不可无教也，为之学校以兴之；为之婚姻之礼以防其淫；为之卒乘之赋以防其乱[③]。此三代以上之法也，固未尝为一己而立也。后之人主，既得天下，唯恐其祚命之不长也[④]，子孙之不能保有也，思患于未然，以为之法。然则其所谓法者，一家之法而非天下之法也。是故秦变封建而为郡县，以郡县得私于我也；汉建庶孽[⑤]，以其可以藩屏于我也；宋解方镇之兵，以方镇之不利于我也。此其法何曾有一毫为天下之心哉，而亦可谓之法乎？

三代之法，藏天下于天下者也[⑥]。山泽之利不必其尽取，刑赏之权不疑其旁落，贵不在朝廷也，贱不在草莽也。在后世方议其法之疏，而天下之人不见上之可欲，不见下之可恶[⑦]，法愈疏而乱愈不作，所谓无法之法也。后世之法，藏天下于筐箧者也[⑧]。利不欲其遗于下[⑨]，福必欲其敛于上；用一人焉则疑其自私，而又用一人以制其私；行一事焉则虑其可欺，而又设一事以防其欺。天下之人共知其筐箧之所在，吾亦鳃鳃然日唯筐箧之是虞[⑩]，故其法不得不密，法愈密而天下之乱即生于法之中，所谓非法之法也[⑪]。

论者谓一代有一代之法，子孙以法祖为孝。夫非法之法，前王不胜其利欲之私以创之，后王或不胜其利欲之私以坏之。坏之者固足以害天下，其创之者亦未始非害天下者也。乃必欲周旋于此胶彼漆之中，以博宪章之余名[⑫]，此俗儒之剿说也[⑬]。即论者谓天下之治乱不系于法之存亡。夫古今之变，至秦而一尽，至元而又一尽[⑭]，经此二尽之后，古圣王之所恻隐爱人而经营者荡然无具[⑮]。苟非为之远思深览，一一通变，以复井田、封建、学校、卒乘之旧，虽小小更革，生民之戚戚终无已时也[⑯]。即论者谓有治人无治法，吾以谓有治法而后有治人。自非法之法桎梏天下人之手足，即有能治之人[⑰]，终不胜其牵挽嫌疑之顾盼[⑱]。有所设施，亦就其分之所得[⑲]，安于苟简[⑳]，而不能有度外之功名。使先王之法而在，莫不有法外之意存乎其间。其人是也，则可以无不行之意；其人非也，亦不至深刻罗网[㉑]，反害天下。故曰有治法而后有治人。

①二帝：指尧帝、舜帝。　　三王：指夏禹、商汤、周文王。

②授田：古代将公有的土地按户分给人民，收取一定的赋税，年老失去劳动力和死亡后归还。下文授地与授田同义。

③卒乘之赋：古代征集士兵和战车的制度。

④祚命：皇位、国统。

⑤汉建庶孽：汉初分封同姓为王，用以维护中央政权。庶孽：即庶子。旧时指妾媵之子。

⑥藏天下于天下者也：将天下的财富收藏在天下百姓手中。

⑦而天下之人不见上之可欲，不见下之可恶：而天下所有的人认为身居高位的人没有什么使人羡慕的，身居下位的人也没有什么使人厌恶的。

⑧筐箧：筐子、箱子，指私人财物收藏的地方。

⑨遗（wèi，音畏）：赠予、致送。

⑩鳃鳃（xǐ，音洗）通"谌"、"葸"。恐惧的样子。

⑪非法之法：不能当作法律的法律，指这种法律只是帝王的一家之法，而不是天下之法。

⑫乃必欲周旋于此胶彼漆之中，以博宪章之余名：于是后世一定要在祖宗的成法中活动，来获取遵守祖宗成法的好名声。

⑬剿（chāo，音钞）说：剿通"钞"。剿说意为窃取别人的理论为己说。

⑭至秦而一尽，至元而又一尽：指到秦朝时封建制变为郡县制；到元朝时又变为行省制。

⑮荡然无具：一点都没有了。

⑯戚戚：忧愁伤心的样子。

⑰能治之人：有能力治理国家的人。

⑱终不胜其牵挽嫌疑之顾盼：始终不能摆脱皇帝一家之法的牵扯附会而产生的怀疑，而显得左顾右盼，束手束脚。

⑲就其分之所得：局限在他职分所能做到的限度之内。

⑳苟简：苟且简略。

㉑深刻罗网：严刑酷法。

置　相

有明之无善治，自高皇帝罢丞相始也①。

原夫作君之意②，所以治天下也。天下不能一人而治，则设官以治之，是官者，分身之君也。孟子曰："天子一位③，公一位，侯一位，伯一位，子男同一位，凡五等。君一位，卿一位，大夫一位，上士一位，中士一位，下士一位，凡六等。"盖自外而言之，天子之去公，犹公、侯、伯、子、男之递相去；自内而言之，君之去卿，犹卿、大夫、士之递相去，非独至于天子遂领截然无等级也。昔者伊尹、周公之摄政，以宰相而摄天子，亦不殊于大夫之摄卿，士之摄大夫耳。后世君骄臣谄，天子之位始不列于卿、大夫、士之间，而小儒遂河汉其摄位之事④。以至君崩子立，忘哭泣衰绖之哀⑤，讲礼乐征伐之治，君臣之义未必全，父子之恩已先绝矣。不幸国无长君⑥，委之母后，为宰相者方避嫌而处，宁使其决裂败坏，贻笑千古。无乃视天子之位过高所致乎？

古者君之待臣也，臣拜，君必答拜。秦、汉以后，废而不讲，然丞相进，天子御座为起，在与为下。宰相既罢，天子更无与为礼者矣。遂谓百官之设，所以事我，能事我者我贤之，不能事我者我否之。设官之意既讹，尚能得作君之意乎？古者不传子而传贤，其视天子之位，去留犹夫宰相也。其后天子传子，宰相不传子，天子之子不皆贤，尚赖宰相传贤足相补救，则天子亦不失传贤之意。宰相既罢，天子之子一不贤，更无与为贤者矣，不亦并传子之意而失者乎！

或谓后之入阁办事[7]，无宰相之名，有宰相之实也。曰：不然。入阁办事者，职在批答，犹开府之书记也[8]，其事既轻，而批答之意，又必自内授之而后拟之，可谓有其实乎？吾以谓有宰相之实者，今之宫奴也。盖大权不能无所寄。彼宫奴者，见宰相之政事坠地不收，从而设为科条，增其职掌，生杀予夺出自宰相者，次第而尽归焉。有明之阁下，贤者贷其残膏乘馥[9]，不贤者假其喜笑怒骂，道路传之，国史书之，则以为其人之相业矣。故使宫奴有宰相之实者，则罢丞相之过也。阁下之贤者，尽其能事则曰法祖，亦非为祖宗之必足法也。其事位既轻，不得不假祖宗以压后王，以塞宫奴。祖宗之所行未必皆当，宫奴之黠者又复条举其疵行，亦曰法祖，而法祖之论荒矣。使宰相不罢，自得以古圣哲王之行摩切其主[10]，其主亦有所畏而不敢不从也。

宰相一人，参知政事无常员。每日便殿议政，天子南面，宰相、六卿、谏官东西面以次坐。其执事皆用士人。凡章奏进呈，六科给事中主之。给事中以白宰相，宰相以白天子，同议可否。天子批红[11]，天子不能尽，则宰相批之，下六部施行。更不用呈之御前，转发阁中票拟[12]，阁中又缴之御前，而后下该衙门，如故事往返，使大权自宫奴出也。

宰相设政事堂，使新进士主之，或用待诏者。唐张说为相，列五房于政事堂之后：一曰吏房，二曰枢机房，三曰兵房，四曰户房，五曰刑礼房，分曹以主众务，此其例也。四方上书言利弊者及待诏之人皆集焉，凡事无不得达。

---

①自高皇帝罢丞相始也：从明太祖朱元璋废除丞相职位开始。洪武十三年，朱元璋废除中书省，不设丞相。

②作君：设立君主。

③位：级别。

④河汉：即银河，比喻言论夸诞，不着边际。又引申为不相信、忽视的意思。

⑤衰绖：丧服。

⑥长君：长大成长可理国事的君主。

⑦阁：内阁。

⑧书记：官府中管理文书的一般办事人员。

⑨贷：拿出、借出。

⑩摩切：研究、切磋。

⑪批红：皇帝用朱笔批示群臣的章奏。

⑫票拟：明代自宣德以后，内阁接到奏章后，用小票写好所拟批答，再由皇帝朱笔批出，此为票拟。亦称条旨或调旨。

学　校

学校，所以养士也[1]。然古之圣王，其意不仅此也，必使治天下之具皆出于学校，而后设学校之意始备。非谓班朝[2]，布令，养老，恤孤，讯馘[3]，大师旅则会将士[4]，大狱讼则期吏民，大祭祀则享始祖，行之自辟雍也[5]。盖使朝廷之上，闾阎之细，渐摩濡染[6]，莫不有诗书宽大之气。天子之所是未必是，天子之所非未必非，天子亦遂不敢自为非是，而公其非是于学校。是故养士为学校之一事，而学校不仅为养士而设也。

三代以下，天下之是非一出于朝廷。天子荣之，则群趋以为是；天子辱之，则群擿以为非[7]。簿书、期会、钱谷、戎（讼）狱[8]，一切委之俗吏。时风众势之外，稍有人焉，便以为学校中无当于缓急之习气。而其所谓学校者，科举嚣争，富贵熏心，亦遂以朝廷之势利一变其本领。而士之有才能学术者，且往往自拔于草野之间[9]，于学校初无与也[10]。究竟养士一事，亦失之矣。

于是学校变而为书院，有所非也，则朝廷必以为是而荣之；有所是也，则朝廷必以为非而辱之。伪学之禁[11]，书院之毁[12]，必欲以朝廷之权与之争胜。其不仕者有刑，曰："此率天下士大夫而背朝廷者也。"其始也，学校与朝廷无与；其继也，朝廷与学校相反。不特不能养士，且至于害士，犹然循其名而立之，何与？

东汉太学三万人，危言深论[13]，不隐豪强，公卿避其贬议；宋诸生伏阙捶鼓，请起李纲。三代遗风，惟此犹为相近。使当日之在朝廷者，以其所非是为非是，将见盗贼奸邪慑心于正气霜雪之下，君安而国可保也。乃论者目之为衰世之事，不知其所以亡者，收捕党人，编管陈、欧[14]，正坐破坏学校所致，而反咎学校之人乎！

嗟乎！天之生斯民也，以教养托之于君。授田之法废，民买田而自养，犹赋税以扰之；学校之法废，民蚩蚩而失教[15]，犹势利以诱之。是亦不仁之甚，而以其空名跻之曰"君父，君父"，则吾谁欺！

郡县学官，毋得出自选除[16]，郡县公议，请名儒主之。自布衣以至宰相之谢事者，皆可当其任，不拘已仕未仕也。其人稍有干于清议[17]，则诸生得共起而易之，曰："是不可以为吾师也。"其下有《五经》师，兵法、历算、医、射各有师，皆听学官自择。凡邑之生童皆裹粮从学，离城烟火聚落之处士人众多者，亦置经师。民间童子十人以上，则以诸生之老而不仕者充为蒙师[18]，故郡邑无无师之士。而士之学行成者，非主六曹之事，则主分教之务，亦无不用之人。

学宫以外，凡在城在野寺观庵堂，大者改为书院，经师领之；小者改为小学，蒙师领之，以分处诸生受业。其寺产即隶于学，以赡诸生之贫者。二氏之徒[19]，分别其有学行者，归之学宫，其余则各还其业。

大学祭酒，推择当世大儒，其重与宰相等[20]，或宰相退处为之。每朔日，天子临幸太学，宰相、六卿、谏议皆从之。祭酒南面讲学，天子亦就弟子之列。政有缺失，祭酒直言无讳。

天子之子年至十五，则与大臣之子就学于太学，使知民之情伪，且使之稍习于劳苦。毋得闭置宫中，其所闻见不出宦官宫妾之外，妄自崇大也。

郡县朔望[21]，大会一邑之缙绅士子。学官讲学，郡县官就弟子列，北面再拜，师弟子各以疑义相质难。其以簿书、期会不至者，罚之。郡县官政事缺失，小则纠绳[22]，大则伐鼓号于众[23]。其或僻郡下县，学官不能骤得名儒，而郡县官之学行过之者，则朔望之会，郡县官南面讲学可也。若郡县官少年无实学，妄自压老儒而上之者，则士子哗而退之。

择名儒以提督学政[24]，然学官不隶属于提学，以其学行名辈相师友也。每三年，学官送其俊秀于提学而考之，补博士弟子[25]；送博士弟子于提学而考之，以解礼部，更不别遣考试官。发榜所遗之士，有平日优于学行者，学官咨于提学补入之。其弟子之罢黜，学官以生平定之，而提学不与焉。

学历者能算气朔，即补博士弟子。其精者同入解额，使礼部考之，官于钦天监。学医者送提学考之，补博士弟子，方许行术。岁终，稽其生死效否之数，书之于册，分为三等：下等黜之；中等行术如故；上等解试礼部，入太医院而官之。

凡乡饮酒[26]，合一郡一县之缙绅士子。士人年七十以上，生平无玷清议者，庶民年八十以上无过犯者，皆以齿南面，学官、郡县官皆北面，宪老乞言[27]。

凡乡贤名宦祠，毋得以势位及子弟为进退。功业气节则考之国史，文章则稽之传世，理学则定之言行。此外乡曲之小誉，时文之声名㉘，讲章之经学，依附之事功，已经入祠者皆罢之。

凡郡邑书籍，不论行世藏家，博搜重购，每书钞印三册，一册上祕府㉙，一册送太学，一册存本学。时人文集，古文非有师法，语录非有心得，奏议无裨实用，序事无补史学者㉚，不许传刻。其时文、小说、词曲、应酬代笔，已刻者皆追板烧之。士子选场屋之文及私试义策㉛，蛊惑坊市者，弟子员黜革，见任官落职，致仕官夺告身㉜。

民间吉凶㉝，一依《朱子家礼》行事。庶民未必通谙，其丧服之制度，木主之尺寸㉞，衣冠之式，宫室之制，在市肆工艺者，学官定而付之。离城聚落㉟，蒙师相其礼以革习俗。

凡一邑之名跡及先贤陵墓祠宇，其修饰表章，皆学官之事。淫祠通行拆毁，但留土谷㊱，设主祀之。故入其境，有违礼之祀，有非法之服，市悬无益之物，土留未掩之丧，优歌在耳，鄙语满街，则学官之职不修也㊲。

---

①养士：培养官员。

②班朝：排列朝廷官员的等级，指朝廷的礼仪。

③讯馘（guó，音国）：询问战争的情况。馘：古代战时割取所杀敌人的左耳，用以计功。指所割下的左耳。

④师旅：古代的军队，这里指战争。

⑤辟雍：周王朝为贵族子弟所设的学校。

⑥渐摩濡染：用诗书仁义感化教育民众。

⑦擿（tì，音惕）：挑剔。

⑧簿书：官署中的文书簿册。　期会：军队的定期会操。　钱谷：田赋所征收的银钱和粮食。　戎（讼）狱：诉讼。此处均指担任此项职务的官员。

⑨自拔于草野：自己从粗野鄙陋中脱离出来。

⑩无与：没有关系。

⑪伪学之禁：南宋庆元年间，执政的韩侂胄为打击政敌赵汝愚，将亲近赵的朱熹的学说定为伪学，将赵汝愚一党59人全部罢免。同时规定凡是官员在填写履历表时必须写明不习伪学，才能授予职位。

⑫书院之毁：明朝天启年间，明熹宗听信权宦魏忠贤及其党羽诬陷书院之词，下诏拆毁天下书院。

⑬危言深论：不怕危险直率而深刻的言论。

⑭编管：宋代官吏因罪被除去名籍贬谪州郡，编入该地户籍，并由地方官严加看管。　陈、欧：即伏阙捶鼓，请起李纲的太学生陈东、进士欧阳澈。

⑮蚩蚩（chī，音痴）：痴呆的样子。

⑯选除：挑选授职，即指朝廷任命。

⑰干：冒犯、冲犯。

⑱蒙师：对儿童进行启蒙教育的老师。

⑲二氏：指佛教、道教。

⑳其重与宰相等：他的威望、地位与宰相相同。

㉑朔望：农历每月初一和十五。

㉒纠绳：检举揭发加以惩罚。

㉓伐鼓：击鼓。

㉔提督学政：主管学校的教育行政。为地方最高教育行政长官。

㉕博士弟子：汉武帝时设博士官，招收弟子五十人，令郡国选送。唐朝以后称生员叫博士弟子。

㉖乡饮酒：古代乡学，三年修业期满，学生经过品德、学业的考察，其中的优秀者推荐给朝廷。这时由乡大夫作主人，设宴为他们送行。后来由地方官设宴招待应举的士子。

㉗宪老乞言：古代帝王及其嫡长子养一些德高望重的老人，以便向他们学习求教。此处指向德高望重的老人学习，向他们求教。

㉘时文：时下流行的文体。

㉙祕府：历代封建王朝宫中收藏珍贵图书之处。祕为秘的异体字。

㉚序事：指作者自叙的传记。

㉛场屋：科举考试的地方。　　私试：非官方的模拟考试。　　义策：经义与策问。

㉜告身：委任官职的文凭。

㉝吉凶：喜事和丧事。

㉞木主：为死者立的木制牌位，也叫“神主”。

㉟聚落：聚居的村落。

㊱土谷：土、谷之神。此处指社稷坛。

㊲修：善、美好。

取　士　上

取士之弊，至今日制科而极矣。故毅宗尝患之也，为拔贡、保举、准贡、特授、积分、换授[①]，思以得度外之士[②]。乃拔贡之试，犹然经义也，考官不遗词臣，属之提学，既已轻于解试矣[③]。保举之法，虽曰以名取人，不知今之所谓名者何凭也，势不得不杂以贿赂请托。及其捧檄而至[④]，吏部以一义一论试之，视解试为尤轻矣。准贡者用解试之副榜[⑤]，特授者用会试之副榜。夫副榜，黜落之余也，其黜落者如此之重，将何以待中式者乎[⑥]？积分不去赀郎[⑦]，其源不能清也；换授以优宗室，其教可不豫乎！凡此六者，皆不离经义。欲得胜于科目之人，其法反不如科目之详，所以徒为纷乱而无益于时也。

唐进士试诗赋，明经试墨义[⑧]。所谓墨义者，每《经》问义十道，五道全写《疏》，五道全写《注》。宋初试士，诗、赋、论各一首，策五道，帖《论语》十[⑨]，帖对《春秋》或《礼记》墨义十条。其《九经》、《五经》、《三礼》、《三传》、学究等，设科虽异，其墨义同也。王安石改法，罢诗赋、帖经、墨义，中书撰大义式颁行[⑩]，须通《经》有文采，乃为中格，不但如明经墨义、粗解章句而已。然非创自安石也，唐柳冕即有“明《六经》之义，合先王之道者以为上等，其精于《传注》与下等”之议。权德舆驳曰：“《注》《疏》犹可以质验，不者有司率情上下其手，既失其末，又不得其本，则荡然矣。”其后宋祁、王珪累有“止问大义，不责记诵”之奏，而不果行，至安石始决之。

故时文者，帖书、墨义之流也。今日之弊，在当时权德舆已尽之。向若因循不改，则转相模勒[⑪]，日趋浮薄，人才终无振起之时。若罢经义，遂恐有弃经不学之士，而先王之道益视为迂阔无用之具。余谓当复墨义古法，使为经义者全写《注疏》、《大全》、汉宋诸儒之说，一一条具于前，而后申之以己意，亦不必墨守一先生之言。由前则空疏者绌，由后则愚蔽者绌，亦变浮薄之一术也。

或曰：以诵读精粗为中否[⑫]，唐之所以贱明经也，宁复贵其所贱乎？曰：今日之时文，有非诵数时文所得者乎？同一诵数也，先儒之义学，其愈于 饾饤之剿说亦可知矣[⑬]。非谓守此足以得天下之士也，趋天下之士于平实，而通经学古之人出焉。昔之诗赋亦何足以得士？然必费考索，推声病[⑭]，未有若时文，空疏不学之人皆可为之也。

①拔贡、保举、准贡、特授、积分、换授：这六种都是科举考试之外选拔官员的方法。

②度外：科举之外。

③解试：乡试，地方举行的科举考试。

④捧檄：接到委任官职的通知。

⑤副榜：科举考试时正式录取者名列正榜，正榜之外，另取若干名列为副榜。

⑥中式：科举考试时被正式录取。

⑦赀（zī，音资）郎：出钱捐官的人。赀通“资”。

⑧墨义：用笔书写回答经义。另一种方法为口义。相当于今天的笔试、口试。

⑨帖：科举考试的试题。一般从全文中摘出数语作为试题。

⑩大义式：中书省制订颁行的经义取士的具体条款。

⑪模勒：模仿。

⑫诵数：诵读排列以融会贯通。

⑬饾（dòu，音豆）饤（dīng，音钉）：又作“斗钉”，食品堆迭在一起。比喻文辞的罗列堆砌。

⑭声病：诗文、词赋不合声律。

取士下

古之取士也宽，其用士也严；今之取士也严，其用士也宽。古者乡举里选，士之有贤能者，不患于不知。降而唐宋，其为科目不一，士不得与于此，尚可转而从事于彼，是其取之之宽也。《王制》论秀士[①]，升之司徒曰选士；司徒论选士之秀者，升之学曰俊士；大乐正论造士之秀者，升之司马曰进士；司马论进士之贤者，以告于王而定其论[②]。论定然后官之，任官然后爵之，位定然后禄之。一人之身，未入仕之先凡经四转，已入仕之后凡经三转，总七转，始与之以禄。唐之士，及第者未便解褐[③]，入仕吏部，又复试之。韩退之三试于吏部无成，则十年犹布衣也。宋虽登第入仕，然亦止是簿尉令录[④]，榜首才得丞判，是其用之之严也。宽于取则无枉才，严于用则少倖进。

今也不然。其所以程士者[⑤]，止有科举之一途，虽使古豪杰之士若屈原、司马迁、相如、董仲舒、扬雄之徒，舍是亦无由而进取之，不谓严乎哉！一日苟得，上之列于侍从，下亦置之郡县。即其黜落而为乡贡者，终身不复取解，授之以官，用之又何其宽也！严于取，则豪杰之老死丘壑者多矣；宽于用，此在位者多不得其人也。

流俗之人，徒见夫二百年以来之功名气节，一二出于其中，遂以为科目已善，不必他求。不知科目之内，既聚此百千万人，不应功名气节之士独不得入，则是功名气节之士之得科目，非科目之能得功名气节之士也。假使士子探筹[⑥]，第其长短而取之，行之数百年，则功名气节之士亦自有出于探筹之中者，宁可谓探筹为取士之善法耶！究竟功名气节人物，不及汉唐远甚，徒使庸妄之辈充塞天下。

岂天之不生才哉？则取之之法非也。吾故宽取士之法，有科举，有荐举，有太学，有任子[⑦]，有郡邑佐，有辟召，有绝学[⑧]，有上书，而用之之严附见焉。

科举之法：其考校仿朱子议[⑨]：第一场《易》、《诗》、《书》为一科，子午年试之；《三礼》兼《大戴》为一科，卯年试之；《三传》为一科，酉年试之。试义各二道，诸经皆兼《四书》义一道。答义者先条举《注疏》及后儒之说[⑩]，既备，然后以“愚按”结之。其不条众说，或条而不能备，竟入己意者，虽通亦不中格。有司有不依章句移文配接命题者，有忌讳丧礼服制不以为题者，皆坐罪。第二场周、程、张、朱、陆六子为一科⑪，孙、吴武经为一科⑫，荀、董、扬、文中为一科⑬，管、韩、老、庄为一科⑭，分年各试一论。第三场《左》、《国》、《三史》为一科⑮，《三国》、《晋书》、《南北史》为一科，《新旧唐书》、《五代史》为一科，《宋史》、《有明实录》为一科，分年试史论各二道。答者亦必摭事实而辨是非⑯，若事实不详，或牵连他事而于本事反略者，皆不中格。第四场时务策三道。凡博士弟子员遇以上四年仲秋，集于行省而试之，不限名数，以中格为度。考官聘名儒，不论布衣、在位，而以提学主之。明年会试，经、子、史科，亦依乡闱分年，礼部尚书知贡举⑰。登第者听宰相鉴别，分置六部各衙门为吏，管领簿书。拔其尤者⑱，仿古侍中之职在天子左右，三考满常调而后出官郡县⑲。又拔其尤者为各部主事。落第者退为弟子员，仍取解试而后得入礼闱⑳。

荐举之法：每岁郡举一人，与于待诏之列，宰相以国家疑难之事问之，观其所对，令廷臣反覆诘难，如汉之贤良、文学以盐铁发策是也㉑。能自理其说者，量才官之，或假之职事，观其所效而后官之。若庸下之材剿说欺人者，举主坐罪，其人报罢。若道德如吴与弼、陈献章，则不次待之，举主受上赏。

太学之法：州县学每岁以弟子员之学成者，列其才能德艺以上之，不限名数，缺人则止。太学受而考之，其才能德艺与所上不应者，本生报罢。凡士子之在学者，积岁月累试，分为三等：上等则同登第者，宰相分之为侍中属吏；中等则不取解试，竟入礼闱；下等则罢归乡里。

任子之法：六品以上，其子十有五年皆入州县学，补博士弟子员，若教之十五年而无成则出学；三品以上，其子十有五年皆入太学，若教之十五年而无成则出学。今也大夫之子与庶民之子同试，提学受其请讬，是使其始进不以正；不受其请讬，非所以优门第也。公卿之子不论其贤否而仕之，贤者则困于常调，不贤者而使之在民上，既有害于民，亦非所以爱之也。

郡县佐之法：郡县各设六曹，提学试弟子员之高等者分置之。如户曹管赋税出入，礼曹主祀事、乡饮酒、上下吉凶之礼，兵曹统民户所出之兵、城守、捕寇，工曹主郡邑之兴作，刑曹主刑狱，吏曹主各曹之迁除资俸也。满三考升贡太学，其才能尤著者，补六部各衙门属吏。凡廪生皆罢㉒。

辟召之法：宰相、六部、方镇及各省巡抚，皆得自辟其属吏，试以职事，如古之摄官㉓。其能显著，然后上闻即真㉔。

绝学者，如历算、乐律、测望、占候、火器、水利之类是也。郡县上之于朝，政府考其果有发明，使之待诏，否则罢归。

上书有二：一，国家有大事或大奸，朝廷之上不敢言而草野言之者，如唐刘蕡、宋陈亮是也，则当处以谏职。若为人嗾使，因而挠乱朝政者，如东汉牢修告捕党人之事，即应处斩。一，以所著书进览，或他人代进，看详其书足以传世者，则与登第者一体出身。若无所发明，纂集旧书，且是非谬乱者，如今日赵宧光《说文长笺》、刘振《识大编》之类，部帙虽繁，却其书而遣之。

---

①《王制》：论述王者制度的文章。《礼记》、《荀子》书中都有《王制》篇。 秀士：经过乡大夫考察德才优异的士子。

②选士：受到推荐的德才优异的士子。 俊士：德才优异被选取入学的士子。 造士：学有所成的士子。 大乐正：主称音乐教育之官，又称大司乐。

③解褐：脱下布衣，穿上官服。

④簿尉令录：低级别的小官吏。

⑤程士：考核士子。

⑥探筹：抽签。

⑦任子：因父兄的功绩而得到保举授予官职。

⑧绝学：独特的学问。

⑨朱子议：朱熹关于科举考试的论述《学校贡举私议》。

⑩条举：分条列举陈述。

⑪周、程、张、朱、陆六子：周敦颐、程颢、程颐、张载、朱熹、陆九渊六位学者。

⑫孙、吴武经：孙子、吴起的兵书《孙子兵法》、《吴起》。

⑬荀、董、杨、文中：荀子、董仲舒、杨雄、王通。

⑭管、韩、老、庄：管仲、韩非子、老子、庄子。

⑮左、国、三史：《左传》、《国语》和《史记》、《汉书》、《东汉书》。

⑯摭（zhí，音直）：拾取、摘取。

⑰知贡举：特派主持会试的官员。

⑱尤：通“优”，德才优异的人。

⑲三考：古代官吏的考试制度，三年考一次，九年考三次，决定降免或提升。　常调：吏部按制度对官吏根据考核结果升任相应职务。

⑳礼闱：礼部考试进士的场所。

㉑如汉之贤良、文学以盐铁发策是也：如同汉代贤良文学之士用讨论盐铁问题阐发他的观点。

㉒廪生：科举考试中生员名目之一。廪意为米仓，明代府、州、县生员每月由官府发给米六斗补助其生活。清代经岁科两试一等前列的方能取得廪生名义。

㉓摄官：兼官、代职。

㉔即真：皇帝。

建都

或问：北都之亡[①]，忽焉，其故何也？曰：亡之道不一，而建都失算，所以不可救也。夫国祚中危[②]，何代无之，安禄山之祸，玄宗幸蜀；吐蕃之难，代宗幸陕；朱泚之乱[③]，德宗幸奉天。以汴京中原四达，就使有急而形势无所阻。当李贼之围京城也，毅宗亦欲南下，而孤悬绝北，音尘不贯，一时既不能出，出亦不能必达，故不得已而身殉社稷。向非都燕，何遽不及三宗之事[④]？

或曰：自永乐都燕，历十有四代，岂可以一代之失，遂议始谋之不善乎？曰：昔人之治天下也，以治天下为事，不以失天下为事者也。有明都燕不过二百年，而英宗狩于土木，武宗困于阳和，景泰初京城受围，嘉靖二十八年受围，四十三年边人阑入[⑤]，崇祯间京城岁岁戒严。上下精神敝于寇至，日以失天下为事，而礼乐政教犹足观乎！江南之民命竭于输挽[⑥]，大府之金钱靡于河道，皆都燕之为害也。

或曰：有王者起，将复何都？曰：金陵。或曰：古之言形胜者，以关中为上，金陵不与焉，何也？曰：时不同也。秦、汉之时，关中风气会聚，田野开辟，人物殷盛；吴、楚方脱蛮夷之号，风气朴略，故金陵不能与之争胜。今关中人物不及吴、会久矣，又经流寇之乱，烟火聚落，十无二三，生聚教训[⑦]，故非一日之所能移也。而东南粟帛，灌输天下。天下之有吴、会，犹富室之有仓库匮箧也[⑧]。今夫千金之子，其仓库匮箧必身亲守之，而门庭则以委之仆妾。舍金陵而勿都，是委仆妾以仓库匮箧，昔日之都燕，则身守夫门庭矣。曾谓治天下而智不千金之子若与！

①北都：明朝都城北京。

②国祚：君位、皇统。国家的命运。

③朱泚（cǐ，音此）：唐德宗时藩镇首领。

④遽（jù，音巨）：惶恐、窘急。　　三宗之事：唐朝玄宗、代宗、德宗在叛乱时逃离都城之事。

⑤阑入：擅入。

⑥输輓：运送货物。

⑦生聚教训：繁殖人口，积蓄财富，教育训导人民。

⑧匮箧：柜子和箱子。

方　镇

今封建之事远矣，因时乘势，则方镇可复也①。自唐以方镇亡天下，庸人狃之②，遂为厉阶③。然原其本末则不然。当太宗分置节度，皆在边境，不过数府，其带甲十万，力足以控制寇乱。故安禄山、朱泚皆凭方镇而起，乃制乱者亦藉方镇。其后析为数十④，势弱兵单，方镇之兵不足相制，黄巢、朱温遂决裂而无忌⑤。然则唐之所以亡，由方镇之弱，非由方镇之强也。是故封建之弊，强弱吞并，天子之政教有所不加；郡县之弊，疆场之害若无已时。欲去两者之弊，使其并行不悖，则沿边之方镇乎！

宜将辽东、蓟州、宣府、大同、榆林、宁夏、甘肃、固原、延绥俱设方镇，外则云、贵亦依此例，分割附近州县属之。务令其钱粮兵马，内足自立，外足捍患；田赋商税，听其征收，以充战守之用；一切政教张弛，不从中制⑥；属下官员亦听其自行辟召，然后名闻⑦。每年一贡，三年一朝，终其世兵民辑睦⑧，疆场宁谧者，许以嗣世⑨。

凡此则有五利：今各边有总督，有巡抚，有总兵，有本兵，有事复设经略，事权不一，能者坏于牵制，不能者易于推委。枝梧旦夕之间⑩，掩饰章奏之上，其未至溃决者，直须时耳。统帅专一，独任其咎，则思虑自周，战守自固，以各为长子孙之计，一也。国家一有警急，常竭天下之财，不足供一方之用，今一方之财自供一方，二也。边镇之主兵常不如客兵，故常以调发致乱，天启之奢酋、崇祯之莱围是也⑪，今一方之兵自供一方，三也。治兵措饷皆出朝廷⑫，常以一方而动四方，既各有专地，兵食不出于外，即一方不宁，他方宴如⑬，四也。外有强兵，中朝自然顾忌⑭，山有虎豹，藜藿不采⑮，五也。

---

①方镇：镇守一方的军事区域和军事长官。

②狃（niǔ，音扭）：习以为常，不复措意。

③厉阶：祸患的由来。

④析：分开、离散。

⑤决裂：分割。

⑥中制：中央的法令制度。

⑦名闻：将自行录用的官员的名单上报中央。

⑧辑睦：和平安宁。

⑨嗣世：传之后代。

⑩枝梧：亦作“支吾”。抗拒，抵触。

⑪奢酋：天启元年二月四川永宁叛军头目奢崇明。 莱围：崇祯四年十一月至次年八月孔有德等人起兵叛明，围攻莱州。

⑫措饷：筹措军饷。

⑬宴如：安宁和乐。

⑭中朝：朝中。

⑮藜藿（huò，音获）：藜：灰菜。 藿：豆叶。泛指野菜。

田　制　一

昔者禹则壤定赋[1]，《周官》“体国经野”[2]，则是夏之所定者，至周已不可为准矣。当是时，其国之君，于其封疆之内田土之肥瘠，民口之众寡，时势之迁改，视之为门以内之事也。

井田既坏，汉初十五而税一，文、景三十而税一，光武初行什一之法，后亦三十而税一。盖土地广大，不能缕分区别[3]，总其大势，使瘠土之民不至于甚困而已。是故合九州之田，以下下为则[4]，下下者不困，则天下之势相安，吾亦可无事于缕分区别而为则壤经野之事也。夫三十而税一，下下之税也。当三代之盛，赋有九等，不能尽出于下下。汉独能为三代之所不能为者，岂汉之德过于三代欤？古者井田养民，其田皆上之田也。自秦而后，民所自有之田也，上既不能养民，使民自养，又从而赋之，虽三十而税一，较之于古亦未尝为轻也。

至于后世，不能深原其本末，以为什一而税，古之法也。汉之省赋，非通行长久之道，必欲合于古法。九州之田，不授于上而赋以什一，则是以上上为则也。以上上为则，而民焉有不困者乎？汉之武帝，度支不足[5]，至于卖爵、贷假、榷酤[6]、算缗[7]、盐铁[8]之事无所不举，乃终不敢有加于田赋者，彼东郭、咸阳、孔仅、桑弘羊，计虑犹未熟与？然则什而税一，名为古法，其不合于古法甚矣。而兵兴之世，又不能守其什一者。其赋之于民，不任田而任用，以一时之用制天下之赋，后王因之。后王既衰，又以其时之用制天下之赋，而后王又因之。呜呼！吾见天下之赋日增，而后之为民者日困于前。

儒者曰[9]：“井田不复，仁政不行，天下之民始敝敝矣”。孰知魏、晋之民又困于汉，唐、宋之民又困于魏、晋，则天下之害民者，宁独在井田之不复乎？今天下之财赋出于江南，江南之赋至钱氏而重[10]，宋未尝改；至张士诚而又重，有明亦未尝改。故一亩之赋，自三斗起科至于七斗，七斗之外，尚有官耗私增。计其一岁之获，不过一石，尽输于官，然且不足。乃其所以至此者，因循乱世苟且之术也。吾意有王者起，必当重定天下之赋。重定天下之赋，必当以下下为则，而后合于古法也。

或曰：三十而税一，国用不足矣。夫古者千里之内，天子食之，其收之诸侯之贡者，不能十之一。今郡县之赋，郡县食之不能十之一，其解运至于京师者十之九。彼收其十一者尚无不足，收其十九者而反忧之乎！

---

①则壤定赋：将土地分成不同等级并按等级收取一定的赋税。

②体国经野：古代将全国划分成若干区域，城乡居民按指定区域居住，土地由居住者耕种，不得随意搬迁。

③缕分：仔细区分。

④以下下为则：以最差的土地的产量作为征收田赋的标准。

⑤度支：量入为出。指财政收支。

⑥榷酤：汉代以后历朝采取的酒类专卖制度。

⑦算缗（mín，音民）：汉代对商人、手工业者、高利贷者和车船所有者征的税。一缗为一千文。

⑧盐铁：汉时的盐铁政府专卖制度。

⑨儒者：指明代的胡翰（仲子）。

⑩钱氏：指五代时吴越王钱镠。

田 制 二

自井田之废，董仲舒有限民名田之议[①]，师丹、孔光因之，令民名田无过三十顷，期尽三年而犯者没入之。其意虽善，然古之圣君，方授田以养民，今民所自有之田，乃复以法夺之，授田之政未成而夺田之事先见，所谓行一不义而不可为也。或者谓夺富民之田则生乱，欲复井田者，乘大乱之后土旷人稀而后可。故汉高祖之灭秦，光武之乘汉[②]，可为而不为为足惜。夫先王之制井田，所以遂民之生，使其繁庶也。今幸民之杀戮，为其可以便吾事，将使田既井而后，人民繁庶，或不能于吾制无龃龉，岂反谓之不幸与？

后儒言井田必不可复者，莫详于苏洵；言井田必可复者，莫切于胡翰、方孝孺。洵以川路、浍道、洫涂、沟畛、遂径之制[③]，非穷数百年之力不可。夫诚授民以田，有道路可通，有水利可修，亦何必拘泥其制度疆界之末乎？凡苏洵之所忧者，皆非为井田者之所急也。胡翰、方孝孺但言其可复，其所以复之之法亦不能详。余盖于卫所之屯田，而知所以复井田者亦不外于是矣。世儒于屯田则言可行，于井田则言不可行，是不知二五之为十也。

每军拨田五十亩，古之百亩也，非即周时一夫授田百亩乎？五十亩科正粮十二石[④]，听本军支用，余粮十二石，给本卫官军俸粮，是实征十二石也。每亩二斗四升，亦即周之乡遂用贡法也。天下屯田见额六十四万四千二百四十三顷，以万历六年实在田土七百一万三千九百七十六顷二十八亩律之，屯田居其十分之一也，授田之法未行者，特九分耳[⑤]。由一以推之九，似亦未为难行。况田有官民，官田者，非民所得而自有者也。州县之内，官田又居其十分之三。以实在田土均之，人户一千六十二万一千四百三十六，每户授田五十亩，尚余田一万七千三十二万五千八百二十八亩，以听富民之所占，则天下之田自无不足，又何必限田、均田之纷纷，而徒为困苦富民之事乎？故吾于屯田之行，而知井田之必可复也。

难者曰：屯田既如井田，则屯田之军日宜繁庶，何以复有销耗也？曰，此其说有四：屯田非土著之民，虽授之田，不足以挽其乡土之思，一也。又令少壮者守城，老弱者屯种，夫屯种而任之老弱，则所获几何？且彼见不屯者之未尝不得食也，亦何为而任其劳苦乎？二也。古者什而税一，今每亩二斗四升，计一亩之入不过一石，则是什税二有半矣，三也。又征收主自武人而郡县不与，则凡刻剥其军者何所不为[⑥]，四也。而又何怪乎其销耗与！

---

①名田：占有土地。

②光武之乘汉：光武帝刘秀继承西汉而建立东汉。

③川路、浍道、洫涂、沟畛、遂径之制：西周时的排灌水利制度和交通道路制度。川、浍、洫、沟、遂为水利。路、道、涂、畛、径为道路。

④科：征收税赋。

⑤特：只。

⑥刻剥：剥夺、侵占。

田制三

或问井田可复，既得闻命矣，若夫定税则如何而后可？曰：斯民之苦暴税久矣，有积累莫返之害，有所税非所出之害，有田土无等第之害。

何谓积累莫返之害？三代之贡、助、彻，止税田土而已①。魏晋有户调之名②，有田者出租赋，有户者出布帛，田之外复有户矣。唐初立租、庸、调之法，有田则有租，有户则有调，有身则有庸，租出谷，庸出绢，调出缯纩布麻③，户之外复有丁矣。杨炎变为两税，人无丁中，以贫富为差，虽租、庸、调之名浑然不见，其实并庸、调而入于租也。相沿至宋，未尝减庸、调于租内，而复敛丁身钱米。后世安之，谓两税，租也；丁身，庸、调也，岂知其为重出之赋乎？使庸、调之名不去，何至是耶？故杨炎之利于一时者少，而害于后世者大矣。有明两税，丁口而外，有力差④，有银差⑤，盖十年而一值。嘉靖末行一条鞭法，通府州县十岁中夏税、秋粮、存留、起运之额⑥，均徭、里甲、土贡、顾募、加银之例⑦，一条总征之，使一年而出者分为十年，及至所值之年一如余年⑧，是银、力二差又并入于两税也。未几而里甲之值年者，杂役仍复纷然。其后又安之，谓条鞭，两税也；杂役，值年之差也，岂知其为重出之差乎？使银差、力差之名不去，何至是耶？故条鞭之利于一时者少，而害于后世者大矣。万历间，旧饷五百万，其末年加新饷九百万，崇祯间又增练饷七百三十万⑨，倪元璐为户部，合三饷为一，是新饷、练饷又并入于两税也。至今日以为两税固然，岂知其所以亡天下者之在斯乎？使练饷、新饷之名不改，或者顾名而思义，未可知也，此又元璐不学无术之过也。嗟乎！税额之积累至此，民之得有其生也亦无几矣。今欲定税，须反积累以前而为之制。授田于民，以什一为则；未授之田，以二十一为则。其户口则以为出兵养兵之赋。国用自无不足，又何事于暴税乎？

何谓所税非所出之害？古者任土作贡⑩，虽诸侯而不忍强之以其地之所无，况于小民乎？故赋谷米，田之所自出也；赋布帛，丁之所自为也。其有纳钱者，后世随民所便。布一匹，直钱一千，输官听为九百，布直六百，输官听为五百，比之民间，反从降落。是钱之在赋，但与布帛通融而已。其田土之赋谷米，汉、唐以前未之有改也。及杨炎以户口之赋并归田土，于是布帛之折钱者与谷米相乱，亦遂不知钱之非田赋矣。宋隆兴二年，诏温、台、处、徽不通水路，其二税物帛，许依折法以银折输。盖当时银价低下，其许以折物帛者，亦随民所便也。然按熙宁税额，两税之赋银者六万一百三十七两而已，而又谷贱之时常平就籴⑪，故虽赋银，亦不至于甚困。有明自漕粮而外，尽数折银。不特折钱之布帛为银，而历代相仍不折之谷米，亦无不为银矣，不特谷米不听上纳，即欲以钱准银，亦有所不能矣。夫以钱为赋，陆贽尚曰“所供非所业，所业非所供”，以为不可，而况以银为赋乎？天下之银既竭，凶年田之所出不足以上供，丰年田之所出足以上供，折而为银，则仍不足以上供也，无乃使民岁岁皆凶年乎？天与民以丰年而上复夺之，是有天下者之以斯民为仇也。然则圣王者而有天下，其必任土所宜，出百谷者赋百谷，出桑麻者赋布帛，以至杂物皆赋其所出，斯民庶不至困瘁尔。

何谓田土无等第之害？《周礼》大司徒，不易之地家百亩，一易之地家二百亩，再易之地家三百亩，是九则定赋之外⑫，先王又细为之等第也。今民间田土之价，悬殊不啻二十倍，而有司之征收，画以一则，至使不毛之地岁抱空租，亦有岁岁耕种，而所出之息不偿牛种。小民但知其为瘠土，向若如古法休一岁、二岁，未始非沃土矣。官府之催科不暇，虽欲易之，恶得而易之，何怪夫土力之日竭乎？吾见有百亩之田而不足当数十亩之用者，是不易之为害也。今丈量天下田土，其上者依方田之法⑬，二百四十步为一亩，中者以四百八十步为一亩，下者以七百二十步为一亩，再酌之于三百六十步、六百步为亩，分之五等。鱼鳞册字号⑭，一号以一亩准之，不得赘以奇零，如数亩而同一区者不妨数号，一亩而分数区者不妨一号。使田土之等第，不在税额之重轻而在丈量之广狭，则不齐者从而齐矣。是故田之中、下者，得更番而作以收上田之利，如其力有余也而悉耕之，彼二亩三亩之入，与上田一亩较量多寡，亦无不可也。

---

①贡、助、彻：夏、商、周时的税制。

②户、调：东汉末年开始的一种税收制度。每户按人口交纳绢、帛。

③缯（zēng，音曾）纩（kuàng，音矿）：丝织品的总称。

④力差：平民亲自承担应服的劳役。

⑤银差：不亲自服役，而以银子抵充劳役。

⑥夏税：夏季缴纳的税。　秋粮：秋天缴纳的粮食。　存留：留给地方政府的税收。　起运：上缴中央的税收。

⑦均徭、里甲：明代的徭役制度。　土贡：向官府缴纳当地土特产作为贡品。　顾募：招募有专门技艺的人服役。加银：中央政府的税收之外，地方政府加征的税收。

⑧所值之年：按里甲制应当服劳役的年份。

⑨练饷：为镇压明末农民起义筹集练兵的军饷而额外征收的赋税。

⑩任土作贡：根据土地的出产缴纳贡赋。

⑪籴（dí，音敌）：买进粮食。

⑫九则定赋：用土地分为九个不同等级作为标准确定赋税的额度。

⑬方田之法：方田均税法。

⑭鱼鳞册：为征收赋税而编纂的土地簿册，其图中绘田亩如鱼鳞依次排列。

兵制一

有明之兵制，盖亦三变矣。卫所之兵变而为召募，至崇祯、弘光间又变而为大将之屯兵。卫所之弊也，官军三百十三万八千三百皆仰食于民，除西北边兵三十万外，其所以御寇定乱者，不得不别设兵以养之。兵分于农，然且不可，乃又使军分于兵，是一天下之民养两天下之兵也。召募之弊也，如东事之起①，安家、行粮、马匹、甲仗费数百万金，得兵十余万而不当三万之选，天下已骚动矣。大将屯兵之弊也，拥众自卫，与敌为市，抢杀不可问，宣召不能行，率我所养之兵反而攻我者，即其人也。有明之所以亡，其不在斯三者乎！

议者曰：卫所之为召募，此不得已而行之者也；召募之为大将屯兵，此势之所趋而非制也。原夫卫所，其制非不善也。一镇之兵足守一镇之地，一军之田足赡一军之用，卫所，屯田，盖相表里者也。其后军伍销耗，耕者无人，则屯粮不足，增以客兵，坐食者众，则屯粮不足，于是益之以民粮[2]，又益之以盐粮[3]，又益之以京运[1]，而卫所之制始破坏矣。都燕而后，岁漕四百万石，十有二总领卫一百四十旗，军十二万六千八百人，轮年值运，有月粮，有行粮，一人兼二人之食，是岁有二十五万三千六百不耕而食之军矣。此又卫所之制破坏于输輓者也。中都、大宁、山东、河南附近卫所，轮班上操，春班以三月至八月还，秋班以九月至二月还，有月粮，有行粮，一人兼二人之食，是岁有二十余万不耕而食之军矣。此又卫所之制破坏于班操者也。一边有事则调各边之军，应调者食此边之新饷，其家口又支各边之旧饷，旧兵不归，各边不得不补，补一名又添一名之新饷，是一兵而有三饷也。卫所之制，至是破坏而不可支矣。凡此皆末流之弊，其初制岂若是哉！

为说者曰：末流之弊，亦由其制之不善所致也，制之不善，则军民之太分也。凡人膂力不过三十年，以七十为率，则四十年居其老弱也。军既不得复还为民，则一军之在伍，其为老弱者亦复四十年，如是而焉得不销耗乎？乡井之思，谁则无有，今以谪发充之，远者万里，近者千余里，违其土性，死伤逃窜十常八九，如是而焉得不销耗乎？且都燕二百余年，天下之财莫不尽取以归京师，使东南之民力竭者，非军也耶！

或曰：畿甸之民大半为军[5]，今计口而给之，故天下有荒岁而畿甸不困，此明知其无益而不可已者也。曰：若是则非养兵也，乃养民也。天下之民不耕而待养于上，则天下之耕者当何人哉？东南之民奚罪焉？夫以养军之故至不得不养及于民，犹可谓其制之善与！

余以为天下之兵当取之于口，而天下为兵之养当取之于户。其取之口也，教练之时五十而出二，调发之时五十而出一。其取之户也，调发之兵十户而养一，教练之兵则无资于养。如以万历六年户口数目言之，人口六千六十九万二千八百五十六，则得兵一百二十一万三千八百五十七人矣；人户一千六十二万一千四百三十六，则可养兵一百六万二千一百四十三人矣。夫五十口而出一人，则其役不为重；一十户而养一人，则其费不为难。而天下之兵满一百二十余万，亦不为少矣。王畿之内，以二十万人更番入卫，然亦不过千里。假如都金陵，其入卫者但尽金陵所属之郡邑，而他省不与焉。金陵人口一千五十万二千六百五十一，则得胜兵二十一万五百。以十万各守郡邑，以十万入卫，次年则以守郡邑者入卫，以入卫者归守郡邑，又次年则调发其同事教练之兵，其已经调发者则住粮归家，但听教练而已。夫五十口而出一人，而又四年方一行役，以一人计之，二十岁而入伍，五十岁而出伍，始终三十年，止历七践更耳[6]。而又不出千里之远，则为兵者其任亦不为过劳。国家无养兵之费则国富，队伍无老弱之卒则兵强。人主欲富国强兵而兵民太分，唐、宋以来但有彼善于此之制，其受兵之害，未尝不与有明同也。

---

①东事：动乱、战事。

②民粮：原有赋税之外农民缴纳的军粮。

③盐粮：由盐商缴纳的军粮。

④京运：运往京都的粮食。

⑤畿甸：京师所在的周围千里之地。

⑥践更：按照次序服兵役。

兵 制 二

国家当承平之时，武人至大帅者，干谒文臣[①]，即其品级悬绝，亦必戎服，左握刀，右属弓矢，帕首裤靽[②]，趋入庭拜，其门状自称走狗[③]，退而与其仆隶齿[④]。兵兴以后，有言于天子者曰："今日不重武臣，故武功不立。"于是毅宗皇帝专任大帅，不使文臣节制。不二三年，武臣拥众，与贼相望，同事虏略[⑤]。李贼入京师，三辅至于青、齐诸镇，栉比而营；天子封公侯结其欢心，终莫肯以一矢入援。呜呼，毅宗重武之效如此！

然则武固不当重与？曰：毅宗轻武而不重武者也。武之所重者将：汤之伐桀，伊尹为将；武之入商，太公为将；晋作六军，其为将者皆六卿之选也。有明虽失其制，总兵皆用武人，然必听节制于督抚或经略。则是督抚、经略，将也；总兵，偏裨也[⑥]。总兵有将之名而无将之实，然且不可，况竟与之以实乎？夫安国家，全社稷，君子之事也；供指使，用气力，小人之事也。国家社稷之事，孰有大于将，使小人而优为之，又何贵乎君子耶？今以天下之大托之于小人，为重武耶，为轻武耶？是故与毅宗从死者，皆文臣也。当其时，属之以一旅，赴贼俱死，尚冀十有一二相全，何至自殊城破之日乎[⑦]！是故建义于郡县者，皆文臣及儒生也。当其时，有所藉手以从事，胜负亦未可知，何至驱市人而战，受其屠醢乎[⑧]？彼武人之为大帅者，方且飚浮云起[⑨]，昔之不敢一当敌者，乘时易帜，各以利刃而齿腐朽，鲍永所谓以其众幸富贵矣，而后知承平之时待以仆隶者之未为非也。

然则彭越、黥布非古之良将与？曰：彭越、黥布，非汉王将之者也。布、越无所藉于汉王而汉王藉之，犹治病者之服乌喙、藜芦也[⑩]。人见彭越、黥布之有功而欲将武人，亦犹见乌喙、藜芦之愈病而欲以为服食也。彼粗暴之徒，乘世之衰，窃乱天常，吾可以权授之，使之出落钤键也哉[⑪]！然则叔孙通专言斩将搴旗之士，儒生无所言进，何也？曰：当是时，汉王已将韩信，彼通之所进者，以首争首、以力搏力之兵子耳，岂所谓将哉？

然则壮健轻死善击刺者，非所贵与？曰：壮健轻死善击刺之在人，犹精致犀利之在器甲也。弓必欲无灂[⑫]，冶必欲援胡之称[⑬]，甲必欲上旅下旅札续之坚[⑭]，人必欲壮健轻死善击刺，其道一也。器甲之精致犀利，用之者人也；人之壮健轻死善击刺者，用之者将也。今以壮健轻死善击刺之人而可使之为将，是精致犀利之器甲可以不待人而战也。

---

①干谒：求请；有所求取而请求接见。

②靽：靴的异体字。

③门状：拜见时从门口递进的名帖。

④齿：辈。

⑤虏略：同"掳掠"。

⑥偏裨：偏将和裨将。

⑦自殊：自杀。

⑧屠醢（hǎi，音海）：残酷杀戮。

⑨飚（biāo，音标）浮云起：风起云涌。

⑩乌喙、藜芦：两种有毒的中药材。

⑪钤键：锁钥。

⑫无滑：古代的一种良弓。

⑬援胡：一种优良的冶炼技术。

⑭上旅下旅：上半身下半身。旅通“膂”。

兵 制 三

唐、宋以来，文武分为两途，然其职官，内而枢密，外而阃帅州军[①]，犹文武参用。惟有明截然不相出入，文臣之督抚，虽与军事而专任节制，与兵士离而不属。是故涖军者不得计饷[②]，计饷者不得涖军；节制者不得操兵，操兵者不得节制。方自以犬牙交制，使其势不可为叛。夫天下有不可叛之人，未尝有不可叛之法。杜牧所谓“圣贤才能多闻博识之士”，此不可叛之人也。豪猪健狗之徒，不识礼义，喜虏掠，轻去就，缓则受吾节制，指顾簿书之间[③]；急则拥兵自重，节制之人自然随之上下。试观崇祯时，督抚曾有不为大帅驱使者乎？此时法未尝不在，未见其不可叛也。

有明武职之制，内设都督府，锦衣卫，外设二十一都司，四百九十三卫，三百五十九所。平时有左右都督、都指挥使、指挥使，各系以同知、佥事及千户、百户、镇抚之级。行伍有总兵、副将、参将、游击、千把总之名。宜悉罢平时职级，只存行伍。京营之兵，兵部尚书即为总兵，侍郎即为副将，其属郎官即分任参、游。设或征讨，将自中出，侍郎挂印而总兵事，郎官从之者一如京营；或用巡抚为将，巡抚挂印，即以副将属之参政，参将属之郡守，其行间战将勇略冠军者即参用于其间。苟如近世之沈希仪、万表、俞大猷、戚继光，又未尝不可使之内而兵部，外而巡抚也。

自儒生久不为将，其视用兵也，一以为尚力之事，当属之豪健之流；一以为阴谋之事，当属之倾危之士[④]。夫称戈比干立矛者，士卒之事而非将帅之事也，即一人以力闻，十人而胜之矣。兵兴以来，田野市井之间膂力稍过人者，当事即以奇士待之，究竟不当一卒之用。万历以来之将，掩败饰功，所以欺其君父者何所不至，亦可谓之倾危矣！乃止能施之君父，不能施之寇敌。然则今日之所以取败亡者，非不足力与阴谋可知矣。使文武合为一途，为儒生者知兵书战策非我分外，习之而知其无过高之论；为武夫者知亲上爱民为用武之本，不以麤暴为能[⑤]，是则皆不可叛之人也。

---

①阃（kǔn，音捆）帅：守城的军事首领。意为率领。

②涖军：到军队任职；领军。涖为莅的异体字。

③指顾簿书：手之所指，目之所见，以钱财为第一。

④倾危：阴险狡诈。

⑤麤："粗”的异体字。

财 计 一

后之圣王而欲天下安富，其必废金银乎？

古之征贵征贱，以粟帛为俯仰。故公上赋税，有粟米之征、布缕之征是也。民间市易，《诗》言“握粟出卜”①，《孟子》言“通工易事，男粟女布”是也。其时之金银，与珠玉无异，为饱问器饰之用而已②。三代以下，用者粟帛而衡之以钱，故钱与粟帛相为轻重。汉章帝时，谷帛价贵，张林言：“此钱多故也，宜令天下悉以布帛为租，市贾皆用之，封钱勿出，物皆贱矣。”魏明帝时，废钱用谷。桓玄辅晋，亦欲废钱。孔琳之曰：“先王制无用之货以通有用之财，此钱之所以嗣功龟贝也。谷帛本充衣食，分以为货，劳毁于商贩之手，耗弃于割截之用，此之为弊，著自曩昔。”然则昔之有天下者，虽钱与谷帛杂用，犹不欲使其重在钱也。梁初唯京师及三吴、荆、郢、江、湘、梁、益用钱，其余州郡杂以谷帛，交、广之域全以金银为货。陈用钱兼以锡铁粟帛，岭南多以盐米布，交易不用钱。北齐冀州之北，钱皆不行，交贸者皆绢布。后周河西诸郡或用西域金银钱，而官不禁。唐时民间用布帛处多，用钱处少。大历以前，岭南用钱之外，杂以金银、丹砂、象齿。贞元二十年，命市井交易，以绫罗绢布杂货与钱兼用。宪宗诏天下有金银之山必有铜，唯银无益于人，五岭以北，采银一两者流他州，官吏论罪。元和六年，贸易钱十缗以上参布帛。太和三年，饰佛像许以金银，唯不得用铜。四年，交易百缗以上者，粟帛居半。按唐以前，自交、广外，上而赋税，下而市易，一切无事于金银，其可考彰彰若是③。

宋元丰十二年，蔡京当国，凡以金银丝帛等贸易勿受，夹锡钱者以法惩治。盖其时有以金银为用者矣。然重和之令，命官之家，留见钱二万贯，民庶半之，余限二年听易金银之类。则是市易之在下者，未始不以钱为重也。绍兴以来，岁额金一百二十八两，银无额，七分入内库，三分归有司。则是赋税之在上者，亦未始以金银为正供，为有司之经费也。及元起北方，钱法不行，于是以金银为母，钞为子，子母相权而行，而金银遂为流通之货矣。

明初亦尝禁金银交易，而许以金银易钞于官，则是罔民而收其利也④，其谁信之！故至今日而赋税市易，银乃单行，以为天下之大害。盖银与钞为表里，银之力绌，钞以舒之，故元之税粮，折钞而不折银。今钞既不行，钱仅为小市之用，不入贡赋，使百务并于一途，则银力竭。元又立提举司，置淘金户，开设金银场，各路听民煽炼，则金银之出于民间者尚多。今矿所封闭，间一开采，又使宫奴主之，以入大内，与民间无与，则银力竭。二百余年，天下金银，网运至于燕京，如水赴壑。承平之时，犹有商贾官吏返其十分之二三；多故以来，在燕京者既尽泄之边外，而富商、大贾、达官、猾吏，自北而南，又能以其资力尽敛天下之金银而去，此其理尚有往而复返者乎？

夫银力已竭，而赋税如故也，市易如故也，皇皇求银，将于何所？故田土之价，不当异时之什一，岂其壤瘠与？曰：否。不能为赋税也。百货之价，亦不当异时之什一，岂其物阜与？曰否。市易无资也。当今之世，宛转汤火之民，即时和年丰无益也，即劝农沛泽无益也，吾以为非废金银不可。废金银，其利有七：粟帛之属，小民力能自致，则家易足，一也。铸钱以通有无，铸者不息，货无匮竭，二也。不藏金银，无甚贫甚富之家，三也。轻赍不便，民难去其乡，四也。官吏赃私难覆，五也。盗贼胠箧⑤，负重易迹，六也。钱钞路通，七也。然须重为之禁，盗矿者死刑，金银市易者以盗铸钱论而后可。

①《诗》言“握粟出卜”：《诗经》中说“拿粟去占卜（就知道诉讼的胜与负）”。

②饱：赠送。餽通“馈”。

③彰彰：非常显著、明白。

④罔：欺骗。

⑤胠（qù，音去）箧：撬开箱子。

财　计　二

钱币所以为利也，唯无一时之利，而后有久远之利。以三四钱之费得十钱之息，以尺寸之楮当金银之用[①]，此一时之利也。使封域之内，常有千万财用流转无穷，此久远之利也。后之治天下者，常顾此而失彼，所以阻坏其始议也。

有明欲行钱法而不能行者：一曰惜铜爱工，钱既恶薄[②]，私铸繁兴。二曰折二折三，当五当十，制度不常。三曰铜禁不严，分造器皿。四曰年号异文。此四害者，昔之所同。五曰行用金银，货不归一。六曰赏赉、赋税，上行于下，下不行于上。昔之害钱者四，今之害钱者六。故今日之钱，不过资小小贸易，公私之利源皆无赖焉[③]，是行钱与不行等也。诚废金银，使货物之衡尽归于钱，京省各设专官鼓铸。有铜之山，官为开采，民间之器皿，寺观之像设[④]，悉行烧毁入局。千钱以重六觔四两为率，每钱重一钱，制作精工，样式画一，亦不必冠以年号。除田土赋粟帛外，凡盐酒征榷，一切以钱为税。如此而患不行，吾不信也！

有明欲行钞法而不能行者，崇祯间，桐城诸生蒋臣，言钞法可行，岁造〔钞〕三千万贯，一贯直一金，岁可得金三千万两。户部侍郎王鳌永主其说，且言初年造五千万贯，可得五千万两，所入既多，将金与土同价。上特设内宝钞局，昼夜督造，募商发卖，无肯应者。大学士蒋德璟言，以一金易一纸，愚者不为。上以高皇帝之行钞难之。德璟曰：“高皇帝似亦神道设教，然赏赐折俸而已，固不曾用之兵饷也。”按钞起于唐之飞钱，犹今民间之会票也，至宋而始官制行之。然宋之所以得行者，每造一界[⑤]，备本钱三十六万缗，而又佐之以盐酒等项，盖民间欲得钞，则以钱入库；欲得钱，则以钞入库；欲得盐酒，则以钞入诸务。故钞之在手，与见钱无异。其必限之以界者，一则官之本钱，当使与所造之钞相准，非界则增造无艺。一则每界造钞若干，下界收钞若干，诈伪易辨，非界则收造无数。宋之称提钞法如此[⑥]。即元之所以得行者，随路设立官库，贸易金银，平准钞法。有明宝钞库，不过倒收旧钞，凡称提之法俱置不讲，何怪乎其终不行也？毅宗言利之臣，不详其行坏（钞）之始末，徒见尺楮张纸居然可当金银，但讲造之之法，不讲行之之法。官无本钱，民何以信？故其时言可行者，犹见弹而求炙也[⑦]。然诚使停积钱缗，五年为界，敛旧钞而焚之，官民使用，在关即以之抵商税，在场即以之易盐引[⑧]，亦何患其不行！且诚废金银，则谷帛钱缗，不便行远，而囊括尺寸之钞，随地可以变易，在仕宦商贾又不得不行。德璟不言钞与钱货不可相离，而言神道设教，非兵饷之用，彼行之于宋、元者，何不深考乎？

①楮（chǔ，音楚）：木名，皮可制纸，代指纸币。
②恶薄：质量低劣、粗糙。
③赖：依靠。
④像设：金、银、铜等金属铸造的佛像和供奉器具。
⑤界：宋代印制的纸币的计量单位。
⑥称提：宋时发行纸币，按发行数额提取现金作储备，到期对换，这种储备金叫称提。
⑦犹见弹而求炙也：如同看见子弹就想吃猎物的烤肉。
⑧场：盐场。　　盐引：朝廷发给商人运销盐的凭证。

财　计　三

治天下者既轻其赋敛矣，而民间之习俗未去，蛊惑不除，奢侈不革，则民仍不可使富也。

何谓习俗？吉凶之礼既亡，则以其相沿者为礼。婚之筐篚也[1]，装资也[2]，宴会也；丧之含殓也，设祭也，佛事也，宴会也，刍灵也[3]。富者以之相高，贫者以之相勉矣。

何谓蛊惑？佛也，巫也。佛一耳，而有佛之宫室，佛之衣食，佛之役使[4]，凡佛之资生器用无不备，佛遂中分其民之作业矣[5]。巫一耳，而资于楮钱香烛以为巫，资于烹宰以为巫，资于歌吹婆娑以为巫，凡斋蘸祈赛之用无不备，巫遂中分其民之资产矣。

何谓奢侈？其甚者，倡优也，酒肆也，机坊也[6]。倡优之费，一夕而中人之产；酒肆之费，一顿而终年之食；机坊之费，一衣而十夫之煖[7]。

故治之以本，使小民吉凶一循于礼。投巫驱佛，吾所谓学校之教明而后可也。治之以末，倡优有禁，酒食有禁，除布帛外皆有禁。今夫通都之市肆，十室而九，有为佛而货者，有为巫而货者，有为倡优而货者，有为奇技淫巧而货者，皆不切于民用，一概痛绝之，亦庶乎救弊之一端也。此古圣王崇本抑末之道。世儒不察，以工商为末，妄议抑之。夫工固圣王之所欲来[8]，商又使其愿出于途者，盖皆本也。

---

①筐篚：聘礼。
②装资：嫁妆花费的钱。装通“妆”。
③刍灵：送葬用的草人草马。
④佛之役使：寺庙僧侣。
⑤中分：分去一半。
⑥机坊：织造奢侈衣物的作坊。
⑦煖（xuān，音宣）：同“煊”。温暖。
⑧来：取来，招来。

胥　吏

古之胥吏者一，今之胥吏者二。古者府史胥徒[1]，所以守簿书，定期会者也。其奔走服役，则以乡户充之。自王安石改差役为雇役，而奔走服役者亦化而为胥吏矣。故欲除奔走服役吏胥之害，则复差役；欲除簿书期会吏胥之害，则用士人。

何谓复差役？宋时差役，有衙前、散从、承符、弓手、手力、耆长、户长、壮丁、色目[2]。衙前以主官物，今库子、解户之类；户长以督赋税，今坊里长；耆长、弓手、壮丁以逐捕盗贼，今弓兵、捕盗之类；承符、手力、散从以供驱使，今皂隶[3]、快手、承差之类。凡今库子、解户、坊里长皆为差役，弓兵、捕盗、皂隶、快手、承差则顾役也。余意坊里长值年之后，次年仍出一人以供杂役。盖吏胥之敢于为害者，其故有三：其一，恃官司之力，乡民不敢致难。差役者，则知我之今岁致难于彼者，不能保彼之来岁不致难于我也。其二，一为官府之人，一为田野之人，既非同类，自不相顾。差役者，则侪辈尔汝[4]，无所畏忌。其三，久在官府，则根株窟穴牢不可破。差役者，伎俩生疏，不敢弄法。是故坊里长同勾当于官府[5]，而乡民之于坊里长不以为甚害者，则差与雇之分也。治天下者亦视其势。势可以为恶，虽禁之而有所不止；势不可以为恶，其止之有不待禁也。差役者，固势之不可以为恶者也。议者曰：自安石变法，终宋之世欲复之而不能，岂非以人不安于差役与？曰：差役之害，唯有衙前，故安石以雇募救之。今库子、解户且不能不仍于差役，而其无害者顾反不可复乎？宋人欲复差役，以募钱为害。吾谓募钱之害小，而胥吏之害大也。

何谓用士人？六部院寺之吏，请以进士之观政者为之，次及任子，次及国学之应仕者。满调则出官州县，或历部院属官，不能者落职。郡县之吏，各设六曹，请以弟子员之当廪食者充之。满调则升之国学，或即补六部院寺之吏，不能者终身不听出仕。郡之经历、照磨、知事[6]，县之丞、簿、典史[7]，悉行汰去。行省之法，一如郡县。盖吏胥之害天下，不可枚举，而大要有四：其一，今之吏胥，以徒隶为之[8]，所谓皇皇求利者，而当可以为利之处，则亦何所不至，创为文网以济其私[9]。凡今所设施之科条，皆出于吏，是以天下有吏之法，无朝廷之法。其二，天下之吏，既为无赖子所据，而佐贰又为吏之出身[10]，士人目为异途，羞与为伍，承平之世，士人众多，出仕之途既狭，遂使有才者老死丘壑，非如孔孟之时，委吏、乘田、抱关、击柝之皆士人也[11]。其三，各衙门之佐贰，不自其长辟召，一一铨之吏部[12]，即其名姓且不能遍，况其人之贤不肖乎！故铨部化为签部，贻笑千古。其四，京师权要之吏，顶首皆数千金[13]，父传之子，兄传之弟，其一人丽于法而后继一人焉，则其子若弟也，不然，则其传衣钵者也。是以今天下无封建之国，有封建之吏。诚使吏胥皆用士人，则一切反是，而害可除矣。且今各衙门之首领官与郡县之佐贰，在汉则为曹掾之属，其长皆得自辟，即古之吏胥也。其后选除出自吏部，其长复自设曹掾以为吏胥；相沿至今，曹掾之名既去，而吏胥之实亦亡矣。故今之吏胥，乃曹掾之重出者也。吾之法，亦使曹掾得其实，吏胥去其重而已。

---

①府史：掌管文书之类的小吏。　胥徒：役使勤杂小吏。

②衙前：负责运送看管财物、粮食的外县服役人员。散从：外班差役。

③皂隶：古代贱役。

④侪辈尔汝：臭味相投、相互勾结的一伙人。

⑤勾当：办事。

⑥经历：掌管出纳文书之吏。　照磨：主管文书照刷卷索之吏。　知事：协助主官处理政事的属官。

⑦丞：帮助处理政务的属官。　簿：掌管财物、仪仗的官员。　典史：掌管文书出纳的官员。

⑧徒隶：狱中服役的犯人；不法之徒。

⑨文网：法网。

⑩佐贰：副职。

⑪委吏：掌管粮食的小吏。　乘田：主管畜牧的小吏。　抱关：守关巡夜的小吏。　击柝：巡夜的小吏。

⑫铨：按资历或劳绩决定官员的升迁。

⑬顶首：顶子。指官位。

奄宦上[①]

奄宦之祸，历汉、唐、宋而相寻无已，然未有若有明之为烈也[②]。汉、唐、宋有干与朝政之奄宦[③]，无奉行奄宦之朝政。今夫宰相六部，朝政所自出也。而本章之批答，先有口传，后有票拟；天下之财赋，先内库而后太仓；天下之刑狱，先东厂而后法司，其他无不皆然。则是宰相六部，为奄宦奉行之员而已。人主以天下为家，故以府库之有为己有，环卫之强为己强者，尚然末王之事[④]。今也衣服、饮食、马匹、甲仗、礼乐、货贿、造作，无不取办于禁城数里之内。而外庭所设之衙门，所供之财赋，亦遂视之为非其有，哓哓而争[⑤]。使人主之天下不过此禁城数里之内者，皆奄宦为之也。汉、唐、宋之奄宦，乘人主之昏而后可以得志；有明则格局已定，牵挽相维[⑥]。以毅宗之哲王，始而疑之，终不能舍之，卒之临死而不能与廷臣一见，其祸未有若是之烈也！

且夫人主之有奄宦，奴婢也；其有廷臣，师友也。所求乎奴婢者使令；所求乎师友者道德。故奴婢以伺喜怒为贤，师友而喜怒其喜怒，则为容悦矣[⑦]。师友以规过失为贤[⑧]，奴婢而过失其过失，则为悖逆矣。自夫奄人以为内臣，士大夫以为外臣，奄人既以奴婢之道事其主，其主之妄喜妄怒，外臣从而违之者，奄人曰："夫非尽人之臣与，奈之何其不敬也？"人主亦即以奴婢之道为人臣之道，以其喜怒加之于奄人而受，加之于士大夫而不受，则曰："夫非尽人之臣与，奈之何有敬有不敬也？盖内臣爱我者也，外臣自爱者也。"于是天下之为人臣者，见夫上之所贤所否者在是，亦遂舍其师友之道而相趋于奴颜婢膝之一途。习之既久，小儒不通大义，又从而附会之曰："君父，天也。"故有明奏疏，吾见其是非甚明也，而不敢明言其是非。或举其小过而遗其大恶，或勉以近事而阙于古[⑨]，则以为事君之道当然。岂知一世之人心学术为奴婢之归者，皆奄宦为之也。祸不若是其烈与！

①奄宦：宦官、太监。

②烈：酷烈。

③干与；干涉。

④末王之事：衰微君主的行事。

⑤哓哓（xiāo，音肖）：争辩声。

⑥牵挽相维：互相勾结。

⑦容悦：逢迎取媚。

⑧规：规劝、谏争。

⑨阙（què，音缺）：空缺、亏损。

奄宦下

奄宦之如毒药猛兽，数千年以来，人尽知之矣，乃卒遭其裂肝碎首者，曷故哉？岂无法以制之与？则由于人主之多欲也。夫人主受命于天，原非得已。故许由、务光之流，实见其以天下为桎梏而掉臂去之。岂料后世之君，视天下为娱乐之具。崇其宫室，不得不以女谒充之[①]，盛其女谒，不得不以奄寺守之，此相因之势也。

其在后世之君，亦何足责。而郑玄之注《周礼》也，乃谓女御八十一人当九夕，世妇二十七人当三夕，九嫔九人当一夕，三夫人当一夕，后当一夕，其视古之贤王与后世无异，则是《周礼》为诲淫之书也。孟子言“侍妾数百人，我得志弗为也”。是时齐、梁、秦楚之君，共为奢僭[②]，东西二周且无此事。若使为周公遗制，则孟子亦安为固然，“得志弗为”，则是以周公为舛错矣。苟如玄之为言，王之妃百二十人，妃之下又有侍从，则奄之守卫服役者势当数千人。后儒以寺人隶于冢宰[③]，谓《周官》深得治奄之法。夫刑余之人[④]，不顾礼义，凶暴是闻。天下聚凶暴满万，而区区以系属冢宰，纳之钤键，有是理乎！且古今不贵其能治，而贵其能不乱。奄人之众多，即未及乱，亦厝火积薪之下也[⑤]。

吾意为人主者，自三宫以外，一切当罢，如是，则奄之给使令者，不过数十人而足矣。议者窃忧其嗣育之不广也[⑥]。夫天下何常之有！吾不能治天下，尚欲避之，况于子孙乎！彼鳃鳃然唯恐后之有天下者不出于其子孙，是乃流俗富翁之见，故尧、舜有子，尚不传之。宋徽宗未尝不多子，止以供金人之屠醢耳。

---

①女谒：宫中受宠的女子。

②奢僭：过分超越职责范围。

③寺人：宦官。　　冢宰：又称太宰，为百官之首。

④刑余之人：受过宫刑的太监、宦官。

⑤厝（cuò，音错）火积薪：潜伏着巨大危机。厝：安置、措办。

⑥嗣育：子孙。

日知录

（选录）

〔清〕顾炎武　撰

三　易

夫子言包羲氏始画八卦，不言作《易》，而曰：《易》之兴也，其于中古乎？又曰：《易》之兴也，其当殷之末世、周之盛德邪？当文王与纣之事邪？是文王所作之辞，始名为《易》。而《周官》太卜掌三易之法[①]，一曰《连山》[②]，二曰《归藏》[③]，三曰《周易》。《连山》、《归藏》非《易》也，而云“易”者，后人因《易》之名以名之也。犹之《墨子》书言周之春秋、燕之春秋、宋之春秋、齐之春秋，周、燕、齐、宋之史，非必皆《春秋》也。而云“春秋”者，因鲁史之名以名之也。

《左传》：僖十五年，战于韩。卜徒父筮之曰[④]：吉。其卦遇《蛊》[⑤]，曰“千乘三去，三去之余，获其雄狐[⑥]”。成十六年，战于鄢陵。公筮之，史曰：吉。其卦遇《复》[⑦]，曰“南国蹙，射其元王，中厥目”。此皆不用《周易》，而别有引据之辞，即所谓三易之法也，而《传》不言《易》[⑧]。

重卦不始文王[⑨]

太卜掌三易之法，其经卦皆八，其别皆六十有四。考之《左传》襄公九年，穆姜迁于东宫，筮之，遇《艮》之《随》[⑩]。姜曰：“是于《周易》曰：《随》，元、亨、利、贞、无咎。”独言是于《周易》，则知夏、商皆有此卦，而重八卦为六十四者不始于文王矣。

朱子周易本义

《周易》自伏羲画卦，文王作《彖辞》[⑪]，周公作《爻辞》[⑫]，谓之经，经分上下二篇。孔子作《十翼》[⑬]，谓之《传》。《传》分十篇：《彖传》上下二篇，《象传》上下二篇，《系辞传》上下二篇，《文言》、《说卦传》、《序卦传》、《杂卦传》各一篇。自汉以来，为费直、郑玄、王弼所乱。取孔子之言，逐条附于卦爻之下。程正叔《传》因之。及朱元晦《本义》，始依古文。故于《周易上经》条下云：中间颇为诸儒所乱，近世晁氏始正其失，而未能尽合古文。吕氏又更定，著为经二卷，传十卷，乃复孔氏之旧云。洪武初，颁《五经》天下儒学，而《易》兼用程、朱二氏，亦各自为书。永乐中修《大全》，乃以朱子卷次割裂，附之程《传》之后，而朱子所定之古文仍复淆乱。《彖》既文王所系之辞，《传》者孔子所以释经之辞也。后凡言《传》仿此，此乃《彖上传》条下义。今乃削“彖上传”三字，而附于“大哉乾元”之下。《象》者，卦之上下两象及两象之六爻，周公所系之辞也，乃《象上传》条下义。今乃削“象上传”三字，而附于“天行健”之下。此篇申《彖传》、《象传》之意，以尽乾、坤二卦之蕴，而余卦之说因可以例推云，乃《文言》条下义。今乃削“文言”二字，而附于“元者善之长也”之下。其“彖曰”、“象曰”、“文言曰”字，皆朱子本所无，复依程《传》添入。后来士子厌程《传》之多，弃去不读，专用《本义》。而《大全》之本乃朝廷所颁，不敢辄改，遂即监版《传》、《义》之本刊去程《传》[14]。而以程之次序为朱之次序，相传且二百年矣。惜乎，朱子定正之书竟不得见于世，岂非此经之不幸也夫！

朱子记嵩山晁氏《卦爻彖象说》，谓古经始变于费氏，而卒大乱于王弼。此据孔氏《正义》曰[15]：夫子所作《象辞》，元在六爻经辞之后，以自卑退，不敢干乱先圣正经之辞。王辅嗣之意[16]，以为《象》者本释经文，宜相附近，其义易了，故分爻之《象辞》各附其当爻下。如杜元凯注《左传》[17]，分经之年与传相附。故谓连合经传，始于辅嗣，不知其实本于康成也[18]。《魏志》：高贵乡公幸太学，问博士淳于俊曰：“孔子作《彖》、《象》，郑玄作注，其释经义一也。今《彖》、《象》不与经文相连，而注连之，何也?”俊对曰：“郑玄合《彖》、《象》于经者，欲使学者寻省易了也。”帝曰：“若合之于学诚便，则孔子曷为不合，以了学者乎?”俊对曰：“孔子恐其与文王相乱，是以不合。此圣人以不合为谦。”帝曰：“若圣人以不合为谦，则郑玄何独不谦邪?”俊对曰：“古义宏深，圣问奥远，非臣所能详尽。”是则康成之书已先合之，不自辅嗣始矣。乃《汉书·儒林传》云：费直治《易》，无章句，徒以《彖》、《象》、《系辞》、《文言》解说上下经。则以《传》附经，又不自康成始。朱子记晁氏说谓：初乱古制时，犹若今之《乾》卦，盖自《坤》以下皆依此，后人又散之各爻之下。而独存《乾》一卦，以见旧本相传之样式耳。愚尝以其说推之，今《乾》卦“彖曰”为一条，“象曰”为一条，疑此费直所附之原本也。《坤》卦以小象散于各爻之下[19]，其为“象曰”者八，余卦则为“象曰”者七。此郑玄所连，高贵乡公所见之本也。

程《传》虽用辅嗣本，亦言其非古。《易》《咸·九三》“咸其股，亦不处也。”《传》曰：云“亦”者，盖《象辞》本不与《易》相比，自作一处，故诸爻之《象辞》意有相续者，此言“亦”者，承上爻辞也。

秦以焚书而五经亡，本朝以取士而五经亡。今之为科举之学者，大率皆帖括熟烂之言[20]，不能通知大义者也。而《易》、《春秋》尤为缪盭[21]。以《彖传》合大象[22]，以大象合爻，以爻合小象；二必臣，五必君，阴卦必云小人，阳卦必云君子，于是此一经者为拾沈之书[23]，而《易》亡矣。取胡氏《传》一句两句为旨，而以经事之相类者合以为题，传为主，经为客，有以彼经证此经之题，有用彼经而隐此经之题，于是此一经者为射覆之书[24]，而《春秋》亡矣。复程朱之书以存《易》，备《三传》啖、赵诸家之说以存《春秋》，必有待于后之兴文教者。

卦爻外无别象[25]

圣人设卦观象而系之辞，若文王、周公是已。夫子作《传》，《传》中更无别象。其所言卦之本象，若天、地、雷、风、水、火、山、泽之外，惟“颐中有物”本之卦名，“有飞鸟之象”本之卦辞，而夫子未尝增设一象也。荀爽、虞翻之徒，穿凿附会，象外生象。以同声相应为震、巽，同气相求为艮、兑，水流湿、火就燥为坎、离，云从龙则曰乾为龙，风从虎则曰坤为虎。《十翼》之中，无语不求其象，而《易》之大指荒矣[26]。岂知圣人立言取譬，固与后之文人同其体例，何尝屑屑于象哉！王弼之注，虽涉于玄虚，然已一扫《易》学之榛芜[27]，而开之大路矣。不有程子，大义何由而明乎？

《易》之互体卦变[28]，《诗》之叶韵[29]，《春秋》之例月日，《经说》之缭绕[30]，破碎于俗儒者多矣。文中子曰[31]：九师兴而《易》道微，《三传》作而《春秋》散[32]。

卦　变

卦变之说，不始于孔子、周公。《系·损》之《六三》已言之矣[33]，曰：三人行则损一人，一人行则得其友。是六子之变，皆出于《乾》、《坤》，无所谓自《复》、《姤》、《临》、《遁》而来者[34]，当从程传。

互　体

凡卦爻二至四，三至五[35]，两体交互，各成一卦，先儒谓之互体。其说已见于《左氏》。庄公二十二年，陈侯筮，遇《观》之《否》曰：风为天，于土上山也。注：自二至四有《艮》象，《艮》为山是也[36]。然夫子未尝及之。后人以杂物撰德之语当之[37]，非也。其所论二与四、三与五同功而异位，特就两爻相较言之，初何尝有互体之说？

《晋书》：荀觊尝难钟会《易》无互体，见称于世，其文不传。新安王炎晦叔尝问张南轩曰："伊川令学者先看王辅嗣、胡翼之、王介甫三家《易》，何也？"南轩曰："三家不论互体故尔。"

朱子《本义》不取互体之说，惟《大壮·六五》云：卦体似《兑》，有羊象焉。不言互而言似，似者，合两爻为一爻则似之也。然此又创先儒所未有，不如言互体矣。《大壮》自三至五成《兑》，《兑》为羊，故爻辞并言羊。

六爻言位

《易传》中言位者有二义，列贵贱者存乎位，五为君位，二、三、四为臣位，故皆曰同功而异位。而初、上为无位之爻，譬之于人，初为未仕之人，上则隐沦之士，皆不为臣也。故《乾》之上曰"贵而无位"，《需》之上曰"不当位"。若以一卦之体言之，则皆谓之位。故曰"六位时成"，曰"易六位而成章"。是则卦爻之位，非取象于人之位矣。此意已见于王弼《略例》。但必强彼合此，而谓初、上无阴阳定位，则不可通矣。《记》曰：夫言岂一端而已，夫各有所当也。

九二君德

为人臣者，必先具有人君之德，而后可以尧、舜其君。故伊尹之言曰：惟尹躬暨汤咸有一德[38]。武王之誓亦曰：予有乱臣十人，同心同德。

师出以律

以汤、武之仁义为心，以桓、文之节制为用，斯之谓律。律即卦辞之所谓"贞"也。《论语》言子之所慎者战。长勺以诈而败齐，泓以不禽二毛而败于楚[39]，《春秋》皆不予之。故先为不可胜以待敌之可胜，虽三王之兵，未有易此者也。

既雨既处

阴阳之义，莫著于夫妇，故爻辞以此言之。《小畜》之时求如任姒之贤[40]，二南之化不可得矣[41]。阴畜阳，妇制夫，其畜而不和，犹可言也。三之反目[42]，隋文帝之于独孤后也。既和而惟其所为，不可言也。上之既雨，犹高宗之于武后也。

武人为于大君

武人为于大君，非武人为大君也，如《书》"予欲宣力四方汝为"之"为"。六三才弱志刚，虽欲有为而不克济，以之履虎，有咥人之凶也。惟武人之效力于其君，其济则君之灵也。不济则以死继之，是当勉为之而不可避耳。故有断脰决腹[43]，一瞑而万世不视，不知所益以忧社稷者，莫敖大心是也。过涉之凶，其何咎哉！

自邑告命

人主所居谓之邑。《诗》曰：商邑翼翼，四方之极。《书》曰：惟尹躬先见于西邑夏。曰：惟臣附于大邑周。曰：作新大邑于东国洛。曰：肆予敢求尔于天邑商。《白虎通》曰：夏曰夏邑，周曰商邑，周曰京师是也。《泰》之《上六》：政教陵夷之后，一人仅亦守府，而号令不出于国门，于是焉而用师则不可。君子处此，当守正以俟时而已。桓王不知此也，故一用师而祝聃之矢遂中王肩。唐昭宗不知此也，故一用师而邠岐之兵直犯阙下。然则保泰者，可不豫为之计哉！

《易》之言邑者，皆内治之事。《夬》曰告自邑。如康王之命毕公彰善瘅恶[44]，树之风声者也。《晋》之《上九》曰：维用伐邑。如王国之大夫，"大车槛槛，毳衣如菼[45]"，国人畏之而不敢奔者也。其为自治则同，皆圣人之所取也。

成有渝无咎[46]

昔穆王欲肆其心，周行天下，将皆必有车辙马迹焉。祭公谋父作《祈召》之诗以止王心，王是以获殁于祇宫。《传》曰：人谁无过，过而能改，善莫大焉。圣人虑人之有过不能改之于初，且将遂其非而不反也，教之以"成有渝无咎"。其渐染之深，放肆之久，而惕然自省，犹可以不至于败亡。以视夫迷复之凶，不可同年而论矣。故曰：惟狂克念作圣。

童观

其在政教，则不能是训是行，以近天子之光，而所司者笾豆之事[47]。其在学术，则不能知类通达，以几大学之道[48]，而所习者占毕之文[49]。乐诗辨乎声诗，故北面而弦。宗祝辨乎宗庙之礼，故后尸[50]。商祝辨乎丧礼，故后主人。小人则无咎也。有大人之事，有小人之事。虽小道必有可观者焉，致远恐泥[51]，故君子为之则吝也。

不远复

《复》之《初九》，动之初也。自此以前，喜怒哀乐之未发也，至一阳之生而动矣，故曰复。其见天地之心乎？颜子体此，故有不善未尝不知，知之未尝复行，此慎独之学也。回之为人也，择乎中庸，夫亦择之于斯而已，是以不迁怒，不贰过。

其在凡人，则《复》之《初九》，日夜之所息，平旦之气，其好恶与人相近也者几希。苟其知之，则扩而充之矣，故曰：复小而辨于物。

不耕获不菑畬[52]

杨氏曰[53]：初九，动之始；六二，动之继。是故初耕之二获之，初菑之二畬之，天下无不耕而获、不菑而畬者。其曰不耕不菑，则耕且菑，前人之所已为也。昔者周公毖殷顽民，迁于洛邑，密迩王室，既历三纪，世变风移。而康王作《毕命》之书曰："惟周公克慎厥始，惟君陈克和厥中，惟公克成厥终。"是故有周之治，垂拱仰成而无所事矣。周监于二代，郁郁乎文哉。而孔子之圣，但曰：述而不作，信而好古。又曰：文武之道未坠于地在人。是故六经之业，集群圣之大成，而无所创矣。虽然，使有始之作之者，而无终之述之者。是耕而不获、菑而不畬也，其功为弗竟矣。六二之柔顺中正，是能获能畬者也，故利有攸往也。未富者，因前人之为而不自多也，犹不富以其邻之意。

天在山中

张湛注《列子》曰：自地以上皆天也，故曰天在山中。

罔孚裕无咎

君子信而后谏，未信则以为谤己也。而况初之居下位，未命于朝者乎？孔子尝为委吏矣[54]，曰会计当而已矣。尝为乘田矣[55]，曰牛羊茁壮长而已矣。此所谓裕无咎也。若受君之命而任其事，有官守者不得其职，则去；有言责者不得其言，则去矣。

有孚于小人[56]

君子之于小人也，有知人则哲之明，有去邪勿疑之断。坚如金石，信如四时，使悛壬之类皆知上志之不可移[57]，岂有不革面而从君者乎？所谓有孚于小人者如此。

损其疾使遄有喜[58]

损不善而从善者，莫尚乎刚，莫贵乎速。《初九》曰：已事遄往，《六四》曰：使遄有喜。四之所以能遄者，赖初之刚也。周公思兼三王，以施四事，其有不合者，仰而思之，夜以继日，幸而得之，坐以待旦。子路有闻，未之能行，惟恐有闻，其遄也至矣。文王之勤日昃[59]，大禹之惜寸阴，皆是道也。君子进德修业，欲及时也。故为政者玩岁而日愒，则治不成；为学者日迈而月征，则身将老矣。

召公之戒成王曰："宅新邑，肆惟王其疾敬德。"疾之为言，遄之谓也。故曰：鸡鸣而起，孳孳为善。

上九弗损益之

有天下而欲厚民之生，正民之德，岂必自损以益人哉？"不违农时，谷不可胜食也；数罟不入洿池[60]，鱼鳖不可胜食也；斧斤以时入山林，林木不可胜用也，所谓弗损益之者也。"皇建其有极，敛时五福，用敷锡厥庶民[61]。《诗》曰："奏格无言，时靡有争"。是故君子不赏而民劝[62]，不怒而民威于斧钺，所谓弗损益之者也。以天下为一家，中国为一人，其道在是矣。

利用为依迁国

在无事之国而迁，晋从韩献子之言而迁于新田是也。在有事之国而迁，楚从子西之言而迁于鄀是也。皆中行告公之益也。

姤[63]

天下之生久矣，一治一乱。盛治之极而乱萌焉，此一阴遇五阳之卦也。孔子之门，四科十哲，身通六艺者七十有二人。于是删《诗》、《书》，定《礼》、《乐》，赞《周易》，修《春秋》，盛矣。而老、庄之书即出于其时。后汉立辟雍，养三老，临白虎，论五经，太学诸生至三万人。而三君、八俊、八顾、八及、八厨为之称首。马、郑、服、何之注经术为之大明[64]。而佛、道之教即兴于其世。是知邪说之作，与世升降，圣人之所不能除也。故曰：系于金柅[65]，柔道牵也。呜呼，岂独君子小人之辨而已乎！

包无鱼

国犹水也，民犹鱼也。幽王之诗曰："鱼在于沼，亦匪克乐。潜虽伏矣，亦孔之昭。忧心惨惨，念国之为虐。"秦始皇八年，河鱼大上。《五行志》以为鱼阴类，民之象也，逆流而上，言民不从君，为逆行也。自人君有求多于物之心，于是鱼乱于下，鸟乱于上。而人情之所向，必有起而收之者矣。

以杞包瓜

刘昭《五行志》曰：瓜者，外延离本而实。女子外属之象，一阴在下，如瓜之始生，势必延蔓而及于上五。以阳刚居尊，如树杞然，使之无所缘而上，故曰：以杞包瓜。孔子曰：惟女子与小人为难养也。颦笑有时，恩泽有节，器使有分，而国之大防不可以逾，何有外戚、宦官之祸乎？

巳日

《革》巳日乃孚，《六二》巳日乃革之，朱子发读为戊己之"己"。天地之化，过中则变，日中则昃，月盈则食。故《易》之所贵者中，十干则戊己为中。至于己则过中而将变之时矣，故受之以庚。庚者更也，天下之事，过中而将变之时，然后革而人信之矣。古人有以己为变改之义者。《仪礼·少牢馈食礼》“日用丁己”注：内事用柔日，必丁己者，取其令名，自丁宁，自改变，皆为谨敬。而《汉书·律历志》亦谓理纪于己，敛更于庚是也。王弼谓即日不孚，巳日乃孚，以巳为巳事遄往之“巳”，恐未然。

改命，吉

《革》之《九四》，犹《乾》之《九四》，诸侯而进乎天子，汤、武革命之爻也。故曰：改命，吉。成汤放桀于南巢，惟有惭德，是有悔也。天下信之，其悔亡矣。四海之内皆曰：非富天下也，为匹夫匹妇复仇也。故曰：信志也。

艮

毋意，毋必，毋固，毋我，艮其背不获其身也。富贵不能淫，贫贱不能移，威武不能屈，行其庭不见其人也。

艮其限

学者之患，莫甚乎执一而不化。及其施之于事，有扞格而不通，则忿懥生而五情瞀乱[66]，与众人之滑性而焚和者，相去盖无几也。孔子恶果敢而窒者，非独处事也，为学亦然。告子不动心之学，至于不得于言，勿求于心，而孟子以为其弊必将如蹶趋者之反动其心。此艮其限、列其夤之说也。君子之学不然，廓然而大公，物来而顺应，故闻一善言，见一善行，若决江河，沛然莫之能御，而无熏心之厉矣。

慈谿黄氏《日抄》曰：心者，吾身之主宰，所以治事，而非治于事。惟随事谨省，则心自存，不待治之而后齐一也。孔子之教人曰：居处恭，执事敬，与人忠。曾子曰：吾日三省吾身，为人谋而不忠乎，与朋友交而不信乎，传不习乎。不待言心而自贯通于动静之间者也。孟子不幸当人欲横流之时，始单出而为求放心之说。然其言曰：君子以仁存心，以礼存心。则心有所主，非虚空以治之也。至于斋心服形之老庄，一变而为坐脱立忘之禅学，乃始瞑目静坐，日夜仇视其心而禁治之。乃治之愈急而心愈乱，则曰：易伏猛兽，难降寸心。呜呼！人之有心，犹家之有主也。反禁切之，使不得有为，其不能无扰者势也，而患心难降欤！又曰：夫心之说有二：古人之所谓存心者，存此心于当用之地也；后世之所谓存心者，摄此心于空寂之境也。造化流行，无一息不运。人得之以为心，亦不容一息不运。心岂空寂无用之物哉！世乃有游手浮食之徒，株坐摄念，亦曰存心。而士大夫溺于其言，亦将遗落世事，以独求其所谓心。迨其心迹冰炭，物我参商，所谓老子之弊，流为申韩者。一人之身已兼备之，而欲尤人之不我应，得乎？此皆足以发明厉熏心之义，乃周公已先系之于《易》矣。

鸿渐于陆

《上九》：鸿渐于陆，其羽可用为仪，吉。安定胡氏改“陆”为“逵”[57]，朱子从之，谓合韵，非也。《诗》“仪”字凡十见，皆音牛何反，不得与“逵”为叶[68]。而云“路”亦非。可翔之地，仍当作陆为是。是渐至于陵而止矣，不可以更进，故反而之陆。古之高士，不臣天子，不友诸侯，而未尝不践其土、食其毛也。其行高于人君，而其身则与一国之士偕焉而已。此所以居《九五》之上，而与《九三》同为陆象也。朱子发曰：上所往进也，所反亦进也，《渐》至《九五》极矣，是以上反而之三。杨廷秀曰：《九三》，下卦之极；《上九》，上卦之极，故皆曰陆。自木自陵，而复至于陆，以退为进也。《巽》为进退，其说并得之。

君子以永终知敝

读《新台》、《桑中》、《鹑奔》之诗，而知卫有狄灭之祸。读《宛丘》、《东门》、《月出》之诗，而察陈有徵舒之乱。书齐侯送姜氏于讙，而卜桓公之所以薨。书夫人姜氏入，书大夫宗妇觌用币[69]，而兆子般、闵公之所以弑。昏姻之义，男女之节，君子可不虑其所终哉！

鸟焚其巢

人主之德，莫大乎下人。楚庄王之围郑也，而曰：“其君能下人，必能信用其民矣。”故以禹之征苗而伯益赞之，犹以“满招损，谦受益”为戒。班师者，谦也；用师者，满也。上九处卦之上，离之极，所谓有鸟高飞，亦傅于天者矣。居心以矜，而不闻谏争之论，灾必逮夫身者也。鲁昭公之伐季孙意如也，请待于沂上以察罪，弗许；请囚于费，弗许；请以五乘亡，弗许。于是叔孙氏之甲兴，而阳州次、乾侯唁矣。“鸜鹆鸜鹆[70]，往歌来哭，”其此爻之占乎？

巽在床下

上九之《巽》在床下，恭而无礼，则劳也。初六之进退，慎而无礼，则葸也[71]。

翰音登于天[72]

羽翰之音虽登于天，而非实际。其如庄周齐物之言，驺衍怪迂之辩[73]，其高过于大学而无实者乎？以视车服传于弟子，弦歌遍于鲁中，若鹤鸣而子和者，孰诞孰信？夫人而识之矣。永嘉之亡，太清之乱，岂非谈空空、核玄玄者有以致之哉？翰音登于天，中孚之反也。

山上有雷小过

山之高峻，云雨时在其中间，而不能至其巅也。故《诗》曰：殷其雷，在南山之侧。或高或下，在山之侧，而不必至其巅，所以为小过也。然而《大壮》言雷在天上，何也？曰：自地以上皆天也。

妣

《尔雅》：父曰考，母曰妣。愚考古人自祖母以上通谓之妣，经文多以妣对祖而并言之。若《诗》之云"似续妣祖"，"烝畀祖妣[74]"，《易》之云"过其祖，遇其妣"是也。《左传》昭十年，邑姜，晋之妣也，平公之去邑姜盖二十世矣。"过其祖，遇其妣"，据文义妣当在祖之下。不及其君遇其臣，臣则在君之下也。昔人未论其义，周人以姜嫄为妣，《周语》谓之皇妣太姜，是以妣先乎祖。《周礼》大司乐享先妣在享先祖之前。而《斯干》之诗曰"似续妣祖"。笺曰：妣，先妣姜嫄也；祖，先祖也。或乃谓变文以协韵，是不然矣。或曰《易》爻何得及此？夫帝乙归妹[75]，箕子之明夷[76]，王用亨于岐山，爻辞屡言之矣。

《易》本《周易》，故多以周之事言之。《小畜》卦辞：密云不雨，自我西郊。《本义》：我者，文王自我也。

东　　邻

驭得其道，则天下皆为之臣。驭失其道，则强而擅命者谓之邻。臣哉邻哉，邻哉臣哉。《汉书·郊祀志》引此，师古注：东邻，谓商纣也；西邻，谓周文王也。

游魂为变

精气为物，自无而之有也。游魂为变，自有而之无也。夫子之答宰我曰："骨肉毙于下，阴为野土，其气发扬于上为昭明，焄蒿凄怆[77]。"所谓游魂为变者，情状具于是矣。延陵季子之葬其子也[78]，曰："骨肉归复于土，命也。"若魂气则无不之也。张子《正蒙》有云[79]：太虚不能无气，气不能不聚而为万物，万物不能不散而为太虚，循是出入，是皆不得已而然也。然而圣人尽道其间，兼体而不累者，存神其至矣。其精矣乎！

鬼者，归也，张子曰：气之为物，散入无形，适得吾体，此之谓归。

陈无已以游魂为变为轮回之说[80]。吕仲木辨之曰[81]：长生而不化，则人多，世何以容？长死而不化，则鬼亦多矣。夫灯熄而然，非前灯也；云霓而雨，非前雨也。死复有生，岂前生邪？

邵氏《简端录》曰：聚而有体谓之物，散而无形谓之变。唯物也，故散必于其所聚；唯变也，故聚不必于其所散。是故聚以气聚，散以气散。昧于散者，其说也佛；荒于聚者，其说也仙。

盈天地之间者气也，气之盛者为神。神者，天地之气而人之心也。故曰：视之而弗见，听之而弗闻，体物而不可遗，使天下之人斋明盛服以承祭祀。洋洋乎如在其上，如在其左右，圣人所以知鬼神之情状者如此。

维岳降神，生甫及申[82]，非有所托而生也；文王在上，于昭于天，非有所乘而去也。此鬼神之实而诚之不可掩也。

通乎昼夜之道而知

日往月来，月往日来，一日之昼夜也。寒往暑来，暑往寒来，一岁之昼夜也。小往大来，大往小来，一世之昼夜也。子在川上曰："逝者如斯夫，不舍昼夜。"通乎昼夜之道而知，而终日乾乾[83]，与时偕行，而有以尽乎《易》之用矣。

继之者善也，成之者性也

“维天之命，于穆不已[84]”，继之者善也；“天下雷行，物与无妄[85]”，成之者性也。是故天有四时，春秋冬夏，风雨霜露，无非教也。地载神气，神气风霆，风霆流形，庶物露生，无非教也。

“天地絪缊，万物化醇”[86]，善之为言，犹醇也。曰：何以谓之善也？曰：诚者，天之道也，岂非善乎？

形而下者谓之器

形而上者谓之道，形而下者谓之器。非器则道无所寓。说在孔子之学琴于师襄也。已习其数[87]，然后可以得其志；已习其志，然后可以得其为人。是虽孔子之天纵[88]，未尝不求之象数也。故其自言曰：“下学而上达”。

垂衣裳而天下治

垂衣裳而天下治，变质而之文也。自黄帝、尧、舜始也。故于此有通变宜民之论。

过此以往未之或知也

人之为学，亦有病于憧憧往来者，故天下之不助苗长者寡矣。过此以往，未之或知也。居之安则资之深，资之深则取之，左右逢其源。

困，德之辨也

内文明而外柔顺，其文王之困而亨者乎？不怨天，不尤人，下学而上达，其孔子之困而亨者乎？故在陈之厄，弦歌之志，颜渊知之，子路、子贡之徒未足以达此也。故曰：困，德之辨也。

凡易之情

爱恶相攻，远近相取，情伪相感，人心之至变也。于何知之？以其辞知之。将叛者其辞惭，中心疑者其辞枝[89]，吉人之辞寡，躁人之辞多，诬善之人其辞游，失其守者其辞屈。听其言也，观其眸子，人焉廋哉[90]？是以圣人设卦以尽情伪。夫诚于中必形于外，君子之所以知人也。百物而为之备，使民知神奸，先王之所以铸鼎也。故曰：作《易》者，其有忧患乎？周身之防，御物之智，其全于是矣。

易，逆数也[91]

数往者，顺造化人事之迹，有常而可验，顺以考之于前也。知来者，逆变化云为之动，日新而无穷，逆以推之于后也。圣人神以知来，知以藏往，作为《易》书。以前民用所设者未然之占，所期者未至之事，是以谓之逆数。虽然，若不本于八卦已成之迹，亦安所观其会通而系之爻象乎？是以天下之言性也，则故而已矣。

刘汝佳曰：天地间一理也。圣人因其理而画为卦以象之，因其象而著为变以占之。象者体也，象其已然者也；占者用也，占其未然者也。已然者为往，往则有顺之之义焉；未然者为来，来则有逆之之义焉。如象天而画为乾，象地而画为坤，象雷、风而画为震、巽，象水、火而画为坎、离，象山、泽而画为艮、兑。此皆观变于阴阳而立卦，发挥于刚柔而生爻者也。不谓之数往者顺乎？如筮得《乾》而知：乾，元亨利贞；筮得《坤》而知：乾，元亨，利牝马之贞；筮得《震》而知：震，亨，震来虩虩[92]，笑言哑哑；筮得《巽》而知：巽，小亨，利有攸往，利见大人；筮得《坎》而知：习坎，有孚，维心亨，行有尚；筮得《离》而知：离，利贞，亨，畜牝牛，吉；筮得《艮》而知：艮，其背不获其身，行其庭不见其人；筮得《兑》而知：兑，亨，利贞。此皆通神明之德，类万物之情者也。不谓之知来者逆乎？夫其顺数已往，正所以逆推将来也。孔子曰："殷因于夏礼，所损益可知也。周因于殷礼，所损益可知也"。数往者顺也。其或继周者，虽百世可知也。知来者逆也。故曰：《易》，逆数也。若如邵子之说，则是羲、文之《易》

已判为二。而又以《震》、《离》、《兑》、《乾》为数已生之卦，《巽》、《坎》、《艮》、《坤》为推未生之卦，殆不免强孔子之书以就己之说矣。

说卦、杂卦互文[93]

雷以动之，风以散之，雨以润之，日以晅之[94]；艮以止之，兑以说之，乾以君之，坤以藏之。上四举象，下四举卦，各以其切于用者言之也。终万物、始万物者，莫盛乎《艮》。崔憬曰：《艮》不言山，独举卦名者，以动挠燥润功是风雷水火。至于终始万物，于山义则不然，故舍象而言卦，各取便而论也。得之矣。

古人之文，有广譬而求之者，有举隅而反之者。今夫山，一卷石之多；今夫水，一勺之多。天地之外复言山水者，意有所不尽也。《坤》也者，地也，不言西南之卦。《兑》，正秋也，不言西方之卦。举六方之卦而见之也，意尽于言矣。虞仲翔以为坤道广布，不主一方，及兑象不见西者，妄也。

丰多故亲寡，旅也。先言亲寡，后言旅，以协韵也。犹《楚辞》之"吉日兮辰良"也。虞仲翔以为别有义，非也。

兑为口舌

《兑》为口舌。其于人也，但可以为巫为妾而已。以言说人，岂非妾妇之道乎？

凡人于交友之间，口惠而实不至，则其出而事君也，必至于静言庸违。故舜之御臣也，敷奏以言，明试以功。而孔子之于门人，亦听其言而观其行。

《唐书》言：韦贯之自布衣为相，与人交，终岁无款曲，未尝伪辞以悦人。其贤于今之人远矣。

序卦、杂卦[95]

《序卦》、《杂卦》，皆旁通之说，先儒疑以为非夫子之言。然《否》之大往小来，承《泰》之小往大来也。《解》之利西南，承《蹇》之利西南不利东北也，是文王已有相受之义也。《益》之《六二》即《损》之《六五》也，其辞皆曰：十朋之龟[96]。《姤》之《九三》即《夬》之《九四》也，其辞皆曰：臀元肤。《未济》之《九四》即《既济》之《九三》也，其辞皆曰：伐鬼方，是周公已有反对之义也。必谓六十四卦皆然，则非《易》书之本意。或者夫子尝言之，而门人广之，如《春秋》“哀十四年，西狩获麟”以后续经之作耳。

晋昼也，明夷诛也

苏氏曰：昼日三接，故曰昼；得其大首，故曰诛。晋，当文明之世，群后四朝而车服以庸，揖让之事也。明夷，逢昏乱之时，取彼凶残而杀伐用张，征诛之事也。一言昼，一言诛，取其音协尔。

孔子论《易》

孔子论《易》，见于《论语》者二章而已。曰：加我数年，五十以学《易》，可以无大过矣。曰：南人有言曰，“人而无恒，不可以作巫医”。善夫，不恒其德，或承之羞。子曰：“不占而已矣。”是则圣人之所以学《易》者，不过庸言庸行之间，而不在乎图书、象数也。今之穿凿图象以自为能者，畔也[97]。

记者于夫子学《易》之言而即继之曰：子所雅言，《诗》《书》执礼，皆雅言也。是知夫子平日不言《易》，而其言《诗》《书》执礼者，皆言《易》也。人苟循乎《诗》《书》执礼之常而不越焉，则自天佑之，吉无不利矣。故其作《系辞传》，于悔吝无咎之旨，特谆谆焉。而大象所言，凡其体之于身、施之于政者，无非用《易》之事。然辞本乎象，故曰：“君子居则观其象而玩其辞。观之者浅，玩之者深矣。其所以与民同患者，必于辞焉著之。故曰：圣人之情见乎辞。若天一地二，《易》有太极二章，皆言数之所起，亦赞《易》之所不可遗，而未尝专以象数教人为学也。是故出入以度，无有师保[98]，如临父母，文王、周公、孔子之《易》也。希夷之图[99]，康节之书[100]，道家之《易》也。自二子之学兴，而空疏之人，迂怪之士，举窜迹于其中以为《易》。而其《易》为方术之书，于圣人寡过反身之学去之远矣。

《诗》三百，一言以蔽之，曰：思无邪。《易》六十四卦三百八十四爻，一言以蔽之，曰：不恒其德，或承之羞。夫子所以思得，见夫有恒也，有恒然后可以无大过。

七八九六

《易》有七、八、九、六，而爻但系九、六者，举隅之义也[101]。故发其例于《乾》《坤》二卦，曰用九、用六，用其变也。亦有用其不变者，《春秋传》穆姜遇《艮》之八，《晋语》董因得《泰》之八是也。今即以《艮》言之，二爻独变，则名之六；余爻皆变而二爻独不变，则名之八。

是知《乾》《坤》亦有用七用八时也。《乾》爻皆变而初独不变，曰“初七，潜龙勿用”可也。《坤》爻皆变而初独不变，曰“初八，履霜，坚冰至”可也。占变者，其常也；占不变者，其反也。故圣人系之九、六。欧阳永叔曰：《易》道占其变，故以其所占者名爻，不谓六爻皆九六也。得之矣。

赵汝梅《易辑闻》曰：揲蓍策数[102]，凡得二十八，虽为《乾》，亦称七；凡得三十二，虽为《坤》，亦称八。

杨彦龄《笔录》曰：杨损之，蜀人，博学，善称说。余尝疑《易》用九、六而无七、八。损之云：卦画七、八，爻称九、六。

《乾》之策二百一十有六，《坤》之策百四十有四，亦是举九、六以该七、八也。朱子谓七、八之合亦三百有六十也。

卜筮

舜曰：官占，惟先蔽志，昆命于元龟[103]。《诗》曰：爰始爰谋，爰契我龟[104]。《洪范》曰：谋及乃心，谋及卿士，谋及庶人，谋及卜筮。孔子之赞《易》也，亦曰“人谋鬼谋”。夫庶人至贱也，而犹在蓍龟之前，故尽人之明而不能决，然后谋之鬼焉。故古人之于人事也信而有功，于鬼也严而不渎。

子之必孝，臣之必忠，此不待卜而可知也。其所当为，虽凶而不可避也。故曰：欲从灵氛之吉占兮，心犹豫而狐疑。又曰：用君之心，行君之意，龟策诚不能知此事。善哉屈子之言[105]，其圣人之徒欤！

《卜居》，屈原自作，设为问答，以见此心非鬼神吉凶之所得而移耳。王逸序乃曰：心迷意惑，不知所为，往至太卜之家，决之蓍龟，冀闻异策，以定嫌疑。则与屈子之旨大相背戾矣。洪兴祖《补注》曰：此篇上句皆原所从，下句皆原所去。时之人去其所当从，从其所当去。其所谓吉，乃原所谓凶也。可谓得屈子之心者矣。

《礼记·少仪》：问卜筮曰：义与志与？义则可问，志则否。子孝臣忠，义也；违害就利，志也。卜筮者，先王所以教人去利怀仁义也。

石骀仲卒，无嫡子，有庶子六人，卜所以为后者。曰：“沐浴佩玉则兆。”五人者皆沐浴佩玉。石祁子曰：“孰有执亲之丧而沐浴佩玉者乎？”不沐浴佩玉，石祁子兆。卫人以龟为有知也，南蒯将叛，枚筮之，遇《坤》之《比》，曰：“黄裳元吉。”子服惠伯曰：“忠信之事则可，不然必败。外强内温，忠也；和以率贞，信也，故曰黄裳元吉。黄，中之色也；裳，下之饰也；元，善之长也。中不忠，不得其色；下不共，不得其饰；事不善，不得其极。且夫《易》不可以占险，犹有阙也，筮虽吉，未也。”南蒯果败。是以严君平之卜筮也，与人之言依于孝，与人弟言依于顺，与人臣言依于忠。而高允亦有筮者，当依附爻象，劝以忠孝之论。其知卜筮之旨矣。

《申鉴》：或问卜，筮曰：“德斯益，否则损。”曰：“何谓也？”“吉而济凶而救之，谓德；吉而恃凶而怠之，谓损。”

君子将有为也，将有行也，问焉，而以言其受命也如响，告其为也，告其行也。死生有命，富贵在天，若是则无可为也，无可行也，不当问，问亦不告也。《易》以前民用也，非以为人前知也。求前知，非圣人之道也。是以《少仪》之训曰：毋测未至。

郭璞尝过颜含，欲为之筮，含曰："年在天，位在人。修己而天不与者，命也；守道而人不知者，性也。自有性命，无劳蓍龟。"

《文中子》：子谓：北山黄公善医，先寝食而后针药。汾阴侯生善筮，先人事而后说卦。

《金史·方伎传序》曰：古之为术，以吉凶导人而为善；后世术者，或以休咎导人而为不善。

---

①太卜：周朝掌管卜筮的官员。

②《连山》：相传为《周易》之前的古《易》，为神农氏所作。连山卦以纯艮（☶）开始，艮象征山，故名。

③《归藏》：相传为《周易》之前的古《易》，为黄帝所作。归藏卦以纯坤（☷）开始，坤象征地，"万物莫不归藏于其中"，故名。

④卜徒父：掌管占卜的卜人，如同周官的太卜。

⑤《蛊》：六十四卦之一，巽下艮上。《易·蛊》："象曰：山下有风，蛊。"

⑥雄狐：指首领。

⑦《复》：六十四卦之一，震下坤上。《易·复》："象曰：雷在地中，复。"

⑧而《传》不言《易》：而《左传》在这些文字前都不用《周易》之名。

⑨重卦：重八卦为六十四卦。

⑩《艮》：八卦之一，卦形为☶，象征山。《随》：六十四卦之一，震下兑上。《易·随》："象曰：泽中有雷，随。"

⑪《彖（tuán，音团）辞》：说明各卦基本观念的文辞篇名。

⑫《爻辞》：说明六十四卦中各爻要义的文辞的篇名。

⑬《十翼》：即《易传》，相传为孔子作。是解释《周易》十篇著作的总称。

⑭监版：国子监所刻书的版本。

⑮孔氏：孔颖达，字冲远，唐经学家，著《五经正义》

⑯王辅嗣：王弼，字辅嗣，三国时魏玄学家。

⑰杜元凯：杜预，字元凯，西晋将领、学者。

⑱康成：郑玄，字康成，东汉经学家。

⑲小象：说明每卦各爻的文辞叫小象。

⑳帖刮：科举考试的文体之名。后考生因帖经难记，就总括经文编成歌诀，便于熟读，叫帖刮。

㉑盭（lì，音丽）：凶狠，暴戾。

㉒大象：总的说明一卦的文辞叫大象。

㉓拾沈：拾取水滴。比喻事情难望成功。

㉔射覆：古代将物件预为隐蔽，供人猜度的一种游戏。后来酒令用字句隐喻事物，令人猜度，也称射覆。

㉕象：象征。《周易》用卦爻等符号象征自然变化和人事休咎。

㉖大指：即"大旨"，意为大意，大要。

㉗榛芜：草木丛杂，引申为草野或愚昧。

㉘互体：卦爻二到四，三到五，两体互交，各成一卦，称为互体。卦变：卦的变化。

㉙叶（xié，音协）韵：也叫"协句"。南北朝时有些学者因按照当时语音读《诗经》，感到好多诗句音不和谐，便以为作品中某些字须临时改读某音，称为叶韵。

㉚缭绕：回旋貌。

㉛文中子：王通，字仲淹，门人私谥曰"文中子"，隋代哲学家。

㉜《三传》：即《春秋三传》。解释《春秋》的《左传》、《公羊传》、《穀梁传》的合称。

㉝《系·损》：《系辞》解释损卦的卦辞。《六三》：六十四卦中每卦六爻，每爻有爻题和爻辞。爻题都是两个字：一个字表示爻的性质，阳爻用"九"，阴爻用"六"；另一个字表示爻的次序，每卦自下而上为初、二、三、四、五、上。六三即为损卦三爻。此处是指解释损卦三爻的爻辞。

㉞《复》、《姤（gòu，音垢）》、《临》、《遁（dùn，音盾）》：均为六十四卦的卦名。

㉟二至四、三至五：二爻至四爻，三爻至五爻。

㊱自二至四有《艮》象，《艮》为山是也：从二爻至四爻组成了艮卦，艮卦象征着山。

㊲杂物撰德之语：指《易·系辞下》："阴阳合德，而刚柔有体，以体天地之撰"这段话。

㊳惟尹躬暨汤咸有一德：只有我伊尹自身与商汤都有高尚的德行。

㊴长勺：古地名，在今山东莱芜东北。公元前684年，齐、鲁两国在长勺大战，鲁庄公采纳曹刿的计策，以弱胜强。泓：古水名，在今河南拓城西北。公元前638年，宋、楚战于泓水，宋襄公在楚军渡河和渡河之后尚未排成阵势之时两次拒绝目夷出击的主张，结果大败。禽：同"擒"。二毛：头发斑白，也指头发斑白的老人。

㊵《小畜》：六十四卦之一，乾下巽上。《易·小畜》："象曰：风行天上，小畜。君子以懿文德。"

㊶二南：《诗经·国风》中《周南》和《召南》的合称，共二十五篇。

㊷反目：不和睦。

㊸脰（dòu，音豆）：颈项。

㊹瘅（dān，音旦）：憎恨。

㊺槛槛：车行声。　毳（cuì，音脆）衣：古代冕服之一，自天子至子、男爵都可服用。　菼（tǎn，音坦）：初生的荻，似苇而小。此句出自《诗·王风·大车》。

㊻渝：改正。

㊼笾豆：笾和豆，古代礼器。

㊽几：将近。

㊾占毕：占通"笘"；毕通"箄"。即简册、书册。

㊿尸：代表死者受祭的人。

51泥：拘执，难行。

52菑（zī，音资）：初耕的田地。　畲：烧榛种地。

53杨氏：杨万里，字廷秀，号诚斋。南宋诗人。

54委吏：古代掌管粮仓的小官。

55乘田：春秋时鲁国主管畜牧的小官。

56孚：信用。

57 憸（xiān，音先）壬：巧言谄媚，行为卑鄙的人。

58遄（chuán，音传）：速。

59日昃（zé，间仄）：亦作"日仄"、"日侧"。太阳偏西，约下午二时前后。

60数（cù，音醋）罟（gǔ，音古）：密网。　洿（wū，音乌）池：池塘。

61敷：布、施。　锡：赐，引申为与。

62劝：勉励。

63姤（gòu，音垢）：六十四卦之一，巽下乾上。《易·姤》："象曰：天下有风，姤。"

64马：马融，字秀长，东汉经学家。　郑：郑玄，字康成，东汉经学家。　服：服虔，字子慎，东汉经学家。何：何休，字邵公，东汉经学家。

65柅（nǐ，音你）：止车的木块。

66瞀乱：精神错乱。

67安定胡氏：胡瑗，字翼之，世居陕西路安定堡，学者称安定先生。　逵：四通八达的大路。

68叶（xié，音协）：通"协"，即"协韵"。

69觌（dí，音敌）：见，相见。

70鸜鹆：亦作"鸲鹆"，即八哥。

71葸（xǐ，音洗）：害怕，胆怯。

72翰音：向高空飞扬的声音。

73驺衍：即邹衍，战国末阴阳家的代表人物。

74烝（zhēng，音征）：古代冬祭名。　畀（bì，音币）：给予，付与。

75归妹：六十四卦之一，兑下震上。归：古代谓女子出嫁为归。

76明夷：六十四卦之一。离下坤上。《易·明夷》："象曰：明入地中，明夷。君子以莅众，用晦而明。"

77焄（xūn，音熏）：同"熏"。熏炙。引申为威胁。焄蒿：意即带香味、臭味气体的挥发。

78延陵季子：季札，又称公子札，春秋时吴国贵族。封于延陵，称延陵季子。

⑲张子：张载，字子厚，北宋哲学家。

⑳陈无己：陈师道，字履常、无己，北宋诗人。

㉑吕仲木：吕柟，字仲木，明代理学家。

㉒甫：开始，起初。　申：十二时辰之一，十五时至十七时。

㉓乾乾：自强不息。

㉔维：通“惟”，思考。　穆：肃敬。　不已：不息。

㉕天下雷行，物与无妄：“无妄”卦的卦辞。意为今天下雷行，震动万物，物皆惊肃，无敢虚妄。

㉖细缊：中国哲学术语。同“氤氲”，万物因相互作用而变化生长之意。　醇：淳厚、淳朴。

㉗数：技术；方术。

㉘天纵：天之所使。

㉙枝：琐细。

㉚廋（sōu，音搜）：隐匿。

㉛逆数：预先揣度、推测的技巧。

㉜虩（xí，音隙）虩：恐惧的样子。

㉝说卦：《易传》中解释八卦性质和象征的篇名，《十翼》之一。　杂卦：《易传》中说明各卦之间错综关系的篇名，《十翼》之一。

㉞晅（xuān，音喧）：光明。

㉟序卦：《易传》中说明六十四卦排列次序的篇名，《十翼》之一。

㊱朋：古代货币单位，五贝为一串，两串为一朋。　龟：龟甲，古代用作货币。

㊲畔：通“叛”，背离。

㊳师保：古代担任教导贵族子弟的官，有师有保，统称师保。也有教导，教养的意思。

㊴希夷：谓空虚寂静，不能感知。

⑽康节：空疏节制。

⑾举隅：即“举一反三”之意。

⑿揲（shé，音舌）：用手抽点成批或成束物品的数目。　策：占卦用的蓍草。

⒀元龟：大龟，古代用以占卜。

⒁契：通“栔”，刻。

⒂屈子：屈原。

读四书大全说

〔清〕王夫之　撰

卷一 大学

大 学 序

一

凡“仁义礼智”兼说处，言性之四德[①]。知字，大端在是非上说。人有人之是非，事有事之是非。而人与事之是非，心里直下分明，只此是智。胡云峰据朱子解“致知”知字：“心之神明，所以妙众理、宰万物”[②]，释此智字，大妄[③]。知字带用说，到才上方有[④]，此智字则是性体。“妙众理，宰万物”，在性体却是义、礼上发底。朱子释义曰“心之制，事之宜”，岂非以“宰万物”者乎？释礼曰“天理之节文”，岂非以“妙众理”者乎？

沈氏之说，特为精当。云“涵”云“具”，分明是个性体。其云“天理动静之机”，方静则有是而无非，方动则是非现，则“动静之机”，即“是非之鉴”也。惟其有是无非，故非者可现。若原有非，则是非无所折衷矣。非不对是，非者非是也。如人本无病，故知其或病或愈。若人本当有病，则方病时亦其恒也，不名为病矣。

二

先王以乐教人，固如朱子说，以调易人性情。抑乐之为道，其精微者既彻乎形而下之器，其度数声名亦皆以载夫形而上之道，如律度量衡，皆自黄钟生之类是也。解会及此，则天下之理亦思过半矣。若专以“急不得、缓不得”借为调心之法，将与释氏参没意味话头相似，非圣教也。

三

“书”有识字、写字两件工夫。识字便须知六书之旨，写字却须端妍合法。合法者，如今人不写省字之类。注疏家专以六书言，却遗下了一半。

---

①性之四德：人性的四种德性：忠、孝、悌、信。

②妙：玄妙。宰：主宰。

③妄：虚妄。

④上方：天上。

圣　经

一

缘“德”上著一“明”字，所以朱子直指为心。但此所谓“心”，包含极大，托体最先，与“正心”“心”字固别。性是二气五行妙合凝结以生底物事。此则合得停匀[①]，结得清爽，终留不失，使人别于物之蒙昧者也。德者“有得”之谓，人得之以为人也。由有此明德，故知有其可致而致之，意有其不可欺而必诚焉，心有所取正以为正，而其所著，发于四肢，见于事业者，则身修以应家国天下矣。明德唯人有之，则已专属之人。属之人，则不可复名为性。性者，天人授受之总名也。故朱子直以为心。而以其所自得者则亦性也，故又举张子“统性情”之言以明之。乃既以应万事，则兼乎情，上统性而不纯乎性矣。

性自不可拘蔽。尽人拘蔽他，终奈他不何，有时还迸露出来。如乍见孺子入井等。即不迸露，其理不失。既不可拘蔽，则亦不可加以明之之功。心便扣定在一人身上，受拘之故。又会敷施翕受[②]，受蔽之故。所以气禀得以拘之[③]，物欲得以蔽之，而格、致、诚、正亦可施功以复其明矣。

二

朱子“心属火”之说，单举一脏，与肝脾肺肾分治者，其亦泥矣。此处说心，则五脏五官，四肢百骸，一切“虚灵不昧”底都在里面。如手能持等。“虚”者，本未有私欲之谓也。不可云如虚空。“灵”者，曲折洞达而咸善也。《尚书》灵字，只作善解，孟子所言仁术，此也，不可作机警训。“不昧”有初终、表里二义：初之所得，终不昧之；于表有得，里亦不昧。不可云常惺惺。只此三义，“明”字之旨已尽，切不可以光训“明”。

孟子曰：“日月有明，容光必照焉。”明自明，光自光。如镜明而无光，火光而不明，内景、外景之别也。“明德”只是体上明，到“致知”知字上，则渐由体达用，有光义矣。

三

“旧染之污”有二义，而暴君之风化、末世之习俗不与焉。《大学》之道，初不为承乱之君师言也。一则民自少至长，不承德教，只索性流入污下去；一则人之为善，须是日迁，若偶行一善，自恃为善人，则不但其余皆恶，即此一善，已挟之而成骄陵。故《传》云“日新”，云“作新”，皆有更进、重新之意。

新安引《书》“旧染污俗，咸与惟新”以释此，则是过泥出处而成滞累。如汤之自铭“日新”也，岂亦染桀之污俗乎？况《书》云“咸与惟新”，只是除前不究意[④]，与此何干？

四

“必至于是”是未得求得，“不迁”是已得勿失。“止于至善”须一气读下，归重“至善”一“至”字。言必到至善地位，方是归宿；而既到至善地位，不可退转也。朱子以“不能守”反

“不迁”，最为明切。此中原无太过，只有不及。《语录》中作“无太过不及”说，自不如《章句》之当。盖既云至善，则终无有能过之者也。

或疑明德固无太过之虑，若新民，安得不以过为防？假令要民为善，教格过密，立法过峻，岂非太过？然使但向事迹上论，则明德亦将有之。如去私欲而至于绝婚宦，行仁而从井救人，立义而为宰辞粟，亦似太过。不知格物、致知、正心、诚意以明明德，安得有太过？《补传》云“即凡天下之物，莫不因其已知之理而益穷之，以求至乎其极”，何等繁重！《诚意传》云“如恶恶臭，如好好色”，何等峻切！而有能过是以为功者乎？

新民者，以孝、弟、慈齐家而成教于国，须令国人皆从而皆喻。又如仁人于妨贤病国之人，乃至迸诸四夷，不与同中国。举贤唯恐不先，退不善唯恐不远，则亦鳃鳃然惟不及之为忧⑤。安得遽防太过，而早觅休止乎？“如切如磋，如琢如磨”，是学问中精密之极致；亲贤乐利，须渐被于没世后之君子小人而不穷。奈何训“止”为“歇息”，而弃“至善”“至”字于不问耶？《或问》云“非可以私意苟且而为”，尽之矣。

五

“在”云者，言《大学》教人之目虽有八，其所学之事虽繁重广大，而约其道则在三者也。《大学》一篇，乃是指示古之大学教人之法，初终条理一贯之大旨，非夫子始为是书建立科条，以责学者。

《章句》三“当”字，是推开论理。张氏曰“在犹当也”，卤莽甚矣。借令以此教学者“当明明德”，亦令彼茫然不知从何处明起。

六

黄氏说“气禀所拘有分数，物欲所蔽则全遮而昏”。不知物欲之蔽，亦有分数。如淫声浅而美色深者，则去耳之欲亦易，未全昏也。

曾见魏党中有一二士大夫，果然不贪。他只被爱官做一段私欲，遮却羞出幸门一段名义⑥。却于利轻微，所以财利蔽他不得；而其临财毋苟得一点良心，也究竟不曾受蔽。此亦分数偏全之不齐也。

七

朱子说“定、静、安、虑、得是功效次第，不是工夫节目”。谓之工夫，固必不可。乃所谓功效者，只是做工夫时自喻其所得之效，非如《中庸》形、著、明、动，逐位各有事实。故又云：“才知止，自然相因而见。”

总之，此五者之效，原不逐段歇息见功，非今日定而明日静也。自“知止”到“能得”，彻首彻尾，五者次见而不舍。合而言之，与学相终始。分而言之，格一物亦须有五者之效方格得，乃至平天下亦然。又格一易格之物，今日格之而明日已格，亦然。戒一念之欺，自其念之起，至于念之成，亦无不然。若论其极，则自始教“格物”，直至“明明德于天下”⑦，自“欲明明德于天下”立志之始，乃至天下可平，亦只于用功处见此五者耳。为学者当自知之。

八

“知止”是知道者明德、新民底全体大用，必要到此方休。节云知止，具云知止于至善。“定”则于至善中曲折相因之致，委悉了当。内不拘小身心、意知而丧其用，外不侈大天下、国家而丧其体。十分大全，一眼觑定，则定理现，故曰有定。定体立矣。偏曲之学，功利之术，不足以摇之。从此下手做去，更无移易矣。此即从“知止”中得，故曰：“才知止，自然相因而见。”

后四者其相因之速亦然。就此下手做去时，心中更无恐惧疑惑，即此而“心不妄动”，是谓之静。妄动者，只是无根而动。大要识不稳，故气不充，非必有外物感之。如格一物，正当作如是解，却无故若警若悟，而又以为不然，此唯定理不见，定志不坚也。若一定不易去做，自然不尔，而气随志静，专于所事以致其密用矣。唯然，则身之所处，物之来交，无不顺而无不安，静以待之故也。如好善如好好色，则善虽有不利，善虽不易好，而无往不安心于好。此随举一条目，皆可类推得之。要唯静者能之，心不内动，故物亦不能动之也。

“虑”而云“处事精详”者。所谓事，即求止至善之事也。所以谓之事者，以学者所处之事，无有出于明德、新民之外也。才一知当止于至善，即必求至焉。而求止至善，必条理施为，精详曲至。唯内不妄动，而于外皆顺，则条理粲然⑧，无复疏脱矣。不乱于外，故能尽于其中也。

于内有主，于外不疑，条理既得，唯在决行之而已矣。行斯得矣。一日具知，则虑而得可见于一日之间。终身不舍，则定、静、安相养于终身之久要。则定、静、安、虑相因之际，不无相长之功，而不假更端之力⑨。惟至于“得”，则笃行之事，要终而亦栩始⑩。故《或问》云“各得其所止之地而止之”，“而止之”三字在能得后。亦明非“得”之为尽境也。

九

朱子于“正心”之“心”，但云“心者，身之所主也”，小注亦未有委悉及之者。将使身与意中间一重本领，不得分明。非曰“心者，身之所主也”其说不当。但止在过关上著语，而本等分位不显，将使卑者以意为心，而高者以统性情者言之。则正心之功，亦因以无实。

夫曰：正其心，则正其所不正也，有不正者而正始为功。统性情之心，虚灵不昧，何有不正，而初不受正。抑或以以视、以听、以言、以动者为心，则业发此心而与物相为感通矣⑪，是意也。“诚”之所有事，而非“正”之能为功者也。盖以其生之于心者传之于外，旋生旋见，不留俄顷，即欲正之，而施功亦不彻也。

盖曰“心统性情”者，自其所含之原而言之也。乃性之凝也，其形见则身也，其密藏则心也。是心虽统性，而其自为体也。则性之所生，与五官百骸并生而为之君主，常在人胸臆之中，而有为者则据之以为志。故欲知此所正之心，则孟子所谓“志者”近之矣。

惟夫志，则有所感而意发，其志固在。无所感而意不发，其志亦未尝不在，而隐然有一欲为可为之体，于不睹不闻之中。欲修其身者，则心亦欲修之。心不欲修其身者，非供情欲之用，则直无之矣。《传》所谓“视不见，听不闻，食不知味”者是已。夫唯有其心，则所为视、所为听、所欲言、所自动者，胥此以为之主⑫。惟然，则可使正，可使不正，可使浮寄于正不正之间而听命于意焉。不于此早授之以正，则虽善其意，而亦如雷龙之火，无恒而易为起灭，故必欲正其心者，乃能于意求诚。乃于以修身，而及于家、国、天下，固无本矣。

夫此心之原，固统乎性而为性之所凝，乃此心所取正之则。而此心既立，则一触即知，效用无穷，百为千意而不迷其所持。故《大学》之道，必于此授之以正。既防闲之使不向于邪，又辅相之使必于正，而无或倚靡无托于无正无不正之交[13]。当其发为意而恒为之主，则以其正者为诚之则。《中庸》所谓"无恶于志"。当其意之未发，则不必有不诚之好恶用吾慎焉，亦不必有可好、可恶之现前验吾从焉。而恒存恒持，使好善恶恶之理，隐然立不可犯之壁垒，帅吾气以待物之方来，则不睹不闻之中，而修、齐、治、平之理皆具足矣。此则身意之交，心之本体也；此则修诚之际，正之实功也。故曰"心者，身之所主"，主乎视、听、言、动者也，则唯志而已矣。

一〇

朱子说"格物、致知只是一事，非今日格物，明日又致知"，此是就这两条目发出大端道理，非竟混致知、格物为一也。正心、诚意，亦非今日诚意。明日又正心。乃至平天下，无不皆然，非但格、致为尔。

若统论之，则自格物至平天下，皆止一事。如用人理财，分明是格物事等。若分言之，则格物之成功为物格，"物格而后知至"，中间有三转折。借令概而为一，则廉级不清，竟云格物则知自至，竟删抹下"致"字一段工夫矣。

若云格物以外言，致知以内言，内外异名而功用则一。夫物诚外也，吾之格之者而岂外乎？功用既一，又云"致知在格物"，则岂可云格物在格物，致知在致知也？

今人说诚意先致知，咸云知善知恶而后可诚其意，则是知者以知善知恶言矣。及说格物致知，则又云知天下之物，便是致知。均一"致知"，而随上下文转，打作两橛[14]，其迷谬有如此者！

至如《或问》小注所引《语录》，有谓"父子本同一气，只是一人之身分成两个"为物理，于此格去，则知子之所以孝，父之所以慈。如此迂诞鄙陋之说，必非朱子之言而为门人所假托附会者无疑。天下岂有欲为孝子者，而痴痴呆呆，将我与父所以相亲之故去格去致，必待晓得当初本一人之身，而后知所以当孝乎？即此一事求之，便知吾心之知，有不从格物而得者，而非即格物即致知审矣[15]！

且如知善知恶是知，而善恶有在物者。如大恶人不可与交，观察他举动详细，则虽巧于藏奸，而无不洞见。如砒毒杀人，看《本草》，听人言，便知其不可食。此固于物格之而知可至也。至如吾心一念之非几，但有媿于屋漏[16]，则即与蹠为徒[17]。又如酒肉黍稻本以养生，只自家食量有大小，过则伤人。此若于物格之，终不能知，而唯求诸己之自喻，则固分明不昧者也。

是故孝者不学而知，不虑而能；慈者不学养子而后嫁，意不因知而知不因物，固矣。唯夫事亲之道，有在经为宜、在变为权者。其或私意自用，则且如申生、匡章之陷于不孝，乃借格物以推致其理，使无纤毫之疑似，而后可用其诚。此则格、致相因，而致知在格物者，但谓此也。

天下之物无涯，吾之格之也有涯。吾之所知者有量，而及其致之也不复拘于量。颜子闻一知十，格一而致十也。子贡闻一知二，格一而致二也。必待格尽天下之物而后尽知万事之理，既必不可得之数。是以《补传》云"至于用力之久，而一旦豁然贯通焉"，初不云积其所格，而吾之知已无不至也。知至者，"吾心之全体大用无不明"也。则致知者，亦以求尽夫吾心之全体大用，而岂但于物求之哉？孟子曰："梓匠轮舆，能与人规矩，不能使人巧。"规矩者，物也，可格者也；巧者，非物也，知也，不可格者也。巧固在规矩之中，故曰"致知在格物"；规矩之中无巧，则格物、致知亦自为二，而不可偏废矣。

大抵格物之功，心官与耳目均用，学问为主，而思辨辅之，所思所辨者皆其所学问之事。致知之功，则唯在心官，思辨为主，而学问辅之，所学问者乃以决其思辨之疑。“致知在格物”，以耳目资心之用而使有所循也，非耳目全操心之权而心可废也。朱门诸子，唯不知此，反贻鹅湖之笑[18]。乃有数字句、彙同异以为学，如朱氏公迁者。呜呼！以此为致知，恐古人小学之所不暇，而况大学乎？勿轩熊氏亦然。

二一

《大学》于治国平天下，言教不言养。盖养民之道，王者自制为成宪，子孙守之，臣民奉之。入官守法，仕者之所遵，而非学者之事，故《大学》不以之立教。所云厚薄，如《论语》“躬自厚而薄责于人”之旨，即所谓“其家不可教而能教人者无之”也。其云以推恩之次第言者[19]，非是。

---

①停匀：完备协调。

②翕：敛缩。

③气禀：指人生来对气的禀受。用以指人的气质禀赋。

④除：去掉。

⑤鳃鳃（sāi，音腮）：亦作“諰諰”。恐惧的样子。

⑥幸门：指受皇帝宠爱的宦官魏忠贤的奄党。

⑦明：彰明，显明。　明德：美德。

⑧粲然：鲜艳，灿烂。

⑨更端：另一事。

⑩刱：“创”的异体字。

⑪业：已经。　感通：旧以为诚心能与鬼神或外物互相感应。

⑫胥：相与，皆。

⑬倚靡：空虚无所依赖。

⑭橛：一小段。

⑮审：果真、确实。

⑯媿：愧。　屋漏：古代室内西北角施设小帐的地方。引申为暗中做坏事，起坏念头。

⑰蹠：“跖”的异体字。即盗跖，春秋时人民起义领袖。

⑱鹅湖：即鹅湖寺。南宋淳熙二年（1775年）在信州（今江西上饶）鹅湖寺由吕祖谦邀集举行的一次著名的哲学辩论，意在调和朱熹和陆九渊两派的争执。

⑲推恩：犹言推爱，谓将己之所爱，推及他人。

传第一章

《章句》云：“明命即天之所以与我，而我之所以为德者。”须活看一“即”字。如“性即理也”，倘删去“即”字，而云“性理也”，则固不可。即者，言即这个物事，非有异也。

当有生之初，天以是命之为性。有生以后，时时处处，天命赫然以临于人，亦只是此。盖天无心成化[1]，只是恁地去施其命令，总不知道。人之初生而壮、而老、而死，只妙合处遇可受者便成其化。在天既无或命、或不命之时，则在人固非初生受命而后无所受也。

孟子言“顺受其正”，原在生后。彼虽为祸福之命，而既已云“正”，则是理矣，理则亦明命矣。若以为初生所受之命，则必凝滞久留而为一物。朱子曰：“不成有一物可见其形象。”又曰：

"无时而不发现于日用之间。"其非但为初生所受明矣。吴季子专属之有生之初，乃不达朱子之微言[②]。使然，则汤常以心目注想初生时所得，其与参本来面目者，相去几何耶?

愚于《周易》《尚书》传义中，说"生初有天命，向后日日皆有天命。天命之谓性，则亦日日成之为性"。其说似与先儒不合。今读朱子"无时而不发现于日用之间"一语，幸先得我心之所然。

传第二章

君德可言新，于民不可言明。"明明德于天下"，固如朱子所云"规模须如此"，亦自我之推致而言，非实以其明明德者施教于民也。新则曰"作新"，则实以日新之道鼓舞之矣。

明是复性，须在心意知上做工夫；若民，则勿论诚正，即格物亦断非其所能。"新"只是修身上，止除却身上一段染污，即日新矣。故《章句》释《盘铭》，亦曰"旧染之污"。但在汤所谓染污者细[③]，民之所染污者粗。且此亦汤为铭自警之词，固无妨非有染污而以染污为戒。

---

①成化：成为化生之物。

②微言：含义深远精微的言辞。

③细：小

传第三章

一

"敬"字有二义：有所施敬而敬之，敬是工夫；若但言敬而无所施，乃是直指心德之体。故先儒言"主敬"，言"持敬"，工夫在"主"、"持"二字上。敬为德体，而非言畏言慎之比。《章句》云"无不敬"，犹言无不仁，无不义。现成下一"敬"字，又现成统下一"止"字，故又曰"安所止"，皆赞其已成之德。工夫只在"缉熙"上[①]。"缉熙"者，即《章句》所谓"常目在之"，《传》所谓"日日新，又日新"也。

由其天理恒明，昏污净尽，则实理存于心，而庄敬日强。由其庄敬日强，而欲无不净，理无不明，则德造其极而无所迁退。此"缉熙敬止"相因之序也。

敬但在心体上说，止则在事上见。仁、敬、孝、慈、信，皆"安所止"之事也。缉熙者，明新之功。敬止者，明新之效。熙而缉，则不已于明新，而必止于至善也。无不敬而止之安，则明新不已，而既止于至善矣。实释"在止于至善"意，吃紧在"缉熙"二字。诸家拈"敬止"作主者，非是。

二

朱子谓恂慄威仪为成就后气象[②]，拈出极精。其又云"严敬存乎中，光辉着乎外"，"存"字但从"中""外"上与"着"字为对，非若"存心"、"存诚"之"存"，为用力存之也。既云"存乎中”，又云“气象”，此亦大不易见。唯日近大人君子，而用意观之，则“存乎中”者，自有其气象，可望而知耳。

所以知恂慄之为气象，而非云存恂慄于中者，以学修之中原有严密学修皆有。武毅修之功，不待更咏瑟僩[3]。且《诗》云“瑟兮僩兮”，“兮”之为义，固为语助，而皆就旁观者可见可闻、寓目警心上说。如“挑兮达兮”、“侈兮哆兮”、“发兮揭兮”之类[4]皆是。其藏于密而致存养之功者，不得以“兮”咏叹之。

此“恂慄”字，与上“敬”字略同，皆以言乎已成之德。但彼言敬，看文王处较深远阔大，在仁、敬、孝、慈、信之无贰无懈上说；此以“瑟兮僩兮”咏“恂慄”，专于气象上相喻耳。

“恂慄”二字，与“威仪”一例，虽俱为气象之善者，而所包亦广。“恂慄”而不能“瑟兮僩兮”者有之矣，唯此君子之“恂慄”为“瑟兮僩兮”，所以为存中气象之至善。咏学修放此，亦道此君子学修之精密，如切如磋，如琢如磨，极其至也。止此一气象，其严密武毅者则属“恂慄”，其宣著盛大者则属“威仪”。《章句》两“貌”字，是合并写出，一人不容有二貌也。

但其宣著盛大者，多在衣冠举动上见，衣冠如“袒如也”之类。严密武毅则就神情气魄上见。徒有其威仪，而神情严密。气魄，武毅。或疏或弛，则以知其非根心所生之色，故以“存乎中”言之。然亦有神情气魄不失有道者之色，而举动周旋，或脱略而不一中于礼，则其感人者不着不盛，故又须威仪之宣著盛大有以传之，方是至善。

补　传

凡《大全》所辑无关疑义者，则不复着说，故第四章传阙。《中庸》、《论语》、《孟子》如此类者尤多。

小注谓“已知之理”，承小学说来，此乃看得朱子胸中原委节次不妄处。乃既以小学所习为已知之理，则亦洒扫、应对、进退之当然，礼、乐、射、御、书、数之所以然者是也。

以此求之，传文“天下之物莫不有理”八字，未免有疵。只此洒扫、应对、进退，礼、乐、射、御、书、数，约略旁通，已括尽修、齐、治、平之事。自此以外，天下之物，固莫不有理，而要非学者之所必格。若遇一物而必穷之，则或如张华、段成式之以成其记诵词章之俗儒，或且就翠竹黄花、灯笼露柱索觅神通，为寂灭无实之异端矣。

①缉熙：光明的样子。

②恂慄：即“恂栗”。恐惧。　气象：景象，光景。

③瑟：庄严的样子。　僩（xiàn，音现）：胸襟开阔。

④挑达（tāo tā，音滔它）：往来的样子。后亦作轻薄放纵的意思。　侈：张大。　哆（chì，音齿）：张口的样子。

传第六章

一

先儒分致知、格物属知，诚意以下属行，是通将《大学》分作两节。大分段处且如此说，若逐项下手工夫，则致知、格物亦有行，诚意以下至平天下亦无不有知。

格、致有行者，如人学弈棋相似。但终日打谱，亦不能尽达杀活之机；必亦与人对弈，而后谱中谱外之理，皆有以悉喻其故。且方其迸着心力去打谱，已早属力行矣。

盖天下之事，固因豫立，而亦无先知完了方才去行之理。使尔，无论事到身上，由你从容去致知不得。便尽有暇日，揣摩得十余年，及至用时，不相应者多矣。如为子而必诚于孝，触目惊心，自有许多痛痒相关处，随在宜加细察，亦硬靠着平日知道的定省、温清样子做不得[1]。是故致知之功，非抹下行之之功于不试，而姑储其知以为诚正之用。是知中亦有行也。

知此，则诚意以下亦有知之之功，亦可知矣。如意才起处，其为善为恶之分界有显然易别者，夙昔所致之知可见其效，而无待于更审矣。其疑善疑恶，因事几以决，亦有非夙昔之可豫知者。则方慎之际，其加警省而为分别也，亦必用知。

即以"好好色，恶恶臭"言之。起念好、恶时，惺然不昧，岂不属知？好而求得，恶而求去，方始属行。世岂有在心意上做工夫，而死守旧闻，一直做去，更不忖度之理？使然，非果敢而窒者，则亦硜硜之小人而已[2]。

大要致知上总煞分明，亦只是大端显现。研几审理，终其身而无可辍也。倘云如白日丽天，更无劳其再用照烛，此圣神功化极致之所未逮，而况于学者？而方格、致之始，固事在求知，亦终不似俗儒之记诵讲解以为格物，异端之面壁观心以为致知，乃判然置行于他日，而姑少待之也。

知此，则第六章传《章句》所云"己所独知"，第八章传文所云"知恶"、"知美"之类，皆行中之知，无待纷纭争诚意之功在致知前、致知后矣。经言先后，不言前后。前后者，昨今之谓也。先后者，缓急之谓也。

二

《或问》云："无不好者拒之于内，无不恶者挽之于中。"夫好恶而必听命于中之所为主者，则亦必有固好者挽之于内，固恶者拒之于中矣。

传文原非以"毋自欺"为"诚其意"硬地作注脚，乃就意不诚者转念之弊而反形之。自欺是不诚。若无不诚，亦须有诚。要此诚意之功，则是将所知之理，遇着意发时撞将去，教他吃个满怀。及将吾固正之心，吃紧通透到吾所将应底事物上，符合穿彻，教吾意便从者上面发将出来，似竹笋般始终是这个则样。如此扑满条达[3]，一直诚将去，更不教他中间招致自欺，便谓之"毋自欺"也。

传者只为"诚其意"上更无可下之语，只说诚意已足。故通梢说个"毋自欺"。《章句》云"毋者，禁止之辞"，如今郡县禁止词讼，只是不受，非拏着来讼者以刑罚治之也[4]。不然，虚内事外，只管把这意拣择分派，此为非自欺而听其发，此为自欺而遏绝之，勿论意发于仓卒，势不及禁，而中心交战，意为之乱，抑不能滋长善萌。况乎内无取正之则、笃实之理为克敌制胜之具，岂非张空拳而入白刃乎[5]？《经》、《传》皆云"诚其意"，不云"择其意"、"严其意"，后人盖未之思耳。

但当未有意时，其将来之善几恶几，不可预为拟制，而务于从容涵养，不可急迫迫地逼教好意出来。及其意已发而可知之后，不可强为补饰，以涉于小人之揜著[6]。故待己所及知，抑仅己所独知之时而加之慎。实则以诚灌注乎意，彻表彻里，彻始彻终，强固精明，非但于独知而防之也。

"慎"字不可作"防"字解，乃缜密详谨之意。恶恶臭，好好色，岂有所防哉？无不好，无不恶，即是慎。盖此“诚”字，虽是“用功”字，原不与“伪”字对。“伪”者，欺人者也，乃与不诚为对。如《中庸》言“不诚无物”之不诚。不诚则或伪，伪不仅于不诚。不诚者，自欺者也。不诚则自欺，自欺则自体不成，故无物。若伪，则反有伪物矣。总为理不满足，所以大概说得去、行得去便休。

《诗》云“何有何亡，黾勉求之”⑦，只为是个贫家，所以扯拽教过。若诚其意者，须是金粟充满，而用之如流水，一无吝啬，则更不使有支撑之意耳。此则慎独为诚意扣紧之功，而非诚意之全恃乎此，及人所共知之后，遂无所用其力也。虽至人所共知，尚有有其意而未有其事之时。意中千条百绪，统名为意。

只为意不得诚，没奈何只索自欺。平常不肯开者自欺一条活路，则发意时所以力致其诚者，当何如敦笃也。故诚意者必不自欺，而预禁自欺者亦诚意之法，互相为成也。

三

恶恶臭，好好色，是诚之本体。诚其意而毋自欺，以至其用意如恶恶臭，好好色，乃是工夫至到，本体透露。将此以验吾之意果诚与否则可。若立意要如此，而径以如恶恶臭，如好好色，则直是无下手处。

好好色、恶恶臭者，已然则不可按遏，未然则无假安排，是以得谓之诚。其不尔者，如阉宦之不好色，鼽窒人之不恶臭，岂有所得用其力哉？

四

《章句》之说，与《或问》异。看来，《或问》于传文理势较顺。传云“此之谓自谦”，明是指点出诚好诚恶时心体，非用功语。《章句》中“务”字、“求”字，于语势既不符合，不如《或问》中“既如此矣”、“则庶乎”七字之当。《或问》虽有“而须臾之顷，纤芥之微，念念相承，无少间断”一段，自以补传意之所必有，非于此始着力，如《章句》“务决去，求必得”之吃紧下工夫也。其云“内外昭融⑧，表里澄彻”，正是自谦时意象。而心正身修，直自谦者之所得耳。如此，则“故君子”一“故”字亦传递有因。不尔，亦鹘突不分明矣⑨。此文势顺不顺之分也。

若以理言，《章句》云“使其恶恶则如恶恶臭，好善则如好好色”，所谓“使”者，制之于此而彼自听令乎？抑处置有权而俾从吾令乎？若制之于此而彼自听令，是亦明夫非“决去、求得”之为功矣。如处置有权而“务决去之”，“求必得之”，窃恐意之方发，更不容人逗留而施其挟持也。

且求善去恶之功，自在既好既恶之余，修身之事，而非诚意之事。但云好好色、恶恶臭，则人固未有务恶恶臭、求好好色之理。意本不然而强其然，亦安得谓之诚耶？

子夏入见圣道之时，非不求必得也。而唯其起念之际，非有根心不已之诚，意根心便是诚。则出见纷华而意移。由此言之，求必得者，固不能如好好色矣。

《章句》为初学者陷溺已深，寻不着诚意线路，开此一法门，且教他有入处。若《大学》彻首彻尾一段大学问，则以此为助长无益之功，特以“毋自欺”三字示以警省反观之法，非扣紧着好、恶之末流以力用其诚也。

唯诚其意而毋自欺，则其意之好善恶恶也。“如恶恶臭，如好好色”，无乎不诚，而乃可谓之自谦。故君子必慎其独，以致其诚之之功焉。本文自如此说，固文顺而理安也。

“自谦”云者，意诚也，非诚其意也。故《或问》以“内外昭融”一段，接递到心正、身修上，与经文“意诚而后心正”二句合辙，而非以释经文“欲正其心者先诚其意”之旨。此之不察，故难免于惑乱矣。

小注中有“要自谦”之语，须活看。若要自谦，须慎独，须毋自欺，须诚其意。不然，虽欲自谦，其将能乎？

五

“自欺”、“自谦”一“自”字，《章句》、《或问》未与分明拈出。或问云“苟焉自欺，而意之所发有不诚者”，将在“意”上一层说，亦微有分别。此“自”字元不与“人”相对。其立一“欺人”以相对者，全不惺忪之俗儒也⑩，其谬固不待破。且自欺既尔，其于自谦也，亦可立一“谦人”之名以相形乎？

不尔，则必以“意”为“自”。虽未见有显指“意”为“自”者，然夫人胸中若有所解，而惮出诸口，则亦曰“意”而已矣。苟以“意”为“自”，则欺不欺，慊不慊，既一意矣。“毋自欺”而“自谦”，又别立一意以治之，是其为两意也明甚。若云以后意治前意，终是亡羊补牢之下策。过后知悔，特良心之发见，而可云“诚意”而“意诚”哉？况其所发之意而善也，则已早无所欺矣。如其所发而不善也，此岂可使之谦焉快足者乎？

今以一言断之曰：意无恒体。无恒体者，不可执之为“自”，不受欺，而亦无可谦也。乃既破“自”非“意”，则必有所谓“自”者。此之不审，苟务深求，于是乎“本来面目”、“主人翁”、“无位真人”，一切邪说，得以乘闲惑人。圣贤之学，既不容如此，无已，曷亦求之经、传乎？则愚请破从来之所未破，而直就经以释之曰：所谓“自”者，心也，欲修其身者所正之心也。盖心之正者，志之持也，是以知其恒存乎中，善而非恶也。心之所存，善而非恶。意之已动，或有恶焉，以陵夺其素正之心，则自欺矣。意欺心。唯诚其意者，充此心之善，以灌注乎所动之意而皆实，则吾所存之心周流满惬而无有馁也，此之谓自谦也。意谦心。

且以本传求之，则好好色、恶恶臭者，亦心而已。意或无感而生，如不因有色现前而思色等。心则未有所感而不现。如存恻隐之心，无孺子入井事则不现等。好色、恶臭之不当前，人则无所好而无所恶。虽妄思色，终不作好。意则起念于此，而取境于彼。心则固有焉而不待起，受境而非取境。今此恶恶臭、好好色者，未尝起念以求好之、恶之，而亦不往取焉，特境至斯受，因以如其好、恶之素。且好则固好，恶则固恶，虽境有间断，因伏不发，而其体自恒，是其属心而不属意，明矣。

传之释经，皆以明其条理之相贯。前三章虽分引古以征之，第四章则言其相贯。故下云“诚中形外”、“心广体胖”，皆以明夫意为心身之关钥，意居心身之介，此不可泥经文为次。而非以戒欺求谦为诚意之实功。借云戒欺求谦，则亦资以正其心，而非以诚其意。故章末云：“故君子必诚其意。”犹言故欲正其心者，必诚其意。以心之不可欺而期于谦，则不得不诚其意，以使此心终始一致，正变一揆，而无不慊于其正也。即《中庸》所谓“无恶于志”。

夫唯能知传文所谓“自”者，则大义贯通，而可免于妄矣。故亟为显之如此，以补先儒之未及。

六

小人之“厌然揜其不善而著其善”，固不可谓心之能正，而亦心之暂欲正者也。特其意之一于恶，则虽欲使其暂欲正之心得附于正而终不能。以此推之，则君子之欲正其心者，意有不诚，虽欲恃其素正而无不正，其终不能亦审矣。故君子欲正其心，必慎其独。

"闲居"，独也。"无所不至"，不慎之下流也。"如见其肺肝"者，终无有谅其忸怩知愧之心[11]，而心为意累，同入于恶而不可解也。

今以揜、著为自欺欺人，迹则似矣。假令"无所不至"之小人，并此揜、著之心而无之，是所谓"笑骂由他笑骂，好官任我为之"者，表里皆恶，公无忌惮，而又岂可哉？盖语君子自尽之学，则文过为过之大。而论小人为恶之害，则犹知有君子而揜、著，其恶较轻也。

总以此一段传文，特明心之权操于意，而终不与上"自欺"、"自谦"相对。况乎"欺"之为义，谓因其弱而陵夺之，非揜盖、和哄之谓。如石勒言"欺人孤儿寡妇"，岂和哄人孤儿寡妇耶？"厌然揜、著"，正小人之不敢欺君子处。藉不揜、不著，则其欺陵君子不更甚乎？小人既非欺人，而其志于为恶者，求快求足，则尤非自欺。则朱子自欺欺人之说，其亦疏矣。

七

三山陈氏谓心为内，体为外，由心广故体胖。审尔，则但当正心，无问意矣。新安以心广体胖为诚意者之形外，其说自正。

若不细心静察，则心之为内也固然。乃心内身外，将位置意于何地？夫心内身外，则意固居内外之交。是充由内达外之说，当由心正而意诚，意诚而身修，与经文之序异矣。今既不尔，则心广亦形外之验也。心广既为形外之验，则于此言心为内者，其粗疏不审甚矣。

盖中、外原无定名，固不可执一而论。自一事之发而言，则心未发，意将发，心静为内，意动为外。又以意之肖其心者而言，则因心发意，心先意后，先者为体于中，后者发用于外，固也。

然意不尽缘心而起，则意固自为体，而以感通为因。故心自有心之用，意自有意之体。人所不及知而己所独知者，意也。心则己所不睹不闻而恒存矣。乃己之睹闻，虽所不及而心亦在。乃既有其心，如好恶等，皆素志也。则天下皆得而见之，是与夫意之为人所不及知者较显也。故以此言之，则意隐而心著，故可云外。

体胖之效，固未必不因心广，而尤因乎意之已诚。若心广之形焉而见效者，则不但体胖也。禹"恶旨酒而好善言"，武王"不泄迩，不忘远"，其居心之远大而无拘累，天下后世皆具知之，岂必验之于体之胖哉？小人之为不善而人见其肺肝，亦心之形见者也。不可作意说。故形于外者，兼身、心而言也。

八

"十目所视"一段，唯云峰胡氏引《中庸》"莫见乎隐"一节以证此，极为吻合。《章句》谓此承上文而言。乃上文所引小人之为不善，特假以征诚中形外之旨，而业已以"故君子慎其独也"一句结正之，则不复更有余意。慎独之学，为诚意者而发，亦何暇取小人而谆谆戒之耶？

且小人之揜、著，特其见君子则然耳。若其无所不至，初不畏天下之手目也。况为不善而无所不至矣，使其能逃天下之手目，亦复何补？"何益"云者，言掩、著之心虽近于知耻，而终不足以盖其慝，岂以幸人之不知为有益哉？既非幸人之不知为有益，则手目之指视，不足为小人戒也。

且云"无所不至"，则非但有其意，而繁有其事矣，正万手万目之共指共视，而何但于十？

藉云“闲居者，独也”，固人所不及知也。则夫君子之慎独也，以人所不及知而已独知之，故其几尚托于静，而自喻最明。若业已为十目十手之所指视，则人皆知之矣，而何名为独？凡此皆足以征《章句》之疏矣。

《中庸》云“莫见乎隐，莫显乎微”，谓君子之自知也。此言十目十手，亦言诚意者之自知其意。如一物于此，十目视之而无所遁，十手指之而无所匿，其为理为欲，显见在中，纤毫不昧，正可以施慎之之功。故曰：“其严乎！”谓其尚于此而谨严之乎！能致其严，则心可正而身可修矣。其义备《中庸》说中，可参观之。

---

①定省：“昏定晨省”的略语。指子女早晚向父母问安。温凊：“冬温夏凊”的略语。温，谓温被使暖；凊，谓扇席使凉。古代子女奉养父母的孝道。

②硁硁（kēng，音坑）：浅见固执的样子。

③扑满：储蓄钱币用的瓦器。　　条达：通达。

④拏（ná，音拿）：牵引。

⑤卷（quān，音圈）：弩弓。

⑥揜（yǎn，音掩）：掩盖，遮蔽。　　著：显扬。掩、著即下文“厌然揜其不善而著其善”。

⑦黾（mǐn，音敏）勉：亦作“僶俛”。勤勉，努力。

⑧昭：明亮。融：大明。

⑨鹘（hú，音胡）突：犹糊涂。

⑩惺忪：苏醒的样子。

⑪忸怩：羞惭的样子。

传第七章

一

程子谓“忿懥、恐惧、好乐、忧患，非是要无此数者，只是不以此动其心”，乃探本立论，以显实学，非若后人之逐句求义而不知通。

不动其心，元不在不动上做工夫。孟子曰：“不动心，有道。”若无道，如何得不动？其道固因乎意诚，而顿下处自有本等当尽之功。故程子又云：“未到不动处，须是执持其志。”不动者，心正也。执持其志者，正其心也。《大全》所辑此章诸说，唯“执持其志”四字分晓。朱子所称“敬以直内”，尚未与此工夫相应。

逐句求义者，见《传》云“有所忿懥则不得其正”，必疑谓“无所忿懥而后得其正”。如此戏论，朱子亦既破之矣，以其显为悖谬也。而又曰“湛然虚明，心如太虚，如镜先未有象，方始照见事物”，则其所破者用上无，而其所主者体上无也。体、用元不可分作两截，安见体上无者之贤于用上无耶？况乎其所谓“如一个镜，先未有象”，虚明之心固如此矣。即忿懥等之“不得其正”者，岂无事无物时，常怀着忿、惧、乐、患之心？天下乃无此人。假令有无可忿当前而心恒懊恼，则亦病而已矣。是则“不得其正”者，亦先未有所忿懥，而因所感以忿懥耳。若其正者则乐多良友，未得其人而展转愿见。忧宗国之沦亡，覆败无形，而耿耿不寐。亦何妨于正哉？

又其大不可者，如云“未来不期，已过不留，正应事时不为系缚”[①]，此或门人增益朱子之言，而非定论。不然，则何朱子显用佛氏之邪说而不恤耶？佛氏有“坐断两头，中间不立”之说，正是此理。彼盖谓“大圆智镜，本无一物，而心空及第，乃以随缘赴感，无不周尔”。迨其末流，不至于无父无君而不止。《大学》之正其心以修、齐、治、平者，岂其然哉？既欲其虚矣，又欲其不期、不留而不系矣，则其于心也，但还其如如不动者而止，而又何事于正？

故释氏之谈心，但云明心、了心、安心、死心，而不言正，何也？以苟欲正之，则已有期、有留、有系，实而不虚也。今有物于此，其位有定向，其体可执持，或置之不正而后从而正之。若窅窅空空之太虚②，手挪不动，气吹不移，则从何而施其正？且东西南北，无非太虚之位，而又何所正耶？

用“如太虚”之说以释“明明德”，则其所争，尚隐而难见。以此言“明”，则犹近老氏“虚生白”之旨。以此言“正心”，则天地悬隔，一思而即知之矣。故程子直以孟子持志而不动心为正心，显其实功，用昭千古不传之绝学，其功伟矣。

孟子之论养气，曰“配义与道”。养气以不动心，而曰“配义与道”，则心为道义之心可知。以道义为心者，孟子之志也。持其志者，持此也。夫然，而后即有忿懥、恐惧、好乐、忧患，而无不得其正。何也？心在故也。而耳目口体，可得言修矣。此数句正从传文反勘出。

传者于此章，只用半截活文，写出一心不正、身不修之象，第一节心不正之象。以见身、心之一贯。故章首云“所谓修身在正其心者”，章末云“此谓修身在正心”，但为两“在”字显现条理，以见欲修其身者，不可竟于身上安排。而《大学》“正心”之条目，非故为迂玄之教。若正心工夫，则初未之及，诚意修身等传，俱未尝实说本等工夫。固不以“无所忿懥”云云者为正之之功，而亦不以“致察于四者之生，使不以累虚明之本体”为正也。

夫不察则不正，固然矣。乃虑其不正而察之者，何物也哉？必其如鉴如衡而后能察，究竟察是诚意事。则所以能如鉴如衡者，亦必有其道矣。故曰“不动心，有道”也。

盖朱子所说，乃心得正后更加保护之功，此自是诚意以正心事。而非欲修其身者，为吾身之言行动立主宰之学。故一则曰“圣人之心莹然虚明”，一则曰“至虚至静，鉴空衡平”，终于不正之由与得正之故，全无指证。则似朱子于此“心”字，尚未的寻落处，不如程子全无忌讳，直下“志”字之为了当。此“心”字在明德中，与身、意、知各只分得一分，不可作全体说。若云至虚至明，鉴空衡平，则只消说个正心，便是明明德，不须更有身、意、知之妙。其引伸传文，亦似误认此章实论正心工夫，而于文义有所不详。盖刻求工夫而不问条理，则将并工夫而或差矣。

今看此书，须高着眼，笼着一章作一句读，本文“所谓”、“此谓”，原是一句首尾。然后知正心工夫之在言外。而不牵文害义，以虚明无物为正。则程子之说，虽不释本文，而大义已自无遗。传盖曰：所谓“修身在正其心”者，以凡不能正其心者，一有所忿懥、恐惧、好乐、忧患，则不得其正矣，意不动尚无败露，意一动则心之不正者遂现。唯其心不在也。持之不定，则不在意发处作主。心不在焉，而不见、不闻、不知味，则虽欲修其身而身不听，此经所谓“修身在正其心”也。释本文。

“不得其正”，心不正也，非不正其心。“不见”、“不闻”、“不知味”，身不受修也，非身不修也。“心不在”者，孟子所谓“放其心”也。“放其心”者，岂放其虚明之心乎？放其仁义之心也。

盖既是虚虚明明地，则全不可收，更于何放？止防窒塞，无患开张。故其不可有者，留也、期也、系也。留则过去亦在，期则未来亦在，系则现前亦在。统无所在，而后心得其虚明。佛亦不作。何以又云“心不在焉”，而其弊如彼乎？朱子亦已明知其不然，故又以操则存、求放心、从大体为征。夫操者，操其存乎人者仁义之心也；求者，求夫仁人心、义人路也；从者，先立夫天之所与我者也。正其心于仁义，而持之恒在，岂但如一镜之明哉？惜乎其不能畅言之于《章句》，而启后学之纷纭也！

二

切须知以何者为心，不可将他处言心者混看。抑且须知忿懥、恐惧、好乐、忧患之属心与否。以无忿懥等为心之本体，是“心如太虚”之说也。不可施正，而亦无待正矣。又将以忿懥等为心之用，则体无而用有，既不相应。如镜既空，则但有影而终无光。且人之释心、意之分，必曰“心静而意动”，今使有忿懥等以为用，则心亦乘于动矣。只此处从来不得分明。

不知《大学》工夫次第，固云“欲正其心者先诚其意”，然煞认此作先后，则又不得。且如身不修，固能令家不齐。乃不能齐其家，而过用其好恶，则亦身之不修也。况心之与意，动之与静，相为体用，而无分于主辅，故曰“动静无端”。故欲正其心者必诚其意，而心苟不正，则其害亦必达于意，而无所施其诚。

凡忿懥、恐惧、好乐、忧患，皆意也。不能正其心，意一发而即向于邪，以成乎身之不修。此意既随心不正，则不复问其欺不欺、慊不慊矣。若使快足，入邪愈深。故愚谓意居身、心之交，八条目自天下至心，是步步向内说；自心而意而知而物，是步步向外说。而《中庸》末章，先动察而后静存，与《大学》之序并行不悖。则以心之与意，互相为因，互相为用，互相为功，互相为效，可云由诚而正而修，不可云自意而心而身也。心之为功过于身者，必以意为之传送。

三

朱子说“鉴空衡平之体，鬼神不得窥其际”，此语大有病在。南阳忠国师勘胡僧公案，与列子所纪壶子事，正是此意。凡人心中无事，不思善，不思恶，则鬼神真无窥处。世有猜棋子戏术，握棋子者自不知数，则彼亦不知，亦是此理。此只是谚所云“阴阳怕懵懂”，将作何用，岂可谓之心正？心正者，直是质诸鬼神而无疑。若其光明洞达，匹夫匹妇亦可尽见其心，岂但窥其际也而已哉？

四

“仰面贪看鸟，回头错应人”，恁般时，心恰虚虚地，鬼神亦不能窥其际，唯无以正之故也。不然，岂杜子美于鸟未到眼时，预期一鸟而看之，鸟已飞去后，尚留一鸟于胸中，鸟正当前时，并将心系着一鸟乎？唯其无留、无期、无系，适然一鸟过目，而心即趋之，故不觉应人之错也。

正心者，过去不忘，未来必豫，当前无丝毫放过。则虽有忿懥、恐惧、好乐、忧患，而有主者固不乱也。

---

①系缚：栓缚。

②窅窅（yǎo，音咬）：同“窈窈”。隐晦的样子。

传第八章

一

《或问》之论敖惰[①]，足破群疑。但朱子大概说待物之理，而此传之旨，乃以发修身、齐家相因之理。则在家言家，而所谓“泛泛然之涂人”与夫求见之孺悲[②]，留行之齐客，固非其类。

又“亲爱”以下五者，亦比类而相反。敖惰者畏敬之反；贱恶者亲爱、哀矜之反[③]。各有所反，则亲爱、哀矜者，其或在所敖惰也有矣。敖者，亢敖自尊而卑之也。惰者，适意自便而简之也。敖必相与为礼时始见，始扶杖而受卑幼之拜是已。惰则闲居治事，未与为礼时乃然，虽过吾前，不为改容也。此则一家之中，繁有其人[④]，亦繁有其时。外之家臣仆隶，大夫而后可云家。内则子孙群从，日侍吾前者皆是也。然使其辟[⑤]，则自处过亢而情不下接，有所使令，亦惮其尊严而不敢自白，则好不知恶，恶不知美，自此积矣。是身之不修，家缘不齐之一端也。

凡释字义，须补先儒之所未备，逐一清出，不可将次带过。一部《十三经》，初无一字因彼字带出混下者。如此章“亲爱”等十字，其类则五，而要为十义。“亲”者相洽相近之谓，“爱”则有护惜而愿得之意。已得则护惜，未得则愿得。孟子云“彼以爱兄之道来”，不可云亲兄；以“郁陶思君”之言有护念而愿见之意。“畏”者畏其威，“敬”者敬其仪。畏存乎人，敬尽乎己。父兼畏敬，母兄唯敬。“哀”则因其有所丧而悼之，“矜”则因其未足以成而怜之。丧则哀，病不成人则矜。“贱”以待庸陋[⑥]，恶以待顽恶。近取之家[⑦]，自不乏此十种。敖惰前已释。或以人别，或以事别，其类则有五，其实凡十也。

二

好知恶，恶知美；知子之恶，知苗之硕，要未可谓身修，未可谓家齐，亦不可以务知之明为修其身、齐其家之功。修身在于去辟，无所辟而后身修[⑧]。若齐家之功，则教孝、教弟、教慈，非但知之，而必教之也。

唯身之有辟，故随其辟以为好恶，须玩本文一“故”字。而教之失宜。如其无辟，则于身取则，而自有以洞知人之美恶[⑨]。知其如此者之为不孝、不弟、不慈[⑩]，则严戒之得矣。知其如此者之为能孝、能弟、能慈，则奖掖之得矣。故《章句》著“所以”二字。“所以”云者，于以为立教之本而利用之也。

到知美知恶，大要着力不得。假令好而欲知其恶，恶而欲知其美，其起念已矫揉不诚。强制其情而挟术以为讥察[⑪]，乃欲如吴季子所云镜明衡平者，亦万不可得之数。故传意但于辟不辟上致克治之功。此以外制内之道，亲爱等见于事，故属外。知与好恶属内。自与正心殊科[⑫]。

盖所谓修身者，则修之于言、行、动而已。由言、行、动而内之，则心意知为功，乃所以修身之本，而非于身致修之实。知美知恶，自致知事。好恶，自正心事。而人终日所言、所行、所动，必因人因事而发，抑必及于物。而受之者，则所亲爱、贱恶、畏敬、哀矜、敖惰者是已。君子而入大学，则固非忧患困穷，避世土室者之所可例。又岂至如浮屠之弃家离俗[⑬]，杜足荒山[⑭]，习四威仪于人所不接之地也与？故列数所施之地，以验其言、行、动，辟与不辟之实。然则修其身而使不辟者，必施之得宜，而非但平情以治其好恶。此自正心诚意事。如吴季子镜衡之说，内求之心知而略于身，外求之物理而内失己也。

才有所辟，言必过言，行必过行，动必过动。抑言有过言，行有过行，动有过动，而后为用情之辟。辟者偏也，非邪也。邪生心而偏在事。非施之言、行、动而何以云辟哉？故修身者，修其言、行、动之辟也。

欲得不辟，须有一天成之矩为之范围，为之防闲，则礼是已。故曰“非礼不动，所以修身也”。“齐明”是助修，“非礼不动”乃是正修。礼以简束其身，矫偏而使一于正。则以此准己之得失者，即以此而定人之美恶，不待于好求恶，于恶求美，而美恶粲然，无或蔽之矣。此修身所以为齐家之本。舍是，则虽欲平情以齐其家，不可得也。

亲爱、贱恶、畏敬、哀矜、敖惰而云“其所”，乃以谓身之所施，而非言情之所发。或问“今有人焉”一段，亦甚深切著明矣。惜乎门人之不察，求之于情而不求之于事，徒区区于爱最易偏，辨平情之次第，入荆棘而求蹊径，劳而无益久矣！

三

有所当言，因亲爱而黩⑮，因畏敬而隐，因贱恶而厉，因哀矜而柔，因敖惰而简。有所当行，因亲爱而荏⑯，因畏敬而葸⑰，因贱恶而矫，因哀矜而沮，因敖惰而吝。于其动也，因亲爱而媟⑱，因畏敬而馁，因贱恶而暴，因哀矜而靡，因敖惰而骄。皆身之不修也。

君子所贵乎道者，鄙倍、暴慢、淫暱之不作⑲。虽因亲疏、贵贱、贤不肖而异施，亦何辟之有哉？如是，方是修身。若但云平情如衡，则苟所当致其亲爱者，虽极用其亲之爱之之心，如舜之于象，亦未为辟。敬畏等放此。岂酌彼损此，漫无差等，抑所有余以就不足之得为齐哉？唯然，故身不修而欲齐其家，必不可也。

---

①敖：通“傲”。倨傲。

②涂：通“途”。道路。

③哀矜：怜悯。

④繁：多，盛。

⑤辟：邪僻。

⑥庸陋：平庸浅陋。

⑦取：通“娶”。

⑧辟：屏除，排除。

⑨洞知：透彻了解。

⑩弟：通“悌”。

⑪讯：查问。

⑫殊科：不同类。

⑬浮屠：佛教名词。梵文 Buddha（佛祐）的旧译。此处指佛教僧侣。

⑭杜足：隐居不与世务相接。

⑮黩：通“嬻”。轻慢不敬。

⑯荏：软弱。

⑰葸（xǐ，音洗）：害怕，胆怯。

⑱媟（xiè，音屑）：义同“亵”。因太亲近而态度不恭敬。

⑲鄙倍：浅陋，背理。 淫暱：即“淫昵”。

传第九章

一

《章句》“立教之本”云云，亦但从性情会通处[①]，发明家国之一理，以见教家之即以教国耳。“识端推广”[②]，乃朱子从言外衍说，非传意所有。缘恐人将孝、弟、慈说得太容易，以为不待学而自能，竟同处子之不学养子一例[③]，故补此一说，见教家教国，理则一而分自殊。事之已殊，有不待推而不可者。

其云“立教之本”，即指上孝、弟、慈。金仁山之说为近。所“云”本者，以家、国对勘：教家者教国之本；孝、弟、慈者事君、事长、使众之本也。唯其不假强为，则同命于天，同率于性，天理流行，性命各正，非仅可通于家而不可行于国也。唯养子不待学，则使众亦不待别有所学，而自无不可推矣。故立教之本，有端可识，而推广无难也。

《章句》恰紧在一“耳”字，而朱子又言“此且未说到推上”，直尔分明。玉溪无端添出明德；仁山以“心诚求之”为推，皆是胡乱忖度。“心诚求之”元是公共说的，保赤子亦如此，保民亦如此。且此但言教而不言学。一家之教，止教以孝于亲、弟于长、慈于幼，何尝教之以推？所谓推者，乃推教家以教国也，非君子推其慈于家者以使国之众也。

所引《书》词，断章立义。但据一“如”字，明二者之相如。而教有通理，但在推广，而不待出家以别立一教。认《章句》之旨不明，乃谓君子推其慈家之恩以慈国，其于经传“齐”、“治”二字何与。而传文前后六“教”字，亦付之不问。小儒见杌惊鬼[④]，其瞀乱有如此者[⑤]，亦可叹也已！

二

径以孝、弟、慈为“明明德’者，黄氏之邪说也。朱门支裔，背其先师之训，淫于鹅湖者[⑥]，莫此为甚。其始亦但牵枝分段，如今俗所谓“章旨”者，而其悖遂至于是。王阳明疑有子支离[⑦]，只欲将仁与孝弟并作一个。若论孝、弟、慈之出于天性，亦何莫非“明德”？尽孝、尽弟、尽慈，亦何不可云“明明德”？而实则不然。如《廿一史》所载《孝友》、《独行传》中人物，乃至王祥、李密一流，不可云他孝弟有亏欠在。而其背君趋利，讵便可许之为克明其德[⑧]？

至如所云“天明地察”，则又不可以此章所言孝者例之。此但据教家教国而言，则有七八分带得过，而君子之教已成。故曰：“敬敷五教在宽。”且不敢遽责其为王祥、李密，而况其进焉者乎？

明明德之事，经文所云格物、致知、诚意、正心、修身，缺一不成，《章句》已分明言之。倘必待格、致、诚、正之已尽，而后可云孝子、弟弟、慈长，则即令尧、舜为之长，取一家之人，戒休董威之[⑨]，且没世而不能。如但以保赤子之慈[⑩]，而即可许之明明德，则凡今之妇妪，十九而明其明德矣。

于德言明，于民言新，经文固自有差等。陆、王乱禅，只在此处，而屈孟子不学不虑之说以附会已见。其实则佛氏呴呴呕呕之大慈大悲而已[⑪]。圣贤之道，理一分殊，断不以乳媪推干就湿、哺乳嚼粒之恩为天地之大德[⑫]。故朱子预防其弊，而言识、言推，显出家、国殊等来。家、国且有分别，而况于君德之与民俗，直是万仞壁立，分疆画界。比而同之，乱天下之道也。

三

程子所云“慈爱之心出于至诚”，乃以引伸养子不待学之意，初不因传文“诚求”“诚”字而设。凡母之于子，性自天者，皆本无不诚，非以“诚”字为工夫语。吴季子无端蔓及“诚”意[13]，此如拈字酒令，搭著即与安上，更不顾理。学者最忌以此种戏心戏论窥圣贤之旨。如母之于赤子，岂尝戒欺求谦，慎其独知，而后知保哉？

“诚”之为说，《中庸》详矣。程子所云“出于至诚”者，“诚者天之道也”。天以是生人。“诚其意”者，“诚之者人之道也”。须择善而固执。天道不遗于夫妇，人道则唯君子为能尽之。若传文“心诚求之”之“诚”，则不过与“苟”字义通。言“心”言“求”，则不待言“诚”而其真实不妄自显矣。

经传之旨，有大义，有微言，亦有相助成文之语。字字求义，而不顾其安，鲜有不悖者。况此但据“立教”而言，以明家国之一理。家之人固不能与于诚意之学，矧国之人万有不齐[14]，不因其固有之良，导之以易从之功，而率之与讲静存动察之学，不亦偾乎[15]！

若云君子之自诚其意者，当以母之保子为法，则既非传者之本意。而率入大学之君子，相与响响呕呕以求诚，“好仁不好学，其蔽也愚”，此之谓夫！故戏论之害理，剧于邪说，以其似是而非也。

四

机者，发动之由。只是动于此而至于彼意，要非论其速不速也。国之作乱，作乱自是分争草窃，非但不仁不让而已也。非一人之甫为贪戾而即然[16]。且如无道如隋炀帝，亦延得许久方乱。汉桓帝之后无灵帝，黄巾之祸亦不如是之酷。且传文此喻，极有意在。如弩机一发，近者亦至之有准，远者亦至之有准，一条蓦直去，终无迂曲走移。一人贪戾，则近而受之者家，远而受之者国，其必至而不差，一也。

矢之中物，必有从来。仁让作乱之成于民，亦必有从来。如云“礼达分定，则民易使”，实是上之人为达之而为定之，岂但气机相感之浮说乎？一家之仁让，非自仁自让也，能齐其家者教之也。教成于家而推以教国者，即此仁让，而国无不兴焉。盖实恃吾教仁教让者以为之机也。若但以气机感通言之，则气无畛域[17]，无顿舍，直可云身修而天下平矣。

《大学》一部，恰紧在次序上，不许人作无翼而飞见解。吴季子“瞬息不留”之淫词，为害不小。既瞬息不留，则一念初起，遍十方界[18]，所有众生，成佛已竟[19]，何事言修、言齐、言治、言平之不已哉？

五

韦（齐）〔斋〕云“有诸己不必求诸人，无诸己不必非诸人”，断章取义，以明君子自治之功则然。子曰“攻其恶，无攻人之恶”，要为修慝者言之尔[20]。盖明德之功而未及于新民也。经云：“欲治其国者，先齐其家。”既欲治其国矣，而可不必求、不必非乎？但有诸己者与求诸人者，无诸己者与非诸人者，亦自有浅深之不同。如舜之事父母，必至于“烝烝乂，不格奸[21]”，而后自谓可以为人子。其求于天下之孝者，亦不过服劳奉养之不匮而已。

细为分之，则非但身之与国，不可以一律相求；即身之于家，家之于国，亦有厚薄之差。曾子固不以己之孝责曾元，而天子使吏治象之国，亦不概施夫异姓不匙之诸侯也。故曰“理一而分殊”。然原其分殊，而理未尝不一，要以帅人而后望人之从，其道同也。故在家无怨者，在邦亦无怨也。

---

①会通：会合变通。各种运动现象的相合和相通之处。

②端：头绪。

③处子：未婚女子。

④见杌惊鬼：谓捕风捉影，夸大事实。

⑤瞀（mào，音冒）乱：精神错乱。

⑥鹅湖：地名，今江西上饶。南宋淳熙二年（1175）在鹅湖寺举行一场哲学辩论会。由吕祖谦邀集，意图调和朱熹和陆象山两派的争执。　淫：大。

⑦支离：散乱没有条理。

⑧讵：岂。

⑨戒：谨慎。　休：安闲自得，乐而有节。　董威：“董之用威”之略语。　董：监督。　威：尊严。

⑩赤子：初生的婴儿。

⑪呴呴（xū，音虚）：语言温和。　呕呕（xū，音虚）：和悦的样子。

⑫乳媪：奶妈。

⑬蔓：乱。

⑭矧（shěn，音审）：况。

⑮傎（diān，音颠）：颠倒错乱。

⑯甫：开始，起初。

⑰畛域：范围，界限。

⑱十方：佛教称东、西、南、北、东南、西南、东北、西北、上、下十个方位为“十方”。

⑲竟：完成。

⑳慝（tè，音忒）：邪恶，恶念。

㉑烝烝（zhēng，音征）：孝德之厚美。　乂：有才德的人。　格：至于。

传第十章

一

第十章传，且俱说治国，故云“有国者不可以不慎”，云“得众则得国”，云“此谓国不以利为利”。絜矩之道、忠信之德、外末内本、以财发身、见贤先举、远退不善[①]，凡此皆治国之大经，而可通之于天下者也。若平天下之事，则自有命德讨罪、制礼作乐之大政，要亦可以此通之。而其必待推者，传所未及，(且)〔则〕所谓“文武之政，布在方策”[②]，而非入学者所预习也。

先儒未能推传意之所未及，而以体经文言“天下平”不言“平天下”之旨。竟于此传言“天下”，则似治国之外，别无平天下之道。既不顺夫理一分殊之义，而抑不察夫古之天下为封建，故国必先治，今之天下为郡县，故不须殊直隶于司道。固难以今之天下统为一国者，为古之天下释。孟子论世之说，真读书者第一入门法。惜乎朱子之略此也！

自秦以后，有治而无平，则虽有王者起，亦竟省下一重事业。唯其然，是以天下终不易平。即以圣神之功化莅之，亦自难使长鞭之及马腹。今以说古者大学之道，那得不还他层次，以知三代有道之长，其规模如彼哉？

二

“是以君子有絜矩之道”，须于教孝、教弟、教慈之外，别有一教之之道在。《章句》云“亦可以见人心之所同”云云，“是以君子必当因其所同，推以度物”，明分两折。而所谓絜矩者，自与藏身之恕不同。所云“毋以使下”、“毋以事上”云者，与“勿施于人”，文似而义实殊也。

唯东阳许氏深达此理，故云：“天下之大，此句有病。兆民之众，须有规矩制度，使各守其分，是以己之心度人之心，品量位置以为之限。”则明乎君子以絜矩之道治民，而非自絜矩以施之民也。朱子“交代官”、“东西邻”之说，及周阳繇、王肃之事，皆且就絜矩上体认学问，姑取一人之身以显絜矩之义，而非以论絜矩之道。

齐家之教，要于老老、长长、恤孤，而可推此以教国矣[3]。乃国之于家，人地既殊，理势自别，则情不相侔[4]，道须别建。虽其心理之同，固可类通，而终不能如家之人，可以尽知其美恶以因势而利导之。乃君子因其理之一，而求之于大公之矩。既有以得其致远而无差者，则不患夫分之悬殊，而困于美恶之不知，使教有所不行也。

一国之人，为臣为民，其分之相临，情之相比，事之相与，则上下、左右、前后尽之矣。为立之道焉，取此六者情之所必至、理之所应得者，以矩絜之，使之均齐方正，厚薄必出于一，轻重各如其等，则人得以消其怨尤，以成孝、弟、慈之化，而国乃治矣。其授之以可以尽孝、弟、慈之具，则朱子所谓“仰足事，俯足育”者，固其一端。而为之品节位置[5]，使人皆可共率由夫君子之教者，则必东阳所谓“规矩制度”者，而后为治道之全也。

唯然，则一国之人虽众，即不孤恃其教家者以教国，而实则因理因情，变通以成典礼，则固与齐家之教相为通理，而推广固以其端矣。矩之既絜，则君子使一国之人并行于恕之中，而上下、前后、左右无不以恕相接者，非但君子之以恕待物，而国即治也。

若传所谓“内德外财”，则(是)〔非〕争斗其民而施之以劫夺之教。爱贤恶不肖，为严放流之法，而不使媢疾者得以病有技、彦圣之人[6]。要皆品节斯民，限以一程之法，使相胥而共由于矩之中者也[7]。

齐家恃教而不恃法，故立教之本不假外求。治国推教而必有恒政。故既以孝、弟、慈为教本，而尤必通其意于法制，以旁行于理财用人之中，而纳民于清明公正之道。故教与养有兼成，而政与教无殊理。则《大学》之道，所以新其民者，实有以范围之于寡过之地，不徒恃气机之感也。此则以治其国，而推之天下亦无不可矣。

三

周阳繇、王肃所以能尔者，自是乱世事，此固不足道。如叔孙通所草汉仪，萧何所制汉法，何尝从大公之矩絜得整齐？固原留一渗漏[8]，教郡守、教尉可以互相陵傲。而由则以武帝为之君，又施劫夺之教，而好人所恶，如何不教成他胡乱？若伯鲧只一方命圮族[9]，以恶于下者事上，方命。恶于上者使下，圮族。便迸诸四夷，则虞廷上下，交好于仁让之中，如繇、肃者，岂得以肆其志哉？

故治国之道，须画一以立絜矩之道。既不可全恃感发兴起，以致扞格于不受感之人；而《或问》谓“絜矩必自穷理正心来”，一皆本自新者以新民，则傲很苟不如伯鲧者，亦可教而不待刑也。周阳繇便教不入，若王肃自可教。

四

民之所好，民之所恶，矩之所自出也。有絜矩之道，则已好民之好，恶民之恶矣。乃“所恶于上，毋以使下”，则为上者必有不利其私者矣。“所恶于下，毋以事上”，则为下者必有不遂其欲者矣。君子只于天理人情上絜着个均平方正之矩，使一国率而繇之。则好民之所好，民即有不好者，要非其所不可好也。恶民之所恶，民即有不恶者，要非其所不当恶也。

如妨贤病国之人，又岂无朋党私昵幸其得位而恐其见逐者？乃至争民施夺之政，亦岂尽人而皆恶之？若王介甫散青苗钱[10]，当其始散，或踊跃而愿得之；迨其既散，或亦因之而获利，未尝一出于抑配[11]。故民之好恶，直恁参差，利于甲者病于乙，如何能用其好恶而如父母？唯恃此絜矩之道，以整齐其好恶而平施之，则天下之理得，而君子之心亦无不安矣。

所谓父母者，《鸤鸠》七子之义[12]，均平专壹而不偏不吝也。不然，则七子待哺，岂不愿己之多得。而哺在此，且怨在彼矣。曰“民”者，公辞也，合上下、前后、左右而皆无恶者也。故《或问》曰：“物格知至，有以通天下之志；意诚心正，有以胜一己之私。”又曰：“人之为心，必当穷理以正之，使其所以爱己治人者皆出于正，然后可以即是而推之人。”民不能然，故须上为絜之。盖物格知至，则所好所恶者曲尽其变，不致恃其私意，而失之于偏。意诚心正，则所好所恶者一准于道，不致推私欲以利物，而导民于淫。故传于好人所恶、恶人所好者，斥其“拂人之性”，而不言“拂人之情”也。

自然天理应得之处，性命各正者，无不可使遂仰事俯育之情。君子之道，斯以与天地同流，知明处当，而人情皆协者也。此之为道，在齐家已然，而以推之天下，亦无不宜。特以在家则情近易迷，而治好恶也以知。在国则情殊难一，而齐好恶也以矩。故家政在教而别无政，国教在政而政皆教，斯理一分殊之准也。

五

“先慎乎德”，“德即所谓明德”，《章句》、《或问》凡两言之，而愚窃疑其为非。朱子之释“明德”曰：“人之所得于天，而虚灵不昧，以具众理而应万事者也。”若夫“慎”之云者，临其所事，拣夫不善而执夫善之谓也。故《书》曰：“慎厥身。”身则小体大体之异从而善恶分也。《论语》曰：“子之所慎，齐、战、疾。”临夫存亡得失之交，保其存与得而远夫失与亡也。《礼记》凡三言慎独，独则意之先几、善恶之未审者也。乃若虚灵不昧之本体，存乎在我，有善而无恶，有得而无失，抑何待拣其不善者以孤保其善哉？此以知明德之可言“明”，而不可言“慎”也。

或朱子之意，以明其明德者谓之明德。则当其未明，不可言明；及其已明，亦无待慎。而岂其云君子先慎明其德哉？且明德之功，则格物、致知、诚意、正心是已。传独于诚意言慎者，以意缘事有，以意临事，则亦以心临意也。若夫心固不可言慎矣。是以意在省察，而心唯存养[13]。省察故不可不慎，而存养则无待于慎，以心之未缘物而之于恶也。至于致知格物，则博学、审问、明辨，而慎思特居其一，是慎不可以尽格致之功明矣。安得以“慎”之一言，蔽明德之全学乎？是故以德为明德者，无之而可也。

德者，行焉而有得于心之谓也。则凡行而有得者，皆可谓之德矣。故《书》曰“德二三，动罔不凶”；《易》曰“不恒其德”；《诗》曰“二三其德”。审夫德者，未必其均为善而无恶，乃至迁徙无恒，佹得以自据者[14]，亦谓之德，故不可以不慎也。

是以所得于天而虚灵不昧者，必系之以明，而后其纯乎善焉。但夫人之迁徙无恒，佹得以自据者，虽非无得于心，而反诸心之同然者，则所得者其浮动翕取之情[15]，而所丧者多。故凡言德者，十九而皆善。十九而善，故既慎之余，竟言“有德”，而不必言“有懿德”。然以不善者之非无所得也，故君子之于德，必慎之也。

慎者，慎之于正而不使有辟也。慎于正而不使有辟者，好恶也。好恶者，君子之以内严于意，而外修其身者也。唯意为好恶之见端，而身为好恶之所效动，身以言行动言。则君子出身加民[16]，而措其有得于心者以见之行事。故曰：“是故君子先慎乎德。”“是故”云者，以絜民之好恶而好恶之，则为“民之父母”；任其好恶之辟而德二三，则“为天下僇”[17]。故君子之抚有人土财用者，必先慎之乎此也。又曰“有德此有人”，则以慎其好恶之几得之于心者，慊乎人心之所同然[18]。而措夫好恶之用行之于道者，尽夫众心之攸好[19]。故臣民一率其举错用缓之公[20]，知其大公至正而归之也。

且《大学》之教，理一分殊。本理之一，则众善同原于明德，故曰“明德为本”。因分之殊，则身自有其身事，家自有其家范，国自有其国政，天下自有其天下之经。本统乎末，而由本向末，茎条枝叶之不容夷也[21]。今云“有人此有土，有土此有财，有财此有用”，则一国之效乎治者，其次序相因，必如是以为渐及之词，而后足以见国之不易抵于治。乃云“君子有其明德而遂有人”，则躐等而为迫促之词[22]，是何其无序耶！

夫明德为新民之本，而非可早计其效于民新。故身修之后，必三累而至乎天下平。则新民者固原本于已明之君德，而必加之以齐、治、平之功。岂德之既明，而天下即无不（明）〔平〕乎？故格、致、诚、正，其报成在身修，而修、齐、治之底绩在天下平。是以明德、新民，理虽一贯，而显立两纲，如日月之并行而不相悖。今此以言治、平之理，则有德有人，以是功，取是效，捷如影响，必其为新民之德审矣。

新民之德，非不原本于明德，而固自有所及于民之德。故好恶之为功，内严于诚意，而必外著之絜矩之道，然后人、土、财、用之应成焉。使其不然，则《大学》之道，一明德尽之，而何以又云“在新民”乎？又况为格、为致、为诚、为正者，未尝有以及乎民，而遽期夫人、土、财、用之归。是以其心身之学，坐弋崇高富贵之获[23]，抑异夫先事后得、成章后达之教者矣。

《大学》一书，自始至终，其次第节目，统以理一分殊为之经纬。故程子以此书与《西铭》并为入德之门。朱子或有不察，则躐等而不待盈科之进，如此类者，亦所不免。董氏彝云“明德言自修，慎德言治天下”，不徇《章句》，乃以为有功于朱子。

六

吴季子以发巨桥之粟为“财散”，不知彼固武王一时之权，而为不可继之善政也。倘不经纣积来，何所得粟而发之？故孟子以发棠拟之冯妇，而谓见笑于士，以其不务制民之产，而呴呴以行小惠也。

财聚者，必因有聚财者而后聚。财散者，财固自散，不聚之而自无不散也。东阳许氏云：

“取其当得者而不过”，其论自当。

乃财聚者，非仅聚于君而已。如《诗》所云“亶侯多藏”，《盘庚》所云“总于货宝”者，强豪兼并之家，皆能渔猎小民，而使之流离失所。絜矩之道行，则不得为尔矣。

民散云者，《诗》所谓“逝将去女，适彼乐土”者也。即此，亦以知此为治国而言。若以天下统言之，共此四海之内，散亦无所往。故郡县之天下，财殚于上，民有死有叛而已矣，不能散也。

七

忠信之所得，骄泰之所失，《章句》以“天理存亡”言之，极不易晓。双峰早已自惑乱在。其云“忠信则得善之道，骄泰则失善之道”，竟将二“之”字指“道”说。俗儒见得此说易于了帐，便一意从之。唯吴季子云：“忠信则能絜矩，而所行皆善，岂不得众乎？骄泰则不能絜矩，而所行皆不善，岂不失众乎？”一串穿下，却是不差。

《章句》云：“君子以位言之，道谓居其位而修己治人之术。”是道与位相配，而凝道即以守位。一如“生财有大道”，非“生众、食寡，为疾、用舒”，则失其道而财不能生也。双峰认天理不尽，如何省得朱子意？

倘只靠定絜矩不絜矩作天理，乃不知天生人而立之君，君承天理民，而保其大宝，那一般不是天理来？古人于此见得透亮，不将福之与德打作两片。故“天命之谓性”，与“武王末受命”，统唤作“命”。化迹则殊而大本则一，此自非靠文字求解者之所能知。

若论到倒子处，则必“得众得国”，“失众失国”，方可云“以得之”、“以失之”。特为忠信、骄泰原本君心而言，不可直恁疏疏阔阔，笼统说去，故须找出能絜矩不能絜矩，与他做条理。但如吴季子之说，意虽明尽，而于本文直截处不无腾顿，则终不如朱子以“天理”二字大概融会之为广大深切而无渗也。

若抹下“得众、得国”一层，只在得道、失道上捎煞[24]，则忠信之外有道，而忠信为求道之敲门砖子，不亦悖与！君子之大道，虽是尽有事在，然那一件不是忠信充满发现底？故曰：“夫子之道，忠恕而已矣。”只于此看得真，便知双峰之非。双峰则以道作傀儡，忠信作线索，搜动他一似生活，知道者必不作此言也。

或疑双峰之说，与程子所云“有《关雎》、《麟趾》之精意，而后《周官》之法度可行”义同，则忠信岂非所以得道者？不知程子所云，元是无病。后人没理会，将《周官》法度作散钱，《关雎》、《麟趾》之精意作索子，所以大差。钱与索子，原是两项物事，判然本不相维系，而人为穿之。当其受穿，终是拘系强合，而漠不相知。若一部《周官》法度，那一条不是《关雎》、《麟趾》之精意来？周公作此法度，原是精意在中，遇物发现，故程子直指出周公底本领教人看。所谓“有《关雎》、《麟趾》之精意”者，即周公是也。岂后人先丢下这法度，去学个精意，然后可把这法度来行之谓乎？如王介甫去学《周礼》，他不曾随处体认这精意，便法度也何曾相似？看他青苗钱，与国服之制差得许远！

故《大学》之道，以明德者推广之新民，而云“明德为本，新民为末”。末者，本之所生也。可云生，不可云得。岂以明德作骨子，撑架著新民使挣扎著；以明德作机关，作弄著新民使动荡；以明德作矰缴[25]，弋射著新民使速获之谓乎？知此，则群疑可以冰释矣。

八

古人说个忠信，直尔明易近情，恰似人人省得。伊川乃云“尽己之谓忠，以实之谓信”，明道则云“发己自尽为忠，循物无违为信”，有如增以高深隐晦之语，而反使人不知畔岸者然[26]。呜呼！此之不察，则所谓微言绝而大义因之以隐也。

二程先生之语，乃以显“忠信之德”，实实指出个下手处，非以之而释“忠信”也。盖谓夫必如是而后为忠，如是而后为信也。二先生固有而自知之，则并将工夫、体段一齐说出。未尝得到这地位人，自然反疑他故为隐晦之语。而二先生于此发己所见，无不自尽，循忠信之义，毫厘不违。以教天下之学为忠信者，深切著明。除是他胸中口下，方说得这几字出。而后学亦有津涘之可问[27]，不患夫求忠而非忠，求信而不信矣。

所谓“发己自尽”者，即“尽己”之谓也。所谓“以实”者，则“循物无违”之谓也。说“忠”字，伊川较直截。而非明道之语，则不知其条理。说“信”字，明道乃有指征。而伊川所谓“以实”者，文易求而旨特深也。

盖所谓“己”者，言乎己之所存也；“发己”者，发其所存也。发之为义，不无有功。而朱子以凡出于己者言“发己”，见《性理》。则以其门人所问“发”为“奋发”之义，嫌于矫强[28]，故为平词以答之。乃此“发”字，要如“发生”之“发”，有由体生用之意。亦如“发粟”之“发”，有散所藏以行于众之意。固不可但以凡出诸己者言之也。唯发非泛然之词，然后所发之己，非私欲私意，而自尽者非违道以干誉矣[29]。

若所谓“自尽”者，则以其发而言，义亦易晓。凡己学之所得，知之所及，思之所通，心之所信，遇其所当发，沛然出之而无所吝。以事征之，则孟子所谓“知其非义，斯速已”而无所待者，乃其发之之功。而当其方发，直彻底焕然，“万紫千红总是春”者是也。

若伊川所云“尽己”“尽”字，大有力在，兼“发”字意在内。亦如天地生物，除却已死已槁，但可施生，莫不将两间元气，一齐迸将去。所以一言“忠”，则在己之无虚无伪者已尽。而“以实谓信”之“实”，则固非对虚伪而言，乃因物之实然者而用之也。于此不了，则忠外更无信。不然，亦且于忠之外，更待无虚无伪而始为信，则所谓忠者亦非忠矣。

“信”者，不爽也。名实不爽、先后不爽之谓也。唯名实爽而后先后爽。如《五行志》所载李树生瓜，名实既爽，故前此初不生瓜，后此仍不生瓜而生李，则先后亦因之而爽矣。

“循”者，依缘而率由之谓也。依物之实，缘物之理，率由其固然，而不平白地画一个葫芦与他安上，则物之可以成质而有功者，皆足以验吾所行于彼之不可爽。抑顺其道而无陵驾倒逆之心，则方春而生，方秋而落，遇老而安，遇少而怀，在桃成桃，在李成李，心乎上则忠，心乎下则礼，彻始彻终，一如其素，而无参差二三之德矣。

君子于此，看得物之备于我，己之行于物者，无一不从天理流行，血脉贯通来。故在天则“云行雨施，品物流形”[30]，天之“发己自尽”者，不复吝留而以自私于己。“乾道变化，各正性命”，天之“循物无违”者，不恣己意以生杀而变动无恒。则君子之“首出庶物，万国咸宁”者，道以此而大，矩以此而立，絜以此而均，众以此而得，命以此而永。故天理之存也，无有不存。而几之决也，决于此退藏之密而已矣。

不然，则内不尽发其己，而使私欲据之；外不顺循乎物，而以私意违之。私欲据乎己，则与物约而取物泰；私意违乎物，则刍狗视物而自处骄[31]。其极，乃至好佞人之谀己，而违人之性以宠用之；利聚财之用，而不顾悖入之多畜以厚亡。失物之矩，安所施絜？而失国失命，皆天理之必然矣。故曰："忠信以得之，骄泰以失之。"君子之大道所必择所从而违其害者也。

上推之天理，知天之为理乎物者则然。下推之人事，知天理之流行于善恶吉凶者无不然。此非传者得圣学之宗，不能一言决之如此。而非两程子，则亦不能极之天道，反之己心，而见其为功之如是者。不然，则不欺之谓"忠"，无爽之谓"信"。此解亦是。人具知之，而何以能不欺，何以能无爽？究其怀来，如盲人熟记路程，亦安知"发"、"足"之何自哉？则谓南为北，疑江为淮，固不免矣。

九

明道曰："忠信，表里之谓。"伊川曰："忠信，内外也。"表里、内外，字自别。南轩以体用言，则误矣。表里只共一件衣，内外共是一件物，忠信只是一个德。若以居为内，以行为外，则忠信皆出己及物之事，不可作此分别。缘程子看得天理浑沦[32]，其存于吾心者谓之里，其散见于物理者谓之表，于此理之在己、在物者分，非以事之藏于己、施于物者分也。

如生财之道，自家先已理会得详明，胸中有此"生众食寡、为疾用舒"的经纶条理，此谓之里。便彻底将来为一国料理，不缘于己未利，知而有所不为，此是"发己自尽"。乃以外循物理，生须如此而众，食须如此而寡，为须如此而疾，用须如此而舒。可以顺人情，惬物理，而经久不忒，此之谓表。不恃己意横做去，教有头无尾，此是"循物无违"。及至两者交尽，共成一"生众食寡、为疾用舒"之道，则尽己者，即循物无违者也；循物无违者，即尽己者也。故曰"只是一个德"。

此之为德，凡百俱用得去。缘天理之流行敦化，共此一原，故精粗内外，无所不在。既以此为道，而道抑以此而行。君子修己治人，至此而合。且如生财之道，在人君止有"生众食寡、为疾用舒"为所当自尽之道，而即己尽之。而财之为理，唯"生众食寡、为疾用舒"则恒足，而即循用其理而无违。此是忠信合一的大腔壳，大道必待忠信而有者也。

乃随举一节，如"生之者众"，必须尽己之心以求夫所以众之道而力行之。乃民之为道，其力足以任生财者本众也，即因其可生而教之生，以顺其性，此是忠信细密处，忠信流行于大道之中者也。

而君子则统以己无不尽、物无或违之心，一于无妄之诚，遇物便发得去。理财以此，用人以此。立教于国，施政于天下，无不以此。是忠信底大敷施，而天之所以为命以福善祸淫，人之所以为情而后抚仇虐，亦皆此所发之不谬于所存，而物理之信然不可违者也。故操之一念，而天理之存亡以决也。

一〇

"发"字、"循"字，若作等闲看，不作有"工夫"字，则自尽、无违，只在事上见，而忠信之本不立矣。发者，以心生发之也。循者，以心缘求之也。非此，则亦无以自尽而能无违也。"尽己"，功在"尽"字上；"以实"，功在"以"字上；以，用也。与此一理。"以实"者，不用己之私意，而用事物固然之实理。

---

①絜矩：儒家伦理思想。絜是量度的意思，矩是制作方形的工具。象征道德上的示范作用。

②方策：典籍。

③老老：赡养侍奉老人。　长长：尊敬长上。

④侔：齐等。

⑤品节：等级，限制。

⑥娼疾：即“娼嫉”。妒忌。　彦圣：有知识品德高尚的人。

⑦相胥：相与，皆。

⑧渗漏：比喻走漏，耗蚀。

⑨圮（pì，音痞）：毁，绝。

⑩青苗钱：王安石施行青苗法贷出的钱。

⑪抑配：平均分配的办法。

⑫鸤鸠：《诗·曹风》篇名。　七子之义：鸤鸠有七子，哺喂小鸟平均如一。

⑬存养：存心养性。儒家的一种修养方法。

⑭佹（guì，音诡）得：出于偶然获得的。

⑮翕：乱。

⑯加民：形容学问才能超过常人。

⑰僇（lù，音陆）：通“戮”。杀戮。

⑱慊：憾、恨，不满。

⑲攸：所。

⑳举错用缓：擢用和废弃。

㉑夷：蹲踞，傲慢。

㉒躐（liè，音猎）等：不按次序，逾越等级。　迫促：催促。

㉓弋：取。

㉔捎煞：轻描淡写一笔带过。

㉕矰（zēng，音曾）缴（zhúo，音浊）：猎取飞鸟的射具。

㉖畔岸：边际。

㉗津：渡口。　涘（sì，音俟）：水边。

㉘矫强：强。

㉙干誉：获取名誉。

㉚云行两施，品物流形：指自然各种事物及其运动变化。

㉛刍狗：草和狗。喻轻贱无用的东西。

㉜浑沦：犹“囫囵”。浑然一体不可剖析。

卷二　中庸

中　庸　序

随见别白曰知[1]，触心警悟曰觉。随见别白，则当然者可以名言矣；触心警悟，则所以然者微喻于己，即不能名言而已自了矣。知者，本末具鉴也；觉者，如痛痒之自省也。知或疏而觉则必亲，觉者隐而知则能显。赵格庵但据知觉之成效为言耳，于义未尽。

名篇大旨

《中庸》之名，其所自立，则以圣人继天理物，修之于上，治之于下，皇建有极②，而锡民之极者言也。二“极”字是中，“建”字“锡”字是庸。故曰：“中庸其至矣乎！民鲜能久矣。”又曰：“中庸不可能也。”是明夫中庸者，古有此教，而唯待其人而行，而非虚就举凡君子之道而赞之，谓其“不偏不倚，无过不及”之能中，“平常不易”之庸矣。

天下之理统于一中：合仁、义、礼、知而一中也，析仁、义、礼、知而一中也。合者不杂，犹两仪五行、《乾》男《坤》女统于一太极而不乱也。离者不孤，犹五行男女之各为一中，而实与太极之中无有异也。审此，则“中和”之中，与“时中”之中③，均一而无二矣。朱子既为分而两存之，又为合而贯通之，是已。然其专以“中和”之中为体则可，而专以“时中”之中为用则所未安。

但言体，其为必有用者可知；言未发则必有发。而但言用，则不足以见体。“时中”之中，何者为体耶？“时中”之中，非但用也。中，体也。时而措之，然后其为用也。喜怒哀乐之未发，体也；发而皆中节，亦不得谓之非体也。所以然者，喜自有喜之体，怒自有怒之体，哀乐自有哀乐之体。喜而赏，怒而刑，哀而丧，乐而乐，音岳。则用也。虽然，赏亦自有赏之体，刑亦自有刑之体，丧亦自有丧之体，乐音岳亦自有乐之体，是亦终不离乎体也。《书》曰：“允执厥中。”中，体也；执中而后，用也。子曰：“君子而时中。”又曰：“用其中于民。”中皆体也。时措之喜怒哀乐之间，而用之于民者，则用也。以此知夫凡言中者，皆体而非用矣。

周子曰：“中也者，和也。”言发皆中节之和，即此中之所为体，撰者以为节也。未发者未有用，而已发者固然其有体。则“中和”之和，统乎一中以有体，不但中为体而和非体也。“时中”之中，兼和为言。和固为体，“时中”之中不但为用也明矣。

中无往而不为体。未发而不偏不倚，全体之体，犹人四体而共名为一体也。发而无过不及，犹人四体而各名一体也，固不得以分而效之为用者之为非体也。若朱子以已发之中为用，而别之以无过不及焉，则将自其已措咸宜之后，见其无过焉而赞之以无过，见其无不及焉而赞之以无不及，是虚加之词，而非有一至道焉实为中庸。胥古今天下之人，乃至中材以下，得一行焉无过无不及，而即可以此名归之矣。夫子何以言“民鲜能久”，乃至“白刃可蹈”，而此不可能哉？

以实求之：中者，体也；庸者，用也。未发之中，不偏不倚以为体；而君子之存养，乃至圣人之敦化，胥用也。已发之中，无过不及以为体；而君子之省察，乃至圣人之川流，胥用也。未发未有用，而君子则自有其不显笃恭之用，已发既成乎用，而天理则固有其察上察下之体。中为体，故曰“建中”，曰“执中”，曰“时中”，曰“用中”。浑然在中者，大而万理万化在焉，小而一事一物亦莫不在焉。庸为用，则中之流行于喜怒哀乐之中，为之节文，为之等杀，皆庸也。

故“性”、“道”，中也；“教”，庸也。“修道之谓教”，是庸皆用中而用乎体，用中为庸而即以体为用。故《中庸》一篇，无不缘本乎德而以成乎道，则以中之为德本天德，性道。而庸之为道成王道。天德、王道一以贯之。是以天命之性，不离乎一动一静之间，而喜怒哀乐之本乎性、见乎情者，可以通天地万物之理。如其不然，则君子之存养为无用，而省察为无体，判然二致，将何以合一而成位育之功哉？

夫手足，体也；持行，用也。浅而言之，可云但言手足而未有持行之用，其可云方在持行，手足遂名为用而不名为体乎？夫唯中之为义，专就体而言，而中之为用，则不得不以“庸”字显之。故新安陈氏所云：“‘中庸’之中为中之用”者，其谬自见。

若夫“庸”之为义，在《说文》则云“庸，用也”，字从庚从用，言用之更新而不穷。《尚书》之言“庸”者，无不与用义同。自朱子以前，无有将此字作平常解者。庄子言“寓诸庸”，庸亦用也。《易》(《系》)［《文言》］所云：“庸行”、“庸言”者，亦但谓有用之行、有用之言也。盖以庸为日用则可，日用亦更新意。而于日用之下加“寻常”二字，则赘矣。道之见于事物者，日用而不穷，在常而常，在变而变，总此吾性所得之中以为之体而见乎用，非但以平常无奇而言，审矣。

朱子既立庸常之义，乃谓汤、武放伐，亦止平常。夫放君伐主而谓之非过不及，则可矣，倘必谓之平常而无奇，则天下何者而可谓之奇也？若必以异端之教而后谓之奇，则杨、墨之无父无君，亦充义至尽而授之以罪名，犹未至如放君伐主之为可骇。故彼但可责其不以中为庸，而不可责之以奇怪而非平常。况《中庸》一篇元不与杨、墨为敌，当子思之时，杨、墨之说未昌。且子言“民鲜能久”，则《中庸》之教，著自古者道同俗一之世，其时并未有异端起焉，则何有奇怪之可辟，而须标一平常之目耶？

子所云过不及者，犹言贤者俯而就，不肖者企而及，谓夫用其喜怒哀乐者，或过于情，或不及夫情，如闵子、子夏之释服鼓琴者尔。至其所辨异于小人之道无忌惮而的然日亡者，盖亦不能察识夫天命之理，以尽其静存动察之功，而强立政教如管、商之类，为法苛细，的然分明，而违理拂情，不能久行于天下而已。岂其无忌惮也，果有吞刀吐火、御风入瓮之幻术，为尤异于汤、武之放伐也乎？

朱子生佛、老方炽之后，充类而以佛、老为无忌惮之小人，固无不可。乃佛、老之妄，亦唯不识吾性之中而充之以为用，故其教亦浅鄙动俗，而终不能奇。则亦无事立平常之名，以树吾道之垒也。

况世所谓无奇而为庸者，其字本作“佣”。言如为人役用之人，识陋而行卑，《中庸》所谓“鲜能知味”之下游也。君子之修道立教而为佣焉，其以望配天达天之大德，不亦远哉？故知曰“中庸”者，言中之用也。

---

①别白：辨别明白。

②皇建有极：皇，大；极，屋极，位于最高正中处，引申为标准之义。古代帝王自以为所施政教，得其正中，可以作为法式。

③时中：儒家谓立身行事，应随时合乎中道。

第一章

一

《章句》言“命犹令也”。小注朱子曰：“命如朝廷差除①。”又曰：“命犹诰敕。”谓如朝廷固有此差除之典，遇其人则授之，而受职者领此诰敕去，便自居其位而领其事。以此喻之，则天无心而人有成能，审矣。

董仲舒对策有云“天令之谓命”，朱子语本于此。以实求之，董语尤精。令者，天自行其政令，如月令、军令之谓，初不因命此人此物而设，然而人受之以为命矣。令只作去声读。若如北溪所云“分付命令他”，则读“令”如“零”，便大差谬。人之所性，皆天使令之。人其如傀儡，而天其如提驱者乎？

天只阴阳五行，流荡出内于两间，何尝屑屑然使令其如此哉？必逐人而使令之，则一人而有一使令，是释氏所谓分段生死也。天即此为体，即此为化。若其命人但使令之，则命亦其机权之绪余而已[2]。如此立说，何以知天人之际？

二

《章句》于性、道，俱兼人、物说，《或问》则具为分疏：于命则兼言"赋与万物"，于性则曰"吾之得乎是命以生"；于命则曰"庶物万化由是以出"，于性则曰"万物万事之理"。与事类言而曰理，则固以人所知而所处者言之也。其于道也，则虽旁及鸟兽草木、虎狼蜂蚁之类，而终之曰"可以见天命之本然，而道亦未尝不在是"，则显以类通而证吾所应之事物，其理本一，而非概统人、物而一之也。

《章句》之旨，本自程子。虽缘此篇云"育物"，云"尽物之性"，不容闲弃其实，则程、朱于此一节文字，断章取义，以发明性道之统宗，固不必尽合《中庸》之旨者有之矣。两先生是统说道理，须教他十全，又胸中具得者一段经纶，随地迸出，而借古人之言以证已之是。

若子思首发此三言之旨，直为下戒惧、慎独作缘起。盖所谓中庸者，天下事物之理而以措诸日用者也。若然，则君子亦将于事物求中，而日用自可施行。然而有不能者，则以教沿修道而设，而道则一因之性命，固不容不于一动一静之间，审其诚几，静存诚，动研几。而反乎天则。是行乎事物而皆以洗心于密者，本吾藏密之地，天授吾以大中之用也。审乎此，则所谓性、道者，专言人而不及乎物，亦明矣。

天命之人者为人之性，天命之物者为物之性。今即不可言物无性而非天所命，然尽物之性者，亦但尽吾性中皆备之物性，使私欲不以害之，私意不以悖之，故存养、省察之功起焉[3]。

如必欲观物性而以尽之，则功与学为不相准。故《或问》于此，增人学问、思辨以为之斡旋，则强取《大学》格物之义，施之于存养、省察之上。乃《中庸》首末二章，深明入德之门，未尝及夫格致，第二十章说学问思辨，乃以言道之费耳。则番阳李氏所云"中庸明道之书，教者之事"，其说为通。亦自物既格、知既致而言。下学上达之理，固不待反而求之于格致也。

况夫所云尽人、物之性者，要亦于吾所接之人、所用之物以备道而成教者，为之知明处当，而赞天地之化育[4]。若东海巨鱼，南山玄豹，邻穴之蚁，远浦之苹，虽天下至圣，亦无所庸施其功。即在父子、君臣之间，而不王不禘[5]，亲尽则祧[6]，礼衰则去，位卑则言不及高。要于志可动气、气可动志者尽其诚，而非于不相及之地，为之燮理[7]。故理一分殊，自行于仁至义尽之中，何事撤去藩篱，混人、物于一性哉？

程子此语，大费斡旋，自不如吕氏之为得旨。故朱子亦许吕为精密，而特谓其率性之解，有所窒碍；非如潜室所云，但言人性，不得周普也[8]。

至程子所云马率马性，牛率牛性者，其言性为已贱。彼物不可云非性，而已殊言之为马之性、牛之性矣，可谓命于天者有同原，而可谓性于己者无异理乎？程子于是显用告子"生之谓性"之说，而以知觉运动为性，以马牛皆为有道。

夫人使马乘而使牛耕，固人道之当然尔。人命之，非天命之。若马之性则岂以不乘而遂失，牛之性岂以不耕而遂拂乎？巴豆之为下剂者，为人言也，若鼠则食之而肥矣。倘舍人而言，则又安得谓巴豆之性果以克伐而不以滋补乎[9]？

反之于命而一本，凝之为性而万殊。在人言人，在君子言君子。则存养、省察而即以尽吾性之中和，亦不待周普和同，求性道于猫儿狗子、黄花翠竹也。固当以《或问》为正，而无轻议蓝田之专言人也。

三

《章句》“人知己之有性”一段，是朱子借《中庸》说道理，以辨异端。故《或问》备言释、老、俗儒、杂伯之流以实之，而曰“然学者能因其所指而反身以验之”，则亦明非子思之本旨也。小注所载元本，乃正释本文大义，以为下文张本。其曰“知所用力而自不能已”，则“是故君子”二段理、事相应之义，皎如白日矣。

程、朱二先生从《戴记》中抽出者一篇文字，以作宗盟[10]，抑佛、老，故随拈一句，即与他下一痛砭，学者亦须分别观之始得。子思之时，庄、列未出，老氏之学不显，佛则初未入中国。人之鲜能夫中庸者，自饮食而不知味，即苟遵夫教，亦杳不知有所谓性道，而非误认性道之弊。子思于此，但以明中庸之道藏密而用显，示君子内外一贯之学，亦无暇与异端争是非也。

他本皆用元注，自不可易。唯祝氏本独别。此或朱子因他有所论辨，引《中庸》以证之，非正释此章语。辑《章句》者，喜其足以建立门庭，遂用祝本语，非善承先教、成全书者也。自当一从元本。

四

所谓性者，中之本体也；道者，中和之大用也；教者，中庸之成能也。然自此以后，凡言道皆是说教，圣人修道以立教，贤人由教以入道也。生圣人之后，前圣已修之为教矣，乃不谓之教而谓之道，则以教立则道即在教，而圣人之修明之者，一肖夫道而非有加也。

故程子曰“世教衰，民不兴行”，亦明夫行道者之一循夫教尔。不然，各率其性之所有而即为道，是道之流行于天下者不息，而何以云“不明”“不行”哉？不行、不明者，教也。教即是中庸，即是君子之道、圣人之道。《章句》、《或问》言礼、乐、刑、政，而不提出“中庸”字，则似以中庸赞教，而异于圣言矣。然其云“日用事物”，是说庸。云“过不及者有以取中”，是中之所以为庸。则亦显然中庸之为教矣。

三句一直赶下，至“修道之为教”句，方显出中庸来，此所谓到头一穴也。李氏云“道为三言之纲领”，陈氏云“‘道’字上包‘性’字，下包‘教’字”，皆为下“道也者”单举“道”字所惑，而不知两“道”字文同义异。吕氏于“率”字说工夫，亦于此差。“率性之谓道”一句是脉络，不可于此急觅工夫。若认定第二句作纲，则“修道”句不几成蛇足耶？

五

“天以阴阳五行化生万物”，“以”者用也，即用此阴阳五行之体也。犹言人以目视、以耳听、以手持、以足行、以心思也。若夫以规矩成方圆，以六律正五音，体不费费烦之费而用别成也。天运而不息，只此是体，只此是用。北溪言“天固是上天之天，要即是理”，乃似不知有天在。又云“藉阴阳五行之气”，藉者借也，则天外有阴阳五行而借用之矣。

人却于仁、义、礼、智之外，别有人心；天则于元、亨、利、贞之外，别无天体。《通考》乃云“非形体之天”，尤为可笑。天岂是有形底？不见道“在天成象，在地成形”！

乃此所云“天”者，则又自象之所成为言，而兼乎形之所发。“大哉乾元，万物资始”，“至哉坤元，万物资生”，即资此天地之所以为天地者以始以生也。而又曰“乃统天”，则天之为天，即此资始万物者统之矣。有形未有形，有象未有象，统谓之天。则健顺无体而非无体，五行有形而不穷于形也。只此求解人不易。

六

拆着便叫作阴阳五行，有二殊，又有五位，合着便叫作天。犹合耳、目、手、足、心思即是人。不成耳、目、手、足、心思之外，更有用耳、目、手、足、心思者！则岂阴阳五行之外，别有用阴阳五行者乎？

七

《章句》“人、物各有当行之路”，语自有弊，不如《或问》言“事物”之当。尽言“事物”，则人所应之事、所接之物也。以物与人并言，则人行人道，而物亦行物道矣。即可云物有物之性，终不可云物有物之道，故经传无有言物道者。此是不可紊之人纪。

今以一言蔽之曰：物直是无道。如虎狼之父子，他那有一条逕路要如此来？只是依稀见得如此。万不得已，或可强名之曰德，如言虎狼之仁、蜂蚁之义是也。而必不可谓之道。

若牛之耕、马之乘，乃人所以用物之道。不成者牛马当得如此拖犁带鞍！倘人不使牛耕而乘之，不使马乘而耕之，亦但是人失当然，于牛马何与？乃至蚕之为丝，豕之充食，彼何恩于人，而捐躯以效用，为其所当然而必由者哉？则物之有道，固人应事接物之道而已。是故道者，专以人而言也。

八

教之为义，《章句》言“礼、乐、刑、政之属”，尽说得开阔。然以愚意窥之，则似朱子缘《中庸》出于《戴记》，而欲尊之于《三礼》之上，故讳专言礼而增乐、刑、政以配之。

二十七章说“礼仪三百”，孔子说“殷因于夏礼”，韩宣子言“周礼在鲁”，皆统治教政刑，由天理以生节文者而谓之礼。若乐之合于礼也，经有明文。其不得以乐与刑政析言之，审矣。《或问》“亲疏之杀”四段，显画出一个礼来，何等精切！吕氏“感应重轻”一段文字，俱与一部《中庸》相为檃括[11]。《章句》中言品节，亦与“礼者天理之节文”一意，但有所规避，不直说出耳。

自其德之体用言之，曰中庸。自圣人立此以齐天下者，曰教。自备之于至德之人者，曰圣人之道。自凝之于修德之人者，曰君子之道。要其出于天而显于日用者，曰礼而已矣。故礼生仁义之用，而君子不可以不知天，亦明夫此为中庸之极至也。

九

《章句》“皆性之德而具于心”，是从“天命之谓性”说来。“无物不有，无时不然”，则亦就教而言之矣。“道也者”三句，与“莫见乎隐”两句，皆从《章道》三句递下到脉络处，以言天人之际，一静一动，莫不足以见天命，而体道以为教本。

“戒慎不睹，恐惧不闻”，《泰》道也。所谓“不遐遗，朋亡，得尚于中行”，所以配天德也。“慎其独”，《复》道也。所谓“不远复，无祗悔”，“有不善未尝不知，知之未尝复行”，所以见天心也。道、教因于性、命，君子之功不如是而不得也。

一〇

朱子所云“非谓不戒惧乎所睹、所闻，而只戒惧乎不睹、不闻”，自是活语，以破专于静处用功、动则任其自然之说。然于所睹所闻而戒惧者，则即下文所谓慎独者是。而自隐微可知以后，大段只是循此顺行，亦不消十分怯葸矣⑫。

后人见朱子此语，便添一句说“不睹不闻且然，则所睹所闻者，其戒惧益可知”，则竟将下慎独工夫包在里面，较《或问》所破一直串下之说而更悖矣。

一一

圣贤之所谓道，原丽乎事物而有⑬。而事物之所接于耳目与耳目之得被于事物者，则有限矣。故《或问》以目不及见、耳不及闻为言，而朱子又引《尚书》“不见是图”以证之。夫事物之交于吾者，或有睹而不闻者矣，或有闻而不睹者矣，且非必有一刻焉为睹、闻两不至之地，而又岂目之概无所睹，耳之概无所闻之谓哉？则知云峰所云“特须臾之顷”者，其言甚谬。盖有多历年所而不睹不闻者矣。唯其如是，是以不可须臾离也。

父在而君不在，则君其所不睹也。闻父命而未闻君命，则君命其所不闻也。乃何以使其事君而忠之道随感而遂通？此岂于不睹君之时，预有以测夫所以事之之宜。而事君之道，又岂可于此离之，待方事而始图哉？

君子之学，唯知吾性之所有，虽无其事而理不闲。唯先有以蔽之，则人欲遂入而道以隐。故于此力防夫人欲之蔽，如朱子所云“塞其来路”者，则蔽之者无因而生矣。

然理既未彰，欲亦无迹，不得预拟一欲焉而为之堤防。斯所谓“塞其来路”者，亦非曲寻罅隙而窒之也。故此存养之功，几疑无下手之处。而蛟峰所云“保守天理”，初非天理之各有名目。朱子答门人持敬之问，而曰“亦是”，亦未尝如双峰诸人之竟以“敬”当之。

乃君子之于此，则固非无其事矣。夫其所有得于天理者，不因事之未即现前而遽忘也。只恁精精采采，不昏不惰，打迸着精神，无使几之相悖。而观其会通，以立乎其道之可生，不有所专注流倚，以得偏而失其大中，自然天理之皆备者，扑实在腔子里，耿然不昧，而条理咸彰。则所以塞夫人欲之来路者，亦无事驱遣，而自然不崛起相侵矣。

使其能然，则所睹闻在此，而在彼之未尝睹、未尝闻者，虽万事万物，皆无所荒遗。而不动之敬、不言之信，如江河之待决，要非无实而为之名也。要以不睹不闻之地，事物本自森然，尽天下之大，而皆须臾不离于己，故不可倚于所睹所闻者，以致相悖害。

戒慎恐惧之功，谨此者也。非定有一事之待睹待闻而歇之须臾，亦非一有所睹遂无不睹，一有所闻遂无不闻，必处暗室⑭，绝音响，而后为不睹不闻之时。况如云峰所言“特须臾之顷”者，尤如佛氏“石火电光”之谓乎？微言既绝，圣学无征，舍康庄而求蹊间⑮，良可叹也！

一二

《大学》言慎独，为正心之君子言也。《中庸》言慎独，为存养之君子言也。唯欲正其心，而后人所不及知之地，已固有以知善而知恶。唯戒慎恐惧于不睹不闻，而后隐者知其见，微者知其显。故《章句》云“君子既常戒惧”，《或问》亦云“夫既已如此矣”。则以明夫未尝有存养之功者，人所不及知之地，己固昏焉而莫辨其善恶之所终，则虽欲慎而有所不能也。

盖凡人起念之时，间向于善，亦乘俄顷偶至之聪明，如隔雾看花，而不能知其善之所著。若其向于恶也，则方贸贸然求以遂其欲者，且据为应得之理，而或亦幸阴谋之密成，而不至于泛滥。又其下焉者，则安其危、利其灾、乐其所以亡，乃至昭然于人之耳目，而己犹不知其所自起。则床笫、阶庭之外，已漠然如梦。而安所得独知之地，知隐之莫见、微之莫显也哉？

唯尝从事于存养者，则心已习于善，而一念之发为善，则善中之条理以动天下而有余者，人不知而己知之矣。心习于善，而恶非其所素有，则恶之叛善而去，其相差之远，吉凶得失之相为悬绝者，其所自生与其所必至，人不知而己知之矣。

乃君子则以方动之际，耳目乘权[16]，而物欲交引，则毫厘未克，而人欲滋长，以卒胜夫天理，乃或虽明知之，犹复为之。故于此尤致其慎焉，然后不欺其素，而存养者乃以向于动而弗失也。“有不善未尝不知”，“莫见乎隐，莫显乎微”之谓也。“知之未尝复为”，慎独之谓也。使非存养之已豫，安能早觉于隐微哉？此朱子彻底穷原，以探得莫见莫显之境，而不但如吕氏以“人心至灵”一言，为笼统覆盖之语也。若程子举伯喈弹琴之事以证之，而谓为人所早知为显见。《或问》虽有两存之语，《章句》已不之从矣。

所传伯喈弹琴事，出于小说，既不足尽信。小说又有夫子鼓琴，见狸捕鼠，颜渊疑而退避事，与螳螂捕蝉事同，要皆好事之言。且自非夔、旷之知[17]，固不能察其心手相通之妙。是弹者之与闻者，相遇于微茫之地，而不得云莫见莫显。且方弹之时，伯喈且不能知捕蝉之心必传于弦指，则固己所不知而人知之，又与独之为义相背而不相通。况夫畏人之知而始惮于为恶，此淮南之于汲黯[18]，曹操之于孔融，可以暂伏一时之邪，而终不禁其横流之发。曾君子之省察而若此哉？

“莫见乎隐，莫显乎微”，自知自觉于“清明在躬、志气如神”者之胸中。即此见天理流行，方动不昧，而性中不昧之真体，率之而道在焉，特不能为失性者言尔。则喜怒哀乐之节，粲然具于君子之动几，亦犹夫未发之中，贯彻纯全于至静之地。而特以静则善恶无几，而普遍不差，不以人之邪正为道之有无，天命之所以不息也。动则人事乘权，而昏迷易起，故必待存养之有功，而后知显见之具足，率性之道所以由不行而不明也。一章首尾，大义微言，相为互发者如此。《章句》之立义精矣！

一三

若谓“显”“见”在人，直载不上二“莫”字。即无论悠悠之心眼，虽有知人之鉴者，亦但因其人之素志而决之。若渊鱼之察，固谓不详，而能察者又几人也？须是到下梢头，皂白分明，方见十分“显”、“见”。螳螂捕蝉之杀机，闻而不觉者，众矣！小人闲居为不善，须无所不至，君子方解见其肺肝。不然，亦不可逆而亿之[19]。

唯夫在己之自知者，则当念之已成，事之已起，只一头趁着做去，直尔不觉。虽善恶之分明者未尝即昧，为是君子故。而中间千条万绪，尽有可以自恕之方，而不及初几之明察者多矣。故曰“莫见乎隐，莫显乎微”也。

然必存养之君子而始知者，则以庸人后念明于前念，而君子则初几捷于后几。其分量之不同，实有然者。知此，则程子之言，盖断章立义，以警小人之邪心，而非圣学之大义，益明矣。

一四

章首三个“之谓”，第四节两个“谓之”，是明分支节处。《章句》“首言道之本原”一段，分此章作三截，固于文义不协，而“喜怒哀乐”四句，亦犯重复。《或问》既以“道也者”两节各一“故”字为“语势自相唱和”，明分“道也者”二句作静中天理之流行；《章句》于第四节复统已发、未发而云“以明道不可离之意”，亦是渗漏。

绎朱子之意，本以存养之功无间于动静，而省察则尤为于动加功。本缘道之流行无静无动而或离，而隐微已觉则尤为显见。故“道不可离”之云，或分或合，可以并行而不悖，则微言虽碍，而大义自通。然不可离者，相与存之义也。若一乘乎动，则必且有扩充发见之功，而不但不离矣。倘该动静而一于不离，则将与佛氏所云“行住坐卧不离者个”者同，究以废吾心之大用，而道之全体亦妄矣。此既于大义不能无损，故《或问》于后二节，不复更及“不可离”之说。而《章句》言“以明”言“之意”，亦彼此互证之词，与“性情之德”直云“此言”者自别。朱子于此，言下自有活径，特终不如《或问》之为直截耳。

这一章书，显分两段，条理自著，以参之《中庸》全篇，无不合者，故不须以“道不可离”为关锁。十二章以下亦然。“天命之谓性”三句，是从大原头处说到当人身上来。“喜怒哀乐之未发”二句，是从人心一静一动上说到本原去。唯由“天命”、“率性”、“修道”以有教，则君子之体夫中庸也，不得但循教之迹，而必于一动一静之交，体道之藏，而尽性以至于命。唯喜怒哀乐之未发者即中，发而中节者即和，而天下之大本达道即此而在。则君子之存养省察以致夫中和也，不外此而成“天地位、万物育”之功。是两段文字，自相唱和，各有原委，固然其不可紊矣。

后章所云“诚者，天之道也。诚之者，人之道也。”天道诚，故人道诚之，而择善固执之功起焉。功必与理而相符，即前段之旨也。其云“诚者自成也，而道自道也，诚者物之终始”，不外自成、自道而诚道在，天在人中。不外物之终始而诚理者，而仁知之措，以此咸宜焉。尽人之能，成己成物。而固与性合撰，功必与效而不爽[20]，一后段之旨也。以此推夫“诚则明矣，明则诚矣”，本天理以言至诚，推人道以合天道，要不外此二段一顺一逆之理。而杨氏所谓“一篇之体要”，于此已见。

若前三言而曰“之谓”，则以天命大而性小，统人物故大，在一己故小。率性虚而道实，修道深而教浅，故先指之而后证之。以天命不止为己性而有，率性而后道现，修道兼修其体用而教唯用，故不容不缓其词，而无俾偏执。谓命即性则偏，谓道即性则执。实则君子之以当然之功应自然之理者，切相当而非缓也。故下二“故”字为急词。

后两言曰“谓之”者，则以四情之未发与其已发[21]，近取之己而即合乎道之大原，则绎此所谓而随以见证之于彼。浑然未发而中在，粲然中节而和在，故不容不急其词，而无所疑待。实则于中而立大本，于和而行达道，致之之功，亦有渐焉，而弗能急也。致者渐致，故《章句》云“自戒惧”云云，缓词也。功不可缓而效无速致，天下可恃而己有成能，俱于此见矣。

乃前段推原天命，后段言性道而不及命；前段言教，而后段不及修道之功，则以溯言由人合天之理，但当论在人之天性，而不必索之人生以上，与前之论本天治人者不同。若夫教，则“致中和”者，固必由乎修道之功，而静存动察，前已详言，不必赘也。《章句》为补出之，甚当。

若后段言效而前不及者，则以人备道教，而受性于天，亦惧只承之不逮，而不当急言效，以失君子戒惧、慎独、兢惕之心。故必别开端绪于中、和之谓，以明位育之功，乃其理之所应有，而非君子之缘此而存养省察也。呜呼，密矣！

要以援天治人为高举之，以责功之不可略；推人合天为切言之，以彰理之勿或爽。则中庸之德，其所自来，为人必尽之道。而中庸之道，其所征者，为天所不违之德。一篇之旨，尽于此矣。故知《或问》之略分两支，密于《章句》一头双脚之解也。

一五

“喜怒哀乐之未发谓之中”，是儒者第一难透底关。此不可以私智索，而亦不可执前人之一言，遂谓其然，而偷以为安。

今详诸大儒之言，为同为异，盖不一矣。其说之必不可从者，则谓但未喜、未怒、未哀、未乐而即谓之中也。夫喜、怒、哀、乐之发，必因乎可喜、可怒、可哀、可乐。乃夫人终日之间，其值夫无可喜乐、无可哀怒之境，则因以不喜、不怒、不哀、不乐者多矣，此其皆谓之中乎？

于是或为之说曰：“只当此时，虽未有善，而亦无恶，则固不偏不倚，而亦何不可谓之中？则大用咸储，而天下之何思何虑者，即道体也。”

夫中者，以不偏不倚而言也。今日但不为恶而已固无偏倚，则虽不可名之为偏倚，而亦何所据以为不偏不倚哉？如一室之中，空虚无物，以无物故，则亦无有偏倚者。乃既无物矣，抑将何者不偏，何者不倚耶？必置一物于中庭，而后可谓之不偏于东西，不倚于楹壁。审此，则但无恶而固无善，但莫之偏而固无不偏，但莫之倚而固无不倚，必不可谓之为中，审矣！此程子“在中”之说，与林择之所云“里面底道理”，其有实而不为戏语者，皆真知实践之言也。

乃所云“在中”之义及“里面道理”之说，自是活语。要以指夫所谓中者，而非正释此“中”字之义。曰在中者，对在外而言也。曰里面者，对表而言也。缘此文上云“喜怒哀乐之未发”，而非云“一念不起”，则明有一喜怒哀乐，而特未发耳。后之所发者，皆全具于内而无缺，是故曰在中。乃其曰在中者，即喜怒哀乐未发之云，而未及释夫“谓之中”也。若子思之本旨，则谓此在中者“谓之中”也。

朱子以此所言中与“时中”之中，各一其解，就人之见不见而为言也。时中而体现，则人得见其无过不及矣。未发之中，体在中而未现，则于己而喻其不偏不倚耳，天下固莫之见也。未发之中，诚也，实有之而不妄也。时中之中，形也，诚则形，而实有者随所著以为体也。

实则所谓中者一尔。诚则形，而形以形其诚也。故所谓不偏不倚者，不偏倚夫喜而失怒、哀、乐，抑不偏倚夫喜而反失喜，乃抑不偏倚夫未有喜而失喜。余三情亦然。是则已发之节，即此未发之中，特以未发，故不可名之为节耳。盖吾性中固有此必喜、必怒、必哀、必乐之理，以效健顺五常之能，而为情之所由生。则浑然在中者，充塞两间，而不仅供一节之用也，斯以谓之中也。

以在天而言，则中之为理，流行而无不在。以在人而言，则庸人之放其心于物交未引之先，异端措其心于一念不起之域，其失此中也亦久矣。故延平之自为学与其为教，皆于未发之前，体验所谓中者，乃其所心得，而名言之，则亦不过曰性善而已。善者，中之实体，而性者则未发之藏也。

若延平终日危坐以体验之，亦其用力之际，专心致志，以求吾所性之善，其专静有如此尔，非以危坐终日，不起一念为可以存吾中也。盖云未发者，喜、怒、哀、乐之未及乎发而有言、行、声、容之可征耳。且方其喜，则为怒、哀、乐之未发；方其或怒、或哀、或乐，则为喜之未发。然则至动之际，固饶有静存者焉。圣贤学问，于此却至明白显易，而无有槁木死灰之一时为必静之候也。

在中则谓之中，见于外则谓之和。在中则谓之善，延平所云。见于外则谓之节。乃此中者，于其未发而早已具彻乎中节之候，而喜、怒、哀、乐无不得之以为庸。非此，则已发者亦无从得节而中之。故中该天下之道以为之本，而要即夫人喜、怒、哀、乐四境未接，四情未见于言动声容者而即在焉。所以《或问》言"不外于吾心"者，以此也。

抑是中也，虽云庸人放其心而不知有则失之；乃自夫中节者之有以体夫此中，则下逮乎至愚不肖之人，以及夫贤知之过者，莫不有以大得乎其心，而知其立之有本，唯异端以空为本，则竟失之。然使逃而归儒，居然仍在。则人心之同然者，然，可也。彼初未尝不有此自然之天则，藏于私意私欲之中而无有丧。乃君子之为喜、为怒、为哀、为乐，其发而中节者，必有所自中，非但用力于发以增益其所本无，而品节皆自外来。则亦明夫夫人未发之地，皆有此中，而非但君子为然也。此延平性善之说所以深切著明，而为有德之言也。

子思之旨，本以言道之易修，而要非谓夫人之现前而已具足。程、朱、延平之旨，本以言中之不易见，而要非谓君子独有，而众人则无。互考参观，并行不悖，存乎其人而已。

一六

序引"人心惟危"四语，为《中庸》道统之所自传，而曰"天命率性，则道心之谓也"，然则此所谓中者即道心矣。乃喜、怒、哀、乐，情也。延平曰"情可以为善。"可以为善，则抑可以为不善，是所谓惟危之人心也。而本文不言仁、义、礼、知之未发，而云喜、怒、哀、乐，此固不能无疑。

朱子为贴出"各有攸当"四字[22]，是吃紧语。喜、怒、哀、乐只是人心，不是人欲。"各有攸当"者，仁、义、礼、知以为体也。仁、义、礼、知亦必于喜、怒、哀、乐显之。性中有此仁、义、礼、知以为之本，故遇其攸当，而四情以生。乃其所生者，必各如其量，而终始一致。

若夫情之下游，于非其所攸当者而亦发焉，则固危殆不安，大段不得自在。亦缘他未发时，无喜、怒、哀、乐之理，所以随物意移，或过或不及，而不能如其量。迨其后，有如耽乐酒色者，向后生出许多怒、哀之情来。故有乐极悲生之类者，唯无根故，则终始异致，而情亦非其情也。

惟性生情，情以显性，故人心原以资道心之用。道心之中有人心，非人心之中有道心也。则喜、怒、哀、乐固人心，而其未发者，则虽有四情之根，而实为道心也。

一七

看先儒文字，须看他安顿处，一毫不差。《或问》"喜、怒、哀、乐，各有攸当"二句，安在"方其未发"上，补本文言外之意，是别嫌明微，千钧一发语。"浑然在中"者，即此"各有攸当"者也。到下段却云"皆得其当"，"得"字极精切。言"得"，则有不得者。既即延平"其不中节也则有不和"之意，而得者即以得其攸当者也，显下一"节"字在未发之中已固有之矣。

又于中而曰"状性之德"，则亦显此与下言"谓之和"者，文同而义异。不是喜怒哀乐之未发便唤作中，乃此性之未发为情者，其德中也。下云"著情之正"，著者，分别而显其实也。有不中节者则不和，唯中节者斯谓之和，故分别言之。其中节者即和，而非中节之中有和存。则即以和著其实也。

此等处，不可苟且读过。朱子于此见之真，而下语斟酌，非躁心所易测也。

自相乖悖之谓乖，互相违戾之谓戾。凡无端之喜怒，到头来却没收煞，以致乐极悲生，前倨后恭，乖也。其有喜则不能复怒，怒则不能复喜，哀乐亦尔。陷溺一偏，而极重难返，至有临丧而歌，方享而叹者，戾也。中节则无所乖，皆中节则无所戾矣。

一八

云"'天地位，万物育'，以理言"者，诚为未尽。盖天地所以位之理，则中是也；万物所以育之理，则和是也。今但言得位育之理于己，是亦不过致中而至于中，致和而至乎和，而未有加焉，则其词不已赘乎？

但以事言之，而又有功与效之别。本文用两"焉"字，是言乎其功也。《章句》改用两"矣"字，则是言乎其效也。今亦不谓圣神功化之极，不足以感天地而动万物，而考之本文，初无此意。泛求之《中庸》全书，其云"配天"者，则"莫不尊亲"之谓尔。其云"譬如天地"者，则"祖述"、"宪章"之谓尔。其云"如神"者，则"前知"之谓尔。其云"参天地"者，则"尽人、物之性"之谓尔。未尝有所谓三辰得轨、凤见河清也[23]。

《或问》所云"吾身之天地万物"，专以穷而在下者言之。则达而在上者，必于吾身以外之天地万物，著其位育之效矣。夫其不切于吾身者，非徒万物，即天地亦非圣人之所有事。而不切于吾身之天地万物，非徒孔、孟，即尧、舜亦无容越位而相求。

帝尧之时，洪水未治，所谓天下之一乱也。其时草木畅茂，禽兽繁殖，则为草木禽兽者，非不各遂其育也，而圣人则以其育为忧。是知不切于身之万物，育之未必为利，不育未必为害。达而在上，用于天下者广，则其所取于万物者弘；穷而在下，用于天下者约，则取于万物者少。要非吾身之所见功，则亦无事于彼焉，其道一也。

至于雨旸寒燠之在天[24]，坟埴山林之在地，其欲奠位于各得者，亦以济人物之用者为位。而穹谷之山或崩，幽涧之水或涌，与夫非烟非雾之云，如蜜如饧之露，不与于身之所资与身之所被及者，亦不劳为之燮理也。

若其为吾身所有事之天地万物，则其位也，非但修吾德而听其自位，圣人固必有以位之。其位之者，则吾致中之典礼也。非但修吾德而期其自育，圣人固有以育之。其育之者，则吾致和之事业也。祀帝于郊而百神享，在璇玑玉衡而四时正[25]，一存中于敬以位天也，而天以此位焉。奠名山大川而秩祀通[26]，正沟洫田畴而经界定，一用中于无过不及以位地也，而地以此位焉。若夫于己无贪，于物无害，以无所乖戾之情，推及万物，而俾农不夺、草不窃、胎不伐、夭不斩，以遂百谷之昌、禽鱼之长者，尤必非取效于影响也。万物须用之，方育之，故言百谷禽鱼。若兔葵、燕麦、蝶螈、蚯蚓，君子育之何为？又况堇草虺蛇之为害者耶？

《或问》云"于此乎位，于此乎育"，亦言中和之德所加被于天地万物者如是。又云"圣神之能事，学问之极功"，则不但如《章句》之言效验。且《章句》推致其效，要归于修道之教，则亦以礼乐刑政之裁成天地、品节万物者言之，固不以三辰河岳之瑞、麟凤芝草之祥为处。是其为功而非效亦明矣。

抑所云"吾身之天地万物"，亦推身之所过所存者而言。既不得以一乡一家为无位之圣人分界段，而百世以下，流风遗教所及，遂无与于致中和之功。而孝格父母，慈化子孙，又但发皆中节之始事。据此为言，义固不广。

若不求其实，而于影中之影、象外之象，虚立一吾身之天地万物以仿佛其意象，而曰即此而已位育矣，则尤释氏“自性众生”之邪说。而云：“一曼答辣之内，四大部洲以之建立。一滴化为乳海，一粒化为须弥，一切众生，咸得饱满。”其幻妄不经，适足资达人之一笑而已。

今请为引经以质言之曰：“会通以行其典礼”，“以裁成天地之宜，辅相天地之道”，“位焉、育焉”之谓也，庶不诬尔。自十二章至二十章，皆其事也。

一九

以父父、子子、夫夫、妇妇为天地位，则亦可以鸟飞于上、鱼游于下为天地位矣。父、夫为天，子、妇为地，是名言配出来的。鸟属阳，亦天也；鱼属阴，亦地也。如此，则天地之外，更有何万物来？且言一家有一家之天地，一国有一国之天地，则亦可云一身有一身之天地，头圆象天，足方象地，非无说也。然则倒悬之人，足上而首下，而后为一身之天地不位乎？

总缘在效验上作梦想，故生出许多虚脾果子话来。致中和者，原不可以不中不和者相反勘。不中不和者，天地未尝不位，万物未尝不育，特非其位焉、育焉之能有功尔。“尔所不知，人其舍诸！”圣贤之言，原自平实，几曾捏目生花，说户牖间有天地万物在里面也？

二〇

使云一家有一家之万物，一国有一国之万物，犹之可也。以语天地，真是说梦。或穷或达，只共此一天地。不成尧、舜之天地，到孔子便缩小了！孔子删《诗》《书》，定《礼》《乐》，立百王之大法，尽有许多位天地之事。只此不偏不倚，无过不及，以为之范围，曾何异于尧、舜？故曰“无不持载”，“无不覆帱”。倘以一家一国之效言，则其不持载、覆帱者多矣[27]。且孔子相鲁时，将鲁之天地位，而齐之天地有薄蚀崩涌之灾否耶？

---

①差除：拜授官职，安排事务。

②绪余：抽丝后留在茧子上的残余。后泛指剩余，次要的部分。

③存养：存心养性。古代儒家的一种修养方法。　省察：察看，认识。

④化育：化生和养育。

⑤不王不禘：不是帝王，不能行大禘之祭。　禘：古代祭名，大禘之祭。帝王既立始祖之庙，犹觉其未尽追远尊先之意，又推寻始祖所自出之帝而追祀之。

⑥祧（tiāo，音佻）：祖庙，祠堂。

⑦燮（xiè，音谢）理：和理，调理。

⑧周普：调和万物。

⑨克伐：讨伐，攻打。此处指药性刚而烈。

⑩宗盟：原理，本源

⑪檃（yǐn，音隐）括：依某种文体原有的内容、词句改写成另一种体裁。

⑫怯葸：胆怯惧怕。

⑬丽：附着。

⑭暗室：隐密的地方。后称心地光明、暗中不做坏事为“不欺暗室”。

⑮蹊间：山间小路。

⑯乘权：苟且。

⑰夔：尧舜时的乐官。 旷：即师旷。春秋时晋国乐官，目盲，善弹琴，辨音能力甚强。

⑱汲黯：西汉武帝时官员，常直言切谏，反对武帝反击匈奴贵族的战争。

⑲亿：通“臆”。预见。

⑳爽：失，差。

㉑四情：喜、怒、哀、乐。

㉒攸：所。 当：相对应的事物。

㉓三辰：指日、月、星。 凤：比喻有圣德的人。 河清：黄河水浊，偶有清时，古人以为是升平的预兆。用以形容天下太平。

㉔雨旸寒燠：下雨、天晴、寒冷、温热。

㉕璇玑玉衡：有两说：一说是我国古代测量天体坐标的仪器，即浑仪的前身。一说是北斗七星。

㉖秩祀：常祀。

㉗持载覆帱：天地养育及包容万物。

第 二 章

《或问》于第二章、第三章，皆有“未遽及”之语。此朱子一部《中庸》浑然在胸中，自然流出来的节目，非汉人随句诠解者所逮，而况后人之为字诱句迷，妄立邪解者乎？

《中庸》第一章既彻底铺排，到第二章以后，却又放开，从容广说，乃有德之言涵泳宽和处，亦成一书者条理之必然也。不则为皮日休《天隐子》、刘蜕《山书》随意有无，全无节次矣。

自第二章以下十章，皆浅浅说，渐向深处。第二章只言君子、小人之别，劈开小人在一边，是入门一大分别。如教人往燕，迎头且教他向北去，若向南行，则是往粤。而既知北辕以后，其不可东北而之于齐，西北而之于晋，皆所未论。《中庸》只此一章辨小人，径路既分，到后面不复与小人为辨，行险徼幸是就情事上说，非论小人之道。直至末章，从下学说起，乃更一及之。

《或问》于第三章云：“承上章小人反中庸之意而泛论之。”吃紧在“泛论”二字。不可误认朱子之意，以民之鲜能为反中庸。小人自小人，民自民。反则有以反之，鲜能只是鲜能。末章云“小人之道”，小人固自有道，与不兴行之民漫无有道者不同。民无小人陷溺之深，则虽不兴行，而尚不敢恣为反中庸之事。民亦无小人为不善之力，则既鲜能中庸，而亦不得成其反中庸之道。

向后贤知之过，愚不肖之不及，则又从鲜能之民，拣出中间不安于不知味者言之。所谓愚不肖者，亦特对贤知而言天资之滞钝者也，与夫因世教衰而不兴行、可由而不知之民，自进一格。到十一章所言“索隐行怪”，则又就贤知之专志体道而为之有力者身上撇开不论，而后就遵道之君子进而求作圣之功。此《中庸》前十章书次第之井井者也①。

“小人反中庸”，只如叔孙通之绵蕞②，欧阳永叔之濮议③，王介甫之新法，直恁大不可而有害于世，故先儒以乡原当之④，极是。若鲜能之民，则凡今之人而皆然。贤知之过，愚不肖之不及，则孔、孟之门多有之。要亦自其见地操履处⑤，显其过不及，而未尝显标一过不及者以为道。且过不及，亦皆以行乎中庸之教，而初未反戾乎中庸。抑过则业亦有所能，而不及者亦非全乎其不能，与不兴行之民自别。至于“索隐行怪”，则又从天理上用力推测安排，有私意而无私欲，其厌恶小人而不用其道者，更不待说，盖庄、列、陆、王之类是也。

小人只是陷于流俗功利而有权力者，如欧阳濮议，但以逢君；王介甫狼狈处，尤猥下。隐怪方是异端，过不及乃儒之疵者。三种人各有天渊之别。此十章书步步与他分别，渐撇到精密处，方以十二章以后八章，显出“君子之道”，妄既辟而真乃现也。一书之条理，原尔分明不乱。

“舜知”、“回仁”、“夫子论强”三章，乃随破妄处，随示真理，皆只借证，且未及用功实际，终不似“道不远人”诸章之直示归宿。盖阅尽天下之人，阅尽天下之学术，终无有得当于中庸，而其效亦可睹，所以云“中庸其至矣乎”。北溪所云“天下之理无以加”者，此之谓也。

或以隐怪为小人，或以贤知为隐怪，自《章句》之失。而后人徇之，益入于棼迷而不可别白[⑥]。取《中庸》全书，作一眼照破，则曲畅旁通矣。

---

①井井：不变貌。也形容有条理。

②绵蕞（zuì，音最）：蕞同“蕝”。古代演习朝会礼仪时束茅以表位之称。《史记·刘敬叔孙通列传》：“为绵蕞野外，习之月余。”引绳为绵，立表为蕞。

③濮议：宋英宗为濮安懿王允让之子，仁宗立为皇子。即位后，朝臣讨论尊奉濮王的典礼。欧阳修、韩琦等执政大臣主张称“皇考”（父死称考）；王珪、吕海、司马光等主张称“皇伯”。后以称“考”定议，吕海、吕大防、范纯仁等都因此被黜。

④乡原：亦作“乡愿”。指乡中言行不符，伪善欺世的人。引申为见识简陋，胆小无能的人。

⑤见地操履：指言语和行动，理论和实践。

⑥棼（fén，音坟）迷：纷乱迷惑，纠缠不清。

第　三　章

一

“天下之理无以加”，是赞“至”字语。若以此为“至”字本释，则于文句为歇后，其下更须着一字，如《大学》言“至善”方尽。后人于此添入至平、至奇、至微、至大一切活套话，皆于此未谛。所以《章句》用“未至”、“为至”二语反形，乃得亲切。

“至”字有二义：极也，到也。《章句》却用至到一释，不作至极说。所行者至于所道，则事理合辙，而即天理即人心，相应相关。犹适燕而至于燕，则燕之风物，切于耳目肌肤，而己所言行，皆得施于燕也。

此中庸之为德，上达天地鬼神，下彻夫妇饮食，俱恰与他诚然无妄之理相为通合。若射者之中鹄，镞已入侯，而非浮游依倚，相近而实相远，故曰至也。《论语》“知及之”“及”字，及十二章“察”字，正可作此注脚。

二

“中庸之为德”，“德”字浅，犹言功德。亦与“鬼神之为德”“德”字一例，则亦可以性情功效言之。但中庸是浑然一道理，说不得性情。其原本可与鬼神之性通，其发生可与鬼神之情通，而大要在功效上说。可令人得之而见德于人，则亦可云德之为言得也。特与行道而有得于心不同，以未尝言及行之者，而心亦无主名故。

三

唯道不行、不明，故民鲜能。民者，凡民也，待文王而后兴。有文王，则此道大明，而流行于家、邦、天下，民皆率由之矣。《江汉》之游女，《兔罝》之野人[①]，咸有以效其能于中庸。唯有德位者或过或不及，以坏世教，而后民胥梦梦也。

中庸之道，圣以之合天，贤以之作圣，凡民亦以之而寡过。国无异政，家无殊俗，民之能也。岂尽人而具川流敦化之德，成容、执、敬、别之业，乃云能哉？三山陈氏逆说，不成理。

①《兔罝（jiē，音皆，又读 jū，音苴）》：《诗·周南》篇名。

第　四　章

《或问》"揣摩事变"四字，说近平浅，却甚谛当。所谓"知者过之"，只是如此。本文一"之"字，原指道而言。贤知者亦在此道上用其知行，固与异端之别立宗风者迥别。如老子说"反者道之动，弱者道之用"，佛氏说"本觉妙明，性觉明妙"，他发端便不走这条路，到用处便要守雌守黑，空诸所有。乃至取礼乐刑政，一概扫除，则相去天渊，不可但云"过之"矣。如人往燕，过之者误逾延庆、保安，到口外去。异端则是发轫[1]时便已南辕。故知知者之过，亦测度揣摩，就事而失其则耳。

此章及下章三"道"字，明是"修道之谓教"一"教"字在事上说。《章句》所云"天理之当然"，乃以推本教之所自出，而赞其已成之妙。云峰以不偏不倚、无过不及分释，依稀亦似见得。以朱子元在发而皆中之节上言无过不及，则亦言道之用而已。

道之用即是教。就子臣弟友以及于制礼作乐，中间自有许多变在。先王所修之道，固已尽其变，而特待人择而执之。若但乘一时之聪明志意，以推测求合，则随物意移，非不尽一事之致，极乎明察，而要非经远可行之道，此知者之过也。若贤者之过，则亦如徐积之孝，不忍履石，屈原之忠，自沉于渊，乃至礼过繁而乐过清，刑过刻而政过密，亦岂如异端之绝圣智而叛君亲也哉？此等区处，切须拣别，勿以异端混入。

①发轫：比喻事情的开端。

第　六　章

一

行道者，行此道以成化也。明道者，明此道以立教也。舜惟知之，故道行于民。颜子惟服膺而弗失，故可与明道。若贤知之过，愚不肖之不及，则已失立教之本，而况能与天下明之而行于天下哉？与天下明之而行于天下，则教不衰，而民虽愚贱，亦不至鲜能之久矣。就中显出明行相因，只举一舜、颜便见。而舜之行道，颜子之明道，则不待更结言之也。

二

《或问》前云"舜之知而不过"，"回之贤而不过"，单反"过"一边，后却双影"过""不及"

分说，此等处极不易看。当知说书者，须是如此开合尽理。说个贤知，自然是美名。舜之知，亦止与过者同其知。回之贤，亦止与过者同其贤。及至德之已成，则虽舜、颜，亦但无不及而已。

抑论天资之难易，自然尽着贤知一流，而付以行道、明道之任。若愚不肖者，则其用功固必倍也。乃言贤知，则愚不肖之当企及亦见。于此活看，足知《或问》之密，而《中庸》之为有归宿矣。

第　七　章

择乎中庸而不能守，兼过不及两种说。须知愚不肖者，亦未尝不曰“予知”也。《或问》“刻意尚行，惊世骇俗”，亦偏举一端。总由他择乎中庸后，便靠硬做，则或过高而不可继。盖于制行时无加一倍谨始慎微之力，则中间甘苦条理，不得亲切，故不能守之期月而不失。是贤者之过，大端因孟浪疏粗而得，其不能守其所知也固然。若不肖者，虽知之而守之无力，又不待言矣。

第　八　章

《章句》于舜用中，说个“行之至”，“至”字微有病，似只在身上说，未及于天下。则是舜行道而道因以行矣。至颜子，却作三节说，又于“择乎中庸”上，加“真知”一层。愚意《中庸》引夫子说，既只重行，而夫子所言颜子之“择乎中庸”，亦与“予知”之人同词而无异，则更不须添一“真知”于上。

且《章句》以“言能守”系之“奉持而著之心胸之间”之下，则“弗失之矣”四字，别是一意。此一句不是带下语，勿仅于“拳拳服膺”句仅作一读。“弗失”者，“默而识”之“识”也。颜子既能得之于己，则至道皆成家珍，了了识念，使以之立教，可无恍惚亿中、不显不实之病矣。颜子早世，固不得见其明道之功，与舜之行道于天下者等。然观夫子“丧予”之叹，则所以期颜子者，非但取其自明也。

第　九　章

一

第九章之义，《章句》、《或问》本无疵瑕，小注所载《朱子语录》，则大段可疑。程、朱虽摘出《中庸》于《戴记》之中，不使等于诸礼，而实不可掩者，则于“修道之谓教”注中，已明中庸之非无定体矣。今乃云“中庸便是三者之间，非是别有一个道理”，则竟抹杀圣贤帝王一段大学术、大治道，而使为浮游不定之名，寄于一切。则尧、舜、禹之所以授受，上因天理自然、不偏不倚之节文，下以尽人物之性者，果何所择而何所执乎？

此一章书，明放着“子路问成人”一章是显证据。“天下国家可均”，“冉求之艺”也。“爵禄可辞”，“公绰之不欲”也。“白刃可蹈”，“卞庄子之勇”也。“文之以礼乐”，则“中庸”是已。到中庸上，须另有一炉锤在，则于以善成其艺、廉、勇之用，而非仅从均之、辞之、蹈之之中，斟酌较好，便谓中庸。使然，则本文只平说可均、可辞、可蹈，固彻上彻下而为言，何所见其有太过不及而非中也哉？

《中庸》一书，下自合妻子、翕兄弟，上至格鬼神、受天命，可谓尽矣，而终未及夫辞禄蹈刃。则以就事言之，其局量狭小，仅以尽之在己，而不足于位天地、育万物之大。以人言之，则彼其为人，称其性之所近，硬直做去，初未知天下有所谓中庸者而学之也。

唯均天下国家，则亦中庸之所有事。而但言均而已，不过为差等其土宇眅章，位置其殷辅人民，则子路所谓“何必读书然后为学”者，固可治千乘之赋。求之后世，则汉文几至刑措，可谓均之至矣。而至于礼乐，固谦让而未遑。唯其内无存养省察之功、见天命流行之实体，而外不能备三重之权以寡过也。

存养省察者，三重之本，天理悉著于动静，而知天知人之道见。静见天心则知天，动察物理则知人。三重者，存养省察中所为慎独乐发，以备中和之理而行于天下者也。《中庸》一篇，始终开合，无非此理。今乃区区于均天下、辞禄、蹈刃之中求中庸，又奚可哉？均天下国家者，须撇下他那名法权术，如贾生、晁错议定诸侯等。别与一番经纶，使上安民治，风移俗易，方展得中庸之用出。若以辞爵禄言之，则道不可行，而退以明道为己任，如孔子归老于鲁，著删定之功，方在中庸上显其能，而非一辞爵禄之得其宜，便可谓之中庸。至蹈白刃，则虽极其当如比干者，要亦逢时命之不犹，道既不可行而又不可明，弗获已而自靖于死，不得爱身以存道矣。

本文前三“也”字，一气趋下，末一“也”字结正之。谓可乎彼者之不可乎此，非谓尽人而不可能。亦能均天下、能辞禄、能蹈刃者之不可许以能乎中庸尔。可均、可辞、可蹈者而不可能，则能中庸者，必资乎存养省察、修德凝道以致中和之用者而后可。故下云“唯圣者能之”，语意相为唱和，义自显也。中庸之为德，存之为天下之大本，发之为天下之达道，须与尽天下底人日用之，而以成笃恭而天下平之化，岂仅于一才一节之间争得失哉？

《或问》云“盖三者之事，亦智、仁、勇之属”，一“属”字安顿极活，较小注“三者亦就知、仁、勇说来，盖贤者过之之事”等语，便自不同。三者之于中庸，堂室迥别，逵径早殊。仅能三者，而无事于中庸，则且未尝不及，而况于过？

前章所云过不及者，皆就从事于中庸者言也。若就三者以言乎过不及：则均天下者，黄、老过也，申、商不及也；辞爵禄者，季札过也，蚳蛙不及也；蹈白刃者，屈原过也，里克不及也。乃其过亦过夫三者，其不及亦不及夫三者，何尝与中庸为过不及哉？

若其为知、仁、勇之属，则就夫人性中之达德而言，亦可谓有此三者之资，足以入中庸之德，犹冉求、公绰、卞庄之可与进文礼乐而已。至于用中之知，服膺之仁，中和而不流不倚之勇，彼固未尝问津焉，而何足以与于斯？

故《或问》以“取必于行”指其不能中庸之病根，则谓其就事求可而置大道于未讲也。抑云“事势之迫”，则又以原夫辞爵禄、蹈白刃者不能中庸之故。而比干之剖心，一往之士可引决焉。箕子之陈《范》，则非箕子者终不能托迹也。后儒不察，乃于三者之中求中庸，亦相率而入于无本之学矣。

二

《章句》云“三者难而易，中庸易而难”，固已分明作两项说。若云“三者做得恰好，便是中庸”，则三者既难矣，做得恰好抑又加难，当云“中庸难而且难”，何以云易哉？三者之中，随一可焉，中庸不可能也。三者而皆可焉，中庸亦不可能也。张子房奋击秦始皇而不畏死，佐汉高定天下，已乃谢人间事，从赤松游，顾于存养省察之心学，尧、舜、文、武三重征民之大道，一未之讲。是三者均可，而中庸不可能之一证。安得谓中庸即在三者之中哉?

第十章

“和而不流”，“中立而不倚”，俱就功用说。《章句》云“非有以自胜其人欲之私，不能择而守”，是推原语。君子之所以能为强者在胜欲，而强之可见者，则于和不流、中立不倚征之。故与下二段一例，用“强哉矫”以赞其德之已成。四段只是一副本领。其能为尔者，则胜欲而守乎理也。就其与物无竞，则见其和。就其行己不失，则见其中立。就其不随物意移，则见其不流。就其不挟私意以为畔岸，则见其不倚。

所以知此中和为德成之用，而非成德之功者。若存养而立本，则不待言不倚；省察而中节，则不待言不流。故择守之外，别无工夫，而唯加之胜欲，以贞二者之用而已。

知、仁是性之全体，勇是气之大用。以知、仁行道者，功在存理。以勇行道者，功在遏欲。至于和不流，中立不倚，则克胜人欲，而使天理得其正也。须知此一节，只写出大勇气象，其所以能为勇者，未尝言也。

第十一章

一

小注谓“深求隐僻，如邹衍推五德，后汉谶纬之说”，大属未审。章句于“隐”下添一“僻”字，亦赘入。隐对显而言，只人所不易见者是，僻则邪僻而不正矣。五德之推，谶纬之说，僻而不正，不得谓隐。凡言隐者，必实有之而特未发见耳。邹衍一流，直是无故作此妄想，平白撰出，又何所隐?

此“隐”不可贬剥，与下“费而隐”“隐”字亦大略相同，其病自在“索”上。索者，强相搜求之义。如秦皇大索天下，直由他不知椎击者之主名，横空去搜索。若有迹可按，有主名可指求，则虽在伏匿，自可擒捕，不劳索矣。

道之隐者，非无在也，如何遥空索去?形而上者隐也，形而下者显也。才说个形而上，早已有一“形”字为可按之迹、可指求之主名，就者上面穷将去，虽深求而亦无不可。唯一概丢抹下者形，笼统向那没边际处去搜索，如释氏之七处征心，全不依物理推测将去，方是索隐。

又如老氏删下者“可道”“可名”的，别去寻个“绵绵若存”。他便说有，我亦无从以证其无。及我谓不然，彼亦无执以证其必有。则如秦皇之索张良，彼张良者，亦未尝不在所索之地界上住，说他索差了不得。究竟索之不获，则其所索者之差已久矣。

下章说到“鸢飞戾天，鱼跃于渊”，可谓妙矣，却也须在天渊、鸢鱼、飞跃上理会。鬼神之德，不见、不闻而不可度，也须在仁人孝子、齐明盛服上遇将去[①]。终不只恁空空窅窅，便观十方世界如掌中[②]，果无数亿佛自他国来也。

道家说“有有者，有未始有者，有未始有夫未始有者”，到第三层，却脱了气，白平去安立寻觅。君子之道，则自于己性上存养者，仁义礼知之德；己情中省察者，喜怒哀乐之则。天之显道，人之恒性，以达鬼神后圣之知能，皆求之于显以知其隐，则隐者自显。亦非舍隐不知，而特不索耳。

索隐则行必怪。原其索而弋获者非隐之真，则据之为行，固已趋入于僻异矣。若夫邹衍之流，则所索已怪，迨其所行，全无执据，更依附正道以自解免，将有为怪而不得者。故愚定以此为异端佛老之类，而非邹衍之流也。

二

勇带一分气质上的资助，虽原本于性，亦知仁之所生故。而已属人情。《中庸》全在天理上生节文，故第二十章言“人道敏政”，人道，立人之道，即性也。只说“修道以仁”，说“知天知人”，而不言勇。到后兼困勉，方说到勇去，性有不足而气乃为功也。

知、仁以存天理，勇以遏人欲，欲重者，则先胜人欲而后能存理，如以干戈致太平而后文教可修。若圣者，所性之德已足，于人欲未尝深染，虽有小须克胜处，亦不以之为先务。止存养得知、仁底天德完全充满，而欲自屏除。此如舜之舞干羽而苗自格，不赖勇而裕如矣。

朱子于前数章平叙知、仁、勇之功，到此却删抹下勇而曰“不赖”，才得作圣者功用之浅深，性学之主辅。许东阳“皆出于自然”之说，恶足以知此！

---

①齐（zhāi，音斋）明：在祭祀前斋戒沐浴，表示对鬼神的虔敬。

②十方：佛教称东、西、南、北、东南、西南、东北、西北、上、下十个方位为“十方”。

第十二章

一

愚不肖之与知与能，圣人之不知不能，天地之有憾，皆就君子之道而言。语大、语小，则天下固然之道，而非君子之所已修者也。本文用“故君子”三字作廉隅[1]，《章句》以“君子之道”冠于节首，俱是吃紧节目，不可略过。

唯君子修明之以俟后圣，故圣人必于此致其知能，而因有不知不能之事。君子修之以位天地，故天地亦有不能如君子所位之时。若夫鸢飞鱼跃，则道之固然而无所待者，日充盈流荡于两间，而无一成之体，知能定有不至之域，不待言圣人之有所诎矣。

且如“鸢飞戾天，鱼跃于渊”，圣人如何能得，而亦何用能之？抑又何有不能飞天跃渊、为鸢为鱼者？道之不遐遗于已然之物也，而既已然矣。故君子但于存心上体认得此段真理，以效之于所当知、所当能之事，则已足配其莫载之大，莫破之小，而经纶满盈；实未须于鸢之飞、鱼之跃，有所致其修也。

道有道之上下，天地有天地之上下，君子有君子之上下。上下者，无尽之词。天地者，有所依之上下也。“察乎天地”，已修之道昭著之见功也。故不言察乎上下，而云“察乎天地”，亦以人之所亲者为依耳。

察乎天而不必察乎鸢飞之上，察乎地而不必察乎鱼跃之下。认取时不得不极其广大，故不以鸢鱼为外，而以存充周流行、固然之体于心。至其所以经之、纪之者，则《或问》固云“在人则日用之际，人伦之间”，已分明拣出在天在人之不同矣。此中有一本万殊之辨，而吾儒之与异端径庭者，正不以虫臂、鼠肝、翠竹、黄花为道也。

二

“君子之道”而圣人有所不知不能者，自修道而言，则以人尽天，便为君子之事。《章句》以夫子问礼，问官当之，极为精当。少昊之官，三代之礼，亦非必尽出于圣人之所定，故仅曰君子。知能相因，不知则亦不能矣。或有知而不能，如尧非不知治水之理，而下手处自不及禹是也。只此亦见君子之道非天地自然之道，而有其实事矣。

然到第二十七章，又以此为“圣人之道”，则以言乎圣人之行而明者，以君子所修为则。君子之修而凝者，以圣人之所行所明为则也。因事立词，两义互出，无不通尔。

三

“语小，天下莫能破”，言天下之事物莫有能破之者。《章句》一“内”字极难看。“内”字作中间空隙处解，谓到极细地位，中间亦皆灌注扑满，无有空洞处也。以此言天理流行、一实无间之理，非不深切。然愚意本文言“莫破”，既就天下而言，则似不当作此解。

破者，分析教成两片，一彼一此之谓也。则疑天下之事物，其或得道之此而不得道之彼者有矣。乃君子推而小之，以至于一物之细、一事之微。论其所自来与其所自成，莫非一阴一阳、和剂均平之构撰；论其所体备，莫不有健顺五常，咸在其中而无所偏遗。故欲破此一物为有阴而无阳，彼一物为有阳而无阴，此一事道在仁而不在义，彼一事道在义而不在仁，而俱不可得。

大而大之，道之全者如大海之吞吸，无有堤畔；小而小之，道之全者亦如春霖灌乎百昌，一滴之中也是者阳蒸阴润所交致之雨。则“礼仪三百”，三百之中，随一焉而仁至义尽；“威仪三千”，三千之中，随一焉而仁无不至，义无不尽也。此亦借在人者以征天地固然之道。

故“鸢飞戾天”，疑于阳升，而非无阴降。“鱼跃于渊”疑于阴降，而非无阳升。健顺五常，和成一大料药，随尬一丸，味味具足，斯则以为天下莫能破也。如此，方得与“天下”亲切。

四

唯是个活底，所以充满天地之间。若是煞着底，则自然成堆垛。有堆垛则有间断矣，间断处又是甚来？故知空虚无物之地，这道理密密绵绵地。所以不睹之中，众象胪陈②；不闻之中，群声节奏。

泼泼者，如水泼物，着处皆湿也。在空亦湿空。空不受湿，湿理自在。与“鲅鲅”字音义俱别③。泼，普活切。鲅，北末切。鲅鲅即是活意；泼泼则言其发散充周，无所不活也。

但非有事于存心者，则不见他生而不竭之盛。即如“鸢飞戾天，鱼跃于渊”二语，直恁分明觉得，必非与物交而为物所引蔽，及私意用事索隐于不然之域者，能以此而起兴。程子所谓“必有事，而勿正”，意止如此，不可误作从容自然，变动不居解。于此一错，则老氏所谓“泛兮其可左右”，佛氏所谓“渠今是我，我不是渠”，一例狂解而已。

五

“造端乎夫妇”，自是省文，犹云“造端乎夫妇之所知能”也。不知道之谓愚，不能行道之谓不肖，非谓其不晓了天下之事而拙钝无能也。只此与圣人对看，尽他俗情上千伶百俐，勤敏了当，也只是愚不肖。以此知“夫妇”云者，非以居室而言也。

今亦不可谓居室之非道，乃若匹夫匹妇之居室，却说是能知、能行此道不得。况上文原以“君子之道”而言，则固非一阴一阳之道矣。人唤作夫妇，大率是卑下之称，犹俗所谓小男女，非必夫妇具而后云然。《论语》云“匹夫匹妇……自经沟渎”，亦岂伉俪之谓哉？

《易》云“一阴一阳之谓道”，是大概须如此说。实则可云三阴三阳之谓道，亦可云六阴六阳之谓道，亦可云百九十二阴、百九十二阳，乃至五千七百六十阴、五千七百六十阳之谓道。而《乾》之纯阳，亦一阳也；《坤》之纯阴，亦一阴也。《夬》、《姤》之五阳，亦一阴也；《剥》、《复》之五阴，亦一阳也。《师》、《比》、《同人》、《大有》等皆然。所以下云“继之者善也”。“仁者见之谓之仁，智者见之谓之智”，则亦一仁一智之谓道矣。

《或问》此处夹杂《参同契》中语。彼唯以配合为道，故其下流缘托“好逑”之义，附会其彼家之邪说。朱子于此辨之不早，履霜坚冰，其弗惧哉！

---

①廉隅：本谓棱角，后以喻人品行端方，有志节。

②胪陈：陈列。

③鲅鲅（bō，音波）：鱼跳跃掉尾声。

第十三章

一

“道不远人”，与上章所引《旱麓》诗词原无二义。云峰谓上章言性体之广大，此言率性者之笃实，大是妄分支节。率，循也，言循其性之所有而皆道也。岂率性者之别有阶梯，而不必遽如性之广大乎？

“以人治人”，观乎人而得治人之道也。“不愿勿施”，观乎人之施己而得爱人之道也。“庸德庸言之慥慥”[1]，观乎人之得失而得治己之道也。盈天地之效于我者，人而已矣。一吾目之见鸢见鱼而心知其飞跃，鸢鱼之在天渊以其飞跃接吾之心目者也。而道不远于此，则亦何笃实之非广大哉？

内顾，而己之愿不愿者，尽乎人之情矣。外顾，而人之宜尽第二节与其不克尽者，尽乎物之理矣。不能触处得理以择而执之，则必以私意为道，拂乎人而揉乱之矣。此“皆曰予知”而好自用之愚者是也。陈氏以老、庄当之，亦未为得。

二

己所不愿，则推人之必不愿而勿施之，是恕。推己所不愿，而必然其勿施，则忠矣。忠恕在用心上是两件工夫，到事上却共此一事。

《章句》云“忠恕之事”，一“事”字显出在事上合一。后来诸儒俱欠了当在，乃以忠为体，恕为用，似代他人述梦，自家却全未见影响。

三

史伯璇添上“己所欲而以施之于人”一层，大是蛇足。“己欲立而立人，己欲达而达人”，是仁者性命得正后功用广大事。若说恕处，只在己所不欲上推。盖己所不欲，凡百皆不可施于人，即饮食男女，亦须准己情以待人。若己所欲，则其不能推与夫不可推、不当推者多矣。仁者，无不正之欲。且其所推者，但立、达而已。文王固不以昌歜饱客[②]，而况未至于仁者哉？

四

此章之义，《章句》尽之矣。其他则唯蓝田之说为允。《或问》改蓝田一段，不及元本“其治众人也”、“其爱人也”、“其治己也”分三段为切当。若双峰以下诸说，则一无足取。缘其所失，皆硬擒住“忠恕”二字作主。要以《论语》一贯之旨，横据胸中，无识无胆，不能于圣贤言语，求一本万殊之妙。朱子一片苦心，为分差等，正以防此混乱，何诸子之习而不察也！

本文云“施诸己而不愿，亦勿施于人”，只此是忠恕事。显然见此但为人之为道者，能近取譬，一入德之门而已。若子曰“吾道一以贯之”，而曾子乃云“夫子之道，施诸己而不愿，亦勿施于人而已矣”，则岂可哉？

此亦可言忠恕者，如孟子言“亲亲仁也，敬长义也”，亲亲敬长可言仁义，其得以孩提之亲亲敬兄，谓仁义之全体大用尽于此乎？知此忠恕专在施上说，则其上之不足以统治人，下之不足以统自治，亦明矣。且本文所云“忠恕违道不远”者，就人心道体而言，所包犹广；而其云“施诸己而不愿，亦勿施于人”，则指事而言，尤一节之专词耳。

史伯璇心无忠恕，漫为指射，乃以末节为“推己所欲者施之于人”。举君父与兄而为众贱之词曰“人”，事君、事父、事兄而为下逮之词曰“施”。言不顺则事不成，其颠悖莫此为甚！

故本文但于朋友言施，而尤必以先施为情礼之当。则朋友且不可仅言施，而况于君父？故可言施者，必谊疏而卑于己者也。其可言人者，必并不在朋友之科，而为泛然无交，特其事势相干、言行相接之人也。

故自有文字来，无有言施忠于君、施孝于父者。至于上云“治人”，其所治之人，则已固有君师之任，事在教而不在养。治之之术，戒休董威[③]，不问其可愿不可愿也。

且末节言所求乎子、臣、弟、友，其所求之子、臣、弟、友，朱子谓为己之子臣若弟，亦以在己者痛痒自知，而其求之也较悉尔。实则天下固有年未有子，位未有臣，而为人之季弟者，其又将何所取则以事其上哉？是所求云者，不论求己之子、臣、弟、友，与从旁公论天下之为子臣、为弟友者，而皆可取彼旁观之明，以破当局之暗也。则抑知我之所求者，亦得其理于人，故曰“道不远人”。而非为在己之所欲，如史氏之所云者。人事人父以孝，于己何欲哉？

要此三段文字，每段分两截。“伐柯伐柯”五句，言治人之道远于人也。“以人治人，改而止”，则不远人以为治人之道也。“忠恕违道不远”，言爱人之道不远于人也。“施诸己而不愿，亦勿施于人”，则不远人以为爱人之道也。“君子之道四”十句，言治己之道不远于人也。“庸德之行”以下，则不远人以为自治之道也。

"道不远人"一"人"字，唯黄勉斋兼人己而言之之说为近。缘忠恕一段，谓以爱己之心爱人，故可兼己而言。乃施诸己者，他人也。于人之施者，得勿施于人之道，则虽云以爱己之心为准，而实取顺逆之度于人矣。

大抵此章之旨，本言费之小者，故极乎浅易。然于以见斯道之流行，散见于生人情理之内。其得失顺逆，无非显教，与鸢飞鱼跃，同一昭著于两间。故尽人之类，其与知与能，与其所未知未能，皆可以观察，而尽乎修己治人之理。盖以明斯道之充满形著，无所遗略，无所间断，而即费可以得隐。则其意原非欲反求之己，而谓取之一心而已足也。

《中庸》以观物而论天理之行，《论语》以存心而备万物之理。《中庸》致广大，而《论语》观会通。固宜忠恕之义，大小偏全之不一，而"不愿勿施"，但为忠恕之一端也。守朱子之诂，而勿为后儒所惑，是以读《大全》者之贵于删也。

---

①慥慥（zào，音灶）：笃厚真实貌。

②昌歜（chù，音触）：昌通"菖"，菖蒲。歜，盛怒，引申为气盛。昌歜：菖蒲菹。

③董威：董：督，监督。《书·大禹谟》："董之用威"。

第十四章

一

目前之人，不可远之以为道。唯斯道之体，发见于人无所间，则人皆载道之器，其与鸢鱼之足以见道者一几矣。现在之境，皆可顺应而行道。唯斯道之［用］，散见于境无所息，则境皆丽道之墟，其与天渊之足以著道者一理矣。目前之人，道皆不远，是于鸢得飞、于鱼得跃之几也。现在之境，皆可行道，是在天则飞、在渊则跃之理也。无人不可取则，无境不可反求，即此便是活泼泼地。邵子《观物》两篇，全从此处得意。

双峰乃以十三章为就身而言，十四章为就位而言，则前云子、臣、弟、友者，未尝不居乎子、臣、弟、友之位；后云"反求诸其身"者，亦既归之于身矣。彼殊未见此两章大意，在只此是费之小者，就人、境两端，显道之莫能破。故新安谓"第十五章承上言道无不在，此四字好。而进道有序"，极为谛当。但新安所云承上者，似专承素位一章。如愚意，则必两承，而后见道之无不在也。

二

《章句》分"素位而行"与"不愿其外"为两支。道虽相因，而义自有别。"素位而行"，事之尽乎道也。"不愿其外"，心之远乎非道也。观上言"行"而不言"愿"，可知矣。

乃"不愿乎其外"一支，又有两层："不陵"、"不援"者，据他人所居之位以为外也；"不怨"、"不尤"者，据己所未得之位以为外也。乃人之有所观于未得者，必因他人之已然而生歆羡，故"不陵"、"不援"为"无怨"之本。而所谓"正己"者，亦别于上文随位尽道之实，但以心之无邪而即谓之正矣。"正己"如言立身，"行"则言乎行己，行与立固有分也。

抑“不陵”、“不援”而统谓之“不求”，且于在上位者而亦云无怨尤，此疑乎说之不可通者。以在上位而愿乎其外，必将以诸侯干天子，大夫干诸侯。若但陵其下，则非有求于下，势可恣为，不至于不得而怀怨。若在上位而愿下，则又疑人情之所必无。

按《春秋传》，凡言强凌弱者，字皆作“凌”，左傍从“冰”，谓如寒威之逼人也。其云“侵陵”，云“陵替”者，字则作“陵”，左傍从“阜”。陵者，山之向卑者也。离乎上而侵乎下，若山之渐降于陵而就平地也。则“不陵”、“不援”，义正相类。陵下者，言侵下之事以为己事也。

夫人之乐上而不乐下，固情也。乃当其居上而覆愿为下之所为者，亦卞躁自喜者之情也。如人当在台谏之职[①]，未尝不思登八座。及登八座而不能与台谏争搏击之权[②]，则固有愿为台谏者矣。乃以此心而居八座，则必身为大臣，不恤国体，而侵陵台谏之职，欲与小臣争一言之得失。不得而求，求不得而怨矣。又人之方为子，岂不愿己之有子？及身老而子孙渐长，则动成拘忌，乃滨老而有童心，思与子孙争一旦之忧乐。不得而求，求不得而怨矣。夫唯天子则不宜愿为臣民，而唐宣且自称进士，武皇且自称大将军。况所云“在上位”者，初非至尊无偶之谓乎？

审乎此，则“陵下”“援上”，皆据一时妄动之心而言。而除取现在所居之位为昔之所居而今怀之，他日之所必至而今期之，其为外也，一而已矣。此圣贤之言，所以范围天下之人情物理而无遗[③]。蓝田云“陵下不从则罪其下”，既于“陵”字之义未当，又云“反仁反知所以不陵”，则是素位而行之事，而非不愿乎外之心。胥失之已。

三

“徼”[④]只是求意。小注云“取所不当得”，于义却疏。求者，其心愿得之。取，则以智力往取而获之矣。若幸可取而得焉，则不复有命矣。富贵福泽，尽有不可知者。君子俟之，则曰“命”。小人徼之，则虽其得也，未偿不有命在。而据其心之欣幸者偶遂其愿，不可云“命”，而谓之“幸”矣。

《章句》云“谓所不当得而得者”，亦是奚落小人语，其实不然。如以孟郊之文，登一进士，亦岂其不当得？乃未得之时，则云“榜前下泪，众里嫌身”，既视为几幸不可得之事。迨其既得，而云“春风得意马蹄疾，一日看遍长安花”，其欣幸无已，如自天陨者然。则不特人以小人为幸，而小人亦自以为幸；乃至人不以小人为幸，而小人亦自以为幸。则唯其位外之愿无聊故也。

---

①台谏：唐宋以掌纠弹之御史为台官，以掌建言的给事中、谏议大夫等为谏官。

②八座：东汉至唐代一般以尚书令、仆射、五曹或六曹（部）尚书为八座。清代则用作六部尚书的称呼。

③范围：本文为效法。今作界限讲。

④徼（yāo，音腰）：通“邀”。求取。

第十六章

一

《章句》一“然”字及“是其”二字，一串写得生活。“弗见”、“弗闻”，微也。“体物不可遗”，显也。义既两分，故不得不用“然”字一转。乃如朱氏伸竟为分别，则又成窒碍矣。弗见、弗闻者，即以言夫体物者也。体物不遗者，乃此弗见、弗闻者体之也。

侯氏形而上下之言，朱子既明斥之矣。双峰犹拾其余沈而以为家珍[1]，则何其迷也！形而下者只是物，体物则是形而上。形而下者，可见、可闻者也。形而上者，弗见、弗闻者也。如一株柳，其为枝、为叶可见矣，其生而非死，亦可见矣。所以体之而使枝为枝，叶为叶，如此而生，如彼而死者，夫岂可得而见闻者哉？

物之体则是形。所以体夫物者，则分明是形以上那一层事，故曰“形而上”。然形而上者，亦有形之词，而非无形之谓。则形形皆有，即此弗见、弗闻之不可遗矣。

不可见、不可闻者之体物不遗，鬼神之性情固然。此弗见、弗闻之体物不遗，以使物得之为物者，则其功效也。三句全写性情，而功效则在言外，不可以体物不遗为功效。

二

于鬼神内摘出祭祀一段说，是从弗见、弗闻中略示一可见可闻之迹。延平云“令学者有入头处”一语，甚精。此不可见闻者，物物而有。直是把一株柳去理会，则尽量只在可见可闻上去讨，急切间如何能晓得这里面有那弗见、弗闻底是怎么生。及至到祭祀上，却得通个消息。

“天下之人”四字，是大概说。除下那嫚侮鬼神的不道，其馀则浅者有浅者之见，深者有深者之见。是他一时精气凝聚，散乱之心不生，便忾乎如将见之，如将闻之，而信不遗者之真不可遗也。若到圣贤地位，齐明盛服以修其身，出门使民，皆以承祭之心临之，则不但于祭礼时见其洋洋。而随举一物，皆于其不可见者，虽不以目见而亦见之；不可闻者，虽不以耳闻而亦闻之矣。

乃此理气之洋洋者，下逮于天下之人，固亦时与之相遇，特习而不察，由而不知，穷视听于耳目之间，而要亦何尝远人而托于希微之际也？故曰“诚之不可掩如此夫！”东阳许氏以祭祀为“识其大者”，殊属孟浪。

---

[1]余沈：残汁。

第十七章

“舜，其大孝也与！”只此一句是实赞其德，下面俱是说道用之广。舜之所以为舜者，一“孝”尽之矣。所以“造端乎夫妇”而“察乎天地”也。东阳许氏说“下五句为孝之目”，极是乖谬。舜之孝，固有“五十而慕”及“烝烝乂，不格奸”之实，为极其大，岂可将此等抹煞，但以圣人而为天子为其孝乎？

孟子说：“天下之士悦之。”士者，贤人君子之称。悦者，悦其德也。天下皆悦其德，乃圣人“莫不尊亲”之实。而孟子固曰“人悦之、贵为天子、富有天下，而不足以解忧”，则舜之不以此为孝，明矣。

就中唯“德为圣人”一语，可附会立义。谓修德立身，乃孝之大者。其说大抵出于《孝经》。而《论》、《孟》中说孝，总不如此汗漫[1]。人子之于父母，使不得转一计较在。故先儒疑《孝经》非孔子之旧文，以其苟务规恢而无实也。孔子说“父母惟其疾之忧”，曾子说“全而生之，全而归之”。此是痛痒关心处，不容不于此身而见父母之在是。孟子谓“不失其身而能事其亲”，但云“不失”，则已载夔夔恻恻之意[②]，而不敢张大其词，以及于德业。若《孝经》所称立身成名，扬于后世，却总是宽皮话，搭不上。以此为教，则将舍其恩义不容解之实，而求之于畔援、歆羡之地，于是一切功名苟简之士，得托之以为藏身之区薮矣[③]。

人所疑者，“德为圣人”，实有圣学、圣功、圣德、圣业在，不与尊富之俟命于天者同。不见《尚书》说“天锡勇知”，《诗》称“帝谓文王，无然畔援，无然歆羡”，子贡亦曰“固天纵之将圣”？德至圣人，徒可以人力强为之乎？若云不全恃天而废人，则位禄与寿，得其名即为圣人。亦非无临御保守、尊生永命之道，岂但圣德之为有功耶？有子曰：“孝弟也者，其为仁之本与!”则为仁之事，皆自孝弟而生。倘云修德以为孝，则是为仁为孝弟之本矣，岂不颠倒本末而逆施先后哉？

况子思引夫子此言，以见中庸之道即匹夫匹妇所知能者，驯至其极，而德无不备，命无不可受。此以为察乎天地之实，则一本万殊之旨。斯以显君子之道，费无不彻，而隐不易知。若云修德受命而后为能尽孝，则是造端乎大，而以成夫妇之知能矣。是天地位，万物育，而后能致中和，不已逆乎？故唯《章句》“道用之广”四字为不可易，其余皆不足观也。

---

①汗漫：广泛，漫无边际；漫无标准。

②夔夔：悚惧貌。　　恻恻：犹言切切。诚恳貌。

③区（ōu，音欧）薮（sǒu，音叟）：藏身的地方。

第十八章

所云“无忧者其唯文王”，亦但以统论周家一代之事，前自太王、王季而开王业，后至武王、周公而成王道，以见积数世圣贤之功德以建治统，而文王适际夫俟命之时也。初非上下古今帝王，而但谓文王为无忧。则海陵、云峰之说皆不足存。

“忧”字有两义：有事不遂志而可忧者，在文王固有之，《系传》言“作《易》者其有忧患”之谓也；有事在可为而不必劳其忧思者，则此言“无忧”是也。天命未至，人事未起，不当预计天下之何以治、何以教，而但守先德以俟。故武王之缵绪克商[①]，周公之制礼作乐、忧勤以图成者，皆文王之所不为，而非其不足以体道之广，乃唯文王宜然耳。使武王、周公而亦犹是，则是忘天下，而道之不行不明也，无所托矣。自非文王，则道用本广，不得以惮于忧而置之也。

若如二胡氏所云舜、禹无圣父，尧、舜无肖子，则父之不令，既非人子所可用其忧者，故舜亦但以不顺父母为忧，而不以瞽瞍之顽为忧。孟子谓瞽瞍杀人，舜窃负而逃，终身欣然，深见人子之心，唯知有亲，而其贤不肖，直不以改其一日之欢。至子之不肖，则天也。乐天知命夫何忧！杜子美非知道者，且云“有子贤与愚，何必挂怀抱”，况以此而得窥圣人之忧乐哉？若其以“父作子述”为言者，则以明文王虽无忧，而先世后昆，相为开继，则周之体道以承天者，未尝息也。

在夫子立言之旨，则以见时未至而事未起，则文王遵养以为道。时已至而事已集，则武、周忧劳以见功。若子思引此以释道用之广，则见三圣开周，因仍次序，以集武功而成文德，故制作隆而中和之极建，乃以体君子之道而无所旷。率性之道，自唐、虞以前而未有异；修道之教，至成周而始隆。所为道有显微，不可掩而抑不可尽，非一圣人之知能所得竟也。彼屑屑然较父子之贤愚于往古者，其何当焉！

①缵（zuǎn，音纂）绪：继续、继承。

第十九章

一

《章句》云："以其所制祭祀之礼，通于上下者言之"，盖谓推其孝思以立则于天下，礼虽有同异，而以敬其所尊、爱其所亲者同也。"春秋修其祖庙"以下三节，皆通上下而言。故《章句》于祖庙备纪诸侯、大夫、适士、官师之制，则亦以明夫非但武、周所自行之礼也。

然就中有兼言者，有分言者，有上下一例者，有差等各殊者，直不可执一立解。杂举自天子以至于士之礼，或全或偏，正以见其周遍。即其独为天子之礼，亦必有其可通于大夫、士之道。如大夫以下助祭者，无爵可序，而自有贵贱之可辨。非若郊、社、禘、尝，专言王侯而不及大夫也。

宗器，先世所藏之重器，诸侯大夫亦固有之。《章句》云"若周之赤刀、大训"云云，举一周以例其余，故曰"若"。亦可云若鲁之宝玉。大弓，卫孔悝氏之鼎也。许东阳徒以《顾命》所陈之宝当之，自属泥窒。而裳衣、时食，凡有庙者之必设必荐，又不待言矣。

其云"宗庙之礼，所以序昭穆"者，谓以禘祫序列祖宗昭穆之礼①，行之于凡祭，以序助祭之同姓，乃通合祖之义以合族也。死者既各有庙，唯禘祫则合于太庙，以父南子北序之，此唯王侯之大享为然。而以此礼通诸合族之义，则自大享以达于时祭，自天子以达于士，自太庙以达于祢庙②，苟其有同姓在助祭之列者，皆不复问其爵之有无、族之亲疏，而一以昭穆序之。举夫朝廷之贵贱有级，宗室之大宗、小宗有别，宗室谓宗子之家。至此而尊尊之义皆绌焉，而一以行辈为等夷，所以加恩于庶贱而联之也。《特牲馈食礼》有"众兄弟"、"兄弟子"之文，则虽士祭其祢，同姓咸在，岂必天子之大享而后序昭穆哉？

其为王侯之制，而下不概于大夫者，唯序爵耳。以士不受命，不得称爵。大夫之祭，唯士与焉，则固无爵之可序也。若序事辨贤，自通乎上下而言。在《特牲馈食礼》，固有公有司及私臣为宗、祝、佐食者；而《少牢馈食》，则司士、司马、宰夫、雍人咸备焉。其在诸侯之备官，又无论矣。乃若旅酬之典，下逮于士，祭毕之燕，于士无禁，礼有明文，固可考也。

是知《章句》所云"通于上下"者，括修庙以至燕毛而统言之矣。然则所云"践其位，行其礼，奏其乐"，既承上文而无特起之词，则亦通上下之承祭者而言也。践主祭之位，得致敬以昭对于祖考，曰"践其位"；位谓阼阶。行其所得为之礼，以秩神而叙人，曰"行其礼"；奏其所得奏之乐，以合漠而娱神，曰"奏其乐"。此三"其"字，乃泛指之词。泛言"其"，而隆杀差等之不一者见矣。

又云"敬其所尊，爱其所亲"，亦谓武、周既以此礼自敬其先王之所尊，爱其先王之所亲。而使诸侯以达于士，皆得以敬爱其先人之所尊亲者，而事死如生，事亡如存，文无不称，情无不尽，斯以广爱敬之德于天下，而先王之志以继，事以述也。故曰"孝之至也"。

《章句》前云"礼通上下"，而此乃云"'其'指先王"，则有自相矛盾之病。特其所云"'其'指先王"者，则以释"敬其所尊、爱其所亲"之"其"，而不以上累乎"践其位，行其礼，奏其乐”之“其”。观朱子引《虞礼》“反哭升堂，主妇人室”之文以明之，则亦显夫“其”者，指主祭者而非先王之谓。上章言祭用生者之礼，正与此“其”字合。而《章句》中文义未为界断，斯后人积疑之所自生。乃“其”专以先王而言，则句自成疵。固当统言先人，而后与通于上下之旨不相背也。黄氏云“上下通践其位”，大破群疑，而于以为功于朱子者不小矣。

总以此章之旨，谓武王、周公尽其孝之道，而创制立法，推行上下，无不各俾尽其性之仁孝。于以见道用之广，而夫妇所知能之理，孝。极其至而察乎上下。故末复以郊禘之义明而治国无余蕴者终之。若但以天子之自承其祭者言之，则极乎烦重，而但以毕其孝思。则本大末小，体广用微，岂不与中庸之道相为刺谬？而异端“万法归一”之逆说，自此生矣。

知此，则广平之言表，固贤于蓝田之言里。是以朱子《或问》中虽兼采游、吕之说，而《语录》独称广平之周密。若谭氏致敬之论，则其泥而不通也久矣。

二

序事辨贤，唯龟山之说为当，蓝田殊未分晓。人之当为宗、当为祝、当为有司，固先已各居其职矣。至有事于庙中，则太宰赞鬯[③]，宗伯莅祼，举王侯以例其余。祝自为祝，有司自各司其事，非临时差遣，随命一人而授以事也，明甚。

其云“所以辨贤”者，辨者昭著之义。以平日之量德授位，因能授职，至此而有事为荣，则以显贤者之别于不贤者。而堂室异地，贵贱异器，又以彰大贤者之殊于小贤也。上言“辨贵贱”，亦是此意。不然，爵之贵贱，岂素无班序，而直待庙中始从而分别之哉？辨贤只是辨官，位事惟能，建官惟贤。贤也者，即位之谓也。

其别于上所云“序爵”者，则公、侯、伯、子、男、卿、大夫之谓爵，六官之属之谓位。爵如今王、公、侯、伯及光禄大夫至修职佐郎是。位则内阁、六部至仓巡、驿递等衙门是。辨贤者，即辨此之尊卑。古今原分作两等，此序爵、序事之所以别，而贵贱与贤，亦可以互文见意也。

《周礼》固有“泽宫选士”之文，然所选者士尔。太宰、宗伯之类，既以尊而不待选，在大夫则家老亦然。祝则世其职而不容旁选。唯如宰夫上士八人，中士十六人，下士三十有二人，具员已繁，不能尽与于祭，则以射择之耳。而供戒具、荐羞、视涤濯者[④]，亦必就此五十六人中择之，终不他取于别官之贤者，而一听之于射。故曰“庖人虽不治庖，尸祝不越樽俎而代之”。亦如诸侯之得与祭，亦以射择，而宋公之有淫威，鲁侯之为懿亲，则不待选于射而必与焉。盖爵之贵，贤之尊，虽素有等威之别，而合之于庙中，俾其贵其贤得昭著以为荣焉，此“爱其所亲”之道也。

---

①禘祫：天子诸侯宗庙五年一次的禘祭，与“祫”并称为殷祭。昭穆：古代宗法制度，宗庙次序，始祖居中，以下父子（祖、父）递为昭穆，左为昭，右为穆。祭祀时，子孙也按此种规定排列行礼。

②祢（nǐ，音你）：已死父在宗庙中立主之称。

③鬯（chàng，音唱）：古时祭祀降神用的酒，用郁金草酿黑黍而成。

④荐羞：羞通“馐”。献祭品。

卷三　中庸

第二十章

一

“修道以仁”，只陈新安引“志道、据德、依仁”为据，及倪氏“自身上说归心上”之说为了当。“修身以道”，只说得修身边事。“修道以仁”，则修身之必先正心、诚意者也。

道者，学术事功之正者也。学术事功之正，大要在五伦上做去[①]。《章句》以“天下之达道”当之，乃为指出道所奠丽之大者，非竟以“达道”之道释此“道”字。

若仁者，则心学之凝夫天理者也。其与三达德之仁[②]，自不相蒙。彼以当人性中之德而言，故曰“天下之达德”。此以坚贤心学之存主言，故《章句》云“能仁其身”。必不获已，则可云与下“诚”字相近，然就中须有分别。此“仁”字之可与“诚”字通者，择善固执之“诚”也。三达德之“仁”言天德，此“仁”言圣学。亦彼以性言而此以理言也。

不意朱门之荑稗[③]，乃有如双峰以鬼对人之说！史伯璇讥之，当矣。然双峰岂解能奇，只是傍门求活见地。“仁者，人也”，岂可云不仁者鬼乎？夫子谓“鬼神之为德”为“诚之不可掩”，鬼岂是不仁的？双峰引《论语》“未能事人，焉能事鬼”作话柄，早已失据。在《论语》，本谓幽、明无二理。既无二理，则非人仁而鬼不仁，审矣。

彼似在气上说，生气仁，死气不仁。则以气主理，其悖既甚，而彼意中之所谓死气者，又非消息自然之气，乃夭枉厉害之邪气。使然，则人之有不正而害物者多矣，统云“仁者，人也”，不已碍乎？子曰“人之生也直”，于直不直而分死生，且不于之而分人鬼，人鬼自与死生异。而况于仁乎？

圣人斩截说个“仁者，人也”，这“人”字内便有彻始彻终、屈伸往来之理。如何把鬼隔开作对垒得？必不获已，则或可以“物”字对。然孟子以“万物皆备”为仁，《中庸》亦云“尽人之性则能尽物之性”，这“人”字也撇“物”字不下。特可就不仁者之心行而斥之，曰“不仁者，禽也”，为稍近理。要此“仁”字，不与不仁相对，直不消为树此一层藩篱。

“仁者”属人道而言，“人也”属天道而言。盖曰君子之用以修道之仁，即天道之所以立人者也。天道立人，即是人道。则知“亲亲为大”，是推入一层语，非放出一层语。亲亲是天性之仁见端极大处，故《章句》云“自然便有恻怛慈爱之意”。此处不是初有事于仁者之能亲切，故曰“深体味之可见”，是朱子感动学者令自知人道处。双峰之孟浪，其不足以语此，又何责焉！

三

“仁”字说得来深阔，引来归之于人，又引而归之于“亲亲”，乃要归到人道上。“亲亲”、

"尊贤"，自然不可泯灭，与自然不颠倒之节文者，人道也。而尊亲在此，等杀在此[4]，修道修身者以此，故知人道之敏政也。《中庸》此处，费尽心力写出，关生明切，诸儒全然未省。

四

"仁者，人也"二句，精推夫仁，而见端于天理自然之爱。"义者，宜也"，因仁义之并行，推义之所自立。则天理当然之则，于应事接物而吾心固有其不昧者，因以推夫人心秉彝之好[5]，自然有其所必尊而无容苟，则"尊贤"是也。

仁义之相得以立人道，犹阴阳之并行以立天道。故朱子曰"仁便有义，阳便有阴"。非谓阳之中有阴，仁之中有义。如此则亦可云义之中有仁矣。乃天地间既有（阴）〔阳〕，则（阳）〔阴〕自生。人道中既有仁，则义自显也。而仁义之施，有其必不容不为之等杀者，则礼所以贯仁义而生起，此仁义之大用也。

仁与义如首之应尾，呼之应吸，故下云"思事亲不可以不知人"。礼贯于仁义之中而生仁义之大用，故下云"不可以不知天"。若统论之：则知天者，仁、知之品节者也；知人者，知、仁之同流者也。故曰"修道以仁"，而不劳曰以义、以礼也。

"立人之道曰仁与义"，故曰"人道敏政"者，仁义之谓也。仁义之用，因于礼之体，则礼为仁义之所会通，而天所以其自然之品节以立人道者也。礼生仁义，而仁义以修道，取人为政，咸此具焉，故曰"人道敏政"也。

此言仁义礼者，总以实指人道之目，言天所立人之道而人所率由之道者若是。皆为人道之自然，则皆为天理之实然。与夫知之为德，人以其形其质受天灵明之用，得以为用，应乎众理万理而不适有体者自别。故仁义礼可云道，而知不可云道。双峰眩于"知天"、"知人"两"知"字，而以仁、知分支，则文义既为牵扭割裂，而于理亦悖。

凡此三节，用两"故"字，一顺一逆，俱以发明人道之足以敏政者。但务言人道可以敏政之理，而未及夫所以敏之功。是以下文三达德、三"近"之文，必相继立言，而后意尽。或可以此一段作致知，下四节作力行分，则以明人道之如是，仁义礼。而后有以施吾敏之之功，知仁勇皆所以敏之。亦与知先行后之理相符合。然而有不尽然者。则以此论人道之当然，为知中之知。而下"知斯三者"论人道之能然，能然之道即德也。则固犹为行中之知，必待推其原于一，显其功于豫，立其程于择善固执，而后全乎其为力行之实矣。用其知仁勇者，必用之于学、问、思辨、笃行。

或疑如此说，则仁义礼皆天所立人之道，而人得以为道，是自然之辞也。而又何以云知仁勇为天性之德，而仁义礼非以心德言耶？然而有不碍者。则以仁也，义也，仁之亲亲、义之尊贤也，亲亲之杀、尊贤之等也，皆就君子之修而言也。仁、义之有撰，礼之有体，则就君子之所修者而言也。故新安以"依于仁"证此。依者修之也，所依之仁所修者也，显然天理之实有此仁义礼，而为人所自立之道。故《章句》云："仁者天地生物之心，而人得以生，所谓'元者善之长也'。"亦可云：义者天地利物之理，而人得以宜；礼者天地秩物之文，而人得以立。是皆固然之道，而非若知仁勇。二"仁"字不同。人得受于有生之后，乘乎志气，仁依志，勇依气，知兼依志气。以为德于人，而人用之以行道者比矣。

故愚前云"心学之存主"，亦谓心学之所存、所主，非谓君子之以吾心之仁存之、主之也。若夫智仁勇，则人之所用以行道者，而非道之条理，人道有仁，而抑有义礼，是谓条理。与其本原。仁故亲亲，义故尊贤，礼故等杀生焉。是其为道之体与性之用，其相去不紊亦明矣。

五

人道有两义，必备举而后其可敏政之理著焉。道也，修身以道。仁也，义也，礼也，此立人之道，人之所当修者。犹地道之于树，必为茎、为叶、为华、为实者也。仁也，智也，勇也，此成乎其人之道，而人得斯道以为德者。犹地道之于树，有所以生茎、生叶、生华、生实者也。道者，天与人所同也，天所与立而人必由之者也。德者，己所有也，天授之人而人用以行也。然人所得者，亦成其为条理，知以知，仁以守，勇以作。而各有其径术，知入道，仁凝道，勇向道。故达德而亦人道也。以德行道，而所以行之者必一焉，则敏之之事也。故此一章，唯诚为枢纽。

六

“诚”为仁义礼之枢，“诚之”为智仁勇之枢，而后分言“诚者天之道”，“诚之者人之道”。须知天道者，在人之天道，要皆敏政之人道尔。

七

事亲亦须智以知之，仁以守之，勇以作之。知人亦然，知天亦然。如郭公善善而不能用，仁勇不给，则亦无以知人。又事亲亦须好学以明其理，力行以尽其道，知耻以远于非。足知双峰“三达德便是事亲之仁，知人之知”，牵合失理。又况如陈氏所云“有师友之贤，则亲亲之道益明”，其为肤陋更不待言者乎！况所云“与不肖处，则必辱身以及亲”，乃闾巷小人朋凶忤逆之所为，曾何足为知天知人之君子道？而于人君有志行文、武之政者，其相去岂止万里也！

释书之大忌，在那移圣贤言语，教庸俗人易讨巴鼻。直将天德王道之微言，作村塾小儿所习《明心宝鉴》理会，其辱没《五经》、《四子书》，不亦酷哉！

八

“所以行之者三”，行者，推荡流动之谓，言以身行于五达道之中，而此三者所资以行者也。若“修身以道，修道以仁”，则曰修。修者，品节之谓：以道为准，而使身得所裁成；以仁为依，而使道得所存主也。

亦有不以道修身者，如文、景之恭俭，而不足与于先王之典礼。亦有不以仁修道者，如苏威之五教，非果有恻怛爱民之心，而徒以强民也。若行于五者之间，而不以知仁勇行之，则世之庸流皆然。正墙面而立，一物不能见，一步不能行矣。二者之辨井然，取之本文而已足。

九

以生、安为智，学、利为仁，困、勉为勇，直不消如此说。此两条文字，上承“所以行之者一”而言，则俱带一“诚”字在内。后面明放着“从容中道”者，生、安也；“择善固执”者，学、利也；“愚之明”、“柔之强”者，困、勉也。生知者，“诚明”也；安行者，“至诚”也。学知者，“明诚”也；利行者，“诚之为贵”也。困知、勉行者，“致曲”也。以其皆能极人道之

"诚之"，以为德为学，故知之、成功，莫不一也。各致其诚而知用其知，知用其仁，知用其勇。行其知以知之，行其仁以守之，行其勇以作之。上言"所以行之""之"字，指知仁勇。是三达德者，皆有知行之二用，且不得以知属知、行属仁，而况于以生、安分知，学、利分仁，困、勉分勇乎？

所以谓知去声有行者，如博学属知，而学之弗博弗措，则行矣。至于仁之有知，如字。尤为显别。颜子之服膺弗失者，其择乎中庸者也。若勇之亦有知者，则固曰"知耻近乎勇"矣。今必从而区分之，则诚明无合一之理。于行无知，则释氏之蓦直做去，不许商量。于知无仁，则释氏之心花顿开，不落蹊径。至于以仁为学、利而非生、安，既无以明辨夫仁者安仁、知者利仁之与此迥异。以勇为困、勉，则《书》所谓"天锡勇知"，孟子所谓"若决江河，沛然莫之能御"者，又岂非舜、汤之勇乎？

朱子与诸家之说，彼此各成一家言，而要无当于大义，则唯此二段之言，以诚行达德，而非以知仁勇行达道也。

一〇

《章句》"未及乎达德"句有病，不如小注所载朱子"恐学者无所从入"一段文字为安。达德者，人之所得于天也。以本体言，以功用言，而不以成德言。非行道而有得于心。如何可云及与未及？

知仁勇之德，或至或曲，固尽人而皆有之。特骤语人以皆有此德，则初学者且不知吾心之中何者为知，何者为仁，何者为勇，自有其德而自忘之久矣。唯是好学、力行、知耻之三心者，人则或至或曲，而莫不见端以给用，莫不有之，而亦各自知此为〔吾〕好学之心，此为吾力行之心，此为吾知耻之心也。则即此三者以求之，天德不远，而所以修身者不患无其具矣。

此犹孟子言"人皆有不忍人之心"，故遇孺子入井而怵惕、恻隐，心之验于情也。唯有得于知，故遇学知好；唯有得于仁，故于行能力；唯有得于勇，故可耻必知。性之验于心也。唯达德之充满具足于中，故虽在蔽蚀，而斯三者之见端也不泯。尽其心则知其性，虽在圣人，未尝不于斯致功，而修身治物之道毕致焉。岂得谓其"未及乎达德"而仅为"勇之次"哉？

舜之好问好察，亦其知之发端于好学。回之拳拳服膺[⑥]，亦其仁之发端于力行。君子之至死不变，亦其勇之发端于知耻。性为天德，不识不知，而合于帝则。心为思官，有发有征，而见于人事。天德远而人用迩，涉于用非尽本体。而资乎气，不但为性。故谓之"三近"。从所近以通其真，故曰"从入"，曰"由是以求之"，曰"入德"。朱子此说，其善达圣言而有功于初学者极大。《章句》顾不取之，何也？

一一

既云"修身以道"，抑云"思修身不可以不事亲"，此又云"知斯三者则知所以修身"，说若庞杂，此《中庸》之所以不易读也。唯熟绎本文，以求其条理，则自得之。云"以道"、云"不可不事亲"者，言修身之事也；云"知斯三者"，言修之之功也。事则互相待而统于成，故可云"思修身不可以不事亲"，抑可云"顺亲有道，反身不诚，不顺乎亲"。功则有所循以为资，故知"三近"，而后修身之所以者不迷也。舍其从入之资，则亦茫然无所用以为修矣。

人道之固然其诚者，身之理著于道。人道之能诚之者，德之几见于心也。固然与能然者，而一合乎诚，则亦同乎所性而不悖，故统之曰"人道敏政"。"修身以道"者，太极之有其阴阳也。

"知斯三者，知所以修身"，阴阳之有其变合也。阴阳，质也；变合，几也。皆人之所以为人道也。君子修之吉，修此者也。呜呼！微矣。君子之道斯以为托体于隐，而岂云峰逆推顺推，肤蔓之说所得而知！

一二

"修身则道立"，云峰以为"道即天下之达道"。字义相肖，辄以类从，此说书之最陋者也。朱子引《书》"皇建其有极"以释此，极为典核。《洪范》说"皇极"，则是"无有作好，无有作恶，无偏无党，无反无侧"⑦，其与"达道"岂有交涉？下云"齐明盛服，非礼不动"⑧，止在君身之正直上做工夫，而以天下之无奇邪者为效验。然则《章句》所云"道成于己而可为民表"，正谓君之身修，而可为斯民不修之身示之则也。

修身自有修身之事，尽伦自有尽伦之事。"亲亲"以下，乃五达道事。理虽相因，而事自殊致。无有私好，而天下无偏党反侧之好；无有私恶，而天下无偏党反侧之恶。则所谓"上见意而表异，上见欲而姑息"，与夫"宫中好高髻，城中高一尺"之弊，可无虑矣。是道德一而风俗同也。

若五达道之事，则"亲亲"为尽父子兄弟之伦，"敬大臣"、"体群臣"、"子庶民"为尽君臣之伦，"尊贤"、"怀诸侯"为尽朋友之伦。事各有施，效各有当。君于尽伦之外，自有建极之德⑨；民于明伦之外，亦自有会极之猷⑩。且如陈之奢而无节、魏之俭而已褊者⑪，夫亦何损于父子、昆弟、夫妇、朋友之恩义？而其君为失道之君，国为无道之国，则唯君之好恶不裁于礼而无可遵之道也。云峰既不知此，乃云"以下八者，皆道立之效"。其因蔽而陷，因陷而离，盖不待辨而自明矣。

一三

所谓"宾旅"者，"宾"以诸侯大夫之来觐问者言之，"旅"则他国之使修好于邻而假道者。又如失位之寓公⑫，与出亡之羁臣⑬，皆旅也。唯其然，故须"嘉善而矜不能"。

当时礼际极重一言一动之失得，而所以待之者即异矣。然善自宜嘉，而不能者亦当以其漂泊而矜之。以重耳之贤，而曹人裸而观之，不能嘉善也。周人掠栾盈之财⑭，而不念其先人之功，非以矜不能也。若孟子所言"行旅"，则兼游说之士将适他国者说。传《易》者以孔子为旅人，亦此类也。

一四

"豫"之为义，自与"一"不同。一者，诚也。诚者，约天下之理而无不尽，贯万事之中而无不通也。豫则凡事有凡事之豫，而不啻一矣。素定一而以临事，将无为异端之执一耶？一者，彻乎始终而莫不一。豫者，修乎始而后遂利用之也。一与豫既不可比而同之，则横渠之说为不可易矣。

横渠之所云"精义入神"者，则明善是已。夫朱子其能不以明善为豫乎？《章句》云"以在下位者推言素定之意"，则是该治民以上，至于明善，而统以引伸素定之功也。是朱子固不容不以明善为豫，而《或问》又驳之，以为张子之私言，则愚所不解。

夫明善，则择之乎未执之先也，所谓素定者也。诚则成物之始，而必以成物之终也。不息则久，悠久而乃以成物。纯亦不已，而非但取其素定者而即可以立事。是诚不以豫为功，犹夫明善之不得以一为功，而陷于异端之执一也。故以前定言诚，则事既有所不能，而理尤见其不合。浸云“先立其诚”，则“先”者，立于未有事物之前也，是物外有诚，事外有诚。斯亦游于虚以待物之用，而岂一实无闲之理哉？

言诚者曰：“外有事亲之礼，而内有爱敬之实。”则爱敬与事亲之礼而同将，岂其于未尝事亲之先，而豫立其爱敬乎？且亦将以何一日者为未尝事亲之日耶？抑知慎终追远，诚也。虽当承欢之日，而终所以慎，远所以追，不可不学问思辨以求其理，是则可豫也。若慎之诚乎慎，追之诚乎追，斯岂可前定而以待用者哉？

又曰：“表里皆仁义，而无一毫之不仁不义”，则亦初终皆仁义，而无一刻之不仁不义矣。无一刻之可不仁不义，则随时求尽而无前后之分也。明一善而可以给终身之用，立一诚而不足以及他物之感。如不顺乎亲，固不信乎友。然使顺乎亲矣，而为卖友之事，则友其信之耶？故君子之诚之，必致曲而无所不尽焉。

唯学问思辨之功，则未有此事而理自可以预择。择之既素，则由此而执之，可使所明者之必践，而善以至。故曰“凡事豫则立”。事之立者，诚也。豫者，明也。明则诚，诚则立也。

一乎诚，则尽人道以合天德，而察至乎其极。豫乎明，则储天德以敏人道，而已大明于其始。虽诚之为理不待物有，诚之之功不于静废，而彻有者不殊其彻乎未有，存养于其静者尤省察于其动。安得如明善之功，事未至而可早尽其理，事至则取诸素定者以顺应之而不劳哉？

若云存诚主敬，养之于静以待动。夫所谓养之于静者，初非为待动计也。此处一差，则亦老子所谓“执大象，天下往”，“冲，而用之或不盈”之邪说，而贼道甚矣。

夫朱子之以诚为豫者，则以《中庸》以诚为枢纽，故不得不以诚为先务。而枢纽之与先务，正自不妨异也。以天道言，则唯有一诚，而明非其本原。以人道言，则必明善而后诚身，而明以为基，诚之者择善而固执之。是明善乃立诚之豫图，审矣。

后此言天道，则诚以统明。而曰“至诚之道，可以前知”，曰“知天地之化育”，有如诚前而明后。然在天道之固然，则亦何前何后，何豫何不豫，何立何废之有？

言“豫”言“立”者，为人道之当然而设也。故二十五章云“是故君子诚之为贵”，“诚之者，择善而固执之也”。二十七章云“道问学”，道者，所取涂以尊德性之谓。曰“既明且哲，以保其身”。二十九章云“知天”、“知人”。盖无有不以明为先者也。

道一乎诚，故曰“所以行之者一”。学始乎明，故曰“凡事豫则立”。若以诚为豫，而诚身者必因乎明善焉，则岂豫之前而更有豫哉？“诚则明”者一也，不言豫也。“明则诚”者豫也，而乃以一也。此自然之分，不容紊者也。

《中庸》详言诚而略言明，则以其为明道之书，而略于言学。然当其言学，则必前明而后诚。即至末章，以动察、静存为圣功之归宿，而其语“入德”也，则在知几⑮。入德者，豫之事也。

张子显以明善为豫，正开示学者入德之要，而求之全篇，求之本文，无往不合。朱子虽不取其说，而亦无以折正其非，理之至者不可得而易也。

一五

“外有事亲之礼，而内尽爱敬之实”二句，不可欹重⑯。内无爱敬之实，而外修其礼，固是里不诚；不可误作表不诚说。内有爱敬之实，而外略其礼，则是表不诚。事亲之礼，皆爱敬之实所形。而爱敬之实，必于事亲之礼而著。爱敬之实，不可见、不可闻者也。事亲之礼，体物而不可遗也。

《中庸》说“君子之道费而隐”[17]，费必依隐，而隐者必费。若专求诚于内心，则打作两片，外内不合矣。“率性之谓道，修道之谓教。”教者皆性，而性必有教，体用不可得而分也。

一六

诚之为道，不尽于爱敬之实。朱子特举顺亲之诚一端以例其余耳。到得诚之至处，则无事不然，无物不通。故《或问》以顺亲、信友、获上、治民无施不效而言。

上云“所以行之者一”，孟子谓“至诚未有不动”，一实则皆实、行则胥行之旨。且就君、民、亲、友而言之，犹是诚身一半事，但说得尽物之性、所以成物、经纶大经一边。若诚身之全功，固有尽性成己、立本知化之成能。而存心致知之学，以尊德性、道问学者，自有其事。若本文特顶事亲一项说，则以其成物之诚，本末亲疏之施，聊分次第尔。况此原但就在下位者而推之，而非以统括事理之全也。

不知此，则将以《孝经》立身扬名之说，为诚身事亲之脉络。才以扬名为孝，则早有不诚矣。故曰《孝经》非孔氏之旧文。

一七

《中庸》一部书，大纲在用上说。即有言体者，亦用之体也。乃至言天，亦言天之用。即言天体，亦天用之体。大率圣贤言天，必不舍用，与后儒所谓“太虚”者不同。若未有用之体，则不可言“诚者，天之道”矣。舍此化育流行之外，别问窅窅空空之太虚[18]，虽未尝有妄，而亦无所谓诚。佛、老二家，都向那畔去说，所以尽着钻研，只是捏谎。

《或问》“一元之气”、“天下之物”二段，扎住气化上立义，正是人鬼关头分界语。所以《中庸》劈头言天，便言命。命者，令也。令犹政也。末尾言天，必言载。载者，事也。此在天之天道，亦未尝遗乎人物而别有其体。《易》言“天行健”，吃紧拈出“行”来说。又曰“大哉乾元，万物资始，乃统天”，只此万物之资始者，便足以统尽乎天，此外亦无有天也。况乎在人之天道，其显诸仁者尤切，藏诸用者尤密乎？

天道之以用言，只在“天”字上见，不在“道”字上始显。道者天之大用所流行，其必由之路也。周子言诚，以为静无而动有，朱子谓为言人道。其实天道之诚，亦必动而始有。无动则亦无诚，而抑未可以道言矣。

一八

北溪分“天道之本然”与“在人之天道”，极为精细。其以孩提之知爱、稍长之知敬为在人之天道，尤切。知此，则知“诚者天之道”，尽人而皆有之。故曰“造端乎夫妇”，以夫妇之亦具天道也。只此不思不勉，是夫妇与圣人合撰处，岂非天哉？

北溪虽是恁样分别疏明，然学者仍不可将在人之天道与天道之本然判为二物。知两间固有之火，与传之于薪之火，原无异火。特丽之于器者，气聚而加著耳。乃此所云“诚者天之道”，未尝不原本于天道之本然，而以其聚而加著者言之，则在人之天道也。

天道之本然是命，在人之天道是性。性者，命也，命不仅性也。若夫所谓“诚之者人之道”，则以才而言。才者，性之才也，性不仅才也。惟有才，故可学。“择善而固执之”，学也。其以择善而善可得而择，固执而善可得而执者，才也。此人道敏政之极致。有是性固有是才，有是才则可以有是学，人之非无路以合乎天也。有是才必有是学，而后能尽其才，人之所当率循是路以合乎天也。

人之可以尽其才而至于诚者，则北溪所谓忠信。其开示蕴奥，可谓深切著明矣。择善固执者，诚之之事。忠信者，所以尽其择执之功。弗能弗措，而己百己千，则尽己以实之功也。虽愚，而于忠信则无有愚；虽柔，而于忠信则无有柔者。故曰：“十室之邑，必有如夫子者焉。”人道本于天故。而君子之学，必此为主。三达德以此行故。

若知仁勇，则虽为性之德，亦诚之发见，而须俟之愚明、柔强之余，始得以给吾之用。故行知仁勇者以一，而不藉知仁勇以存诚。双峰、云峰之说，徒为葛藤而丧其本矣[19]。

由明而诚者，诚之者也。明则诚者，人之道也。惟尽己以实，而明乃无不用，则诚乃可得而执。是以统天下之道于一，而要人事于豫也。豫，斯诚也。

一九

仁义礼是善，善者一诚之显道也，天之道也。唯人为仁义礼之必修，在人之天道也，则亦人道也。知仁勇，所以至于善而诚其身也。“诚乎身”之诚，是天人合一之功效。所以能行此知之所知、仁之所守、勇之所作于五伦九经者，忠信也，人之道也。人于知仁勇，有愚明、柔强之分，而忠信无弗具焉，人道之率于天者也。

人道惟忠信为咸具，而于用尤无不通。土寄王四行，而为其王。《雒书》中宫之五，一六、二七、三八、四九所同资，无非此理。敏政者全在此。其见德也为知仁勇。其所至之善为仁义礼。其用之也于学、问、思、辨、行，而以博、以审、以慎、以明、以笃，则知仁勇可行焉，仁义礼可修焉，故曰“人道敏政”。朱子所云“表里皆仁义，而无一毫不仁不义”，及云“外有事亲之文，内尽爱敬之实”，皆忠信之谓，特引而未发。北溪显天德、圣功、王道之要于二字之中，呜呼，至矣哉！

二〇

圣人可以言诚者，而不可以言天道。非谓圣人之不能如天道，亦以天道之不尽于圣人也。

“不思而得，不勉而中”，人皆有其一端，即《或问》所谓恻隐、羞恶之发者，皆不假于思勉。特在中人以下，则为忮害贪昧之所杂[20]，而违天者多矣。乃其藉择执之功，己千己百而后得者，必于私欲之发，力相遏闷[21]，使之出而无所施于外，入而无所藏于中，如此迫切用功，方与道中。若圣人，则人之所不学虑而知能者，既咸备而无杂，于以择执，亦无劳其理、欲交战之功，则从容而中道矣。

其然，则此一诚无妄之理，在圣人形器之中，与其在天而为化育者无殊。表里融彻，形色皆性，斯亦与天道同名为诚者，而要在圣人则终为人道之极致。故《章句》云“则亦天之道”，语意自有分寸，不得竟以天道言圣人，审矣。

“不思而得，不勉而中”，在人之天道所发见，而非为圣人之所独得。“择善而固执”，君子之所学圣，而非圣人之所不用。所以然者，则以圣人之德合乎天道，而君子之学依乎圣功也。

故自此以后十三章，皆言圣合天，贤合圣，天人一理，圣贤一致之旨。使不思不勉者为圣人之所独得，则不可名为天道；天无私，凡物皆天道所成。使君子之择善固执为圣人之所不用，则君子终不能循此以至于圣人之域矣。而下云“明则诚”，云“曲能有诚”以至于化，云“性之德也”，“时措之宜也”，又岂因他涂而底圣境哉[22]？

且所谓圣人者，尧、舜、文王、孔子而已矣。尧、舜之“惟精”，择善也；“惟一”，固执也；“问察”，择善也；“用中”，固执也。文王之“缉熙”[23]，择善也；“不回”，固执也。孔子之“学而不厌”，择善也；“默而识之”，固执也。特于所谓己百己千者，则从容可中，无事此耳。而弗能弗措，己百己千，为学、利、困、勉者之同功，非学知、利行之必不须尔。此自体验而知之，非可徒于文字求支派也。

截分三品，推高圣人，既非《中庸》之本旨。且求诸本文，顺势趋下，又初未尝为之界断。《章句》于是不能无训诂气矣。

二二

修道，圣人之事，而非君子之事，《章句》已言之明矣。既须修道，则有择有执。君子者，择圣人之所择，执圣人之所执而已。即如博学、审问，岂圣人之不事？但圣人则问礼于老聃，问官于郯子，贤不贤而焉不学？君子则须就圣人而学问之，不然，则不能隐其恶，扬其善，执两端而用其中，而反为之惑矣。耳顺不顺之分也[24]。

圣人不废择执，唯圣人而后能尽人道。若天道之诚，则圣人固有所不能，而夫妇之愚不肖可以与知与能者也。圣人体天道之诚，合天，而要不可谓之天道。君子凝圣人之道，尽人，而要不可曰圣人。然尽人，则德几圣矣；合天，则道皆天矣。此又后十三章所以明一致之旨也。

读者须于此两“诚者”两“诚之者”，合处得分，分处得合，认他语意联贯之妙。笼侗割裂[25]，皆为失之。

二三

《章句》分知仁勇处，殊少分晓。前言知仁勇，只平数三德，何尝尊知仁而卑勇？且云“三者天下之达德，所以行之者一”，则自天道而言，唯命人以诚，故人性得以有其知仁勇；自人事而言，则以忠信为主，而后可以行其知仁勇之德于五达道之间。朱子所谓“无施而不利”者，知仁勇之资诚以为功也。“及其知之”，“及其成功”，则自从容中道。以至于未免愚、柔者，知皆如舜，仁皆如颜，勇皆如不流不倚之君子。既不由知仁勇以得诚，况可析学利为知仁、困勉为勇哉？且朱子前业以生安为知，学利为仁，而此复统知仁于学利，足见语之蔓者，必有所窒也。

唯《章句》“而为”二字，较为得之。以诚之者之功，乃以为功于知仁也。然如此说，亦仅无弊，而于大义固然无关。至于双峰、云峰之为说，割裂牵缠，于学问之道、释经之义两无交涉，则吾不知诸儒之能有几岁月，而以消之于此，岂“博弈犹贤”之谓乎？若双峰以从容为勇，则益可资一笑。其曰“谈笑而举百钧”，则有力之人，而非有勇之人也。要离之顺风而颓[26]，羊祜之射不穿札[27]，岂不勇哉？若乌获者[28]，则又止可云力，而不可云勇。勇、力之判久矣。有力者可以配仁守，而不可以配勇。力任重，而勇御侮。故朱子以遏欲属勇，存理属仁。存仁之功，则有从容、竭蹶之别[29]。御侮之勇，则不问其从容与否。项羽之喑噁叱咤[30]，岂得谓其勇之未至哉？故朱子曰：“不赖勇而裕如。”如赖勇矣，则千古无从容之勇士。子之语大勇曰：“虽千万人，吾往矣。”是何等震动严毅，先人夺人，岂谈笑举鼎之谓哉？

二四

学、问、思、辨、行，《章句》言目而不言序。目者若纲之有目，千目齐用。又如人之有目，两目同明。故存程子废一不可之说以证之。《或问》言序，则为初学者一向全未理会，故不得不缓议行，而以学为始。其于诚之者择执之全功，固无当也。

朱子语录有云“无先后而有缓急”，差足通《或问》之穷。乃以学为急，行为缓，亦但为全未理会者言尔。实则学之弗能，则急须辨；问之弗知，则急须思；思之弗得，则又须学；辨之弗明，仍须问；行之弗笃，则当更以学、问、思、辨养其力；而方学、问、思、辨之时，遇著当行，便一力急于行去，不可曰吾学、问、思、辨之不至，而俟之异日。

若论五者第一不容缓，则莫如行，故曰“行有余力，则以学文”。弟子尚然，而况君子之以其诚行于五达道之间，人君一日万几而求敏其政者哉？

---

①五伦：即五常：仁、义、礼、智、信。

②三达德：即三种高尚的道德：智、仁、勇。

③荑（tí，音题）稗：杂草。

④等杀（shài，音晒）：减少、降等。

⑤秉彝：遵循常理。

⑥回：颜回。　服膺：谨记在心，衷心信服。

⑦党：偏私。　反侧：不正直，不顺从。

⑧齐（zhāi，音斋）明：在祭祀前斋戒沐浴，表示对鬼神的虔诚。　盛服：衣冠穿戴整齐。

⑨建极：指王者建立法度。

⑩猷（yóu，音犹）：道。

⑪褊（biǎn，音扁）：衣服狭小。引申为狭隘或心地狭窄。

⑫寓公：古称失去领地而寄居他国的贵族

⑬羁臣：流亡在外的大臣。

⑭栾：古邑名。春秋晋属。

⑮知几：知道事物发生变化的隐微的因素和迹兆。

⑯倚重：即依重。

⑰费：通“昲”。光貌。

⑱窅窅（yǎo，音咬）：深邃貌。

⑲葛藤：比喻纠缠不清。

⑳忮（zhì，音至）：忌恨。

㉑閟（bì，音必）：闭塞，掩闭。

㉒涂：通“途”。

㉓缉熙：光明的样子。

㉔耳顺：耳闻其言，而知其微旨。

㉕笼侗：即“笼统”。模糊不清，不具体。

㉖要离：春秋末年吴国人。相传他由伍子胥推荐给吴王，谋刺在卫的公子庆忌。他请吴王断其右手，杀其妻子，假装获罪出走。到卫国后，又假意向庆忌献破吴之策，谋求亲近庆忌。当同舟渡江时，庆忌被他刺死，他又自杀。

㉗羊祜：西晋大臣。

㉘乌获：战国时秦国力士，据说能举千斤之重。

㉙竭蹶：力竭而颠蹶。

㉚喑（yìn，音荫）噁（wù，音误）叱咤：厉声怒吼。

第二十一章

一

曰“性”、曰“道”、曰“教”，有质而成章者也。曰“天命”、曰“率性”、曰“修道”，则事致于虚而未有其名实者也。溯其有质成章者于致虚之际，以知其所自来，故曰“之谓”。

曰“自诚明”，有其实理矣；曰“自明诚”，有其实事矣。“性”，为功于天者也；“教”，为功于人者也。因其实而知其所以为功，故曰“谓之”。

天命大而性小，性属一人而言。率性虚而道实，修道方为而教已然。命外无性，性外无道，道外无教，故曰“之谓”。彼固然而我授之名也。

诚明皆性，亦皆教也。得之自然者性，复其自然者亦性，而教亦无非自然之理。明之所生者性，明之所丽者亦性，如仁义礼等。而教亦本乎天明之所生。特其相因之际，有继、有存，成性存存，道义之门。有通、有复，则且于彼固然无分之地而可为之分，故曰“谓之”。我为之名而辨以著也。

黄洵饶急之训，未当二者之义。

二

《章句》云“所性而有”、“由教而入”，则就性之所凝与教之所成者言，是移下一层说。因取圣贤而分实之以其人，语自可通。小注所载《朱子语录》及《或问》所取蓝田之说，则毕竟于“性”、“教”两字不安。

孟子言“君子所性”一“所”字，与“所欲”、“所乐”一例，言君子所见以为已性者也。观孟子言耳目口鼻之欲“君子不谓之性”，则知“所性”者，君子所谓之性，非言君子性中之境界，而谓见性后之所依据也。若其云“尧、舜性之”，则要就尧、舜之功用而言。如“动容周旋中礼”四事，皆推本其性之撰，而原其所以得自然咸宜者，性之德也，而非以性为自然之词也。

至于教非学，学非教，义之必不可通也，则尤明甚。“由教而入”者，贤人之学，而必不可谓教者贤人之事。故蓝田于此，亦有所不能诬，而必云“圣人之所教”。夫学以学夫所教，而学必非教；教以教人之学，而教必非学。学者，有事之词也；教者，成法之谓也。此而可屈使从我之所说，则亦何不可抑古人以徇其私见哉?

要此一节文字，自分两段。上二句以理言，下二句以事言。于理而见其分，则性原天而教自人。于事而著其合，则合天者亦同乎人，而尽人者亦同乎天。既显分两段，则陈氏“下二句结上意”之说，真成卤莽。

若夫理之分者未尝不合，则首章已显明其旨。性、教原自一贯，才言性则固有其教，凡言教则无不率于性。事之合者固有其分，则“自诚明谓之性”，而因性自然者，为功于天；“自明诚谓之教”，则待教而成者，为功于人。前二句固已足达其理，不待后之复为申说也。

愚欲于两段相承之际为之语曰：圣人之尽性，诚也；贤人之奉教，明也。“诚则明矣”，教斯立矣。“明则诚矣”，性斯尽矣。如此，则转合明而可以破此章之疑。

然本文云“诚则明矣”，而不云性则无不明矣；“明则诚矣”，而不云教则可以至于诚矣。是亦足见上二句之未及乎圣人贤人，必待下二句“诚则明矣”一“诚”字，方以言圣人之德足乎诚，“明则诚矣”一“明”字，方以言贤人之学因乎明。是《章句》“德无不实”八句，仅可用以释下二句“诚”、“明”二字，而上二句则未之释，此《章句》之疏也。

圣人之德自诚而明，而所以尔者，则天命之性“自诚明”也。贤人之学自明而诚，而其能然者，惟圣人之教“自明诚”也。

上天之载，无声无臭[①]，而翕辟变化[②]，有其实然，则为等为杀，粲然昭著于万物之中，一鸢飞鱼跃之可以仰观俯察而无不显。自诚而明者，惟其有之，是以著之也。于天为命，而于人为性也。然其所以不言命者，则命唯一诚，而性乃有此虚灵不昧之明也。

圣人之德，以其喻乎已者，纪纲条理，昭晰不忒[③]，得以列为礼、乐、刑、政，确然行于天下后世，使匹夫匹妇可以与知与能而尽其性。自明而诚者，推其所已明，以为明为不诚者。明夫天理之固诚，而有章有质，反之天理而皆非妄也。于圣人为道，而于天下为教也。然其所以不言道者，则圣人之于道，唯率其本明，而既立为教，乃使理丽于实也。

天不容已于诚，而无心于明。诚者，天之道也。明者，人之天也。圣人有功于明，而不能必天下之诚明者，圣人立教之本也。诚者，教中所有之德也。贤人志于诚，而豫其事于明，则“不明乎善，不诚乎身”，学、问、思、辨所以因圣而为功者也。此在天、在人，圣修教、实由教之差等，固然其有别。上二句之旨。而在天为诚者，在人则必有其明，明授于性，而非性之有诚而无明。

故圣人有其诚而必有明。圣之所以尽性而合天者，固其自然之发见，圣之所明者，贤者得之而可以诚，明开于圣教，而非教之但可以明而无当于诚。故贤人明圣人之所明，而亦诚圣人之所诚。贤之所以学圣人而几于天者，明尤其用功之资始。然则性必有明而后教立，学必由明而后因教以入道，故曰“不明乎善，不诚乎身”。明虽在天所未有而圣必有，“自明诚”“明”字属圣人说。在贤必用，“明则诚矣”“明”字贤人说。《中庸》所以要功于诚，而必以明为之阶牖也。

一章之旨，大概如此。乃以求以下十二章，无不合符。末章指示入德之功，必以知几为首。首章平列性、道、教，而必以教为归，亦无不合符者。然则于此章竟删抹节次，混合为一，如陈氏所云“下结上”者，要其立义漫无归宿，而大义不显。子思亦何事为此区别之言，绝天下以作圣之功哉？

---

①上天之载，无声无臭：上天的事，没有声音，没有气味。后比喻人的默默无闻或事情不发生影响。

②翕辟：聚合分离。

③昭晰不忒：清楚明白没有差误。

第二十二章

一

二十二章以下，《章句》系之语云“言天道也”，“言人道也”。须知朱子是檃括来说个题目，便人记忆。其实则所云“言天道”者，言圣人之具体乎天道也；“言人道”者，言君子之克尽乎人道也。圣人自圣人，天自天，故曰“可以赞”，“可以参”，曰“如神”，曰“配天”，俱有比拟，有差等。“可以”者，未可而可之词也。曰“如”、曰“配”者，虽异而相如、相配也。

孟子言“圣人之于天道”，固有分别，一如言“仁之于父子”。仁者心德，父子者天伦。仁非即父子，则天道亦非即圣人，审矣。

又独以人道归君子，亦不可。人道须是圣人方尽得。故言人道章亦曰“唯天下至诚为能化”，曰“大哉圣人之道”；言天道章亦云“能尽其性”。在天为命，在人为性。尽性，固尽人道也。《论语》言“性与天道”，性、天之分，审矣。直至赞化育，参天地，而后圣人之体天道者见焉。要其体天道者，亦以其尽人道者体之尔。

此等处，《中庸》原要说合，见得“知之”、“成功”之一。故于圣人分上，说“天地之化育”，“天地之道”，“维天之命”、“天地之所以为大”。于君子分上，说“圣人之道，峻极于天”，说“诚者自成，所以成物”，说“建诸天地而不悖”。乃至动察静存之功，驯至于“上天之载，无声无臭”，无非此理。圣则合天矣，贤则合圣矣。合圣，而于天又岂远哉？诸儒徒区区于生安、学利、困勉之分，而不知尽性即以至命之合，大失本旨。

二

《或问》于第二十章说诚之处，推天人之本合，而其后，人遂有不诚以异乎天者，其害在人欲。至此章言至诚尽性，而以“无人欲之私”为之脉络。此朱子吃紧示人语，转折分明，首尾具足，更不囫囵盖覆。其不取程子“穷理便是至命”之说，亦争此耳。

盖诚者，性之撰也；性者，诚之所丽也。性无不诚，仁义礼智，皆载忠信。非但言诚而即性。性有仁义礼智。诚以行乎性之德，非性之无他可名而但以诚也。性实有其典礼[①]，诚虚应以为会通[②]。性备乎善，诚依乎性。诚者天之用也，性之通也。性者，天用之体也，诚之所干也。故曰“惟天下至诚，为能尽其性”。可以分诚与性为二，而相因言之。天用之体，不闲于圣人之与夫妇。无诚以为之干，则忮害杂仁，贪昧杂义，而甚者夺之。因我所固有之大用诚，以行乎天所命我之本体性，充实无杂，则人欲不得以乘之，忮害等无所假托则不杂。而诚无不干乎性，性无不通乎诚矣。

抑朱子以尽心为尽其妙用，尽性为尽其全体，以体言性，与愚说同。而尽其虚灵知觉之妙用者，岂即诚乎？于此则更有辨。

孟子以知言，以此行言。则“知性”与“尽性”对，而于“知”与“尽”分知、行；“尽心”与“至诚”对，而于“心”与“诚”分知、行。问者有所未察，故以“尽心”“尽性”为疑，朱子则已别白之矣。“尽心”者，尽其虚灵知觉之妙用，所谓“明善”也。“至诚”者，极至其笃实充满之大用，所谓“诚身”也。“存心养性”者，诚之之事也。“尽性”者，事天之效也。

君子学由教入，自明而诚，则以“尽心”为始事。圣人德与天合，自诚而明，是略“尽心”而但从“诚身”始。圣人无欲，不待“尽心”以拣乎理欲之界。贤人遏欲以存理者也。而遏欲必始于晰欲，故务“尽心”。存理必资乎察理，故务“知性”。孟子为思诚言其义，与下言人道诸章义通，不可引作此章之证。

三

《章句》云“此自诚而明之事”，则尽人物之性，赞化育，参天地，皆以极明之用也。“知无不明”，固明也。“处无不当”，则是诚以成物，而亦为明之效者。明之所至，诚用皆达也。

尽人物之性，明只是教，而不可谓性。则“自明诚谓之教”，乃以言“自诚明”者明后之功用。既诚以生明而明复立诚，其非竟言贤人之学可知已。若贤人则须于人物之性，求知之明，求处之当，于己之性，察而由之，其不能即谓之教，审矣。

以此知“自明诚”“明”字，亦以成德言，而无工夫。“自诚明”者亦有其“自明诚”也。直至“明则诚矣”“明”字，方为贤人之学而有力。不然，则此“自诚明”之事，何以不自明止？必处之当故。而朱子所云“教化开通处得其理”，又岂非教之谓乎？

大抵此等处须要活看。如下章言“诚则形，形则著，著则明”，固非“自诚明”之事，而抑何以先诚而后明耶？自明诚者，亦自诚而复明。

四

说此“至诚”必是有德有位，陈氏之肤见也。本文云“尽人之性”、“尽物之性”，“尽”字自在性上说，不在人、物上说。一人亦人也，千万人亦人也。用物之宏亦物也，用物之寡亦物也。岂孔子之未得位而遂不能尽人物之性耶[3]？

此与作礼乐不同。彼以行于天下言，则须位。此就其所知、所处之人、物言，则不须位。陈氏死认朱子“黎民于变时雍，鸟兽鱼鳖咸若”之语，便煞著尧、舜说。不知朱子本文一“如”字是活语，极其至处，则时雍、咸若而皆非分外。然抑岂必时雍、咸若而后能尽人物之性，以几于赞化参天也哉？

---

①典礼：制度和礼仪。

②会通：会合变通。谓各种运动现象的相合和相通之处。

③位：职位，地位。

第二十三章

一

“曲”云者，如山一曲、水一曲之“曲”，非一方一隅之谓也。从纵上说，不从方上说。斯道之流行者不息，而曲者据得现前一段田地，亦其全体流行之一截也。

总缘此指诚而言，固不可以仁义之一端代之。“致曲”而“曲能有诚”，此等天资，与乍见孺子入井而恻隐之今人，自不一格。彼特一念之善，发于不知不觉之际，恍惚灵动，而非有无妄之可据[1]。其于未见孺子之前，孺子见已之余，犹夫人之不仁也。若此之“曲”，则大概皆循义理而行，特不能于痛痒关心之处，亲切警惺，如固有之。唯此一“曲”，则实有之而无妄，苟能所择皆善，则所信益弘，而无有不诚，遂俾形、著、明、动、变、化之效，无不捷得，足以知非乍见孺子入井之心所可几也。程、朱之言，特借以显“曲”为全体尽露之一节，而以扩充尽“致”字之义，非谓四端之即为“曲”也。

小注“既是四端，安得谓之曲”一问，问者先不晓了。朱子亦但就其问处答，故不可据为典要。若朱子“须于事上论，不当于人上论”之说，斯为近之。曲者，独于一事上灌注得者诚亲切。其实此诚，元是万行共载的。则养由基之于射[2]，亦是诚之全体见于一曲，其事小则其所诚者亦小耳。程子引喻，亦未为过。但所云“用志不分”，则属乎好学力行而非诚耳[3]。

诚者，周流乎万事万物[④]，而一有则全真无二者也。一念之诚，一事之诚，即全体之诚。直至尽性合天，更无增加。与见孺子人井之心，有端而无仁之大用者不同。非犹夫四端为一星之火，涓涓之水也。

抑四端如人之有四体，手自手而足自足。诚如人之有心，无定在而无在[⑤]，非其定在也。故一事一念，原该全体，致之即充，而不待于取譬以旁通。则《或问》“悉有众善”之说，亦从此而生，特未为之靠定“诚”字，不免有所窒碍。如四端之说者，盖恻隐与羞恶殊心，余二亦尔。故可目言之为四，并列之为端。诚则同归而行乎殊途，一致而被乎千虑，虽其一曲，亦无有可分派而并立也。唯察乎“曲”之为“曲”，则众说纷纭，不辨而自定矣。

二

黄氏“物格知至之后，致曲与固执并行”之说，甚为有功于圣学，似与龟山学、问、思、辨、笃行之说[⑥]，相为异同。

乃所谓笃行者，元有二义：一事之已行者，专力以造其极，此以执为笃也；众事之待行者，推广而皆尽其理，此以致为笃也。故曰“行之弗笃弗措”，与上言“弗知”、“弗能”、“弗得”不同。行但期于笃，而不可云行之弗成弗措，初非以一行之成为止境也。“致曲”二字，收拾尽“诚之者”一大段工夫。学、问、思、辨者，“致”前之功也。非博、审、慎、明，则曲无以致。一曲能诚，则既不患其执之不固，而唯是致之宜弘也。至于能致，则其执一曲而能固者不待言，而其用力于学、问、思、辨之深，亦可见矣。则黄氏之说，以著夫择善以后之功而析为二，二者皆笃行事。龟山之旨，则以包乎固执之前而统其成也。又在读者之善通尔。

三

在己为“形”，被物为“著”，己之感物曰“动”，物之应感曰“变”。六“则”字皆为急辞，而“形则著、动则变”二层，尤是一串事。如瞽瞍允若[⑦]，“化”也，非但“变”也；瞽瞍的豫，则“变”也。舜之感瞍而生其豫者，“动”也。瞍因自豫悦而忘其顽者，“变”也。起念为“动”，其几在动之者，而彼未能自主。成念为“变”，变其未动以前之心，而得善于己矣。

四

“形”兼言、行、动而言。“著”则人闻其言而知其为善言，见其行与动，而知其为善行善动。“明”则言为法，行为则，动为道，与天下共明斯道矣。此“明”字与“明则诚矣”“明”字大异，而与“自诚明”“明”字亦无甚分。

所谓“光辉”者，教之行于天下后世者也。天下后世之道大明于己之谓光，君子之道及于天下后世之谓辉。光如日月轮郭里的赤光白光，辉则其芒耀之自天而下属于地中间的晖焰。“明”字与“光辉”字自别。茹者之谓明，吐者之谓光。此言及物之光辉而云明者，言物之所资以为明，己之所施物以明者也。如日之光辉，令目与镜得之以为明，故“明则动”分己与物处，虽是一大界限，而亦以“则”字急承之。

五

《章句》所谓“诚能动物”者，在孟子但就治民、获上、顺亲、信友而言。实则孟子所言，行也，而未及于教也。此言“明则动”者，包括甚大，兼行之所感与教之所启而统言之。曰“著”、曰“明”，则有制礼、作乐、详刑、敕政之事矣。若无位之君子，则有道足兴，闻风而起，皆其动物之效。愚所举瞽瞍底豫，亦聊指一端，以发字义尔。

①无妄：亦作“毋望”。不能预期的，出其不意的。

②养由基：一作养游基。春秋时楚国大夫，善射，能百步穿杨。

③力行：努力从事，尽力去做。

④周流：普遍流传。

⑤无定在而无在，非其定在也：没有一定的所在而无所不在，并不在它特定的位置上。

⑥笃行：忠实实践。

⑦瞽瞍：瞎子。

第二十四章

一

或问所云“术数推验之烦”①，正以破至诚之（不）以祥妖、蓍龟为知②。其云“意想测度之私”，正以破至诚之（不）缘四体之动而知。子贡知二君之死亡，而夫子以为“不幸”，以其为测度也。

小注所载《朱子语录》，是门人记成文字时下语不精通。其云“但人不能见”者，就理之形见而言，已撇开妖祥、蓍龟、四体等项上面说。彼亦皆是此理，而此理则非常人之所见，其所见必由象数也③。至其云“蓍龟所告之吉凶，非至诚人不能见”，此又就俗情中借一引证。所谓“至诚人”者，亦就其术中之笃信者言之耳，故加“人”字以别之。人者，微词也。云峰不知此意，乃认定在象数上知吉凶，则甚矣其愚也！

祯祥、妖孽之必有，蓍龟、四体之先见，此是鬼神之诚。鬼神体物而不可遗④，无心于知，而昭察兆见者不诬，故人得凭之以前知，斯鬼神之明也。唯“诚则明”，鬼神之诚不可掩者也。是以不待至诚，而人得因以前知。

天地间只是理与气，气载理而理以秩叙乎气。理无形，气则有象，象则有数。此理或紊，则象不正而数不均。大而显著，细而微动。非至诚之实有其理，则据其显者以为征，迎其微者以为兆，象数之学所自兴也。

至诚者理诚乎己。则“惠迪吉”，迪乎我而即吉也；“从逆凶”，逆乎我而即凶也。如会做文字人看人试闱文字，当于其心则知其售，不当于其心则知其不售，却与精于卜筮者一例取准。所以《书》云“唯先蔽志，昆命于元龟”⑤，则固已先天而天不违矣。

鬼神之为妖为祥，在蓍龟而见，在四体而动者，非有意想也⑥，至诚之道也。在天之至诚。人之用此以知鬼神之所知者，则推测之小道也。“至诚如神”，与鬼神同以至诚之道而前知之。而善为术数、精于测度者，则藉鬼神之诚明以知之，是神自效也，非彼之能如神也。如董五经知程子之至，却云“声息甚大”，其所藉者声息也，非声息则彼且惘然矣。

俗有“本命元辰来告”之说[7]，亦是藉当体之鬼神。而程子所云“知不如不知之愈”，直以吾身之诚有不足，故藉乎神以为明，而非其明也。藉乎神，则已为神为二。令其知者一，因而知者又一，此二之说也。与神为二，则神固诚而已不诚。已既不诚，乃以笃信夫神之区区者为诚，其亦微矣。

乃其大端之别，则至诚所知者，国家之兴亡也，善不善之祸福也。若今日晴，明日雨，程先生之来不来，此亦何烦屑屑然而知之哉？圣人所以须前知者，亦只为调燮补救，思患预防，与夫规恢法制，俟后圣而不惑耳。一切尖尖酸酸底人事家计，则直无心情到上面去。

又如“亡秦者胡”，“点捡作天子”，既无可如何区处，亦不劳知得。如夫子说子路不得其死，亦须是警戒他，教涵养其行行之气。不成只似张憬藏一流，判断生死以炫其术？但国家之兴亡，夫人之祸福，徒以一端之理断之，则失者亦众。如孔子言卫灵公之不丧，即非季康子之所知。康子之言，非无理也。

乃必如孔子，于善恶得失，如冷暖之喻于体，亦如王者之自操赏罚，酌量皆平，则轻重长短缓急宜称，在理上分得分数清切。而气之受成于理，为顺为逆，为舒为促，为有可变救，为无可变救，直似明医人又曾自疗过己身此病来，及看人此病，断不浪忧浪喜，而所以施之药石者，一无妄投。苟尝试焉，而未有不能生之者也。

其在他人，则或以数测而反知之，以理度而反失之。唯其理之未实而不达乎神之所以诚也。以数测者，非其人之能知也，因其一念之笃信而神凭之也。鬼神之体乎诚而不可掩，其道可以前知也。以理知者，无待于鬼神，而与鬼神同其吉凶也。至诚之能体夫诚，而“诚则明”，其道可以前知也。其道同，故“致诚如神”，神可以知者，无不知矣。云峰无此境界，故信不能及，而谓必由妖祥卜筮，亦其宜矣。

二

《章句》云“无一毫私伪尽己则无私，以实则无伪，留于心目之间”一句，是透彻重围语。私者，私意也。伪者，袭义也。

以己之私意论顺逆，顺于己之私者则以为顺，逆于己之私者则以为逆。如子路言“何必读书然后为学，则亦不知为宰之足以贼子羔也。”

以口耳所得，袭义而取之，则所谓顺者必有其不顺，所谓逆者未必其果逆。如徒闻“丧欲速贫，死欲速朽”，非实得于己而见其必然，则速贫而无以仰事俯育，速朽而作不孝之俑矣。

义理本自广大，容不得私；本自精微，非伪所及。而祸福兴亡，一受成于广大精微之天道，则必其广大无私、精微不伪者，然后可与鬼神合其吉凶而不爽。若此者，岂但如小注所云“能见蓍龟吉凶之至诚人”乎？故《章句》、《或问》而外，朱门诸子所记师言，过口成酸，读者当知节取。

---

①术数：以种种方术，观察自然界可注意的现象，来推测人和国家的命运。

②祥妖：吉凶的预兆。　　蓍龟：占卜。

③象数：根据某种象征推测吉凶祸福的技术。

④体物：体现于万事万物之中。

⑤昆：同“混”。　　元龟：大龟。古代用于占卜。

⑥意想：即“臆想”。

⑦元辰：吉日。

第二十五章

一

此章本文，良自清顺，而诸儒之言，故为纷纠，徒俾歧路亡羊[1]。总以此等区处，一字不审，则入迷津。如第一句，《章句》下个“物”字，第二句下个“人”字，止为道理须是如此说，不容于诚则遗夫物而以道委之物。实则两“自”字，却是一般，皆指当人身上说。故《或问》复取程子“至诚事亲则成人子，至诚事君则成人臣”之说，以为之归。

由《章句》言，则该乎物而论其本然。由程子之言，则归乎当人之身而论其能然。两说岂不自相矛盾？须知《章句》于此下一“物”字，是尽着道体说教圆满。而所取程子之说，则以距游、杨“无待”之言误以“自”为“自然”之“自”，而大谬于归其事于人之旨也。故《章句》又云“诚以心言”。曰“心”，则非在天之成万物者可知矣。

乃此所云“心”，又与《或问》解第二节以实理、实心分者不同。《或问》所云“实心”者，人之以实心行道者也。《章句》所云“心”者，谓天予人以诚而人得之以为“心”也。

此“心”字与“性”字大略相近。然不可言性，而但可言心，则以性为天所命之体，心为天所授之用。仁义礼智，性也，有成体而莫之流行者也。诚，心也，无定体而行其性者也。心统性，故诚贯四德，而四德分一，不足以尽诚。性与生俱，而心由性发。故诚必托乎仁义礼智以著其用，而仁义礼智静处以待诚而行。是以胡、史诸儒竟以诚为性者，不如《章句》之言心也。

乃所谓心，则亦自人固有之心备万物于我者而言之。其与《或问》所云“实心”，固大别也。知此，则程子之以“能然”言者，一《章句》之说为“本然”者也。

抑所谓以心言、以理言者，为“诚者”“而道”四字释耳，非以释夫“自成”“自道”也。若本文之旨，则“诚”与“道”皆以其固然之体言之，又皆兼人物而言之。“自成”“自道”，则皆当然而务致其功之词，而略物以归之当人之身。若曰：天所命物以诚而我得之以为心者，乃我之所以成其德也；天所命我以性而人率之为道者，乃我之所必自行焉而后得为道也。以诚自成，而后天道之诚不虚；自道夫道，而后率性之道不离。诚丽乎物以见功，物得夫诚以为干。万物皆备之诚心，乃万物大成之终始。诚不至而物不备于我，物不备则无物矣。

故君子知人心固有其诚，而非自成之，则于物无以为之终始而无物，则吾诚之之功，所以凝其诚而行乎道，其所为“自成”“自道”者，一皆天道之诚、率性之道之所见功。是其以体天而复性者，诚可贵也。而又非恃天之畀我以诚，显我以道，遂可因任而自得之为贵。则所贵者，必在己之“自成”而“自道”也，惟君子之能诚之也。诚之，则有其诚矣。有其诚，则非但“成己”，而亦以成物矣。从此以下，理事双显。

以此，诚也者，原足以成己，而无不足于成物，则诚之而底于成，其必成物，审矣。成己者，仁之体也。成物者，知之用也。天命之性，固有之德也；而能成己焉，则是仁之体立也；能成物焉，则是知之用行也。仁、知咸得，则是复其性之德也。统乎一诚，而己、物胥成焉；则同此一道，而外内固合焉，道本无不宜也。性乎诚而仁、知尽焉，准诸道而合外内焉，斯以时措之而宜也。君子诚之之功，其能有诚也如此。

是其自成者即诚也，人而天者也；自道者即道也，身而性焉。惟天道不息之妙，必因人道而成能，故人事自尽之极，合诸天道而不贰。此由教入道者所以明则诚焉，而成功一也。此章大旨，不过如此。以是考诸儒之失得，庶不差矣。

二

此章之大迷，在数字互混上。朱子为分析之以启其迷，乃后来诸儒又执所析以成迷，此训诂之学所以愈繁而愈离也。

“自成”“自”字，与“己”字不同。己，对物之词，专乎吾身之事而言也。自，则摄物归己之谓也。朱子恐人以“自成”为专成夫己，将有如双峰之误者，故于《章句》兼物为言。乃迷者执此，而以为物之成也，固有天成之，而不因乎人者矣。遂举“自成”而一属之天理之自然，则又暗中游、杨“无待”之妄而不觉。

乃本文之旨，则谓天道方诚，此无待。我可以自成其心而始可有夫物也。此有待。故“诚”之为言，兼乎物之理。而“自成”则专乎己之功。诚者，己之所成，物之所成。而成之者，己固自我成之，物亦自我成之也。

又言“诚”而更言“道”。前云“诚者天之道”，此双峰之所由迷也。不知道者率乎性，诚者成乎心，心、性固非有二，而性为体，心为用；心涵性，性丽心。故朱子以心言诚，以理言道。《章句》已云“性即理也”。则道为性所赅存之体，诚为心所流行之用。赅用存故可云费，流行故可云无息。诸儒不察，乃以性言诚。则双峰既不知朱子异中之异，而诸儒抑不知朱子同中之异也。

又章中四“物”字，前二“物”字兼己与物而言，兼物与事而言，则或下逮于草木禽兽者有之。然君子之诚之也，自以处人接事为本务。如小注所云“视不明、听不聪，则不闻是物、不见是物，而同于无物”，不闻不见者，同于己之无耳无目也；不闻是物、不见是物者，同于己之未视是物、未听是物也。然要必为己所当有事者，而其终始之条理，乃不可略。若飞鸟之啼我侧，流萤之过我前，即不明不聪，而亦何有于大害哉？“诚者，物之终始”，不择于我之能有是物与否而皆固然，则可下洎于鸟兽草木而为言②。若夫“不诚无物”，固已舍草木鸟兽而专言人事矣。

顾此“无物”字，则犹兼己而言，而不如下“成物”“物”字之与“己”为对设之词。盖“无物”之物，大要作“事”字解，《或问》言之极详，特不可以“事”字易之，则如杨氏无君之非不忠，墨氏无父之非不孝也。言筌之易堕③，有倚则偏，故北溪引季氏跛倚以祭，虽为切当，而末云“与不祭何异”，语终有疵。不如云“与无鬼神何异”或云“与无祭主何异”之为当也。

又“物之终始”一“终”字，与下“无物”一“无”字，相去天渊。无者，无始也，并无终也。始者，固有始也。而终者，亦有终也。程子以彻头彻尾言终始，则如有头有尾，共成一鱼，有始有终，共成一物。其可以头为有，尾为无乎？

小注中“向于有”、“向于无”之云，乃偏自天之所以赋物者而言，而不该乎人之所受于天之诚。须知“诚者天之道”，大段以在人之天为言，而在天之天，则人所无事，而特不可谓其非以诚为道耳。

乃“向于无”一“无”字，止当“死”字看，与本文“无”字不同。即在天而言，如生一赵姓者为始，赵姓者之死为终，其生之也向于有，其死之也向于无。若夫诚所不至而无此物，则如天下原无此赵姓之人，既已不生，何得有死？况于在人之天而兼乎理与事矣，则始者事之初也，终者事之成也，尤非始有而终无也。若以生死而言，则必全而生之，全而归之，而后为诚之终。若泛然之人，气尽神离而死也，则其不诚固已久矣，而又何得谓之终哉？

故曰："君子曰终，小人曰死。"是知"终"者"成"之词，与《大学》"事有终始"之"终"相近，而不可以澌灭殆尽为言。且死者亦既有死矣，异于无之谓矣。无者非所得有也，非其终之谓也。杨氏无君而可谓君之终，墨氏无父而可谓父之死乎？

以此知程子彻首彻尾之义为不可易。朱子推广之曰"自始至终，皆实理之所为"，言尤明切。乃又曰"至焉之终始，即其物之终始"，则又以间断处为终，则亦《或问》之疵，不可不拣其毫厘之谬者也。

又《章句》释"性之德也"，云"是皆吾性之固有"，以理言而不以功效言。乃上云"仁者体之存"，则必有存其体者矣。"知者用之发"，则必有发其用者矣。则小注所云"尽己而无一毫之私伪"，"因物成就，各得其当"，"克己复礼"，"知周万物"，而《或问》抑云"子思之言主于行"，固皆就君子之功效而立说。"性之德也"二句，顺顶上文，更无转折，不得以仁知非成己成物者已成之德。则亦不得以"性之德""合外内之道"为自然之理矣。

故愚于此，以理、事双说，该尽此七句之义。而"性"字之释，则既可与性道之性一例，亦可以"尧、舜性之也"之性为拟。犹夫"唯天下至诚为能化"，即为"不思不勉"之至诚，亦即"致曲有诚"之至诚也。

《中庸》每恁浑沦说，极令学者误堕一边。唯朱子为能双取之，方足显君子合圣，圣合天，事必称理，道凝于德之妙。下此如谭、顾诸儒，则株守破裂，文且不达，而于理何当哉？至于史伯璇、许东阳之以自成为自然而成，饶双峰之以合外内而仁知者为诚，云峰之以性之德为未发之中，则如卜人之射覆，恍惚亿测[④]，归于妄而已。

---

①歧路亡羊：比喻事理复杂多变，没有正确的方向，因而找不到真理。

②洎（jì，音记）：及，到。

③言筌：指在言词上留下的迹象。　　筌：捕鱼的竹器。

④亿测：即"臆测"。

第二十六章

一

天之所以为天者不可见，由其博厚、高明、悠久而生物不测也，则可以知其诚之不贰。至诚之所存者非夫人之易知，唯圣知之。由其博厚、高明、悠久之见于所征者，则可以知其诚之不息。此自用而察识其体。《中庸》确然有以知之，而曰"故至诚无息"，"故"字须涵泳始见。

《章句》以其非大义所关而略之。饶、胡智不足以知此，乃云"承上章而言"。上章末已云"故时措之宜也"，连用两"故"字，岂成文理？朱子业已分章矣，犹如此葛藤，何也？

二

所谓征者，即二十二章尽人物之性之事，亦即二十七章发育峻极、礼仪威仪之事，亦即三十一章见而敬、言而信、行而说之事。悠远、博厚、高明，即以状彼之德被于人物者，无大小久暂而无不然也。则至诚之一言一动一行，皆其悠远之征。文王之时，周道未成，而德之纯也，已与天同其不已。北溪"唯尧、舜为能然"之说，是以年寿论悠久也，其亦末矣。

三

一二者，数也。壹贰者，非数也。壹，专壹也。贰，间贰也。游氏得一之说，不特意犯异端，而字义亦失。老氏云："天得一以清，地得一以宁。"其所谓一者，生二生三之一。即道失而后有德，德失而后有仁义之旨。"玄之又玄"、"冲而不盈"者曰一。有德，则与道为二矣。有仁义，则终二而不一矣。得一者，无二之谓。必无仁无义，而后其一不失也。《维摩经》所言"不二法门"者，亦即此旨。是岂非邪说之宗耶？

若《中庸》之言"不贰"也，则"元亨利贞"，"时乘六龙"而"大明终始"，固无所不诚，而岂但二哉？二亦不贰，三亦不贰，即千万无算而亦不贰也。彼言一粒粟中藏世界，而此言"同归而殊涂，一致而百虑"，岂相涉哉？

且诚之不至而有贰焉者，以不诚间乎诚也。若夫天，则其化无穷，而无有不诚之时，无有不诚之处。化育生杀，日新无已，而莫有止息焉。为元、为亨、为利、为贞，德无不有，行无不健，而元亦不贰，亨、利、贞亦无弗不贰。岂孤建一元，而遂无亨、利、贞以与为对待之谓乎？故至诚之合天也，仁亦不贰，义亦不贰，三百三千，森然无间，而洗心于密。又岂如老氏所云"得一以为天下贞"哉？得一则必不可为天下贞。如得南则不正乎东，得仁则不正乎义。故曰："所恶于执一者，为其贼道，举一而废百也。"

若其云"可一言而尽"者，则与第二十章所云"所以行之者一也"一例，不斥言诚，而姑为引而不发之词，非谓一言可尽，而二言即不可尽也。犹夫子之言"一以贯之"，而不容斥指其所贯之一。曾子以"忠恕"答门人[①]，则犹《章句》之实一以诚也。圣人于此等处，非不欲显，而修辞立诚，不能予人以易知而煞为之说，以致铢累之戾于理[②]。由忠恕者，曾子之所得于一，而圣人非执忠恕以为一。天地之道，可以在人之诚配，而天地则无不诚，而不可以诚言也。云"诚者天之道"，以在人之天言耳。

乃天地之所以"生物不测"者，惟其一言可尽之道。"为物不贰"者，即在至诚之所谓诚。至诚之所以必征为博厚、高明、悠久者，惟其得乎天地一言可尽之道，以诚至而无息。一言而尽，配以圣人之至诚；为物不贰，配以圣人之无息。非谓一言之居要而无待于二，审矣。

无息也，不贰也，不已也，其义一也。《章句》云"诚故不息"，明以"不息"代"不贰"。蔡节斋为引伸之，尤极分晓。陈氏不察，乃混不贰与诚为一，而以一与不贰作对，则甚矣其惑也！

天地之不贰，惟其终古而无一息之间。若其无妄之流行，并育并行，川流而万殊者，何尝有一之可得？诸儒不察，乃以主一不杂之说，强入而为之证，岂天地之化，以行日则不复行月，方生柳则不复生桃也哉？

至诚者，以其表里皆实言也。无息者，以其初终不闲言也。表里皆实者，抑以初终无闲，故曰"至诚无息"，而不曰至诚则不息。"可一言而尽"者，天载之藏无妄也。"其为物不贰"者，天行之健不息也。藏诸用而无妄者，显诸仁而抑不息，故曰道可一言而尽而为物不息。道以干物，物以行道，道者化之实，物者化之用。不曰道不杂二而生物不测也。道者，本也。物者，体也，化也。道统天，体位天，而化行天也。呜呼！言圣、言天，其亦难为辞矣，而更益之妄乎？

①忠恕：儒家伦理思想。忠要求积极为人；恕要求推己及人。

②铢累：极言事物完成之不易。

第二十七章

一

如修祖庙、陈宗器、设裳衣、荐时食[1]，以至旅酬、燕毛等[2]，则“礼仪”、“威仪”之著为道者也。如郊社之礼、禘尝之义，明之而治国如示诸掌者，则圣人之道所以“发育万物，峻极于天”者，亦可见矣。《关雎》、《麟趾》之精意，发育、峻极者也，故下以“高明”、“广大”言之。得此以为之统宗，而《周官》之法度以行，则“礼仪”、“威仪”之备其“精微”而合乎“中庸”也。自圣人以其无私无欲者尽其性而尽人物之性，则“发育万物”之道建矣。尽人物之性，而赞化育、参天地，则“峻极于天”之道建矣。《中庸》一力见得圣人有功于天地万物，故发端即说位育。如何可云“不成要使他发育”？故知小注朱子之所云，必其门人之误记之也。

况其所云“充塞”者，亦必有以充之塞之，而岂道之固然者本充塞乎？道之固然者天也，其可云天充塞天地耶？即使云天地之化育充塞天地，此亦不待言而自然，言之为赘矣。

章首说个“大哉圣人之道”，则是圣人所修之道，如何胡乱说理说气？《易》云“圣人以茂对时育万物”，《诗》云“文王在上，于昭于天”，须是实有此气象，实有此功能。而其所以然者，则亦其无私无欲，尽高明广大之性，以尽人物之性者也。乃圣人修之为道，亦必使天下之可共由，则所谓精一执中，所谓不动而敬、不言而信者，皆道之可以诏夫后之君子者也。

《中庸》说人道章，更不从天论起，义例甚明。于此更著“圣人”二字，尤为显切。德性者，天道也。亦在人之天道。德性之尊者，圣人之道也。“尊德性”者，君子之功也。双峰用小注之意，而益引人入棘，删之为宜。

二

《章句》以存心、致知分两截，此是千了万当语。双峰以力行生入，史伯璇业知其非，而其自为说，又于致知中割一半作力行，此正所谓骑两头马者。总缘他于本文未得清切，故尔胶辐[3]。

知行之分，有从大段分界限者，则如讲求义理为知，应事接物为行是也。乃讲求之中，力其讲求之事，则亦有行矣。应接之际，不废审虑之功，则亦有知矣。是则知行终始不相离，存心亦有知行，致知亦有知行，而更不可分一事以为知而非行，行而非知。故饶、史之说，亦得以立也。

乃此《章句》所云致知者，则与力行大段分界限者也。本文云“尽精微”。尽者，析之极也，非行之极也。于察之则见其精微，于行之则亦显著矣。“道中庸”者，以之为道路而不迷于所往也。如人取道以有所适，其取道也在欲行之日，而不在方行之日也。“知新”之为知，固已。“崇”之为言，尚也。以“礼”为尚，知所择也。使以为力行之事，则岂礼本卑而君子增高之乎？是本文之旨，固未及乎力行，审矣。

乃其所以不及力行者，则以此章言圣人之道之大，而君子学之之事，则本以言学，而未及功用。“其次致曲”一章，自君子德之成而言之，故不述至诚之道以发端，而但从成德发论，乃因以推其行之诚、著、明，而效之动、变、化。此章以君子修德而言，故须上引圣道之大，以著其功之所自准，而其后但以凝道为要归，而更不言行道。凝也者，道之有于心也。行也者，道之措于事也。有于心而后措于事，故行在凝之后。待第二十九章言本身、征民，而后言行。则方其修德，固以凝为期，而未尝期于行也。

且君子之所凝者，“至道”也，圣人之大道也，发育峻极、礼仪威仪之道也。于以修夫“至德”，而凝其育物极天之道，则静而存之于不言、不动、不赏、不怒之中。于私于欲，能不行焉，而非所措诸躬行者也，固不可谓之行也。于以修夫礼仪威仪之道，而凝之以待行焉。则行之有时矣，生今不能反古也；行之有位矣，贱不能自专也。唯其道之凝而品节之具在己也，居上而际乎有道，则以其所凝者行之；居下而际乎无道，则不能行而固凝焉。说夏而学殷、周，夫子固已凝之，而不信弗从，固未之行也。

要此以圣道之大者为言，而优优之大用，又必德位相资而后可行者。故于“精微”尽之，“中庸”道之，“新”知之，“礼”崇之，使斯道体验于己，而皆有其条理，则居上可以行，而为下则虽不行而固已凝矣。此子与颜渊论治，所以可损益四代之礼乐，而非以为倍，亦凝也而非行也。至于孔子作《春秋》，而行天子之事，则固在从心不逾矩之余，变化达天，而非君子修德凝道之所至。是以《中庸》言圣，必推其合天，言君子则但推其合圣，亦自然不可齐之分数也。

盖此章所谓道，与第十三章、十五章言“君子之道”者不同。此圣人尽性参天、创制显庸之大用，必时位相配，而后足以行。非犹夫子臣弟友，随地自尽之道，无日无地而可不行，则必以力行为亟也。知此，则饶、史之论，不足以存。而“道不庸”者，但颜子之拳拳服膺而即然，非必如大舜之用中于民。“崇礼”者，孔子之学三代而即然，非必周公之成德也。

三

“温故”者，乃寻绎其旧之所得，而以为非“道问学”之事，乃“尊德性”之功，此极不易理会。乃言旧所得，则行焉而有得于心者矣。而其所以有得者，岂非性之见功乎？《章句》以“时习”证此。“学而时习之，不亦说乎！”似此境界，岂不是尊德性事？

以性之德言之，人之有知有能也，皆人心固有之知能，得学而适遇之者也。若性无此知能，则应如梦，不相接续。故曰“唯狂克念作圣”。念不忘也，求之心而得其已知已能者也。抑曰“心之官则思，思则得之，此天之所与我者”。心官能思，所以思而即得，得之则为“故”矣。此固天之所与我者，而岂非性之成能乎？

以德之成性者言之，则凡触于事，兴于物，开通于前言往行者，皆天理流行之实，以日生其性者也。“继之者善”，而成之为性者，与形始之性也。“成以为性”，而存之以为道义之门者，形而有之性也。今人皆不能知此性。性以为德，而德即其性，“故”之为德性也明矣。奉而勿失，使此心之明者常明焉，斯其为存心而非致知也，亦明矣。

---

①时食：古代四时祭祀祖先所用的时鲜食品。

②旅酬：以次序劝卿大夫饮酒。　燕毛：举行宴会。

③胶轕：亦作“胶葛”。交错纠缠貌。

第二十八章

一

“考文”，只是辨其点画形似，若汉狱吏以“止句”为“苛”，马援所论将军印篆错谬，宋人陕、失冉切，从夹。陜侯夹切，从夾。二州印文相乱之类，须与考定。然此又以建国之初，定一代之文者为言。如《博古图》所绘商器疑识文字，尽与周异，质文之别，居然可见，皆周公于商之旧文所损益者多矣。《或问》引秦以小篆、隶书为法证此，极当。《洪武正韵》有御定“群”“袓”等字，亦其遗意。若文已颁而或乱之，则虽非天子，亦得而纠正之也。

《朱子语录》谓“如‘大’徒盖切字唤作‘大’一驾切字”及东阳所云“名其字之声”者皆误。五方声音之不正，如闽、粤人呼“花”为敷巴切，“红”为房容切，北人呼“师”为商知切，“贼”为旬为切，虽圣人而在天子之位，亦无如之何也。

二

《朱子语录》分有位无德而不敢作礼乐为不自用，有德无位而不敢作礼乐为不自专，孔子不从夏、商为不反古，文义极顺。《章句》云“孔子不得位，则从周而已”，语有疵。在孔子之必从周者，以时也。孔子即大用于当时，亦不得擅改周制。必若周公居鼎革之际[①]，方得成其制作之功。然无位而擅为斟酌损益，亦是自专。若能说夏礼，便纯用夏礼；既学殷礼，便纯用殷礼，方是反古。“非天子”一节，以见贱之不可自专。“今天下”一节，以见生今之不可反古。下章言“上焉者”、“下焉者”，正从此分去。

①鼎革：“鼎新革故”的简称。鼎：取新。革：去故。除旧更新。旧多指朝政变革或改朝换代。

第二十九章

《章句》云：“鬼神者，造化之迹也[①]。造化者，天地之用”。故黄洵饶“与天地同用”之言，甚为分晓。乃细玩《章句》，于“造化”下加一“迹”字，则又自造化之已然者而言之，而非但用与体之别。云“考”、云“质”、云“俟”，无殊其云“本”、云“征”、云“建”，则考之、质之、俟之者，皆君子也。质如“质成”之质，是君子尝以此道质正于鬼神矣[②]。

天地之所以为道者，直无形迹。故君子之道，托体高明，便不悖于天之撰；流行不息，便不悖于天之序；立体博厚，便不悖于地之撰；安土各正，便不悖于地之理。然而天地之所见于人者，又止屈伸往来、阴阳动静之化[③]，则已非天地之本体。故可云“小德川流”，而不分此德曰仁、曰义、曰体、曰知。可云“大德敦化”，而不可曰诚。则亦无所取正而质，而特可曰“建”。

若鬼神，则可以诚言之矣，以其屈伸往来，尽其实而必信也，斯亦可以仁义礼智言之矣。其生者仁，其止者义，其充满者礼，其昭明者智也。故曰“明则有礼乐，幽则有鬼神”。礼乐固以法阴阳之化[④]，而亦可通鬼神于求之声、求之气之间矣。

质以其所赞乎造化者为礼、为度、为文，非抑鬼神之所伸而扬鬼神之所屈。质以其对越乎灵爽者[5]，则以礼、以度、以文，而有事乎鬼神，伸者可迎其来，屈者可绍其往。君子之以其三重之道质之于鬼神，以证其得失，盖无异于三王之有其成宪而可考。其质之而无疑也，乃以毅然行其三重，而即或损造化之有余，益造化之不足，亦无忧其心迹之差，盖不异于庶民之有好恶而可征。

《中庸》此语，原非虚设，果有其可质之理，果有其质之之事。非但如小注所云"龟从、筮从"，取诸不可必之影响。而北溪之言曰"鬼神天理之至"，语尤颟顸[6]。天理之至者，天地是也。建之而不悖者也，岂鬼神哉？

---

①造化：创造化育。

②质正：询问求证。

③屈伸：屈曲与伸直。引申为指出处、进退；得意和失意。

④法：效法。

⑤灵爽：指鬼神的精气。

⑥颟（mán，音蛮）顸：糊涂，不明事理。

第三十章

《章句》"此言圣人之德"一句，专就"譬如天地"四句说。双峰乃云"此章言孔子之德"，大为不审。

《或问》言"上律"、"下袭"之迹，夏时、周《易》云云，皆言道也，非言德也。又推之于古圣王迎日推策云云，亦言道也，非言德也。下云"万物并育而不相害，道并行而不相悖"，亦言天地之道也，非言天地之德也。天覆地载，日月之明，四时之行，只是天道。其所以能括此道而统之，分为道而各纪之，则《章句》所谓"所以不害不悖"，"所以并育并行"者，乃德也。于尧、舜曰道，于文、武曰法。言道言法，则皆非德也。述其道，明其法，则亦仲尼之道也。

故"祖述"、"宪章"、"上律"、"下袭"者，道也。其为斟酌帝王律天袭地之统纪，以咸宜而不息者，德也。其统之也，则如无不覆载之咸备无缺，四时之具以成岁，日月之昱乎昼夜[1]，仲尼敦化之德也。其纪之也，则如天所覆、地所载之品汇各成，四时之各正其序，日月之各行其陆，仲尼川流之德也。

凡此一章，皆以见天道、圣道，其大也一本于德，与二十七章意略相同。彼言君子之所以凝圣道者在修德，以圣人之道原由圣德而凝。此言圣人之能合天道也唯其德，以天之所以为大者，原依天德而成。

《中庸》三支，皆始乎道，而极乎德。"中庸其至矣乎"以下八章，言道也。至"君子依乎中庸，遁世不见知而不悔"，则以见行道明道者唯圣德也。"道不远人"以下，皆言道也。至"哀公问政"一章，始推知、仁、勇为行道之德，而一本于诚，于以见自子臣弟友，五达道。以至天人制作，九经。其修之者唯德也。"唯天下至诚为能尽其性"以下，皆言道也。天地、圣人、君子之道。至二十七章而后言君子之凝此著、明、变、化，成己成物之至道，本于尊性道学之德。至此而后言圣人之备此尽人物、参天地、博厚高明悠久之道，本于川流、敦化之德。德至而道乃以至，德大而道乃以大也。

故末章一归重于德，而始推德之自入，以明致中和而以位以育之本，终赞德之所极，以著静存动察、尽性至命之功。全篇大义，以德为基，以诚为纽，其旨备矣。明乎此，则许、史诸儒强以知、仁、勇立柱，及强以费隐、小大为第三支作骨派者，徒增葛藤，曾何当耶？

第一支知、仁、勇之义，至第二支而始显。第二十章。第二支诚之为义，至第三支而始详。乃其言德也，以知、仁、勇为性之德，所以修率性之道，而为教之本；以诚为心之德，则以尽天命之性，而以为道之依。纪乎教，是以有其万殊，而知、仁、勇则所以应事酬物，而川流不遗。统夫道，是以有其一本，而诚者则不贰以生不测，而敦化不息。此又小德、大德，合知、仁、勇于一诚，而以一诚行乎三达德者也。

以天地言之，则其"大明终始"者，知也；"品物流形"者，仁也；"时乘六龙"者，勇也。其《无妄》以为大宗者，则所谓"一言可尽"而在人为诚者也。自其化而言，则见功于人物者，诚为天之道。自其敦化而言之，则立载于无声无臭者，诚固为天地之德。然在道而可名言之曰"诚"，在德则不可斥言诚而但曰"大"，则诚为心德，而天固无心也。乃天地之德，虽不可名之曰"诚"，而仲尼配天之德，则可曰"所以行之者一"，而亦可曰"诚"，故下又以"唯天下至诚"为言。合离之际，微矣哉！

---

①昱（yù，音郁）：照耀。

第三十一章

"聪明睿知"，以至诚之本体言。"诚则明矣"，明非但知之谓也。《或问》兼安行言之，为尽其义。如《大学》之言"明德"，该尽缉熙敬止、恂栗威仪、具众理、应万事者，统以一明。与"致知"之知，偏全迥别。耳无所蔽其闻之谓聪，目无所蔽其见之谓明，思无所蔽其觉之谓睿，心无所蔽其知之谓知。人欲净尽，天理流行，则以之知，不待困学；以之行，不待勉强也。

若下四德，则因事而用：仁以容其所待容之众，义以执其所必执之宜，礼以敬其所用敬之事物，知以别其所当别之是非。其云"文理密察"，原以晰事之知言，自与"睿知"之知不同。"睿知"之知，乃静中见理，感则能通，其辨在昭昏，而不在是非也。

小注所载朱子之说，显与《或问》相悖。至所云"破作四片"，"破作八片"，蒙头塞耳，全无端绪①，必其门人之传讹，非朱子之言也。

---

①端绪：头绪。

第三十二章

一

《章句》云"夫岂有所倚著于物"，一"物"字，字何所指，小注中自有两说：其云"为仁由己而由人乎哉"，则是物者，与己对者也；其云"不靠心力去思勉"，则是物者，事也。两说似乎难通。乃孟子曰"物交物"，则外物与己耳目之力而皆谓之物，盖形器以下之统称也。

本文三句文中，理事异致，各有其倚，则各有其不倚。所云“倚”者，统词也。凡其所倚，即谓之物。则《章句》所云物者，亦统词也。

以“经纶天下之大经”言之，则其所不倚者，不倚于外物，而非不倚于心力之谓。所以然者，人伦之事，以人相与为伦而道立焉，则不特尽之于己，而必有以动乎物也。尽乎己者，己之可恃也。动乎物者，疑非己之可恃也。自非天下之至诚，则倚父之慈而亲始可顺，倚君之仁而上以易获。其修之于己者既然，则以立天下之教，亦但可为处顺者之所可率由，而处变则已异致。唯夫天下之至诚，“肫肫其仁”①，极至而无不可通，则虽如舜之父、文王之君，而我所以事之者，一无不可与天下共见而共由之，初不倚君父之易顺易获而相得以章也。乃若心力之必尽，则如舜，如文，其为怨慕，为竭力，为小心，为服事，则固同于困勉者之笃行，非不思不勉而无恃于心力。此以知，以物为外物而云“不由人”者，为“大经”言也。

至于“立天下之大本”，则初无所因于人，即欲倚之而固不得。特其“不闻亦式，不谏亦入”之卓然，有以存之于喜怒哀乐未发之中。斯至诚之“渊渊其渊”者，涵天下万事万物之节于静深之地，不但学问之事无所藉于耳目，而警觉之几亦无所资于省察。理以不妄而存，而非择理以固执。欲以从心而不逾，而非执理以拒欲。未有所喜乐，而天下之待喜待乐者受益焉。未有所怒哀，而天下之待怒待哀者听裁焉。要皆藏密以立道义之门，而择执之心力不与焉。此“不靠心力”之说，为“大本”言也。

若夫“知天地之化育”，则至诚之“浩浩其天”者。其心之正，即天地之心；其气之顺，即万物之气。于其所必化而知其化，于其所必育而知其育。不但非恃心力以推测，而亦不如介然通天地之情②，介然知万物之感者，倚天地之所著见、万物之所往来者以为知之之径。此如仁恕之分：恕有推有譬，而即倚于情；仁之欲立欲达，无所倚于感也。知化之事，其为用最密，而所摄最大，则其有倚、无倚之分，为际尤微。此朱子所云“自知得饱，何用靠他物去”。此“物”字之义，又即以天地制化育之理、万物受化育之迹而言也。则不但不以对己之物为物，并不（但）以在己之耳目心力为言矣。

经纶，有迹者也；立本，有主者也；知化，则无间如字者也。其见功愈微，则其所倚者愈微，而其所谓物者益愈细。乃在立本之所谓物，以性为主，而以形为客。知化之所谓物，则凝于我之诚为主，而诚之察于天地万物与我相为动者为客。则在立本而言物者，专于己之中。在知化而言物者，通于己之外。此又以翕辟而分表里也。

勉斋“不思不勉”之说，亦止可为立本言，而不能通于经纶、知化，合朱子所言而后尽其旨。均云“倚”，均云“物”，同中之异不明，欲以一语煞尽之，鲜不泥矣。

二

既云“至诚之道非至圣不能知，至圣之德非至诚不能为”，又云“其渊其天，非特如之而已”，则似至诚之德非至圣所能比拟。潜室、双峰苦执此语，强为分析，如梦中争梦，析空立界，徒费口舌。

乃朱子又谓“外人观其表，但见其如天如渊，至诚所以为德，自家里面真是其天其渊”，虽小异前说，终是捕风捉影。上章云“溥博如天，渊泉如渊”，系之“时出之”上，则固自其足出未出者言之。《章句》固曰“五者之德充积于中”，则亦自家里面之独喻者，而非外人之所能见，可知已。

东阳迷谬执泥，乃谓“圣人见得圣人真是天、真是渊，众人见其如天如渊”，似此戏论，尤为可恶。《楞严经》言比丘入定，邻僧窥之，唯见水而不见人。如此，方是圣人见圣人真是天渊之的实证据，不然则亦如之而已尔。圣德既不易知，而又撮弄字影，横生亿计，其妄更无瘳矣！

如实思之，言“如”、言“其”，果有别耶？前章所云“如天”、“如渊”之天渊，兼德与形体而言。天者，青霄之谓也。渊者，深泽之谓也。指天渊之形体以拟其德之相肖也。此云“其渊”、“其天”之天渊，则以德言耳。化育之广大即谓之天，有本之静深即谓之渊，非指青霄深泽而为言也。前章云“溥博”，即此“其天”者也；云“渊泉”，即此“其渊”者也。此所云“渊渊”，即“如渊”之谓也；“浩浩”，即“如天”之谓也。是词有一顺一逆之别，而文义一也。

非“聪明圣知达天德者”，但不知其经纶、立本、知化之统于诚以敦化，而经纶之笃厚、立本之静深，知化之广大，即不谓尽人知之，而亦弗待于至圣。凡有血气者之尊亲，亦但于其见而敬之、言而信之、行而说之。至于足以有临、足以容、执、敬、别之德充积在中，溥博渊泉，与天渊合撰者，自非至圣之自知，亦孰能知之？

朱子煞认三“其”字，其说本于游氏③。游氏之言，多所支离，或借径佛、老以侈高明，朱子固尝屡辟之矣。至此，复喜其新奇而曲从之，则已浸淫于释氏。而不知释氏所谓理事一相，地、水、火、风皆从如来藏中随影出现，正“自家里面真是天渊”之旨。若圣人之教，理一分殊，天自天也，渊自渊也，至诚自至诚也，岂能于如渊如天之上，更有其渊其天、当体无别之一境哉？

三

广平以上章为至圣之德，此为至诚之道，语本有病，必得朱子“诚即所以为德”一语以挽救之，而后说亦可通。使其不然，则“肫肫其仁，渊渊其渊，浩浩其天”，可不谓之德而谓之道乎？经纶、立本、知化，道之大者也。乃唯天下至诚为能之，则非备三者之乃为至诚，而至诚之能为三者。故曰“诚即所以为德”，德大以敦化而道乃大也。

上章因圣而推其藏，故五德必显，然至于言及“时出”，则亦道矣。盖言圣则已属道，有临而容、执、敬、别，皆道也。故推其“足以”者有川流之德，以原本其道之咸具于德也。

此章之言道者，唯大经、大本、化育，则道也。所以经纶之、立之、知之者，固德也。肫肫、渊渊、浩浩之无倚者，皆以状其德矣。盖言诚则已属德，仁也、渊也、天也，皆其德也。故推其所为显见于天下者，而莫非道之大也。

以此言之，则广平道、德之分，亦无当于大义，而可以不立矣。是以朱子虽取其说，而必曰“非二”以救正之。乃朱子之自为释也。则固曰“承上章而言‘大德敦化’”，又已明其言德而非言道矣。

然其所为存游氏之论者，则以末一节，或执郑康成之说④，将疑夫至诚、至圣之为两人。故必分别大经、大本、化育之为道，而聪明睿知、仁义礼智之为德，固有不妄、达以一诚者之为大德。有其大德而圣德乃全，有其圣德而至诚之所以能体夫大道之蕴奥可得而知，诚则明，明而后诚无不至也。故朱子曰“此非二物”，又云“此不是两人事”，其以言至圣之躬体而自喻之，固已明矣。

然朱子于此，则已多费转折，而启后人之疑，是其为疵。不在存游氏瓜分道、德之说，而在轻用康成“唯圣知圣”之肤解。康成之于礼，其得当者不少，而语及道、德之际，则岂彼所能知者哉？因仍文句，而曰“唯圣知圣”，则其训诂之事毕矣。朱子轻用其说，而又曲为斡旋之，则胡不直以经纶、立本、知化为圣人之化，而以至诚之不待有倚而自肫肫、渊渊、浩浩者为敦化之德之为安乎?

惟无倚之仁、无倚之渊、无倚之天，肫肫、渊渊而浩浩，故根本盛大而出不穷。而大德之所显所藏，极为深厚，自非躬备小德者不足以知之。唯其有之，乃能知之。因有其敦化者，而后川流不息。既极乎川流之盛，自有以喻其化之所自敦矣。如此，则岂不晓了串彻，有以尽夫《中庸》之条贯而不爽。

夫《章句》之支节，何居乎又存康成之言以为疑府，而复假广平之说以理乱丝耶？郑说汰，则游说亦可不留矣。至有吮康成之余沖，如新安所云“知尧、舜唯孔子”者，则适足以供一哂而已。

---

①肫肫（zhūn，音谆）：同“忳忳”。诚挚貌。

②介然：耿耿于心。

③游氏：即游酢，字定夫，学者称廌山先生。北宋学者，程门四大弟子之一。

④郑康成：即郑玄，字康成。东汉经学家。

第三十三章

一

末章唯言德而更不及道，所以为归宿之地，而见君子之得体夫中庸者，实有德以为之体也。民劝、民威而天下平，道亦大矣，而非遵道而行之可致也。君子之道，皆君子之德成之，前已详释。

二

“君子之道”，言君子为学修教之方。此一段且统说自立心之始，至德成道盛之日，一“暗然而日章”也。固与“费隐”诸章言“君子之道”者别。然曰“暗然”，则有其暗然之实矣；存养、省察是。曰“日章”，则有其日章之事矣。驯至于天下平。

云峰误看《章句》“下学立心”四字，遂以君子小人立心之不同，求异于第二章，殊为不审。小人是不知而妄作者，如叔孙通之类。其亦有道，则所妄作之道也。既已妄作，故的然可观，而后不可继。若但其立心也，则何的然之可见？的然者，如射的之可见也。且本未尝有，而又何亡哉？

三

为己是立心之始，规画得别。君子小人到底分别，即从此差异。“知远之近”三句，乃入德之初几，方是拣着下手工夫。以《诗》证之：为己者，恶文著而不尚锦也；“知远之近，知风之自，知微之显”，则知锦而衣之也。到此，却不更说尚絅事①。

《或问》“用心于内，不求人知，然后可以慎独”，一转甚清切。为己是大架步，始终皆然。知近、知自、知微，是慎独入手工夫，内省无恶，从此而起。陈氏用“又能”二字转下，则为己、慎独，平分两事，非知学者也。慎独固为己之一大端也。

四

知者，知其然而未必其能然。乃能然者，必由于知其然。故“知远之近，知风之自，知微之显”，则可与省察、存养而入“无言”、“不显”之德矣。

知见于彼者由于此，则知民劝、民威而天下平之不在赏罚之施，而〔在〕德之显也。知著乎外者之本乎内，则知敬之著于动、信之著于言者不在其动与言，而在不动不言之所存也。知有诸内者之形诸外，则知潜虽伏而孔昭，内省无恶，而不可及之德成也。

三语一步渐紧一步，而以意为入德之门。是三知相为次，而入德之门唯在慎独。先儒谓诚意为“玉钥匙”，盖本于此。诸说唯何潜斋得之，惜于“知远之近”句未与贴明。何意盖疑“奏假无言”二段为成德之效，非入德之事。不知知德之所成，则知所以入之功效，原相准也。

五

存养、省察之先后，史伯璇之论，可谓能见其大者矣。其云“有则俱有”，诚有以察夫圣功之不息。其云“动静无端”，则又以见夫理事之自然。而“立言之序，互有先后”，所以“无不可”者，则抑有说。

《中庸》之言存养者，即《大学》之正心也；其言省察者，即《大学》之诚意也。《大学》云：“欲正其心者先诚其意。”是学者明明德之功，以正心为主，而诚意为正心加慎之事。则必欲正其心，而后以诚意为务。若心之未正，则更不足与言诚意。此存养之功，所以得居省察之先。盖不正其心，则人所不知之处，己亦无以自辨其孰为善而孰为恶，且昏瞖狂迷，并所谓独者而无之矣。此《章句》于首章有“既尝戒惧”之说，而《大学》所谓“毋自欺”者，必有其不可欺之心。此云“无恶于志”者，必有其恶疚之志。如其未尝一日用力于存养，则凡今之人，醉梦于利欲之中，直无所欺而反得慊，无所恶而反遂其志矣。故《大学》以正心次修身，而诚意之学则为正心者设。《中庸》以道不可离，早著君子之静存为须臾不离之功，而以慎独为加谨之事。此存养先而省察后，其序固不紊也。

《大学》云：“意诚而后心正。”要其学之所得，则当其静存，事未兆而念未起，且有自见为正而非必正者矣。动而之于意焉，所以诚乎善者不欺其心之正也，则静者可以动而不爽其静，夫乃以成其心之正矣。然非用意于独之时一责乎意，而于其存养之无间断者为遂疏焉。亦犹“家齐而后国治”，欲治其国之心始终以之，而治国之功大行于家齐之后，则君子之化为尤远也。知动之足以累静，而本静之所得以治动。乃动有息机，而静无间隙；动有静，而静无动；动不能该静，而静可以该动。则论其德之成也，必以静之无间为纯一之效。盖省察不恒，而随事报功；存养无期，而与身终始。故心正必在意诚之后，而不言之信、不动之敬，较无恶之志而益密也。此省察先而存养后，其序亦不紊也。

盖于学言之，则必存养以先立乎其本，而省察因之以受。则首章之先言戒惧以及慎独者，因道之本然以责成于学之词也。即大学“欲正其心”先于“欲诚其意”之旨。

于德言之，则省察之无恶者，遏欲之功征于动，而动固有间。存养之恒敬恒信者，存理之功效于静，而静则无息。此章之由“入德”而“内省不疚”，由“无恶于志”而“不动而敬”、“不言而信”，因学之驯至以纪其德之词也。即《大学》“意诚而后心正”之旨。

功加谨者，用力之循常而益倍；德加密者，有得之由勉以趋安。审乎此，则先后之序，各有攸当，不但如伯璇所云“无不可”，而实有其必不可逆者矣。

六

双峰分“奏假无言”二段，各承上一节，其条理自清。史伯璇以《章句》所云“加密”及“愈深愈远”之言证之，诚为有据。

且动之所省者意也，意则必著乎事矣。意之发为喜也，劝民者也；发为怒也，威民者也。民之于君子也，不以喻其静存之德，而感通于动发之几。喜怒不爽于节以慊其所正之志，则早已昭著其好恶之公，而可相信以滥赏淫刑之不作，其劝其威，民之变焉必也。

若敬信之存于心也，未有喜也，未有怒也，欲未见端而理未著于事也，不显者也，民之所不能与知也。唯百辟之于君子也，受侯度而观德者也，固不但感于其喜怒之不忒而以为劝威矣。进前而窥其德容之盛，求之于素而有以知其圣功之密，则相观以化，而奉若以正其家邦者，无不正矣。

故“奏假无言”者，省察之极功，而动诚之至也；“不显惟德”者，存养之极功，而静正之至也。然则所云“上天之载，无声无臭”者，一言其“不动而敬，不言而信”之德而已矣。

天不可谓之敬，而其无妄不贰者敬之属。天不可谓之信，而其无妄不爽者信之属。而天之不言不动，乃至声臭之俱泯，其固然已。而抑于声臭俱泯之中，自有其无妄者以为之载，是以于穆而不已。则以配君子之德，密存而不显于言动未形之中，乃至思勉之俱化。而抑于言动不形之地，自有其笃厚之恭，以存其诚，是以敦化而不息。乃要其存诚不息而与天同载如字，事也。者，则于喜、怒、哀、乐之未发，致中者是也。自戒慎恐惧而约之，以至于至静之中无所偏倚，其守不失者是也。而为显其实，则亦敬信而已矣。

乃此专纪静存之德而不复及动察者，则以慎独之事，功在遏欲，故唯修德之始，于存理之中，尤加省察。及乎意无不诚而私欲不行矣，则发皆中节，一率其性之大中，以达为和而节无不中。则所谓义精仁熟，不待勇而自裕如者，又何动静之殊功哉？

约而言之，德至于敬信，德至于“不动而敬，不言而信”，则诚无息矣，人合天矣，命以此至、性以此尽、道以此修、教以此明而行矣。故程子统之以敬，而先儒谓主敬为存诚之本。在动曰“敬”，在言曰“信”，一也。则此章于诚之上更显一“笃恭”，以为彻上彻下居德之本。若游氏“离人立独”之云，盖敬之贼也，诚之蠹也，久矣。其索隐而亡实矣！

七

诚者所以行德，敬者所以居德。无声无臭，居德之地也，不舍斯谓敬矣。化之所敦，行德之主也，无妄之谓诚矣。尽己以实则无妄。无妄者，行焉而见其无妄也。无声无臭，无有妄之可名也。无有妄，则亦无无妄。故诚，天行也，天道也；敬，天载也，天德也。君子以诚行知、仁、勇，而以敬居诚，圣功极矣。《中庸》至末章而始言“笃恭”，甚矣，其重言之也！

---

①尚：加在上面。　　絅：同“褧”（jiǒng，音窘）：用麻布制成的单罩衣。

卷四　论语

学　而　篇

一

读《论语》须是别一法在，与《学》、《庸》、《孟子》不同。《论语》是圣人彻上彻下语，须于此看得下学、上达同中之别，别中之同。

如“学而时习之”一章，圣人分中亦有此三种：“时习”则自“说”，“朋来”则自“乐”，“不愠”则固已“君子”。初学分中亦有此三种：但“时习”即“说”，但“朋来”即“乐”，但“不愠”则已为“君子”。

又“时习”、“朋来”而“不愠”，斯“说”、“乐”而“君子”，则学者内以安其心，外以成其身，浑然具足而无所歉。抑“时习”而已“说”，“朋来”而已“乐”，“不愠”而已“君子”，则学者可无求“说”、“乐”于外物，而他有待以成其德。

且学者之于学，将以求“说”、“乐”也，将以为“君子”也。乃必于此而得之，则亦当自勉于“习”，广益于“朋”，而无以“知”、“不知”动其心，固可以开初学入德之门。乃言乎“说”而天理之来复者尽矣，言乎“乐”而天理之流行者著矣，言乎“君子”而天德之攸凝者至矣，则亦可以统作圣之功。

果其为“学”，则“习”自不容中止，“朋”自来，“不知”自“不愠”，德即成于不已。然“学”而不“习”，“习”而不“时”，“时习”而不能推以及人，得“朋”为“乐”，而“不知”则有所“愠”，亦学者之通病。故必“时习”而抑有以得夫“朋来”之“乐”，“乐”在“朋来”而抑不以“不知”为“愠”，乃以有其“说”、“乐”，而德以成，则“说”、“乐”、“君子”所以著“时习”、“朋来”、“不愠”之效。然非其能“说”、能“乐”、能为“君子”，要不足以言“学”，则亦以纪学者必至之功。

夫子只就其所得者，约略著此数语，而加之以咏叹，使学者一日用力于学，早已有逢原之妙，终身率循于学，而不能尽所得之深。此圣人之言，所为与天同覆，与地同载，上下一致，始终合辙。非若异端之有权有实，悬羊头卖狗腿也。《集注》兼采众说，不倚一端，可谓备矣。然亦止于此而已矣。他如双峰所云“说”之深而后能“乐”，“乐”之深而后能“不愠”，则“时习”之“说”，与“朋来”之“乐”，一似分所得之浅深。而外重于中，以“朋来”之“乐”遣“不知”之“愠”，尤为流俗之恒情，而非圣人之心德。

又小注为此三段立始、中、终三时，尤为戏论。“朋来”之后，岂遂无事于“时习”？安见“人不知”者，非以“朋”之未“来”言耶？至于专挈“时习”为主，如云峰之说，则直不知乐行忧违，成物以成己，安土而乐天，为圣贤为己之实功，而但以学、问、思、辨概圣学而小之，则甚矣，其陋也！

论语一部，其本义之无穷者，固然其不可损，而圣意之所不然，则又不可附益。远异端之窃似，去俗情之亿中，庶几得之。

二

本文一“学”字，是兼所学之事与为学之功而言，包括原尽，彻乎“时习”而皆以云“学”。若《集注》所云“既学而又时时习之”一“学”字，则但以其初从事于学者而言耳。“既”字、“又”字，皆以贴本文“时”字，故《集注》为无病。小注所载朱子语，则似学自为一事，习自为一事，便成差错。胡氏之说，自剔得《集注》分明。《集注》云“必效先觉之所为，乃可以明善而复其初”，此岂暂一尝试于学之谓乎？“时习”兼“温故知新”在内，非但温理其旧闻而已。

学有对问、对思、对修而言者，讲习讨论是也。此“学”字与“大学之道”“学”字同，该括广大，故上蔡以“坐如尸、立如齐”言之①。昨日之坐尸、立齐者，自昨日事；今日之坐立，又今日事。事无穷，道自无穷。岂今日之坐立，以温理昨日之如尸、如齐者乎？

冯厚斋专就讲习讨论上说，只作今经生家温书解。此俗学、圣学大别白处，不容草次。知《集注》“既学”之“学”，非实诠本文“学”字，则此疑冰释矣。

三

前后统言孝悌，而朱子以前所言孝悌为“资质好的人”，则又分上一层说得容易，下一层说得郑重。是以金仁山有“前以质言，后以学言”之说。乃《集注》直云“上文所谓孝悌”，则又似乎无分。是以陈新安有“善事之中有无限难能”之说。

以实求之，则朱子谓上言资质者本无病，而仁山所云下以学言，则不成语也。此处亦易分晓。世岂有孝悌而可谓之学耶？学也者，后觉效先觉之所为。孝悌却用此依样葫芦不得。虽所为尽道以事亲者，未尝无学，而但以辅其尽性之功，则辅而非主。为孝子、悌悌者，止勉求远乎不孝、不悌，而非容有效孝、效悌之心。效则不名为孝悌矣。以孝悌为学，故姚江得讥有子为支离。而有子岂支离者哉？《集注》言“为仁犹言行仁”，只在用上说，故小注有水流三坎之喻，言其推行有渐，而非学孝、学悌以为学仁民、学爱物之本。故注又云“学者务此”，但如本文言务而不言学。“学”字与“务”字，义本不同。学者，收天下之理以益其心；务者，行己之德以施于天下。知此，则知为仁也，不犯也，不乱也，皆以见于天下之作用言而一揆也②。

大抵有子此章，言德而不言学，故程子曰“孝悌，顺德也”。不犯、不乱，德之浅者也。为仁，德之大者也。孝悌，德之本也。要以言德而非言学也。

乃孝悌而不犯、不乱，极乎下以浅言之，而深者亦在其中。不特善事之难能，而推夫不犯不乱之至，则文王之服事小心，周公之“赤舄几几”③，亦但以免夫犯乱。特就其浅者言之，则乡党自好者之守法安分，亦得与焉。此极乎下以通上也。

孝悌为为仁之本，极乎上而大言之，而小者亦在其中。不特孝悌之无异文，而即夫人之恩施姻娅④、睦辑乡党而仁及人，不杀一启蛰、不折一方长而仁及物，亦莫非仁道之生。特就其大者言之，则君子之以弘夫爱之理，而全夫心之德，亦此道焉。此极乎上以通下也。

要则孝悌皆以尽性言，而浅者则因其性之所近而得合，深者则有以尽夫性而无所缺耳。在夫人，固因其质之美，而实不无专心竭力之功。在君子，甚有至德弘道之功，而要不可谓之学。故支离之病，仁山实启之，非有子之过也。

四

“鲜矣”与“未之有也”，文势低昂，以分轻重耳，正不当于此细碎分袠。潜室之说，殊增葛藤。

或人“若说鲜矣，则未以为绝无”一问，极不惺忪。总缘他泥著下章注“专言鲜”一“专”字。且如“知德者鲜矣”，千里一圣，犹比肩也。使当世而有一二知德者焉，讵致劳圣人之叹？

潜室不与直截决去其疑，乃为“纵是有之”之说，同愈入刺丛。且即使谓鲜非绝无，亦以人而言。犹云天下之能孝能悌者而好犯上，千百人之中不过一二人而已。岂谓此一人者少作犯上之事哉？犯上之事，止一已足。况本文不但云“犯上”，而必云“好”。好则不厌频为，偶一过误为之，不可谓好。中心之好恶，宁可较量多少？

下章“鲜矣仁”语，意亦如此。言凡天下之巧言令色者，鲜矣其能仁也。方于“矣”字文理无碍。知此，则知程子“非仁”之说，甚合本旨。不然，夫人心德之仁，必无不仁而后可为仁，故子曰“道二，仁与不仁而已矣”，岂可以多少论哉？

五

《集注》“必其务学之至”六字，是朱子活看末二语处，极骇俗目[⑤]。玩小注所引朱子之言，则似朱子初年亦将“未学”当真煞说。逮其论定而笔于《集注》，添一“或”字，与“吾”字作对，意谓：人或疑其未学，而我则信其已学。使未学也，则亦安能尔哉？所以兼采游、吴二说以存疑。而所云“苟非生质之美”者，则除下圣人生知、安行一例以为言，亦理有固然，而非故作两头马之词也。

盖本文之旨，原以考学之成，而非泛论人品。使其抑学扬行，则当云虽其未学，亦与学者均矣。子夏到底重学，以破一切高远之说，谓此亲贤尽伦之事，人有妄谓其无假于学者，而我必谓非务学之至者不足与此。则天下岂有不学而能之圣贤哉？

上四段原是据现成人品说，非就用力敦行者说。则亦凭空立此一规格，以验学之所至耳。“吾必谓之学矣”六字，是圣学、异端一大界限，破尽“直指人心”，“见性成佛”一流邪说。于此见子夏笃信圣人处。知此而后知《集注》之精。

六

双峰云“有子论仁论礼，只说得下面一截”。东阳云“有子是说用礼”。只此二语，见得此章在《集注》自从本源上别起一番议论，非正释也。

所以然者，以有子说“礼之用，和为贵”，言“为贵”，则非以其体言，而亦不即以用言也。“用”只当“行”字说，故可云“贵”。若“和”竟是用，则不须拣出说“贵”矣。“用”者，用之于天下也。故曰“先王之道”，曰“小大由之”，全在以礼施之于人而人用之上立论。此“用”字不与“体”字对。“贵”者，即所谓道之美而大小之所共由也。“和”者，以和顺于人心之谓也。用之中有和，而和非用礼者也。有子盖曰：礼之行于天下而使人由之以应夫事者，唯和顺于夫人之心而无所矫强之为贵。唯其然，斯先王之以礼为小大共由之道者，以纯粹而无滞也。

《集注》以从容不迫释“和”之义，则是谓人之用礼，必须自然娴适而后为贵。使然，将困勉以下者终无当于礼，而天下之不能由礼者多。且先王之道，亦但著为礼而已，未尝有所谓和也。从容不迫者，行礼者之自为之也。必从容不迫而后可为贵。则先王之道非美，待人之和而后美矣。

且所云“和”者，有以德言，则《中庸》发皆中节之和是也。此则为礼之本，而非礼之用。由其有和，可使喜、怒、哀、乐之中节，则礼于是起焉。和，性情之德也。礼，天下之达道也。唯和乃中节而礼以达，斯和体而礼用，不得云“礼之用，和为贵”矣。

若云由吾性之德有礼，仁义礼智，性之四德。而情之德乃有和，则《中庸》之所谓和者，又情之根夫仁义礼智具足之性以生，而不专倚于礼。且在性之所谓仁义礼智者，有其本而已，继乎天之元亨利贞而得名者也，在率性之前而不在修道之后。今曰“先王之道，斯为美，小大由之”，则固指教而言矣。如之何纭纷胶辐，而以此和为性情之德耶？

夫性情之德，则尽人有之。而君子致之者，其功在省察、存养，而乃以经纬乎天地。是所贵在戒惧慎独而不在和，又何以云“礼之用，和为贵”哉？

况乎《中庸》之言“和”者，又非从容不迫不谓，乃情之不戾于节者也。故彼之言“和”，乃以赞夫人情中固有之德，而亦以赞君子省察极致、动必中礼之德，故曰“谓之”，而非有所致力之词，以与“敬”相为对者也。未发谓中，已发谓和。可云敬以致中者，以静存之功，主敬为本。则亦当云诚以致和，以动察之功，存诚为要。今此以敬、和相对而言，其可云喜怒哀乐之未发谓之敬乎？

礼之为节，具足于喜怒哀乐之未发，而发皆中节，则情以率夫性者也。敬者，人事也。和者，天德也。由人事以达天德，则敬以为礼之本，而因以得和。和者，德之情也。乐者，情之用也。推德以起用，则和以为乐之所自生，而乐以起。此礼乐相因一致之理有然者，故程、范得并言乐而不悖。而有子则固曰：礼原中天下之节，有节则必有和，节者皆以和也。是以礼之用于天下者，使人由之而人皆安之，非其情之所不堪，亦非其力之所待勉，斯以为贵。故制礼者当知此意，勿过为严束以强天下，而言礼者不得视礼为严束天下之具而贱之。勿过为严束以强天下，先王之道所以无弊，而无小大之可或逾。不得视为严束天下之具而贱之，则以先王之道既尽其美，而小大皆不能逾。原非可云“前识之华”，“忠信之薄”也。

乃非以为严束，而要以和顺夫人心，亦必不废礼之节而后得和，此文质同体之固然者。如有见夫节者之不过以和顺夫心，因以谓节以效和，而所贵非节，则将有如老聃之知礼而反贱礼者。要之，舍礼亦终不能和，而又何以行哉？故东阳以前节为正意，后节为防弊之言，深得有子之旨。非前节重和，后节重节，为两相回互之语也。

有子大旨，只是重礼。前三句谓能知礼意，则洵为贵美而不可废。后四句则以为能达礼意，而或废礼者之防。若夫不知礼之用而可贵者，唯以和故，乃贸贸然以礼为程限，而深其畏葸，以自役而役人，则必将见礼之不足贵，而与于无礼之甚者矣。知其用于天下之本旨，则礼未尝不可损益，以即乎人心。而知人心必于礼得和，而舍礼无和，则虽有可损益，而必不可过乎其节。此斟酌百王、节文自性者所必谨也。

大抵有子在制作上立言，故曰“用”，曰“由”，曰“行”。是故双峰以为在下面一截说，与前论仁而言行仁一例，而君子之静存动察以立大本而行达道者，固未及也。王阳明疑有子之支离以此，而有子之切事理以立言，终异于姚江之沦于禅者，亦正在此。固不必更就上面一截起论，为头上安头之说矣。

且使从本而言之，则礼固以敬为本，而非以和。若曰“敬之碎底是和”，则和者敬之分体也。此不成义。知敬之分而用之，其于礼必加详，何为不以礼节而不可行哉？且抑与从容不迫之释，自相背戾矣。

要以《中庸》之所谓和，乃本然德体之天则，此之谓和，乃妙用推行之善道，固不可强合为一。况即《集注》所云从容不迫者，自非可有意以之为贵而用之。使功未至而机未熟，则有意贵和者，正堕“知和而和”之病。如其必自然得和而后可为贵，则于和之上，又加一自然，而岂不赘欤？矧自然从容不迫者[⑥]，乃动容周旋中礼，盛德已至之至符，非可与天下共率由之，更不必言“为贵”、“为美”，而抑以不节为虑。有子本以言王道，而不以言天德。徒为深入之言，则所在皆成龃龉，此不能强徇《集注》而废饶、许也。

七

朱子又曰“敬为体，和为用”，须是撇开有子另说方可。朱子自说学，有子自是说道。先王之道，贤者俯就，不肖企及，岂可以君子之为学律之？他言王道者，可与天德合辙，而此必不可。如朱子之意，盖谓未发而主敬，必发而从容不迫，乃为可贵。未发能合，已发能分，乃散应事物而无不宜。以此言之，乌可不知和，乌可不“知和而和”哉？

且《中庸》、《章句》、《语录》，括已发未发而一之于敬。愚谓未发功在敬，不显之笃恭是也。发则功在诚，《大学》之慎独以诚意，《中庸》之“行之者一”是也。致中者敬之至，致和者诚之功。存养、省察，为学之体。敬以具节而礼明，和以达节而乐备，为学之用。故程、范之说，小异于有子而可相通，而小注朱子所云，则皆成矛盾。

唯“严而泰、和而节”以下一段，《集注》明切可观。其曰“礼之全体也”，可见章首一“礼”字，原以体言，而本文“用”字，非与体为对待之词，则从容不迫之义，固不得立矣。“毫厘有差，失其中正”，恰在制作上说，而非生疏拘迫、不能从容之谓差也。拘迫不从容，正是挣扎得不差处。唯制作不和顺于心，而苦人以所难，方成差谬。

朱子此注，与前注早已不同。实则此为谛当，不必更说向深妙处去。云峰乃为割裂而曲徇之，过矣。云峰之笃信，乃以成朱子之失。饶、许之分别，乃以通朱子之穷。故有功先儒者，不在阿也。

---

①上蔡：谢良佐，字显道，河南上蔡人，学者称上蔡先生。北宋学者，程门四大弟子之一。

②揆：尺度，准则。

③舄（xì，音戏）：鞋。古代的一种复底鞋。　　几几：形容鞋头装饰的美盛。

④姻娅：泛指有婚姻关系的亲戚。

⑤骇（xiè，音谢）：同“骇”，惊骇。

⑥矧：况。

为政篇

一

北辰之说，唯程氏复心之言为精当。朱子轮藏心、射糖盘子之喻，俱不似，其云“极似一物横亘于中”，尤为疏矣。

使天之有枢，如车之有轴，毂动而轴不动，则自南极至北极，中间有一贯串不动的物事在。其为物也，气耶，抑形邪？气，则安能积而不散，凝而不流？若夫形，则天地之间未有此一物，审矣。且形，固能运形而不能运气者也。天枢之于天，原无异体。天之运行，一气俱转，初不与枢相脱，既与同体，动则俱动。特二十八宿、三垣在广处动①，北辰在微处动②，其动不可见耳。今将一圆盘，点墨记于中心，旋盘使转。盘既动，则其墨记之在中心者，亦东西南北易位矣。特墨记圆纤，不可得而辨也。

夫子将此拟“为政以德”者之治象，取类不虚。“为政以德”而云不动，云无为，言其不恃赏劝刑威而民自正也。盖以施于民者言，而非以君德言也。若夫德之非无为，则与北辰之非不动均也。不显、笃恭之德，原静存、动察之极功。而况“德之为言得”者，即“政之为言正”之意，故言“为”言“以”。如欲正人以孝，则君必行孝道而有得于心。欲正人以慈，则君必行慈道而有得于心。其以此为政也，动之于微而未尝有及于民之事，而理之相共为经纶，气之相与为鼓荡者，以居高主倡，自有以移风易俗而天下动矣。

故其不急于动民者，“北辰居其所”之象也。天下共效其动者，“众星共”之象也③。“居其所”云者，犹言自做自事，无牵带众星之事也。北辰即不为众星须动之故，而彼亦自不容不运之于微。人君即不为人有不正而须正之故，亦自不容不内修其德。各修其所当为，而星之环绕以动者，自与北辰俱转。民之自新不已者，自与人君同正。只此乃德之用微，而其化显。若以轴喻，则脱然两物，故为不动以持毂而迫之转，则是有意不动，以役使群动。此老氏所谓“王侯得一以为天下贞”，阳为静而阴挟之以动，守乎雌以奔走天下之雄。其流为申、韩者，正此道也。此则以无为为德，因正于天下而己无所正，岂以己之正正人之不正之谓乎？是故“居其所”者，非北辰之德也，北辰之势也。

陈氏云“譬为政以德之君”，其说自确，以不云“譬为政所以之德”也。程子曰“为政以德，然后无为”，朱子曰“则无为而天下归之”。无为者，治象也，非德体也。动于微而不动于显，德微，政显。动于独而不动于众。北辰之与君德合者，慎动以不息而已矣。

极论此章，亦不过《大学》“以修身为本”之意，孟子至诚动物之旨，而特推上下理气感通之机④，以显其象于天，见为理之不可易者而已。若更于德之上加一“无为”以为化本，则已淫入于老氏“无为自正”之旨。抑于北辰立一不动之义，既于天象不合，且陷入于老氏“轻为重君，静为躁根”之说。毫厘千里，其可谬与？

二

以“志学”为知，“立”为行，“不惑”、“知命”、“耳顺”为知，“从欲不逾矩”为行，此乃强将自己立下的柱子栽入圣言内，如炙铁相似，亦能令其微热而津出，究于彼无涉也。

“十五而志于学”是何等志，何等学，乃但以属知！岂但讲习讨论，储以待三十而行之，如苏秦之习为揣摩，须羽毛丰满以高飞乎？“三十而立”又是何等为立！到这地位，所知所行，皆已臻至处，又岂只守著前所知者，埋头行去耶？

只此十五年，是夫子一大段圣功在。“志于学”者，博文、约礼之谓也。圣人于此，不容与学者有异。故其教人，亦以此二者，而曰“可以弗畔”⑤。弗畔，则几于立矣。博合于约，而文皆其心得；约合于博，而礼显于文章。行既定而知益，审矣。

东阳所谓“知行并进”者，则亦以此二位而言尔。若过此以往，固不可分知与行，且不可云“知行并进”。圣人之为功者，固非人所易知矣。

盖云知行者，致知、力行之谓也。唯其为致知、力行，故功可得而分。功可得而分，则可立先后之序。可立先后之序，而先后又互相为成。则由知而知所行，由行而行则知之，亦可云并进而有功。

乃圣人既立之后，其知也，非待于致也，豁然贯通之余，全体明而大用行也；其行也，非待于力也，其所立者条理不爽，而循由之则因乎事物之至也。故既立之后，“诚则明矣”。明诚合一，则其知焉者即行矣，行焉者咸知矣。颜子之“欲从末由”者在此，而岂可以“知行并进”言哉？

乃至于此，其所行者，大端亦不离于“三十而立”之所行。知至而几，知终而存义，其行也有精微而无改徙，是以唯就明言之，而不复就诚言之。然“不惑”则纯乎理而无间，“知天命”则理无不穷而性无不尽，“耳顺”则闻言无违逆，而于土皆安，“从欲不逾矩”则于我皆真而知化不贰。故“不惑”、“耳顺”，皆顺乎彼之词，而“知命”、“从欲”，皆达乎此之意。要以所行者听乎知，而其知也愈广大愈精微，则行之合辙者，愈高明愈博厚矣。

故以迹言之，则至于“不惑”以上，而知之事为多。以实求之，则“立”者诚之复，而“不惑”以上，诚之通也。复已极乎知行之至，而通唯穷神知化以为德之盛，非待有所加于行，以至乎昔之所不能至者。

若夫“从心所欲，不逾矩”，固未尝不于德业有可征者。要亦“耳顺”以还，明诚合而无间，明者一诚，更不可云诚中所生之明矣。

《集注》分“耳顺”为“不思而中”，“从欲不逾”为“不勉而得”，亦迹似而无实。不思而中，斯不勉而得，是皆“耳顺”之境也。岂不思而中之时，尚有难得之虑哉？故唯胡氏“心即体、欲即用”之说为当。“即”字速妙。而心之与欲，亦无分界，则体用合，诚明一，如天之非自明而诚矣。

要以“志学”与“立”，圣学固有事于心，而皆著于事。不惑以后，虽不离事以为道，而凝德唯心，斯可名为圣德之进，而不可名为学矣。在学则知行分，在德则诚明合。朱子曰“圣人自有圣人的事”，不可以初学之级求，明矣。

三

“耳顺”自就听言上说。《集注》一“声”字，但因“耳”字上生出，在言者谓之言，闻者谓之声也。除却言语，耳更何顺？

乐固声也，而彼自有专家之学。圣人亦不过与挚、襄同能，而无与于进德。乃近见有人说，凡松声、水响，莺啭、蛩吟，皆无所违逆。此是圣学、异端一大分界处。彼所云者，不过释氏“木樨无隐”之唾余耳。

然即就听言说，又不可似陈氏取“闻《沧浪》之歌”以作证。陈氏语有两种病。以深言之，随触即悟，则亦释氏听人唱“他若无情我也休”而悟道之旨。以浅言之，感物警心，则人之苟有学思之功者，亦即能然。如韩婴说《诗》，往往独类旁通。至于游、夏之徒，则固久矣，优为之矣。

总此一段圣功，极难下思索，作的实解。凭虚言之，则只是释家妙悟。征事言之，又不过小小灵警聪明。庆源“是非判然”四字，差为有据。而判然者，亦不足以为顺，且当其“不惑”而早已判然矣。

愚按孟子曰“耳目之官不思而蔽于物”，从大而小不能夺者为大人。圣人则大而化之矣，却将这不思而蔽于物之官，践其本顺乎天则者以受天下之言，而不恃心以防其夺，则不思之官，齐思官之用。唯其思者心亦臻于不思，不思而中。故不思之用齐乎思也。

《集注》云："声入心通，无所违逆。"夫所谓无违逆者，以为无逆于声，是"木樨无隐"之说也；以为无逆于耳，是"闻《沧浪》之歌"之说也。朱子之意，亦谓无逆于心耳。耳之受声不逆于心，则言之至于耳也，或是或非，吾心之明，皆不患其陵夺。耳之受夫声者，因可因否，皆不假心之明而自不昧。进德至此，而耳之形已践矣。耳，形色也。形色，一天性也。固原以顺而不以逆于大体也。于形得性，无小不大，斯以为圣人与！

然耳目者，固顺而无逆者也，非有蔽，而蔽之者欲也。践耳之形，尽耳之性，而闻皆顺心，能用受蔽之官，而未能用夫蔽耳目之欲也。"从心所欲，不逾矩"，则蔽耳目者亦从之而即于顺矣。耳虽在我，而顺者天下之言，欲丽于物，而发之自己。故愚以"耳顺"为于土皆安，"从欲不逾"为于我皆真也。呜呼！难言之矣！

四

"违"字原有两义。有知其然而故相违背，如"违道以干百姓之誉"是也。有相去而未逮，如"忠恕违道不远"是也。乃此两义，要亦相通。如此所言生事、死葬而祭不以礼者谓之违。其于品物器饰，铺排得辉煌，便将这个唤作礼、唤作孝，只此一念，早是苟且。而事之爱、葬之哀、祭之敬，为人子所自致者，以有所藉以自解而其不尽者多矣。且僭礼之心，岂果以尊亲故与？无亦曰，为我之亲者必如是其隆，而后张己之无不可得于鲁也。则是假亲以鸣其豫，而所当效于亲者，其可致而不致者从可知矣。

圣人之言，一眼透过，知其故相背者之非能有过而唯不逮，故大端说个礼。无违者，求之心。礼者，求之于事。此亦内外交相省察之意。盖自孝子而言，则所当致于亲者，无违中之条理品节，精义入神，晨乾夕惕以赴之，尽心竭力以几之，没身而固不逮，岂有余力以溢出于非礼之奢僭，是以无违而中礼也！自求为孝子者而言，虽尽心竭力以求无违，而未知所见为无违者，果能无违否也。故授之礼以为之则，质准其文，文生于质，画然昭著，而知自庶人以达于天子，皆有随分得为之事，可以不背于理，而无所不逮于事亲之心，是以礼而得无违也。因无违而自中礼者，圣人之孝，由内达外，诚而明者也。必以礼而得无违者，以外治内，明而诚者，则无违其纲而礼其目也。

懿子无请事之心⑥，不能自求下手之著，故夫子于樊迟发之。如懿子者，岂能不立礼为标准而得无违者哉？孝为百行之源，孝道尽则人事咸顺。故曰"中于事君，终于立身"，亦曰"资以事君而敬同"。使懿子于孝而无不逮，则僭不期去而自去。

圣人之言广矣，大矣。若其所问者孝也，乃借孝以为立言之端而责其僭，是孝为末而不僭为本。既已拂乎天理之序，且人幸有返本亲始之一念以请教，乃摘其恶于他以穷之，而又为隐语以诽之，是岂圣人之言哉？

朱子双立苟且与僭二义，东阳发明"不及之意，亦在其中"，确为大全。若《集注》云"三家僭礼，以是警之"，是未免以私意窥圣人。且此三言者，曾子尝述之，而孟子称之矣。其又何所警哉？

胡氏云"心无穷而分有限"，说尤疏妄。分固有限，初不可以限孝子之心。故曰"孝子之至，莫大乎尊亲；尊亲之至，莫大乎以天下养"。至如歌《雍》舞《勺》，私欲之无穷耳。自尊以蔑上而辱亲之邪心无穷耳，岂欲孝其亲之心无穷哉？

五

《中庸》言学，则是方有事之词，故“温故”之中，即有引伸精义之意，而知其故中之新，亦在“温故”项下说。若“知新”，则更端以求知昔所未知也。《论语》说教学，未到大纲成就处，尚有所全未及知而须知者，其不可为师也，固然不待论。所以故之外无新，而“知新”者即知故中之新也。此学以言未至，而师言已至之别也。

乃君子修德凝道之事，直是广大精微，则其日新者亦无穷。故无有尽天下之理皆已为故之一日，而已精已密，尚有其新。若此云“可以为师”，则亦专言讲习讨论之事。虽彻上言之，极乎圣人之教。乃彻下言之，则古人自二十博学不教之后，便有为人师之道。修一业、通一艺者，皆可以教。则其为见闻，固可有程限，但于故中得新焉，即可以为师矣。为师非修德凝道之了境，故《说命》曰“敩学半”。夫子进德，七十未已，而四十时弟子已日进矣。为师非了境；则守故得新，随分可以诲人，特不容以记问之学当之而已。此朱子所以有与《中庸》不同之辨也。

若朱公迁以《中庸》“故”字为“存乎己”，此为“闻于人”，则谬。存于己者，既非空空地有不立文字、不堕见闻之德性。闻于人者，非用其德性不昧之明以存持之，是亦记问之学而已。故《集注》云“所学在我”，亦为温故而言也。

记问之学，只为他初头便错了。非得于己，不可名为故。不可名为故，则漠然无余味，不欲温之，而亦何用温之耶？注云“无得于心”，业无得矣，而尚可谓之故哉？如人之有故旧，必其与我素相亲昵无间者。因人相与，仅识姓名，其可谓之故旧否耶？

六

夫子寻常只说君子，不言圣人，为他已到这地位，不容推高立名，只君子便是至极处。小注“夷清、惠和，亦只做得一件事”。观伯夷待天下之清，柳下惠不易三公之介，岂无全副本领？特所以行其大用者有未妙耳。夷、惠且未能不器，则不器者岂非圣人哉？足知朱子所云“君子体不如圣人之大，用不如圣人之妙”，乃为他处以君子、圣人并论者言，而辑《大全》者误系于此。

其曰“通上下而言”，则所谓上者，固圣人矣；所谓下者，则谓凡学。为君子者，便须立志于高明广大之城，以体此无方无体之道。则其为学之始，规模已自不同，而不区区向一事求精，一行求至也。下学者，下也。上达者，上也。下学敦其体，上达显其用，效异而量同也。

七

《论语》一书，先儒每有药病之说，愚尽谓不然。圣人之语，自如元气流行，人得之以为人，物得之以为物，性命各正，而栽者自培，倾者自覆。如必区区画其病而施之药，有所攻，必有所损矣。释氏唯欲为医王，故药人之贪，则欲令其割血肉以施；药人之淫，则绝父子之伦。盖凡药必有毒，即以人参、甘草之和平，而参能杀肺热者，甘草为中满人所忌，况其他乎？

且病之著者，如子张学干禄，子贡方人，夫子固急欲疗之矣，乃曰“禄在其中”，曰“赐也，贤乎哉”，亦终不谓禄之污人，而人之不可方也。言禄污人，则废君臣之义。言人不可方，则是非之性拂矣。

又如子路曰“何必读书，然后为学”，病愈深矣。夫子亦但斥其佞，使自知病而已矣。如欲药之，则必将曰必读书而后为学，是限古今之圣学于记诵词章之中，病者病，而药者愈病矣。是知夫子即遇涸寒烈热之疾，终不以附子、大黄尝试而著为局方，又况本未有病者，亿其或病而妄投之药哉？

子贡问君子，自是问求为君子者亲切用力之功，记者檃括其问语如此。因问而答之曰，“先行其言而后从之”，夫子生平作圣之功，吃紧处无如此言之初。亦以子贡颖悟过人，从学已深，所言所行，于君子之道皆已具得，特示以入手工夫，使判然于从事之际耳。至于所言者皆其已行而行无不至，所行者著之为言而言皆有征，则德盛业隆，道率而教修，此唯夫子足以当之。而心法之精微，直以一语括圣功之始末，斯言也。固统天、资始之文章也，而仅以药子贡之病耶？

范氏曰“子贡非言之艰而行之艰”，其语犹自活在。然“非言之艰而行之艰”，不独子贡也。且云“先行其言”，则“其言”云者，未尝言之，特知其理而可以言耳。此固《说命》所谓“非知之艰，行之惟艰”之旨，古帝王圣贤之所同病，亦人道自然有余不足之数也。即非子贡，其有易于行而艰于言，行非艰而知惟艰者哉？（易于行者，其行非行。）则范氏固已指夫人之通病以为子贡病。

至于小注所载朱子语，有“子贡多言”之说，则其诬尤甚。子贡之多言，后之人亦何从而知之？将无以其居言语之科耶？夫子贡之以言语著者，以其善为辞命也。春秋之时，会盟征伐交错，而唯辞命是赖。官行人而衔使命，乃其职分之所当修。《国语》所载定鲁、破齐、伯越、亡吴之事，既不足信。即使有之，亦修辞不诚、以智损德之咎，而非未行而遽言之为病。如以此为病在不先行其言，岂子贡之拒百牢、辞寻盟者，为其所不能行，而徒腾口说乎？

夫此所谓言，非善说辞命之言，而善言德行之言也。善言德行者颜、闵也，非子贡也。且亦非徒口说之为言也，著书、立说，答问、讲论，皆言也。要以言所行而非应对之文也。圣门如曾子、有子、子游、子夏，皆有论著，而子贡独无。其言圣道也，曰“夫子之言性与天道，不可得而闻”，盖兢兢乎慎重于所见，而不敢轻置一词矣。则寡言者，莫子贡若，而何以云多言耶？子贡既已无病，夫子端非用药，而先行后言，自是彻上彻下、入德作圣之极功，彻始彻终、立教修道之大业，岂仅以疗一人之病哉？

因此推之，语子路以知，自致知之实学，而谓“子路强不知以为知”，亦悬坐无据。而陈新安以仕辄而死为征，乃不知子路之死辄，自始事不谨之害，而非有自欺之蔽。如谓不知仕辄之不义，不当固执以至于捐躯，抑将如赵盾之拒雍，祭仲之逐突，食言背主，而可谓之“不知为不知”耶？

要此为致知言，而不为行言，故可曰随所至之量，以自信而不强。如以行言，其可曰能行则行之，不能行则不行也哉。故言知则但可曰“困而知之”，不可曰勉强而知之，而行则曰“勉强而行之”。知、行之不同功，久矣！子路勇于行，而非勇于知，有何病而又何药也？

至于四子问孝，答教虽殊，而理自一贯。总以孝无可质言之事，而相动者唯此心耳。故于武伯则指此心之相通者以动所性之爱。若云“无违”，云“敬”，云“色难”，则一而已矣。生事、死葬、祭而以礼，则亦非但“能养”，而奉馔服劳，正今之“能养”者也。内敬则外必和，心乎敬则行必以礼。致其色养，则不待取非礼之外物以为孝。而无违于理者，唯无违其父子同气、此心相与贯通之理。顺乎生事之理，必敬于所养，而色自柔、声自怡。顺乎葬祭之理，必敬以慎终，敬以思成，而丧纪祭祀之容各效其正。明乎此，则同条共贯，殊途同归。奚必悬坐武伯之轻身召疾，而亿揣子夏以北宫黝之色加于其亲，诬以病而强之药哉？

又其甚者，圣门后进诸贤，自曾子外，其沈潜笃实、切问近思者[7]，莫如樊迟。迹其践履，当在冉、闵之间。夫子所乐与造就者，亦莫迟若。乃谓其粗鄙近利，则病本弓蛇，药益胡越。文致古人之恶，而屈圣言以从己，非愚之所敢与闻也。

八

《集注》所引程子之言，博学、审问、笃行属学，慎思、明辨属思。明辨者，思其当然。慎思者，思其所以然。当然者，唯求其明。其非当然者，辨之即无不明也。所以然者，却无凭据在，故加之以慎。不然，则至谓天地不仁，四大皆妄，亦不能证其非是，如黑白之列于前也。思中有二段工夫，缺一不成。至于学之必兼笃行，则以效先觉之为，乃学之本义。自非曰"博学"、曰"学文"，必以践履为主，不徒讲习讨论而可云学也。

九

记言"子张学干禄"，是当世实有一干禄之学，而子张习之矣。程子既有定心之说，及小注所引朱子之语，曰"意"，曰"心"，乃似子张所学者亦圣人之学，而特有歆羡禄位之心[⑧]。使然，则子张亦只是恁地学将去，记者乃悬揣其心而以深文中之，曰其学也以干禄也。夫子亦逆亿而责之，曰汝外修天爵而实要人爵也。云峰语。此酷吏莫须有之机械，岂君子之以处师友之间乎？

《春秋》齐、郑如纪，本欲袭纪，且不书曰"齐、郑袭纪不克"，但因其已著之迹而书曰"如"，使读者于言外得诛意之效[⑨]，而不为苛词以摘发人之阴私。岂子张偶一动念于禄，而即加以"学干禄"之名耶？

干禄之学，随世而改，于后世为征辟、为科举。今不知春秋之时其所以取士者何法，然"敷奏以言，明试以功"，唐、虞已然，于周亦应未改。《王制》大司马造士、进士之法，亦必有所论试矣。士而学此，亦不为大害。故朱子之教人，亦谓不得不随时以就科举，特所为科举文字，当诚于立言，不为曲学阿世而已。夫子之告子张，大意亦如此。盖干禄之学，当亦不外言行。而或摭拾为言[⑩]，敏给为行，以合主者之好，则古今仕学之通病，于是俗学与圣学始同终异。其失在俗学之移人，而不在学之者之心。故夫子亦不斥其心之非，而但告以学之正。"寡尤"、"寡悔"，就言行而示以正学，使端其术而不为俗学所乱，非使定其心而不为利禄动也。

圣人之教，如天覆地载，无所偏倚，故虽云"不志于谷，不易得也"，而终不以辞禄为正。学者之心，不可有欲禄之意，亦不可有贱天职、天禄之念。况如子张者，高明而无实，故终身不仕，而一传之后，流为庄周，安得以偶然涉猎于俗学，诬其心之不洁乎？

一〇

《集注》云："凡云'在其中'者，皆不求而自至之辞"，此语亦未圆在。如云"馁在其中"，岂可云不求馁？天下无求馁者，则固不得云不求馁也。新安泥注而不达，乃云"直在其中，仁在其中，其训皆同"。父子相隐，虽非以求直，而岂可云不求直如不求禄之比，禄自不可求，直其不可求乎？况"博学、笃志、切问、近思"，正求仁之先务哉！藉不求仁，则学、问、志、思以何为？且仁而可以不求自至，是道弘人而非人弘道矣。知彼二者在中无不求之意，则此之不学干禄而禄自至，亦于言外见意，而不藉在中以显不求之义。

在中者，犹言在里许，相为包函之词。有以大包小言者，则此与"直在其中"一例。"寡尤、寡悔"，自君子大亨至正、修己治人之道，于以得禄，亦其中功效之一端。"父为子隐，子为父隐”，自君子尽伦率性、贞常利变之道，而于以言直，亦其中无所矫拂之一德。此以大包小，而小在大中也。有以显含藏者，则“仁在其中”是也。学、志、问、思，功之显，仁，德之藏也。显以显仁，而藏固藏于用。则道问学而即以尊德性，致知而即以存心，即其博者而约不离博，即其著者而微不离著，故曰“仁在其中”。此以显含藏者也。

以显含藏而曰“在其中”，则见其中已深，而更无内之可入。以大包小而曰“在其中”，则见其中已备，而更无外之可求。证父攘羊，索直于人心天理之外者也。干禄之学，求禄于博文约礼之外者也。阙、慎只是以礼约之。人心天理〔之外〕有沽直之行，而此中原自有直，何事蹈证父之恶？博文约礼之外有干禄之学，而此中原自有禄，则亦何事习干禄之俗学哉？

要此以辨学术之邪正，而非以责其心之妄求。妄求之心，因富贵而起。干禄之学，沿流俗而成。子张终身不仕，非屑屑于富贵者。徒以才高意广，欲兼人而尽知天下之学，以俯同流俗，如晚宋叶适、陈亮之所为，初不可以有求禄之心责之。子张既无求禄之心，则夫子亦何必以不求自至歆动之耶？

二一

古帝王治天下之大经大法，统谓之礼，故六官谓之《周礼》。三纲五常，是礼之本原。忠、质、文之异尚，即此三纲五常见诸行事者品节之详略耳。所损所益，即损益此礼也。故本文以“所”字直顶上说。马季长不识礼字，将打作两橛，三纲五常之外，别有忠、质、文。然则三纲五常为虚器而无所事，夏之忠、商之质、周之文，又不在这三纲五常上行其品节而别有施为。只此便是汉儒不知道，大胡乱处。

夫三纲五常者，礼之体也；忠、质、文者，礼之用也。所损益者固在用，而用即体之用，要不可分。况如先赏后罚，则损义之有余，益仁之不足；先罚后赏，则损仁之有余，益义之不足。是五常亦有损益也。商道亲亲，舍孙而立子，则损君臣之义，益父子之恩；周道尊尊，舍子而立孙，则损父子之恩，益君臣之义。是三纲亦有损益也，岂但品物文章之小者哉？至如以正朔三统为损益，则尤其不学无识之大者。

夫三统者：天统以上古甲子岁，春前仲冬月，甲子朔夜半冬至为历元；地统以次古甲辰岁，地化自丑，毕于辰。春前季冬乙丑月，甲辰朔鸡鸣冬至为历元；人统以又次古甲申岁，人生于寅，成于申。孟春丙寅月，甲申朔平旦立春为历元。历元者，日月合璧，五星连珠，七曜复合，一元之始也。由此而步闰、步余、步五星之法生焉。古之治历，有此三法，其间虽有小异，归于大同。特人统寅正，以历元近步法差易而密耳。三代以其受命之数相符合者，循环迭用，而于推步之法[11]，未尝有所损益也。推之者人，而历元实因天体之自然。天其可以损益之也哉？

东阳不知此理，乃谓“改正朔，易服色，以新视听”。使徒欲新视听而已，则秦为无道，实用天正历，而特易建亥为岁首以愚民，视听亦新，而逆天背数。三代之王，岂亦等暴秦之为哉？

又其舛者，谓夏承唐、虞用人统，则尤杜撰。不审《胤征》已有三正之文，尧固以甲辰为历元，用地正，舜绍尧未改，而禹改之也。故曰“行夏之时”，不曰行唐之时。要以历不可听人之损益，而损益者，人治之先后详略也。故经礼、仪礼、治法毕具，而独不及历，历非礼之所摄也，明矣。

---

①二十八宿：亦称“二十八舍”或“二十八星”。我国古代天文学家为了观测天象及日月、五星在天空中的运行，在黄道

带和赤道带的两侧绕天一周，选取了二十八个星宿作为观测时的标志，称为二十八宿。　三垣：我国古代天文学上从《步天歌》开始，将全天分为三垣、二十八宿、三十一个天区，每区以一垣或一宿为主体，并包含其他多少不等的星官。三垣即太微垣、紫微垣和天市垣，它们既是星官名称，也是天区名称。

②北辰：北极星。

③共：通“拱”。环绕。

④感通：旧时以为诚心能与诚心或外物互相感应。

⑤畔：通“叛”。违背。

⑥懿子：有德行的人。

⑦沉潜：深沉隐伏。　笃实：诚笃，忠实。

⑧歆羡：欣羡，羡慕。

⑨诛意：指不问实际行动而单推究其居心蓄意而论定罪状。

⑩摭（zhí，音直）拾：拾取，摘取。

⑪推步：古称推算历法为推步。意为日月转运于天，犹如人的行步，可以推算而知。

八佾篇

一

黄勉斋分为二说以言本，极为别白。所以谓奢（俭）〔易〕皆不中礼者，以“天下之大本”言也。其以俭戚为本者，“初为本、终为末”之谓也。勉斋之以“初为本、终为末”者，为范、杨言之，而非夫子之本旨也。

林放问礼之本，他只见人之为礼，皆无根生出者仪文来，而意礼之必不然，固未尝料量到那大本之中上去。夫子于此，亦难下语在。若说吾性所固有于喜怒哀乐之未发者，原具此天则，则语既迂远。而此天则者，行乎丰俭、戚易之中而无所不在①，自非德之既修而善凝其道者，反藉口以开无忌惮之端矣。故但从夫人所行之礼上较量先后，则始为礼者，于俭行礼，以戚居丧，虽俭而已有仪文，但戚而已有丧纪，本未有奢，而不能极乎其易，然而礼已行焉，是礼之初也。

抑此心也，在古人未有奢、未尽易者既然。而后人既从乎奢、既务为易之后，亦岂遂迷其本哉？苟其用意于礼，而不但以奢、易夸人之耳目，则夫人之情固有其量，与其取之奢与易而情不给也，无宁取之俭与戚而量适盈也。将由俭与戚而因文之相称者以观乎情之正，由此而天则之本不远焉。情之正者，已发之节。天则之本，未发之中。迨其得之，则充乎俭之有余，而不终于俭，极乎戚之所不忍不尽，而易之事又起，则不必守俭而专乎戚，而礼之本固不离也。

盖以人事言之，以初终为本末；以天理言之，以体用为本末。而初因于性之所近，终因乎习之所成。则俭与戚有所不极而尚因于性之不容已，用皆载体而天下之大本亦立。此古道之不离于本也。奢则有意为奢，易则有意为易；俭则无意为俭而见礼之备于俭，有意则为吝而非俭。戚则无意为戚而但戚以尽其哀。有意则非戚。故俭不至于废礼，而戚之非以偷安于不易者。此自性生情，自情生文者也。

故知杨氏“其本俭”、“其本戚”之说，滞而未达也。俭者，见丰而不见俭，由奢故有俭之名。戚者，可戚而亦可易，由有专乎易者而戚始孤行。初者，由有终而谓之初；本者，非由有末而固有本。故俭、戚原不与奢、易为对。使俭、戚而与奢、易为对，则礼有两端，古人仅有本，而今人亦得有末矣。无本则并不得有末。

唯有由体达用、因性生性、因情生文之德，则由乎俭、戚而补自日充。不然，而弃礼以为俭、戚，则又不足名为俭、戚，而但名为无礼。业已有礼矣，由俭流奢，由戚生易，故俭、戚可以云本。若徒奢与易，则既离乎本，而末亦非礼。故奢与吝对，易与苟且对，而不可与俭、戚对。此范、杨所以可谓俭、戚为本。然而终以由奢名俭，由易见戚，则必以礼所行乎俭、戚者为本，而不可径云俭、戚为本。则本自本，俭、戚自俭、戚。林放问本，而夫子姑取初为礼者使有所循以见本，而非直指之词也。

若求其实，则上章所云"人而不仁如礼何"者，乃为径遂。俭与戚近乎仁，而非仁之全体大用；奢与易不可谓仁，而亦非必其不仁。仁也，中也，诚也，礼之本也。勉斋言"天下之本"，得之矣，通范、杨之穷而达圣人之微言者也。小注"乐于丧而非戚"之说，失之远矣。

二

仁孝诚敬之至，可以与于禘之说[②]，则可以治天下，乃自治天下言之。苟其为仁孝诚敬之至者，虽不得天下而治之，而天德王道之经纶化裁，咸备于躬而无所让，随其所得为著而效即著，君民亲友未有不动者。乃自禘言之，虽其为仁孝诚敬之至，苟不得天子之位，即欲减杀典礼以祀其所自出之祖，理不至，则诚必不达而神必不格。于此思之，须更有说在。

"不王不禘"，原不是先王自尊而卑人，安下者界限，所以《易》云"圣人之大宝曰位"。到者上面，天子与圣人敌等[③]。而德之有圣人，位之有天子，则亦初无二理。书曰"亶聪明作元后，元后作民父母"，理一串而事双行也。天子有天子的脉络，圣人有圣人的脉络。仁孝诚敬，圣人之脉络也。"不王不禘"，天子之脉络也。子产"取精用物"之说，可即以寻此处条理。故"不王不禘"，不但法所当然，亦理之必明而诚之可格者也。圣人，合理体诚者也。天子为理之所当尊，而理之所当尊者固有而无妄，则亦诚也。

仁孝诚敬之不至，而不足以禘者，易知。仁孝诚敬之至，而允可以禘者，难知。"不王不禘"之法易知，而王者之禘难知。不然，则仁孝诚敬以格鬼神，因于理气之本合。而"不王不禘"，则徒因于名以立分，分以立法，是人为而非天理，何以见先王之精义入神也哉？

倘但云"远难格而近易孚"，则伯禽之于文王，与杞、宋之于上帝，相去何若！而杞、宋乃得行天子之事守，鲁何以不但不可以禘尝，虽密迩如文王而亦不可乎？此"不王不禘"之说，亦必天理现前，充周流贯，本末精粗，合为一致，而实知《乾》之不息、《坤》之厚德，与天尊地卑、上下以定、方以类聚、物以群分之理，合同无间，然后即此为法，即此为仁孝，即此为理，即此为诚。圣人所以但赞其知之妙，而终不言所以知之。呜呼！诚有难言者。

此章乃《论语》中天德王道绝顶文字，不许小儒下口处。而《集注》云："鲁所当讳"，则犹屈千钧之弩为鼷鼠发机也[④]。

三

范氏说"诚是实，礼是虚"二句，大有理会处。虚却非虚妄之谓。唯礼之虚，所以载诚之实。此一"实"字，与《易》"缊"字、《书》"衷"字一义。实体虚，虚函实也。须著实底，方持得虚底教有。而虚者，所以装裹运动此实者也。

庆源说摄祭之礼为虚，却误。摄祭，权也，非礼也。使可谓之礼，则亦何至"如不祭"耶？

新安云"诚是实心"，语自无病。诚是实心，礼是实理。心为实，理为虚，相因互用。无此心，则亦无此理。摄祭虽权有此理，而心不充之，实者缺，则虚者亦废。故圣人以为"如不祭"

矣。

知此，则知小注“非所当祭而祭，则为无是理矣。若有是诚心，还亦有神否”一问，极为粗率。非所当祭而祭，则无是理矣。无理，则更无诚。无实者尚可容虚者之有其郛郭[⑤]，无虚者则实者必无所丽矣。尽他痴敬、痴畏、痴媚，也总是虚妄，不可谓之诚。或有时召得那鬼神来，亦所谓以妄召妄而已。

理便无妄，气则有妄。生人之妄，缘气而生。鬼神既不纯乎理，而因乎气之屈伸，故亦有妄。以妄召妄，则妄或应，如腐肉之召蝇蚋，亡国之致妖孽一理。君子从其不爽者而言之，亦谓之诚有。而与仁人孝子所以格帝飨亲之诚心，则话分两头，全无干涉矣。

唯礼行而诚不相及，则君子以为深戒。在圣人则又无此患，故唯有故不与之为歉然。知此，则“礼为虚”云者，非不诚之谓，而待诚之词。凡礼皆然，不独指摄祭而言也。

四

若说“入太庙”是助祭，则当“奏假无言”之时而谆谆诘难，更成甚礼！荀子所记孔子观欹器事[⑥]，亦是间时得入。想古宗庙，既无像主，又藏于寝，盖不禁人游观。而诸侯覲、问、冠、昏皆行于庙中，或有执事之职，君未至而先于此待君，故得问也。

“每事问”，即非不知，亦必有所未信。从好古敏求得者，若未手拊而目击之，终只疑其为未然。圣人岂必有异于人哉？寻常人一知便休，则以疑为信，知得来尽是粗疏，如何会因器以见道！夫子则知问者信之由，不问者疑之府。而礼之许人问者，乃使贤者俯就，不肖者企及，以大明此礼于天下也。

若已知已信，而故作谨縟之状，此正朱子所云石庆数马之类，又何足以为圣人？尹和靖“虽知亦问”之说，只要斡旋圣人一个无所不知、无所不谨，而诚伪关头，早已鹘突[⑦]。盖不知不信，原有深浅之分，而圣人之知，则必以信为知。未信而问，问出于诚，圣人之所以忠信好学不可及者，正以此耳。

五

《集注》谓管仲“不知圣贤《大学》之道，故局量褊浅，规模卑狭”，此为探本之论。乃由此而东阳执一死印板为《大学》之序，以归本于“格物致知工夫未到”。其在管仲，既非对证之药，而其于《大学》本末始终之序，久矣其泥而未通也。

《大学》固以格物为始教，而经文具曰“以修身为本”，不曰格物为本。《章句》云“本始所先”，夫岂有二先哉？格物致知，一修身之事也。经云“欲修其身者，先正其心”云云，必先欲之而后有所先，吃紧顶着修身工夫，却是正心、诚意。正心、诚意之于修身，就地下工夫也。致知、格物之于诚正，借资以广益也。只劈头说“欲明明德于天下”，便是“知止为始”。从此虽六言“先”，而内外本末，主辅自分。

今以管氏言之，其遗书具在，其行事亦班然可考。既非如霍光、寇准之不学无术，又非如释氏之不立文字，瞎着去参。而其所以察乎事物以应其用者，亦可谓格矣；其周知乎是非得失，以通志而成务者，亦可谓致矣。如云“招携以礼，怀远以德”，岂为知不及道，但仁不能守之耳。以视小儒之专己保残，以精训诂，不犹贤乎？然而终以成其为小器者，则不以欲修、欲正、欲诚之学为本，而格非所格、致非所致也。

譬之作器者，格物如庀梓漆[8]，致知如精雕镂。器之大者，亦此材也，亦此巧也；器之小者，亦此材也，亦此巧也。规模异而已矣。物不格则材未庀，知不致则巧未工。欲以作大器而大器不成，孔子之所谓“太简”是已。即以作小器而小器亦不成，此则欲为管仲而不能，宋襄公、物不格。王介甫知不致。之流是已。管仲既已得成为器，则其材非不庀，而巧非不精，特其不知止至善以为始，而无“欲明明德于天下”之心，故规模以隘。不以欲诚、欲正之心从事焉，故局量益褊尔。

《大学》之格物，亦与权谋术数之所格者，初无异事。权谋术数之所知，亦未尝与《大学》所致之知，是非得失背道而驰。《楚书》、《秦誓》可见。但在欲修、欲正、欲诚之学者，则即此而见天德、王道之条理。其非欲修、欲正、欲诚者，则徒以资其假仁义、(致知)。致富强之术而已。

以格物为始教者，为异端之虚无寂灭高过于《大学》而无实者言也。彼未尝不有求于心意，而以理不穷、知不致之故，则心之所存，益托于邪，意之所察，益析于妄。此则过在择执之未精，物累心而知荡意也。

以知止为始者，为权谋术数、苟且以就功名者言也。彼未尝不格物以充其用，致知以审夫几，乃以不知明德、新民、至善之功，在存养以正、省察以诚之故，知益流于权谋之巧变，物但供其术数之亿度。此则差在志学之未端，心役物而意诡知也。

今从不得谓管仲之所格者为尽物理之当然，所致者为尽吾心之所能致，乃于格致责用力者，为学问思辨之浅深、勤怠言也。若其或大或小，或正或驳，不于其本求之，而但于知与物责其功效，则且拘葸犹豫，天下之物皆为疑府，而吾心之知，不有诚者以为天则，亦知孰为妄之非所宜致者哉？故曰，诚意者，天德、王道之关也。欲诚其意，而意期无妄；欲正其心，而心矢不邪。则以之格物而物皆有则，以之致知而知一民义，意益实而心益广矣。此《大学》之条目，相为首尾，端不自格物始而以平天下终，特其效之已成，则自物格以向于天下平，为以次而益大耳。

曾西之所以下视管仲者，正在诚意正心之德。故朱子亦曰“生平所学，止此四字”。若以格物、致知之功言之，则圣门诸子，虽如求、路，必不能为管仲之所为，则亦其博识深通之有未逮，又岂东阳所得议其长短哉？

《大学》之道，天德也，王道也。显则为《周官》之法度，微则为《关雎》、《麟趾》之精意者也。徒于格物、致知争学之大小乎？今使朱子以正心、诚意之学，正告管仲，彼虽不能改而从我，而不敢自诬为已得。使东阳以其所谓格物致知者劝勉之，直足供其一笑而已。如《小学》之《弟子职》，亦出《管子》。盖朱子之重言格致者，为陆子静救也。其于陈同父，则必以诚正告之。圣道大全，而正经以防邪慝者自别。此又与药病之说异。举一废百，固矣哉！

六

双峰分始、从、成为三节，东阳奉之以驳上蔡。看来，饶、许自是不审，上蔡未甚失也。

“以成”二字，紧顶上三句，原不另分支节。而上蔡之小疵，在“故曰‘绎如也，以成’”七字，似专以“释如”属成。蔡觉轩亦然。“从之，纯如也、皦如也、绎如也，以成”，十三字本是一句。言既从之后，以此而成乐之一终也。止有两节，不分为三。本文一“以”字是现成语，而“绎如也”连上二句一滚趋下，断不可以“纯”“皦”属“从”，“绎如”属“成”。上蔡语病，正在强分三支，割裂全锦。东阳反以不分三支咎上蔡，其愈误矣。

以乐理言之，元声之发，固非无归，而必不别立之归。故曰“礼主其减”，减者，有变易之节也；“乐主其盈”，盈者，无孤立之余也。“礼减而进”，进非加益，不两端隆而中杀，在变不忘则进也。“乐盈而反”，反非拆合，不中放而两端收，一止无余为反也。若已盈而又减之以反，是气不昌而为乐极之悲矣。故“以成”者，即以此三者为“成”，终其“成”而不易也。

今之鼓琴者，郑声也，是以有泛。今之填词，淫乐也，是以端有引而尾有煞。若夫古之雅乐，与天地四时同其气序，则贞元浑合而非孤余以终，亦非更端以终也。

斗合于人纪，而日合于天纪。一阳之复，在去冬之半，而大寒之末，不足以为岁终。故曰“同归而殊途，一致而百虑”。始于同，从于殊；始于一，成于百。逮其殊途百虑，而不复束之以归，斯与异端“万法归一”之说相为霄壤。而《易》终于《未济》，亦用《泰》三阴三阳之盛而极致其文耳。从者《泰》也，成者《未济》也，岂有二哉？

故中吕之实[9]，六万五千五百三十六，必倍用其全，为十三万一千七十二。而其增也，则又起于未之大吕，而不于中吕。斯“成”与“从”无二致之理，尤自然之不可间矣。“始”可异于“从”而为二节者，盈之渐也；“成”不可离乎“从”而非三节者，盈即反而反于盈也。

唯乐之理通于文艺，故古之工于文者，微有发端，而终无掉尾收合之体。其有此者，则世之所谓“八大家”是已。和不充而气不持，汲汲然断续钩锁，以为首尾，如蚓之断，仅有生气施于颠末，是郑声之变，哀音乱节之征也。乃欲以此例先王之乐，岂不诬哉！

七

《孟子》七篇不言乐，自其不逮处，故大而未化。唯其无得于乐，是以为书亦尔：若上篇以好辩终，下篇以道统终，而一章之末，咸有尾煞。孔子作《春秋》，即不如此。虽绝笔获麟，而但看上面两三条，则全不知此书之将竟。王通窃仿为《元经》，到后面便有晓风残月、酒阑人散之象。故曰“不学《诗》，无以言”。

《诗》与乐相为表里。如《大明》之卒章，才说到“会朝清明”便休；《绵》之卒章，平平序“四有”，都似不曾完著；所以为《雅·关雎》之卒章，两兴两序，更不收束；所以为《南》，皆即从即成，斯以不淫、不伤也。若《谷风》之诗，便须说“不念昔者，伊予来塈”，总束上“黾勉同心”之意；《崧高》、《烝民》，两道作诵之意旨以终之，所以为淫、为变。《雅》与《南》之如彼者，非有意为之，其心顺者言自达也。其心或变或淫，非照顾束裹，则自疑于离散。上推之乐而而亦乐，下推之为文词而亦尔，此理自非韩、苏所知。

---

①戚易：戚：忧愁，悲伤。　易：简率，轻慢。《论语·八佾》：“丧，与其易也，宁戚。”

②禘：古代祭名。大禘之祭。古代帝王立始祖之庙，犹未尽其追远遵先之意，故又推寻始祖所自出之帝而追祀之。

③敌等：相等。

④鼷鼠：鼠类最小的一种。比喻卑小者。

⑤郛郭：外城。

⑥欹器：本作“攲器”。古代的一种巧器。原为灌溉用的一种汲水陶罐，其系绳的罐耳，位于罐腹靠下的部位，空时其罐耳位于重心以上，用绳悬挂时，罐身倾斜，便于汲水；到了半满时，由于重心下降到罐耳以下，罐身自动扶正；当时罐满时，由于重心上升到罐耳以上，很容易倾覆。这种汲水陶罐略加改造，称为“欹器”。

⑦鹘突：即糊涂。

⑧庀（pǐ，音痞）：备具，治理。

⑨吕：我国古代音乐十二律中的阴律，有六种，总称六吕。中吕又作“仲吕”，是十二律中的第六律。

里 仁 篇

一

“做工夫且须利仁”，为此问者，定是不曾做工夫的。如要去“利仁”，则已不利矣。若云见仁之利而不仁之不利，此正是谋利计功之心，五伯之假仁是已①。

“安仁”、“利仁”，总是成德后境界。利字如《易》“利有攸往”之利，一路顺利，无有阻难，原不可作“获利”字说。若说到岸为获利，则上蔡所云“谓之有所得则未可”者，已自破得分明。若云利其有获，显与“先难后获”相反，不得谓之仁矣。

仁固有得于理，亦可有得于效。抑不特效之得不得，不可预期，即理之得不得，亦不可早生歆羡。颜子说“虽欲从之，末由也已”，具此心期，方能勾“不改其乐”。若刻画著理中所必得之功，立地要做仁人，到蹭蹬处②，却大是一场懡㦬，而“不可以久处约，长处乐”，正在此矣。

足知“利”字上用工夫不得。唯知者见得分明，一径做去，自然无不利耳。唯尔，所以云味之无穷，而所守者不易也。工夫自在仁者、知者上一层。如所云“克复”、“敬恕”、“先难后获”，都是安仁的本领。“务民之义”，便是利仁的本领。在此章，则以写仁知之心德，固不曾煞紧说工夫。圣贤文字，亦须参观，不可随句寻头尾也。

二

“不仁者”三字，在夫子口中，说得极严，与孟子所称“不可与言”、“不保四体”等不同。孟子在发用上说，孔子在全体上说，故又曰“君子而不仁者有矣夫”。除下安仁、利仁，便是不仁者。《集注》“失其本心”四字，下得忒重。但不得其本心便不仁，非必失也。

圣人言“久”言“长”，言“约”言“乐”，字字皆有意味。今人说天下只有约、乐两境，又云只有富贵、贫贱两途，总孟浪语。约者，窘迫拘束不得自在之谓。乐者，在君子则须是“中天下而立，定四海之民”，在常人也须有志得意满、纵横皆适之事。以此思之，则非约、非乐之境多矣。若鲍焦、黔娄，则允为贫贱③。如天子、诸侯，则洵为富贵。至于孔、孟之在当时，固不可云富贵，而又岂可谓之贫贱乎？则贫富之外，自有不贫不富。贵贱之外，自有不贵不贱之境也。

想来，不仁者只恁平平地不约不乐，也还不见大败缺在。则他本领上无个主宰，而于所措施尽有安顿发付不得底，故既处约、乐，便露乖张，待其长久，则益不自摄持，逢处皆破绽矣。所以上蔡说“仁者心无内外、远近、精粗之间”，又说“不亡”、“不乱”，俱谓其有恒也。

不可久长者，则所谓“不恒其德，或承之羞”也。“或承之羞”者，非必然之羞，事久情变，羞出于所不自持也。乃夫人之德，唯仁斯恒。若陈仲子者，非不克意以处约，而以妻则食，以井李则匍匐而就，义可袭取而仁不适主尔。

除却圣贤心德，“克己复礼”而“务民之义”，必能乎暂，而不能乎久，能乎不约不乐，而不能乎约乐。圣人于此勘人，极尽事理。不然，则戚戚于贫贱、汲汲于富贵者，与安仁、利仁之心体，天地悬隔，岂足与同类而相形哉？

吴氏说“不仁者不可一日处约、乐。圣人之言待人以厚，故以久长言之尔”。夫圣人之厚，岂吞吐含糊，说一半留一半，为不肖者存余地之谓哉？其曰“乡原，德之贼”，又曰“譬诸小人，其犹穿窬之盗”①，是何等风霜雪霰语！此不仁者原无主名，而何事为之讳耶？

三

“不处”、“不去”，是该括始末语，本文原是大段说。《集注》“审富贵，安贫贱”，亦宽说在，下得“审”字、“安”字极好。审有临几分明之义，如射者镞鹄齐入目之谓审是也。亦有详察之义，如审录之“审”是也。安有安顿之义，如《易》言“安其身”是也。亦有相安之义，如《书》言“安安”是也。自其详察而安顿者，则所谓“取舍之分明”也。自其临几分明而相安者，则所谓“取舍之分益明”也。

“君子去仁”两句，只结上文，无生下意。双峰所言未是。只“不处”、“不去”，便是存仁、去仁一大界限。到得“君子无终食之间违仁”，则他境界自别。赫然天理相为合一，视听言动，出门使民，不但防人欲之见侵，虽人欲不侵，而亦唯恐天理之不现前矣。

人自有人欲不侵而天理不存之时。在为学者，撇除得人欲洁净，而志不定、气不充，理便不恒。境当前，则因事见理；境未当前，天理便不相依住。即在未学者，天理了不相依，而私智俗缘未起之时，亦自有清清楚楚的时候。在此际，教他设法去取富贵，舍贫贱，亦非所乐为。此其可谓之君子乎？可谓之仁乎？

所以一意在富贵贫贱上用工夫，只挣扎得这段境界，便是他极致，而于天理自然之则，全未搭着涯际。盖当天理未存之先，其诱人以去仁者，莫大于富贵、贫贱之两端。而于私欲既遏之后，其无所诱而亦违仁者，不在富贵、贫贱，而在终食之积与造次、颠沛之顷。所以《集注》说“不但富贵贫贱之间而已”。

唯存养之既密，则其于“不处”、“不去”，却是泰山压卵之势，立下粉碎。而所以精夫“不处”、“不去”之义以入神审，顺夫“不处”、“不去”之心以乐天者安，要亦完其“不处”、“不去”之道。事境分明，入目不乱，亦可谓之审。心境泰定，顺物无逆，亦可谓之安。此始学之与极致，可同予以“不处”、“不去”之名，而其所不同者，则言“去”，言“违”，浅深自别也。

“去”者，对存而言。有意存之为不去，有意去之为去。“违”者对依而言，未与相依之谓违，依而无间之谓无违。无违则不但存，而更不可以不去言矣。小注“须是审”、“却要安”之说，只说得上截，与程子“特立者能之”一例。圣人本旨，则大纲说下，不堕一边也。

四

遏欲有两层，都未到存理分上。其一，事境当前，却立着个取舍之分，一力压住，则虽有欲富贵、恶贫贱之心，也按捺不发。其于取舍之分，也是大纲晓得，硬地执认，此释氏所谓“折服现行烦恼”也。其一，则一向欲恶上情染得轻，又向那高明透脱上走，使此心得以恒虚，而于富贵之乐、贫贱之苦未交心目之时，空空洞洞著，则虽富贵有可得之机，贫贱有可去之势，他也总不起念。由他打点得这心体清闲，故能尔尔，则释氏所谓“自性烦恼永断无余”也。

释氏棋力、酒量，只到此处，便为绝顶。由此无所损害于物，而其所谓“七菩提”、“八圣道”等，亦只在这上面做些水墨工夫。圣学则不然。虽以奉当然之理压住欲恶、按捺不发者为未至，却不恃欲恶之情轻，走那高明透脱一路。到底只奉此当然之理以为依，而但由浅向深，由偏向全，由生向熟，由有事之择执向无事之精一上做去。则心纯乎理，而择夫富贵贫贱者，精义入神，应乎富贵贫贱者，敦仁守土。由此大用以显，便是天秩天叙。所以说“一日克己复礼，天下归仁”，非但无损于物而以虚愿往来也。

《集注》说两个“明”字，中间有多少条理在。贫无谄、富无骄之上，有贫乐、富好礼。德业经纶，都从此“明”字生出。

五

《集注》将终食、造次、颠沛，作一气三平说，玩本文两云“必于是”，语气既紧，而“必”字亦有力在，足知《集注》之精。真西山分三段，却错。西山似将末两句作效说，又将终食说得易，造次、颠沛说得难。不知此之难易，原以人资禀之所近而分，非有画然一定之差等也。

以浅言之，如陶靖节一流，要他大段不昧此心却易，到造次、颠沛时，未免弱在。若张睢阳、段太尉，尽在造次、颠沛上生色，以无终食之间违仁之功期之，不特未尝从事于此，且恐其虽欲从之而力亦不给也。

所以君子不但恃其资之所近，而动静交养，常变一心，既以志帅气而持之于恒，亦以气配义而贞之于险。只此方是依仁之全功。不可谓终食无违为“可勉而至”，造次颠沛必“存养之熟而后不失”也。故谓此章分两节则可，分三段则不可。

所以分二节而可者，终食之间，未有可欲、可恶之事接于心，故必静存天理以于仁无违，非但动遏人欲以不去夫仁。若造次、颠沛，苟非至不仁之人，若项煜、冯铨之类，亦无暇有所欲、有所恶矣。即此以见欲恶不至之境，除天理现前、充周应用者，遏欲之功，全无可恃。何也？以此境之无欲可遏也。

六

在入手工夫，只富贵贫贱有依据，分得者取舍之限界明白。若说造次、颠沛该是怎生，却说不得。到造次、颠沛时，只此心此理是一致，事迹上全无粉本，故但恃功之密而不恃分之明。殷之三仁，“自靖，人自献于先王”，随所取舍，无不可也。若先说该是怎生，如非道之富贵不可处，非道之贫贱不可去者。然则赵孟頫之仕元，一微子也；刘休炳之同豕食，一箕子也；泄冶之死，一比干也。

大抵在欲恶持权之地，远去仁之害，则界限自有其常。如药之治病，可以配合分两。在欲恶不至之境，生死得失之地，求仁以得仁，则此理之周流六虚者⑤，原不可为典要⑥。如食之养生，不可额设一餐必吃多少，属饱而已矣。到不违仁而于仁无违地位，其以处夫富贵贫贱者，中间有多少精义入神之用在。所以夫子只迤逦说下⑦，更不回互⑧。而《集注》所云“取舍之分益明”，虽为回互语，乃其云“益明”者，非但向之不以欲恶去仁已也。

七

“一日用力于仁”，较前所云“好仁、恶不仁者”，只拣下能好恶者一段入手工夫说，原不可在资禀上分利、勉⑨。朱子云：“用力，说气较多，志亦在上面”，此语虽重说气。又云：“志之所至，气必至焉；志立，自是奋发敢为”，则抑以气听于志，而志固为主也。“气”字是代本文“力”字，“志”字乃补帖出“用力”“用”字底本领。其曰“志，气之帅也”，则显然气为志用矣。

用力于仁，既志用气，则人各有力，何故不能用之于仁？可见只是不志于仁。不志于仁，便有力也不用，便用力也不在仁上用。有目力而以察恶色，有耳力而以审恶声，有可习劳茹苦之力，却如懒妇鱼油灯，只照博弈，不照机杼[10]。夫子从这处所看破不好仁、不恶不仁者之明效，所以道“我未见力不足者”。

如苏秦刺股悬梁，慧可立雪断臂，以此用之于仁，何难之不可为？下至无赖子弟，投琼赌采，连宵彻曙，及至父母病，教他坐侍一夜，瞌睡便驱不去。又如归安茅元征割股以疗其妾，怎生他父母疾时，却不能？即此可知尽不肖者，皆有做忠臣、孝子底力在，而其所以于彼偏用，于此偏不用者，则唯志也。其志之偏，志于彼而不志于此者，则唯其所好所恶者异也。

显然，须是好仁、恶不仁，方能勾用力于仁。如人不好酒，则志不在酒；志不在酒，则气不胜酒，安能拚着一日之醉以浮白痛饮耶？故夫子提出病根在好、恶上，劄着古今人不能用力于仁的血髓[11]。曰“我未见力不足者”，非力不足，则其过岂非好恶之不诚哉？

好、恶还是始事，用力才是实着。唯好仁、恶不仁，而后能用力。非好仁、恶不仁，虽欲用力，而恒见力之不足。是非好仁、恶不仁之为安行，而高过于用力者之勉行，可知矣。

若说好仁、恶不仁，已成之境，用力乃求成之功，则必将谓用力以好仁，用力以恶不仁，此又大属不审。且试体验看，好恶如何用得力？好之诚如好好色，恶之诚如恶恶臭。天下有好好色、恶恶臭而须用力者乎？抑人之或不好好色、恶恶臭者，其能用力以好、恶乎？

朱子但缘本文“无以尚之”二段，说得郑重，故以前一节为成德，后一节为勉强。不知夫子之须郑重以言好、恶者，缘上文蓦地说“我未见好仁者、恶不仁者”，恰似悬空遥断。而好、恶隐于人心，人固可曰何以知我之不能好、恶也，故说两个榜样与他看。好、恶隐，而“无以尚之”、“不使加身”，显也。由其不能“无以尚之”，知其非好。由其不能“不使加身”，知其非恶。使有能好仁、恶不仁者，则必有“无以尚之”、“不使加身”者，现其诚中形外之符。而既“无以尚之”，则必壹志以求仁。“不使加身”，则必正志以去不仁。由此亘亘绵绵，笃实精灵，一力到底，以从事于仁，何忧力之不足哉？

乃即一日之用力，虽暂而未久，生而未熟，然亦必其一日之中，好之诚而“无以尚之”，恶之诚而“不使加身”，情专志壹，气亦至焉。而后耳目口体，一听令于心之所之，有力而不惮用，用而不诡其施也。

前一节是大纲说，兼生熟、久暂在内。后言一日，则摘下功未久而习未熟者为言。实则因好恶而后用力，终身、一日，自然、勉强，其致一也。

至云“我未见力不足者”，则但以征好、恶诚而力必逮，初不云我未见一日用力于仁者。其云“盖有之而我未见”，虽宽一步说，要为圣人修辞立诚，不诡于理一分殊之节目。不似释氏所云“一切众生者有佛性”之诬，谓人之性情已正，而气力不堪，在大造无心赋予中，莫须有此。而终曰“我未之见”，则以气力之得于天者略同，而性情之为物欲所蔽者顿异。性情言好恶。盖志灵而动，亲听于情，故受蔽。气动而不灵，壹听于志，而与情疏远，故不受蔽。其志不蔽而气受蔽者，于理可或有，以气贱于志故。而于事则无也。

“我未见力不足者”以下三句文字，如水行地，曲折皆顺。乃《集注》阻其顺下之势，强为分折，将两个“未见”作一例解。不知夫子要见者用力而力不足的人何用？若果有之，固圣人之所深为矜闵，如瞽之废视，凶服者之废礼然[12]。曾愿见之，而以未见为叹哉？

八

双峰以下诸儒，将礼让对争夺说，朱子原不如此。只此是微言绝而大义隐。朱子之遗意，至宋末而荡然，良可悼已！

本文云“如礼何”，言其有事于礼而终不得当也。乃云上下之分不得截然，不夺不餍。若到(怎)〔恁〕(即)〔郎〕当地，还有甚么礼？岂但不能“如礼何”，而礼亦直无如此人、此世界何矣？

让固有对争而言者，然字义之有对待者，其例不一。如圣对狂，是尽着两头对也。圣亦可对贤，则不能圣而但至于贤，以相近而相形也。今曰“不能以礼让为国”，则亦就能以礼让者形而见之，如贤不能圣之比也，而岂遂至于争乎？

“不能以礼让为国”者，自世主庸臣之恒。如云以争为国，则古今之凶顽贪鄙者，亦但争而已矣，无有以之为国者也。齐桓公杀其弟以争国，初不立一杀弟夺财之令以施之民。季氏四分公室而逐君，却不许南蒯子仲之叛。则世之无以争为国者，审矣。

不能让，不可谓之争；而但不争，亦不可谓之让。抑以临财让多取、步趋让先行之谓让，则此之为让，特礼之末节耳。并此不能，亦无礼之甚，而抑不可云“如礼何”也。黄氏让畔、让路之说，但趁着“让”字类填古语，自不曾晓得让畔、让路是何等境界。让畔、让路，乃是“为国乎何有”极至处的圣功神化，岂为人君者修为政而立为教，以之为国而使人遵者乎？使然，且见道周田畔，彼责此之不先让，而此责彼之不速让，亦交争告讦而不可止矣。

此章乃圣人本天治人，因心作极，天德王道底本领。如何抹下，将争不争说，又在仪文上计较推逊！故《集注》曰“让者礼之实也”。

朱子又云“若以好争之心，而徒欲行礼文之末以动人，如何感化得他！”又云“先王之为礼让，正要朴实头用”。看来，所谓“朴实头”者，正与《巧笑》章注中“忠信”字一脉相通。《曲礼》曰“君子恭敬、撙节、退让以明礼”，只是反求之心德，必忠而已无不尽，信而已无不实，则在人恒见其有余，而在己恒见其不足。故于物无敢慢，于事无敢侈，于仪文无敢过情，自然见得者“礼仪三百、威仪三千”。皆天理固然之则，以自治而治人者，尽着自家志气，精神收敛，逊顺做去，亏欠他一点不得。如此，方能与礼相应，而经之纬之以治国者，有余裕矣。此所谓“有《关雎》、《麟趾》之精意，而后《周官》之法度可行”也。

《关雎》不得之思，既得之乐，都是从爱敬之心上发出来，以尊亲夫淑女而无所侈肆。《麟趾》之不践、不触、不抵，一倍自然的忠厚，以无犯于物，此就二诗一分礼让底精意而说。夫是之谓让。岂但上下截然，不夺不攘之谓哉？汤之“圣敬日跻”，文之“小心翼翼”，皆此谓也。其非训诂之儒所得与知，宜矣。

九

上下不争，以浅言之，亦不是让。天子有天下，诸侯有国，大夫有家，相安而不争夺，岂诸侯让天下于天子，大夫以国让诸侯，士庶人以家让大夫乎？故以浅言之，亦曰推己所有以与人者，让也。双峰不思，乃至于此。

缘其意，但为春秋时执政争权，疑夫子刺之。乃不知圣人见地，“上下与天地同流”，“百世以俟圣人而不惑”。若随处随说，只办一口气，与赵鞅、陈恒、季斯、叔州仇几个没行检的厮哄，何以为孔子？此类以孔子相鲁事征之，自见。

一〇

朱子虽云"忠是一，恕是贯"，却必不可云忠以恕之。看来"尽己之谓忠，推己之谓恕"，两"己"字微有分别。至圣人地位，乃无分别。若无分别，则推而不尽，不可谓推，尽而不推，何以言尽，亦不须言忠复言恕矣。

忠亦在应事接物上见。无所应接时，不特忠之用不着，而忠之体亦隐。即如说"维天之命，于穆不已"是忠，也须在命上方有已不已。命者，天之命物也，即与物以为性命者也。然则言忠是体，恕是用者，初不可截然分作两段，以居于己者为体，被于物者为用矣。

尽与推都是由己及物之事，则两字更不得分晓。故知合尽己言之，则所谓己者，性也、理也。合推己言之，则所谓己者，情也、欲也。如尧授天下于舜，所性之理，大公无私，而顺受得宜者，既尽乎己性之德，乃舜之德必为天子而后尽其用，舜之情也；天下臣民必得舜为天子而后安，天下之情也。舜欲兼善天下之情，亦尧所有之情；天下欲得圣人以为君之情，亦尧所有之情。推此情以给天下之欲，则所谓推己者，又于情欲见之也。

唯其如是，所以说忠恕是学者事。何也？未至于圣人之域，则不能从心所欲而皆天理，于是乎絜之于理而性尽焉，抑将絜之于情而欲推焉。两者交勘，得其合一，而推所无滞者亦尽所无歉，斯以行乎万事万物而无不可贯也。

若圣人，则欲即理也，情一性也。所以不须求之忠而又求之恕，以于分而得合，但所自尽其己，而在己之情、天下之欲无不通志而成务。故曰"惟天下至诚，为能尽其性；能尽其性，则能尽人物之性"。不须复如大贤以降，其所尽之己，须壁立一面，撇开人欲以为天理。于其所推，则以欲观欲而后志可通矣。

才尽乎己，恕道亦存；而但言忠，则疑夫己之所尽者，必理之当尽，而未彻于天下之情。所以于圣人物我咸宜处，单说是忠不得，而必曰诚、曰仁、曰尽性。诚然，诚于理，亦诚于欲也。仁者，心之德，情之性也；爱之理，性之情也。性者，情之所自生也。

又推而上之，以言乎天，则忠恕直安不上。何也？天无己也，天亦无性也。性，在形中者，而天无形也。即此时行物生者，斯为天道不息，而非有生死之间断，则大公而无彼此之区宇也，是无己也。故但有命而非有性，命则无适，丁历切。而性有疆矣。

但其无息而不穷于施，有其理则毕出以生成者，即此为在人所尽之己，而己之无不尽。其于物之性情，可以养其欲给其求，向于善远于恶，无不各得，而无一物之或强，即此为在人所推之己，而己之无不推。所以不可以忠恕言圣言天，而亦可于圣人与天见忠恕也。

曾子见夫子所以贯之者，欲合乎理，性通于情，执大中而于理皆实，随万化而于情皆顺。到此说诚，说尽性，则又成孤另。而似乎以其诚、以其性人物之虚以举其实，则且暗与后世"散钱索子"鄙倍之说相似。故于其流行上以忠恕为言，然后圣道之扑满充周、理无不得、情无不通者，浃洽言之而无所碍[13]。

要以忠恕之贯于天下而物受之者饱满于其性情，则虽天道、圣人，亦可以忠恕言之。而方其尽己，推己，两俱不废，以求万事之理、万物之情，则唯学者为然，而圣人不尔。

乃圣人不可以恕言，而非不可以忠言。故朱子谓"下不得一个'推'字"，亦以见圣人有必尽之己，而无己之可推。圣人才尽性，即尽情，即尽乎欲。要尽乎理欲，有分界可以言推，理本大同，不可以推言也。

然竟舍恕言忠，则又疑于一尽于理，而不达于情。故至诚无息者，即万物各得之所。万物各得之所，即圣人自得之所。理唯公，故不待推。欲到大公处，亦不待推。而所与给万物之欲者，仍圣人所固有之情。则曾子以忠恕言夫子之道，非浅于拟圣。而宋儒以忠恕专属学者，正以明夫人作圣之阶，理亦未尝不合符也。而以此思“一以贯之”之旨，亦约略可识矣。

一一

圣人有欲，其欲即天之理。天无欲，其理即人之欲。学者有理有欲，理尽则合人之欲，欲推即合天之理。于此可见：人欲之各得，即天理之大同；天理之大同，无人欲之或异。治民有道，此道也；获上有道，此道也；信友有道，此道也；顺亲有道，此道也；诚身有道，此道也。故曰“吾道一以贯之”也。

如此下语，则诸说同异可合，而较程子“有心、无心”之说为明切，可以有功于程子。愚此解，朴实有味。解此章者，但从此求之，则不堕俗儒，不入异端矣。

一二

于天理达人欲，更无转折；于人欲见天理，须有安排。只此为仁、恕之别。

一三

只理便谓之天，只欲便谓之人。饥则食，寒则衣，天也。食各有所甘，衣亦各有所好，人也。但以“食不厌精”、“不以绀緅饰”两章观之，则以此而裁成万物，辅相天地，忠动以天，恕亦动以天矣。

一四

勉斋说“忠近未发”，体程子“大本、达道”之说，甚精。这所尽之己，虽在事物应接处现前应用，却于物感未交时，也分明在。和非未发时所有，中则直到已发后依旧在中，不随所发而散。故存养无间于动静，省察必待于动时。但言忠，固将有恕；但言恕，或离于忠。故曰“忠近未发”。须玩一“近”字。

动则欲见，圣人之所不能无也。只未发之理，诚实满足，包括下者动中之情在内，不别于动上省其情，斯言忠而恕已具矣。若于喜、怒、哀、乐之发，情欲见端处，却寻上去，则欲外有理，理外有欲，必须尽己、推己并行合用矣。

倘以尽己之理压伏其欲，则于天下多有所不通。若只推其所欲，不尽乎理，则人己利害，势相扞格[15]，而有不能推。一力推去，又做成一个墨子兼爱，及忘身徇物之仁矣。

曾子见得圣人动静一致、天人一理处，故虽无所于推，而求之于尽己而无不尽者，即以求之于推己而无不推，确然道个“忠恕而已矣”，更无不彻处。

一五

天无可推，则可云“不待推”。天虽无心于尽，及看到“鼓之以雷霆、润之以风雨”、絪缊化醇、雷雨满盈处[16]，已自尽着在，但无己而已。只此是命，只此是天，只此是理，只此是象数，只此是化育亭毒之天[17]。此理落在人上，故为诚，为仁，为忠恕，而一以贯之，道无不立、无不行矣。

朱子引《诗》“于穆不已”、《易》“乾道变化”为言，显然是体用合一之旨。若云“天不待尽”，则别有一清虚自然无为之天。而必尽必推之忠恕，即贯此天道不得矣。

非别有一天，则“一以贯之”。如别有清虚无为之天，则必别有清虚无为之道，以虚贯实，是“以一贯之”，非“一以贯之”也。此是圣学、异端一大界限，故言道者必慎言天。

一六

《诗》说“于穆不已”，是赞天命无间断。朱子断章引来，却是说天命不间断，《中庸》意亦如此。尽著者太极絪缊，阴阳变合，以命万物而无所已也。知此，则“不待尽”之说，未免犯道家“天地不仁”疆界。言天差，则言道皆差也。

《中庸》说“无为而成”，以其不因名法、智力而就功耳。经纶、立本、知化，见而敬、言而信、行而说，何尝不是全副本领，尽着用去？以此配天，天可知矣。

一七

潜室看来不用朱子“忠是一、恕是贯”之说，解自分明。其言“生熟”亦好。熟非不待推，只所推者无别已耳。朱子拆下一“恕”字，分学者、圣人。曾子合言“忠恕”，则下学而上达矣。一事作两件下工夫，唯其生也。合下做一件做，唯其熟也。下学上达，天人合一，熟而已矣。

一八

潜室倒述《易》语，错谬之甚也。《易》云“同归殊途，一致百虑”，是“一以贯之”。若云“殊途同归，百虑一致”，则是“贯之以一”也。释氏“万法归一”之说，正从此出。

此中分别，一线千里。“同归殊狞，一致百虑”者，若将一粒粟种下，生出无数粟来，既天理之自然，亦圣人成能之事也。其云“殊途同归，百虑一致”，则是将太仓之粟，倒并作一粒，天地之间，既无此理，亦无此事。

而释氏所以云尔者，他只要消灭得这世界到那一无所有的田地，但留此石火电光、依稀若有者，谓之曰一。已而并此一而欲除之，则又曰“一归何处”，所以有蕉心之喻，芭蕉直是无心也。

若夫尽己者，己之尽也；推己者，己之推也。己者“同归”“一致”，尽以推者“殊途”“百虑”也。若倒着易文说，则收摄天下固有之道而反之，硬执一己以为归宿，岂非“三界唯心，万法唯识”之唾余哉？比见俗儒倒用此二语甚多，不意潜室已为之作俑！

一九

小注中有问“‘几谏’是见微而谏否”者，说甚有理。以字义言，“几”虽训“微”，而“微”字之义，有弱也、细也、缓也、隐也四意。“几”之为“微”，则但取细微之一义，而无当于弱、缓与隐。微可谓之隐，几固不可谓之隐也。《檀弓》所云“有隐无犯”，隐原不对犯而言。观下云

"事师无犯无隐"，倘以直词为犯，微言为隐，则无隐何以复得无犯，无犯何以复得无隐？然则所谓隐者，但不昌言于众之谓耳。

父子之际，恃谈言微中以解纷，此谚所谓"逢人且说三分话"者，中间留一抽身法，而真爱早已灭裂矣。且微词之所动，必慧了人而后能喻。使其父母而或朴钝也，兼母言之，尤必妇人所得喻。将如以棘刺切骨之疽，其不相及远矣。岂事父母之通义乎？

《内则》云"下气、怡声、柔色"，彼亦但言辞气之和，而非谓言句之隐。气虽下，色虽柔，声虽怡，而辞抑不得不尽。假令父母欲杀人，而姑云"此人似不当杀，请舍之，以体好生之德"，岂非"越人关弓，谈笑而道"之比哉？

以此知"几谏"者，非微言不尽之谓，而"见微先谏"之说为允当也。到郎当地位[18]，自非危言苦色不能止燎原之火。而在几微初见之际，无一发难收之势，可无用其垂涕之怨，则唯"几谏"为体，而后"下气、怡声、柔色"得以为用，二者相因，而益以知"见微先谏"之妙也。

"见志不从"一"志"字，明是过之未成。不从则渐成矣，故以"又敬不违"之道继之。若其必不从而至于"劳"，则亦必己之直词尽言有以婴父母之怒。若微言不尽，约略含吐，则虽甚暴之父母，亦何至有挞之流血之事？既云微言不尽，又云得罪于父母，一章之中，前后自相矛盾矣。

凡此，皆可以知"见微而谏"之说为优。盖人子于亲，不忍陷之于恶，关心至处，时刻警省，遇有萌芽，早知差错，恰与自家慎独工夫一样细密。而家庭之间，父母虽善盖覆，亦自无微不著，与臣之事君，势位阔殊，必待显著而后可言者自别。故臣以几谏，则事涉影响，其君必以为谤己，而父母则不能。且君臣主义，故人臣以君之改过为荣。而亲之于己，直为一体，必待其有过之可改，则孝子之心，直若己之有恶，为人攻发，虽可补救于后，而已惭恧于先矣[19]。

朱子之答问者曰："人做事，亦自有蓦地做出来，那里去讨几微处？"此正不足以破见微之说。蓦地做来的，自是处事接物之际，轻许轻信、轻受轻辞之类。此是合商量的事体，（即）〔既〕有商量，不名为谏。所必谏者，必其声色货利之溺，与夫争斗仇讼之事也。此其眈之必有素，而酿之必有因。天下岂有蓦地撞着一个女子，便搂之入室；忽然一念想及非分之财，蓦地便有横财凑手之理？则为之于一时，而计之已夙，他人不知其几，而子固已知之矣。

至于一朝之忿，或发于无根。乃以恶本无根，则发之速而成之亦速。迨其已成，则已为既往之不咎，而无所于谏。若云列其前愆，以防其贰过，则于前过为著，而于后过为几。足知凡当谏者，必其有几，而蓦地之失不与焉。蓦地之失，在事而不在志，安得有志之不从，以待"又敬"之再谏乎？以本文推之，大义炳然。惜乎问者之不能引伸以相长于斆学也。

二〇

子之谏亲，只为不忍陷亲于恶，胡须权以审乎轻重。《内则》云"与其"、云"宁"者，正人子处变之时，千回百折，熟思审处来的。以此，益知朱子所云"蓦地做出来"的，不正谏例。"蓦地做出来"的，其恶必浅，较之怙过复谏，而挞子流血以贼父子之恩，则彼轻而此重矣。

即至忽然一棒打死一人，虽于常情见其大，然亦只是过误杀人，不陷重辟，乡党州闾亦且怜之，不得云"得罪于乡党"。故孟子亦唯立一窃负而逃之法，以恶出无心，不可责善以贼恩，而业已杀人，谏亦无益也。

假使因酗酒而误杀，则固有可谏之几在。其平日痛饮无节，使酒妄怒时，正好预陈酒中或有误杀之害，却于彼时则须垂涕泣以尽其辞。"不怨"云者，不以己之被挞痛楚为怨也。不怨而后谏之再三不已，怨则不复谏矣。若亲方将陷于恶，己乃欢容笑口，缓颊而谈，则岂复有人之心哉？

二一

西山推“几谏”之义，而及于天子、诸侯之子，此未尝审之于义也。天子、诸侯之子，却无谏诤之礼。所以《内则》但云“得罪于乡党州闾”，非文有所遗，待西山之补疏也。

天子、诸侯之有过，自公卿以至于矇瞍、工舆，不患谏者之无人矣。所以世子自问安视膳之外，皆非其职。朝廷之政，既非其所与闻；宫壶之间有所失德，则正为嫌隙窥伺之府。夫以救过以全恩之不暇，而敢以空言激成实衅，以贼父子之仁哉？即其万不得已而有所言，必其关于君身之安危，亦以情而不以理。若如西山所云“得罪于天下”者，固非青宫之所得与闻也[20]。

盖天子、诸侯之子，于其父有子道，抑有臣道。当世及之天下，则又有先后相承、时位相逼之道。既不患谏诤之无人，是可藉手以全恩矣，何事效草野之倨侮，以犯危疑耶？

汉明帝“河南、南阳不可问”之对，亦偶尔与闻，微言以释上怒耳，初非谏也。然且以成君父易储之过，疑于炫才以夺嫡，不得与叔齐同其仁矣。若懿文太子之怀疑以致夭折，非不遇明主慈父，且以召过伤恩，酿再世之祸，况其下此者乎？故曰“为人臣子而不知春秋，守经事而不知宜，遭变事而不知权”。权者，轻重之所取定也。

夫曰“谏”而必曰“不从”，曰“劳”。则谏之至于不从而且劳者，固其恒也。特在士庶之家，则父母有顺之志，所发露而见端者，止此兄弟仆妾之侍[21]，无相乘以取厚利之事。其在天子、诸侯，则属垣之耳，倾危伏焉。志一见端，将李泌所谓“就舒王而献首谋”者，于此起矣，况“不从”之，且至于“劳”也？

士庶之子，挞而已矣，挞而流血而已矣。夫人即以非道挞其子，即至于流血，而要非其过之大者。以权之于“得罪于乡党州闾”，其为善恶、利害，皆彼轻而此重。若天子、诸侯之于子，而岂徒尔哉？小者为宜臼，而大者为申生。要亦一怒也，亦一挞也。以恶言之，则戕国本以危宗庙。虽有他恶，曾莫得与比重。以害言之，则小者为晋之乱，而大者为西周之亡。亦害之莫有重焉者也。故士庶之子，以不谏而陷亲于不义。天子、诸侯之子，正恐以谏而陷亲于大恶。故曰“处变事而知权”，言其（其）轻重之审也。《内则》之云“与其”、云“宁”者，亦审乎轻重之词也。

士庶之子，蒙挞流血而道在不怨，则以挞子流血，亲之过小者也。天子、诸侯之子，蒙怒见废，则亲之过大矣。亲之过大而不怨，是为不孝，孟子于《小弁》言之详矣。不审其始，冒昧以谏，卒逢亲怒，祸首宫庭，怨耶？不怨耶？其又何以自靖耶？

圣人酌权以立万世之经，故不为天子、诸侯立以子谏父之礼。盖亲而贤也，则端人正士自尽其谠言[22]，而无待于子。若其不贤也，则可使有诛逐谏臣之事，而不可使摇国本以召天下之兵端。嫌疑之际，微子且不能效诸不肖之弟，而况子之于亲乎？西山不知《春秋》之义，以士庶例天子、诸侯，将使仁而陷于愚，义而流于讦，启不善读书者无穷之害。故君子之立言，不可不慎也。

二二

双峰云“圣人言常不言变”，看得圣人言语忒煞小了。流俗谓“儒者当真之高阁，以待太平"，皆此等启之也。

圣人一语，如天覆地载，那有渗漏？只他就一事而言，则条派原分。子曰"不远游"，但以言游耳，非概不远行之谓。游者，游学、游宦也。仕与学虽是大事，却尽可从容着，故有间游之意。若业已仕而君命临之，如苏武之母虽存，匈奴之行，十九年也辞不得。盖武之行原非游比也。游固常也，即衔君命而远使，亦常也，何变之可言而圣人不言哉？至于避仇避难，则与父母俱行，若商贾之走四方。所谓"礼不下于庶人"，非所论也。"父母在，不远游"，一言而定为子者之经，何有变之未尽？

二三

冯氏以"讲说"释"言"字，可补《集注》之疏。有讲说则必有流传，故从千百年后，而知其"言之不出"。若日用之间有所酬答，措施之际有所晓譬，则古人言之烦简，夫子亦何从而知之？

孟子说"见知"、"闻知"，皆传道之古人也。太公望、散宜生既无传书，伊尹、莱朱所作训诰，亦皆因事而作，不似老、庄、管、吕，特地做出一篇文字。叔孙豹曰"其次有立言"，至春秋时习尚已然，而古人不尔。"耻躬之不逮"者，不逮其所撰述之理，非不践其所告语之事，本文自明。朱子云"空言无实"，"空言"字从夫子"我欲托之空言"来，明是说著述。范氏"出诸口"一"口"字，便有病。

此章与孟子"人之患在好为人师"一理，却与"仁者，其言也讱"不同[23]。辞之多寡静躁，系于存心。著述之有无，则好名、务实之异。古人非必存心之皆醇，特其务实之异于后世耳。

二四

行道而有得于心之谓"德"，唯行道之所得者为"不孤"。若只依附著道，袭取而无所得，则直是浮游于伦物之际，自家先不关切，而聚散无恒，物亦莫之应矣。

"德"在心，"不孤"在物。到此痛痒相关之处，名言将穷。所以陈新安著个"天理自然之合"六字，大概说来，微妙亲切。伯夷便必有叔齐，太伯便必有仲雍。乃到萧、曹，丙、魏，自尔相成。若谢灵运，尽他说"忠义感君子"，毕竟无助之者。

此与"尧、舜帅天下以仁而民从之，桀、纣帅天下以暴而民从之，其所令反其所好而民不从"，意旨正同。故朱子以小人之德反证，以验其理之同，则亦《大学》桀、纣帅暴民从之义尔。读小注当分别活看，大率类然。

二五

"德不孤"是从原头说起，朱子所谓以理言是也。唯有其理，斯有其事。不然，则古今俱为疑府，如何孔子之门便有许多英材？事既良然，而所以然者不易知也，则唯德之不孤也。

至于德之所以不孤，则除是孔子见得亲切，说得如此斩截。不但有上观千古、下观万年识量，而痛痒关心之际，直自血脉分明。邻者，"如居之有邻"，偶然相遭而遂合，非有心招致之也。其为德先于天则志动气，其为德后于天则气动志，特不可为无德者道耳。所以《集注》云"故有德者必有其类"。于"德不孤"之下添个"有德者"，《集注》之补帖精密如此类者，自不可粗心看过，方信得有德者必有邻之上，有德本不孤的道理。

《易》云“同声相应，同气相求”，人也。又云“水流湿，火就燥”，天也。水无心而赴湿，湿亦无心而致水；火无心而趋燥，燥亦无心而延火。到此处，说感应已差一层，故曰“天理自然之合”。乃近海之区，一勺之水，亦自达于海；枯暵之侯，一星之火而焚林。与夫黄河经万里坚燥之壤以赴海。通都大邑，火发既烈，则湿薪生刍，亦不转盼而灰飞。前者气动志，而后者志动气，其归一也。

盖德之深浅，与时之难易，亦天理自然之消息，而伯夷能得之叔齐，季札不能得之阖庐㉔，不足疑也。要其为“德不孤”之理，圣人则已洞见之矣。

《论语》中，唯言及德处为不易知。“为政以德”，则“譬如北辰，居其所而众星共之”，此又蓦地说个“德不孤”，皆夫子搬出家藏的珍宝，大段说与人知。知者知其所以然，不知者可以知其必然而已。呜呼，难言之矣！

---

①五伯：春秋五霸。指齐桓公、晋文公、楚庄王、吴王阖闾、越王勾践。一说是齐桓公、宋襄公、晋文公、秦穆公、楚庄王。

②蹭蹬：失势难进的样子。比喻失意、潦倒。

③鲍焦：制革炼焦的人。　黔娄：战国时齐国隐士。齐、鲁国君请他出来做官，他总不肯。家甚贫，死时衾不蔽体。

④穿窬（yú，音鱼）：窬通“逾”。指盗窃的行为。

⑤六虚：指上下四方。

⑥典要：经常不变的法则，准则。

⑦迤逦：亦作“迤逦”。曲折连绵，亦指一路曲折行走。

⑧回互：曲折隐讳。

⑨资禀：资质禀赋。

⑩机杼：织布机。

⑪劄：“札”的异体字。

⑫凶服：孝衣，丧服。

⑬浃洽（xiá，音霞）：深入沾润。后来一般用为融洽、和洽的意思。

⑭绀（gàn，音干）：天青色，一种深青带红的颜色。　緅（zōu，音邹）：一种黑中带红的颜色，俗称红青色。

⑮扞（hàn，音汗）格：互相抵触，格格不入。

⑯絪缊：中国哲学术语。同“氤氲”。万物由相互作用而变化生长之意。《易·系辞下》：“天地絪缊，万物化醇。”

⑰亭毒：化育，养成。《老子》：“长之育之，亭之毒之”。

⑱郎当：甘居下流，不成器。

⑲惭恧（nǜ，音妞）：惭愧。

⑳青宫：按古制，天子诸侯太子居东宫。《易·说卦》：“震为长男，为东方”。东方属木，于色为青，故《初学记》谓皇太子居青宫。因即指太子。

㉑俦（chóu，音仇）：同辈，伴侣。

㉒谠（dǎng，音党）言：正直的言论。

㉓讱（rèn，音认）：出言难貌。

㉔阖庐：住屋。

公冶长篇

一

除孔子是上下千万年语，自孟子以下，则莫不因时以立言。程子曰“曾点、漆雕开已见大意”。自程子从儒学、治道晦蒙否塞后作此一语，后人不可苦向上面讨滋味，致堕疑网。盖自秦以后，所谓儒学者，止于记诵词章。所谓治道者，不过权谋术数。而身心之学，反以付之释、老。故程子于此说，吾道中原有此不从事迹上立功名，文字上讨血脉，端居无为而可以立万事万物之本者。为天德、王道大意之存，而二子为能见之也。

及乎朱子之时，则虽有浙学，而高明者已羞为之，以奔骛于鹅湖，则须直显漆雕开之本旨，以闲程子之言，使不为淫辞之所托，故实指之曰，“‘斯’指此理而言”。恐其不然，则将有以“斯”为此心者，抑将有以“斯”为眼前境物、翠竹黄花、灯笼露柱者。以故，朱子于此，有功于程子甚大。

而又曰“夫子说其笃志”，则以夫子之门，除求、路一辈颇在事迹上做去，若颜、闵、冉、曾之徒，则莫不从事于斯理，固不但开为能然。而子之所以说开者，说其不自信之切于求己，而非与程子所谓“见大意”者同也。

朱子谓“未能决其将然”，陈氏谓“工夫不到头，止于见大意”，下语自实。春秋之世，夫子之门，其为俗儒者正少，必不得已而以子路、冉有当之，然其视萧、曹、房、杜，则固已别矣。即至刘子，也解说“民受天地之中以生，威仪所以定命”。则当时士大夫风味习尚可知，而“见大意”者，岂独一开哉？

上蔡云“不安于小成”，成者亦事功之成也，而事功必有本领。朱子于此，却以仁义忠孝贴出，直是亲切。若朱子又云“推其极只是性”，则原程子言外之旨，原有“性学”二字，以别于俗儒、俗吏之学，故为引伸以推其极至如此。若漆雕开言“斯”之时，初未尝即含一“性”字在内。

仁、义、忠、孝，固无非性者，而现前万殊，根原一本，亦自不容笼统。性即理也，而有于“性”学者，抑有于“理”学者。《易》曰“穷理尽性以至于命”，固已显分差等。性藏夫理，而理显夫性，故必穷理而乃以尽性。则自明诚者，所以不可躐等。夫自诚明之天道，学必有其依，性必有其致。然则开之求信者，亦但于事言理，初未于理言性。即其言而熟绎之，当自知其所指矣。

程子之言，有为而言也。从俗儒、俗吏风尚浮诡之余，而悠悠然于千载之上，有开与点，求诸此心、此理以为仕学，程子所为当诸心，而见其可说也。

开之言，非有为而言也。当洙、泗教隆之日[①]，才可有为，而略小以图大，歆然求诸已以必其无不信者[②]，则所争者在矢志之厚薄敬肆，而不在事理之精粗。斯朱子“说其笃志”之言为尤切也。

朱子固欲表章程子之说以正圣学而绌事功，是以存其言，而显其实曰“性”。亦恐性学说显之后，将有以“三界惟心，自性普摄”之邪说。文致此章“信斯”之旨，是以别之曰理、曰笃志、曰仁义忠孝，反覆于异同之间，而知良工之心独苦矣。读者毋惊其异而有所去取，抑毋强为之同，如双峰之所附会者，则可无负先儒矣。

程子曰“浮海之叹，伤天下之无贤君也”，只此语最得。庆源不省程子之意，而云“愤世长往”，则既失之矣。至胡氏又云“无所容其身”，则愈谬甚。

无所容其身者，则张俭之望门投止是已，而夫子岂其然！道虽不行，容身自有余地也。若云“愤世长往”，则苟其欲隐，奚必于海？自卫反鲁以后，夫子固不仕矣，何至悻悻然投身于无人之境而后遂其志哉？

程子传《春秋》，于鲁桓公及戎盟而书“至”，发其意曰“此圣人居夷浮海之意”。盖谓圣人伤中国之无君，欲行道于海滨之国也，岂长往不返如管宁之避兵耶？海值鲁东费、沂之境，其南则吴、越，其北则九夷、燕，其东则朝鲜、追貊。圣人不轻绝人，故亦聊致其想望。

然夷之于越，终视诸夏为难化，斯反覆思之，要不可轻舍中华以冀非常之事，则裁度事理，不得徒为苟难者也。子路勇于行道，不惮化夷之难，故曰“好勇过我”。或谓好勇为勇退，则仕卫辄、使子羔之子路，岂勇退者哉？

三

臧文仲不仁者三，不知者三，由其不善之积成，著而不可掩，则但据此六者，而其人之陷溺于恶已极矣。此六者是文仲相鲁下很手、显伎俩处，此外尚其恶之小者。故夫子他日直斥其窃位，而《春秋》于其告籴，特目言其罪。安得有如吴氏所云“善者多”哉？

若子产有君子之道四，其四者则修己、治人、敦伦、笃行之大德也。子产之于君子，其不得当者，盖亦鲜矣。吴氏扬积恶之臧辰，抑备美之子产，吾不知其何见也！

若区区于“三”“四”两字上较全缺，则人之不善者，岂必千不仁、万不知之可指数。而夫子云“君子之道四”，“君子道者三”，亦为阙陷之词耶？

臧孙之恶，若跻僖下展，随得其一，即天理蔑尽。居蔡之事，犹其小者，特以征其昏迷狂妄之本耳。以其跻僖公之心，得当为之，杀父与君可也。以其下展禽之心，使宰天下，李林甫、史弥远蔑以加也。若子产，自三代以上人物，垂、益、吕、散之流，自非吴氏章句之智所知。

四

“不知其仁”，是说当时人物有属望之意，言不决绝。“未知，焉得仁”，则心既不可知，迹犹不可许，故直曰焉得而谓之仁，是竟置之不仁之等矣。故《集注》向后补出“不仁可见”一般，原非分外。其云“所谋者无非僭王猾夏之事”，找定他君臣之间，新旧之际，所为忘荣辱、忘恩怨者，只要大家一心撺掇教楚做个乱首。而文子仕齐，既不讨贼，未几而复反，则避乱之意居多，亦自此可见。唯然，故夫子决言之曰“焉得仁”，犹言“焉得俭”、“焉得刚”也。

乃所以必云“未知”者，非但圣人不轻绝人之德，而于理亦自有难以一概言者。据此，二子大体，则是不仁。特此二事，或其去位之际，避难之时，偶然天理发见，而子文前之所谋僭王猾夏之志，因而脱然如失，文子后日之复反于齐，仍与崔、庆同列者，亦持守之不足，转念为之，而非其初心。乃若当事一念，则与乍见孺子入井之恻怛同其发现。故不能直斥此二事之不仁，而以“未知”疑之。

然使其当事一念，即无所私而发于天理，要为仁之见端而非即仁，况其犹在不可知之天者乎？子文只是尽心所事，文子只是利禄情过轻。遇着平居时，两件无所见长，则败缺尽见。一涖乎变，恰恰好教者忠、清露颖而出。故一似中当事之理而若无私，然亦一事之忠、清而已。若夷、齐之清，比干之忠，却千回万折，打叠到天理人心极处，才与他个恰好的忠、清。故箕子之与比干言者，曰“自靖，人自献于先王”。夫子之论夷、齐，曰“求仁而得仁”，明其非信着一往之志气，一直做去便好。子文心有所主，故事堪持久，而所失愈远。文子心未有主，故蓦地畅快，且若无病，而后不可继。托体卑小，而用乘于偶然，其与全体不息以当理而无私者，直相去如天渊矣。

由此思之，则程子有云“圣人为之，亦止是忠、清”者，或亦砭门人执事忘理之失，而非允论也。圣人之去位而不愠、辞禄而不吝者，必不可以忠、清尽之。乃圣人之所为者，则亦必不同于二子。使圣人而为子文，其所告于僚友者，既万不如子文之所告矣。使圣人而为文子，则不但以弃十乘为高，而前乎所以消弑逆之萌，后乎所以正讨贼之义者，其必有为矣。则圣人之所以为圣人者，正以不为二子之所为，而岂可云为之亦但忠、清也哉?

仁、不仁之别，须在本体上分别，不但以用。然有其体者，必有其用，则圣人之异于人者，亦可于用征之。而非其异以体者有同用，异于德者有同道也。曾圣人而仅忠、清也乎?凡小注所引程子之说为《集注》所不收者，大抵多得理遗事之论，读者分别观之可也。

南轩所云“类此”二字，较为精密。而又云“不妨”，则亦有弊。圣人正于此等去处见仁之全体大用，岂但不防而已耶?

五

程子言思，在善一边说，方得圣人之旨。那胡思乱想，却叫不得思。《洪范》言“思作睿”，孟子言“思则得之”。思原是人心之良能，那得有恶来?思者，思其是非，亦思其利害。只缘思利害之思亦云思，便疑思有恶之一路。乃不知天下之工于趋利而避害，必竟是浮情嚣气，趁着这耳目之官，拣肥择软。若其能思，则天然之则，即此为是，即此为利矣。故《洪范》以思配土。如“水曰润下”便游移不贞，随地而润，随下而下。若“土爰稼穑”，则用必有功也。

季文子三思而行，夫子却说“再斯可矣”，显然思未有失，而失在三。若向利欲上着想，则一且不可，而况于再?三思者，只是在这一条路上三思。如先两次是审择天理，落尾在利欲上作计较，则叫做为善不终。而不肯于善之一途毕用其思，落尾掉向一边去，如何可总计而目言之曰三?

后人只为宣公篡弑一事，奚落得文子不值一钱。看来，夫子原不于文子施诛心之法③，以其心无可诛也。金仁山摘其黜莒仆一事，为夺宣公之权。如此吹毛求疵，人之得免于乱贼者无几矣。

文子之黜莒仆，乃其打草惊蛇之大用，正是一段正气之初几，为逆乱之廷作砥柱。到后来不讨贼而为之纳赂，则亦非但避一身一家之祸，而特恐其不当之反以误国，故如齐以视强邻之从违而为之计。文子始终一观衅待时之心，直算到逐归父之日，是他不从贼一大结果，看来，做得也好，几与狄梁公同。

且杀嗣君者，仲遂也，敬嬴也，非尽宣公也。屈之于宣公，而伸之于东门氏，亦是义理极细处。宣公亦文公之子也。恶、视既死，而宣公又伏其辜，则文公之血脉摧残几尽矣。故文子于此熟思到底，也在义理上迟回审处。不然，则妾不衣帛，马不食粟，遇莒丘之难而不屈，岂怀禄畏死而甘为逆党者哉?特其图画深沉，作法巧妙，而非居易俟命之正道，则反不如逐莒仆时之忠勇足任尔。

其对宣公之词曰“见无礼于君者，诛之如鹰鹯之逐鸟雀也”，又曰“于舜之功二十之一”，皆讽宣公以诛仲遂。仲遂诛，则宣公固不防如叔孙舍之得立也。宣公既不之听，便想从容自下手做。用以夫子“再斯可矣”之义处之，则当亟正讨贼之词，即事不克，此心已靖，而不必决逐东门之为快耳。除圣人之大中至正，则文子之与温太真、狄梁公，自是千古血性人，勿事轻为弹射。

六

凡为恶者，只是不思。曹操之揣摩计量，可谓穷工极巧矣，读他《让还三县令》，却是发付不下。缘他迎天子都许时，也只拼着胆做去，万一官渡之役不胜，则亦郎当无状矣。又如王莽于汉，也只乘着时势莽撞，那一事是心坎中流出的作用，后来所以一倍蠢拙可笑。三代而下，唯汉光武能用其思，则已节节中理。掣满帆，入危地，饶他奸险，总是此心不灵，季文子则不然。后世唯魏相、李泌似之。益以知思之有善而无恶也。

七

缘说孔子之志大于颜子，又云气象如天地，故不知者务恢廓以言其大[4]，即此便极差谬。如以人之多少、功之广狭分圣贤，则除是空虚尽、世界尽、我愿无尽，方到极处。而孔子之言，亦眇乎小矣。由此不审，乃有老者、朋友、少者“该尽天下人”之一说，迹是实非，误后学不浅。

且勿论夫子言老者、少者，初非以尽乎天下之老少，必须其老、其少与我相接，方可施其安之、怀之之事。而所谓朋友者，则必非年齿与我上下而即可谓之朋友，则尤明甚。天下之人，非老、非少，林林总总皆是也。若咸以为朋友，则屠羊酤酒之夫，亦君子之应求乎？于孺悲则无疾而言疾，于阳货则瞯亡而往拜[5]，如此类者，不以信朋友者信之，盖多矣。

同门曰朋，同志曰友。同门、同志，而后信以先施也。朋友既然，老少可知。不可与安者，亦不得而强安之；不可与信者，亦不得而强信之；不可与怀者，亦不得而强怀之，特圣人胸中，不预畜一不安、不信、不怀之心，以待此等，则已廓然大公矣。

安一老者亦安也，安天下之老者亦安也。怀一少者亦怀也，怀天下之少者亦怀也。而朋友之多寡，尤其不可强焉者也。时之所值不同，位之得为有别，势之所可伸者亦有其差等。圣人本兼小大、多少而为言，而其不可施吾安、信、怀者。正如天地之化有所不能生成而非私耳。

特在为老、为少，则原为爱敬、哀矜之理所托。故亲疏虽有等杀[6]，而即在疏者，苟与吾以事相接，亦必酌致其安之、怀之之心。若其非老、非少，则非爱敬所宜加隆、哀矜所宜加厚者。其为涂之人也，虽与我名相闻而事相接，终亦涂之人而已矣。终为涂之人，则吾忠告善道、鹤鸣子和之孚，自不容于妄投。故夫尽天下之人，苟非朋友，特勿虞勿诈而已足矣。信之者，岂但勿虞勿诈而已哉？言必以情，事必加厚，践之于终，必其循而无违于始也。

安、信、怀者，施之以德也，非但无损于彼之谓也。如天地之有明必聚于日月，五性之灵必授于人，而禽兽草木不与焉。即此可想圣人气象与造化同其撰处。若云尽天下之人，非安即信，非信即怀，泛泛然求诸物而先丧其己，为墨而已矣，为佛而已矣。善观圣人气象者，勿徒为荒远而失实也。

八

子路愿共敝裘、马，颜子愿无伐、无施，其气象不如夫子之大处，正在消息未到恰好地。老、少、朋友三者，已分节目，而三者之外，尤为一大界限，所以体不失而用不匮。张子《西铭》一篇，显得理一分殊，才与天道圣性相为合符。终不可说会万物为一己者，其唯圣人也。出释氏《肇论》。

---

①洙、泗：洙水和泗水。即孔子聚徒讲学之所。后世因以洙泗代称鲁国的文化和孔子的教泽。

②欿（kǎn，音砍）：本义为欲得，引申为不自满。

③诛心：犹“诛意”。指不问实际行动而单推究其居心蓄意以论定罪状。

④恢廓：宽大。

⑤瞯（jiàn，音建）：探视。

⑥等杀（chāi，音差）：不同等级。

卷五 论语

雍也篇

一

说“居敬则行自简”，亦天理自然之相应者。如汤之“圣敬日跻”，则其宽仁而不苛责于民，固条理之相因，无待已敬而又别求简也。故朱子曰“程子之言，自不相害”，《集注》虽不用其说，而必存之。

然由敬得简者，敬德已成之功也。若方事居敬之始，则不得不用力于敬。用力于敬，则心已密，而是非得失之不自欺者，必无小、无大、无人、无已而不见其一致，则且不安于简而至于求物已烦者多矣。故不得不将居于已与行于民者，分作两事，而一以敬、一以简也。

程子怕人将敬、简分作两橛，则将居以仲弓、行以伯子，而血脉不相贯通，故要其极致而言之，谓敬则必简，以示敬德之大，坤之直方所以不习而无不利者，天德、王道之全也。

朱子则以南面临民，居难其本，而行乃其实。既不容姑待我敬德之充实光辉而后见诸临民之事，则持已以敬，御人以简，两者之功，同时并举。斯德以严而日成，教以宽而渐喻，不躐求之于理之一，而相因于分之殊，此修天德、行王道之津涘也①。

仲弓只是论简，而于简之上更加一敬，以著修已治人之节目不可紊乱。则“居简而行简”者病也，居敬而责人以敬者亦病也。简为夫子之所已可，故其言若归重于敬，而实以论简之可。则在简者必求诸敬，而不能简者，其规模之狭隘，举动之琐屑，曾不足以临民，又不待言矣。仲弓盖就行简者进求纯粹之功，非蓦头从敬说起，以敬统简之谓。求之事理，求之本文，知朱子之说，视程子为密切矣。

二

自天子以至于庶人，无不以居敬为德，敬者非但南面之所有事也。行简则唯君道宜然。唯君道为然，则仲弓之语，于行简上进一步说居敬，实于君子之学，居敬上更加一法曰行简也。

且如“畜马乘，不察于鸡豚”，虽以远利，若在命士以下，即与料理，亦未必不为敬而为烦。盖就非南面者而言之，则只是敬。敬德之成，将有如程子所云“中心无物”者，自然一切可已而不已之事，不矜意肆志去揽着做。若其为南面也，则不待矜意肆志以生事，而本所应求于民之务，亦有所不可责备。

只此处规模自别，故曰理一而分殊。穷居之不简，必其所不当为者。若所当为，本自不烦。帝王，则所当为者固有不得尽为者矣，直到无不敬而安所止田地，方得以其易知简能者统驭天下，如一身一家之事。若其未逮于此，但以穷居独善之居行而心中无物者试之人上，恐正不能得简也。

仲弓且未到“从心不逾矩”地位，故夫子于见宾、承祭之外，更须说不欲勿施，使之身世两尽，宽严各致。程子遽以一贯之理印合之，则亦未免为躐等矣。

三

直到伯子不衣冠而处大不可地位，以之治民，自亦无不可。若君人者必使其民法冠深衣，动必以礼，非但扰民无已，而势亦不可行矣。到行于民处，岂特仲弓之行简无以异于伯子，即五帝、三王亦无异也。

两“行简”字，更无分别。伯子有得于名法之外，则必不以自弛者张之于民，于以治人，人且易从，故夫子曰“可也”，言其亦可以南面也。居者，所以自处也；行者，行之于民也。

程子似将居属心、行属事看，此王通“心、迹之判”，所以为谬。假令以尧、舜兢业之心，行伯子不衣冠之事，其可乎？

出令于己曰行，施令于民曰临。临者即以所行临之也。“居敬而行简以临其民”，犹言自治敬而治人简也。谓自治敬则治人必简，亦躐等在。须到“协和万邦，黎民于变时雍”时[②]，方得贯串。夫子曰“可使南面”，仲弓曰“不亦可乎”，下语俱有斟酌，且不恁地高远。

四

居敬既不易，行简亦自难。故朱子以行简归之心，而以吕进伯为戒。看来，居敬有余，行简不足，是儒者一大病痛。以其责于己者求之人，则人固不胜责矣。且如醉饱之过，居处之失，在己必不可有，而在人必不能无。故曰“以人治人”，不可执己柯以伐人柯也[③]。

曹参饮酒欢呼以掩外舍吏之罪，则先已自居不敬，固为不可。若置吏之喧虓于不问[④]，以徐感其自新，亦奚病哉！欲得临民，亦须着意行简，未可即以一“敬”字统摄。

五

朱子既云“不迁怒、贰过，是颜子好学之符验[⑤]”，又云不是“工夫未到，而迁怒、贰过只且听之”，只此处极不易分晓。朱子苦心苦口，左右怕人执语成滞。总为资质鲁钝人，须教他分明，而道在目前，举似即难。后人读书，正好于此左疑右碍处，披沙得金[⑥]，若未拣出，直是所向成棘。

盖不迁怒者，因怒而见其不迁也；不贰过者，因过而见其不贰也。若无怒、无过时，岂便一无所学？且舍本以治末，则欲得不迁而反迁，欲得不贰而又贰矣。故曰“却不是只学此二事。不迁不贰，是其成效”。然无怒无过时，既有学在，则方怒方过时，岂反不学？此扼要处放松了，更不得力。故又曰“但克己工夫未到时，也须照管”。总原要看出颜子心地纯粹谨严、无间断处，故两说相异，其实一揆[⑦]。《易》云“有不善未尝不知”，此是克己上的符验。“知之未尝复行”，是当有过时工夫。可见亦效亦功，并行不废。

以此推之，则不迁怒亦是两层该括作一句说。若是无故妄怒于所不当怒者，则不复论其迁不迁矣。怒待迁而后见其不可，则其以不迁言者，必其当怒者也。怒但不迁而即无害于怒，效也；于怒而不迁焉，功也。则亦功、效双显之语也。然夫子于颜子既没之后，追论其成德，则所言功者，亦已成之词矣。

朱子不说效验之语，为问者总把这两件说得难，似无可下手处，而一听之克己既熟之后，则直忘下临几加慎一段工夫，故不嫌与前说相背。

而《集注》云“颜子克己之功，至于如此”八字，下得十成妥稳，更无渗漏。其言“至于如此”，则验也。而其曰“功”者，则又以见夫虽不专于二者为学，而二者固有功焉，则不可言效至如此，而必言功也。

此段唯黄勉斋说得该括精允。所云“未怒之初，鉴空衡平；方过之萌，瑕类莫逃”，是通计其功之熟也。其云“既怒之后，冰消雾释；既知之后，根株悉拔”，则亦于怒与过加功，而非坐收成效之谓矣。呜呼！此勉斋之亲证亲知，以践履印师言而不堕者，为不可及也。

六

自为学者言，则怒与过是己私将炽时大段累处，吃是要紧，故即此正当用力。自颜子言，则不迁、不贰，是天理已熟，恰在己私用事时见他力量。则未过未怒时，其为学可知已。

克己之功，“非礼勿视，非礼勿听，非礼勿言，非礼勿动”。所谓非礼者，于物见其非礼也，非己之已有夫非礼也。若怒与过，则己情之发，不由外至矣。外物虽感，己情未发，则属静。己情已发，与物为感，则属动。静时所存，本以善其所发，则不迁、不贰者，“四勿”之验也[⑧]。所发不忒于所存，而后知所存者之密，而非托于虚矣。

动静不可偏废。静有功，动岂得无功？而此所谓动者，则又难乎其为功者也。余怒不忘，即已是迁。后过之生，不必与前过为类，无此过，更有彼过，亦是贰。到此地位，岂是把捉可以取效？颜子之学，已自笃实而光辉矣。“笃实光辉”四字，方形容得他出。

盖学之未至者，天理之所著，自在天理上见功，不能在己私上得力。怒，情也，又情之不平者也。过则又不待言矣。情者，己也。情之不平者，尤己之不能大公者也。故怒与喜同为情，而从出自异。凡喜之发，虽己喜之，而必因物有可喜，以外而歆动乎中者也[⑨]。若怒之发，则因乎己先有所然、有所不然，物触于己之所不然而怒生焉。故天下之可怒者未必怒，而吾情之所怒者非必其可怒。虽等为可怒，而见盗则怒，见豺狼蛇蝎则恶之，畏之，而怒不生。岂非己先有怒，而不徒因其能为人害也哉？

己先有怒，则不因于物。不因于物，故物已去而怒仍留，迁之所自来也。故人有迁爱，无迁喜。无迁哀，而有迁怒。喜因物，则彼物与此物殊。而虽当甚喜，有怒必怒。怒在己，则物换而己不换，当其盛怒，投之以喜而或怒也。感乎物而动己，则外拒而克之易。发乎己而加物，则中制而克之难。故克己之功，必验之怒而后极焉。

因于己则怒迁，因于物则怒不迁。喜怒哀乐，本因于物。昏者不知，以己徇物，而己始为害。故廓然知其因于物，则即物之己可克矣。而以其本因于物，则荡而忘反之己，较易知而易克。怒因于己，不尽因物，而今且克之使因于物，则固执之己私，亦荡然而无余矣。

夫在物者，天理也。在己者，私欲也。于其因于己而亦顺于天理之公，则克己之功，固蔑以加矣。是岂非静存之密，天理流行，光辉发见之不容掩者哉？故以知颜子之功为已至也。

怒与过，总是不容把制处。所以然者，则唯其皆成于己也。过者，亦非所遇之境必于得过也，己自过也。己有过，而谁知之乎？知之，而谁使之不复行乎？夫人之有过，则不自知也，虽知之而未尝自惧其复行。既不以为惧而复过者，固然矣。假令他人之有过，则无不知也，则无不疑其后之复然也。有过而知，知而不复行，此非以大公之心，视在己者如其在人而无所迷，因以速知其不可而预戒于后者，讵能然乎？盖以己察人之过者，是非之心，天理之正也。即奉此大公无私之天理以自治，则私己之心，净尽无余，亦可见矣。

夫子于此，直从天理人欲，轻重、浅深，内外、标本上，拣着此两项，以验颜子克己之功至密至熟、发见不差者而称之。非颜子不能以此为学，非夫子亦不深知如此之为好学，非程、朱二子亦无以洗发其本原之深，而岂易言哉！若于怒于过，虽功未至而必有事，则为初学者言，正未可尽不迁之、贰之德也。

七

情中原有攻取二途：喜，取于彼也；怒，以我攻也。故无滥取者，易于属厌；无妄攻者，发不及收。攻一因物之可攻，而己无必攻之心，则克己之功，岂不至乎？

取缘己之不足，攻缘己之有余。所不足、所有余者，气也，非理也。气不足，则理之来复易。气有余，则将与理扞格而不受其复。唯奉理以御气，理足在中而气不乘权，斯可发而亦可收，非天理流行充足者不能也。

理居盈以治气，乃不迁怒。理居中以察动，乃不贰过。庆源所云"遇怒则克，遇过则克"，是志学事。朱子所云"全在非礼勿视、听、言、动上"，是"适道"与"立"事。"遇怒则克，遇过则克"，不怒、不过时，又将如何？此庆源之言所以使人学为颜子，而朱子之言则颜子之学为圣人也，其亦有辨矣。

八

"遇怒则克，遇过则克"克不得，不成便休？又岂只痛自悔艾于无已乎？固知朱子之言四勿，正与庆源一下手处。然人亦有依样去视、听、言、动上循礼而行，却于怒、过乘权时不得力。则正好因此迁、贰之非几，以生警省而自求病根。故庆源之说，亦不可废。

此项须困心衡虑，到克不去时，方知四勿之功是如此做，而悔悟夫向之从事于视、听、言、动者，徒描模画样，而不足与于复礼之学也。故可因怒、因过以生其笃志，而功则不尽于此。

九

小注朱子答问中，有“圣人无怒”一语，多是门人因无过之说而附会成论，非朱子之言也。《集注》引舜诛四凶一段，明说圣人亦但不迁怒耳。喜、怒、哀、乐，发皆和也，岂怒独无必中之节哉？鲧为禹父，又位在八议之条[10]，岂舜恬然愉然而殛之，如伐恶木、除芜草相似？孔子历阶而升，以责齐侯，命乐颀、申句须下伐郈人时，当自不作谢安围棋赌墅风味。此方是天理大公，因物付物之正。朱子尝曰“谈笑杀人，断乎不可”，则岂有圣人无怒之理哉？

怒者缘己之有余。气有余者，众人之怒也；理有余者，圣人之怒也。其以攻己之所异，则一而已矣。今不敢谓颜子之无异于圣，然不迁怒者，圣学之成，圣功之至也。颜子非学圣而何学？学而不与圣人合，何云好学？区区于此较量浅深，固矣夫！

一〇

庄子说列御寇“食豕如食人”，释氏说“我为歌利王割截肢体时，不生我见、人见”，所谓“圣人无怒”者，止此而已矣。《春秋》书“楚世子商臣弑其君頵”[11]，只此九字，千载后如闻雷霆之迅发！

一一

许衡云“颜子虽有心过，无身过”，甚矣，其敢以愚贼之心诬圣贤也！

横渠云“慊于己者不使萌于再”[12]。慊者，心慊之也。而心之所慊者，则以心而慊其身之过也。心动于非，迷而谁觉之乎？心之有恶，则谓之慝，不但为过。若其一念之动，不中于礼，而未见之行事，斯又但谓之此心之失，而不成乎过。过者，有迹者也，如适楚而误至于越也。失则可以旋得，过则已成之迹不可掩，而但惩诸将来以不贰。倘于心既有不可复掩之愆，徒于容貌动作之间，粉饰周遮，使若无瑕疵之可摘，是正孔子所谓乡原。而许衡之规行矩步，以讲道学于蒙古之廷，天理民彝[13]，不顾此心之安，徒矜立坊表、炫人耳目、苟免讥非者。衡之所以为衡者此也，而颜子其然乎？

盖唯颜子心德已纯，而发见于外者，不能几于耳顺、从心之妙，则如曾子袭裘而吊之类，言动不中于礼者，时或有之。乃其心体之明，不待迟之俄顷，而即觉其不安，是以触类引伸，可以旁通典礼，而后不复有如此之误矣。

衡云“无身过易”，何其谈之容易也！心者，性情之所统也！好学者之所得而自主也。身者，气禀之所拘，物交之所引者，形质为累，而患不从心。自非盛德之至，安能动容周旋而一中于礼！故以曾子之临深履薄，而临终之顷，且忘易大夫之箦[14]。衡乃云“无身过易”，吾以知其心之久迷于流俗，而恃其“非之无举，刺之无刺”者为藏身之伪术矣。

总以大贤以上，于性见性易，于情见性难。不迁怒，则于情而见性。于道见道易，于器见道难。不贰过，则于器而见道。此以为天理浑然，身心一致者也。而岂悖天理、乱民彝之许衡所得知哉！

一二

“三月不违仁”，夫子亦且在颜子用功上说。“其心”二字，是指他宅心如此。如以心体之成效言，则与“日月至焉”者，不相对照矣。只《集注》数语精切不差，程、张之说亦未得谛当。诸小注只向程、张说处寻径路，则愈求愈远。

《集注》言“能造其域”，谓心至仁也，非谓仁之来至也。从其不间而言，则谓之“不违”。从其有依有违而言，则谓之“至”。而当其“至”，与其“不违”则亦无所别。勉斋云“心为宾，在仁之外，”几几乎其有言说而无实义矣。

注言“无私欲而有其德”，究在“有其德”三字上显出圣学，而非“烦恼断尽即是菩提”之谓。西山云“诸子寡欲，颜子无欲”，则寡欲者断现行烦恼之谓，无欲者断根本烦恼之谓。只到此便休去、歇去，一条白练去，古庙香垆去，则亦安得有圣学哉？

以此思之，则朱子所谓“仁为主，私欲为客”，亦择张子之语有所未精，而与“见闻觉知只许一度”者相乱。朱子“知至意诚”，不是配来话。此等处，唯朱子肯尽情示人，程、张却有引而不发之意。

孔、颜之学，见于《六经》、《四书》者，大要在存天理。何曾只把这人欲做蛇蝎来治，必要与他一刀两段，千死千休？且如其余之“日月至”者，岂当其未至之时，念念从人欲发，事事从人欲做去耶？此不但孔门诸贤，即如今寻常非有积恶之人，亦何尝念念不停，唯欲之为汲汲哉？既饱则不欲食矣，睡足则不欲寝矣。司马迁说尽天下之人奔走不休，只是为利，此亦流俗已甚之说耳。平心论之，何至如是？既然，则以人欲不起为仁者，将凡今之人，其为日一至、月一至者，亦车载斗量而不可胜纪。李林甫未入偃月堂时，杀机未动，而可许彼暂息之时为至于仁乎？

异端所尚，只挣到人欲净处，便是威音王那畔事，却原来当不得甚紧要。圣贤学问，明明有仁，明明须不违，明明可至，显则在视、听、言、动之间，而藏之有万物皆备之实。“三月不违”，不违此也；“日月至焉”，至于此也。岂可诬哉！岂可诬哉！

一三

张子宾主之分，只以乍去乍来为宾，安居久住为主。其内外之辨，亦以所存之理应外至之感为内，于外至之感求当然之理为外。其云“宾”者，既不必别立一主；其云“主”者，亦初非对待有宾。

朱子云“在外不稳，才出便入”，亦乍来久住之别也。其借屋为喻，亦须活看。不可以仁为屋，心为居屋之人；尤不可以心为屋，仁为出入之人；更不可将腔子内为屋里，腔子外为屋外。缘张子之意，但以戒人逐事求理，事在理在，事亡理亡，说得来略带含糊。而“宾主”二字，又自释氏来，所以微有不妥。后人只向此处寻讨别白，则愈乱矣。

颜子“三月不违仁”，也只三月之内克己复礼，怒不迁，过不贰，博文约礼，欲罢不能而已。圣学到者一步，是吃紧处，却也朴实，所以道“暗然而日章”。更不可为他添之，绕弄虚脾也。

一四

“三月不违仁”中有“雷雨之动满盈”意思，故曰“唯天下至诚，为能经纶天下之大经……

肫肫其仁”。朱子镜明之说，非愚之所敢据。若只与镜相似，只是个镜，镜也而仁乎哉？

一五

纷纷宾主之论，只为“心外无仁”四字所胶轕。不知心外无仁，犹言心中有仁，与“即心即佛”邪说，正尔天渊。且此“心”字是活的，在虚灵知觉之用上说。将此竟与仁为一，正释氏“作用是性”之狂解，乌乎可！

一六

圣人亟于称三子之长，双峰巧以索三子之短，而下断案处又浅薄。学者如此以为穷理，最是大病。且如“赐也达”，是何等地位，岂容轻施贬剥？如云达于事，未达于理，天下有无理之达乎？

一七

朱子以“有生之初，气禀一定而不可易者”言命，自他处语，修《大全》者误编此。胡光大诸公，直恁粗莽！

伯牛不可起之疾，无论癞与非癞，皆不可归之气禀。以气言，则是李虚中生克旺废之说。以禀言，则《素问》三阴三阳相法而已。君子正不以此言命。术之所可测者，致远则泥也。如云气禀弱荏[15]，不足以御寒暑风日，而感疾以剧。则《洪范》六极，分弱、疾、短折为三，初非弱者之必疾，疾者之必折也。夫“莫之致而至者”命也。则无时无乡，非可执有生之初以限之矣。气禀定于有生之初，则定于有生之初者亦气禀耳，而岂命哉？

先儒言有气禀之性。性凝于人，可以气禀言。命行于天，不可以气禀言也。如稻之在亩，忽然被风所射，便不成实，岂禾之气禀有以致之乎？气有相召之机，气实召实，气虚召虚。禀有相受之量，禀大受大，禀小受小。此如稻之或早、或迟，得粟或多、或少，与疾原不相为类。风不时而粟虚于穗，气不淑而病中于身，此天之所被，人莫之致而自至，故谓之命。其于气禀何与哉！谓有生之初，便栽定伯牛必有此疾，必有此不可起之疾，唯相命之说为然，要归于妄而已矣。

圣人说命，皆就在天之气化无心而及物者言之。天无一日而息其命，人无一日而不承命于天，故曰“凝命”，曰“受命”。若在有生之初，则亦知识未开，人事未起，谁为凝之，而又何大德之必受哉？

只此阴变阳合，推荡两间，自然于易简之中有许多险阻。化在天，受在人。其德，则及尔出王游衍而为性；其福，(其)〔则〕化亭生杀而始终为命。德属理，福属气。此有生以后之命，功埒生初[16]，而有生以后之所造为尤倍也。

天命无心而不息，岂知此为人生之初，而尽施以一生之具，此为人生之后，遂已其事而听之乎？又岂初生之顷，有可迓命之资[17]，而有生之后，一同于死而不能受耶？一归之于初生，而术数之小道由此兴矣。

一八

夫子说颜子“不改其乐”，贤其不改也。周、程两先生却且不问其改不改，而亟明其乐，其言较高一步，而尤切实。乐而后有改不改，倘无其乐，则亦何改之有哉？

不改是乐之极致，于贫而见之，乐则不待贫而固有也。学者且无安排不改，而但问其乐何如。未究其乐而先求不改，则且向“山寺日高僧未起”、“莫笑田家老瓦盆”上作生活，气质刚者为傲而已矣，其柔者为慵而已矣。此所谓“乐骄乐、乐佚游”之损者也。

一九

程子谓颜子非以道为乐，后人却在上面说是一是二，这便是弄风捉影语。唯朱子委实亲切，故为之易其语曰“要之，说乐道亦无害。”盖乐道而有害，则伊尹、孟子都是“将道为一物而玩弄之”矣。真西山语。

但以道为乐虽无害，而大概不能得乐。如嗜酒人，自然于酒而乐。若云以酒为乐，则本非嗜酒，特借酒以消其磊砢不平之气[18]，到底他临觞之下，费尽消遣。

且人若任着此情以求乐，则天下之可乐者，毕竟非道，如何能勾以道为乐而不改？唯不先生一乐之之心，而后于道有可乐之实。此天理现前，左右逢原、从容自得之妙。岂可云“以”，而岂可云“为”哉？以道为乐，只在乐上做工夫；面颜子之乐，乃在道上做工夫，此其所以别也。

在乐上做工夫，便是硬把住心，告子之所以无恐惧疑惑也。在道上做工夫，则乐为礼复仁至之候，举凡动静云为，如驰轻车、下飞鸟，又如杀低棋相似，随手辄碎，如之何无乐！如之何其改也！

二〇

要知颜子如何“不改其乐”，须看“人不堪其忧”是怎生地。《或问》朱子“颜路甘旨有阙时如何”，此处正好着眼。

道之未有诸已，仁之未复于礼，一事也发付不下，休说箪瓢陋巷，便有天下，也是憔悴。天理烂熟，则千条万歧，皆以不昧于当然，休说箪瓢陋巷，便白刃临头，正复优游自适。乐者，意得之谓。于天理上意无不得，岂但如黄勉斋所云“凡可忧可戚之事，举不足以累其心”哉？直有以得之矣。

二一

真西山所云“箪瓢陋巷不知其为贫，万钟九鼎不知其为富”，一庄生《逍遥游》之旨尔。箪瓢陋巷，偃鼠、鷦鹩之境也。万钟九鼎，南溟、北溟之境也。不知其贫，南溟、北溟之观也。不知其富，偃鼠、鷦鹩之观也。将外物撇下一壁看，则食豕食人、呼牛呼马而皆不知矣。圣贤之道，圣贤之学，终不如是。“绿满窗前草不除，与自家意思一般”，岂漫然不知而已哉？

如唐人诗“薰风自南来，殿角生微凉”，与“南风之薰兮，可以解吾民之愠兮”，落处固自悬隔。自非圣贤，则总到说乐处，须撇开实际，玩弄风光。西山不知贫富之说，亦只到者一步。陶靖节云“从鸟欣有托，吾亦爱吾庐”，意思尽好，到下面却说“泛览《周王传》，流观《山海图》”，便与孔、颜之乐，相去一方。缘他到此须觅个疗愁蠲忿方法[19]，忘却目前逆境也。孔、颜、程、朱现身说法，只在人伦物理上纵横自得，非西山所庶几可得。

二二

圣人寻常不轻道一“谦”字，而于赞《易》，唯以天之“益”、地之“流”、鬼神之“福”、人之“好”言之，则亦应物之德柄，柄有权意。非入德之始功也。故曰：“谦，亨，君子有终。”必君子而乃有终，未君子而难乎其始矣。

上蔡云“人能操无欲上人之心，则人欲日消，天理日明”，此语未得周浃。在上蔡气质刚明，一向多在矜伐上放去[20]，故其自为学也，以去矜为气质变化之候。然亦上蔡一人之益，一时之功，而不可据为典要[21]。若人欲未消，无诚意之功，天理未明，无致知之力，但以孟之反一得之长为法，则必流入于老氏之教。孟之反原是老子门下人，特其不伐一节，近于君子之为己。亦其闻老氏之风而悦之已深，故渐渍成就，至于奔败仓皇之时，居然不昧。盖于谦退一路，已为烂熟，而孟之反之为人，亦如此而止矣，未闻其能由是而日进于理明欲消之域也。

以浅言之，伐者亦私欲之一端，能去伐者，自是除下人欲中一分细过。细对粗而言。固有能去伐而他欲不必除者，如冯异、曹彬之流，其于声色货利之粗过，讵得淡泊？亦有不待去伐而欲已消、理已明者，则虽伯夷恐未能于此得释然也。

若以深言之，则不伐之成德，自为远怨息争之一道，而圣贤以之为居德之量，是《易》所谓“善世而不伐”，《书》所谓“女唯不伐，天下莫与女争功”。此在功德已盛之后，以自极于高明广大之至，而即以移风易俗，成廷野相让之化者，非待此而始有事于消欲、明理也。故颜子以之为愿，即孔子大道、为公之志，事有所待，而非与克己之功、亟请从事之比。圣贤之道，以此而善其成，故曰“君子有终”。以此而利行于天下，故曰“谦，亨”。明理消欲之始，焉用此哉？

既亦圣贤居德善世之妙用，故夫子亦称许之反。然之反之能此，则亦徒具下此腔壳，可以居大德，载大功，而所居、所载之实，未之逮者多矣。微独之反，即彼所宗之老子。其大端已非，而此“盛德，容貌若愚”之量，夫子亦不能没其善。至于所居、所载，虚无亡实，乃至阴取阳与，而与“良贾深藏”同一机械，则终未免于私欲潜行、天理不明之病。唯其欲恃此以消欲而明理，则消者非其所消，明者非其所明。克、伐不行，不足以为仁者，此也。

《或问》中有“先知得是合当做的事”之语，自是去伐之功，靠硬向圣贤学问中下手事。朱子不然其说，而云“只是心地平，所以消磨容得去”，乃就之反论之反，知其“知雄守雌”、“无门无毒”之心如此耳。朱子看来识得之反破，故始终说他别是一家门风，而曰“孟之反他事不可知，只此一事可为法”，则即愚所谓“除下人欲一分细过”之说，亦不教人全身从此下手也。

若上蔡之学，其流入于老氏与否，吾不敢知，特以彼变化自家一偏气质之事，以概天下之为学者，则有所不可。“无欲上人”四字，亦是一病。夫子说“君子矜而不争”，特不与人对垒相角而已。到壁立万仞处，岂容下人？孟子曰：“不耻不若人，何若人有！”斯学者立志之始事，为消欲明理之门也。

二三

“人之生也”一“生”字，与“罔之生也”“生”字，义无不同。小注中有不同之说，盖不审也。不但本文两句，连类相形，且夫子之意，原以警人直道而行，则上句固自有责成意，非但推原所以不可罔之故，而意全归下句也。

二句之中，原有不直则不足以生之意。细玩本文，此意寓于上句之中，而云“人之生也直”，而不直则不生，义固系之矣。其又云“罔之生也幸而免”，则以天下之罔者亦且得生，而断之以理，用解天下之疑耳。使上句但明有生之初，则下文不更言既生以后之当直，而遽云罔之幸生，于文字为无条理，而吃紧警人处，反含而不吐矣。此章是夫子苦口戒世语，不当如是。

且人生之初，所以生者，天德也。既生之后，所以尽其生之事而持其生之气者，人道也。若夫直也者，则道也，而非德也，其亦明矣。以生初而言，则人之生也，仁也，而岂直耶？

盖道，虚迹也。德，实得也。故仁、义、礼、智曰四德，知、仁、勇曰三德。而若诚，若直，则虚行乎诸德者。故《中庸》言“诚者，天道。诚之者，人道”。而言直也，必曰“直道”，而不可曰“直德”。直为虚，德为实。虚不可以为实。必执虚迹以为实得，则不复问所直者为何事，而孤立一直，据之以为德，是其不证父攘羊者，鲜矣。

若人生之初，所以得生者，则实有之而可据者矣。“乾道变化，各正性命”，一阖一辟，充盈流动，与目为明，与耳为聪，与顶为圆，与踵为方正，自有雷雨满盈、絪缊蕃变之妙。而岂有即为有，无即为无，翕即不辟，辟即不翕之足以生人乎？

德也者，所以行夫道也。道也者，所以载夫德也。仁也者，所以行其直也。直也者，所以载夫仁也。仁为德，则天以为德，命以为德，性以为德，而情亦以为德。直为道，则在天而天道直也，直道以示人，天之事也；在人而人道直也，遵直道以自生，人之事也。

子曰“人之生也直”，固言人也。言人以直道载天所生我之德，而顺事之无违也。言天德之流行变化以使各正其性命者，非直道而不能载，如江海之不能实漏卮、春风之不能发枯干也[22]，如慈父之不能育悖子，膏粱之不能饱病夫也。故人必直道以受命，而后天产之阳德、地产之阴德，受之而不逆也；而后天下之至险可以易知，天下之至阻可以简行，强不凌弱，智不贼愚，仁可寿，义可贵，凶莫之婴，而吉非妄获也。

故南轩云“直者生之道”，盖亦自有生以后，所以善其生之事而保其生理者言。其曰“生之道”，犹老子所言“生之徒”、“死之徒”也。圣人之言此，原以吉凶得失之常理，惠迪从逆之恒数，括之于直、罔之分，彻上知、下愚而为之戒，非专为尽性知天之君子言。则亦不待推之有生之初所受于天，与天地生生之德也。天地生生之德，固不可以直言之。而人之不能一一体夫天地生生之理者，亦未即至于宜得死而为幸免之生。

龟山云“君子无所往而不用直”，语自有病。君子之无往不用者，仁、义、忠、正也。岂悻然挟一直以孤行天下乎？凡言仁，不但不暴之谓；言知，非但不愚之谓；言勇，非但不怯之谓。言德必有得，既去凶德，而抑必得夫令德。若言直，则即不罔之谓。道者，离乎非道而即道也。故天地生生，必有以生之，而非止不害其生。直特不害，而无所益。人之祈天永命、自求多福者，则不可期以必得，而但可守以不失。故仁、智以进德，而直以遵道。进德者以精义入神，遵道者以利用安身。圣贤之言，统同别异，其条理岂可紊哉！于此不察，则将任直为性，而任气失理以自用。逮其末流，石之顽、羊之很、雁之信、螳之躁，不与相乱者几何哉！

二四

“知之者”之所知，“好之者”之所好，“乐之者”之所乐，更不须下一语。小注有云“当求所知、所好、所乐为何物”，语自差谬。若只漫空想去，则落释氏“本来面目”一种狂解。若必求依据，则双峰之以格物、致知为知，诚意为好，意诚、心正、身修为乐，仔细思之，终是“捉着邻人当里长，没奈何也有些交涉”，实乃大诬。

近见一僧举“学而时习之”一“之”字问人云：“‘之’，有能所指之词。此‘之’字何所指?”一时人也无以答之。他者总是鬼计、禽鱼计，与圣学何与？缘他胸中先有那昭昭灵灵、石火电光的活计，故将此一“之”字，捏合作证。若吾儒不以天德王道、理一分殊、大而发育峻极、小而三千三百者作黄钺白旄、奉天讨罪之魁柄[23]，则直是出他圈套不得。假若以双峰之见，区区于《大学》文字中分支配搭，则于“学而时习之”，亦必曰“之”者谓知行而言，适足供群髡一笑而已。故曰“经正则庶民兴，庶民兴斯无邪慝”。圣人之言，重门洞开，初无喉下之涎，那用如彼猜度!

尹氏说个“此道”，早已近诞；赖他一“此”字不泛、不着。且其统下一“此”字，则三“之”字共为一事，非有身、心、意、知之分。圣人于此三语，明白显切，既非隐射一物，而其广大该括，则又遇方成圭，遇圆成璧，初不专指一事。凡《论语》中泛泛下一“之”字者，类皆如此。总之是说为学者之功用境界，而非以显道。圣人从不作半句话，引人妄想。若欲显道，则直须分明向人说出。今既不质言，而但曰“知之”、“好之”、“乐之”，则学者亦但求如何为知、如何为好、如何为乐而已。何事向“之”字求巴鼻耶?

以《大学》为依据，若以括其全者为说，意亦无害。而双峰之病，则在割裂。《大学》云“欲诚其意者，先致其知”，岂当致知之日而意不诚哉？则亦岂当意诚之日，而心不正、身不修哉？有修身而未从事于诚意者矣，有诚其意而身不修者乎？则何以云“好之者不如乐之者”也?

夫子以此三“之”字，统古今学者之全事，凡圣学之极至，皆以此三级处之。然合之而《大学》皆备者，分之而随一条目亦各有之。如致知，则有知致知者，好致知者，知已致而乐者。乃至修身，亦无不然。从此思之，则知此三“之”字，既可全举一切，亦可偏指一事。所以朱子以“乐斯二者”、“乐循理”当之，而云“颜子之乐较深”。则在孝悌而指孝悌，在循理而指循理，既非可凭空参去，将一物当此“之”字，如所云“当求‘之’为何物”之妄语。抑事亲从兄之道，固身、心、意、知之所同有事。所循之理，亦必格致、诚正、修齐、治平之兼至，而不可屑屑焉为之分也。

从乎“当求所知、所好、所乐为何物”之说，而于虚空卜度一理，以为众妙之归，则必入释氏之邪说。从乎双峰之所分析，则且因此误认《大学》以今年格物，明年致知，逮乎心无不正，而始讲修身，以敝敝穷年，卒无明明德于天下之一日。且诚意者不如身修，是其内外主辅之间，亦颠倒而无序矣。《五经》、《四书》，多少纲领条目，显为学者所学之事，一切不求，偏寻此一“之”字觅下落，舍康庄而入荆棘，何其愚也!

二五

如彼僧所问“学而时习之”“之”字何指，自可答之曰“指所习者”。僧必且问“所习者又甚么”，则将答之曰“你习你的，我习我的”。噫！世之能以此折群髡者，鲜矣。

或问：“彼僧习其所习，亦还悦否?”曰：“如何不悦？岂但彼僧，即学唱曲子、下围棋人，到熟时，也自欣豫。”曰：“其悦还同否?”曰“不见道：‘天理人欲同行异情?’天理与人欲同行，故君子之悦，同乎彼僧。人欲与天理异情，故彼僧之悦，异乎君子。既已同，则俱为悦。既已异，则有不同。如一人嗜睡，一人嗜夜饮，两得所欲，则皆悦。而得睡之悦，与得饮之悦，毕竟不是一般欢畅。”

以此思之，则虽工匠技术，亦有知、有好、有乐，而所知、所好、所乐者即其事。但圣人所言，则为君子之学耳。颜子便以“克已复礼”为知、好、乐。仲弓便以“居敬行简”为知、好、乐。随所志学，工夫皆有此三者浅深之候也。孟子曰：“诐词知其所蔽[24]。”有所偏指，则必有所蔽矣，词安得不诐哉！

二六

不但以资质，而必以工夫，故孔子一贯之说以语曾子，而不以语曾皙。但人而至于中人者，则十九可至，不问其质。若在中人以(上)〔下〕，用工夫而能至于中人以上，则非其人亦自不肯用力也。“十室之邑，必有忠信”，而无好学者，何故？如人不善饮酒，则亦不喜饮也。朱子谓“不装定恁地”说工夫，说资质，自是见彻一垣，此原不可以一偏言也。

南轩下一“质”字，是成质意。如良田之稻，饭以香美，稻则质也，亦是栽培芟灌得宜，非但种之美而已。朱子云“圣人只说‘中人以上，中人以下’”，且据现在而言，不须分质、分学，徒为无益之讼。

二七

上与非上，不可在事目上分。洒扫应对，自小学事，不在所语之中。岂中人以下者，便只将如何洒扫，如何应对，谆谆然语之乎？虽不可语上，亦无语下之理。若事亲事长，则尽有上在。子游说“丧致乎哀而止”，便是躐等说上一层。

真西山以“道德性命为理之精，事亲事长为事之粗”，分得卤莽。事亲事长，岂在道德性命之外？上下是两端语，实共一物。尽其事亲事长之道，须是大舜、文王始得，如何不是上？圣人微言，后人分剥而丧其真如此者，可慨也！

二八

樊迟是下力做工夫的人，更不虚问道理是如何，直以致知、求仁之方为问。故夫子如其所问，以从事居心之法告之。则因其志之笃，问之切，而可与语也。

就中“仁者”二字，犹言求仁者，特以欲仁则仁至，故即以仁者之名与之。又智是初时用功，到后来已知，则现成不更用力。仁则虽当已熟之余，存心不可间断，与初入德时亦不甚相远。知有尽而仁无尽，事有数而心无量也。

其云“仁者”，又云“可谓仁矣”，盖括始终以为言也。知者无不知，唯民义之尽，而鬼神之通。仁者心德之全，则日进于难，而日有获也。故务民义、敬远鬼神，是居要之务，先难后获，是彻底之功。夫子与他人言，未尝如此开示吃紧。朱子云“因樊迟之失而告之”，非愚所知。

二九

庆源于理上带一“气”字说，其体认之深切，真足以补程、朱之不逮。孟子养气之学，直从此出，较之言情、言体者，为精切不浮。

情发于性之所不容已。体为固然之成形与成就之规模，有其量而非其实。乐水、乐山，动、静，乐、寿，俱气之用。以理养气，则气受命于理，而调御习熟，则气之为动为静，以乐以寿，于水而乐、于山而乐者，成矣。

先儒以知动似水、仁静似山为言，其说本于《春秋繁露》。然大要只说山水形质，想来大不分晓。乐水者乐游水滨，乐山者乐居山中耳。块然之土石，与流于坎、汲于井之水，岂其所乐哉？山中自静，山气静也。水滨自动，水气动也。不然，则粪壤之积，亦颓然不动；洪波巨浪，覆舟蚀岸，尤为动极。而所乐岂在彼耶？

水滨以旷而气舒，鱼鸟风云，清吹远目，自与知者之气相应。山中以奥而气敛，日长人静，响寂阴幽，自与仁者之气相应。气足以与万物相应而无所阻，曰动。气守乎中而不过乎则，曰静。气以无阻于物而得舒，则乐。气以守中而不丧，则寿。

故知此章之旨，以言仁者、知者，备其理以养其气之后。而有生以降，所可尽性以至于命者，唯于气而见功，亦可见矣。庆源遇微言于千载，读者勿忽也。

三〇

博文、约礼，只《集注》解无破绽。小注所引朱子语，自多鹘突。《集注》“约，要平声。也”，小注作去声读者误。勉斋亦疑要去声。我以礼为不成文，而犹未免将“约”字与“博”字对看。不知此“约”字与“博学”二字相对，则“要”原读作平声，与“束”同义。

《集注》添一“动”字，博其学于文，而束其动以礼，则上句言知，下句言行，分明是两项说。朱子尊德性、道问学，验诸事、体诸身，及行夏之时、非礼勿动等说，皆不混作一串。“约之”一“之”字，指君子之身而言也，与“约我以礼”“我”字正合。其云“前之博而今之约，以博对约，有一贯意”，皆狂解也。

文与礼原亦无别。所学之文，其有为礼外之文者乎？朱子固曰“礼不可只作‘理’字看，是持守有节文”，则礼安得少而文安得多乎？在学谓之文，自践履之则谓之礼，其实一而已。但学则不必今日所行而后学之，如虽无治历之事，亦须考究夏时。其服身而见之言动者，则因乎目前之素履，故文言博，而礼不可言博。然不可谓学欲致其多，守欲致其少。如颜子未仕，自不去改易正朔[25]，则行夏时之礼，特时地之所未然，而非治历明时为广远而置之，视听言动为居要而持之也。

约者，收敛身心不放纵之谓。不使放而之非礼，岂不使放而流乎博哉？学文愈博，则择理益精而自守益严，正相成，非相矫也。博文约礼是一齐事，原不可分今昔。如当读书时，正襟危坐，不散不乱，即此博文，即此便是约礼。而“孝悌谨信，泛爱亲仁，行有余力，则以学文”，缓急之序，尤自不诬，原不待前已博而今始约也。

若云博学欲知要，则亦是学中工夫，与约礼无与。且古人之所谓知要者，唯在随处体认天理，与今人拣扼要、省工夫的惰汉不同。夫子正恶人如此卤莽放恣，故特地立个博文约礼，以订此真虚枵、假高明之失[26]。而急向所学之文求一贯，未有不至于狂悖者。双峰“相为开阖”之语，乃似隔壁听人猜谜，勿论可也。

三一

《朱子语录》以有位言圣，却于《集注》不用。缘说有位为圣，是求巴鼻语，移近教庸俗易知，而圣人语意既不然，于理亦碍，故割爱删之。宁使学者急不得其端，而不忍微言之绝也。

子曰“若圣与仁，则吾岂敢”，又曰“圣则吾不能”，岂以位言乎？下言尧、舜，自是有位之圣。然夫子意中似不以圣许禹、汤、夷、尹以下，则亦历选古今，得此二圣，而偶其位之为天子尔。程子言圣仁合一处，自是广大精微之论，看到天德普遍周流处，圣之所不尽者，仁亦无所不至。且可云仁量大而圣功小，其可得云圣大而仁小乎？

仁者，圣之体，圣之体非仁者所歉也。圣者，仁之用，仁之用却又非圣所可尽。子贡说“博施济众”，忒煞轻易，夫子看透他此四字实不称名。不知所谓博者、众者，有量耶？无量耶？子贡大端以有量言博众，亦非果如程子所谓不五十而帛，不七十而肉，九州四海之外皆兼济之。但既云博云众，则自是无有涯量。浸令能济万人，可谓众矣。而万人之外，岂便见得不如此万人者之当济？则子贡所谓博者非博，众者非众，徒侈其名而无实矣。故夫子正其名实，以实子贡之所虚，而极其量曰：“必也圣乎！尧、舜其犹病诸！”则所谓“博施济众”者，必圣人之或能，与尧、舜之犹病，而后足以当此。倘非尧、舜之所犹病，则亦不足以为“博施济众”矣。

盖“博施济众”，须于实事上一件件考核出来。而抑必须以己所欲立欲达者施之于人，而后可云施。以己之欲立欲达者立人达人，而后可云能济。故唯仁者之功用已至其极而为圣，（肰）〔然〕后非沾沾之惠、一切之功。若其不然，则施非所施，济不能济，自见为仁，而不中于天理之则者多矣。

夫仁者其所从入，与沾沾之惠、一切之功，则已有天渊之隔。他立、达一人，也是如己之欲立欲达；立、达千万人，也是如己之欲立欲达。体真则用不妄。由此而圣，则施自不狭，济自不虚。而即当功用未见之时，已无有何者为博、何者为约、何者为众、何者为寡以为之界限。且其所施所济者，一中于天理人情自然合辙之妙，而一无所徇，一无所矫。不然，则岂待博且众！即二桃可以致三士之死，而一夫无厌之欲，天地亦不能给之也。

乃子贡所云“博施济众”者，初非有“己欲立而立人、己欲达而达人”之实，则固不可以言仁。而但云“博施济众”，则夫子亦无以正其为非仁之事。而以“己欲立而立人、己欲达而达人”之仁言，如是以博施，如是以济众，乃以极体仁之大用，从圣人一为想之。然而终有不能，则亦以见非沾沾之惠、一切之功，世无有自信为能博施而能济众之人。即“何事于仁”三句中，而已折倒子贡不见实体、不知实用之失，故下直以“夫仁者”三字显仁之实。则使子贡由是以思焉，而如是以施，其不易言博；如是以济，其不易言众。亦不待夫子之言而自愧其失辞矣。程子谓子贡不识仁，看来子贡且不识施、济。使其有“能近取譬”之心，而敢轻言博、众哉？

程子不小仁而大圣，是眼底分明语，而云“仁通上下”，则语犹未醇。仁是近己着里之德，就中更无上下，但微有熟、不熟之分，体之熟则用之便。故以上下言仁，则且有瓶中亦水、大海亦水之说。而乍见孺子之心，特仁之端，而亦遽指为仁，则〔与〕夫子所言仁者之心体全有不肖。只颜子箪瓢陋巷中，即已有仁之体，则即有圣之用，而特必在三月不违时，方得体立用具。若一念间至，直自瓶水，而岂得谓之海水哉？

盖仁之用有大小，仁之体无大小。体熟则用大，体未熟则用小，而体终不小。体小，直不谓之仁矣。于物立体，则体有小大。于己立体，则体无可小。而亦安得分之为或小而或大？若海水之大，瓶水之小，则用之小因乎体之小，而岂仁之比哉？将吝于施而鲜所济者，亦可谓之仁与？亦失圣人之旨矣！子贡所云者，体不立而托体必小。夫子所言者，用不必大，而体已极乎天地万物，更何博与众之云乎？知此，则有位无位之说，曾何当耶？

三二

“立人”“达人”二“人”字，不可分大小说。一人亦人，千万人亦人，却于立达之实体无异。故用或小而体终不小。不得已而姑为之喻曰：如大海水，一卮挹之亦满，亿万卮挹之亦满。然仁之体，终不可以海喻。他只认得自家心体，何尝欲扩其量于天地万物之表哉？

三三

程子手足不仁一喻，大有微言在，亦待学者之自求。如平人气脉通贯时，四肢皆仁，唯心所使；然心终不使手撮炭而足蹈汤，亦不使指肥于股，足大于腹，手视色而足听音。“己欲立而立人，己欲达而达人”，即此是施济中各正性命之实理。尧、舜不欲窜殛，而以施之共、驩；孟子恶齐王之托疾，而已以疾辞。正心与手足各相知而授以宜之为仁也。

---

①津涘：津，渡口。涘，水边。

②协和：使亲睦协调。　　雍：和谐。

③执柯、伐柯：谓给人介绍婚姻，作媒人。

④喧豗（huī，音灰）：轰响声。

⑤迁怒：将对甲的怒气发泄到乙身上。　　贰过：重犯同一过失。

⑥披沙得金：亦犹“披沙拣金”。比喻细心挑选，去粗存精。

⑦一揆：同一准则。

⑧四勿：即非礼勿视，非礼勿听，非礼勿言，非礼勿动的简称。

⑨歆动：动情。

⑩八议：中国封建时代为庇护上层统治集团规定的对八种人给予减刑、免刑特权的特别审议制度，即议亲、议故、议贤、议能、议功、议贵、议勤、议宾。

⑪赟（yūn，音氲）：头大貌。此处作人名。

⑫慊（qiàn，音欠）：憾，恨，不满。

⑬民彝：人间的常理、法则。

⑭箦：用竹片偏成的床垫子。

⑮弱荏：虚弱。

⑯埒（liè，音劣）：等于，相等。

⑰迓（yà，音亚）：迎接。

⑱磊砢：壮大貌。

⑲蠲（juān，音捐）：通“捐”。除去，减免。

⑳矜伐：矜夸和居功。夸耀自己的才能、功绩或恩惠。

㉑典要：经常不变的准则、法度。

㉒漏卮：渗漏的酒器。

㉓黄钺：以黄金为饰的斧。古代为帝王所专用，或特赐给专主征伐的重臣。　　白旄：古代军旗的一种。以牦牛尾置杆首，指挥全军。

㉔诐（bì，音币）：偏颇，邪僻。

㉕正朔：正，一年的开始；朔，一月的开始。正朔就是一年第一天开始的时候。

㉖枵（xiāo，音嚣）：中心空虚的树根。引申为空虚。

述而篇

一

“不言而存诸心”，乃静存动察工夫，不因语显，不以默藏，与“不闻亦式，不谏亦入”一义，只在识不识上争生熟，不在默不默上争浅深。特以人于不默时有警，则易识。而方默亦识，乃以征存诸心者之无所间也。南轩云“森然于不睹不闻之中”，正是此意，那得作知识之识解！作知识解者，则释氏所谓现量照成也。识如字而不识音志，非浅人之推测，则释氏之知有是事便休而已。

然圣学说识志，释氏亦说识志，其所云“保任”者是也。达磨九年面壁，亦是知识后存识事。故“默而识之”，圣人亦然，释氏亦然，朱子亦然，象山亦然，分别不尽在此，特其所识者不同耳。倘必以此为别，则圣人之“诲人不倦”，抑岂必异于瞿昙之四十九年邪？

异端存个“廓然无圣”，须于默中得力。圣人则存此各正性命、保合太和[1]，在默不忘。释氏说一切放下，似不言存，然要放下，却又恐上来，常令如此放下，则亦存其所放者矣。故云“恰恰无心用，恰恰用心时”，用心以无心，岂非识哉？

夫子此三句，是虚笼语，随处移得去，下至博弈、图画、吟诗、作字亦然。圣人别有填实款项，如“入孝出悌”、“不重不威”等章是事实，此等乃是工夫。工夫可与异端同之，事实则天地悬隔矣。如舜、跖同一鸡鸣而起，孜孜以为，其分在利与善。而其不孜孜者，善不得为舜之徒，利不得为跖之徒也。

识如字识志之辨，亦在浅深上分，非朱、陆大异处。子静之病，只泥看一“默”字耳。故朱子又云“三者非圣人之极致”，则以初学之识，易于默时不警省，须默无异于不默。向上后，则静里分明，动难效用，须不默亦无异于默。故曰“存诸中者之谓圣，行于天壤者之谓神”。故学者急须先理会识，后理会默，乃于圣功不逆。不识则何有于默哉？待默而后不识，犹贤于一切鹘突之狂夫，全不惺忪之愚人也[2]。“识”字对“学”“诲”，“默”字对“不厌”“不倦”。学是格物、致知事，识是正心、诚意事。不厌只是终始于学，默识止是纯熟其识耳。

朱子于“父母之年不可不知”注，说个“记忆”，正可于此处参观。如记忆父母之年，固不待有语而后生警，而非谓口言之、耳闻之而即有损于孝思，须删除见闻而密持之也。“视于无形”，岂有形而不视？“听于无声”，岂有声而不听？不然，则又白昼求萤以待夜读之妄人矣。足知象山之学，差于一“默”字着力，而与面壁九年同其幻悖。圣人之学，正于独居静坐、大庭广众，一色操存，不可将不默时看作不好耳。朱门诸儒，将此一“识”字安在格物、致知上，以侵下“学”字分位，用拒象山，则亦不善承师说矣。

二

行道而有得于心之谓德。得为心得，则修亦修之于心，故朱子以诚意、正心言此。又云“无欲害人，得之于心矣，害人之心或有时而萌，是不能修”，此全在戒惧慎独上用功。若徙义、改过，则修身应物之事，并齐、治、平在里许矣。

如不欲害人之心，心心不断，德已无玷。若不能审义乐迁，则信为不害人者，或且有害于人，或功用未熟，则心未有失而行处疏漏，因涉于害人而不自知。是须以徙义善其用，改过防其疏。乃圣人之学，不径遣人从修身应物上做去，故徙义、改过之功，待修德之余而尤加进。若世儒无本之学，则即于闻义时、不善时作入路，子路亦然，故未入室。到熟处方理会心德，则本末倒置矣。

故世儒见徙义、改过粗于修德，圣人则以此二者为全体已立、大用推行之妙。是徙义、改过，正广大精微之极至矣。就中内外、身心、体用，分别甚明。小注或云“迁善、改过是修德中要紧事”，新安云“修德之条目”，俱不足存。

三

《集注》“先后之序，轻重之伦”，自庆源以下，皆不了此语。朱子尝自云“注文无一字虚设”，读者当知其有字之必有义，无字之不可增益，斯不谬耳。

《集注》云：“据德则道得于心而不失，依仁则德性常用而物欲不行。”德缘志道而得，而特进以据之功，斯所服膺者不失也。仁缘据德而性足用，而进以依之功，则用可常而欲不行也。此所谓“先后之序”也。

又云：“游艺则小物不遗而动息有养[3]。”不遗者，言体道之本费也。动有养者，德之助也；息有养者，仁之助也。而云“不遗”，则明道无可遗，苟志于道而即不可遗也；云“有养”，则养之以据德，养之以依仁，为据德、依仁之所资养也。此游艺之功，不待依仁之后，而与志道、据德、依仁相为终始。特以内治为主，外益为辅，则所谓“轻重之伦”也。

志道、据德、依仁，有先后而无轻重。志道、据德、依仁之与游艺，有轻重而无先后。故前分四支，相承立义，而后以先后、轻重分两法，此《集注》之精，得诸躬行自证而密疏之，非但从文字觅针线也。

《集注》于德云“行道而有得于心”，于仁云“心德之全”。德因行道而有，仁则涵动静，故曰全。盖志道笃则德成于心，据德熟则仁显于性。德为道之实，而仁为德之全。据与依，则所以保其志道之所得，而恒其据德之所安。若艺，则与道相为表里，而非因依仁而始有。其不先依仁而后游艺，甚著明矣。

潜室不察于此，乃云：“教之六艺，小学之初事。游于艺，又成德之余功。小学之初习其文，成德之游适于意。”此亦舍康庄而取径于荆棘之蹊矣。盖六艺之学，小学虽稍习其文，而其实为大经大法，与夫日用常行之所有事者，即道之所发见。故大学之始教，即在格物、致知，以续小学之所成，而归之于道。夫子教人以博文约礼为弗畔之则，初非小学则姑习之，一志于道而遂废辍，以待依仁之后而复理焉。既不可云仅为小学之初事，若其所云“成德之后适于意”者，则尤依托“游”字之影响，而初无实义也。以为德已成矣，理熟于胸，则遇物皆顺，而艺之与志，得逢原之乐乎？是艺之游也，乃依仁之后耳顺、从心之效，不当平列四者节目之中，以示学者之当如是矣。今与前三者同为为学之目，而以成本末具举、内外交养之功，则实于据德、依仁之外，有事于斯，而非听其自然，遇物皆适之谓矣。如以恣志自得，游戏徜徉之为适意邪？则即以夫子末年删定为德成以后所发之光辉，而要以定百王之大法，正万世之人心，且凛凛于知我罪我之间，不敢以自恣自适。况在方成其德者，乃遽求自适其意，如陶元亮之“时还读我书”者，以遣日夕而悦心目，其可乎？

潜室但欲斡旋“先后之序”四字，遂曲为附会，以幸无弊。乃不知朱子之云“先后”者，固不于游艺云然，则又无待潜室施无病之药也。且前三者之有先后，特因德得于志道之余，而仁现于据德之熟，以立此由浅入深、由偏向全之序。固非依仁则无事于据德，据德则无事于志道，当其志道且勿据德，当其据德且勿依仁，一事竟即报一事之成，而舍故就新以更图其次。况乎依仁之功，与生终始，何有一日为仁之已依而无忧不依，何有一日为依之已尽而不用再依，乃告成功于依仁，而他图游艺也哉？

所以《集注》虽有先后之说，而尤云“日用之间，无少间歇”，以见四者始终不离之实学。且独于立志言先，而据德、依仁不言先，亦不言次，肯綮精确[1]，一字不妄。何居乎于下三者逐节施以先后，而穿凿以求伸其说？嗣者无人，良负前贤之苦心矣。

四

说圣人乐处，须于程、朱注中笃信而深求之，外此不足观也。程子云“须知所乐者何事”，固非刻定一事为圣人之所乐，然亦何尝不于事而见其乐哉？朱子云“‘从心所欲不逾矩’，左来右去，尽是天理”，其非脱略事物，洒然不着，可知也。

于此一差，则成大妄。庄子开口便说“逍遥游”，弁髦轩冕[5]，亦是他本分事，到来只是不近刑名[6]，以至于嗒然丧耦而极矣[7]。陈氏所谓“万里明澈，私欲净尽，胸中洒然，无纤毫窒碍”者，此也。万里明澈则乐，有片云点染便觉闷顿，所以他怕一点相干，遂成窒碍，而视天下为畏途。则所谓终日游羿彀之中者，亦相因必至之忧。

圣人说“于我如浮云”，明是以天自处。于我皆真，于土皆安，圣人之天体也。若必万里明澈而乃以得乐，则且厌风云、憎雷雨，若将浼焉[8]，而《屯》之经纶，《需》之宴乐，皆适以为累矣。使然，则疏水曲肱而后乐[9]，非疏水曲肱则不乐也。不义而富贵则不处，以义而锦衣玉食则亦不去，岂漫然任运而无心哉？

遇富贵则不逾富贵之矩，遇贫贱则不逾贫贱之矩，乃是得。“左右来去，尽是天理”，方于疏水曲肱之外，自有其乐，而其乐乃以行于疏水曲肱之中。圣人所以安于疏水曲肱者，以乐为之骨子，此非荡然一无挂碍可知已。使但无欲则无得，无得则无丧，如是以为乐，则贫贱之得此也易，富贵之得此也难。必将如庄子所称王倪、支父之流，虽义富、义贵，亦辞之唯恐不夙矣。此是圣学极至处，亦是圣学、矣谒皂白沟分处。若不了此，则袁安、张翰、韦应物、白居易，皆优入圣域矣，而况于蒙庄！

五

朱子“即当时所处”一语，谛当精切。读者须先后此着眼，则更不差谬。双峰云“乐在富贵中见得不分晓，在贫贱方别出”，语亦近似。然要似夫子设为此贫境以验乐，则于圣人于土皆安之道不合矣。

夫子此章，自是早年语，到后来为大夫而不复徒行，则居食亦必相称。既非虚设一贫以验乐，亦无事追昔日之贫而忆其曾乐于彼，作在富贵而思贫贱愿外之想也。乐不逐物，不因事，然必与事物相丽。事物未接，则所谓“喜、怒、哀、乐之未发”，岂但以月好风清，日长山静，身心泰顺而为之欣畅也乎？既以左宜右有、逢源而不逾矩为乐，则所用者广，而所藏者益舒。是乐者，固君子处义富、义贵之恒也。故曰“乐亦在其中”。言“亦”，则当富贵而乐，亦审矣。

使夫子而如夏启、周成，生即富贵，直不须虚设一贫以言乐。而又岂随物意移，贸贸然日用而不知，遂使其乐不分晓乎？即在夫子摄相之时，位且尊矣，道且泰矣，岂其所为乐者，遂较疏水曲肱时为鹘突不分明，而不能自喻邪？圣人之于土皆安者，于我皆真。富贵、贫贱，两无碍其发生流行之大用，乐主发散在外，故必于用上现。故曰“乐亦在中”，贫贱无殊于富贵也！

此双峰之语所以似是而非。如云：使在富贵，则君子之行乎富贵者，可以不言乐，而唯贫贱亦然，乃以见性情之和，天理之顺，无往不在，而圣贤之乐，周遍给足，当境自现，亦可见矣。如此，斯为得之。

六

唯知夫子为当时所处之现境，则知为夫子早年语。知为夫子早年语，则亦不用向孔、颜之乐，强分异同。今即云颜子所得，同于圣人，固不敢知。然孔子“三十而立”之时，想亦与颜子无大分别。俗儒不知有乐，便觉是神化之境，实则不然。在圣贤分中，且恁等间。故周、程二先生教学者从此寻去，亦明是有阶可升之地，非“欲从末由”之境也。

朱子以“不逾矩”言乐，乃要其终而言之，愚所谓到后亦只是乐者也。而“三十而立”时，不逾之矩已分明更无差忒。若所欲者动与矩违，则亦不能立矣。即未到发念皆顺、于我皆真地位，而矩已现前，无有不可居、不可行之患，则资深逢原，已不胜其在己之乐矣。如小儿食乳得饱，亦无异于壮夫之饱。陈、饶、许诸子，强为分判，固须以朱子“孔、颜之乐不必分”一语折之。

七

天地之化，与君子之德，原无异理。天地有川流之德，有敦化之德，德一而大小殊，内外具别，则君子亦无不然。天地之化、天地之德，本无垠鄂[10]，唯人显之。人知寒，乃以谓天地有寒化；人知暑，乃以谓天地有暑化；人贵生，乃以谓“天地之大德曰生”；人性仁义，乃以曰“立天之道，阴与阳；立地之道，柔与刚”。《易》是天地之全化、天地之全德，岂但于物见天，而不于天见天，于感通见人事，而不于退藏见人道乎？《集注》专以进退、存亡之道言《易》，则是独以化迹言，而于川流、敦化之德，忘其上下一致之理矣。

如说个“天行健”，何尝在进退存亡上论化迹？孔子赞《易》，第一句说“君子以自强不息”，只是无过之本，非但《需》之“饮食宴乐”，《困》之“致命遂志”也。真西山单举仕、止、久、速，说孔子全体皆《易》，则但有利用安身之《易》，而无精义入神之《易》矣。庆源云“履忧患之涂，不可以不学《易》”，尤将《易》看作不得志于时人下梢学问。如此说书，只似不曾见《易》来，恰将《火珠林》作经读。

圣人于系《易》，多少底蕴精微，只有两章说忧患，而又但以九卦为处忧患之用，则余五十五卦，皆非有忧患之情可知矣。《文言》四序《爻辞》，言信，言谨行，闲邪存诚、进德修业、学问宽仁，皆修己无过之道也。“潜龙勿用，下也”一段，治人无过之道也。只末后一段，说进退存亡，为亢龙言尔。舍大中至正之道，而但以变化推移言天人之际。甚矣，其诬也！

八

“发愤忘食，乐以忘忧”，《集注》、《语录》开示圣奥，至矣。就中“与天合契”一段，尤为不妄。于愤、乐见得天理流行之不息，于忘食、忘忧见得人欲净尽之无余。而天之无私者，唯其不息，则所谓“发愤便能忘食，乐便能忘忧”也。

天无究竟地位。今日之化，无缺无滞者，为已得。明日之化，方来未兆者，为其未得。观天之必有未得，则圣人之必有未得，不足为疑矣。大纲说来，夫子“十五志学”一章，以自显其渐进之功。若密而求之，则夫子之益得其未得者，日日新而不已，岂一有成型，而终身不舍乎？

朱子云“直做到底”，“底”字亦无究竟处。有所究竟则执一，执一则贼道，释氏所谓“末后句”者是也。观之于天，其有一成之日月寒暑，建立已定，终古而用其故物哉？

小注中有“圣人未必有未得，且如此说”之言，必朱子因拙人认定有一件事全不解了之为未得，故为此权词以应之。后人不审，漫然录之，遂成大妄。

九

《集注》“气质清明，义理昭著”，是两分语。“气质清明”以人言，“义理昭著”以理言。非“气质清明”者，则虽义理之昭著而不能知。然非义理之昭著者，则虽“气质清明”，而亦未必其知之也。缘朱子看得此一“者”字活，大概不指人而言，与下句“者”字一例。岂“好古敏以求之”，为夫子之自言，而亦以人言之乎？

“义理昭著”四字，较和靖说更密。庆源、双峰只会得和靖说，不曾会得朱子说。但言义理，则对事物而言之。既云义理之昭著，则自昭著以外，虽未及于事物之蕃变，而亦有非生所能知者矣，故朱子云“圣人看得地步阔”。

总在说知处不同。精义入神，圣人方自信曰知。如生而知孝，自与不知孝者不同，乃中心爱敬，即可自喻，而事亲之际，不但礼文之繁，即其恰得乎心而应乎理，以为天明地察之本者，自非敏求于古而不得，矧在仁义中正之蕴藏乎？

圣人于此，业以生知自命。而见夫生知者，生之所知，固不足以企及乎己之所知。若曰“我非但生知，而所求有进焉者”，特其语气从容，非浅人之所测耳。徇齐、敦敏之说[11]，见于稗官[12]，与释氏堕地七步之邪词，同其诞妄。乃疑古今有生而即圣之人，亦陋矣夫！

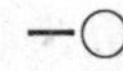

一〇

圣人从不作一戏语。如云不善亦师，为谑而已。以此求之，《集注》未免有疵在。老子曰“善人，不善人之师；不善人，善人之资”，是很毒语。将谓纣为武王之资，杨、墨为孟子之资，利人之不善，而己之功资以成，道资以伸！若此，既非君子之存心，乃老子且仅曰“资”，而夫子顾以反其道而用之者为“师”邪？

“其不善者而改”，是补出“择”字余意，师则但云“从之”者，所以云“三人”而不云“二人”。彼两人者均善，必有一尤善者；均不善，必有差善者，即我师也。且其人业与我而并行，亦既非绝不相伦之人矣。故以善为师，则得师矣；不善而改，则不妄师矣。人苟知择，岂患无师哉？

一一

夫子将善人、有恒作一类说。南轩云“善人、有恒，以质言”，此处极难看得合。若如曾氏所云“善人明乎善者，有恒虽未明乎善，亦必有一节终身不易”，则相去远矣。

此二种人全、欠、大、小之异致，而一皆率任其所本明，非有能明、不能明之别也。有恒者，无处则是无，有处则恒有，虚约则只是虚约，盈则恒盈，泰则恒泰。于其所无、所虚、所约，固不袭取而冒居之，然亦不能扩充以求益也。特以其不冒居之故，则求益也有端矣。若善人之别于有恒者，大概与理相得，求所谓无、虚、约者已鲜。而所有、所盈、所泰，未能精其义而利其用，便亦任其自然，条条达达，如此做去。其不能造其极而会其通者，亦与有恒之不能扩充以求益，同之为未学也。

质之美者，不求扩充，则必能恒。若求扩充，则反有兀臬窒碍[13]，思为变通，而或不能恒矣。此有恒之进机也。又其上者，任其自然，则所为皆可，欲由是而求精其义而利其用，则初几反滞，辙迹不熟，而未必即能尽善矣。此善人之进机也。

善人大而不切，有恒既不能大，而亦未必其能切。大抵皆气壹动志，只如此做去，更无商量回护，其为全为欠，则逃讪之矣。若不能大而已切，则君子也，志为主而气为辅者也。于此辨之，乃知君子、善人、有恒之同异。

一二

善人亦是有恒。他所为皆善，如何不恒？有所不恒，则有所不善矣。但恒而曰“有”，自是在一节上说。若凡有皆恒，即不可名之为有恒。总之，有恒得善人之一体，君子具圣人之体而微者也。如此类，须分别看。倘以一例求之，而云有恒笃实，而善人近于虚，则不足以为善人。圣人全而君子偏，则不足以为君子矣。

一三

南轩说梁武、商纣同咈天理，可谓正大精严之论。南轩于此等处，看得源流清白。其论《酒诰》篇文字，极为朱子推服。古今儒者，能如此深切斩截者，盖亦鲜矣！

然劈头说个“圣人之心，天地生物之心”，安在此处，却不恰好。圣人于此，却是裁成辅相[14]，顺天理之当然，何曾兜揽天地生物之心以为心？若方钓弋时[15]，以生物之心为心，则必并钓弋而废之矣。

圣人只是圣人，天地只是天地。《中庸》说“配天”，如妇配夫，固不纯用夫道。其云“浩浩其天”，则亦就知化之所涵喻者言尔。无端将圣人体用，一并与天地合符，此佛、老放荡僭诬之词，不知而妄作。圣人立千古之人极，以赞天地，固不为此虚诞，而反丧其本也。

《泰誓》曰：“唯天地万物父母，元后代民父母。”理一分殊，大义昭著。古人之修辞立诚，鲜不如此。若云“不纲”、“不射宿”便是天地生物之心，以大言之，天地固不为是区区者；以精言之，天地亦不能如是之允当也。

天地不需养于物，人则不能。而天地之或杀，则无心而无择。方秋禾槁，固不复拣稚者而更长养之；夭札所及，不与人以得避之地。成周之治，可以数百年而无兵；七国、五胡之际，不复更有完土。必欲规规然一与天地相肖[16]，非愚而无成，必且流于异端之虚伪矣。

天地之元、亨、利、贞，大而无迹；圣人仁至义尽，中而不偏。圣人之同乎天地者一本，圣人之异乎天地者分殊。不然，彼梁武之流，固且以究竟如虚空、广大如法界，为行愿一天地也，而何以罪均于商纣哉？

①太和：中国哲学术语。"太"本作"大"，原出《易·系辞》："保合大和，乃利贞。"宋张载用以形容阴阳二气既矛盾又统一的状态。太和也就是道。

②惺忪：苏醒貌。

③游艺：谓用六艺（礼、乐、射、御、书、数）之教陶冶身心。

④肯綮：筋骨结合的地方。后比喻要害，最重要的地方。

⑤弁髦：弁，指缁布冠，一种用黑布做的帽子；髦，童子的垂发。古代贵族弟子行加冠之礼，先用缁布冠把垂发束好，三次加冠之后，就去掉黑布帽子，不再用。因以比喻无用的东西。轩冕：古代卿大夫的车服。也指官位爵禄或贵显的人。

⑥刑名：亦作"形名"。原指形体（或实际）和名称。

⑦嗒然丧耦：简称"嗒丧"。语出《庄子·齐物论》："答焉似丧其耦"。心境空虚，物我皆失之貌。后来一般用作灰心丧气的意思。

⑧浼（měi，音每）：水盛貌。

⑨疏水：平缓的水流。　曲肱：弯曲的手臂。指处于贫贱不得意。

⑩垠鄂：同"圻鄂"。边沿，边际。

⑪徇齐：旧指明敏有夙慧。

⑫稗官：小官。后用为小说或小说家的代称。

⑬兀臬：亦作"兀臲"、"杌隉"、"阢隉"。动摇不定貌。

⑭裁成：亦作"财成"。筹谋而成就之。　辅相：辅助。

⑮钓：钓钩　弋：用绳系在箭上射。

⑯规规：亦作"瞡瞡"。浅陋拘泥貌。

泰 伯 篇①

一

《集注》言"夫以泰伯之德，当商、周之际，固足以朝诸侯而有天下矣，乃弃不取"，又云"其心即夷、齐扣马之心"，于义明甚。金仁山徒费笔舌，止欲斡旋太王无翦商之志，乃谓泰伯之让天下，让于王季。不知太王而非有翦商之事，则泰伯又何处得天下让之王季耶？

小儒以浅识遥断古人，乐引异说以自证，乃不知所引者之适以自攻。《吴越春秋》一书，汉人所撰，诞诬不足信，不可与《左传》参观异同。且彼书记太王之言曰："兴王业者，其在昌乎！"则太王之不忘翦商，亦可见矣。夫子称泰伯为"至德"，而于太王未施一赞词，仁山乃苦欲曲美太王，而不知其以抑泰伯也殊甚，何其矛盾圣言而不之恤也！

使泰伯而逆计王季、文王之有天下，因顺太王之志而让之季历，如所云遂父志而成其远大，若云周有天下，由泰伯之逃。则是泰伯以此一让，阳辞阴取，而兄弟协合以成夺商之事，是与曹操所云"吾其为周文王"者，同为僭诈。而夫子称之曰"至德"，不已僭与！

古者封建之天下，易侯而王，亦甚寻常事。既非若后世乱贼，起自寒微，资君之禄位灵宠，欺孤寡而攘夺之。商之历祀已六百，而失道之主相仍。太王以后稷之裔，奕世君公，则于以代商而王，显然有其志事，而抑何损？若夫泰伯怀必得之心，择弟与从子之贤，使可固有而不失，则其为谖也②，甚矣！此辨太王无翦商之志者，不足以伸太王，而唯以抑泰伯，叛圣言也。

仁山云："太王前日犹能弃国于狄人侵邠之时，而今日乃欲取天下于商家未乱之日，太王之心，决不若此其悖也。"夫太王之避狄，岂让狄哉？鲲鲲赂狄，冀以全邠，殆不得免焉，而后为此全民避地之计，孟子固曰"不得已"也。狄不可争则去之，商有可代则思代之，太王之创业垂统，如此而已。至于柞棫拔而昆夷駾③，太王岂终让狄人者哉？朱子确然有见于此，而援引《鲁颂》及《春秋传》以辟诸儒回护之说，用以见太王之无不可翦之商，而泰伯犹且不从父命，确尔求仁之为至德，其深切著明至矣。仁山之言，乌足为有无邪？

本文云“三以天下让”，是天下其所固有也。若因后日之有天下而大为之名，则使文、武终不有天下，而泰伯遂无所让邪？唯泰伯可以有天下而不有，则即使文、武不有天下，而泰伯之让天下也固然。特所云让者，谦逊不居之辞，非必让之人而后谓之让也。《书》曰“舜让于德弗嗣”，谓己德之不足嗣，则不敢受，非以让之四岳群牧也[④]。子曰“其言不让”，谓己可有之而即自任之，非谓不让之求、赤与点也。知此，则俗儒让周、让商之说，两无容相攻击，而不得谓商固有天下，无待于泰伯之让，以破泰伯不从之说矣。

盖以德、以时，天下本泰伯之所有，今以君臣之大义，不从父命而不居，至他日之或为季历子孙所有，或商子孙仍无失坠，总以听之天，而己不与焉。尽道于己，而为仁不由乎人，此其得于心者已极，而非人之所能喻也。使泰伯从太王而代商，则人知其躬任天下矣。今无其事，是以民不知而弗得称也。藉云以让之王季、文王，则昭然于天下后世，而何“无得而称”哉？拘儒多忌，不足达圣人之旨，自当以《集注》为正。

二

后人释书，于字句上作奇特纤新之解，薄古人为未审，不知先儒固尝作此解，已知其非而舍之。曾子本文三“斯”字，作现成说，而以为存省之验者，朱子盖尝作此解矣。然而《集注》不尔者，以谓作现成说，则是动容周旋中礼，自然发见之光辉，乃生知安行、化不可为之事，既非曾子言“所贵乎道”、言“远”、言“近”之义。若谓三者为化迹，而道之所贵，别有存主之地，则所谓存主者，岂离钩三寸，别有金鳞耶？此正圣学、异端一大界限。圣贤学问，纵教圣不可知，亦只是一实。舍吾耳目口体、动静语默，而别求根本。抑践此形形色色，而别立一至贵者，此唯释氏为然尔。

先儒说曾子得圣学之宗，而以授之子思、孟子。所授者为何事，但与他一个可依可据者而已。故其临终之言，亦别无付嘱，止此身之为体为用者，即为道之所贵，修此身以立体而行用，即是“君子所贵乎道”。其后子思之言中和，则曰“喜怒哀乐”，不离乎身之用也。容貌、颜色、辞气者，喜怒哀乐之所现也。鄙之与雅，背之与顺，正之与邪，信之与伪，暴之与和，慢之与庄，中节不中节之分也。孟子言天性，曰“形色”。容貌、颜色、辞气者，形色也。暴慢、鄙背之远，信之近，践形者也。

静而存养于心，凝以其身之静也。动而省察于意，慎以其身之动也。所存者，即此不暴慢、不鄙背、近信之实，故曰“俨若思”。所察者，即此暴慢、鄙背、不信之几，故曰“无不敬”。不然，则理于何存？欲于何辨？非此远暴慢、鄙背而近信者，亦孰为天理显仁藏用之真？非其刚为暴、柔为慢、淫于鄙、辟于背、饰情为不信者，何以见所欲之为私也？曾子吃紧为人，只在此身着力，而以微见天心，显征王道者，率莫不在此。若但以为效验而用力不系乎此，其不流于禅学者，鲜矣！

三

颜子所至，与圣人相去远近，固非易知，然以“犯而不校”想之，则亦可仿佛其端。

上蔡云：“几于无我。”所谓无我者，圣人也。朱子谓：“却尚有个人与我相对。在圣人，便

(知)〔和〕人我都无了。”此话不加审别，则已与释氏“无我相、无人相”之说相乱。所以于此，须求一实际在。

圣人所谓“无我”者，岂其于人我而无之？于人我而无之，则是本有人我，而销之于空，是所谓“空诸所有”也？抑谓人我本无，而我不实之以有，是所谓“慎勿实诸所无”也？夫圣人之无人我，岂其然哉？

一理而已矣。人我有异，而理则同。同则无异，故曰无也。无欲害人者，理也。在我无欲害人，在人无欲害我，其理同也。无欲受尔汝者，理也。我无欲受，人无欲受，其理同也。同乎理，则一理而已矣，而安有人与我之或异？

乃理则有等杀矣，均而同之，而尚非理也。因其尊而尊之，因其卑而卑之，我之居尊与人之居尊，我之处卑与人之处卑，同也。同此而已矣，非必我尊人卑，而抑我以就卑也。因其亲而亲之，因其疏而疏之，我之所亲与人之亲我，我之所疏与人之疏我，同也。同此而已矣，非必忘亲忘疏，而引疏者以为亲也。因其曲而曲之，因其直而直之，直在我之必伸，犹在人之不可屈，曲在我之必屈，犹在人之不可伸，同也。同此而已矣，非必屈己伸物，而恒以曲自予，以直予人也。

故“犯而不校”，能忘乎人，而非必能大顺乎理之同。盖于克己有馀，而于复礼未能合符，是以重于己而轻于物，故人之以非礼相干者，未一准之天理之大同。斯以为始事之始功，而未入于化也。

圣人只是天理浑成，逢原取给，遇顺逆之两境，一破两分，皆以合符不爽，更无所谓己私者而克之。颜子则去一分私，显一分公，除彼己之辙迹，而显其和平。先儒谓孟子为有圭角⑤，窃意颜子亦然。用力克去己私，即此便是英气。有英气，便有圭角矣。

要以有生之后，为天理之蔽者，唯此以己胜人之心为最烈。故颜子虽未入化，而作圣之功，莫有过焉。盖己私已净，但不堕教空去，则天理之发见，自不容已。如磨石镜，去一分垢，则显一分光，自有不能遏抑者矣。迨其垢尽光生，而不但作镜中之影，浑然于天理一致之中，则无阶可升，而为道义之门。此颜子所谓“欲从末由”者也。观圣贤无我之深浅，当于此思之，庶不婪入释氏“歌利截体”之妄。

四

庆源因有周公之才者，尚当以骄吝为戒，遂疑才为可善可恶之具，而曰“德出于理，才出于气”。窃以知庆源说书，多出亿度，而非能豁然见理者。

德有性之德，有行道有得之德，皆涵于心者也。心固统性，而不可即以心为性。以心为性，则心、性之名，不必互立，心不出于性，德不出于理矣。如行道而有得，则得自学后。得自学后，非恃所性之理也。今不可云周公质非生安，而亦不可谓周公之德不由学得，则亦不必出于性者之为德，而何得对气而言之，理为德之所自出也？

凡言理者有二：一则天地万物已然之条理，一则健顺五常、天以命人而人受为性之至理。二者皆全乎天之事。而“德出于理”，将凡有德者，一因乎天理之自然而人不与哉？抑庆源之意，或浅之乎其为言，若曰：出于理者为德，未出于理而仅出于气者为才，则是拒谏饰非，工书画、穿宝鞍之才耳，而岂周公之才哉？是云“德出于理”，业已不可，而况云“才出于气”乎？

一动一静，皆气任之。气之妙者，斯即为理。气以成形，而理即在焉。两间无离气之理，则安得别为一宗，而各有所出？气凝为形，其所以成形而非有形者为理。夫才，非有形者也，气之足以胜之，亦理之足以善之也。不胜则无才，不善抑不足以为才。是亦理气均焉，审矣。寂然不动，性著而才藏；感而遂通，则性成才以效用。故才虽居性后，而实与性为体。性者，有是气以凝是理者也。其可云“才出于气”而非理乎？

孟子曰：“或相倍蓰而无算者[6]，不能尽其才者也。”才尽，则人皆可以为尧、舜矣。虽云气原无过，气失其理则有过；才原无过，才失其用则有过。然而气失其理，犹然气也；才失其用，则不可谓才。且此既云“才之美”矣，则尽之而无不善矣，则才无过而有功矣，岂遂为召骄致吝之媒乎？

程子云：“有周公之德，自无骄吝。”此据已然而言尔，非谓有周公之才者，能致骄吝也。骄者气盈，吝者气歉。骄吝者，则气之过也。不骄不吝者，能善其气者也。气有盈歉，则为骄，为吝。故夫天下之骄吝者，不必皆有才，而且以不尽其才。故圣人于此言才，又言骄吝，正是教人以人辅天、以道养性，善其气以不害其性之意。使天以此理此气授之人而为才者，得尽其用而成其能，其为功在学，而不恃所性之理。何居乎庆源之孤恃一理，以弹压夫才，废人工而不讲也！

耳聪、目明、言从、动善、心睿，所谓才也，则皆理也，而仅气乎哉？气只是能生，气只是不诎，气只是能胜。过此以往，气之有功者皆理也。德固理也，而德之能生、不诎而能胜者，亦气也。才非不资乎气也。而其美者即理也。理、气无分体，而德才有合用。不骄、不吝，所以善吾才，即所以成吾德，曾何歧出沟分之有！

五

庆源云“世固有优于德而短于才者”，此乃未成德者文饰迂疏之语，圣贤从不（于）〔如〕此说。德到优时，横天际地，左宜右有，更何短之有哉！

假令一人有孝德以事亲，而无事亲之才，则必将欲顺而反得忤。申生之所以仅为恭，而许世子且不免于大恶，其可谓孝德之优乎？必能如大舜、文王，方可云优于孝德。而草野倨侮、呴呴咻咻者[7]，一短则蔑不短也。

优者，绰有余裕之谓。短于才，正是德之不优处。诚优于德矣，则凡为道义之所出，事物之待治，何一不有自然之条理？凡周公之才，固即以行周公之德，而实周公之德优裕不穷所必发之光辉。德者得其理，才者善其用。必理之得，而后用以善，亦必善其用，而后理无不得也。故短于才者，不可谓无德，而德要不优。必如周公平祸乱，制礼乐，以成其纯忠达孝之德，而后为德之优，为才之美。若马钧、何稠、杨修、刘晏之流，亦奚足以云才，而况得见美于圣人！

骄吝之不可有，固善才之用，而亦居德之方。然则有曾、闵之孝，龙、比之忠，而骄且吝焉，则亦为居德之忌，而不但为才言也。特以骄吝于用处发见，而才者德之用，故专言才以统德。而鲍焦、申屠狄、李膺、范滂之以骄吝居德者，亦自不乏。然则有德而短于才者，无亦骄吝之使然，正不得以才短为无损于德而自恣也。如云德不忧骄吝，而有才者则然，则非但病才，而且以贼德，固儒者之大患也。

六

圣人于“笃信好学，守死善道”之后，必须说“危邦不入”以下一段文字，叮咛严切，语下自见。若以效言，则成德以后，内以成身，外以成物，不可胜数，而何但于出处上序绩不一词而足哉？此唯晁氏数语，说得简要精通。虽去就出处之较学守，以体用而分本末，然总系之曰“然后为君子之全德”，则“去就义洁，出处分明”，亦非坐致之效可知。

圣贤学问，内外标本，无一不用全力。若学守功深，而去就出处，一听其自善，则用力于此，而收功于彼，如农耕之、耘之而不获稼，亦岂其稼哉？所以静而存养者，必动而省察。君子之法天，唯是“自强不息”，“终日乾乾，夕惕若”，何尝靠着一二十年学守工夫，便东冲西撞去，如王安石之所为者！

安石之博闻深思，廉洁自好，亦可谓有主矣，向后却成一无忌惮之小人。此闭门造车，出门合辙之说，以误学人不小。所以《文言》说“忠信以进德，修辞立诚以居业”，学守之尽词也。而又云“知至至之，可与几也，知终终之，可与存义也，是故居上位而不骄，在下位而不忧”，则不骄不忧，亦必有知几存义之功焉。

故夫子悦漆雕开之未信，则以开之可仕者，学守有得，而不能自信者，现前应用之物理也[8]。物之理本非性外之理。性外之物理，则隔岭孤松，前溪危石，固已付之度外。而经心即目，切诸己者，自无非吾率性之事。则岂有成功之一日，望危邦而必不入，乱邦而必不居，有道则必不后时，无道则必无滞迹也哉？

唯佛氏有直截顿悟之一说，故云“知有大事便休”，而酒肆淫坊，无非觉位，但一按指，海印发光。缘他欲坏一切，而无可坏之实，则但坏自心，即无不坏，故孤守自性，总弃外缘。

圣人于下梢处，一倍精神，欲成一切，而此物之成，不能速成彼物，故理自相通，而功无偏废。是以终之曰“邦有道，贫且贱焉，耻也；邦无道，富且贵焉，耻也”。则以见学之已明，守之已至，到临几应物上，一失其几，则虽期许无惭，而俯仰天人，已不能自免于耻。所以见天理流行，初无间断，不容有精粗、内外之别，而以精蒙粗，以内忘外，贻亢龙之悔，以一眚累全德也[9]。斯圣功之极至，成德之终事，其慎其难，日慎一日，亦不知老之将至矣。

朱子云“此唯笃信好学，守死善道者能之”，语自温藉。言必能乎彼，而后能乎此，以著本末相生一致之理。非谓能乎彼，则即能乎此，恃本而遗末，举一而废百也。庆源遽以效言，不但昧于圣言，亦以病其师说矣。

七

郑氏以许行、陈相为笃信而不好学，大属孟浪。笃信者，若不问其何所信，则信佛、老以至于信师巫邪说者，至死迷而不悟，亦可许之笃信耶？且陈相学许行之学，许行学神农之言，岂其不学，而抑岂其不好？

乃郑氏之失，总缘误将“信”字作虚位说。朱子云“笃信是信得深厚牢固”，亦自有病。但云信得深固，其所信者果为何事？朱子意中、言外，有一“道”字在，而郑氏且未之察。乃夫子岂隐一“道”字于臆中，而姑为歇后语耶？

熟绎本文八字，下四字俱事实，上四字俱工夫。若云“信道”，则“信”字亦属工夫，连下两工夫字而无落处，岂不令痴人迷其所往？逢着一说，便尔不疑，此信如何得笃？且如陈相之事陈良，已数十年，一见许行，遂尽弃其学，正唯不能疑者之信不笃也，而病不在于好学之不诚。事陈良而信陈良，见许行而信许行，如柳絮因风，逢蛛网而即挂，亦何足道哉！

但言信而不得所信，则其弊必至于此。以实求之，则此所谓信者，有实位，而非用工之虚词也。子曰“十室之邑，必有忠信”，正此谓矣。故皆与“好学”相资，而著其功。特彼之言信，以德之性诸天者言。此之言信，以德之据于己者言，为小异耳。

“笃信”，犹《中庸》言“敦厚”也。“好学”，犹《中庸》言“崇礼”也。盖君子于古今之圣教，天下之显道，固所深信，而疑之与信，以相反而相成，信者以坚其志，疑者亦欲以研其微，故曰“信而好古”，亦曰“疑思问”。此不容步步趋趋，漫然无择，惟事深厚牢固之区区也，审矣。

唯夫吾心固有之诚，喻诸己而无妄者，即此是道之真体效于人心而资深、居安者，于此而加之培植壅护之功，则良能不丧，而长养益弘，所谓“敦笃其所已能”者，正此谓已。

此心分明不昧，仰不愧天，俯不怍人，言则可言，行则可行者，是曰信。而量之未充，体之未极，益加念焉，使已能者不忘，可能者不诎，是曰笃。如此则仁为诚仁，义为诚义，而体之或伪，犹恐用之或穷，则好学之功，所由并进而不可缺也。

彼陈相一流，心无真理，蒙蒙瞀瞀，乘俄顷之信而陷溺不反，虽好其所好而学其所学，曾何益哉？使陈相者，能于己之性、物之理，(于)〔如〕痛痒之关心，固有而诚喻之，则虽其学未至，亦何悖谬之若此耶？

圣人言为学之本基，只一“信”字为四德之统宗，故曰“主忠信”，曰“忠信以得之”。而先儒释之曰“以实”，曰“循物无违”，“以实”者，实有此仁义礼智之天德于心，而可以也，以，用也。“循物无违”者，事物之则，晓了洞悉于吾心，如信夏之热，信冬之寒，非但听历官之推测，吾之所通，与彼之所感，自然而不忒也。

道自在天下，而以喻诸吾心者，为静可为体，动可为用之实。即其发之不妄，以揆诸心而与千圣合符，则由一念之不忒，以敦笃而固执之。虽学之未至，而本已不失，虽有异端穷工极巧以诱吾之信而终不乱。岂徒恃所学以立门庭而折之耶？

乃至父子君臣之际，苟非恩义之根于性者有信在心，而徒闻见是资，则将有信伯禽东征之为孝，而成李贤、杨嗣昌之忘亲；信谯周劝降之为忠，而成吴坚、贾余庆之卖国。信之益以牢固，而为恶益大。圣人何以切切然以“笃信”冠于“学、守、善道”之上，为成德之始基也？彼郑氏者，恶足以知之！

八

古乐既无可考，其见之《仪礼》者，朱子业信而征之，以定笙诗之次第。盖由今以知古乐之略者，唯恃此耳。《关雎》为合乐之首，居《葛覃》、《卷耳》、《鹊巢》、《采蘩》、《采蘋》之先，既后有五篇，则不可云“自‘关关雎鸠’至‘钟鼓乐之’皆是乱”。陈新安云“当以《关雎》之末章为乱”，其说与《仪礼》合。

合乐六诗，每篇当为一终。合乐者，歌与众乐合作，而当其歌，则必不杂奏众乐使掩人声。一篇已阕，始备奏群音以写其余，故曰“洋洋乎盈耳”。言《关雎》，则《葛覃》以下五诗放此矣。

九

若琴张、曾晳、牧皮之流，岂复有不直之忧？盖彼已成乎其为狂，则资禀既然，而志之所就，学之所至，蔑不然也。此云“狂而不直”，则专以资禀言。潜室之论，较朱子“要做圣贤”之说为是。

一〇

"犹恐失之"，唯陈新安末一说为有分别。朱子将合上句一气读下，意味新巧。然二句之义，用心共在一时，而致力则各有方，不可作夹带解。"失"者，必其曾得而复失之谓。若心有所期得而不能获，则但可谓之不得，而不可谓之失。且有所期而不能获，即"不及"之谓尔。若云如不及矣，而犹恐不能得，则文句复而无义。且轻说上句，势急趋下，于理尤碍。既以"如不及"之心力为学，而犹以不得为恐，则势必出于助长而先获。

此二句，显分两段。"如不及"者，以进其所未得。"犹恐失"者，以保其所已得也。未得者在前而不我亲，如追前人而不之及也。已得者执之不固则遗忘之，如己所有而失之也。看书须详分眉目，令字字有落，若贪于求巧，而捷取于形声之似，则于大义有害矣。

一一

先须识取一"天"字。岂迥绝在上，清虚旷杳，去人间辽阔之宇而别有一天哉？且如此以为大，则亦无与于人，而何以曰"大哉，尧之为君也"？尧之为君，则天之为天。天之为天，非仅有空旷之体。"万物资始"，"云行雨施，品物流行"，"各正性命，保合太和"，此则天也。

《集注》言德，德者，君德也。明俊德、亲九族、平章百姓、协和万邦，德之荡荡者也。天之于物，有长、有养，有收、有藏，有利用、有厚生、有正德。而既不可名之曰长物之天，养物之天，收藏夫物之天，利物用、厚物生、正物德之天。如天子之富，固不可以多金粟、多泉货言之。则尧之不可以一德称者，亦如此矣。

且天之所以长养、收藏乎物，利物用、厚物生、正物德者，未尝取此物而长养收藏、利厚而正之，旋复取彼物长养收藏、利厚而正之，故物受功于不可见，而不能就所施受相知之垠鄂以为之名。则尧之非此明俊德，彼亲九族，既平百姓，旋和万邦者，民亦不能于政教之已及未及、先后远近间，酌取要领而名其德也。

乃其所及于民者，岂无事哉？其事可久，故不于断续而见新；其事可大，故不以推与而见至。则其"成功""文章"之可大可久者，即"无能名"之实也。"成功"非"巍巍"则可名，汤之"割正"、武之"清明"是也，有推与也。"文章"非"焕乎"则可名，《禹贡》之敷锡、《周官》之法度是也，有断续也。乃凡此者，无不在尧所有之中，而终不足以尽尧之所有。意黄、顼以上之天下，别有一风气，而虞、夏、商、周之所以为君者，一皆祖用。尧之成功、文章，古必有传，而今不可考耳。若以心德言之，则既与夫子"大哉为君"之言相背，而以准之天，则将谓天有"巍巍"之体段，其亦陋矣。

先儒说天如水晶相似，透亮通明，结一盖壳子在上。以实思之，良同儿戏语。其或不然，以心德比天之主宰，则亦老子"橐籥"之说[⑩]。荡荡两间，何所置其橐，而又谁为鼓其籥哉？夫子只一直说下，后人死拈"无名"作主，惹下许多疵病，而竟以道家之余沖，所谓清净幽玄者当之。噫，亦诬矣！

一二

异色成采之谓文，一色昭著之谓章。文以异色，显条理之别；章以一色，见远而不杂。乃合文以成章，而所合之文各成其章，则曰文章。文合异而统同，章统同而合异。以文全、章偏言之，则文该章；以章括始终、文为条理言之，则章该文。凡礼乐文以分，分于合显。章以合，合令分成。而分不妨合，合不昧分，异以通于同，同以昭所异，相得而成，相涵而不乱，斯文章之谓也。旧注未悉。

---

①泰伯：一作“太伯”。周代吴国的始祖。周太王长子。太王欲立幼子季历，他与弟仲雍同避江南，改从当地风俗，断发文身，成为当地君长。

②谖（xuān，音宣）：欺诈。

③柞（zuò，音作）棫（yù，音域）：木名。《诗·大雅·绵》：“柞棫拔兮”。昆夷：亦作“混夷”。駾（tuì，音退）：受惊奔窜。《诗·大雅·绵》：“混夷駾矣。”

④四岳：传说为尧舜时四方部落首领。

⑤圭角：圭玉的棱角。犹言锋芒。

⑥倍蓰（xǐ，音徙）：倍，一倍；蓰，五倍。倍蓰，谓数倍。

⑦呴呴咻咻：嘘气声。

⑧物理：事物的道理。

⑨一眚：一点微小的过失。

⑩橐（tuó，音驼）籥（yuè，音跃）：古代冶炼鼓风用的器具。《老子》：“天地之间，其犹橐籥乎，虚而不屈，动而愈出。”橐，鼓风器；籥：送风的管子。

子罕篇

一

天之命人物也，以理以气。然理不是一物，与气为两。而天之命人，一半用理以为健顺五常，一半用气以为穷通寿夭。理只在气上见，其一阴一阳、多少分合，主持调剂者即理也。凡气皆有理在，则亦凡命皆气，而凡命皆理矣。故朱子曰“命只是一个命”。只此为健顺五常、元亨利贞之命，只此为穷通得失、寿夭、吉凶之命。若所云“惠迪吉、从逆凶”者，既无不合矣。而伯牛之疾，孔子之不得卫卿，季孙之惑于公伯寮，在原头上看，亦与“从逆凶”之理一也。人事之逆，天数之逆，等之为逆，则皆凶矣。

二

或疑天数之不当有逆，则人事又岂当有逆哉？唯天之德，以生物、利物，而非以杀、以害。唯人之性，以仁、以义，而非以为戕、为贼。乃乘于其不容已之数，则相失在毫厘之差，而善恶吉凶已不可中徙，则健顺五常之理微，而吉凶祸福之理亦甚微也。

健顺五常，理也。而健者气之刚，顺者气之柔，五常者五行生王之气，则亦气之理矣。寿夭穷通，气也。而长短丰杀，各有其条理，以为或顺或逆之数，则亦非无理之气矣。陈新安未达朱子之微言，而曰“《集注》云命之理微，则此命以理言”，其泥甚矣。

或疑天命之理，愚者可明，柔者可强，所以可变者，唯其命之一也。人之习变其气质，而命自一，故变其习之不一者而可归于一。是则然矣。若夫气数之命，穷者不可使通，夭者不可使寿，则所命不齐。命不齐，则是理无定矣。理不一，则唯气之所成，而岂得与健顺五常之命为性者同哉？乃于此正有说在，可以例相通，而不可执一例观也。

天命之理，愚者可使明，而明者则不可使愚；柔者可使强，而强者则不可使柔。故鲧不能得之于子，纣不能得之于臣。此犹夫仲尼之不能使伯牛寿，乐正之不能使孟子通也。

气数之命，夭者不可使寿，而寿者可使夭；穷者不可使通，而通者可使穷。故有耽酒嗜色以戕其天年，贼仁贼义以丧其邦家。此犹夫愚而好学则近知，柔而知耻则近勇也。

故曰："富与贵，不以其道得之，不处也；贫与贱，不以其道得之，不去也。君子无终食之间违仁，造次必于是，颠沛必于是。"呜呼！二者之胥为命，致上、致下之不同，而胥协于一也。此其所以为理之微与！

三

程子云："意发而当，即是理也；发而不当，是私意也。"胡氏云："意不可以孤行，必根于理。"皆精审允当之语。而微言引伸，则在读者之善通，不然，则胡不云无私而云"毋意"耶？此既显然。但此言意之即不可有，而《大学》云"诚其意"，则又似一笃实其意，而不待于拣择。然则此之言意，与《大学》之言意，固有别矣。而统言意，则又未见其别也。

盖均之意也，而《大学》云"其身"、"其心"、"其意"、"其知"，四"其"字俱指"古之欲明明德者"而言。而"其意""其知"二"其"字，又微有别。身兼修与未修，故言修，修者节其过也。心兼正与不正，故言正，正者防其邪也。意已无邪，故言诚。知已无过，故言致。诚者即此而实之，致者即此而充之也。则其云"其意"者，为正心者言之。欲正其心者之意，已远于私，则不复忧其发之不中于理，而特恐其介于动者之不笃耳。则凡言意，不可遽言诚，而特欲正其心者之意则当诚也。

盖漫然因事而起，欲有所为者曰意。而正其心者，存养有本，因事而发，欲有所为者，亦可云意。自其欲有所为者则同，而其有本、无本也则异。意因心之所正，无恶于志，如日与火之有光焰，此非人所得与，而唯明明德者则然。故《大学》必云"诚其意"，而不可但云诚意。

假令非正心所发之意，有好而即如好好色，有恶而即如恶恶臭。则王安石之好吕惠卿，牛僧孺之恶李德裕，其迷而不复，亦未尝不如好好色、恶恶臭，而要亦为意、为必、为固、为我而已矣。岂足道哉？

意生于已正之心，则因事而名之曰意。而实则心也，志也。心之发用而志之见功也，可云"其意"而不可云意也。今此言"子绝四"而云"毋意"者，新安所云"以常人之私欲细分之，有此四者"是已。

因常人之有，而见夫子之绝，则此意为常人而言，而为意之统词。统常人而言，则其为漫然因事欲有所为者，亦明矣。既为漫然因事欲有所为，则不问其为是为非，俱如雷龙之火，乘阴虚动而妄发，不可必出于私，而固不可有矣。知此，则但言意可无言私，而但于孤行与有本察之，则晓然矣。

四

朱子因释氏有破除知见之说，恐后学不察，误引圣言以证彼教，故以"无知"为谦词。实则圣人之言，虽温厚不矜，而亦非故自损抑，谓人当有知而已无之也。道明斯行，则知岂可无？然此自对世人疑夫子有知者而言，则圣人无所不知而谓之有知，可乎？

以圣人无所不知而谓之有知，此正堕释氏家言，及陆子静顿悟之说。盖人疑圣为有知者，谓无所不知者其枝叶，而必有知为之本也。异端行无本而知有本，故举一废百。圣人行有本而知无本，诚则明矣。固有此理，则因是见知。而一切物理现前者，又因天下之诚有是事，则诚有此理，而无不可见：所谓叩两端而竭也。若古今名物象数，虽圣人亦只是畜积得日新富有耳。此与帝王之富，但因天下之财，自无与敌一例。

若释氏，则如俗说聚宝盆相似，只一秘密妙悟，心花顿开。抛下这金山粟海，蓦地寻去，既万万于事理无当，即使偶尔弋获，而圣人如勤耕多粟，彼犹奸富者之安坐不劳，“五斗十年三十担”，祸患之来无日矣。世人因不能如圣人之叩两端而竭，便疑圣人有一聚宝盆在，故夫子洞开心胸以教之，而岂但为自谦之词！

五

缘颜渊无上事而发此叹，遂启后学无限狐疑。如实思之，真是镂空画火[①]。“仰之弥高，钻之弥坚，瞻之在前，忽焉在后”，此是何物事？莫有一个道，离了自己，却在眼前闪闪烁烁，刁刁蹬蹬[②]，颜子却要捉着他不能勾？在释氏说“不得触，不得背，金刚圈，棘栗蓬，离钩三寸，十石油麻”，正是这话。仔细思之，作甚儿戏！

近有一僧问一学究说：“‘之’者，有所指之词。‘仰之弥高’，‘之’字何指？”学究答云：“指道。”僧云：“然则可道‘仰道弥高’否？”其人无语。此学究与僧固不足道，寻常理学先生错作“仰道弥高”解，为此僧所敲驳者不少。

此等区处，切忌胡思乱想，将道作一物，浩浩而“无穷尽”，皲皲而“无方体”。自伏羲画《易》，直至颜、孟、程、朱，谁曾悬空立一个道，教人拈镜花、捉水月去？若道而高也，则须有丈里；道而坚也，则须有质模；道而在前、在后也，则行必有迹而迁必有径。如何说得“无穷尽，无方体”？乃颜子于此，却是指着一件说。在粗心浮气中二氏之毒者，无惑其狂求不已也。

颜子既非悬空拟一道之形影而言之，又实为有指。思及此，然后知朱子之言，真授瞽者以目也。朱子云“不是别有个物事”，则既足以破悬空拟道形影者之妄。又云“只是做来做去，只管不到圣人处”，则现前将圣人立一法则，而非无所指矣。

要此一章，是颜子自言其学圣之功，而非以论道。喟然之叹，知其难而自感也，非有所见而叹美之也。圣人之“无行不与”，只此语默动静，拟议而成变化，便是天理流行。如云“穷理尽性以至于命”，亦止在身心上体认得“精义入神”、“利用安身”之事，非有一性焉、命焉，如释氏之欲见之也。

“见性”二字，在圣人分上，当不得十分紧要，而又非蓦地相逢、通身透露之谓见。孟子所言乍见孺子入井之心，亦是为人欲蔽锢、不足以保妻子之人下一冷点。若圣贤学问，则只一个“无不敬”、“安所止”，就此现前之人伦物理，此心之一操一纵，以凝天德，而何有如光、如水、如蚓鸣、如丝缕之性，而将窥见之？

缘夫子义精仁熟，从心所欲而不逾矩，故即一止一作、一言一动之间，皆自然合符。而其不可及者即为高，不能达者即为坚，不可执一以求者即为在前而在后。即如鄙夫之问，叩两端而竭，见齐衰者、冕衣裳者、瞽者而必作、必趋[③]，感斯应，应斯善，善必至，至善必不息，不息而化：此所谓“弥高弥坚，忽焉在后”者矣。

颜子亲承夫子“无行不与”之教，较夫子生千圣之后而无常师者，其用功之易自倍，故专壹以学圣为己事，想来更不暇旁求。朱子深知颜子之学，而直以学圣言之，可谓深切著明矣。彼泛言道而亿道之如此其高坚无定者，真酿蜜以为毒也。

六

朱子“三关”之说，《集注》不用，想早年所见如此，而后知其不然。善学者，正好于此观古人用心处：不恃偶见以为安，而必求至极。如何陈新安、金仁山尚取朱子之所弃以为宝也！

为彼说者，止据“夫子循循然”一段，在“忽焉在后”之下，将作自己无所得，依步骤学作文字一例商量。圣贤性命之文，何尝如此命局布格？颜子于“欲从末由”之时，发此喟然之叹，直以目前所见，冲口说出。若云历忆初终履历而叙之，其于喟然一叹之深心，早已迂缓而不亲矣。

除却博文约礼，何以仰，何以钻，何以瞻？非“如有所立”而“卓尔”，“虽欲从之末由”，又何以为弥高弥坚而忽在后？既已仰之、瞻之，如此其尽心力以学圣矣，而又在文未博，礼未约之前，则岂圣人之始教，但教以脉脉迢迢[④]，寻本来面目也？圣学中既不弄此鬼技，而况子固曰“君子博学于文，约之以礼，亦可以弗叛已夫”，显为君子之始事，圣人之始教哉？将圣人于颜子之明睿，尚然不与一端绪，待其白地瞻钻，计无所出，然后示之以博文约礼，则颜子以下，不愈增其终身之迷耶？

陈子禽只缘在博文约礼上不能承受圣教，故直卤莽，以子贡为贤于仲尼。漫无把捉者，真见圣而不知圣，闻道而不信道。颜子即不其然，而未博文、未约礼之前，亦知圣道之高、坚可耳，而何以知其弥高弥坚，既见在前而犹未已哉？

颜子之叹，盖曰：夫子之道，其无穷尽、无方体者，乃至是耶！此非夫子之吝于教，非我之不勤于学也。而教则善诱，学则竭才，乃其如有所立而卓尔，其末由也，则见其弥高也，弥坚也，瞻在前而忽在后也。则甚矣，圣人之难学也！故《集注》于首节言“此颜子深知夫子而叹之”，末节言“此颜子自言其学之所至”，《语录》有云“合下做时，便下者十分工夫去做”，此朱子之定论，学者所宜笃信者耳！

七

“与道为体”一“与”字，有相与之义。凡言“体”，皆函一“用”字在。体可见，用不可见。川流可见，道不可见。则川流为道之体，而道以善川流之用。此一义也。必有体而后有用，唯有道而后有川流，非有川流而后有道，则道为川流之体，而川流以显道之用。此亦一义也。缘此，因川流而兴叹，则就川流言道，故可且就川流为道体上说，不曰道与川流为体。然终不可但曰川流为道之体，而必曰川流与道为体，则语仍双带而无偏遗。故朱子曰：“‘与道为体’一句，最妙。”

八

程子“此道体也”一句，未免太尽。朱子“因有此四者，乃见那无声无臭的”两句，亦须活看。竟将此不舍昼夜者，尽无声无臭之藏，则不可。《易》《象》于《坎》曰“君子以常德行，习教事”，于《兑》曰“君子以朋友讲习”，看来只是如此。《集注》云“自此至终篇，皆勉人进学不已之辞”，初不曾打并道理尽在内。

夫子只说“逝者如斯”，一“者”字，是分下一款项说底，如说仁者便未该知，说知者便未该仁。逝亦是天地化理之一端。有逝则有止，有动则有静，有变则有合，有几则有诚。若说天地之化，斯道之体，无不如此水之逝而不合，则庄子藏山、释氏刹那之说矣。

于动几见其不息者，于静诚亦见其不迁。程子“天德、王道”之言，亦就动几一段上推勘到极处，而其云“慎独”，则亦以研动察之几，而不足以该静存，审矣。程子推广极大，朱子似不尽宗其说，故有“愚按”云云一段。想来，不消如此张皇。《礼》云“安安而能迁”，夫子云“主忠信”，“徙义”，方是十成具足的道理。

九

程子“君子法之”四字，却与“与道为体”之说，参差不合。新安祖此说，云“欲学者于川流上察识道体之自然不息而法之”，愈成泥滞。庆源“人能即此而有发焉”一句，方得吻合。此等处，差之毫厘，便成千里。

川流既与道为体，逝者即道体之本然。川流体道，有其逝者之不舍。道体之在人心，亦自有其逝者，不待以道为成型而法之。此逝者浩浩于两间，岂但水为然哉！《易》《象》下六十四个“以”字。以者，即以此而用之，非法之之谓也。言法，则彼为规矩，此为方圆，道在天下而不在己矣。天德乾，地德坤，君子固自有天行之健、地势之坤，而以之自强，以之载物，无所烦其执柯睨视之劳也[5]。

“逝者”二字是统说，“斯”字方指水。“如斯”者，言天理之运亦如斯，人心之几亦如斯也。此圣人见彻内外，备道于身之语。目刻刻有可视之明，耳刻刻有可听之聪，入即事父兄，出即事公卿，此皆逝者之“不舍昼夜”也。朱子“如水被些障塞，不得恁地滔滔”之语，亦有疵在。道体自然，如何障塞得？只人自间断，不能如道体何也。天地无心而成化，故其体道也，川流自然而不息。人必有心而后成能，非有以用之，则逝者自如斯而习矣不察。抑或反以此孜孜而起者为跖之徒，未尝碍道不行而人自蹶耳[6]？此固不可以水之塞与不塞为拟，明矣。

道日行于人，人不能塞，而亦无事舍己之固有，外观之物，以考道而法之。若云以道为法，浅之则谓道远人，而推其极，必将于若有若无之中，立一物曰道。老氏缘此而曰：“人法天，天法道。”呜呼！道而可法，则亦虚器而离于人矣，奚可哉！

一〇

程子是一语之疵，新安则见处差错。程子既云“与道为体”，则犹言目与明为体，耳与聪为体，固不可云君子法目之明以视色，法耳之聪以听声，其言自相窒碍，故知是一时文字上失简点。若云君子以之自强不息，则无病矣。

若新安云“欲学者于川流上察识道体之自然不息而法之”，则是道有道之不息，君子有君子之不息，分明打作两片，而借为式样。犹言见飞蓬而制车，蓬无车体，亦无车用，依稀形似此而已。以此知新安之昧昧。

一一

"君子以自强不息"，是用天德，不是法水。水之"不舍昼夜"，是他得天德一分刚健处。逝者，天德之化迹也，于水亦有，于人亦有。到水上，只做得个"不舍昼夜"。于人，更觉光辉发越，一倍日新。天德活泼，充塞两间，日行身内，不之察识而察识夫水，亦以末矣。

一二

圈外注引《史记》南子同车事，自是不然。史迁杂引附会，多不足信。且史所云者，亦谓见灵公之好色，而因叹天下好德者之不如此，非以讥灵公也。乃夫子即不因灵公之狎南子，而岂遂不知夫人好色之诚倍于好德？则朱子存史迁之说，尚为失裁。况如新安之云，则似以讥灵公之不能"贤贤易色"，是责盗跖以不能让国，而叹商臣之不能尽孝也。亦迂矣！

且子曰"吾未见"者，尽词也。灵公之荒淫耄悖[7]，当时诸侯所不多见，而况于士大夫之贤者？乃因此一事，而遂概天下之君若臣曰"吾未见好德如好色"，其何以厌伏天下之自好者哉？

且云"好德如好色"，两相拟之词，则正为好德者言，而非为不好德者。道好德，即不〔如〕好色，然亦已好矣。灵公之无道，秉懿牿亡[8]，其不好德也，岂但不能如好色而已哉？灵公为南子所制，召宋朝，逐太子，老孱被胁，大略与唐高宗同。其于南子，亦无可如何，含愤忍辱，姑求苟安而已。好德者如此，则已不诚之甚，而何足取哉？史迁之诬，新安之陋，当削之为正。

一三

朱子之言权，与程子亦无大差别。其云"于精微曲折处曲尽其宜"，与程子"权轻重，使合义"正同。"曲尽其宜"一"宜"字，即义也。不要妙、不微密[9]，不足以为义也。

朱子曲全汉人"反经合道"之说，则终与权变、权术相乱，而于此章之旨不合。反经合道，就事上说，此由"共学"、"适道"进于"立"、"权"而言，则就心德学问言之。学问心德，岂容有反经者哉？

子曰"可与立，未可与权"，初不云"可与经，未可与权"，"经"字与"权"为对。古云"处经事而不知宜，遭变事而不知权"。就天下之事而言之，"经"字自与"变"字对。以吾之所以处事物者言之，则在经曰"宜"，在变曰"权"，权亦宜也。于天下之事言经，则未该乎曲折，如云"天下之大经"，经疏而纬密也。于学问心德言经，则"经"字自该一切，如云"君子以经纶"，凡理其绪而分之者，不容有曲折之或差，则经固有权，非经疏而权密也。

朱子似将一"经"字作"疏阔"理会。以实求之，轻重不审，而何以经乎？经非疏而权非密，则权不与经为对。既不与经为对，亦不可云经、权有辨矣。

以"已成之经"言之，则经者天下之体也，权者吾心之用也。如以"经纶之经"言之，则非权不足以经，而经外亦无权也。经外无权，而况可反乎？在治丝曰"经"，在称物曰"权"，其为分析微密，挈持要妙，一也。特经以分厚薄、定长短，权以审轻重，为稍异耳。物之轻重既审，而后吾之厚薄长短得施焉。是又权先而经后矣。

至如孟子云"嫂溺援之以手"，乃在事变上说。岂未可与权者，视嫂溺而不援乎？若伊尹放太甲，周公诛管、蔡，则尤不可以证此。

周公若有反经合权之意，则必释管、蔡而后可。盖人臣挟私怨，朋仇雠，乘国危主幼而作乱，其必诛不赦者，自国家之大经大法。是其诛之也，正经也。周公即微有未惬处，亦守法太过，遭变事而必守经耳，安得谓之反经？

若太甲之事，则圣人之所不道，夫子似有不满于伊尹处。其不见删于《书》，亦以太甲之事为后戒。且亦如《五子之歌》，存其词之正而已。且伊尹之放太甲，亦历数千载而仅见，尧、舜、禹、文、孔子，俱未尝有此举动。孔子于鲁，且不放逐三桓，而况其君？如使进乎“可与立”者，必须有此惊天动地一大段作为，而后许之曰“可与权”，亦岂垂世立教之道哉？浸假太甲贤而伊尹不放，则千古无一人一事为可与权者矣，其将进祭仲、霍光而许之乎？

若嫂溺手援，乃淳于髡草野鄙嫚之说，孟子姑就事之变者言之。自非豺狼，皆可信其必援。只是一时索性感怆做下来的，既非朱子“精微曲折，曲尽其宜”之义，而又岂圣贤胸中有此本领，以待嫂之溺，为反经而合道耶？

朱子云：“‘可与立，未可与权’，亦是甚不得已，方说此话。”使然，则独伊、周为当有权，而尧、禹为无权乎？孟子讥“执中无权”，初不论得已、不得已。《易》称“精义入神，利用安身”，则虽履平世，居尊位，行所得为，亦必于既立之余，加此一段心德。而况此但言学者进德之序，初未尝有不得已之时势，若或迫之者。

故唯程子之言为最深密。程子云“圣人则不以权衡而知轻重矣，圣人则是权衡也”，显此为“从心所欲，不逾矩”之妙。权之定轻重，犹矩之定句股[10]。而权之随在得平，无所限量，尤精于矩，则必从欲不逾矩，而后即心即权，为“可与权”也。如《乡党》一篇，无不见圣人之权。若一往自立，则冉有、子贡侍于夫子而“侃侃如也”，夫岂不正。乃以准之于轻重，固已失伦。自非圣人盛德积中，大用时出，其孰能必施之下大夫而不爽哉？

万事交于身，万理交于事，事与物之轻重无常，待审于权者正等。目前天理烂漫，人事推移，即在和乐安平之中，而已不胜其繁杂，奚待不得已之时，而后需权耶？

况圣贤之权，正在制治未乱上，用其聪明睿知、神武不杀之功。若到不得已临头，却只守正。舜之“夔夔齐栗”，周公之云“我之弗辟，我无以告我先王”，知勇不登，而唯仁可以自靖。故《诗》云“公孙硕肤，赤舄几几”，言不改其恒也。若张良之辟谷[11]，郭子仪之奢侈，圣贤胸中原无此学术，而况祭仲、霍光之所为哉？

圣贤之权，每用之常而不用之变。桐宫一节[12]，亦未免夹杂英雄气在。孟子有英气，故尔针芥而推之为圣。《论语》称夷、惠而不及伊尹，圣人之情可见矣。

《易》云“巽以行权”，巽，入也，谓以巽入之德，极深研几而权乃定也。如风达物，无微不彻，和顺于义理而发其光辉，焉有不得已而反经以行者乎？故权之义，自当以程子为正。

一四

天下无一定之轻重，而有一定之权。若因轻重之不同而辄易焉，则不足以为权矣。大而钧石，小而铢絫[13]，止用其常而无不定，此乃天理自然恰当之用。若云不得已而用权，则执秤称物者，皆日行于不得已之途矣，而岂其然哉！

---

①镂空画火：比喻劳而无功。

②刁刁蹬蹬：摇动貌。

③齐（zī，音资）衰（cuī，音崔）："衰"通"缞"。旧时丧服名，为五服之一，次于斩衰。腰用粗麻布做成，以其缉边，故称"齐衰"。

④脉脉：本作"眽眽"。凝视貌。迢迢：遥远貌。

⑤执柯：谓给人介绍婚姻。睨视：斜视。

⑥踬：被绊倒。引申为事不利。

⑦耄（mào，音帽）悖：昏悖。

⑧秉懿：遵从美德。牿（gù，音固）：缚在牛角上使牛不能触人的横木。

⑨要妙：亦作"要眇"。美好貌。

⑩句股：即勾股。

⑪辟谷：亦称"断谷"、"绝谷"。即不吃五谷的意思。中国古代的一种修炼方法。

⑫桐宫一节：商代桐地的宫室。伊尹曾放太甲于此。《史记·殷本记》："帝太甲既立，三年，不明，暴虐，不尊汤法，乱德，于是伊尹放之桐宫。"

⑬铢絫（lěi，音垒）：我国古代计量单位。"十黍为絫，十絫为铢"。

乡　党　篇[①]

一

说圣人言语容色皆中礼处，唯朱子及庆源之论得之。龟山下语，极乎高玄，亦向虚空打之绕耳。孟子曰"动容周旋中礼者，盛德之至也"，盖"小德川流，大德敦化"之谓。德盛而至，无所不用其极，如日月之明，容光必照。固不可云日月之明，察察然人一隙而施其照；而亦不可谓高悬于天，不施一照，而容光自耀也。

庆源"细密近实"四字，道得圣人全体大用正著。其云"实"者，即朱子"身上迸出来"之意；其云"密"者，即朱子"做得甚分晓"之意。

学者切忌将圣人作一了百了理会。《中庸》说"聪明睿知"，必兼"宽裕温柔"等十六种天德，方见天下之理皆诚，而至圣之心无不诚。密斯实，实斯诚也。

一了百了，唯释氏作此言。只一时大彻大悟，向后便作一条白练去，磕着撞着，无非妙道。所以他到烂漫时[③]，便道"事事无碍"，即其所甚戒之淫杀酒肉，而亦有公然为之者。其端既乱，委自不清。细究其说，亦惠子尺棰之旨尔[④]。只此便终日用之而不穷，故其言曰"元来黄檗佛法无多子"。

圣贤天德王道，一诚而为物之终始者，何尝如是？使盛德在中，而动容周旋，自然不劳而咸宜于外，则《乡党》一篇，直是仙人手中扇，不消如此说得委悉矣。孔门诸弟子，为万世学圣者如此留心写出，乃舍此而欲求之自然，求之玄妙，亦大负昔人苦心矣。《易》谓"天地不与圣人同忧"，又云"天地设位，圣人成能"，那有拈槌竖拂、大用应机、如如不动一种狂邪见解！龟山早已中其毒而不自知矣。

圣人只是一实，亦只是一密。于义但精，于仁但熟，到用时，须与他一段亹亹勉勉在[⑤]。且如"色恶不食，臭恶不食"，而藉云自然，非出有心，则天下之好洁而择食者，亦自然不食，而非有所勉。正当于此处，拣取分别。故知说玄说妙者，反堕浅陋。如佛氏说清净，说极乐，到底不过一莲花心、金银楼阁而已。故吾愿言圣人者，勿拾彼之唾余也。

二

“使摈”“执圭”两条，晁氏以孔子仕鲁四年之内无列国之交，疑非孔子已然之事，便尝言其礼如此。晁氏所据，《春秋》之所书耳。乃《春秋》之纪邦交，非君与贵大夫，不登于史册。以孔子之位言之，固不可据《春秋》为证。

乃双峰因晁氏十三年适齐之讹，以折晁说，亦未足以折晁之非。双峰云：“夫子摈聘时，弟子随从，见而记之。”乃令孔子衔命出使，则所与俱行者，必其家臣，而非弟子。即或原思之属，得以官从，而当礼行之际，自非介旅[6]，谁得阑入诸侯之庙廷哉？其在摈也，既不容弟子之随从，即或从焉，亦不得杂还于宾主之间，恣其属目。弟子而已仕也，则各有官守矣。如其未仕，岂容以庶人而蹑足侧目于公门，如观倡优之排场者？而夫子抑胡听之而不禁耶？

足知双峰之言，草野倨侮，自不如晁氏之审。但寻绎事理，可信其然，不必以邦交之有无为征耳。

三

衣服、饮食二节，亦须自圣人之德，愈细愈密、愈近愈实上寻取，方有入处。朱子天理人欲之说，但于已然上见圣德，而未于当然处见圣功。使然，但云“大德敦化”已足，而何以必云“小德川流，天地之所以为大”哉？仲虺云：“以义制事，以礼制心。”义是心中见得宜处，以之制事；礼乃事物当然之节文，以之制心。此是内外交相养之道。固不可云以义制心，以礼制事。以礼制事，则礼外矣；以义制心，则义又外矣。若但于可食、不可食上，分得天理、人欲分明，则以礼制事之谓，饮食亦在外而非内矣。此正圣学相反。

朱子又云：“口腹之人，不时也食，不正也食，失饪也食，便都是人欲。”此其说愈疏。世自有一种忒煞高简之士，将衣食作没紧要关切看，便只胡乱去。如王介甫之虱缘须而不知，苏子瞻在岭外，食汤饼不顾粗粝。将他说作人欲，甚则名之为口腹之人，固必不可，只是天理上欠缺耳。

乃于此处简点天理，令无欠缺，也急切难分晓在。如鱼馁肉败，那些见得天理上必不当食？无已，则伤生之说尽之矣。卫生固理也，而举食中之天理，尽之于卫生，则亦褊甚。到此，却须彻根彻底，见得圣人正衣服、慎饮食一段静存动察、极密极实之功。所谓“致中和”者，即此便在，方于作圣之功，得门而入。

盖不正之服食，始以不正之心，失其本然之节，胡乱衣之、食之，此内不能制外也。迨其衣不正之衣而心随以荡，食不正之食而性随以迁，此外不能养内也。内外交养，缺一边则不足以见圣。且如今人衣红紫绮丽之服，此心便随他靡靡摇摇去；衣葛而无所表出，此心便栩栩轩轩去[7]。即此推之，凡服之不衷者，皆足以生人骄奢僭忒之心；服之不盛者，皆足以生人苟且猥下之心。况于食之于人，乃以生气，气清则理晰，气浊则理隐，气充则义立，气馁则义丧。诸能使气浊而不充者，岂但伤生，而抑以戕性矣！

圣人敬其身以建中和之极，故曰：“以天产作阴德，以中礼防之；以地产作阳德，以和乐防之。”中和养其气，而礼乐亦报焉，交相成也。故天子斋则食玉以交于明禋[8]，行以佩玉为节，在车以和鸾为节，则志不慆，而忠信笃敬乃常在目。然则一服之失宜，一食之不当，于圣人气体中，便有三辰失轨、山崩川竭之意。学者未能从事于“无不敬，俨若思”之功，使“清明在躬，志气如神”，则不足以见之尔。

膏粱之子[9]，衣锦纨，食甘脆，则情必柔弱。田野之夫，衣草木，食藜藿[10]，则气必戆鄙[11]。故夫子之容色言动，施之于上下亲疏而中其等者，以吾心之宜制事也；饮食衣服，必期于正而远其卤莽者，以事物之宜养心也。内外交相养而无有忒者，圣功也。内外得所养而自不忒者，圣德也。故庆源以为圣学之正传，其旨微矣。

呜呼！以此为言，世之说玄说妙者，应且笑其舍本而徇末。乃彼之所谓玄妙者，亦非愚之所敢知也。

四

以迅雷风烈为天之怒，亦从影响上捉摸，几与小说家电为天笑之诞说，同一鄙猥。张子《正蒙》中说得分明，不容到此又胡乱去。

《诗》云“敬天之怒”，天之怒从何察识，亦即此民心、国势见之耳。喜事赏，怒事罚。“上帝板板，下民卒瘅”[12]，天之罚也，即天之怒也。若雷之迅、风之烈，未必其为灾害于人物，而且以启蛰而吹枯，何得妄相猜卜为天之怒哉？

雷不必迅，迅则阴之拒阳已激，而阳之疾出无择者也。风不宜烈，烈则虚者已虚而吸之迫，实者已实而施之聚也。只此是阴阳不和平处，天亦乘于不容已之势而然。如人之有疾，呼号似怒，而因气之不和，岂关怒哉？

阴阳不和，其始必有以感之，其继则抑必有以受之者。夫子以天自处，而以裁成、辅相为己事，故不得不自省所感者之或在吾身，而防夫不和之受，将为性情气体之伤。由其心之纯于天德而不息，故遇变则反求诸己而不安耳。从此思之，仍于理事不悖。

五

《尔雅》言“鹊，鸡丑，其飞翪”[13]，谓竦翅上下，一收一张也。“鸢，乌丑，其飞翔”，谓运翅回翔也；“鹰，隼丑，其飞翚”[14]，谓布翅翚翚然疾也。今观雉之飞，但忽然竦翅，一直冲过陇间，便落草中，差可谓“翪”，而何尝有所谓运翅回翔而后集者哉？雌雉之在山梁，夫子、子路交至乎其侧而犹不去，则又岂“色斯举矣”之谓？新安云“色举、翔集，即谓雉也”，亦不审之甚矣！

“时哉”云者，非赞雉也，以警雉也。鸟之知时者，“色斯举矣，翔而后集”。今两人至乎其前，而犹立乎山梁，时已迫矣，过此则成禽矣。古称雉为耿介之禽，守死不移，知常而不知变，故夫子以翔鸟之义警之，徒然介立而不知几，难乎免矣。人之拱己而始三嗅以作，何其钝也！

然此亦圣人观物之一意而已，非谓色举、翔集，便可与圣人之“时中”同一作用。西山以孔子去鲁、卫，伯夷就养文王比之，则大悖矣。有雉之介，而后当进以翔鸟之几。如其为翔鸟也，则又何足道哉！冯道之于君臣，杨畏之于朋友，占风望气，以趋利而避害，乌鸢而已矣！

---

①乡党：周制以五百家为党，一万二千五百家为乡，后因以“乡党”泛指乡里。

②察察：洁白貌。

③烂漫：放浪。

④尺棰：比喻短小无力。

⑤亹亹（wěi，音伟）：勤勉貌，不倦貌。

⑥介旅：一大群人。

⑦栩栩：欣然自得貌。　轩轩：扬扬自得貌。

⑧禋（yīn，音因）：升烟以祭，古代祭天的典礼。引申为诚心祭祀。

⑨膏粱：谓富贵之家。

⑩藜藿（huò，音获）：多用以指粗劣的饭菜。

⑪戆（gàng，音杠）鄙：愚而刚直。

⑫“上帝板板，下民卒瘅（dàn，音旦）”：出自《诗·大雅·板》。上帝，喻指周王。板板，乖戾，不正常。卒瘅：劳累痛苦。句意为上天乖戾，天下百姓劳累痛苦。

⑬鶪（jú，音局）：鸟名，伯劳的旧称。　翪（zōng，音棕）：亦作“猣”。鸟张开翅膀上下飞。

⑭翚（huī，音挥）：鼓翼疾飞。

卷六　论语

先　进　篇

一

胡氏所述闵子芦花事，猥云出自《韩诗外传》。今《韩诗外传》十卷固在，与《汉艺文志》卷帙不差，当无逸者，卷中并无此文，盖齐东野人之语尔。宋末诸公，其鄙倍乃至于此[①]。

“母在一子寒，母去三子单”，其言猥弱，非先秦以上语，一望而即可知。“单”之为义：其正释，大也；其借用，尽也。唐、宋以前，无有作单薄用者。况抑似五言恶诗，而又用沈约韵耶[②]？

且使如彼所云，则闵子之孝，固不顺乎其母矣。今子曰“人不间于其父母昆弟之言”，而不云父母昆弟不间于人言，故勉斋云“父母昆弟之言或出于私情”，庆源云“或溺于爱，蔽于私”。则可以知闵子之父母昆弟，其相信相爱者，已先于外人，而必无继母忮害之事矣[③]。

朱门弟子，初不用此邪说，而《集注》所引胡氏之言，亦与黄、辅符同，则辑《大全》者所引之胡氏，必即云峰而非文定父子可知已。此说与公冶长鸟语事，同一鄙秽。俗儒无心无目而信之，亦可哀矣！

至云“处人伦之常者，孝无可称”，则以天明地察之至德要道，而仅以为穷愁失所者之畸行，其害名教为不小。夫子之称武、周，孟子之推曾子，岂亦有不慈之父母以使得炫其名乎？

二

《易》言“原始反终，故知死生之说”，“始终”字，自不可作“生死”字看。使云“原生反死，故知死生之说”，则不待辨而自知其不可矣。所以然者，言死生则兼乎气，言始终则但言其理而已。如云气聚而生，散而死，可以聚为始而散为终乎？死生自有定期，方生之日谓之生，正死之日谓之死。但自形气言之，则初生者吾之始也，正死者吾之终也。原始反终而知死生之说，则死生所指有定，而终始所包者广矣。

愚于此，窃疑先儒说死生处都有病在。以圣人之言而体验之于身心形色之间，则有不然者。今且可说死只是一死，而必不可云生只是一次生。生既非一次生，则始亦非一日始矣。庄子藏山、佛氏刹那之旨，皆云新故密移，则死亦非顿然而尽。其言要为不诬，而所差者，详于言死而略于言生。

以理言之，天下止有生而无所谓死，到不生处便唤作死耳。死者生之终，此一句自说得不易。如云生者死之始，则无是理矣。又云死者人之终，亦庶几成理，以人无定名，因生而得名为人也。如云生者人之始，则虽差可成语，而于意又成背戾。盖因生而有人，则一日之生自生之一日，其可云生者生之始乎？然则婴儿之初生而即死者，其又为何者之始耶？生既非死之始，又不可为生之始，则"始终"二字，当自有义，断不可以初生之一日为始，正死之一日为终也。

要以未死以前统谓之生，刻刻皆生气，刻刻皆生理，虽绵连不绝，不可为端，而细求其生，则无刻不有肇造之朕。若守定初生一日之时刻，说此为生，说此为始，则一受之成型，而终古不易，以形言之，更不须养，以德言之，更不待修矣。

异端说"囫地一声"，正死认着者劈初一点灵光，如陶人做瓮相似，一出窑后，便尽着只将这个用到底去。彼但欲绝圣弃知，空诸所有，故将有生以后，德撰体用，都说是间粉黛。其云"一条白练去"，正以此为娘生面耳。

古之圣人画卦序畴[④]，于有生以后，显出许多显仁、藏用之妙。故云"穷理尽性以至于命"，云"存其心，养其性，所以事天"，云"莫非命也，顺受其正"，直是有一刻之生，便须谨一刻之始。到曾子易箦时[⑤]，也只是谨始，更不可谓之慎终。何尝吃紧将两头作主，而丢漾下中间一大段正位[⑥]，作不生不死、非始非终之过脉乎？

《书》曰"惠迪吉，从逆凶"，与孟子"顺受其正"之说，相为表里。"莫非命也"，则天无时无地而不命于人，故无时无地不当顺受，无时无地不以惠迪得吉、从逆得凶。若靠定初生一日，则只有迎头一命，向后更无命矣，而何以云"莫非命也"哉？此理不达，则世之为推算之术者，以生年月日悬断吉凶，猥鄙之说昌矣。

凡自未有而有者皆谓之始，而其成也，则皆谓之终。既生以后，刻刻有所成，则刻刻有所终；刻刻有所生于未有，则刻刻有所始。故曰曾子易箦，亦始也，而非终也。反诸其所成之理，以原其所生之道，则全而生之者，必全而归之。而欲毕其生之事者，必先善其成之之功，此所谓知生而知死矣。

故夫子正告子路，谓当于未死之前，正生之日，即境现在，反求诸己，求之于"昊天曰明，及尔出王，昊天曰旦，及尔游衍"之中[⑦]，以知生之命；求之于"不闻亦式，不谏亦入，不显亦临，无斁亦保"之中[⑧]，以知生之性；求之于"直养无害，塞乎天地之间"者，以知生之气。只此是可致之知，只此是"知之为知之"，而岂令哼枯木，撮风声，向囫地一声时讨消息哉？此是圣贤异端一大铁界限，走漏一丝，即成天壤，而废仁义、绝伦理之教，皆其下游之必至矣！

子曰"未知生，焉知死"，此如有人问至家路程，则教以迤逦行去，少一步也到不得。且举足趁着走，则息驾之日，自不差耳。且如子路死于孔悝，他死上也分明不错，而其陷于不义者，则在仕辄之日，即此是未知生而欲知死之一大病。释氏唯不然，故说个"生死事大，只办腊月三十日一套除夕筵席"。却不知除夕之前，衣食全不料理，则早已冻馁而死，到腊月三十日，便煞铺设焜煌[⑨]，也无用处。乃徒欲据元旦以知除夕，不亦傎乎[⑩]！

愚以此求之，益见圣言之正大精密，与化工同其自然。先儒诸说，唯朱子“生理已尽，安于死而无愧”一语，为有津涯。其余则非愚所知，而间乱子释、老者多矣。《语录》有云“能原始而知其聚以生，则必知其后必散而死”，既即释氏假合成形之说。且此气之聚散，听之寿命者，何用知之，而亦何难于知，乃消得圣人如许郑重耶？而朱子答之曰“死便是都散了”，亦聊以破释氏死此生彼之妄，其于圣人之言，则全无交涉，所谓不揣其本而争于末也。诊其受病之原，只误认一“生”字作生诞之日“生”字解，而其或鄙或倍，乃至于此，是以辨贵明而思贵慎也。

三

释氏说生死有分段，其语固陋。乃诸儒于此，撇下理说气，而云死便散尽，又云须由造化生生，则与圣人之言相背。气不载理，只随寿命聚散，倘然而生，溘然而死，直不消得知生，亦将于吾之生无所为而不可矣。

生生虽由造化，而造化则不与圣人同忧，故须知死生之说，以为功于造化。此处了无指征，难以名言，但取孟子“直养无害，塞乎天地之间”两句，寻个入路，则既不使造化无权，而在人固有其当自尽者。夫子说“朝闻道，夕死可矣”，亦是此意。盖孟子合理于气，故条理分明。诸儒离气于理，则直以气之聚散为生死，而理反退听。充其说，则人物一造化之刍狗矣⑪。

诸儒于此，苦怕犯手，故拿着个气，硬地作理会。乃不知释氏轮回之说，原不如此。详见愚所著《周易外传》，当以俟之知者。

四

夫子只许闵子之言为中。中者，当于理也，《集注》释此自当。双峰、新安添上“和悦雍容”一义，圣人既不如此说，且《论语》一书，皆经记者檃括成文，非闵子当日止用此二冷语论此一事。且其云“何必”者，则以长府之弊，别有所在，而不系于改不改。不正于其本而徒然改作，则不如无改之为愈，若用之得宜，则仍旧贯而亦何弊，故不云“不可”，而云“何必”，酌事而为言，非故为雍容和悦也。若明知其不可而故为缓词，则直是骑两头马；柔奸行径耳。以为无与于己，则可如弗言？既已言之，而又何避忌？不痛不痒，做款段而匿肝肠，此小人之尤也，而闵子岂其然！为长府，改钱法也，详《稗疏》。

五

孔子既没而道裂，小儒抑为支言稗说以乱之。如《家语》、《孔丛子》、《韩诗外传》、《新序》、《说苑》诸书，真伪驳杂，其害圣教不小。学者不以圣言折之，鲜不为其所欺。

《家语》、《说苑》称子路鼓瑟，有北鄙杀伐之声，说甚猥陋。夫子谓子路升堂而未入室，今须看升堂入室，是何地步。子之论善人，曰“亦不入于室”，圣人岂有两室，而室岂有异入哉？善人有善而无恶，特于天德、王道之精微处，未尽其节文之妙，止一往行去教好，所以云“未入于室”。看来，子路亦是如此。

孟子曰“可欲之谓善”，一“欲”字有褒有贬。合于人心之所同然，故人见可欲。而其但能为人之所欲，不能于人之所不知欲、不能欲者，充实内蕴而光辉远发，则尽流俗而皆欲之矣。故夫子曰“由也喭”。喭者，粗俗也。粗者不密，俗者不雅。未能精义入神以利用，故曰粗。不知文之以礼乐，而好恶同于流俗，故曰俗。

圣人虽不为异人之行，然其所以节太过，文不及，备阴阳之撰者，固非流俗之所能与知。粗俗者，虽不为合流俗、同污世之邪慝，而称意直行，往往与众人一种皮肤道理相就。所以他于众睹众闻上，赫赫奕奕，有以动人。而求之于天理之节文，自然精密、自然卓尔者，深造以礼乐而后得入，则一向似不信有此理，故其言曰“何必读书，然后为学”。则亦“不践迹”之意也。

唯其如此，是以虽复鼓瑟，亦聊以供其判奂[12]，而不必合于先王之雅音，则虽郑、卫之音，且自谓无妨一奏。其于夫子之门，必以先王之正声，荡涤人心志，融洽人肌肤，以导性情之和者，殊为背戾。故曰“奚为于丘之门”。

合子路生平与夫子之言类观之，则可见矣。使如《家语》、《说苑》之猥谈，则子路无故而常怀一杀心，将与宋万、州绰、高昂、彭乐之流，同其凶狡，则亦名教之戎首，斯人之枭鹰，而何得要夫子“升堂”之誉哉？

子路好勇，自在闻义必为、闻过必改上见得勇于为义耳，初非有好战乐杀之事。虽孔悝之难，亲与戎行，而春秋时文武之途未分，冉有、樊迟，皆尝亲御戈戟，非但一子路为然。《家语》抑有戴雄鸡、佩猳豕之说，尤为诬罔，固非君子之所宜取信也。程子曰“言其声之不和”，自与圣言相符。

六

《中庸》就教上说，则过、不及之间，尚可立一“中”以为则。然《或问》已有“揣摩事理”之语，则过、不及自就知行上见，不与中庸之显道相对。此言二子学之所至，其非子夏在前面一层，子张在过背一层做，审矣。

“中庸”二字，必不可与过、不及相参立而言。先儒于此，似有所未悉。说似一“川”字相似，开手一笔是不及，落尾一笔是过，中一竖是中庸，则岂不大悖？中庸之为德，一全“川”字在内。若论至到处，落尾第三笔结构方成。一直到人伦之至，治民如尧，事君如舜，方是得中，则岂有能过之者哉？

斯道之体，与学者致道之功，总不可捉煞一定盘星。但就差忒处说，有过、不及两种之病。不可说是伸著不及，缩著太过，两头一般长，四围一般齐，一个枢纽。如此理会，所谬非小！且如《河图》中宫之十、五，《雒书》中宫之五，却是全图全书之数，与乐律家说天数五、地数六，合之十一，遂将六作中声不同。天垂象，圣人立教，固无不然。所以无过、不及处，只叫做“至”，不叫做“中”。近日天主教夷人画一十字，其邪正堕于此。

今以道体言之，则程子固曰“中是里面的”，里只与外相对。不至者外，至者里也。非里面过去，更有一太过的地位在。若以学言，则不得已，且将射作喻。不及鹄者谓之不及，从鹄上盖过去之谓过。若正向鹄去，则虽射穿鹄，透过百步，亦不可谓之过，初不以地界为分别。只在箭筈离弦时，前手高便飘过去，前手低便就近落耳。则或过或不及，只缘一错。而岂鹄立于百步，便以百步为中，九十步内为不及，百一十步外为过之谓哉？

作圣之功，必知足以及之，仁足以守之，斯能至而不忒。今二子之为学，亦既俱以圣人为鹄矣。子夏只恁望着圣人做去，而未免为人欲所累带着，就近处落。子张亦只恁望着圣人做去，却自揣其力之不足试于人欲之域以得天理，乃便尽着私意往外面铺张，希图盖覆得十分合辙。所以二字之所造不同，然其不能用力于静存动察、精义入神，则一也。故曰“过犹不及”。

故夫子以“小人儒”戒子夏，而记称其有厚子薄亲之罪。曾子斥子张之“难与为仁”，而其言曰“丧思哀，祭思敬，其可已矣”。

譬之于射，则子夏亦知平水箭为百中之技，却力有不逮，不觉临发时前手便落，早插入流俗里去。子张亦缘力之不加，恐怕落近，便一直抬起前手，庶几起处高，落处合，而不知心目无一成之鹄，则必不能至，而徒为劳耳。

故子夏知有儒，而不知儒之或不免于小人，则一念之私利未忘，即为欲所泥，而于理必不逮。子张谓丧尽于哀，祭尽于敬，可一直相取，乃不知存之无本，则有虽欲哀而不得哀，虽欲敬而不得敬者。所以于其志学之始，与其究竟之失，为之要言曰“过”，曰“不及”。乃统其知之不能及，仁之不能守，为之要言曰“过犹不及”。总以洞见其用功之差，而既不仅以天资言，尤不得谓两者之外别有中庸，两者之间不前不后之为中庸也。假令节子张之过，则亦不挣扎之子张。伸子夏之不及，亦一无归宿之子夏；且求为二子而不能得，况望其能至于圣人哉？

在他行迹处，见得有此两种共依于圣功而不能至之病。若以圣功之至言之，则子固曰：“回也，其心三月不违仁，其余则日月至焉而已矣。”则颜子亦唯不及之为忧，而况子张？圣人之道，断无透过那一边还有地位之理，所以云“仰之弥高，钻之弥坚”。二子之失，皆仰钻之未竭其才耳。而岂子张之已逾其高，过颜子之所仰，已抉其坚，过颜子之所钻乎？

子思赞中庸之德，说赞化育、能天地，说“无声无臭”，那有一重道理得陵而过之？尹氏“抑过、引不及”之说，自是见处未确。夫子之于子张，亦引之而已，而何有抑哉？如子张言“丧思哀，祭思敬”，自是粗疏不至语。藉令教之，亦引之于情文相称之实，俾得以尽其哀敬。岂抑之使毋过哀，毋过敬，而姑但已乎？故知以过、不及、中庸为三途论者，不堕于子莫之中，其无几矣！

七

“夫子不幸而与匡人之难”一转，甚是蛇足。诸老先生只管向这上面穷理，好没去就。不如桃应所问瞽瞍杀人为有是事者远矣。杞人忧天，而更忧何以支撑耶？

颜渊之后，大略是迂道相避，故致参差。彼此相信以不死，原不待于目击。其云“子在，回何敢死”，言夫子既有道以出险，已亦不恃勇以犯难。想来匡人之暴，亦不是莽莽杀人，处之有道，则自敛辑。上蔡训“敢”为果敢，极是分明。不果敢则不死矣。

胡氏告天子方伯请讨之说，尤迂疏无理。伤人者刑，杀人者死，司寇治之耳。夫子非有国之君，匡人亦非能阻兵负固者，何待天子方伯之讨哉？然要不须如此论，亦聊破胡氏之谬耳。

此胡氏未目言号谥，以其言考之，盖致堂也。文定《春秋传》中，不作此无稽之言。至堂不善承其家学，《读史管见》中往往有如此者。

八

程、朱论曾皙处，须是别看，不可煞着猜卜。如以为无所期慕，只自洒落去，则韦应物之“微雨夜来过，不知春草生”足以当之矣。如将景物人事，逐一比配，以童子、冠者拟老、友、少，以浴风、咏归拟安、信、怀，以谓于物得理，于事得情，则曾皙不向诚然处直截理会，乃在影似中求血脉，其亦末矣。

但拽着架子，阑阑珊珊，如算家之有粗率，则到用处，十九不通。朱子谓三子不如曾点之细，又云“曾点所见乃是大根大本”。只此可思，岂兵农礼乐反是末，是枝叶，春游沂咏反为根本哉？又岂随事致功之为粗，而一概笼罩着去之为细耶？看此二段《语录》，须寻入处。“身心无欲，直得‘清明在躬，志气如神’，天下无不可为之事。”读《语录》者，须知“清明在躬”时有“志气如神”事，方解朱子实落见地。

九

《集注》云“人欲净尽，天理流行”，朱子又云“须先教心直得无欲”，此字却推勘得精严，较他处为细。盖凡声色、货利、权势、事功之可欲而我欲之者，皆谓之欲。乃以三子反证，则彼之“有勇”“知方”“足民”“相礼”者，岂声色货利之先系其心哉？只缘他预立一愿欲要得如此，得如此而为之，则其欲遂，不得如此而为之，则长似怀挟着一腔子悒怏歆羡在，即此便是人欲。而天理之或当如此，或且不当如此，或虽如此而不尽如此者，则先为愿欲所窒碍而不能通。

以此知夫子“则何以哉”一问，缘他“不吾知也”之叹，原有悒怏歆羡在内，一面且教他自揣其才，而意实先知其无可与而思夺之也。前云“则何以哉”，后云“为国以礼”。言及于礼，则岂欣欣戚戚，思以天下利见吾才者之所得与哉？

怀挟着一件，便只是一件，又只在这一件上做把柄。天理既该夫万事万物，而又只一以贯之，不是且令教民有勇知方，且令足民，且令相礼，揽载着千伶百俐，与他焜燿。故朱子发明根本枝叶之论，而曰“一”、曰“忠”、曰“大本”。凡若此者，岂可先拟而偏据之乎？故三子作“愿”说，作“撰”说，便是人欲，便不是天理。欲者，己之所欲为，非必理之所必为也。

夫子老安、友信、少怀之志，只是道理如此，人人可为，人人做不彻底，亦且不曾扣定如何去安老者、信朋友、怀少者。圣人只说末后规模，而即以末后之规模为当前之志愿。一切下手煞着，即是枝叶，亦即不能尽己以忠，亦即是不能一以贯之。故唯一礼扑满周遍之外，更无闭门所造之车。

如夫子向后相鲁、却莱兵、堕郈、费，岂非圣人大道之公、三代志中之事？然使云“我愿堕三都，服强齐”，则岂复有夫子哉？恶三都之逼、强齐之侵陵，而不因其势在可堕，理在可屈，徒立一志以必欲如此，即此是人欲未净而天理不能流行。三代以下，忠节之士，功名之流，磨拳擦掌，在灯窗下要如何与国家出力，十九不成。便成也不足以致主安民，只为他将天理边事以人欲行之耳。

曾点且未说到老安、友信、少怀处，而一往不堕，故曰“人欲净尽”。人欲净尽，则天理可以流行矣。乃此抑未可作水到渠成会。水到渠成者，任乎物，曾皙则任乎己。看他言次自得之。故曰“与漆雕开俱见大意”，“吾斯之未能信”，说任乎己也。

一〇

庆源云“须是人欲净尽，然后天理自然流行”，此语大有病在。以体言之，则苟天理不充实于中，何所为主以拒人欲之发？以用言之，则天理所不流行之处，人事不容不接，才一相接，则必以人欲接之，如是而望人欲之净尽，亦必不可得之数也。故《大学》诚意之功，以格物致知为先，而存养与省察，先后互用。则以天理未复，但净人欲，则且有空虚寂灭之一境，以为其息肩之栖托矣。

凡诸声色臭味，皆理之所显。非理，则何以知其或公或私，或得或失？故夫子曰“为国以礼”。礼者，天理之节文也。识得此礼，则兵农礼乐无非天理流行处。故曰：“子路若达，却便是这气象。”倘须净尽人欲，而后天理流行，则但带兵农礼乐一切功利事，便于天理窒碍，叩其实际，岂非“空诸所有”之邪说乎？

但庆源以此言曾皙，则又未尝不可。曾皙自大段向净人欲上做去，以无所偏据者为无所障碍，廓然无物，而后天地万物之理以章。只此净欲以行理，与圣人心体庶几合辙。而所以其行不掩者，亦正在此，故未可据为学圣之功也。

一一

“曾点未便做老、庄，只怕其流入于老、庄”，朱子于千载后，从何见得？只看“暮春”数语，直恁斩截，不于上面添一重变动，亦可以知其实矣。不然，则谓之天理流行，岂非诬哉？

天理、人欲，只争公私诚伪。如兵农礼乐，亦可天理，亦可人欲。春风沂水，亦可天理，亦可人欲。才落机处即伪。夫人何乐乎为伪，则亦为己私计而已矣。

庄子直恁说得轻爽快利，风流脱洒。总是一个“机”字，看着有难处便躲闪，所以将人间世作羿之彀中，则亦与释氏火宅之喻一也。看他说大鹏也不逍遥，斥鴳也不消遥，则兵农礼乐、春风沂水了无着手处，谓之不凝滞于物。

曾点所言，虽撇下兵农礼乐、时未至而助长一段唐突才猷为不屑，然其言春风沂水者，亦无异于言兵农礼乐，则在在有实境，在在而不慊其志矣。不慊其志者，不慊于理也。无所逃匿，无所弄玩，则在在有实理者，在在无伪也。此岂可与庄周同日语哉？

圣人诚明同德。曾点能明其诚，而或未能诚其明。老、庄则有事于明，翻以有所明而丧其诚。此三种区别，自是黑白分明。缘曾点明上得力为多，故惧徒明者之且入于机而用其伪，故曰“怕其流入于老、庄”。此朱子踞泰山而仰视日、旁视群山、下视培塿眼力[13]。呜呼，微矣！

---

①鄙倍：浅陋，背理。

②沈约：字休文，南朝梁文学家。与周颙创四声、八病之说，要求作品区别四声，避免八病，对古体诗向律诗转变有一定积极影响，但也杂有一些不必要的禁忌。其诗浮靡，着意雕饰。

③忮（zhì，音至）害：因忌恨而加害。

④序畴：安排各类事物的次序。

⑤曾子易箦：《礼记·檀弓上》：“曾子寝疾，病，乐正子春坐于床下，曾元、曾申坐于足，童子隅坐而执烛。童子曰：‘华而睆，大夫之箦与？’……曾子曰：‘然。斯季孙之赐也，我未之能易也。元，起易箦！’”箦是华美光泽的竹席，照当时的习惯，做大夫的人才能用，曾子未曾为大夫，不当用，所以病重临死时要人换掉。

⑥漾：通“扬”。丢的意思。

⑦“昊天曰明，及尔出往，昊天曰旦，及尔游衍”：出自《诗·大雅·板》。意为上帝是明察的，你进出往返，上帝都能看到，你去游乐，上帝也能看到。

⑧斁（yì，音译）：厌，厌弃。

⑨焜煌：光辉灿烂。意为极其丰富。

⑩傎（diān，音颠）：颠倒错乱。

⑪刍狗：草和狗。比喻轻贱无用的东西。

⑫判奂：亦作“伴奂”。纵驰，闲暇的意思。

⑬培（pǒu，音掊）塿：亦作“附娄”、“部娄”。小土丘。

颜 渊 篇

一

“克”字有力，夫人而知之矣，乃不知“复”字之亦有力也。《集注》言“复，反也”，反犹“拨乱反正”之反。庆源谓“犹归也”，非是。《春秋谷梁传》云“归者，顺词也，易词也”，其言复归，则难词矣。于此不审，圣功无据。盖将以“复礼”为顺易之词，则必但有克己之功，而复礼无事，一克己即归于礼矣。

夫谓克己、复礼，工夫相为互成而无待改辙，则可。即谓己不克则礼不复，故复礼者必资克己，亦犹之可也。若云克己便能复礼，克己之外，无别复礼之功，则悖道甚矣。可云不克己则礼不可复，亦可云不复礼则己不可克。若漫不知复礼之功，只猛着一股气功，求己克之，则何者为己，何者为非己，直是不得分明。

如匡章出妻屏子，子路结缨而死，到妻子之恩、生死之际也拼得斩截，则又何私欲之难克，而讵可许之复礼耶？颜云“咬得菜根断，百事可为”，乃若陈仲子者，至有母而不能事，是一事亦不可为，而况于百乎？则唯不知复礼，区区于己所欲者而求战胜也。

佛氏也只堕此一路，直到剿绝命根，烦恼断尽，而本无礼以为之则，则或己或非己之际，嫌不别，微不明，无刑典，无秩序，硬把一切与己相干涉之天理都猜作妄。若圣学之所谓“克己复礼”者，真妄分明，法则不远，自无此病也。

然则复礼之功，何如精严，何如广大，而可云己之既克，便自然顺易以归于礼乎？精而言之，礼之未复，即为己私。实而求之，己之既克，未即为礼。必将天所授我耳目心思之则，复将转来，一些也不亏欠在，斯有一现成具足之天理昭然不昧于吾心，以统众理而应万事。若其与此不合者，便是非礼，便可判断作己，而无疑于克，故曰“非礼勿视”云云。使非然者，则孰为礼，孰为非礼，孰当视，孰不当视而勿视，直如以饼饵与千金授小儿，必弃千金而取饼饵矣。圣人扼要下四个“非礼”字，却不更言“己”，即此可知。

二

遇着有一时一事，但克己则已复礼。遇着有一时一事，但复礼则无己可克。遇着有一时一事，克己后更须复礼。遇着有一时一事，复礼后更须克己。此与存养、省察一例，时无先后，功无粗细，只要相扶相长，到天理纯全地位去。

乃既致力于克己，尚须复礼，此是圣学据德、依仁一扼要工夫。而天理现前之后，尚恐恃己之持循有据，便将后一段盖覆将去，大纲近理，即休于此，却被己私阑入视听言动之中，而不知早已违仁，则一直通梢，防非礼而务克之。此圣学极深研几，谨微以全天德事。故下“四勿”之目，尤严为颜子告也。

三

未克己，不可骤言复礼，恐妆做个“堂堂乎难与为仁”模样，颜子已自久不堕此窠臼①。未复礼，不可漫言克己，却做个“烦恼断尽，即是菩提”勾当，圣门从无此教意。故此两项俱不可掺入此章话下。克己必须复礼，“约我以礼”之善诱也。既复于礼，仍须克去非礼，则“约我以礼”之上更施一重时雨之化也②。此不容不审。

四

但于“天下归仁”见效之速，不可于“一日克己复礼”言速。以“一日克己复礼”为速，则释氏一念相应之旨矣。经云“一日克己复礼”，非云“一日已克礼复”。克己复礼，如何得有倒断！所以尧、舜、文王、孔子终无自谓心花顿开、大事了毕之一日。因以言其动物之可必，故为之词曰“一日”耳。

乃“天下归仁”，亦且不是图他一番赞叹便休，特在本原上做工夫，便终身也只依此做去，别无他法，故可归功于一日。若“天下归仁”之尽境，则亦必其“克己复礼”之功无有止息，而施为次第，时措咸宜，然后天理流行，人心各得也。“天下归仁”不可以一日为效之极，“克己复礼”其可以一日为德之成乎？

所以朱子又补“日日克之，不以为难”一段，以见“天下归仁”非功成息肩之地，而“一日”之非为止境。双峰成功之说，殊不省此。“终则有始，天行也。”“存吾顺事，没吾宁也。”岂如剿一寇、筑一城之一事已竟，即报成功也哉？

五

“天下归仁”，不可谓不大。“天下归仁”之外，亦别无进境。乃说个“天下归仁”，则亦未括始终，但言其规模耳。“天下归仁”，须日日常恁地见德于天下，岂一归之而永终誉乎？如孔子相鲁时，天下归其政之仁，及致政删修，天下又归其教之仁，何曾把一件大功名盖覆一生去？“天下归仁”非一日之小效，“克己复礼”又何一日之成功耶？

六

自“一日克己复礼，天下归仁”之前，到此一日，则有维新气象，物我同之。既已“一日克己复礼，天下归仁”矣，则只是纯纯常常，相与不息去。故虽非止境，而亦不可谓效之不速也。

七

私意、私欲，先儒分作两项说。程子曰“非礼处便是私意”，则与朱子“未能复礼，都把做人欲断定”之言，似相龃龉。以实求之，朱子说“欲”字极细、极严。程子说“意”字就发处立名，而要之所谓私意者，即人欲也。

意不能无端而起，毕竟因乎己之所欲。己所不欲，意自不生。且如非礼之视，人亦何意视之，目所乐取，意斯生耳。如人好窥察人之隐微，以攻发其阴私，自私意也。然必不施之于宠妾爱子，则非其所欲，意之不生，固矣。又如立不能如齐，而故为跳荡，亦跳荡易而如齐难，欲逸恶劳之心为之也。则云“未能复礼，便是人欲”，搒简将来，无可逃罪，而非悬坐以不韪之名矣。

但此等在无意处，欲乘虚而见端。若程子所言，则为有意者论。既有意而非其甚不肖，然且非礼，则似乎非欲之过。乃天下之以私意悖礼者，亦必非己所不欲。特已立一意，则可以袭取道义之影似，以成其欲而盖覆其私。如庄子说许多汗漫道理，显与礼悖。而摆脱陷溺之迹，以自居于声色货利不到之境，到底推他意思，不过要潇洒活泛，到处讨便宜。缘他人欲落在淡泊一边，便向那边欲去，而据之以为私。故古今不耐烦剧汉，都顺着他走，图个安逸活动。此情也，此意也，其可不谓一己之私欲乎！则凡以非礼为意者，其必因于欲，审矣。

然程子云“非礼处便是私意”，朱子则云“未能复礼，都做人欲”，二先生下语，自有分别。非礼者，必如前所云，立一意以袭取道义之影似，成欲而盖其私，而非但未能复礼者也。未能复礼者，则但其无意而使欲得乘虚以见端者也。若业已有事于仁而未能复礼者，意之所起，或过或不及而不中于礼，虽几几乎不免于人欲，而其发念之本，将于此心之不安、理之不得者，以求其安且得，则亦困知勉行者。中间生熟未调、离合相半之几，虽不当于礼，而愤悱将通[3]，正为可以复礼之基。是一己之意见，非即天下之公理，而裁成有机，反正有力，不得以私意故贬其为为仁之害也。若并此而欲克去之，则必一念不起，如枯木寒崖而后可矣。此程子“私意”之说，不善读者，其敝将有如此。

朱子谓“即无不属天理，又不属人欲的”，乃一念不起，枯木寒崖者，则已不属人欲，而终无当于天理。特此段光景，最难立脚，才一荡着，又早堕去。所以释氏自家，也把做石火、电光相拟，稍为俄延[4]，依旧入人欲窠臼。终不如吾儒步步有个礼在，充实光辉，壁立千仞，如虎有威，狐狸不敢犯。只恁依样择执，到底精严，则天理一味流行，人欲永无侵染。此邪正之分，诚伪之界，恒与无恒之所自别，未可为冥趋妄作者道也。

二先生归同说异，须有分别，无作一例看。乃圣人之所以语颜子者，则在既知约礼之后，偶然无意，使人欲瞥尔乘虚见端上说。观其以“克己”冠“复礼”之上，而目在“四勿”者，可知。程子推圣意以辟妄，朱子为释经之正义，不可紊也。

八

非礼而视听，非礼而言动，未便是人欲。故朱子曰“自是而流，则为人欲”。夫了此说，与“放郑声，远佞人”一意。圣学极顶处，只是愈精愈严，不恃自家见得透，立得定，便无事去也。

谓私欲曰“己”，须是自己心意上发出不好的来。瞥然视，泛然听，率尔一言，偶尔一动，此岂先有不正之心以必为此哉？然因视听而引吾耳目，因言动而失吾枢机，则己私遂因以成，而为礼之蠹矣。故四者之非礼，未可谓己私，而己私之所由成也。

然夫子竟以此为“克己复礼”之目者，中之有主，则己私固不自根本上有原有委的生发将来。然此耳目口体之或与非礼相取者，亦终非其心之所不欲，则以私欲离乎心君而因缘于形气者，虽无根而犹为浮动。夫苟为形气之所类附，则亦不可不谓之“己”矣。故朱子曰“索性克去”，是复礼之后，更加克治之密功也。

乃己私虽无所容于内而礼已充实，然犹浮动于外而以遏礼之光辉，使不得发越，则礼终有缺陷之处。是又复礼之后，再加克己，而己无不克，乃以礼无不复。此所谓“人欲净尽，天理流行”也。

非礼而视，则礼不流行于视。非礼而听言动，则礼不流行于听言动。圣贤纯全天德，岂云内之以礼制心者，其事由己，外之因应交物者，其事不由己乎？天地万物且备于我，而况吾有耳目口体，胡容孤守一心，任其侵陵，而自贻之咎也！舜之戒禹于“惟精惟一，允执厥中”之后[5]，又曰“无稽之言勿听，弗询之谋勿庸，唯口出好兴戎”，亦是此意。武王之铭曰“无曰胡伤，其祸将长；无曰无害，其祸将大”，亦是此意。终不如异端说个知有是事便休，大事了毕，只须保任，将耳目口体、天下国家作不相干涉之物而听之，以为无如我何也。呜呼！此“四勿”之训，所以为天德，为乾道，而极于至善也与！

九

言“出门”则统乎未出门，言“使民”则该乎使民之外，此与“无众寡，无小大”一意。出门原不可作动说。动者必有所加于天下，但一出门，何所加于天下而可云动哉！周子曰“动静无端”，则固不可以事境分矣。凡静之中，必有动焉。如以己所独知为动之类，则虽燕居深处而皆动也[6]。凡动之中，必有静焉。当其睹色则听为静，当其闻声则视为静，所动者一，而不睹不闻者众也。总于意之已起未起为动静之分。但言“出门”，其或有意无意，皆不可知，而奚有定耶？

若以见诸事者为动，则出门未有事也，使民业有事也。《曲礼》云“无不敬，俨若思”，自分动静。而“出门如见大宾”，则自非“无不敬”之所摄，正所谓“俨若思”者是已。必不获已，自宜以出门属静，使民属动，不可于出门、使民之外，别立一静也。

或者所问，程子所答，俱似未当。双峰云：“平时固是敬谨，出门、使民时尤加敬谨。”出门、使民之外，何者更为平日？圣人是拣极易忽者言之，以见心法之密。见宾、承祭，方是常情加谨之地。出门之外，有大廷广众、顺逆不一之境，推致于“虽之夷狄”。使民之上，有入事父兄、出事公卿，无限待敬待爱之人。则此所举者，极乎境之静、事之微而言也。谨微慎独，该括广大，何平日之不在内乎？

一〇

“心常存”是根本，“事不苟”是事实。由心存，故见事之不苟。乃由不苟于事，则此不苟之心便为心存。到成德地位，但此心存而常醒，则事自不苟，言自不易。若求仁之功，则且以事不苟为当务。圣人从“为之难”说起，即从此入，不容别问存心。

盖凡天下不仁之事皆容易，则仁则必难。所以然者，仁是心德，其他皆耳目之欲。耳目轻交于物，不思而即通，引之而速去，所以尽他曲折艰深，到底容易。若心官之德，“思则得之，不思则不得”，已自不能疾获，又须挽着耳目之用，可以得意驰骋处，都教把住，则且目失视，耳失听，口失言，四肢失其利动，而心亦疲于思，只此极难。所以尽古今大聪明、大决断、大疾速的人，到此都不得滋味。若其为此，方见其难。而诚“为之难”也，则岂非仁者终身用力之实际哉！夫子曰“用力于仁”，又曰“先难”，意俱如是。故知“为之难”三字，是本根茎干一齐说出语。而朱子所云“存心”，自不若圣言之深切也。

初入门人，谨言以存心，是诉末反本事。成德之后，心无不存，而为自难、言自讱，是自然气象。若仁者之实功，则云“为之难”足矣。加以存心，则又是捷径法矣。观小注“学者即当自谨言语，以操存此心”及“仁者心常醒”等语，分疏别白，则知非于为难之上，别立存心之法也。

一一

晁氏所云“非实有忧惧而强排遣之也”，亦虚设此疑，以证君子之不然耳。庆源云“不忧不惧者，疑若有之而强排遣之也”，则煞认有人排遣得“不忧不惧”矣。

从古至今，尽上智、下愚，却无一人排遣得“不忧不惧”者。尽强有力者，但能眉不颦、口不叹、肌不粟而已。咄咄书空[7]，屐齿忘折[8]，其郁陶惕栗[9]，更倍于人！故说个“不忧不惧”，便是极致。岂“不忧不惧”之上，更有“何忧何惧”之一境哉？

必欲求一非君子而能不忧惧者，则唯朱子所谓“块然顽石”者，而后可以当之。唐太宗攻高丽，一军士肉薄至堞坠死，一军士复继之，太宗亟称其勇。许敬宗曰：“此人只是不解思量。”块然顽石而不知惧者，大要不解思量耳。

其块然顽石而不忧者，直是一和哄汉，得过且过，故司马牛亦疑而贱之。自此以上，则更无有人排遣得“不忧不惧”也。此等处，反求之日用身心，则自知之，非可以文言生疑信。“若要消愁除是酒，奈愁回酒醒还依旧！”此言虽鄙，实尽人情。故凡看圣贤文字，非实实体认，于己取之，则但有言说，都无实义，求以达事理而遇微言，难矣哉！

一二

《集注》两释“信”字，俱加“于我”二字，亦似赘出。子曰“民无信不立”，不云“民不信不立”，则非信于我之谓，审矣。《集注》又云“失信”，一“失”字尤不安。言“失信”，则是有所期约而故爽之。看来，子贡问政是大纲问，非缘国势危而号令期约以相救，则又何期，而又何失乎？

此“信”字，是尽民之德而言，与《易》言“履信”同。民之所奉上教，而自成其道德之一，风俗之同者，至于信而止矣。孟子所谓“恒心”者是也。“信之”“之”字，固若隐然指君而言，然亦要君之所以教民者而概言之，非专指君身与其所令也。于此不审，则将“自古皆有死”一句，煞认作饿死说，而“民无信不立”，作守死不食言解，则大失圣人之旨矣。

“自古皆有死”二句，以文义、事理求之，非但承“去食”说，亦承“去兵”说。无食之死，与无兵之死，等也。而无兵之可以得死，尤甚于无食。朱子云“有信则相守以死”，不知所谓相守者何人？古者即民为兵，有与相守者，则是虽无食而有兵矣。子贡曰“于斯二者何先”，则业已无兵矣，更何从得人而相守乎？

“足食”者，民之食与国之食而两足也。“足兵”者，训练之而使战不北、守不溃也。“去兵”者，贫弱之国，恐以训练妨本业，且无言兵，而使尽力于耕作也。“去食”者，极乎贫弱之国，耕战两不能给，且教之以为善去恶，而勿急督其农桑也。

世儒错看一“去”字，说作已有而故去之。夫已有兵有食矣，则又何害于信，而必欲去之哉？“必不得已”之云，自以施为之次序而言，而非谓其有内患外逼、旦夕立亡之势。食竭兵溃，坐以待毙，亦何政之足为耶？君子不居危乱之邦，而何为执其政哉？倘云先已执政，而一旦至此，则平日之足之者，漫无可恃，而徒议销兵弃粟于危亡之日，其不足有为甚矣！子贡亦何屑为此童昏败亡之君臣计耶[10]？

“必不得已而去句，于斯三者何先句”，谓必不得已而有所去矣。于其所不去者，当以何为先务也。先者，先足，非先去也。去者，不先之谓耳。唯或先兵，或先食，或先信，则去者可以缓待后日。倘云先去，则岂去兵之后乃去食，去食之后乃去信乎？三者皆有可为之势，则兵食与信，同时共修，不相悖害。若积敝之余，初议收拾，则先教民而后议食，先足食而后议兵，其施为之次第如此。不然，则如富强之流，或先食，或先兵，亟以耕战立国，而置风俗之淳薄为缓图，固当世言政者之大敝也。

而其曰“自古皆有死，民无信不立”，则见天之为民立君，非但相聚以生，而必欲相成以有立。失立民之道，而民亦无以自立，则不达于死生之正理以为民极，而但呴呴然如禽兽之相哺相卫，求以趋利而避害，则虽食足兵强，其建国迪民者，适以败坏人道久矣。此夫子彻底将天德、王道合一之理，与子贡言为国之大经，以定缓急之次序，而非向倾危败乱之国，作君民同尽计也。熟绎本文，当自得之。

一三

子贡之言“文犹质也，质犹文也”，自无病，病在“虎豹之鞟，犹犬羊之鞟”二语[11]。缘质之为义，不但是个意思，须已实有其质。以“商尚质”思之，可见质与文，都是忠敬做出来底。质是一色，文是异色。质是实实中用的，文是分外好看的。所以君子忠敬之心，或可云野人得而同之。而君子之质，则已大异于小人之质矣。

故朱子曰“虎皮、羊皮，虽除了毛，毕竟自别”，此喻甚精切。虎之所以为虎，羊之所以为羊，既不但以毛别，且亦不但以皮别，彻底自是分明在。岂一除去毛，便可云虎豹犹犬羊哉？

世儒言文不可离于质，此说自通。抑云质不可离于文，则舛甚矣。离文自有质，若去毛自有皮也。与皮去则毛不得存，其义自别。知此，则足以知子贡差处。然则当周未尚文之先，夏、商之君子小人，岂遂无别哉？

其云“文犹质也，质犹文也”，但说个“犹”，固未尝不可有轻重、本末之差。若云本犹末也，末犹本也，亦何不可。盖本末之俱有而不可无者，一也。而本自本，末自末，正自差等分明。

子贡盖谓文之以昭此忠敬之华者，与质所以将此忠敬之实者，以内外、本末言之，则同为因物显志，继起之事；而就天下所必有之事而言，则同为忠敬所丽之物。是以商之尚质，以质之可以尽忠敬；亦犹周之尚文，以文之可以昭忠敬也。如此说来，更有何弊！

特质如皮，文如毛，忠敬如虎之所以为虎，羊之所以为羊。以本末言之，则忠敬为主，质近内而文近外，质可生文而文不能生质。则同此一虎豹，毛原不害于皮，但须有皮而后有毛。同此一君子，文原非以贼质，但须既尽其质，而后听生其文。别以质，固可又别以文，别以文，非遂无别以质，不得竟以质而无文者为同于犬羊耳。

一四

双峰谓“忠信是德，徙义是崇”，破碎文义，于理无当。崇者即以崇其德，德者即其所崇，岂有分乎？不能徙义，则直不可谓之德。德者，行道而有得于心之谓。有得于心者，必其有得于事理者也。若执一端之义，莽撞用去，不复问现前所值之境，事理所宜，则日用之间，不得于心而妄为者多矣。是知日新而益盛者，皆德也。

崇者，对卑而言。不以忠信为主，徒于事迹上见德，将有如管仲之所为者，非不操之有本，行之有合，于心非无所得，而抑见德于天下矣。乃唯假仁袭义，弗能敦以不息之诚，则所得者凉非而德以卑[12]。故唯主忠信者为崇德也。

崇德原有两义：一为所崇者德，一为能崇其德。而所崇者德，则其德以崇；能崇其德，则崇者皆德。此二意，两句中俱有。特主忠信则以心合道，徙义则于道见心。义内故。内外合揆，而后所崇无非德，其德无不崇也。

双峰“愈迁愈高”之说，但有言句而无实义。崇德与修慝、辨惑并列，则崇固加功之词。若云“愈迁愈高”，则功在迁而效在高，是谓德崇，而非崇德矣。况云徙义，亦初无愈迁愈高之理。缘事物之宜，不可执一，故须徙以曲成。岂始终一义，今日姑处其卑，而他日乃造其高乎？

如“临财毋苟得”者，义也。而孟子受薛、宋之金，亦无非义也。同归于义，辞非卑而受非高。藉云“愈高”，则岂前日于齐之不受者为未高，而今日之受乃高耶？以此知双峰所云，但描画字影，而无当于理，亦释经之害马也矣！

一五

只忠信是德，“主忠信”是崇德。义是德，“徙义”是崇德。不尚机权而立其诚，不守闻见而必揆夫宜，则所崇皆德。诚日敦而义日富，则能崇其德。心极忠信而行无不宜，则其德崇矣。看书只须如此，自然理明义足。徒务纤新，鲜有不悖也。

一六

但云“爱之”“恶之”，非必不当理之爱恶。如其当理，欲其生死，亦复何妨！唯仁者能爱人，则祝之曰“万寿无疆”。唯仁者能恶人，则刺之曰“胡不遄死”。好贤如《缁衣》，岂不欲其生乎？恶恶如《巷伯》，岂不欲其死乎？倘云“彼之生死有定分，用心于不能必之地，而实无所损益”，则天下之最难必者，莫若在天之晴雨，《云汉》之诗，祈愿迫切，不尤惑耶？

且使得位乘权而操生杀之柄，其所生所杀，必先有欲生欲死之之心。即无权位，而爱子则欲其生，恶盗贼则欲其死，亦自性情之正。讵生死有分，已不可必，而遂漫然置之耶？天下事勘得太破，不趋刻薄，必趋苟且，亦庸愈于惑哉？唯“既欲其生，又欲其死”，先后杂投于一人之身，斯与一朝之忿，忘身及亲者，同为心无适主，乘俄顷之意气，而陷于昏瞀耳。

一七

《集注》云“君子小人，所存既有厚薄之殊，而其所好又有善恶之异”，上句指小人亦知美之当成，恶之不当成，而欲排陷人使入于罪者；下句谓小人之不知孰为美，孰为恶，而反以不成人之美、成人之恶为德者。故用“既”“又”二字，双穷小人之情，而谓唯君子忠厚爱人，而不忍人之陷于非；亦深知美之当为，恶之不当为，故乐见美成，而恶闻恶就。两句注，该括曲尽。胡氏“唯恐人之不厚，唯恐人之不薄”云云，殊未分晓。

一八

康子夺嫡，事在已往，且其事既成，不但欲之。使夫子以此讥其为盗之魁，亦徒抢白一场，而彼终无自新之路矣。季孙意如、季孙斯，则奸雄之流。至康子，则已苟且冒昧不堪矣。故哀、悼以降，三家益弱，不能如陈氏世济其厚施之奸，终以篡齐也。观夫子三对康子之问政，固不以奸逆待之，直从其陷溺非辟之深而责之尔。如胡氏所云，则不但咎既往而为已甚，且错看康子作莽、操、师、昭一流矣，而岂其然！故读书者，以知人论世为先务。

一九

“察言而观色”，是圣人见得天理烂漫、充塞两间处。唯此理日充满流行于天地之间，故其几自不容阏[13]。而理以人为丽，几以人之言与色为征，只在此观察得去，则自然极乎人情，而顺乎天理矣。只《集注》“审于接物”四字，极妥。小注似将“察言而观色，虑以下人”九字作一句读下，便大差着。

抑云“验吾言之是与不是”，亦未当理。盖作一句读下，观察人之言色以下人，则伺颜色，承意旨，以求媚于世，此又下于“居之不疑”者一等，孟子所谓妾妇是也。若凭此以验吾之是非，而人之言与色，其喜怒、从违亦不齐矣。未必其喜且从者之为是，而怒且违者之为非也。舍在己之权衡而一听于人，又奚当哉？

曰“察”，则详加审辨之谓也。曰“观”，则非常瞻视之谓也。即天下之人，因不可掩之几，沈潜而加警以观察焉[14]，则不特吾之是非，可即喜怒从违以知之。而凡天下之人情物理，其为公欲公恶与或一人之偏好偏恶者，无不皎然如黑白之在前，则虽凶人匪类，言必与恶相取，色必与戾相应，而吉凶善恶、诚不可掩之几，亦自此见矣。故吾之接之者，知之必明而处之必当，邦、家之达，不可必哉！知此，则双峰“是一件事”之说，不待攻而自无足采矣。

二〇

仁知合一之说，始于曾吉甫，而朱子取之。乃程子及和靖所云，则不添入此一重意。看来，“樊迟未达”，记者只记此一句，不言所未达者何在，曾氏亦但猜度得云尔。

细味下文夫子、子夏之言，初未尝有申明仁知合一之意。且圣人并论仁知处，每分开作对待。若以为疑于相悖，则更有甚于此者。《易》云“仁者见之谓之仁，知者见之谓之知”，明与分开两支。若乐山、乐水，动、静，乐、寿，则尤相对待，而要不嫌于相悖。“樊迟问仁，子曰：‘爱人。’问知，子曰：‘知人。’”此自日月经天语，何曾有相悖处？不成疑其或相悖，而可不于仁言爱人，于知不言知人乎？

若说知妨爱，爱妨知，作此粗疏料量，则天下事理，圣贤言说，无一不相牴牾。且如食以养阴，饮以养阳，亦可疑食之养阴，且使阴盛干阳，饮之养阳，或令阳亢消阴乎？食养阴而不废饮，则阴不毗[15]，饮养阳而不废食，则阳不孤。爱人而抑知人，则所爱不泛，知人而抑爱人，则虽知不刻，此自灼然易见之理。使迟曾此之未达，则又何其愚也！故云知妨爱，爱妨知，疑于相悖者，曾氏之臆说也。

程、尹曙然于此，故不作此较量。尹氏之言，特发程子之意，而分贴经文，尤为清切。其云“不独欲闻其说”者，“知人、爱人”之说也。云“又必欲知其方”者，举直错枉之方也[16]。云“又必欲为其事”者，选众而举之事也。

子曰“爱人”、曰“知人”二语，极大极简。大则疑泛，简则疑疏。太易理会，则太难证入。故曰有其说而未有其方也。今言仁知，孰不知仁为爱人而知为知人者？乃爱人而何以爱之，知人而何以知之，未得其方，则虽日念爱人，而人终不被其泽，日求知人，而人终相惑以相欺。此犹饥而语之以食，渴而语之以饮，乃未谋其何所得食，何所得饮，何者当食，何者当饮。则非不欲食欲饮，而乃以无所从得，或不择而陷于毒。此迟所为疑其但有言说而无方趣，阔大简略而迷所向也。

乃爱人则权在我，而知人则权在人，故曰“知人则哲，惟帝其难之”。是以迟之未达，于知人而更甚，罔然无措之情，遂形于色。而子乃授之以方，曰“举直错诸枉，能使枉者直”。苟知是，不患知人之无方矣。

盖人之难知，不在于贤不肖，而在于枉、直。贤之无嫌于不肖，不肖之迥异于贤，亦粲然矣。特有枉者起焉，饰恶为善，矫非为是，于是乎欲与辨之而愈为所惑。今且不问其善恶是非之迹，而一以枉、直为之断。其直也，非可正之以是也，陷于恶，可使向于善也，则举之也。其枉也，则虽若是焉若善焉，而错之必也。如此，而人不相饰以善，不相争于是，不相掩于恶，不相匿于非，而但相戒以枉。枉者直，则善者着其善，不善者服其不善，是者显其是，非者不护其非，于以分别善恶是非而不忒，又何难哉！此所谓知人之方也。以此通乎仁之爱人，近譬诸己，以为施济，先笃其亲，以及于民物，亦不患爱之无方矣。

乃方者，事所从入之始功也。始之为方者约，而继之为事也博，故方有未可以该事者。以方该事，而或流于术，此迟之所为再疑也。今使规规然舍贤不肖之迹，而一从直与不直以求之，则是操术以深其察察之明。而于御世之大权，或以纤用而不给于行远，则“能使枉者直”之效，亦未必其不爽。而子夏之以事征其必然者，既可以证圣言之不虚，且舜、汤之以治天下，道不外是，则非一曲之方术。而知人之大用与其大功，通始终，包遐迩，无不富有于两言之内。则方者即事，而非仅其从入之径，故曰“然后有以知之”。则施为之次第条理，为要为详，统无不喻，故曰“包含无所不尽”也。

曰“直”，曰“枉”，非尽乎贤不肖之词也。枉者固不肖，而不肖者固不尽于枉；贤者必直，而直非贤之极致。乃极而论之，则极乎贤者，亦但极乎直。故皋陶、伊尹，德亦盛矣，而要其所备之德，总以无所掩冒者为盛。故举直者，必若举皋陶、伊尹而后为极致。则始以为方，或可于不能贤之中姑取其直，而终以大其事，则极直之致，于无不贤之中得其无不直。要不可谓于举直之外，别有知人之法也。此所谓“语近不遗远，语远不舍近”者也。而后知人之事，洵无异量，则可无忧人之不易知。以此例之，亦可知人之无难爱矣。

程子、尹氏之意，大都如此。特其为言，简要疏远，既不易晓了，而其取义务实，不似曾氏之尖新可喜，则或以浅近忽之。乃必欲求圣贤之大旨，自当以此为正。

二一

曾氏之说所以不当者，以不择而爱，不可谓爱；知而不能容，不可谓知。便爱不肖亦如爱贤，爱疏亦如爱亲，则其于亲贤亦薄矣。使一味苛察，绝无回互，则徼以为知，其不知者多矣。如此而后可疑知爱之相悖。岂樊迟之拙，亦至于是？

将圣人言语，作此理会，即令樊迟粗疏不审。而夫子“爱人”、“知人”二言，说得直恁分晓，原不曾说博施其爱而无别，察用其知以吝于爱。曰“爱人”，自然是知所爱；曰“知人”，自然是欲知可爱者而爱之。如日昱乎昼，自然施明于月；月昱乎夜，自然映明于日。又何足疑之有？

二二

即欲如曾氏之说，亦但可如小注云“仁里面有知，知里面有仁”理会。双峰云“举直错枉，依旧是从仁上发来”，此说斡旋较可。“能举直，则是发此天理之公，是亦仁也”。《大学》说“唯仁人能爱人，能恶人”，孟子说“尧、舜之仁，不遍爱人，急亲贤也”，皆将举错作仁者之用，故可云仁中有知，知中有仁。

《集注》未免徇曾氏太过，将“举直错枉”作知，“能使枉者直”作仁，便成大渗漏。“举直错枉”是作用，“能使枉者直”是效验，岂知有作用而不见效，仁待知以得效而本无功乎？且曾氏云二者相悖，既谓知悖爱，亦谓爱悖知也。今此但释知不悖爱，而不及爱不悖知，又岂知能统仁，而仁不能统知乎？

且以此言知以成仁，则虽不必并举，而亦当令其义可通于仁以成知之旨，然后举一而达二。试令以此例，为仁以成知作一转语，其可云泛爱天下而贤不肖之品自清乎？仁以成知一边，既不能下一语，但在知以成仁上说此两句，以释相悖之疑，则是知可成仁，而仁不能成知也。是帝王之治世，学者之成德，但当务知，而不必求仁矣。仁为四德之首，今乃为知所统，而不能为功于知，不亦傎乎！

故必不获已，亦当从《朱子语录》及双峰之说，无徒拘《集注》以为曾氏墨守，犹贤乎尔。

二三

小注“或问圣人何故但以仁、知之用告樊迟，却不告以仁、知之体？”此等问头极劣。想来，此公全未见道，又不解思索，只管胡问。在朱子婆心，犹为解释，以愚当此，直付之不答可也。仁知之体，如何可以言语说得！不但圣人不言，门人亦未尝问也。

问答之例，答者必如其所问。问仁、知之用，则以用答，问为仁、知之功，则以功答。“先难后获，务民之义”，“居处恭，执事敬，与人忠”，以功问，以功答也。此则以用问，以用答也。当其问也，必有其辞。使记者全举之，则寻行数墨人可无用疑矣。缘记者无此闲笔舌，为此曹分疏，遂使疑樊迟问何者为仁，何者为知一般，直得惭惶杀人！

圣人答问仁者，直迨颜渊，从不一言及体。《五经》、《四书》，亦但言仁则曰仁，言知则曰知而已。即此为体，而更无可引喻而博说之者。朱子于仁，说个“心之德，爱之理”，锤炼极精。然亦必知有仁者，而后能知其心之所得、爱之所秩。学者不省，而益其迷误者不少。至于知，则朱子亦不能以训诂显之。下此，则如韩退之言“博爱之谓仁”，一出口便成疵病。

仁之为仁，知之为知，其为体也，唯有者能见之，见者能喻之。苟非所有，则非所见；非所见，则非所喻；非所喻，则虽引譬博说，而只益其昏瞀。倘漫然未识而问焉，不答可也。

盖凡天下之为体者，可见，可喻，而不可以名言。如言目，则但言其司视；言耳，则但言其司听，皆用也。假令有人问耳目之体为何如，则其必不能答，而亦不足答，审矣。

北人有不识稻者，南人有不识麦者。如欲告之，则亦曰麦似稻，稻似麦，以其有饱人之用，一也。若令以一言蔽其体之何若，便通身是口，也不得亲切。即能亲切于吾言，亦必不能亲切于彼心，固矣。今试令为此问者言仁之体，亦不过曰“心之德、爱之理”而已。此自祖朱子之言尔。彼且不能自喻，而况喻诸人乎？

故善问者必不以体为问，善答者必不以体告人。圣门诸贤，于仁、知之体，已反身而自见。

故但于其工夫作用请事，终不似晚宋诸公，除却先生言语，自家一如黑漆。如将欲行而问何者为足；将欲视而问何者为目，徒腾口说，争是非，而终其身于盘籥以为日也⑰。乃以己之愚，疑圣言之未着，其可哀也夫！

---

①窠（kē，音科）臼：陈旧的格调，老一套。

②时雨：及时的雨。

③愤悱：亦作“悱愤”。愤，心求通而未得；悱，口欲言而未能。也用来指心中蓄积的思虑。

④俄延：片刻迟疑迁延。

⑤允执厥中：真诚地坚持不偏不倚的正道。

⑥燕居：同“宴居”。闲居。

⑦咄咄：表示惊诧。　　书空：用手指在空中虚划字形。

⑧屐齿：木制的鞋的齿。上山去前齿，下山去后齿。

⑨郁陶（yáo，音摇）：思念貌，忧思郁积貌。惕栗：危惧。

⑩童昏：愚昧无知。

⑪鞟（kuò，音扩）：亦作“鞹”。去毛的兽皮。

⑫凉菲：菲薄。

⑬阏：闭塞，掩闭。

⑭沈潜：亦作“沉潜”。深沉隐伏。

⑮呲：损伤，败坏。

⑯举直错枉：简称“举错”。擢用正直道德之士，废弃邪佞小人。

⑰盘籥（yuè，音跃）：圆形的管子。

子路篇

一

胡氏立郢之论①，双峰辨其非是，甚当。孟子所言易位者，唯贵戚之卿可耳。据冯厚斋所考，子路此问，在辄立十二年之后，虽贵戚之卿，为之已晚矣。《春秋》书齐“弑其君商人”。商人弑君之贼，齐人君之而又杀之，则书“弑”。岂有十二年之后，业已为之臣，而敢行废置者乎？胡氏此等议论，极粗疏，墨守其《春秋》之家学而误焉者也。

子路曰“卫君待子而为政”，夫子不拒，而但言“正名”，则固许委贽于卫辄之廷矣②。子贡“夫子不为”之说，在辄初立之时。子路此问，在十二年之后。圣人因时措宜，视天下无不可为之事，岂介介焉必立郢而后可哉③？

且考之《春秋传》，公子郢非能为子臧、季札者也。其辞而不受者，知蒯聩之父子之安忍无亲，而不欲罹于祸耳。灵公薨，郢可以遵治命而有国矣，而且曰“亡人之子辄在”，则是郢之终不肯立也。盖灵公之于其子，非真有深恶痛绝之心，受制于悍妻而不能不逐之耳。以义，则辄可以立，以先君之志，则且欲立辄以寄其不忍于蒯聩之心，胡蒯聩逐而辄可以容于卫。使郢受大夫之扳而遂立焉，是亦违分义以替先君之志，因便窃位，而何贤于辄耶？郢固终不听焉，则徒为乱首，而终无济于卫，岂夫子而为尔哉？

论及此，夫子即为贵戚之卿，亦不能任立郢之事。能任此者，其唯有道之天子、方伯乎！乃辄之罪不在于得国，而在于拒父。则灵公初薨，辄未称兵以拒蒯聩，即为天子、方伯者，立辄亦无不可。天子、方伯固立辄，辄固不立而让其父，然后以大义抑辄而使立焉，仕蒯聩于王国可也，迎蒯聩以终养可也。蒯聩怙恶不听，天讨且加，而后辄可逃也。辄逃而君卫者，犹有灵公之嫡孙疾在，而不必郢。此中子之所以君孤竹也。

然凡此者，天子、方伯任之，而非臣子之事。故夫子且许之为政，而曰“必也正名乎！”则亦就其既陷于罪之后，弭其拒父之恶，去祢祖之名，迎父以归养已。蒯聩之争，辄激之也。辄之逆，南子之党成之也。辄而正名以迎养，得夫子以为之相，则蒯聩之安于归而就养也，亦可十九得也。使其不然，而辄乃有逃之一策在。顾其逃也，须待之蒯聩归而不戢之日。为臣子者，何事豫为非常之举动，轻与废立，效董卓、桓温之所为哉？父子君臣之际，自当力为其难，不可率然任意于一掷也。

二

宋光宗之不孝，而方踞大位，赵汝愚废之，立宁宗，乃以奉光宗为上皇，而社稷未尝不安。朱子固深许赵相之忠，而深哀其死矣。以此推之，则父废子立，亦何不可哉！

或疑光宗昏愦，而蒯聩凶悍。然公子郢之以义立辄而国人安之矣，则蒯聩亦何足以有为？况以圣人处此，强齐可服，三都可堕，而奚有于蒯聩？蒯聩以失其应得之国而争，较瞽瞍之无故而欲杀其孝子者，情犹可原。以圣人为之，瞽瞍且允若，而况蒯聩乎？

处此等大变，只是至诚动物，顺道而无忧。才弄手段，图轻快，便是私意。但不能尽诚孝于己，便生许多忧虑怨尤，故子曰“求仁而得仁，又何怨！”人臣则利害计深，怕向旧窠中寻兔，铲地舍却他父子，别立一主，则大小安贴。赵忠定贬死衡州，也只为宁宗是光宗之子，到底无恩而有怨。使别立一人，则居然门生天子，居不拔之地矣。君子欲以尽大伦而安社稷，岂可作此思量！

唯为君者，将社稷作公器，信天理而不疑，却于自家父子天性，与不立乎其位一般，尽敬尽爱，则何忧何怨！为臣者，但依着天理人情，一直担任，不计利害，成则为伊、周，败亦为赵相，又奚事张皇妄作哉？故立郢之说，非天理之安，而利害乱之也。

三

蒯聩初无怨于辄，所恨者南子之党耳。奸人惧祸，遂为“不拒父祢祖则辄不可立”之说，而辄童昏听之。圣人见得名之既正，辄未尝不可君卫，则奸人无所售其奸矣。若云必须立郢，则正堕奸人术中。故见道不弘者，不足与权也。

徐有贞只“今日之举为无名”七字，弄出许多倾危伎俩。李南阳从容打破此言之妄，上心冰释。处人家国者，不可不知此意。

四

聘礼，大夫受命不受辞。“专对”者，谓以己意应对合宜，不必君命也。朱子云“不假众介之助”，未是。虽正使辞诎，亦无众介聚讼一堂之理。

五

所谓政者，谓刑赏科条之下于民也。鲁、卫俱秉先王之遗教，而昭、定、灵、出之际，初务更改，以圮先法，其隳弃旧章者已多[4]，而特不若齐、晋之尽弃周礼耳，故曰“兄弟也”。卫之为政，于《春秋》无考，是以传注家难言之耳。若君臣父子之大伦，虽夫子尝以此为政，答齐景之问，乃鲁虽见逼于强臣，自与齐之田氏、晋之六卿等，不至如卫之父子称兵，灭绝天理也。苏氏之说不审。

六

朱子谓“圣人为政，一年之间，想见已前不好的事都革得尽”，不如南轩所云“三年之所成者，即其期月所立之规模”，为深见王道施行之次第也。儒者任天下事，有一大病，将平日许多悲天悯人之心，因乘权得位，便如郁火之发于陶，迫为更改，只此便近私意，而国体民命，已受其剥落矣。

且将孔子相鲁观之。自宣公以来，履亩而税，是民间一大病，而三桓逐君立君，是朝廷一大贼。于此稍动一分意气，则罢亩税，逐三桓，岂非第一吃紧当革之弊，而孔子何尝如此？微独孔子，即如舜之相尧，位极尊，权极重，君臣推任之诚，无有加矣。而共、鲧同朝者二十八载，则兴利之先于除害，必矣。今人粗心，说“害不除，利不可兴”者，都是一往之气。天下大器，自非褊衷所能任[5]。

想来，圣贤开治平之业，与为学一致。为学而先遏欲，做得十分上紧，浅之只得个“克、伐、怨、欲不行”，深之则流入于寂灭。为治而先革弊，到头只是哄闹一场，引身而退。盖正气未昌，与邪战而恒见不敌也。故为学必先存理，而后欲可遏。有戒慎不睹、恐惧不闻之本，以贞胜于敬义，而慎独之功乃以不惑。为治必先建德，而后弊可革。有《关雎》、《麟趾》之精意，行乎家国，则《兔罝》之野人，《江汉》之游女，无患其雄心治志之不一向于正也。医家有谷气昌之说[6]，正合此理。若悁悁然以革弊为先[7]，恐乌、附、硝、黄之以误人不少[8]。况当夫子之时，尤久病羸弱之国，不可以壮年盛气之法疗之者哉？

七

双峰云：“才要速成，便只是见得目前小小利便处。”使然，则但言“欲速”，而“大事不成”因之矣，何须如此分项说下！见大者，亦或欲速。不欲速者，亦或终身于小利之中。如禹之治水，是为天下万世兴大利，除大害，便欲急切堙之决之，岂必其利之小，而徐治之八年之后也？只同此一利，非速则利小而缓则利大也。宋襄公不重伤，不禽二毛[9]，不可谓见小利也。只为欲伯功之速成，便致伤败。王介甫立意亦尽从容，他本意要复燕、云，却云“将欲取之，必固与之”，不可谓欲速也。乃其铢铢絫絫，积财以为用兵之地，在小利上收拾，故终不能成大事。举此二端，则“欲速”、“见小利”之不相因也，明矣。圣言如江河行地，条派分明，不用曲为扭合，大都如此。

八

双峰说狂、狷各有过、不及处，自是谛当。然看他下“过、不及”语，俱因“中”字反形而出，则是中行、狂、狷，如三叉路，狂、狷走两边，中行在中央相似。此种见解，但有影响，了无实义。盖狂、狷两分，中行中立，则是相敌之势。圣道之别，复有两道，其视中行，既已狭隘而不足以冒天下之道，其视狂、狷，直为异端背道而旁驰也。

中行者，若不包裹着“进取”与“有所不为”在内，何以为中行？进取者，进取乎斯道也。有所不为者，道之所不可为而不为也。中行者，进取而极至之，有所不为而可以有为耳。如此看来，狂、狷总是不及，何所得过？圣道为皇极，为至善，为巍巍而则天，何从得过？才妄想过之，便是异端，今释、老之言是已。

究竟释、老之教，也只是不及，而不能过。尽他嗒然丧偶，栩然逍遥，面壁九年，无心可安，都是向懒处躲闪，丢下一大段不去料理。乃狂、狷，则犹不若此。狂者志大言大，亦圣人之志与言也。狷者不屑不洁，亦圣人之所不屑也。言之大，初不说“一粒粟中藏世界”，志之大，亦不想威音王那畔事；不屑不洁，亦终不曾视父子为冤，夫妻为业。

同此一圣道，而各因其力之所可为而为之，不更求进，便是狂、狷。做得恰好，恰合于天地至诚之道，一实不歉，便是中行。此一“中”字，如俗所言“中用”之中。道当如是行，便极力与他如是行，斯曰“中行”，下学上达而以合天德也。狂者亏欠着下学，狷者亏欠着上达。乃亏欠下学者，其上达必有所壅，亏欠上达者，其下学亦尽粗疏。故曰狂、狷皆不及，而无所过也。

过、不及之不与中参立，愚屡辨之矣。要以中为极至，参天地，赞化育，而无有可过，不欲使人谓道有止境，而偷安于苟得之域。虽与先儒小异，弗恤也。

九

“不骄矣，而未能泰者有之”，南轩真做工夫人，方解为此语。若只在不骄上用功，则且流入异巽愞拘葸去。不骄是遏欲之效，泰是存理之效。须先在存理边致功，教笃实光辉，而于私欲起时加以克治，则不骄也而实能泰，泰矣而抑又不骄也。和同、周比俱然。亦有泰而或失之骄者。孟子亦微坐此病，故程子言其有圭角。其他如颜蠋、严光，则其尤也。所以《中庸》之教，既存诸静，抑察诸动。然两者或各有未至，则骄之病小，不泰之病大，颜蠋、严光之所以贤于万石君、娄师德一流也。

---

①郢（yǐng，音影）：指卫国公子郢。

②委贽：亦作“委质”。古代臣下向君主献礼。表示献身。

③介介：心有所不安，不能忘怀。

④隳（huī，音灰）弃：毁坏抛弃。

⑤褊（biǎn，音扁）衷：心地狭窄。

⑥谷气：虚气，即阴气。

⑦悁悁（yuān，音冤）：忿怒急躁。

⑧乌、附、硝、黄：均为药名。

⑨二毛：头发斑白，也指头发斑白的老人。

宪　问　篇

一

因执药病之说，遂向药求病，谓“邦无道谷”之为耻，为宪之所已知已能。唯“邦有道谷”之为耻，非宪所及。宪仕于孔子，可谓遇有道矣，与之粟则辞，岂漫然于有道之谷者耶？

圣人言语，一皆十成，如春夏秋冬，合同而化。此二句不可分析。如“邦有道，贫且贱焉”，“邦无道，富且贵焉”，便下两“耻也”，此以一“耻也”该之。盖唯不问有道无道，而一以得禄为事，不复问所以居此禄者，然后为君子之所耻。耻者，已贱之词也。

如魏征事无道之建成，不能止其邪谋，徒耽宫僚之荣而不去；及事太宗，便恁地犯颜敢谏，此无道谷，而有道非徒以谷。刘琨当西晋未乱之日，且与贾谧为友，以固其位，及永嘉之难，大节凛然，此有道谷，而无道则不安于谷。若此两者，虽不得为全人，而于征则可云遇主而后志行，于琨则可云小不正而大正。唯皆不然，遇昏乱则为持禄之魏征，遇安宁则为附势之刘琨，斯则虽具官修职，而与厮役同矣。

硬直说个“耻也”，是最下一流，故圣人必以此当之。而不然者，则犹不谓之耻。固圣人不轻绝人之德，亦广原思之狷隘[①]，使知不至于是，则无容引以为耻，同匹夫匹妇之节，如鲍焦之见穷于子贡，仲子之见讥于孟子也。即为药病之说，亦无宁取此。

二

先儒疑原思之言，冠“克、伐、怨、欲”于“不行”之上，为有“克、伐、怨、欲”在里，特“不行”于外，便谓其但能强制，而根苗常留。如此看文字，殊未通透。若不当云“克、伐、怨、欲不行”，则且云“不行克、伐、怨、欲焉”，既不成文句，抑似人所固有而不行之矣。

且如怀着一腔怨恨，但不仇害，但不诅骂，其可谓之怨不行乎？天下尽有阴险柔愞之流[②]，有此四者，全不能见之于事。又如措夫未中第时，预想如何以广田宅，如何以报睚眦，虽终老无可行之日，而岂其能不行耶？则知所言“不行”者，亦必无“克、伐、怨、欲”而后可以当之也。若满腹私欲，遏捺教住，正如病人寒中阴藏，其毒弥甚，而孔子何以云“可以为难”耶？

“可以为难”，明非容易事。子之言仁，曰“为之难”，又曰“先难”，难亦求仁者事也。且人之情才，不甚相远。业已有“克、伐、怨、欲”矣，一事忍之，他事不能，一日忍之，他日不能，如善饮人终不免醉。使终日怀挟四者于心，而禁之一丝不露，恐尽天下，通古今，无此强力之人也。明乎此，则知“克、伐、怨、欲不行”，即是克己。即或当念未尝不动，而从事于非几将构之际，以力用其遏抑，而不能纯熟净尽，则学者之始事，固无不然者。先儒言克己之功，云“难克处克将去”，正此谓也。亦安得以强制病之哉？

乃朱子抑有“合下连根铲去”之说，则尤愚所深疑。合下不合下，连根不连根，正释氏所谓“折服现行烦恼”、“断尽根本烦恼”之别尔。欲得一刀两断，当下冰释，除用释氏“白骨微尘观”法。无已，则亦所谓“本来无一物，何处惹尘埃”而已极矣。圣学中原不作此商量。

乃“克、伐、怨、欲不行”，既即为克己，而子曰“仁则吾不知”，此固大疑之归也。虽然，无容疑。子之言仁，曰“克己复礼为仁”，初不徒言克己；抑曰“能行五者于天下”，初不徒言不行不仁。以体言之，则有所复也，而乃以克所克，克所克矣，而尤必复所复。以用言之，则其所不当行者不行，尤必其所当行者行之也。

盖必使吾心之仁泛应曲当于天下而无所滞，天下事物之理秩然咸有天则于静存之中而无所缺，然后仁之全体大用以赅存焉③。故存养与省察交修，而存养为主，行天理于人欲之内，而欲皆从理，然后仁德归焉。

故子之言克己，曰"非礼勿视，非礼勿听，非礼勿言，非礼勿动"，奉一礼以为则。其为礼也，既视、听、言、动之所必由。而其忽视、勿听、勿言、勿动者，一取则于礼以定其非。则克己以复礼，而实秉礼以克己也，不辨之己而辨之礼。

故由其成而观之，则克、伐、怨、欲固不行矣。由其致功之实而考之，则不仅克、伐、怨、欲之不行，亦不仅己私之克，而清虚澹泊于人欲已也。从不仁者而反观之，则但其克己之无余，若从其为仁也而体察之，则固有所复之礼，静与立而动与行，非但克己而毕也。今曰"克、伐、怨、欲不行焉"，则是徒于己致克，而未讲夫复礼之功，恶知其中存者之礼与非礼哉？

礼之中无己，而己之外非即是礼。是"居处恭"，必其恭也，非但不慢而已也。"执事敬"，必其敬也，非但不肆而已也。"与人忠"，必其忠也，非但不诈而已也。天理充周，原不与人欲相为对垒。理至处，则欲无非理。欲尽处，理尚不得流行。如凿池而无水，其不足以畜鱼者与无池同，病已疗而食不给，则不死于病而死于馁。故曰"仁则吾不知也"。此圣学、异端之大界，不可或为假借者也。

三

胡氏以"无愧怍而真有得"论"贫而无怨"者，真体验语。知必此而后无怨，则无怨之胜无谄也，明矣！

盖人处贫而怨，非必不甘贫也。凡怨之起，必因人情有可怨之端而后怨焉。而天下之加非分于我者，则唯贫婴之。不但横逆之施，畏用之富而偏用之贫，且在我既贫，则其所致于人者，即人所应得于我者而亦不能致之，于是人固疑我之骄吝刻薄，而因以不惬于我。我乃反而自思，凡吾所不满于人者，非有他故，而特以贫。贫固遇之穷也，而何不相谅以遇之穷，而相求于无已哉？此其为怨，即甘贫而不动心于富贵者，亦不免矣。

然人之以贫故责我，其所责者以贫也，而我之所以不满于人者，若但以贫故而他无不尽，则虽横逆之施，自可安受之而无狡于物矣。何也？以人之责我以贫，曲自在彼，而无待我怨也。此所谓无愧怍而不怨也。如其不然，则此事之启衅也但以贫故，而我居平之所自立与自他之接物者，或以利，或以欲，乃于彼则屈己以徇物，于此则称有无以径行。则人之非分责我也，在彼亦持之有故，而在我则但据此事之曲直以归其咎于贫，于是乎匿其所诎，标其所伸，以与天下争而怨炽矣。

故知非终身之行不愧天、不怍人者，固不能受物之笑骂欺陵而甘之也。若无谄者，则苟可以胜一时之食淡衣粗，极至于忍饥耐寒，而优为之矣。不必终身所为，屋漏所觉，皆顺天理而无邪僻也。何得易言无怨哉！

自修身而言，则言必中伦，行必中虑，而愧怍免矣。自所以修身者而言，则非有得于斯道者，固不能必其行之无愧怍也。此以推其制行之原，必本之心得以为躬行，则几与"不改其乐"者同矣。

双峰易夫子之所难，而以与"富而无骄"并言，谓与无谄者同科。不知经传之文，浅深各致，初不可以例求。盖无谄与乐，相去自远，贫而乐者，固不可以谄不谄论，若富而好礼，则亦就无骄者而深言之耳。故无谄与乐之中，更有无怨之一位，而无骄之与好礼中间，更不容着一位次也。贫境逆，故屡进而后极其至。富境顺，则由无骄以好礼，亦直截而易几。通于身世之故，而反求之身心，当自知之。

四

自荀、孟有贵王贱伯之说，儒者遂为已甚之论，虽折衷以圣人之言而犹未定也。子曰“齐桓公正而不谲”，既已以正许之矣，而朱子犹曰“心皆不正”。夫舍心而言正，则圣人岂但正以其迹哉？如以迹，则宋襄“不重伤、禽二毛，不鼓不成列”，亦可许之正矣。而况于晋文？臧武仲之要君，微生高之不直，亦唯其心尔。则圣人之不略心而言迹，审矣。

孟子曰“以力假仁者伯”，又云“五伯，假之也”，凡此皆统论五伯之词，而要未可以定齐桓。何以知之？即以夫子许以正者知之也。若王则必贵之，伯则必贱之，凡言伯者无不贱，因而小伯者之事功，而以王业之成为汤、武之所可贵，此又非已。

浸使孔子而当齐桓之时，居齐桓之位，必且如汤、武乎？抑且如齐桓邪？放伐之事，既夫子之所靳言[4]。若夫文王，则其伐密伐崇，三分有二，相率以修职贡者，亦大略与齐桓同。其所异者，则文王遇凶暴之主，而桓之时，主非纣尔。主非纣，则固可奉天子而不当搂诸侯，凡有所为，必请命而行。乃桓主虽非纣，而陷溺昏庸之惠王，其不足与为善，一也。楚，夷也，亢王之罪人也，而阳使王世子为首止之会[5]，阴召郑伯，欲抚之以从楚，是尚足请命而行乎？其王国之臣，虽非崇侯、恶来等也，而宰孔、齐盟于葵丘，口血未干，已阴使晋背齐，而不恤五禁之申。使桓一一而受命，其可哉？若云君不君，臣不可以不臣，此卿大夫之义，而不可通于诸侯。文王而唯纣命是听，伐崇之役，又岂纣所乐从耶？以斯知不请命之未足为桓责也。

乃桓之不能望文王者，以夫子之言考之，于文王曰“至德”，于桓公曰“正而不谲”，其相去已远矣。夫正亦德也，而其去德之至者，其差犹甚。盖德无不正，而正不足以尽德之什一。故《易》屡言“贞凶”。贞者，正而固也。正而能固，乃足以干事，而凶或随之。则正者德之郛郭，而不足以与其精蕴，明矣。故曰“正而不谲”，则已知其于治道之大端不失而已疏也。

君子之以其道应天下之事者，初不恃一正而无忧。是故义必精，仁必熟，聪明睿知而必神武之不杀，然后尽天德、王道之微，而非孤奉名义之可以裁物而止，斯文王之所以为“文”也。

桓公则唯其所秉者正，遂奉一正以急正夫物，是以隘不可大，迫不可久，身没而周即内乱，楚即干盟，嗣子即失伯而陵夷。然亦唯其秉正以行，而不屈计成败，是以诈谋不行而未流于邪。

若晋文之谲而不正，则委曲以赴事几，而其为谋之深，反有密到于齐桓者，是以世主夏盟，而楚不能与争。

盖凡不能体天德以备王道，而亦足以建功业者，恒有二途，而得失各因之：其守正以行者，恒患其粗疏，而无以致远行久，密谋曲计者，可以持天下之成败，而人心风俗，亦由以坏。功之迟速，效之浅深，莫不各肖其量也。故齐桓图伯三十年而后成，而晋文得之于五年之中，齐不再世，而晋以久长。乃其假仁义，尚诈利，如荀、孟、董、贾所讥，则皆晋文之所为，而非桓之过也。

故以桓之大事论之：使桓必欲得天子之欢心，挟持以令天下，则必不违惠王偏爱子带之心而开隙于王与宰孔，抑将为王立带而周之君唯桓是听矣，然而桓不为也，正也。莒，奉桓者也；鲁，桓之仇也；哀姜，桓娣也。终庄公之世，鲁未尝为齐下，哀姜托于莒以坏鲁。桓党莒挟娣以多求于仇雠之鲁，可以得志，而桓终讨哀姜，定鲁难，而不徇莒之请。若此者，皆所谓皎然揭日月而行，内求自正，外以正人，而不区区于求成求可者矣。斯岂三代以下唐宗、宋祖之所能及哉？

“正而不谲”，迹之正，亦唯其心之无邪也。唯其正，是以不谲。唯其不谲，是以谋不深而功易败。唯其不谲，是以不致坏人心而蛊风俗。乃唯其止于正而不至于德，是以功不可大，而业不可久。以此论桓，圣人之意见矣。何事过为已甚，与圣言背驰哉？

五

德为体，功为用。天下无无用之体，无无体之用。使不必有是德而有是功，圣贤亦何事为此规规者耶？苟无其德，则虽仿佛以图其功，而去之愈远。桓公九合诸侯，不以兵车，而子曰“管仲之力也”。夫曰“力”，则其所以能胜此者，其本领不可昧矣。庆源但以“不假威力，无所杀伤”称其功之大，岂仲才一进不以兵车之谋而徼成其功，夫子遂以亟称其仁耶？宋襄公亦尝以乘车会诸侯矣，而适为楚人之擒，则知无其力者，虽以兵车而且不胜任，况不以哉？周公东征，斧破斨缺，斯亦岂必废兵，而其所以仁覆天下者，则在有“四国是皇”之力也。

德者，得于心也。得于心者有本，则其举天下也，任无不胜。春秋之时，诸侯之不相信而唯兵是恃者，已极矣。“不以兵车”，而能志喻信孚于诸侯，便有合天下为一体，疴痒相知，彼此相忘之气象。此非得于心者有仁之实，而能任此而无忧其不济乎？

力者，仁之力也。其所为构信修睦于天下，惇信明义于国中，而以全乎“爱之理”为“心之德”者，固非虚枵袭取之仁⑥，明矣。世所传《管子》书，言多诡杂，盖后人之赝作。而仲之言见于《春秋传》者，曰“戎狄豺狼，不可厌也，诸夏亲昵，不可弃也”；曰“招携以礼，怀远以德；德礼不易，无人不怀”；曰“子父不奸之谓礼，守命共时之谓信”。体道已实，而执德已固，于此验矣。故君子称之曰“岂弟君子，神所劳矣”。斯非正谊明道而不谋利计功之实哉？而必曰管仲无其德，何也？

孟子之讥仲，以救时也。无仲之力，而袭仲之迹，则趋入于功利而不仁，非仲之过也。孟子以仲伯而不王，鄙其功烈之卑，亦初不言其心术之不正。而宋儒以诡遇获禽拟之，终为深文中人，而非论之正。诸子之论，折衷于圣人。圣人难言仁而以许仲，又何必吹毛求疵而后快哉！

六

程子谓王珪、魏征害于义，功不足赎。朱子则谓王、魏功罪不相掩。如实求之，程子之言，自为精允。

夫子不辨管、召之不宜党弟以争国，想来初不以此宽仲而鄙忽。盖齐之难，起于襄公之见弑，则为襄公之子者，俱有可反国以存宗社之义，非国家无事，长幼有定序，而纠故作逆谋以争兄位也。

桓公与纠皆避难而出，彼此不相通谋。雍廪既杀无知，齐人亟于得主，从鲁受盟，而《春秋》书曰“公及齐大夫盟于蔇”。言“大夫”者，众词也。桓之自莒来也，在盟蔇之后，故《春秋》于盟蔇无贬鲁之文，而但讥其纳纠。当其始时，齐大夫且不知小白之存亡，而况为管、召者，亦安得舍现在可奉先君之子，而远求其兄于不可知之域哉？迨其后，桓公已自莒返，而鲁与召忽辈乃犹挟纠以争，斯则过也。先君之贼已讨，国已有君，而犹称兵以向国，此则全副私欲小忿，护其愆而侥幸富贵，以贾无益之勇，故曰“匹夫匹妇之为谅”。

若王、魏之于建成，则兄弟当父在之日而构大难，俱为不仁不义。而建成则高祖所立之冢嗣也，已受父命而正大位，非纠比矣。王、魏受命于高祖为官僚，则义不容于不死。又况夫子之称管仲，曰“微管仲，吾其被发左衽矣！”[7]向令唐无王、魏，天下岂遂沦胥乎？

管仲是周室衰微后斯世斯民一大关系人。王珪既无赫赫之称，即如征者，特粉饰太平一谏臣耳。有太宗为君，房、杜为相，虽无王、魏，唐自晏然[8]。其视管仲之有无，远矣！管仲不死请囚之时，胸中已安排下一个“一匡天下”的规模，只须此身不死，得中材之主而无不可为。魏征不死之时，有何把柄？幸逢纳牖之主[9]，遇事有言，遂见忠效。倘遇愎忌之君，则更无可自见矣。管仲是仁者，仁之道大，不得以谅不谅论之。魏征所欲为者，忠臣也。忠则不欺其君者也。不欺生君而欺死君，口舌之功，安足以赎中心之慝！故朱子之宽假王、魏，不如程子之明允。而管仲、魏征之得失，不仅在子纠幼而建成长也。

七

“思不出其位”，只如《集注》自当。看圣贤言句，却须还他本色，无事攀缘求妙。此处原是说思，与先儒所言“主一为存心之功”不同。黄勉斋早已鹘突，云“当食则思食，当寝则思寝”，直不成义理。使人终日之间言行居止，截分千百段，立之疆界，则无论气脉间断，不成规模，且待事至而后思，则思之力亦不给矣。

夫所谓思食思寝者，思其理乎？则理之当预立，而不待事至以困跲也[10]，固也。若云心在是而以应其事之谓思，则夫寝食者，亦何所容其思？岂将以求安求饱耶？夫子不食不寝以思，然则当食当寝，而所未睹未闻之事理为君子之所经纶者，多矣。

知此，则唯南轩“时、地”之说为得之。然所谓地者，亦自有分地者而言也。所谓时者，亦自时有所任而言也。出位以思，则适以弛时、地中之当思者耳。若为君而不思臣道，则何以知人而任之？为臣而不思君道，则何以引君当道而格其非？《易》言“不获其身，不见其人”，亦但谓内不顾己私，外不求人之知我助我而已。若拘分时地，而置天下古今之理于不思，则岂君子之学哉！故此“位”字，必如范氏之以职言而后显。徒为深妙，则不陷入释氏“行住坐卧”之说者，鲜矣！

八

“过”字，唯朱子引《易》《小过》《象传》之言为当。双峰、厚斋乃谓欲使行过其言，因而有“说七分而行十分”之鄙论。使然，则“善言德行”者之行为倍难，而期期艾艾之夫，苟欲自过其言，亦甚易矣。

双峰错处，只煞将中庸、过、不及，作一块疑团，撒邴周章遮避[11]。今求行之过者，至于不惮死而止矣。乃匹夫匹妇之自经，疑若过也，要其实，大概是下梢头，气萧索而神昏瞀，收煞不下，无已而为此耳。若仁人之杀身成仁，峥嵘猛烈，则唯其过也，是以仁也。故成仁者，亦仅免于不及，而匹夫匹妇之非能过也。夫至于死而且多失之不及，而不患其过，而况其力之所得为与事之所当尽者哉？

朱子于“耻”下一“意”字，于“过”下一“欲”字，贴衬有实味。当其慎言敏行之心，必如此而后得耳。及至言之已出，则危论昌谈，固不嚅嚅嗫嗫，如《易》之所谓“其辞惭”者。行之已成，则亦恰与理及，而又未尝过也。尽古今人，无有能过其行者，而亦何必以太过为防！

九

鲍焦、申屠狄似过矣，乃过于求人，而不能过于求己。君子之过其行，求己者也。“小人求诸人”，求诸人者，皆小人之属。故焦、狄之死，直与匹夫匹妇之自经等。匹夫匹妇之自经，有不因怨忿于人而决裂者乎？于己之不及，不肯自求者多矣。

一〇

微生亩，看来亦老、庄之徒。老子曰“善者不辨，辨者不善”，又曰“知者不言，言者不知”。他看得道理直恁高峻，才近人情，即亏道体。故庄子以胪传发冢为儒诮[12]。自家识得，更不须细碎与人说，一有辨论，则是非失其固然而为佞矣。其意只直待解人自会。若人之不能“相视而笑，莫逆于心”者，则置之可也。

即此是他固执不通处。将这道理，死拿定作一处，而视天下无可喻者。其离人以立于独，既已贱视生人之同得，而删抹半截道理，孤寻向上去，直将现前充塞之全体、大用，一概以是非之无定而割之。故其言曰：“子之依依然与不知者言道，而删定述作，以辨是非于不已，则无有以是为非，以非为是，而徒资口给者乎？”熟绎本文，意自如此。新安以立身待人言之，亦谓此也。

双峰但从仕隐上说，于亩语中作一曲折，云“丘何为是栖栖者与！夫栖栖者必佞，而无乃为佞乎！”殊失本文之旨。而子曰“非敢为佞也，疾固也”，则以辨其务通理而非乱是非，其言正相登折。如双峰解之，则此二语亦多扞格。《集注》记微生为隐者，则以名不见于史策，而释其为人之生平，初非谓其欲率孔子以隐也。

一一

“不怨天，不尤人”，如何“有人不及知而天独知之妙”？此处最难见得。故朱子又有“及其上达而与天为一焉，则又有非人之所及知者”一解。乃此语不可混看。“及其上达”，自言上达之所至。“与天为一”，则以赞不怨不尤之妙也。

不怨不尤，非忘情之谓。《集注》“反己自修”，是顺夫子之言，那下着实说。“与天为一”，则推夫子之言而观其深。“反己自修”者，下言之也。“与天为一”，上言之也。上下分，而合辙者一也。非圣人之始而“反己自修”，继而“与天为一”也。“反己自修”，其用功与学者等，而反圣人之己，修圣人之修，则有“与天为一”之实焉。

胡氏《春秋传》云“于土皆安而无所避也，于我皆真而无所妄也”，只此是“反己自修”，只此是“与天合一”。若未及于圣人者，反己而未尽己之量，自修而未造修之极，有所偏见独得，则必有所独是。有所独是，则有所独非。有私是非，则有私得失。天下之故万变，撞他学术不着，而无余地以自处，则怨尤之所必起。藉令不怨不尤焉，而其所以自命者失矣。如屈原不作《离骚》，其忠孝亦无以自显。以此求之，夷、惠、孟子，俱所未免。“反己自修”而“与天为一”，即以“与天为一”者“反己自修”，非孔子无此大用，亦无此全体也。则固夫人思虑之所不至矣。

今举一端而言：如《春秋》一书，本孔子不得志于时之所作，后人读之，不敢不以为大经大法之宗，乃至乱臣贼子亦知惧焉。然求其疾恶忧乱之迹，慷慨动人于百世之下者，固不若屈氏之《骚》也。是以游、夏不能赞一辞，而后之传经者，且合且离，而无以见圣人之情。其体备于己，而上合天载者，世莫知也。圣人之言行，何一而不如此哉！

即此以思，岂不与天之生杀不以喜怒者一理。若雷动、风入，晴云、甘雨，则六子之用，有所欣而有所拒，感人固深，而要非易简之大德。唯其有独至，是以有独违也。呜呼，微矣！

一二

只下学处有圣功在，到上达却用力不得。故朱子云“下学而不能上达者，只缘下学得不是当”。此说最分明。乃朱子抑有“忽然上达”之语，则愚所未安。若立个时节因缘，作迷语关头，则已入释氏窠臼。朱子于《大学补传》，亦云“一旦豁然贯通焉”，“一旦”二字亦下得骤。想朱子生平，或有此一日，要未可以为据也。

孟子曰“是集义所生者”，一“生”字较精切不妄。循循者日生而已，豁然贯通，固不可为期也。曰“一旦”，则自知其期矣。自知为贯通之“一旦”，恐此“一旦”者，未即合辙。“下学而上达”，一“而”字说得顺易从容。云“一旦”，云“忽然”，则有极难极速之意，且如悬之解，而不谓之达矣。

“忽然上达”，既与下学打作两片，上达以后，便可一切无事，正释氏“砖子敲门，门忽开而砖无用”之旨。释氏以顿灭为悟，故其教有然者。圣人“反己自修”而“与天为一”，步步是实，盈科而进，岂其然哉！故曰天积众阳以自刚，天之不已，圣人之纯也。“发愤忘食，乐以忘忧，不知老之将至”，圣人之上达，不得一旦忽然也，明矣！

一三

朱子“也不须拣”一语，包括甚富。下文说“不是拣大底理会”，则亦偏指一端之不须拣者也。

学者之病，急于大而忘其小者固多，乃亦有于下见下，而不于上见下者，则亦未足以尽下学之量。如“坐如尸，立如齐”，此中便有“无不敬，俨若思”全副道理，达上“圣敬日跻”去，及早便须知得。然则人之所见为极难极大者，亦不撇下，待之他日，而且就其易知易得者埋头做去也。即此是下学，即此是“先难”。以其但为下学，若不足以上达，却须与一倍体认，到浃洽融贯处，即此是“先难”工夫。朱子抑云“撞着便与理会”一语，极好。有始有卒，不可分为两截也，何拣之有！

一四

圣人有圣人之不怨尤，贤人有贤人之不怨尤。乃至天资淡泊和缓者，亦自有其不怨尤。居德既别，当境亦异。若疑其不待圣人而能，则总是未见圣人阶级在。如朱氏可传所云，此“圣人自道之辞”，素位之君子亦能之，则又何以云“知我者其天”也？

今且以当境言之。夫子摄行相事，乃至化成俗易，郈、费已堕，男女别途，一旦舍之而去齐，乃斯道兴衰、天下治乱、生民生死之一大关，却更有反己自修、安土合天之道以处此。是岂寻常“宠辱不惊”者可得施其恬淡之雅量哉？而奈何其易言之！

一五

“避地”以下，三言“其次”，以优劣论固不可，然云“其次”，则固必有次第差等矣。程子以为所遇不同。乃如夫子之时，天下之无道甚矣，岂犹有可不避之地哉？而圣人何以仅避言、色也？盖所云“次”者，就避之浅深而言也。“避世”，避之尤者也。“避地”以降，渐不欲避者也，志益平而心益苦矣。

一六

磬之为声，古人以为乐节，故《诗》云“依我磬声”。其为响也，嘎然而已，如后世之用拍板然，非有余韵可写深长之思，若琴瑟笙箫之足以传心也。荷蒉[13]者虽达乐理，亦何能以此而见圣人之志哉？

磬无独击，必与众乐俱作。子击磬于卫者，盖与弟子修习雅乐，缘磬为乐节，夫子自击之，故专言击磬。荷蒉以谓礼乐者，先王治定功成以和神人者也，明王不作，礼乐固不兴矣，而犹修习此应世之文焉，则志虽深而不达于时矣。《集注》之说深妙，而不称其实。

一七

但不忘天下，亦不可谓之难。《集注》“圣人心同天地”一段，是因此以赞圣人语，非实指出难处。故云“且言人之出处，若但如此，则亦无难”。“且言”二字转入本解。

庆源云“因时卷舒，与道消息”，所谓“唯深也，故能通天下之志”；又云“济世之用，其出无穷”，所谓“唯几也，故能成天下之务”。只此是实见得圣人难处。双峰但言知，新安但言心，俱未达圣意。知出处之不可偏，是见处自然见得大；心不能忘世而不隐，也是索性做去。圣人不以此二者为难也。

---

①狷隘：器量狭小。

②懦（nuò，音糯）：怯懦。

③赅（gāi，音该）存：全部存在。赅：兼备，完具。

④靳：嘲笑，奚落。

⑤首止：古地名。一作首戴。春秋时属卫，地近郑国。《左传·桓公十八年》谓齐侯伐郑，“师于首止”。

⑥虚枵（xiāo，音嚣）：枵，中心空虚的树根。引申为空虚。

⑦被发：散发不作髻。左衽：我国古代某些少数民族的服饰，前襟向左掩，异于中原一带人民的右衽。被发左衽：当时中原地区的人受异族统治的代辞。

⑧晏然：安定祥和。

⑨纳牖：纳谏。

⑩跲（jiá，音颊）：窒碍牵绊。

⑪擞邴（bǐng，音丙）：力图解开疑惑，获得令人信服的答案。周章：进退周旋。

⑫胪传：传语。

⑬蒉（kuì，音愧）：草编的筐子。

卫灵公篇

一

“吾道一以贯之”，“之”字所指，包括周遍。“予一以贯之”，“之”字所指，则子贡所疑为“多学而识之”者也。于此有别，故《集注》曰“彼以行言，而此以知言”。若云“一”云“贯”，则未尝有异，故《集注》云“说见第四篇”。以实求之，此所云“贯”，以言知，而未该夫行。若“吾道一以贯之”，则言行，而岂遗夫知哉？使遗夫知，则所知者亦夫子之道也，而彼所云“一”，“一”外更有“一”。彼所云“贯”，有所“贯”而有所不“贯”矣。

凡知者或未能行，而行者则无不知。且知行二义，有时相为对待，有时不相为对待。如“明明德”者，行之极也，而其功以格物、致知为先焉。是故知有不统行，而行必统知也。故“吾道一以贯之”者，并子贡所疑为“多学而识之”者而亦贯也。

然则“予一以贯之”者，亦可受贯于忠恕乎？此读书者之所必疑也。虽然，恶在其非忠恕耶？谢氏曰：“‘予一以贯之。’‘上天之载，无声无臭，至矣！’”夫所谓“上天之载”者，其于天，则诚也，“其为物不贰，而生物不测”者也，是即所谓“维天之命，于穆不已”，“乾道变化，各正性命”者也；其于人，则诚之者也，“笃恭而天下平”也，是即所谓“一理浑然而泛应曲当”者也。乃于行见此易，而于知见此则难，故疑一以贯乎所知之理者，不可以“忠恕”言也。呜呼！苟非知圣学之津涘者，固不足以知之。然唯不知此，则不得不疑为“多学而识之”矣。藉令不此之疑，则又以为神灵天纵，而智睿不由心思，则其荒唐迂诞，率天下以废学圣之功，其愈为邪说淫词之归矣！

二

“予一以贯之”，亦非不可以曾子“忠恕”之旨通之。此非知德者不足以与于斯，先儒之所重言，而愚何敢言。虽然，其无已言之。忠，尽己也；恕，推己也。尽己之理而忠，则以贯天下之理；推己之情而恕，则以贯天下之情。推其所尽之己而忠恕，则天下之情理无不贯也。斯“一以贯之”矣。

夫圣人之所知者，岂果有如俗儒所传“萍实”、“商羊”，在情理之表者哉？亦物之理无不明、物之情无不得之谓也。得理以达情，而即情以通理之谓也。如是而古今之远，四海之大，伦常礼法之赜[①]，人官物曲之繁，无不皆备于我矣。

所以“皆备”者何也？理在心，而心尽则理尽也；情沿性，而知性则知情也；理之不爽，情之不远，于己取之而皆备矣。己之理尽，则可以达天下之情；己之情推，则遂以通天下之理。故尽之以其理，推之以其情，学者之所以格物致知也，学者之忠恕也。理尽而情即通，情不待推而理已喻，圣人之所以穷神知化也，圣人之忠恕也。

天下之事，无不依理而起；天下之物，无不如情而生。诚有其理，故诚有其事；诚有其情，故诚有其物。事物万有者，乾道之变化；理情一致者，性命之各正。此“上天之载，无声无臭”而“生物不测”，皆示人以易知者也，天道之忠恕也。

故乌吾知其黑，鹄吾知其白，茧吾知其可丝，稼吾知其可粒，天道以恒而无不忠，以充满发见于两间，推之无吝、如之不妄而无不恕。圣人以此贯事物之情理，学焉而即知，识焉而不忘，非所学、非所识者，即以折衷之而不惑。祖述、宪章[②]，以大本生达道，而敦化者自有其川流。以要言之，一诚而已矣。诚者天之道也，物之终始也，大明终始而无不知也。呜呼！过此以往，则固不可以言传矣。

三

《或问》中“语子贡一贯之理”一段，中间驳杂特甚。朱子曰“此说亦善”，取其“不躐等”数语，为学有津涘耳。乃其曰“一体该摄乎万殊”，则固然矣。抑曰“万殊还归乎一原”，则圣贤之道，从无此颠倒也。《周易》及《太极图说》、《西铭》等篇，一件大界限，正在此分别。此语一倒，纵复尽心力而为之，愈陷矣端。愚于此辨之详矣。

又曰“圣人生知，固不待多学而识”，则愚所谓荒唐迂诞之邪说也。

又曰“学者必格物穷理以致其博，主敬力行以反诸约，及夫积累既久，豁然贯通，则向之多学而得之者，始有以知其一本而无二”，此虽与《大学补传》相似，而揆之圣言，则既背戾，且其言亦有自相剌谬而不知者。朱门诸子，用一死印板，摹朱子语作生活，其于朱子之微言且不得达，况圣人之旨耶！

子曰“女以予为多学而识之者与”，又曰“予一以贯之”，凡两言“以”。“以”者用也，谓圣功之所自成，而非以言乎圣功之已成也。然则夫子自志学以来，即从事于“一以贯之”，而非其用功在多，得悟在一也。若云“向之多学而得者，始有以知其一本而无二”，则夫子之能“一以贯”者，其得力正在“多学而识”，子贡之所曰“然”者，正有以见圣功之本原，而何以云“非也”？则揆之圣言，岂不为背戾耶？

其云“格物穷理以致其博，主敬力行以反诸约”，固与夫子博文、约礼之训相为符合，乃既云“主敬力行以反诸约”，又云“积累既久，始有以知其一本而无二”，则敬既为主矣，于此之外而别有一本以待他日之知，是始之一本，而既之又一本也。此所谓自相剌谬者也。

由此问者初不知有何者为一，妄亿他日且有囫地光明、芥子纳须弥、粒粟藏世界之境，而姑从繁重以求之。子贡之疑，初不如是，子且急斥之曰“非也”，况其以学识为敲门砖子者哉？

天地之道，所性之德，即凡可学可识者，皆一也。故朱子曰“天下之物，莫不有理”。理一而物备焉，岂一物一理，打破方通也哉？

程子自读史，一字不遗，见人读史，则斥为“玩物丧志”。“玩物丧志”者，以学识为学识，而俟一贯于他日者也。若程子之读史，则一以贯乎所学所识也。若不会向“一以贯之”上求入处，则学识徒为玩物。古人之学，日新有得，必如以前半截学识，后半截一贯，用功在学识，而取效在一贯，是颜子早年不应有“亦足以发”之几，而夫子在志学之年，且应不察本原，贸贸然求之，而未知所归也。

无已，则曰，彼所言者，乃为初学言耳。然学者之始事，固无能贯之力，而要不可昧于一之理。“明则诚”者，圣人之德也。“诚则明”者，君子之功也。故彼所谓“主敬力行以反于约”者，即初学入德之“一以贯之”也。子固曰“予一以贯之”，而不曰“予既已能贯之于一”也，则圣固以为功焉，而非豁然贯通之速效矣。

故博文、约礼，并致为功。方博而即方约，方文而即方礼，于文见礼，而以礼征文。礼者，天理自然之则也。约而反身求之，以尽己之理，而推己之情，则天理自然之则著焉。故大学修身、正心、诚意、致知、格物，初不以前日为之之谓先，后日为之之谓后，而必以明德为本，知止为始，非姑从事于末而几弋获其本也。

乃既曰“反诸约”，又曰“然后知其一本而不二”，若反约之日，犹将迷于一本者然。足以知发此问者，不知何者为一，而妄亿有单传末后之句，得之于“言语道断、心行路绝”之日，则岂不诬哉！

若其功之浅深，几之生熟，固必有之。其为圣人也，而后笃实光辉，以知则耳顺，以行则从欲。其未至者，多有扞格不合之处。然其不合者，亦非不可必合。积诚于会通之观，典礼之行，而“诚则明”矣。非当其未之能贯，则姑“不得于言，勿求于心”，且埋头瞎撞，依样循持而不求其故。然则为朱、陆之辨者，始终原自异致，正不前半修考亭之功③，后半期鹅湖之效，遂可傲陆氏而自立门户。必如此说，则鹅湖且得以格物穷理为敲门砖子傲人矣。

子夏“先传后倦”之说，其失正在此。自非圣人，固不能有始而即有卒，而方其始不知所卒，则亦适越而北辕，又奚可哉！

孟子曰：“博学而详说之，将以反说约也。”其云“将以”者，言将此以说约也，非今之姑为博且详，以为他日说约之资也。约者博之约，而博者约之博。故将以反说夫约，于是乎博学而详说之，凡其为博且详者，皆为约致其功也。若不以说约故博学而详说之，则其博其详，假道谬途而深劳反复，果何为哉！此优孟衣冠与说铃、书厨之士，与圣贤同其学识，而无理以为之则，无情以为之准，所以只成其俗儒，而以希顿悟之一旦，几何而不为裴休、杨亿之归哉！圣学隐，大义乖，亦可闵已！

四

双峰云“德与道不同”，一语甚是斩截。顾下文云云，又不足以发明其意。《集注》云“义理之得于己者”七字，包括周至。双峰似于“得于己”上，添一既字，如云“义理之行焉而既有得者”。

庆源亦坐此误，故曰“不徒以知为尚，要在实有诸己”。使然，则当云“有德者鲜”，不当云“知”，以有则未有不知者也。乃不可云“有德者鲜”，以人苟有志于道而从事于学，则岂穷年之不能有一德哉？如子路勇于行，其所行者，岂皆彷佛依傍，心所不得主而强行之者乎？而夫子胡为轻绝人而遽谓其“鲜”？以实求之，双峰于此“德”字，未得晓了。其于《集注》“得于己”三字，亦未知其意味。

德者，得也。有得于天者，性之得也。有得于人者，学之得也。学之得者，知道而力行之，则亦可得之为德矣。性之得者，非静存动察以见天地之心者，不足与于斯也。故不知德者，未尝无德，而其为德也，所谓弋获也，从道而得者也。唯知德者，则灼见夫所性之中，知、仁、勇之本体，自足以行天下之达道。而非缘道在天下，其名其法在所必行，因行之而生其心也。

天下之大本者，性之德也。发而中节者，天下之道也。于天下见道者，如子路固优为之，于吾心见德者，非达天德者不能。从道而生德，可云有得，不可云知德。其所已得则自喻，其所未行则不知。从德以凝道，则行焉而道无不行，未行焉而固有得于己。未行焉而固有得于己，则以其得于己者行之，乃以“泛应曲当而浑然一理”也。

此其为功，静存为主，动察为辅。动察者，以复见天地之心；静存者，以反身而诚，万物皆备。于是而天之所以与我，我之所得于天，以具众理而应万事者，经纶条理，粲然现前而无有妄矣。元亨利贞，天之德也。仁义礼智，人之德也。“君子行此四德者”，则以与天合德，而道行乎其间矣。此子路未入之室，抑颜子之“欲从末由”者也，故曰“知德者鲜”。

五

三代以上，与后世不同，大经大法，皆所未备，故一帝王出，则必有所创作，以前民用。《易传》、《世本》、《史记》备记之矣。其聪明睿知，苟不足以有为，则不能以治著。唯舜承尧，而又得贤，则时所当为者，尧已为之，其臣又能为之损益而缘饰之。舜且必欲有所改创，以与前圣拟功，则反以累道而伤物。舜之“无为”，与孔子之“不作”同，因时而利用之以集其成也。《集注》云“既无所为”，自是此意。小注以巡守、封浚、举元恺、诛四凶为疑④，而朱子言践位以后并不为此，则以不言不动、因仍纵弛为无为，此老氏之旨，而非圣人之治矣。

“恭己”者，修德于己也。“正南面”者，施治于民也。此皆君道之常，不可谓之有为。然则巡守、封浚、举贤、诛凶，自是“正南面”之事，夫子固已大纲言之，而读书者不察耳。

《集注》谓“恭己为敬德之容”，乃未能识一“己”字。身心言行皆己也，岂徒貌哉？且夫子去舜千余载，当时史册虽存，亦必无绘其容貌以写盛德之理，则夫子亦恶从而知之？史称汉成帝“穆穆皇皇”，班氏所以刺也。其大者不言，而但言其小者，必其大者不足道也。敬但在容，而敬亦末矣。

“南面”，出治之所也。“正”云者，所谓以其正而正人之不正也。后人蒙注不察，连“恭己”为文，亦若端坐于上，如泥塑神像之为“正南面”者，然则甚矣其陋也！

唯以创作言“为”，斯与《集注》“绍尧”“得人”意相承贯。双峰分两节说，是绍尧、得人为赘设矣。《集注》云“圣人德盛而民化”，则以释经文一“治”字，非为“无为”言也。此是圣人与老、庄大分判处，不可朦胧叛去。《集注》唯“敬德之容”四字有碍，其他自正，为后来诸儒所爚乱⑤，为害不细。

六

尧命羲、和迎日以作历，舜则“在璇玑、玉衡，以齐七政”。在者，因固有之器而察之也。然则玑、衡亦尧所作，而舜特加之察尔。察即“正南面”之事，他皆放此。

七

朱子云“口里如此说，验之于事却不如此，是不信也”，解犹未当。此却是行不信言，非言之过。始终一致、内外一实曰信。昔如此说，今又不如此，心不如此，口中徒如此说，乃是言不信。

八

双峰云“笃自笃，敬自敬”，得之。然以“凡事详审不轻发”为笃，则又慎也，非笃也。慎亦敬之属也。《集注》云：“笃，厚也。”厚者，不薄之谓，一如“民德归厚”之厚。则笃亦与“君子笃于亲”之“笃”义通。凡有所为，务厚至而不为刻薄浮轻之事曰笃。如此，方与敬并行而相成。行，兼执事、与人说。执事敬，敬也。与人忠，笃也。

九

朱子既云"常若有见"，又云"不成是有一块物事，光辉辉在那里"。既无物可见，则"常若有见"者又何见耶？潜室云"令自家实有这个道理镇在眼前"。夫其曰"自家实有"，则在中之谓矣。在中者，其可使在眼前乎？此与人不能自见其脏腑一理。

《书》曰："顾諟天之明命[⑥]。"天之为命，虽行于无声无臭之中，而凡民物之化，治乱之几，则未尝不丽于形色，故言"常目在之"可也。自家所有之理，固将不假于物，而何以可使在目前耶？

此说既非，则当但云"念（之）［念］不忘"，如朱子所谓"言必欲其忠信，行必欲其笃敬"可耳。乃欲者志愿也，未能如此而欲之也。凡人之所欲者，非其即能见者也。其或见而后欲者，则见无权而欲乃有功。乃熟绎经文，必如此见之而后能行，则不但以欲为功，而得力在见矣，已能忠信笃敬而见为加密也。是则以"必欲"为"常见"，义亦疏矣。

既非有诸内者之可见，又非但常欲之不忘而即得云见，宜夫求其实而不得，必将以为有一光辉物事在面前矣。此又释氏"处处逢渠"之邪说，非圣教也。

夫所谓见者，见夫忠信笃敬也。此四者，与仁义礼知之固有于已者不侔[⑦]。仁实有仁，不待有不仁者而后显其仁。义、礼、知之不待不义、无礼、不知之相形而显其有也，亦然。若夫忠，则待有不忠而后显其忠，信与笃敬亦无不然者。是故仁义礼知，不以用之不显而体亦隐。若夫忠信笃敬者，则必待言行而后有，且无不忠而即已忠，无不敬而即已敬，非别有体也。若仁，则无不仁未便是仁。是则欲于其未言、未行之际而在前在衡，实无物之可见也。

无物可见而"常若有见"，此不容不疑已。乃其必有可见者，则以忠信笃敬者，合乎人与事以生者也，是已与天下相为贯通之几也。故忠信笃敬无体，而言行有体。即未言而有其可言之体，未行而有其可行之体，故言行之体无间断。夫未言而有言之体，未行而有行之体者，言行之体隐而人与事之受吾言行之体者不隐也。无体者不可见，而有体者可见。体隐者有时不见，而不隐者无时而不可见。

今夫或立，或在舆，未有言而未有行，然而盈吾目者，皆人与事之待吾言行者也。君子之欲忠信笃敬者，既不忘于心，而效于天下之动以为之则，故必有人焉，必有事焉，寓于目者无不有以察其理。苟有人也，苟有事也，则必有其必尽之实，必有其不可渝之故，必有其相恤而不容薄、相警而不容肆之情。理取之目前，而皆忠信笃敬用之所行，则皆忠信笃敬体之所著。斯所谓无须臾之离而"其则不远"者也。

常若见之，而后吾之欲忠信、欲笃敬者，益以警觉其心而无可息矣。取精多而用物弘，则以言而忠信，以行而笃敬，道以豫而不穷矣。此《集注》"念念不忘"、"常若有见"之二义，相须而始尽也。

乃或疑夫人与事之当前，则以人事见其理矣。若其人事之未接，而君子之忠信笃敬其隐乎？此又无容疑也。

夫子之言此，以答子张之问行也，进论及言行之未出诸身者而已密矣。故曰"立"，曰"在舆"，而不及乎不睹不闻也。曰"忠信"，曰"笃敬"，而不及乎仁义礼智之德也。忠信笃敬者，动而善其几也。仁义礼知者，固有乎静以统动者也。其但为行言也，则因人之情、因事之理，而行其德于动也。其曰"参前"，曰"倚衡"者，是物来接已，而已往治物之介也。若夫人所不接，事所不及，则君子之存养夫所性之德以为忠信笃敬之本，则不但于行而见功，而以之言行，则嫌于动几之未警。圣人之教，各有攸宜，固无所用其疑也。

一〇

仁义礼知，在天地之道为阴阳刚柔之体；忠信笃敬，在天地之道为化育。《中庸》立本、知化，分作两项说，思之自见。

阴阳有定用，化育无定体，故阴阳可见，化育不可见。"体物而不可遗"，其不遗夫物者，未尝成能于物之时，不可见也，须于物见之，须于物之不可遗者见之。如稻不得水则槁，此即可见。未言之忠信，未行之笃敬，须于所立之交、所驾行之衡边，见不可不忠信、不可不笃敬之理。初时须随在尽心观察，亦与察言观色相近。既则充满目前，应接不暇矣。

一一

胡氏谓"有志之士，慷慨就死；成德之人，从容就死也"，此亦不可执。时当其不得从容，则仁人亦须索性著。若时合从容，志士亦岂必决裂哉？刘越石、颜清臣，皆志士也，到死时却尽暇豫不迫。夫子直于此处看得志士、仁人合一，不当更为分别。近瞿、张二公殉难桂林，别山义形于色，稼轩言动音容不改其素，此又气质之高明、沈潜固别，非二公之一为志士，一为仁人，可分优劣也。

一二

死生之际，下工夫不得，全在平日日用之间，朱子此说，极好著眼。乃平日工夫，不问大小，皆欲即于义理之安，自君子之素履，要不为死生须分明，而固以彼养之也。仁人只是尽生理，却不计较到死上去。即当杀身之时，一刻未死，则此一刻固生也，生须便有生理在。于此有求生之心，便害此刻之生理。故圣人原只言生，不言死，但不惜死以枉生，非以处置夫死也。

若于死上寻道理，须教如何死，此便是子路问死之意。子路唯想着求个好处死，如卖物不复问价。到底子路死之道则得，而失身仕辄，生之日已害仁矣。仁人必不将死作一件事，为之预施料理，只此与释氏所言"生死事大"者迥别。

至于志士，则平日未皆合义，特于君父大伦加倍分明，故一力只要夺日补天，到行不去处，转折不得，则亦付之一死而已，亦初不于平日以死为志也。

一三

朱子引邵康节、吴氏引蔡西山说三正，俱于此"行夏之时"训证不切。故后人胡乱只将三建作三正大题目。若然，则商、周之王者，止换下一个正月，有甚要紧？天运循环无端，不可为首，但略有取义，即与改易岁首，则秦之建亥，今回回家之建巳，亦无不可矣。

三正者，其本在历元，而岁首其末也。岁首之建子、建丑、建寅者，以历元之起于此三辰者异也。其法，以日月如合璧、五星如连珠，所起之次、七合之时为元，因以推步七政行躔之度[8]，上推其始，而以下极其终。其说备于刘歆《三统历》。古固迭用此法，夏则改尧、舜所用颛顼之地正，而复上古之人正也。

夏历历元，甲寅岁，甲子月，先年仲冬。甲寅日，平旦冬至朔。商历历元，甲辰岁，乙丑月，先年季冬。甲辰日，鸡鸣冬至朔。周历历元，甲子岁，甲子月，甲子日，夜半冬至朔。其算：积二人统为一地统，三人统为一天统，愈远则疏，愈近则密。谓斗分岁差等。故夫子以夏历之简密为合天，于《春秋》讥日食之失朔，而此曰“行夏之时”，不专谓岁首也。岁首之三建，因历元而取其义，以岁配一元耳，于历无大关系。

一四

“远虑”“近忧”，朱子只用苏注，已无余义。蔡觉轩说“以时言，恐亦可通”，犹有慎疑之意。其云“如国家立一法度”云云，则与圣言相剌谬矣。

“人无”云者，为恒人言，既非有国家者之词。且即在国家立法，也只要与天下宜之，而道之不易者，自可以传子孙，俟后圣。若随事计虑将去，如何得久远无弊，则事故之变，虽圣人有所不知。而于未变防变，则即其所防者为近忧矣。秦之愚黔首，宋之释兵权是已。

“君子创业垂统，为可继也。”可继者，必有待于继之者。“若夫成功，则天也”，而何能为之虑哉？双峰不审，而曰“虑不及千百年之远，则患在旦夕之近矣”。一人一事而虑及千百年，则夫子当藏书于秦火不及之地矣。况凡人之虑，只为算计到底，故利谋深而私意惑。冉有言“后世必为子孙忧”，而夫子斥其忧在萧墙之内，此以知虑远者之得忧近也。患得患失，无所不至，俱从此来。故曰“君子素其位而行”。而其行于蛮貊、洽于四国者，只是素位中宽大广远规模，断不作百年料量，如田舍之积粟收丝也。此人事自然之势，亦人心义利之分。苏说自正。

一五

若无以为义之本，则待一事方思一事之义，即令得合，亦袭取尔。义在事，则谓之宜，方其未有事，则亦未有所宜。而天德之义存于吾心者，则敬是已。故曰“行吾敬”，敬行则宜矣。程子推本于敬，真知义之言也。

新安陈氏谓此章本无“敬以直内”意，夫子因君子制事而赞之，故但云然。乃制事，因乎事者也。事无分于常变，无分于缓急，猝然当前以待君子之制，如何安顿得者四段精密贯通？唯其为君子也，而后能然，故曰“君子哉”。然则开口说一“君子”，便有一“敬以直内”，在里许，特新安不察尔。

一六

“没世”是通算语，犹言终身，皆指在生之日说。双峰以盖棺论定言此，大错。所谓盖棺论定者，言一日未死，或不免于失节而败其名，非此之谓也。若生前得失，付之不较，却但求身死之后有称于来者，则李西涯之屈膝以求美谥，未为过矣。圣人只说“天下归仁”，“邦家无怨”，初不索知己于泉路。

一七

朱子说“道体无为”，是统论道。张子言性，则似以在人者言之。所以双峰云“此‘道’字是就自家心上说，不是说道体”，与朱子之言相背。以实思之，道体亦何尝不待人弘也！

有天地之道，有君子之道，莫不有体。君子之道，如子臣弟友，其体也。人之有伦，固有父子，而非缘人心之孝慈乃始有父有子，则既非徒心有之而实无体矣。乃得至诚之经纶，而子臣弟友之伦始弘，固已！天地之道虽无为而不息，然圣人以裁成辅相之，则阴阳可使和，五行可使协，彝伦可使叙⑨，赞之以大其用，知之以显其教，凡此皆人之能。岂如双峰所云“蟠天际地，何待人弘”也哉？

张子说“心能尽性，性不知捡其心”，其大义微言，自难与章句之儒道。张子原不将“心”字代“人”字，“性”字代“道”字。心者，人之能弘道者也。若性之与道，在大儒眼底，从条理粲然中，看得血脉贯通，故不妨移近一层与人说。道体自流行于天下，而与吾性相附丽，唯人有性，故天下之道得与己而相亲。此张子之所以言性也。“心能尽性”，性尽则道以弘矣。“性不知捡心”，故道无由以弘人也。性涵道，则道在性中，乃性抑在道中，此不可煞说。而非性即道、道即性也。

双峰煞认性作道，遂云“四端甚微，扩而充之，则不可胜用”。夫恻隐、羞恶、辞让、是非之心，皆心也。人之有是四端，则其所以能弘道者也。若以扩充为弘，则是心弘心而人弘人矣。如其不然，而以四端为道，则夫仁义礼智者，德也，即其在性，亦所性之德也。夫子固不曰人能弘德也。双峰之徒为枝蔓，固不如熊勿轩所云“唯学故能廓而大之”，语虽浅而不失也。

若张子之意，则以发圣言之大指，谓“心能尽性”，苟有是心者皆可以作圣。“性不知捡其心”，则人之有不善者，其过在心而不在性，心该情才言。唯心不足以尽性，病亦在不学。而非性不足以凝道，道本静，故性虽静，而道自凝焉。性继道以无为，则不善而非其过，继善成性，故曰性继道。以释天下之疑。谓人之不弘者为道本不弘，而人无容强致其功，因以倡邪说而趋诐行。其以发夫子之微言，至深远矣，宜乎双峰之未逮也。

一八

但言仁，则为心德之全。今曰“仁能守之”，此其为德，唯在能守，而所守者又但其知之所及，则不可遽以全德归之。倘其为全德矣，则如见宾、承祭，而何有不庄？“克己复礼，天下归仁”，而何动之不善也？

此章四段，一步切实一步，所以约高明于平实。自非圣人彻底示人，则必颠倒看去，说动之以礼为最易，而以知之能及为极至；将其用功，急于求明，而以礼为末矣。乃合始末功用而言，则由得以几于尽善，其次第固有如此。若君子之以知止至善为学也，则迎头便须从礼上分明，而抑先简治威仪以为之则？只此两者是学者有捉摸处，功极于此，而事始于此。

故夫君子之德，以通民物之志而成天下之务者，莫不以“知及”利“精义入神”之用。然而其所从入者，则必内持之以仁，外持之以庄，而受其法则于礼。盖不如是，则虽知及之而有得矣，然而始事未密，则其末流之病，且有如此者。是以内外交养，知行并懋，大其功于始，斯以备其效于终也。

知此，则为学之次序可知，固不当如小注所云“以仁为主”矣。仁为心德之全者，上统知而下统庄、礼，以之守而即以之及；以莅，以动，莫不于此。今但云“能守”，则其为“拳拳服膺而弗失”之功能，亦宅心之纯而非心德之固纯，力行之至而非万行之统宗也。

盖仁者，无私欲也，欲乱之则不能守，汲黯所谓“内多欲而外行仁义”是也。仁者，无私意也，私意惑其所见则不能守，季文子之所以陷于逆而不决是也。仁者，固执其所择者也，执之不固则怠乘之而不能守，冉有所云“非不说子之道，力不足者”是也。去私欲，屏私意，固执其知之所及而不怠，此三者足以言仁矣。岂必天理浑全，廓然大公，物来顺应，以统四端而兼万善，然后为能守哉？

夫所患于知者，以与理不相及也，抑有及有不及，而不能必其及也。曰“知及之”矣，是吾之于理，已彻其表里，而全体皆章，大用无隐矣。故知及者，与道体相称之尽词也。仁之所守，庄之所出，礼之所行，皆无有能过于知及者之所及。故以言乎其至，则知及为尚，而以仁守，以庄莅，以礼动，率循夫简易平实，非知及浅而仁守深。不得独以仁守为全功，固矣。

从其已至而言之，则仁守之诣入，较庄、礼而深。乃从入德之从事者言之，则不重不威，非礼而动，固无从以望仁之能守。从其成事而观之，则知及者至动以礼而德始全。若从其适道而言之，则以明夫高明无实与得内忘外者为无本之学也。

直到上达处，方知下学之益，故曰“下学而上达”。得而无失，民敬之而极乎至善，然后知君子之学，谨于礼以为节文，修之于言动容色以定威仪，而知行并进，不但用其聪明以几觉悟者，其用益显而取效益深也。

此与《大学》格致、诚正、修齐、治平，效以相因而至，而事之始终必以知止至善为先务一理。故朱子引《大学》以证此，诚为合符。而特其以知及为知至则是，而以庄莅配修身正心为未叶耳。若其以仁守配诚意，亦自好善而必欲得，恶恶而必欲去者言之，则其非心德之全可知矣。诸儒冗说纷纷，如雾行舟，不知津步，汰之可也。

一九

《集注》“德愈全而责愈备”句，须活看。其云“不可以小节而忽之”，盖当入德之始，便不可忽，非谓仁守之后始当不忽于庄，庄莅之余始当不忽于礼，则亦非谓业已得而始责其不失，逮乎不失而始责其生民之敬，民已敬而始责其尽善也。唯稽其成功而责之愈备，则当其为学，而所责者已密矣。

凡圣贤文字若此类者，须以学问实为体验，则圣意自见，不可泥文句而执为次序。语言之次第，自不容不如此迤逦说来，其实却是始终一致。如天道循环无端，而言四时者，不得不以春为始，非春前之一日不为方春之日先也。

要此一章，原以反复推求，而从成功之中，拣序其醇疵之大小，以为立言之次，而圣教之方，自在言外。动之以礼，必须详其节文度数之则；格物致知，功即在此。庄以莅之，必须有远暴慢鄙倍之功。仁，必须有胜欲胜怠之事；知，必〔须〕有知天知人之学。方博于文，即约于礼，其以成已，即以成物。学者须别自体验。事虽有渐而规模必宏，安得于文句求线路，以惘然于所从入哉！

二〇

凡小人与君子并言，则既非卑污已甚之小人。君子与小人并言，亦非必才全德备之君子。双峰之说，可通于“和同”、“骄泰”、“求人求己”诸章。

二一

“未见蹈仁而死”，与“杀身成仁”义不双立，问者自是好个问头。看圣人文字，须如此较量，方见敦化、川流之妙。惜乎潜室之不给于答，而为之强词也。

夫子决言蹈仁者不死。若云比干虽死而不死，则必身名俱殒之谓死，蹈仁者之不然，岂待论哉？且如屈原，既是蹈仁而死，亦是蹈水而死。其蹈而死，均也，更何以相形而见仁之无害耶？

由夫子之决言，则蹈仁而死者，尽古今求一人不得。若杀身成仁者之死，则值时命之不造。时死之也，命死之也，岂仁死之哉？使以比干之自靖自献，遇尧、舜之主，且可忘言。即使值汉文帝、唐太宗，亦且倾听。又其不幸而遇庸主，祸亦不至剖心。故忠谏者，本尊主安民之道，而非致死之道也。

谏无致死之道，则比干之死，非蹈仁之过。与水火本有杀人之道，而死者之过在蹈水火，正自悬隔。故曰“杀身以成仁”，而非由仁故杀身也。以此求圣人之言，同条一贯，如冬寒之不碍于夏暑矣。

二二

杀身以成仁则宜，杀身以求仁则不可，故知蹈死者之非能蹈仁也。秦始皇之流毒甚矣，荆轲之刺之，岂曰不当？然轲所以不得为仁者，非轲所当成之仁而刺之，则非诛暴之道。徒蹈死地以求仁，便是为名，非天理人心固有之理。此与蹈水火者同，非蹈仁也。

二三

“不复论其类之善恶，如雨露之施于万物”，此说与释氏一辙。《易》言“见恶人，无咎”，亦但谓见之而已，非遂可收之为吾徒也，故子曰“不可与言而与之言，失言”。而稗官小说言颜涿父为盗之类，自讹传无实。

释氏唯不加拣别，故云“众生无边誓愿度”。既徒有其言而必不能践，而以此为教，则必移挪向下说，令下愚不肖略可解了信慕，抑取俗情所艳以歆动之，如说西言世界七宝装成等。取下愚所畏以迫胁之，如说地狱诸苦等。意本无余而多为之词以丁嘱之。如烦词不已，又说偈言等。其稍为出脱者，则又开径截一门，以使之功省而自谓所得者全。如“元来黄檗佛法无多子”等。不拣善恶而教者，势必出于此。

若圣人之教，洋洋优优者，待其人而行，广大高明，精微敦厚，必不合流俗而同污世。及其言吉凶成败之理，则苦节大贞而不讳其凶，邦家必闻而以为非达，初不以利诱威胁，强恶人而使向于善。即如云“学而时习之，不亦说乎”，亦至简易矣。然使陷溺深固者闻之，其有能信以为然者乎？

故恶人必不游君子之门，而君子必不取恶人而教。其行乎其所行，止乎其所止，与天之不以人之聪明畀之鸟兽，其揆一也。今云“不复论其类之善恶”，岂其然哉！

夫言“有教”者，言君子之有其教也，非谓尽人而有之以为教也。“教”之为言，非授也，以言乎所以诲人之条教也。其言“类”者，言教也，非言人也，言君子设教以教学者，其为道也，高者无所私授，卑者无所曲引，示之以大中至正之矩，而不徇以其类，或与深言之而或与浅言之也。

故博文、约礼，所以教众人之弗畔，即以教颜子之竭才。下学之即以上达，而无不上达之下学也。有其已高已美，而不可引之以近；有其极博极详，而不姑与之略。若分类以教，则道本一而二之，教之乃适以迷之矣。夫子之言此，以辟立教者之无本徇物，而止望教者使可企及之妄冀。传注于此不审，其不叛而之释氏者几何哉！

或疑一贯之旨，仅以授之曾子，固有类矣。乃夫子之于曾子也，孰与颜子？语颜子以仁，而但曰"非礼勿视"云云，此固众人所可从事也。何独于曾子而别为一类，以单传直指耶？"一贯"之呼，门人咸闻之矣。则教曾子者，即以教门人。且以推夫子之言，何一而非一贯之理，又何尝以万殊分贯教众人哉？曾子曰"忠恕而已矣"，则以见夫子平日之教，咸与此同而无有别也，又奚疑焉！

二四

"达"有两义，言达其意而意达于理也。然此两者又相为因，意不达于理，则言必不足以达其意。云"而已矣"，则世固有于达外为辞者矣。于达外为辞者，求之言而不恤其意，立之意而不恤其理也。

其病，大端有二：一则于言求工，或无意而乖于理；一则于意求明，则理不著而言亦鄙。如云"黄鸟于飞，其鸣喈喈"，亦足写景物之和矣；如必云"风暖鸟声碎"，则有言而非必至之意也。又如云"匪直也人，秉心塞渊，騋牝三千"，斯用意远而取理近也。如必云"太虚冥冥，不可得而名，吾以名吾亭"，则徒立一意而无其理矣。理在浅，而深言之以为奇；理在深，而故浅言之以为平；理本质，而文言之以为丽；理本文，而故质言之以为高。其不求之达而徒为之辞，一也。

《集注》云"不以富丽为工"，则只偏堕一边。岂不富而贫、不丽而陋者之遂足以达哉？韩退之唯不达于理，苟异齐、梁，以删洗刻削，自雄一代，遂诧为得《六经》之遗旨。不知止"博爱之谓仁"五字，早已不达，而为梗塞至道之败叶朽壤，奚待富丽而后为病哉！

---

①赜（zé，音责）：幽深玄妙。

②祖述、宪章："仲尼祖述尧、舜，宪章文、武"。

③考亭：在今福建建阳西南。相传五代南唐时黄子陵筑以望其父（考）墓，因名望考亭，简称考亭。南宋理学家朱熹晚年居此，建沧洲精舍。宋理宗为了崇祀朱熹，于淳佑四年赐名考亭书院。此后称其学派为"考亭学派"。

④巡守：亦作"巡狩"。古时皇帝五年一巡守，视察诸侯所守的地方。

⑤爚（yuè，音跃，又读 shuò，音烁）：销毁。

⑥提（shì，音是）：是，此。

⑦侔：齐等。

⑧躔（chán，音缠）：日月星辰运行的度次。

⑨彝伦：犹言伦常。古指人与人之间的道德关系。

卷七　论语

季　氏　篇

一

“丘也闻有国有家者”以下，意分两支，但圣人说成一片耳。话到圣人口里，便怎融液曲折，不消分支作柱，而理意交尽！孟子即不能然，而况其他！故辞至圣人而始达，由其胸中共一大炉冶，随倾铸而成象。然学者读此，正当于合处得分，而后可以知圣笔化工之妙。

前云“君子疾夫舍曰欲之”，则夫子之所责于季氏者，唯其欲也。若冉有之言忧也，则折之曰“而必为之辞”，知其忧不在此，而彼亦初不为子孙虑也。云“不患寡”，“不患贫”，“修文德以来远人”，盖以理言，而责其以患贫、寡故，妄欲人之土地也。云“患不均”，“患不安”，“邦分崩离析而不能守”，则以事言，而见季孙之忧不在颛臾。而云“后世必为子孙忧”者，非其本心，而徒为之辞也。云“均无贫，和无寡”，则以引伸其不当欲之故。云“安无倾”，则以质言颛臾之不足为季孙忧也。乃自圣人言之，彼此合成一理，初无垠鄂，不期于立言之妙而妙自无穷。岂若后世文人，必分支立柱，以自为疏理哉？

均则无贫矣，安则无倾矣。然君子之所以患不均者，非以欲无贫故；患不安者，非以欲无倾故。若其欲无贫、无倾而始以不均、不安为患，则是亦患贫、患寡而已矣。有国有家之道，不若是也。

君子之所不患者，直以不当患而不患，岂所患在彼，乃故不患彼而患此，以巧免其患哉？不当患而不患者，心之无欲也。无欲而后可以行王道，则文德自此而修矣。若夫其无贫、无寡、无倾，则唯患不均、患不安，自能以远虑而绝近忧。不此之患，则分崩离析，而忧在萧墙之内矣。

明于其所当忧者，则以颛臾为忧之强辞可折。明于其所不当患者，则不容患得患失而肆其私欲，固矣！乃以其安分无求而不动于恶者在是，其以制治保邦而免于倾危者亦即在是，故可即以折其强辞者抑其私欲。故圣人互言之，不待歧说而事理交尽。若不患贫、寡之实，则以修文德为归，患不均、患不安之道，则以扶邦之分崩、整邦之离析为效。意各有属，读者固不容紊也。

乃夫子于此，则以不患贫、寡而修文德以来远人为主，而以均无离析、安无分崩为宾。盖因伐颛臾以启论端，则即事以遏其欲，而颛臾之不可伐著矣。若其为季氏忧萧墙之祸，则冉求之言忧也，本非如情之辞，亦且姑与折之，而季氏之攘夺以召祸，则不可亟挽之旦夕者也。以理以事揣之，而缓急轻重分矣。此又善观圣言者所宜通也。

二

“季孙之忧，不在颛臾，而在萧墙之内”，岂徒孔子知之，冉有亦知之，即季孙亦未尝不知之。探其意中所怀挟者而告之曰，吾恐在此不在彼，亦因其所惧者而惧之也。使季孙、冉子不知萧墙之内有忧，则其以“固而近费”为子孙虑患，亦为子孙谋长久者深计之所必然，非夫“舍曰欲之而必为之辞”矣。季孙之忧，自在萧墙，而其欲则在颛臾。知忧不在此而曰忧，是以为君子之所疾。

三

若所当忧，则虽远而必忧。其不当忧，则近固无忧。若置远为不足虑，而日收前后以为之防，亦徒操同室之戈而已。双峰云“颛臾远，萧墙近”，大是不审。且如朱子所云“哀公以越伐鲁”，则祸在越矣，越岂近于颛臾哉！萧墙之内，只是祸发不测意。

四

罗豫章以阳虎囚桓子为萧墙之忧，朱子不宗其说，而以哀公兴越师易之。盖以冉有仕季氏在康子之世，固知豫章之失考。然哀公欲去三桓，谋虽谬而事则正，孔子不当使季氏忧之而预为之防。且哀公于时，事尚未形，而先为微词以发其密谋，是夫子不以待白公者待吾君矣。

圣人所言，但以理论，所谓“三桓之子孙微矣”者是也。眼前看得他不好，便知其必有祸乱。若祸之所自发，虽圣人亦不能知也。不能预测而忽发，故曰“萧墙之内”。鲁至悼公以后，三桓之子孙不复能执鲁政，后来更别用一番人，若公仪子之类。三桓后裔，大段萧索去，特史不记其所终，无从考尔。

五

陪臣三世之后，所失之国命属之何人？天子诸侯岂能遽收之，大段是彼此相移，迭为兴废，以成大乱之势耳。近华亭陈氏子龙说此，谓陪臣之失，失于庶人，其义亦通。春秋以后，无干出一班荜门圭窦之士①，立谈而收卿相，以倾危人国。据此，则庶人之议，非私议于草野，乃议于庙廷之上也，与孟子所云“处士横议”同。

《集注》言“上无失政，则下无私议”。三代之世，工执艺事以谏，舆人献箴，虽明主亦安能无失政？虽圣世之民，亦安能无私议耶？但不抵掌谈天下之事，以操国柄而已。

六

“言未及之而言”，问他人而已对也。“未见颜色而言”，君子一无与人言之意，而已冒昧以言也。“言未及之而言”，是拦横抢先说话。“未见颜色而言”，是不避厌恶，唐突得去。

勉斋谓“‘未见颜色’者，言虽及之而言，亦须观长者颜色，或意他在，或有不乐”，则方与人言而意又移，愆在君子，不在已也。瞽者之愆甚于躁，固知未见颜色者之尤妄。

七

若但戒人言以时发，则“与人恭而有礼”，初不择人了，故曰“言满天下无口过”。今云“侍于君子有三愆”，则是因侍君子而始有之也。因侍君子而始有，则将不侍君子而可无乎？非不侍君子而可无愆，而何以云“有”？盖不侍君子，非可无愆也，有愆而不自知其有也。

以位言之，则朝廷者，礼法之宗也。以德言之，则君子言动以礼，而非礼者以相形而易见也。若只随行逐队，与草野鄙陋人一例为伍，则彼亦愆也，此亦愆也，一堂之上不相照应，只管任情胡斗去，盖有终日皆愆而自以为无愆者矣。人不可以有愆，而当其有愆，则尤不可不自知其有，不知则终不能知愧而思改。故君子者，夫人之衡鉴也，不可不求亲近之以就正者也。

或疑有德之君子，则固人所当就正者矣，若有位之君子，岂其必足以为斯人捡点言行之资。乃抑不然。章枫山居林下二十年，或欲举之以充讲官，一老先生谓其不可曰：“枫山久在田间，未免有朴野倨侮之色；使之日进于上前，且使人主轻士大夫。”崇祯间，郝给事土膏十余年闲住，一旦赐环[②]，召对之下，不问而对，高声阔视，致动上怒，却将温体仁陷害东林事决裂而不可挽。自非盛德之士，动容中礼，则不与有位之君子相晋接[③]，亦且陷于愆而不自知。以此思之，然后知圣人此语为曲尽物理也。

八

以“戒”字意求之，则朱子言理，不如范氏言志之亲切。大要此章是遏欲事，且未到存理处。其言君子者，言外有一小人在，是人品大分别处，且须立个崖岸，不堕小人去，故曰“戒”。至于存理之全功，在“三戒”以上一层，且非此处所及。

乃但言遏欲而不及存理，则此三戒者，将无与释氏共之。如色，痴也；好斗，瞋也；好得，贪也。然则圣人其以释氏为君子乎？曰：释氏虽不得为君子，而与任血气以自恣之小人，岂不犹贤乎！

乃君子之所以终别于释氏者，则以随时消息，不流于已甚，而未尝铲除之以无余也。故血气之所趋则戒之，而非其血气之所必趋者则未尝力致其戒也，岂与释氏之自少至老，必废婚姻、绝杀害，而日中一食、树下一宿之余，皆非其所得者〔同〕哉？由此思之，朱子之以理言者，亦可得而通矣。

九

《集注》“血阴而气阳”一句，乍看觉得插入无谓。及观范氏血气、志气之论，及朱子所云“气只是一个气，便浩然之气，也只此气”，乃知《集注》用意之深。双峰云“能持其志，则血气皆听于心”，则已赘一“血”字矣。大要气能为善，而抑能为不善。如血，则能制其不为恶而已足，不能望其为善也。

盖气阳而血阴，气清而血浊，气动而血静，气无形而血有形。有形而静，则滞累而不能受命于志。浊，则乐与外物相为攻取，且能拘系夫气但随已以趋其所欲。故好色、好斗、好得者，血役气也。而君子之戒此三者，则志帅气而气役血也。今以好色、好斗时验之，觉得全是血分管事。及至淫很之心戢退，则直忘此身之有血，而唯气为用事矣。

乃夫子于此，分任其过于血气者，以气本可与为善，而随血盛衰，不自持权，见累于血以为之役，气亦不得而辞其过也。气能听志，而血不能听志。心之不戒者，听命于气，而抑听命于血，双峰“心是魂、魄之合”一语，极有理会。唯其两合于阳魂、阴魄，是以亦听命于血。

乃魄虽灵，终是凝滞重浊物事，而心却轻微，役使他不动，则不得不资气抑而扶之。魂清于魄，而心又清于魂。心是魂、魄之轻清者合成的，故君子专有事于此，以治魂、魄。则心，君也；气，将也；血，卒也。溃卒胁将以干君，而明君必任将以制卒，其理一也。

一〇

知命有知命之功，畏命有畏命之事。新安以格致、诚正分配之，精矣。既知天命以后，尚须有事于畏。孟子说“知性、知天”，又说“事天、立命”，事天立命，吃紧工夫正在畏上。不知则必不畏，而知者未必其能畏也。

夫子以说到天命上，则君子小人相差悬绝，与畏大人之与狎、畏圣言之与侮，只争一敬肆者又别，故于“小人”(上)〔下〕加“不知”二字，言且不知，而何望其畏。若夫虽若知之而不畏者，则既异乎醉梦之小人，而抑不得为君子，自别是一流。故可云君子知命，小人不知，就其大分段处立之辨也。亦可云君子畏命，小人不畏，就其极至处终言之也。

只君子知命，小人不知，与君子畏大人、圣言，小人狎、侮之一例，是君子小人之坊界。进此以言君子，则有畏命之学。就此以窥小人，则其行险徼幸者，固不畏也。知此，则大人、圣言，不得复以知不知添入，明矣。

大人、圣言，其显者自易知也，虽小人亦未尝不知也。若其为大宝所凝、至道所出之微者，则必能畏之，而后其道之宜畏、德之可畏者始可得而喻也。是其大端之别，在畏不畏，而不在知不知。且小人之不畏天命，唯不知之，是以终不得而玩之。若夫大人、圣言，唯其不能深知而亦或知焉，是亦得而狎侮之。则小人之不畏大人、圣言，罪不在不知也。小人之罪不在不知，则君子之功亦不徒在知，审矣。

乃亦有于天命求知而反不畏者，则老、庄及释氏是也。乃老氏之于天命，虽用其抵巇投间之巧[④]，而其所操为雌、黑、溪、谷之术，亦终不敢求胜夫天而拂其命，故夫子亦终不以老氏为小人，则已与释氏之小天而自大、卑天而自高、灭天而自存者异矣。故有事于知天而自谓知之，乃以增其亵慢者，唯释氏独耳。后世从夷入华，当夫子时，无此小人也。朱子以“知”字括“三畏”，自不如和靖言“诚”之为切。而(双峰)〔新安〕分析知畏各致之功，亦大有功于朱门矣。

一一

曰“知之”、曰“学之”，“之”字所指，不当有异。然则以“知之”“之”字指此理而言，谓洞见本源，该括万理，则夫“困而学之”者，亦岂尽天下之理，全体、大用，一学焉而无遗乎？学此者以渐，则知此者亦何得独为顿也？

《史记》称黄帝“生而能言，幼而徇齐，长而敦敏”[⑤]，其说出于《内经》。《内经》者，固周、秦之际精于医者之赝作耳。史氏据之以为实，诞矣。且云“幼而徇齐”，则亦徇齐焉耳。“长而敦敏”，则亦敦敏焉耳，岂无所不知，而一如聪明睿知达天德者之极至哉！至云“生而能言”，则亦佛氏“堕地能言，唯吾独尊”之猥说也。

夫人之所以异于禽兽者，以其知觉之有渐，寂然不动，待感而通也。若禽之初出于壳，兽之初堕于胎，其啄龁之能，趋避之智，啁啾求母，呴噳相呼，及其长而无以过。使有人焉，生而能言，则亦智侔雏麑[⑥]，而为不祥之尤矣。是何也？禽兽有天明而无已明，去天近，而其明较现。人则有天道命而抑有人道性，去天道远，而人道始持权也。

耳有聪，目有明，心思有睿知，入天下之声色而研其理者，人之道也。聪必历于声而始辨，明必择于色而始晰，心出思而得之，不思则不得也。岂蓦然有闻，瞥然有见，心不待思，洞洞辉辉，如萤乍曜之得为生知哉！果尔，则天下之生知，无若禽兽。故羔雏之能亲其母，不可谓之孝，唯其天光乍露，而于己无得也。今乃曰生而知之者，不待学而能，是羔雏贤于野人，而野人贤于君子矣。

横渠学问思辨之功，古今无两，其言物理也，特精于诸老先生，而曰“想孔子也大段辛苦来”，可谓片言居要。然则所云“生而知之者”，其言“知之”，随指所知之一端，而非无所不通之谓。其言“生”，则如其性之所发，已乐与其所欲知者而相取，于色用明，于声用聪，于事物之几一致其心思，早已符合深至而无所蔽。故天下一事有一事之知，而知者各有生与学之别，即各分上与次之等。上者易而次者固难，乃及其知之则一，而所由以得知者亦无大异也。

上者，以知而不尽知，因于所知而学焉。次者，未学之先，一未尝知，循名以学，率教以习，而后渐得其条理。师襄之于琴也，上也；夫子之于琴也，次也。推此而或道或艺，各有先后难易之殊，非必圣人之为上，而贤人之为次矣。

朱子以尧、舜、孔子为生知，禹、稷、颜子为学知。千载而下，吾无以知此六圣贤者之所自知者何如。而夫子之自言曰“发愤忘食”，《诗》称后稷之“克岐克嶷”，颜子之“有不善未尝不知”，初不待师友之告戒，亦安见夫子之不学，而稷与颜子之非生也？夫子略于生、学分上、次，而后人苦于上、次分生、学。乃不知上、次云者，亦就夫知之难易迟速而言。困而不学，终于不知，斯为下尔。

且夫所云“生”者，犹言“性”之谓也。未死以前，均谓之生。人日受命于天，命讫则死。则日受性于命。日受性命，则日生其生。安在初之为生，而壮且老之非生耶？迨其壮且老焉，聪明发而志气通，虽未尝不从事于学，乃不拘拘然效之于此，而即觉之于此，是不可不谓之生知也。

荀卿五十始学，朱云四十始受《易》与《论语》。乃以其所知者，与世之黠慧小儿较，果谁为上而谁为次也？其将以王雱之答獐鹿者为圣，而卫武公之“睿圣”，反出于其下耶？必将推高尧、舜、孔子，以为无思无为而天明自现，童年灵异而不待壮学，斯亦释氏夸诞之淫词。学者不察，其不乱人于禽兽也鲜矣！

一二

《朱子语录》极有参差处，甚难拣取。想来朱子未免拿定“随病下药”作教法，故彼此异致，乃至屈圣言以伸己说者有之，不能如圣言之川流各别而不相害悖也。

其答问者，有云“视不为恶色所蔽为明，听不为奸人所欺为聪”，乃他处又以“主一”言思明思聪，此二说便早自乖张。夫君子之于恶色奸言，直不视不听，还他一刀两断，若向此处思聪思明，则立脚不稳，早已被他摇动矣。只恶色奸言，亦何所容吾聪明哉？

如毛嫱、西施之色，不宜狎者也。不视之则不乱耳，此心之正而非目之明也。如使与不美者同室吾前，乃拣美丽者斥为女戎，而取丑陋者以为正色，无论人情之必不能，而亦不得谓之明矣。故曰“不知子都之姣，无目者也”。故君子之明，必不用之于此。以其明亦不可，不明亦不可也。

奸言之不听，其道在远佞人，亦一刀两断法。如业许其抵掌纵谈，而又用吾思以曲为摘发，则卫嗣君之所以亡其国者，而何聪之有？

且天下尽有不贪恶色、不惑奸言而不聪不明者。且尽有未尝见恶色、未尝闻奸言而不聪不明者。其不聪不明者，唯不思故也，岂有壅蔽之者哉？“听言则对，诵言如醉”，宁奸言欺之，善言固不足启其蔽矣。

此二语是君子警昏策惰以尽耳目之才，乃复性语也，存理语也，而非遏欲语也。遏欲之功在辨，存理之功在思。远恶色，拒奸言，辨之事也，非思也。

夫人之从事于学，各因其所近以为从入之功。有先遏欲以存理者，则不为恶色奸言所蔽，乃可进而思明与聪。其先存理以遏欲者，则唯思明而明，思聪而聪，而后恶色奸言不得而欺蔽之。内以尽其形色之性，则视听必复其聪明。外以察夫事物之几，则于声色不得苟用其视听。故大而法象之在天地，道教之在古今，小而一物之当前，一声之入耳，有弗视，视则必思其无不见，有弗听，听则必思其无不闻。若恶色奸声不使交吾耳目者，则所谓“非礼勿视，非礼勿听”，而非既视听之而又加以思也。

藉不恤非礼而视听之矣，则虽视恶色亦有其明焉，虽听奸声亦有其聪焉。汉元帝之于洞箫，宋徽宗之于书画，其为惑也固然，而要不可不谓之聪明。唯屏此不正之声色于聪明之外，而乃专用其思于当聪当明之视听，斯君子思诚之功也。故思明思聪，不在去蔽，而但在主一。去蔽者，遏欲者也，辨之明也。主一者，存理者也，思之慎也。慎谓详谨而不忽略。

《集注》云“视无所蔽则明无不见，听无所壅则聪无不闻”，泛言所蔽所壅，则于义自可。以人之昏惰句简、粗疏笼罩而未得谓得者，皆足以壅蔽固有之聪明，故为授以除蔽去壅之道曰“思”。而《语录》加以“恶色”“奸言”之目，则或因有溺于声色者而与言此，是专以药一人之病，而戾于圣言之大义矣。

乃即如彼言，亦当云“视不为恶色所蔽而后可以思明，听不为奸声所惑而后可以思聪”，不得竟以无二者之蔽，遂当此九思之实学也。如学诗者，固当以恶诗为戒，然但不读恶诗，不堕恶诗窠臼，而不匠心于兴比情景之中，则亦穷年苦吟而不成矣。圣人践形、尽性之学，岂但空空洞洞立于无过之地而已哉！

老子曰“五色令人目盲，五声令人耳聋”，而不知天下之盲聋者，其害在于声色者十之三，而害非因于声色者十之六，其害正堕于无声无色者十之一，则老氏是已。君子之学，则须就“有物有则”上察识扩充，教笃实光辉，尽全体以成大用，而后圣功可得而至。朱子曰“内外夹持，积累成熟，便无些子渗漏”，其则尽之矣。

朱子“若闲时不思量义理”一段，说得来别。求其大旨，则所谓学思并进而已，故终以“博学、审问、慎思、明辨”，则明其为学之事。《中庸》说“慎思”，乃就学而言思，以思其所学也，与此“思”字别。若非思所学，只蓦地思去，其有所思也。孔子既云“以思无益”，倘不持一道理，空着去想，是释氏之以坐断一切为真参实究矣。

乃朱子此语，殊费周折，不得畅快。其故在问者不审，乃令答者迂回。问者曰：“无事而思，则莫是妄想？”如此而问，卤莽杀人！夫唯忿与见得，则因事而有，疑之思问，且不因事而起。若视听容貌，则未尝有一刻离著在。圣学中，原无收视反听，形若槁木的时候。倘其有此，即谓之怠荒，而夫子且比之为“朽木”“粪土”，贱之为“饱食终日”矣。

视之所该最广，除睡时无有不视。容之为功最密，除盛德之至者，一刻忘下便不得“温”。以此九者详求之日用之间，岂复有无事之时哉？而何忧妄想之生！不得已而姑云有间时，则君子固有读书穷理之功，而用其思于学。学、思固分致之功，而方学即思所学。乃所云“视思明，听思聪，疑思问”者，固已该乎方学之思为言。是君子终日于此九者，该动静，统存发，而更不得有无事之时矣。

知此，则知南轩所云“养之于未发之前”者，亦属支离。唯喜怒哀乐为有未发，视听色貌无未发也。盖视听色貌者，即体之用。喜怒哀乐者，离体之用。离体之用者，体生用生，则有生有不生。而其生也，因乎物感，故有发有未发。即体之用者，即以体为用，不因物感而生，视虽因色，然天下无无色之时，无时不感，不得云感。且色自在天下，非如可喜可怒之事加于吾身，不可云感。不待发而亦无未发矣。

若其相与为用也，则喜怒哀乐，亦因视听色貌言事而显。当其发，则视听色貌言事皆为喜怒乐用。乃喜怒哀乐一去一留于此六者之间，而六者不随喜怒哀乐为去留。当其为喜怒哀乐之时，则聪明温恭忠敬，要以成发皆中节之和。而当夫喜怒哀乐之已去与其未来，则聪明温恭忠敬之思之不忘者，即所谓于未发时存中也。

故此云"思明"、"思聪"、"思温"、"思恭"者，兼乎动静，动以中节，而静以笃恭。就本文中原有未发存养之功，何更得头上安头，而别求未发哉？岂所云未发者，必一物不视，一声不闻，柳生左肘色，雀乳头上貌，以求养于洞洞墨墨之中乎？此毫厘之差，南轩且入于禅而不知已！

先儒言静存之功，统以主敬。"思明"、"思聪"、"思温"、"思恭"，正主敬之谓也。朱子亦云"主一"，"敬故一"。舍此四者，更用何物为静中之敬？思则敬，不思则肆。敬肆之分，思不思而已矣。既要敬，又不著思，即全是禅。视听色貌，即源即流，无久刻刻异。无暂。常不废。倘以此为流且暂，已发乃暂然之流。而别求一可久之源，未发天下之大本，故无间断。非愚之所敢知也。佛氏之真知。

若言与事，则固属乎动矣。然其属乎动也，亦自其有不言无事之时以分动静耳。乃以求诸喜怒哀乐，则虽见于言事，而犹有为喜怒哀乐之未发者。此其理亦易知，特人不察耳。

《中庸》言"未发"，但就四情而言，不该一切。则以圣贤之学，静含动机，而动含静德，终日乾乾而不堕于虚，机深研几而不逐于迹。其不立一藤枯树倒、拆肉析骨之时地，以用其虚空筋斗之功者，正不许异端阑入处。儒者于此，壁立万仞，乃为圣人之徒。故上蔡云"此之谓'思诚'"。思而言诚，是即天之道而性之德已，复何有一未发者以为之本哉！

---

①荜门圭窦：荜通"筚"。筚门，柴门；圭窦，小户，穿壁为户，上锐下方，状如圭也。意为穷人的住处。引申为出身贫寒。

②赐环：环，圆形玉器，古时作为还的象征物。后因称放逐的臣子被赦召还为"赐环"。

③晋接：用为进见尊者的敬词。

④抵巇：乘间而入。

⑤徇齐：谓聪明有夙慧。

⑥智侔雏麑：和幼麑一样聪明。

阳货篇

一

程子创说个气质之性，殊觉峻嶒[1]。先儒于此，不尽力说与人知，或亦待人之自喻。乃缘此而初学不悟，遂疑人有两性在，今不得已而为显之。

所谓"气质之性"者，犹言气质中之性也。质是人之形质，范围著者生理在内，形质之内，则气充之。而盈天地间，人身以内人身以外，无非气者，故亦无非理者。理，行乎气之中，而与气为主持分剂者也。故质以函气，而气以函理。质以函气，故一人有一人之生。气以函理，一人有一人之性也。若当其未函时，则且是天地之理气，盖未有人者是也。未有人，非混沌之谓。只如赵甲以甲子生，当癸亥岁未有赵甲，则赵甲一分理气，便属之天。乃其既有质以居气，而气必有理。自人言之，则一人之生，一人之性，而其为天之流行者，初不以人故阻隔，而非复天之有。是气质中之性，依然一本然之性也。以物喻之：质如笛之有笛身、有笛孔相似，气则所以成声者，理则吹之而合于律者也。以气吹笛，则其清浊高下，固自有律在。特笛身之非其材，而制之不中于度，又或吹之者不善，而使气过于轻重，则乖戾而不中于谱。故必得良笛而吹之抑善，然后其音律不爽。

造化无心，而其生又广，则凝合之际，质固不能以皆良。医家所传《灵枢经》中，言三阴三阳之人形体之别、情才之殊，虽未免泥数而不察于微，而要不为无理。抑彼经中但言质而不言气，则义犹未备。如虽不得良笛，而吹之善，则抑可中律。气之在天，合离呼吸、刚柔清浊之不同，亦乘于时与地而无定。故偶值乎其所不善，则虽以良质而不能有其善也。此理以笛譬之，自得其八九。

乃其有异于笛者，则笛全用其窍之虚，气不能行于竹内。人之为灵，其虚者成象，而其实者成形，固效灵于躯壳之所窍牖，而躯壳亦无不效焉。凡诸生气之可至，则理皆在中，不犹夫人造之死质，虚为用，而实则糟粕也。

气丽于质，则性以之殊，故不得必于一致，而但可云“相近”。乃均之为笛，则固与箫、管殊类，人之性所以异于犬羊之性，而其情其才皆可以为善，则是概乎善不善之异致，而其固然者未尝不相近也。

气因于化，则性又以之差，亦不得必于一致，而但可云“相近”。乃均之为人之吹笛，则固非无吹之者。人之性所以异于草木之有生而无觉，而其情其才皆有所以为善者，则是概乎善不善之异致，而其能然者未尝不相近也。

程子之意固如此。乃有质则气必充，有气则理必在，虽殊之以其气质之相函相吹，而不能殊之以性。是故必云气质中之性，而后程子之意显。

以愚言之，则性之本一，而究以成乎相近而不尽一者，大端在质而不在气。盖质，一成者也；气，日生者也。一成，则难乎变；日生，则乍息而乍消矣。夫气之在天，或有失其和者，当人之始生而与为建立，所以有质者，亦气为之。于是而因气之失，以成质之不正。乃既已为之质矣，则其不正者固在质也。在质，则不必追其所自建立，而归咎夫气矣。若已生以后，日受天气不足与天地同流哉！质之不正，非犬羊、草木之不正也，亦大正之中，偏于此而全于彼，长于此而短于彼。乃有其全与长之可因，而其偏与短者之未尝不可扩，是故好色、好货之不害于王道，好货、好色，质之偏也，过不在气。而欲立、欲达之以立人、达人也。欲立、欲达，亦质所欲。能践形者，亦此形而“万物皆备于我矣”。

孟子惟并其相近而不一者，推其所自而见无不一，故曰“性善”。孔子则就其已分而不一者，于质见异而理见同，同以大始而以异以殊生，故曰“相近”。乃若性，则必自主持分剂夫气者而言之，亦必自夫既属之一人之身者而言之。孔子固不舍夫理以言气质，孟子亦不能裂其气质之畛域而以观理于未生之先，则岂孔子所言者一性，而孟子所言者别一性哉？

虽然，孟子之言性，近于命矣。性之善者，命之善也，命无不善也。命善故性善，则因命之善以言性之善可也。若夫性，则随质以分凝矣。一本万殊，而万殊不可复归于一。《易》曰“继之者善也”，言命也；命者，天人之相继者也。“成之者性也”，言质也；既成乎质，而性斯凝也。质中之命谓之性，此句紧切。亦不容以言命者言性也。故惟“性相近也”之言，为大公而至正也。

二

新安云“性寓于气质之中”，不得已而姑如此言之可也。及云“非气质则性安所寓”，则舛甚矣。

在天谓之理，在天之授人物也谓之命，在人受之于气质也谓之性。若非质，则直未有性，何论有寓无寓？若此理之日流行于两间，虽无人亦不忧其无所寓也。若气，则虽不待人物之生，原自充塞，何处得个非气来？即至于人之死也，而焄蒿悽怆、昭明于上者[2]，亦气也。且言“寓”，则性在气质中，若人之寓于馆舍。今可言气质中之性，以别性于天，实不可言性在气质中也。

盖性即理也，即此气质之理。主持此气，以有其健顺；分剂此气，以品节斯而利其流行。主持此质，以有其魂魄；分剂此质，以疏浚斯而发其光辉。即此为用，即此为体。不成一个性，一个气，一个质，脱然是三件物事，气质已立而性始入，气质常在而性时往来耶？说到性上，一字挪移，不但不成文义，其害道必多矣。

三

新安又云有“天地之性”，一语乖谬。在天地直不可谓之性，故曰天道，曰天德。由天地无未生与死，则亦无生。其化无形埒[3]，无方体，如何得谓之性！“天命之谓性”，亦就人物上见得。天道虽不息，天德虽无间，而无人物处则无命也，况得有性！

且新安之言天而并言地，尤为不审。以体言之，则天地既不得以性言矣。以化言之，则地有化迹，而化理一属之天。故《中庸》但言“天之所以为天”，而不云“地之所以为地”。地之所以为地，亦天之为也。故曰“无成有终”。有终者，化之迹也；无成者，天成之也。若就人性而言之，则性，天德也；气，天化也；质，天以地成之者也。以，犹用也。不得以天地并言，亦审矣。

四

五常百行，何一而不以恭、宽、信、敏、惠行之？五常百行，道也。恭、宽、信、敏、惠，行道、凝道之德也。于理言之，则善有万；于心言之，则五者尽之矣。故知夫子之以此五者答子张，理已极，功已全，更无遗也。

看圣人言语，须看得合一处透，如“克己复礼”，“主敬行恕”等，无不以此五者行之。则全体、大用，互相成而无碍。若执定药病一死法，却去寻他病外之药，谓恭、宽、信、敏、惠外更有何道。总成迷妄。圣人之教，如天地之有元气，以之生物，即以之已疾，非以药治病。则栀、芩不必与乌、附合，而人参亦且反藜芦。凡药之于病，生于此者，误用之彼，则为杀。将所以药子张者，必且以贼他人。而此五者，自上智至下愚，有一而不当行者乎？故知圣人之言，必不为药。

五

双峰“刚体勇用”之说，殊不分晓。凡言体用，初非二致。有是体则必有是用，有是用必固有是体，是言体而用固在，言用而体固存矣。勇而无勇之体，则勇为浮气而不成其勇。刚而无用，则中怀内崈，而亦何以知其为刚！故刚亦有刚之用，勇自有勇之体，亦与仁、知、信、直之各为体用者等。

盖刚者，自守则历体、不为物屈用之谓也。勇者，果决敢为体、遇事不怯用之谓也。故体虽不刚，要不害其为勇。如刘琨、祖逖一流人，自守不峻而勇于为义，是不刚而勇也。用虽不勇，要不害其为刚。如汲黯、包拯一流人，固无喜于任事之意，而终不为物下，是不勇而刚也。

好刚而不好学，所谓刚愎自用也。狂者，妄自尊大、轻世陵物之谓。好勇而不好学，如刘穆之、王融，只是勇于有为，便不复顾名节，故其蔽乱。此刚、勇之别，体用各异，不可紊也。

六

程子言“序”，朱子言“敬”，赵、饶二氏无所见而姑为之调停，云“二说相须，其义始备”。朱子若看得程子之言序也为允当，则何故易一敬字？若以序字之义为未备，更须添一敬字，亦当兼言敬以有序，不宜竟废言序也。唯朱子看得程子之言序者于此处不切，故断然以敬代之。若其仍存程说于圈外者，则取其“天下无一物无礼乐”一段而已。

释此章之义，乃使人因礼乐而释其所以然。礼之所以然者，敬也；乐之所以然者，和也。以序配和，乃就礼乐之已成而赞其德。礼行而序著，乐备而和昭。故曰“礼只是一个序，乐只是一个和”。行礼行乐时，大段道理如此。故凡天下之有序者，皆礼之属也；凡天下之和者，皆乐之属也。唯然，则序非礼之所以为礼，而配序之和亦非乐之所以为乐。朱子云“敬而将之”，“和而发之”。程子所云序与和，只说得将边、发边事。其所将、所发者，则固吾心之敬与和也。

程子推天理之本然，而云“盗贼亦有礼乐”，此为老、庄家说礼乐是圣人添上的，故与指天理之在人者以破其“前识之华”一种妄说。若夫子则缘流俗以容之有序、声之能和者为礼乐，故曰“人而不仁，如礼乐何”。不仁者不能如之何，又岂盗贼之相总属、相听顺者之得与哉！

夫不仁之人所以不得与于礼乐者，唯其无敬、和之心也。若天道之自然有此必相总属之序，必相听顺之和，则固流行而不息，人虽不仁，而亦不能违之。而凡人之将玉帛、鸣钟鼓者，正恃此以为礼乐也。程子此段，是门人杂记来的，想为有人疑礼乐非人心之固有，故为反其言而折之如此，乃非以正释此章之义。其说规模甚大，却空阔，令人无入手处，以视圣人之言深切警省、动人于微者远矣。

且言序者，亦因敬而生其序也。若不敬，则亦无以为序。盗贼之相总属，终叫作序不得。天下之序四：亲疏也，尊卑也，长幼也，贤不肖也。乃盗贼之有总属，于此四者，其何当也？凡其所奉为渠帅者，徒以拳勇狙诈相尚，而可谓天理自然之序乎？

若夫礼之有序者，如事父事兄之杀，此是胸中至敬在父，次乃敬兄，自然之敬而因生其序，序者敬之所生也。倘以敬父者敬兄，则是夷父于兄，而以敬兄者敬父矣。敬兄之杀于敬父而为之序者，乃所以专致其敬于父也。礼所谓以仁率亲、以义率祖、等上顺下，皆为至敬言也。然则礼之所以云礼者，以敬言而不以序言，审矣。

冯厚斋求其说而不得，乃以诸侯大夫之僭为无序之实。此既与程子盗贼之说显相矛盾。僭窃者，充类至义之尽，而始与盗贼等。岂盗贼之贤于僭窃者哉？夫子言礼非玉帛之云，所以通警天下之失实。若但云僭窃者徒有玉帛而无序，则周之时王举行其所得为之礼，虽以跛临之，而已无憾于礼耶？且僭礼者亦僭乐矣，是乐之失实，亦惟不序之故，而何以只言和哉？

宋、元之际，诸儒鄙陋，随处将僭窃插入。如“问说”、“入太庙”诸章，俱靠此作白赖秘诀，恰似夫子当年终日只寻着这几个诸侯大夫厮骂，更不知此外有天德、王道在。虞伯生以此注杜甫诗，且一倍酸鄙，不知有杜，而况其望圣人之门墙也哉！

七

盗贼之有渠帅，有偻啰，一般尊卑之序，也恰象个礼。礼云礼云，拜跪、先后云乎哉？即不仁之人行礼，也须有序。于此正好看他别处。礼中自然之序，从敬生来，便是天理。盗贼之序，因畏故尔，便是人欲。以此思之，则凡修敬父、敬君之仪，而实以畏君父之威，及为法制清议所束缚，不敢不尔者，皆与盗贼等，而终不知礼之云者也。

程子此段言语，想被门人记来不真，而以己意添换，遂成差谬。其语酷似侯河东，由他贪于规模之大，而切体无实，程子所云“只好隔壁听”者是也。不然，则或有问者，程子以其有不知序之病，以此药之，而药即成病也。凡药病者，药无非病。

八

夫子蓦地说个“予欲无言”，看来意义自是广远深至。先儒于此，只向子贡转语中求意旨，却不在夫子发言之本旨上理会，徒增枝叶，益入迷离矣。

子贡曰：“子如不言，则小子何述？”此是子贡从无言中抽出小子之待述一种来，致其疑问。而夫子所答，则又于成己成物一本原处，见得虽为小子述计，亦不在言也。若子贡未问以前，则夫子初不从教人起义。

向后再言“天何言哉”，非复词也。前云“天何言哉”，言天之所以为天者不言也。后云“天何言哉”，言其生百物、行四时者，亦不在言也。《集注》云“学者多以言语观圣人，而不得其所以言，故发此以警之”，只此殊失圣人气象。

庆源于此作两种解，要皆无实。一云：“学者体察之意常少，徒得其言而不得其所以言。”使然，则是夫子故为此愤激之词矣。苟夫子为此愤激之词，而子贡且云“小子何述”，是何其一堂之上，先生悻悻而弟子烦渎耶？此说之最陋者也。一云：“天理流行之实，凡动静语默皆是，初不待言而著。学者惟不察乎此，而但以言语观圣人，是以徒得其言而不得其所以言。”夫由言而知其所以言，与不由言而知其所以言，是孰难而孰易？学者且不能于言而知其所以言，乃欲使于动静语默得之，不愈增其茫昧乎？

且夫言之不足以尽道者，唯其为形而下者也。起居动静之威仪，或语或默之节度，则尤形而下之枝叶也。虽天理流行于其中，而于以察理也，愈有得筌蹄而失鱼兔之忧④。夫子以姊之丧，拱而尚右，而门人皆学之，是学者固未尝不于动静语默观圣人。乃得其拱而不得其所以拱，其执象以遗理，更有甚于执言者。则子又将曰“予欲不动不静不语不默”哉！

逃影于月而就灯，不知灯之为影且甚于月也！凡此戏论，既皆无实，则知所云“予欲无言”者，非为学者言也。

盖自言曰“言”，语人曰“语”，言非语也。抑非必喋喋多出于口而后为言也，有所论辨而著之于简编者皆是也。圣人见道之大，非可以言说为功。而抑见道之切，诚有其德，斯诚有其道，知而言之以著其道，不如默成者之厚其德以敦化也。故尝曰“讷”，曰“耻”，曰“怍”，曰“讱”，抑至此而更云“无言”。则终日乾乾以体天之健而流行于品物、各正其性命者，不以言闲之而有所息，不以言显之而替所藏也。此所云“品物流行”，“各正性命”，皆以成己之德言。

朱子《感兴诗》深达此理，较《集注》自别。其云“万物各生遂，言天。德容自温清言仲尼。”，则固以德容之温清，配天之生物，而非云天以生遂为功于物，圣以温清为不言之教也。又云“发愤永刊落，奇功收一原。”所谓“发愤刊落”者，即认言之极致而无言也；“奇功收一原”者，以言大德敦化之功有以立天下之大本，而不在拟议之间也。

由此思之，圣人之欲无言者，亦当体实践以自尽夫天德，而收奇功于一原矣。岂徒悻悻然愤门人之不喻，而为此相激之词，如西江学究之于蒙童也哉？曰“天何言哉”，则体天德者不当以言矣。曰“四时行焉，百物生焉，天何言哉”，则虽如子贡之为小子虑者，亦即以成己者成之，而不在言矣。

呜呼！论至此而微矣。非老氏“知者不言，言者不知”之说也，非释氏“言语道断，心行路绝”之说也，圣人所以“自强不息”，“显诸仁，藏诸用”，“洗心而退藏于密”者也。圣人之德，耳顺矣，从欲不逾矣，盈前而皆道，则终日而皆德，敦化者敦厚以化成也，川流者不舍昼夜也。夫何言哉！密与万物为裁成辅相，而显与达道达德为诚明也。以此成己，而致中和以位天地、育万物；以此成物，而笃恭以天下平矣。小子而欲学焉，相与终日于博文、约礼之中，亦下学而上达矣。

是夫子非虚欲之也。欲无言，则终无言也。时而行也，则周流以行道于七十二君之国。时而藏也，则祖二帝，述三王，删《诗》、《书》，定《礼》、《乐》，皆述而不作。因《鲁史》成《春秋》，《春秋》文成数万，圣人未尝有所论断。而百王之大法以昭。盖未尝取其心之所得者见之言也。故曰“我欲托之空言，不如见诸行事”，而天下万世无不被其时行物生之功矣。此圣人所以成己而成物者，夫何言哉！呜呼！亦微矣，非可以浅见一二测也。

九

“小子何述”，非小子何法之谓。述者，转称之以传于人也。子贡之意，欲夫子著书立教，而使弟子述之以诏后世，亦非但自为学也。夫子云天何言而时行物生，则在己固不待言，而小子亦无容述矣。

呜呼！圣人之去今，几二千岁，而天下虽在夷狄盗贼之世，且未尽人而禽也，岂徒以圣人之言哉？如以言，则诵圣人之言者，且不免于禽行，而其能与知与行夫圣人之道者，或未得耳闻口诵夫圣教。天命之性，圣人显道而神德行，莫之为而为之，固非人之所易知也。呜呼！愚之所言者，如此而已。过此以往，不可得而言矣。虽然，其与释氏“自性众生，一念普度”者，则薰莸矣。熟读张子《正蒙》而有得于心焉，或知其旨。此二段文字，愚虽不肖，不敢为欺人之语。抑不能显指其所以然，则力有所不逮，而言者本不能尽意者也。

一〇

切须知，言与语异。子曰“予欲无言”，若有人问时，恶得不“叩两端而竭焉”！今一部《论语》具在，且说夫子所言者是那一段道理？若《老子》五千言中，彻首彻尾，只是一句子作宗风。即孟子亦所未免。圣人且就一时一事说去，自止至善。即此可想其天行之健、于穆不已气象。若问而亦以无言答，则天龙一指、临济三拳而已⑤。

一一

小注中“邪僻”二字，所该甚广。愚不肖者有愚不肖之邪僻，贤智者有贤智者之邪僻。不正之谓邪，因而深陷于邪之谓僻。然则庄子之嗒然丧偶，释氏之面壁九年、一念不起，皆邪僻也，皆“饱食终日，无所用心”者也。

双峰言“静坐时须主敬”，大有功于圣学。当知静坐无敬字，不如博弈。抑谓无事不可兜揽事做，读书穷理不可煎迫而失涵泳，故有静坐时，则以主敬工夫当之。若谓主敬工夫，须静坐方做得，但静坐而他无所用心，以便主敬，则又僻矣。

程子论“《复》见天地之心”，是动中见得《复》下一阳动也。圣人于此，直教将此心有可用处尽著用，无有一法教人向静坐中求。

①崚（léng，音棱）嶒：高峻突兀貌。

②焄蒿：《礼记·祭义》：“焄蒿凄怆。”焄，香气；蒿，气蒸出貌。焄蒿，谓其香气发越。

③形埒（liè，音劣）：形状。

④筌蹄：《庄子·外物篇》：“筌者所以在鱼，得鱼而忘筌；蹄者所以在兔，得兔而忘蹄。”筌，捕鱼器；蹄，捕兔器。引申为达到目的的手段。

⑤天龙一指、临济三拳：佛教禅宗修炼、传授心法的方法。

微 子 篇

一

微子之去[①]，若以存祀之故[②]，则微子必殷之亡矣。知殷之亡则可，必殷之亡则不可。如父母之病，虽知其不起，不忍必也。且古之帝王失天下者，其祀必不废，则虽无微子，殷祀岂遂斩乎？

抑云微子为殷王元子，义当存祀，则尤不审。当帝乙立纣为冢嗣之日，微子已不复以元子自居矣。若胸中更挟一“元子”二字，则微子亦建成矣。

且纣固有必亡之道，而亡不亡则尤系乎天。夏之太康，唐之懿、僖二宗，其宜亡也，亦不下于纣。使纣早死，而国立贤君，商祚再延，则微子之去以存祀者，作何收煞？盖微子之去，本以远害而全亲亲之恩。《尚书》“旧云刻子”一段，分明说得有原委。愚于《尚书引义》中辨之详矣。

二

柳下惠于鲁为“父母之邦”，较孔子所云“父母之国”者又别。柳下惠，展氏之子。展之赐氏，自无骇之卒，而惠之生去无骇不远，应只是无骇之子、夷伯之孙，于鲁公室在五世袒免之中，故义不得去而云然。春秋之法，公子不得去国，自是当时通义。士师官亦不卑，但无骇为上卿，执国政，而其子为士师，则卑矣。胡泳引蚳蛙事为证[③]，“士师在邑宰之下，官小可知”。战国之时，天下分裂，一国乃无数邑，邑宰官固不小。如楚申公、沈尹皆为大臣，而平陆距心，爵亦大夫，与今日县令不同，不得以邑宰之小证士师也。

三

《集注》于“佞人殆”与此“殆而”之“殆”，皆云“危也”，初无异释。庆源云：“既幸其或止，而又虑其殆”，则似谓孔子若从政，则有仕路风波之忧。如此下语，恐非接舆之意[④]。接舆一流人，直是意致高远，亦不甚把祸福做件事在心里，特其愤世嫉邪，不耐与此曹为伍尔。

人若畏祸福，直是隐不得。饥寒风雨皆危机也。又况末世人情之所乐与为难者，偏在无势位之人耶！“今之从政者殆而”，与夫子所言“斗筲之人”同意。殆，危也，危亦险也。亦其奸邪倾险，不足与同有为也。《集注》太略，以言佞人者参观之自得。

四

伊川说荷蓧稍高[5]。但就其待孔子、子路之礼际，见得如此，不知日暮留宿，自不得不尔，与道左相逢者势异，非荷蓧之独厚于圣贤也。若云荷蓧知长幼之节，则安见接舆、沮、溺之并此不知耶？

今此诸人，无从详考。但以风味想之，则接舆似较胜。记者加以“楚狂”之名，亦且许之为狂矣。狂者，圣人之所欲得而与之者也。夫子于荷蓧，使子路反见而不自往，于沮、溺，则直不与语，于接舆则下而欲与之言。圣人待之，亦自有差等。且接舆直欲以其道感动圣人，三子则漠然自是而不顾，即此可想其胸次。接舆虽愤世嫉邪，而于心自乐。三子只气很很地埋头恁做去，且与鸟兽同群矣。楚狂自有虞仲、夷逸之风，三子则几与于陵仲子等辈。

若谓丈人见其二子一事，与仲子避兄离母不同，则又不然。仲子之于妻，亦有冀缺、梁鸿之风，不可以其小者信其大者也。云峰以“楚狂”二字冠此三章，言沮、溺、丈人皆楚之狂士，直是不识得狂。三子者谓之为狷或可。狂不可得，乃思狷，是又其次也。

五

礼，王大食三侑，则虽天子初饭亦不用乐。鲁有亚、三、四饭，明用王礼。齐氏言“不言一饭，孔子正乐而去其一”。孔子正乐，但能论定乐之声容，所云“《雅》、《颂》各得其所”者是也，岂能取鲁君之乐官而裁革之？藉令裁乐，则亦当裁四饭，而不裁其初。后儒苟欲推尊圣人之功化，如此类者，直是不通。

六

乐官之去，双峰谓鲁专尚淫哇故去，是也。潜室归咎于三家强僭，则三家之僭已久，此诸子者，当其始便不应受职矣。

读书者最忌先立一意，随处插入作案，举一废百，而圣人高明广大之义蕴隐矣。子曰“斗筲之人，何足算也”，原不屑屑与此曹争是非。及云“故夫三桓之子孙微矣”，则又未尝不矜其愚以召祸也。楚狂云“今之从政者殆而”，早已不中圣人之意。郑声乱《雅》，自是世道人心一大关系。区区自起自灭之三家，值得甚紧要来！

---

①微子之去：微子是周朝宋国的始祖。名启，商纣的庶兄。封于微。因见商代将亡，数谏纣王，王不听，遂出走。周武王灭商时，向周乞降。周公旦攻灭武庚后封他于宋。

②存祀：存续祖先的祭祀不使断绝。

③蚳（chí，音迟）蛙（wā，音洼）：战国时齐人。

④接舆：春秋时隐士，楚国人。“躬耕以食”，佯狂不仕，亦称楚狂接舆。曾作诗讽刺孔子并拒绝与孔子交谈。

⑤荷蓧：即荷蓧丈人。春秋时隐士，姓名不详。相传他以“四体不勤，五谷不分”的话对孔子进行讽刺。

子 张 篇

一

子张所说三章，皆缪于圣人之旨。“论交”一章，《集注》折之，当矣。“见危（授）〔致〕命”一章，朱子以微词贬之，而又为之救正。若“执德不弘”一章，则为之周旋以曲成其是。乃若朱子所言量贵弘而志贵笃，则诚不易矣，然而子张之说，则不如此。

圣门诸子，晚年受业者，别是一般气象。如曾子、子游、樊迟诸贤，早岁即游圣人之门，践履言语，精密深远，较先进诸子，已有升堂、入室之别[①]。故夫子在陈，思狂简之小子，而欲为裁之。裁之者，直为品节之而已，不似子张、子路辈须与脱胎换骨也。原其学于夫子之时，年已过矣，习气已深而不易革矣。唯天资之高，故亦能以圣人为法则，而不陷于邪。至于圣人之微言大义，则有所不能领略，而况其能诣入也！

就中，子张最为粗疏，总不入圣人条理，故曾子、子游直斥其不仁而非为苛。其云“执德不弘，信道不笃”，就此二语，已全不知入处，而安望其为仁！

“执”云者，守也，执之以为固有也。圣人说“吾道一以贯之”，固是浑沦广大。而于道大者，于德则约，故曾子以“忠恕”一言为得其宗。乃彼则曰“执德弘”。德者，得之于心者也。执所得于心者而欲其弘，则是此一德，而彼又一德矣。不然，则欲尽取夫德而执之矣。吾以知其不能弘而抑非德也。何也？杂用其心以求德于天下，则其所谓德者，岂其能以自喻而有以自慊乎？由他说“见危致命，见得思义，祭思敬，丧思哀”，只在事上见德，便只向事上求德。故孔子曰“知德者鲜矣”，盖为子张辈叹也！

今即以“见危致命”等语思之。其云“见危致命，见得思义”，犹之可也，以夫子尝言之也。乃子所云“见危授命”者，固但以为“今之成人”，以其异于仁人之以成仁故而杀身，而不因见危以生其激烈也。“见得思义”居九思之一者，则唯君子业于静存动察而全夫聪明忠敬之体矣，则于义择之为已精，而当其见得，加以警省，取吾心所喻之义合同比勘，以证其当得与否，则其审义者为尤密耳。初非未见之前，思诚之功未密，迨夫得者之当前，而后思执义以为德也。乃云“其可已矣”，则是取天下之可有得者以自矜其不取而为德也，此固近似圣言而无实矣。

至云“祭思敬，丧思哀”，则待祭待丧而后思，是不必仁人而后可以享帝，孝子而后可以享亲也。且方丧思哀，吾不知其所思者何也？若思死者之可哀而哀之，则是本无哀而求哀也。若思吾之当哀而哀焉，是以哀为不得已，而聊相应酬，吾恐其有声而无泪，有泪而不生于心也。

方祭乃思敬，则必不能敬。方丧乃思哀，则必不能哀。唯子张天资高，才力大，或可以临时取给，而敬与哀之来赴其思者，能令人见其有余，乃即使其无不给矣。而一念以承祭而临丧，一念以思哀而思敬，则其所谓敬者，亦特不惰于仪容；所谓哀者，亦特不衰于哭踊。求夫所谓忾乎有闻，僾然有见，洋洋如在而绥我思成，皇皇如有求而不得，充充如有所穷，往如慕而反如疑者，我有以知其必不能也。何也？则唯其务弘以执德，而不知存养夫大本之至一者以贞夫动也。

《书》曰：“德唯一，动罔不吉；德二三，动罔不凶。”今且于危执致命之德，于得执义德，于祭执敬德，于丧执哀德，以是为取之天下者各足，而效之呈心者各得其主，逐物意移而无以相成，猝至互起而无以相周，“德二三，罔不凶”矣。

且于见危而致命，于得而思义，于祭而敬，于丧而哀，初非有本，而因事以执，以为肆应于无穷。方其因事而执也，岂果有得于心哉？亦曰道之于危当授命，于得当以义，于祭当敬，于丧当哀，道之当然者吾笃信之而可矣。

夫不信吾心之所固有，而信以道之所已然，则亦耳闻目见，据一成之名法，而不知死生之理、取舍之衡、通神合漠之诚、恻怛根心之实，一率夫吾心不容已之天德。以舍其所自喻者而弗之信，则亦求诸人而不求诸己，执器以为道而不凝道以其德。虽云笃也，吾已知其痛痒相关之地，无有生死与共、寤寐勿谖之诚矣。是云笃者，必不得笃也。乃但规规然执一成之刑，拘其身心以取必于信，则其为贼道也不小。

夫君子之于道，虽无或疑之也，虽未尝不率循之也，而穷变通久以曲成夫道者，则曰“善道”。其于德也，虽不执一以废百也，虽扩充之而达乎天下也，而洗心藏密以复其性之德者，则必曰“笃信”。故道可弘也，而不用夫笃信也。德必笃信也，而不弘以执之也。唯笃吾所自信之德，而不徒信夫道，故患有所不避，而有时乎不死，以异匹夫之谅。非义所必不取，而有时不辞，以成上下之交。皆道之弘处。唯执德于未发之一本，以成既发之殊节，而不于已发之用弘者遍执以为德，则体一而用自弘，将不期弘而弘焉。故于祭不期敬，而洋洋如在者，相与为显承。于丧不期哀，而瞿瞿梅梅者[②]，必自致而无之有悔。

今乃倒行逆施，恃其才之可取给于俄顷，以浅量夫道之不过如是而别无可疑，乃执此彷佛乎道者以咸执为己德，曰吾之为德弘矣，非硁硁孤信其心者也。吾之于道无疑矣，非有所隐深而不可知者也。乃居德于弘，则正心诚意之不讲，而天下之大本以遗。自谓无疑于道，则格物致知之不用，而天地之化育，其日迁于吾前者，具忘之矣。此其所以为“子张氏之儒”，而“难与并为仁”矣。夫子尝告之曰“主忠信，徙义”。忠信以为主，无夸弘也，徙义则日新无固信也。而奈何其不喻也！

后世之为此者，则陈亮是已。固自许以能为有亡，而讥朱子之于德不弘，于道不笃也。其言“金银铜铁合为一冶”者，则“执德弘”之说也。其曰“君父之雠不报，则心于何正，而意于何诚”，是唯笃信道而不信德也。杂取侠烈事功，以尽皇帝王伯之藏，而嫚骂诸儒为无实，则“其可已矣，焉能为有亡”之说也。

春秋之季，与晚宋略同。士大夫渐染于功利之私者已深，特以先王之名教犹有存者，姑相与拟议以为道。其贤智之资，既行此以有余，则虽日闻圣教而不能洗涤其习气。此夫子所以有“不行、不明”之叹。迨其后，鲁之小子，自幼学而受圣人之薰陶，则习气不能为之染污，是以夫子深取其狂简。狂则拔于流俗，而进取夫精义穷神之德，不拘于闻见所得之道，坦然信之而遽谓可已。简则择善于所独得之真以专致其功，而不逐物求理，随事察义，以自矜所得之富。故知子游、樊迟之所至，非子张所得问其津涘也。

或疑子张所言，何以知其与朱子“量弘志笃”为不同。乃取其说而释之：曰“执”，则非量之谓也；曰“信”，则非志之谓也。志道笃可也，信道笃不可也。志道者以道为志，则有得于心，而所信亦德矣。故朱子之曲为救正者，非子张之所及也。使子张在朱子之门，且与陈亮等，而况圣门狂简之士！

二

《集注》“则心不外驰，而所存自熟”，是两截语，勉斋、潜室俱作一句读下，其误不小。《集注》吃紧在一“所”字。所存者，固有所存也，与元稿云“事皆有益”，意亦无殊。特以言“事”不如言“所存”之该乎事理，言“有益”不如言“熟”之有得者深耳。圈外注载二程夫子之言，前一条是“心不外驰”之意，第二条是“所存自熟”之旨，只此极分明。勉斋、潜室似说“心不外驰”则“存之自熟”，毫厘之差，千里之谬矣。

存者，存其理也，存学、问、思、志所得之理也。若空立心体，泛言存之，既已偏遗仁之大用，而于鸢飞鱼跃、活泼泼地见得仁理昭著者，一概删抹，徒孤守其洞洞惺惺、觉了能知之主，则亦灵岩三唤主人之旨而已。

彼盖误认“在中”之义，以为不求仁而得仁，借此“博学、笃志、切问、近思”做个收摄身心的法，以消归其心，使之日有所用而不放。审尔，则是以此四者为敲门砖子矣。使其然也，又何必学、问、志、思之屑屑哉？运水搬柴，与拈一句没意味话头，吞不下、吐不出，死教参去，其以收摄此心，更为直截矣。程子所云“彻上彻下”，固自有意。如黄、陈之说，则道固不彻于下，直假此以消妄心，亦不能彻上也。悲哉！朱子没而门人乱其师说以叛即于禅，有如此也！

朱子之意，缘人之求仁者，或只在应事接物上寻讨，如子张等。则始于事物求仁，继且因应事接物之多歧，遂引著此心向功利上去，此外驰之粗者也。若其不然，则又空置此心，教且向空洞无物处索见本体，因与高远无实之兴致相取，此外驰之精者也。粗者之入于害也易见，而其害犹浅。精者害愈深则驰愈甚，日日自以为存心，而心之放而不求，以骎骎入于无父无君之教[3]，载胥及溺而不自知。若能于此四者用功，不即与事物俱流，而实以与万事万物成极深研几之体，则心之所存，皆仁之所在，必不使一念之驰于仁外矣。而岂假此以闲制其心，如授球于狮子以消其悍鸷，使人欲不得而起之谓哉？

云“所存”者，即存仁也，存仁之显诸事理者也，存夫所学所志所问所思之择乎仁而有得者也。盖心原以应事，而事必有其理。其事其理，则皆散见于文而可学也。博学而切问，则事之有其理者可得而见矣。笃志以必为，而又近思之以求体验之有得，则以理应心，而理之得皆心之得矣。以此为功而不舍，则于仁之即吾身而具、即事理而显者，无不见焉。亦如此以为功，则所以体仁者皆得其实，固即此学、问、志、思之中有以得夫仁而体之也，故曰“仁在其中”。

子夏此语，极是平实朴满，见得仁处，而深以戒夫枯坐观心、求之寂静而不知所止宿者。故明道言“彻上彻下”，其意亦谓即下即上，不当舍下而别求上。故将古今圣贤修道之教授学者，而使之深求焉，仁即此中而在，直到与天地万物为一体，也只在此中。其言十全警切，可谓体用俱彰。乃诸子不察，犹且立一存心为主，而以学、问、志、思为宾，则是学、问、志、思之外，别有仁焉，而不在其中矣。勉斋云“不可以为求此而得彼”，是也。乃又云“心常有所系著”，则显用释氏“系驴橛”之旨，夫且自言而自背之矣。

朱子说仁是“心之德，爱之理”。博学、切问者，求知其理也。笃志、近思者，求其有得于心也。只此斩截作解，便与子夏之意吻合。“仁在其中”者，言仁本在所学、所志、所问、所思之中，于此体仁而力行之，则天理烂熟，存之于己，而不患其与仁相背矣。不然，或将外驰以求仁，而反失之身心事理之中，非徒无益而又害之矣。通程、朱之微言，以求子夏之大义，尽于此耳。

三

“惮于自欺”一“惮”字，意味极长。君子不自欺，诚惮之也。谓之曰“过”，则虽在小人，于此一事亦不是立意为恶，而特偶然之失尔。

君子胸中原有一天理在，则自欺处直是倒缩将来，虽欲为之而力不任。故必发露出来，怕得要如此遮掩。小人良心已牿亡[4]，胸中全无天理，而偏多颠倒回互之才，他看着首尾中外，原不消相应，盖覆得去便与盖覆，有何难之有！学者须教此心有惮于自欺时，方是天理来复之几。

四

子夏之以洒扫应对教其门人，其能习为之而即已通其所以然与否。今不可考，要之则似但习其文而未能。洒扫应对之所以然，其难于即见者，较之精义入神为尤甚。于此下学而上达，圣功之极境也。

程、朱于此，分四层说：洒扫应对为事之小者，精义入神为事之大者，洒扫应对之所以然为理之小者，精义入神之所以然为理之大者。乃自初学言之，则事亦有其小大，理亦有其小大。而自上达言之，则事自分小大而理一贯也。以此如实求之，则未至乎上达、一贯之极致者，固不得执洒扫应对之所以然，为即精义入神之所以然，而便以此括天下之理。洒扫应对之所以然，终是不过如此，便说慎独，也只是慎此洒扫应对之节耳。

子游抹去下者一节，作无理之事，固是不识天理之全体。朱子又虑人却拈着者洒扫应对之形而上者以为至极，而以之贯天下之道，则其害之浅者，有致远则泥之忧，其害之深者，且如释氏之运水搬柴为神通妙用，将视天下之事，除取现前更无有法，而君子之以弥纶参赞乎天地者尽废矣⑤。

洒扫应对，形也。有形，则必有形而上者。精义入神，形而上者也。然形而上，则固有其形矣。故所言治心修身、诗书礼乐之大教，皆精义入神之形也。洒扫应对有道，精义入神有器，道为器之本，器为道之末，此本末一贯之说也。

物之有本末，本者必末之本，末者必本之末。以此言本末，于义为叶。而子游之言本末也则异是，以大且精者为本，小且粗者为末。乃不知自其形而上者言之，则理一也，而亦未尝不以事之大小分理之大小。若以其形而下者言之，则彼此各有其事，各有其用，各有其时，各有其地，各有其功，各有其效，分致而不相为成，安得谓大且精者为小者之本乎哉？

唯其大且精者之不能即摄小且粗者而共为本末，故曰大小精粗，俱学者所不可遗之事。而以小子质性之不齐，姑且使修其小且粗者，俾其事之易尽，而以渐得其理。然后授之以大且精者之事，而以用力之熟，扩充有自，则大且精者之事可得而学矣。合小大精粗而皆习其事，所存既熟而心不外驰，则夫洒扫应对之所以然可得而见也，精义入神之所以然可得而见也。洒扫应对之所以然，与精义入神之所以然，其即下学即上达、一以贯之者，夫亦可得而见也。

于事有大小精粗之分，于理亦有大小精粗之分。乃于大小精粗之分，而又有大小精粗之合。事理之各殊者分为四，一、事之粗小，二、事之精大，三、粗小之理，四、精大之理。与理之合一者为五，粗小之理即精大之理。此事理之序也。始教之以粗小之事，继教之以精大之事，继教以精大之理，乃使具知粗小之理，而终以大小精粗理之合一，如夫子之告曾子。此立教之序亦有五焉，而学者因之以上达矣。子夏立教之序，其意盖如此。

乃事因理立，则理即事在。是方其初学之时，有所事于事，即其有所事于理。而如程子所云“慎独”者，则彻上彻下所共用之功，则虽姑教之以粗小之事，而精大之理与合一之理，亦既在焉。是故迨其豁然贯通之后，则已知吾向之所有事于粗小之形而下者，皆以获左右逢原之乐也。此则程子所以深信圣道之诚然，而朱子所以辟鹅湖之邪说，以抑子游末有本无之偏词也。合《集注》、《语录》观之，自当为分析如此。勉斋、双峰之说，治乱丝而益纷之，芟之可也。

五

于行上说，则洒扫应对之授全体于天则，与精义入神之有其天则，一也。而学者之以慎独为要，则慎之于洒扫应对，与慎之于身、心、意、知、家、国、天下，亦一也。于知上说，则精义入神之形而下者大，其形而上者精；洒扫应对之形而下者小，其形而上者粗。自非圣人一以贯之，则知之者实各有所知，而不可以此通彼。子游欲于知上统一，而以本贯末，故误。程子推子夏之意，于知分次第，教者但能教人以知；行则存乎其人，非教者所可传。而所以行之者一，则虽有次第，而非洒扫应对之得末而丧本也。如此看来，乃有分疏，有津涘。双峰说慎独处大错，云峰辟之为当。

六

为不学者言，则不问其仕之优不优，固不可不学也。当云“学而优方仕”，不当云“仕而优则学”。为不仕无义者言，则亦当以分义责之，非徒以学优之故，须急售其所学也。《或问》“各有所指”，庆源分已仕、未仕说，自与《集注》“当事自尽”之说恰合，余说俱不足取。

七

自致与尽己不同。尽己者，尽己之所当尽也。自致者，尽乎用情之极致也。南轩添个“推是心”一层，胡氏又云“非专为丧礼发也”，则欲人以所致于亲丧者，施之于疏远之人、平常之事，此二本而无分矣。亲其邻之赤子若亲兄子然，且不可，况以终天之憾，移诸人之疏、事之小者哉！

资于事父以事君，敬同而爱且不同。兄弟之服期，而其仇雠也但不与同国。因其所当与者，称中心之则而无所吝，即尽己之忠矣。安得以执亲之丧者概施之？即至于父母之养，而犹不足以当大事，唯其为可继也。则世之埋儿、割股者，皆为已甚。夫子说个“人未有自致”，具显理一分殊之义。于此不察，将有如释氏之投崖饲虎者，而大伦蔑矣。

---

①升堂入室：比喻学习所达到的境地有程度深浅的差别。《论语·先进》：“由（子路）也升堂矣，未入于室也。”后用于赞扬人在学习或技能方面有高深的造诣。

②瞿瞿（jù，音句）：迅速张望貌。

③骎骎（qīn，音侵）：马速行貌。比喻为疾速。也比喻时间迅速流逝。

④牿（gù，音固）：缚在牛角上使牛不能触人的横木。

⑤弥纶：包括，统摄。《易·系辞上》：“易与天地准，故能弥纶天地之道”。

尧曰篇

一

小注云“理之在事而无过不及之地也”，乃自已用中后见得恰好如此，非天下事理本有此三条路：一过、一中、一不及，却撇下两头，拿住中间做之谓。中者，天之德也。天德那有不周遍处！无过者，消熔著世之所谓过而皆无之也。无不及者，本皆至极，自无不及也。

《中庸》言择，但云“择善”，不云择中。俗儒不省，便向这里捏怪义，分中、过、不及为三途，直儿戏不成道理。看《中庸》说择之之功，只学、问、辨、思、笃行，己千己百而弗措，何曾有拣选不错，孤孤另另一条慕直去意！朱子云“凡物剖判之初，且当论其善不善，‘惟精惟一’，所以审其善不善”，非精一以求中也。又云“精则察夫二者之间而不杂也”，所云“察夫二者”，人心、道心之分而已，岂择于过、不及与中三者之间哉？无已，则将云过不及便是人心。夫不及者，亦从事乎理而不逮，既非人心之陷溺者比。抑既为人心矣，其视道心有云泥之隔[①]，而安能有过于道心者乎？圣贤于此，只在人欲净处得天理之流行，原不曾审量彼此，截过补不及，而作一不长不短、不粗不细之则。朱子云：“后面说‘谨权量、审法度、修废官、举逸民’，皆是恰好的事。”如此数者，岂有过在一头，不及在一头，而此居其中者乎？

盈天下只是个中，更无东西南北。盈目前只是个中，更无前后左右。《河图》中宫十、五，已括尽一、六、二、七，三、八，四、九在内。帝王用之，大而大宜，小而小宜，精而精宜，粗而粗宜。贤者亦做不到，不肖者亦做不到。知者亦知不彻，愚者亦知不彻。参天地，质鬼神，继前王，俟后圣，恰恰好好，天理纯至，而无毫发之间缺，使私意私欲得以相参用事而不足于大公至正之天则。故曰“皇极”，曰“至善”，胥此中也。不及者自画于半途，而过者岂能越之！非圣人之独为其难，以理本应尔，更无过、不及旁开之辙迹也。

特自后人观之，而以小康之世，中材之主较之，则有不及者焉，因有过夫不及者焉。有过夫不及者焉，因有不及夫过者焉。是以可即其类而名之曰过、曰不及。而帝王之所执以用于天下者无是也。故既无不及也，而抑非过夫不及者也，因可赞之曰此无过、不及之德也。而乃以恰称乎理，则亦以知理之在事者，固有此无过、不及之地，而非过、不及者之所得企而及也。俯而就，但以情言，不以理言。

二

“无过、不及”一“无”字，是尽情之词，非本有而为无之，亦非此无而彼有，只是从来没有意。既无其实，即无其名。无其名又说个过、不及，是从世俗上借来反勘底。若大中之为道，其无过、不及也，犹人之无角无尾，更不待言也。先儒缘不为之文句以反形之，则初学不知，故就其从来所本无，向后所必无，而斯道不行不明之世，则有此两种互相讥非之名，因取而形之曰无此也。如以禽兽拟人，而谓无角与尾，虚立之名以彰其不然尔。

过者谓不及者不及，不及者谓过者过，故夫子亦就师、商二子所互相非者以言之。其实，则只是差错了。无论道必无可过，过者终未尝已经过乎道而又越之。即不及者之于道，亦全未有分在。如访人于百里之外，至五十里见似其人者，而遽谓得遇焉，既终非所访之人，则并此所已行之五十里，都成枉步，只如一步也不曾行得相似。云峰诸子固未足以解此。

①云泥之隔：云在天，泥在地，比喻地位高下悬殊，相离很远。

卷八 孟子

梁惠王上篇

一

龟山云“《孟子》一书，只是要正人心”，此语亦该括不下。向圣贤言语中寻一句作纽子，便遮蔽却无穷之理。以此为学，博约之序已迷。将此释经，纰戾不少。到不可通处，又勉强挽回搭合去，则虽〔与〕古人之精义显相乖背，亦不惜矣。

如将“正人心”三字看得阔，则尽古今有德者之言，谁非以正人心者，而何独孟子？如以孟子之自言“我亦欲正人心”者以为据，则彼所云者，以人心之陷于杨、墨之邪而不正也，故以距杨、墨者正之。七篇之大义微言，岂一一与杨、墨为对垒哉？孟子说心处极详，学者正须于此求见吾心之全体、大用，奈何以“正人心”“心”字盖过去？所云欲正之人心，则是仁义充塞后，邪说之生心者尔。若《大学》言“正心”，自是天渊。《大学》之所谓心，岂有邪说害之？其云正，亦岂矫不正以使正耶？

《大学》夹身与意而言。心者，身之所自修，而未介于动，尚无其意者也。唯学者向明德上做工夫，而后此心之体立，而此心之用现。若夫未知为学者，除却身便是意，更不复能有其心矣。乃惟如是，则其为心也，分主于静，而见功于欲修之身，较孟子所言统乎性情之心且不侔矣。

孟子云“存其心”，又云“求其放心”，则亦“道性善”之旨。其既言性而又言心，或言心而不言性，则以性继善而无为，天之德也。心含性而效动，人之德也。乃其云“存”，云“养”，“苟得其养”。云“求”，则以心之所有即性之善，而为仁义之心也。

仁义，善者也，性之德也。心含性而效动，故曰仁义之心也。仁义者，心之实也，若天之有阴阳也。知觉运动，心之几也，若阴阳之有变合也。若舍其实而但言其几，则此知觉运动之惺惺者，放之而固为放辟邪侈，即求之而亦但尽乎好恶攻取之用，浸令存之，亦不过如释氏之三唤主人而已。

学者切须认得“心”字，勿被他伶俐精明的物事占据了，却忘其所含之实。邪说之生于其心，与君心之非而待格谓之心者，乃“名从主人”之义。以彼本心既失，而但以变动无恒，见役于小体而效灵者为心也。若夫言“存”，言“养”，言“求”，言“尽”，则皆赫然有仁义在其中，故抑直显之曰“仁，人心也”。而性为心之所统，心为性之所生，则心与性直不得分为二，故孟子言心与言性善无别。“尽其心者知其性”，唯一故也。

是则龟山之语病，诚有如朱子所讥者。龟山于此言心、言性，以辟欧阳永叔无本之学，亦诚有功斯道。然其歧心与性为二，而以邪说者蔽、陷、离、穷之心，人君一暴十寒之心，同乎君子所存之心，又浸入于异端觉了能知之说。则甚矣，言道者之难也！

二

云峰分“心之德”、“心之制”为体，“爱之理”、“事之宜”为用，如此读先贤文字，只在他光影边占度，何曾得见古人见地来！朱子为仁义下此四语，是扎心出血句，亦是笼罩乾坤句，亘古今之所未喻，与彼说出，却以体用发付去，卤莽可恨！

说性便是体，才说心已是用。说道便是体，才说德便已是用。说爱是用，说爱之理依旧是体。说制便是以心制事，观朱子利斧劈将去之喻自见。利斧是体，劈将去便则是用。如何不是用？说宜是用，说事之宜便是体。事是天下固有之事。乃其大义，则总与他分析不得。若将体用分作两截，即非性之德矣。

天下唯无性之物，人所造作者，如弓剑笔砚等。便方其有体，用故不成，待乎用之而后用著。仁义，性之德也。性之德者，天德也。其有可析言之体用乎？当其有体，用已现；及其用之，无非体。盖用者用其体，而即以此体为用也。故曰“天地絪缊，万物化生”，天地之絪缊，而万物之化生即于此也。学者须如此穷理，乃可于性命道德上体认本色风光，一切俗情妄见，将作比拟不得。

三

“礼者仁之余，智者义之归”，此如说夏者春之余，冬者秋之归一般。以天道言，则在变合之几上说，却不在固有之实上说。故可云夏者春之余，而不可云火者木之余；可云冬者秋之归，不可云水者金之归也。《太极图说注》中分五行次序作两支，一、水火木金土。一、木火土金水。学者须与他分明。孟子此所言仁义，大都在发用上说，故朱子得以其余者归统礼智。若以固有言之，则水火木金土之序，以微、著为先后。而智礼，文也；仁义，质也。文者迹著而撰微，质者迹微而撰著。则固并行而无衰王之差矣。

《孟子》七篇不言礼，其言乐也。则云“今之乐犹古之乐”，此语大有瑕。大率多主质家之言，是他不及孔子全体天德处。颜子亲承孔子，亦不尔也。

四

觉轩以“而已矣”与“何必”之辞为斩钉截铁，大不解孟子语意。人君之当行仁义，自是体上天命我作君师之心，而尽君道以为民父母，是切身第一当修之天职，如何说得“亦有”？当云“唯有”。利，则世主嗜杀人而胥及溺之病根，生死关头，切须痛戒，如何但云“何必”？当云“不可”。

不知此乃孟子就梁王问利处婉转说入，言即欲利国，亦有仁义而已矣，何必言利而后为利也！此与夫子说“言寡尤，行寡悔，禄在其中”一例。仁义，自大不遗亲，不后君，而无篡夺之祸，自是落尾一段功效。故虽以浅言之，而不遽斥梁王沈锢之非心①，以引之当道。实则天理、人情，元无二致。

孟子从大纲看来，亦不妨如此说得，所以移下一步，且缓其词。学者读此，于天理、人事合一无偏枯，固须看透，然不可煞认他言之已及，便谓圣贤之斩钉截铁在此也。

五

有子说孝悌之人不犯上作乱，却须补说君子为仁之本。孟子于此说仁义，只说得有子前半段，总缘他对梁王一派下根人语故尔。学者须知有向上事，不可抛下一截，说此是斩钉截铁处。然非孟子之姑示浅近而变其彀率也[2]。由其已言，达其所未言，则《周易》“天地之大德曰生，圣人之大宝曰位”一段蕴奥，都在里面。

六

东阳谓“麋鹿鱼鸟各得其所，咸遂其性，可见文王之德被万物”，如此弄虚脾语，于义何当？《书》言“草木咸若”，谓阴晴得宜，生杀得正尔。若麋鹿鱼鸟在囿中者，原不关人主之德。桀台池中之鸟兽，其濯濯鹤鹤也[3]，必较灵囿而更盛。汉武帝之上林，宋徽宗之艮岳，其德之及物又何如也？

孟子说“乐其有麋鹿鱼鳖”，在百姓称道他濯濯、鹤鹤、攸伏、于牣处，写出文王一段可乐情景。不然，则将如“庖有肥肉，厩有肥马”，说他有，说他肥，便似眼中荆棘物，何足以召民之哀乐哉？因治乱而异情尔。孟子此等说话，全是撇开物理，向大处说，与嵇康“声无哀乐”意相似，故抑曰“今乐犹古乐”。拘拘者乃随执一语，便求义理，然则说太王“爰及姜女”，亦将可云是太王德及妻孥，非太王则迁国时各自逃生，不相收恤耶？

七

熊勿轩谓孟子独惓惓于齐、梁，不入秦、楚，以彼二国为戎狄之后，使其得志，必非天下之福。悲哉斯言！不见诸候已。乃以论孟子之与秦、楚，则不然。

秦伯翳之后，楚祝融之后，先世皆有元德显功[4]，而为先王所封建之国。孔子以楚僭称王，故明“民无二王”之义，而号举“荆人”，贬之为夷耳。至于战国，则齐、梁之自王，一楚矣。若秦则《诗》列之十五国，而《书》与鲁并存。如云二国地界戎狄，则秦既周之故都，而江、汉为《二南》风化之地。孟子之不往者，自其“不见诸侯”之义。齐、梁之币交相及，则义可以见。秦、楚未尝相为知闻，则不得蹑屩踵门[5]，如苏、张、范、蔡之自媒矣。

读书当还他本旨，分外增入，说虽可观，必有所泥也。

八

嗜杀人，自在人欲之外。盖谓之曰“人欲”，则犹为人之所欲也，如口嗜刍豢，自异于鸟兽之嗜荐草。“爱之欲其生，恶之欲其死”，犹人欲也。若兴兵构怨之君，非所恶而亦欲杀之，直是虎狼之欲、蛇蝎之欲。此唯乱世多有之，好战乐杀以快其凶性，乃天地不祥之气，不可以人理论。此种人便声色货利上不深，也是兽心用事。推而极之，如包拯、海瑞之类，任他清直自炫，终为名教之罪人，以其所嗜者在毛击也。陈新安以遏人欲说此一章，牵合，大谬。

九

孟子迎头便将桓、文之事撇在一畔去，向后唯说施仁制产处，隐隐与桓、文对治。所谓“无以则王”者，谓此也。

先儒说一计功利，便是桓、文之事。想来，若到不要计功利，或唯尧、舜则然。故夫子以分《韶》、《武》之美善。既其德之有差，亦时为之也。若在汤、武，则固不可忒煞与他撇脱。只如太王迁邠，固非于百年之前代子孙择地利以幸成功，然创业垂统，亦须立一可以兴王之规模。现前天下所当为之事，不得夷然不屑，且只图自家方寸教清净无求便休也。孔子曰“吾其为东周乎”，抑岂不有大欲存焉？为天下须他作君师，则欲即是志。人所必不可有者私欲尔。如为肥甘等。若志欲如此，则从此做去以底于成功，圣贤亦不废也。

唯文王不以天下系其心，则与桓、文迥别。然以文王勘桓、文之失则可，执文王以绳战国之君则不可。文王有商之可事，而当时诸侯，又无以周角智争力与逐商鹿者。若齐宣王而有安天下之心，岂得于位均分敌之秦、楚，坐视彼陷溺其民而反服事之哉？“辟土地，覲秦、楚，莅中国，抚四夷”，与孟子所言“无以则王”者何异？而必谓此亦桓、文之事，奚可哉！夫桓、文之事，为仲尼之徒所不道者，则朱子所云“营霸之事”是已。营霸之事，固非不藉兵威，然岂危士臣以构怨而缘木求鱼，如宋偃、齐湣之所为者？桓公作内政，寄军令，晋文用原田、州兵之制，而三搜以讲武，皆其经营霸业之事。以其异于王者施仁制产之德政，故圣门不道尔。

齐宣吃紧误谬，在唯恃兴兵，而不知本务，固非有大欲而即不可王。故孟子曰“以若所为，求若所欲，犹缘木而求鱼”，显他过处在为，不在欲。所以不当缘木者，以其不得鱼也。岂若怪诞之士持竿为戏，而云意不在鱼也哉！宣王之所为，并不逮桓、文之所为。特以舍宣王之所为而效桓、文之所为，亦若舍木不缘而乞索于鲍肆，终不能如临流举网者之日给于鲜也。

桓、文不可有宣王之欲，以周命未改故。而宣王可欲汤、武之欲。桓、文不能为汤、武之为，不知反本行仁。故宣王不当学桓、文之事。宣王且不当学桓、文之事，而况可为缘木求鱼之为？故孟子终不斥宣王之欲，而但责其所为。先儒执董生谋利计功之说，以概此章之旨，失之远矣。董生之对江都者，自以折其跛扈不臣之心，而岂古今之通论哉？

一〇

“王坐于堂上”一段事，吃紧在衅钟一节[⑥]。欲全牛则废衅钟，欲不废衅钟则不能全牛，此中两难区处，正与后“王之所大欲”一段作则样。欲求大欲，则不得不兴兵构怨，欲不兴兵构怨，则大欲似不可得。齐王于此处求其术而不得，故且遏抑其老老幼幼之本心，而忍于置无罪之士民于死地。乃不知不废衅钟而牛固可全，术在以未见之羊易之。则不废求大欲之事，而士民固可不危，其本在施仁制产也。

朱子于此，有几处说得精切，却被辅、饶、胡、陈诸子胡乱只将“察识”二字，作《楞严》七处征心例，只叫齐王认取初心。但此一念之不忍，若无术而孤行，圣贤道中元用他不着。术者，道也，是四通八达之道。《月令》“审端经术”“术”字，原不但作变通说，乃仁中所自有之周行，千条万绪处处逢原者也。则全此觳觫之牛[⑦]，岂患与先王乐器必衅之礼通达不去。而老老幼幼不忍人危之心，抑岂必坐困一国，而于王者平祸乱、一天下之道有所阻窒哉！

朱子所谓“察识”者，亦谓察识此爱牛之心，必有全牛之术，则有不忍人之心，必有不忍人之政也。全牛之术，不废衅钟，不忍人之政，正以王天下。唯此最不易自喻，故须颠倒使自察识。盖初心易见，仁术难知，仁中自有之术固难知也。道其常，则有远庖厨之礼；处其变，则仓卒之间牛过堂下，抑有羊易之术。而其揆未尝不一。以未见之羊易牛，即远庖厨以全不忍之道也。则当其守天下，自可偃武以息民。即当其时在取天下，亦可以吾之合仁招怀天下使之归己，而其君自不能御，则不敢致怨于我，而士臣可以不危。仁者之师，不劳血刃，又岂与偃武息民有异致哉？此仁中纵横八达、随往皆通之术径，王暗合其一，而反为百姓之浮议所动，此孟子所为使之察识者也。察识及此，而后知“是心之足以王”，而后知若王者之“可以保民”。云“足”，云“可”，非但其心之能任之，其术固能成之。所以然者，则有其心而术固具其中也。

孟子于此看得天理通透，内外一致，经权一揆，故重与心以有用之权，而非有所为则必有所废，亦非有所欲而无以为，全在天理上显他本色风光，以明万物皆备之全体。诸儒不审，乃谓但不忍一觳觫之心，便足保民而王，而齐王自忘其心，须令自认。此释氏之所谓“才发菩提，即成正觉”，更不容生后念，而孤守其忽然一悟之得，保任终身者。乃不见鸢飞鱼跃，察乎上下之诚理。一指之隔，邈若万重山矣！

一一

“远庖厨”即是仁术。古之君子制此法，以使后之君子得以全其不忍之心。君子以位言。《集注》说“预养是心”，说“广为仁之术”则已含胡生枝节，所以启庆源“不必屑屑然以其所不见而易其所见”之妄论。乃不知衅钟之牛须过堂下，非庖厨之可远比也。远庖厨是一定之术，以羊易牛是无穷之术。先王之分田制产是一定之术，以之发政施仁而令民归莫御，须有个无穷之术。然以羊易牛，亦不过为不见羊故，则所（为）〔谓〕无穷之术者，初不出于一定之范围。然则发政施仁，亦岂能出明君制产之范围哉？

曰“是以君子远庖厨”者，见王所为曲折以全其不忍之术，皆古人术中之已有。由此则知今人之仁心，与古人之仁术，无不合辙，则亦无疑于“保民而王”之难矣。乃其所以难于保民者，不为也。而疑于保民之难者，则以所大欲也，而实非求大欲之难于保民，唯以若所为之背道而驰也。若古人之兴王也，因心为术，固有以保以王、左右逢原之妙，岂异于远庖厨之法，示人以未见者之可全其不忍也哉？

知此，则《集注》所云“预养是心，广为仁之术”，徒滋枝蔓而已。盖远庖厨者，虽亦以预养为道，而即是为仁术之所自全，则亦古之君子义精仁熟所建立之矩范，以俾后之君子率而由之以全其仁，而非姑以此养其心之不习于杀。若云“广为仁之术”，则古人有一定之术，而广之者则存乎后人。故齐王不师古而暗与古合，正其可以保民而足王之本，岂复更有所资于广而后乃不穷哉？

若夫养其心而广其术，固不为无道，而养心之功则在遏欲存理、静存动察之学，广术之功则在学问思辨、格物穷理之事，要不能急为齐王道者。“举一隅不以三隅反”，王之不智。一暴十寒，固不足以及此也，而要岂以远庖厨之一法为养心广术之教乎？

至如庆源谓以羊易牛为屑屑然不能扩充其仁术，则齐王初未尝亲至庖厨而见觳觫之牛，有司亦不于王前杀牛而仅牵之以过。浸令庆源处此，其将加罚牵牛之人，以为无故进前，乱我仁术。抑将并堂上而不敢坐，唯恐牛之或过我前耶？则甚矣，其持论之鄙也！

一二

“推”字不可添入“亲疏远近”立义，《集注》搀入张子《西铭》一本万殊意，大非所安。君子之爱物，止远庖厨便休，齐王之全牛，亦止舍之便休，何曾(不)有等杀？所以到此，更不须疑虑爱物之心为顺为逆。所云“推”者，扩充也。所云“扩充”者，则“以不忍人之心，行不忍人之政”也。不忍牛之心，以羊易而舍之，则推矣。老老幼幼之心，发政施仁，而使民得仰事俯畜，则推矣。

夫老吾老、幼吾幼者，岂徒有心哉？必有以老之、幼之矣。则及人之老、及人之幼，亦岂徒心恤之哉？必实有以及之矣。此所谓“举此心而加诸彼”也。若徒此心之怜其老而恤其幼，而无以加诸彼，则是不推恩不足以保妻子。非其心之不相及，无术，则欲保而不足也。若以由亲向疏、由近及远之谓推，而云推养吾老、恤吾幼之恩泽以养人之老、恤人之幼，则虽其不推，而吾之老幼则既有恩泽加之矣，是业已保之矣，而又何云妻子之不保耶？且保四海也，则推保妻子之恩以保之。其保妻子也，又将推何恩以保之？而亦云推恩，何也？

恩，心也，推之者政也。恩，仁也，推之者术也。善推者，尽其术而常变一致、难易一揆者也。推而不善，则有所穷而遂阻；推而善，则无所求而不得。推而善，则虽不废衅钟而牛固可全，虽所杀在羊而不害其不忍。是虽求大欲以使天下之莫能御，而民无不保，抑但保吾民而王业以成。若不善推，则必并羊不杀，并钟不衅，而后牛可不死。不然，则必将屈不忍之心，听牛之死，而不忍之心中枯。是亦必不求所大欲而后民可保，苟求大欲则必兴兵构怨以危士臣也。

古人之大过人者，只是极心之量，尽心之才，凡所欲为，皆善推以成其所为。推为，非推心。则有其心，必加诸物，而以老吾老、幼吾幼，则吾老吾幼即受其安怀。及人之老、及人之幼，而人老人幼亦莫不实受其安怀也。扩大而无所穷，充实而无所虚，以保妻子，以保四海，一而已矣，则惟其有恩之必推者，同也。

推者，举心加物之谓也。若以为推爱牛以爱百姓，则既已倒推，如庆源之所讥者。是王之全牛，正以拂乎王道之大经，且不足以保妻子，而何云“是心足以王”哉？

孟子因齐王之善全一牛，举小例大，征王心之有仁术，而由是以知保民之可，唯在反求其本心固有之术。岂仅据石火电光乍见之恻隐，遂欲王追寻之以认为真心，便死生不忘，拿定做个本领，将来三翻四覆，逆推一次，顺推一次，若双峰之所云者？此种见解，的从佛诘阿难从佛出家最初一念来。“邪说诬民，充塞仁义”，其为害岂小哉！

若西山竟以宣王为不善推，则显与孟子本旨相背。当时孟子直下便应一“可”字，一段善诱苦心，抹杀殆尽矣。

一三

王曰“若无罪而就死地”，牛则岂有有罪无罪之别哉？其曰“若”者，谓若人之无罪而陷于死也。则王之于士臣无罪而就危，其不忍之心恻然在中者，可知已。“吾何快于是”，非欺也。以不忍人无罪就死之心，例之于牛而不忍于牛，正是达爱人之心以爱物，何得云逆？特其不忍人之心，以求大欲故，无术而免之，则不能如全一牛之善推而已。故曰“恩足以及禽兽”，术足及也；“功不至于百姓”，无其术，则虽有其心而功不至也。西山诬以为不善推，未之思尔。

一四

但除舜、禹之受禅，则不可有其志。有其志，则为人欲横流。既为人欲横流，则不问其所为之得失。所为必得，则其恶亦大。王莽把《周礼》井田事事都学来，以所为求所欲而鱼以得矣。只为他所欲者乱贼之欲，便千差万谬。若汤、武之放伐，一向无此志，只等天命到来，则必无此理，故曰“上帝临女，无贰尔心”。乃谓齐王之大欲是人欲横流，其愚甚矣！若有大欲便是人欲横流，则孟子当直斥其欲之妄。乃其不然，而复以缘木求鱼责其所以求欲者之失计，岂非导其欲而长其恶哉？

“辟土地”云云，有何过妄？“广土众民，中天下而立”，君子之所欲所乐，亦此而已。若不思覬秦、楚，则必覬于秦、楚。覬秦、楚之为人欲，岂如辛垣衍之使魏帝秦者为天理耶？就中唯辟土地一件，较是功利边事。然即行仁政而王天下，亦须有此次第。汤以七十里，文王以百里，其始事也。到后灭韦、顾、昆吾，灭崇、灭密，地日启矣。《诗》称召公“日辟国百里”，非周初之事哉？唯齐已千里，足为王畿，则土地可以不辟，而亦非辟之必不可也。

齐王可与有为，正在有此大欲上。若梁惠王，怒吽吽地只思报怨杀人，更不立一规模，乐其所以亡，不可与言矣。又其下者，如梁襄王，算定天下不能一，便只向肥甘轻暖中了过一生，其可谓之循天理而无愿外之求哉？孟子固曰“以齐王犹反手”，则人欲横流者，莫孟子若矣？

一五

“举斯心加诸彼”，一“加”字便有事在，故上云“可运于掌”。因民之利，不劳而运，非制产而何？龟山分两截说，将举心加彼，只作“仁心仁闻”，误矣。前面是规模，后面是事实。制产而仰足事、俯足畜，非即老老幼幼之恩耶？若但有仁心仁闻，而不行先王之政，何以“刑于寡妻，至于兄弟，以御家邦”哉？

“彼”字兼寡妻、兄弟、家邦说，故下云“不推恩不足以保妻子”。“斯心”犹言此心，“心”字有“术”字在内，全体、大用，扩之而有其广大，充之而有其笃实者也。此一“心”字，是孟子“万物皆备于我”里面流出来的。不成心之外更有一王道！“有仁心仁闻而民不被其泽”，正是不能“举斯心加诸彼”，正是不推恩而功不至于百姓。若但以吾心起处便谓之举，静念所及便谓之加，则此诗之旨，一释氏“蒙熏”“加被”之说而已。圣贤之言，说到玄微处，字字俱有事实，不与填出，则鲜不入于异端矣。

---

①沈锢：积久难治的疾病。亦用以比喻积久难改的习俗或嗜好。

②彀率（lǜ）：按射中目标的需要把弓拉开的程度。

③濯濯：肥泽貌。鹤鹤：同“翯翯”。洁白肥美貌。

④元德：大德。

⑤蹻屩（jué，音决）：穿草鞋。比喻远行。

⑥衅钟：新铸钟，杀牲以血涂其缝隙，因以祭之。

⑦觳（hú，音胡）觫：恐惧颤抖貌。

梁惠王下篇

一

“乐天”、“畏天”，皆谓之天，则皆理也。然亦自有分别。此与“斯二者天也”“天”字一例。大当字小，则是天理极至处，仁者所体之天也。以小事大，则有非天理之极至处者矣，则智者所知之天也。

庆源说“小者自当事大，此坤之所以承乾”，说得太衞衔著[①]。太王、句践可自处以坤道，獯鬻、夫差其如乾之当承乎[②]？太王之事獯鬻在殷之末造，句践之事吴在春秋之季年，皆无道之天下也。无道之天下，小役大，弱役强，非弱小者有必役于强大之理，非强大者有可以役弱小之理，但以疆域兵甲争主客耳。安得如大当字小，为与“天无不覆”之理同哉？乃其得谓之天者，则以强大之所以强大，弱小之所以弱小，亦莫之为而为，则岂非天耶？虽莫之为而为，而顺之存，逆之亡，则亦不得谓之非理矣。

其时天下既已无道，则志壹动气，天不能违乎人，而存亡之理遂因是以立。则虽无必然之理，而其必然者即理也。说见《离娄篇》。于斯时也，天之所以待智者，止予以保国之理，则安于其理而福之，越位以思而祸之矣。祸福所系，故引《诗》之言天者曰“天威”。若仁者所乐之天，固以德与人相陟降，而不以威者也。固不得谓言天、言理，而皆极其至也。

二

《集注》“非但当与贤者共之”，从“人不得”上生出此意，盖齐王时与孟子同游故也。云峰不审，遂谓“贤者亦有此乐”为问孟子之亦有此乐与否。乃不知“有”者，有之之谓，雪宫安得遂为孟子之所有哉？

云峰所疑，在一“见”字，意将谓孟子先馆于雪宫而王往见。近人如此说。不知王若往见，当云“就见”，若但言“见”，则有二义：一音现，往见之也，“孟子见梁惠王”是已。一如字读，彼来见而接之也，如“孔子不见”、“吾今则可以见”是也。细绎本文，初终皆以言人君游观之事，则可谓孟子同游，而不可谓孟子所馆。“贤者”亦贤君也。

三

于“好货、好色，与百姓同之”上体认出“‘克己复礼’之端”，朱子于此，指示学者入处，甚为深切著明。庆源乃云“体察于所谓毫发之际，然后力求所以循天理”，则仍未得其端也。夫云“‘克己复礼’之端”，则克己之端在是，复礼之端亦在是矣。缘学者求克己之端则易，求复礼之端则难，故朱子于此显夫礼之所丽，令人有所致力。奈何庆源之当前不省而犹外索之？

孔子曰“非礼勿视，非礼勿听，非礼勿言，非礼勿动”，此从乎天理已得现前者而言也。天理现前，而后其为非礼者，不待择而有自然之则以为之对照，但致力于勿视听之，勿言动焉，而己无不克，礼无不复矣。若夫天理之节文未能实有诸心，则将待视听言动之发，且择而且禁焉。天下之声色相引者沓至，而吾之为言动也，亦发不及待之几。以不给之心力，接无穷之因应，非谬入于非礼之礼，则抑将尽绌吾耳目口体之用，为槁木死灰以免于咎矣。此必能审夫复礼之端而后已可克。而庆源“然后力求所以循天理”之说，其妄明矣。

乃复礼之端，将于何而体认之？夫克复之道，《复》道也。《复》之“见天地之心”，《复》之动而见天地之心也。《震》下一阳。动则见天地之心，则天理之节文随动而现也。人性之有礼也，二殊五常之实也。二殊之为五常，则阴变、阳合而生者也。故阳一也，合于阴之变而有仁礼；仁少阳，礼老阳。阴一也，变以之阳合而有义知。义少阴，知老阴。仁所以为少阳，义所以为少阴者，仁本阴而变阳，义本阳而合阴。阳合于阴而有仁礼，则礼虽为纯阳而寓于阴。夏至则一阴生。是礼虽纯为天理之节文，而必寓于人欲以见。饮食，货。男女，色。虽居静而为感通之则，然因乎变合以章其用。饮食变之用，男女合之用。唯然，故终不离人而别有天，礼，天道也，故《中庸》曰“不可以不知天”。终不离欲而别有理也。

离欲而别为理，其唯释氏为然。盖厌弃物则，而废人之大伦矣。今云“然后力求所以循天理”，则是离欲而别有所循之理也，非释氏之诐辞哉[③]！五峰曰“天理人欲，同行异情”，韪哉！能合颜、孟之学而一原者，其斯言也夫！

即此好货、好色之心，而天之以阴骘万物[④]，人之以载天地之大德者，皆其以是为所藏之用。故《易》曰：“天地之大德曰生，圣人之大宝曰位。何以守位曰仁，何以聚人曰财。”于此声色臭味，廓然见万物之公欲，而即为万物之公理。大公廓然，物来顺应，则视之听之，以言以动，率循斯而无待外求。非如老子所云“五色令人目盲，五声令人耳聋”，与释氏之贱以为尘、恶以为贼也。

因是而节文章焉，则其有淫泆而太过、鄙僿而不及者[⑤]，固已如衾中蚤虱，克去之而后寝得安焉。当几但加警察，则已净尽而无余。是故“克己”“复礼”，互待为功，不得云克己先而复礼后，业已克己然后力求复礼也。

使无礼以为则，则己亦何以克？使不于人欲之与天理同行者，即是以察夫天理，则虽若有理之可为依据，老之重玄，释之见性。而总于吾视听言动之感通而有其贞者，不相交涉。乃断弃生人之大用，芟薙无余[⑥]，日中一食而后不与货为缘，树下一宿而后不与色相取，绝天地之大德，蔑圣人之大宝，毁裂典礼，亏替节文，己私炽然，而人道以灭，正如雷龙之火，愈克而愈无已也。

孟子承孔子之学，随处见人欲，即随处见天理。学者循此以求之，所谓“不远之复”者，又岂远哉？不然，则非以纯阴之静为无极之妙，则以《夬》之“厉”、《大壮》之“往”为见心之功，仁义充塞，而无父无君之言盈天下，悲夫！

四

齐威、宣之初，以有盼子、种子诸臣，皆田氏公族，相与用命，故齐以之强。其后宣王喜纳辩士而听用之，稷下之馆客日进，而田婴之流且以外向，此则非徒不足以有为，抑取亡之道矣。

凡此挟策而游之士，恃其小慧之无往不合，交游之散在列国，可以或去或来，而不与人同其成败。故苟可以利其身，则虽一言之覆人邦家而不恤。方其巧干人主以夺卿相之位，则多诋毁旧臣，劝人主以进逐而诛杀之。迨乎丑迹且露，则一旦逃去而无余恋。此“昔所进而今不知亡”，齐王且逐虎进狼而莫之觉也。一游士退，一游士进，其来去乘权，颠倒于游士，而与之为终始，则世臣势益衰落，亦将弃故国以他往矣。

齐唯长此不悛，故未数十年而苏代、公玉丹之流得以入其肺腑而亡其国。其仅存也，则又公族之田单。其终亡也，则饿王建于松柏者固客也。孟子知其祸本之所在，故危言以动之，而王但言舍而不言留，言“识不才而舍”，而不知小有才之为害更甚。则其不智，久矣！

盖登进大贤以兴王业，如商、周之用伊、吕，自是非常举动。使卑疏逾尊戚而人无怨者，缘此一人关于兴废之大，则虽欲已而弗用而不得。是破格求贤以躐旧臣而代其任，自非王者之于名世，固不容授诸小有才之佞人。以朝廷自有大礼，而斯民之所尊亲者自有其素也。民志定而后因尊以尊其上，因亲以亲其上，斯以一国如一家，君民如父子。今信游士之立谈，遂取民之素相尊亲者去之、杀之而无忌，则斯民不知有尊亲，而情势瓦解，尚能立其上而为之父母乎?

孟子逆探齐之将倾，故深著其轻听之为祸媒，而害莫惨于诛逐故旧，以快游士之意，是以于去、于杀，词繁不杀，其用意深矣。王唯不改，终使淳于髡之流得排去孟子以行其志，国以滨亡，其自取已。

宋李沆以不用梅询、曾致尧为生平报国之事，良亦此意。汉用谷永、杜钦而斥刘向，唐用令孤绹而窜李德裕，近者陈启新乘间人谏垣而资格尽坏，古今一辙，祸乱同归。犹且有执破庸人之论，开功名之门，以惑人主如苏氏者，岂非浮薄之前茅而败亡之左券也哉[7]? 朱子谓苏氏得用，祸更甚于王氏，洵非诬也。

有所用则必有所舍，而祸成于杀，至于妄杀而国乃亡。新安乃云“因用舍而及刑杀，亦是孟子敷演以明其意”，何其疏陋而不思也!

五

孟子之对梁襄王曰：“定于一。”七篇之中，但言兴王业事，而于天下已定，所以经理之，如孔子所言兴灭国、继绝世，一切均平天下之事，曾不一及。想来战国时天下受瓜分之祸已极，孟子亦知封建之不能复矣。

孟子而为王者师，虽未必尽废封建，如嬴秦之所为，乃周之千八百国，其子孙之亡灭者已不可复求，而当时所存诸侯，自七雄而外，宋、卫、中山、邹、鲁、滕、薛而已，季任为任处守，任即薛也。旧说曹交曹君之弟，非是。鲁哀公八年，曹已亡。岂得寥寥然建此数国，各据千里，以成尾大之形哉!

后来项羽封诸侯王，只缘可封者无几，故剖土皆大，而争战不息。如将尽一时之贵戚功臣而封之，则周公所不以施及闳、散、颠、容之裔者，而欲加诸屠沽盗贼之武人，使与元德显功之子孙均立民上，其亦拂天经而违民欲矣。

古之封建，是五帝、三王以前相沿而立国，故民志素定，戴之不衰。太皞之裔，至春秋而尚有须句、颛臾之得存，虽天下屡易而其国不改。即偶灭亡，而子孙之谱系自相承可考。周之末造，其势之不同而理之不一也，明矣。乃徒孤存此数强大无道之子孙，与为分割，又岂足以为公天下哉!

故孟子于齐王胜燕之时，但欲其出民于水火，而不为燕之子孙计。则燕之子孙而有贤者，官之可也，禄之可也，即或复其百里之封，使守召公之祀可也。其胥不肖也，则如汤之于韦、顾、昆吾，文王之于密、崇，不复立其嗣焉，亦可也。此孟子之初志，所欲定燕地以一天下，止此而已矣。

迨其后，齐已肆暴于燕而不可复为收拾，燕昭已自立，而国人固拥之以求脱齐祸，乃进置君之策，以谢咎于诸侯，而不复顾前功之可惜，故曰：“则犹可及止也”。不得已而姑出于此，岂孟子之初志哉?

双峰、新安乃谓齐为燕置后而不有，乃与汤诛君吊民之义同。不知齐之克燕，是何等机会，孟子以汤、武望之，便欲因此而兴王业以安天下。若使初封百里之燕，因吞并而尽有幽、并，仍其乱而置君以私王其土，则虽义师四征，而七雄之割据者犹七雄也。天下之定于一也，其何日之有？且汤之于葛，亦未尝有置君而去之事。不得已而置君以免诸侯之兵，其不能如汤，已明矣。诸儒之说，有但务名高而无实者，要非天理、人情之极至也。

六

孟子于王道，有前半截，无后半截。时君固不可与语，奈何不一与弟子论之！看他说“今乐犹古乐”，一似粗疏。此云“拯民于水火”，则亦沛公除秦苛政，约法三章，权宜之术而已。又说“周公兼夷狄、驱猛兽”等，亦有英气而无密理。故其倒了处，只规画得个“然而不王者，未之有也”便休。到已王后，又待如何？

禹、汤、文、武，吃紧却在后半截，此理须求之《论语》、《大学》，方有归宿。然孟子间架来得恁好，则由后以定一代之治，亦可驯致渐进，不须湔洗过别用[8]。观其自言曰“天欲平治天下，当今之世，舍我其谁”，胸中应自有个主张。乃诸儒多为孟子补出，却又总不中理。如言仍置燕君而不有，则固与孟子“在所损益”之语显相背戾矣。

七

《集注》“迁国以图存者权也，守正而俟死者义也”，“权”“义”两字，正不必对。《或问》欲改作“权也”“经也”，则于迹近似，而于理反不协。经、权一也，因事之常变而分尔。“效死勿去”，自处变之义，已早非经矣。后人不识“权”字，更不识“经”字。曰“经纬”，经持纬也；曰“经纶”，理其绪也。固非有礼而无用。事无可为，只拼一死，更何经之有哉！

言“权”则故不爽乎经，言“经”则自有轻重取裁之意，故曰“变而不失其经之谓‘权’”。有可权者，则权以合经，故迁国图存，自保国之经也。无可权矣，则亦无经，而所守者唯舍生取义而已。此“义”字，但求之心，不求之事，本无随时合宜意。《集注》自精当，无庸更添蛇足。

八

双峰以“天之未丧斯文”与“不遇鲁侯，天也”分圣贤优劣，乃向石田中求罅隙。孔子是临生死关头说的，孟子在遇合上说的，原有分别。鲁侯之不来见，岂遂如匡人之不逞乎？君子之于死生，虽看得平易，然较之遇合，则自有内外、轻重之分。且遇不遇之权，鲁侯可以主之，臧仓可以操之。孟子为看高一层，说到天上去，则已极其至。若匡人之肆暴，原在情理之外，忽然乌合做下这事来，此并非匡人所可主，则明白是天操其权。故孔子须把天理天心，细看出不丧斯文，方尽理之精微。且孔子固曰“天不丧斯文”，非曰“我能使天不丧我”也。

子曰：“不知命，无以为君子。”此是君子小人分界处，不容有圣贤之别。于弥子曰“有命”，于颜渊死曰“天丧予”，于公伯寮曰“命也”，皆与孟子意同。若谓“孔子告子服景伯，低一等说”，圣贤元无此移下一层、同流合污之教。浸令更与不如景伯者言，又当何如耶？以此区别法看圣贤文字，以自误误人不小！

---

①衎衎（kàn，音看）：衎，乐，和乐。

②獯鬻：即“玁狁”。古族名。

③诐（bì，音币）：偏颇，邪僻。
④阴骘：意谓天默默地安定下民。
⑤僿（sài，音赛）：不诚恳。
⑥芟（shān，音山）薙（tì，音剃）：去除杂草。
⑦左券：古代契约分左右两联，双方各执其一；左券即左联，常用为索偿的凭证。亦用来比喻充分的把握。
⑧湔（jiān，音煎）洗：洗。

公孙丑上篇

一

庆源云："子路是范我驰驱而不遇王者，故不获禽；管仲则诡遇以逢桓公之为，故得禽多耳。"说管仲处是，说子路处则非。子路若得君专而行政久，亦岂遂足以成伊、傅之业哉？其贤于管仲者，子路得王道之偏，管仲则别是一帆风耳。故有王者起，子路可以其所长备垂、益九官之用。若管仲所学所为，必逢显绌矣。

道之大者功必至，而道之未全者功不能大。若夫有功者，不必能合于道，乃其功亦不小，顾其功虽大，而终不能高。盖大小在成绩，而高卑在规模也。

《集注》所云获不获，以功言，而非以遇言。管仲九合诸侯，一匡天下，一朝而获十也。子路范我驰驱，而疏漏处不少，其失禽也亦多矣，岂但不遇王者之故哉？

二

陵阳李氏因《集注》"道明德立"语生先后见，谓道明而后德立，必先知言而后养气。此种语，说得似有径路，而于圣学之津涘，则杳未有见。今且看知言是如何用功，养气是如何用功。若人将集义事且置下不料理，且一味求为知言之学，有不流而为小人儒者哉？知言是孟子极顶处，唯灼然见义于内而精义入神，方得知言。苟不集义，如何见得义在内？既不灼然精义之在吾心，而以求知天下是非得失之论，非屑屑然但从事于记诵词章，则逆诈、亿不信，为揣摩钩距之术而已矣[①]。

《集注》于"知言"下个"尽心知性"，是何等语！此岂漫未集义者初学之始事？知言至处，是"大而化之"之境；养气至处，只得"充实而有光辉"。若以为学之序言之，养气以徙义为初功[②]，知言以穷理为始事，内外、主辅虽并进，而自有别。此与《大学》格、致、诚、正之序同。知不至，固意不能皆诚，然抑非待物之尽格，知之已至，而后始有事于诚正也。故曰"壹是皆以修身为本"。后其内而先其外，岂知本之学哉！

三

庆源云"曾子之自反，以缩不缩为勇怯"一语，大失本旨。自反虽是处世一枢机，然曾子之言大勇，与孟子之引此，则意在缩，而不在自反。缩者，集义也[③]。唯其缩，乃能生浩然之气而塞两间[④]。若不缩，则固为欺人负理之事，虽自反而怯，亦何救哉！齐宣以不缩，千里而畏人，正所谓"胡不惴焉"者。既惴矣，而犹可谓勇乎？

庆源惟不察于此，故又云“所守之要，非舍之所能知”，意将自反为约。不知此之言约，是与不约者相形出底。前云“孟施舍守约”，此云“曾子守约”，亦是一例。自黝视之，则舍之守气为约；自舍视之，则曾子之守气又为约矣。

孟子吃紧工夫在气上。《集注》云“一身之气”，意与下言塞两间之气分大小。然后云“气，体之充也”，则塞乎两间者，又安在非一身之气耶？气是个不恐惧的本领，除告子外，则下而北宫黝，上至曾、孟，皆以此为不动心之道，特其所以守之者有约不约之分耳。

内里有个义作骨子，义即缩也，故曰“义以直内”。以听气之自生，则守之功约，而其用大。若其不然，则守之气之末流，其功不约，而用反有所绌尔。约以言其守气者，而非与气为对。气只(其)〔共〕此一个气。曾、孟之气，较黝、舍百倍刚大而塞两间，非曾、孟舍气不守，而别守一自反以为约法也。不出吾心而守之，乃以塞乎两间，则曰约。所守在此，其气亦尽于此，则频用气而频须守，斯不约矣。若北宫黝者，日奔命于褐夫、万乘、挫事、恶声之间而不给也[5]。

四

“不得于言”一“言”字，所该者甚大。凡天下事物之理，可名之为言者，皆言也。孟子向后说诐、淫、邪、遁之辞，却但从言之差谬者一边说，则以当其世而为齐之卿相，则异端说士杂沓进前，自势所必有，须与之距其邪说尔。

乃欲辟人之妄，则岂徒在逆亿钩距之间哉？己之真不显，则人之妄不可得而辟。故知言之成效，在邪说之不能乱，而知言之全体大用，则唯义精仁熟，于是非得失之百致，炳然如日光之被物，容光必照，而天下之理自莫有能遁焉者矣。

知此，则告子之“不得于言，勿求于心”也，亦谓“天下之理，本非吾心之所有而不可胜穷”。即是非得失之不能解了者，姑且是与为是，非与为非，因应乎天下，听物论之不齐而无庸其察[6]。若求于心者，役心于学问思辨以有得，而与天下争，则疑信相参，其疑愈积。不如听其自得自失于天地之间，可以全吾心之虚白[7]，而由虚生白、白以无疑之可不动其心也。

若云告子于己言之有失，不反而求之以期其必是，则亦孟浪狂躁之妄人耳，何以能先孟子而不动心耶？抑谓“杞柳”“湍水”，屡易其说，为“勿求于心”之证。乃不知论性三说，立喻不同而指归则一，非有不得于“杞柳”之说，遂顺唇舌之波而改为“湍水”之喻也。说见后篇。

五

先须识得告子是如何底蕴，方于此一章大义得贯彻分明。先儒于此，俱皁白不下[8]。

告子谓“不得于言，勿求于心”，只缘他自认此心与天下之言判然为二，不当强引言入，而役心以出。直安顿者心，教在未有名言上一层，笼罩着天下，俾是其所是而非其所非者，至我之前，如蚊子咂铁牛，丝毫摇动他不得，所谓“你若无情他也休”也。若必求之于心，则将役其心以穷理格物，是非得失先积于我而心为之动。故程、朱于此，识得他外义处。乃其云“生之谓性”者，亦谓有义有理，因而言有得有不得，皆非性之所有，非其所有，故不当求也。

其谓“不得于心，勿求于气”者，他只认定此昭昭灵灵的便作主人，却将气为客感之媒，但任着气，便揽下天下的事物来，去外面求个义以与物争。乃能胜乎物者，物亦能胜之矣，故即使吾心有不能自主之时，亦且任之而俟其自定，如公子牟之所谓勿“重伤”者是已。若求助于气，则气本浊而善流，有所胜，即有所不胜矣。盖气者吾身之与天下相接者也，不任其所相接者以为功，则不求胜于物，而物固莫能胜之，斯以荣辱利害之交于前而莫之动也。告子之为学术，大要如此。盖亦源本老、庄，而后世佛氏之言亦相承以立说焉。

乃孟子则以为：天下之言，其是非得失不可枉于当然者，本吾心固有之义，见其是则不容以为非，见其非则不容以为是也。惟吾性固有其义以制天下之是非得失，则天下之言本待治于吾心。而苟尽吾心之制，则万物自有其贞形[9]，万事自有其贞则，吾心自有其贞观，虽日与诐、淫、邪、遁者接，而其根苗枝叶之所为起止，我具知之而无所疑惑，则何用笼罩天下，弃物理于不求，而后可以使心得宁哉！

故学、问、思、辨之下学也，始于疑，而聪明睿知之上达也，终以成夫大信，则天下之名言，显诸仁者皆通，而藏于用者各得矣。此孔子之所以时措咸宜者，固即在"学不厌、教不倦"以为圣功也。

若吾心之虚灵不昧以有所发而善于所往者，志也，固性之所自含也。乃吾身之流动充满以应物而贞胜者，气也，亦何莫非天地之正气而为吾性之变焉合焉者乎？性善则不昧，而宰事者善矣。其流动充满以与物相接者，亦何不善也？虚灵之宰，具夫众理，而理者原以理夫气者也，理治夫气，为气之条理。则理以治气，而固托乎气以有其理。是故舍气以言理，而不得理。则君子之有志，固以取向于理，而志之所往，欲成其始终条理之大用，则舍气言志，志亦无所得而无所成矣。

以志之无所成，即偷安于其无成者，自谓不失其心而天下亦莫能吾胜。乃本以不能胜之故，匿其不胜，而云百战百胜不如不战，遂废己所受持天下之资，以绝天下，则是自反不缩，而恃不侮褐夫以无惧。乃不知自反而缩者，原无惧于千万人也。气唯不以义动则馁，而岂有多所成即多所败、有所胜即有所不胜、一盈一虚之忧？气从义生，而因与义为流行，则以我之制治天下之不足畏者，初非以求胜于物，而自成胜物之用。又岂理外有气，心外有义，袭而取之，以揽天下，而争一旦之胜，如告子之所讥者哉？

故但慎其动于进退取舍之间，充而至于行一不义、杀一不辜得天下而不为，积小以大，由著彻微，坦然终日，无所愧怍，极夫朝诸侯、有天下，而终无所逢迎规避以求事之成、功之可，俾志不能主而授其权于外物，则即此气之大以刚者，可日与天下相接于吉凶生死之途而无所惧矣。此孟子所为不为告子之为，而伯王之任亦终不能动其心也。以此折衷，则诸家之说，其合其否，可考而知也。

六

《集注》不详"暴"字之义，但云"致养其气"。读《孟子集注》，须于其所略者，循本文以求之，不可胡乱成悖。致养之功，虽有"有事勿忘"、"勿正勿助"两段，然其所云"勿正勿助"者，亦非以防夫太过也。凡人做工夫而有期待之心，只是畏难而望其止息。其助长者，则如宋人之揠苗，不耐得薅锄培壅，索性拼一番劳苦，便歇下也。暴者，虐而害之之谓。故不芸苗而任其草满者[10]，暴其苗也；助之长而揠死之者，亦暴其苗也。陵压其气，教他一向屈而不伸者，暴其气也。执着一段假名理，便要使气，求胜于人，到头来却讨个没趣，向后便摧残不复振起者，亦暴其气也。

潜室不察，倒著本文，将"暴其气"作"气暴"说。不知此所谓气，乃以担当霸王之业而无惧者，非但声音笑貌之节，则亦何有发得暴之忧邪？一字之颠倒，满盘皆错。

无干说得和鸾、佩玉去[11]，直向黄瓜蔓上求瓠子，一倍可笑！和鸾、佩玉，养心于静者也。

此之无暴，养气于动者也，故曰“浩然”，曰“至大至刚”。而其不养也，则曰“馁”，曰“害”。抑其盛大流行，塞乎两间之大用，而使若庄子“养鸡”“承蜩”之邪说，此正“暴其气”者也。学问事，不知用功之各有攸当，鲜不倒行而逆施矣。

七

志是大纲趣向的主宰，虽亦以义为归，乃孟子之言义也。曰“集”，则不但其心之专向者一于义，而所志之外，事物瞥尔当前，不论小大常变，一切都与他一个义，以为之处分。乃使吾气得以自反无不缩之故，恒充而不馁，则于其所志者，优有余地，坦然行之而无惧也。若夫所志之义，以事物未当前，则但谓之道，而不名为义。义散见而日新，道居静而体一也。故孔子言“志于道”，而孟子“以集义”为养气之功。志主道而气主义，明矣。其曰“配义与道”，是志气合用的。气配义以不馁其气，即配道以不馁其志也。

《集注》“敬”字，与“主敬”“敬”字别。敬者，谨持之谓尔。使如云峰所引《易》“敬以直内”以释此，则当云守其志以敬，不当但云敬。守志只是道做骨子，不消添入敬来。且敬之为德，乃静时存养，无把持中以此为依据。有志则有可持，故知其所持在道而不在敬。

八

“志壹则动气”一段三“动”字，只是感动意，即其相为感动者以见其俱不可“勿求”，元与“不动心”“动”字不同。“不动心”者，无恐惧疑惑也。但以气之壹而动其志，岂遂至于恐惧疑惑！且志壹动气，气其知恐惧而生疑惑者哉！此本以志气之专壹有为者言之。“持其志”者，志固壹也；“心勿忘”者，气固壹也。推而极之，天理人事，莫不皆然。胡文定以“先天而天弗违”为志动气，“后天而奉天时”为气动志，虽与孟子立言之指别，而理则一也。

《集注》中一“从”字，极下得活。小注谓“喜怒过度，志反为动”，则误。喜怒过度时，直把志丧了，而岂但动乎？下云“反动其心”，心又非志之谓，志者心之用。不可云蹶者、趋者反动其志也。气壹动志，乃是气之既充，必将专壹以有为，则先未有此志，亦便动着教生长者志来。如子路只缘他气之兼人，故“未之能行，唯恐有闻”，动得志上如此上紧。与志之专者，弱可使强一理。说个“壹”，便是好的。悠悠而任其喜怒者，志则时此时彼，气亦时盈时虚，而安得壹哉！

九

“蹶”之为义，自当从《说文》正训云“跳也”。促步曰趋，高步曰蹶。若作颠踬解，则既害文而抑害义。颠者非气也，形也，形动气而非气动心也。蹶、趋亦不是不好事。古人于朝廷宗庙必趋，临戎登车则蹶。孟子之言此，只是借喻意，故加以“今夫”二字，非谓蹶者、趋者之暴其气也。

此言气言心，但在血气之气、知觉运动之心上立喻，与上言志为“志道”之志，言气为“浩然之气”者不同。盖谓凡人之为善为恶，此兼善恶说。先有其心，无定志则但名为心。而气为之用者固多矣，然亦有时本无是心，而因气以动作焉。如今人言乘兴而为。如方在蹶、趋，则心亦为之疾速，与缓步时不同。则心虽有觉，气虽无觉，而偶然之顷，气且乘权以动一时之心。然则专壹之气，其以感动常存之心，亦于此而可推矣。

《或问》"志养得坚定，蹶、趋亦不能动得"之疑，全是隔篱猜物话。朱子所答，亦不分明，不察于此，而"和鸾、佩玉"之说得以阑入，而黄四如"文武火二三十年"之邪说，亦以倡矣。

一〇

尽心、知性是知言本领，非知言后功效。盖由尽心知性以知言，其功虽似不可企及，而本末固顺。若从拣别诐、淫、邪、遁上下工夫，以求心之尽、性之知，则如拔壮士之爪而欲仆之也。

《集注》先说"尽心、知性"，后说"于凡天下之言"云云，甚是分明。东阳倒着说，即是门外语。《中庸》谓"思知人不可以不知天"，孔子谓"不逆诈，不亿不信，抑亦先觉"，俱是此理。苟非尽心知性，何以能不逆亿而先觉耶?

知言与穷理自别。"知"字是现成字，"穷"字是工夫字。穷理则为知性者入德之门，知言乃知性后全体大用之发。循本以知末，与即末以求本，迹同而实大异。程子斥人读史为"玩物丧志"，及自看史，一字不遗，其所以用心者不同，本末逆顺而已。

一一

所谓"天地之间"者，只是有人物的去处。上而碧落[12]，下而黄泉，原不在君子分内。圣贤下语，尽大说，也有着落，不似异端，便说向那高深无极，广大无边去。"间"字古与"间空""间"字通。天地之化相入，而其际至密无分段，那得有间空处来? 只是有人物的去处，则天地之化已属于人物，便不尽由天地，故曰"间"。所谓"塞乎天地之间"，也只是尽天下之人，尽天下之物，尽天下之事，要担当便与担当，要宰制便与宰制[13]，险者使之易，阻者使之简，无有畏难而葸怯者。但以此在未尝有所作为处说，故且云"塞乎天地之间"。天地之间，皆理之所至也。理之所至，此气无不可至。言乎其体而无理不可胜者，言乎其用而无事不可任矣。

《集注》云"充塞无间"。间者，隙漏之谓，言无一理一事之不周也。新安云"无有间断之者"，有句无义。

一二

天下固有之理谓之道，吾心所以宰制乎天下者谓之义。道自在天地之间，人且合将去，义则正所以合者也。均自人而言之，则现成之理，因事物而著于心者，道也。事之至前，其道隐而不可见，乃以去吾心之制，裁度以求道之中者，义也。故道者，所以正吾志者也。志于道而以道正其志，则志有所持也。盖志，初终一揆者也，处乎静以待物。道有一成之则而统乎大，故志可与之相守。若以义持志，则事易而义徙。守一曲之宜，将有为匹夫匹妇之谅者，而其所遗之义多矣。

义，日生者也。日生，则一事之义，止了一事之用。必须积集，而后所行之无非义。气亦日生者也，一段气止担当得一事，无以继之则又馁。集义以养之，则义日充，而气因以无衰王之间隙，然后成其浩然者以无往而不浩然也。

小注"父当慈、子当孝"云云，只是道，不是义。又去"道义是公共无形影的物事"，尤谬。义亦云公共，则义外矣。此门人记录失实，必非朱子之语。朱子固曰"道是物我公共自然之理，义则吾心之能断制者"，何等分明！

大要须知：道是志上事，义是气上事。告子贵心而贱气，故内仁而外义。孟子尊气以尽心，故集义以扩充其志之所持。于此辨得分明，更无混乱矣。

一三

此"义"字，大段在生死、行藏、进退、取舍上说，孟子以羞恶之心言义是也。孔子说义处较不同，如云"行义以达其道"，则小注所云"父当慈，子当孝，君当仁，臣当敬"者是。亦止是此一理，孔子见得大，孟子说得精，故程子以孟子言义为有功于孔子。

孟子唯在羞恶之心上见义，故云"义内"。呼蹴之食，至死不屑，岂在外哉？唯此羞恶之心，人皆有而各自有，彼此不能相袭，袭如"袭裘"之袭，表蒙里也，犹今俗言"套"。《集注》引齐侯袭莒，非是。故宋、薛不受则为不恭，受齐之饱则为货取；有伊尹之志则忠，无伊尹之志则篡。唯不可袭，袭而取之必馁也。

亦唯此羞恶之心，最与气相为体用，彼君臣父子之义，但与理合，不资气用。气柔者，大抵羞恶之心失也。故云"行一不义、杀一不辜而得天下不为"。只以保全此羞恶之心，内之无微而不谨，外之无大之可摇，则至大至刚之气自无所慊矣。

一四

小注中一段，说"是集义所生"一段，甚为明快，《集注》却未能如彼清楚。"是"字与"非"字相呼应，盖以自白其如此而非如彼也。譬之南人知稻田而不知麦陇，乃告之曰"此麦也，是高田秋种而夏获者，非水田夏植而秋获者"也。此两句文字，直承上"其为气也"四字，一气赶下，不可以《集注》分节而割裂之。天下必无有低田潴水、夏种秋获之麦，犹之乎必无有以义袭而取之之浩然之气。麦陇之水一未分泻，种之稍后于秋，则麦不登矣，况水田而夏种之乎？行一有不慊于心，则馁矣，况可云以义袭而取之哉！

"取之""之"字，指浩然之气说，非泛言气也。义惟在吾心之内，气亦在吾身之内，故义与气互相为配。气配义，义即生气。若云义在外，则义既在外，其可云气亦在外乎？义在吾身心之外，而气固在吾身之内，乃引义入以求益其气，则气有虚而义乘其虚以袭之，因挟取此气以为义用矣。

如实求之，吾身之气，岂身外之物可袭而可取者哉！其有谓义袭而取气者，则告子之说是已。告子以吾心本无义，但有此昭昭灵灵之体，堪为主而不为万物所摇，则心既恒宁，而气亦顺适，泊然无争而天下莫之能胜。今无故外求一义，闯入吾心之内，使吾气不得以宁，而挟与俱往，以与物争胜于是非得失之林，则吾之气不得以顺安其居，与心相守，而受夺于义，以纷纭而斗构。故我唯不得于心，抑唯务安其心，而不外求义以袭取夫气而妄用之，则心不动而气亦不伤。

此告子之邪说固然。而孟子曰：我之养此浩然之气者，非义在外，使之入袭吾气而取之也，乃义在内而集之，则气之浩然者以生也。明其是，白其非，而告子之诬其所不知，以妄讥吾养气之非，其失自见矣。盖告子不能测孟子之所得，故妄讥孟子以外求义而袭取夫气。实则孟子既已不然，而天下亦必无外求义以袭而取气之人。且外之与内，不相为配，则不相为取。既云义外，则义固无为者矣。无为者安能致其袭取之事哉？

乃告子之致疑于袭取者，由其不知有义，而以天下之是非得失为义，则且曰大道既隐，人心之纯白者既失而后有此也。是其徒以当世无实之是非为义，而于其心羞恶之见端者，昏不自知久矣。夫告子而岂无羞恶之心哉？乃由其蔽陷之深，则虽有所羞恶，而反自诬其固有之良，以为客感之所生。固将曰呼马应马，呼牛应牛，而又何羞？食豕无异于食人，盗跖不殊于伯夷，而又何恶？是如己有目，不知其可以视，乃以谓白黑之班然者足障吾明，而欲弃之！

告子盖自有义而不自知，因不自知而义以丧。非然，则义本在内，与气相配而生其浩然，而何以云义外哉？由其不识义，是故外义；如子久逃，不识其父，故以父为外人。由其不识义而外义，故以养气者为义袭取气。则亦犹夫不识麦者之谓麦为水田夏种之苗，遂谓种麦者必瀦水以防夏旱，我所耕之田，皆平原爽垲[14]，本无水之可瀦，不当种麦也。

以不种麦故，虽旱而无可槁之麦，乃曰赖我之不种而免于槁。孟子所谓“不芸苗”者，正此谓也。故于此而深辨之，以自明其长。答“恶乎长”之问。《集注》“事皆合义”，“一事偶合”云云，俱未得立言之旨。

一五

说“必有事勿忘”处易，说“勿正、无助长”处，不知养浩然之气当何如用功，则入鬼窠臼去。黄四如说“如炼丹，有文武火，惟慢火常在炉中，可使二三十年伏火”，真鬼语也！

孟子说养气，元不曾说调息遣魔，又不曾说降伏者气，教他纯纯善善，不与人争闹，露圭角。乃以当大任而无恐惧者，其功只在集义。集义之事，亹亹日新[15]，见善如不及，见不善如探汤[16]，何怕猛火炽然。

塞乎天地，须穷时索与他穷，须困时索与他困，乃至须死时亦索与他死，方得培壅此羞恶之心，与气配而成其浩然，此火之有武而无文者也。行一不义，杀一不辜，则得天下而不为，非其义也，非其道也，则一介不取，一介不与，恰紧通梢，箪食豆羹与万钟之粟，无不从羞恶之心上打过，乃以长养此气而成其浩然，则又火之有武而无文者也。今云“火猛则丹走”，其将一半拿住，一半放松，遇肉三片，遇酒三杯，且教浑俗和光而可乎哉？

黄四如者岂以为然，特其茫然不知何者为“养气”，何者为“勿正、无助长”，黑撞着便与他比方两句，恰得此村道士口头内丹语，随便胡铳出来，故曰“鬼语”也。

此“勿正、无助长”，是明白分晓，有可指证语，与前义袭取气，为有其言而必无其事者不同。孟子固曰“天下之不助苗长者，寡矣”，须于此看出天下之人是如何助长。

盖尽人之情，自非奴隶佣保之不堪者，与夫巨奸极险之夫，以阴柔而济其恶，则虽无志可持之人，亦未尝不以其气而求胜于物，而当其求胜之时，则皆有不惧之心。若此者何也？气之至大至刚者，人所共有而与性俱生者也。乃又唯暴戾凶狠之人，则不论曲直而概施其血气之勇。若其较为自好之士者，固且以义自居，而折人之不义矣。乃方其以义自居，则亦用其羞恶之心以为制，不可谓“不芸苗”矣。而所守之义，不过刻苦以自树立于一日，遂恃此以为可以折人之具而无所惴，以任其非所任而敌其非所敌。此宋人所谓“今日病矣”，亦未可谓为之不力也。而所任非所堪，所敌非所胜，根本不固而枝叶徒繁，则果有千驷万种以诱之[17]，得生失死以胁之，而义力未厚，气焰徒浮，将有摧挠屈折，一挫而不能更振者矣。此助长者之无益而反害乎气也。

抑或见义思为，而无久大之志，立一近小之规，以为吾之所能乎义如此，而苟善是，是亦足以求伸于天下矣。如戴盈之所谓“请损之”者，则其义易成，而其气亦易振，以刻期而见功。此所谓“正”也。

夫欲去二者之病，则亦唯一倍精严，规恢广大，于其羞恶之本心，扩而充之，如火始然，愈昌愈炽，更无回互，更无贬损，方得无任不胜，无难可畏，而以成其气盛大流行之用。若畏火之太猛，从而缓之，又从而伏之，一日暴而十日寒，亦终身于首鼠之域而已矣[18]。

斯唯异端之欲抑其气为婴儿者则然。故曰“为善无近名，文火带武。为恶无近刑武火带文。”以遁于“知雄”常在炉中三十年。“守雌”伏火。之诡道[19]。其绪余以为养生，则于取与翕辟之际，不即不离，而偷其视息。若圣贤之学：无论经大经、立大本、云行雨施、直内方外者，壁立万仞。即其祈天永命以保其生者，亦“所其无逸”，而忧勤惕厉，以绝伐性戕生之害。又奚火之必伏而文武兼用者乎？

在四如本不知而妄言，窃鬼语以欺人，亦非果有得于异端之教。乃读者不察，或反屈诬孟子以证彼内养之邪说，则其害大矣。若此类，愚读《大全》而深有惧焉者也。

一六

“勿助长”原不与告子对治，《集注》语自未审。告子只是不芸苗，以气为无益而舍之，故“勿求于气”。由他错认苗为稂莠，谓其不可以充食，故遂不芸。且不芸矣，又何助长之有？

前段“告子未尝知义”二句，已辨尽告子之短。“必有事焉”四句，孟子自言其集义、养气之功，不复与告子相比拟。前段《集注》“行一事偶合于义”云云，正好在此处作注。

集义、养气，却不是拼一日之病，须终岁勤动，方得有力田之秋[20]。若如齐桓之定王世子，晋文之伐原示信，陈仲子之与之齐国而不受，以一日之劳表一日之义，遂鼓其气以陵天下，而不顾本根之拔，此则助长者也。告子却不吃这茶饭，方且疑孟子之为助长，而彼岂其然？

一七

诸儒之失，在错看一“养”字，将作驯服调御说，故其下流遂有如黄四如伏火之诞者。孟子之所谓养，乃长养之谓也。直到北宫黝恁般猛烈，亦谓之养，岂驯服调御之谓乎？孟子于此，看得吾身之有心有气，无非天理。故后篇言养心，而曰“无物不长”，直教他萌蘖发达[21]，依旧得牛山之木参天。此言养气，只是以义生发此不馁不慑之气，盛大流行，塞乎天地之间而无所屈。

异端则不然。将此心作猕猴相似，唯恐其拘桎之不密。而于气也，则尤以为害苗之草，摧残之而唯恐其不消。庄子木鸡，沩山水牯，皆此而已。古人即在闻和鸾、听佩玉时，亦不作此蚰蜒倒缩气象[22]。森森栗栗中，正有“雷雨之动满盈”在内，故曰“立于礼”。“立”字中，便有泰山岩岩意。

后人不察，夹杂佛老，遂有静养气之说，极为害事。圣贤静而存养，乃存养此仁义之心于静中，虽静不息。岂撞机息牙，暴害其气而使不能动，如三日新妇，婉娩作闺态耶[23]？

一八

“愿学孔子”一段，自“宰我、子贡善为说辞”起。孟子但从大架步说，却未显出示人，《集注》、《语录》亦未为发明。双峰谓“《孟子》章句长，须看教前后血脉贯通”。如此“愿学孔子”一语，乃通章要领，若于前后贯通有碍，则不但文义双踬，而圣学吃紧处亦终湮晦，令学者无入手处。

夫愿学孔子，则必有以学之矣。孟子曰“可以仕则仕云云，孔子也”。然则将于此而学之耶？

乃此四者则何易学也？仕、止、久、速之可者，初无定可，而孔子之“则仕”、“则止”、“则久”、“则速”也，自其义精仁熟，由诚达几，由几入神之妙。倘无其圣功，而徒仿佛其化，则亦王莽之学周公矣。夫化由德显，德自学成。孔子曰“下学而上达”，达者自然顺序之通也。达不可学，而学乃以达，孔子且然，而况学孔子者乎？

既明夫非于仕、止、久、速而学之，则将曰知言、养气[24]，其学孔子者也。此固然矣。然其云养气者，集义是也。夫集义而气以不馁，则至大至刚，无所贬挠，而两间之事，皆足以任之，孔子固然。而伯夷、伊尹之“行一不义，杀一不辜，得天下而不为”，“君百里之地，而足以有天下”，其气之配道义终无馁者，夫岂有让哉？而孟子又何以略二子而独学孔子也？故养气者，圣功也，抑圣者之所同也，非孔子之所以异也。

今但从末一段文字原委看来，跌入子贡问圣一段孔子自言处，则孟子之所以学孔子者，固可考矣。公孙丑“夫子既圣”一问，先以“辞命未能”发端，则其疑孟子之圣也，固在圣人复起之所不易。而子贡信夫子之圣也，以学不厌而教不倦为仁知之大用。即此观之，则可直词以诀之曰：养气者，夷、尹、孔子之所同也；知言者，孔子之所以异也；学孔子者，知言而以养其气也。

先儒谓知言、养气，二者合一。又云告子外义，故不知言。是则孟子唯能见义于内，故于天下之言，无所求而不得，而浩然之气日生。夫其见义于内者，岂斤斤之明足以察之哉？以无私之仁体藏密之知，故自喻其性之善，而灼然见义之至足于吾心。乃其所由以致此者，则唯不厌、不倦以为学教，而即物穷理，以豁然贯通于吾心之全体大用者也。全体大用即义。此即《大学》之格物、致知以知至善而止者也。由其知之大明，则为知言；由其行之造极，则为养气；义无不集，故造极。行造其极，则圣矣。

夷、尹之所以皆得为圣也，尹之格于皇天，夷之风起百世者，气之盛大流行、塞乎两间者也。乃由其行之已至，则得天下而不为，固有所不可矣。君百里而有天下，则抑有所可矣。若夫随可而可，不但有其必可，斯岂特行足以造之而气足以任之哉？孟子曰：“智，譬则巧也；圣，譬则力也。其至，尔力也；其中，非尔力也。”力者，义无不集而气足以举其任也。巧者，尽心知性而耳顺乎天下之理，是非得失判然冰释而无纤芥之疑也。是知孔子之独至，非二子之所得同者，在知言。

而孔子之所以声入心通，无疑于天下之理，而为万事万物之权衡，以时措而咸宜者，一其下学上达者之条理早成也。学不厌、教不倦，下学之功也。乃即此以学而即此以达，则唯尽吾性之善、充吾心之义而无不达矣。故其为学，始于格物、致知，而要于明德之明。孟子曰“万物皆备于我矣”，则物之所自格者，即吾德之本明者也。以尽吾心皆备之物，而天下之是非得失，无不待我以为权衡，此孔子所谓“可与权”者。养气则可与立，知言乃可与权。乃以应夫仕、止、久、速之几，如日月之明，容光必照，而廓然其无疑矣。

若夷与尹，非其知之不真也，知其所至，而未极乎物之所至，则至其所知，而或未中乎几之莫知。其不能从容于仕、止、久、速合一无滞之义也，亦极其所极，而未达乎无用不极之妙。《易》曰：“精义入神，以致用也。”“穷神知化，德之盛也。”事始于精义，则下学皆有可学之资；化极于穷神，则虽夷与尹不足以尽其上达之妙。然则孟子之所以学孔子者，一言以蔽之曰：知言而已矣。

乃微其词而不直以告丑者，则缘此之为学，事甚易而几甚微，达者自可得之于无行不与之中，而苟标此以为宗，将使愚者不察，苟求之外而遗吾本明之德，则且玩物丧志，以终身于罔、殆之中。乃以前段所答知言之问，但就齐卿相所知之言，显其救时之大用，而未著夫知言之全体与其所自知言之本原，故于此复申言其从入之事在学诲之中，而推致其权度之精，则有时中之妙。盖七篇本孟子所自作，故问答之际，一合一离，一微一显，一偏一全，经纬成文，而大义、微言交相引伸，使知者自得之。“引而不发，跃如也”，亦于此信矣。

一九

“不忍人”“忍”字，误作“必有忍”“忍”字一例看，极为害理。双峰“忍不住”之说，其谬甚矣！“忍”字从刃、从心，只是割弃下不顾之意。(朱)〔孟〕子于此，已说得分明。事亲、从兄，是从顺处见；恻隐、羞恶，是因逆而见。观下称孺子入井则知之。若无入井之事，但见一孺子，便痛惜怜爱，忍禁不住，骨与俱靡，则亦妇人之仁耳。

此章言“有不忍人之心，斯有不忍人之政”。其云“先王”者，汤、武是也。人之陷于水火者为势已逆，而我始创法立制以拯之也。若承治之主，便无可动其恻隐者，则又如下篇所云“人能充无欲害人之心而仁不可胜用”，但无害之而已足矣。君子之于民也，当其顺，则无欲害之而止；当其逆，则有不忍之之心。非仁之有二心也，仁术之因乎物者自不同也。

若云恻隐之心从中发出便忍不住，则当云“不忍恻隐之心”，而何以云“不忍人”？此处吃紧在一“人”字。言人，则本为一气，痛养相关之情自见。朱子云“见一蚁子，岂无此心”，语自有病。理一分殊，昭然自别于吾心，不可笼统带说。均是人矣，则虽有贵贱亲疏之别，而情自相喻，性自相函，所以遇其不得恰好处，割舍下将作犬马土芥般看不得。此求之人之天良，固自炯炯不昧，非徒有言说而不能喻于心也。浸令蚁子滨危，则又较犬马差一格，而况于人乎？

至若“忍禁”之“忍”，自以能忍为得。若忍不住，自是不好事。忍者，情欲发而禁之毋发，须有力持之事焉。若人之不仁，则直是丧其本心，岂有恻隐之心发于中而用力以禁其不发者哉？苟其为仁义之心，虽至愚不肖，既有之，亦必听之，特不能发之，而未有忍之者也。且云“不忍人之政”，亦岂先王之有此政也，技痒不禁，而急于自见也乎？甚哉，饶氏之以小言破道！将牵率夫人乐用其妇人之仁、小丈夫之悻悻而有余矣。

二〇

《集注》“全体此心”四字，恰与“端”字对说。孟子之学，大旨把内外、精粗看作一致，故曰“万物皆备于我”。“万物皆备于我”，万事皆备于心也。心之发端，则是恻隐、羞恶、辞让、是非。到全体上，却一部全礼乐刑政在内。只缘仁、义、礼、智之德，弥纶两间，或顺或逆，莫不左右而逢原也。

双峰云“斯，犹即也”。若下得“即”字，便不当下“斯”字。“即”字虽疾速，然有彼此相蹑之意。如人言“行一步，即行第二步”，第一步之中无第二步，但行一步亦自可止，不必定行第二步。特行之疾者，不止而加进，遂相因以即有耳。此言“斯有”则不然。须为之释曰“斯，即此也”，方得恰合。即此不忍人之心，便有不忍人之政在内，非有待也。如齐宣之易牛，孟子许之为“仁术”。仁，心也；术，政也。不忍杀牛之心，自有此全牛之术，非既有此心，又有此术也。

先王固不无学问思辨之事，存养省察之功，然俱于事未至前之先，务求吾心之全体大用而全体之，非待有其心后，却方讲求其事，以为心树枝叶。说“即”字虽疾速，以实求之，则终成蹭蹬。识得孟子本领，自然不作此文句。

二一

纳交、要誉、恶声，便说是“人欲之私”，亦不得。上蔡之说太高着，高过则无实矣。孟子之意，特以此三者之心，原不与乍见孺子入井时相应，故所感值其所通，恻隐之心生，而三者之心不生也。

乃其必言非此三者，则以如救孺子，则须有此三种利益，固其功之所必收，而非乍见之顷有心期待而得耳。若以此为人欲之私，则子贡赎人而却其资，孔子不应非之。且不救人之声，恶声也；恶声可恶而恶之，又岂非羞恶之心乎？

上蔡之意，若将以此分王霸之诚伪。然霸者之疵，乃在揽着未有之事以鬻仁义，若伐原示信，到底无益有损。若其觌面相遇、发不及虑之时，亦未便起功利之想。不然，则岂桓、文之心，求一念如悠悠行路之人乍见孺子入井时而不得耶？

云峰云“稍涉安排商量，便非本心”，则尤陷溺异端而大违圣教矣。孟子到底也须说个“扩充”。扩充之功，乃以会通四端而经纬万善，究莫非天理之固然。且如乍见孺子将入于井，便有怵惕恻隐之心，及到少闲，问知此孺子之父母却与我有不共戴天之仇，则救之为逆，不救为顺，即此岂不须商量？而孔子所谓“可逝也，不可陷也”，又岂不安顿自身而排置得所乎？恻隐之心，元与羞恶、辞让、是非，同条互用，那得只任此一念一直做去，更无回顾？且此章言不忍人之心里面便有不忍人之政，则先王所以定上下之交，永夙夜之誉，远不仁之声者，鸿名大业，俱在里许。若只许直用，不许商理安排，则只消此心已足，而何以又云有政耶？

圣贤帝王之学，元无孤孤另另作一条白练去之理。不用商量者，释氏之所谓“蓦直去”。不用安排者，又庄子之唾余耳。故曰云峰之说，陷溺异端而大违圣教也。

二二

朱子“动处发出”一段文字，有一部全《易》在内。《易》说“大哉乾元，万物资始，云行雨施，品物流形”，又云“《复》其见天地之心”，只是此理。动便是阳，静便是阴。从其质而言之，则为阴阳；从阴阳之所自生者而言之，则只是动静。阴在天地，也未便是不好的。动以出，静以纳。出者所以虚而受纳，纳者所以实而给出。故曰“立天之道曰阴与阳”。然到生物之化上，则动者生也，静者杀也，仁不仁亦遂以分矣。

圣人官天府地，自知择而用之，所以“立天下之大本”、“知天地之化育”，须作两项说。“立天下之大本”，则须兼动静而致功，合阴阳以成能。喜怒哀乐未发处，必肖天地之动静无端，纳以实而善其出。若其“知天地之化育”则只在动处体会，以动者生而静者杀也。

又曰：“立人之道曰仁与义。”仁与义却俱在动处发见。从动中又分此两支：仁，动之静也；义，动之动也。义虽以配肃杀，然其杀也，亦羞恶极至之用，非与天地之无所羞恶而杀者同。故杀人刑人，而不因于己所甚羞与所大恶，则必残忍凶酷之徒矣。

“维天之命，于穆不已”，只是动而不已。而动者必因于物之感，故《易》言“感而遂通天下之故”。即此是天地之心，所谓“一阳来复，数点梅花”者是已。《乐记》以感而遂通为性之欲，便大差谬。所以他后面说“物至知知”一段，直入异端窟臼里去。圣贤以体天知化，居德行仁，只在一“动”字上。故恻隐、羞恶、辞让、是非之不相一而疑相碍者，合之于动则四德同功矣。

且如此章上言内交、要誉、恶声，在乍见孺子入井时用他不着，若静中岂无此三者？亦岂遽成大过？只为动处不与此事相应，则人固有之心便不向那边动；若本非所动而强为之，则是霸者之假仁。若恰好当机而动，便尽商量其宜，安排得当，正以尽此心之大用。故即纳交、要誉、恶声之心，遇彼恰好用着处，亦即以从彼动者为正，而怵惕恻隐之心，在彼又为不相交涉。此中内外感通、良心各见处，只在当念自喻，不可悬揣与判王霸之分。

若见大宾时，内交之心，从中而发，便是礼之端；不韪之声，思以避之，便是义之端；畏乡党之清议而思得盛名，便是智之端。此唯“要”字有病，“誉”字自无嫌。唯孺子入井之时，非彼三者之动几，故孟子别言之。虽在人欲横流之人，亦未有从彼发者。天地自然之理，与吾心固有之性，符合相迎，则动几自应。此天地圣人之所不能违，而一切商量安排，皆从此而善其用。故君子之致其功者，唯慎诸此之为兢兢也。

二三

“心统性情”，“统”字只作“兼”字看。其不言兼而言统者，性情有先后之序而非并立者也。实则所云“统”者，自其函受而言。若说个“主”字，则是性情显而心藏矣，此又不成义理。性自是心之主，心但为情之主，心不能主性也。

乃孟子此言四端，则又在发处观心、由情以知性、由端以知本之说。蔡西山竟将“端”字作“尾”字看，固是十分胆识。但就众人全体隐晦、仅有此心言之，则为尾。若先王全体此心，则如火炎昆冈[25]，水决金堤，通梢一致，更无首尾矣。

抑此但可云从情上说心，统性在内。却不可竟将四者为情。情自是喜怒哀乐，人心也。此四端者，道心也。道心终不离人心而别出，故可于情说心。而其体已异，则不可竟谓之情。

若张子所谓“心统性情”者，则又概言心而非可用释此“心”字。此所言心，乃自性情相介之几上说。《集注》引此，则以明“心统性情”，故性之于情上见者，亦得谓之心也。“心统性情”，自其函受而言也。此于性之发见，乘情而出者言心，则谓性在心，而性为体、心为用也。仁义礼智体，四端用。

要此四者之心，是性上发生有力的。乃以与情相近，故介乎情而发。恻隐近哀，辞让近喜，羞恶、是非近怒。性本于天而无为，心位于人而有权，是以谓之心而不谓之性。若以情言，则为情之贞而作喜怒哀乐之节四端是情上半截，为性之尾。喜怒哀乐是情下半截，情纯用事。者也。情又从此心上发生，而或与之为终始，或与之为扩充，扩充则情皆中节。或背而他出以淫滥无节者有之矣。故不得竟谓之情，必云情上之道心，斯以义协而无毫发之差尔。

二四

小注云“仁义礼智本体自无形影，‘本’字有病。只将他发动处看”，此为人皆有之而言也。若君子之静而存，动而省，功深理熟，天理来复者，则不然。仁义礼智自森森地，于动于静皆不昧。于此中循之有实，发之有据，故曰“反身而诚”。岂但有形影而已？

“有不忍人之心，斯有不忍人之政”，一倍笃实光辉，皆无妄者。孟子只且如此指出，不获已为已放其心者言耳。不然，则为圣贤者，亦但从端绪上寻求，舍其富有而与寡妇争遗秉滞穗之利，那得充满周遍，经纶大经，立大本，知化育来！扩充四端，以几乎四海之保，已是忒煞费力，所谓“再回头是百年人”也。

“人有四端，犹其有四体”，其有四德，犹其有此心。愚下人但知有四体，不知有心，故且与如是作喻。

二五

不能扩充，只为不知。“知”字上有工夫，固是。然此知上工夫，须辨别在，不可错云识得此心，便大事了毕。

“知”字连下“皆扩而充之”五字一气。知者，知扩而知充也。“强恕而行”，知扩者也；“反身而诚”，知充者也。扩充之中，便有全部不忍人之政在内。大用无非全体，须一一拣别，令与此四端相应相成。《大学》之所谓“致知”，正此是也。

若在长养四端，令恒不昧上做工夫，则须用戒欺求慊之实学，不仅用知。知有此心，便大段休去，此释氏之邪说。只一发心，功德便不可量，乃以隳名教、戕生理而皆不恤。呜呼！重言知而无实，其为害之烈，可胜道哉！

二六

“矢人岂不仁于函人”一章，唯双峰为得之。庆源、西山只在心上说，却不顾下文“不仁不智”一段，亦且不顾矢函、巫匠两喻。矢人匠人之心，与巫、函同，所以不同者，术而已矣。

上章与此章，共是一意。上章就高远处说先王所以平治天下之理，此章就卑近处说，为诸侯见役者发动其耻心，然大要都在仁术上着意。扩而充之者，尽心所本有之术也。如乍见孺子入井时，既有怵惕恻隐之心，则其所以救之者不遗余力可知已。先王于心见全体，则术自无不得其宜，以心之固有夫术也。若矢人之心无异函人，而卒至以伤人为心者，术亦能易心也。心有其术，则上智者当尽其心以行其政。术能易心，则下愚者当正其术以养其心。故云“择”，云“莫之御”，皆为术言也。

若心，则固有之而无待于择，藏之于己，亦何有于御不御哉？心、术元为一贯，而心外无术，故可尽心以广其术，亦可因术以善其心。畏罪而强仁者，何望其见术于心哉？且范围其心于术之中而不习于恶，则亦可以保其国家而免于耻矣。《集注》“仁道之大”四字，须着眼在一“道”字上。

---

①钩距：盘问人的一种方法，辗转推问，究其情实。

②徙义：徙，迁移。《论语·述而》“闻义不能徙，不善不能改，是吾忧也。”徙义意指向义转变。

③集义：犹言积善，指事事皆合于义。

④浩然之气：盛大刚直之气，犹言正气。后世把它理解为一种最高的正气和节操。

⑤褐（hè，音喝）夫：穿粗布衣服的人，古代以指贫苦者。万乘：指帝王。挫事：屈弱的事。恶声：骂詈之声。

⑥物论：犹言舆论，众人的议论。

⑦虚白：常用为形容一种澄澈明朗的境界。

⑧皁白：皁为“皂”的异体字。黑白，比喻是非。此处用为辨别的意思。

⑨贞：通“正”。

⑩芸：通“耘”。除草。

⑪和鸾：古代车上的铃铛。挂在车前横木上的为“和”；挂在车架上的为“鸾”。

⑫碧落：犹言碧空。天空。

⑬宰制：统摄，支配。

⑭爽垲：亦作“塽垲”。高朗干燥。

⑮亹亹（wěi，音伟）：勤勉不倦貌。

⑯探汤：用以比喻人去恶之速。也比喻小心警戒。

⑰千驷：亦“千乘”。古时一车四马为一乘，诸侯大国地方千里，出车千乘，称千乘之国。万钟：指大量的粮食。也指优厚的俸禄。

⑱首鼠：亦作“首施”。踌躇，进退不定。

⑲知雄守雌：谓内心虽然刚强，外表却要柔弱不与人争。

⑳力田：致力耕种。

㉑萌蘖：总指植物的新芽。亦用以比喻事物刚发生。

㉒蚰蜒：古称“草鞋虫”。

㉓婉娩：仪容柔顺。

㉔知言：指就言辞以察知其思想的是非得失及根源所在。

㉕崑冈：即“昆冈”。古代传说中的产玉之山。《书·胤征》：“火炎昆冈，玉石俱焚。”

公孙丑下篇

一

齐王之召孟子，过只在召上。若以托疾为不诚，则使齐王更不托疾，直使人来召，其侮嫚更何以堪①？托疾则亦若知其不可召，而屈于自尊自安之私意，不能勉于下贤，故情虽不至，而其礼貌之间，犹有可观。其遣医问疾亦然。此皆礼貌未衰处，所以孟子犹与周旋，而托景丑以进其诲。不然，则抑去之唯恐不速矣。

朱子云“未论托疾”，意自斩截。又云“托疾又不诚”，未免蛇足。以王之托疾为不诚，则孟子之托疾亦不诚矣。以不诚报不诚，狙诈相高而内丧己，又何以为孟子！

世儒每误看一“诚”字，将作直情径行解，其乱德非小。诚，实也，至也，有其实而用之至也。故质，诚也；文，亦诚也。质之诚，天道也，以天治人者也；文之诚，人道也，以人尽天者也。若不尽其实，而但一直无伪以为诚，则谓之直而不谓之诚。且抑证父攘羊之直，并不得谓之直矣。自四先生而外，后儒多不识得“诚”字。此是天理扑满处，经纬咸备，变通不爽，岂得以乔野憨绞②、直情径行之夷行当之？

二

闻召则赴，自是臣礼，岂遂为仆妾之敬，如南轩之所云？又岂但为敬之以貌，如庆源之所云者？唯当战国时，上无适主，下无适臣，士之仕者，恒舍其父母之国而他游，故有此客卿之礼，与本国之臣不同，亦仕局之一变也。

业已不得不为客卿，则唯道以自尊，而后显其出以道也。若以臣自处，则是其游以禄也。故君臣之义，不容轻定，故曰“学焉而后臣之”。信其道之必行而后正君臣之分，则道重而禄轻。乃游士之失守者，唯恐不得为臣，而早定臣礼，于是晨秦暮楚，无国而不为臣，无君而非其君。此与失节之妇，尽人可夫者无以异，则不但毁道轻身，而君臣之伦亦丧。

孟子所争在臣不臣，而不在召不召，与孔子之仕于鲁不同。孔子唯已臣于鲁，故虽告老之余，欲讨陈恒，则沐浴而请，安在其有谋之必就也？孟子之志，(故)〔固〕欲齐之王天下，而已为之佐。当斯时，齐宣尚未成为王者，则与刘先主以左将军见诸葛时同。迨先主已称帝于蜀，而亮为之相，则居然臣主，召之亦无不可矣。从“而后臣之”四字求端的便知。若为臣，则无不可召之礼，而闻召则赴者，非仆妾，非貌敬也。

三

“未有处”，谓齐王处置者百镒之金不得，处置不得而馈之。乃齐王又岂无以处此哉？其处之者，谓以货取孟子也。乃虚将百镒，而徒生贤者不屑之心，则齐王仍无以处之矣。此“处”字，若从孟子说，则是取舍之权因乎物矣。

朱、张二子之说，皆于心上见义，深得孟子义内之旨。南轩云：“当受不受，亦是为物所动。何则？以其蔽于物而见物之大。”抉出小丈夫病根，而显君子之大，真探本之言也。

陈仲子把这一鹅之义，大于母兄，便是他逆天理处。乃其所以然者，于物见义，而不于心见义也。于物见义，则琐屑向物上料理，忒把这饮食货贿，看得十分郑重。孟子推其用心之小，而知其箪食豆羹之必见于色，则当取而不取者，其必有当舍而不舍者矣，不知求义于内故也。

庆源云“学者观此，亦可知所予矣”，看义亦得通透。不知所予之病，亦缘于货见重，于货见重则吾心之义无权。要之亦为物蔽，故不当与而与以示恩，亦必当与不与而成吝矣，所谓箪食豆羹见于色也。君子以官天府地，则两间之物，皆以供吾心宰制之用，岂于彼而见轻重厚薄之等哉？

四

小注谓：“孟子若探沈同之欲伐燕，而预设辞以拒之，便是猜防险陂。”使然，则为君子者，必如梦呓答人，不相登对而后可。陈贾以周公之事问，孟子即逆折其文过之心，又岂不为猜防险陂之尤耶？

孔子曰：“不逆诈，不亿不信，抑亦先觉。”君子固不可逆亿夫诈不信，而何得不先觉？且沈同之问，固未挟诈不信而来，而昌言可伐，则亦觉所已觉而非先觉矣。此犹不觉，亶不聪矣。

齐、燕本接迹之邦，伐国非一日之事。计其侦之于境，谋之于廷，治兵转饷，亦必见之行事矣，则非但情之可探，而已为形之可见。沈同至前而问伐燕，岂为他人问哉？

战国之时，时王皆齐类也。如谓燕可伐，而齐不可伐燕，则又岂三晋、秦、楚之独可伐也？尽当时之侯王无可伐者，而孟子乃云可伐，将待诸数百年后有王者起而后伐之耶？充彼之说，虽汉高即起而亦不可伐，子之之裔至今存可矣。既无有可胜伐之之任者，则是不可伐也。若乌头以人不可食之故，遂谓之不可食。然则孟子所谓可者，非即齐之无不可哉？

孟子曰：“为天吏则可以伐之。”天吏，命于天者也。天无谆谆之命，自民视听而已矣。箪食壶浆以迎之，诛君吊民而绥之，则即此而已为天吏矣。然则天吏亦唯人所为，而何独齐之不可为天吏也？

“以燕伐燕”，亦就水火之亦运者言之耳。齐之君臣不听命于孟子，一任诸匡章、沈同之流恣兵威而不知戢，故孟子见其不可劝。若就孟子而谋之，戒饬将士，禁杀掠于师入之日，而预为条画虐政之当除者，以除之于既伐之后，则劝齐伐燕，自协孟子之素志，而何不可哉？其曰“何为劝之”者，鄙其不足与有为而不任为之谋也。

龟山云“何不可之有”，亦谓齐可也。齐既可伐，则直应之曰可。彼此心目之间，了然共作一伐燕之计，而又奚但逆探其情耶？

但龟山谓或人归咎孟子，则失之。或人之问，在齐初得燕之时，而不在燕人复叛之后，本文以“齐人伐燕”冠其上，于义自明。或人心骇于五旬之举，而健羡夫俘掠之功，故以劝伐得计，归功孟子。乃孟子以其杀掠之淫，深恶而痛惜之，则曰此不足为天吏者，我固不愿为之谋也，激词也。如必谓齐之素行不足以为汤、武，而不奉命于避债无地之衰周为不可以兴师，是暴君污吏，当同昏之世，幸汤、武之不作，一恣其虐民，而人莫敢问矣。

圣贤待人，只是教他立地做去，更不追咎其既往。孟子且以好货、好色之心为可以王，而何况伐有罪之燕？《春秋》序齐桓之绩，许楚子以讨陈，恰是此理。汤之征葛，固不奉命于桀。周命已讫，义不得如曹操之挟孱主为名以制天下。故孟子为齐策燕者四，而无一不言当伐。借以王命为嫌，则专封之罪，重于专伐，置君而去，又岂诸侯之所得为乎？

圣贤言语，句句是理，句句是事。才说可伐，则既有伐之者。若但言燕有可伐之理，而实无可行伐燕之事者，梦中影中，幻出一天吏，乃似思量弥勒佛下生一般，则其愚呆狂诞，可胜道哉！

五

龟山谓或人归咎孟子，当由误读“彼然而伐之”一句，于“然”字一读，为孟子自辨之词。燕人叛，王且曰“吾甚惭于孟子”，则齐之君臣，固自知其不能听孟子之言矣。孟子之答沈同也，辞虽未尽，而由“惭于孟子”言之，则所以伐燕而定燕者，必尝为王言矣。孟子言之而王不听，若或人无知，更以伐燕为孟子咎，此乃门外汉趁口胡哄，孟子复屑屑然曲自辨其不然，岂不鄙哉？

其云“彼然而伐之”者，“然而”二字作一气读，不当于“然”字断句，将作“然否”之然训。古人用“然而”字，往往有此例。如《春秋传》云“然而甲起于宫中”，“然而”者，犹言“于是”也。孟子云“然而文王犹方百里起”，“然而”者，此时如是也。此言“彼然而伐之”者，谓彼于是时遂往伐燕，不复求所以伐之之道也。

其曰“为天吏则可以伐之”，则言齐若能为天吏则可伐之也。如谓沈同以孟子之言为然而伐之，则考之当时，沈同未尝执齐之政。伐燕之役，尸其事者为匡章。且沈同之问，不奉王命而以其私问，安得据此私议之一言，而遽兴举国之师？藉令孟子闲居片语，同以告王，而王即为兴大役，则王之信孟子，百倍于汤、尹，桓、仲之交，而孟子之志，久行于齐矣。

故齐之伐燕，不因孟子之言，失人而知之。齐不因孟子而伐燕，孟子乃自以为然吾言而伐之，妄自居功，妄自引咎，而又屑屑然辨之，乡党自好者之所不为矣。故读古人文字，当求语助变通之例，不可执腐儒“之乎者也”之死法，以拘文而破义。

六

孟子拒齐王万钟一段文字，最难看。无端说个子叔疑，又无端说个“贱丈夫”，又无端说到“征商”去，与齐王授室为师语意全不登对。

《集注》云“又有难显言者”，庆源云“显言之则讦扬齐王之失”，此固然矣。乃必知孟子所以去齐之故，而后可以得其不欲显言之实。孟子曰“王犹足用为善”，是非谏不行、言不听之比矣。王既可用为善，而终于不可用者何也？孟子尝言之，“一日暴之，十日寒之，吾退而寒之者至”，是孟子之所以终不能用王也。

而寒王者谁也？王驩之徒，虽为佞幸，乃观其欲徼孟子之一言，而借辅行以自重，则其不敢显排孟子于王前，以争寒暴之势也，明矣。其能以邪说寒王而使王不听孟子者，则所谓登垄断之“贱丈夫”也。

踞人国而树子弟，得位则为客卿以持国是，失位则寄馆于人国，受其养而遥持其权，以宾师友士为名，而实府其利。齐王浮慕好士之名，而笼络此辈以为招致游谈之囮[3]，是以稷下之客，群居饱食，行小慧，攻淫辞，以诋毁圣贤、破坏王道为己事。乃其言之辨而智之足以取人主，则孟子所不能得之王而彼能得之于王也。以其时，度其人，齐盖繁有之，而无如淳于髡之为尤。观其称权礼，责名实，以诮孟子而激之去，盖已不遗余力矣。

而寒暑之势，必不两立。彼之必欲排孟子也固然，而孟子以“逾尊”、“逾亲”责王之不慎，则使得大用于齐，若此流者，其尚能饱食群居于齐之中国乎？

唯如髡者，固孟子之所深恶而贱之者也。亦使人君自此而轻士，与贱丈夫之开征商之祸者均也。乃王昏不知，且欲以髡辈之礼待孟子。时、陈二子，目移于陋习，而不知其不可。将使齐之君臣视孟子之与髡曾无差别，听其一彼一此，或进或退，互相辨难，以资谈笑。则固齐之君臣狂迷不察，而实若髡者流辱人贱行，有以启之。

乃孟子既已摘发其可贱可恶之实，而终不显言之，则以其人猥不足道，而无徒增其侮嫚。其折髡者曰“君子之所为，众人固不识”，所不屑置之口舌者久矣。

七

鲁缪公之有人于子思之侧，缪公使之也。齐之待孟子不及子思，自王之过，与留行者何与？孟子以责客之“绝长者”，此微辞也。

其时齐王既不遣人留行，则固已不及子思矣。客当亟见于王，道孟子所以去之故，与其可以留之几，然后奉王命而来，则初不妨以泄柳、申详之事行之，待王之悔悟而使之追留，然后可以缪公待子思之礼为之文焉。

乃自孟子自言之，则亦惟曰“不及子思”足矣。若意中所有泄柳、申详安身于鲁之一法，则固嫌于自辱，而不可见之言也。故当客初入见之时，隐几不应，以使彼自得其意，则必思所以进谏于王而调护之。乃此客者，虽有敬爱攀留之忱，而朴钝已甚。孟子闵其斋宿之虔，故不得已为言留贤之道，当争之于君，而不宜先劝其委曲，此鲁人所以能使缪公安泄柳、申详，而不俾泄柳、申详之自求安以召辱。

盖自此言一出，则其人虽退而告王，因衔命来留，而孟子愈不可留矣。至是，已无所复望于客矣。乃其复尔云云者，特教客以留贤事长之礼而已。而要必不可曰“不及泄柳、申详”，则以事关进退之大节，故教人虽务详明，而终不可以失己，如其不悟，亦无如之何也。

知此，则不宜于子思、申、泄横分高下，而但于缪公待贤之礼分次第。王业不能如缪公之于子思，不得已而抑思其次耳。倪氏“次焉而齐之群臣”一段，甚为得之。又云“泄柳、申详之事，姑引以言齐之无贤臣”，则犹未达孟子告客之意。

---

①侮嫚：即“侮慢”。侮弄轻慢。

②乔野憨绞：即“骄野憨狡”。

③囮（é，音俄）：囮子。鸟媒，捕鸟人用来诱捕同类鸟的活鸟。

滕文公上篇

一

程子云“故凡言善恶，皆先善而后恶”云云，须看一“故”字。乃谓天理之见于人心而发于言词，其已然之迹不昧于固然者如此，非由先言善、吉、是，后言恶、凶、非，而知性之善也。言之先后，只是人所撰之序，非天也，如何可以言而见性？特云善恶、吉凶、是非，须如此说方顺口，则亦莫非天理之不可掩耳。

程子且从此近而易见处说似不知性者，使知人心安处便是天理。其实性之善也，则非可从言语上比拟度量的。孟子之言性善，除孟子胸中自然了得如此，更不可寻影响推测。故曰“尽其心者知其性也”。知其性方解性善，此岂从言语证佐得者哉？言语只是习边事，足以明道，不足以显性；足以尽人道，不足以著天道。知此，则苟非知性者而轻言性，纵然撞合，毕竟不亲。

二

《易》曰“继之者善也，成之者性也”，善在性先。孟子言性善，则善通性后。若论其理，则固然如此，故朱子曰：“虽曰已生，然其本体，初不相离也。”

乃《易》之为言，惟其继之者善，于是人成之而为性。成，犹凝也。孟子却于性言善，而即以善为性，则未免以继之者为性矣。继之者，恐且唤作性不得。

乃于此则又有说：孟子直将人之生理、人之生气、人之生形、人之生色，一切都归之于天。只是天生人，便唤作人，便唤作人之性，其实则莫非天也，故曰“形色，天性也”。说得直恁斩截。

程子将性分作两截说，只为人之有恶，岂无所自来，故举而归之于气禀。孟子说性，是天性。程子说性，是己性，故气禀亦得谓之性。乃抑云“性出于天，才出于气”，则又谓气禀为才，而不谓之性矣。

天唯其大，是以一阴一阳皆道，而无不善。气禀唯小，是以有偏。天之命人，与形俱始。人之有气禀，则是将此气禀凝着者性在内。孟子所言，与形始者也。程子所言，气禀之所凝也。

《易》云“成之者性”，语极通贯包括，而其几则甚微。孟子重看“成之者”一“之”字，将以属天，然却没煞“继之者善”一层，则未免偏言其所括，而几有未析也。孟子英气包举，不肯如此细碎分剖。程子重看一“成”字，谓到成处方是性，则于《易》言“成之者”即道成之，即善成之，其始终一贯处，未得融浃①。

气禀之所凝者，在有其区量、有所忻合上生出不善来。有区量，有忻合，则小。小即或偏，偏即或恶。与形始之性，以未有区量而无所忻合，天只公共还他个生人之理，无心而成化，唯此则固莫有大焉者矣。

气禀之所凝者，形而有者也。形而有之性，既有区量，有忻合，唯此则固小也。程子之言气禀，虽有偏，而要非不善，则谓形而有者上通于无极，小者非不可使大也。此终费一转折。

程子以气禀属之人，若谓此气禀者，一受之成型而莫能或易。孟子以气禀归之天，故曰“莫非命也”。终身而莫非命，终身而莫非性也。时时在在，其成皆性；时时在在，其继皆善。盖时时在在，一阴一阳之莫非道也。

故孟子将此形形色色，都恁看得玲珑在。凡不善者，皆非固不善也。其为不善者，则只是物交相引，不相值而不审于出耳。惟然，故好勇、好货、好色，即是天德、王道之见端。而恻隐、羞恶、辞让、是非，苟其但缘物动而不缘性动，则亦成其不善也。孟子此处，极看得彻。盖从性动，则为仁、义、礼、智之见端；但缘物动，则恻隐、羞恶、辞让、是非，且但成乎喜、怒、哀、乐，于是而不中节也亦不保矣。

然天所成之人而为性者，则固但有元、亨、利、贞，以为仁、义、礼、智。而见端于人者，则唯有恻隐、羞恶、辞让、是非之心而已矣。自形而上以彻乎形而下，莫非性也，莫非命也，则亦莫非天也。但以其天者著之，则无不善；以物之交者兴发其动，则不善也。故物之不能蔽，不能引，则气禀虽偏，偏亦何莫非正哉？

或全而该，或偏而至。该者善之广大，至者善之精微。广大之可以尽于精微，与精微之可以致夫广大，则何殊耶？虽极世之所指以为恶者，如好货、好色。发之正，则无不善，发之不正，则无有善。发之正者，果发其所存也，性之情也。发之不正，则非有存而发也，物之触也。

自内生者善。内生者，天也，天在己者也，君子所性也。唯君子自知其所有之性而以之为性。自外生者不善。外生者，物来取而我不知也，天所无也，非己之所欲所为也。故好货、好色，不足以为不善，货、色进前，目淫不审而欲猎之，斯不善也。物摇气而气乃摇志，则气不守中而志不持气。此非气之过也，气亦善也。其所以善者，气亦天也。孟子性善之旨，尽于此矣。

盖孟子即于形而下处见形而上之理，则形色皆灵，全乎天道之诚，而不善者在形色之外。程子以形而下之器为载道之具，若杯之盛水，杯有方圆而水有异象。乃以实求之，则孟子之言，较合于前圣之旨。盖使气禀若杯，性若水，则判然两物而不相知。唯器则一成不改，而性终托于虚而未有质也，《易》又何以云“成之者性”哉？

唯物欲之交，或浅或深，不但圣、狂之迥异，即在众人等夷之中，亦有不同者，则不得谓由中发者之皆一致。然孔子固曰“习相远也”。人之无感而思不善者，亦必非其所未习者也。如从未食河豘人，终不思食河豘。而习者，亦以外物为习也，习于外而生于中，故曰“习与性成”。此后天之性所以有不善，故言气禀不如言后天之得也。后天谓形生、神发之后，感于天化而得者。

三

后天之性，亦何得有不善？“习与性成”之谓也。先天之性天成之，后天之性习成之也。乃习之所以能成乎不善者，物也。夫物亦何不善之有哉？如人不淫，美色不能令之淫。取物而后受其蔽，此程子之所以归咎于气禀也。虽然，气禀亦何不善之有哉？如公刘好货，太王好色，亦是气禀之偏。然而不善之所从来，必有所自起，则在气禀与物相授受之交也。气禀能往，往非不善也。物能来，来非不善也。而一往一来之间，有其地焉，有其时焉。化之相与往来者，不能恒当其时与地，于是而有不当之物。物不当，而往来者发不及收，则不善生矣。

故六画皆阳，不害为《乾》。六画皆阴，不害为《坤》。乃至孤阳、畸阴，陵蹂杂乱而皆不害也。其凶咎悔吝者，位也。乘乎不得已之动，而所值之位不能合符而相与于正，于是来者成蔽，往者成逆，而不善之习成矣。业已成乎习，则熏染以成固有，虽莫之感而私意私欲且发矣。

夫阴阳之位有定，变合之几无定，岂非天哉？惟其天而猝不与人之当位者相值，是以得位而中乎道者鲜。故圣人之乘天行地者，知所取舍以应乎位，其功大焉。

先天之动，亦有得位，有不得位者，化之无心而莫齐也。然得位，则秀以灵而为人矣。不得位，则禽兽草木、有性无性之类蕃矣。既为人焉，固无不得位而善者也。

后天之动，有得位，有不得位，亦化之无心而莫齐也。得位，则物不害习而习不害性。不得位，则物以移习于恶而习以成性于不善矣。此非吾形、吾色之咎也，亦非物形、物色之咎也，咎在吾之形色与物之形色往来相遇之几也。

天地无不善之物，而物有不善之几。非相值之位则不善。物亦非必有不善之几，吾之动几有不善于物之几。吾之动几亦非有不善之几，物之来几与吾之往几不相应以其正，而不善之几以成。

故唯圣人为能知几。知几则审位，审位则内有以尽吾形、吾色之才，而外有以正物形、物色之命，因天地自然之化，无不可以得吾心顺受之正。如是而后知天命之性无不善，吾形色之性无不善，即吾取夫物而相习以成后天之性者亦无不善矣，故曰“性善”也。呜呼，微矣！

四

未发时之怵惕恻隐与爱亲敬长之心，固性也，乍见孺子时怵惕恻隐之动于心也，亦莫非性也。朱子曰“少间发出来，即是未发的物事；静也只是这物事，动也只是这物事”，此语极直截。

若情固由性生，乃已生则一合而一离。如竹根生笋，笋之与竹终各为一物事，特其相通相成而已。又如父子，父实生子，而子之已长，则禁抑他举动教一一肖吾不得。情之于性，亦若是也。则喜、怒、哀、乐之与性，一合一离者是也。故恻隐、羞恶、辞让、是非，但可以心言而不可谓之情，以其与未发时之所存者，只是一个物事也。性，道心也；情，人心也。恻隐、羞恶、辞让、是非，道心也；喜、怒、哀、乐，人心也。其义详《尚书引义》。

孟子曰“乃若其情，则可以为善矣”，可以为善，则亦可以为不善也。说见后篇。唯其不能即善，故曰“可以为善”。如固然其善，则不待“为”而抑不仅“可”矣。若恻隐等心，则即此一念便是善，不但“可以为善”也。

性，无为也；心，有为也。无为固善之性，于有为之心上发出，此是满腔仁义礼智之性，在这里见其锥末。亦为受囊故。故西山以尾言端，则已非萌芽之谓矣。萌芽即笋义。

若孟子言“今人乍见”而生其心者，则为不能存养者言尔。若存心养性者，一向此性不失，则万物皆备于我，即其未见孺子入井时，爱虽无寄，而爱之理充满不忘，那才是性用事的体撰。他寂然不动处，这怵惕恻隐、爱亲敬长之心，油然炯然，与见孺子入井时不异。非犹夫喜、怒、哀、乐之情，当未发时，虽可以喜、可以怒、可以哀乐，而实无喜怒哀乐也。

发而始有、未发则无者谓之情，乃心之动几与物相往来者，虽统于心而与性无与。即其统于心者，亦承性之流而相通相成，然终如笋之于竹，父之于子，判然为两个物事矣。

大抵不善之所自来，于情始有而性则无。孟子言“情可以为善”者，言情之中者可善，其过、不及者亦未尝不可善，以性固行于情之中也。情以性为干，则亦无不善；离性而自为情，则可以为不善矣。恻隐、羞恶、辞让、是非之心，固未尝不入于喜、怒、哀、乐之中而相为用，而要非一也。

或人误以情为性，故曰“性可以为善，可以为不善”。今以怵惕恻隐为情，则又误以性为情，知发皆中节之“和”而不知未发之“中”也。言“中节”则有节而中之，非一物事矣。性者节也，中之者情也，情中性也。曰由性善故情善，此一本万殊之理也，顺也。若曰以情之善知性之善，则情固有或不善者，亦将以知性之不善与？此孟子所以于恻隐、羞恶、辞让、是非之见端于心者言性，而不于喜、怒、哀、乐之中节者征性也。有中节者，则有不中节者。若恻隐之心，人皆有之，固全乎善而无有不善矣。

总以人之有性，均也。而或能知性，或不能知性，则异。孟子自知其性，故一言以蔽之曰“善”，而以其知性者知天，则性或疑异而天必同，因以知天下之人性无不善，而曰“道一而已矣”。

盖以性知天者，性即理也，天一理也，本无不可合而知也。若以情知性，则性纯乎天也，情纯乎人也，时位异而撰不合矣，又恶可合而知之哉？故以怵惕恻隐之心为情者，自《集注》未审之说。观《朱子语录》所以答或问者，则固知其不然矣。

五

须从丧礼、经界上看得与性善义合，方见当时之求小功小利者，皆唯不尽其才，而非能于道一之外别有道也。极乎下愚不肖，做出欺天灭理事，也只是可为而不为。可为而不为，于是乎为所不当为。不当为者，乃情上生的枝叶，不择其所当位者，而妄与物相取也。正经心上做的事，不一直去，直到物来待应时，又不能不有所为，遂任情中之枝叶，不择而妄取。及一妄取而无所不为者，终不能大有为矣。

且如三年之丧，人心固有之爱里面元有此节文，但尽着吾性之爱，不教怠惰，便无不可行。才一有规避之心，则恰好凑着者父兄百官为他引向不善之习去。故虽大逆元恶，如楚商臣者，也只是不能勉尽其天性之爱，以致开罪于君亲，遂相激而流于极下，若果有穷凶奇恶在其性中也。

又以经界言之，暴君污吏，也只是一“慢”字害事。慢便是不能尽其性之所可尽者。及至所当为者不尽，则一切破阡陌、厚税敛的事，顺手顺眼，便只管与物相取，则亦情不动于正，而又不容不动，遂以动于非其位者，而日趋于污暴也。一不慢而君子野人各得其养，则耳目口腹之必资于民者，一万民惟正之供，而何有不善乎？

故天下别无有恶，只不善便是恶。犹然此君子，犹然此野人，犹然此野人之养君子，配合得不当，不自吾心之经纬尽力度量出的，只物之易取者取之不厌，把吾性之才理撇着全不用事，而一任乎喜怒，遂以为暴君污吏而有余。岂但其气禀之偏于好货者为之哉？不善已著而人见其可恶，去声。便谓之恶。

暴君污吏，初无本领与天德王道分路并驰，故曰“夫道一而已矣”。言外之物、内之性，无一不善，但交互处错乱杂揉，将善的物事做得不好尔。须与猛力，有才皆尽，则药虽瞑眩，②疾无不瘳矣。

六

阳虎偶然见得仁、富之相反，遂作此语。其云“不仁”者，言为富者之必不求仁也。其言“不富”者，言为仁之必不求富也。自说得君子小人心术分明，故孟子不以人废言而举之。若云“害仁”“害富”，则是仁者必贫而富者必暴。虽云“天理人欲，不容并立”，乃可言人欲之害天理，而终不可言天理之害人欲。害人欲者，则终非天理之极至也。

必云阳虎终身无一近理之语，而言此者以戒为富者之不当以仁害之。虎虽匪人，然其面诋齐侯而辞其禄，则亦非区区为守财虏者。令有言皆悖，则亦不成为奸矣。且此两言之得，元救阳虎生平不得，何必又从而文致之！

七

朱子于《论语》注，以“通力合作，计亩均收”言彻，于《孟子》注，则以“都鄙用助，乡遂用贡”为彻，前后固无定论。缘彻之为法，自《孟子》外，别无可考，两者俱以意揣其然耳。故朱子又云：“此亦不可详知，或但耕则通力而耕，收则各得其亩，亦未可知也。”

乃使为通力合作，则公田、私田之分，有名无实，而八家亦无固有之业，说得来似好，却行不得。谚所谓“共船漏、共马瘦”者，虽三代之民，恐亦不能免也。若于其勤惰之不一者，使田官以刑随其后，则争讼日繁而俗益偷矣。先王通人情、酌中道以致久行远，应不宜尔。

“彻田为粮”，《公刘》之诗也，“彻”之名始于此。公刘当夏之季叶而迁徙仅存，势不能违时王而创制。乃夏用贡法，而井田则始自黄帝。公刘初得民以居，而上下之等级未立，辟草披荆，不能尽同中国之法，故野外、国中，或遵时王之贡法，或用轩后之井田，以顺民而利导之。传至于周兴，因仍其遗制，以通贡、助之穷而合用之。则此《集注》所云“通也，均也”，谓通贡、助而使其法均也，较《论语》注为尤通。

八

大抵井田之制，不可考者甚多，孟子亦说个梗概耳。如《周礼》言不易之田百亩，一易之田二百亩，再易之田三百亩，则其广狭不等，沟浍、涂径，如何能合井字之形！故朱子云“恐终不能有定论”。

至如袁氏以殷家一夫七十亩，八家于八百亩之中以二百四十亩为莱田，则以迁就井形而不成理。田之或易或不易，因乎地力，若一概以“七熟、三莱”之法准之，则下地之宜一易、再易者，名虽七十亩，而实或五十亩，或三十三亩，上地之不易者，又无故而弃三十亩之腴土于不耕也。

想来黄帝作井田时，偶于其畿内无一易、再易之田，区画使成井形。殷、周以后，虽其沟洫、涂径用此为式，若其授田之数，则八家或授二井，或授三井，不必一井之必八夫矣。至于七十、百亩，殷所以少而周所以多者，真不可晓。则或七十、百亩者，亦夫田赋税之法，而非果限诸民也。周既增殷三十亩，则经界必须尽改，其烦劳亦已太甚。而渐次推移，则有弃其故壤而授田于百里之外者，得无有捐坟墓、异风土之悲乎？

考诸《考工记》，匠人治野之事，既常立一官以司之，而执其功者，取诸公旬三日之役。意者近或十年，久或数十年，有须改正者，则为之改作。故孟子言“暴君污吏，必慢其经界”。慢者，不修理改正之谓也。其法，想亦与今法十年大造黄册③，推收过户之制略同。但在井田，则须加一番土功尔。

大要作一死“井”字看不得。所谓一夫百亩者，盖亦百亩一夫之谓。从田立户，而非必因户制田也。《周礼》《考工》及何休、郑玄诸说，亦只记其大略，到细微处，又多龃龉。更不可于其间曲加算法，迁就使合。有所通，则必有所泥。古制已湮，阙疑焉，可矣。

九

龙子想亦是孔子以后人，观其文辞，自非西周以上人语。林氏谓以言当时诸侯用贡法之弊，甚为得之。若谓夏后氏之贡即有粪田不足、称贷而益之害，则悬揣千年之上，亦安知其有老稚转死之惨，而代之流涕以谈耶？

以实求之，助之异于贡者名也，而实无异也。孟子曰“其实皆什一也”，以言其无异也。寻常说助法用民之力，而不取其财。乃民之财何从而得之？亦不过取诸其力而已矣。可耕之时，能耕之人，通计只有此数。以其九之一而治公田，则于以治私者必有所不及矣。向令不用其力，彼又岂不可以多得哉？未见农民之有余力暇晷而以唯上之用也[4]。

变贡为助，只是做教好看。故曰：“夏尚忠，殷尚质，周尚文。”质虽简于文，而较忠则已多曲折矣。上之宜取于民，义也。其所取于民者，为其力之所获，又均也。实同，而为著其名曰，非有所取于尔也，特借尔之力而已矣，此殷道所以降于夏道之忠也。君子、野人之分，自天显民祗之大常，更何用如此之回护耶？

唯于助法既坏之余，反而用贡，以恝处人上、不课勤惰、不恤劳苦、不辨凶丰之官吏而刻责于民[5]，则其为害如此。若贡法既坏之余，又从而改助，其诬罔农民而以恣农官之渔猎，更有不可言者矣。

总之，法之既坏，且务与收拾整顿，以求其安。若人心已敝，势重难返，而不揣其本，区区辨法制之得失，以驱疲民而数改之，则其为祸尤烈。井田者，轩辕氏之良法也，历久已弊，而禹改为贡，家天下之大用，莫有甚焉者矣。殷、周偶改之，而诸侯不能率从，故变助而贡，有如龙子之所讥。阡陌既破，古制已湮，人心已革，使复变而助，其不为王莽者几何矣！此论古者之不可不知也。

一〇

“不暇耕”，以势言；“不必耕”，以理言。云“独可耕且为与”，云“是率天下而路也”，皆言势之不暇耕也。不暇为而为之，为陶冶则害于耕，犹耕害于治天下也。是势之不暇者，亦理之不可也。云“有大人之事，有小人之事”，云“或劳心，或劳力”云云，是“天下之通义也”，皆言理之不必耕也。不必自为而后用之，而非以厉农夫，犹不妨以仓廪府库自养而得人以仁天下，为则天以君天下之大德，不得以百亩而分其忧也。是理之不必耕者，实义之不可耕也。此孟子两头分破许行处，读者须与分晓。

《集注》云“不惟不暇耕，而亦不必耕矣”，乃承上转入“尧以不得舜”一段线索。庆源于后段亦云“不暇耕”，则埋没杀“天下之通义也”一段正理。然则使其暇耕也，遂将废君道而灭尊卑之义哉？后段言“亦不用于耕”，谓虽暇用而亦不用也，与上言“而暇耕乎”、“虽欲耕得乎”自别。

一一

《集注》云“放逸怠惰而或失之”，似于“饱食暖衣”四字断句，“逸居”连下“而无教”五字作句。以文义求之，非是。逸居者，即所谓人得平土而居之也。

逸之为言，安也，非放也。“放佚”之佚，从人从失。此“逸”字，自对劳而言。上巢下窟，禽兽逼人，迁徙构架，驱避禽兽，则居之不安。人之得“饱食暖衣”者，后稷树艺之功；得“逸居”者，禹平水土、益驱禽兽之功也。此六字统结上文，转入“无教”去，见衣之、食之、居之，道各得矣，而圣人之忧犹未已也。不然，则安逸以居，岂便近于禽兽？五品之教，亦非必有大劳焉。而禽兽之踯躅内步于榛樾之中者，亦非以其安逸故而不得同于人也。

一二

欲辨异端，亦必知其立说之始末，而后可以攻之。许行之齐物，齐市物之贾也。庄子以“齐物论”名篇，则谓物论之是非，当任其自鸣于天地之间，而不足与较同异也。“物论”二字一连读，“齐”字微断。庆源以庄、许齐物为同旨，则似生来不曾见《庄子》，听得说庄有此篇题，谬猜作“齐物之论”，岂不令庄子笑人地下！双峰说许行似老子，亦错。许行微似墨者，皆无君故然。史迁所纪九家，道家，老、庄也，墨家，墨翟、禽滑厘也，许行则所谓农家者流尔。

一三

夷子二本之旨，《注》、《录》俱未看出。朱子云“何止二本，盖千万本也”，则既不知墨，而于孟子之言亦碍。夫苟千万其本，则是散漫无本矣。孟子胡不直斥之曰生物皆有本而夷子无本耶？

邪说之立，亦必有所以立者。若无会归之地，则亦不成其说。墨之与儒，公然对垒者数百年，岂漫然哉？天地之间，有正道则必有邪径。以寻常流俗，只是全不理会道理，及至理会道理，劈头一层便得个稍宽一步、稍深一步见解，苟异其昔日之醉梦无觉者，遂不审而以为至极，而喜其乍新，利其易致，遂相驱以从之。此邪之与正，自有教以来，只是这个窠臼。与圣道抗衡而争，在汉以后为佛，在汉以前为墨，其实一也。

佛虽出于西夷，而引伸文致之者，则中国之人士也。墨衰而佛盛，盖移彼成此，枝叶异而根柢同尔。墨氏尚鬼而薄葬，唯佛亦然，此皆其见诸用者也。若其持之以为体者，则二本是已。

圣人之道，从太极顺下，至于“乾道成男，坤道成女”，亦说“人受天地之中以生”。然曰：“乾道成男，坤道成女”，则形而上之道与形而下之器，莫非乾坤之道所成也。天之乾与父之乾，地之坤与母之坤，其理一也。唯其为天之乾、地之坤所成，则固不得以吾形之所自生者非天。然天之乾一父之乾，地之坤一母之坤，则固不得以吾性之所自成者非父母。故《西铭》之言，先儒于其顺序而不逆、相合而一贯者，有以知夫横渠之深有得于一本之旨。

若墨之与佛，则以性与形为二矣。性与形二者，末之二也。性受于无始，形受于父母者，本之二也。以性为贵，以形为贱，则一末真而一末妄。末之真者，其本大而亦真。末之妄者，其本寄托和合以生，不足以大而亦妄。性本于天，人所同也，亦物所同也。人所同者，兄之子犹邻之子也。物所同者，则释氏所谓万物与我共命也。故从其大本而真者视之，无所别也，安得异爱亲于爱人物也？至于父母之使我有是形，虽未尝不为之本。乃一妄之兴，如沤之发，而赤白和合，与妄相吸，因有此粉骷髅、臭皮囊之身，束我于分段生死之中。则其本原以妄立，而其末亦无非妄矣。若执妄末以区宇于妄本之所生，“区宇”说出《楞严》。横据异同，视邻子不若兄子，则是逐妄末以坚其妄本，而丧其真本也。故生则爱之，惟其性之存也。死则弃之，墨薄葬，佛（茶）〔荼〕毗。惟其形之贱也。形本妄而销陨无余，故生不以形。性恒存而生灭无异，故死亦有觉。故薄葬、尚鬼之说立焉。

要其所谓二本者：一、性本天地也，真而大者也；一、形本父母也，妄而小者也。打破黑漆桶，别有安身立命之地。父母未生前，原有本来面目，则父母何亲，何况兄子，而此朽骨腐肉，直当与粪壤俱捐。其说大都如此。盖惟不知形色之即天性，而父母之即乾坤也。

形色即天性，天性真而形色亦不妄。父母即乾坤，乾坤大而父母亦不小。顺而下之，太极而两仪，两仪而有乾道、坤道，乾坤道立而父母以生我。则太极固为大本，而以远则疏。父母固亦乾道、坤道之所成者，而以近则亲。由近以达远，先亲而后疏，即形而见性，因心而得理。此吾儒之所(为)〔谓〕一本而万殊也。

然唯尽性至命、依中庸而行素位之君子，然后能择而守之，而非彼乍出于利欲昏啾之中，才得脱洒便住下不进，妄谓已得者之所能知也。发其藏，知其所据者如此，墨、佛之妄，不讯而伏其辜矣。惜乎先儒之欲诘盗而不获其赃也，徒悬坐之曰“千万其本”，彼岂服哉！

---

①融浃：即“融洽”。

②瞑（miàn，音面）眩：药攻入疾病，先使瞑眩愦乱，才能痊愈。

③黄册：明清为征派赋役而编造的户口簿册。

④暇晷：闲暇时间。

⑤恝（jiá，音颊）：不经心，无动于衷。

滕文公下篇

一

“不智之罪小，不勇之罪大”，此等语句，才有偏激处，便早紊乱。夫所谓不勇者，自智者言之也。若既已不智矣，更何处得勇来？倘使其无知妄作，晨更夕改，胡乱撞去，其流害于天下，更不可言。故罪莫大于不智，而不勇者犹可矜。虽日攘一鸡而不知其为窃，厚敛困农、横征困商而恬然不知其非义，以此为罪小，而以“损之，以待来年”者为罪大，则王维之罪重于安、史，匡章之恶浮于商臣矣！

看圣贤文字而为之下语，须如天平兑过，一铢黍也差不得。故三达德之序，曰知，曰仁，曰勇。不知则更无仁，不仁则勇非其勇。故必知及而后仁守，若徒勇者则不必有仁。圣贤已自示万世以权衡，奈何新安之不审而妄言也！如云如不知其非义，则已无足责矣。既知而不速已，则律以责备贤者之条，其罪尤不容逭也①，斯乃折中之论。

二

圣贤只做得人分上事，人分上事便是己分上事也。《中庸》言“尽物之性”，也只是物之与人相干涉者，索与他知明处当，使其有可效于人者无不效，而其不可乱夫人者无或乱也。若天际孤鸿，江干小草，既不效于人，而亦无能相乱。须一刀割断，立个大界限，毋使彼侵此陵，失其人纪。

故孟子说：“天下之生”，《集注》为显之曰“生谓生民也”，正与剔出界限处，其“一治”者，人道治也。其“一乱”者，禽兽之道乱乎人道也。后面说“蛇龙”“鸟兽”，说“沛泽多而禽兽至”，说“虎豹犀象”，说“乱臣贼子”，“无父无君，是禽兽也”，那一端不在这人、禽上分辨！殷、周以上，禽兽之乱人也，伤人之生。衰周之降，禽兽之乱人也，戕人之性。伤人之生，人犹得与禽兽均敌于死生之际。戕人之性，人且为禽兽驱遣，自相残食而不悟也。一章之大旨，七篇之精义，尽于此尔。

三

“兼夷狄，驱猛兽”，是一时救乱之功。“咸以正无缺”，方是大治。庆源此说，极为精密。正德、利用、厚生无一之不备，高明、沈潜、平康无一之或陂②，必若此而后可使夷狄、禽兽之患不中于中国。盖驱飞廉、灭五十国、远虎豹犀象者，兼夷狄之已滑夏③，驱猛兽之已逼人者也。而明刑敕政、制礼作乐者，以防微杜渐，而远狄行，捐兽心，以定生民之纪者也。

夏、商二代，承治千年，贤圣之君作者固非一也，而其守尧、舜之道者，以渐远而精意渐失，于是非圣之人，乘道之替而导其君以禽狄之乐为乐。如色荒、禽荒、牛饮、裸逐之类，皆夷狄、禽兽之乐。心既与禽狄相乱，则身自乐与禽狄相亲，以类相求，以气相召，而夷乱华、兽逼人矣。自非力为涤除更改，焕然一新其礼乐刑政以立人道之极，而远为之防，则五十国灭而又有五十国者兴，前之虎豹犀象远而后之虎豹犀象又进矣。此一片中原干净土，天生此一类衣冠剑佩之人，如何容得这般气味来熏染！故兼之驱之，既已廓清，而尤不可使有缺之可乘，使得逾短垣而相干。咸正无缺，以启后人为之君师。故成周之治，数百年夷不乱夏，兽不干人，皆周公制作之功也④。

四

“孔子作《春秋》而乱臣贼子惧”，非虚说也。春秋二百四十二年之间，弑君三十六，而远国之不相通问者不与焉。《春秋》既成之后，以迄乎秦，弑父与君之事息矣。秦人焚书，而后胡亥死于赵高之手。自汉以来，《春秋》夏传，至今千五百余年，弑君者唯王莽、萧道成、萧鸾、朱温数贼而已，刘裕、萧衍、郭威皆已篡而后弑。宦官宫妾，则本无知而陷于恶。其余则夷狄也。然犹不敢称兵而手刃。自非石宣、安庆绪、史怀义以夷种而为盗贼，未有弑父者也。以战国之糜烂瓦解，而田和、三晋之流，敢于篡而终不敢弑。以商鞅、魏冉、韩朋、田婴、黄歇、吕不韦之狙诈无君，而“今将”之志，伏不敢动，故有妾妇之小人，而无枭獍之大逆⑤。其视哀、定以前，挟目送之情，怀杯羹之恨，曾老畜之不若者，已天渊矣。

朱子曰“非说当时便一治，只是存得个治法”，则犹未知《春秋》之功如此其实也。

盖当周之衰，大夫世官，而各拥都邑，臣主分治，莫有知其别者。不知其别，则直视弑君之与杀路人无以异。虽以冉有、季路之贤，亦且视私室如公家，唯知弗扰、佛肸之为叛，而不知六卿、三桓之义在当讨。则一切背公死党之士，乐为栾盈、崔杼、商臣、卫辄用者，方以义烈自许，而遑恤其他！

乃先王封建亲贤以君一国，上奉天道，下顺民心，故托之崇高而授之富贵。岂与夫六卿、三桓之流，苟藉一时之权宠，君予之禄而即以亢君者比乎？故《春秋》一书，正陪臣之不纯乎为臣，而略其叛大夫之责，正诸侯、大夫君臣之分，而篡弑者必目言其恶，乃使天下知君父之尊，自天授之，自王建之，非但富役贫，贵役贱，如大夫、陪臣之以势合而相事使也。

自微《春秋》，则富贵者役人，贫贱者役于人，喜则相事相役，怒则相戕相杀，人之所以异于禽兽者，复何有哉！《春秋》之德业与天地相终始者如此，岂有其名而无其实，但存治法于天下后世也耶！

五

"率兽食人，人将相食"，《集注》作譬喻说。看来，孟子从大本大原上推出，迎头差一线，则其后之差遂相千万里，如罗盘走了字向一般。立教之始，才带些禽兽气，则习之所成，其流无极：天下之率兽食人者，亦从此生来；天下之人相食也，亦从此生。祸必见于行事，非但喻也。

如但为我，则凡可以利已者，更不论人。但兼爱，则禽兽与人，亦又何别！释氏投崖饲虎，也只是兼爱所误。而取人之食以食禽兽，使民饿死，复何择焉！又其甚者，则苟可为我，虽人亦可食。苟视亲疏、人物了无分别，则草木可食，禽兽可禽，人亦可食矣。

杨朱、墨翟，他自是利欲淡泊枯槁的人，故虽错乱而不至于此。乃教者，智教愚，贤教不肖者也。开一个门路，说"为我、兼爱是道"，"拔一毛而不为"，"邻之赤子犹兄之子"，从此流传将去。拔已一毛而利人不为，则亦将害人躯命利已而为之；亲其邻之子如兄之子，则亦将漠视其兄子如邻之子；而兄子可同于邻人，人肉亦可同于兽肉矣。圣贤之教，虽使愚不肖者择不精，语不详，而下游之弊必不至如此。唯其于人、禽之界，分得清楚也。

率兽食人，孟子时已自有此暴行。然杨、墨之教，近理者粗，惑人者浅，则其害止于率兽食人，而未有人相食之事，故曰"将"。《春秋传》"易子而食"，甚言之也，犹云"室如悬罄"。庄子称盗跖脯人肝肉，亦寓言而非实事。自后佛入中国，其说弥近理而弥失真，直将人之与禽，同作大海之沤，更不许立计较分别。故其言戒杀、戒食肉者愈严，而天下人之果于相食也亦因之而起。自汉明以后，如黑山贼、朱粲、刘洪起之类，啗人无异于菽麦，以张睢阳之贤而亦不免矣。悲夫！孟子之言"将相食"者，而果相食也，则佛之为害其惨矣哉！

盖苟视此臭皮囊为赤白和合不净之所成，亦如粪壤之生蔬谷，而父母未生前别有本来面目，则此泡之聚、捏目之花、熏成妄立之肉骨筋骸，而脔之烹之，以聊填我之饥疮也，亦何不可哉！圣人不作，辟之者无力，人之日即于禽而相残也，吾不知其所终矣！

六

墨氏二本，他到头处，也只说一本。盖以一本为真，一本为妄也。释氏当初立教，也是如此，故有"万法归一"之说。程子勘出《华严》三观处，《华严》当作《楞严》。拿得真赃矣。但释氏又尽会脱卸尖巧，与朱子所云"杨、墨只硬恁地做"者抑别。故又有"束芦相交，如藤倚树"之说，妄既不立，真亦不建，所以有蕉心之喻，直是无本。乃抑于妄真两舍之外，别寻个尖颖处掐，故于"万法归一"之上，又说个"一归何处"。盖二本之变为归一，归一之变为无本，无本之变，又为枯木头上开花，而释氏之巧极矣。

仔细思量，好似说梦来。他只管在针头线尾上觅天地，总为那大化无心，莫也有时如此在无用上见用。然要之只是人思量不到，见闻不及，则人之所见为无用者，在大化元自有至诚不息、洋洋发育之功。却向这闪烁影里翻来覆去，寻消问息。呜呼，则又何其愚也！

总为他在这些伶伶俐俐处，费尽气力，故把眼前忘了。只自家一腔子恻隐、羞恶，却教入狭邪处去。天之所显、民之所祗的君臣父子，却看作土芥相似。而穷极其情，则但欲将眼前万理，销陨无余，讨个直截快傥路走；许多做不彻处，只一味笼罩过，更不偢睬。则兽食人、人相食之祸，俱从根苗上生出，祸芽逢罅便发也，哀哉！

七

廉者，廉隅之谓[6]。到迤逦不同处，若囫囵去，则便不成等级。只此是一个大界限，须令分明。人之大界限处，则与禽兽异者是也。此处囫囵没分晓，便不成廉。

"仲子恶能廉"一句，是铁断案。不能廉，则已人而禽兽昆虫之类矣。"充仲子之操，蚓而后可"，正是说他不廉。赖他尚居于陵之室，食妻之粟，稍与蚓别。若并此删除，则愈与蚓无二。

乃仲子之尚能隐忍而就此二者，岂其志操之能然哉？犹夫人之情，犹夫人之理，不能逃耳。若充其操，则如释氏之日中一食、树下一宿，乃可信不失身于盗跖而真蚓矣。

孟子力辨仲子，只为人、禽大界限，正争一"廉"字。想来，仲子一类人，只是他气禀受得淡泊枯槁，便以此傲世而自贤。使其气禀稍浓，则贪猥更不成模样。观其卞躁褊陋，全没一些气象。"出而哇之"，即不施于母，已自惭惶杀人！这数脔之鹅，于名义有何重轻，直恁惊天动地，视昊天罔极之父母也比并不得！即此与口腹之人、珍重丁宁夫残羹冷炙者何以异！即此是禽虫见解，而人之大廉已丧尽矣！

孟子于杨、墨说禽兽，于仲子说蚓，无非为斯人立人极，以别于异类。似蚓即是不廉。蚓之食槁壤、饮黄泉时一段无心无肠，卞躁鄙吝，恰与仲子匍匐三咽时同一昏浊之情。看先王之礼，俪尊列俎，终日百拜，酒清不饮，肉乾不食，是甚气象来，方是廉隅整饬，一丝不乱的节奏。《集注》"然后可以为廉"、"未能如蚓之廉"，二"廉"字，非是。东阳为分别周旋，差为可通。若竟以蚓为廉，则正以害人心不小。且天下必无有能如蚓者，而尧、舜、周、孔，岂皆其不廉者乎？

---

①逭（huàn，音换）：避，逃。

②陂（bì，音币）：不正，邪佞。

③滑：通"猾"。扰乱。

④制作：制礼作乐。

⑤枭獍（jìng，音镜）：枭，为食母的恶鸟；獍，为食父的恶兽。比喻忘恩负义的恶人。

⑥廉隅：本谓棱角。后以喻人品行端方，有志节。

卷九　孟子

离娄上篇

一

以六律正五音，但为金、石、丝、竹、匏、土、革、木之五音言，而人声之五音不在其中。盖人声之五音一因其自然，直是无可用力正得处。律之所能正者，以立长短、大小、多少、轻重之法，而取清浊、缓急、修促、洪细之定则也。耳无定准，藉数以立质，随质以发声，而八音之宫、商、角、徵、羽乃以分焉。盖八音之有响，虽天地之产，使有可以得声之材，而其成音也必由人制。制之自人，则或增或损，无成则而必乱，故必以六律一成之数为之准，而合于数者合于音矣。若人声之清浊敛纵，一仍乎自然之喉、舌、唇、齿、腭，一成以还，莫之为而自动于窍，虽有六律，亦安所施哉？此亦不待审乐者而后知也。

若夫歌唱之节，亦有所待以取和，则又恃五音已正之八音定其疾徐之度耳。故六律者以正五音于八音，而八音者又以其五音之叶正人声之五音也。在古乐，则《房中》升歌以瑟，余乐以笙磬。于今世俗之乐，则南以拍板，北以弦索。古乐今乐，《雅》、《郑》不同，而人声之受正于五音，不受正于六律，一也。

程氏复心只此不知，乃谓“圣人制五音以括人声”，矮人观场，无劳饶舌可已。

二

“有仁心仁闻而民不被其泽”，唯宋仁宗可以当之。其“不可法于后世者”，则汉文、景是已。齐宣王不忍一牛，孟子许其足以王者，犹谓乍见孺子而怵惕恻隐之人可以保四海，无欲穿踰之人可使义不胜用耳。偶然半明半灭之天良，安得遽谓之有仁心耶？

至若梁武帝者，篡其君而推之刃，惧冤报之相寻，思以苟免其人诛鬼谪之大罚，而又择术不审，托于无父无君之教以自匿；抑且贪非所据，愤不自戢，杀人盈于城野，毒祸中于子孙。正孟子所谓“以其所不爱及其所爱”，不仁之尤者也。乃云“天下知其慈仁”，知之者谁耶？不过游食之髡，饱其利养，赞叹功德而已。若天怒人怨，众叛亲离，《本纪》可考，安所得“慈仁”之称哉？

以齐宣爱牛之心而行先王之道，若因半星之火，欲成燎原之势。自非孟子为之吹嘘播扬之，固必不能。盖其一曝十寒之心元自不给于用，而扩充之也自非旦夕之功。若彼始为乱贼、继为浮屠之萧衍，即使依样葫芦，行井田，立学校，亦与王莽之效《周官》以速亡者无以异。安所得泽被于民而法垂于后耶？范氏于是为失言矣。

庆源云“武帝有仁闻而非其真”，差为近实。然衍之恶积而不可掩，不仁之声，遗臭万年，岂但失真而已哉！

三

“不愆不忘”两“不”字，元是工夫字，与无愆无忘不同。不以有意而愆谬之，不以无意而遗忘之，乃能循用旧章以遵先王之道。在《诗》之以祝王之子孙者，固为愿望之词，非有率用旧章者，而以赞其无愆无忘之美。孟子断章引此，亦正于“不愆不忘”显遵法者学古之功。不得以“不愆不忘”为无过，“率由旧章”为遵法，逆文立意也。遵法而可无过，乃孟子引伸诗人言外之旨，故曰“遵先王之法而过者，未之有也”，以补《诗》所未言之效。若《诗》已有无过意，则当以“此之谓也”直结之矣。《集注》未安。

四

法律之不可胜用，仁之覆天下，虽圣人之以为法于后世者以此，乃圣人之自以制器审音，平治天下，先须用此。非在圣人独恃其耳目心思已足给用，但为天下后世不能如己之不待于法，故须与立个法度也。

《集注》似误看一“继”字，将耳目心思之既竭，作圣人自用之道，圣人已自了当后，又加上一种方便与后人。如此说来，未免害理。此虽为上古圣人而言，然其云竭目力之圣人者，岂其明之过于娄、班？竭耳力之圣人者，岂其聪之过于师旷？竭心思之圣人者，岂其睿智之过于尧、舜？则亦但竭其耳目心思，终不能制器审音而仁天下；于是继求之一定之法，使目有凭以用其明，耳有凭以用其聪，心有依据以行其仁，然后知向之徒勤于耳目之力、心之思者，必至此而后非妄也。规矩准绳元不是目力看出来的，六律元不是耳力听出来的，不忍人之政元不是师心亿度想出来的。

《集注》“犹以为未足”一语，殊不稳妥。岂但以为未足哉！直是耳目心思之力，与形之方圆、声之五音、天下治平之理，全然凑泊不著。规矩准绳因乎象，六律因乎数。圣人不于目求明，于耳求聪，而以吾心之能执象通数者为耳目之则。故规矩、六律之所自制，不得之耳目者而得之于心思，以通天下固有之象数，此以心而治耳目也。不忍人之政，上因天时，下因地利，中因人情。圣人不任心以求天下，而以天下固然之理顺之以为政，此以理而裁心思也。故仰观天文，俯察地理，察迩言以执两端而用其中。岂有闭门造车、出门合辙之自用者哉！圣人用之而自不可胜用，乃以垂之后世而亦不可胜用，其理一，其效均也。

如谓先王为天下后世故，制此法度，若圣人之自为用者，一目击而方圆即定，一流耳而五音即定，一致思而仁即被于天下，则此圣人者，将如佛氏之观十方世界如掌中果，一按指而海印发光，一皆成就耶？言之无实，亦不祥矣。

既者，已事之词也。继者，遂事之词也。“已竭耳目心思”云者，劳已尽而绩未成也。“继之以规矩、准绳、六律、仁政”云者，言彼无益，而得此术以继之，乃以遂其所事也。双峰乃云“唯天下不能常有圣人，所以要继之〔以〕不忍人之政”。然则使天下而恒有圣人，则更不须此不忍人之政乎？是孔子既作，而伏羲之《易》，唐、虞之《典》，殷、周之《礼》，皆可焚矣！此老子“剖斗折衡”之绪论，释氏“黄叶止啼”、“火宅”、“化城”之唾余。奈何游圣贤之门者，不揣而窃其旨也！

五

人君之所不得于天下者，亦唯不亲、不治、不答以敬而已。其以莅下土而定邦交者，亦唯爱之、治之、礼之而已。仁、智、敬之皆反求矣，则亦更有何道之可反求也？只此三者，包括以尽。“行有不得者，皆反求诸己”，是总括上文以起下义。双峰乃云“上面三句包括未尽，‘皆’字说得阔”，徒为挑拨，了无实义，当亦未之思尔。

六

林氏所云“诸侯失德，巨室擅权”，自春秋时事。逮乎战国，天下之持权者又不在世卿而在游士矣。“不修其本，而遽欲胜之”，唯晋厉、鲁昭、齐简为然。战国时，列国之卿与公室争强弱者，仅见于田婴、韩朋，然亦终不能如三家、六卿之强逆也。以蟠根深固之魏冉，而范雎一言则救死之不暇。七国之贵公子者，劣以自保其富贵。安得有君欲胜之不能而取祸者哉？

孟子说“不得罪于巨室”，与周公“不施其亲，不使大臣怨乎不以，故旧无大故则不弃也”意同，乃以收拾人心于忠厚仁慈之中，而非有称兵犯顺之王承宗、跋扈不恭之韩弘须为驾驭，不然则效安、史、滔、泚之为也。看孟子说“沛然德教溢乎四海”，则其云“为政不难”者，为施德教之令主言也。若唐宪宗一流恩、威两诎之君，本无德教，不足言矣。

《孟子》七篇，屡言兴王业之事，而未详所以定王业者。唯此一章是已得天下后经理措置之大业。所谓“为政”者，言得天下而为之也。得天下而为之，而先以尊尊、亲亲、重贤、敦故之道行之于庙堂之上，君臣一德，以旬宣而绥理之，勿使游谈之士持轻重以乱天下之耳目，则指臂相使，而令下如流水之原矣。当此之时，君臣一心德而天下待命焉，安所得擅权之巨室，杀之不能，纵之不可，须以处置遥持其生命乎？

裴晋公之进说也，挟韩弘、承宗之叛服以为辞，而云“非朝廷之力能制其死命”。此等章疏，便是三代以下人习气。上失格君之道，下乖纯臣之义，只靠著祸福声势胁持其君以伸已意，而其文字流传，适以长藩镇之恶而不恤。以皇甫鏄之不可使居相位为老臣者，不能正君心于早以杜其萌，则唯称引古谊，以明贵义，贱利、尊君子、远小人之大道。若其不听，无亦致位以去而已。今乃引叛臣之向背以怵其君，使之惧而庸吾言，则已志伸而国是定。即其不听，而抑有所操挟以自免于诛逐。其于“以道事君，不可则止”之义，相去远矣。三代以下无大臣者，此也。奈何引孟子而同之！

七

粗疏就文字看，则有道之天似以理言，无道之天似以势言，实则不然。既皆曰“役”，则皆势矣。《集注》云“理势之当然”，势之当然者，又岂非理哉！所以庆源、双峰从理势上归到理去，已极分明。

“小德役大德，小贤役大贤”，理也。理当然而然，则成乎势矣。“小役大，弱役强”，势也。势既然而不得不然，则即此为理矣。

大德大贤宜为小德小贤之主，理所当尊，尊无歉也。小德小贤宜听大德大贤之所役，理所当卑，卑斯安也。而因以成乎天子治方伯、方伯治诸侯、诸侯治卿大夫之势。势无不顺也。

若夫大之役夫小，强之役夫弱，非其德其贤之宜强宜大，而乘势以处乎尊，固非理也。然而弱小之德与贤既无以异于强大，藉复以其蕞尔之士、一割之力①，妄逞其志欲，将以陨其宗社而死亡俘虏其人民，又岂理哉！故以无道之弱小，而无强大者以为之统，则竞争无已，戕杀相寻，虽欲若无道之天下尚得以成其相役之势而不能。则弱小固受制于强大，以戢其糜烂鼎沸之毒②。而势之顺者，即理之当然者已。

曹操曰："使天下无孤，则不知几人称帝，几人称王。"自操言之，固为欺凌蔑上之语，若从旁旷观，又岂不诚然耶？是虽不得谓强大之役人为理之当然，而实不得谓弱小之役于人非理之所不可过也。故本文云："小役大，弱役强，天也。"自小弱言之，当役而役，岂非理哉！是非有道之天唯理，而无道之天唯势，亦明矣。

双峰以势属之气，其说亦可通。然既云天，则更不可析气而别言之。天者，所以张主纲维是气者也。理以治气，气所受成，斯谓之天。理与气元不可分作两截。若以此之言气为就气运之一泰一否、一清一浊者而言，则气之清以泰者，其可孤谓之理而非气乎？

有道、无道，莫非气也，此气运、风气之气。则莫不成乎其势也。气之成乎治之理者为有道，成乎乱之理者为无道。均成其理，则均成乎势矣。故曰："斯二者，天也。"使谓《泰》有理而非气，《否》但气而无理，则《否》无卦德矣。是双峰之分有道为理，无道为气，其失明矣。

若使气之成乎乱者而遂无理，则应当无道之天下，直无一定之役，人自为政，一彼一此，不至相啖食垂尽而不止矣。其必如此以役也，即理也。如疟之有信，岂非有必然之理哉！无理之气，天地之间即或有之，要俄顷而起，俄顷而灭。此大乱之极，如刘渊、石勒、敬瑭、知远。百年而不返，则天地其不立矣！

理与气不相离，而势因理成，不但因气。气到纷乱时，如飘风（飘）〔骤〕雨，起灭聚散，回旋来去，无有定方，又安所得势哉！凡言势者，皆顺而不逆之谓也。从高趋卑，从大包小，不容违阻之谓也。夫然，又安往而非理乎？知理势不可以两截沟分，则双峰之言气，亦徒添蛇足而已。

八

言理势者，犹言理之势也，犹凡言理气者，谓理之气也。理本非一成可执之物，不可得而见。气之条绪节文，乃理之可见者也。故其始之有理，即于气上见理。迨已得理，则自然成势，又只在势之必然处见理。

双峰错处，在看理作一物事，有辙迹，与"道"字同解。道虽广大，然尚可见，尚可守，未尝无一成之形。故云"天下有道"，不可云"天下有理"。则天下无道之非无理，明矣。

道者，一定之理也。于理上加"一定"二字方是道。乃须云"一定之理"，则是理有一定者而不尽于一定。气不定，则理亦无定也。理是随在分派位置得底。道则不然，现成之路，唯人率循而已。故弱小者可反无道之理为有道之理，而当其未足有为，则逆之而亡也。孟子于此，看得"势"字精微，"理"字广大，合而名之曰"天"。进可以兴王，而退可以保国，总将理势作一合说。曲为分析，失其旨矣。

九

"安其危，利其灾，乐其所以亡"，自是三项人。国削兵衄，犹自偷一日之安者，"安其危"

也。能为国家之灾害者，而彼反以为利，如虞公之璧马，平原君之上党，祸所自伏，而偏受其饵者，“利其灾”也。荒淫暴虐，为酒池、肉林、琼林、大盈者，“乐其所以亡”也。

不仁者之有此三者，亦各有所因。昏惰而不能自强于政治，故“安其危”。贪利乐祸，小有才而忮害无已，故“利其灾”。嗜欲蔽锢，沈湎而不知反，故“乐其所以亡”。三者有一，即不可与言矣。

如宋理宗亦无甚利灾、乐亡之事，而但居危若安，直是鼓舞警戒他不动。梁武帝未尝安危、乐亡，乃幸侯景之反覆，以希非望之利，故虽自忧其且败而纳景④。首祸之心，终不自戢，则人言又何从而入？若唐玄宗之晚节，未尝安危而利灾也，特以沉湎酒色，而卒致丧败，则虽知张九龄之忠，而终幸李林甫之能宽假以征声逐色之岁月，故言之而必不听。

三者有一，则必至于亡国败家。而若楚怀王、秦二世、隋炀帝、宋徽宗，则兼之者。以其昏惰安危贪忮利灾沉溺嗜欲乐亡者而言之，则统为不仁。然不仁者未必皆合有此三者也。

双峰归重末句，自未分晓。其意以为唯荒淫暴虐者，则与《集注》“心不存”之说相为吻合。乃《集注》“心不存则无以辨于存亡之著”一语，亦抬起此不仁者太高。若论到存心上，则中材之主能保其国家者，若问他仁义之心在腔子里与否，则无论“三月不违”，即日月一至，乃至一念之分明不昧，亦不可得。然而以免败亡而有余者，则未能仁而犹不至于不仁，尚可与言也。人而谓之不仁，岂但不能存其心哉，直已丧其心矣！

心不存者，谓仁义之心不存也。丧其心者，并知觉运动之心而亦丧也。昏惰、贪忮、沉溺之人，他耳目口鼻、精神血气，只堆垛向那一边去，如醉相似，故君子终不可与言，弗能为益而只以自辱。若仅不能存其心，则太甲、成王之早岁固然，正伊尹、周公陈善责难之几也，何遽云不可与言耶？

一〇

“反身而诚”，与《大学》“诚意”“诚”字，实有不同处，不与分别，则了不知“思诚”之实际。“诚其意”，只在意上说，此外有正心，有修身。修身治外而诚意治内，正心治静而诚意治动。在意发处说诚，只是“思诚”一节工夫。若“反身而诚”，则通动静、合外内之全德也。静而戒惧于不睹不闻，使此理之森森然在吾心者，诚也。动而慎于隐微，使此理随发处一直充满，无欠缺于意之初终者，诚也。外而以好以恶，以言以行，乃至加于家国天下，使此理洋溢周遍，无不足用于身者，诚也。三者一之弗至，则反身而不诚也。

唯其然，故知此之言诚者，无对之词也。必求其反，则《中庸》之所云“不诚无物”者止矣，而终不可以欺与伪与之相对也。朱子曰：“不曾亏欠了他的。”又曰：“说仁时恐犹有不仁处，说义时恐犹有不义处，便须著思有以实之。”但依此数语，根究体验，自不为俗解所惑矣。

《大学》分心分意于动静，而各为一条目，故于“诚其意”者，说个“毋自欺”。以心之欲正者居静而为主，意之感物而有差别者居动而为宾，故立心为主，而以心之正者治意，使意从心，而毋以乍起之非几凌夺其心，故曰“毋自欺”，外不欺内、宾不欺主之谓也。

今此通天人而言诚，可云“思诚者”人不欺天，而“诚者天之道”，又将谓天下谁欺耶？故虽有诚不诚之分，而无欺伪之防。诚不诚之分者，一实有之，一实无之，一实全之，一实欠之。了然此有无、全欠之在天下，固不容有欺而当戒矣。

“诚者天之道也”，天固然其无伪矣。然以实思之，天其可以无伪言乎？本无所谓伪，则不得言不伪；如天有日，其可言此日非伪日乎？乃不得言不伪，而可言其道曰“诚”。本无所谓伪，则亦无有不伪。本无伪日，故此日更非不伪。乃无有不伪，而必有其诚。则诚者非但无伪之谓，则固不可云“无伪者天之道”也，其可云“思无伪者人之道”乎？

说到一个“诚”字，是极顶字，更无一字可以代释，更无一语可以反形，尽天下之善而皆有之谓也，通吾身、心、意、知而无不一于善之谓也。若但无伪，正未可以言诚。但可名曰“有恒”。故思诚者，择善固执之功，以学、问、思、辨、笃行也。己百己千而弗措，要以肖天之行，尽人之才，流动充满于万殊，达于变化而不息，非但存真去伪、戒欺求慊之足以当之也。尽天地只是个诚，尽圣贤学问只是个思诚。即是“皇建其有极”，即是二殊五实合撰而为一。

一一

孟子言“皆备”，即是天道。言“扩充”，即是人道。在圣学固不屑与乡原之似忠信、似廉洁者为对，在王道亦不屑与五伯之假仁假义者为对。学者先须识得此字，然后见处真，立处大，可有至百步之力，而亦不昧于中百步之巧。若将此“诚”字降一格，使与“欺”字“伪”字作对，则言必信、行必果，硁硁然之小人便是配天之至诚矣。

格、致、诚、正、修、齐、治、平八大段事，只当得此“思诚”一“思”字，曰“命”、曰“性”、曰“道”、曰“教”，无不受统于此一“诚”字。于此不察，其引人入迷津者不小。

广平引《大学》“欲诚先致”释明善、诚身之序，自是不谬，以致知、诚意是思诚者知行分界大段处也。若庆源死认诚意为诚身，而孤责之隐微之无欺，则执一砾石而谓太山之尽于是，亦乌知其涯际哉！

一二

文王当商命未改之时，犹然受商之斧钺以专征[5]，故无图天下之心，而后为大公无私。若孟子所以期当时之侯王者，则异是。周德已讫，而民之憔悴甚矣。天命须是教有所归，斯民须是令之有主，此亦有广土众民者义之所不得辞。则但行文王之政，不必心文王之心，而已无愧于文王。

况乎汉高之王汉中，秦已亡而天下裂，义帝之在郴南，初未尝正一日君臣，如夏、商世德相承之天子，为汉之所必戴也。至项羽之稔恶已盈[6]，固不足以为盟主，分汉王于汉中，非所宜顺受之命。使汉君臣不以天下为图，徒保守一隅，养民致贤而一无所为，为之，则一吴芮、尉佗而已矣。《集注》以私罪汉，未合于时措之宜也。

到廓然大公处，却在己在人，更不须立町畦[7]，自贻胸中渣滓。上审天命，下察人心，天理所宜，无嫌可避。使文王而当七雄、秦、项之际，上无可服事之故主，下无可推让之邻国，又岂得不以天命不可旷、民望不可违为大公至正之道哉！

七雄之不仁，项羽之不义，既恶剧于崇、密而必不可北面事之。苟有其德，允当其位，而当此两不相下之势，如项羽之不并天下不休者，又岂如四海乂安，仅保一方之三苗可舞干而格？则以天下为己任者，“勿贰尔心”，而夙夜以期乎必济，正以其身为天下用，而不徇小名小义以自私。藉令汉高而忘天下也，膜视此中国糜烂瓜分于项氏之手，又岂文王之所忍为乎？

乃若汉高之德愧文王者，则其所致之贤非伯夷、太公、颠夭、宜生之属，两生、四皓终不见庸，而滥以天爵施及哙伍。其养民之政，因陋就简，使五帝、三王强教悦安之大德斩焉不传于后世，斯以为周、汉醇疵之差别尔。若其图天下于秦、项之手而往必求济也，则与尧、舜、汤、文何异道之有哉?

一三

以手援嫂，自是惊天动地事。《集注》云“非若嫂溺可手援”，忒把手援看作等闲，坐为孟子“子欲手援”一语赚惑。孟子自缘淳于髡滑稽无赖，到底不屑与他正经说，只折合得他便休。其与告子、任人辈语，皆然。“子欲手援天下乎”，非法语也。

此处唯南轩及朱氏公迁看得精析不乱。嫂溺自是用常礼不得处，与汤、武征诛，伊、周放戮，大舜不告一例。若当时天下之溺只是正道上差错了，要与他整顿却易，只消得守道之常为之匡正，则事半而功已倍矣，何用似以手援嫂，做出这样非常事来!

故孟子之道，合则行，不合则止，犹男女无别时只依着授受不亲之常礼，便足整顿。自生民以来，一治一乱，圣贤看来全无诧异。而由乱向治之时，为之拨乱反正，大经大法，如运之掌，固不消手忙脚乱也。其云“子欲手援天下乎”，谓援处与溺处各有登对，无事张皇，如嫂命滨危，须破礼合权耳。

一四

双峰说：“曾皙不私其口腹之奉，常有及物之心，这便是好的意思，曾子便能承顺他。”此言害道不小。子之事亲，若在饮食居处之际较量着孰得孰失，得则顺之，失则逆之，即此便是不孝之尤。陈了翁云：“臣弑君、子弑父者，常始于见其有不是处耳。”见其有是，即见其有不是矣。

以余食及人，当甚好处?曾子、曾元皆处贫约，即撙节而俾无失肉[8]，以得尽养，亦未便是不好。曾元胸中正执此道理与父母计较耳。且余食之所及者，果饥寒待此以为命者乎?或在童稚，或在仆妾，亦只是呴呴之爱。有如父索所余之财货，以授非所当得之爱妾，则固溺爱不明而陷于恶矣。

乃天下不孝之子，才于此辨是非，便做出逆天大恶来也不顾恤。故舜之琴、弤、干、戈，自非象之所宜得，然使父母欲以与象，岂便固执不与?“天下无不是的父母”，则亦无是的父母也。凡此之类，父母即极其不是，也只欣然承顺。双峰云“要谕之使合于道”，一谕便是责善，责善便是争，争便是忤逆。父子之间，各执一是以相讼，而人道灭矣!

若礼所云有过则谏者，自是关系行检大纲目处，岂在脔肉、杯酒、斗粟、尺布之间苛求其得失!贵戚之卿，且必君有大过而后谏，况子之事亲耶?且过之大小，亦因乎人之生平。若文王、孔子以为父，则一举动之可疑，不妨以异同请益。若在瞽瞍，则但不格奸而已足。至于言行好恶之纰缪，一一而辨其得失，将终日疾首蹙额于问安视膳之时，即欲求一刻之承欢而不得矣。

故唯亲之可谕于道而不怙其恶者，乃可施其几谏，要亦须于己所修之子职了无干涉，然后可见之言词。此非以避嫌也，才到干涉处，恒人之情便易动怒，相激而为贼恩之事，所必至矣。故曰：“直情径行，夷狄之道也。”新安云“一饮一食之间，尚承亲志如此，况其立身行己之间乎”，只此极得曾子之心。

一五

舜之于瞽瞍，便尽索其所有以与象，亦须欣然承顺。至于舜之孜孜为善，莫之能御，虽非瞽瞍之所欲，则又不敢量其亲之必无此志而不以玄德为承志也。

在亲自有志、事之分，在我又有失身、不失身之别。亲既不但有其志，而见之言语动静，如问有余之类。于我则虽不尽当于道，而终不至于失身，如以余食与非所当与者。者处正好行其“天下无不是的父母”之心。故舜之牛羊、仓廪、琴、弤、干戈，便瞽瞍将授之盗贼，也不得留纤芥于胸中。

其不可者，唯欲使象代舜为天子耳。以天子之位，天授之，尧禅之，非舜之有也。人子之于亲，能有几桩事物与舜之有天下一例，乃忍区区较其为公为私、为得为失哉！甚矣，双峰之俗而悖也！

一六

唯瞽瞍欲以舜之天下与象，则不可承顺。若泰伯、伯夷，则亦必欣然承顺。舜受尧之天下，本非所有而以道受之。徇私亲而以与象，便是失道，失道则失身矣。泰伯、伯夷以世及之国，幸亲不以与异姓而欲授其弟，则承志而逃之，方是求仁，方是至德，方是不失其身。

叔齐之贤[illegible]能过伯夷，而以偏爱故，乱长幼之序，双峰所云“不好的意思”，孰甚于此！浸令伯夷见亲之过，而欲以谕孤竹君，使勿紊长幼之礼，岂非卫辄之流亚乎？且到这处所，岂但伯夷，即凶悍贪嚚之子[9]，也难出口去谕。欲谕而不能，而又怀必谕之心，怀忿浸淫，而商臣之恶起矣。故曰：双峰之说害道不小。

一七

“人之易其言”与“好为人师”两“人”字，云峰以为与《大学》“修齐”章“人”字不异，亦自分晓。但为“易其言”者说，则所谓征色发声而后喻者，自不可与上智同年而语。然苟有责而不易其言，犹在困学之科。云峰云“为泛然之众人而言”，则又太屈抑之矣。泛然之众人，一面受诟骂，一面谰言无忌也。若惠施之遇匡章，理愈穷则词愈嫚，又何尝肯自愧怍而息其邪说。况悠悠之人并不逮惠施者乎？至于“好为人师”者，则泛然之众人固不特无其事，而抑并无其志，且虽“好”之，而人终不师之，则亦何“患”之有？

云峰缘《书》言“敩学半”，《礼》言“教然后知困”，孔子以朋来为乐，孟子乐得英才而教育，疑圣贤之不以此为患，故有“泛然众人”之说，乃不知决一疑，又入一疑也。解圣贤文字，须如剥笋相似，去一层，又有一层在，不可便休，须到纯净无壳处，笋肉方见。

孟子此言，元对当时处士而言[10]。圣贤既不以为患，众人又无好为师之事。唯若惠施、公孙龙一流人，他不理会自家，只要开立法门，终日揣摩卜度，宛转曲折以成其说，千枝万叶，总欲璀璨动人，苟伸其一偏之旨，而以为人所宗主。只此他劈头便从虚诳上着力，故其学之也亦非不博，思之也亦非不深，执之也亦固，而推之也亦远，乃其意中，唯有此为师之好，将孔子也看做恁样做出来的，则迎头便差，堕入非辟。故曰人之患在此，以其蔽、陷、离、穷，“载胥及溺”而莫能淑也。

凡此一类，皆有过人之资，而又不无好学深思之事，乃以徇名求利、自尊好胜之心，可惜此一项有用人才堕入禽狄去，故曰患。患者，自外来者也，非其所应有之忧，而以一好累之，则既可深恶，而抑可深悼。如人之有病患，非形体所固有，乃以不正之气所感，流传腑脏，遂以伤生者然。

孟子当时，饶有此人，只贪一个北面皋比[11]，“后车数十乘，从者数百人”，便惹下人心世道一大害来。故直指他受病根本，为此辈清夜钟声：言汝之所以舍正路，放本心，而放恣横议者，只在此处，趁门风，图利赖而已。若能去此一好，则以汝之才，亦何至充塞仁义而率兽食人乎！此所谓可深悼者也。

乃尽他说得天花乱坠，公然与尧、舜、周、孔为对垒，也只是收合一起闲汉、做成一部文章的本愿。勘破他此处，却元来自家也不曾果有邪僻在，但为些须名利，造下这场虚谎，此则所可深恶者也。

后来王仲淹全是此病，而韩退之亦所不免。通也，愈也，亦岂泛然之众人哉！近世龙溪以下诸儒，傍释氏之门庭，以入流合俗而建宗风，盖亦不读孟子此语耳。

一八

“实”与“本”确然不同。本者，枝叶之所自生；实者，华之所成也。《集注》谓“有子以孝悌为为仁之本，其意亦犹此”，是大纲说道理，恐煞说二者是实，则嫌于以仁民、爱物、贵贵、尊贤等为虚花，故通诸有子之说，以证其有可推广相生之义。实则有子之意，以孝悌为为仁之本，教学者从此立定根基发生去，孟子则言凡尽五常之德者，皆当以此为实也。

若一向在外面去做，却于二者有缺，则是心已不著在腔子里，与自家根本真心相体认，尽着外面推排，都是虚壳子撑架着。寻常说仁、义、礼、智、乐，及至反躬自验，而其或为切近，或为迂远，或为精实，或为虚疏，一倍了然自喻，知唯此之为实矣。

诸说唯西山说见大意。劈头仁、义二条，即是教为仁义者一依据紧要事，故五“实”字一般元无差异。云峰横生异同，将前二“实”字作人本心说，便不得立言之旨。

若论源头发生处，但有远近亲疏之别，初无先后之序。人性之中，仁义之全体大用，一切皆备，非二者先而其余皆后。一落后，则便是习，不是性矣。唯斯二者，痛痒关心，良心最为难昧，故曰“实”。当身受用处，较其余自别。如谷有实，乃是人吃得饱满物事也。双峰及张彭老之说，皆不合本旨。

一九

蔡氏将“知而弗去”作两件说，真成诧异，向后引证，愈见支离。

说是、非为二，又与此“知明”“守固”不相干涉。倏而此为二，倏而彼为二，就蔡氏言之，已为四矣。况从是而往，尽智之用，有千万而无算者乎？礼有三统，乐有五音，又岂礼有三实，乐有五实邪？

其曰“如五行水土，俱旺于子”，乃不知土生于申，是术家附会安排，大不恰好处。使土果生申而旺子，则《月令》位土于长夏之中宫，当午、未之余尚在未得长生之地，而辰亦土位，恰当墓库，又何说也？即以术家之言推之，亦当谓土生于辰、巳之交可耳。水、土相克，故不得同宫俱王也。

且此亦何足为四德五常征！生王之说以化气言，四德五常以体性言。如水生申，旺子，绝巳，岂人心之智，亦申生、子旺而巳遂绝耶？

又云“五脏，心、肝、脾、肺皆一，而肾独二”，其说尤鄙。肾有二，肝与肺且不啻二矣。且以六腑言之，太阳寒水为膀胱，膀胱亦有二耶？内形既然，外形亦尔。如口一而耳、目、鼻皆二，其于五常四德，又何象哉？

形而上之道与形而下之器，虽终始一理，却不是一个死印板刷定的。盖可以形而上之理位形而下之数，必不可以形而下之数执形而上之理。若撇下本领，只向画影、图形、握算子、分部位上讨消息，虽其言巧妙可观，而致远必泥，君子不为也。

孟子说“知斯二者弗去”，只是一套话，说教详尽，何尝分为两扇，如肾二枚相似！庆源云“知既明，则自然弗去”，较之蔡说，自免于邪。然孟子一“知”字，只浅浅说，故加个“弗去”，未尝如庆源于“知”字下加一“明”字说得尽也。

以实求之，事亲从兄，初无深隐莫察之蕴，亦人所易知，而特难于弗去。其所以难于弗去者，以斯二者与其他事理不同。凡理之有所得而复去者，类为私智邪说之所乱，故知之明则不复去。乃斯二者，虽极不孝不悌之人，亦无私智邪说爚乱他，别作一番假名理，只是其知之也不能常常不昧，一会惺忪，一会懵懂，遇昏着时便忘了也。

“去”字当如字读，与“不违仁”“违”字一义。俗作上声读者不通。常知不昧，便是弗去。恰紧在弗去上见智，非恃其知之明而即以弗去也。故庆源之说贤于蔡氏，而要于此未当。

二〇

事亲方是仁之实。从兄方是义之实，知斯二者方是智之实。节文斯方是礼之实，乐斯方是乐之实。若不于斯二者尽得，则虽爱以为仁，敬以为义，明察以为智，习仪以为礼，娴于音律舞蹈以为乐，却都是无实。无实便于己不切，即非心德。孟子立言之旨，大概如此。

所以到乐上，又须引伸一段。缘乐之为教，先王以和人神，学者以治性情，似所用以广吾孝悌者，而非孝悌之即能乎乐。故孟子又推出学乐者一段真情真理来。自非心有日生之乐，志和气顺以手舞足蹈，自非无不可中之节奏，则竟不可以言乐。故学者之学于乐，必足之蹈夫舞缀之位，手之舞夫干羽之容，得之心，应之手足，不知其然而无不然，斯以为乐之成。然使其心之乐不日生不已，则非其郁滞，即其放佚，音节虽习，而不可谓乐也。

唯能以事亲、从兄为乐，而不复有苦难勉强之意，则心和而广，气和而顺，即未尝为乐，而可以为乐之道洋溢有余。乃以之为乐，则不知足蹈手舞之咸中于律者，斯以情益和乐，而歌咏俯仰，乃觉性情之充足，非徒侈志意以取悦于外物也。此乐孝悌者所以为乐之实也。

“乐斯二者”一“乐”字有力，是事亲、从兄极顶位次。孔子所谓“色难”者，正难乎其乐也。故朱子曰：“要到乐处，实是难得。”不是现成乐底，须有功夫在。其始亦须着意，但在视无形、听无声上做去，调治得这身心细密和顺，则自然之乐便生。自然之乐，是“生”字上效验，勿误以解“乐”字。始乐时，一须加意去乐，此圣贤一步吃紧工夫，不可删抹。

足蹈手舞，自当如庆源说，是作乐之事。不然，此二语更无归宿。圣贤恰紧文字，断不作有说无义、镜花水月语也。若莆田黄氏向此段无“是也”二字作商量，一片闲言游语，读之令人欲呕！

说事亲、从兄，便有知之弗去，节文而乐在里面。抑能知之弗去，节文得当而乐之，方叫得事亲、从兄。双峰以智、礼、乐为“道生”，大是差谬。作文字时，须如此宛转分配，实则言人能常知事亲、从兄，外尽其节文而内极其和乐，则仁、义、礼、智、乐之实皆在是也。

《集注》“然必知之明”云云，是朱子补出言外之意，非孟子大旨，其欹重知，亦微有病。盖爱之推及民物，敬之施于贵与贤者，求以尽仁义之大用，则存乎知、行之并进。而事亲、从兄，在孩提稍长而已知，其吃紧工夫，唯力行而已。天下之不能事亲、从兄者，岂不知亲之当事、兄之当从哉！故于智必言“弗去”，常提醒此心明了不忘，是之谓智。非未行之前，日取事亲、从兄之理，学之问之，思之辨之，以致其知也。

《论语集注》“知犹记忆也”，恰与此处吻合。知处有工夫而无条目，只分明记忆得便是。若夫事亲、从兄所应修之职，辨之须明而处之须当者，在此章则又属礼之节文，而非智之事。故曰：“知”字说浅，不须加一“明”字。兼乎华，则并尚知，纯乎实，则专尚行，《集注》于此，不无渗漏。

二一

“不可以为人”，语意极严。“不可以为子”，较宽一步说。“不顺乎亲”，是子道之未尽，而不可以为吾父之子也。“不得乎亲”，则人而禽矣。

朱子“人是大纲说”一段文字差错。此处轻重失审，则将有轻天性之爱，而专意于责善者。舜恰紧在得亲上，故曰“尽事亲之道”。延平先生“无不是的父母”一语，正于此立万世之权衡。

二二

“各止其所而无不安”，《集注》此语说得广大。如申生固能为人之所不能为，却令天下之父子许多疑难处依旧不得个安静在。中材以下，要死既难，贤智者又虑死之犹未为尽道，从此便开出歧路，以至不忍言之事而亦犯之。舜却平平常常，移易得恰好，依旧父爱其子，子承其父，天下方知无难处之父子，何用奇特张皇，不安其所而强有事也！孟子此语，笼罩千万世智愚贤不肖父子在内，故《集注》以广大深微语配之，读者勿忽。

---

①蕞尔：小貌。

②戡：平定。

③衄（nǜ，音妞）：损伤，挫败。

④纳景：“纳影”之谓。连自己的身家性命都交付出去。

⑤斧钺：亦作“斧戉”。古代军法用以杀人的斧子。亦作为权力的象征。

⑥稔（rěn，音忍）：庄稼成熟。引申指事物酝酿成熟。

⑦町畦：田塍，即田间的界路。比喻界限、规矩约束。

⑧撙节：抑制。现一般用作节省的意思。

⑨嚚（yín，音银）：愚顽奸诈。

⑩处士：古时称有才德而隐居不仕的人。

⑪皋比（pí，音皮）：虎皮。称任教为“坐拥皋比”。“北面皋比”也就是为人师。

离 娄 下 篇

一

舜之于父，文王之于君，俱非“行乎中国”事，而尤不可谓之“得志”。孟子所言乃大行之常道，南轩所云乃忧患之微权，相去正犹迳庭。若论圣人处权变，则道固不同。舜传贤而禹传子，文服事而武伐商，一堂之父子君臣早已异矣，况千岁而可执一耶？

新安“此心此理”之说，自象山来。象山于此见得疏浅，故其论入于佛。其云“东海、西海”云云，但在光影上取间架，捉线索，只是“三界唯心”一笼统道理，如算家之粗率。乃孟子之言“一揆”也，于东夷西夷，千岁前后，若论心理，则何有于时地！以时地言者，其必以事迹之因时而制地者，审矣！

圣贤之立言也，正在天理烂漫、形著明动上征道之诚然，终不向烛影萤光寻个相似处测其离合。而《孟子》一书，十九为当时药石，显真理以破妄说。些一章书，自缘战国游谈之士，非先王之道者，谓时异地殊，法必改作，不可以虞、周之治治今日，不可以蒲坂、歧阳之治治他国[①]，故孟子显示两圣人所以行乎中国者，时地相去之远如此，而所以揆度天下之务者无异。“揆”字自当如庆源解，玩“其揆一也”文义自见。则齐、楚、秦、赵何不可移易之风俗，而井田、学校何徒可行于古而不可行于今！彼坏法乱纪，苟简趋时以就功名，如赵武灵、商鞅、李悝者，徒为乱而已矣。

朱子于《学庸章句》、《论语集注》，屡易稿本，唯《孟子注》未经改定，故其间多疏略，未尽立言之旨，如此类者不一。而门人后学以师说未定，辄借陆氏之诐词附会成义，以叛入异端。后学之责，当相与修明，岂得雷同以遵注为了境邪！

二

“行辟人”，亦是平政之事。尊卑等秩，各安其所，正所谓政也。君子之平其政，至于“行辟人”而可，则虽不近人情，而自尊卑人，亦以为平也。此二语是救正子产不知大体处。焉有大夫之车而庶人可乘之以渡水者乎？此二句是一意。“焉得人人而济之”，连下三句是一意。孟子文章简妙处，不须立柱子，分对仗，只一气说下，自有片段。苏氏唯不知此，故以间架文字学孟子，文且不相似，而况其道乎！

《集注》亦于此看不出。浸云君子能平其政矣，则虽行辟人焉而亦可。然则政之未平者，便当罚教与百姓肩摩衽接，一场胡哄耶？

看文字，须向周、汉以上寻章法，不可据八大家割裂排仗，勾锁分支。此其得失虽小，而始于害文者终于害意，始于害意者终于害道，亦非细故也。《四书》分节处，不可执作眼目，类如此。

三

朱子说子产有不忍人之心，而不能行不忍人之政，贴得孟子本意分明。唯其有不忍人之心，所以可谓之“惠”。庆源讥其有内交、要誉之心，此酷吏生入人罪语[②]。儒者立法严而宅心恕，不宜尔也。

惟其有不忍人之心，故孟子以“不知为政”箴之。令其有内交、要誉之心，则此种彻底诈伪人，不知为政，奸亦不深。使其娴于政理以济其奸，则恶益滔天而无忌矣。

子产自是赤心救国一个社稷臣，终不似陈氏之厚施，王莽之谦恭，唯以内交、要誉为心。王莽以有此心，故一部《周礼》依样画出，适以流毒天下。故曰：知为政以济其奸，而恶益滔天也。

孟子说“五伯假之也”，亦只在事上假。若论他立心处，虽有不端，却一直做去。若触处便起私心，虽在拯溺救焚时也只在内交、要誉上商量，则天下又岂可尽欺！只一两端，便雪融尸现③，直成一事不得，又何以为五伯，何以为子产，而孔、孟且以“惠”许之邪？

四

《孝经》云：“资于事父以事君而敬同，资于事父以事母而爱同。”则君之与父，不得合敬而又同爱矣。“天下无不是的父母”，延平此语全从天性之爱上发出，却与敬处不相干涉。若论敬，则陈善闭邪之谓也。苟不见邪，更何所闭？潜室套着说“天下无不是的君”，则于理一分殊之旨全不分明。其流弊则为庸臣逢君者之嚆矢④。其根原差错则与墨氏二本同矣。

君之有不是处，谏之不听，且无言易位，即以去言之，亦自须皂白分明。故汤、武、伊、霍之事，(既)〔概〕与子之事父天地悬隔，即在道合则从，不合则去，美则将顺，恶则匡救。君之是不是，丝毫也不可带过，如何说道“无不是的”，去做得！若人子(见)〔说〕道“无不是的父母”，则谏而不从，终无去道也。

如云此自君之加我者而言之，而非自其用人行政之失言也，乃去、就之际，道固不可枉，而身亦不可失，故曰“士可杀而不可辱”，假令君使我居俳优之位，执猥贱之役，亦将云“天下无不是的君”，便欣然顺受邪？

韩退之唯不知道，故其《拟文王操》有云“臣罪当诛兮，天王圣明”显出他没本领、假铺排勾当，又何曾梦见文王心事来！朱子从而称之，亦未免为其佞舌所欺。

夫使文王而以纣为圣明也，果其心见以为然邪，抑心固知其不然而姑为此爱之之语邪？果其心见以为然，则是非之心已为恭敬所掩，所谓“之其所畏敬而辟”，爱而不知其恶矣。如知其不然而姑为此语，则与王莽之泣祷于天，愿代平帝之死者，又何以别？

圣人人伦之至，不是唇舌卖弄的。君之当敬，岂必圣明而后敬哉！故曰“不以舜之所以事尧事君，不敬其君者也”，而岂得以舜之所以事瞽瞍者事君乎？如云“臣罪当诛”，则文王自见当诛，必将以崇侯为无罪矣，而又胡为乎伐崇也？

圣人一诚而已矣。为臣而尽敬于君，诚也。君之不善，不敢以为圣明，己之无罪，不敢自以为罪，亦莫非诚也。“臣罪当诛，天王圣明”，则欺天欺人，欺君欺己，以涂饰罔昧冥行于人伦之际，而可以为诚乎？

孟子“国人”、“寇仇”之言，不为无过，即以孟子去齐宿昼之事证其不然，足矣。韩退之以私意窥圣人，(庆源)〔潜室〕以浅见学延平，非予所知。

五

即于唐、宋人诗辞求之，自有合理体语。如云“执政方持法，明君无此心”，云“不须愁日暮，天际乍轻阴”，既不失忠爱之旨，而缩素自在⑤。较诸“臣罪当诛，天王圣明”之语，岂不有诚伪之分也！

说到自家忠孝分上，一抄袭即入大妄。退之是从《凯风》“母氏圣善，我无令人”抄来，正与(庆源)〔潜室〕之袭延平同病。胸中无真血性，只依他人见处，一线之差，便成万里。如退之说“博爱之谓仁”，亦是如此。由他胸中未尝有仁，只揽取近似处，凑手作文字。其实他人品心术，却在颜延之、庾信、杜甫、韦应物之下，细取其诗文读之，败露尽见也。

六

孟子所谓“大人”，皆自道也，是“充实之谓美”进一步地位，不屑屑与小人对。横渠“精义入神，观其会通”等语，极切。义理充实，方有可会通之势。不得充实，便有缺陷处，则靠支贷处去补。补处早是窒碍，如何会通得？既已充实，而又致其精义入神之功，则光辉生于笃实之中，便礼义皆从天真流出，何至有“非礼之礼，非义之义”！

礼义从中流出，充满笃实，大要得之“养气”。其会通而入神以有其光辉者，大要得之“知言”。至此，便浑身在天理上恣其择执，此几与孔子“不惑”“耳顺”同一境界。但须著“弗为”字有力，则未至于从欲不逾、化、不可知之境耳。

以此知孟子之所云“大人”者，皆自道其所至，而非但对小人而言也。“非礼之礼，非义之义”，为之者未便大差，岂至于与似是而非者同科？其云“似是而非”者，云峰之妄也。似是而非，则固非矣。今云“非礼之礼，非义之义”，犹然为礼义也。似是而非，乃乡原之以乱德者。如原思辞粟，自是“非义之义”，岂遂如紫之夺朱、莠之乱苗哉！

只缘大人以降，义礼有不足处，如贫家请客，烹饪未能合宜，不获已，且与迁就。若集义而无所馁，学不厌，教不倦，而言人心通，则如官山府海，随所取舍，不至有“何有何亡，黾勉求之”之事矣，曾何小人之足云！

七

言养，则自与教不同，非君子之须有异术，乃受教、受养者之品地别也。教是个大垆冶，“与其洁而不保其往”者，无不可施，故不可行之于子弟。养须是有可养之具，倘如荑稗[6]，纵然养就，亦不成穑。

《集注》谓“无过不及之谓‘中’，足以有为之谓‘才’”，即此二语，自有分晓。或过或不及而未足有为者，自不至如“夫子教我以正，夫子未出于正”之顽讼也[7]。唯在所养之人为有可养之材，故或不须董之以威[8]，而待其自熟。乃欲养之，则必尽其壅培修剔之力，而非有所故为宽假。此于“君子不教子”常法之外通一格，言子弟之可养者，不当执不教之律，坐视其可以有成而弃之。

养与弃相对说，只重在不弃，不须于“养”字上作从容蕴藉角。书称“敬敷五教在宽”，与此全别。彼言教愚蒙不可使知之民，此言可养之子弟。彼言敷五教，大纲不干名犯义，是粗的事，此言养之使中且才，进德修业，是精的事。新安引据全差。

八

朱子说“著个〔‘不失’字〕，便是不同处”，极须向不同处分晓。若认大人、赤子了无不同[9]，则已早侵入异端界也。

凡看古人文字，有颠倒读皆顺理者，有只如此顺直说倒不得者。如“大人者正己而物正者也”，则倒说“正己而物正者大人也”亦可。若此章，则倒说“不失其赤子之心者大人也”不可。“不失其赤子之心”，未便即是大人。特谓大人者虽其笃实光辉，而要不失其赤子之心也。在“有诸己之谓信”者，已能不失其赤子之心矣。此数章书，自相连说下，反覆见意。大人者言虽不必信，行虽不必果，而赤子之心则必不失。无不诚之明，无无本之道也。

赤子之心，是在人之天。《集注》云“无伪”，与《易》“无妄”一义，由人见其无伪，非不为伪之谓。赤子岂刻意而不为伪者哉！

大抵人欲便妄，天理便真。赤子真有未全，而妄不相涉。大人之不失，所谓“无欲而后可以行王道”者是已。双峰却从饥便啼、喜便笑上著解，乃不知饥之啼、喜之笑，是赤子血气分上事，元非赤子之心。煞认此为真心，是所谓“直情径行，戎狄之道”耳。释氏以行住坐卧、运水搬柴为神通妙用者，正在此处堕入禽狄去。孟子说个“赤子之心”，是从天道上见得，不容向一啼、一笑讨消息。

孟子“道性善”，则固以善为赤子之心可知。“心统性情”，赤子便有性而未有情，只性之善者便是，若知啼知笑，则已移入情矣。双峰之说，正告子“食色性也”之邪说。

九

既曰“赤子之心即‘性善’之善”，则尽性者唯圣人，乃又云“有诸己之谓信，已能不失赤子之心，未便是大人”，岂不自相矛盾？此又不然。虽曰“性善”，性却不能尽善之致，善亦不能尽性之藏。“可欲之谓善”，早已与性相应矣。“不失”，未便到尽处。可欲之善，有诸己之信，岂可谓之失其性乎？

孟子亦止道“性善”，却不得以笃实、光辉、化、不可知全摄入初生之性中。《中庸》说“昭昭”之天，“无穷”之天，虽无间别，然亦须分作两层说。此处漫无节奏，则释氏“须弥入芥子”、“现成佛性”之邪见[10]，皆由此而生。愚每云“性日生，命日受”，正于此处分别。在天之天“不贰”，在人之天“不测”也。

一〇

小注中朱子及辅、陈二氏之说，全以自然释“自得”，与南轩别。乃《集注》既云“自然”，又云“得之于己”，则兼采南轩之说以尽其义，亦不可定谓南轩之弊有如庄子也。

本文云“深造之以道，欲其自得之”，语相呼应。深造之功，正与自然之得相应。深造不以道，以道而造之不深，则其时有所得，是拿着一定要得，却刻期取效[11]，乍可有得而据之，此正与自然而得者相反。如谚云“瓜熟蒂落”，则深造而得之不劳矣。

然所谓“自然而得”者，亦即于己得之之意。彼拿着守着、强勉求得者，唯其刻期取效于见闻，而非得于心。深造之以道，则以道养其心，而心受养于道，故其自然而得者，唯吾心之所自生也。

既深造以道，便已资于学问义理之养，则与庄子守此无物之己，堕耳目、弃圣智以孤求于心者不同。庄子撇下物理求自，孟子藉学问思辨之力以养其自，大分别处只在此。到头来，庄子自得其己，而不问道之合离。孟子得道于己，而充其万物皆备之体也。岂至一言“自”而即相混哉！

南轩唯“他人”二字下得不好，没着落在，必求其归，则疑与庄子同。看来，他意旨原不尔，只带出一他人作反照，未免苟简无实耳。所以朱子既用程子“自然而得”之解，仍须加“于己”二字，使学者无疑得诸己者之非，而靠定闻见，断弃此心，从小体而失其大。

此“自”字唯不须立一“人”字作对，却与“反身而诚”言“反身”者相近，亦与《论语注》"不言而识之于心"一"心"字相通，亦是学者吃紧论功取效处，不可删抹。即以"自然而得"言之，所谓"自然"者，有所自而然之谓也。如人剪彩作花，即非自然。唯彩虽可花，而非其自体所固有，必待他剪。若桃李之花，自然而发，则以桃李自体固有其花，因其所自而无不然，无待于他。由此言之，则吾心为义理所养，亲得亲生，得之己而无倚，唯其有自而然，斯以自然而然，明矣。

天下之义理，皆吾心之固有。涵泳深长，则吾心之义理油然自生。得之自然者，皆心也，其不自然者，则唯其非吾心之得也。此是学问中功候语，与老、庄舍物求自以为道者本自不同。若因迹近庄子，而遂以为不然，则夫"自然"者，老、庄亦尝言之矣，又何以可言"自然"而无害邪！

一一

佛氏不立文字，庄子弃糟粕之说，他差错处，非能背驰，只是躐等。天下那有两个道理，许佛老与我并立而背驰？只是他颠倒用来，便于事理种种差错。如稻麦之有苗叶，所以为粟之房干，而粟必由是以生，非可辄于苗叶作可食不可食之想，因弃苗而求粟。

圣贤之学，则须说"深造之以道，欲其自得"。佛、老欲自得，即向自得上做去，全不理会何以得，何以自得，颠倒说深造之以道，便非自得。

圣贤则须说"博学而详说之，以反说约"。佛、老欲说约，则一句便从约说起，而于约之所以为约者，只据一星两星，便笼罩迁就去，颠倒说博学详说，便不得约。

此是吃谷种见解：见人雨谷于田，颠倒笑人，可惜此可食之谷，却教堕泥土中变作草也。思及此，异端之愚真可笑可悯。懦者不察，乃谓彼有径直门庭，我须与他分别，则是见彼吃谷种子之愚，便不粒食，又奚可哉！

圣贤之道则是"一以贯之"，异端则是以一贯之。他一字小，圣贤一字大。他以一为工夫，屈抑物理，不愁他不贯。圣贤以一为自得之验，到贯时自无不通。

他"自"字孤另，圣贤"自"字充实。他"约"字巧妙，圣贤"约"字包括。他极顶处，说"佛法无多子"，只是趁此一线索着去，便谓之约，谓之自，谓之一。圣贤却看得无事无物非在己所当知明而处当者，此一个万物皆备之身，须约束着万事万理，无使或逾。

故不深造之以道，必不能自得；不博学而详说，必无以说约。天下只有约，说不尽，行不彻也。尧、舜之禅受，汤、武之征诛，周公之用而行，孔子之舍而藏，六十四卦之错综，二百四十二年之天道王事，皆约中所贯彻之实，如何可以少见多怪而能说之？

《集注》"夸多斗靡"云云，是专就俗儒记诵词章之学反说。若孟子之意，则俗儒、异端之妄俱于此辟之。故徒博无益，径约则谬。两说若废其一，不足以尽本文"将以"二字之旨。此言"将以"，前章言"欲其"，其义正同。言所以如彼者，乃以如此。而俗儒之徒博，异端之径约，其皆舛错可知已。

朱子答或问一段，极切当。盖世间所称博学者，只在风云、月露、花鸟、禽鱼上用功，合下便不可谓之学，而所当学者全然不省，更何有于博？见之不真，言之无实，又如何唤得详？既云"博学而详说"，则显与俗儒不同年语矣。

吃紧破妄处，只缘不知约者。妄意一言片语穿插伶俐，做成一场大虚妄来，故孟子特地与说必博学而详说，乃可说约。故君子将以反说夫约，必博且详焉。则汝以我之博且详为与俗儒之斗靡夸多者同病而乖异乎约者，真全不知学以自诬而诬人也。圣贤分别处，只是深造以道，只是博学、详说，于此做得清楚有绪，更不消向自得及说约处立门庭矣。

一二

西山云："人物均有一心，人能存，物不能存。"此语卤莽，害道不小。自古圣贤，吃紧在此处分别。孟子明白决断说一个"异"字，西山却将一"均"字换了。"犬之性犹牛之性，牛之性犹人之性"，告子犹能知其不然，而西山却灭裂此心，教同牛犬蛇蝎去，悲哉！

心便是统性情的，人之性善，全在此心凝之。只庶民便去，禽兽却不会去。禽兽只一向蒙蒙昧昧。其或有精明处，则甘食悦色而已，此心存之，又将何用！朱子云"今人自谓能存，只是存其与禽兽同者"，此语如迅雷惊蛰，除朱子外，无人解如此道。必知其异，而后可与言存。若云与禽兽均有之心，但存得即好，其不致"率兽食人，人将相食"者几何哉？

西山于此，似认取个昭昭灵灵、自然觉了能知底做心，而以唤醒著、不沈不掉为存。此正朱子所谓存禽兽之心者。看孔子作《春秋》，天道备，人事浃，定王道之权衡而乱臣贼子自惧，全是雷雨满盈、经纶草昧事，何曾与禽心兽心有毫发相似，如所谓昭昭灵灵、唤醒主人者哉！

一三

鳏鱼警夜，鹅鸣夜半，鸡鸣将旦，布谷知春，鹖鴠知寒，蟋蟀吟秋，明驼测水，灵岩三唤主人翁，只是此物，此则与禽兽均有之心也。孟、朱两夫子力争人以异禽，西山死向释氏脚跟讨个存去，以求佛性于狗子。考亭没而圣学充塞，西山且然，况其他乎！

十四

不识得"异"字，固是西山一大罪过，扣紧"存"字作工夫，则始于和靖之失，而朱子亦未之定也。

西山云"人能存而物不能存"，若谓禽兽不能存人心，则彼本无人之心，而更何所存。若谓禽存禽心，兽存兽心，即与君子同功，愈不成说。

此"存"字，与"去"字对说。庶民之去，亦非决意用力而去之，但就其迷失无存，而谓之去。君子之存，亦非必有物焉为其所据，但纲纪不紊，终远禽兽而谓之存耳。"存之"，在成德上见天理民彝，人官、物曲，节节分明。既不使此身此心坠于利欲之中，与麀之淫、虎之暴、狼之贪等[12]，亦必不使此心孤据一空洞昭灵，以握固而守之，与鹤之警、鹦鹉之慧、眠牛饱豕之漠然无求同。乃以使吾人居天地之间，疆界分明，参天地而尽其才，天下万世乃以推其德成之效，而曰人之道于是而存也。

其曰"几希"者，则谓其相去之际，出乎此则入乎彼，其界限不远。乃所以异者既不远，则凡终身所为，终食所念，有几希之不能异者，即以无别于禽兽。故"几希"者严词，亦大词也。一指万重山。而非有一物焉，孤孤另另，亭亭特特[13]，为人之独得可执而存之，为君子之所奉持，而彼庶民者取此一宝命而掷弃之也。

以要言之，此处添一个"心"字不得。人之自身而心，自内而外，自体而用，自甘食悦色，人甘刍豢，牛甘藁刍；毛嫱、西施，鱼见之深藏，鸟见之高飞。即食色亦自迥异。以至于五达道、三达德之用，那一件不异于禽兽，而何但于心？件件异，件件所异者几希。异便是存，不存异便是去。若孤据一心，则既于心争异，而又于心言均，其不自谓能存而但存禽兽之心者，鲜矣！

双峰说“做个存的样子”一语，极好。君子之存，在德业上有样子可见，如舜、禹所为等，而非有下手工夫秘密法也。只如明伦察物、恶旨酒、好善言等事，便是禽兽断做不到处。乃一不如此，伦不明，物不察，唯旨是好，善不知好，即便无异于禽兽，故曰“几希”。和靖说“舜是存，君子便是存之”，把定“存之”作工夫，则硬执“几希”为一物事，而为君子者战兢惕厉，拿定这些子不教放下，其与释氏三唤主人相去几何？恐其所谓“些子”者，正朱子所谓与禽兽同者也。

硬认着些子作命脉，便是执一。要执一，即是异端，异端则是禽兽。释氏说“三界惟心，万法唯识”，正拿定“几希”以为所存之物。其二六时中不教放下者，和靖所谓“存之”也。其云“恰恰用心时，恰恰无心用”者，和靖所谓“存”也。

乃不知圣贤全不恁地用功，仁义且不把作一物拿着来用，故曰“非行仁义”。在舜固然，禹、文、孔子亦无不然，汤、武、周公亦无不然。且如武王“不泄迩，不忘远”，自是道理周匝，流通不竭，岂拿定远迩作降伏其心之具而持之也乎？故“君子之泽”一章但言道统，不言心法。圣人、君子到此初无二致，只件件与立人纲，修人纪，更无安、勉之分。和靖强与分析，以犯异端之垒，朱子未与折衷，亦疏矣。

一五

若论异，则甘食、悦色处亦全不同；若论其异仅几希，则仁义之异亦复无几。虎狼之父子亦似仁，蜂蚁之君臣亦近义也。随处须立个界限，壁立万仞，方是“君子存之”。若庶民，便爱亲敬君，也只似虎狼蜂蚁来，趁一点灵光做去也。苟知其所以异，则甘食、悦色之中井井分别处，即至仁大义之所在，不可概谓甘食、悦色便与禽兽同也。

圣贤吃紧在美中求恶，恶中求美，人欲中择天理，天理中辨人欲，细细密密，丝分缕悉，与禽兽立个彻始终、尽内外底界址。若概爱敬以为人，断甘食、悦色以为禽兽，潦草疏阔，便自矜崖岸，则从古无此苟简径截之君子。而充其类，抑必不婚不宦，日中一食，树下一宿而后可矣。

朱子说人能推，禽兽不能推，亦但就才上见得末流异处，而未及于性。禽兽之似仁似义者，当下已差了。虎狼之父子，只是姑息之爱，蜂蚁之君臣，则以威相制而利相从耳。推得来又成甚伦理？

《中庸》说“诚之者，人之道也”，方是彻底显出诚仁、诚知、诚勇，以行乎亲、义、敬、别、信之中，而彻乎食色之内，经纬皆备，中正不忒，方是人之所以异于禽兽。而明伦察物，恶旨酒，好善言，以至于作《春秋》，明王道，皆从此做去。岂孤保其一念之善，而求助于推广之才哉！

一六

目言“仁义之心”，则以“存之”为工夫，孔子曰“操则存”，孟子曰“存其心”者是也。若人之异于禽兽，则自性而形，自道而器，极乎广大，尽乎精微，莫非异者，则不可以“仁义”二字括之。故曰“非行仁义”，明夫非守“仁义”二字作把柄，遂可纵横如意也。特其人纪之修，人极之建，则亦往往依仁义以为用，故曰“由仁义行”。此自舜至孔子，无不以之尽君子之道者。

此章将汤、武、周公与舜、孔子并叙，不可更分性、反。汤、武他处不及舜、孔，到此人禽关界，小有蹉跌，则已堕入异类。而舜、孔虽圣，亦不能于此上更加藻缋[14]，何得又推高舜于君子之上，徒添蛇足！和靖扼“存之”作工夫，故横立异同。循其说而不加之裁正，则必以顽守一心为存，或且执虎狼之爱、蜂蚁之敬为仁义，而务守其冥合之天明。则正朱子所谓存禽兽之所同者，其害岂小哉！

一七

《集注》说性兼说形，方是彻上彻下、知天知人之语。性之异者，人道也。形之异者，天道也。故曰“形色，天性也，唯圣人然后可以践形”。《中庸》以至诚为天道，亦是此理。

仁义只是性上事，却未曾到元亨利贞、品物流行中拣出人禽异处。君子守先待后，为天地古今立人极，须随在体认，乃可以配天而治物，“行仁义”者不足以当之也。孔子作《春秋》，何曾有仁义作影本！只权衡来便是仁义。若论其实，也不过人之异于禽兽者耳。

古今此天下，许多大君子或如此作来，或如彼作来，或因之而加密，或创起而有作，岂有可传之心法，直指单传，与一物事教奉持保护哉！人自有性，人自有形。于性尽之，不尽禽性，于形践之，不践禽形，而创制显庸，仁义之大用立矣。呜呼！此孟子之所以为大人，而功不在禹下也。

一八

古之善射者，类以羿名。孟子曰“羿之教人射”，盖唐、虞之羿，以射教人者，非有穷后也。有穷后之死，自以淫田不道，非有人妒天子之善射而杀之者。《集注》以篡弑、党逆为言，要为未审。如果羿与寒浞，则彼此俱为乱贼，与安、史父子等，皆蹈滔天之恶，必诛不赦。而但以取友不审较量其罪之厚薄，不已迂乎！

《集注》又讥庾斯废公全私，亦未察于春秋时事。春秋列国之相侵伐，固不以斩将陷阵为功。如献麋遗弓，奉浆摄饮，当时正以此服人，则不必其师友而释之，亦未为不可。盖彼此均为侯国，旦干戈而夕玉帛，杀一人未足以为利，而徒深其怨，故虽纵敌而军刑不加。其或胜或败，初不关宗社之存亡，自不可以后世之武臣所与争一旦之命者非夷狄则盗贼，胜则安而败则危者比也。其必以折馘[15]执俘、虏刘滨尽为功，自战国始有，而成于秦、项之际，要非可论于春秋疆埸之争一彼一此者也。不然，则庾斯卖国全私，与秦桧之班师、周延儒之纵敌等，其罪又岂在逢蒙之下，而何以得称为“端人”！

一九

程子所云“此章专为智而发”一句，极难看。云峰孟浪听得，便与勉强穿合，云“本欲言智而先言性。智，五性之一也”。但作此见解，则上面“天下之言性也”一句作何安顿？孟子欲言智，而故为此迂远不相登答之说，作八寸三分幞头起[16]，古人未有此虚脾文字。

朱子云“人之为恶，水之在山，则非自然之故”，言水者，即通下治水。禹之治水，使之下也。又云“天下之理，本皆利顺”。夫然，则朱子显以“所恶于智者”一段申“故者以利为本”之义，见言性之当循其利而不可凿，而以禹之行所无事、顺其利下之理者为征。是以智言性而非于性言智，明矣。乃又取程子之说，而赞之曰“得此章之旨”，则以天下之言性而不循利以为故者，类皆聪敏辨慧之士，特以有智而不知所用，则遂至凿其所本不可通者而强之使通，是不知用智之过，而以成乎言性之失，故曰“凿以自私，则害于性而反为不智”。盖性隐于无形，而已然之迹，其利不利之几亦不易察，自非智足观理，则无以审之于微而传之于显，则智本有功于言性之具，而其所恶者特在凿智耳[17]。

其曰“害性”者，非伤害其性中淳朴天真之谓，乃言其说之蠹害于所性之理，犹孟子之所云“率天下而祸仁义”也。迨其说戾于性，而言以移心，心以害事，则邪说诐行，交相牿亡，即以自贼其性而有余。然要为智以害性而成不智，而非即以害性中之智，如云峰牵合之说也。

说“性善”，便是行其所无事；说“性无善无不善”等，即是凿。以水喻性，以行水喻言性，显与下言治历，同为譬说，故亦与答告子“过颡”“在山”之说通。若谓智以应天下之事理者而言，则禹之行水即用智之事，而何以云“若”，云“亦”？其为取类相譬，以喻言性者之当善用其智，固本文之极易知者也。

《集注》前后元无两义，特以程子之言不易晓了，故为曲通之如此，以防天下之误解程说，割裂本文者，而云峰尚尔不知。学者之大病，才读一句书，便立地要从此解去，以趋悖谬。安得好学深思之士而与论大义哉！

二〇

《集注》释“凿”字，上加一“穿”字，朱子沿俗语而失者也。“穿凿”出《淮南子》，上音“串”，下音才到切。穿，笋也；凿，孔也。穿凿者，谓以方（穿）〔笋〕入圆凿，不相受也。于此处不切。

此“凿”字自如字读，如凿石凿渠之凿。本无罅径，强用力以求通，如人性本无恶，却强说恶，就桀、纣之丧失其性者凿之成理，名之曰性，以曲成其说而使之通，则唯非已然之迹，而其不顺利也久矣。若禹之疏沦决排，则俱在故有的水道上施功，终不似夫差、炀帝、李垂、贾鲁强于高原、平地上凿一河以挽水使入。只此字喻极切，加“穿”字，则失之矣。

二一

“已然之迹”，谓可见之征也。潜室云“善恶皆已然之迹”一句，足折群疑。乃均此已然之迹，而或利或不利，此正在当身体会。若但据迹以为征，则虽有其故，而不利者多矣。故天下之言性者，云“有善有不善”，则有尧、舜、微、比、瞽瞍、象、纣以为之故；云“可以为善，可以为不善”，则有文、武、幽、厉以为之故。盖凿以言性，而性若实然，则凿以言故，而故亦有其可征者矣。唯反而求之以自得之，则利不利以别，此陈迹不足尽恃，而唯心理之安者为有本也。

性藏于心，安于心者为性之真，犹夫历因于度数，顺于度数者为历之合。仁山不知此，乃谓苟求已往日至之数，则将来者可坐而定，则是但有故而即可定，不论其利不利矣。充其说，则桀、纣亦已往之征也，其亦可定性之恶矣！

“千岁之日至”一句，自兼已往、将来说。历家亦无板局，故无可执之陈迹而务求之。求者，求其利也。如岁差之法，虽始于何承天、虞劆，乃杜预所推《春秋长历》，往往与后人置岁差之历合辙，想古法固有进退增减。唯如刘歆《三统》，执定一十九、八十一，迁就以使必合，则拘于故而不问其利不利，强凿之以求通也。

古今历法，唯郭守敬为得理，用天而不用人，晷景长极便是冬至，短极便是夏至，历元在数十年之内，周天定于万分，因其自然之利，而尽撤《黄钟》、《大衍》之死法，方与孟子言性就当人之心四端上求故一理。若旁引陈迹，不必其固然。而执以为固然，未有能利者也。仁山之论历，王安石之回河，荀、杨之言性，皆守故而不问其利，凿而已矣。

二二

“禹、稷、颜子”一章，只《集注》说得好，诸小注皆过高而无实。和靖竟以“时”许三贤，亦非愚所敢知。章内说禹、稷处详，说颜子处略，则疑颜子之但安贫不仕，便是时措合宜。庆源只就出处上说无偏无倚，无过、不及，忒把圣贤“致中和”之全体、大用说得容易。

南轩谓此即是圣贤之异于杨、墨。夫杨氏之失，虽同室斗而不救；墨氏之病，虽乡邻而必披发缨冠以救之，固也。乃即杨之为己，岂其足以与于颜子之乐？墨之兼爱，岂其合于禹、稷之心？则圣贤之异于彼者，不但一或出、或处而尽之，实有其学术、德业之不同，本异而末亦殊也。

若以颜子不仕乱世而即合乎无偏、无倚，无过、无不及之时中[18]，则与禹、稷同立于唐、虞之廷，若岳、牧、百工以下，(汔)〔讫〕乎共、驩，及夫危乱之世，嫉俗自贵而不仕，若沮、溺、丈人以洎乎庄周、列御寇、颜蠋、陈仲子之流，而皆时中矣。

《集注》“各尽其道”及“退则修己”八字，是扼要语。且不须抬高论到大本、达道、一贯、时中去。而“颜子不改其乐”，唯此一乐是与禹、稷同道的真血脉，不可以“晔晔紫芝，可以忘饥”，“众鸟欣有托，吾亦爱吾庐”者当之。若但潇潇洒洒，全性命于乱世，正使有为，只做得管仲、乐毅已足，何曾得见禹、稷项背来！

此须兼以《论语集注》中“所乐何事”求之。孟子于“万物皆备”、“反身而诚”处，见得此道流动充满，外不以世移，内不以事间，无非以体天德而凝王道，故曰“禹、稷、颜子同道”。唯然，故其闭户也，实有以异于杨朱之闭户；其往救也，实有以异于墨翟之往救。而隐则为沮、溺，出则为管、乐者，皆不足云矣。知此，则庆源喜怒应感之说，犹水上打球，了无泊处，盖亦不足为有无矣。

---

①蒲坂：古邑名，相传虞舜都此。在今山西永济县西蒲洲。岐阳：古邑名。周族古公亶父因受戎狄之逼，自豳迁于岐山下周原，筑城郭居室，作邑以归四方来民。

②生人人罪：凭自己的意志定人有罪无罪。

③雪融尸现：意为原形毕露。

④嚆（hāo，音蒿）矢：响箭。发射时声先箭而到，因以喻事物的开端。犹言先声。

⑤缁素：黑与白。喻是与非。

⑥莠稗：杂草。

⑦顽讼：愚顽而争论。

⑧董：督，监督。

⑨赤子：初生的婴儿。亦指纯洁善良如初生的婴儿。

⑩须弥：“苏迷卢”（梵文 Sumeru）的讹略，意译“妙高”。古印度传说中的山名。以它为人们所居住的世界的中心。佛教也采用此语。芥子：轻微纤细的事物。

⑪刻期：定期。

⑫麀（yōu，音忧）：牝鹿。

⑬亭亭：耸立貌，高貌。特特：杰出的，特出的。

⑭藻缋（huì，音绘）：藻，古代帝王冕上系玉的五彩丝带；缋，通“绘”。用彩色绘成画的花纹图像。藻缋：比喻文采。

⑮折馘：割下左耳。古时战斗割下敌人的左耳作为记功的凭证。

⑯幞（fú，音扶）头：亦作“襆头”，一种头巾。

⑰凿智：穿着附会损害智慧。

⑱时中：儒家谓立身行事，应随时合乎中道。

万章上篇

一

舜之处象，与周公之处管、蔡，其所以不同者，先儒论之详矣。然所谓“管、蔡之叛，忧在社稷，孽在臣民；象之欲杀舜，其事在舜之身”，此语亦须分别看，非谓一身小而社稷臣民大也。

使象恶得成，则天下且无舜，而昏垫之害，谁与拯之！舜之一身所系固不轻，而以乱天下万世君臣兄弟之大伦者又岂细故！此处只论舜与周公所处之不同，更不论象与管、蔡罪之大小与事之利害。到兄弟之性，更以利害较大小，则已落私欲。若以罪之大小言，象之亲弑君亲，又岂可以祸不及于臣民为末减哉！

圣人之敦伦、尽性，只是为己，故舜于此且须丢抹下象之不仁，不商较其恶之浅深、害之巨细，而唯求吾心之仁。故象唯欲杀舜，则舜终不得怒而怨之。管、蔡唯欲危成王之社稷，故周公不得伸其兄弟之恩。以兄弟之恩视吾君宗社之存亡，则兄弟为私。以己身之利害视兄弟之恩，则己身为私。总为不可因己身故，而藏怒宿怨于兄弟，故不特不忍加诛，而且必封之。若其比肩事主而借兵端于我以毁王室，则虽未至有安危存亡之大故，而国法自不可屈。故孟子言瞽瞍杀人，而舜不得禁皋陶之执。若象以杀舜为事，事虽未遂，而弑械已成，其罪固浮于瞽瞍之杀人也远甚，藉使皋陶欲执之以抵罪，则舜必禁之矣。

虽云圣人大公无我，然到此处，亦须照顾自己先立于无憾之地，然后可以立情法之准。世儒不察，便谓圣人概将在己、在人作一视同等，无所分别，无所嫌忌，但以在彼善恶功罪之小大为弛张，而曰此圣人之以天地为一体者也。为此说者，蔑差等以直情而径行，其与异端所云“天地与我同根，万物与我共命”一流荒诞无实之邪说又何以异！所以圣人言礼，必先说个别嫌明微，以为义尽仁至之效。若于所当避之嫌，一概将在己、在物看作一例，却向上面辨理之曲直、害之大小，即此便是人欲横行，迷失其心。

胡文定传《春秋》，谓孔子自序其绩，与齐桓等，为圣人以天自处，视万象异形而同体，亦是议论太高不切实处。使孔子视己之绩如人之绩，美词序之而无嫌，则舜可视象之杀己与天下之杀其兄者同，则又何待其害及于宗社臣民而始加诛哉！尧授天下于舜，则舜必让之。如但以社稷臣民为大，则安社稷、绥臣民者，宜莫如舜，胡不慨然自任，而必逡巡以逊耶！

象之欲弑舜也，盖在舜未为天子之日，故小儒得以孽害之小大立说。向令舜已践帝位，象仍不悛，率有庳之不逞以图篡弑①，岂不与管、蔡之流毒者同！将为舜者遂可俘之馘之以正其辜耶？使然，则汉文之于淮南，且但迁之而未尝加辟，然且“尺布、斗粟”之讥，千古以为惭德，然则使周公而身为天子，其不可加管、蔡以上刑亦明矣。

夫周公者，人臣也，不得以有其身者也。身不得有，故兄弟亦不得而有。兄弟之道，视乎身者也，非父母之比也。不得有身，斯不得有其兄弟；得有其身，则得有其兄弟矣。身所有之社稷，身所有之臣民，何患乎无君而又何患乎乱之不治，乃亏天伦以曲全之！是犹刳首以救肤[2]，割肌以饱腹也，不亦傎乎！

二

“百姓如丧考妣，丧如字，谓以父母之服服之。四海遏密八音”，《书》有明文；“帅天下诸侯为尧三年丧”，孟子之释《书》又已分晓。古者民不得称百姓，至春秋时始通称之。古之言百姓者，皆赐氏而有姓者也。周则大夫世官而赐氏，夏、商以上，唯诸侯为有姓。“如丧考纰”者，即所谓“帅天下诸侯为尧三年丧”也。若甿黎之不得以父母之服服天子，自理一分殊、天理自然之节文，与诸侯之不得郊禘、庶子之不得丧其母、支子之不主祭一例。故曰“刑不上大夫，礼不下庶人”。

且礼也者，文称其质，物称其情者也。天下之大，万民之众，知愚贤不肖之杂，即有君如尧，可以感其哀于仓卒，而必不能固其情于三年。民之质也，虽企及而必不逮者也。乃驱天下而服三年之丧，保无有斩衰菲屦[3]，纵饮狂歌，以绖舞而以杖斗者乎？则是乱礼丧真，而徒媟其君亲矣[4]。故于礼无庶人服天子之文。其言“百姓”者，实诸侯也。汉文短臣子之丧，而反令庶人同制二十七日之服，薄于亲而厚于疏，乱上下之别，其悖甚矣。南轩以“天下臣民”为言，亦未可与言礼也。

三

“人君为不善，而天命去之”，于命言之，则非正命，于天言之则自正；于人之受命而言之，则非正，于天之命人而言则正。“惠迪吉，从逆凶，作善降之百祥，作不善降之百殃”，此正天命之正也。南轩于此，辨得未精。舜、禹之相历年多，自是正；尧、舜之子不肖，自是不正。故朱子说“本是个不好的意思，被他转得好了”。总之，正不正，只可于受命者身上说，不可以之言天，天直是无正无不正也。

故乾之四德，到说“贞”处，却云“各正性命”，亦就人物言正。天地“不与圣人同忧”，本体上只有元亨，到见功于人物上，方有利不利、贞不贞。利贞于此者，或不利不贞于彼；利贞于彼者，或不利不贞于此。天下无必然之利，一定之贞也。

尧、舜与天合德，故于此看得通透。子之不肖而不传之，本不利而非正，却顺着天，用他所利所贞者，吾亦以之利而得其正，则所谓“各正性命，保合太和，乃利贞”矣。

然此道唯施之子则可，若舜之于父母则不然。“号泣于旻天，于父母”，不受其不正也。舜之有父有子，皆命之非正者，特舜或顺天，或相天，一受之以正耳。

若桎梏死者，天命自正，受之不正也。唯天无正无不正，故曰“莫之为而为，莫之致而至”。有为有致，而后可以正不正言也，天岂然哉！

四

论舜、禹、益之避，《集注》“深谷可藏”四字大启争辨，自是立言不精。此岂避兵、避仇之比，且“南河之南”更有甚山谷如仇池、桃源也？

朱子抑云“礼之常也”，乃是定论。自尧以前，帝王亦皆传子，到尧时始有此君禅相摄之事。则三年丧毕，总己事终，自不得不避者，礼之正也。天下诸侯将迎推戴而出，自是奇特，非礼之所恒有，则亦舜、禹、益之所不谋。既必不冀望，亦不须防备。君有适嗣之可立，己亦有先君之显命，两者俱有可立之理，自无心于去留，一听之天人而已，何容心焉！

想来，“有天下而不与”之心，亦如此则已纯乎天理而无可加矣。朱子却又深说一步，云“唯恐天下之不吾释，益则求仁而得仁”，则又成矫异。夫舜、禹岂求仁而不得仁乎？若必以天下之吾释为幸，向后坚卧不起，又谁能相强耶？

尧、舜禅授之说，愚于《尚书引义》中论之颇详，想来当时亦不甚作惊天动地看。唯其然，故益之避亦甚寻常，天下之不归益亦甚平淡。此处正可想古之圣贤廓然大公、物来顺应之妙。若谓“唯恐天下之不吾释”，则几与越王薰穴、仲子居于陵一样心胸。虽可以砥砺贪顽，而不足与于天理、人心之至。圣贤心迹，与莽、操、懿、裕天地悬隔，不但相反而已[⑤]。

欲知圣贤者，当以季札、子臧、汉高帝、宋孝宗、诸葛孔明、郭子仪一流作对证，拣出仁至义尽来，方有合处。

五

《或问》“朱、均不顺”一说，极为俗陋，罗长源作《路史》，似亦为此所惑。舜、禹当年是何等德业，朱、均虽不肖，固亦不得不服矣。刘裕心同懿、操，唯小有功于晋耳，然当其自立，晋恭帝且欣然命笔草诏，况圣人乎！有天下而为天子，不是小可事，云“不顺”者，乃似朱、均可以手击而襟系之者然，真三家村学究见地也！上世无传国玺如汉元后之可执留者，不成朱、均介马孤立，大声疾呼以争于众曰“我欲为天子”邪？俗儒乐翘异以自鸣，亦不知量而已。

六

庆源“远而去，近而不去”之释，两“而”字下得不分明。此是通论圣人处。未仕之前，就之为近，不就为远；既仕之后，义不可留则去，道有可行则不去。倘作一串说，则不特孟子为敷衍骈赘之句，且既已远矣，盖未尝来，而何得言去？方其近也，且自立于可去、可不去之势，而亦何得遂定其不去邪？

七

吕氏说有命、无命处，极精当，正从孟子“求之有道，得之有命”上体出，显义、命之异而后见其合。南轩云“礼义之所在，固命之所在”，虽与吕氏小异，然亦以见礼义之所不在，便命之所不至也。

新安错看“得之不得曰有命”，将不得亦作命说。不知“命”字自与“理”“数”字不同。言命，则必天有以命之矣。故《中庸注》、《录》以差除、诰敕拟之。既不得矣，则是未尝命之也。

孔子曰“有命”者，谓我若当得卫卿，天自命之也。“得之不得曰有命”者，言当其不得，则曰我若当得，则天自命我，而今未也。故曰“求之有道，得之有命”。道则人有事焉，命则天有事焉之词。若不求，则不可以道言；不得，则不可以命言矣。

或疑孔子以道之将废为命，孟子抑曰“莫非命也”，则不必受命得位而后可以命言矣。乃孔子之言废者，则既得而复失之词。孟子之言“莫非命”者，则以言乎吉凶祸福之至，犹朝廷之一予一夺皆有诰敕以行其令也。唯吉凶祸福大改异处，故以天之有所予夺者而谓之命。若人所本无，因不予之，人所本有，因不夺之，君子于此，唯有可行之法而无可受之命，故谓之曰“俟”。俟者，未至之词也。藉当居平无得无丧之时，而莫不有命，则更何所俟哉？故生不可谓之命，而死则谓之命，以其无所夺、有所夺之异也。不得不可谓之命，而得则谓之命，以其无所予、有所予之异也。

若概乎予不予、夺不夺而皆曰命，则命直虚设之词，而天无主宰矣！君子之素位而行，若概乎生与死、得与不得而皆曰有命，则一切委诸大造之悠悠，而无行法尊生之道矣！且不得而亦言命，则是得为常而不得为非常。君子而以非常视不得也，又岂非据愿外以为固有、惊宠辱而生怨尤也哉！

天既生人以后，士则学，农则耕，天子之子则富贵，士庶之子则贫贱，日用饮食，一切寻常事，都不屑屑劳劳授之以命，而唯人之自为质。此天之所以大，而人之所以与能也。世俗不知，乃云一饮一啄，莫非前定，于是有啖鲙餐糕、破枕蹂花之诞说，以恣慵惰放逸者之自弃。使然，则立乎岩墙之下亦无不可，而其自云“知命”者，适以为诬命而已矣。是与于无命之甚者也，而况义乎！鉴于此，而后知吕氏立说之精。

---

①有庳：古地名。又名“鼻墟”、“鼻亭”。相传舜封象于此。不逞：不得志，不如意。后称犯法为非的人为“不逞之徒”或“不逞”。

②剸（tuán，音团）：割，斩断。

③斩衰：“衰”通“缞”。旧时丧服名，“五服”中最重的一种。菲履：“菲”通“扉”。草鞋。

④媟（xiè，音屑）：义同“亵”。因太亲近而态度不恭敬。

⑤莽：王莽。　操：曹操。　懿：司马懿。　裕：刘裕。

万章下篇

一

《集注》“无不可事之君，无不可使之民”，是伊尹胸中至大至刚语，然须于此看出伊尹偏处。其云至大至刚者，言气足以举之也，须与孔子“天下有道，丘不与易”自有分别。伊尹但在自家志力学术上见得恁地有余，谓己有此格君救民之道，更不论他精粗软硬，无往不成。若孔子则直与天地生物一般，须如此生生长长，收收成成，不徒恃在己者有此可化可育、可亭可毒之用[①]。“君子之仕也，行其义也”，说得极平易，却广大高明，无可涯际在。孟子曰“万物皆备于我矣，反身而诚，乐莫大焉”，是学孔子处，不徒以己有兼善天下之才为本领也。

二

孟子于“圣”上更加一“智”字，已显示圣功、圣学更不容但在资禀上说。若说资禀，则人皆可以为尧、舜，而况三子之于孔子！使孔子而天纵以智，为三子之所必不逮，则孟子之愿学，又从何处描摹耶？

子曰“十室之邑，必有忠信如丘者焉，不如丘之好学”，不可认作托言以诱学者。使然，则夫子此语早已不忠不信矣。学者于此处若信圣人不过，则直是自弃者，不足与言。

夫射者之有巧力，力固可练，巧固可习，皆不全由资禀。而巧之视力，其藉于学而不因于生也为尤甚。总缘用功处难，学之不易得，庸人偷惰，便以归之气禀尔。

朱子言“颜子所进未可量”，又云“缘他合下〔少〕致知工夫，看得有偏”云云，深得孟子之旨。即如伊尹在畎亩之中乐尧、舜之道②，便且就尧、舜之泽生民上着意。及云“使先知觉后知，使先觉觉后觉”，也只在以其知觉觉天下上看得仁义之用，则亦似未尝向静存动察中体备著位天地、育万物大合煞处分明至极也。则使三子者以孔子之下学上达者为作圣之功，亦何资禀之可限乎？

三子之得为圣，是他人欲净尽，天理流行，故造其极而无所杂。乃其以人欲之净行天理之所流，则虽恁莹澈条达，而一从乎天理流行之顺直者一迳蓦直做去，则固于天理之大无外而小无闲者，不能以广大精微之性学凝之。盖人欲之净，天资之为功半于人事，而要不可谓无人力。若天理之广大精微，皆备而咸宜，则固无天资之可恃，而全资之人事矣。

孔子“吾十有五”一章，自说得工夫何等缜密！虽在知命以还，从容中道之妙，非期待刻画以为功，而其存养以洗心退藏者，要岂一听之自然乎？故孟子言“圣、智之事”两“事”字，恰紧与“必有事焉”之意同。此或未察，乃云“为学者言之”，则圣人之圣智既绝乎人事矣。学者乃以“事”学之，岂非拟登天而以梯耶？

夫射者之习为巧也，固有内正外直、审几发虑之功，学者之所必习，亦羿之所必习也。故人可使学为羿，而岂羿之巧自性生，为人事所必不至者哉！唯释氏为怪诞亡实之论以欺人，故装点就“未离母胎已证菩提”、“堕地七步唯吾独尊”一派淫邪之说。圣人之道，人道也，君子之学，圣学也，亦安有此耶！故知归三子之偏于气禀，盖朱门诸子诬其师之印可，而非朱子之云然。

三

东阳云“此章‘圣’字与‘大而化之’之‘圣’不同”，非也。如伯夷求仁得仁而无怨，伊尹处畎亩乐尧、舜之道，幡然一改而伐夏救民，此岂更有未化者哉！“大而化”之化，与《中庸》之言“变则化”者，固有在己、在物之分。然于己未化，则必不能化物，而不能化物者，亦即己之未化也。如夷、惠之流风，兴起百世之下，伊尹格正太甲，俾其处仁迁义，则既于物而见其化矣。是岂其居之为德者犹有所挂碍，而不能达于变通者乎？

孟子曰“伯夷隘”，隘似与化相反，故东阳疑之，而其实不然。大同中之条理有其化，一致中之条理亦有其化也。人欲净而天理行，则化自顺。伯夷之隘，固不与鲍焦、申徒狄一流私意用事、冤戾疾物者等，故鲍焦、申徒狄满腹是怨，而伯夷不然。求仁而得仁，固已优游厌饫于天理之中③，无往而不顺矣。伯夷之隘，隘亦化，故曰“圣之清”。伯夷之化，化于隘中，则虽圣而亦隘也。

孟子之答浩生不害，于圣上又加神之一位，盖以三子为圣，而孔子为神。曰“圣之时”，时则天，天一神矣。《易》曰“化不可知”，化自有可知者，有不可知者。如春之必温，秋之必凉，木之必落，草之必荣，化之可知者也，三子所得与之化也。物之品物流形者而以各正性命，各正性命者而以保合太和，元亨利贞用于至微而体于至显，春夏秋冬有其定位而无其专气，化之不可知者也，孔子之所独也。孔子之异于三子，不于其广大高明之性，而于其中庸精微之德，故以射之巧譬之。不能化则无以行远，犹射者之不能至。如鲍焦、申徒狄之清，郑禹、陶侃之任，东方朔、阮籍之和，行将去便与道相龃龉。三子却一直顺行去，更无蹭蹬差池，是可谓“大而化之”矣。

不知者乃谓孔子能化而三子不能，直将“化”之一字看得玄妙无定体。唯孟子知圣之深，则直在洗心藏密处拣出极深研几之妙。盖化之粗者，便奇特亦自易知，日月之广照、江海之汪洋是也。化之精者，即此易知处便不可知，水之澜、日月之容光必照〔是〕也。两者俱化，而可知、不可知分焉。不可知者，藏之密也，日新而富有者也。何尝有超陵变幻，为出于三子所化之外别有作用也哉！

化则圣也，不可知则圣之时也。化则力之至也，不可知则巧之审中于无形者也。以此辨之，则以言三子之德也不诬，而学孔子也亦有其律涘矣。

四

“不可知”只是不易见，非见之而不可识也。人之所不易见者，唯至精至密者而已。虽云不可知，却是一定在，如巧者之于正鹄然。天之有四时，其化可见，其为化者不可见。若人所为，便大纲露出本领来，分派下做作用，赏则喜之形，罚则怒之形，尽他奇特，都有迹在。如伯夷之清，其始如是，则终莫不如是，可以掐着搦着算定，总为他在粗枝大叶上布规模，立轨则。若天之有时，绵绵密密，而所以为寒暑生杀者，总在视不见、听不闻之中。孔子之不显其德以为载于无声无臭者，下学而上达，知之者唯天。人在作用上著心目，则更无亲切处也。乃其所以示人，则又无所隐，而若未有知者。然非使人见之而不能测识之，如异端之所谓神通者比。此以《中庸》“小德川流”“大德敦化”求之，则庶几不差。学者未到孟子知圣地位，且就博文约礼上讨线索，煞定仕、止、久、速看他功用，鲜不迷矣！

五

程子以孔子为乘田则为，为司寇则为，孟子必欲得宾师之位，定孔、孟差等。如此说道理，是将孔子竟作释氏“一乘圆教”“四无碍”看。圣人精义入神，特人不易知尔，岂有于此亦可，于彼亦可，大小方圆，和光同尘之道哉！

孟子曰“孔子圣之时”，与《易》“六位时成”之义同，岂如世俗之所谓合时者耶！春夏秋冬固无一定之寒暑温凉，而方其春则更不带些秋气，方其夏则了了与冬悬隔，其不定者皆一定者也。圣贤有必同之心理，斯有可同之道法，其不同者时位而已。一部《周易》，许多变易处，只在时位上分别，到正中、正当以亨吉而无咎，则同也。故孟子以论世为尚友之要道。

孔子之先，自华督之难奔鲁而仕于鲁，到邹大夫时，亦为鲁之世臣矣。春秋时，世禄之法未坏，而士之子必为士，而仕者非有大故，必于其宗国。则孔子既嗣邹大夫之禄，自不得不仕。乘田、委吏，为职虽小，而亦筮仕者初登仕版所必循之阶，岂可以我有圣德而操一不屑之心乎！古者五十始爵，乃命为大夫，周礼固在，不容越也。孔子之为此，自在早岁，义之宜，道之正，而岂故为委屈耶？

孟子虽鲁之公族，而失其禄位，降在氓黎者已久④。鲁缪、平之世，三家不复执鲁政，疑悼公、元公尽去三桓，不复列其子孙于在廷矣。孟子于宗国无可仕之阶，逮游道既通，则已在五十受爵之年，固不容自乞卑官，以枉道辱己。且齐、梁之君卑礼厚币聘之以来，若更自请散秩以受微禄，不承权舆而甘为折节⑤，愈不可矣。

抑乐正子固云“前以士，后以大夫”，则孟子曾为士矣，未尝必得宾师而后仕也⑥。孟子既以抱关击柝为禄仕之宜⑦，则其不必宾师之位者可见。孔子道不行于鲁，不脱冕而行，则其处司寇者，与处乘田、委吏之去就，固不同矣。

圣人居上不骄，在下不忧，方必至方，圆必至圆，当方而方则必不圆，当圆而圆则必不方，故曰“规矩方圆之至，圣人人伦之至”也，而岂有方圆无不可之理哉！学者之大忌，在推高圣人，以为神化不测，而反失其精义入神、合规应矩之大经，则且流于俗学，入于异端，而成乎无忌惮之小人矣。

六

朱子讥贾谊失进言之序，斟酌事理，允为定论。从来评贾生之得失者，未能及也。

古者大臣坐而论道，以至庶人、工、瞽，咸可进言。然庶人、工、瞽之所言者，必非百官之所言，小臣之所言者，必非大臣之所言也。唯大臣所论者道，则朝廷之建立因革，一切制治保邦，文章度数，须通盘彻底，料理一成局而陈之，以授百工之作行。若居言职者，则必有愆而后绳，有缪而后纠，方无愆缪，且不可立意思，逞议论，徒增聚讼。有官守者，则在兵言兵，在农言农，在礼言礼，以专治其事则利害亲而言之无妄也。至于庶人、工、瞽之谏，则又必国家显著之事理，介于得失安危之大，在廷者蒙蔽不以上闻，而后可陈其一得以待采焉。

今谊所言者，外制匈奴，内削侯王，上求主德，下正民俗，以洎乎礼乐制度，正朔服色，为天子所操三重之权者巨细毕举，尽取汉家之天下，画一成局，而欲竟授之有司，遵而行之。此大臣所从容坐论于燕间之道⑧，而谊以疏远小生，辄以纸窗竹屋之所揣摩者握朝野中外以唯其所指使。则是以天下为佹得佹失⑨，试少年议论文章之物，而可哉！

故知位卑言高，急于自炫之罪，不可以加之朱云、郇谟、郑侠、陈东直言敢谏之士，而唯谊允当之。而孟子之旨，本以为为贫而仕者留一优游进退之局，以尽其素位之道，非概以出位而言责小臣，而归言责于大臣，义自著明，无容惑也。

七

不敢见，礼也；不可召，义也。一章之中，纵说横说，乃于“义礼”二字，条理则自分明。如云“且”，云“何敢”，云“奚可”，云“岂敢”，云“况乎”，直恁清出。

礼有常经，义由事制。唯合夫义之宜者，则虽礼之所无，而礼自可以义起。如君欲有谋则就之，尧与舜迭为宾主，一合于尊贤之义，则当其行之，不患乎礼之不中于节文，而不必引君尊臣卑之礼以守其不敢矣。若礼所本有，则义即不宜，而一以礼之经为宜。如孔子非鲁君之所可召，而召必赴焉，则礼有其常，为礼屈而非为势屈，于义固宜，抑不必据不可召之义以自亢矣。

礼义相为错综以成经纬，固有合一之理。乃圣贤审物度已，则必既求之礼，又求之义，虽求之义，亦必求之礼，无不可者，而后决然以行其志。此孟子所以不陷于一偏，其以养君子之刚大者，即以定人道之高卑。乃知“王前”、“士前”、“贫贱骄人”之说，苟自矜厉以亏典礼。而蹑屩王门者，既以自辱其身，而犯上干主，其越礼逾分，亦已甚矣。《注》、《录》未悉。

八

易位之事，后世所以不可行者，非孟子之言不可通于来今也。霍光行之，毕竟是胡乱。盖封建之天下自与郡县异，到秦、汉以后，天下事大段改易，如此诧异事更不可倚古人行迹莽撞。

且孟子所言，要为诸侯言尔。诸侯危社稷，则贵戚变置之，抑必上告天子，下告方伯，旁告四邻，可以相信相从，而贵戚之卿虽首发策，亦无嫌于犯上。若夫天子之不可易者，非徒三仁不能行之于纣，三代之末主之失道者多矣，从未有为此举动者。盖天子之于臣，纯乎臣者也。古者诸侯之卿命于天子，则不纯乎臣者也。亦几与今之首领同。不纯乎臣，而上又有天子可以请命，则虽贵戚之卿易之，而实天子易之矣。若四海一帝，九州一王，君虽不君，谁敢制命自己，而徼幸以成非常之事哉！“委任权力”，亦何足恃，而可以为三仁之所不敢为乎？此霍光之所以不学无术而酿山、禹之逆，司马昭、桓温所以为枭獍之魁而不可逭也。

---

①亭毒：化育，养成。
②畎（quǎn，音犬）亩：田间，田地。
③优游：悠闲，闲暇自得的样子。厌饫：“厌”通“餍”。吃饱，吃腻。
④氓黎：平民百姓。
⑤权舆：草木萌芽的状态。引申为起始，初时。
⑥宾师：旧时指不居官职而为君主所尊重的人。
⑦抱关击柝：巡关守夜的人。比喻地位低微的小吏。
⑧燕间：指朝廷。
⑨傀得傀失：谓成败如果不是自己所能为的，似乎成败并不是真的成败。后以此指得失出于偶然。

卷十　孟子

告子上篇

一

告子说“性犹杞柳”，“犹湍水”，只说个“犹”字便差。人之有性，欲将一物比似不得，他生要捉摸推测，说教似此似彼，总缘他不曾见得性是个甚么。若能知性，则更无可比拟者。

孟子斩截说个“善”，是推究根源语。善且是继之者，若论性，只唤做性便足也。性里面自有仁、义、礼、智、信之五常，与天之元、亨、利、贞同体，不与恶作对。故说善，且不如说诚。唯其诚，是以善。诚于天，是以善于人。惟其善，斯以有其诚。天善之，故人能诚之。所有者诚也，有所有者善也。则孟子言善，且以可见者言之。可见者，可以尽性之定体，而未能即以显性之本体。夫然，其得以万物之形器动作为变化所偶有者取喻之乎？先儒穷治告子之失，不曾至此，非所谓片言折狱也[①]。

二

朱子谓告子只是认气为性，其实告子但知气之用，未知气之体，并不曾识得气也。告子说

“勿求于气”，使其能识气之体，则岂可云“勿求”哉！若以告子所认为性之气乃气质之气，则荀悦、王充“三品”之言是已。告子且以凡生皆同，犹凡白皆白者为性，中间并不分一人、禽等级，而又何有于气质之差也！

理即是气之理，气当得如此便是理，理不先而气不后。理善则气无不善；气之不善，理之未善也。如牛犬类。人之性只是理之善，是以气之善；天之道惟其气之善，是以理之善。“《易》有太极，是生两仪”，两仪，气也，唯其善，是以可仪也。所以《乾》之六阳，《坤》之六阴，皆备元、亨、利、贞之四德。和气为元，通气为亨，化气为利，成气为贞，在天之气无不善。天以二气成五行，人以二殊成五性。温气为仁，肃气为义，昌气为礼，晶气为智，人之气亦无不善矣。

理只是以象二仪之妙，气方是二仪之实。健者，气之健也；顺者，气之顺也。天人之蕴，一气而已。从乎气之善而谓之理，气外更无虚托孤立之理也。

乃既以气而有所生，而专气不能致功，固必因乎阴之变、阳之合矣。有变有合，而不能皆善。其善者则人也，其不善者则犬牛也，又推而有不能自为杯圈之杞柳，可使过颡、在山之水也[2]。天行于不容已，故不能有择必善而无禽兽之与草木，杞柳等。然非阴阳之过，而变合之差。是在天之气，其本无不善明矣。

天不能无生，生则必因于变合，变合而不善者或成。其在人也，性不能无动，动则必效于情才，情才而无必善之势矣。在天为阴阳者，在人为仁义，皆二气之实也。在天之气以变合生，在人之气于情才用，皆二气之动也。此“动”字不对“静”字言。动、静皆动也。于动之静，亦动也。

告子既全不知性，亦不知气之实体，而但据气之动者以为性。动之有同异者，则情是已，动之于攻取者，则才是已。若夫无有同异、未尝攻取之时，而有气之体焉，有气之理焉，即性。则告子未尝知也。

故曰“性犹杞柳也”，则但言才而已。又曰“性犹湍水也”，则但言情而已。又曰“生之谓性”，知觉者同异之情、运动者攻取之才而已矣。又曰“食色性也”，甘食悦色亦情而已矣。其曰“仁，内也”，则固以爱之情为内也。爱者七情之一，与喜怒哀乐而同发者也。

孟子曰：“乃若其情，则可以为善矣。”可以为善，则可以为不善矣，“犹湍水”者此也。“若夫为不善，非才之罪也。”为不善非才之罪，则为善非才之功矣，“犹杞柳”者此也。杞柳之为杯圈，人为之，非才之功。即以为不善之器，亦人为之，非才之罪。

若夫人之实有其理以调剂夫气而效其阴阳之正者，则固有仁义礼智之德存于中，而为恻隐、羞恶、恭敬、是非之心所从出，此则气之实体，秉理以居，以流行于情而利导之于正者也。若夫天之以有则者位置夫有物，使气之变不失正，合不失序，如耳听目视，一时合用而自不紊。以显阴阳固有之撰者，此则气之良能，以范围其才于不过者也。理以纪乎善者也，气则有其善者也，气是善体。情以应夫善者也，才则成乎善者也。故合形而上、形而下而无不善。

乃应夫善，则固无适（音“的”）应也；成乎善，则有待于成也。无适应，则不必于善；湍水之喻。有待于成，则非固然其成。杞柳之喻。是故不可竟予情才以无有不善之名。若夫有其善，固无其不善，所有者善，则即此为善，气所以与两间相弥纶[3]，人道相终始，唯此为诚，唯此为不贰，而何杞柳、湍水之能喻哉！故曰“诚者天之道”，“立天之道，曰阴与阳”而已，二气。“诚之者人之道”，“立人之道，曰仁与义”而已。仁生气，义成气。又安得尊性以为善，而谓气之有不善哉？

人有其气，斯有其性；犬牛既有其气，亦有其性。人之凝气也善，故其成性也善；犬牛之凝气也不善，故其成性也不善。气充满于天地之间，即仁义充满于天地之间。充满待用，而为变为合，因于造物之无心，故犬牛之性不善，无伤于天道之诚。在犬牛则不善，在造化之有犬牛则非不善。气充满于有生之后，则健顺充满于形色之中，而变合无恒，以流乎情而效乎才者亦无恒也。故情之可以为不善，才之有善有不善，无伤于人道之善。

苟其识夫在天之气，唯阴唯阳，而无潜无亢，则合二殊、五实而无非太极。气皆有理。苟其识夫在人之气，唯阴阳为仁义，而无同异无攻取，则以配义与道而塞乎两间。因气为理。故心、气交养，斯孟子以体天地之诚而存太极之实。若贵性贱气，以归不善于气，则亦乐用其虚而弃其实，其弊亦将与告子等。夫告子之不知性也，则亦不知气而已矣。

三

贵性贱气之说，似将阴阳作理，变合作气看，即此便不知气。变合固是气必然之用，其能谓阴阳之非气乎！《易》曰："立天之道曰阴与阳，立人之道曰仁与义。"仁义，一阴阳也。阴阳显是气，变合却亦是理。纯然一气，无有不善，则理亦一也。且不得谓之善，而但可谓之诚。有变合则有善，善者即理。有变合则有不善，不善者谓之非理。谓之非理者，亦是理上反照出的，则亦何莫非理哉！

大要此处著不得理字，亦说不得非理。所以周子下个"诚""几"二字，甚为深切著明。气之诚，则是阴阳，则是仁义；气之几，则是变合，则是情才。情者阳之变，才者阴之合。若论气本然之体，则未有几时，固有诚也。故凄风苦雨，非阴之过，合之淫也；亢阳烈暑，非阳之过，变之甚也。且如呼者为阳，吸者为阴，不呼不吸，将又何属？所呼所吸，抑为何物？老氏唯不知此，故以橐籥言之。且看者橐籥一推一拽，鼓动的是甚么？若无实有，尽橐籥鼓动，那得者风气来？如吹火者，无火则吹亦不然。唯本有此一实之体，自然成理，以元以亨，以利以贞，故一推一拽，"动而愈出"者皆妙。实则未尝动时，理固在气之中，停凝浑合得住那一重合理之气，便是"万物资始，各正性命，保合太和"的物事。故孟子言"水无有不下"，水之下也，理也，而又岂非气也？理一气，气一理，人之性也。

孟子此喻，与告子全别：告子专在俄顷变合上寻势之所趋，孟子在亘古亘今、充满有常上显其一德。如言"润下"，"润"一德，"下"又一德。此唯《中庸》郑注说得好："木神仁，火神礼，金神义，水神信，土神知。"康成必有所授。火之炎上，水之润下，木之曲直，金之从革，土之稼穑，十德。不待变合而固然，气之诚然者也。天全以之生人，人全以之成性：故"水之就下"，亦人五性中十德之一也，其实则亦气之诚然者而已。故以水之下言性，犹以目之明言性，即一端以征其大全，即所自善以显所有之善，非别借水以作譬，如告子之推测比拟也。

四

金仁山谓释氏指人心为性，而不知道心为性，此千年暗室一灯也。于此决破，则释氏尽他说得玄妙，总属浅鄙。

他只认精魂，便向上面讨消息，遂以作弄此精魂为工夫。如人至京都，不能得见天子，却说所谓天子者只此宫殿嵯峨、号令赫奕者是。凡人之有情有才，有好恶取舍，有知觉运动，都易分明见得，唯道心则不易见。如宫殿之易见，号令之易闻，而深居之一人，固难得而觌面也。故曰："道心惟微。"

在人微者，在天则显，故圣人知天以尽性。在天微者，在人则显，故君子知性以知天。上"微显"以小大言，下"微显"，以隐著言。孟子就"四端"言之，亦就人之显以征天之微耳。孔子"一阴一阳之谓道”一章，则就天之显以征人之微也。要其显者，在天则因于变合，在人则因于情才，而欲知其诚然之实，则非存养省察功深候到者不知。

释氏只是急性著，立地便要见得，硬去搜索，看到人心尽头未有善、未有恶处，便自止息。告子也是如此。他不信知觉运动、情才之外有未发之中，总缘他未曾得见天子，反怪近臣之日侍君侧向人说知者为妄立名色以欺众，则亦可哀也已！

能活能动的，只是变合之几。变合而情才以生。变已则化，合已则离，便是死也。释氏说“蕉心倚芦”，明是说合，说“梦幻泡影”，明是说变。而其所变所合者之为何物，总不曾理会在，乃云“心生种种法生，心灭种种法灭”。生之谓性，死即无性也。呜呼，亦安得此鄙陋俗浅之言而称之也哉！

五

仁山云“释氏指视听言动之气为性，而不知所以视听言动之理为性”，语犹有病。盖将理、气分作二事，则是气外有理矣。夫气固在人之中，而此外别有理，岂非“义外”之说乎？所以视听言动之理，在既视听既言动后方显，即可云外，孔子言复礼为仁，则礼彻乎未有视听言动之先与既有之后，即气而恒存也。

今以言与听思之。声音中自有此宫、商、角、徵、羽，而人之气在口即能言之，在耳即能辨之。视之明于五色，动之中于五礼，亦莫不唯气能然，非气之用仅可使视见、听闻、言有声、动则至也。

人之性既异于犬牛之性，人之气亦岂不异于犬牛之气！人所以视听言动之理，非犬牛之所能喻；人视听言动之气，亦岂遂与犬牛同耶！

人之甘食悦色，非自陷于禽兽者，则必不下齐于禽兽。乃嘑蹴之食，乞人不屑，不屑则亦不甘矣，是即自陷于禽兽者，其气之相取也亦异。况乎即无不屑，而所甘所悦亦自有精粗美恶之分。其所以迥然而为人之甘悦者固理也，然亦岂非气之以类相召者为取舍哉！故曰：“形色，天性也。”气而后成形，形而后成色，形色且即性，而况气乎！

气固只是一个气，理别而后气别。乃理别则气别矣，唯气之别而后见其理之别。气无别，则亦安有理哉！

六

天下岂别有所谓理，气得其理之谓理也。气原是有理的，尽天地之间无不是气，即无不是理也。变合或非以理，则在天者本广大，而不可以人之情理测知。圣人配天，只是因而用之，则已无不善矣。

朱子说：“尧、舜之子不肖，是不好的意思，被他转得好了。”非尧、舜之能转天也，在变化处觉得有些不善，其实须有好的在。子虽不可传，而适以成其传贤之善也。唯知其广大而不执一偏，则无不善矣。

在天之变合，不知天者疑其不善，其实则无不善。惟在人之情才动而之于不善，斯不善矣。然情才之不善，亦何与于气之本体哉！气皆有理，偶尔发动，不均不浃，乃有非理、非气之罪也。人不能与天同其大，而可与天同其善，只缘这气一向是纯善无恶，配道义而塞乎天地之间故也。

凡气之失其理者，即有所嬴，要有所嬴者必有所诎。故孟子曰“馁”，无理处便已无气。故任气无过，唯暴气、害气则有过。暴亦虐害意，义见前篇。不暴害乎气，使全其刚大，则无非是理，而形以践，性以尽矣。此孟子之所以为功于人极，而为圣学之正宗也。知气之善，而义之非外亦可知矣。

七

“爱未是仁，爱之理方是仁”，双峰之说此，韪矣。韩退之不知道，开口说“博爱之谓仁”，便是释氏旖旎缠绵，弄精魂勾当。夫爱，情也；爱之理，乃性也。告子唯以情为性，直将爱弟之爱与甘食悦色同一心看。今人若以粗浮之心就外面一层浮动的情上比拟，则爱弟之心与甘食悦色之心又何别哉！近日有一种邪说，谓“钟情正在我辈，即此是忠臣孝子本领”，说得来也有些相似，只此害人心极大。

须知此处绝不可以庸陋流俗之情识拣别得。且如人之爱弟：吾弟则爱之，固人之所同也，然使其弟有杀之害之之事，而秦人之弟为之救患解纷，则必舍其弟而爱秦人矣。此如人之嗜炙，本所同也，乃以多食炙故而致饱闷，则甘菜而不甘炙。无他，歆者同之，厌者异之，同者取之，异者攻之，情之缘感以生，而非性之正也。

故就凡人言之，吾弟则爱者，亦非仁也。必至于象日以杀舜为事，而舜且亲爱不改其恒，忧喜与同而无伪，方谓之仁。则固与食肉者之甘，好色者之悦，但以情之合离为取舍者不侔④。盖人之爱弟也，亦止可云爱，舜之爱象也，乃尽其同气相感之理也。告子一流自无存养省察之功，不能于吾心见大本，则亦恶知吾弟则爱之外，更有爱弟之理哉！

朱子曰“仁者爱之理”，此语自可颠倒互看。缘以显仁之藏，则曰“爱之理”，若欲于此分性情、仁未仁之别，则当云“理之爱”。先言爱，则因爱而辨其理；先言理，则吾得理之气，自然有此亲亲、仁民、爱物之成能油然顺序而生也，故曰“性之德”也。以舜之爱象观之，唯有本而爱遂不穷，岂但于其用爱得所而见为理哉！待用爱得所而见为理，则岂徒可云义外哉？仁亦外矣！

八

潜室以“权度”言“义内”，亦未尝知义也。若专在权度上见义，则权度者因物之有长短轻重而立，岂非外乎！公都子曰“冬日则饮汤，夏日则饮水”，此岂待权度而后审者哉！盖唯有事于集义者，方知义内，若非其人，则但见义由物设，如权度之因物而立，因物者固不由内矣。有物则权度用，无物则无用权度处。两物相衡则须权度，一物独用则不须权度。然则弟未为尸之时，不与叔父争敬，而专伸其敬于叔父，便无义乎？只是一敬，则无长短轻重。

学者须于叔父未当前、弟未为尸之时，看取敬叔父、敬尸之心何在，方知义之在内。庸人无集义之功而不知义，则一向将外物之至，感心以生权度而不得不授之权度者以为义。如贫人本无金谷，必借贷始有，遂以借贷而得谓之富，而不知能治生者之固有其金谷也。

“冬日则饮汤，夏日则饮水”，不因于外，人尽知之。故公都子言君子之知义在内者，犹汝之知饮汤饮水，不待权度而自不至于颠倒也。固有义而固知之，则义之在吾心内者，总非外物之可比拟。权度，人为之外物也。故曰：“告子未尝知义。”彼直不知何者为义，非但误其外、内之界而已。如说权度为义，便不知义。

孟子至此，亦难与显言，非有吝而不言也。喜怒哀乐未发之时，有所性之德存焉，此岂可与不知者名言之哉！不得已而以弟为尸言之⑤，则以人之爱敬或因情因感，因名因事，而相昵以爱，相畏以敬，非爱敬也。非爱敬，则安知爱敬之在内！唯至于宗庙之中，视无可见，听无可闻，总无长短轻重之形，容吾权度，而神之不可射者，以其昭明、焄蒿、凄怆之气此正金气也，秋气也，义气也。相为类动，而所自生之敬不倚声色而发于中，如夏气之感而嗜水，冬气之感而嗜汤。于此思之，敬之由内发而不缘物以立者，固可见矣。而人所以敬叔父者以天动天，亦如是而已矣。是中节者虽因于物，而所发者根于性也。

彼昏不知，而犹以敬尸之敬为外物之轻重长短以移用其权度，则是为孟季子者终身未尝有一念之真敬，其谓之外也，则奚怪哉！夫苟无一念之合于敬，则亿权度以为义，则虽以饮汤饮水喻之，彼且曰：饮汤饮水，不待权度而喻者也，故内也。敬叔父敬弟，待权度而审者也，故外也。呜呼，亦不可瘳已！

九

权之度音徒雒切。陈氏所云"权度"，乃如字。之，须吾心有用权度者在，固亦非外。然权度生于心，而人心之轻轻、重重、长长、短短者，但假权度以熟，而不因权度以生也。圣人到精义入神处，也须有观物之智，取于物为则。权度近智，与义无与。然谓轻重长短茫无定则于吾心，因以权称之、以度量之而义以出，则与于外义之甚者矣！

当初者权度是何处来的？不成是天地间生成一丈尺、一称锤，能号于物曰我可以称物之轻重、量物之长短哉？人心之则，假于物以为正，先王制之，而使愚不肖相承用之，是以有权度。权度者，数也，理也。而为此合理之数者，人心之义也。故朱子谓"义如利斧劈物"，则为权度之所自出，而非权度，明矣。

今世里胥、牙侩之流，有全靠算子算金谷、地亩者，算子犹权度。为他心中本无了了之数，只仗学得来猾熟，算来也不差。乃一夺其算子，则一无所知。且方其用算子时，数之乘除多寡所以然之理，固懵然不省，一数已知，而复授一数，则须从头另起，而先所用者全无用处。此岂非其心无权度之故！而敬叔父、敬弟之真敬，其如此之倚仗成法，茫然无得于心，旦变夕移，断续而不相接也乎？潜室未之思尔。

一〇

若说弟重则敬弟、叔父重则敬叔父为权度，此是料量物理，智之用也，且非智之体。不与敬之本体相应。若说权度者物之所取平者也，吾心之至平者谓之权度，则夫平者固无实体，特因无不平而谓之平耳。此但私欲不行边事，未到天理处。以平为义，则义亦有名而无实矣。义者以配四德之利、四时之秋，岂但平而已哉？

吾固有之气，载此刚大之理，如利斧相似，严肃武毅，遇着难分别处，一直利用，更无荏苒⑥，此方是义之实体。故以敬以方，以宜以制，而不倚于物。岂但料量以虚公，若衡鉴之无心，而因用以见功者乎！

一一

孟子不曾将情、才与性一例，竟直说个"善"字，本文自明。曰"〔情〕可以为善"，即或人

"性可以为善"之说也，曰"若夫为不善，非才之罪"，即告子"性无不善"之说也。彼二说者只说得情、才，便将情、才作性。故孟子特地与他分明破出，言性以行于情、才之中，而非情、才之即性也。

孟子言"情可以为善"，而不言"可以为不善"，言"不善非才之罪"，而不言"善非才之功"，此因性一直顺下，从好处说。则其可以为不善者，既非斯人所必有之情，固但见其可以为善，而不见其可以为不善。若夫为善虽非才之功，而性克为主，才自辅之，性与才合能而成其绩，亦不须加以分别，专归功于性而摈才也。此是大端看得浑沦处，说一边便是，不似彼欲破性善之旨，须在不好处指摘也。然言"可以为善"，则可以为不善者自存；言"不善非才之罪"，则为善非其功也亦可见矣。

孟子言"恻隐之心，仁也"云云，明是说性，不是说情。仁义礼智，性之四德也。虽其发也近于情以见端，然性是彻始彻终与生俱有者，不成到情上便没有性！性感于物而动，则缘于情而为四端，虽缘于情，其实止是性。如人自布衣而卿相，以位殊而作用殊，而不可谓一为卿相，则已非布衣之故吾也。又如生理之于花果，为花亦此，为果亦此，花成为果而生理均也，非性如花而情如果，至已为果，则但为果而更非花也。

孟子竟说此四者是仁义礼智，既为仁义礼智矣，则即此而善矣。即此而善，则不得曰"可以为善"。恻隐即仁，岂恻隐之可以为仁乎？有扩充，无造作。若云恻隐可以为仁，则是恻隐内而仁外矣。若夫情，则特可以为善者尔。可以为善者，非即善也，若杞柳之可以为杯圈，非杞柳之即为杯圈也。性不可戕贼，而情待裁削也。前以湍水喻情，此以杞柳喻情。盖告子杞柳、湍水二喻，意元互见。故以知恻隐、羞恶、恭敬、是非之心，性也，而非情也。夫情，则喜、怒、哀、乐、爱、恶、欲是已。

庆源说"喜怒哀乐未发，何尝不善，发而中节，亦何往而不善"，语极有疵。喜怒哀乐未发，则更了无端倪，亦何善之有哉！中节而后善，则不中节者固不善矣，其善者则节也，而非喜怒哀乐也。学者须识得此心有个节在，不因喜怒哀乐而始有，则性、情之分迥然矣。若昏然不察，直将恻隐、羞恶、恭敬、是非与喜怒哀乐作一个看，此处不分明，更有甚性来！

孟子言情，只是说喜怒哀乐，不是说四端。今试体验而细分之。乍见孺子入井之心，属之哀乎，亦仅属之爱乎？非有爱故。无欲穿逾之心[⑦]，属之怒乎，亦仅属之恶乎？即穿踰者，亦有所恶。若恭敬、是非之心，其不与七情相互混者，尤明矣。学者切忌将恻隐之心属之于爱，则与告子将爱弟之心与食色同为性一例，在儿女之情上言仁。"汉以来儒者不识'仁'字"，只在此处差谬。恻隐是仁，爱只是爱，情自情，性自性也。

情元是变合之几，性只是一阴一阳之实。情之始有者，则甘食悦色，到后来蕃变流转，则有喜怒哀乐爱恶欲之种种者。性自行于情之中，而非性之生情，亦非性之感物而动则化而为情也。

情便是人心，性便是道心。道心微而不易见，人之不以人心为吾俱生之本者，鲜矣！故普天下人只识得个情，不识得性，却于情上用工夫，则愈为之而愈妄。性有自质，情无自质，故释氏以"蕉心倚芦"喻之。无自质则无恒体，故庄周以"藏山"言之。无质无恒，则亦可云无性矣。甚矣，其逐妄而益狂也！

孟子曰："若夫为不善，非才之罪也。"不善非才罪，罪将安归耶？《集注》云"乃物欲陷溺而然"，而物之可欲者，亦天地之产也。不责之当人，而以咎天地自然之产，是犹舍盗罪而以罪主人之多藏矣。毛嫱、西施，鱼见之而深藏，鸟见之而高飞，如何陷溺鱼鸟不得？牛甘细草，豕嗜糟糠，细草、糟糠如何陷溺人不得？然则才不任罪，性尤不任罪，物欲亦不任罪。其能使为不善者，罪不在情而何在哉？

朱子曰“非才如此，乃自家使得才如此”，“自家”二字，尤开无穷之弊。除却天所命我而我受之为性者，更何物得谓之自家也？情固是自家的情，然竟名之曰“自家”，则必不可。盖吾心之动几，与物相取，物欲之足相引者，与吾之动几交，而情以生。然则情者，不纯在外，不纯在内，或往或来，一来一往，吾之动几与天地之动几相合而成者也。释氏之所谓心者，正指此也。

唯其为然，则非吾之固有，而谓之“铄”。金不自铄，火亦不自铄，金火相构而铄生焉。铄之善，则善矣，助性以成及物之几，而可以为善者其功矣。铄之不善，则不善矣，率才以趋溺物之为，而可以为不善者其罪矣。故曰“或相陪蓰而无算者，不能尽其才者也”，而不可云“不能尽其情”。若尽其情，则喜怒哀乐爱恶欲之炽然充塞也，其害又安可言哉！

才之所可尽者，尽之于性也。能尽其才者，情之正也。不能尽其才者，受命于情而之于荡也。惟情可以尽才，故耳之所听，目之所视，口之所言，体之所动，情苟正而皆可使复于礼。亦惟情能屈其才而不使尽，则耳目之官本无不聪、不明、耽淫声、嗜美色之咎，而情移于彼，则才以舍所应效而奔命焉。

盖恻隐、羞恶、恭敬、是非之心，其体微而其力亦微，故必乘之于喜怒哀乐以导其所发，然后能鼓舞其才以成大用。喜怒哀乐之情虽无自质，而其几甚速亦甚盛。故非性授以节，则才本形而下之器，蠢不敌灵，静不胜动，且听命于情以为作为辍，为攻为取，而大爽乎其受型于性之良能。

告子之流既不足以见吾心固有之性，而但见夫情之乘权以役用夫才，亿为此身之主，遂以性之名加之于情。释《孟子》者又不察于性之与情有质无质、有恒无恒、有节无节之异，乃以言性善者言情善。夫情苟善，而人之有不善者又何从而生？乃以归之于物欲，则亦老氏“五色令人目盲，五音令人耳聋”之绪谈。抑以归之于气，则诬一阴一阳之道以为不善之具，是将贱二殊，厌五实，其不流于释氏“海沤”、“阳焰”之说者，几何哉！

愚于此尽破先儒之说，不贱气以孤性，而使性托于虚，不宠情以配性，而使性失其节。窃自意可不倍于圣贤，虽或加以好异之罪，不敢辞也。

一二

以在天之气思之：春气温和，只是仁；夏气昌明，只是礼；秋气严肃，只是义；冬气清冽，只是智。木德生生，只是仁；火德光辉，只是礼；金德劲利，只是义；水德渊渟，只是智。及其有变合也，冬变而春，则乍呴然而喜；凡此四情，皆可以其时风日云物思之。春合于夏，则相因泰然而乐；夏合于秋，则疾激烈而怒；秋变而冬，则益凄切而哀。如云“秋冬之际，尤难为怀”，哀气之动也。水合于木，则津润而喜；新雨后见之。木合于火，则自遂而乐；火薪相得欲燃时见之。火变金，则相激而怒；金在冶不受变，火必变之，如此。金变水，则相离而哀。此差难见。金水不相就，虽合而离。

以在人之气言之：阳本刚也，健德也，与阴合而靡，为阴所变，是相随而以喜以乐，非刚质矣。阴本柔也，顺德也，受阳之变，必有吝情，虽与阳合，而相迎之顷必怒，已易其故必哀，女制于男，小人屈于君子，必然。非柔体矣。

惟于其喜乐以仁礼为则，则虽喜乐而不淫，于其怒哀以义智相裁，则虽怒哀而不伤。故知阴阳之撰，唯仁义礼智之德而为性，变合之几，成喜怒哀乐之发而为情。性一于善，而情可以为善，可以为不善也。

一三

不善虽情之罪，而为善则非情不为功。盖道心惟微，须藉此以流行充畅也。如行仁时，必以喜心助之。情虽不生于性，而亦两间自有之几，发于不容已者。唯其然，则亦但将可以为善奖之，而不须以可为不善责之。故曰“乃所谓善也”，言其可以谓情善者此也。《集注》释此句未明，盖谓情也。

功罪一归之情，则见性后亦须在情上用功。《大学》“诚意”章言好恶，正是此理。既存养以尽性，亦必省察以治情，使之为功而免于罪。《集注》云“性虽本善，而不可无省察矫揉之功”，此一语恰合。省察者，省察其情也，岂省察性而省察才也哉！

若不会此，则情既可以为不善，何不去情以塞其不善之原，而异端之说由此生矣。乃不知人苟无情，则不能为恶，亦且不能为善。便只管堆塌去，如何尽得才，更如何尽得性！

孟子言“情则可以为善，乃所谓善也”，专就尽性者言之。愚所云“为不善者情之罪”，专就不善者言之也。孟子道其常，愚尽其变也。若论情之本体，则如杞柳，如湍水，居于为功为罪之间，而无固善固恶，以待人之修为而决导之，而其本则在于尽性。是以非静而存养者，不能与于省察之事。《大学》之所以必正其心者乃可与言诚意也。

一四

《集注》谓“情不可以为恶”，只缘误以恻隐等心为情，故一直说煞了。若知恻隐等心乃性之见端于情者而非情，则夫喜怒哀乐者，其可以“不可为恶”之名许之哉！

情如风然，寒便带得寒气来，暄便带得暄气来，和便带得和气来。恻隐等心行于情中者，如和气之在风中，可云和风，而不可据此为风之质但可为和，而不可以为极寒、暄热也。故君子慎独以节其情也，若不于存养上有以致其中，则更无和之可致矣。喜怒哀乐之发，岂但有节而无无节者哉？

朱子未析得“情”字分明，故添上“不可以为恶”五字，而与孟子之旨差异。若西山之言才，亦云“本可以为善，而不可以为恶”，则尤不揣而随人口动尔。

人之为恶，非才为之，而谁为之哉？唯其为才为之，故须分别，说非其罪。若本不与罪，更不须言非罪矣。如刺人而杀之，固不可归罪于兵，然岂可云兵但可以杀盗贼，而不可以杀无辜耶？

孟子以耳目之官为小体，而又曰“形色，天性也”。若不会通，则两语坐相乖戾。盖自其居静待用、不能为功罪者而言，则曰“小体”。自其为二殊、五实之撰，即道成器以待人之为功者而言，则竟谓之“天性”。西山谓“才不可以为恶”，则与孟子“小体”之说相背。程子以才禀于气，气有清浊，归不善于才，又与孟子“天性”之说相背。

孟子于“性”上加一“天”字，大有分晓。才之降自天者无所殊，而成形以后，蠢不敌灵，静不胜动，则便小而不大。此等处，须看得四方透亮，不可滞一语作死局，固难为不知者，道也！

一五

程子全以不善归之于才，愚于《论语》说中有笛身之喻，亦大略相似。然笛之为身，纵不好，亦自与箫管殊，而与枯枝草茎尤有天渊之隔。故孔子言其“相近”，孟子亦言“非才之罪”，此处须活看。既是人之才，饶煞差异，亦未定可使为恶。《春秋传》记商臣蜂目豺声，王充便据以为口实，不知使商臣而得慈仁之父、方正之傅，亦岂遂成其恶哉！舜之格瞽瞍及免象于恶，其究能不格奸者，亦瞍、象之才为之也，又岂舜之于瞍、象能革其耳目，易其口体，而使别成一底豫之才哉！

人之所以异于禽兽者，其本在性，而其灼然终始不相假借者，则才也。故恻隐、羞恶、恭敬、是非，唯人有之，而禽兽所无也。人之形色足以率其仁义礼智之性者，亦唯人则然，而禽兽不然也。若夫喜怒哀乐爱恶欲之情，虽细察之，人亦自殊于禽兽，此可以为善者。而亦岂人独有七情，而为禽兽之所必无，如四端也哉！一失其节，则喜禽所同喜、怒兽所同怒者多矣。此可以为不善。乃虽其违禽兽不远，而性自有几希之别，才自有灵蠢之分，到的除却者情之妄动者，不同于禽兽。则性无不善而才非有罪者自见矣。故愚决以罪归情，异于程子之罪才也。

一六

情之不能不任罪者，可以为罪之谓也。一部《周易》，都是此理。六阳六阴，才也。言六者，括百九十二。阳健、阴顺，性也。当位、不当位之吉、凶、悔、吝，其上下来往者，情也。如《泰》、《否》俱三阴三阳，其才同也；以情异，故德异。然在人则为功为罪，而不可疑天地之化何以有此，以滋悔吝之萌。天地直是广大，险不害易，阻不害简，到二五变合而为人，则吃紧有功在此。故曰“天地不与圣人同忧”。慕天地之大而以变合之无害也，视情皆善，则人极不立矣。

天地之化，同万物以情者，天地之仁也；异人之性与才于物者，天地之义也。天地以义异人，而人恃天地之仁以同于物，则高语知化，而实自陷于禽兽。此异端之病根，以灭性隳命而有余恶也！

一七

孟子言“夜气”⑧，原为放失其心者说。云峰言“圣人无放心，故无夜气”，非无夜气也，气之足以存其仁义之心者，通乎昼夜而若一也。圣人当体无非天者，昭事不违，一动一静皆性命之所通。其次，则君子之见天心者，有过未尝不知，知而未尝复为，“不远复，无祇悔”也。又其次，虽日月至焉，而与天陟降之时，亦未尝不在动静云为之际。如此，则亦何待响晦宴息，物欲不交，而后气始得清哉！

审然，则不可以夜气言者，非但圣人也。说到夜气足以存仁义之心，即是极不好的消息。譬病已深重，六脉俱失其常，但谷气未衰⑨，则可以过其病所应死之期，如《内经》所云“安谷者过期而已”。若平人气象，胃气内荣，则不须问谷气也。

在天者，命也；在人者，性也。命以气而理即寓焉，天也；性为心而仁义存焉，人也。故心者，人之德也；气者，天之事也。心已放而恃气存之，则人无功而孤恃天矣。

人之昼作而夜息者，岂人之欲尔哉！天使之然，不得不然。以象，则昼明而夜暗；以气，则昼行于阳而夜行于阴。行于阴而息，非人自息，天息之也。故迨至于夜，而非人可用功之时，则言及于气，而亦非人可用力之地。所以朱子斥谓气有存亡而欲致养于气者为误。异端之病，正在于此：舍人事之当修，而向天地虚无之气捉搦卖弄。一部《参同契》，只在气上用力，乃不知天地自然之气行于人物之中，其昌大清虚，过而不可留，生而不可遏者，尽他作弄，何曾奈得他丝毫动！则人之所可存可养者，心而已矣。故孟子之言“养气”，于义有事，而于气无功也。

若说旦昼有为之时为牿亡之所集，却便禁住此心不依群动，而与夜之息也相似，以待清气之生，此抑为道家言者极顶处，唤作“玄牝”⑩。乃不知天地之气恒生于动而不生于静，故程子谓“《复》其见天地之心”，乃初九一阳，数点梅花，固万紫千红之所自复。若一直向黑洞洞地楞然伏处，待其自生，则《易》当以《坤》之上六为天地之心，而何以玄黄之疑战正在此哉！若一向静去，则在己者先已解散枯槁，如何凝得者气住？气不充体，则心已失其所存之基，则生而死，人而鬼，灵而蠢，人而物，其异于蚓之结而鳖之缩者几何耶？

静则气为政者，天事也；动则心为政者，人道也。君子以人承天，故《易》于《震》之《彖》曰“不丧匕鬯”⑪。人所有事于天者，心而已矣。丧其匕鬯，以待鬼神之至于倘佯，不亦妄乎！故朱子专以其功归之养心，而不归之气，其旨定矣。

延平之说曰“若于旦昼之间，不至牿亡，则夜气愈清；夜气清，则平旦未与物接之时，湛然虚明，气象自可见矣”，非也。旦昼不牿亡者，其以存此心而帅其气以清明者，即此应事接物、穷理致知孜孜不倦之际，无往不受天之命，以体健顺之理。若逮其夜，则犹为息机，气象之不及夫昼也多矣。“昊天曰明，及尔出王；昊天曰旦，及尔游衍”。出王、游衍之际，气无不充，性无不生，命无不受，无不明焉，无不旦焉。而岂待日入景晦⑫，目闭其明，耳塞其聪，气反于幽，神反于漠之候哉！

夜气者，气之无力者也。以无力，故不能受恶之染污，则以无力，故不能受善之薰陶。天不息，则夜亦无殊于昼，而夜非加清。人有息，则夜之所顺受于天者微，而气行阴中，则抑以魄受而不以魂承。是故苟非牿亡其心者，不须论夜也。

君子之夜气，与牿亡者之夜气，所差不远，故牿亡者得以近其好恶。君子之昼气，丽乎动静云为而顺受其清刚正大者，则非牿亡者之所可与，而气象固已远矣。奈之何舍平人荣卫之和，而与危病者争仅存之谷气哉！达于朱子之旨，则延平之说可废矣。

一八

愚尝谓命日受，性日生，窃疑先儒之有异。今以孟子所言“平旦之气”思之，乃幸此理之合符也。

朱子言“夜气如雨露之润”。雨露者，天不为山木而有，而山木受之以生者也。则岂不与天之有阴阳、五行，而人受之为健顺、五常之性者同哉？在天降之为雨露，在木受之为萌蘖；在天命之为健顺之气，在人受之为仁义之心。而今之雨露，非昨之雨露；则今日平旦之气，非昨者平旦之气，亦明矣。到旦昼牿亡后，便将夙昔所受之良心都丧失了。若但伏而不显，则不得谓之亡。且其复也，非有省察克念之功以寻绎其故，但因物欲稍间，而夜气之清明不知其所自生。若此者，岂非天之日命而人之日生其性乎？

乃或曰“气非性也，夜气非即仁义之心，乃仁义之所存也”，则将疑日生者气耳，而性则在有生之初。而抑又思之：夫性即理也，理者理乎气而为气之理也，是岂于气之外别有一理以游行于气中者乎？夫言夜气非即良心而为良心之所存，犹言气非即理，气以成形而理具也。岂气居于表以为郛郭⑬，而良心来去以之为宅耶？故朱子说“夜气不曾耗散，所以养得那良心”，以一“养”字代“存”字。只此天所与人清明之气，健顺故清明。养成而发见到好恶上不乖戾，即是良心，而非气外别有心生，审矣。

理便在气里面，故《易》曰“一阴一阳之谓道”，又曰“形而上者谓之道”。形而上者，不离乎一阴一阳也。故曰“两仪生四象，四象生八卦，八卦定吉凶”。气自生心，清明之气自生仁义之心。有所触，则生可见，即谓之生；无所触，则生不可见，故谓之存：其实一也。

天与人以气，必无无理之气。阳则健，阴则顺也。一阴一阳则道也，错综则变化也。天无无理之气，而人以其才质之善，异于禽兽之但能承其知觉运动之气，尤异于草木之但能承其生长收藏之气。是以即在牿亡之余，能牿亡其已有之良心，而不能牿亡其方受之理气也。理气谓有理之气。

天之与人者，气无间断，则理亦无间断，故命不息而性日生。学者正好于此放失良心不求亦复处，看出天命于穆不已之几，出王、游衍，无非昊天成命，相为陟降之时。而君子所为“不远复，无祇悔”，以日见无心、日凝天命者，亦于此可察矣。

若云唯有生之初天一命人以为性，有生以后唯食天之气而无复命焉，则良心既放之后，如家世所藏之宝已为盗窃，苟不寻求，终不自获。乃胡为牿亡之人非有困心衡虑反求故物之功，而但一夜之顷，物欲不接，即此天气之为生理者，能以存夫仁义之心哉?

故离理于气而二之，则以生归气而性归理，因以谓生初有命，既生而命息，初生受性，既生则但受气而不复受性，其亦胶固而不达于天人之际矣。

一九

必须说个仁义之心，方是良心。言良以别于楛，明有不良之心作对。盖但言心，则不过此灵明物事，必其仁义而后为良也。心之为德，只是虚、未有倚，然可以倚。灵、有所觉，不论善恶皆觉。不昧，能记忆亲切，凡记忆亲切者必不昧。所以具众理、未即是理，而能具之。应万事者，所应得失亦未定。大端只是无恶而能与善相应，然未能必其善也。须养其性以为心之所存，方使仁义之理不失。

孔子曰“操则存”，言操此仁义之心而仁义存也；“舍则亡”，言舍此仁义之心而仁义亡也；“出入无时”，言仁义之心虽吾性之固有，而不能必其恒在也；“莫知其乡”，言仁义之心不倚于事，不可执一定体以为之方所也；“其心之谓与”，即言此仁义之心也。

说此书者，其大病在抹下“仁义”二字，单说个灵明的物事。《集注》已未免堕在，北溪更添上一段描画，写得恍恍惚惚，似水银珠子样，算来却是甚行货！大概释氏之说恰是如此。看他七处征心，“不在内，不在外”之语，正北溪所谓“忽在此，忽在彼”也。看他说“如我按指，海印发光，汝但起心，尘劳先起”，正北溪所谓“亡不是无，只是走作逐物去”也。

范家女子只撩乱记得几句禅语，便胡言道“孟子误矣，心岂有出入”，伊川从而称之，不亦过乎！这昭昭灵灵，才收着即在眼前的，正释氏所谓“常住真心”。此是邪说诬民、充塞仁义第一紧要真赃。果如彼说，则孔子之言句句可破，不但如范氏妖 甕所云也。

此灵明活动者，如荷叶上露水相似，直是操不得的，愈操而愈不存矣。此灵明活动者亦如影之随形，不但不亡，而亦何容舍？开眼见明，闭眼见暗，未有能舍之者也。亦直不可说他“莫知其乡”，“唤醒主人翁”，则端的“在家里坐，行住坐卧不离这个”也。呜呼，谁谓孔子之言而如斯其背谬耶！

总缘撇下“仁义”二字说心，便惹得许多无父无君之教涎沫来胡哄。圣贤之言，修辞立诚，不合弄此虚脾。圣贤之学，反身而诚，养其性以存其心，不将此圆陀陀、光闪闪的物事作本命元辰看得隆重[14]。朱子自有“良心存亡只在眇忽之间，舍便失去，操之勿放，放犹废也，非逸也。则良心常存”一段语录，千真万当，为圣学宗旨。其他画出来活鬼相似一流虚脾语，删之无疑。

二○

谓“欲生恶死是人心，唯义所在是道心”，则区别分明。乃朱子尤必云“权轻重，却又是义”，义在舍死取生，则即以生为义矣。

人心者，唯危者也，可以为义，可以为不义，而俟取舍者也。故欲生恶死之心，人心也。庆源卤莽不察，竟将得生避患作人欲说。则是遏人欲于不行者，必患不避而生不可得，以日求死而后可哉？孟子以鱼与熊掌配生与义，鱼虽不如熊掌之美，然岂有毒杀人而为人所不可嗜耶？若夫人欲，则乌喙之毒而色恶、臭恶之不可入口得矣。

孟子于此，原以言人之本心纯乎天理。本心即道心。即在人所当欲之生、当恶之死，亦且辨之明而无所苟；而况其为非所当欲、非所当恶者，如“宫室之美”等。曾何足以乱之哉！若论在所当得，则虽宫室、妻妾、穷乏得我，且未是人欲横行处，而况欲生恶死之情！唯不辨礼义而受万钟，斯则天理亡而人欲孤行者。

圣贤于此只论礼义，不论利害，故朱子云“临时比并，又却只是择利害处去”。若不于义理上审个孰为当欲，孰为当恶，孰为且不当用其欲恶，而但以于身之缓急为取舍，则世固有无心于宫室、妻妾之间，安其簅陋[15]，所识穷乏者吝一粟之施，虽怨不恤，而走死权势，坐守金粟者。以不辨礼义而快其所欲受，其可谓之知所取舍乎？

饮食之人，人皆贱之。饮食之于人，其视宫室、妻妾、穷乏得我也，缓急利害，相去远矣，讵可以饮食之人贤于富贵之人耶？是知宫室、妻妾、穷乏得我，以至得生避患，唯不知审，则可以为遏抑天理之具，而成乎人欲。固不可以欲生恶死即为人欲之私，而亦不当以宫室、妻妾、穷乏得我，与生之可欲、死之可恶，从利害分缓急也。

二一

心则只是心。仁者，心之德也。径以心为仁，则未免守此知觉运动之灵明以为性，此程、朱所以必于孟子之言为之分别也。

然孟子言此，则固无病。其言“仁，人心也”，犹言“义，人路也。”“义，人路也”，非人路之即义。则“仁，人心也”，亦非人心之即仁矣。除却义，则非路。非无路也，或为茅塞，或为蹊径，兽蹄鸟迹之道，非人路也。除却仁，则非心。非无心也，知觉运动，将与物同，非人之心也。孟子之言明白简易，只是如此。故不须更与分疏心即仁之与非即仁也。

朱子言“仁者心之德”，“德”字亦须分别看，不可以“有得于心”释之。德自属天。天予人以仁而人得之为秉夷之心，天予人以义而人得之以为率由之路，其义一也。若于此不审，以心为郛郭而仁在其中，然则亦以路为辙迹而义在其中乎？若然，则仁内而义外乎！

孟子“义路”之说，若看不分晓，极易犯手，说似仁内义外去。此“路”字是心中之路，非天下之路也。路在天下，纵横通达，而非吾所必由。惟吾欲往燕往越，以至越陌度阡，此中却分明有一路在，终不成只趁着大路便走！“君子喻于义”，路自在吾心，不在天下也。

潜室以不是血气做成的心为辨，语极肤浅。圣贤言心，皆以其具众理而应万事者言之，岂疑于此肉团之心哉？孟子言此具众理而应万事者，则仁以为之德，而非能知能觉之识即可具众理，能运能动之才即可应万事。不然，则物之有其知觉运动者，何以于理昧而于事舛也？此远不御而近自正者，则义以为之制，而非任运自由之可以达于天下而无所碍。不然，则物之意南而南、意北而北者，何以近无准而远必泥也？

直以仁为人心，而殊之于物之心，故下直言求心而不言仁。乃下直言心，而言心即以言仁，其非仅以知觉运动之灵明为心者，亦审矣。故双峰为之辨曰："不应下文'心'字又别是一意。若把求放心做收摄精神，不令昏放，则只从知觉上去，与'仁，人心也'不相接。"伟哉，其言之也！彼以知觉为心而以收摄不昏为求放心者，不特于文理有碍，而早已侵入异端之域矣！

程子云"才昏睡便放了"，朱子云"收敛此心，不容一物"，看来都有疵病。求放心者，求仁耳。朱子云"如'我欲仁，斯仁至矣'"，多下一"如"字，只欲仁便是求放心也。仁者之事，虽"出门如见大宾，使民如承大祭"，也不容他昏去。乃昏而放失其仁，固也，然一不昏而即可谓之仁乎？既不昏，亦须有所存。先儒谓"随处体认天理"，故亦必学问以为之津涘。"克己复礼"，"主敬行恕"，"居处恭，执事敬，与人忠"，"能行恭宽信敏惠于天下"，皆求放心之道也。若但提醒此灵明，教不昏着睡着，则异端之彻夜达旦，死参死究者，莫有仁焉者矣。

放心只是失却了仁，有私意私欲为之阻隔而天理不现。天理现，则光辉笃实，万物皆备，而岂一物不容哉！若但以不昏而无物为心之存，则狂如李白，且有"桃波一步地，了了语声闻"之时。而语其极至，将庞蕴所谓"但愿空诸所有，慎勿实诸所无"者尽之矣！孟子吃紧教人求仁，程、朱却指个不求自得、空洞虚玄的境界。异哉，非愚所敢知也！

双峰承二贤之后，而能直领孟子之意，以折群疑，其以正人心、辟邪说于毫厘之差者，功亦烈矣。

唯知此，则知所放所求之心，仁也。而求放心者，则以此灵明之心而求之也。仁为人心，故即与灵明之心为体。而既放以后，则仁去而灵明之心固存，则以此灵明之心而求吾所性之仁心。以本体言，虽不可竟析之为二心。以效用言，则亦不可概之为一心也。

而朱子所云"非以一心求一心，只求的便是已收之心"，亦觉与释氏"无能、无所"，"最初一念，即证菩提"，"因地果生"之说无以别。识得所求之心与求心之心本同而末异，而后圣贤正大诚实之学不混于异端。愚不敢避粗浅之讥以雷同先儒，亦自附于孟子距杨、墨之旨以俟知者耳。

二二

朱子云："心如一家主。有此家主，已求放心。然后能洒扫门户，整顿事务。学问。使放心不收，则何者为学、问、思、辨？"又云："存得此心，方可做去。"凡此皆谓求放心为学问之先务，须求放心而后能学问。若非勉斋、双峰为之发明，则是学问之外别有求放心一段工夫，既与孟子之言显相矛盾，而直将此昭昭灵灵、能学知问之心为当求之心，学唱曲子，也是此心。则于圣贤之学，其差远矣！

只教此知觉之心不昏不杂，此异端之所同。而非但异端也，即俗儒之于记诵词章，以至一技一术之士，也须要心不昏惰，不杂乱，方能习学。此又不过初入小学一段威仪，一个径路耳，故小道得以同之，俗儒得以同之，而异端亦得以同之。求其实，则孟子所谓"专心致志"者而已。专心，不为外物所诱。致志，收摄不令昏放。曾圣贤克己复礼、择善固执之全体大用而止此乎？

孟子曰"学问之道无他，求其放心而已矣"，犹圣经所谓"大学之道，在明明德"也。大学者，自有格、致、诚、正、修、齐、治、平之道，而要所以明其明德。君子之学问，有择善固执、存心致知之道，而要所以求仁。已放者谓之放心，未放者谓之仁而已。不然，即以明明德为大学之道，则此虚灵不昧者从何处而施明？即以求放心为学问之道，则此见闻觉知之心虽旁驰四出，而固不离乎现前，乃更起而求之，不且如释氏“迷头”之诮乎？

朱子之释此章，大段宗程子之说。程子于此看得超忽，总缘他天资高，功候熟利，便径向心有其仁而无不仁者一层说起。抑其于释氏之学，曾未勘核，故一时偶犯其垒而不知。乃孟子之言既为已放其心者而发，故明于学问之途，而授以求仁之津涘。则云即心即仁，但无昏放而不容一物者，其不然，审矣。

程子规模直尔广大，到魁柄处自不如横渠之正[16]。横渠早年尽抉佛、老之藏，识破后，更无丝毫粘染，一诚之理，壁立万仞，故其门人虽或失之近小，而终不失矩矱[17]。程子自得后，却落入空旷去，一传而后，遂有淫于佛、老者，皆此等启之也。此又善学古人者之所当知。

二三

“求放心”之心，与“心不若人”之心，须有分别。新安看得囫囵，便没理会。学者须于同中显异，方能于异中求同，切忌劈便从同处估量去，则直不知择。所以《中庸》吃紧说一“择”字，正人心、道心之所由辨也。

既曰“即心即仁”，此从“即心即佛”来。即“求放心”之心便是不放之心。心但不放，则即此是仁，则何以又云“心不若人”！不若人而系之心，则彼亦有心而未尝放失矣。彼心固存，而所存者不善，斯不若人者也。

如公孙衍、张仪、刘穆之、刘晏一流人，他者知觉运动之心何尝不玲珑剔透，一倍精采？只他邪向权谋上去，便是“心不若人”。又如释氏之徒，至有闻蚁拽虫尸如人拽大木者，亦有三十年胁不粘席者，亦有一日三唤主人翁者；又岂不精细灵警，丝毫不走作，只他邪向虚寂上去，便是“心不若人”。此正为“即心即仁”之毒所中。若一向醉生梦死，悠悠之徒，则与沈痾恶疾在身，不知恶之以求医者等，圣贤从无心情与此辈较量。

夫一指不伸，求治千里之外，此亦须是皮下有血汉。杜子美“平生性僻耽佳句，语不惊人死不休”，司马相如“誓不乘驷马高车，不过此桥”，释氏之徒有断臂立雪，八十行脚者，乃是不远秦、楚以求伸一指之人，才可以“心不若人而不知恶”责之。于此分明，方知但言心，未便是至处，而以求放心者，竭心思以求仁，而非收摄精神以求一物不容之心也。

孟子始终要辟“生之谓性”一种邪说，程子乃以“生之谓性”为未是告子错处，故其差异如此。虽然，孟子之言至矣。

二四

若教人养其大者，便不养其小者，正是佛氏真赃实据。双峰于此分别破明，其功伟矣！佛氏说甘食是填饥疮，悦色是蒸砂作饭，只要败坏者躯命。乃不知此固天性之形色而有则之物，亦何害于心耶！唯小体不能为大体之害，故养大者不必弃小者。若小体便害大体，则是才有人身，便不能为圣贤矣。所以释氏说此身为业海，不净合成，分段生死，到极处只是褊躁忿戾，要灭却始甘休，则甚矣其劣而狂也！

乃小体既不能为大体之害，则害大、害贵者，其罪何在？孟子固曰“无以小害大，无以贱害贵”，能左右之曰“以”。又曰“从其小体为小人”，只“以”字、“从”字是病根。乃此“以”之而“从”者，岂小体之自“以”哉！既非小体之自“以”，则其过岂不在心？昭昭灵灵者。所以《大学》说“修身在正其心”，心不固正而后须正也。特此“从”之、“以”之之心，专是人心，专是知觉运动之心，固为性所居，而离性亦有其体，性在则谓之“道心”，性离则谓之“人心”。性在而非遗其知觉运动之灵，故养大则必不失小；性离则唯知觉运动之持权，故养小而失大。知觉运动之心，与耳目相关生，而乐寄之耳目以得所藉。其主此心而为道心者，则即耳目而不丧其体，离耳目而亦固有其体也。故言心者，不可不知所择也。广如下章之说。

二五

一部《孟子》，如“钧是人也”一章，深切著明，示人以从入处者极少。读者于此不精审体验，则似不曾读《孟子》。《集注》于此失之太略，诸儒亦未为之引伸。乃熟绎本文，而以身心体之，则其义固有可求者。

“耳目之官不思”两段，既以辨大体、小体功用之殊，从其大而为大人，从其小而为小人，以答公都子第一问。乃其以求夫大人所以从大体之蕴，而直勘夫小人所以从小体之由，以答公都子第二问，意虽不尽于言，而言亦无不尽之意也。

自“耳目之官不思”至“则其小者不能夺也”，句句对照，抑或言此而彼之不然者以显。只此数语，是圣贤当体反求，精以考之而不惑处。前章所云“于己取之而已”者，正谓此也。

“耳目之官不思”六字，紧对下“不思则不得也”句。“而蔽于物”四字，紧对下“思则得之”句。“物交物则引之而已矣”，紧对下“先立乎其大者，则其小者不能夺也”二句。

在心，则云“心之官则思”，在耳目，则不云耳目之官则视听；在心，则云“此天之所与我者”，在耳目，则不云此成形之所有者；在从大体，则云“此为大人而已矣”，而于交物而引者，不云此为小人；则言此而彼之不然者显也。

“耳目之官不思”，疑与“心之官则思”相为对照，而今云“耳目之官”四字含有“则视听”三字，“不思”二字与“不思则不得也”相对者，以官之学言司也，有其司则必有其事，抑必有其事而后有所司。今既云“不思”矣，则是无其事也，无其事而言司，则岂耳目以不思为所司之职？是犹君以无为为职也，耳目为君矣！此释氏以前五识为性境现量之说，反以贱第六、七识而贵前五识也。是以知言“耳目之官”，则固有其司者存，岂非以言目司视而耳司听乎？乃耳目则有其所司矣，非犹夫血肉爪发之无所司矣。今但以其不能思者言之，则且与血肉爪发等，而虽在小人，亦恶乎从之？足知言“不思”者，谓不思而亦得也。

不思而亦得，故释氏谓之现量。心之官不思则不得，故释氏谓之非量。耳目不思而亦得，则其得色得声也，逸而不劳，此小人之所以乐从。心之官不思则不得，逸无所得，劳而后得焉，此小人之所以惮从。释氏乐奖现量，而取耳为圆通，耳较目为尤逸。正小人怀土怀惠、唯逸乃谚之情，与征声逐色者末虽异而本固同，以成乎无忌惮之小人也。

故不待思而得者，耳目之利也；不思而不得者，心之义也；义谓有制而不妄悦人。“而蔽于物”者，耳目之害也；“思则得”者，心之道也。故耳目者利害之府，心者道义之门也。

不思而得，不劳而可有功；而蔽于物，则虽劳而亦无益。声色之丽耳目，一见闻之而然，虽进求之而亦但然。为物所蔽而蔽尽于物。岂如心之愈思而愈得，物所已有者无不表里之具悉，耳目但得其表。物所未有者可使之形著而明动哉！

小人喜用其逸，而又乐其所得之有量，易于得止而属厌。大人重用其劳，而抑乐其所得之无穷，可以极深研几而建天地、质鬼神、考前王、俟后圣。故各以其所乐者为从，而善不善分矣。乃耳目之小，亦其定分，而谁令小人从之？故曰小不害大，罪在从之者也。

所以知“天之与我者”，专为心言，而非耳目之所得共者。此与《集注》异。盖天之所与我者性也，孟子固曰“耳之于声，目之于色，君子不谓性也”。所以不言耳目非尽天所与者，又以有命焉故。盖耳目之官，元因体而有，而耳目之体，则资养而成。虽天命之，而不得外物之养以助于有生之后，则亦不得有其聪明。此唯心为天所与我，而耳目不得与也。心思之得于天者，不待取而与；耳目之得于天者，则人取之而后天与之也。

“先立乎其大者，则小者不能夺。”耳目不能夺，而况于物！“物交物则引之”，则耳目且受夺而不得守其官，求其从心之令也岂可得乎！始于小体而终于物，则小人之且失其人理。先以大体，则小体从令而物无不顺，此大人所以备物而诚。

释氏唯以现量为大且贵，则始于现量者，终必缘物。现量主受故。故释氏虽不缘物而缘空，空亦物也。有交引故。唯始于吾所受于天之明德而求尽其量，则当体无穷而不倚于物。故圣学虽尽物之性，而要无所倚。则以现量之光，的然著明，而已著则亡；不能持。心思之用，暗然未能即章，而思则日章。先难而后获，先得而后丧，大小贵贱之分，由此以别。

而小人之无所立以奔赴其便安，故见夺而“载胥及溺”。大人之有所立以上达而不已，故耳目各效其聪明之正。其或从乎此，或从乎彼，一义利勤惰之情所必至也。故曰“求则得之，舍则失之”。心之所以为无不得之道者，正以其有不得之义也。

学者明于此，而吾当体之中，可考、可择，为主、为辅之分以明，则不患圣功之无其门。而彼释氏推耳为圆通之最，奖前五为性境之智者，亦不待攻而自露矣。惜乎先儒之未能详也。

二六

前既释仁义之心与知觉运动之心虽同而实异，今此又概言心而即已别乎小体。若以此所言心为仁义之心，则仁义为实有而思为虚位。若以此为知觉运动之心，而何以又云知觉运动之心，俗儒亦求之，异端亦求之，而不但大人也？愚固曰“于同显异，而后可于异明同”也。

孟子于此，昌言之曰“心之官则思”，今试于当体而反考之。知为思乎，觉为思乎，运动为思乎？知而能知，觉而能觉，运动而能运动，待思而得乎，不待思而能乎？所知、所觉、所运动者，非两相交而相引者乎？所知所觉、以运以动之情理，有不蔽于物而能后物以存、先物而有者乎？所知一物，则止一物。如知鸠为鸠，则蔽于鸠，不能通以知鹰。觉、运动亦如之。审此，则此之言心，非知觉运动之心可知已。

只缘后世佛、老之说充斥天下，人直不识得个心，将此知觉运动之灵明抵代了。其实这知觉运动之灵明，只唤作耳目之官。释氏谓之见性、闻性，又唤他做性。虽说来分裂，则似五官有五性，其实此灵明之随体发用者，未尝不一。故释氏说闻梅流涎、履高足酸，也只在这上面向荆榛寻路，稍通一线，便谓圆通。真陋哉，其言之也！

孟子说此一“思”字，是千古未发之藏，与《周书》言“念”，《论语》言“识”，互明性体之大用。念与识则是圣之事，思则是智之事。范氏《心箴》偏遗下“思”字，只说得活动包含的，则虽有三军而帅已夺矣。

今竟说此“思”字便是仁义之心，则固不能。然仁义自是性，天事也；思则是心官，人事也。天与人以仁义之心，只在心里面。唯其有仁义之心，是以心有其思之能，不然，则但解知觉运动而已。犬牛有此四心，但不能思。此仁义为本而生乎思也。盖仁义者，在阴阳为其必效之良能，在变合为其至善之条理，元有纹理机芽在。纹理是条理，机芽是良能。故即此而发生乎思，如甲必坼，若勾必萌，非块然一气，混杂椎钝，不能有所开牖也。故曰“天之所与我”，与我以仁义，即便与我以思也。此从乎生初而言也。

乃心唯有其思，则仁义于此而得，而所得亦必仁义。盖人饥思食，渴思饮，少思色，壮思斗，老思得，未尝不可谓之思，而思之不必得，乃不思而亦未尝不得。得之有命。其得不得之一因乎思者，唯仁义耳。此思为本而发生乎仁义，亦但生仁义而不生其他也。释氏"一切唯心造"之说，原以诬天下之诚有者，而非实然。盖思因仁义之心而有，则必亲其始而不与他为应，故思则已远乎非道而即仁义之门矣。是天之与我以思，即与我以仁义也。此从乎成性而言也。

故"思"之一字，是继善、成性、存存三者一条贯通梢底大用，括仁义而统性情，致知、格物、诚意、正心，都在这上面用工夫，与《洪范》之以"睿作圣"一语斩截该尽天道、圣功者同。孟子之功，不在禹下，此其一征矣。

乃或疑思食思色等思，虽不能得，然不可谓之"不思"，则孟子所言固有渗漏。而今此所云，亦将无执得以言思而不足尽思也乎？则又不然。学者于此须破尽俗陋之见，特地与他正个疆界：只思义理便是思，便是心之官；思食思色等，直非心之官，则亦不可谓之思也。

孟子曰"先立乎其大者"，元只在心上守定着用功，不许寄在小体上用。以耳目有不思而得之长技，一寄其思于彼，则未有不被其夺者。今试体验之：使其为思仁思义，则不因色起，不因声起，不假于视，不假于听，此心亭亭特特，显出他全体大用来。若思食色等，则虽未尝见未尝闻，却目中若现其色，耳中若闻其声，此虽不蔽于现前之物，而亦蔽于所欲得之物，不与现前之物交，而亦与天下之物交也。此却是耳目效用，心为之役。心替其功能以效于耳目之聪明，则亦耳目之官诱心从彼，而尚得谓之思哉？

释氏不审，谓之见性、闻性。乃不知到见闻上，已离了性，只在魂魄上为役，如水入酒中，一齐作酒味矣。盖形而上之道，无可见，无可闻，则唯思为独效。形而下之有色有声者，本耳目之所司，心即阑入而终非其本职，思亦徒劳而不为功。故可见闻者谓之物，而仁义不可谓之物，以其自微至著，乃至功效已成，而终无成形。若夫食、色等，则皆物也。是故唯思仁义者为思，而思食色等非思也。

乃或疑乍见孺子将入于井而有恻隐之心，仁义亦因耳目之交物而生于心。则又不然。彼所言者，谓尽人而皆有，犹牿亡者之夜气，天真未泯，偶一见端。彼唯心失其官以从役于耳目，则天良虽动，亦必借彼以为功，非有根也。若大人先立其大，则不忍人之心充实在中，而当其乍见孺子入井之时，亦必不与行道之人怵然一惊、惕然一惧者同矣。

发得猛时，便是无本。故齐宣王易牛之心反求而不得，则唯其乍见觳觫之时，目交物而心从目，非思所得，以不思故终不得也。物交物则引之，虽是小人沉湎人欲之情事，乃小人即一念之明，与天理相交，也是耳目交物而相引。学者但可借此察识本心，到大有为时，却用此为本领不得。

且当乍见孺子入井之时，则恻隐之心，因目而动。若其当未见孺子入井之时，君子之思以存夫仁者，岂如思食者之幻立一美味于前，思色者之幻立一美色于前，此内视内听，亦属耳目之官，不属心。而亦幻立一孺子入井之事，而作往救之观去声耶？释氏用观，只用耳目。

物引不动，经纬自全，方谓之思。故曰"万物皆备于我"。不睹不闻中只有理，原无事也。无事而理固可思，此乃心官独致之功。今人但不能于形而上用思，所以不知思之本位，而必假乎耳目以成思，则愚先言尽天下人不识得心，亦尽天下人不曾得思也。

"万物皆备于我"，唯思，故诚通焉。若使因耳目以起思之用而成其能，则不特已睹之睹、已闻之闻，即睹其所未睹、闻其所未闻，亦只蔽尽于一物，如何得万物皆备来？"武王不泄迩，不忘远"，正是专用思处。若兼用睹闻，则远迩之形声无涯，其能一时齐现于静中乎？有不现，则泄而忘矣。

思乃心官之特用，当其未睹未闻，不假立色立声以致其思，而迨其发用，则思抑行乎所睹所闻而以尽耳目之用。唯本乎思以役耳目，则或有所交，自其所当交，即有所蔽，亦不害乎其通。故曰“道心为主，而人心皆听命焉”。此又圣学之别于异端隳绌聪明，以为道累而终不可用也。故乍见孺子入井之心，虽非心之全体大用，而亦可资之以为扩充也。扩充则全用思。

乃前言所以求放心者，以知觉运动之心求之，今此又以思为仁义之所自生。然则求仁者，将用思乎，抑用知觉运动之心乎？知觉运动之心固非即思，则何不以思求而以知觉运动求耶？则固有说于此。

夫所谓“求放心”者，犹夫夜气与见孺子入井之心也。使其能思，则心固不放矣。唯不能思而放，故心官失职，而天明之仅存，寓于知觉运动者犹未亡也，是以可得而用之。

夫乍见孺子入井之人，放其心而未知求者也。故上言“人皆有”。其怵惕、恻隐之憬然动者，心之寓于觉者也。或寓于知，或寓于觉，或寓于运动，则亦相依为体而不能离。如水入酒中而作酒味，则更不得舍水以求酒矣。故在良心已放、一端偶露者，不得不于知觉运动之心以为功。若夫仁义之本体存乎中，而与心官互相发生者，思则得之。大人“以洗心而退藏于密”，乃以善乎知觉而使从令。岂复恃此介然有知，欻然有觉[18]，物示之而物警之，以成弋获之能哉？

或又疑思食色等之为耳目用事，而心不得主其官，则固已。若人思利思害，乃至察于无形，则非耳目之官用事，而过若在心。则又不然。夫思利害而不悖乎理也，即仁义也。仁义未尝不利也。若趋利避害之背乎理者，有一不因于耳目之欲者哉！全躯保妻子，怀禄固庞，也只为者宫室、妻妾、所识穷乏者得我，可以奉耳目之欢。所以嘑蹴之食，乞人不屑，缘乞人便食之而不死，也无以供耳目一日之欲。故除却耳目之交引，更无利害可以动人者，而于思乎何尤也！

乃又或疑思食色、思利害者之必为小体所夺，固已。如异端之徒，所思亦理也，而诐、淫、邪、遁以充塞仁义，此岂耳目之过哉！愚固曰释氏之耳为圆通、前五职为性境者，亦乐用其不劳而获之聪明，与小人怀土便安之情同也。其或所思者正而为贤者之太过，如季文子之三思，与夫子所谓“思而不学则殆”者，疑为思过。而其有所过思也则必有所不及思，或极思之深而不能致思之大，或致思之大而不能极思之深，则亦有所不思而不得尔。深者大以广之，大者深以致之，而抑以学辅之，必竟思为主。以善其用，而后心之官乃尽也。学亦藉思。然即不能，亦特未至于大人而已，终远于小人矣。

凡此数者，举无足疑。乃益知孟子之言思，为古今未发之藏，而曰“思诚者人之道”，特以补明子思所言“诚之者”之实。思为人道，即为道心，乃天之宝命而性之良能。人之所以异于禽兽者，唯斯而已。故曰“由仁义行，非行仁义”，言以思由之也。

二七

《集注》于“蔽”字无明释。《或问》将作遮蔽解，而朱子以为然，看来《集注》意亦如此。实则不然。色固不能遮明，声固不能遮聪也。如说面前一山隔断了，便不见山外物，此是形蔽，不是色蔽。五色现前时，一齐俱见，登高望远，而云树齐入目中，何曾遮蔽得！

释氏不知此，故以目穷于隔垣为不能圆通，而推耳有千二百功德。若但于此处较量，则耳目各有长短，固相匹敌也。目穷于隔垣，而可及百里之外；耳不穷于隔垣，而一里之外疾呼不闻矣。且耳目之聪明，在体者有遮，在官者原无遮。如幻想未见之色，虽远而亦分明，岂有遮耶？不可误认此为心思。若专以心之不阻于山河险阻为无蔽，则人之思食色、思利害也亦尔，岂此伶俐宛曲者而遂得为大体哉！

若小注所云“目之视色，从他去时，便是为他所遮蔽”，则尤粗疏不晓了。“从他去”只是引，引如何便遮？如一人引一人去，引者何尝遮所引者！盖“蔽”之训遮，是遮尽义，非遮瞒义，与“一言以蔽之”义同。声色以显聪明之用，而非以壅闭乎聪明。先儒所云“物欲之蔽”者，亦谓其蔽心耳，而岂其即蔽乎耳目哉！

心之官“思则得之”，原不倚于物而无涯量，即物而理可穷，举一隅则三隅可见。多学而识之者，一以贯之，不显亦入，不闻亦式，物不足以尽之矣。若耳目之官，视尽于色，无色即无所视；听尽于声，无声即无所听；聪明尽于闻见之中，所闻所见之外便无聪明，与心之能彻乎形而上者不同，故曰“蔽于物”。即有所蔽，则虽凝目以视，倾耳以听，更无丝毫之益，固不若心之愈思而愈得。则欲用此以察善恶之几而通性命之微，则必不能，故曰“小体”。视其所不当视，听其所不当听者固蔽。即视其所当视，听其所当听者亦蔽也，不足以察微而藏往故也。知其有蔽，则知其小矣。

二八

仁之胜不仁，新安看得自好。朱子有正胜邪、天理胜人欲两段解。其言正胜邪者，即新安之说；其言天理胜人欲者，推本正所以胜邪之理尔。《集注》却专取赵氏之说，乃于本文有碍。夫以一念一事之仁不胜私欲，而遂归咎于水之本不胜火，此其自暴弃也已甚。去仁唯恐不速，更不待其终而早亡矣。

二九

云峰从规矩上看得与“离娄”章义同，自合。观两个“必”字，有无所迁就苟简之义。规矩与志彀一意：彀是用力极至处，规矩是用法极密处。

孟子曰：“规矩，方圆之至。”若初学时不会得直到恁样始得方圆，则且疑但方而可不必合矩，但圆而〔可〕不必合规，亦自成得器用，而为之较易。乃降一格，且图迁就易教，苟简易学，则到底方不得方，圆不得圆，终身更无上达也。所以古人一入大学，即以明德、新民、止至善全体大用，立地做去，放他宽衍一步不得。

南轩“为有渐，进有序”之说，未是。为虽有渐，即在这上面渐做去；进虽有序，亦必此中之次序。非始终深浅迥别，且抛一半在后面也。

---

①折狱：判决诉讼案件，使曲折分明。

②颡（sǎng，音嗓）：额。

③弥纶：包括，统摄。

④侔：齐等。

⑤尸：古代代表死者受祭的活人。

⑥荏苒：犹“渐冉”。时光渐渐过去。

⑦穿踰：指盗窃的行为。

⑧夜气：黎明前的新鲜空气。比喻纯洁清明的心境。

⑨谷气：人体的虚气。

⑩玄牝：老子用语。玄，微妙；牝，母体。谓“道”就象微妙的母体一样生殖万物，故称“玄牝”。

⑪匕鬯（chàng，音唱）：《易·震》：“震惊百里，不丧匕鬯。”匕、鬯二者都为古代宗庙祭祀之物，后因指宗庙的祭祀。

⑫景晦：昏暗。
⑬郛郭：外城。
⑭元辰：元旦。
⑮觕：同“粗”。
⑯魁柄：比喻朝廷大权。此处指关键的地方。
⑰矩矱：规矩，法度。
⑱欻（xū，音须）然：忽然。

告子下篇

一

“尧、舜之道，孝悌而已矣”，孟子此言固有嫌于径疾者[1]，是以朱子须与分剖，以此为对不孝不悌者之言。陈氏以“率性”为脉络，庆源加以“充量”之说，此义乃密。姚江错看《孟子》，反以有子言“本立道生”为支离。姚江于此，不但失之径疾，而抑于所言孝悌处先已笼统。孟子在孝悌上说得精微广大，所以与有子别。有子谓孝悌之人免于犯上、作乱，却只在爱上说。孟子曰“仁之实，事亲是也；义之实，从兄是也”，又曰“事亲若曾子者可也”，言事，言从，便有天理之节文在内。于此抑以行止疾徐言悌不悌，浅而言之，固不过一举趾之分。如实体之，则一举趾之不中，而即入于不悌焉。非尧、舜之“动容周旋中礼”、“经德不回”而“非以干录”者，固不足以与其藏之密矣。

姚江之言孝悌，则但以煦煦之爱为良知、良能，此正告子以“吾悌则爱”为仁。而其所从发之源，固与甘食悦色之心同为七情所著。释氏开口便柔软缠绵，说得恁样可怜生地，都是这个“爱”字。虽以施之吾父吾兄为得其可施之人，而实则所以施者非其性之德矣。

故不于性言孝悌，则必沦于情；不于天理之节文言孝悌，则必以人欲而行乎天理。看曾子到易箦时说出君子、细人用爱之不同，则知尧、舜之“哭死而哀，非为生者”，性、情之分，理、欲之别，其际严矣。则有子以鲜犯上、不作乱之孝悌为“为仁之本”，定非支离。孟子于疾徐先后之际，精审孝悌之则而慎其微，则以尧、舜之道为即在是，乃敬、肆之分，天理、人欲之充塞无间，亦非如姚江之躐等而沦于佛也。

二

若但从宗社倾覆上说亲之过大，则于利害分大小，便已乖乎天理自然之则。如孟子言“贵戚之卿，君有大过则谏”，彼言大过者，则当以宗社之安危为断。虽为贵戚而分实君臣。臣者，社稷之臣。子者，亲之子也，到父子上，那更将宗社看得隆重来！瞽瞍杀人，则舜窃负而逃，䜣然乐而忘天下[2]。这宗庙社稷，在幽王则重，在平王方为世子固已如敝屣耳。故宗社之倾覆，虽幽王之大过，而平王不得以为大。犹无故杀人，在瞽瞍为大过，故皋陶必执。而舜不得以为怨也。

且唯幽、平之父子，则有宗社，而《凯风》之母子固无宗社也。然则唯天子之子为可怨，而庶人之子遂无可怨者乎？其兄关弓，又何涕泣也？舜当于田之日，无宗社也，瞽瞍欲杀之，则怨慕矣。及为天子而弃天下若敝屣，䜣然以乐而无怨焉。过之大小不在宗社，审矣。

士庶之有家室，亦犹天子之有宗社。家之不安，与宗社之危等。《凯风》之母不安其室，害亦中于家矣，而何以为小过耶？君子言人父子之际，岂以富贵名位而分轻重哉！

夫幽王之过所以大者，绌申后，废宜臼，乱父子君臣夫妇之大伦。且瘣木有无枝之忧[③]，析薪有绝理之惧，则黄台抱蔓之事[④]，尤虑其不免，而且不得与虎狼同其仁。夫是为过之大者。

若七子之母，于妇道虽为失节，于母道固未绝恩，则亦人欲之不戢，而非其天理之尽亡，故曰“过小”。向令其母有戕贼七子之心，则七子虽名位不显，初无宗祧无主之悲，而抑岂仅为小过耶？

若《小弁》之诗，固已曰“我躬不阅，遑恤我后”，则平王业已重视其身而轻视天下，所以得情之正，而合于亲亲之仁。申生唯不知此，是以仅为恭而不得为孝。而乐正子春视伤其足如丧宗社，身之重于天下，固已，而况其亲之蔑恩害理，亲欲推刃者乎！朱子曰“伤天地之太和，戾父子之至爱”，亲之过大者也，义斯正矣。

三

新安云“交兵不过杀人，言利则必蛊害人心”，此语说得好看，而于理则大悖。人心之害，至于互相贼杀而已极，故杨、墨之徒归，斯受之，而争地争城者罪不容于死，此王道之权衡也。若说交兵只是杀他人，蛊害人心则君臣父子兄弟且相为害，乃孟子说君臣、父子、兄弟“怀利以相接”，到头流弊只是亡国，又岂杀人轻而亡国重耶？到杀人如莽时，君臣、父子、兄弟更不但“怀利以相接”，而怀害以相接矣。从古来有几个纪信、韩成、吉翂、赵孝、邓攸！白刃临头时，臣可移死于君，子可移死于父，弟可移死于兄，而恬然为之者多矣，又何处更有人心？

杀人之祸，其始正缘于利。言利之弊，其祸必至于杀人。宋牼以利说罢兵，乃是抱薪救火。无王者起，而彼此相吞以沦于亡，则斯民之肝脑涂地者，正不忍言，故孟子不欲以利蛊害人心者，正以止杀。人心一害，杀必随之。如赵贪上党之利，及乎国之垂亡，而长平之死者四十万矣，尚可云“不过杀人”乎？“天地之大德曰生”。利者可使徙义，恶者可使迁善，死者则不可复生，而乃云“不过杀人”！悲哉，新安之不思而忍为此言也！

四

《王制》诸公地方五百里。若如郑氏说，则除夏、商固有百里，须更并二十四个百里之国。开方之法，方五百里者，为方百里者二十五也。朱子云“须并四个百里国地”，误。若提封止五万井，则地方二百二十六里有奇耳。

五

华阳以“当道”为工夫，谓引之当道，则君志(以)〔于〕仁。西山云：“心存于仁，则其行无不合道。”

自君之自修而言，则以志仁为本，不志于仁，便不能当道。故朱子于下章引“修道以仁”证之。乃以臣以引君而言，则君志之仁不仁无所施功，而引之以志于仁者，道也。大人格君心之非，亦不能向君心上用工夫，须开陈善道，而后能闭其邪心。若急与之言存养、省察之事，中材以下，百忙受不得也。伊尹之于太甲，周公之于成王，岂能日察其心之邪正而施之教哉！亦纳之于轨物而已。

如仇士良教其徒，使日以声色狗马进，亦须以非道引之，方能使其志惑，若只但逐日教他以杀害贪顽为心，虽至愚亦不听也。君子之事君，正从此反勘出个入处。若伊川亟谏折柳，蓦地从志上用功，所以无补。以道开之，使其于天理路上已熟，则向后者等儿嬉暴殄事自化矣。此华阳之说较西山为得也。

新安以“当道”分贴不争土地，“志仁”分贴不殃民，亦学究科场料耳。孟子曰“徒取诸彼以与此，然且仁者不为”，则固以不以私利故动于为恶为仁也。二句自一串说。

六

“免死而已矣”，便是说去，非但受之有节，到稍稍有起色之时则亦去矣。云峰言末一节不言去，未是。

于此正好看古人用心处。若当未困乏之时，稍怀生计之心，则岂至“旦不食，夕不食，不能出门户”哉！抑孟子有“为贫而仕，抱关击柝”之义，此何为不就下位以免于饥饿？则以所居之国，原以应聘而至。云“不能行其道、用其言”，则尝欲行道而既有所言矣。如此而更以贫故居卑位，又成甚次第来？孔子为委吏、乘田，乃年少而承世禄之绪，非有行道之望，鲁又其宗国，不可辄去故也。

---

①径疾：求走近路而犯下的毛病。

②䜣然：同“欣然”。

③龟（guī，音龟）：山名。

④黄台抱蔓之事：旧说唐高宗时武后生四子，长子弘立为太子，武后因图谋临朝揽政，药死弘而立次子贤。贤惧，作《黄台瓜辞》：“种瓜黄台下，瓜熟子离离。一摘使瓜好，再摘令瓜稀。三摘犹尚可，四摘抱蔓归。”

尽心上篇

一

《集注》谓心者“人之神明”，四字极斩截。新安益之曰“神明之舍”，则抑全不识心矣。想来新安病根在错看《太极图》上面一圈，将作轮郭看。先儒画《太极图》时，也只得如此画，如人画日，也须只在四围描一轮郭。究竟日体中边一样赫赫地，何尝有轮郭也！

《太极图》中间空白处，与四围一墨线处何异。不成是一匡壳子，如围竹作箍，中间箍着他物在内！今试反求之于此心，那里是他轮郭处，不成三焦空处盛此肉心，里面孔子作包含事理地位耶？一身若虚若实，腑脏血肉，筋骨皮肤，神明何所不行，何所不在，只此身便是神明之舍，而岂心之谓与？

新安意，以心既是神明，则不当复能具夫众理。唯其虚而为舍，故可具理。此与老子“当其无，有车、器之用”一种亿测无实之说同。夫神明者，岂实为一物，坚凝窒塞而不容理之得入者哉！以心与理相拟而言，则理又为实，心又为虚，故虽有体而自能涵理也。这个将作一物比拟不得。故不可与不知者言，须反求始得。

二

朱子以“物格”言知性，语甚奇特。非实有得于中而洞然见性，不能作此语也。孟子曰“万物皆备于我矣”，此孟子知性之验也。若不从此做去，则性更无从知。其或舍此而别求知焉，则只是胡乱推测卜度得去，到水穷山尽时，更没下落，则只得以此神明为性。故释氏用尽九年面壁之功，也只守定此神明作主，反将天所与我之理看作虚妄。是所谓“放其心而不知求”，不亦哀乎！

然此语须看得精审圆活，方能信其确然，不尔，则鲜有不疑其非然者。盖格物者知性之功，而非即能知其性。物格者则于既格之后，性无不知也。故朱子以曾子之唯一贯者为征。“一以贯之”，物之既格也，而非多学而识之即能统于一以贯也。穷理格物只是工夫，理穷物格亦格物穷理之效。乃至于表里精粗无不豁然贯通之日，则岂特于物见理哉！吾心之皆备夫万物者固现前矣。

到此方识得喜怒哀乐未发之中。盖吾之性，本天之理也，而天下之物理，亦同此理也。天下之理无不穷，则吾心之理无不现矣。吾心之理无不现，则虽喜怒哀乐之未发而中自立焉。万物之皆备于我者，诚有之而无妄也。此非格物未至者所可知之境界，故难一一为众人道尔。

物理虽未尝不在物，而于吾心自实。吾心之神明虽己所固有，而本变动不居。若不穷理以知性，则变动不居者不能极其神明之用也，固矣！心原是不恒的，有恒性而后有恒心。有恒性以恒其心，而后吾之神明皆致之于所知之性，乃以极夫全体大用，具众理而应万事之才无不致矣。故曰“尽心则知至之谓也”，言于吾心之知无所吝留而尽其才也。此圣贤之学所以尽人道之极，而非异端之所得与也。呜呼，严矣！

三

朱子曰：“梏于形气之私，滞于闻见之小，是以有所蔽而不尽。”此三语极广大精微，不可以卤莽看过。所谓“形气之私”、“闻见之小”者，即孟子所谓“小体”也。曰“梏”、曰“滞”者，即孟子所谓“从小体”也。盖性，诚也；心，几也。几者诚之几，而迨其为几，诚固藏焉，斯“心统性”之说也。然在诚则无不善，在几则善恶歧出，故周子曰“几善恶”。是以心也者，不可加以有善无恶之名。张子曰“合性与知觉”，则知恶、觉恶亦统此矣。

乃心统性而性未舍心，胡为乎其有恶之几也？盖心之官为思，而其变动之几，则以为耳目口体任知觉之用。故心守其本位以尽其官，则唯以其思与性相应，若以其思为耳目口体任知觉之用为务，则自旷其位，而逐物以著其能，于是而恶以起矣。

盖唯无情、无觉者，则效于不穷而不以为劳，性是也。诚无为。心既灵明而有情觉矣，畏难幸易之情生矣。独任则难，而倚物则易。耳目之官挟其不思亦得、自然逸获之灵，心因乐往而与为功，以速获其当前捷取之效，而不独任其“求则得，舍则失”之劳，是以往与之逐，“比匪伤”而不恤也。迨其相昵深而相即之机熟，权已失而受制之势成，则心愈舍其可求可得者，以应乎彼。是故心之含性也，非不善也，其官非不可以独有所得而必待乎小体之相成也。乃不以之思而以之视听，舍其田以芸人之田，而己之田芜矣。

夫舍其田以芸人田，病矣。而游惰之氓往往然者，则以芸人之田易于见德，易于取偿，力虽不尽，而不见咎于人，无歉于己也。今使知吾心之才本吾性之所生以应吾性之用，而思者其本业也，则竭尽无余，以有者必备、为者必成焉，又何暇乎就人田而芸也乎？故孟子曰“尽其才”，曰“尽其心”。足以知天下之能为不善者，唯其不能为善而然，而非果有不善之才为心所有之咎，以成乎几之即于恶也。

特心之为几，变动甚速，而又不能处于静以待择，故欲尽心者无能审其定职以致功。审者心也。以其职审，故不能自审。是故奉性以著其当尽之职，则非思而不与性相应；知觉皆与情相应，不与性应。以思御知觉，而后与性应。穷理以复性于所知，则又非思而不与理相应。但知觉则与欲相应，以思御知觉而后与理应。然后心之才一尽于思，而心之思自足以尽无穷之理。故曰：“尽其心者，知其性也。”

然则不能尽其心者，亦唯知有情而误以知觉受役焉，乍喜其灵明者之有效，乃以旷其职而不恤焉尔。故圣不观无理之心，此一语扼要。斯以远于小人而别于异端。

四

性只是理。“合理与气，有性之名”，则不离于气而为气之理也。为气之理，动者气也，非理也，故曰“性水知捡其心”。心则合乎知觉矣。合乎知觉则成其才，有才则有能，故曰“心能捡性”。所以潜室说“非存心外别有养性工夫”。

然虽云存心即以养性，而抑岂空洞无物之得为存心耶？存则必有以存之者，抑必有为其所存者。所以孟子以思为心官，却又须从其大体，而非“憧憧、尔思”者之即为大人也。

朱子曰“气不逐物而常守其至正”。“气不逐物”，则动而省察之功，不使气溢于耳目而逐外物之交，此只是遏人欲事。“常守其至正”，则静而存夫理也。若无至正者以为之守，则又何所奉以辨夫欲之不可逐者，而安居以弗逐耶？

天理、人欲，虽异情而亦同行。其辨之于毫发之间，俾人所不及知、己所独知之地分明形著者，若非未发之中天理现前，则其所存非所当存者多矣。

存其心即以养其性，而非以养性为存，则心亦莫有适存焉。存心为养性之资，养性则存心之实。故遏欲、存理，偏废则两皆非据。欲不遏而欲存理，则其于理也，虽得复失。非存理而以遏欲。或强禁之，将如隔日疟之未发；抑空守之，必入于异端之“三唤主人”，认空空洞洞地作“无位真人”也。但云“存其心以养其性”，则存心为作用，而养性为实绩，亦可见矣。此潜室之说虽当，而犹遗本领也。

五

程子统心、性、天于一理，于以破异端妄以在人之几为心性而以“未始有”为天者，则正矣。若其精思而实得之，极深研几而显示之，则横渠之说尤为著明。盖言心言性，言天言理，俱必在气上说，若无气处则俱无也。

张子云：“由气化，有道之名。”而朱子释之曰：“一阴一阳之谓道，气之化也。”《周易》“阴”“阳”二字是说气，著两“一”字，方是说化。故朱子曰：“一阴而又一阳，一阳而又一阴者，气之化也。”由气之化，则有道之名，然则其云“由太虚，有天之名”者，即以气之不倚于化者言也。气不倚于化，元只气，故天即以气言，道即以天之化言，固不得谓离乎气而有天也。

《大易》六十四卦，百九十二阴，百九十二阳，实则六阴六阳之推移，乘乎三十有二之化而已矣。六阴六阳者，气之实也。唯气乃有象，有象则有数，于是乎生吉凶而定大业。使其非气，则《易》所谓上进、下行、刚来、柔往者，果何物耶？

理虽无所不有，而当其为此理，则固为此理，有一定之型，不能推移而上下往来也。程子言“天，理也”，既以理言天，则是亦以天为理矣。以天为理，而天固非离乎气而得名者也。则理即气之理，而后天为理之义始成。浸其不然，而舍气言理，则不得以天为理矣。何也？天者，固积气者也。

乃以理言天，亦推理之本而言之，故曰“天者理之所自出”。凡理皆天，固信然矣。而曰“天一理也”，则语犹有病。

凡言理者，必有非理者为之对待，而后理之名以立。犹言道者必有非道者为之对待，而后道之名以定。道，路也。大地不尽皆路，其可行者则为路。是动而固有其正之谓也，既有当然而抑有所以然之谓也。是唯气之已化，为刚为柔，为中为正，为仁为义，则谓之理而别于非理。

若夫天之为天，虽未尝有俄倾之间、微尘之地、蜎孑之物或息其化[1]，而化之者天也，非天即化也。化者，天之化也。而所化之实，则天也。天为化之所自出，唯化现理，而抑必有所以为化者，非虚挟一理以居也。

所以为化者，刚柔、健顺、中正、仁义，赅而存焉[2]，静而未尝动焉。赅存，则万理统于一理，一理含夫万理，相统相含，而经纬错综之所以然者不显。静而未尝动，则性情功效未起，而必由此、不可由彼之当然者无迹。若是者，固不可以理名矣。无有不正，不于动而见正，为事物之所自立，而未著于当然，故可云“天者理之自出”，而不可云“天一理也”。

太极最初一气，浑沦齐一，固不得名之为理。殆其继之者善，为二仪，为四象，为八卦，同异彰而条理现，而后理之名以起焉。气之化而人生焉，人生而性成焉。由气化而后理之实著，则道之名亦因以立。是理唯可以言性，而不可加诸天也，审矣。

就气化之流行于天壤，各有其当然者，曰道。就气化之成于人身，实有其当然者，则曰性。性与道，本于天者合，合之以理也。其既有内外之别者分，分则各成其理也。故以气之理即于化而为化之理者，正之以性之名，而不即以气为性，此君子之所反求而自得者也。所以张子云“合虚与气，有性之名”，虚者理之所涵，气者理之所凝也。

若夫天，则《中庸》固曰“诚者，天之道也”。诚者，合内外，包五德，浑然阴阳之实撰，固不自其一阴一阳、一之一之之化言矣。诚则能化，化理而诚天。天固为理之自出，不可正名之为理矣，故《中庸》之言诚也曰一，合同以启变化，而无条理之可循矣。是程子之竟言“天一理也”，且令学者不审而成陵节之病[3]，自不如张子之义精矣。

乃天为理之所自出，则以理言天，虽得用而遗体。而苟信天为理，亦以见天于己而得天之大用。是语虽有遗而意自正。若夫谓“心一理也”，则其弊将有流入于异端而不觉者，则尤不可以不辨。

原心之所自生，则固为二气五行之精，自然有其良能，良能者，“神”也。而性以托焉，知觉以著焉。性以托，故云“具众理”。知觉以著，故云“应万事”。此气化之肇夫神明者，固亦理矣，而实则在天之气化自然必有之几，则但为天之神明以成其变化之妙，斯亦可云化理而已矣。

若其在人，则非人之道也。人之道，所谓“诚之”者是也。仁义礼智，智与知觉之知不同。知善知恶，乃谓之智。人得以为功焉者也。故人之有心，天事也；天之俾人以性，人事也。

以本言之，则天以化生，而理以生心。以末言之，则人以承天，而心以具理。理以生心，故不可谓即心即理，诿人而独任之天。心以具理，尤不可谓即心而即理，心苟非理，理亡而心尚寄于耳目口体之官以幸免于死也。

如其云“心一理”矣，则是心外无理而理外无心也。以云“心外无理”，犹之可也，然而固与释氏唯心之说同矣。父慈子孝，理也。假令有人焉，未尝有子，则虽无以牾亡其慈之理，而慈之理终不生于心，其可据此心之未尝有慈，而遂谓天下无慈理乎？夫谓未尝有子而慈之理固存于性，则得矣。如其言未尝有子而慈之理具有于心，则岂可哉！故唯释氏之认理皆幻，而后可以其认心为空者言心外无理也。

若其云“理外无心”，则舜之言曰“道心惟微，人心惟危”，人心者其能一于理哉？随所知觉、随所思虑而莫非理，将不肖者之放辟邪侈与夫异端之蔽、陷、离、穷者而莫非理乎？

孟子曰：“尽其心者，知其性也。”正以言心之不易尽，由有非理以干之，而舍其所当效之能以逐于妄。则以明夫心之未即理，而奉性以治心，心乃可尽其才以养性。弃性而任心，则愈求尽之，而愈将放荡无涯，以失其当尽之职矣。伊川重言尽心而轻言知性，则其说有如此。

张子曰：“合性与知觉，有心之名。”性者，道心也；知觉者，人心也。人心、道心合而为心，其不得谓之“心一理也”，又审矣。

告子唯认定心上做，故终不知性。孟子唯知性以责心之求，故反身而诚，以充实光辉而为大人。释氏言“三界惟心”，则以无为性。圣贤既以有为性，则唯性为天命之理，而心仅为大体以司其用。伊川于此纤芥之疑未析，故或许告子“生之谓性”之说为无过。然则欲知心、性、天、道之实者，舍横渠其谁与归！

六

谓之曰“命”，则须有予夺。若无所予而亦未尝夺，则不得曰命。言吉言福，必有所予于天也。言凶言祸，必有所夺于天也。故富贵，命也；贫贱，非命也。由富贵而贫贱，命也；其未尝富贵而贫贱，非命也。死，命也；不死，非命也。夭者之命因其死而言，寿者之命亦要其终而言也。

知此，则盗跖之终其天年，直不得谓之曰命。即不得谓之命，则不须复辨其正不正。自天而言，宜夺盗跖之生，然而不夺者，是天之失所命也。失，谓忘失之。若在人而言，则盗跖之不死，亦自其常耳。到盗跖处，总无正命、非正命之别。盗跖若早伏其辜，便是“桎梏死”，孟子既谓之非正命矣。盗跖“桎梏死”既非正命，则其不死又何以谓之非正命乎？

总以孟子之言正命，原为向上人说，不与小人较量，而况于盗跖！孟子之言命，原为有所得失而言，而不就此固然未死之生言也。若不于此分明，则看正命处有许多窒碍。桎梏死非正命，盗跖不死又非正命，不揣其本而齐其末，长短亦安有定哉？

俗谚有云：“一饮一啄，莫非前定。”举凡琐屑固然之事而皆言命，将一盂残羹冷炙也看得哄天动地，直惭惶杀人！且以未死之生、未富贵之贫贱统付之命，则必尽废人为，而以人之可致者为莫之致，不亦舛乎！故士之贫贱，天无所夺。人之不死，国之不亡，天无所予。乃当人致力之地，而不可以归之于天。

七

小注于“莫非命也”及“得之有命”，皆云“‘命’字是指气言”。意谓此生死得失之命，或有不当理者，故析而专属之气。愚于《周易外传》有“德命”“福命”之分，推其所自来，乃阴阳虚实、高明沈潜之撰。则德命固理也，而非气外之理也。福命固或不中乎理也，而于人见非理者，初无妨于天之理。则倘至之吉凶，又岂终舍乎理，而天地之间有此非理之气乎哉！除是当世一大关系，如孔子之不得位，方可疑气之不顺而命之非理。然一治一乱，其为上天消息盈虚之道，则不可以夫人之情识论之。若其不然，则死岩墙之下非正命矣，乃岩墙之足以压人致死者。又岂非理之必然者哉！故朱子云“在天言之，皆是正命”，言“正”，则无非理矣。

其或可以气言者，亦谓天人之感通，以气相授受耳。其实，言气即离理不得。所以君子顺受其正，亦但据理，终不据气。新安谓“以理御气”，固已。乃令此气直不由理，一横一直，一顺一逆，如飘风暴雨相似，则理亦御他不得。如马则可御，而驾豺虎猕猴则终不能，以其原无此理也。无理之气，恣为祸福，又何必岩墙之下而后可以杀人哉！

张子云：“富贵福泽，将厚吾之生；贫贱忧戚，庸玉女于成。”到此方看得天人合辙，理气同体，浑大精深处。故孔、孟道终不行，而上天作师之命，自以顺受。夷、齐饿，比干剖，而乃以得其所求。贫贱患难，不以其道得者，又何莫而不有其理也？人不察耳。

人只将者富贵福泽看作受用事，故以圣贤之不备福为疑，遂谓一出于气而非理。此只是人欲之私，测度天理之广大。《中庸》四素位，只作一例看，君子统以“居易”之心当之，则气之为悴为屯[4]，其理即在贫贱患难之中也。理与气互相为体，而气外无理，理外亦不能成其气，善言理气者必不判然离析之。

八

若令孔子处继世以有天下之位而失其天下，桀、纣自匹夫起而得天下，则可谓此气之倘然无定，而不可以理言也。今既不然，则孔子之为司寇，孟子之为客卿，亦常也。岂可以其道盛于躬，而责天命之非理哉！桀、纣自有当得天下之理，天亦何得不以元后父母之任授之！彼自不尽其理，则为亡而已矣。

一禅一继，一治一乱，自是天之条理错综处。所以《易》有不当位之爻，而无失理之卦。《未济》六位皆失，亦自有其未济之理。阴阳变迁，原少此一卦不得。此其为道，与天之命人以性，有恻隐则又必有羞恶，有辞让则又必有是非一理。凡人不可无贵者、富者、寿者，则亦不可无贫者、贱者、夭者。天之命德于人，无择人，不此独仁而无义，彼独义而无仁。则其命福于人，又岂有所择而必厚之，必薄之也！

圣贤于此，唯从本分上看得真，不越位而思，故无怨尤。若以人之私意，事求可、功求成之心度之，则横谓此气之推移者无理，离其素位而愿乎其外，此小人之所以不知命也。严嵩，匪人也，其被罪籍没日，皂帽布衣，长揖所司曰：“今日依旧还我个穷秀才的本等。”岂君子之于穷约而咎天之非理，曾嵩之不若耶？

九

“富贵身外之物，得之于身心无分毫之益”，此语说得太褊。寻常老、释之徒劝人，必如此说。富贵，但求之无益耳，岂以其得为无益哉！若尽其道，则贫贱且有益于身心，而况富贵！《易》曰“崇高莫大于富贵”，又曰：“圣人之大宝曰位”，“何以聚人曰财”。若须弘斯道于天下，亦不得不以此为用。

孔、孟之为师，自是后世事，当前却许多缺陷。“言而民莫不信，行而民莫不悦”，非无益于身也。天下饥，由己饥之，天下溺，由己溺之，天下无饥溺而吾心亦释，非无益于心也。故自未得者而言，虽不得而吾身心之量不损。若自得者而言，则居位乘权，明治礼乐，幽治鬼神，何一非吾身心之本务，而岂无益也？

齐湣王亡其国而三益其带，纣之言曰“我生不有命在天”，亦但蔑视此富贵为身外物而已。圣贤乐行忧违，道在己，故以求为无益。一曲之士孤保其躯命之身，枯寂之心，则以得为无益。一偏之论，必与道悖。疑此非朱子之言，其门人之妄附己意者也。

一〇

甚矣，程氏复心之不思而叛道也！其曰“万物之生同乎一本”，此固然矣。乃其为之一本者何也？天也。此则张子《西铭》之旨也。然同之于天者，自其未有万物者言也。抑自夫万物之各为一物，而理之一能为分之殊者言也。非同之于天，则一而不能殊也。夫天，未有命而固有天矣。理者天之所自出，命者天之所与。天有命，而非命即天矣。故万物之同乎一本者，以天言也。天则“不贰”以为“不测”，可云同也。而程氏乃曰“其所以生此一物者，即其所以生万物之理”，则甚矣其舛也！

天之所以生此一物者，则命是已，夫命也而同乎哉？此一物之所以生之理者，则性也，性也而同乎哉？异端之说曰“天地与我同根，万物与我共命”，故狗子皆有佛性，而异类中可行也。使命而同矣，则天之命草木也，胡不命之为禽兽？其命禽兽也，胡不一命之为人哉？使性而同矣，则犬之性犹牛之性，牛之性犹人之性矣！

夫在天则同，而在命则异，故曰“理一而分殊”。“分”云者，理之分也。迨其分殊，而理岂复一哉！夫不复一，则成乎殊矣。其同者知觉运动之生，而异以性。其同者絪缊化醇之气，而异以理。乃生成性，而性亦主生，则性不同而生亦异。理别气，而气必有理，则理既殊而气亦不同。程氏乃曰“一物之中莫不有万物之理”，则生同而性即同，气同而理皆同矣。有者无不同，同而后皆能以相有。异端之说曰“若见相非相，是为见如来”[5]；唯相非相，乃如两镜相参，同异互摄，而还相为有也。将此物之中有彼物，则附子有大黄之理，虎狼有蝦蚓之理乎？抑蠢物之中有灵物，则枭獍有麟凤之理，犬牛有尧、舜之理乎？且灵物之中有蠢物，则龟鹤有菌耳之理，周、孔有豺虎之理乎？

孟子言“万物皆备”，备于我也。程氏乃云“所谓万物皆备者，遗本文“于我”字。亦曰有其理而已矣”，则非我之备万物，而万物之备我也。二气之精，五行之粹，得其秀而最灵者，唯人耳。唯君子知性以尽性，存其卓然异于禽兽者以相治而相统，乃廓然知禽兽草木之不能有我，而唯我能备物。即以行于人伦之内，君不能以礼使我而我自忠，则君不备臣而我备君；父不欲以慈养我而我自孝，则父不备子而我备父。至诚之动，且不恤他人之能备我与否，而一尽于己，况就彼悠悠无知、驳杂乖戾之物[6]，求其互相为备以灭等杀而丧人极也哉！故程氏之说，徒务笼罩以浸淫于释氏，而窒塞乖刺，则莫有甚焉者矣！

夫孟子所云于我皆备之物，而号之曰万，亦自其相接之不可预拟者大言之，而实非尽物之词也。物为君子之所当知者，而后知之必明；待君子之所处者，而后处之必当。故《咸》之九四“朋从尔思”，而夫子赞之曰“精义入神，穷神知化”，极乎备之辞也。极乎备，则为之坊曰“过此以往，未之或知也”。吾所必知而必处，若其性而达其情，则所接之物无不备矣。无人欲以为之阂[7]，有天理以为之则，则险可易而阻可简，易简而天下之理得矣。若乌黑鹄白，鹤长凫短，蝉之化复育，枫之生菌耳，其生其死，其然其否，一一而备之，是徒为荒幻而无实。为人臣而思备汤、武放伐之理，为人子而思备大舜号泣之理，则亦裂天理之则而积疑成乖矣。故《集注》之言物，必以君臣父子为之纪，而括其旨于事物之细微，终不侈言飞潜动植之繁芜，如程氏之夸诞以沦于异端，其旨严矣。

一一

先儒教学者寻仲尼、颜子乐处，而不及孟子之乐。《集注》云“不待勉强而无不利”，但与第三节对。《语录》则以不愧不怍言乐，似欲以此传孟子本色，且须说教近一格，与孔、颜不同。乃孟子于“万物皆备于我”之下，说个“反身而诚，乐莫大焉”，是何等境界！愚意，即此与孔、颜无甚差异。

张子说心无不慊，只是说诚，未说得乐。“反身而诚”，自与“诚意”别。诚意只在意上满足无歉，未发意时，且别有正心、致知、格物之功。“反身而诚”则是通体说，动时如此，静际亦如此也。发而中节，身之诚乎动也。未发而立天下之大本者，“渊渊其渊”，身之诚乎静也。至此方得万物皆备。如尚不然，则但备所感之一物。动静皆诚，则动静皆乐，故曰“乐莫大焉”。若但以不愧不怍言之，则是事后计功，自考无恶于志，仅为君子三乐之一，而非其乐之大者。抑以“不待勉强而无不利”为乐，则但是得心应手、轻车熟路之趣，乐以情而不足与性量相充，未为大矣。

此“诚”字从《中庸》来，故程子言“笔之于书，以授孟子”。窥见其渊源在此，自与《大学》有别。《中庸》诚身之旨，以人道合天道之全。《大学》说诚意，但诚之者固执中之一条目而已。故知心无不慊，未足以尽此。说诚处大，则说乐处不得独小。此乃是廓然大公，物来顺应，煞受用处，与《易》言“元亨”一理。唯元斯亨，亨者元亨也。“万物资始，乃统天”，“万物皆备于我”也。“云行雨施，品物流形”，则“乐莫大焉”矣。是则孟子之乐，于孔、颜奚远哉？

此元是孟子自道其存仁事，不可以集义当之。集义是养气一段工夫，存仁是复性之全功。必如朱子所云，则孟子所学，一于集义，而不足与于仁乎？程子说孟子添个“义”字、“气”字，大有功于孔子，以其示学者以可循持之践履，正大充实，则以求仁而不托于虚。若将孟子范围于集义之中，则《告子》以下诸篇说性、说仁一段大本领全与抹煞，其待孟子也亦浅矣。

潜室云“浑身是义理流行，何处不顺裕”，差为得之。但其云“义理”，未足以尽诚之本体，若云“浑身是天理流行”，斯得之矣。

一二

巧亦未即为害，微而至，不劳而成，悬设而必中之谓也。若但巧者，固于耻不相妨。“父为子隐，子为父隐”，若隐得周密圆好，则直亦在其中，正耻心中之条理也。一部《周礼》，细微曲中，皆以道御巧，而即以巧合道。故孟子言“智譬则巧”，“不能与人巧”，亦甚重乎其巧也。

但巧为虚位，可善可恶，知觉运动之良能，而非性。唯以道御巧，而后其巧为合道。若以机变为务而求巧焉，则其用巧也与耻相为违背，故不得复用耻也。一用耻，而机变早不能行矣。只机变是耻之大贼。机者，暗发于此而中彼，藏械以伤物而不觉者也。变者，立一言，作一事，即有可此可彼之势，听后之变易而皆可通，乃至食言改辙而人不得执前说以相覆责。只此便是与耻背驰，用耻不著处。其云巧者，则但就此机变之做得密好者言耳。机变即不巧，亦岂复有耻心哉！

云峰不归其罪于机变，而一责之巧，乃以拙为至极。曾不知《五经》、《四书》从无一奖拙之语，佛、老之徒始以拙为藏身之妙术。僧道多以拙为道号，儒者亦效之，陋已。若只拙将去，更不思量，无论冯道之痴顽徒为败类，即硬地用耻，曾无微中之智，亦如鲍焦之枯死道傍，陈仲子之出哇母食，其于圣贤精义入神以使义不可胜用者，相去亦天渊矣！

一三

小注曰“求所以生之而不得，然后杀之”，出欧阳永叔文集，朱子引以证此。此非“以生道杀”也。盖曰“求而不得”，则无道矣。杀人者死，盗贼奸宄不待教而诛，法也，非道也。法如其辜，自知当死而不怨，虽在小康之世，乃至乱国，亦无不然。彼自有可死之道，非上之人所以生之之道也。“求所以生之”，乃刑官不忍杀人之心，而非王者生人之道。既曰“生道”，则必有其道矣。“以生道杀民”，即以杀之者为生之道也。“虽死不怨杀者”，必王者之世为然，则不但以刑抵其罪而言可知。

且曰“杀民”，与言“使民”一例。民者，众庶之辞，非罪人之所得称也。此盖言王者之用兵，虽纳之死地，而非以贪愤兴师。暴不诛，乱不禁，则民且不保其生，故有所征伐以诛暴禁乱，乃以保卫斯民而奠其生。故兵刃临头，而固谅其不得已之心，不怨上之驱之死地也。若霸者之兵，则或以逞欲，或以泄忿，或以取威，故以乘势，不缘救民而起，安得不归咎于兵端之自开以致其怨哉？

庆源云“虽不免于杀，然其本意，则乃欲生之；不然，只是私意妄作”，得之。

一四

《击壤谣》自后世赝作。司马迁谓“载籍极博，尤考信于《诗》、《书》”，《诗》、《书》之所不道，无信可也。“耕田而食，凿井而饮，帝力何有于我”，只是道家“无为自定、清静自正”之唾余耳。帝王以善政善教而得民心，其生也莫不尊亲，其死也如丧考妣，而忍云“帝力何有”哉！

龟山云“亦不令人喜，亦不令人怒”，庆源云“当生则生，当杀则杀”，朱子云“‘上下与天地同流’，重铸一番过相似”，此方是王者经纶天下、移风易俗一大作用。其别于霸者，非霸有为而王无为也，盖霸以小惠而王以大德也。以大德故，固不令人怒，而亦不令人喜。位置得周密，收摄得正大，当生则生，非以煦煦之仁而生之；当杀则杀，不以姑息而不杀，亦不以有所耸动张皇而故杀之。其使“民日迁善”者，则须尽革其旧染之恶，纳之于轨物，齐之以礼乐，昭然使民众著，而云“不知为之者”，亦自其无浓赏重罚之激劝者言尔。

曰“不知为之”，曰“化”，曰“神”，只此数字，不切实从理事上看取，则必为黄、老家一派浮荡无根之言所惑。此处唯朱子说得分明，曰“便神妙不测，亦是人见其如此”。若以王者之心言之，则初无所谓“神”也。王者若操一使人莫测之心，则亦朝四暮三之术。

若云王者虽不操此心，而其转移灵妙，即此即彼，自无取与之劳，则与释、老之徒所赞仙佛功德相似。而试思禹、汤、文、武之以经理天下者，曾有是哉！“上好礼而民莫敢不敬，上好义而民莫敢不服，上好信而民莫敢不用情”，“所过者化”，此而已矣。“有《关雎》、《麟趾》之精意而《周官》之法度行焉”，“所存者神”，此而已矣。只此便是霸者所必不可至之境，而民之杀不怨，利不庸，迁善不知也。王、霸之辨，只在德之诚伪，量之大小，即于其杀之、利之、迁之上天地悬隔，非王者之神通妙用行于事为之表，为霸者所捉摸不得也。

“民不知为之”，非上之无为也。其为人也孝悌，则犯上者鲜，作乱者未之有矣。王者但教孝教悌，使自修之于门内，举立教之首务以例其余。而民志既定，自舍其犯上作乱之习以迁于善。乃不似小补之法，什伍纠之，赏罚动之，明悬一犯上作乱之禁，虔束其民而劣免于恶。夫所务者本，而大道自行，彼愚者固不知其条理之相因，则以惊其莫之禁而自迁也。若夫君子之存诸中而以迁民者，经纬本末，纤悉自喻，即此云雷之经纶，为性命之各正。何尝操不可测知之符，以听物之自顺而行于无迹也哉！

夫神者，二气之良能也。春以生，秋以杀，稼者必穑，少者必壮，至仁大义，而性以恒焉。君子体此为出身加民之大用，金声而玉振之，始终条理之际，井井如也。如是以施，则必如是以得。如是以求，则必如是以与。实有以施，实有以与，取坏法乱纪之天下咸与维新。仁义之用行而阴阳之撰著，则与天地同流矣。禹、汤、文、武之盛德大业尽此矣，安所得黄、老之言，徐徐于于⑧，相与于无相与，一如禽飞兽走之在两间者而称之耶？

一五

程子谓"良知、良能出于天"，则信然也。其云"无所由而不系于人"，则非愚所知。此章书被禅学邪说污蔑不小。若更不直显孟子之旨，则姚江所云"无善无恶是良知"者，直以诬道，而无与知其非矣。

孟子曰"其良能也"，"其良知也"，二"其"字与上"人"字相承，安得谓"不系于人"？

"人之所不学而能，不虑而知者"，即性之谓也。学、虑，习也。学者学此，虑者虑此，而未学则已能，未虑则已知，故学之、虑之，皆以践其所与知、与能之实，而充其已知、已能之理耳。

乃此未学而已知、未虑而已能"不"字只可作"未"字解。者，则既非不良之知、不良之能也，抑非或良或不良、能良能不良之知能也。皆良也。良即善也。良者何也？仁也，义也。能仁而不能不仁，能义而不能不义，知仁而不知不仁，知义而不知不义：人之性则然也。

顾人性之有仁义，非知性者不足以见其藏也。故新安曰"此盖指良知、良能之先见而切近者以晓人也"。则由其亲亲而知吾性之有仁也，由其敬长而知吾心之有义也。何也？以亲亲者仁之实，而敬长者义之实也。乃此则已达之天下而皆然矣。其有不然者，习害之，而非性成之尔。达之天下而皆然，则即亲亲而可以知性之仁，即敬长而可以知性之义，岂待他求之哉！

孟子《尽心》一篇文字别是一体撰，往往不可以字句测索大意，顺行中忽作一波，疑其门人所记，别是一手笔。善读者须观大旨，不当随字句煞解。则"性善"二字括此一章之旨，而彼所云"无善无恶是良知"者，不待破而自明矣。

一六

古人文字，始终一致，盖有定理则必有定言也。"大人"之名见于《易》，而孟子亟称之。盖孟子自审其所已至之德与可至之业，故言之亲切。乃于答浩生不害之问，则胪列为详。然则为大人者，其以未能化而不至于圣，审矣。

孟子谓伊尹圣之任，就其任之圣者而言，则已化矣。使其未化，则放君、反君之事，为之必有所碍。若孟子则道不同，而不以伊尹为学，而要亦自审其未能化也。故孟子学孔子而为大人，伊尹虽不逮孔子而已圣。若天民者，列于大人之下，则是未至乎大者也。伊尹圣，而天民未至乎大，安得谓伊尹为天民哉？伊尹曰"予天民之先觉者"，其言"天民"，犹言生民尔。此言"天民"，则以奉天理而成乎人也，其义殊矣。

此章俱就得位而言。"达可行于天下而后行之"，犹言达天下之可行者行之，初不云达不可行而不行。夫唯事君人者，未得患得，而冒昧自衒。其在安社稷之臣，亦必社稷之责在己而后任之，不必天民也。大人之“正己而物正也”，则亦不能不乘乎时位。苟无其位，则孔子之圣，且不能正鲁人女乐之受，况其下此者乎！是则朱子所云天民专指未得位者，殊为未审。

盖“安社稷臣者”，田单、乐毅足以当之矣。天民者，所学正且大矣，而于己之德未盛，则居位行志，亦不能令上之必行而下之必效，抑择时之所可为，因与补救，若夫时之所不能行者，不能必也。子产、蘧伯玉足以当之矣。盖有君子之道，而未几乎“与时偕行”之德。使太甲以为之君，“多士”“多方”以为之民，则彼有所穷矣。大人者，不用于时则为孟子，用于时则皋陶、傅说其人矣。道备于己而光辉及物，故不仁之民可使远，以高宗之惫，而厥修亦可使来也。

进此而上，则有大而化之之圣，偏则为伊尹，全则为孔子，固为孟子言之所未及。然至于正己物正，则道虽不得与圣侔，而德业亦与圣同矣。此章但就德业而言，则固可举大以上统乎圣也。《集注》列伊尹于大人之下，未为定论。

一七

前云“君子有三乐，而王天下不与存焉”，后云“中天下而立，定四海之民，君子乐之”，此固不容无差异之疑。乃云峰谓前言乐在性中，后言乐在性外，则不足以释其疑，而益以增疑矣。

不知前云“君子有三乐”，在一“有”字上不同。言“有”者，有之则乐，而无之则愿得有之也。父母兄弟之存，英才之至，既皆非非望之福。仰不愧、俯不怍，亦必求而后得。故当其既有，唯君子能以之为乐，而非君子则不知其可乐。然当其不能有，则不愧不怍，正宜勉而自致；英才未至，亦宜厚德畜学以待之。而父母之不存，兄弟之有故，则君子之所耿耿于夙夜者。故有之而乐，无之而或以哀，或以思，或以悔恨而忧之不宁，而王天下之与否不以动其心也。

若所云“中天下而立，定四海之民”者，则已然之词也。业已得位而道无不行矣，非未有之而愿有之以为乐者也。作君师以觉斯民，与得英才而教育之，其于吾性中成物之德，又何别焉，而其事业则尤畅矣。

既不得以得位行道为性分以外之事，抑若就性体之固然者言之，则前之三乐，亦非能于所性而有加损。盖不愧不怍，在赵阅道、司马君实已优有之，而君子之“反身而诚”，以见性于静存而立天下之大本者，则岂得遽为二公许！此于圣学中，自有升堂、入室之辨，而非一不愧不怍之即能尽性。若所性之孝，不以父母之不存而损，所性之弟，不以兄弟之有故而损。周公善继人志，大舜与象俱喜，固不以有待为加损也。至于英才之不得，则所谓“人不知而不愠”，其又何损于性中成己、成物之能耶？是不得以前言三乐在性中，异于后言乐之在性外，审矣。

要此两章言乐，皆降一步说，与“乐莫大焉”之乐不同。而就所乐者较量，则又有可求、不可求之别，故不妨同而异、异而同也。

一八

“君子所性”一“所”字，岂是因前二“所”字混带出的，亦须有意义在。《集注》云“气禀清明，无物欲之累”。《语录》谓“君子合下生时，这个根便著土；众人则合下生时，便为气禀物欲一重隔了”。如此，则竟以“所”字作“之”字看。上云“所性不存焉”，若作“之”字说，则君子之性不存于“大行”，众人之性存于“大行”乎？“所欲”者，以之为欲也。“所乐”者，以之为乐也。“所性”者，率之为性也。

若论“合下生时”，则孟子固曰“人之有是四端，犹其有是四体”，抑曰“人无有不善”，今乃殊异君子之性于众人，则岂不自相矛盾！且君子之四德以根心而生色者，若一恃其天资之美，而作圣之功无有焉，则孟子言此，乃自衒其天分之至以傲人于攀跻不及之地[9]。是其矜夸诧异，与释氏所云“天上天下，惟吾独尊”者，奚以别焉？

若云气禀之累，众人所以不能如君子，孟子言性，从不以气禀之性为言，先儒论之详矣。况本文明言“君子所性”，与“所乐”“所欲”一例，而更何天命、气禀之别？岂众人之欲乐陷于私利者，亦天使之然而不能自瘳耶？

性者，人之同也，命于天者同，则君子之性即众人之性也。众人不知性，君子知性；众人不养性，君子养性；是君子之所性者，非众人之所性也。声色臭味安佚，众人所性也。仁义礼智，君子所性也，实见其受于天者于未发之中，存省其得于己者于必中之节也。

“大行不加，穷居不损”，而知其为“分定”者，唯君子知性也。不知，则非得位行志而不足以著仁义礼智之用矣。仁义礼智根心、生色以践形而形著其化者，唯君子养性也。不养，则四德非不具于心，面、背、四体非不有自然之天则足以成乎德容，而根之既仆，生以槁也。

故性者，众人之所同也。而以此为性，因以尽之者，君子所独也。知性，养性，是曰“性之”。唯其性之，故曰“所性”。岂全乎天而无人之词哉！周子曰：“性焉、安焉之谓圣。”唯其“性焉”，是以“安焉”。“性”云者，圣功之极致也，而岂独以天分表异求别于气质之累不累者乎！孟子曰“君子不谓性也”，义通此矣。

一九

杨、墨所为，正以贼仁、贼义。子莫却调停，各用一半，只就他二家酌取，则仁、义皆贼矣。道总不恁地。杨、墨以私意窥道，略略见得一端。子莫并不曾用意去窥道，眼孔里只晓得杨、墨，全在影响上和哄将去。此古今第一等没搭侨人，故其教亦不传于后。近日李贽用一半佛、一半老，恰与此人同其愚陋。

《集注》将“中”字“一”字，与圣道之“中”“一”辨，未免带些呆气。他“中”只是杨、墨之“中”，“一”只是杨、墨各成一家之“一”，何嫌何疑而置之齿颊！

二〇

尽天下无非理者，只有气处，便有理在。尽吾身无非性者，只有形处，性便充。孟子道个“形色，天性也”，忒煞奇特。此却与程子所论“气禀之性有不善”者大别。但是人之气禀，则无有不善也。

盖人之受命于天而有其性，天之命人以性而成之形，虽曰性具于心，乃所谓心者，又岂别有匡壳，空空洞洞立乎一处者哉！只这“不思而蔽于物”一层，便谓之“耳目之官”。其能思而有得者，即谓之“心官”，而为性之所藏。究竟此小体、大体之分，如言“形而上者谓之道，形而下者谓之器”，实一贯也。

合下粗浮用来，便唤作“耳目之官”；释氏所谓见性、闻性等。里面密藏的，便唤作心。《礼》称“气也者神之盛也，魄也者鬼之盛也”。方其盛而有生，则形色以灵，只此是造化之迹，而诚即无不行于其间。特不可掩者天几之动，而其为显之微以体大道之诚者，不即现耳。故从其一本，则形色无非性，而必无性外之形色，以于小体之外别有大体之区宇。若圣人之所以为圣功，则达其一实之理，于所可至者，无不至焉。

故程子曰“充其形”。形色则即是天性，而要以天性充形色，必不可于形色求作用。于形色求作用，则但得形色。合下一层粗浮的气魄，乃造化之迹，而非吾形色之实。故必如颜子之复礼以行乎视听言动者，而后为践形之实学。不知朱子何故于此有“耳无不聪，目无不明，口尽别味，鼻尽别臭”之语，极为乖张。疑非朱子之言，而其门人之所附益也。

耳之闻，目之见，口之知味，鼻之知臭，只此是合下一层气魄之盛者，才用时便是效灵。只此四者，人之所能，禽兽亦未尝不能。既与禽兽而共其灵，则固已不能践人之形矣。

人之形色所以异于禽兽者，只为有天之元、亨、利、贞在里面，思则得之，所以外面也自差异。人之形异于禽兽。故言“形色天性”者，谓人有人之性，斯以有人之形色，则即人之形色而天与人之性在是也。尽性斯以践形，唯圣人能尽其性，斯以能践其形。不然，则只是外面一段粗浮的灵明，化迹里面却空虚不曾踏著。故曰“践”，曰“充”，与《易》言“蕴”、《书》言“衷”一理。盖形色，气也；性，理也。气本有理之气，故形色为天性，而有理乃以达其气，则唯尽性而后能践形。

由此言之，则大体固行乎小体之中，而小体不足以为大体之累。特从小体者失其大而成乎小，则所从小而有害于大耳。小大异而体有合，从之者异，而小大则元一致也。

大人省察以成作圣之功，则屏其小而务其大，养其所以充者，而不使向外一重浮动之灵得以乘权。此作圣之始务也。

圣人光辉变化，而极乎大人之事，则凡气皆理，而理无不充者气无不效，则不复戒小体之夺，而浑然合于一矣。此又大人、圣人，化与未化之分，缓急先后之序也。

若夫虽在圣人，其审音、辨色、知味、察臭之能未尝有异于众人，而以视娄、旷、易牙，且或不逮焉，则终不于此致其践之之事。故曰“君子不谓性也”，辨之审矣。

二一

“中道而立”之中，亦不可将“无过不及”说。此处正好用“不偏不倚”释之。才有迁就，便偏向一边，倚著一物也。

公孙丑谓“若登天”者，谓四维俱峻，无一处是直人之径可容攀援。如说仁处且又说义，说志处且又说气，说养气处且又说知言，直恁浩浩地面面皆从入之径，面面皆无可专靠著得到的。若诸子百家之说，专主一端，则迤逦说下，便有径路，只向一头寻去，企及自易。不知彼异端者，谓之“执一”，执一则贼道矣。

孟子之教，正从愿学孔子来：博文、约礼，内外一揆而无所偏倚，下学而上达，敦化而川流。学者于此，暂得成章，依然又不曾了竟，且须达去。故以躁心测之，真不知何日是归宿之地。却不知豁然贯通之余，则此下学之川流者，一皆道之实体，何得有所倚而有所废哉！

中斯不倚，不倚则无所废。所以但务引满以至于彀率，而不急求其中；必以规矩为方圆之至，而不可苟简以为方圆也。

二二

仁山以“知施于动物而不知施于植物”讥释氏之“不知类”。释氏之慧者亦曾以此置问，乃未能从此转归于正，却又闪躲去，所以终迷。施于动物而不施于植物，正是知类。此正释氏不容泯之天理，自然须得如此。恰好引入理一分殊去，何反以此讥之？

植物之于人，其视动物之亲疏，此当人心所自喻，不容欺者。故圣人之于动物，或施以帷盖之恩，而其杀之也必有故，且远庖厨以全恩。若于植物，则虽为之厉禁，不过蕃息之以备国用，而薪蒸之，斫削之，芟柞之，爇火之，君子虽亲履其侧而不以动其恻怛，安得以一类类之耶？

盖性同者与达其性，故于人必教其教；情同者与达其情，故于动物则重其死。植物之性情漠然不与人合朕，则唯才之可用，用其才而已。

释氏之病，方在妄谓“瓦砾有佛性”，“无情说法炽然”。幸此一觉，更欲汩乱之，不亦悖乎！

①蜎（yuān，音冤）子：蚊子的幼虫。

②赅（gāi，音该）：兼备；完具。

③陵节：超越其节分。

④悴：忧。屯：聚集，储存。

⑤相：佛教名词。对“性”而言。佛教把一切事物外现的形象状态，称之为“相”。如火的焰相，水的流相。

⑥诬：蛮横无理。

⑦阂（hé，音核）：阻隔，阻碍。

⑧徐徐：安舒貌。于于：安闲自得貌。

⑨衒（xuàn，音炫）：炫耀。

尽心下篇

一

父兄者，对子弟之称。若因用兵而多所杀戮，则直谓之杀人耳。人固不可杀，奚论其有子弟而为人父兄与否！杀人亲，重矣，杀鳏寡孤独者独轻乎？缘子弟故而杀之，故曰“杀人之父兄”。此言当时法家置为参夷、连坐之刑[1]，上及父兄，迨其身自罹罪，则其父兄亦坐此刑，是作法自毙，祸同亲杀。非但谓天道好还如老氏之旨，恩冤相报如释氏之言也。

南轩以六代之君互相屠灭为征，战国时未有此事。然其自启祸门，使人仿而加之于己，理则一也。宋人“无令人主手滑”之说，亦有见于此夫！

二

南轩云“后之取天下而立国差久者，其始亦庶几于仁”，立论太刻。若汉之与昭代，岂但可云“庶几”也哉！

夫仁之用在爱民，而其体在无私。南轩所疑者，有爱民之用而不足于无私之德尔。乃如汉高入关，除秦苛政，释子婴而不贪其财物子女，亦岂非私欲不行，闲邪复礼者哉！倘以荥阳交争之日，或用权力以取机会，为异于汤、武之养晦以俟天命，乃暴秦已殄，怀王已弑，天下无君，向令汉高不乘时以夷项氏，宁可使山东之民涂炭于喑噁叱咤之主而不恤耶[2]？

纣虽暴，固天下主也。武王一日未加兵焉，天下固有主也。项氏之子起于草泽，既非元德显功之后，承世及以有其故国，而又任情废置，安忍阻兵，尚欲养之，将无为天下养痈耶？使鸿沟之割，汉且守硁硁之信而西归，羽力稍完，其能不重困吾民以锋镝乎？率土之滨而有二天子，害且无穷，而岂天理之正哉！

故武王克殷，不更推戴禄父，亦以奉天下之公理，不得复守一己之私义。是唯唐、宋之有天下为有歉焉，而非可论于汉。汉之德无愧轩辕矣，而况昭代之拯人于禽者哉！

三

变置诸侯，必有变置之者。假令丘民得以变置之，天下岂复有纲纪，乱亦何日而息耶？孟子谓贵戚之卿反覆谏其君而不听则易位。到易位时，固必因方伯以告之天子，而非卿之所敢擅。今此言“变置”者，必方伯廉察其恶，贵戚与闻其议，而实自天子制之。

知此，则知孟子所云“民为贵，社稷次之，君为轻”者，以天子之驭诸侯而言也。故下言变置诸侯而不言天子。天子即无道如桀、纣，且亦听其自亡以灭宗社，而无敢变置者。“得乎丘民而为天子”，则为天下神人之主，奉民之好恶以进退天下之诸侯而立其社稷。社稷有当变置者，诸侯亦必请于天子而后改制焉。盖始封之日，分茅而受五方之土以立社稷，以王命立之，则亦必以王命变之也。王所奉者民心，而诸侯社稷一唯王之建置，则其重轻审矣。

苟不酌于三代封建之制以考孟子立言之旨，则疑此言之太畸。三代之有诸侯，大者今之知府，小者今之州县，特以其世国而司生杀为异，则亦与土司等耳。故曰“君为轻”者，非天子之谓也。《集注》于此为疏。

四

《中庸》说“天命之谓性”，作一直说，于性、命无分。孟子说性、命处，往往有分别，非于《中庸》之旨有异也。《中庸》自是说性，推原到命上，指人之所与天通者在此，谓此性固天所命也。乃性为天之所命，而岂形色、嗜欲、得丧、穷通非天之所命乎？故天命大而性专。天但以阴阳、五行化生万物，但以元、亨、利、贞为之命。到人身上，则元、亨、利、贞所成之化迹，与元、亨、利、贞本之撰自有不同。化迹者，天之事也。本然之撰以成乎仁义礼智之性者，人之事也。此性原于命，而命统性，不得域命于性中矣。

形色虽是天性，然以其成能于人，则性在焉，而仍属之天。属之天，则自然成能，而实亦天事。故孟子冠天于性上以别之。天以阴阳、五行为生人之撰，而以元、亨、利、贞为生人之资。元、亨、利、贞之理，人得之以为仁义礼智；元、亨、利、贞之用，则以使人口知味，目辨色，耳察声，鼻喻臭，四肢顺其所安，而后天之于人乃以成其元、亨、利、贞之德。非然，则不足以资始流形，保合而各正也。故曰：此天事也。

若夫得丧穷通之化不齐，则以天行乎元而有其大正，或亨此而彼屯，利此而彼害，固不与圣人同其忧患，而亦天事之本然也。惟其为天事，则虽吾仁义礼智之性，未尝舍此以生其情，而不得不归之天。

若夫健顺、五常之理，则天所以生人者，率此道以生。而健顺、五常非有质也，即此二气之正、五行之均者是也。人得此无不正而不均者，既以自成其体，而不复听予夺于天矣。则虽天之气化不齐，人所遇者不能必承其正且均者于天，而业已自成其体，则于己取之而足。若更以天之气化为有权而己听焉，乃天自行其正命而非以命我，则天虽正而于己不必正，天虽均而于己不必均，我不能自著其功，而因仍其不正、不均，斯亦成其自暴自弃而已矣。

盖天命不息，而人性有恒。有恒者受之于不息，故曰“天命之谓性”。不息者用之繁而成之广，非徒为一人，而非必为一理。故命不可谓性，性不可谓命也。此孟子之大言命而专言性，以人承天而不以天治人，其于子思之旨加察焉，而未有异也。

故唯小注中或说以“五者之命皆为所值之不同，君子勉其在己而不归之命”一段，平易切实，为合孟子之旨。而《集注》所述延平之说，“世之人以前五者为性，虽有不得，而必欲求之；以后五者为命，有不至，则不复致力”，正与或说一段吻合。其他言理言气，言品节限制、清浊厚薄，语虽深妙，要以曲合夫程子气禀不同之说，而于孟子之旨不相干涉。

程子固以孟子言性未及气禀为不备矣，是孟子之终不言气禀可知已。且孟子亦但曰“口之于味”云云尔，未尝自其耽于嗜欲者言之也。“口之于味”，其贪食而求肥甘者，信非理矣。今但言“口之于味”，则已饥渴之饮食，与夫食精脍细之有其宜者，亦何莫非理！则前五者总无关于气质之偏正清浊。若后五者之纯乎天理，固也。乃不仅云仁，而云“仁之于父子”，则不以未发之中性德静存者为言，而以言乎已发之用，介于中节与不中节之事，则固非离气言理，而初不得有离气之理，舍喜怒哀乐以著其仁义礼智之用，明矣。

若夫命，则本之天也。天之所用为化者，气也；其化成乎道者，理也。天以其理授气于人，谓之命。人以其气受理于天谓之性。即其所品节限制者，亦无心而成化。则是一言命，而皆气以为实，理以为纪，固不容析之，以为此兼理、此不兼理矣。

乃谓后“命”字专指气而言，则天固有无理之命。有无理之命，是有无理之天矣，而不亦诬天也哉！

且其以所禀之厚薄清浊为命，而成乎五德之有至有不至，则天既予之以必薄、必浊之命，而人亦何从得命外之性以自据为厚且清焉！夫人必无命外之性，则浊者固不可清，薄者固不可厚，君子虽欲不谓之命，容何补乎？

且君子不以清浊厚薄为性，则其谓清浊厚薄为性者，必非君子矣。而程子抑言有气质之性，则程子之说，不亦异于君子哉！况天下之不得于君亲宾友者，苟为怨天尤人之徒，则必归咎于所遇之不齐，而无有引咎于吾气禀之偏者也。故曰语虽深妙，而不合于孟子之旨也。

孟子曰“性善”，曰“形色天性”，曰“君子所性，仁义礼智根于心，生于色”，固无有离理之气，而必不以气禀之清浊厚薄为性之异。其言命，则曰“莫之致而致”，曰“得之不得有命”，曰“夭寿不贰，所以立命”，曰“莫非命也，顺受其正”，则皆以所遇之得失不齐者言命，而未尝以品物之节制、此只是理。气禀之清浊厚薄为命。此程子之所谓性。胡为乎至此而有异耶？

圣贤之学，其必尽者性尔，于命，则知之而无所事也。非不事也，欲有事焉而不得也。其曰“天命之谓性”者，推性道之所自出，亦专以有事于性也。使气禀之偏亦得为命，则命有非道者矣，而何以云“率性之谓道”哉！故言道者，已高则偏，已密则纷。择焉而执其正，论斯定矣。

五

庆源“才小道大”之说甚为卤莽，又云“才出于气而有限”，则不但诬才，而且以诬气矣。孟子之言“小有才”，才本不小，有之者小，即是不尽能其才，若才则何病之有！生人之才，本足以尽举天下之道。天下之道，皆斯人以才率其性所辟之周行。若才所不至，则古今必无有此成能，又何者为道？君子之道，行过一尺，方有一尺，行过一丈，方有一丈，不似异端向“言语道断，心行路绝”处索广大也。

盖才生于气，性依于道。气之塞乎两间者，即以配道而无不足。而才言性即是人之性，才言道即是人之道。气外无性，亦无道也。

盆成括之小有才也，替才所本大者而小之，以其小体之聪明为才所见功之地，而未闻君子之大道，则才之所可为而不能尽者多矣。君子之道，以才弘之则与鬼神同其吉凶，聪明睿智极其量则健顺刚柔成其能，何至婴祸而以咎其才哉！

六

义之发有羞、恶两端："无欲穿逾"，羞也[③]；"无受尔汝"，恶也。羞则固羞诸已，即此用之而义已在。恶则于物见恶，于物见恶而无其实，不反求之己，而但以加物，将有如为郡守则傲刺史，为刺史则陵郡守，一酷吏而已矣。故孟子于恶必言其"实"。无实之恶，七情中之恶，非四端中之恶也。

小注所录朱子用赵台卿之说，自较《集注》为当，新安从之，是也。若欲"充无受尔汝之实"，则非集义不能。乍然一事合义，便欲据义自尊，以求免于侮，其可得乎？所以说"无所往而不为义"。盖"无所往而不为义"，然后在己有可以免于尔汝之实，而充其恶辱之心以反求免辱之实，初终表里，无可间断，则不但不屑为不义，而徙不义以集义者，义路熟而义用自周矣。

"无欲穿逾之心"，人皆有之。无受尔汝之心，亦人皆有之。特"无受尔汝之实"，则不欲受尔汝者未必有也。然苟其欲无受尔汝，而尔汝之权操之物，而何以能制诸已！苟非浪自尊大之妄人，亦求免不得而转生其愧，即此是羞恶之恶，与七情之恶所自感而生者不同。一则虚浮向外，一则切实著里也。故孟子于羞言"欲"，言"心"，而于恶必言"实"，以恶无实而但唯其所欲恶者恶之，情之动而非性之端也。乃于羞既言"穿逾"，而又充其类于言不言之餂[④]，则以恶戒虚而羞戒不广，又精义者之必察也。

七

曰"中礼"，曰"不回"，曰"必信"，亦有闲邪存诚之意。但他发念时便在好路上走，则谓之"性"。汤、武之"反"，则其起念时有未必恰中者，却向动时折转来，方得有善无恶。

谓尧、舜之所以能尔者，因其天资之为上哲，则固然矣。然云"无所污坏"则得，云"不假修为"则不得。《六经》、《四书》，唯《诗》、《书》间有说得张大处，夸美生质。乃读书者亦须具眼。《诗》以歌之庙中者，固子孙扬诩先人，不嫌溢美。《尚书》赞德处，抑史臣之辞耳。孟子故曰"尽信《书》，则不如无《书》"也。乃《诗》、《书》说圣功处，抑何尝不著实！周公之称文王，曰"不显亦临，无射亦保"。舜之所授禹，曰"人心惟危，道心惟微；惟精惟一，允执厥中"。《三谟》中所往复交儆者，皆一倍乾惕。何尝以尧、舜为不假修为哉！

《大易》、《论语》说尧、舜，说圣人，一皆有实，不作自然之词。谓圣人无修为而自圣，乃汉儒夸诞之论尔。程、朱诸先生力破汉儒议论，而于此不无因仍，则以生当佛、老猖狂之日，若不如此称颂圣人之德，推之于天授，则老氏之徒且将以敝其口耳讥圣贤之徒劳，释氏之徒且将以无学无修者夷周、孔于声闻之列。故诸先生不得已，亦须就本色风光上略加点染。乃知道者，当得其意而善通之，以求合孔、孟之旨，亦所谓"无以辞害意"也。

此一"性"字，但周子引用分明，曰"性焉、安焉之谓圣"。性下著个"焉"字，与孟子言"性之"、"性者"合辙。但奉性以正情，则谓之"性焉"。《中庸》云"能尽其性"，有"能"有"尽"，岂不假修为之谓哉！既云"尧、舜性者也"，又云"人皆可以为尧、舜"，此二处若何折合？尧、舜之德自不可企及，何易言"人皆可为"？所以可为者，正在此一"性"字上。若云天使之然，则成型不易，其将戕贼人而为之乎？

朱子谓喜怒哀乐未发之中为性之德，已自分明。于不睹、不闻之中，存养其仁义礼智之德，迨其发也，则若决江河，莫之能御，而天下之和自致焉。此以性正情，以本生道，奉道心以御人心，而人心自听命焉。是尧、舜之性之也。人皆此性，性皆此德，特无以敦其化于存养，而“罔念作狂”耳。此尧、舜之性之所以退藏于密，上合天载，而要可与同类之人通其理以尽其善者，即此性也。

若夫君子之行法也，固非无静存养性之功，而当其情之未发，天理未能充浃，待其由静向动之几亦未有以畅其性之大用，以贯通于情而皆中，则必于动几审之：有其欲而以义胜之，有其怠而以敬胜之，于情治性，于人心存道心，于末反本，以义制事，以礼制心，守义礼为法，裁而行之，乃以咸正而无缺。是汤、武之反身自治者也。

大正于存养而省察自利者，圣人之圣功；力用其省察以熟其存养，本所未熟。君子之圣学。要其不舍修为者，则一而已矣。

天道自天也，人道自人也。人有其道，圣者尽之，则践形尽性而至于命矣。圣贤之教，下以别人于物，而上不欲人之躐等于天。天则自然矣，物则自然矣。蜂蚁之义，相鼠之礼[5]，不假修为矣，任天故也。过持自然之说，欲以合天，恐名天而实物也，危矣哉！

八

多欲，“未便到邪僻不好的物事，只是眼前的事，才多欲，本心便都纷杂了”，朱子此语，非过为严也。凡天下之陷于邪僻者，揆其始，那一件不与吾所当得者同类！只此欲心，便无分别，初未尝有意必求所谓不好者而欲得之也。良心丧尽时，又不在此论。其分别为当得、不当得者，则吾性之恻隐、羞恶、辞让、是非授之辨也。故寡欲者须一味寡去，以欲上讨个分辨不得也。若心存而理得，则吾性之义，自如利斧，一劈两分，又何屑屑然向人欲边拣可不可哉！

如孟子所以处齐、宋、薛之馈：于齐之不受，固无欲金之心；于宋、薛之受，亦终无有欲金之心，而但以斟酌乎交际之礼。若既有欲金之心，却去分别此为当受、此为不当受得，由伊伶俐，总主张不得。故寡欲者，一概之词，不拣好歹，一概寡之，心不缘欲而起，然后可不可一径分明。君子之道，有正本而无治末。治末非但不能反本，末亦不可治也。

九

《集注》于《孟子》极略，缘朱子看得《孟子》文字发明自尽，不消更为衍说，庶后人可致其三隅之反。乃传之未久，说《孟子》者于其显然著明处即已茫然，则又未尝不惜《集注》之疏也。

如熊勿轩、朱公迁说“曾子不忍食羊枣”，扼定“不忍”二字为主，则不但不知孟子之意，而于曾子之孝亦未见得在。若但一不食羊枣便是曾子之孝不可及处，则独行之士一念关切者皆曾子矣。曾子于作圣之功是何等用力，而其言孝之见于《礼》者又是何等精微广大，仅一忍其口腹于可以不食之羊枣，又何足称焉？

且勿论孟子析理精微处，即公孙丑脍炙一问，是何如深妙！后人看文字，论古人，谁解如此细心察理，以致疑问？自四先生外，唯南轩往往能然，所以得为朱子益友。

此段问答，正在“食脍炙”上审出天理人情之则，所以云“圣人人伦之至”。而非独行之士毁生灭性，以及夫足不履石、弃子全侄一流人有所过必有所不及者之可谓至也。若但以“不忍”言，则举目动足，孰为当忍者？从一同、一独上求心之安，即以心之安者为理之得，即此是“心之制”，即此是“心之德”，即此是“事之宜”，即此是“爱之理”。

佛氏也只昧此一段至诚无妄之仁义，却尽著呴呴之恩，戚戚之爱，硁硁之贞，皎皎之白，便割须剃发，无父无君，也不能满其一往之私意。君子之道简而文，温而理，以成精义研几之用。则文必及情，情必中理，而必无致远恐泥之伤。乃其奉性以治情，非由情以主性，则人皆可以为尧、舜，亦此道尔。而以之定王道之权衡，俾为民极，则后世一切刑名苛察之法，与夫小人托天理以行其贼害，如禁李贺之不得举进士，责范滂之不当先父受辟命者，皆无所容其邪说。则即此脍炙一问，而天德、王道皆著明矣。

善读书者如是以求之，斯无不穷之理。而死守章句者，其于圣贤之言，貌取而不以心，亦安足与于格物、致知之学哉！

一〇

朱子定冯道为乡原，乃就五代时人，说他俯仰屈伸以救杀戮，而词貌谨厚，往往取夷狄盗贼之欢，亦“生斯世也，善斯可矣，阉然求媚”之事也。然冯道身为宰相，旦此夕彼，如失节之妇二十年而五适人，人皆得而贱之，犹未足以为“非之无举，刺之无刺”之愿人。且其随波逐浪以苟全其躯命富贵，亦未敢“自以为是”，而又何足以乱德？

夫能乱德而自以为是，必其于道若有所得，而立言制事亦自有其始终。求之宋代，则苏学、浙学，真乡原尔。观苏子瞻所以非笑二程，及陈同父所答朱子书，则与乡原之讥狂狷，而云“生斯世也，为斯世也，善斯可矣”，自以为是而悦于人者，真古今一轨。叶正则、陈同父说来卤莽，天下宗尚之者幸少。苏氏之学盛于北方者几二百年，而其作为文章，滑熟圆美，奄然媚于后世，乃使人悦之而不知尧、舜之道者，至于今而未艾。是真乡原也，是真德之贼也。其源始于韩退之，而其流祸之深，则极于焦竑、李贽。呜呼！游于圣人之门者，可无厚为之防哉！

---

①参夷：夷三族。

②喑噁叱咤：厉声怒吼。

③穿逾：盗窃。

④恬（tiǎn 音舔）：探取，诱取。

⑤相鼠：《诗·鄘风》篇名。《诗序》：“《相鼠》，刺无礼也。卫文公能正其群臣，而刺在位承先君之化无礼仪也。”诗中言人无礼仪还不如鼠之无皮。

【附注】原书阙卷二、卷三《中庸》第十五章，第二十章第二节、第二十一节，卷四《论语·公冶长篇》第二节。

孟子字义疏证

〔清〕戴震　撰

孟子字义疏证序

余少读《论语》端木氏之言曰："夫子之文章可得而闻也，夫子之言性与天道不可得而闻也。"读《易》，乃知言性与天道在是。周道衰，尧、舜、禹、汤、文、武、周公致治之法，焕乎有文章者，弃为陈迹。孔子既不得位，不能垂诸制度礼乐，是以为之正本溯源，使人于千百世治乱之故，制度礼乐因革之宜，如持权衡以御轻重，如规矩准绳之于方圆平直，言似高远而不得不言。自孔子言之，实言前圣所未言；微孔子，孰从而闻之！故曰"不可得而闻"。

是后私智穿凿者，亦警于乱世，或以其道全身而远祸，或以其道能诱人心有治无乱；而谬在大本，举一废百；意非不善，其言只足以贼道，孟子于是不能已于与辩。当是时，群共称孟子好辩矣。孟子之书，有曰"我知言"，曰"游于圣人之门者难为言"。盖言之谬，非终于言也，将转移人心；心受其蔽，必害于事，害于政。彼目之曰小人之害天下后世也，显而共见；目之曰贤智君子之害天下后世也，相率趋之以为美言，其入人心深，祸斯民也大，而终莫之或寤。辩恶可已哉！

孟子辩杨墨；后人习闻杨、墨、老、庄、佛之言，且以其言汩乱孟子之言，是又后乎孟子者之不可已也。苟吾不能知之亦已矣，吾知之而不言，是不忠也，是对古圣人贤人而自负其学，对天下后世之仁人而自远于仁也。吾用是惧，述《孟子字义疏证》三卷。韩退之氏曰："道于杨、墨、老、庄、佛之学而欲之圣人之道，犹航断港绝潢以望至于海也。故求观圣人之道，必自孟子始。"呜呼，不可易矣！休宁戴震。

孟子字义疏证卷上

理十五条

理者，察之而几微必区以别之名也①，是故谓之分理；在物之质，曰肌理，曰腠理②，曰文理；亦曰文缕。理、缕，语之转耳。得其分则有条而不紊，谓之条理。孟子称"孔子之谓集大成"曰："始条理者，智之事也；终条理者，圣之事也。"圣智至孔子而极其盛，不过举条理以言之而已矣。《易》曰："易简而天下之理得。"自乾坤言，故不曰"仁智"而曰"易简"。"以易知"，知一于仁爱平恕也；"以简能"，能一于行所无事也。"易则易知，易知则有亲，有亲则可久，可久则贤人之德"，若是者，仁也；"简则易从，易从则有功，有功则可大，可大则贤人之业"，若是者，智也；天下事情，条分缕（晰）〔析〕，以仁且智当之，岂或爽失几微哉！《中庸》曰："文理密察，足以有别也。"《乐记》曰："乐者，通伦理者也。"郑康成注云："理，分也。"许叔重《说文解字序》曰："知分理之可相别异也。"古人所谓理，未有如后儒之所谓理者矣。

问："古人之言天理，何谓也？"

曰："理也者，情之不爽失也；未有情不得而理得者也。"凡有所施于人，反躬而静思之："人以此施于我，能受之乎？"凡有所责于人，反躬而静思之："人以此责于我，能尽之乎？"以我絜之人③，则理明。天理云者，言乎自然之分理也；自然之分理，以我之情絜人之情，而无不得其平是也。《乐记》曰："人生而静，天之性也；感于物而动，性之欲也。物至知知，然后好恶形焉。好恶无节于内，知诱于外，不能反躬，天理灭矣。"灭者，灭没不见也。又曰："夫物之感人无穷，而人之好恶无节，则是物至而人化物也。人化物也者，灭天理而穷人欲者也；于是有悖逆诈伪之心，有淫佚作乱之事；是故强者胁弱，众者暴寡，知者诈愚，勇者苦怯，疾病不养，老幼孤独不得其所，此大乱之道也。"诚以弱、寡、愚、怯与夫疾病、老幼、孤独，反躬而思其情，人岂异于我！盖方其静也，未感于物，其血气心知，湛然无有失，扬雄《方言》曰："湛，安也。"郭璞注云："湛然，安貌。"故曰"天之性"；及其感而动，则欲出于性。一人之欲，天下人之〔所〕同欲也，故曰"性之欲"。好恶既形，遂己之好恶，忘人之好恶，往往贼人以逞欲。反躬者，以人之逞其欲，思身受之之情也。情得其平，是为好恶之节，是为依乎天理。《庄子》：庖丁为文惠君解牛，自言："依乎天理，批大郤，导大窾，因其固然，技经肯綮之未尝，而况大軱乎！"天理，即其所谓"彼节者有间，而刀刃者无厚，以无厚入有间"，适如其天然之分理也。古人所谓天理，未有如后儒之所谓天理者矣。

问："以情絜情而无爽失，于行事诚得其理矣。情与理之名何以异"？

曰："在己与人皆谓之情，无过情无不及情之谓理。"《诗》曰："天生烝民④，有物有则；民之秉彝⑤，好是懿德。"孔子曰："(作)〔为〕此诗者，其知道乎！"孟子申之曰："故有物必有则，民之秉彝也，故好是懿德。"以秉持为经常曰则，以各如其区分曰理，以实之于言行曰懿德。物者，事也；语其事，不出乎日用饮食而已矣；舍是而言理，非古贤圣所谓理也。

问：孟子云："心之所同然者，谓理也，义也；圣人先得我心之所同然耳。"是理又以心言，何也？

曰："心之所同然始谓之理，谓之义；则未至于同然，存乎其人之意见，非理也，非义也。"凡一人以为然，天下万世皆曰"是不可易也"，此之谓同然。举理，以见心能区分；举义，以见心能裁断。分之，各有其不易之则，名曰理；如斯而宜，名曰义。是故明理者，明其区分也；精义者，精其裁断也。不明，往往界于疑似而生惑；不精，往往杂于偏私而害道。求理义而智不足者也，故不可谓之理义。自非圣人，鲜能无蔽；有蔽之深，有蔽之浅者。人莫患乎蔽而自智，任其意见，执之为理义。吾惧求理义者以意见当之，孰知民受其祸之所终极也哉！

问：宋以来儒书之言，以理为"如有物焉，得于天而具于心"；《朱子语录》云："理无心则无著处。"又云："凡物有心而其中必虚，人心亦然；止这些虚处，便包藏许多道理，推广得来，盖天盖地，莫不由此。此所以为人心之妙欤！理在人心，是谓之性。心是神明之舍，为一身之主宰；性便是许多道理得之天而具于心者。"今释孟子，乃曰"一人以为然，天下万世皆曰是不可易也，此之谓同然"，"是心之明，能于事情不爽失，使无过情无不及情之谓理"，非"如有物焉具于心"矣。又以"未至于同然，存乎其人之意见，不可谓之理义"。在孟子言"圣人先得我心之同然"，固未尝轻以许人，是圣人始能得理。然人莫不有家，进而国事，进而天下，岂待圣智而后行事欤？

曰：《六经》、孔、孟之言以及传记群籍，理字不多见。今虽至愚之人，悖戾恣睢⑥，其处断一事，责诘一人，莫不辄曰理者，自宋以来始相习成俗，则以理为"如有物焉，得于天而具于心"，因以心之意见当之也。于是负其气，挟其势位，加以口给者⑦，理伸；力弱气慑，口不能道辞者，理屈。呜呼，其孰谓以此制事，以此制人之非理哉！即其人廉洁自持，心无私慝，而至于处断一事，责诘一人，凭在己之意见，是其所是而非其所非，方自信严气正性⑧，嫉恶如仇，而不知事情之难得，是非之易失于偏，往往人受其祸，己且终身不寤，或事后乃明，悔已无及。呜呼！其孰谓以此制事，以此治人之非理哉！天下智者少而愚者多；以其心知明于众人，则共推之为智，其去圣人甚远也。以众人与其所共推为智者较其得理，则众人之蔽必多；以众所共推为智者与圣人较其得理，则圣人然后无蔽。凡事至而心应之，其断于心，辄曰理如是，古贤圣未尝以为理也。不惟古贤圣未尝以为理，昔之人异于今人之一启口而曰理，其亦不以为理也。昔人知在己之意见不可以理名，而今人轻言之。夫以理为“如有物焉，得于天而具于心”，未有不以意见当之者也。今使人任其意见，则谬；使人自求其情，则得。子贡问曰：“有一言而可以终身行之者乎？”子曰：“其恕乎！己所不欲，勿施于人。”《大学》言治国平天下，不过曰“所恶于上，毋以使下，所恶于下，毋以事上”，以位之卑尊言也；“所恶于前，毋以先后，所恶于后，毋以从前”，以长于我与我长言也；“所恶于右，毋以交于左，所恶于左，毋以交于右”，以等于我言也。曰“所不欲”，曰“所恶”，不过人之常情，不言理而理尽于此。惟以情絜情，故其于事也，非心出一意见以处之，苟舍情求理，其所谓理，无非意见也。未有任其意见而不祸斯民者。

问：“以意见为理，自宋以来莫敢致斥者，谓理在人心故也。今曰理在事情，于心之所同然，洵无可疑矣[9]；孟子举以见人性之善，其说可得闻欤？”

曰：“《孟子》言‘口之于味也，有同耆焉；耳之于声也，有同听焉；目之于色也，有同美焉；至于心独无所同然乎’，明理义之悦心，犹味之悦口，声之悦耳，色之悦目之为性。味也、声也、色也在物，而接于我之血气[10]；理义在事，而接于我之心知。血气心知，有自具之能：口能辨味，耳能辨声，目能辨色，心能辨夫理义。味与声色，在物不在我，接于我之血气，能辨之而悦之；其悦者，必其尤美者也；理义在事情之条分缕析，接于我之心知，能辨之而悦之；其悦者，必其至是者也。”子产言“人生始化曰魄，既生魄，阳曰魂”；曾子言“阳之精气曰神[11]，阴之精气曰灵，神灵者[12]，品物之本也”。盖耳之能听，目之能视，鼻之能臭，口之知味，魄之为也，所谓灵也，阴主受者也；心之精爽，有思辄通，魂之为也，所谓神也，阳主施者也。主施者断，主受者听，故孟子曰：“耳目之官不思，心之官则思。”是思者，心之能也。精爽有蔽隔而不能通之时，及其无蔽隔，无弗通，乃以神明称之。凡血气之属，皆有精爽。其心之精爽，钜细不同，如火光之照物，光小者，其照也近，所照者不谬也，所不照（所）〔斯〕疑谬承之，不谬之谓得理；其光大者，其照也远，得理多而失理少。且不特远近也，光之及又有明暗，故于物有察有不察；察者尽其实，不察斯疑谬承之，疑谬之谓失理。失理者，限于质之昧，所谓愚也。惟学可以增益其不足而进于智，益之不已，至乎其极，如日月有明，容光必照，则圣人矣。此《中庸》“虽愚必明”，《孟子》“扩而充之之谓圣人”。神明之盛也，其于事靡不得理，斯仁义礼智全矣。故理义非他，所照所察者之不谬也。何以不谬？心之神明也。人之异于禽兽者，虽同有精爽，而人能进于神明也。理义岂别若一物，求之所照所察之外；而人之精爽能进于神明，岂求诸气禀之外哉！

问：“后儒以人之有嗜欲出于气禀，而理者，别于气禀者也。今谓心之精爽，学以扩充之，进于神明，则于事靡不得理，是求理于气禀之外者非矣。孟子专举‘理义’以明‘性善’，何也？”

曰：“古人言性，但以气禀言，未尝明言理义为性，盖不待言而可知也。至孟子时，异说纷起，以理义为圣人治天下〔之〕具，设此一法以强之从，害道之言皆由外理义而生[13]；人徒知耳之于声，目之于色，鼻之于臭，口之于味之为性，而不知心之于理义，亦犹耳、目、鼻、口之于声色臭味也，故曰‘至于心独无所同然乎’，盖就其所知以证明其所不知，举声色臭味之欲归之耳、目、鼻、口，举理义之好归之心，皆内也，非外也，比而合之以解天下之惑，俾晓然无疑于理义之为性，害道之言庶几可以息矣。孟子明人心之通于理义，与耳、目、鼻、口之通于声色臭味，咸根诸性[14]，非由后起。后儒见孟子言性，则曰理义，则曰仁义礼智，不得其说，遂于气禀之外增一理义之性，归之孟子矣。”

问：“声色臭味之欲亦宜根于心，今专以理义之好为根于心，于‘好是懿德’固然矣[15]，抑声色臭味之欲徒根于耳、目、鼻、口欤？心，君乎百体者也，百体之能，皆心之能也，岂耳悦声，目悦色，鼻悦臭，口悦味，非心悦之乎？”

曰：否。心能使耳、目、鼻、口，不能代耳、目、鼻、口之能，彼其能者各自具也，故不能相为。人物受形于天地，故恒与之相通。盈天地之间，有声也，有色也，有臭也，有味也；举声色臭味，则盈天地间者无或遗矣。外内相通，其开窍也[16]，是为耳、目、鼻、口。五行有生克，生则相得，克则相逆，血气之得其养、失其养系焉，资于外足以养其内，此皆阴阳五行之所为，外之盈天地之间，内之备于吾身，外内相得无间而养道备。“民之质矣，日用饮食”，自古及今，以为道之经也。血气各资以养，而开窍于耳、目、鼻、口以通之，既于是通，故各成其能而分职司之。孔子曰：“少之时，血气未定，戒之在色；及其长也，血气方刚，戒之在斗；及其老也，血气既衰，戒之在得。”血气之所为不一，举凡身之嗜欲根于（气）血〔气〕明矣，非根于心也。孟子曰，“理义之悦我心，犹刍豢之悦我口[17]”，非喻言也。凡人行一事，有当于理义，其心气必畅然自得；悖于理义，心气必沮丧自失，以此见心之于理义，一同乎血气之于嗜欲，皆性使然耳。耳、目、鼻、口之官，臣道也；心之官，君道也；臣效其能而君正其可否。理义非他，可否之而当，是谓理义。然又非心出一意以可否之也，若心出一意以可否之，何异强制之乎！“是故就事物言，非事物之外别有理义也；‘有物必有则’，以其则正其物，如是而已矣。”就人心言，非别有理以予之而具于心也；心之神明，于事物咸足以知其不易之则，譬有光皆能照，而中理者，乃其光盛，其照不谬也。

问：学者多识前言往行，可以增益己之所不足；宋儒谓“理得于天而藏于心”，殆因问学之得于古贤圣而藏于心，比类以为说欤[18]？

曰：人之血气心知，本乎阴阳五行者[19]，性也。如血气资饮食以养，其化也，即为我之血气，非复所饮食之物矣；心知之资于问学，其自得之也亦然。以血气言，昔者弱而今者强，是血气之得其养也；以心知言，昔者狭小而今也广大，昔者暗昧而今也明察，是心知之得其养也，故曰“虽愚必明”。人之血气心知，其天定者往往不齐，得养不得养，遂至于大异。苟知问学犹饮食，则贵其化，不贵其不化。记问之举，入而不化者也。自得之，则居之安，资之深，取之左右逢其源，我之心知，极而至乎圣人之神明矣。神明者，犹然心也，非心自心而所得者藏于中之谓也。心自心而所得者藏于中，以之言学，尚为物而不化之学，况以之言性乎！

问：宋以来之言理也，其说为“不出于理则出于欲，不出于欲则出于理”，故辨乎理欲之界，以为君子、小人于此焉分。今以情之不爽失为理，是理者存乎欲者也，然则无欲亦非欤？

曰：孟子言“养心莫善于寡欲”，明乎欲不可无也，寡之而已。人之生也，莫病于无以遂其生。欲遂其生，亦遂人之生，仁也；欲遂其生，至于戕人之生而不顾者，不仁也。不仁，实始于欲遂其生之心；使其无此欲，必无不仁矣。然使其无此欲，则于天下之人，生道穷促，亦将漠然视之。己不必遂其生，而遂人之生，无是情也，然则谓“不出于正则出于邪，不出于邪则出于正”，可也；谓“不出于理则出于欲，不出于欲则出于理”，不可也。“欲，其物；理，其则也。”不出于邪而出于正，犹往往有意见之偏，未能得理。而宋以来之言理欲也，徒以为正邪之辨而已矣，不出于邪而出于正，则谓以理应事矣。理与事分为二而与意见合为一，是以害事。夫事至而应者，心也；心有所蔽，则于事情未之能得，又安能得理乎！自老氏贵于“抱一”[20]，贵于“无欲”，庄周书则曰：“圣人之静也，非曰静也善，故静也；万物无足以挠心者，故静也。水静犹明，而况精神。圣人之心静乎！夫虚静恬淡，寂寞无为者，天地之平，而道德之至。”周子《通书》曰：“‘圣可学乎？’曰，‘可。’‘有要乎？’曰，‘有。’‘请问焉。’曰，‘一为要。一者，无欲也；无欲则静虚动直。静虚则明，明则通；动直则公，公则溥。明通公溥，庶矣哉！’”此即老、庄、释氏之说。朱子亦屡言“人欲所蔽”，皆以为无欲则无蔽，非《中庸》“虽愚必明”之道也。有生而愚者，虽无欲，亦愚也。凡出于欲，无非以生以养之事，欲之失为私，不为蔽。自以为得理，而所执之实谬，乃蔽而不明。天下古今之人，其大患，私与蔽二端而已。私生于欲之失，蔽生于知之失；欲生于血气，知生于心。因私而咎欲，因欲而咎血气；因蔽而咎知，因知而咎〔心〕，老氏所以言“常使民无知无欲”；彼自外其形骸[21]，贵其真宰[22]；后之释氏，其论说似异而实同。宋儒出入于老释，程叔子撰《明道先生行状》云：“自十五六时，闻周茂叔论道，遂厌科举之业，慨然有求道之志，泛滥于诸家，出入于老释者几十年，返求诸《六经》，然后得之。”吕与叔撰《横渠先生行状》云：“范文正公劝读《中庸》，先生读其书，虽爱之，犹以为未足，又访诸释老之书，累年，尽究其说，知无所得，返而求之《六经》。”《朱子语类》廖德明《录癸巳所闻》：“先生言：二三年前见得此事尚鹘突，为他佛说得相似，近年来方看得分晓。”考朱子慕禅学在十五六时，年二十四，见李愿中，教以看圣贤言语，而其后复入于释氏。至癸巳，年四十四矣。故杂乎老释之言以为言。《诗》曰：“民之质矣，日用饮食。”《记》曰：“饮食男女，人之大欲存焉。”圣人治天下，体民之情，遂民之欲，而王道备。人知老、庄、释氏异于圣人，闻其无欲之说，犹未之信也；于宋儒，则信以为同于圣人；理欲之分，人人能言之。故今之治人者，视古贤圣体民之情，遂民之欲，多出于鄙细隐曲，不措诸意，不足为怪；而及其责以理也，不难举旷世之高节，著于义而罪之。尊者以理责卑；长者以理责幼；贵者以理责贱。虽失，谓之顺；卑者、幼者、贱者以理争之，虽得，谓之逆。于是下之人不能以天下之同情、天下所同欲达之于上；上以理责其下，而在下之罪，人人不胜指数。人死于法，犹有怜之者；死于理，其谁怜之！呜呼，杂乎老释之言以为言，其祸甚于申韩如是也！《六经》、孔、孟之书，岂尝以理为如有物焉，外乎人之性之发为情欲者，而强制之也哉！孟子告齐梁之君，曰“与民同乐”，曰“省刑罚，薄税敛”[23]，曰“必使仰足以事父母，俯足以畜妻子[24]”，曰“居者有积仓，行者有裹（囊）〔粮〕”，曰“内无怨女，外无旷夫”，仁政如是，王道如是而已矣。

问：“《乐记》言灭天理而穷人欲，其言有似于以理欲为邪正之别，何也？”

曰：“性，譬则水也；欲，譬则水之流也；节而不过，则为依乎天理，为相生养之道；譬则水由地中行也；穷人欲而至于有悖逆诈伪之心，有淫佚作乱之事；譬则洪水横流，泛滥于中国也。圣人教之反躬，以己之加于人，设人如是加于己，而思躬受之之情，譬则禹之行水，行其所无事，非恶泛滥而塞其流也。恶泛滥而塞其流，其立说之工者且直绝其源，是遏欲无欲之喻也。“口之于味也，目之于色也，耳之于声也，鼻之于臭也，四肢之于安佚也”，此后儒视为人欲之私者，而孟子曰“性也”，继之曰“有命焉”。命者，限制之名，如命之东则不得而西，言性之欲之不可无节也。节而不过，则依乎天理；非以天理为正，人欲为邪也。天理者，节其欲而不穷人欲也。是故欲不可穷，非不可有；有而节之，使无过情，无不及情，可谓之非天理乎！”

问：《中庸》言“君子戒慎乎其所不睹，恐惧乎其所不闻”，言“君子必慎其独”[25]，后儒因有存理遏欲之说。今曰“欲譬则水之流”，则流固不可塞；诚使水由地中行，斯无往不得其自然之分理；存此意以遏其泛滥，于义未为不可通。然《中庸》之言，不徒治之于泛滥也，其意可得闻欤？

曰：所谓“戒慎恐惧”者，以敬肆言也。凡对人者，接于目而睹，则戒慎其仪容；接于耳而闻，则恐惧有愆谬。君子虽未对人亦如是，盖敬而不敢少肆也。篇末云“君子不动而敬，不言而信”是也。所谓“慎独”者，以邪正言也。凡有所行，端皆起于志意，如见之端起于隐，显之端起于微，其志意既动，人不见也。篇末云“君子内省不疚，无恶于志，君子之所不可及者，其唯人之所不见乎”是也。盖方未应事，则敬肆分；事至而动，则邪正分。敬者恒自检柙[26]，肆则反是[27]；正者不牵于私，邪则反是。必敬必正，而意见或偏，犹未能语于得理；虽智足以得理，而不敬则多疏失，不正则尽虚伪。三者，一虞于疏[28]，一严于伪，一患于偏，各有所取也。

问：自宋以来，谓“理得于天而具于心”，既以为人所同得，故于智愚之不齐归诸气禀，而敬肆邪正概以实其理欲之说。老氏之“抱一”“无欲”，释氏之“常惺惺”，彼所指者，曰“真宰”，曰“真空”，庄子云：“若有真宰而特不得其朕。”释氏书云：“即此识情，便是真空妙智。”又云：“真空则能摄众有而应变。”又云：“湛然常寂，应用无方，用而常空，空而常用。用而不有，即是真空；空而不无，即成妙有。”而易以理字便为圣学。既以理为得于天，故又创理气之说[29]，譬之“二物浑沦”；《朱子语录》云：“理与气决是二物，但在物上看，则二物浑沦，不可分开各在一处，然不害二物之各为一物也。”于理极其形容，指之曰“净洁空阔”；问“先有理后有气”之说。朱子曰：“不消如此说。而今知他合下先是有理后有气邪？后有理先有气邪？皆不可得而推究。然以意度之，则疑此气是依傍道理行，及此气之聚，则理亦在焉。盖气则能凝结造作，理却无情意，无制度，无造作，止此气凝聚处，理便在其中。且如天地间人物草木禽兽，其生也莫不有种；定不会无种了，白地生出一个物事；这个都是气。若理则止是个净洁空阔的世界，无形迹，他却不会造作，气则能酝酿凝聚生物也。”不过就老、庄、释氏所谓“真宰”“真空”者转之以言夫理，就老、庄、释氏之言转而为《六经》、孔、孟之言。今何以剖别之，使截然不相淆惑欤？

曰：天地、人物、事为，不闻无可言之理者也。《诗》曰“有物有则”是也。物者，指其实体实事之名；则者，称其纯粹中正之名。实体实事，罔非自然，而归于必然，天地、人物、事为之理得矣。夫天地之大，人物之蕃[30]，事为之委曲条分，苟得其理矣。如直者之中悬，平者之中水，圆者之中规，方者之中矩，然后推诸天下万世而准。《易》称“先天而天弗违，后天而奉天时；天且弗违，而况于人乎，况于鬼神乎”。《中庸》称“考诸三王而不谬[31]，建诸天地而不悖，质诸鬼神而无疑，百世以俟圣人而不惑”。夫如是，是为得理，是为心之所同然。孟子曰：“规矩，方圆之至也；圣人，人伦之至也。”语天地而精言其理，犹语圣人而言乎其可法耳。尊是理，而谓天地阴阳不足以当之，必非天地阴阳之理则可。天地阴阳之理，犹圣人之圣也；尊其圣，而谓圣人不足以当之，可乎哉？圣人亦人也，以尽乎人之理，群共推为圣智。尽乎人之理非他，人伦日用尽乎其必然而已矣。推而极于不可易之为必然，乃语其至，非原其本。后儒从而过求，徒以语其至者之意言思议视如有物，谓与气浑沦而成，闻之者习焉不察，莫知其异于《六经》、孔、孟之言也。举凡天地、人物、事为，求其必然不可易，理至明显也。从而尊大之，不徒曰天地、人物、事为之理，而转其语曰“理无不在”，视之“如有物焉”，将使学者皓首茫然，求其物不得。非《六经》、孔、孟之言难知也，传注相承，童而习之，不复致思也。

问：宋儒以理为“如有物焉，得于天而具于心”，人之生也，由气之凝结生聚。而理则凑泊附著之[32]，朱子云：“人之所以生，理与气合而已。天理固浩浩不穷，然非是气，则〔虽〕有是理而无所凑泊，故必二气交感，凝结生聚，然后是理有所附著。”因以此为“完全自足”，程子云：“圣贤论天德，盖自家元是天然完全自足之物，若无所污坏，即当直而行之；若少有污坏，即敬以治之，使复如旧。”如是，则无待于学。然见于古贤圣之论学，与老、庄、释氏之废学，截然殊致，因谓“理为形气所污坏，故学焉以复其初”。朱子于《论语》首章，于《大学》“在明明德”，皆以“复其初”为言。“复其初”之云，见庄周书。《庄子·缮性篇》云：“缮性于俗学以求复其初，滑欲于俗知以求致其明，谓之蔽蒙之民。”又云：“文灭质，博溺心，然后民始惑乱，无以返其性情而复其初。”盖其所谓理，即如释氏所谓“本来面目”，而其所谓“存理”，亦即如释氏所谓“常惺惺”。释氏书云：“不思善，不思恶，时认本来面目。”上蔡谢氏曰：“敬是常惺惺法。”王文成解《大学》“格物致知”，主扞御外物之说，其言曰：“本来面目，即吾圣门所谓良知。随物而格，是致知之功。”岂宋以来儒者，其说尽援儒以入释欤？

曰，老、庄、释氏以其所谓“真宰”“真空”者为“完全自足”。然不能谓天下之人有善而无恶，有智而无愚也，因举善与智而毁訾之。老氏云："绝学无忧[33]。唯之与阿[34]，相去几何？善之与恶，相去何若？"又云："以智治国，国之贼[35]；不以智治国，国之福。"又云："古之善为道者，非以明民，将以愚之。"彼盖以无欲而静，则超乎善恶之上，智乃不如愚，故直云"绝学"，又（生）〔主〕"绝圣弃智"[36]，"绝仁弃义"，此一说也。荀子以礼义生于圣心，常人学然后能明于礼义，若顺其自然，则生争夺。弗学而能，乃属之性；学而后能，不得属之性，故谓性恶。而其于孟子言"性善"也辩之曰："性善，则去圣王，息礼义矣；性恶，则兴圣王，贵礼义矣。"此又一说也。荀子习闻当时杂乎老、庄、告子之说者废学毁礼义，而不达孟子"性善"之旨，以礼义为圣人教天下制其性，使不至争夺，而不知礼义之所由名。老、庄、告子及后之释氏，乃言如荀子所谓"去圣王，息礼义"耳。程子、朱子谓气禀之外，天与之以理，非生知安行之圣人，未有不污坏，其受于天之理者也，学而后此理渐明，复其初之所受。是天下之人，虽有所受于天之理，而皆不殊于无有，此又一说也。今富者遗其子粟千钟，贫者无升斗之遗；贫者之子取之宫中无有，因日以其力致升斗之粟；富者之子亦必如彼之日以其力致之，而曰所致者即其宫中者也，说必不可通，故详于论敬而略于论学。如程子云"敬以治之，使复如旧"，而不及学；朱子于《中庸》"致中和"，犹以为"戒惧慎独"。陆子静、王文成诸人，推本老、庄、释氏之所谓"真宰""真空"者，以为即全乎圣智仁义，即全乎理，陆子静云："收拾精神，自作主宰，万物皆备于我，何有欠阙！当恻隐时，自然恻隐；当羞恶时，自然羞恶；当宽裕温柔时，自然宽裕温柔；当发强刚毅时，自然发强刚毅。"王文成云："圣人致知之功，至诚无息。其良知之体，皦如明镜，妍媸之来，随物现形，而明镜曾无所留染，所谓'情顺万事而无情'也。'无所住（以）〔而〕生其心'，佛氏曾有是言，未为非也。明镜之应，妍者妍，媸者媸，一照而皆真，即是'生其心'处；妍者妍，媸者媸，一过而不留，即'无所住'处。"此又一说也。程子、朱子就老、庄、释氏所指者，转其说以言夫理，非援儒而入释，误以释氏之言杂入于儒耳；陆子静、王文成诸人就老、庄、释氏所指者，即以理实之，是乃援儒以入于释者也。试以人之形体与人之德性比而论之，形体始乎幼小，终乎长大；德性始乎蒙昧，终乎圣智。其形体之长大也，资于饮食之养，乃长日加益，非"复其初"；德性资于学问，进而圣智，非"复其初"明矣。人物以类区分，而人所禀受，其气清明，异于禽兽之不可开通。然人与人较，其材质等差凡几[37]？古贤圣知人之材质有等差，是以重问学，贵扩充。老、庄、释氏谓"有生皆同"，故主于去情欲以勿害之，不必问学以扩充之。在老、庄、释氏既守己自足矣，因毁訾仁义以伸其说。荀子谓"常人之性，学然后知礼义"，其说亦足以伸。陆子静、王文成诸人同于老、庄、释氏，而改其毁訾仁义者，以为自然全乎仁义，巧于伸其说者也。程子、朱子尊理而以为天与我，犹荀子尊礼义以为圣人与我也。谓理为形气所污坏，是圣人而下形气皆大不美，即荀子性恶之说也；而其所谓理，别为凑泊附著之一物，犹老、庄、释氏所谓"真宰""真空"之凑泊附著于形体也。理既完全自足，虽于言学以明理，故不得不分理气为二本而咎形气。盖其说杂糅傅合而成，令学者眩惑其中，虽《六经》、孔、孟之言具在，咸习非胜是，不复求通。呜呼，吾何敢默而息乎！

问：程伯子之出入于老释者几十年，返求诸《六经》，然后得之，见叔子所撰《行状》。而朱子年四十内外，犹驰心空妙，其后有《答汪尚书书》，言"熹于释氏之说，盖尝师其人，尊其道，求之亦切至矣，然未能有得。其后以先生君子之教，校乎前后缓急之序，于是暂置其说而从事于吾学。其始盖未尝一日不往来于心也，以为俟卒究吾说而后求之未为甚晚。而一二年来，心独有所自安，虽未能即有诸己，然欲复求之外学以遂其初心，不可得矣。"程、朱虽从事释氏甚久，然终能觉其非矣，而又未合于《六经》、孔、孟，则其学何学欤？

曰：程子、朱子其出入于老释，皆以求道也，使见其道为是，虽人以为非而不顾。其初非背《六经》、孔、孟而信彼也，于此不得其解，而见彼之捐弃物欲[38]，返观内照，近于切己体察，为之，亦能使思虑渐清，因而冀得之为衡〔鉴〕事物之本。然极其致，所谓"明心见性"、"还其神之本体”者，即本体得矣，以为如此便足，无欠阙矣，实动辄差谬。在老、庄、释氏固不论差谬与否，而程子、朱子求道之心久之，知其不可恃以衡鉴事物，故终谓其非也。夫人之异于物者，人能明于必然，百物之生，各遂其自然也。老氏言“致虚极，守静笃”，言“道法自然”，释氏亦不出此，皆起于自私，使其神离形体而长存。老氏言“长生久视”，以死为“返其真”；所谓长生者，形化而神长存也；释氏言“不生不灭”；所谓不生者，不受形而生也；不灭者，即其神长存也。其所谓性，所谓道，专主所谓神者为言。邵子云：“道与一，神之强名也。”又云：“神无方而性有质。”又云：“性者，道之形体；心者，性之郛郭[33]。”又云：“人之神即天地之神。”合其言观之，得于老庄最深。所谓道者，指天地之“神无方”也；所谓性者，指人之“(神)〔性〕有质”也，故曰“道之形体”。邵子又云：“神统于心，气统于肾，形统于首；形气交而神主乎其中，三才之道也。”此显指神宅于心，故曰“心者，性之郛郭”。邵子又云：“气则养性，性则乘气；故气存则性存，性动则气动也。”此显指神乘乎气而资气以养。王文成云：“夫良知一也，以其妙用而言谓之神，以其流行而言谓之气。”立说亦同。又即导养家所云“神之炯炯而不昧者为性，气之缊䋰而不息者为命”。朱子于其指神为道、指神为性者，若转以言夫理。张子云：“由太虚，有天之名；由气化，有道之名；合虚与气，有性之名；合性〔与〕知觉，有心之名。”其所谓虚，《六经》、孔、孟无是言也。张子又云：“神者，太虚妙应之目。”又云：“天之不测谓神，神而有常谓天。”又云：“神，天德；化，天道。”是其曰虚曰天，不离乎所谓神者。彼老、庄、释氏之自贵其神，亦以为妙应，为冲虚，为足乎天德矣。如云：“性周法界，净智圆妙，体自空寂。”张子又云：“气有阴阳，推行有渐为化，合一不测为神。”斯言也，盖得之矣。试验诸人物，耳目百体，会归于心；心者，合一不测之神也。天地间百物生生，无非推本阴阳。《易》曰：“精气为物。”曾子曰：“阳之精气曰神，阴之精气曰灵，神灵者，品物之本也。”因其神灵，故不徒曰气而称之曰精气。老、庄、释氏之谬，乃于此岐而分之。内其神而外形体，徒以形体为传舍，以举凡血气之欲、君臣之义、父子昆弟夫妇之亲，悉起于有形体以后，而神至虚静，无欲无为。在老、庄、释氏徒见于自然，故以神为已足。程子、朱子见于《六经》、孔、孟之言理义，归于必然不可易，非老、庄、释氏所能及，因尊之以当其所谓神者为生阳生阴之本，而别于阴阳；为人物之性，而别于气质；反指孔孟所谓道者非道，所谓性者非性。独张子之说，可以分别录之，如言“由气化，有道之名”；言“化，天道”；言“推行有渐为化，合一不测为神”，此数语者，圣人复起，无以易也。张子见于必然之为理，故不徒曰神而曰“神而有常”。诚如是言，不以理为别如一物，于《六经》、孔、孟近矣。就天地言之，化，其生生也；神，其主宰也，不可岐而分也。故言化则赅神，言神亦赅化；由化以知神，由化与神以知德；德也者，天地之中正也。就人言之，有血气，则有心知；有心知，虽自圣人而下，明昧各殊，皆可学以牖其昧而进于明。天之生物也，使之一本，而以性专属之神，则视形体为假合；以性专属之理，则苟非生知之圣人，不得不咎其气质，皆二本故也。老、庄、释氏尊其神为超乎阴阳气化，此尊理为超乎阴阳气化。朱子《答吕子约书》曰：“阴阳也，君臣父子也，皆事物也；人之所行也，形而下者也，万象纷罗者也。是数者各有当然之理，即所谓道也，当行之路也，形而上者也，冲漠无朕者也。”然则《易》曰“立天之道曰阴与阳”，《中庸》曰“君臣也，父子也，夫妇也，昆弟也，朋友之交也，五者，天下之达道也”，皆仅及事物而即谓之道，岂圣贤之立言，不若朱子言之辨析欤？圣人顺其血气之欲，则为相生养之道，于是视人犹己，则忠；以己推之，则恕；忧乐于人，则仁；出于正，不出于邪，则义；恭敬不侮慢，则礼；无差谬之失，则智；曰忠恕，曰仁义礼智，岂有他哉？常人之欲，纵之至于邪僻，至于争夺作乱；圣人之欲，无非懿德。欲同也，善不善之殊致若此。欲者，血气之自然，其好是懿德也，心知之自然，此孟子所以言性善。心知之自然，未有不悦理义者，未能尽得理合义耳。由血气之自然，而审察之以知其必然，是之谓理义；自然之与必然，非二事也。就其自然，明之尽而无几微之失焉，是其必然也。如是而后无憾，如是而后安，是乃自然之极则。若任其自然而流于失，转丧其自然，而非自然也；故归于必然，适完其自然。夫人之生也，血气心知而已矣。老、庄、释氏见常人任其血气之自然之不可，而静以养其心知之自然；于心知之自然谓之性，血气之自然谓之欲，说虽巧变，要不过分血气心知为二本。荀子见常人之心知，而以礼义为圣心；见常人任其血气心知之自然之不可，而进以礼义之必然；于血气心知之自然谓之性，于礼义之必然谓之教；合血气心知为一本矣，而不得礼义之本。程子、朱子见常人任其血气心知之自然之不可，而进以理之必然；于血气心知之自然谓之气质，于理之必然谓之性，亦合血气心知为一本矣，而更增一本。分血气心知为二本者，程子斥之曰“异端本心”，而其增一本也，则曰“吾儒本天”。如其说，是心之为心，人也，非天也；性之为性，天也，非人也。以天别于人，实以性为别于人也。人之为人，性之为性，判若彼此，自程子、朱子始。告子言“以人性为仁义，犹以杞柳为桮棬”，孟子必辨之，为其戕贼一物而为之也[40]，况判若彼此，岂有不戕贼者哉！盖程子、朱子之学，借阶于老、庄、释氏，故仅以理之一字易其所谓真宰、真空者而余无所易。其学非出于荀子，而偶与荀子合，故彼以为恶者，此亦咎之；彼以为出于圣人者，此以为出于天。出于天与出于圣人岂有异乎！天下惟一本[41]，无所外。有血气，则有心知；有心知，则学以进于神明[42]，一本然也；有血气心知，则发乎血气心知之自然者，明之尽，使无几微之失，斯无往非仁义，一本然也。苟岐而二之，未有不外其一者。《六经》、孔、孟而下，有荀子矣，有老、庄、释氏矣，然《六经》、孔、孟之道犹在也。自宋儒杂荀子及老、庄、释氏以入《六经》、孔、孟之书，学者莫知其非，而《六经》、孔、孟之道亡矣。

孟子字义疏证卷中

天道[43]四条

“道，犹行也；气化流行[44]，生生不息[45]，是故谓之道”。《易》曰：“一阴一阳之谓道。”《洪范》：“五行：一曰水，二曰火，三曰木，四曰金，五曰土。”行亦道之通称。《诗·载驰》：“女子善怀，亦各有行。”毛《传》云：“行，道也。《竹竿》：“女子有行，远兄弟父母。”郑《笺》云：“行，道也。”举阴阳则赅五行，阴阳各具五行也；举五行即赅阴阳，五行各有阴阳也。《大戴礼记》曰：“分于道谓之命，形于一谓之性。”言分于阴阳五行以有人物，而人物各限于所分以成其性。阴阳五行，道之实体也；血气心知，性之实体也。有实体，故可分；惟分也，故不齐。古人言性惟本于天道如是。

问：《易》曰：“形而上者谓之道，形而下者谓之器[46]。”程子云：“惟此语截得上下最分明，元来止此是道，要在人默而识之。”后儒言道，多得之此。朱子云：“阴阳，气也，形而下者也；所以一阴一阳者，理也，形而上者也；道即理之谓也。”朱子此言，以道之称惟理足以当之。今但曰“气化流行，生生不息”，乃程朱所目为形而下者；其说据《易》之言以为言，是以学者信之。然则《易》之解可得闻欤？

曰：气化之于品物，则形而上下之分也。形乃品物之谓，非气化之谓。《易》又有之：“立天之道，曰阴与阳。”直举阴阳，不闻辨别所以阴阳而始可当道之称，岂圣人立言皆辞不备哉[47]？

一阴一阳，流行不已，夫是之谓道而已。古人言辞，“之谓”“谓之”有异：凡曰“之谓”，以上所称解下，如《中庸》“天命之谓性，率性之谓道，修道之谓教”，此为性、道、教言之。若曰性也者，天命之谓也；道也者，率性之谓也；教也者，修道之谓也；《易》“一阴一阳之谓道”，则为天道言之，若曰道也者一阴一阳之谓也。凡曰“谓之”者，以下所称之名辨上之实，如《中庸》“自诚明谓之性，自明诚谓之教”，此非为性教言之，以性教区别“自诚明”“自明诚”二者耳。《易》“形而上者谓之道，形而下者谓之器”，本非为道、器言之，以道、器区别其形而上形而下耳。形谓已成形质，形而上犹曰形以前，形而下犹曰形以后。如言“千载而上，千载而下”。《诗》：“下武维周。”郑《笺》云：“下，犹后也。”阴阳之未成形质，是谓形而上者也，非形而下明矣。器言乎一成而不变，道言乎体物而不可遗。不徒阴阳非形而下，如五行水火木金土，有质可见，固形而下也，器也；其五行之气，人物咸禀受于此，则形而上者也。《易》言“一阴一阳”，《洪范》言“初一曰五行”，举阴阳，举五行，即赅鬼神；《中庸》言鬼神之“体物而不可遗”，即物之不离阴阳五行以成形质也。由人物溯而上之，至是止矣。《六经》、孔、孟之书不闻理气之辨，而后儒创言之，遂以阴阳属形而下，实失道之名义也。

问：后儒论阴阳，必推本“太极”[48]，云：“无极而太极，太极动而生阳；动极而静，静而生阴；静极复动。一动一静，互为其根；分阴分阳，两仪立焉。”朱子释之云：“太极生阴阳，理生气也。阴阳既生，则太极在其中，理复在气之内也。”又云：“太极，形而上之道也；阴阳，形而下之器也。”今既辨明形乃品物，非气化，然则“太极”“两仪”，后儒据以论道者，亦必傅合失之矣。自宋以来，学者惑之已久，将何以解其惑欤？

曰：后世儒者纷纷言太极，言两仪，非孔子赞《易》太极、两仪之本指也。孔子曰：“《易》有太极，是生两仪，两仪生四象，四象生八卦。”曰仪，曰象，曰卦，皆据作《易》言之耳，非气化之阴阳得两仪四象之名。《易》备于六十四，自八卦重之，故八卦者，易之小成，有天、地、山、泽、雷、风、水、火之义焉。其未成卦画，一奇以仪阳，一偶以仪阴，故称两仪。奇而遇奇，阳已长也，以象太阳；奇而遇偶，阴始生也，以象少阴；偶而遇偶，阴已长也，以象太阴；偶而遇奇，阳始生也，以象少阳。伏羲氏睹于气化流行，而以奇偶仪之象之。孔子赞《易》，盖言《易》之为书起于卦画，非漫然也，实有见于天道一阴一阳为物之终始会归，乃画奇偶两者从而仪之，故曰“《易》有太极，是生两仪”。既有两仪，而四象[49]，而八卦[50]，以次生矣。孔子以太极指气化之阴阳，承上文“明于天之道”言之，即所云“一阴一阳之谓道”，以两仪四象、八卦指《易》画。后世儒者以两仪为阴阳，而求太极于阴阳之所由生，岂孔子之言乎！

问：宋儒之言形而上下，言道、器，言太极、两仪，今据孔子赞《易》本文疏通证明之，洵于文义未协。其见于理气之辨也，求之《六经》中无其文，故借太极、两仪、形而上下之语以饰其说，以取信学者欤？

曰：舍圣人立言之本指，而以己说为圣人所言，是诬圣；借其语以饰吾之说，以求取信，是欺学者也。诬圣欺学者，程、朱之贤不为也。盖其学借阶于老、庄、释氏，是故失之。凡习于先人之言，往往受其蔽而不自觉。在老、庄、释氏就一身分言之，有形体，有神识，而以神识为本。推而上之，以神为有天地之本，老氏云：“有物混成，先天地生。”又云：“道之为物，惟恍惟忽。忽兮恍兮，其中有象；恍兮忽兮，其中有物。”释氏书：“问：‘如何是佛？’曰：‘见性为佛。’‘如何是性？’曰：‘作用为性。’‘如何是作用？’曰：‘在目曰见，在耳曰闻，在鼻臭香，在口谈论，在手执捉，在足运奔。遍见俱该法界，收摄在一微尘，识者知是佛性，不识唤作精魂。’”遂求诸无形无迹者为实有，而视有形有迹为幻。在宋儒以形气、神识同为己之私，而理得于天。推而上之，于理气截之分明，以理当其无形无迹之实有，而视有形有迹为粗。益就彼之言而转之，朱子辨释氏云：“儒者以理为不生不灭，释氏以神识为不生不灭。”因视气曰“空气”，陈安卿云："二气流行万古，生生不息，不成只是空气，必有主宰之者，理是也。"视心曰"性之郛郭"，邵子云："心者，性之郛郭。"是彼别形神为二本，而宅于空气宅于郛郭者为天地之神与人之神。此别理气为二本，朱子云："天地之间，有理有气。理也者，形而上之道也，生物之本也；气也者，形而下之器也，生物之具也。是以人物之生，必禀此理然后有性也，禀此气然后有形。"而宅于空气、宅于郛郭者，为天地之理与人之理。由考之《六经》、孔、孟，茫然不得所谓性与天道者，及从事老、庄、释氏有年，觉彼之所指，独遗夫理义而不言，是以触于形而上下之云，太极、两仪之称，顿然有悟，遂创为理气之辨，不复能详审文义。其以理为气之主宰，如彼以神为气之主宰也。以理能生气，如彼以神能生气也。老氏云："一生二，二生三，三生万物。万物负阴而抱阳，冲气以为和。"以理坏于形气，无人欲之蔽则复其初，如彼以神受形而生，不以物欲累之则复其初也。皆改其所指神识者以指理，徒援彼例此，而实非得之于此。学者转相传述，适所以诬圣乱经。善夫韩退之氏曰："学者必慎所道。道于杨、墨、老、庄、佛之学而欲之圣人之道，犹航断港绝潢以望至于海也。"此宋儒之谓也。

性九条

性者，分于阴阳、五行以为血气，心知，品物，区以别焉，举凡既生以后所有之事，所具之能，所全之德，咸以是为其本，故《易》曰"成之者性也"。气化生人、生物以后，各以类滋生久矣；然类之区别，千古如是也，循其故而已矣。在气化曰阴阳，曰五行，而阴阳、五行之成化也，杂糅万变，是以及其流形，不特品物不同，虽一类之中又复不同。凡分形气于父母，即为分于阴阳、五行，人物以类滋生，皆气化之自然。《中庸》曰："天命之谓性。"以生而限于天，故曰天命。《大戴礼记》曰："分于道谓之命，形于一谓之性。"分于道者，分于阴阳、五行也。一言乎分，则其限之于始，有偏全、厚薄、清浊、昏明之不齐，各随所分而形于一，各成其性也。然性虽不同，大致以类为之区别，故《论语》曰"性相近也"，此就人与人相近言之也。孟子曰："凡同类者举相似也，何独至于人而疑之！圣人与我同类者"，言同类之相似，则异类之不相似明矣；故诘告子"生之谓性"曰："然则犬之性犹牛之性，牛之性犹人之性与"，明乎其必不可混同言之也。天道，阴阳、五行而已矣；人物之性，咸分于道，成其各殊者而已矣。

问：《论语》言性相近，《孟子》言性善。自程子、朱子始别之，以为截然各言一性，朱子于《论语》引程子云："此言气质之性，非言性之本也。若言其本，则性即是理。理无不善，孟子之言性善是也，何相近之有哉！"反取告子"生之谓性"之说为合于孔子，程子云："性一也，何以言相近？此止是言气质之性，如俗言性急性缓之类。性安有缓急？此言性者，生之谓性也。"又云："凡言性处，须看立意如何。且如言人性善，性之本也；生之谓性，论其所禀也。孔子言性相近，若论其本，岂可言相近？止论其所禀也。告子所云固是，为孟子问他，他说便不是也。"创立名目曰"气质之性"，而以理当孟子所谓善者为生物之本，程子云："孟子言性，当随文看。不以告子'生之谓性'为不然者，此亦性也，被命受生之后谓之性耳，故不同。继之曰'犬之性犹牛之性，牛之性犹人之性与'，然不害为一。若乃孟子之言善者，乃极本穷源之性。"人与禽兽得之也同，程子所谓"不害为一"，朱子于《中庸》"天命之谓性"释之曰："命，犹令也，性，即理也。天以阴阳、五行化生万物，气以成形而理亦赋焉，犹命令也。于是人物之生，因各得其所赋之理以为健顺五常之德，所谓性也。"而致疑于孟子。朱子云："孟子言'人所以异于禽兽者几希'，不知人何故与禽兽异；又言'犬之性犹牛之性，牛之性犹人之性与'，不知人何故与牛犬异。此两处似欠中间一转语，须著说是"形气不同故性亦少异"始得。恐孟子见得人性同处，自是分晓直截，却于这些子未甚察。"是谓性即理，于孟子且不可通矣，其不能通于《易》、《论语》固宜。孟子闻告子言"生之谓性"，则致诘之；程、朱之说，不几助告子而议孟子欤？

曰：程子、朱子其初所讲求者，老、庄、释氏也。老、庄、释氏自贵其神而外形体，显背圣人[51]，毁訾仁义。告子未尝有神与形之别，故言"食色性也"，而亦尚其自然，故言"性无善无不善"；虽未尝毁訾仁义，而以桮棬喻义[52]，则是灾杞柳始为桮棬[53]，其指归与老、庄、释氏不异也。凡血气之属，皆知怀生畏死，因而趋利避害；虽明暗不同，不出乎怀生畏死者同也。人之异于禽兽不在是。禽兽知母而不知父，限于知觉也。然爱其生之者及爱其所生，与雌雄、牝牡之相爱[54]，同类之不相噬[55]，习处之不相啮，进乎怀生畏死矣。一私于身，一及于身之所亲，皆仁之属也。私于身者，仁其身也；及于身之所亲者，仁其所亲也；心知之发乎自然有如是。人之异于禽兽亦不在是。告子以自然为性使之然，以义为非自然，转制其自然，使之强而相从，故言"仁，内也，非外也；义，外也，非内也"，立说之指归，保其生而已矣。陆子静云："恶能害心，善亦能害心。"此言实老、庄、告子、释氏之宗指，贵其自然以保其生。诚见穷人欲而流于恶者适足害生，即慕仁义为善，劳于问学，殚思竭虑；亦于生耗损，于此见定而心不动。其"生之谓性"之说如是也，岂得合于孔子哉！《易》、《论语》、《孟子》之书，其言性也，咸就其分于阴阳、五行以成性为言；成，则人与百物，偏全、厚薄、清浊、昏明限于所分者各殊，徒曰生而已矣，适同人于犬牛而不察其殊。朱子释《孟子》有曰："告子不知性之为理，而以所谓气者当之，盖徒知知觉运动之蠢然者，人与物同，而不知仁、义、礼、知之粹然者，人与物异也。"如其说，孟子但举人物诘之可矣，又何分牛之性犬之性乎[56]？犬与牛之异，非有仁、义、礼、智之粹然者，不得谓孟子以仁、义、礼、智诘告子明矣。在告子既以知觉运动为性，使知觉运动之蠢然者人与物同，告子何不可直应之曰"然"？斯以见知觉运动之不可概人物，而目为蠢然同也！凡有生，即不隔于天地之气化。阴阳、五行之运而不已，天地之气化也，人物之生生本乎是，由其分而有之不齐，是以成性各殊。知觉运动者，统乎生之全言之也，由其成性各殊，是以本之以生，见乎知觉运动也亦殊。气之自然潜运，飞潜动植皆同，此生生之机肖乎天地者也，而其本受之气，与所资以养者之气则不同。所资以养者之气，虽由外而入，大致以本受之气召之。五行有生克[57]，遇其克之者则伤，甚则死，此可知性之各殊矣。本受之气及所资以养者之气，必相得而不相逆，斯外内为一，其分于天地之气化以生，本相得，不相逆也。气运而形不动者，卉木是也[58]；凡有血气者，皆形能动者也。由其成性各殊，故形质各殊；则其形质之动而为百体之用者，利用不利用亦殊。知觉云者，如寐而寤曰觉，心之所通曰知，百体皆能觉，而心之知觉为大。凡相忘于习则不觉，见异焉乃觉。鱼相忘于水，其非生于水者，不能相忘于水也，则觉不觉亦有殊致矣。闻虫鸟以为候，闻鸡鸣以为辰，彼之感而觉，觉而声应之，又觉之殊致有然矣，无非性使然也。若夫乌之反哺，雎鸠之有别，蜂蚁之知君臣，豺之祭兽，獭之祭鱼，合于人之所谓仁义者矣，而各由性成。人则能扩充其知至于神明，仁义、礼智无不全也。仁义、礼智非他，心之明之所止也，知之极其量也。知觉运动者，人物之生；知觉运动之所以异者，人物之殊其性。孟子曰："心之所同然者，谓理也，义也；圣人先得我心之所同然耳。"于义外之说必致其辨，言理义之为性，非言性之为理。性者，血气心知本乎阴阳、五行，人物莫不区以别焉是也，而理义者，人之心知，有思辄通，能不惑乎所行也。"孟子道性善，言必称尧舜"，非谓尽人生而尧舜也。自尧舜而下，其等差凡几？则其气禀固不齐，岂得谓非性有不同？然人之心知，于人伦日用，随在而知恻隐，知羞恶，知恭敬辞让，知是非，端绪可举，此之谓性善。于其知恻隐，则扩而充之，仁无不尽；于其知羞恶，则扩而充之，义无不尽；于其知恭敬辞让，则扩而充之，礼无不尽；于其知是非，则扩而充之，智无不尽。仁义礼智，懿德之目也。孟子言"今人乍见孺子将入井，皆有怵惕恻隐之心"，然则所谓恻隐、所谓仁者，非心知之外别"如有物焉藏于心"也。己知怀生而畏死，故怵惕于孺子之危，恻隐于孺子之死，使无怀生畏死之心，又焉有怵惕恻隐之心？推之羞恶、辞让、是非亦然。使饮食男女与夫感于物而动者脱然无之，以归于静，归于一，又焉有羞恶，有辞让，有是非？此可以明仁义礼智非他，不过怀生畏死，饮食男女，与夫感于物而动者之皆不可脱然无之，以归于静，归于一，而恃人之心知异于禽兽，能不惑乎所行，即为懿德耳。古贤圣所谓仁义、礼智，不求于所谓欲之外，不离乎血气心知。而后儒以为别如有物凑泊附著以为性，由杂乎老、庄、释氏之言，终昧于《六经》、孔、孟之言故也。孟子言“人无有不善”，以人之心知异于禽兽，能不惑乎所行之为善。且其所谓善也，初非无等差之善，即孔子所云“相近”；孟子所谓“苟得其养，无物不长；苟失其养，无物不消”，所谓“求则得之，舍则失之；或相倍蓰而无算者，不能尽其才者也”，即孔子所云习至于相远。不能尽其才，言不扩充其心知而长恶遂非也。彼悖乎礼义者，亦自知其失也，是人无有不善，以长恶遂非，故性虽善，不乏小人。孟子所谓“梏之反复”，“违禽兽不远”，即孔子所云“下愚之不移”。后儒未审其文义，遂彼此扞格[59]。孟子曰：“如使口之于味也，其性与人殊，若犬马之与我不同类也，则天下何耆皆从易牙之于味也[60]！”又言“动心忍性”，是孟子矢口言之，无非血气心知之性。孟子言性，曷尝自岐为二哉！二之者，宋儒也。

问：凡血气之属皆有精爽[61]，而人之精爽可进于神明。《论语》称“上智与下愚不移”，此不待习而相远者；虽习不足以移之，岂下愚之精爽与物等欤？

曰：生而下愚，其人难与言理义，由自绝于学，是以不移。然苟畏威怀惠，一旦触于所畏所怀之人，启其心而憬然觉寤，往往有之。苟悔而从善，则非下愚矣；加之以学，则日进于智矣。以不移定为下愚，又往往在知善而不为，知不善而为之者，故曰不移，不曰不可移。虽古今不乏下愚，而其精爽几与物等者，亦究异于物，无不可移也。

问：孟子之时，因告子诸人纷纷各立异说，故直以性善断之；孔子但言相近，意在于警人慎习，非因论性而发，故不必直断曰善欤？

曰：然。古贤圣之言至易知也。如古今之常语，凡指斥下愚者，矢口言之，每曰“此无人性”，稍举其善端，则曰“此犹有人性”。以人性为善称，是不言性者，其言皆协于孟子，而言性者转失之。无人性即所谓人见其禽兽也，有人性即相近也，善也。《论语》言相近，正见“人无有不善”；若不善，与善相反，其远已县绝，何近之有！分别性与习，然后有不善，而不可以不善归性。凡得养失养及陷溺梏亡，咸属于习。至下愚之不移，则生而蔽锢，其明善也难而流为恶也易，究之性能开通，非不可移，视禽兽之不能开通亦异也。

问：孟子言性，举仁义礼智四端，与孔子之举智愚有异乎？

曰：人之相去，远近明昧，其大较也，学则就其昧焉者牖之明而已矣。人虽有智有愚，大致相近，而智愚之甚远者盖鲜。智愚者，远近等差殊科，而非相反；善恶则相反之名，非远近之名。知人之成性，其不齐在智愚，亦可知任其愚而不学、不思乃流为恶。愚非恶也，人无有不善明矣。举智而不及仁、不及礼义者，智于天地、人物、事为咸足以知其不易之则，仁有不至，礼义有不尽，可谓不易之则哉？发明孔子之道者，孟子也，无异也。

问：孟子言性善，门弟子如公都子已列三说，茫然不知“性善”之是，而三说之非。荀子在孟子后，直以为性恶，而伸其崇礼义之说。荀子既知崇礼义，与老子言“礼者，忠信之薄而乱之首”及告子“外义”，所见悬殊；又闻孟子性善之辨，于孟子言“圣人先得我心之所同然”亦必闻之矣，而犹与之异，何也？

曰：荀子非不知人之可以为圣人也，其言性恶也，曰：“途之人可以为禹。”“途之人者，皆内可以知父子之义，外可以知君臣之正。”“其可以知之质，可以能之具，在途之人，其可以为禹明矣。”“使途之人伏术为学，专心一志，思索孰察，加日县久，积善而不息，则通于神明，参于天地矣。故圣人者，人之所积而致（也）〔矣〕。”“圣可积而致，然而皆不可积，何也？”“可以不可使也”。“途之人可以为禹则然，途之人能为禹，未必然也；虽不能为禹，无害可以为禹此于性善之说不惟不相悖，而且若相发明。终断之曰：“足可以遍行天下，然而未尝有能遍行下者也。”“能不能之与可不可，其不（可）同远矣。”盖荀子之见，归重于学，而不知性之全体。其言出于尊圣人，出于重学崇礼义。首之以《劝学篇》，有曰：“诵数以贯之，思索以通之，为其人以处之，除其害者以持养之。”又曰：“积善成德，神明自得，圣心循焉。”荀子之善言学如是。且所谓通于神明，参于天地者，又知礼义之极致，圣人与天地合其德在是，圣人复起，岂能易其言哉！而于礼义与性，卒视若阂隔不可通。以圣人异于常人，以礼义出于圣人之心，常人学然后能明礼义，若顺其性之自然，则生争夺；以礼义为制其性，去争夺者也，因性恶而加矫揉之功，使进于善，故贵礼义；苟顺其自然而无争夺，安用礼义为哉！又以礼义虽人皆可以知，可以能，圣人虽人之可积而致，然必由于学。弗学而能，乃属之性；学而后能，弗学虽可以而不能，不得属之性。此荀子立说之所以异于孟子也。

问：“荀子于礼义与性视若阂隔而不可通，其蔽安在？今何以决彼之非而信孟子之是？”

曰：“荀子知礼义为圣人之教，而不知礼义亦出于性；知礼义为明于其必然，而不知必然乃自然之极则，适以完其自然也。”就孟子之书观之，明理义之为性，举仁、义、礼、智以言性者，以为亦出于性之自然，人皆弗学而能，学以扩而充之耳。荀子之重学也，无于内而取于外；孟子之重学也，有于内而资于外。夫资于饮食，能为身之营卫血气者，所资以养者之气，与其身本受之气，原于天地非二也。故所资虽在外，能化为血气以益其内，未有内无本受之气，与外相得而徒资焉者也。问学之于德性亦然。有己之德性，而问学以通乎古贤圣之德性，是资于古贤圣所言德性埤益己之德性也。冶金若水，而不闻以金益水，以水益金，岂可云已本无善，己无天德，而积善成德，如罍之受水哉[82]！以是断之，荀子之所谓性，孟子非不谓之性。然而荀子举其小而遗其大也，孟子明其大而非舍其小也。

问：告子言“生之谓性”；言“性无善无不善”；言“食色性也，仁内义外”，朱子以为同于释氏。朱子云：“生，指人物之所以知觉运动者而言，与近世佛氏所谓‘作用是性’者略相似。”又云：“告子以人之知觉运动者为性，故言人之甘食悦色者即其性。”其“杞柳”“湍水”之喻[83]，又以为同于荀、扬；朱子于“杞柳”之喻云：“如荀子性恶之说。”于“湍水”之喻云：“近于扬子善恶混之说。”然则荀、扬亦与释氏同欤？

曰：否。荀、扬所谓性者，古今同谓之性，即后儒称为“气质之性”者也，但不当遗理义而以为恶耳。在孟子时，则公都子引或曰“性可以为善，可以为不善”，或曰“有性善，有性不善”，言不同而所指之性同。荀子见于圣人生而神明者，不可概之人人，其下皆学而后善，顺其自然则流于恶，故以恶加之；论似偏，与“有性不善”合，然谓礼义为圣心，是圣人之性独善，实兼公都子两引“或曰”之说。扬子见于长善则为善人，长恶则为恶人，故曰“人之性也善恶混”；又曰“学则正，否则邪”，与荀子论断似参差而匪异。韩子言“性之品有上、中、下三，上焉者善焉而已矣，中焉者可导而上下也，下焉者恶焉而已矣”，此即公都子两引“或曰”之说会通为一。朱子云：“气质之性固有美恶之不同矣，然以其初而言，皆不甚相远也，但习于善则善，习于恶则恶，于是始相远耳。”“人之气质，相近之中又有美恶，一定，而非习之所能移也。”直会通公都子两引“或曰”之说解《论语》矣。程子云：“有自幼而善，有自幼而恶，是气禀有然也。善固性也，然恶亦不可不谓之性也。”《朱子语类》：“问：‘恶是气禀，如何云亦不可不谓之性？’曰：‘既是气禀，恶便牵引得那性不好。盖性止是搭附在气禀上，既是气禀不好，便和那性坏了。’”又云：“如水为泥沙所混，不成不唤做水。”此与“有性善，有性不善”合，而于“性可以为善，可以为不善”亦未尝不兼；特彼仍其性之名，此别之曰气禀耳。程子又云：“‘人生而静’以上不容说，才说性时，便已不是性也。”朱子释之云：“‘人生而静’以上是人物未生时，止可谓之理，未可名为性，所谓‘在天曰命’也。才说性时便是人生以后，此理已堕在形气中，不全是性之本体矣。所谓‘在人曰性’也。”据《乐记》，“人生而静”与“感于物而动”对言之，谓方其未感，非谓人物未生也。《中庸》“天命之谓性"，谓气禀之不齐，各限于生初，非以理为在天在人异其名也。况如其说，是孟子乃追溯人物未生，未可名性之时而曰性善；若就名性之时，已是人生以后，已堕在形气中，安得断之曰善？由是言之，将天下古今惟上圣之性不失其性之本体。自上圣而下，语人之性，皆失其性之本体。人之为人，舍气禀、气质，将以何者谓之人哉？是孟子言"人无有不善者"，程子、朱子言"人无有不恶，"其视理俨如有物，以善归理，虽显遵孟子性善之云，究之孟子就人言之者，程朱乃离人而空论夫理，故谓孟子"论性不论气不备"。若不视理如有物，而其见于气质不善，卒难通于孟子之直断曰善。宋儒立说，似同于孟子而实异；似异于荀子而实同也。孟子不曰"性无有不善"，而曰"人无有不善"。性者，飞潜动植之通名；性善者，论人之性也。如飞潜动植，举凡品物之性，皆就其气类别之。人物分于阴阳、五行以成性，舍气类，更无性之名。医家用药，在精辨其气类之殊。不别其性，则能杀人。使曰"此气类之殊者已不是性"，良医信之乎？试观之桃与杏：取其核而种之，萌芽甲坼[64]，根干枝叶[65]，为华为实，形色臭味，桃非杏也，杏非桃也，无一不可区别。由性之不同，是以然也。其性存乎核中之白，即俗呼桃仁杏仁者。形色臭味无一或阙也。凡植禾稼卉木，畜鸟兽虫鱼，皆务知其性。知其性者，知其气类之殊，乃能使之硕大蕃滋也[66]。何独至于人而指夫分于阴阳、五行以成性者，曰"此已不是性也"，岂其然哉？自古及今，统人与百物之性以为言，气类各殊是也。专言乎血气之伦，不独气类各殊，而知觉亦殊。人以有礼义，异于禽兽，实人之知觉大远乎物则然，此孟子所谓性善。而荀子视礼义为常人心知所不及，故别而归之圣人。程子、朱子见于生知安行者罕睹[67]，谓气质不得概之曰"善"，荀、扬之见固如是也。特以如此则悖于孟子，故截气质为一性，言君子不谓之性；截理义为一性，别而归之天，以附合孟子。其归之天不归之圣人者，以理为人与我。是理者，我之本无也，以理为天与我，庶几凑泊附著，可融为一。是借天为说，闻者不复疑于本无，遂信天与之得为本有耳。彼荀子见学之不可以已，非本无，何待于学？而程子、朱子亦见学之不可以已，其本有者，何以又待于学？故谓"为气质所污坏"，以便于言本有者之转而如本无也。于是性之名移而加之理，而气化生人生物，适以病性。性譬水之清，因地而污浊，程子云："有流而至海，终无所污，此何烦人力之为也；有流而未远，固已渐浊；有出而甚远，方有所浊。有浊之多者，有浊之少者，清浊虽不同，然不可以浊者不为水也。如此，则人不可以不加澄治之功。故用力敏勇，则疾清；用力缓怠，则迟清。及其清也，则却止，是元初水也，亦不是将清来换却浊，亦不是取出浊来置在一隅也。水之清，则性善之谓也。"不过从老、庄、释氏所谓真宰、真空者之受形以后，昏昧于欲，而改变其说。特彼以真宰、真空为我，形体为非我；此仍以气质为我，难言性为非我。则惟归之天与我而后可谓之我有，亦惟归之天与我而后可为完全自足之物，断之为善，惟使之截然别于我，而后虽天与我完全自足，可以咎我之坏之而待学以复之，以水之清喻性，以受污而浊喻性堕于形气中污坏，以澄之而清喻学。水静则能清，老、庄、释氏之主于无欲，主于静寂是也。因改变其说为主敬，为存理，依然释氏教人认本来面目，教人常惺惺之法。若夫古贤圣之由博学、审问、慎思、明辨、笃行以扩而充之者，岂徒澄清已哉？程子、朱子于老、庄、释氏既入其室，操其矛矣，然改变其言，以为《六经》、孔、孟如是，按诸荀子差近之，而非《六经》、孔、孟也。

问：孟子曰："口之于味也，目之于色也，耳之于声也，鼻之于臭也，四肢之于安佚也，性也，有命焉，君子不谓性也；仁之于父子也，义之于君臣也，礼之于宾主也，智之于贤者也，圣人之于天道也，命也。有性焉，君子不谓命也。"宋儒以气质之性非性，其说本此。张子云："形而后有气质之性；善反之，则天地之性存焉。故气质之性，君子有弗性者焉。"程子云："论性不论气，不备；论气不论性，不明。"在程朱以理当孟子之所谓善者，而讥其未备。朱子云："孟子说性善，是论性不论气。荀、扬而下是论气不论性。孟子终是未备，所以不能杜绝荀、扬之口。然不备，但少欠耳；不明，则大害矣。”然于声色、臭味、安佚之为性，不能谓其非指气质，则以为据世之人云尔；朱子云：“世之人以前五者为性，以后五者为命。”于性相近之言，不能谓其非指气质，是世之人同于孔子，而孟子别为異说也。朱子答门人云：“气质之说，起于张、程。韩退之《原性》中说‘三品’，但不曾分明说是气质之性耳。孟子谓性善，但说得本原处，下面不曾说得气质之性，所以亦费分疏。诸子说性恶与善恶混，使张、程之说早出，则许多说话自不用纷争。”是又以荀、扬、韩同于孔子。至告子亦屡援“性相近”以证其生之谓性之说，将使告子分明说是气质之性，孟子不得而辩之矣；孔子亦未云气质之性，岂犹夫告子，犹夫荀、扬之论气不论性不明欤？程子深訾荀、扬不识性[68]，程子云：“荀子极偏驳，止一句性恶，大本已失；扬子虽少过，然亦不识性，便说甚道。”以自伸其谓性即理之异于荀、扬。独“性相近”一言见《论语》，程子虽曰“理无不善，何相近之有”，而不敢以与荀、扬同讥，苟非孔子之言，将讥其人不识性矣。今以孟子与孔子同，程朱与荀、扬同，孔孟皆指气禀、气质，而人之气禀、气质异于禽兽，心能开通，行之不失，即谓之理义；程朱以理为如有物焉，实杂乎老、庄、释氏之言。然则程朱之学殆出老释而入荀、扬，其所谓性，非孔孟之所谓性，其所谓气质之性，乃荀、扬之所谓性欤？

曰：然。人之血气心知，原于天地之化者也。有血气，则所资以养其血气者，声、色、臭、味是也。有心知，则知有父子，有昆弟，有夫妇，而不止于一家之亲也，于是又知有君臣，有朋友；五者之伦[69]，相亲相治，则随感而应为喜、怒、哀、乐。合声、色、臭、味之欲，喜、怒、哀、乐之情，而人道备。“欲”根于血气，故曰性也，而有所限而不可逾，则命之谓也。仁义礼智之懿不能尽人如一者，限于生初，所谓命也，而皆可以扩而充之，则人之性也。谓犹云“藉口于性”耳[70]；君子不藉口于性以逞其欲，不藉口于命之限之而不尽其材。后儒未详审文义，失孟子立言之指。不谓性非不谓之性，不谓命非不谓之命。由此言之，孟子之所谓性，即口之于味、目之于色、耳之于声、鼻之于臭、四肢于安佚之为性。所谓人无有不善，即能知其限而不逾之为善，即血气心知能底于无失之为善。所谓仁义礼智，即以名其血气心知，所谓原于天地之化者之能协于天地之德也。此荀、扬之所未达，而老、庄、告子、释氏昧焉而妄为穿凿者也。

孟子字义疏证卷下

才三条

才者，人与百物各如其性以为形质，而知能遂区以别焉，孟子所谓“天之降才”是也。气化生人生物，据其限于所分而言谓之命，据其为人物之本始而言谓之性，据其体质而言谓之才。由成性各殊，故才质亦殊。才质者，性之所呈也；舍才质安睹所谓性哉！以人物譬之器，才则其器之质也；分于阴阳、五行而成性各殊，则才质因之而殊。犹金锡之在冶，冶金以为器，则其器金也；冶锡以为器，则其器锡也；品物之不同如是矣。从而察之，金锡之精良与否，其器之为质，一如乎所冶之金锡，一类之中又复不同如是矣。为金为锡，及其金、锡之精良与否，性之喻也；其分于五金之中，而器之所以为器即于是乎限，命之喻也；就器而别之，孰金孰锡，孰精良与孰否，才之喻也。故才之美恶，于性无所增，亦无所损。夫金、锡之为器，一成而不变者也，人又进乎是。自圣人而下，其等差凡几？或疑人之才非尽精良矣，而不然也。犹金之五品，而黄金为贵，虽其不美者，莫与之比贵也，况乎人皆可以为贤为圣也！后儒以不善归气禀；孟子所谓性，所谓才，皆言乎气禀而已矣。其禀受之全，则性也；其体质之全，则才也。禀受之全，无可据以为言；如桃杏之性，全于核中之白，形色臭味，无一弗具，而无可见，及萌芽甲拆，根干枝叶，桃与杏各殊。由是为华为实，形色臭味无不区以别者，虽性则然，皆据才见之耳。成是性，斯为是才。别而言之，曰命，曰性，曰才；合而言之，是谓天性。故孟子曰："形色，天性也，惟圣人然后可以践形。"人物成性不同，故形色各殊。人之形，官器利用大远乎物，然而于人之道不能无失，是不践此形也；犹言之而行不逮[71]，是不践此言也。践形之与尽性，尽其才，其义一也。

问：孟子答公都子曰："乃若其情，则可以为善矣，乃所谓善也。若夫为不善，非才之罪也。"朱子云："情者，性之动也。"又云："恻隐、羞恶、辞让、是非，情也；仁、义、礼、智，性也。心，统性情者也，因其情之发，而性之本然可得而见。"夫公都子问性，列三说之与孟子言性善异者，乃舍性而论情，偏举善之端为证。彼荀子之言性恶也，曰："今人之性，生而有好利焉，顺是，故争夺生而辞让亡焉；生而有疾恶焉，顺是，故残贼生而忠信亡焉；生而有耳目之欲，有好声色焉，顺是，故淫乱生而礼义文理亡焉[72]。然则从人之性，顺人之情，必出于争夺，合于犯分乱理而归于暴。故必将有师法之化，礼义之导，然后出于辞让，合于文理而归于治。用此观之，然则人之性恶明矣。"是荀子证性恶，所举者亦情也，安见孟子之得而荀子之失欤？

曰：人生而后有欲、有情、有知，三者，血气心知之自然也。给于欲者，声色臭味也，而因有爱畏；发乎情者，喜怒哀乐也，而因有惨舒；辨于知者，美丑是非也，而因有好恶。声色臭味之欲，资以养其生；喜、怒、哀、乐之情，感而接于物；美丑是非之知，极而通于天地鬼神。声色臭味之爱畏以分，五行生克为之也；喜怒哀乐之惨舒以分，时遇顺逆为之也；美丑是非之好恶以分，志虑从违为之也；是皆成性然也。有是身，故有声色臭味之欲；有是身，而君臣、父子、夫妇、昆弟、朋友之伦具，故有喜、怒、哀、乐之情。惟有欲、有情而又有知，然后欲得遂也，情得达也。天下之事，使欲之得遂，情之得达，斯已矣。惟人之知，小之能尽美丑之极致，大之能尽是非之极致。然后遂己之欲者，广之能遂人之欲；达己之情者，广之能达人之情。道德之盛，使人之欲无不遂，人之情无不达，斯已矣。欲之失为私，私则贪邪随之矣；情之失为偏，偏则乖戾随之矣；知之失为蔽，蔽则差谬随之矣。不私，则其欲皆仁也，皆礼义也；不偏，则其情必和易而平恕也；不蔽，则其知乃所谓聪明圣智也。孟子举恻隐、羞恶、辞让、是非之心谓之心，不谓之情。首云"乃若其情"，非性情之情也。孟子不又云乎："人见其禽兽也，而以为未尝有才焉，是岂人之情也哉？"情，犹素也，实也。孟子于性，本以为善，而此云"则可以为善矣"。可之为言，因性有等差而断其善，则未见不可也。下云"乃所谓善也"，对上"今曰性善"之文；继之云，"若夫为不善，非才之罪也"。为，犹成也，卒之成为不善者，陷溺其心，放其良心，至于梏亡之尽，违禽兽不远者也；言才则性见，言性则才见，才于性无所增损故也。人之性善，故才亦美，其往往不美，未有非陷溺其心使然，故曰"非天之降才尔殊"。才可以始美而终于不美，由才失其才也，不可谓性始善而终于不善。性以本始言，才以体质言也。体质戕坏，究非体质之罪，又安可咎其本始哉！倘如宋儒言"性即理"，言"人生以后，此理已堕在形气之中"，不全是性之本体矣。以孟子言性于陷溺梏亡之后，人见其不善，犹曰"非才之罪"者，宋儒于"天之降才"即罪才也。

问：天下古今之人，其才各有所近。大致近于纯者，慈惠忠信，谨厚和平，见善则从而耻不善；近于清者，明达广大，不惑于疑似，不滞于习闻，其取善去不善亦易。此或不能相兼，皆才之美者也。才虽美，犹往往不能无偏私。周子言性云："刚：善为义、为直、为断，为严毅、为干固；恶为猛、为隘、为强梁。柔：善为慈、为顺、为异；恶为懦弱、为无断、为邪佞。"而以"圣人然后协于中"，此亦就才见之而明举其恶。程子云："性无不善，而有不善者才也。性即理，理则自尧舜至于途人，一也，才禀于气，气有清浊，禀其清者为贤，禀其浊者为愚。"此以不善归才，而分性与才为二本。朱子谓其密于孟子，朱子云："程子此说才字，与孟子本文小异。盖孟子专指其发于性者言之，故以为才无不善；程子专指其禀于气者言之，则人之才固有昏明强弱之不同矣。二说虽殊，各有所当；然以事理考之，程子为密。"犹之讥孟子"论性不论气，不备"，皆足证宋儒虽尊孟子，而实相与龃龉[73]。然如周子所谓恶者，岂非才之罪欤？

曰：此偏私之害，不可以罪才，尤不可以言性。"孟子道性善"，成是性斯为是才，性善则才亦美，然非无偏私之为善为美也。人之初生，不食则死；人之幼稚，不学则愚；食以养其生，充之使长；学以养其良，充之至于贤人圣人；其故一也。才虽美，譬之良玉，成器而宝之，气泽日亲，久能发其光，可宝加乎其前矣；剥之蚀之，委弃不惜，久且伤坏无色，可宝减乎其前矣。又譬之人物之生，皆不病也，其后百病交侵，若生而善病者。或感于外而病，或受损于内身之阴阳五气胜负而病，指其病则皆发乎其体，而曰天与以多病之体，不可也。如周子所称猛隘、强梁、懦弱、无断、邪佞，是摘其才之病也；才虽美，失其养则然。孟子岂未言其故哉？因于失养，不可以是言人之才也。夫言才犹不可，况以是言性乎！

道四条

人道，人伦日用身之所行皆是也。在天地，则气化流行，生生不息，是谓道；在人物，则凡生生所有事，亦如气化之不可已，是谓道。《易》曰："一阴一阳之谓道。继之者，善也；成之者，性也。"言由天道以有人物也。《大戴礼记》曰："分于道谓之命，形于一谓之性。"言人物分于天道，是以不齐也。《中庸》曰："天命之谓性，率性之谓道。"言日用事为，皆由性起，无非本于天道然也。《中庸》又曰："君臣也，父子也，夫妇也，昆弟也，朋友之交也，五者，天下之达道也[74]。""言身之所行，举凡日用事为，其大经不出乎五者也。孟子称"契为司徒，教以人伦：父子有亲，君臣有义，夫妇有别；长幼有序，朋友有信"，此即《中庸》所言"修道之谓教"也。曰性，曰道，指其实体实事之名；曰仁，曰礼，曰义，称其纯粹中正之名。人道本于性，而性原于天道。天地之气化流行不已，生生不息。然而生于陆者，入水而死；生于水者，离水而死；生于南者，习于温而不耐寒；生于北者，习于寒而不耐温。此资之以为养者，彼受之以害生。"天地之大德曰生"，物之不以生而以杀者，岂天地之失德哉！故语道于天地，举其实体、实事而道自见，"一阴一阳之谓道"，"立天之道曰阴与阳，立地之道曰柔与刚"是也。人之心知有明暗[75]，当其明则不失，当其暗则有差谬之失。故语道于人，人伦日用，咸道之实事，"率性之谓道"，"修身以道"，"天下之达道五"是也。此所谓道，不可不修者也。"修道以仁"及"圣人修之以为教"是也。其纯粹中正[76]，则所谓"立人之道曰仁与义"，所谓"中节之为达道"是也。中节之为达道[77]，纯粹中正，推之天下而准也；君臣、父子、夫妇、昆弟、朋友之交，五者为达道，但举实事而已。智、仁、勇以行之，而后纯粹中正。然而即谓之达道者，达诸天下而不可废也。《易》言天道而下及人物，不徒曰"成之者性"，而先曰"继之者善"。继谓人物于天地其善固继承不隔者也；善者，称其纯粹中正之名；性者，指其实体实事之名。一事之善，则一事合于天；成性虽殊而其善也则一。善，其必然也；性，其自然也；归于必然，适完其自然，此之谓自然之极致，天地人物之道于是乎尽。在天道不分言，而在人物，分言之始明。《易》又曰："仁者见之谓之仁，智者见之谓之智，百姓日用而不知，故君子之道鲜矣。”言限于成性而后，不能尽斯道者众也。

问：宋儒于命、于性、于道，皆以理当之，故云“道者，日用事物当行之理”。既为当行之理，则于修道不可通，故云“修，品节之也”；而于“修身以道，修道以仁”两修字不得有异，但云“能仁其身”而不置解。于“达道五”，举孟子所称“教以人伦”者实之，其失《中庸》之本指甚明。《中庸》又言“道也者，不可须臾离也”，朱子以此为存理之说，“不使离于须臾之顷”。王文成云：“养德养身，止是一事。果能戒慎不睹，恐惧不闻，而专志于是，则神住，气住，精住，而仙家所谓‘长生久视’之说[78]，亦在其中矣。”又云：“佛氏之‘常惺惺’，亦是‘常存他本来面目’耳。”程子、朱子皆求之于释氏有年，如王文成之言，乃其初所从事，后转其说，以“常存本来面目”者为“常存天理”，故于“常惺惺”之云无所改，反以“戒慎恐惧”四字为失之重。朱子云：“心既常惺惺，而以规矩绳检之，此内外相养之道也。”又云：“著‘戒慎恐惧’四字，已是压得重了，要之止略绰提撕，令自省觉便是。”然则《中庸》言“道不可离”者，其解可得闻欤？

曰：出于身者，无非道也，故曰“不可须臾离，可离非道”；“可”如“体物而不可遗”之可。凡有所接于目而睹，人亦知戒慎其仪容也；有所接于耳而闻，人亦知恐惧夫愆失也。无接于目接于耳之时，或惰慢矣；惰慢之身，即不得谓之非失道。道者，居处、饮食、言动，自身而周于身之所亲，无不该焉也，故曰“修身以道”；道之责诸身，往往易致差谬，故又曰“修道以仁”。此由修身而推言修道之方，故举仁义礼以为之准则；下言达道而归责行之之人，故举智、仁、勇以见其能行。“修道以仁”，因及义，因又及礼，而不言智，非遗智也，明乎礼义即智也。“智、仁、勇三者，天下之达德”，而不言义礼，非遗义遗礼也，智所以知义，所以知礼也。仁义礼者，道于是乎尽也；智、仁、勇者，所以能尽道也。故仁义礼无等差，而智、仁、勇存乎其人，有“生知安行”“学知利行”“困知勉行”之殊。古贤圣之所谓道，人伦日用而已矣，于是而求其无失，则仁义礼之名因之而生。非仁、义、礼有加于道也，于人伦日用行之无失，如是之谓仁，如是之谓义，如是之谓礼而已矣。宋儒合仁、义、礼而统谓之理，视之“如有物焉，得于天而具于心”，因以此为“形而上”，为“冲漠无朕”；以人伦日用为“形而下”，为“万象纷罗”。盖由老、庄、释氏之舍人伦日用而别有所(贵)〔谓〕道，遂转之以言夫理。在天地，则以阴阳不得谓之道；在人物，则以气禀不得谓之性；以人伦日用之事不得谓之道。《六经》、孔、孟之言，无与之合者也。

问：《中庸》曰：“道之不行也，我知之矣，智者过之，愚者不及也；道之不明也，我知之矣，贤者过之，不肖者不及也。”朱子于“智者”云，“知之过，以道为不足行”；于“贤者”云，“行之过，以道为不足知”。既谓之道矣，以为不足行，不足知，必无其人。彼智者之所知，贤者之所行，又何指乎？《中庸》以道之不行属智愚，不属贤不肖；以道之不明属贤不肖，不属智愚；其意安在？

曰：智者自负其不惑也，往往行之多谬；愚者之心惑暗，宜乎动辄愆失。贤者自信其出于正不出于邪，往往执而鲜通；不肖者陷溺其心，虽睹夫事之宜，而长恶遂非与不知等。然智愚贤不肖，岂能越人伦日用之外者哉？故曰：“人莫不饮食也，鲜能知味也。”饮食，喻人伦日用；知味，喻行之无失；使舍人伦日用以为道，是求知味于饮食之外矣。就人伦日用，举凡出于身者求其不易之则，斯仁至义尽而合于天。人伦日用，其物也；曰仁，曰义，曰礼，其则也。专以人伦日用，举凡出于身者谓之道，故曰“修身以道，修道以仁”，分物与则言之也；中节之为达道，《中庸》之为道，合物与则言也。

问：颜渊喟然叹曰[79]：“仰之弥高，钻之弥坚；瞻之在前，忽焉在后。”公孙丑曰[80]：“道则高矣美矣，宜若登天然，似不可及也；何不使彼为可几及而日孳孳也?”今谓人伦日用举凡出于身者谓之道，但就此求之，得其不易之则可矣，何以茫然无据又若是欤?

曰：孟子言，“夫道若大路然，岂难知哉”，谓人人由之。如为君而行君之事；为臣而行臣之事；为父为子而行父之事，行子之事，皆所谓道也。君不止于仁，则君道失；臣不止于敬，则臣道失；父不止于慈，则父道失；子不止于孝，则子道失；然则尽君道、臣道、父道、子道，非智仁勇不能也。质言之，曰“达道”，曰“达德”；精言之，则全乎智、仁、勇者，其尽君道、臣道、父道、子道，举其事而亦不过谓之道。故《中庸》曰：“大哉圣人之道！洋洋乎[81]，发育万物，峻极于天[82]！优优大哉！礼仪三百[83]，威仪三千[84]，待其人而后行。”极言乎道之大如是，岂出人伦日用之外哉！以至道归之至德之人，岂下学所易窥测哉！今以学于圣人者，视圣人之语言行事，犹学奕于奕秋者，莫能测奕秋之巧也，莫能遽几及之也。颜子之言又曰：“夫子循循然善诱人[85]，博我以文[86]，约我以礼。[87]”《中庸》详举其目，曰博学、审问、慎思、明辨、笃行。而终之曰：“果能此道矣，虽愚必明，虽柔必强。”盖循此道以至乎圣人之道。实循此道以日增其智，日增其仁，日增其勇也，将使智、仁、勇齐乎圣人。其日增也，有难有易，譬之学一技一能，其始日异而月不同；久之，人不见其进矣；又久之，己亦觉不复能进矣；人虽以国工许之，而自知未至也。颜子所以言“欲罢不能，既竭吾才；如有所立，卓尔[88]，虽欲从之，末由也已”，此颜子之所至也。

仁义礼智二条

仁者，生生之德也；“民之质矣，日用饮食”，无非人道所以生生者。一人遂其生，推之而与天下共遂其生，仁也。言仁可以赅义，使亲爱长养不协于正大之情，则义有未尽，亦即为仁有未至。言仁可以赅礼，使无亲疏上下之辨，则礼失而仁亦未为得。且言义可以赅礼，言礼可以赅义；先王之以礼教，无非正大之情；君子之精义也，断乎亲疏上下，不爽几微。而举义举体，可以赅仁，又无疑也。举仁义礼可以赅智，智者，知此者也。《易》曰：“立人之道，曰仁与义。”而《中庸》曰：“仁者，人也，亲亲为大；义者，宜也，尊贤为大。亲亲之杀，尊贤之等，礼所生也。”益之以礼，所以为仁至尽也。语德之盛者，全乎智仁而已矣，而《中庸》曰：“智、仁、勇三者，天下之达德也。”益之以勇，盖德之所以成也。就人伦日用，究其精微之极致，曰仁，曰义，曰礼，合三者以断天下之事，如权衡之于轻重，于仁无憾，于礼义不愆，而道尽矣。若夫德性之存乎其人，则曰智，曰仁，曰勇，三者，才质之美也，因才质而进之以学，皆可至于圣人。自人道溯之天道，自人之德性溯之天德，则气化流行，生生不息，仁也。由其生生，有自然之条理，观于条理之秩然有序，可以知礼矣；观于条理之截然不可乱，可以知义矣。在天为气化之生生，在人为其生生之心，是乃仁之为德也；在天为气化推行之条理，在人为其心知之通乎条理而不紊，是乃智之为德也。惟条理，是以生生；条理苟失，则生生之道绝。凡仁义对文及智仁对文，皆兼生生、条理而言之者也。

问：《论语》言“主忠信”，言“礼与其奢也宁俭，丧与其易也宁戚”。子夏闻“绘事后素[89]”，而曰“礼后乎”。朱子云“礼以忠信为质”，引《记》称“忠信之人，可以学礼”证之。老氏直言“礼者，忠信之薄，而乱之首”，指归几于相似。然《论语》又曰：“十室之邑，必有忠信如丘者焉，不如丘之好学也。”曰：“克己复礼为仁。”《中庸》于礼，以“知天”言之。孟子曰：“动容周旋中礼，盛德之至也。”重学重礼如是，忠信又不足言，何也?

曰：礼者，天地之条理也，言乎条理之极，非知天不足以尽之。即仪文度数，亦圣人见于天地之条理[91]，定之以为天下万世法。礼之设所以治天下之情，或裁其过，或勉其不及，俾知天地之中而已矣。至于人情之漓，犹饰于貌，非因饰貌而情漓也，其人情渐漓而徒以饰貌为礼也，非恶其饰貌，恶其情漓耳。礼以治其俭陋，使化于文；丧以治其哀戚，使远于直情而径行。情漓者驰骛于奢与易，不若俭戚之于礼，虽不足，犹近乎制礼所起也，故以答林放问礼之本。“忠信之人，可以学礼”，言质美者进之于礼，无饰貌情漓之弊，忠信乃其人之质美，犹曰“苟非其人，道不虚行”也。至若老氏，因俗失而欲并礼去之，意在还淳反朴，究之不能必天下尽归淳朴，其生而淳朴者，直情径行；流于恶薄者，肆行无忌，是同人于禽兽，率天下而乱者也。君子行礼，其为忠信之人固不待言；而不知礼，则事事爽其条理，不足以为君子。林放问“礼之本”，子夏言“礼后”，皆重礼而非轻礼也。《诗》言“素以为绚”，“素”以喻其人之娴于仪容；上云“巧笑倩”“美目盼”者，其美乃益彰，是之谓“绚”；喻意深远，故子夏疑之。“绘事后素”者，郑康成云：“凡绘画，先布众色，然后以素分布其间以成文。”何平叔《景福殿赋》所谓“班间布白，疏密有章”，盖古人画绘定法。其注《考工记》“凡画缋之事后素功”云：“素，白采也；后布之，为其易渍污也。”是素功后施，始五采成章烂然，貌既美而又娴于仪容，乃为诚美，“素以为绚”之喻昭然矣。子夏触于此言，不特于《诗》无疑，而更知凡美质皆宜进之以礼，斯君子所贵。若谓子夏后礼而先忠信则见于礼，亦如老氏之仅仅指饰貌情漓者所为，与林放以饰貌情漓为俗失者，意指悬殊，孔子安得许之？忠信由于质美，圣贤论行，固以忠信为重，然如其质而见之行事，苟学不足，则失在知，而行因之谬，虽其心无弗忠弗信，而害道多矣。行之差谬，不能知之，徒自期于心无愧者，其人忠信而不好学，往往出于此，此可以见学与礼之重矣。

诚二条

诚，实也。据《中庸》言之，所实者，智仁勇也。实之者，仁也，义也，礼也。由血气心知而语于智、仁、勇，非血气心知之外别有智，有仁，有勇以予之也。就人伦日用而语于仁，语于礼义，舍人伦日用，无所谓仁，所谓义，所谓礼也。血气心知者，分于阴阳五行而成性者也，故曰“天命之谓性”；人伦日用，皆血气心知所有事，故曰“率性之谓道”。全乎智、仁、勇者，其于人伦日用，行之而天下睹其仁，睹其礼义，善无以加焉，“自诚明”者也；学以讲明人伦日用，务求尽夫仁，尽夫礼义，则其智仁勇所至，将日增益以。于圣人之德之盛[91]，“自明诚”者也。质言之，曰人伦日用；精言之，曰仁，曰义，曰礼。所谓“明善”，明此者也；所谓“诚身”，诚此者也。质言之，曰血气心知；精言之，曰智，曰仁，曰勇。所谓“致曲”，致此者也；所谓“有诚”，有此者也。言乎其尽道，莫大于仁，而兼及义，兼及礼；言乎其能尽道，莫大于智，而兼及仁，兼及勇。是故善之端不可胜数，举仁、义、礼三者而善备矣；德性之美不可胜数，举智、仁、勇三者而德备矣。曰善，曰德，尽其实之谓诚。

问：《中庸》言：“或生而知之，或学而知之，或困而知之；或安而行之，或利而行之，或勉强而行之。”朱子云：“所知所行，谓达道也。”今据上文云“君臣也，父子也”之属，但举其事，即称之曰“达道”；以智、仁、勇行之，而后为君尽君道，为臣尽臣道；然则所谓知之行之，宜承智、仁、勇之能尽道而言。《中庸》既云“所以行之者三”，又云“所以行之者一也”，程子、朱子以“诚”当其所谓“一”；下云“凡为天下国家有九经，所以行之者一也”，朱子亦谓“不诚则皆为虚文”。在《中庸》，前后皆言诚矣，此何以不言“所以行之者诚也”？

曰：智也者，言乎其不蔽也；仁也者，言乎其不私也；勇也者，言乎其自强也；非不蔽不私加以自强，不可语于智、仁、勇。既以智、仁、勇行之，即诚也。使智、仁、勇不得为诚，则是不智不仁不勇，又安得曰智、仁、勇！下云“齐明盛服，非礼不动，所以修身；去谗远色，贱货而贵德，所以劝贤”；既若此，亦即诚也。使“齐明盛服，非礼不动”为虚文，则是未尝“齐明盛服，非礼不动”也；“去谗远色，贱货而贵德”为虚文，则是未尝“去谗”，未尝“远色”，未尝“贱货贵德”也；又安得言之！其皆曰“所以行之者一也”，言人之才质不齐，而行达道之必以智、仁、勇，修身之必以“齐明盛服，非礼不动”，劝贤之必以“去谗远色，贱货而贵德”，则无不同也。孟子答公孙丑曰，“大匠不为拙工改废绳墨，羿不为拙射变其彀率”，言不因巧拙而有二法也；告滕世子曰，“夫道，一而已矣”，言不因人之圣智不若尧、舜、文王而有二道也。盖才质不齐，有生知安行，有学知利行，且有困知及勉强行。其生知安行者，足乎智，足乎仁，足乎勇者也；其学知利行者，智仁勇之少逊焉者也；困知勉强行者，智仁勇不足者也。《中庸》又曰，“及其知之一也”，“及其成功一也”，则智仁勇可自少而加多，以至乎其极，道责于身，舍是三者，无以行之矣。

权五条

权，所以别轻重也。凡此重彼轻，千古不易者，常也，常则显然共见其千古不易之重轻；而重者于是乎轻，轻者于是乎重，变也，变则非智之尽，能辨察事情而准，不足以知之。《论语》曰：“可与共学，未可与适道；可与适道，未可与立；可与立，未可与权。”盖同一所学之事，试问何为而学，其志有去道甚远者矣，求禄利声名者是也，故“未可与适道”；道责于身，不使差谬，而观其守道，能不见夺者寡矣，故“未可与立”；虽守道卓然，知常而不知变，由精义未深，所以增益其心知之明使全乎圣智者，未之尽也，故“未可与权”。孟子之辟杨、墨也，曰：“杨、墨之道不息，孔子之道不著，是邪说诬民，充塞仁义也。仁义充塞，则率兽食人，人将相食。”今人读其书，孰知所谓“率兽食人，人将相食”者安在哉！孟子又曰：“杨子取为我，拔一毛而利天下，不为也；墨子兼爱，摩顶放踵利天下[32]，为之；子莫执中[33]，执中为近之，执中无权，犹执一也[34]。所恶执一者，为其贼道也，举一而废百也。”今人读其书，孰知“无权”之故，“举一而废百”之为害至钜哉[35]！孟子道性善，于告子言“以人性为仁义”，则曰“率天下之人而祸仁义”，今人读其书，又孰知性之不可不明，“戕贼人以为仁义”之祸何如哉！老聃、庄周“无欲”之说，及后之释氏所谓“空寂”，能脱然不以形体之养与有形之生死累其心，而独私其所谓“长生久视”，所谓“不生不灭”者，于人物一视而同用其慈，盖合杨墨之说以为说。由其自私，虽拔一毛可以利天下，不为；由其外形体，溥慈爱，虽摩顶放踵以利天下，为之。宋儒程子、朱子，易老、庄、释氏之所私者而贵理，易彼之外形体者而咎气质；其所谓理，依然“如有物焉宅于心”。于是辨乎理欲之分，谓“不出于理则出于欲，不出于欲则出于理”，虽视人之饥寒号呼，男女哀怨，以至垂死冀生，无非人欲，空指一绝情欲之感者为天理之本然，存之于心。及其应事，幸而偶中，非曲体事情，求如此以安之也；不幸而事情未明，执其意见，方自信天理非人欲，而小之一人受其祸，大之天下国家受其祸，徒以不出于欲，遂莫之或寤也。凡以为“理宅于心”，“不出于欲则出于理”者，未有不以意见为理而祸天下者也。人之患，有私有蔽；私出于情欲，蔽出于心知。无私，仁也；不蔽，智也；非绝情欲以为仁，去心知以为智也。是故圣贤之道，无私而非无欲；老、庄、释氏，无欲而非无私；彼以无欲成其自私者也；此以无私通天下之情，遂天下之欲者也。凡异说皆主于无欲，不求无蔽；重行，不先重知。人见其笃行也，无欲也，故莫不尊信之。圣贤之学，由博学、审问、慎思、明辨而后笃行；则行者，行其人伦日用之不蔽者也，非如彼之舍人伦日用，以无欲为能笃行也。人伦日用，圣人以通天下之情，遂天下之欲，权之而分理不爽，是谓理。宋儒乃曰“人欲所蔽”，故不出于欲，则自信无蔽。古今不乏严气正性、疾恶如仇之人，是其所是，非其所非；执显然共见之重轻，实不知有时权之而重者于是乎轻，轻者于是乎重。其是非、轻重一误，天下受其祸而不可救。岂人欲蔽之也哉？自信之理非理也。然则孟子言“执中无权”，至后儒又增一“执理无权”者矣。

问：宋儒亦知就事物求理也，特因先入于释氏，转其所指为神识者以指理，故视理“如有物焉”，不徒曰“事物之理”，而曰“理散在事物”。事物之理，必就事物剖析至微而后理得；理散在事物，于是冥心求理[96]，谓“一本万殊”，谓“放之则弥六合[97]，卷之则退藏于密”，实从释氏所云“遍见俱该法界，收摄在一微尘”者比类得之[98]。既冥心求理，以为得其体之一矣；故自信无欲则谓之理，虽意见之偏，亦曰“出于理不出于欲”。徒以理为“如有物焉”，则不以为一理而不可；而事必有理，随事不同，故又言“心具众理，应万事”；心具之而出之，非意见固无可以当此者耳。况众理毕具于心，则一事之来，心出一理应之；易一事焉，又必易一理应之；至百千万亿，莫知纪极。心既毕具，宜可指数；其为一，为不胜指数，必又有说，故云“理一分殊”。然则《论语》两言“(以)一〔以〕贯之”，朱子于语曾子者，释之云：“圣人之心，浑然一理，而泛应曲当，用各不同；曾子于其用处，盖已随事精察而力行之，但未知其体之一耳。”此解亦必失之。二章之本义，可得闻欤？

曰：“一以贯之”，非言“以一贯之”也。道有下学上达之殊致，学有识其迹与精于道之异趋；“吾道一以贯之”，言上达之道即下学之道也。“予一以贯之”，不曰“予学”，蒙上省文，言精于道，则心之所通，不假于纷然识其迹也。《中庸》曰：“(中)〔忠〕恕违道不远。”孟子曰：“强恕而行，求仁莫近焉。”盖人能出于己者必忠，施于人者以恕，行事如此，虽有差失，亦少矣。凡未至乎圣人，未可语于仁，未能无憾于礼义，如其才质所及，心知所明，谓之忠恕可也。圣人仁且智，其见之行事，无非仁，无非礼义，忠恕不足以名之，然而非有他也，忠恕至斯而极也。故曾子曰，“夫子之道，忠恕而已矣。”“而已矣”者，不足之辞，亦无更端之辞。下学而上达，然后能言此。《论语》曰：“多闻阙疑，慎言其余；多见阙殆，慎行其余。”又曰：“多闻，择其善者而从之；多见而识之，知之次也。”又曰：“我非生而知之者，好古敏以求之者也。”是不废多学而识矣。然闻见不可不广，而务在能明于心。一事豁然，使无余蕴，更一事而亦如是，久之，心知之明。进于圣智，虽未学之事，岂足以穷其智哉！《易》曰：“精义入神，以致用也。”又曰：“智周乎万物而道济天下，故不过。”孟子曰：“君子深造之以道，欲其自得之也；自得之，则居之安；居之安，则资之深；资之深，则取之左右逢其源。”凡此皆精于道之谓也。心精于道，全乎圣智，自无弗贯通，非多学而识所能尽；苟徒识其迹，将日逐于多，适见不足。《易》又曰：“天下同归而殊途，一致而百虑，天下何思何虑！”“同归”，如归于仁至义尽是也；“殊途”，如事情之各区以别是也；“一致”，如心知之明尽乎圣智是也；“百虑”，如因物而通其则是也。孟子曰：“博学而详说之，将以反说约也。”“约”谓得其至当；又曰：“守约而施博者，善道也；君子之守，修其身而天下平。”“约”谓修其身。《六经》、孔、孟之书，语行之约，务在修身而已；语知之约，致其心之明而已；未有空指“一”而使人知之求之者。致其心之明，自能权度事情，无几微差失，又焉用知“一”求“一”哉？

问：《论语》言“克己复礼为仁[99]”，朱子释之云：“己，谓身之私欲；礼者，天理之节文。”又云：“心之全德，莫非天理，而亦不能不坏于人欲。”盖与其所谓“人生以后此理堕在形气中”者互相发明。老、庄、释氏，无欲而非无私；圣贤之道，无私而非无欲；谓之“私欲”，则圣贤固无之。然如颜子之贤，不可谓其不能胜私欲矣，岂颜子犹坏于私欲邪？况下文之言“为仁由己”，何以知“克己”之“己”不与下同？此章之外，亦绝不闻“私欲”而称之曰“己”者。朱子又云："为仁由己，而非他人所能与。"在"语之而不惰"者，岂容加此赘文以策励之！其失解审矣。然则此章之解，可得闻欤？

曰：克己复礼之为仁，以"己"对"天下"言也。礼者，至当不易之则，故曰，"动容周旋中礼，盛德之至也"。凡意见少偏，德性未纯，皆己与天下阻隔之端。能克己以远其至当不易之则，斯不隔于天下，故曰，"一日克己复礼，天下归仁焉"。然又非取决于天下，乃断之为仁也，断之为仁，实取决于己，不取决于人，故曰，"为仁由己，而由人乎哉"。自非圣人，未易语于意见不偏，德性纯粹；至意见不偏，德性纯粹，动皆中礼矣。就一身举之，有视，有听，有言，有动，四者勿使爽失于礼，与"动容周旋中礼"，分"安""勉"而已。圣人之言，无非使人求其至当以见之行；求其至当，即先务于知也。凡去私不求去蔽，重行不先重知，非圣学也。孟子曰："执中无权，犹执一也。"权，所以别轻重；谓心之明，至于辨察事情而准，故曰"权"；学至是，一以贯之矣，意见之偏除矣。

问：孟子辟杨、墨，韩退之辟老、释，今子于宋以来儒书之言，多辞而辟之，何也？

曰：言之深入人心者，其祸于人也，大而莫之能觉也；苟莫之能觉也，吾不知民受其祸之所终极。彼杨、墨者，当孟子之时，以为圣人贤人者也；老释者，世以为圣人所不及者也；论其人，彼各行所知，卓乎同于躬行君子[100]，是以天下尊而信之。而孟子、韩子不能已于与辨，为其言入人心深，祸于人大也，岂寻常一名一物之讹舛比哉[101]！孟子答公孙丑问"知言"曰："诐辞知其所蔽[102]，淫辞知其所陷[103]，邪辞知其所离，遁辞知其所穷。生于其心，害于其政；发于其政，害于其事。圣人复起，必从吾言矣。"答公都子问"外人皆称夫子好辩"曰："邪说者不得作：作于其心，害于其事；作于其事，害于其政。圣人复起，不易吾言矣。"孟子两言"圣人复起"，诚见夫诐辞、邪说之深入人心，必害于事，害于政，天下被其祸而莫之能觉也。使不然，则杨、墨、告子其人，彼各行所知，固卓乎同于躬行君子，天下尊而信之，孟子胡以恶之哉？杨朱哭衢途，彼且悲求诸外者歧而又歧；墨翟之叹染丝，彼且悲人之受染，失其本性。老、释之学，则皆贵于"抱一"，贵于"无欲"；宋以来儒者，盖以理（之说）〔说之〕。其辨乎理欲，犹之"执中""无权"；举凡饥寒愁怨、饮食男女、常情隐曲之感，则名之曰"人欲"，故终其身见欲之难制；其所谓"存理"，空有理之名，究不过绝情欲之感耳。何以能绝？曰"主一无适"，此即老氏之"抱一"、"无欲"，故周子以一为学圣之要，且明之曰，"一者，无欲也"。天下必无舍生养之道而得存者，凡事为皆有于欲，无欲则无为矣；有欲而后有为，有为而归于至当不可易之谓理；无欲、无为又焉有理！老、庄、释氏主于无欲、无为，故不言理；圣人务在有欲、有为之咸得理。是故君子亦无私而已矣，不贵无欲。君子使欲出于正，不出于邪，不必无饥寒愁怨、饮食男女、常情隐曲之感；于是谗说诬辞，反得刻议君子而罪之，此理欲之辨使君子无完行者，为祸如是也。以无欲然后君子，而小人之为小人也，依然行其贪邪；独执此以为君子者，谓"不出于理则出于欲，不出于欲则出于理"，其言理也，"如有物焉，得于天而具于心"，于是未有不以意见为理之君子；且自信不出于欲，则曰"心无愧怍"。夫古人所谓不愧不怍者，岂此之谓乎！不寤意见多偏之不可以理名，而持之必坚；意见所非，则谓其人自绝于理：此理欲之辨，适成忍而残杀之具，为祸又如是也。夫尧、舜之忧四海困穷，文王之视民如伤，何一非为民谋其人欲之事！惟顺而导之，使归于善。今既截然分理欲为二，治己以不出于欲为理，治人亦必以不出于欲为理，举凡民之饥寒愁怨、饮食男女、常情隐曲之感，咸视为人欲之甚轻者矣。轻其所轻，乃"吾重天理也，公义也"。言虽美，而用之治人，则祸其人。至于下以欺伪应乎上，则曰"人之不善"，胡弗思圣人体民之情，遂民之欲，不待告以天理、公义，而人易免于罪戾者之有道也！孟子于"民之放辟邪侈无不为以陷于罪"，犹曰，"是罔民也[104]"；又曰，"救死而恐不赡[105]，奚暇治礼义！"古之言理也，就人之情欲求之，使之无疵之为理；今之言理也，离人之情欲求之，使之忍而不顾之为理。此理欲之辨，适以穷天下之人尽转移为欺伪之人，为祸何可胜言也哉！其所谓欲，乃帝王之所尽心于民；其所谓理，非古圣贤之所谓理；盖杂乎老、释之言以为言，是以弊必至此也。然宋以来儒者皆力破老、释，不自知杂袭其言而一一传合于《经》，遂曰《六经》、孔、孟之言；其惑人也易而破之也难，数百年于兹矣。人心所知，皆彼之言，不复知其异于《六经》、孔、孟之言矣；世又以躬行实践之儒，信焉不疑。夫杨、墨、老、释，皆躬行实践，劝善惩恶，救人心，赞治化[66]，天下尊而信之，帝王因尊而信之者也。孟子、韩子辟之于前，闻孟子、韩子之说，人始知其与圣人异而究不知其所以异。至宋以来儒书之言，人咸曰："是与圣人同也；辩之，是欲立异也。"此如婴儿中路失其父母，他人子之而为其父母，既长，不复能知他人之非其父母，虽告以亲父母而决为非也，而怒其告者，故曰"破之也难"。呜呼，使非害于事、害于政以祸人，方将敬其为人，而又何恶也！恶之者，为人心惧也。

---

①几（jī，音基）：隐微，细微。

②腠（còu，音奏）：皮下肌肉之间的空隙。　腠理：中医指皮下肌肉之间的空隙和皮肤的纹理。也泛指一般事物的条理。

③絜（xié，音谐）：用绳围量，引申为衡量。

④烝（zhēng，音蒸）：众多的意思。

⑤秉：执持，拿住。　彝：常。　秉彝：执守天之常道。

⑥恣（zì，音字）睢：狂妄，凶暴的样子。

⑦口给：口辞敏捷。　给：足，言辞不穷的意思。

⑧严气正性，指为人刚直不屈。

⑨洵：诚然，实在。

⑩血气：此指感情。

⑪精气：此指阴阳元气。

⑫神灵：魂魄。

⑬害：妨害。

⑭根：事物的本源，依据。

⑮懿（yì，音意）德：美德。

⑯窍（qiào，音峭）：孔，洞。

⑰刍（chú，音刍）豢：牛、羊、猪、狗之类的家畜。

⑱比类：相类的事例。

⑲五行：金、木、水、火、土，古代称构成各种物质的五种元素。

⑳抱一：道家认为道生于一，所以把精思固守称为抱一，后来泛指固守一种信仰为抱一。

㉑形骸（hái，音孩）：人的形体。

㉒真宰：古人认为天为万物的主宰，所以称天为真宰。

㉓省刑罚，薄税敛：见于《孟子·梁惠王》上。　省：减省。

㉔畜：养。

㉕慎其独：即慎独，意思是在独处时能谨慎不苟。

㉖检柙：也作"检押"，矫正的意思。

㉗肆（sì，音四）：纵恣，放肆。

㉘虞（yú，音余）：忧虑，戒备。

㉙理气：宋理学以理气并称，以理为宇宙的体，气为其现象。天地间先有理的存在，然后阴阳之气运行而生万物。

㉚蕃（fán，音凡）：生息，繁殖。

㉛三王：夏禹、商汤和周代的文王、武王。也说禹、汤、文王，或夏、商、周。

㉜凑泊：凝合，聚结。

㉝绝学：弃绝学问学业。

㉞唯之与阿：唯、阿都是应诺声，比喻差别不大。

㉟贼：败坏，伤害。

㊱绝圣弃智：先秦老庄学派主张，弃绝圣贤才智，清静无为，而后才能实现太平至治。

㊲材质：才能资质。

㊳捐弃：遗弃，罢黜。

㊴郛（fú，音浮）郭：外城。　　郛：古代指城外面围着的大城。

㊵戕（qiāng，音枪）贼：残害。

㊶天下唯一本：天下只有同一根源。　　一本：同一根源。

㊷神明：意思是指无所不知，如神之明。

㊸天道：自然的规律。　　道：规律，事理。

㊹气化：古代指阴阳之气的变化。

㊺生生：指孳息不绝，进进不已。

㊻器：有形的具体事物。

㊼立言：创立学说。

㊽太极：指原始混沌之气。见于《易经》："易有太极，是生两仪，两仪生四象，四象生八卦"。这句话的意思是气的运动变化而分阴阳，由阴阳而生四时，因而出现天、地、风、雷、水、火、山、泽八种自然现象，推衍为宇宙万事万物。朱熹以为太极即是理，总天地万物之理，便是太极。因此主张理先于事物而存在。

㊾四象：见于《易经》："太极生两仪，两仪生四象，四象生八卦。"四象是指金、木、水、火。震木、离火、兑金、坎水，各主一时，这是以两仪为天地而生四时之象。宋朝儒家以两仪为阴阳，而以太阳、太阴、少阳、少阴为四象。

㊿八卦：《周易》中的八种符号。相传为伏羲氏所作。用"－"代表阳，用"－－"代表阴，用三个这样的符号组成八种形式，叫八卦，每一卦形代表一定的事物。☰为乾，代表天，☷为坤，代表地；☵为坎，代表水；☲为离，代表火，☳为震，代表雷；☶为艮，代表山，☴为巽，代表风；☱为兑，代表沼泽。八卦互相搭配又得六十四卦，用来象征各种自然现象和人事现象。八卦最初是上古人们记事的符号，后来用来占卜。

51显背圣人：显然不同于圣人。

52桮（bēi，音杯）棬：器物名，也作"杯棬"，先以枝条编成杯盘之形，然后用漆加工制成杯盘。

53杞（qǐ，音起）柳：落叶灌木，枝条柔软，可编制箱筐等器物。

54牝（pìn，音聘）牡（mǔ，音姆）：雌雄两性。　　牝：雌性的鸟兽；　　牡：雄性的鸟兽。

55噬（shì，音世）：咬。

56何分：原作为"分何"。

57五行有生克：我国古代认为金、木、水、火、土五行之间相互作用相互影响，如木能生火，火能克金等。

58卉（huì，音会）木；草木。

59扞（hàn，音汉）格：格格不入。　　扞：坚不可入的样子。

60易牙：春秋时齐桓公的臣。　　雍人，名巫，又称雍巫。擅长调味，善逢迎，传说易牙曾烹自已的儿子以取悦桓公。

61精爽：指魂灵。

62罍（léi，音雷）：古时一种盛酒的器具，形状象壶。

63湍（tuān）水：急流的水。《孟子·告子》上："性犹湍水也"。

64坼（chè，音彻）：裂开。

65榦（gàn，音干）：树木的主干。

66蕃滋：繁衍滋长。　　蕃：同"繁"。

67罕睹（dǔ，音赌）：极少看到。　　睹：看见。

68訾（zǐ，音梓）：怨恨。

69五者之伦：即五伦，我国古时称君臣、父子、兄弟、夫妇、朋友五种伦理关系。

70谓犹云"藉口于性"耳："谓"后疑脱一"性"字。

71言之而行不逮：说到却做不到。　　逮：及。

72文理：文章内容和词句方面的条理。

73龃龉（jǔyǔ，音柜与）：本指上下牙齿不齐，比喻双方意见不合。

㉔达道：人们共同遵守之道。

⑦暗（àn，音暗）：昏昧。

⑯中正：正直。

⑦中节：合乎法度。意思是无过无不及。

⑱长生久视：指生命长久。

⑲颜渊：春秋时鲁国人，名回，孔子弟子。颜渊好学，乐道安贫，一箪食，一瓢饮，回也不改其乐。不迁怒，不二过，在孔子弟子中以德行著称。后世儒家尊其为“复圣”。

⑳公孙丑：战国时齐人，孟子的学生。孟子有《公孙丑》篇。

⑧洋洋乎：盛大的样子。

⑫峻极：高极。

⑧礼仪：行礼的仪式。

⑭威仪：礼仪细节。

⑮循循然善诱人：即循循善诱。 循循：有次序的样子。 诱：劝导。 后来称善于有步骤地引导别人学习为循循善诱。

⑯博：众多、丰富。

⑰约我以礼：用礼来约束我。 约：约束，检束。

⑱卓尔：遥远的样子。

⑲绘：绘画。

⑳条理：脉络，层次。

⑪将日增盖以于圣人之德之盛：“以”字后似脱一“至”字。

⑫摩顶放踵：从头顶到脚跟都摩伤。

⑬执中：公平，不偏不倚。

⑭执一：这里的意思是专一。

⑮钜：同巨，大。

⑯冥心：潜心苦思。

⑰六合：天地四方。

⑱一微尘：佛教用语。比喻极其微小之量。

⑲克己复礼：约束自己，使言行符合于礼。

⑩躬行：亲身实行。

⑩讹（é，音娥）舛（chuǎn，音喘）：谬误、差错。 舛：差错。

⑩诐（bì，音壁）辞：偏颇的话。

⑩淫辞：浮夸失实的言词。

⑩罔（wǎng，音往）民：蒙蔽，欺骗人民。

⑩赡（shàn，音善）：充足，丰富。

⑩治化：这里的意思是治理国家、教化人民。